日本古典文學大系
48

西鶴集 下

野間光辰校注

岩波書店刊行

監修者

高木市之助
西尾實
久松潛一
麻生磯次
時枝誠記

題字　柳田泰雲

目次

世間胸算用

西鶴織留

解説

本書は「西鶴集上」の後を承けて、町人物の三部作と称せられる、日本永代蔵・世間胸算用・西鶴織留の三書を収録した。刊行の順序からいえば上の如き次第になるが、執筆の順序からいえば、むしろ永代蔵・織留・胸算用と次第すべきである。そしてその順序に従って眺めて行けば、おのずから西鶴の創作的推移・発展も辿ることが出来るであろう。

西鶴は処女作好色一代男(天和二)において、主人公世之介をして女護の島渡りの結末をとらしめた。それは五代将軍綱吉の初世における法度政治・恐怖政治に対する深刻な不安と絶望に発するものであり、同時にそれは、金銀の力に対する絶望と否定をも意味していたのであった。かくの如く、最初金銀に対する絶望と否定から出発した西鶴であったが、世に住むからは、金銀なくては人間に生れた甲斐もない(西鶴織留一ノ三)のが如何ともすべからざる現実の世の中であり、ことに一切の人間目あり鼻あり、手足も変らず生れついて、一心万人ともに変ることなきにもかかわらず、しかも長剣させば武士、鍬を握れば百姓、十露盤持てば商人(武家義理物語序)という階級的差別ある封建の世にあっては、金銀の有徳ゆえに常の町人も初めて世に存在を認められるのである。平凡ながら金銀の力を肯定し、努めて金銀を蓄積するところにやはり町人の生き方があるという結論に到達したのが、貞享五年正月、町人物の第一作として発表せられた永代蔵である。西鶴のこの町人の生き方に対する考えは、巻頭の一節に示されている。これは単に永代蔵六巻の序説であるばかりでなく、いわば町人物のすべてにわたる西鶴の根本的思想ともいうべきものである。

それは次の三つの部分から成っている。すなわち、㈠「天道言ずして」云々から「是、二親の命なり」まで。㈡「人間長く見れば」云々から「残して子孫のためとはなりぬ」まで。㈢「ひそかに思ふに」云々から「是、和国の風俗なり」まで。まず㈠において、論語の一節によって天道を説いたのは、それと対蹠的に、「実あってしかも偽り多き」矛盾に満ちた存在としての人間をいわんためである。程正叔の視箴の一節を引用したのは、もと純粋にして無垢なる人間の魂が外物—西鶴によれば金銀に影響せられて、時に善にもなり時に悪にもなり得ることをいったのである。西鶴は別の所でも、「さて〳〵世に金もたぬ程、かなしき物はなく候。偽(そう)も、けいはくも、悪心も、皆貧よりおこり申候」(万の文反古五ノ一)と記している。かくの如く矛盾に満ち、常に善悪二途の間を動揺してやまない人間が、正しくゆたかに世を渡り得るのは「人の人たる人」であって、「常の人」ではない。しかしすべての人にとって「人の人たる」ことは、一生の一大事でなければならない。それには階級の上下・職業の如何を問わず、始末して金銀を溜めることである。金銀こそ「二親の外に命の親」であると、西鶴は力説する。

㈡に移って、これはさらに、論理的に二つの部分から成る。(イ)「人間長く見れば」云々から「黄泉の用には立がたし」まで。(ロ)「然りといへども」云々から「残して子孫のためとはなりぬ」まで。(イ)は㈠において措定した命題に対して、反対を提起した部分である。金銀は人間の「命の親」だというが、人間の生命人間の一生というものは、実に短くはかないものではないか。死んでしまえば金銀も何の役に立とうか。全くその通りである。「然りといへども」と、(ロ)においていう。「然りといへども、残して子孫のためとはなりぬ」、これは相反する㈠と㈡ノ(イ)とを止揚して導き出された結論である。この結論は家の幸福繁栄を絶対目的とし、そのためには一切の欲望執着を抑制し、一切の行為を金銀蓄積の目標に服従せしめることを自己に向って要求する、きびしい町人精神の所産である。

転じて㈢において、再び銀徳を礼讃し、致富の条件として家職に励むべきこと、身体を堅固にすべきこと、仁義を本とすべきこと、神仏を信ずべきこと等を挙げる。それはおのずから第一章の主題への導入部をなしているのであるが、教訓は必ずしも西鶴の目的とするところではない。人間の幸福の追求、ことに町人の幸福の追求は何であるかということを、読者に身近かな実例を以て示した。由緒をいいたてにして特権的地位を占め来った歴々の町人よりも、むしろ自己の智恵と才覚と健康を以てのし上った俄分限の町人の話が多く、それは人々に対して勇気と自信を与える効果を持つものであった。反対にまた、不正な手段によって財貨を蓄積し、或は町人の分限を忘れて奢に長じた人々が一朝にして滅びゆく話は、正しくゆたかに世を渡ることが生やさしいものではないということを、人々に悟らせるものでもあった。もとよりそれは、実際にあった話ばかりではあるまい。また実際にあった話であっても、憚るところあって改変を加えた点もあるであろう。事実に虚構をないまぜつつ、広く世の姿・世の人心にも触れ、諸国にわたって豊富な話題を提供しているところに、永代蔵が多くの読者を捉え得た所以があった。

西鶴織留は、永代蔵に引続いて執筆せられた。巻二の第一章にすえられた短編の「本朝は天照太神元年より今元禄二年の初春まで、二百卅三万六千二百八十三年」という書出しが、それを証明する。当時のならわしからいって、恐らく元禄二年初春の売出しを予定しての執筆であったと思われる。そして西鶴は、永代蔵の続編として、「人の人たる人」すなわち「町人の鑑」ともいうべき人々の、仁あり義あり礼あり智あり信ある話を網羅して、甚忍記と題する一部八冊の書を編み立てる予定であったようである。甚忍記とは、浅井了意の作に成る堪忍記(万治二)の題号のもじりであり、仁・義・礼・智・信の五常の徳目を表に掲げてこれを八冊に分つことも、君臣・父子・夫婦・兄弟・朋友の五倫についてそれぞれの堪忍を説いた、堪忍記全部八冊に倣うたものである。「町人の鑑」といえば、江戸の三年寄を初め諸国の惣年寄・金座・銀座・朱座、その外過書の舟持ち等の、いわゆる御目見え町人・御用町人などが、一応世間でいう「町人の中の町人鑑」である。しかし西鶴は、親の譲りを受けず、我と才覚して、その身一代の働にて富貴になった人々をこそ、「町人の鑑」というべきであると考える(二ノ一・三ノ二)。そしてかかる人々は、多く「始末」を以て今日の成功を贏ち得たのであるが、「始末」とは単に消極的に浪費・消費を節約するということではない、積極的に自己と闘い欲望を節し己に克つことでもある。その意味においては、「始末」は「堪忍」と相通ずるところがある。むしろ「堪忍」の裏づけなき「始末」は、軽蔑すべき吝嗇・貪欲でしかないであろう。

了意は忍の字の意義を説いて、「心の上に利き刃あるが忍なり」という。そして「貪欲をとゞむる堪忍」を最初として、「色欲をとゞむべき堪忍」・「財欲の堪忍」・「主君の堪忍」・「主君につかうまつる堪忍」・「傍輩中の堪忍」・「子を生立《そだ》つる堪忍」・「父母につかふる堪忍」・「職人の堪忍」・「商人の堪忍」・「医師の堪忍」・「法師の堪忍」・「友達交りの堪忍」等について、前半五巻の中に古今和漢の例を引いて教えている。そして巻六以下は特に女鑑と題して、「姑につかふる堪忍」・「憐姫《りんき》のおもひある堪忍」・「継子《まゝこ》をそだつる堪忍」・「孀《やもめ》になりたる堪忍」・「陰徳をおこなふべき事」等に説き及んでいる。西鶴はこの堪忍記の題号から永代蔵続編の命名のヒントを得たばかりでなく、堪忍記の組織からも一部の書をまとめる趣向を借りている。それは織留六冊を分解して、それぞれ仁・義・礼・智・信の五常に配し、父子・夫婦・姑・嫁・乳母・親方・奉公人等の身分によって分類すれば、おのずから明白になるであろう。そして西鶴はまた、堪忍記に挙げた和漢の故事の中から、引用もしくは翻案を敢えてしているのである。

永代蔵の続編である織留において、何故西鶴は特に始末・堪忍を取上げて主題にしたのであるか、それはこうである。西鶴は永代蔵において金銀の徳を肯定し、町人の幸福の追求を説いた。そして過去において、おのれの智恵・才覚によって仕出した一代の分限の話を集めたのであったが、永代蔵の中でも言及せざるを得なかったように、明暦・万治の昔といえども、実はもはや一己の智恵・才覚によって無から有を生み出し得るほど、世の中は単純ではなかったのである。いわゆる「銀が銀を儲ける世」である。一銭の元手なしには、否、銀親の後立てなしには、大きな儲けは望めない世の中であったのである。永代蔵の分限者達も、智恵・才覚の外に何ものか、たとえば仕合せとか何かがそれに加わってい た筈である。ただ明暦・万治の昔は経済の上昇期にあっただけに、思わぬ金銀のつかみ取りも期待することが出来た。けれども天和・貞享以後の深刻な不景気時代には、つかみ取りを期待することよりも、貯えたものを失わないように努力することが、何よりの致富の道であった。そして商売が手広くなるにつれて、一個人の力よりも多数の力の和、内証を切盛りする女房や見世で働く手代の協力などを多分に必要とするようになって来ている。大福新長者教を著わした西鶴が、引続いて始末・堪忍を主題とする本書に筆を執ったのは、むしろ当然であるといわなければならない。

織留は、西鶴の没後弟子の団水が編輯して、遺稿として出版されたものである。団水によれば、それは遺稿として残された町人鑑と世の人心両部の草稿の半ばずつを取合せて、一部の書となしたものだという。そしてこれも団水の言葉であるが、西鶴は生前ひそかに、永代蔵・町人鑑・世の人心を以て、町人物「三部の書」に仕立てる考えを持っていたようである。現に織留の序文は、世の人心の序文に相当するもので、町人鑑と相前後して別に世の人心の筆を執っていたことが判る。けれども世の人心の草稿の半ばであると称する織留の後半四巻も、前半町人鑑の二巻と同じく、了意の堪忍記に想を得趣向を立てたこと明かである。思うに西鶴は、堪忍記の題号をやつした甚忍記の名のもとに、最初「町人の鑑」たるべき人々の話を仁・義・礼・智・信の五部八冊に分って書くつもりであったが、夫に従う女房の堪忍はともかく、乳母・半季居・やもめの堪忍等に至っては、「町人の鑑」の主題のもとにはやや扱いにくい。むしろ世智がしこく、油断のならぬ、頼み難き世の人心をあらわしているという意味で、他の草稿と共に「世の人心」の名のもとに一括する方がより適切である。そう考えて、最初の予定を変更したものと考える。したがって世の人心は、初めから町人鑑とは別に、独立して執筆せられていたものではなく、町人鑑の延長・変化であり、町人鑑よりやや遅れて起筆せられたものと思う。

しかし町人鑑の方は、僅か二巻ながらともかく纏りを見せているのに反して、世の人心の方は随所に不備・破綻を示している。同じような題材で書きかけた反古の断片を取合せて、漸く一章分を編み立てたと覚しき部分や、断片ならずとも、以前何かの草稿として書き残していたものを取上げたと覚しき部分が眼につく。恐らく世の人心は、全部が全部世の人心として執筆せられた草稿ではあるまい。題材的にもまた修辞的にも、町人鑑や先行の永代蔵、或は後出の胸算用などと重複する分を多々含んでいるのである。

町人鑑と世の人心が未完のまま終ったことは、元禄元年頃から西鶴を襲ったはげしい眼の痛みに原因するのではなかったかと思う。果して西鶴は、一目玉鉾(元禄二)・本朝桜陰比事(同上)を著わし、磯貝捨若の新吉原つねぐ草(同上)に戯注を加えて出版した後は、元禄三年の末に至るまで小説の作に筆を絶っている。この期間における西鶴の存在を示すものは、恐らく何年ぶりかの俳諧への復帰であった。しかしその俳諧も、往年の如き覇気と野心に満ちたものではなく、移り行く世の姿・世の人心を眺めている傍観者の静かさに終始していた。翌四年春に至って嵐無情物語・椀久二世の物語の二部が上梓せられたが、いずれも西鶴の作としては軽い筆致のものである。この間遺稿として残された西鶴置土産(元禄六)・西鶴俗つれぐ(元禄八)・西鶴文反古(元禄九)・西鶴名残の友(元禄十一)なども、よりより執筆せられていたのであろうが、ここには述べない。そして最後に、元禄五年正月、西鶴の晩年を飾る傑作世間胸算用が西鶴の手によって刊行せられた。

胸算用は、副題に示す如く、商人にとって一日千金にも換え難き大晦日の二十四時間を枠として、掛取りの駆引・借り手のやりくりを描いたものである。問屋の振手形濫発とそれに対する金貸し仲間の壱匁講の身代僉議、借り手の居留守・出違い・喧嘩仕掛等の苦肉の策に対する貸し方の物に馴れた掛の乞いようなど、大晦日という日が日であるだけに、生々しい現実感と迫真の力を帯びて描かれている。色どりとして、諸国の異色ある年中行事や各地とりどりの歳末風景の紹介も加えられているが、それよりも強く人々の心を捉えてやまないのは、退引ならぬ現実のきびしさと嘘偽りならぬ人間のいとなみの悲しさであろう。しかもそれが西鶴の巧みな話術と短編的構成に支えられて、ほのかなユーモアとペーソスに包まれて淡々と語られているのである。そこに却て、金銀の妄執に捉われた町人の世界を超越して、より広くより大きい人間的な境地が開かれている。作家西鶴の人間観照は、ここに至って極まれりというべきであろう。

日本永代蔵

書名　日本永代蔵(題簽・目録)。一名大福新長者教(副題)・本朝永代蔵(巻一内題)。改題大福新長者鑑(文政七年版)。柱題大福新長者教。

刊行　貞享五年(西紀一六八八)正月。

諸本　(イ)森田板系統　①三都書林連名板　貞享五年正月、大阪森田庄太郎・京都金屋長兵衛・江戸西村梅風軒連名。挿絵吉田半兵衛筆という。甚忍記(八冊)予告入り。大本六冊。　②京阪書林連名板　貞享五年正月、大阪森田・京都金屋連名。甚忍記予告入り。大本六冊。三都書林連名板の再摺にして、奥附より江戸の売出し元西村梅風軒の名を削りたるもの。③大阪文栄堂求板本　文政七年(西紀一八二七)七月求板。改題大福新長者鑑。但し巻一表紙見返しに書林の序を附し、巻一内題「本朝永代蔵巻一」の七字を削りたる外は、すべて京阪書林板に同じ。大本二冊。④大阪河内屋求板本　天保頃(西紀一八三〇—一八四三)か(守随、攷註解説。筆者未見)。大阪河内屋茂兵衛外三都書林連名。但し京阪書林連名板の奥附その他、文栄堂板に同じ。⑤大阪森田板　貞享五年正月、大阪森田単独在名。甚忍記予告なし(日本古典全集底本。筆者未見)。河内屋板をさらに求板したる書肆が、もとの京阪書林連名中より京都金屋の名を削りて、新板を装いたるものの如し。

(ロ)西沢板系統　①大阪西沢板　貞享五年五月、大阪西沢大(太の誤)兵衛重刊。甚忍記(八冊、売価弐匁)予告入り。半紙本六冊(巻六のみ天理図書館蔵)。本文は森田板の漢字まじりを専ら平仮名を主にして書き改め、節略・削除の跡著しい。但し挿絵は森田板の上辺を少し縮めただけ。大福新長者教の副題なし。②大阪柏原屋求板本　宝暦十二年頃(西紀一七六二)、大阪柏原屋佐兵衛求板。但し西沢板の甚忍記予告を削る。半紙本六冊。柱題江長・大長・西長・東長・近長・京長。「長」は永代蔵の一名大福新長者教の一字をとり、江・大以下は江戸・大阪・西国・東国・近国・京の意をあらわしたもの、すなわち柏原屋板及びその原板西沢板は、森田板六巻を地理的に分類改編した異版である。③柏原屋板求板本　柏原屋板をさらに後に求板再摺したもの。但し奥附を全く欠く。半紙本六冊。④改編無刊記板　③の柏原屋板求板本をさらに求板し、巻序を改め製本を大本仕立にして、全くの新刊らしく装うたもの。本文は柏原屋板と大差はないが、板木の磨滅または紛失のため半丁分乃至一丁分を欠いた巻もあり、明かにこの方が後出である。柱題京長・大長・江長・西長・東長・近長の順。総じて西沢板系統は、類板の非難を避けるために本文を書き改め、巻序を地理的に分類次第したのであるが、大阪・西国・東国の部の中には、分類の適切ならざるものもまじっているのは当然である。

因みにいう、従来(イ)の森田板系統を上方板、(ロ)の西沢板系統を江戸板と呼びならわしていたが、それは好色一代男における江戸板の存在、上方板と江戸板との関係から類推した誤である。一代男の江戸板は菱川師宣の絵本であり、かつ板元も江戸の書肆であって、江戸板と呼称するに全くふさわしい。しかし永代蔵の江戸板と称せられるものは、明かに上方書林の出版にかかるもので、いかなる点からいっても江戸板と称することは不適当である。したがって、かくの如き江戸板説の上に立って、その文章の改変・削除の事実に特別な意味を認めようとした真山青果の説は、何等根拠なきものである。すなわち青果の説というのは、巻三「煎じやう常とはかはる問薬」の章における、原文の俤をとどめぬまでの著しい削除の箇所を検討して、この一章は主人公箸屋甚兵衛の勤倹力行の讃美というよりも、当時の豪奢を極めた幕府材木御用達の内情暴露であり、そのゆえに特にこの一章だけが、権力を笠に被た横暴な彼等の抗議によって甚しい削除を加えられるに至った、ということを言おうとする。しかし同じその一章は、森田板系統では何等削除せられることなく、後々まで行われているのである。よし仮に一歩を譲って、森田板再版における江戸書肆連名の削除を、これに関聯あるものとして考えようか、或はまた西沢板は最初から特に江戸向けとして出版せられたものであるとしようか、そのためにはなお多くの論証を積み重ねることが必要である。少くとも現在においては、西沢板に見る文章の改変・削除は、予定価格弐匁（元禄九年書目における本屋値段は弐匁三分）の範囲内にとどめるためにとられた、丁数節減以外の何ものでもないと考える。

成立　大藪虎亮氏は、永代蔵の一節に「万の商ひ事がないとて我人くやむ事、およそ四十五年なり」（五ノ六）とあるに着目して、これを寛永十九年の大飢饉に起因する四十五年来の不景気とし、それより数えて四十五年目の貞享三年が永代蔵の草稿年代であると推定しているが、後に貞享三・四年度における西鶴の著作執筆と刊行の状況を考え直した結果、やはりこれは、貞享四年秋・冬頃の成立であろうということに落着いている。しかるに最近暉峻康隆博士は、野良立役舞台大鏡（貞享四）の藤田皆之丞評判の一節に、「西鶴法師がかける永代蔵の教にもそむき、先祖相伝の財宝おのづから皆之丞と消うせしもむかし〳〵云々」とあることを指摘して、永代蔵は貞享五年刊行以前、貞享三年中にはすでに成稿していて、一部人士の間に写本として行われていたのではないかということを唱えられた（昭和三十五年五月二十二日、於広島大学日本近世文学会）。同書は貞享三年六月中旬の頃筆を執り、同年十月雕板に着手、新春二日の初芝居を期して売り出す予定であったところ、類書の発刊に先を越されてついに四年三月の刊行になったことが、その序によって知られる。果して然らば、博士の説の如く貞享三年中にはすでに永代蔵は成立していたと考えなければならないが、現存唯一の伝本たる旧霞亭文庫本野良立役舞台大鏡には、検討を要すべき疑問の点が多々ある。なお詳しい博士の考証の発表を待って今後の検討に委ねることとして、ここには単に紹介の程度にとどめておく。

世間胸算用

書名　世間胸算用（題簽・目録）。副題大晦日は一日千金（同上）。柱題胸算用。

刊行　元禄五年（西紀一六九二）正月。

諸本　①三都書林連名板　元禄五年正月、大阪伊丹屋太郎右衛門・京都上村平左衛門・江戸万屋清兵衛連名。大本五冊。自序に「元禄五申歳初春　難波　西鶴」と署名し、「松寿」の方形印記をあらわす。挿絵の筆者未詳、但し蒔絵師源三郎筆意かという。　②同後摺本　奥附その他初版の如し。ただ西鶴自序の年記を削り、「初春」の二字のみを残す。大本五冊。　③大阪万屋（仁）求板本　元禄十二年八月、大阪万屋仁兵衛求板。大本五冊。　④大阪万屋（彦）求板本　大阪万屋彦太郎求板。元禄十二年八月の刊記もとの如し。大本五冊。　⑤大阪万屋（彦）無刊記本　大阪万屋彦太郎単独在名。

奥附より刊年を削る。大本五冊。

成立　成立考定の特別の根拠はない。巻一「長刀はむかしの鞘」の章に、「元朝に日蝕六十九年以前に有て、又元禄五年みづのえ云々」とあり。新春二日の売り出しを期して、前年の元禄四年中に成稿したものであろう。

西鶴織留

書名　西鶴織留（題簽・目録）。一名本朝町人鑑（巻一・二題簽及び目録）・世の人心（巻三〜六題簽及び目録）。柱題世の人心（六巻とも）。

刊行　元禄七年（西紀一六九四）三月。

諸本　①三都書林連名板　元禄七年三月、京都上村平左衛門・大阪雁金屋庄兵衛・江戸万屋清兵衛連名。西鶴序に「元禄其月其日　難波　西鶴」と署名し、年記・自署の下に二種の「松寿」方形印記をあらわす。団水の序には「元禄七年戌卯月上旬　難波俳林　団水誌」とあって、「滑稽堂主」の方形印記あり。插絵は蒔絵師源三郎筆という。大本六冊。
②同覆刻本　奥附その他もとのまま。但し団水序の年記を削り、巻二の十三丁以下二十丁終まで、及び巻四の五丁裏より十六丁裏まで、いずれも初版本をかぶせ彫にし、巻四「家主殿の鼻柱」の章の逆絵の内、水汲み女だけを削る（横山重氏説）。大本六冊。　③江戸・大阪書林連名求板本　宝永六年正月、大阪油屋平右衛門・本屋権兵衛、江戸万屋清兵衛連名。②の覆刻本を求板したもの。大本六冊。（飯田正一氏教示）　④大阪書林連名求板本　正徳二年五月、大阪岩国屋徳兵衛・大塚屋権兵衛・油屋与兵衛連名。③を求板したもの。大本六冊。　⑤同後摺本　西鶴序・団水序ともに年記を削る。大本六冊。
⑥大阪吉文字屋求板本　宝暦頃か（横山重氏説）、大阪吉文字屋市兵衛求板。奥に定栄堂の出版書目あり。大本六冊。

成立　成立の経過については、解説の前半にすでに触れるところがあったが、本朝町人鑑の部分はともかく、世の人心の部分は元禄二年よりやや後れて執筆せられたものと考えられる。松浦一六氏は書中にあらわれる霜月朔日の大阪自身番夜詰めの記事(四ノ二)、及び播州地方の不作に伴う大阪への人口集中の記事(五ノ二)を指摘して、世の人心は元禄四、五年頃の世相を写したものと考えている。いかにも団水が遺稿の断片を取合せて編んだ世の人心の部分には、西鶴の死没に近い頃に執筆した断章が混入していることも考えられる。たとえば、妻に先立たれた子供に対する父の愛情の悲しさを描いた短章(六ノ二・六ノ三)など、そうである。けれども世の人心の発想そのものは、堪忍記に趣向を得た町人鑑の延長・変化と見るべきものであって、その大部分は町人鑑と相前後して、さほど遠からぬ年代に書かれたものではないかと思う。

解説参考文献

野間光辰　西鶴年譜考証　中央公論社　昭和二七
同　西鶴と西鶴以後　岩波書店　昭和三四
同　西鶴と堪忍記　国語・国文　昭和一七・12 一八・1
暉峻康隆　西鶴評論と研究(上・下)　中央公論社　昭和二三-二五
同　西鶴研究ノート　同　昭和二八
滝田貞治　西鶴の書誌学的研究　野田書房　昭和一六
同　西鶴襍藁　同　昭和一六
Richard Lane "Saikaku's Prose Works A Bibliographical Study" (Monumenta Nipponica Sophia Univ. Tokyo 1958)
吉田幸一　異版日本永代蔵(複製)解説　古典文庫　昭和二四
真山青果　西鶴雑話(抄録)　文学　昭和三五・6
横山　重　織留の四本　西鶴研究二集　昭和二四・10
吉江久弥　織留の逆絵について　国語　昭和二八・9

附図

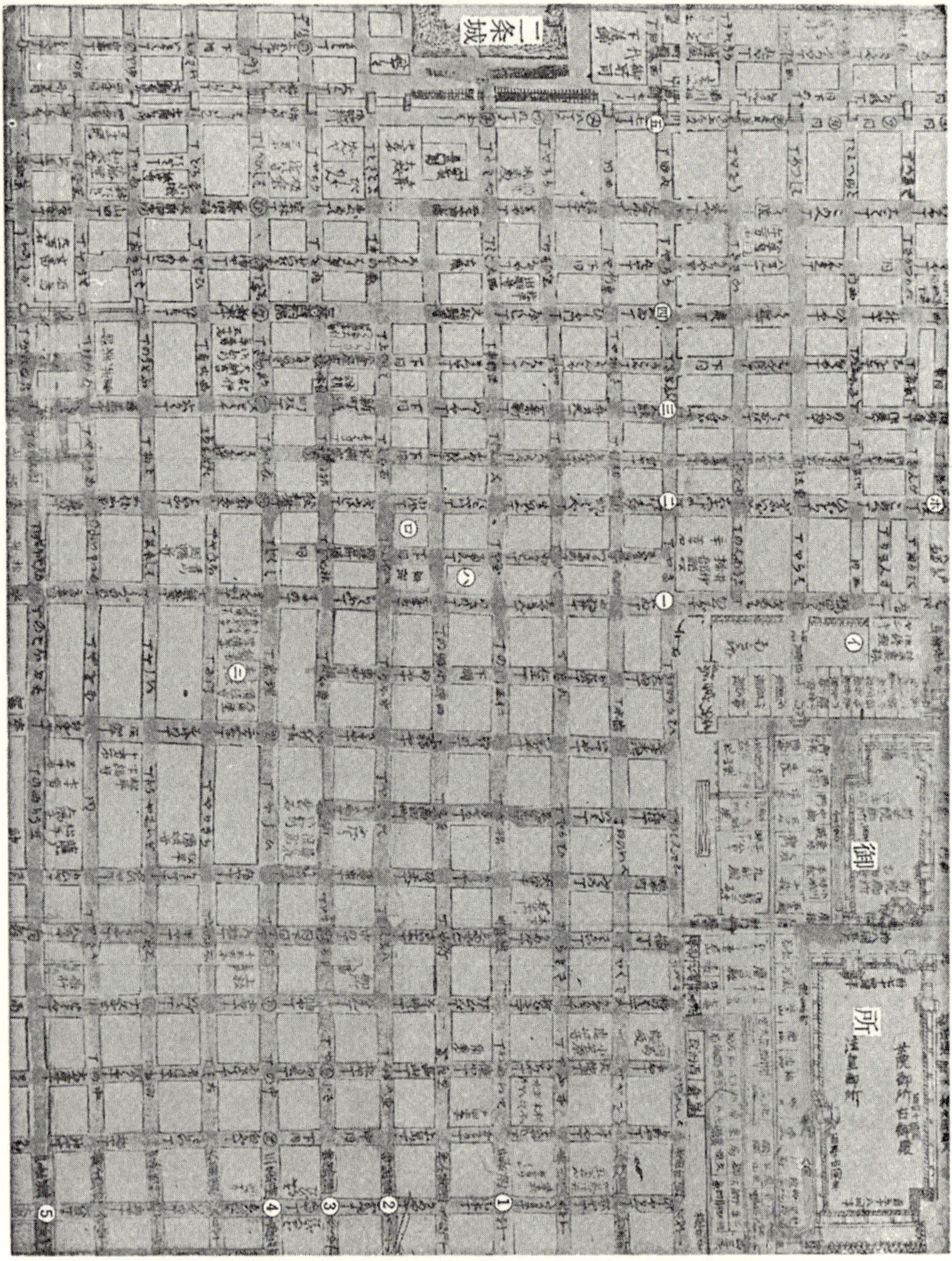

京都図
（寛永年間）

1 二条通
2 御池通
3 姉小路通
4 三条通
5 四条通
一 烏丸通
二 室町通
三 新町通
四 西洞院通
五 堀川通
イ 新在家
ロ 御池町
ハ 両替町
ニ 六角堂
ホ 中長者町

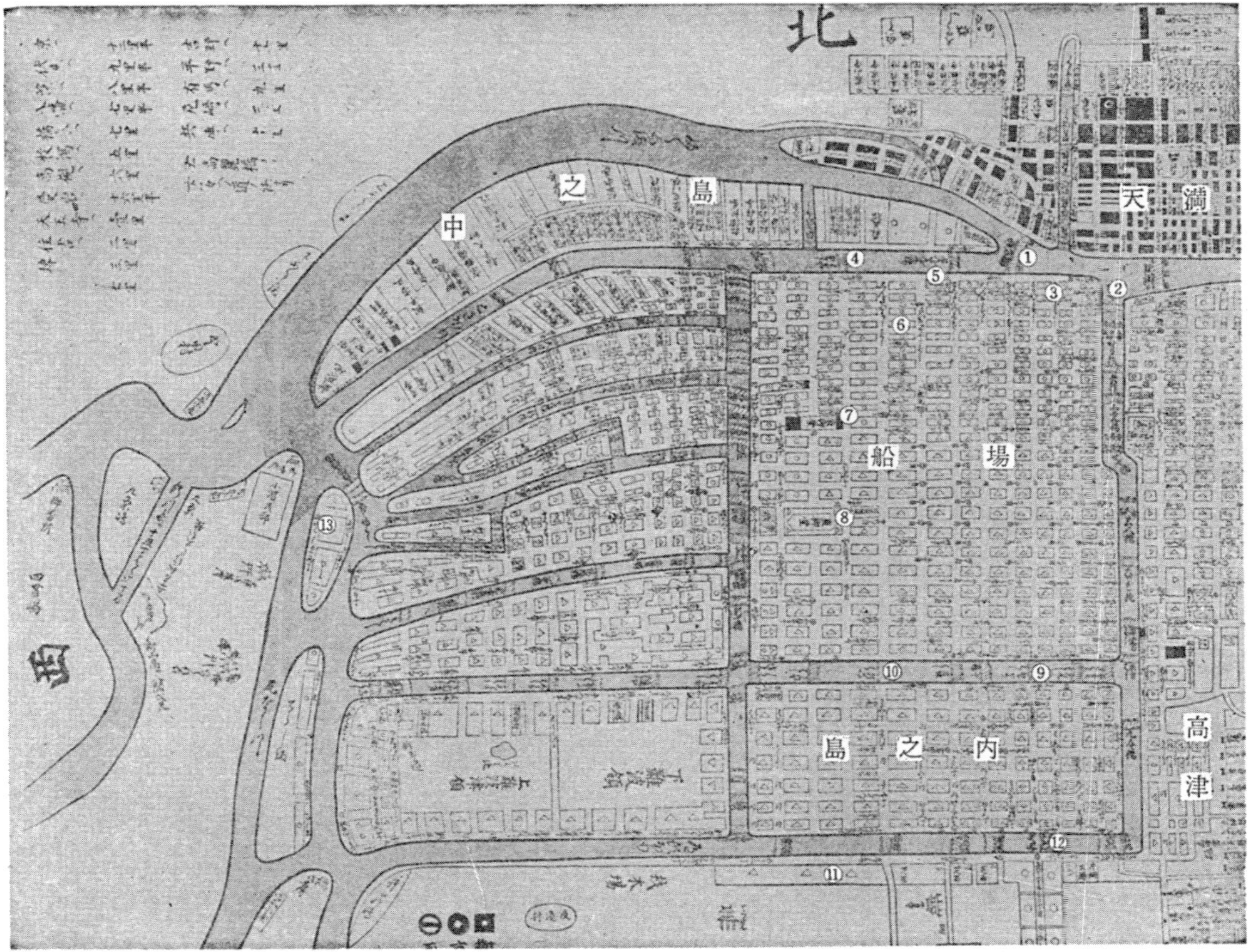

大 阪 図
(元禄年間)

1 難波橋
2 今橋
3 北浜
4 淀屋橋
5 過書町
6 伏見町
7 津村御堂
8 難波御堂
9 長堀橋
10 心斎橋
11 道頓堀芝居
12 日本橋
13 江の子島

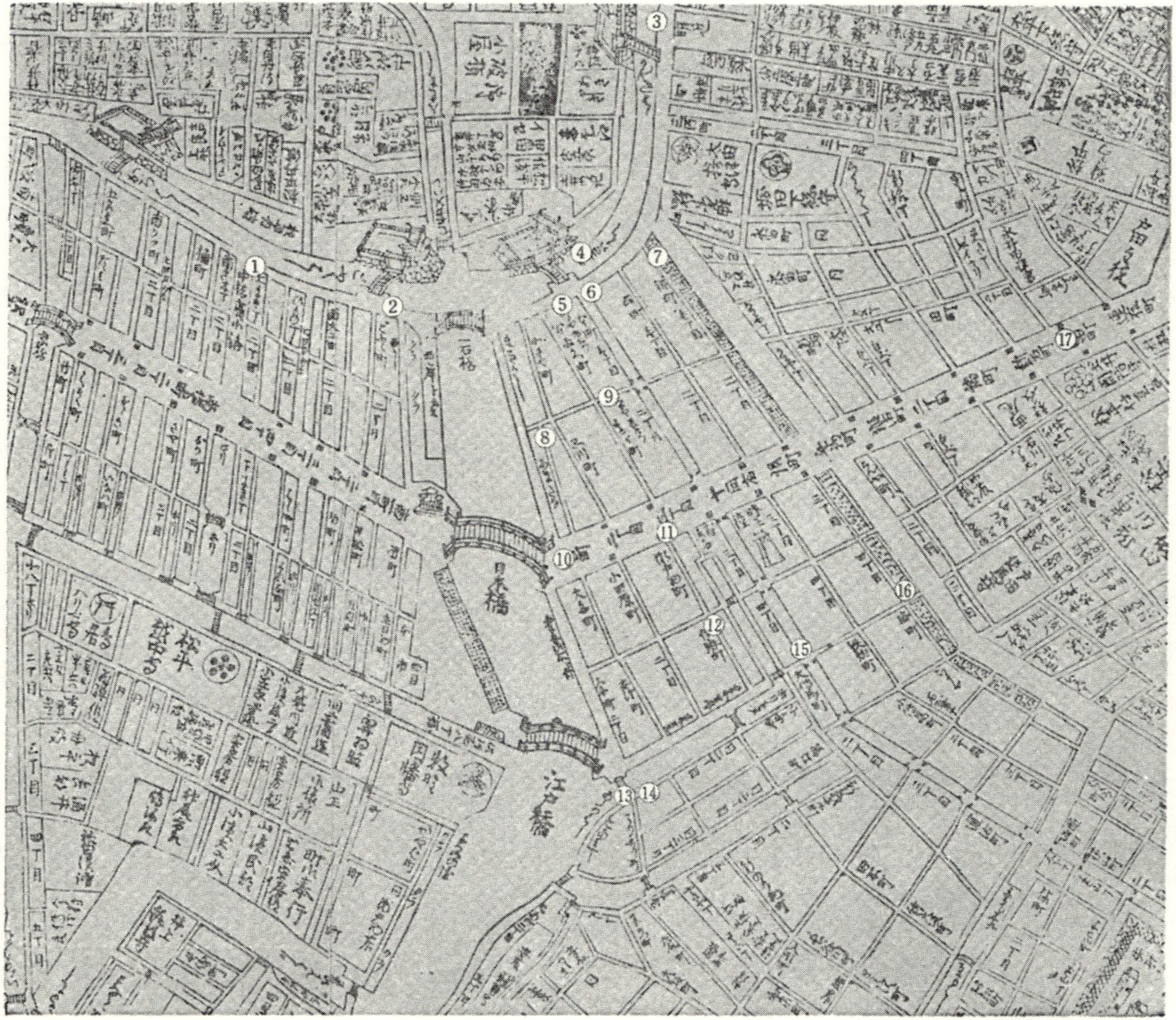

江　戸　図
（元禄三年板）

1 中橋広小路
2 呉服町
3 神田橋
4 常盤橋
5 本舟町
6 本町
7 銀町
8 尼店
9 駿河町
10 室町
11 瀬戸物町
12 伊勢町
13 小網町
14 照降町
15 大伝馬町
16 塩町
17 須田町

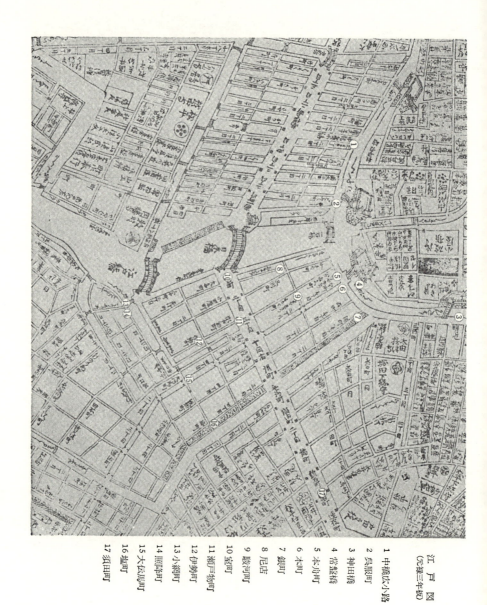

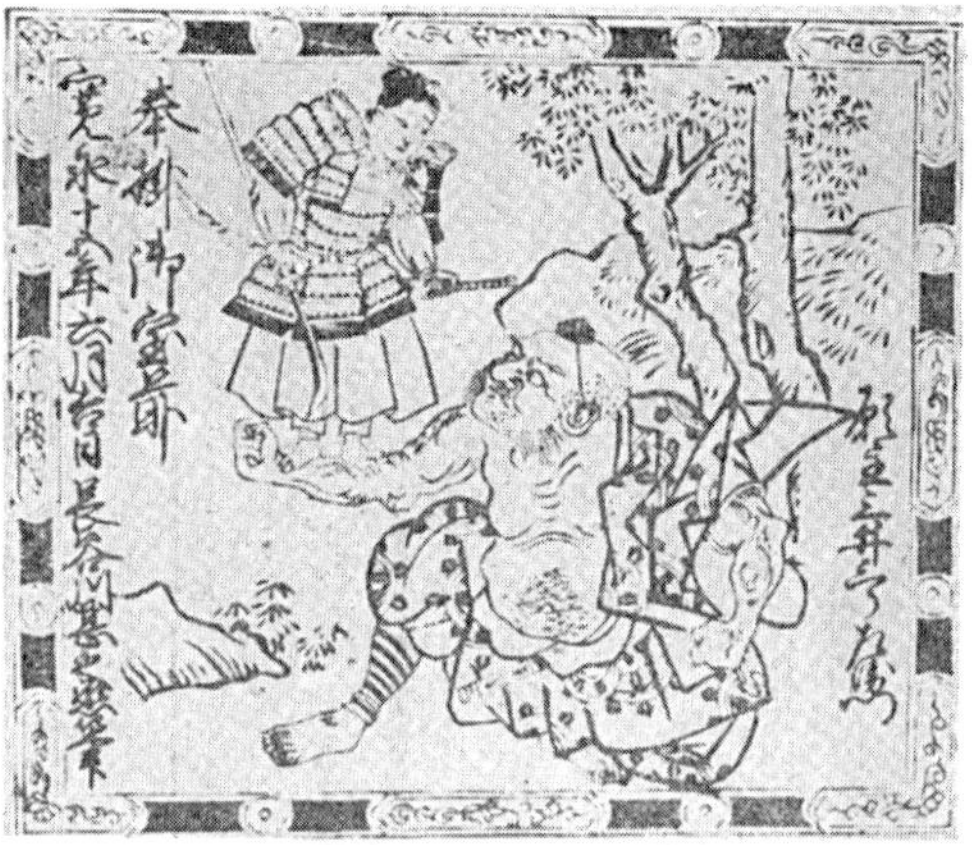

三井三郎左衛門奉納絵馬(→補二六〇)

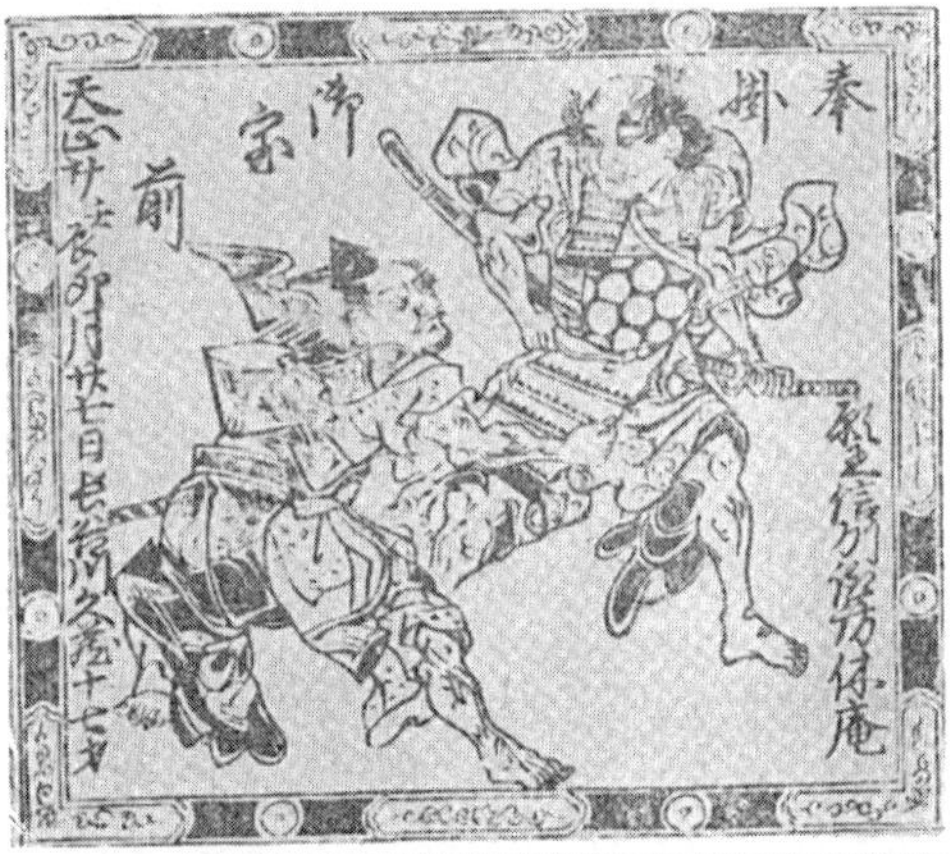

五郎朝比奈力競べの絵馬(→補四二五)

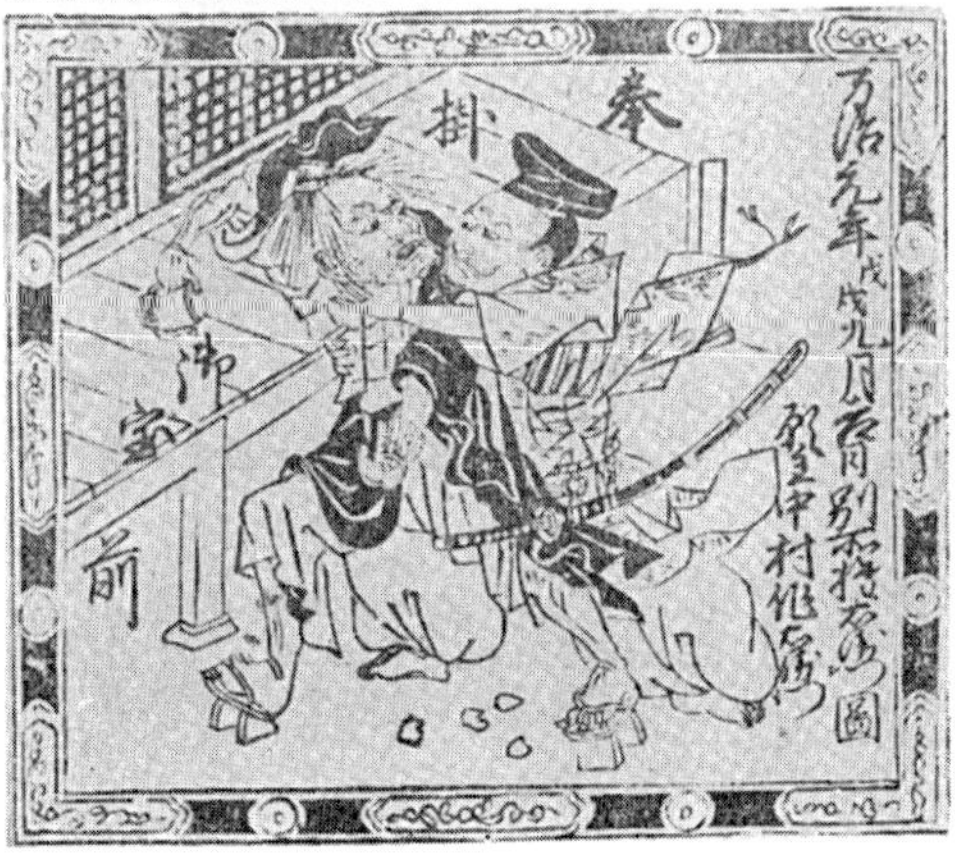

祇園火ともしの絵馬(→四〇四頁注八)

元禄五年伊勢暦(→補三五〇)

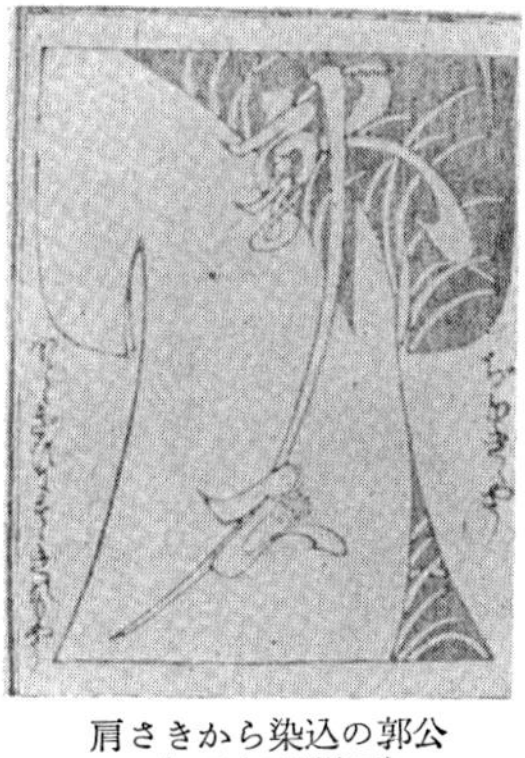

肩さきから染込の郭公
(→二九二頁注三)

天人唐草(→補三六七)

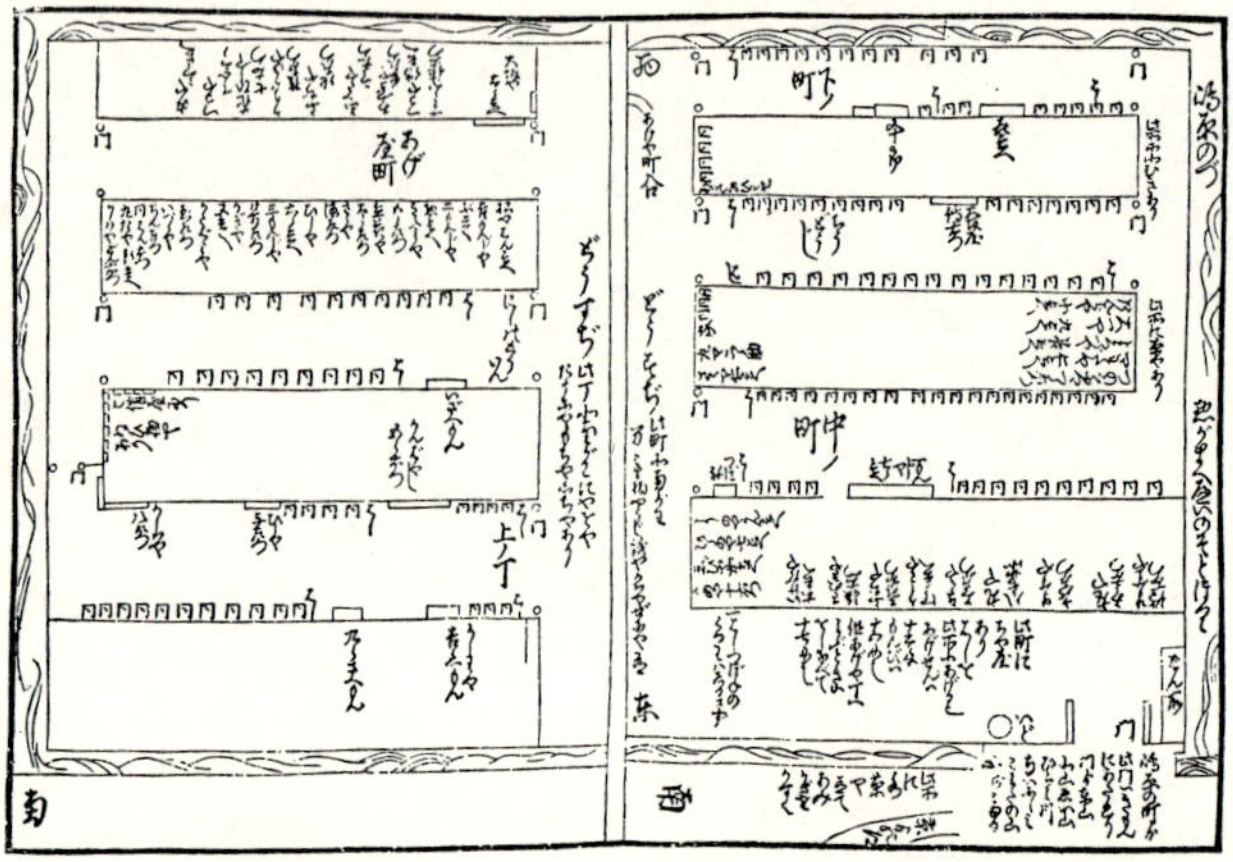

島原廓図(↓補三五)

天秤の図(→補六三)

天狗の媒鳥(→補四二一)

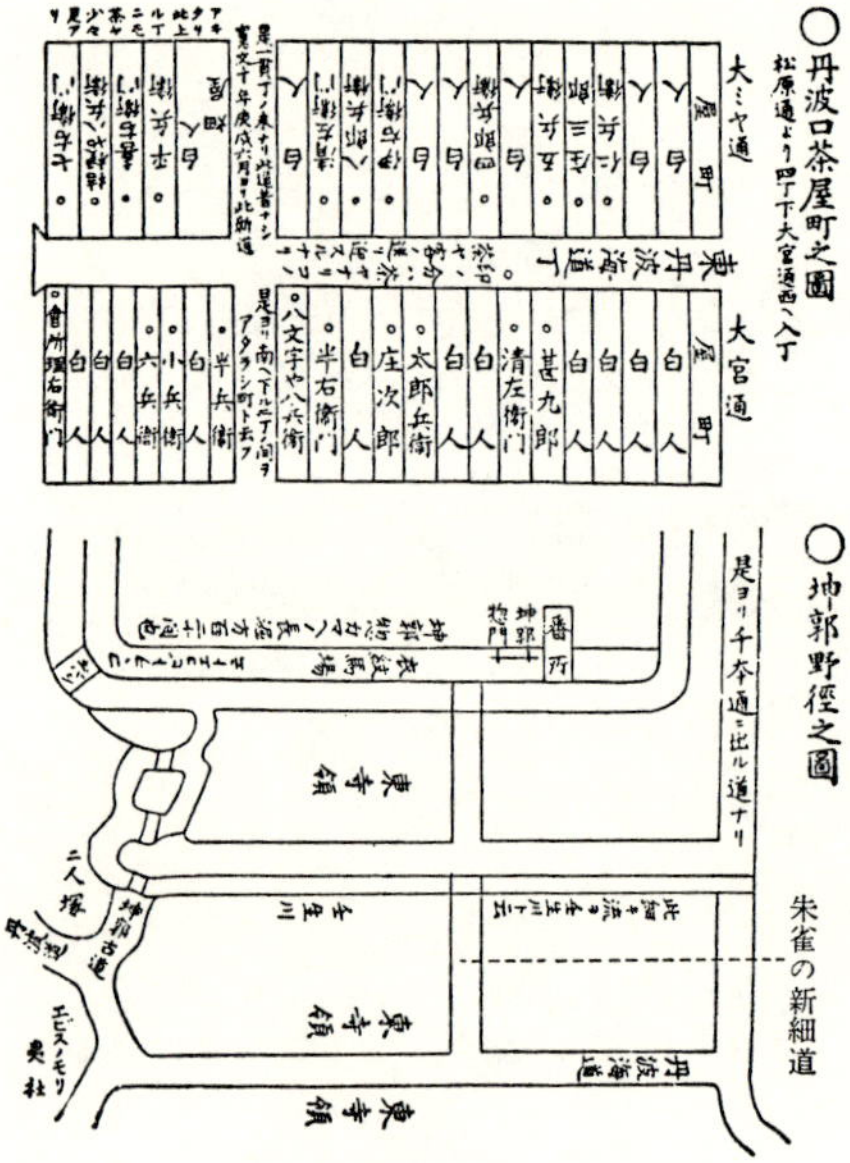

一貫町茶屋町(→補一八)
朱雀の細道(→補三六三)

大豆一粒の光り堂（→補三〇四）

上げ見世（→三八頁注五二）

閻魔鳥（→補二八七）

上荷・茶船（→補六一）・筒落掃き（→補七七）

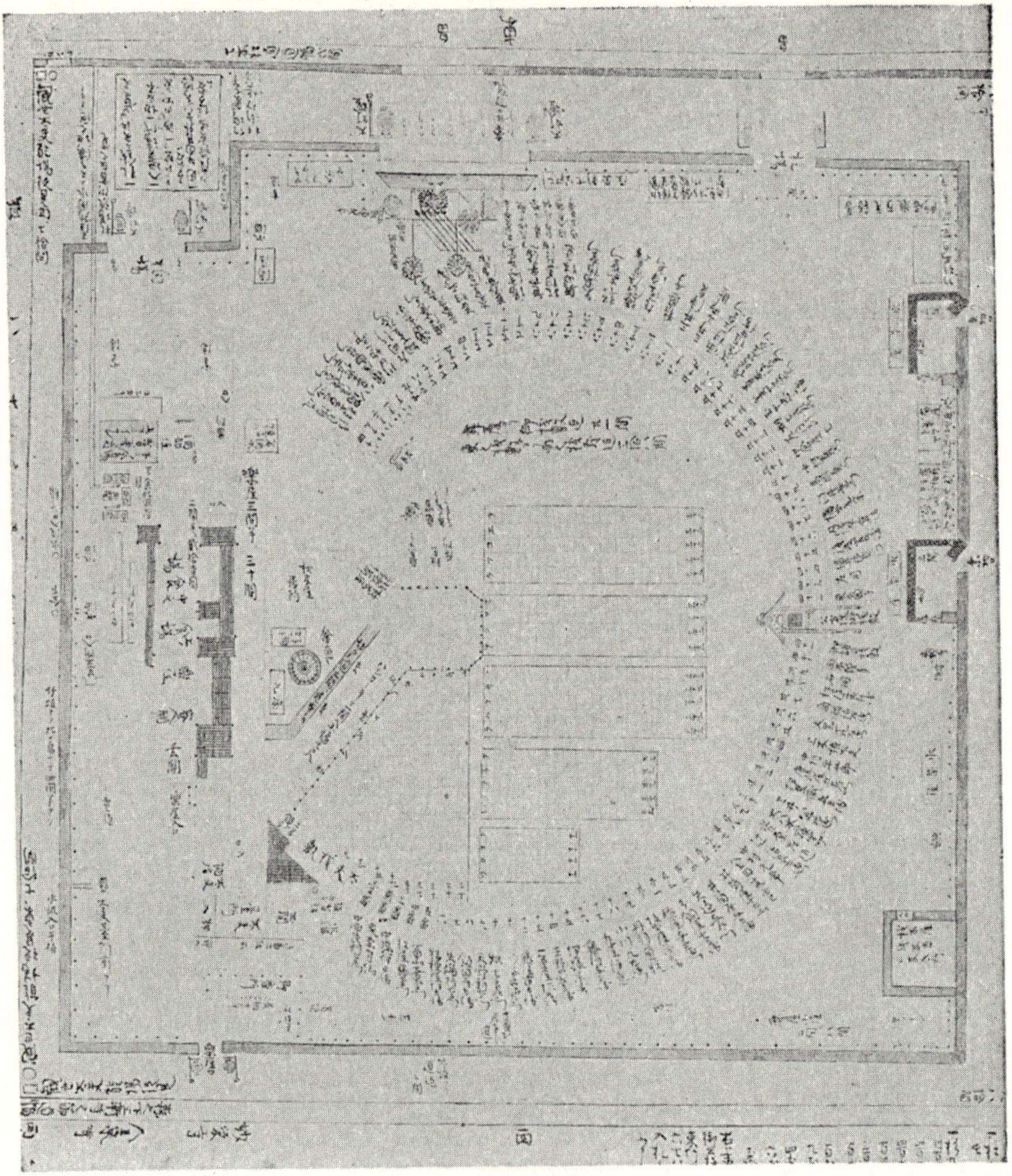

観世太夫織部北野勧進能之図（→補三〇二）

凡　例

本書の本文校訂・頭注などについての方針は、おおむね「西鶴集上」のそれに準ずることを以て原則としたが、なお校注者自身の考にもとづいて、本冊においてのみ、新しく工夫を加えた点も少くない。

本　文　本文作成にあたっては、插絵のすべてを網羅し、出来る限り原本の面影を残そうとしたこと、上冊に同じ。したがって、仮名遣・振仮名・誤字・誤刻・衍字・反復記号など、すべて原本に従って改めなかった。また略体字・異体字の如きも、当時一般に用いられたものは、活字印刷の可能な範囲において、原本の字体もしくはそれに近いものを、新しく鋳造して用いた。

但し、読者の通読の便を慮って、適宜原文に段落を設け、書名・会話の部分を「　」で囲み、必要ある場合には（　）内に振仮名・送り仮名を補い、誤字・誤刻・衍字などはそれぞれ頭注に指摘しておいた。また句読点・濁点なども、校注者において新しく施した。永代蔵・織留の二書には、原本に。或は●の句読点があるが、胸算用には全く句読点を欠いている。原本に句読点ある場合は、出来るだけそれを生かすことにつとめた。濁点についても、当時の慣例として、加えられていない場合の方が多いのである。句読と清濁は、なお吟味を要する点が多々あると思うが、特に句読は、原文のリズムと味わいを損うことなく、しかも文意の捕捉を容易ならしめるよう、心を用いたつもりである。私のいう咄の姿勢のもとに書かれた西鶴の文章は、或時は息も継がずに、或時は訥々とつぶやくが如くに、説き去り説き来って尽きない。その話の流れの変化に富む抑揚・高低、進行・休止の面白さを生かすためには、普通ならば読点を施すべきところ、あえて句点を以てした箇所も少くない。

頭注　簡略で飛躍が多く、難解な西鶴の文章を、通読しやすくすることを主眼としたこと、これまた上冊に同じ。それについて各章の段落の上部に、中心となるべき思想或は事項を標記して、全体の構成を一目瞭然たらしめるように工夫した。またその修辞の俳諧的発想を示すために、↓印を以て前後の関係を明かにすることにした。そして頻出する語彙には、↓印を以てその所出の頁を示したが、これは限られた紙幅を節約する必要から、初出の頁の頭注においてやや詳しく基本的意味にわたって説明を与え、他はそれを参看して、その時その場所における意味の変化とニュアンスの相違を理解せられたく考えたためである。

なお頭注については、先学・同学の諸家から多大の裨益を受けた。したがって諸家の創見によって啓蒙せられ、或はその引用によって初めて知り得たところは、私の知る限りこれを明記して、その学恩の一端に応えることを期した。その外にも或は記載洩れがあるかも知れないが、寛恕せられたい。注記に使用した主なる諸家の著書・論文の略号は、左の通りである。

(佐)……佐藤鶴吉　日本永代蔵評釈　明治書院　昭和五——昭和一二
(大)……大藪虎亮　日本永代蔵新講　白帝社　昭和一二
(守)……守随憲治　攷註日本永代蔵　上(巻三まで)　山海堂——昭和五—六
(輪講)……三田村鳶魚外　日本永代蔵輪講　日本及日本人

(市)……市場直次郎　世間胸算用全釈　文泉堂　昭和一〇

(松)……松浦一六　西鶴織留新註　春陽堂　昭和七

(輪講)……三田村鳶魚外　西鶴織留輪講　日本及日本人　昭和六〜七

(潁)……潁原退蔵　江戸時代語の研究　臼井書房　昭和二二。川柳雑俳用語考附西鶴用語考　岩波書店　昭和三三

(真)……真山青果　真山青果随筆選集(西鶴と江戸地理・日本永代蔵講義(一ノ三・二ノ一)・西鶴語彙考証所収)　講談社　昭和二七

(暉)……暉峻康隆　名作評釈(永代蔵・胸算用)　国文学　昭和三二・七―

(中)……中田薫　徳川時代の文学と私法　成光館　大正一二

(両)……三井高維編　両替年代記関鍵(原篇・資料篇・考証篇)　岩波書店　昭和七〜八

(前)……前田金五郎　西鶴語彙考証　西鶴研究・国語国文・国語と国文学・国語・連歌俳諧研究その他

補注　最初町人物三部作に共通する基本的な重要語彙についてのみ、特に補注を加えるつもりであったが、永代蔵の如く、頭注を要する語彙があまりにも多く、ために頭注欄に収めきれなかった部分をも、すべて補注に廻すことにした。胸算用・織留の両書に比較して、永代蔵の補注が特に多いのは、作品の性質・内容にもよるのであるが、予定の頁数をはるかに超過したため、後になるほど割愛削除を余儀なくせられたためでもある。

なお藤井乙男、西鶴名作集(日本永代蔵・世間胸算用所収、講談社、昭和一〇)および野間光辰、世間胸算用新註(東門書房、昭和二七)から補注の一部分を再録した。前者は藤井博士の命を受けて、やはり筆者が執筆したものだからである。

附図　理想をいえば限りもないが、本書の性質上、最少限度にとどめた。その内元禄三年の江戸図部分は中央公論美術新社刊行の古版江戸図集成から、元禄年間の大阪図部分は浪速叢書附録から、寛文七年の御ひいな形は稀書複製会本から、元禄五年の伊勢暦は金井寅之助氏所蔵本から、それぞれ複写したものである。

なお本巻所収の作品の底本としては、胸算用・織留の二書は京都大学附属図書館所蔵の初板本を使用したが、永代蔵のみ吉田幸一氏所蔵の初板本を以てし、校正に際しては、三書とも吉田氏蔵本を以て校合した。以上資料の利用を許可せられた各位に対して、厚く謝意を表する。

日本永代藏

日本永代藏

一

大福新長者教

日《にっ》本《ぽん》永《えい》代《たい》蔵《ぐら》

巻一

目《もく》録《ろく》

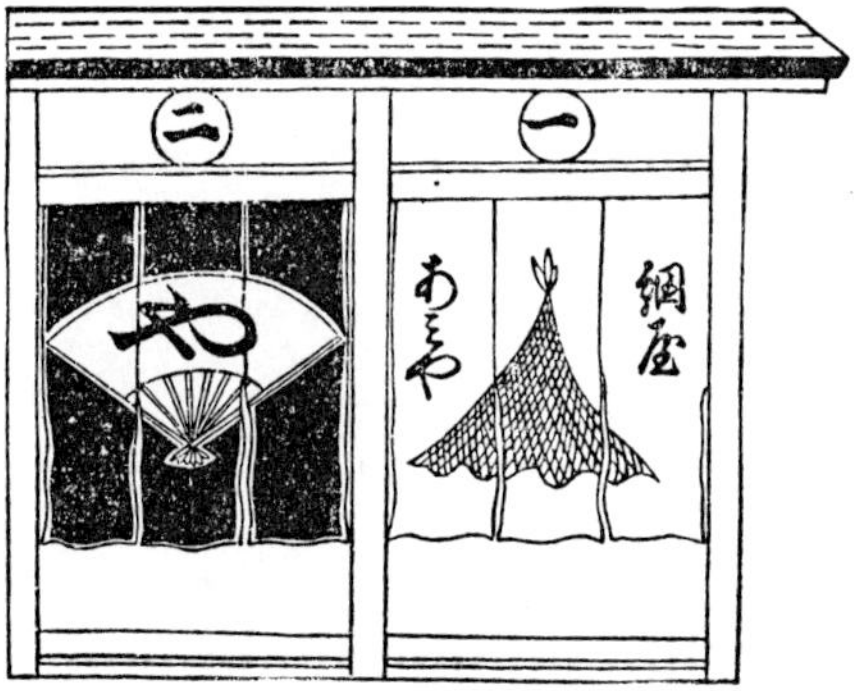

一 二月の初めの午の日。水間寺の会日。午(馬)↓乗って来る。初午参りをして運が向いて来た話。
二 にわか成金。
三 大阪府泉南郡木島村大字水間、天台宗竜谷山水間寺。聖武天皇勅願、行基菩薩開創。本尊は赤栴檀長四寸の正観音。泉州志、四「以二二月初午一為二会日一、相伝、此日運レ歩者、消二除四十二歳厄難一、且得二福徳一也」。観音の御利益のある銭とて、水間寺の賽銭を借る風習のこと本文参看。↓補一。
四 二代目になって扇屋の身代が潰れた話。破る↓扇。風は「家の風」、しにせた家業を意味する。
五 一分判金。
六 悴は忰の俗字、やつれ疲れる義。正しくは倅でまだ仕官せぬ自分の子をいう謙称。ここは単にむすこの意。

一大阪府泉佐野市の豪家唐金屋庄三郎の持船大通丸のもじり。神通力にて浪風静かに海上を航行する意をあらわす。⇩補二。

二大阪市東区北浜一丁目より五丁目まで。船場の北部、大川沿岸の地をいう。大阪の米市は元禄十年頃まで北浜四丁目淀屋橋附近にあった。

三致富の後も昔を忘れぬために、筒落米を掃き寄せるしべ箒を神として祭った後家の話。

四昔は掛売であったが今は現金売が新しい商法になった話。掛算は掛売の算用の意。

五出張所。支店。

六本文に「天鵞兎一寸四方、段子毛貫袋になる程」云々とある。一寸四方の小裂でも商売の種とて手軽に売った話。

七世は欲の塊というが、その人間の欲心を利用して富突を催し家運を挽回した話。

八松屋は奈良曝布の買問屋。当主の死後後家が才覚で跡式を立てた話。跡式は家督たる地位と家名財産を相続することをいう。

九論語、陽貨篇「子曰ク天何ヲカ言ハン哉、四時行ハレ焉、百物生ズ焉、天何ヲカ言ハン哉」に拠る。以下この一節は本書の中心的思想。⇩補三。一〇人間が誠実でありながら、しかも虚偽が多いというのは何ゆえか。それは人間の心は元来、形もなく色もなく声臭もなく、空虚なものであって、外物に感応して善ともなり悪ともなるのだ。西鶴は外物を金銀と解釈している。一一「心ッ」はシンと音で読ますための記号。一二これ人間の

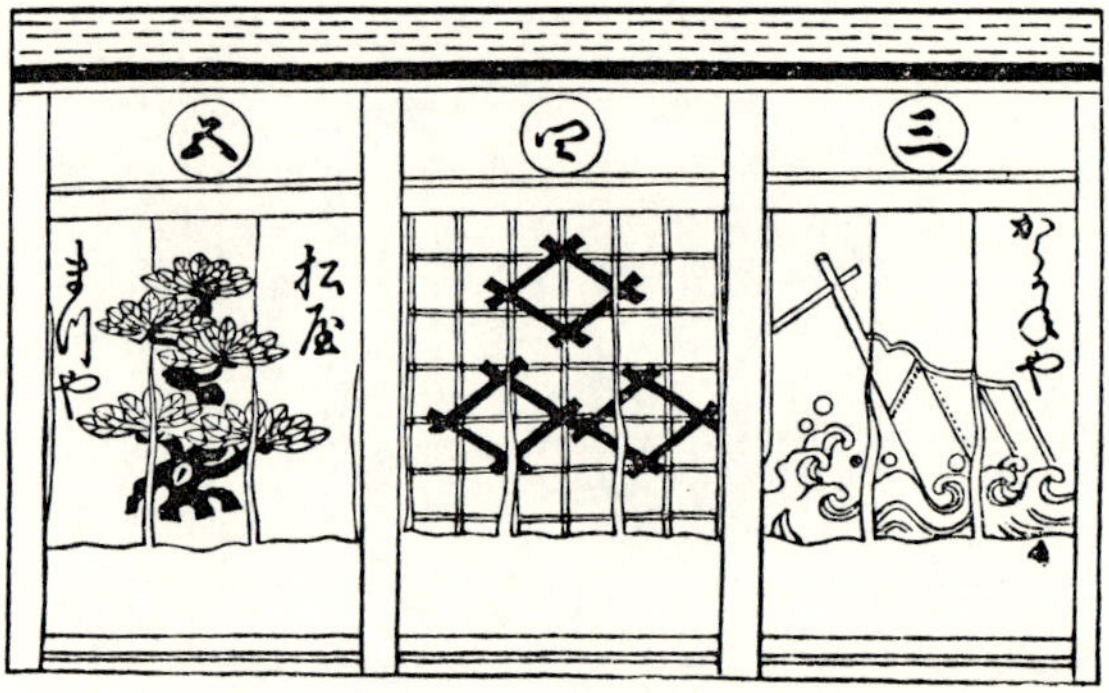

浪風《なみかぜ》靜《しづか》に一神通丸《じんづうまる》
和泉《いづみ》にかくれなき商人《あき(んど)》
二北濱《きたはま》に三箒《はゝき》の神《かみ》をまつる女
四昔《むかし》は掛筭《かけざん》今《いま》は當座銀《たうざぎん》
江戸《えど》にかくれなき五出《で》見せ
六壱寸四方も商賣《しやうばい》の種《たね》
七世《よ》は欲《よく》の入札《いれふだ》に仕合《しあはせ》
南都《なんと》にかくれなき八松屋《まつや》が跡式《あとしき》
後家《ごけ》は女《をんな》の鑑《かゞみ》となる宿

善悪が分れる所以であるという意。一三 その善悪二途の中に立って、外物に左右せられず、まっすぐに、今この政道正しき御代にゆたかに渡世するのは。一四 人の中の人の意。すぐれた人。↓補四。一五 人の人たる人になることは、すべての人にとって一生の一大事である。それにはと下文に続く。一六 職業は何にてもあれ、すべて人たるものは始末して金銀を溜めなければならぬ。士・農・工・商の四民の外に出家・神職を特に挙げたのは、遊民とて四民の外であったから。一七 倹約は致富の基であるから、信奉の意を強調して神に擬していった。神職↓大明神。一八 金銀を指す。一九 人間の命は長いと思えば長いともいえるが、しかし又短いと思えば短いものなのだ。↓補五。二〇「逆旅」は旅宿、「過客」は旅人の意。「浮世」は浮生が正しい。はかない人生をいう。↓補六。二一 瞬時に煙となって、死んでしまえば。二二 金銀といえども何の役に立とうぞ、瓦や石にも劣るものとなる。二三 冥土。死後の世界。二四 何によらず金銀の力で叶わぬ願はないが、広い世間にただ五つだけ金銀を以てしても叶わぬことがある。↓補七。二五 金銀にまさった宝があろう筈がない。宝船↓隠れ笠↓隠れ簑、いずれも隠形の不思議を示す宝物。節分の夜枕の下に敷寝する宝船の摺物にも描かれている。二六 蓬莱の島(鬼が島)の鬼の宝物の第一に、隠れ笠・隠れ簑・打出の小槌を数える。笠・簑↓雨。二七 家業。二八 堅固は身体の壮健なこと。健康が致富の一要件であること↓永二ノ一・三ノ一。二九 儒教的な仁義の意ではなく、世間の信用を重んじ、それに背かぬことをいう。信用が経済生活の根本。

人の人たる道、金銀を貯えて子孫に残すにあり

初午《はつむま》は乗《のつ》てくる仕合《しあはせ》

九天道《てんだう》言《ものいは》ずして、國土《こくど》に恵《めぐ》みふかし。一〇人は実《じつ》あつて、偽《いつは》りおほし。一一其《(その)》心《(し)》ンは本《もと》虚《きよ》にして、物《もの》に應《をう》じて跡《あと》なし。一二是《これ》、一三善悪《ぜんあく》の中《なか》に立《たつ》て、すぐなる今《いま》の御《(お)》ン代《よ》を、ゆたかにわたるは、一四人の人たるがゆへに、常《つね》の人にはあらず。一五一生《しやう》一大事《じ》、一六身《み》を過《すぐ》るの業《わざ》、士農工商《しのうこうしやう》の外《ほか》、出家《しゆつけ》・神職《しんしよく》にかぎらず、一七始末《しまつ》大明神《みやうじん》の御託宣《たくせん》にまかせ、金銀《きんぐ》を溜《たむ》べし。一八是《(これ)》、二親《をや》の外《ほか》に命《いのち》の親《をや》なり。一九人間《げん》、長《なが》くみれば、朝《あした》をしらず、短《みぢか》くおもへば、夕《ゆふべ》におどろく。されば二〇天地《てんち》は万物《ばんぶつ》の逆旅《げきりよ》、光陰《くはうゐん》は百代《はくだい》の過《くは》客《かく》、浮世《ふせい》は夢幻《ゆめまぼろし》といふ。二一時《とき》の間《ま》の煙《けぶり》、死《し》すれば二二何《なん》ぞ、金銀《きんぐ》、瓦石《ぐはせき》にはおとれり。二三黄泉《くはうせん》の用《よう》には立《たち》がたし。然《しか》りといへども、殘《のこ》して子孫《しそん》のためとはなりぬ。ひそかに思ふに、二四世《よ》に有程《あるほど》の願《ねが》ひ、何《なに》によらず銀徳《ぎんとく》にて叶《かな》はざる事、天《あめ》が下《した》に五《いつ》つ有《(あり)》。それより外《ほか》はなかりき。二五是《これ》にましたる寶船《たからぶね》の有《(ある)》べきや。二六見ぬ嶋《しま》の鬼《をに》の持《もち》し隠《かく》れ笠《がさ》・かくれ簑《みの》も、暴雨《にはかあめ》の役《やく》に立《たゝ》ねば、手遠《てどを》きねがひを捨《すて》て近道《ちかみち》に、それ〲の二七家職《かしよく》をはげむべし。福徳《ふくとく》は其身《そのみ》の二八堅固《けんご》に有《(あり)》、朝夕《てうせき》油断《ゆだん》する事なかれ。殊更《ことさら》二九世《よ》の仁義《じんぎ》を本《もと》として、神仏《しんぶつ》をまつるべし。是《これ》、和國《わこく》の風俗《ふうぞく》なり。

水間寺初午詣。欲と道づれ

一 早春二月頃、山や野を焼いて焼畑を作り蕎麦・粟・稗などを蒔く。二 欲と二人連れ。三 徒然草、一一段「遙かなる苔の細道を踏み分けて」(佐)。四 山焼きをした後の焼原に、先の方が黒く焦げた萩・芒(すすき)・荻が早くも芽生えている。末黒野(すぐろの)・荻の焼原という。苔路↓荻の焼原。五 まだ桜も咲かぬ辺鄙な山里。千載集、夏、藤原敦仲「小萩原まだ花さかぬ宮城野の鹿や今宵の月に鳴くらむ」。萩↓まだ花咲かぬ。六 祈願したというのは、外のことでもない。七 その分際相応に。「富めるを」は「富まんことを」とあるべきところ。八 返答。九 以下観音の御告。謡曲田村「げにや安楽世界より、今この娑婆に示現して」。一〇 金銀のつかみ取り。ぼろい儲け。𨅬はまた爪偏に國に作る。攫に同じ。ツカム・ウチトル意。

観音の貸し銭。江戸舟問屋網屋の致富

一一 謡曲田村「ただ頼めしめぢが原のさしも草われ世の中にあらん限りはの御誓願」。清水寺観音の御詠という。一二 百姓は汝の天職である。土民は土着の民、転じて百姓の意。一三 慶安二丑年二月二十六日付、諸国郷村江被二仰出一(慶安の御触書)「一、男は作をかせぎ、女房は苧はたをかせぎ、夕なべをし、夫婦ともにかせぎ可レ申」。一四 斗帳。神仏の像を安置した厨子または内陣に垂らしたとばり。一五 はっきりとした御告。一六 万の文反古、五ノ一「世界にこはきものは酒の酔と銀の利にて御座候」。↓補八。一七 種銭と称して、寺社の賽銭を借りて帰り、倍にして返すという習俗は、この水間の観音以外にもあった。↓補一。一八 その年。一九 不足なく。

折ふしは春《はる》の山、二月初午《はつむま》の日《ひ》。泉州《せんしう》に立《たゝ》せ給ふ水間寺《みづまでら》の観音《くはんをん》に、貴賤男女《きせんなんによ》参詣《まふで》ける。皆信心《みなしんぐ》にはあらず、欲《よく》の道《みち》づれ。はるかなる苔路《こけぢ》・姫萩《ひめはぎ》・荻《をぎ》の焼原《やけはら》を踏分《ふみわけ》、いまだ花《はな》もなき片里《かたざと》に來《き》て、此佛《このほとけ》に祈誓《きせい》かけしは、其分際程《そのぶんざいほど》に富《とめ》るを願《ねが》へり。此御本尊《このごほぞん》の身《み》にしても、独《ひと》り〱に返言《へんごん》し給ふもつきず。「今此娑婆《このしやば》に、𨅬《つかみ》どりはなし。我頼《われたの》むまでもなく、土民《どみん》は汝《なんぢ》にそなはる。夫《をつと》は田《た》捶《うち》て、婦《ふ》は機織《はたをり》て、朝暮《てうぼ》其《その》いとなみすべし。一切《さい》の人、此《この》ごとく」と、戸帳《とちやう》ごしにあらたなる御告《つげ》なれ共《ども》、諸《しよ》人の耳《みゝ》に入《いら》ざる事の浅《あさ》まし。

それ世の中《なか》に、借銀《かりぎん》の利足程《りそくほど》おそろしき物はなし。此御寺《このみてら》にて、万人かり錢《ぜに》する事あり。當年《たうねん》壱錢《せん》あづかりて、來年《らいねん》弐錢にして返し、百文請取《うけとり》、弐百文にて相濟《あひすま》しぬ。是《これ》、観音《くはんをん》の錢《ぜに》なれば、いづれも失墜《しつつい》なく、返納《へんなう》したて

二〇 みなり。二一 質朴なこと。二二 頭の恰好。髪の結いぐあい。二三 月代（さかやき）を小さく剃り、髻（もとどり）を高く結うた髪風。厚鬢ともいい、上品ではあるが野暮ったい。二四 時代おくれの仕立方の着物。二五 袖たけも寸が詰まって。二六 裾廻し。衣服の裏につける布。はっかけともいう。裙は裾に同じ。二七 上着と下着。二八「ふとり」は太織。銘仙・紬などの如く太い練絹糸で織った絹織物の総称。粗野であるが丈夫。二九 無地のはなだ色染。はなだ色は淡い藍色で染返しがきくから、経済的。三〇 掛襟。本襟の長さの半分であるから半襟という。衣服の汚染を避けると共に、装飾のために天鵞絨・繻子類を用いたが、ここは着物の裂地から裁ち出した共裂を用いたので、実用本位の質素なことが判る。三一 長野県小県郡・更級郡地方で織り出した紬縞。上田で取引せられたから上田縞・上田紬という。地質強く長持ちがして経済的である。三二 町人は帯刀を禁止せられていたが、旅行の際は護身用に脇差を用いることを認められていた。一尺八寸以下一尺までを中脇差という。三三 旅行の際、雨露を防ぐために刀の柄に被せるひきはだ皮の袋。三四 椿と野老は水間の名物。三五 割竹で粗く編んで、籠の口だけ編み残した籠。三六 神仏に参詣しての帰途。三七 神仏の御前。三八 寺務の僧。観音院の住職が別当職を兼ねていた。三九 銭一貫文を繋いだ銭緡。省百または九六銭といって、実際は九百六十文繋ぎで千文に用いる。四〇 返済せられようなどとは考えられない。四一 今後は。

まつる。をの〳〵五錢《せん》・三錢、十錢より内をかりけるに、爰《こゝ》に年《とし》のころ廿三四の男《をとこ》、産付《むまれつき》ふとくたくましく、二〇風俗《ふうぞく》二一律義《りつぎ》に、二二あたまつき二三跡《あと》あがりに、二四信長時代《のぶながじだい》の仕立着物《したてきるもの》、二五袖《そで》下《した》せはしく、二六裙《すそ》まはり短《みぢか》く、二七うへした共に、二八紬《つむぎ》の二九ふとりを無紋《むもん》の花色染《はないろぞめ》にして、同じ切《きれ》の三〇半襟《はんえり》をかけて、三一上田嶋《うへだじま》の羽織《はをり》に、綿《もめん》うらをつけて、三二中脇指《わきざし》に三三柄袋《つかぶくろ》をはめて、世間《せけん》かまはず尻《しり》からげして、爰（ここ）に参りし印《しるし》の、三四山椿《やまつばき》の枝《えだ》に野老《ところ》入（いれ）し三五髭籠《ひげこ》取（とり）そへて、三六下向《げかう》と見えしが、三七御寶前《ほうぜん》に立寄《たちより》て、「借錢《かりぜに》壱貫《くはん》」と云《いひ》けるに、三八寺役《じやく》の法師《ほうし》、三九貫《くはん》ざしながら相渡《あひわた》して、其國《そのくに》・其名《な》をたづねもやらず、彼男行《かのをとこゆき》がたしれずなりにき。

寺僧《じそう》あつまりて、「當山開闢《たうざんかいびやく》より此（この）かた、終《つゐ》に壱貫《くはん》の錢《ぜに》かしたる例《ためし》なし。借《かる》人是（これ）がはじめなり。此錢済《ぜにすむ》四〇べき事共（とも）思はれず。四一自今《じこん》は、大分《ぶん》にかす事無用《むよう》」とさたし侍《(はべ)》る。其《(その)》人の住所《すみどころ》は、武藏江戸《むさしえど》にして[一]小網町《こあみてう》のすゑに、浦《うら》人の着《つき》し[二]舟問《ふなどひ》屋して、次第《しだい》に家栄《いへさか》へしをよろこびて、[三]掛硯《かけすゞり》に「仕合丸《しあはせまる》」と書付《かきつけ》、水間寺《みづまでら》の錢《ぜに》を入置《いれをき》、[四]獵師《れうし》の出船《しゆつせん》に、子細《しさい》を語《かた》りて、百《ひやく》文づゝかしけるに、かりし人自然《しぜん》の福《さいはい》有《(あり)》けると、[五]遠浦《えんぼ》に聞傳《きゝつた》へて、[六]せんぐりに毎年集《まいねんあつまり》りて、[七]一年一倍《ばい》の筭用《さんよう》につもり、十三年目《め》になりて、元《もと》壱貫のぜに八千百九拾弐貫《くはん》にかさみ、東海道《とうかいだう》を[八]通《とを》し馬《むま》につけ送《をく》りて、御寺《(み)てら》につみかさねければ、[九]僧中《そうちう》[一〇]横手《よこて》打《(うち)》て、そのゝち[一一]せんぎあつて、「すゑの世の[一二]かたり句《く》になすべし」と、都《みやこ》よりあまたの[一三]番匠《ばんじやう》をまねきて、[一四]寶塔《ほうたう》を建立《こんりう》、有難《ありがた》き御利生《りしやう》なり。此商人《(この)あき(んど)》、[一五]内藏《うちぐら》には[一六]常燈《じやうとう》のひかり、其《(その)》名は網《あみ》屋とて武藏《むさし》にかくれなし。[一七]惣《そう》じて、親《をや》のゆづりをうけず、其《(その)》身才覚《さいかく》にしてかせぎ出し、[一八]銀《ぎん》五百貫目よりして、是《(これ)》を[一九]分限《ぶんげん》といへり。千貫目のうへを、長者《ちやうじや》とは云《(いふ)》なり。[二〇]此銀《(このかね)》の息《いき》よりは、[二一]幾千萬歳樂《いくせんまんざいらく》と祝《いは》へり。

二代目《だいめ》に破《やぶ》る扇《あふぎ》の風《かぜ》

[二二]人《ひと》の家《いへ》に有《あり》たきは梅《むめ》・櫻《さくら》・松《まつ》・楓《かへで》、それよりは金銀《きんぐ》[二三]米錢《べいせん》ぞかし。[二四]庭《には》山にまさりて[二五]庭藏《にはぐら》の[二六]詠《なが》め、[二七]四季《き》折《をり》ゝの[二八]買置《かいをき》、是《(これ)》ぞ[二九]喜見城《きけんじやう》の樂《たのしみ》と思ひ極《きはめ》て、[三〇]今の都《みやこ》に住《すみ》な

一 今、東京都中央区日本橋小網町(一丁目—三丁目)。日本橋川に臨み、三丁目東横町箱崎川北岸を行徳河岸という。 二 廻漕問屋。諸国の廻船と契約して積荷を集め、または積荷の運送を取次ぐ。「仕合丸」はその積荷・運送の契約をしている船の名。 三 掛子(かけご)になった硯箱。掛子の下が引出しになっていて銭箱に兼用。 四 ↓補九。 五 ここは房総沿海の漁村を指す。「聞伝えて」の次に「銭を借りけるに」とあるべきところ。 六 先の分から次々に、貸した銭が毎年返って来て。振仮名原本のママ。 七 一年毎に二倍になる算用で計算して。↓補一〇。 八 乗掛・軽尻・駄荷の馬を途中の宿場で継ぎ替えずに、出発地から到着地まで同じ馬で通すこと。↓補一一。 九 岸和田藩志、下、元禄四年書上によると、水間寺の寺僧四十二人とある。 一〇 感嘆したさま。 一一 僉議。皆で相談すること。 一二 語り草。話の種。 一三 大工。 一四 天正十三年兵火に炎上、万治三年再建(水間寺旧記)。或はこの時の再建寄進者が網屋であったろうか。前引元禄四年書上に「三重塔 本尊釈迦脇立四天王」とある。 一五 母屋の軒続きに建てた土蔵。金銀道具その他貴重品を格納する。庭蔵に対していう。 一六 常夜灯。千貫目以上の長者になると金蔵に常灯をとぼす風習があった。常灯↓(金)網。↓補一二。 一七 ↓補一三。 一八 ↓補一四。 一九 分限(者)・長者、いずれも金持をいう。↓補一五。 二〇 この銀の精の息吹からは利に利を生んで、幾千万貫目の長者になるやも知れぬと、繁昌を祝った。金銀に精があってうめくという。息↓利息(足)。 二一 祝言の「千秋楽には民を撫で、万歳楽には命を延ぶ」(謡曲高砂)。

あやかりものの升かき長者。始末でしこためた二千貫目

がら、[三一]四条の橋《はし》をひがしへわたらず、[三二]大宮通《(おほ)みやどを》りより丹波《たんば》口の西《にし》へゆかず、[三三]諸山《しよ(さん)》の出家《しゆつけ》をよせず、[三四]諸牢人《しよらう》に近付《ちかづか》ず、すこしの風氣《かざけ》・[三五]虫腹《むしばら》には[三六]自薬《じやく》を用《もち》ひて、昼《ひる》は家職《かしよく》を大事《だいじ》につとめ、夜《よる》は内《うち》を出《いで》ずして、若《わか》ひ時ならひ置《をき》し[三七]小謡《うたひ》を、それも両隣《どなり》をはゞかりて、地聲《ぢごゑ》にして、我《われ》ひとりの慰《なぐさみ》になしける。[三八]灯《ともしび》をうけて本《ほん》見るにはあらず。[三九]覚《をぼへ》たとをり、[四〇]世《よ》の費《つゐへ》ひとつもせざりき。此《(この)》おとこ、一生《しやう》のうち、草履《ざうり》の鼻緒《はなを》を踏《ふみ》きらず、釘《くぎ》のかしらに袖《そで》をかけて破《やぶら》ず。万《よろづ》に気《き》を付《つけ》て、其身《(その)み》一代《だい》に弐千貫《ぐはん》目[四一]しこためて、[四二]行年《かうねん》八十八歳《さい》、世《よ》の人[四三]あやかり物とて、[四四]㪷掻《ますかき》をきらせける。

　さればかぎり有命《あるいのち》、此親仁《(この)をやじ》、其年《(その)とし》の[四五]時雨《しぐれ》ふる比《ころ》、[四六]憂《うれへ》の[四七]雲立《くもたち》どころをまたず、頓死《とんし》の枕《まくら》に殘《のこ》る、男子《なんし》一人して、[四八]此跡《(この)あと》を丸《まる》どりにして、廿一歳《さい》より、生《むま》れ付《つき》たる長者《ちやうじや》なり。此世悴《(この)せがれ》、親《をや》にまさりて始末《しまつ》を第《だい》一にして、あまたの親類《しんるい》に[四九]所務《しよむ》わけとて[五〇]箸《はし》かたし散《ちら》さず、[五一]七日の仕揚《しあげ》、八日目《め》より[五二]蔀門口《しとみかどぐち》を明《あけ》て、世をわたる業《わざ》を大事《だい》にかけて、腹《はら》のへるをかなしみて、火《くは》事の見舞《まひ》にもはやくは歩《あゆ》まず。[五三]しはひせんさくにとしくれて、明《(あく)》れば去年《こぞ》のけふぞ、親仁《をやじ》の[五四]祥月《しやうつき》とて[五五]旦那《だんな》寺に参《まい》りて、[五六]下向《げかう》に、なをむかしをおもひ出して、[五七]泪《なみだ》は袖《そで》にあまれる。「[五八]此手紬《(この)てつむぎ》の碁《ご》盤嶋《ばんじま》は、[五九]命《いのち》しらずとて親仁の着《き》られしが、おもへばおしき命、[六〇]今廿二年生《いき》給へ

二二 ↓補一六。 二三 米と銭。「金銀米銭」と連ねて用いる(狂言瓜盗人)。 二四 築山。 二五 裏庭に建てられた蔵。穀物蔵・商品蔵・道具蔵などに用いる。内蔵に対していう。 二六 眺め。 二七 謡曲邯鄲「四季折々は目の前にて、…喜見城の楽しみも、かくやと思ふばかりの気色かな」。季節によって物の相場に高下があるから。↓胸一ノ三。 二八 値上りを見越して、相場の安い時に品物を買いこんでおくこと。 二九 天上極楽世界の楽しみ。 三〇 今この歓楽の中心の都に住みながら。 三一 茶屋遊び・野郎狂いをせぬこと。 三二 島原通いをせぬこと。↓補一七。 三三 諸宗の出家の意。京都には仏教各宗の本山が多い。一々寄進についていてはたまらぬ。↓補一八。 三四 浪人。但し武士の浪人だけでなく、一般の失業者をも含めていうので「諸牢人」と書いた。豪家になると頼まれて浪人を寄宿させることもよくあった。↓永五ノ四。 三五 軽い腹痛。多くは蛔虫に原因すると考えられていた。 三六 自分で調合した薬。 三七 男芸の一つとして、小謡の一つも謡えなければ人づきあいは出来ないので、若い時から稽古する。 三八 小謡なら暗誦しているから、謡本を見るまでもない。灯火の節約にもなる。 三九 若い頃からたたきこまれた通りに。小謡↔覚えた通り。 四〇 むだなこと。損になること。 四一 どっさり溜めて。しこり溜めるの約。 四二 行は歴の意。この世に生存した年数。享年。 四三 果報者。 四四 枡に盛った穀物を平らにならす竹の棒。↓補一九。 四五 旧暦十月を時雨月という。 四六 健康が思わしくなくなって。時雨↔雲↔立ち所。 四七 たちまち。 四八 遺跡。遺産。 四九 遺言による財産処分、ここは形見分けの意。

藍は藍より出でて親の上行くしわい二代目

ば、一長《ちやう》百なり。若死《わかじに》あそばして大ぶん損《そん》かな」と、是《(これ)》にまで欲先《よくさき》立《(だち)》て帰るに、二紫野《むらさきの》の逍《ほと》り、三御藥苑《やくえん》の竹垣《たけがき》のもとにして、めしつれたる四年切女《ねんきりをんな》、五齋米《ときまい》入《(いれ)》し明袋《あきぶくろ》持《もち》し片手《かたて》に、六封《ふう》じ文《ぶみ》一通拾《つうひろ》ひあげしを、取《とり》てみれば、「七花川《はなかは》さままいる、八二三より」と九うらがき。一〇そくゐ付《(つけ)》ながら、念《ねん》を入《(いれ)》て一一印判《ゐんばん》おしたるうへに、「一二五大力《(りき)》ぼさつ」と、一三そめ〳〵と筆をうごかせける。「是《(これ)》は聞《きゝ》もおよばぬ一四御公家衆《くげしゆ》の御名《な》なり」と、それより一五宿《やど》にかへり、人にたづねければ、「是《(これ)》は一六嶋原《しまばら》の一七局《つぼね》上郎《らう》のかたへやるなるべし」と讀《よみ》すてけるを、「是《(これ)》も一八杉原反故《ほんご》一牧《まい》のとく、損《そん》のゆかぬ事」とて物しづかにとき見しに、一九壱歩《ぶ》ひとつころりと出《(いで)》しに、是《(これ)》はと驚《をどろ》き、二〇先付石《まつけいし》にてあらため、二一其後秤《そのゝちはかり》の上目《うはめ》にて二二壱匁弐分《(ふん)》、二三りんとある事をよろこび、胸《むね》のおどりをしづめ、「思ひよらざる仕合《しあはせ》は、是《(これ)》ぞかし。世間《せけん》へ二四さたする事なかれ」と、二五下ゝ《したぐ》の口を閉《とぢ》て、扨《さて》、彼《かの》ふみを讀《よみ》けるに、戀《こひ》も情《なさけ》もはなれて、二六かしらから二七ひとつ書《がき》にして、「二八時分《じぶん》がらの御無心《むしん》なれ共、身にかへてもいとほしさのまゝ、二九春《はる》切米《ぎりまい》を借越《かりこし》、つかはし參らせ候《(そろ)》。此《(この)》内弐匁はいつぞやの三〇諸分《しよわけ》、その三一殘《のこ》りは三二皆合《みなかう》力《りよく》。年ゝ《としぐ》つもりし借錢《しやくせん》を濟《すま》し申《(まう)》さるべし。惣《そう》じて、人には三三其《(その)》分限惣應《ぶんげんさうをう》のおもはく有《(あり)》。三四大坂《ざか》屋の野風《のかぜ》殿に、三五西國《さいこく》の三六大臣菊《だいじんきく》の節句仕舞《せつくじまひ》にとて、三七一歩《ぶ》三百をくられしも、三八我らが三九一角《かく》も、心入《(いれ)》は同《をな》じ事《こと》ぞかし。四〇あらば何か惜《をし》かるべし」と、哀《あはれ》ふ

五〇 箸一本も。五一 埋葬後七日間門戸をとじて休業し、七日目に葬式の前後世話になった人々や親類を招いて酒食を供し、葬儀諸費用の支払をすませる(真)。五二 蔀作りの門口。上げ見世という。↓補二〇。五三 吝嗇心から銭の工夫をすること。五四 正しくは祥月命日。但し俗には毎年の忌日をも祥月と称する。五五 菩提寺。五六 帰り道で。五七 涙に同じ。音ルイ。謡曲砧「袖に余れる涙の雨」。五八 経緯とも手紬糸で織った碁盤目の格子縞の着物。五九 丈夫で長持ちすること。六〇 あと十二年の誤り。

一 ちょうど百歳。銭の計算上の称呼を用いた。↓補二一。二 今、京都市北区。大徳寺・今宮神社附近の総称。三 禁裏御用の薬草園。今、京都市北区鷹ヶ峰藤林町のあたりにあった。↓補二二。四 年季奉公の女。五 斎は僧家の正時の食(午前の食事)。親の命日に斎米を旦那寺へ寄進する。六 本紙の上下を折り、別の紙で包んで糊で封をした手紙。原本の挿絵に結び文になっているのは誤りか。七 二匁どりの端傾城。八 廓における客の替名。↓補二三。九 裏書。一〇 続飯糊。一一 ↓補二四。一二 手紙が無事に先方へ届くという呪。↓補二五。一三 染め染めと。料紙が墨で黒く染まるほど、こまごまと書くこと。転じて、心をこめて、しみじみと。一四 公卿衆に今出川・堀川・白川や花園・花山などの諸家があったから、ふとそう思った。一五 我家。一六 今、京都市下京区西新屋敷にあった遊廓の通称。↓補二六。一七 局女郎。最下級の女郎。端女郎とも。一八 杉原紙。奉書紙よりやや薄く柔らか。書簡紙に用いられた。当時、紙は貴重品であった。一九 一分判。小判一両の四分の一に相当する長方形の小金貨。二〇 金付け石。試

金石。↓補二七。二一 ↓補二八。三 ↓補二九。三二 量目の正確なことをいう。一厘の相違もないこと。三四 沙汰する。知らせる。噂する。三五 奉公人たちに口留めして。二六 のっけから。最初から。二七 箇条書。二八 時も時とて、手許不如意の折柄。↓補三〇。二九 春に受取るべき給金。↓補三一。三〇 遊興費。三一 金一両銀六十匁替とすれば、金一分は十五匁、内二匁を差引くと残りは十三匁。三二 金や物を恵み与えて助けること。コウリョクと清んで訓む。三三 自分相応の考え・つもりの意。三四 ↓補三二。三五 島原の大臣客には博多・長崎・熊本各地の商人が多い。貿易や米商い・酒造の盛んな同地方の経済力の反映。三六 菊の節供(陰暦九月九日)は島原の大紋日。その費用すべて大臣客の賄い。↓補三三。三七 一分判三百。小判にして七十五両。三八 私なんかの。三九 一分判の異名。但し遊里における通言。四〇「何か惜しかるべき」とあるべきところ。↓補三四。四一 この男の切ない愛情の祟りのほども恐ろしい。四二 行先。四三 男ぶりをつくろうさま。四四 島原の大門口。番所に与右衛門が控えている。↓補三五。四五 囲(鹿恋)以上太夫・天神級の女郎を呼んで遊興する見世。↓補三五。四六 野暮丸出しの主人公のさま。↓補三六。四七 島原の大門口を入った突当りの茶屋町。胴筋中之町側にかけて水茶屋が並んでいた。↓補三五。四八 女郎屋(廓)の並んでいる町々。↓補三五。四九 島原中之町のくつわ一文字屋梅村七郎兵衛抱えの太夫二代目唐土。↓補三七。五〇 揚屋から呼ばれて出かける道中姿。五一 最高位の女郎。以下天神・囲・端の順。五二 女郎の後見・監督のためつき随う女。

拾い徳の一歩に浮れ出す始末男。大臣遊びの果は謡の門づけ

くみての文章《ぶんしやう》。讀程《よむほど》ふびんかさなり、「いかにしても、此《(この)》金子《きんす》をひろふてはゐられじ。[四一]此《(この)》存念《ぞんねん》もおそろし。其《(その)》男《をとこ》にかへさんとすれば、住所《すみどころ》をしらず。[四二]先《さき》のしれたる嶋原《しまばら》に行《ゆき》て、花川をたづね渡《わた》さん」と、すこしは[四三]鬢《びん》のそゝけを作《つく》りて宿《やど》を立出《たちいで》し後《のち》、此《(この)》一歩《ぶ》只《たゞ》かへすも、思へばおしき心ざし出て、五七度も分《ふん》別《べつ》かへけるが、程《ほど》なく[四四]色里《いろざと》の門口《もんぐち》につきて、すぐには入《(いり)》かね、しばらく立《(たち)》やすみ、[四五]揚《あげ》屋より酒取《さけとり》に行男《ゆくをとこ》に立寄《たちより》、「此《(この)》御門《ごもん》は、断《ことはり》なしに通《とを》りましても、くるしう御ざりませぬか」といひければ、彼男《かのをとこ》、返事《へんじ》もせず、おとがひにてをしへける。

さてはと、[四六]編笠《あみがさ》ぬぎて手に提《さげ》、中腰《ちうごし》にかゞめて、やう〱に[四七]出口《でぐち》の茶屋《ちや》の前《まへ》を行過《ゆきすぎ》て、[四八]女郎町《ぢよらうまち》に入《(いり)》、[四九]一文《(もん)》字《じ》屋の今唐土《いまもろこし》[五〇]出《で》掛姿《かけすがた》に近寄《ちかより》、「花川《はなかは》さまと申《(まうす)》御かたは」と尋《たづ》ねけるに、[五一]太夫、[五二]やり手のかたへ皃《かほ》を移《うつ》して、「私《わたくし》はぞんじませぬ」と斗《ばかり》。やり手、[一]青暖簾《あをのうれん》のかゝるかたに指《ゆび》さして、「どこぞ其《(その)》あたりで聞《(きき)》給へ」といへば、跡《あと》なる[二]六尺《(ろくしやく)》、[三]目《め》に角《かど》を立《たて》て、「其《(その)》女郎《ぢよらう》[四]つれておじやれ、見てやらふ」と申《(まう)》せば、「つれ参《まい》る程《ほど》なれば、[五]御まへさまに御尋ねは申《(まうし)》ませぬ」と、跡《あと》へさがりて、[六]あなたこなたにたづねあたり、様子《やうす》を聞《きけ》ば、[七]弐匁どりの[八]はしげいせいなるが、此《(この)》二三日、[九]氣色《きしよく》あしくて引籠《ひきこも》り居《ゐ》らるゝよし、[一〇]そこ〳〵にかたり出《(いで)》ければ、彼文届《かのふみとゞけ》ずかへりさまに、思ひの外《ほか》なる浮気《うはき》おこりて、「[一一]元此金子《もとこのきんす》、我物《わがもの》にもあらず。一生《しやう》の思ひ出《で》に、[一二]此《(この)》金子切《きんすぎり》に、けふ一日の遊興《ゆうけう》して、老《をひ》ての咄《はなし》の種《たね》にも」と思ひ極《きは》め、[一三]揚屋《あげや》の町は思ひもよらず、[一四]茶《ちや》屋にとひ寄《より》、藤屋《ふぢや》彦《ひこ》右衛門といへる二階《かい》にあがり、[一五]昼《ひる》のうち九匁の御かたを呼《よび》てもらひ、呑《のみ》つけぬ酒《さけ》にうかれて、これより[一六]手習《てなら》ふはじめ。[一七]情文《なさけぶみ》の取《とり》やりして、[一八]次第《しだい》のぼりに、太夫殘《のこ》らず買出《かひいだ》し、時なる哉《かな》[一九]都《みやこ》の末社《まつしや》四天王、願西《ぐはんさい》・神樂《かぐら》・あふむ・乱酒《らんしゆ》に[二〇]そだてられ、[二一]まんまと[二二]此道《(この)みち》にかしこくなつて、後には、[二三]色作《いろつく》る男《をとこ》の[二四]仕出《しだ》しも、[二五]是《(これ)》がまねして、[二六]扇屋《あふぎや》の戀風《こひかぜ》様といはれて[二七]吹揚《ふきあげ》、人はしれぬ物《もの》かな、見及《をよ》びて四五年此《(この)》かたに、[二八]弐千貫目[二九]塵《ちり》も灰《はい》もなく、[三〇]火吹力《ひふくちから》もなく、[三一]家名《いへな》の古扇《ふるあふぎ》殘りて、「[三二]一度《(ひと)たび》は栄《さか》へ、一度《たび》は衰《をとろふ》る」と、[三三]身の程《ほど》を謡《うたひ》うたひて、一日暮《ぐら》しにせしを、見る時《とき》、聞時《きくとき》、「[三四]今時はまふけにくひ銀《かね》を」と、[三五]身《み》を持《もち》かためし[三六]鎌田《かまだ》やの何《なに》がし、子共

一 端女郎のいる局。↓補三八。 二 女郎屋の下男。 三 にらみつけて。 四 連れておいであれの約。 五 目上の人に用いる対称の人代名詞。六尺の怒声に畏怖したさま。 六 方々尋ね廻って、漸く尋ねあてて。 七 揚銭二匁の端女郎。 八 端傾城。 九 気分。 一〇 よい加減に。ざっと。 一一 金貨。銀貨ならば銀子という。転じて、広く貨幣・金銭の意にも用いる。 一二 この金額の範囲で。 一三 揚屋遊びは思いもよらぬという意。↓補三九。 一四 出口の茶屋。昼の内端女郎を呼んで遊ぶことができる。↓補三五。 一五 半夜と称する女郎。昼九匁、夜九匁、昼夜ならば鹿恋並みに十八匁。 一六 廓遊びの稽古初め。 一七 恋文。手習初め↓文。 一八 端女郎から鹿恋・天神・太夫と次第上りに女郎を買うこと。 一九 京都の有名な四人の太鼓持。↓補四〇。 二〇 そやしたてられて。 二一 物の見事に。 二二 色道。 二三 髪や服装に凝っておしゃれする男。 二四 おめかし。おしゃれ。 二五 この男(扇屋)の。 二六 家名の扇屋に因んだ替名。 二七 女郎に金銀を入れあげて財産を蕩尽すること。風↓吹揚げ。 二八 父親から譲られた遺産の全部。 二九 諺「塵も灰も残らぬ」。全部なくなること。 三〇 諺。生計を立てる能力もなくなって。 三一 家名の扇屋に縁のある古扇一本だけが残って、それを商売道具として。↓補四一。 三二 謡曲杜若のクセの一節。 三三 自分の身の上を、そのまま謡にうたって。 三四 むざむざと費い果したことよと。 三五 素行を慎んで堅実にやって来た。 三六 不詳。↓補四二。
三七 知行高一万石以上を大名という。 三八 因果を草木の種と果(このみ)に譬えていう。正しくは「蒔き給へることにかありけむ」とあるべきところ。↓補四三。 三九 大名の何不自由のない、

に是《(これ)》をかたりぬ。

浪風静《なみかぜしづか》に神通丸《じんづうまる》

[三七]諸大名《しよだいみやう》には、[三八]いかなる種《たね》を、前生《ぜんじやう》に蒔《まき》給へる事にぞ有《あり》ける。[三九]万事《ばんじ》の自由《じゆう》を見し時は、[四〇]目前《もくぜん》の佛《ほとけ》といふて又外《ほか》になし。[四一]さればとよ、世に[四二]大名の御知行《(ご)ちぎやう》、百弐拾万石を[四三]五百石どり、[四四]釈迦如來御入滅《しやかによらいごにうめつ》此《(この)》かた、[四五]今《いま》に永ゝ《ゑい〳〵》[四六]勘定《かんぢやう》したて見るに、これを取《(とり)》つくさじといへり。[四七]大人《たい(じん)》小人《(じん)》の違《ちが》ひ[四八]各別《かくべつ》、世界《せかい》は廣《ひろ》し。近代泉州《きんだいせんしう》に[四九]唐《から》かね屋とて、金銀《きん〴〵》に[五〇]有徳《うとく》なる人出來《でき》ぬ。[五一]世《よ》わたる大船《せん》をつくりて、其名《(その)な》を[五二]神通丸《じんづうまる》とて、三千七百石つみても[五三]足《あし》かろく、[五四]北國《ほつこく》の海《うみ》を自在《じざい》に乘《のり》て、難波《なには》の入湊《いりみなと》に[五五]八《(はち)》木《ぼく》の商賣《しやうばい》をして、次第《しだい》に家栄《いへさか》へけるは、諸事《しよじ》につきて、其身《(その)み》[五六]調義《てうぎ》のよきゆへぞかし。

惣《そう》じて[五七]北濱《きたはま》の米市《こめいち》は、[五八]日本第一《につぽんだい》の津《つ》なればこそ、[五九]一刻《こく》の間に、[六〇]五万貫目《まんぐはんめ》の[六一]たてり商《あきなひ》も有《ある》事なり。[六二]その米は、藏ゝ《くら(ぐら)》に[六三]やまをかさね、[六四]夕《ゆふべ》の嵐朝《あらしあした》の雨《あめ》、[六五]日和《ひより》を見合《あはせ》、雲《くも》の立所《たち(ど)》をかんがへ、[六六]夜《よ》のうちの思ひ入《(いれ)》にて、賣人《うる》有《あり》、買人《かふ》有《あり》。[六七]壱分《(ぶ)》弐分《(ぶ)》をあらそひ、人の山をなし、互《たがひ》に面《をもて》を見しりたる人には、千石・万石の米《こめ》をも

唐金屋はお大名の如し。北廻りの八木商い

思いのままの栄華のさまを見ると。四〇 この世ながらの仏ともいうべく、こんな仕合せな人はまたと外にはない。四一 だからこそ。四二 加賀百万石の前田侯のことか。↓補四四。四三 五百石ずつ控除することにして。四四 貞享五年は仏滅後二千六百六十四年に当る。この計算の方法不明。↓補四五。四五 今に至るまで永年にわたって。四六 勘定書を作成して清算すること(真)。四七 身分あるお方と卑賤の者との違いは甚しいが、しかし世間は広い。近頃町人にもこういう大富豪が出て来たという意。四八 別天地・別世界の意で「各別世界」という成語はあるが、ここは「各別、世界は広し」と切って読む。四九 ↓補二。五〇 富裕な。五一 家業として、大船を建造して廻船業を営み。世渡る↓船。五二 ↓補二。五三 ↓補四六。五四 長州下関から奥州松前までの航路を「北海舟路」(汐路之記)という。荒天と暗礁に妨げられて危険な航路であった。五五 米の分字で、米の異名。五六 駆引。やりくり。五七 元禄十年頃までは、十三人町(今、東区大川町。淀屋橋南詰)にあった。↓補四七。五八 大阪が日本第一の港であるから。五九 約二時間。六〇 ↓補四八。六一 立会商いの意。正米取引・手形売買に対して、米市における相場取引をいう。↓補四九。

北浜の米市。中の島の米問屋

六二 ↓補五〇。六三 三角形の杉なりに米俵を積上げた形を「山」という。六四 謡曲班女「夕の嵐朝の雲」また「欄干に立ちつくして、そなたの空よと眺むれば」。山嵐↓雨↓日和↓雲。六五 ↓補五一。六六 前夜の予想。六七 百分の一、二分の相場の高下を争って。↓補五二。

賣買《ばいく》せしに、兩《りやう》人[一]手打《て(うち)》て後《のち》は、少《すこし》も是《(これ)》に相違《さうゐ》なかりき。[二]世上《せじやう》に金銀《きんぐ》の取《とり》やりには、[三]預《あつか》り手形《てがた》に[四]請判慥《うけはんたしか》に、「何時《なんどき》なりとも御用次第《ようしだい》」と相定《あひさだめ》し事さへ、其約束《(その)やくそく》をのばし、[五]出入《いでいり》になる事なりしに、空《そら》さだめなき[六]雲《くも》を印《しるし》の契約《けいやく》をたがへず、[七]其《(その)》日切《ひぎり》に、損徳《そんとく》をかまはず賣買《ばいく》せしは、[八]扶桑《ふそう》第一の大商《(おほあきなひ)》。人の心も[九]大腹中《(だい)ふくちう》にして、[一〇]それ程《ほど》の世をわたるなる。[一一]難波橋《なにはばし》より西《にし》、見渡《わた》しの百景《けい》。数千軒《すせんげん》の[一二]問丸《とひまる》、甍《いらか》をならべ、[一三]白土《しらつち》、雪《ゆき》の曙《あけぼの》をうばふ。[一四]杉《すぎ》ばへの[一五]俵物《ひやうもの》、[一六]山もさながら動《うご》きて、人《じん》馬《ば》に付《つけ》おくれば、大道轟《だいだうとゞろ》き[一七]地雷《ぢらい》のごとし。[一八]上荷《うはに》・茶船《ちやぶね》、かぎりもなく[一九]川浪《かはなみ》に浮《うか》びしは、秋の柳《やなぎ》にことならず。[二〇]米《こめ》さしの先《さき》をあらそひ、[二一]若《わか》ひ者の勢《いきほひ》、[二二]虎臥竹《とらふすたけ》の林《はやし》と見へ、[二三]大帳《(だい)ちやう》、雲《くも》を翻《ひるがへ》し、[二四]十露盤《そろばん》、丸雪《あられ》をはしらせ。[二五]天秤《てんびん》、[二六]二六時中《じちう》の鐘《かね》にひゞきまさつて、[二七]其家《そのいへ》の風《かぜ》、暖簾吹《のうれんふき》かへしぬ。

商人《あき(んど)》あまた有《(ある)》が、[二八]中の嶋《しま》に、[二九]岡《をか》・肥前屋《ひぜんや》・木《き》屋・深江《ふかえ》屋・肥後《ひご》屋・塩《しほ》屋・大《をゝ》塚《つか》屋、桑名《くはな》屋・鴻池《かうのいけ》屋・紙《かみ》屋・備前《びぜん》屋・宇和嶋《うわじま》屋・塚口《つかぐち》屋・淀《よど》屋など、此《(この)》所久しき分限《ぶげん》にして、[三〇]商賣《しやうばい》やめて[三一]多《をほ》く人を過《すご》しぬ。

昔、[三二]こゝかしこのわたりにて[三三]纔《わづか》なる人なども、[三四]その時にあふて[三五]旦那様《だんなさま》とよばれて、[三六]置頭巾《をきづきん》・[三七]鐘木杖《しゆもくづへ》、[三八]替草履《かへぞうり》取《と》るも、是皆《これみな》、大和《やまと》・河内《かはち》・津《つ》の國《くに》・和泉《いづみ》近《きん》在《ざい》の、物つくりせし人の子共。[三九]惣領残《そうれうのこ》して、すゑ〴〵をでつち[四〇]奉公《ほうこう》に遣《つかは》し置《をき》、

一 売買契約成立のしるし。↓補五三。 二 世間一般に。 三 借用証文。↓補五四。 四 請人(証人)としておす印判。 五 訴訟沙汰。正しくはデイリ。↓補五五。 六 あてにならぬことの喩。変りやすい空模様を目あてとしての売買契約にもかかわらず、その契約を違えずに。 七 日仕舞・日斗(ひばかり)という。↓補五六。 八 ↓補五七。 九 大気で小事にあくせくせぬこと。 一〇 大商いにふさわしい米商人のはでな暮しをいう。世を渡る↓橋。 一一 大川筋(淀川)にかかる公儀橋。橋上からの眺望は四季を通じて大阪第一の景観。↓補五八。 一二 問屋。この附近米問屋・米仲買が多かった。↓補五九。百↓数千。 一三 蔵の白壁は雪よりも白い。論語、陽貨篇「悪紫之奪朱」のもじり。 一四 杉形(すぎなり)に積み上げた米俵。材木・米俵などを幾層にも積んだものを[illegible](はえ)という。 一五 俵詰めの穀類。米を主として外に麦・大豆・小豆なども、諸国から大阪へ送られて来た。 一六 山がそのまま移ったようで。↓補六〇。 一七 中国では、雷(かみなり)は秋冬の候地中に潜伏すると考えていた。 一八 以下は中之島蔵屋敷・米問屋の廻米水揚げ風景。↓補六一。 一九 ↓補六二。 二〇 米俵に突き刺して品質検査をする竹筒。↓補六一。米さしの先↓先を争う。 二一 長六(丁禄)。仲仕の配下で米俵の運搬・貫目改めなどをする。↓補六一。 二二 荒々しく勢のよい長六たちを虎に、彼らが手にかざす米さしを竹の林に譬えた。虎↓竹の林。 二三 以下は北浜の諸問屋の店頭風景。大福帳(売掛の元帳)を忙しく繰るさま。 二四 算盤の珠をはじいて計算するさま。雲↓丸雪(俗字)。 二五 ↓補六三。 二六 一昼夜十二時(一時約二時間)を報ずる時鐘。大阪の時の鐘は谷町の釣鐘屋敷(今の東区釣鐘町二丁目南側)にあった。ここは金銀を掛け改める天

鼻垂《はなたれ》て手足《てあし》の土氣《つちけ》おちざるうちは、豆腐《とうふ》・[四一]花柚《はなゆ》の小買物《がいもの》につかはれしが、[四二]お仕《し》着《きせ》二つ・三つ年《とし》をかさねけるに、[四三]定紋《でうもん》をあらため、[四四]髪《かみ》の結振《ゆひぶり》を吟味仕出《ぎんみしだ》し、[四五]風《ふう》俗《ぞく》も人のやうになるにしたがひ、[四六]供《とも》ばやし・[四七]能《のう》・[四八]舟遊《ふなあそ》びにもめしつれられ、[四九]行《ゆく》水《みづ》に数《かず》かく[五〇]砂手習《すなでならひ》、[五一]地筭《ぢざん》も子守《もり》の片手《かたて》に置習《をきなら》ひ、いつとなく[五二]角前髪《すみまへがみ》より銀取《かねとり》の袋《ふくろ》をかたげ、次第《しだい》おくりの[五三]手代《てだい》ぶんになつて、見るを見まねに、[五四]自分商《じぶんあきなひ》を仕掛《しかけ》、[五五]利徳《りとく》はだまりて、損《そん》は親方《をやかた》にかづけ、肝心《かんじん》の[五六]身《み》を持時《もつとき》、[五七]親《をや》・請人《うけにん》に難義《なんぎ》をかけ、遣《つか》ひ捨《すて》し金銀《きんぐ》の出所《でどころ》なく、[五八]其《(その)》なりけりに[五九]内證曖濟《ないしやうあつかひすみ》て、[六〇]荷《にな》ひ商《あきなひ》の身《み》の行《ゆく》するゑ、幾人《いくたり》かかぎりなし。おのれが性根《しやうね》によつて、長者《ちやうじや》にもなる事ぞかし。

　惣《そう》じて大[六一]坂《ざか》の[六二]手前《てまへ》よろしき人、代ゝ《だいく》つゞきしにはあらず。大かたは[六三]吉藏《きちぞう》・三助がなりあがり。[六四]銀持《かねもち》になり、[六五]其《(その)》時をえて、詩哥《しいか》・[六六]鞠《まり》・[六七]楊弓《やうきう》、琴《こと》・笛《ふへ》・鼓《つゞみ》、[六八]香《かう》會《くはい》・茶《ちや》の湯《ゆ》も、おのづからに覺《をぼ》えて[六九]よき人付会《づきあひ》、むかしの[七〇]片言《かたこと》もうさりぬ。[七一]菟《と》角《かく》に[七二]人はならはせ、公家《くげ》のおとし子、[七三]作《つく》り花《ばな》して賣《うる》まじき物にもあらず。是《(これ)》を思ふに奉公《ほうこう》は主取《しうどり》が第一の仕合《しあはせ》なり。子細《しさい》は[七四]繁昌《はんじやう》の所にはよらず、[七五]北濱過書町《きたはまくはしよまち》のほとりにすみけるさし[七六]物細工《ものざいく》人有《(あり)》しに、此《(この)》職《しよく》人にもちいさき[七七]弟子《でし》二人ありしが、[七八]新《あたらし》屋・天王寺《てんわうじ》屋などの[七九]十貫目入《くはんめいり》の銀箱《かねばこ》、不斷手《ふだんて》に懸《かけ》て寸法《すんばう》は覺《をぼ》えて、其銀《そのかね》はつゐに手《て》に取《とり》たる事なし。此《(この)》弟子《でし》、おとなしくなりて、[八〇]一分《ぶん》見世《(みせ)》を出し

秤の響に時の鐘も聞えないほどだという意。二七 家業繁昌し、一門繁栄のさま。暖簾は商家の屋号・業種を表わすとともに、そのしにせ・信用の象徴。二八 商人あまた有るが中にも、中之島にてはの意。今、北区中之島。↓補六四。二九 以下はいずれも中之島及び北浜附近の諸藩の蔵屋敷の名代・蔵本・掛屋。↓補六四。三〇 これを「しもた屋」という。↓補六五。三一 多くの奉公人を養っている。三二「こゝかしこの」は一字衍。三三「わづかなる」は身代のわずかなこと。見すぼらしい暮しをしていた人々。三四 今は世に時めいて。三五 奉公人から主人を指して旦那さまと呼ぶ。奉公人を使うことは町人の出世。三六 服紗ようの布帛を二つに畳んで頭にのせる(真)。三七 撞木杖。握りの部分がT字形になっている杖。↓補六六。三八 草履のはき替えを供に持たせて歩く。三九 ↓補六七。四〇 ↓補六八。四一 小柚。薄く切って酒に入れて香味を賞し、また柚味噌にも用いる。四二 お仕着せが二つになり三つになりして年を重ねるうちにの意。↓補六八。四三・四四 ↓補六八。四五 みなり。風采。四六 お供。四七 町人が能楽を見物しまた稽古することは一つの奢。四八 大阪では、川御座船に乗って安治川・木津川の川口辺まで乗り出し、船上で歌舞遊宴するのが一つの奢。四九 古今集、恋一「行く水に数かくよりもはかなきは」の歌に拠る(伊勢物語、五〇段)。跡に残らぬから、はかなき→砂手習。五〇 盆または重箱に入れた砂の上に字を書いて稽古すること(真)。五一 八算・割物などに対して、算術の基本になる加減算をいう(真)。↓補六九。五二・五三 ↓補六八。五四 ↓補七〇。五五 儲け。利益。五六 ↓補七一。

奉公は主取りが第一の仕合せ

五七 主家に損失迷惑をかけた時には、奉公人請状に署名した親及び請人が弁済または処置する責任がある。↓補七二。五八 それなりけりに。五九 公事沙汰にしないで示談にすること。嗳は正しくは気息の意。字形によって口で取持つ、仲裁・調停の意に転用する。六〇 いわゆる棒手振(ぼてふり)と称して、行商人をいう。商人としては見世商に劣る。六一 古くはオオザカと濁って読む。坂・阪両用。六二 暮しむきのよい人。資産家。六三 いずれも下男の通名。六四 金持に同じ。↓補七三。六五 世に時めいて。六六 けまり。六七 座敷遊戯の弓。六八 聞香の会。六九 よい衆づきあい。上流階級の人々と交際すること。↓補七四。七〇 訛った、おかしい物言いもなくなった。七一 とにかくも。七二 諺。七三 色紙細工の造花。緒糸で花形を結んで衣服や調度につける風習が堂上方にあったから、公卿のおとし子↓作り花とした。七四 奉公は土地柄・場所柄にはよらぬという意。七五 今、東区北浜三丁目・四丁目。両替屋その他大商人が多かった。七六 箱細工人。木箱を作ることを「さす」という。七七 職人の徒弟。七八 いずれも十人両替の一員。↓補七五。七九 ↓補七六。八〇 自分一分の見世。自分名義の見世。

筒落拾いから仕上げた北浜の長者

一 製法。二 同じ土地でも大家に奉公したならば。三 諺。「身過は草の種」の如く多いという意。草箒(箒草で造った手箒)↓筒落米拾いの老女。四 中之島の河岸。五 九州地方の産米。十月中旬から年内に大阪へ廻送せられる。西国米の内筑前米・肥後米は米市の冬建て物米に選ばれる。六 船の積荷を陸揚げすること。七 米さしの竹筒

けるに、親方《をやかた》にかはらず鍋蓋《なべぶた》・火燧箱《ひうちばこ》の仕置《しをき》[一]、是《これ》より外《ほか》をしらず。此《(この)》者も、同《をな》[二]じ所がら大所《をゝどころ》につかはれなば、それ〴〵の商人《あきひと》になるべき物をと見及《をよ》び、ふびんなり。

[三]すぎはひは草《くさ》ばふきの種《たね》なるべし。此《(この)》濱《はま》[四]に、西國米《さいごくまい》[五]水揚《みづあげ》[六]の折ふし、こぼれすたれる筒落米《つゝをごめ》[七]をはき集《あつめ》て、其日《(その)ひ》を暮《くら》せる老女《らうぢよ》有《(あり)》けるが、形《かたち》[八]ふつゝかなれば、廿三より後家《ごけ》となりしに、後夫《こうふ》[九]となるべき人もなく、ひとり有世悴《あるせがれ》[一〇]を行《ゆく》すゑの樂《たのし》みに、かなしき[一一]年《とし》をふりしに、いつの比《ころ》か、諸國改免《しよこくかいめん》[一二]の世《よ》[一三]の中すぐれて、八木《ぼく》

大分此《(この)》浦《うら》に入舟《(いり)ふね》、昼夜《ちうや》に揚《あげ》かね、かり[一四]藏《ぐら》せまりて置《をく》べきかたもなく、沢山《たくさん》に取《(とり)》[一五]なをし捨《(すた)》れる米《こめ》を、塵塚《ちりづか》[一六]まじりにはき集《あつ》めけるに、朝夕《てうせき》[一七]にくひあまして、壱斗《と》四五升《せう》たまりけるに、是《(これ)》より欲心出來《よくしんいでき》て、始末《しまつ》をしけるに、はや年《ねん》

からこぼれ落ちた米。これを拾い集めることを仕事にする女たちがあった。↓補七七。八 容貌が醜いので。九 後添いの夫。一〇 世の字を加えるのは俗用。一一 貧しい生活に年を送っていたが。一二「免」はゆるす意。ここは寛文元年の相対済まし令を指すか。↓補七八。一三 豊年満作をいう。寛文元年は全国的に豊作であった。↓補七九。一四 借り蔵も一杯になって。蔵米・納屋米に限らず、廻米が超過する時は、本蔵の外に市内各所に借り蔵をして格納した。一五 拙(えは)を崩して積み直すこと。その度に米がこぼれる。一六 塵芥と一緒に。「塵塚」は掃溜めの意。一七 当時は朝(八時頃)と夕(三時乃至五時頃)の二食。一八 延ばして。始末して残しふやす。一九 筒落米はいわば不正所得。二〇 婦女が内職してひそかに貯えた金。綜麻(ほぞ・へそ)繰り金が原義。二一 普通ならば丁稚奉公に出す年ごろ。二二 俵の小口に詰める藁蓋。二三 銭緡。銭の穴に通してたばねる緒縄。百緡(九百六十文繫ぎ)と貫緡(九千六百文繫ぎ)の二種ある。十緡を一把、十把を一束として売る。二四 北浜・船場附近には、本両替仲間のほか米・紙・塩・薬・畳表などの問屋が多かった。二五 一日を限って貸す高利の金融。烏金ともいう。借・貸、いずれもカス・カルに両用。二六 小判金の略。一枚金一両。二七 小額の短期貸付金。証文をとらぬ代りに利息が高い。二八 東横堀川にかかる橋(今、東区)。その橋詰附近は飾磨津船・尼崎船の船着場や新三十石乗合船の乗場(難波雀)、小額の銀や銭を必要とする旅人の往来がはげしい場所。二九 銭両替屋。小資本で日用品の小売を本業とする者が多い。大阪では三郷銭屋仲間と南両替仲間とに分れていた。↓補八〇。三〇 僅かの銀貨を資本として何倍にも運用して。三一 海鼠形

中《ちう》に七石《こく》五斗のばして、一八ひそかに賣《うり》、明《あけ》のとし、なをまたのばしける程《ほど》に、毎年《まいねん》かさみて、二十餘年《よねん》に二〇胞《ほそ》くり金《がね》拾弐貫五百目《め》になしぬ。

其後世悴《そのゝちせがれ》にも、二一九歳《こゝのつ》の時《とき》よりあそばせずして、二二小《さ》口《ん》俵《だはら》のすたるをひろひ集《あつめ》て、二三銭《ぜに》ざしをなはせて、二四兩替屋《りやうがへや》・問屋《とひ》に賣《うら》せけるに、人の思ひよらざる銭《ぜに》まふけして、我手《わがて》よりかせぎ出し、後《のち》には、慥成《たしかなる》かたへ二五日借《ひがし》の二六小判《こばん》、二七當座《たうざ》がしのはした銀《がね》。是《これ》より思ひ付《つき》て、二八今橋《ばし》の片陰《かたかげ》に二九銭《ぜに》見せ出しけるに、田舎人《いなか》立寄《たちよる》にひまなく、明《あけ》がたより暮《くれ》がたまで、三〇わづかの銀子《ぎんす》とりひろげて、三一丁銀《てうぎん》三二こまがねかへ、小判《ばん》を大豆板《まめいた》に替《かへ》、三三秤《はかり》にひまなくかけ出し、毎日《まいにち》〳〵つもりて、十年たゝぬうちに、三四中間商《なかまあきなひ》のうはもりになつて、諸方《しよはう》に借帳《かしちやう》。三五我《わが》かたへはかる事なく、三六銀《かね》替《がへ》の手代《てだい》、これに腰《こし》をかゞめ、機嫌《きげん》をとる程になりぬ。三七小判市《こばんいち》も、此《この》三八男《をとこ》買出《かいいだ》せ

ば俄《にはか》にあがり、賣出《うりいだ》せば忽《たちま》ちさがり口《ぐち》になれり。自《をのづから》、此《(この)》男《をとこ》の[一]口を窺《うかゞい》、みな〳〵[二]手をさげて、旦那《だんな》〳〵と申《(まうし)》ぬ。中にも[三]先祖《せんぞ》をさがして、「[四]なんぞ、あれめに隨《したが》ひ、世をわたるも口惜《をし》き」と、我《が》を立《たて》る人、[五]物の急《きう》なる時に[六]さしあたつて迷惑《めいわく》し、是《(これ)》も又御無心《むしん》申《(まう)》さるゝ。金銀《きん〳〵》の威勢《ゐせい》ぞかし。後《のち》は大名《みやう》衆の[七]掛屋《かけや》、あなたこなたの御出入《でいり》もつぱらにしければ、昔《むかし》の事はいひ出す人もなく、[八]歴〻《れき〳〵》の聟《むこ》となつて、[九]家藏数《いへくらかず》をつくりて、母親《はゝをや》の持《もた》れし[一〇]筒落掃藥箒子《つゝをはゝきしべばゝき》、「[一一]渋團扇《しぶうちわ》は貧乏《びんぼう》まねく」といへ共《(ども)》、此家《(この)いへ》の寶物《たからもの》とて、[一二]乾《いぬゐ》の隅《すみ》に[一三]おさめをかれし。

[一四]諸國《しよこく》をめぐりけるに、[一五]今もまだ、かせいで見るべき所は大坂《ざか》、[一六]北濱《きたはま》、流れありく銀《かね》もありといへり。

昔《むかし》は掛算《かけざん》今《いま》は當座銀《たうざぎん》

[一七]古代《こだい》にかはつて、人の[一八]風俗《ふうぞく》[一九]次第奢《しだいをごり》になつて、諸事《しよじ》其《(その)》[二〇]分際《ぶんざい》よりは花麗《くはれい》を好《この》み、殊《こと》に[二一]妻子《さいし》の衣服《いふく》、また上《うへ》もなき事共、身の程《ほど》しらず、[二二]冥加《みやうが》をそろしき。[二三]高家《かうけ》・貴《き》人の御衣《ぎよい》さへ、[二四]京織羽二重《きやうをりはぶたへ》の外《ほか》はなかりき。[二五]殊《こと》さら、[二六]黒《くろ》き物に定《さだ》まつての五《(いつ)》所紋《ところもん》、大名《みやう》よりするゝ〳〵の万《ばん》人に、此《(この)》似合《にあは》ざると云《いふ》事なし。[二七]近年《きんねん》小ざかしき都《みやこ》

の銀貨。一枚約四十三匁。三二 細銀。一箇一匁から五匁までの小粒銀。大豆板銀・小玉銀とも。三三 秤にかけて払い出す意。銀貨は量目不定であるから、一々秤にかける必要がある。↓補八一。三四 本両替仲間内での取引の第一人者。「上盛」は物の上置(うわおき)、転じて最高・第一の意。↓補八二。三五 貸し方ばかりで借りたことがなく。三六 本両替仲間の手代が振差紙を持参して正銀と交換に来るのであろう。↓補八三。三七 金銀交換の市価を定めるために、本両替の手代が毎朝高麗橋筋の両替所に集まって、小判を売買して相場を立てた。この男十年後には本両替になっていたことが判る。↓補八四。三八 小判市では売り方は売一方、買い方は買一方で、一人で両方を兼ねることは出来ない。売買が決定すると手を打って契約成立の証とした。

大阪はかせぎ所。北浜に流れあるく銀

一 意見・意向。二 阿諛追従のさま。三 先祖を詮索して、出身を問題にして。四 なんだ、あんな奴にへいへいして。五 急に金の必要に迫られた時に。六 不慮の出来事に直面して。七 銀掛屋。↓補八五。八 由緒ある家柄の町人。よい衆・分限者(二代男、六ノ四)をいう。九 家と蔵。大町人になると各所に控屋敷を持ち、内蔵・庭蔵の数も多い。淀屋の四十七蔵。食(しめ)の四十八蔵等、蔵の多いのは富貴の象徴。一〇 筒落米掃きの藁しべ箒(売買出世車図式)。原本振仮名は「つゝをはき」の誤り。一一 諺。柿渋を塗った団扇は、これも筒落米を掃き集める道具。一二 屋敷の西北隅に福神を勧請する風習があった。ここは貧乏神の持物を埋めたわけ。

女房・娘の奢りは町人身の破滅の基

一三 敬語を用いたのは、出世した主人公に対する一応の敬意の表示。一四 作者西鶴はよく諸国を旅行した。一五 不景気な昨今でもまだ。一六 特に大阪の経済的中心である北浜には。一七 昔。ほぼ明暦の大火を境として庶民の風俗が華麗になった。↓補八六。一八 身なり。衣裳つき。一九 時とともに次第に贅沢になること。二〇 身分。分限。二一 ↓胸一ノ一。二二 もったいなくて恐ろしいほどだ。二三 高貴の家柄の人。ここは庶民の婦女子に対して、高貴の女性をいう。↓補八七。二四 京都の西陣から織り出した羽二重。貴人の服は羽二重に限らないが、質素なことを強調した。二五 殊に「男子の衣服は」と補って読む。二六 ↓補八八。二七 延宝以降をいう。二八 新しい意匠をし出して。二九 雛形(小袖の模様や染色の見本)にもとづいて、小袖を染めさせたという意。三〇 当世流行の小模様。寛文模様は右上半部の大模様が多いが、天和・貞享頃流行の友禅模様は総身に小紋散らしが多い。三一 御所染の一種。↓補八九。三二 鹿子絞りを染めあげた後、すぐくくし糸を解いて水洗し、模様の白地に染料を浸出させてぼかしたもの(守)。三三 その凝った意匠は飛び離れて変っていて。「各別世界」で一語。↓四一頁注四八。三四 贅沢な好み。「至り」は至上・最高の意。三五 ↓胸一ノ一。三六 遊女。出典不明。三七 美麗なよそおい。三八 「美婦」は妻の意(五人女、三ノ一「大経師の美婦」)。出典不明。三九 ↓補九〇。四〇 軒端も薫るほどに紺染の香がする暖簾の意。四一 橘の紋を染め出したのは屋号を立花屋というか。軒薫る↓橘。四二 当世流行の着物の仕立。四三 熟練工。四四 金閣寺南西の

江戸は最大の消費都市。京呉服屋の出見世競争

人の[二八]仕出《しだ》し、男女《なんによ》の衣類品《いるいしな》〳〵の美《び》をつくし、[二九]雛形《ひながた》に色《いろ》をうつし、[三〇]浮世小紋《うきよこもん》の模《も》様《やう》、[三一]御所《しよ》の百色染《(もも)いろぞめ》、[三二]解捨《ときすて》の洗鹿子《あらひがのこ》。[三三]物好各別世界《ものずきかくべつせかい》に[三四]いたりぜんさく。[三五]女の身持《もち》、娘《むすめ》の縁組《えんぐみ》より内證《ないしやう》うすくなりて、家業《かげう》の障《さはり》となる人数《かず》しらず。[三六]婬姒《いんし》の平生《へいぜい》[三七]きよらを見するは、渡世《とせい》のためなり。[三八]万民《みん》の美婦《びふ》は、春《はる》の花見《はなみ》、秋《あき》の紅葉見《もみぢみ》、婚礼《こんれい》振舞《ぶるまひ》の外《ほか》は、目立衣裝《めだついしやう》を着重《きかさね》ず共《(とも)》すむ事なり。有時《あるとき》、[三九]室町《むろまち》のかた脇《わき》に、仕立《し(たて)》物屋の[四〇]軒《のき》かほりて、[四一]橘《たちばな》の暖簾掛《のうれんかゝ》りて、[四二]當世着物《たうせいきる》の縫《ぬひ》出し、すぐれて都《みやこ》の[四三]手利《きゝ》ありて、絹《きぬ》・綿爰《わたこゝ》に持《もち》つどひて、さながら[四四]衣掛《きぬかけ》山を[四五]我宿《わがやど》に見し事ぞかし。仕付《しつけ》の糸《いと》、[四六]火熨《ひのし》あつるを待兼《まちかね》し。ほとゝぎす[四七]初空《はつぞら》、卯《う》月一日は[四八]衣《ころも》がへとて、色《いろ》よき袷《あはせ》を縫《ぬひ》かけしをみるに、白き[四九]紋羅《もんら》の[五〇]ひつかへしに、[五一]緋縮綿《ひぢりめん》を中に入《(いれ)》て三牧《まい》がさねの袷《あはせ》。兩袖・襟《えり》に[五二]引綿《(ひき)わた》、むかしはなかりし事なり。[五三]此《(この)》うへは、万《(よろづ)》の[五四]唐織《からをり》を[五五]常住着《じやうぢうぎ》となすべし。此時節《(この)じせつ》の[五六]衣裝法度《いしやうはつと》、諸國《しよこく》・諸人の身のため。今思ひあたりて、有《(あり)》がたくおぼえぬ。[五七]商《あき》人のよき絹《きぬ》きたるも見ぐるし。[五八]紬《つむぎ》はおのれにそなはりて見よげなり。[五九]武士《ぶし》は綺羅《きら》を本《もと》としてつとむる身なれば、たとへ[六〇]無僕《むぼく》のさぶらひまでも、[六一]風義常《ふうぎつね》にしておもはしからず。

近《きん》代江戸靜《しづか》にして、[六二]松はかはらず[六三]常盤《ときは》ばし、[六四]本町《ほんてう》[六五]呉服所《ごふくじよ》、[六六]京の出見世《でせ》、[六七]紋付《もん(つき)》鑑《かゞみ》にあらはし、[六八]棚《たな》もり・手代《て》、それ〴〵に得意《とくい》の御屋敷出入《やしきへでいり》、ともかせぎに

衣笠山の一名。↓補九一。　四五　我家に移して見たようなものだ。　四六　書言字考、七「火熨(ヒノシ)」。　四七　初めてその季節らしくなった空の意。待ち兼ねていた郭公の初音を聞くにいいかけた。待ち兼ね↓郭公の初音↓卯月。　四八　陰暦四月一日に冬の小袖を脱いで袷に着かえる(五月四日まで着用)。　四九　平絽に紋様を織り出したもの。紋絽。ここは下着に仕立てた。　五〇　表地を引返して裾通りにすること。　五一　中着は緋縮緬の引返し。　五二　袷の襟や袖口に薄い真綿の引綿を入れるのは、遊女の風俗の模倣か。↓補九二。　五三　贅沢もここまで来ると、それ以上は。　五四　金襴・緞子・綾・綸子の類。大名でも着用に制限があった。　五五　不断着。　五六　↓補九三。　五七　古今集、仮名序に拠る。分限不相応だからみっともない。　五八　↓補九四。　五九　↓補九五。　六〇　草履取りの中間を連れぬ下級武士。　六一　常にしてはの意。身なりが庶民同様では。↓補九六。　六二　謡曲春栄「山みな染むる梢にも、松は変らぬ習ぞかし」。　六三　江戸城外曲輪、常盤橋御門口に架した橋。松↓常盤。　六四　常盤橋以東、一丁目より四丁目に至る。呉服屋が多かった。　六五　禁裏・幕府・大名・公家など御用達の呉服屋。呉服調進の外に内証御用をも承っていた。　六六　↓補九七。　六七　寛文末年までは御紋尽、貞享二年以後は多く武鑑の名をもって行われた大名・旗本などの名録。　六八　店守。出見世の支配兼監督役。↓補九八。

新見世三井の新商法

一　弁舌の手だれ、雄弁の意。　二　算用に長じて。　三　悪銀。似せ銀。↓補九九。　四　利益のためには。　五　諺「生き馬の目を抜く」。狡猾ですばしこいこと。　六　江戸城三の丸虎の口御門。門内に大名屋敷があった。牛↓虎。↓補一〇〇。　七　夜が明

励《はげみ》あひ、商賣《しやうばい》に油断《ゆだん》なく、一弁舌手《べんぜつて》だれ、智恵《ちゑ》、才覚《かく》。二算用《さんよう》たけて、三わる銀《がね》をつかまず。四利徳《とく》に五生牛《いきうし》の目をもくじり、六虎《とら》の御門《ごもん》の七夜《よ》をこめ、八千里《せんり》にゆくも奉公《ほうこう》。朝《あした》には九星《ほし》をかづき、一〇秤竿《はかりざほ》に心玉《だま》をなして、明暮《あけくれ》御機嫌《きげん》とれ共《ども》、一一以前《いぜん》とちがひ、一二今はん昌《じやう》の武蔵野《むさしの》なれ共《ども》、隅《すみ》から角《すみ》まで一三手入《いれ》して、更《さら》に一四一五摑取《つかみどり》もなかりき。一六御祝《しう》言《げん》、又は一七衣配《きぬくばり》の折《をり》からは、一八其役人《そのやく》、一九小納戸《こなんど》がたの好《よし》みにて、一商《ひとあきなひ》して取《とり》けるに、今時は諸方《しよはう》の二〇入札《いれふだ》、すこしの利潤《りじゆん》を二一見掛《かけ》て、二二喰《くら》ひ詰《づめ》になりて、二三内證《ないしやう》かなしく、外聞斗《ぐはいぶんばかり》の御用等調《とゝの》へ、剰《あまつさ》へ、二四大分《ぶん》の賣《うり》がゝり数《す》年不埒《ふらち》になりて、二五京銀《ぎん》の利まはしにもあはず。二六かはし銀につまりて難義《なんぎ》、俄《にはか》に、取ひろげたる棚《たな》も仕舞《しまひ》がたく、自《をのづから》、二七小《こ》前《まへ》になりぬ。

兎角《とかく》はあはぬ算用《さんよう》、二八江《え》戸棚殘《どだなのこつ》て何《なん》百貫《くはん》目の損《そん》。二九足《あし》もとのあかいうちに、三〇本紅《ほんもみ》の色《いろ》かへてと、銘《めい》〳〵

分別《ふんべつ》する時、又、商《あきなひ》の道《みち》は有《ある》物。[三一]三井《みつゐ》九郎右衛門といふ男《をとこ》、[三二]手金《がね》の光《ひかり》、[三三]むかし小判《ばん》の[三四]駿河町《するがてう》と云《いふ》所に、[三五]面《をもて》九間に四十間に、棟高《むねたか》く長屋作《ながやづく》りして、[三六]新棚《しんたな》を出《いだ》し、[三七]萬《よろづ》現銀賣《げんぎんうり》に、かけねなしと相定《あひさだ》め、四十余《よ》人、[三八]利發《りはつ》手代を追《をひ》まはし、[三九]一人一《ひと》色の役目《やくめ》。たとへば、[四〇]金襴類《きんらんるい》一人。[四一]日野《ひの》・郡内絹《ぐんないぎぬ》類壱人。羽二重《はぶたへ》一人、[四二]沙綾《さや》類一人。[四三]紅《もみ》類一人、[四四]麻袴《あさばかま》類一人、[四五]毛織《けをり》類一人。此《この》ごとく手わけをして、[四六]天鵞兎《びろうど》一寸四方、[四七]段子《どんす》[四八]毛貫袋《けぬきぶくろ》になる程。緋繻子《ひじゆす》[四九]鑓印長《やりじるしだけ》。[五〇]龍門《りうもん》の[五一]袖覆輪《そでふくりん》かたくにても、物の自由《じゆう》に賣渡《うりわた》しぬ。殊更《ことさら》、[五二]俄《にはか》目見《みへ》の[五三]熨斗《のし》目・いそぎの羽《は》織などは、其使《そのつかひ》をまたせ、数《す》十人の[五四]手前細工《まへざいく》人立《たち》ならび、即座《そくざ》に仕立《し(たて)》、これを渡しぬ。[五五]さによつて家榮《いへさか》へ、[五六]毎《まい》日金子《(きんす)》百五十兩づゝ、ならしに商賣《しやうばい》しけるとなり。世《よ》の重寶《てうほう》是《(これ)》ぞかし。此亭主《(この)ていしゆ》を見るに、目鼻手足《めはなてあし》あつて、外《ほか》の人にかはつた所もなく、[五七]家職《かしよく》にかはつてかしこし。大商《あき》人の手本《ほん》なるべし、[五八]いろは付《(づけ)》の引出《だ》しに、[五九]唐國《からくに》・[六〇]和朝《わてう》の絹布《けんぷ》をたゝみこみ、品々《しなぐ》の[六一]時《じ》代絹《ぎぬ》。中將姫《じやうひめ》の手織《をり》の蚊《か》屋、人丸の明石縮《あかしちゞみ》、阿《あ》弥陀《みだ》の涎《よだれ》かけ、朝比奈《あさひな》が舞鶴《まひづる》の切《きれ》。達磨大師《だるまだいし》の敷蒲團《しきぶとん》、林和靖《りんわせい》が括頭巾《くゝりづきん》、三条《でう》小鍛冶《かぢ》が刀袋《かたなぶくろ》、何《なに》によらず、ないといふ物なし。[六二]萬《(よろづ)》有帳《ありちやう》めでたし。

けぬうちに。牛・虎を丑(午前二時頃)・寅(午前四時頃)にとりなしていった(大)。八 諺「虎は子を思うて千里を返る」。虎↓千里。九 暁天に起き出て勤勉のさま。↓補一〇一。一〇 銀の取遣りに分厘の相違ないように、精神を集注して。秤竿の度盛りを「星」という。星↓秤。一一 ↓補一〇二。一二 江戸をいう。一三 縁故を求めて大名屋敷に出入りすること。武蔵野↓隅から隅まで↓手入れする。一四 少しも。一五 ぼろい儲け。一六 御婚礼。一七 正月の晴着の料として、小袖地を一家一門家従に至るまで配り与える年末の行事。一八 その御屋敷の御用を担当している呉服所の手代。一九 幕府・大名の奥向き側近の勤務、衣服・調度の管理・調進、下賜金品の出納をも管掌していた。出入り町人の請託が激しかったようだ。↓補一〇三。二〇 ↓補一〇四。二一 少しの利益をめがけて入札競争するので。二二 位詰。損失を重ねてじりじり窮迫すること。↓補一〇五。二三 ↓補一〇六。二四 巨額の売掛代金が何年も滞って片づかぬ。二五 京都で調達した借銀に対する利息。↓補一〇七。二六 為替(かわせ)銀。↓補一〇八。二七 自然営業も小規模・消極的になった。二八 江戸の出見世の勘定を仕立ててみると。「残って」は十露盤勘定の用語。二九 諺。三〇 商売の趣向を変えてという意。本紅↓一一五頁注四二。三一 正しくは三井八郎右衛門(二代目八郎兵衛高平の初名)。↓補一〇九。三二 手もとに貯蔵してある金。↓補一一〇。三三 駿河の金座で鋳造発行した慶長小判。↓補一一一。三四 隣接の本両替町とともに両替屋町であった。↓補一〇九。三五 ↓補一〇九。三六 新見世。三七 ↓補一〇九。三八 利発な手代。↓補一〇九。三九 商品一種類ごとに専門の係をきめて。

世《よ》は欲《よく》の入札《いれふだ》に仕合《しあはせ》

用心《ようじん》し給へ「[一]國《くに》に賊《ぬすびと》家《いへ》に鼠《ねずみ》」、[二]後家《ごけ》に入聟《いりむこ》いそぐまじき事なり。今時《どき》の仲人《なかうど》、[三]頼《たの》もしづくにはあらず、[四]其敷銀《そのしきぎん》に應《をう》じて、たとへば五十貫目つけば、五貫目取《(とる)》事といへり。此《(この)》ごとく、[五]十分《ぶ》一銀出《ぎんいだ》して、娌呼《(よめ)よぶ》かたへ[六]遣《つかは》しけるは、[七]内證《ないしやう》心もとなし。[八]一代に一度《ど》の商《あきなひ》事、此損取《(この)そん(とり)》かへしのならぬ事、よく〱念《ねん》を入《(いる)》べし。

[九]世《よ》の風義《ふうぎ》をみるに、[一〇]手前《まへ》よき人、表《をもて》むきかるう[一一]見せるは稀《まれ》なり。[一二]分際《ぶんざい》より万《ばん》事《じ》を花麗《くはれい》にするを[一三]近年《きんねん》の人心、よろしからず、娌取時分《よめ(とり)じぶん》のむす子ある人は、[一四]まだしき[一五]屋《(や)》普請《ぶしん》・[一六]部屋《へ》づくりして諸道具《しよだうぐ》の拵《こしらへ》、下人・下女《ぢよ》を置添《をきそへ》て冨貴《ふうき》に見せかけ、娌《よめ》の敷銀《しきぎん》を望《のぞ》み、[一七]商の手だてにする事、心根《ね》の耻《はづか》しき。世の外聞《ぐはいぶん》ばかりに、[一八]をくりむかひの駕籠《のりもの》・[一九]一門縁者《もんゑんじや》の奢《をごり》くらべ、無用《む》の物入《(ものいり)》かさなりて、程《ほど》なく[二〇]穴《あな》のあく屋ねをも葺《ふか》ず、家《いへ》の破滅《はめつ》とはなれり。

或《あるひ》は又、娘持《むすめもち》たる親《をや》は、おのれが分限《ぶんげん》より過分《くはぶん》に、先《さき》の家《いへ》を[二一]好《この》み、[二二]身袋《しんだい》の外《ほか》、聟《むこ》の[二三]生れ付《(つき)》諸藝《しよげい》ありて、人の目立程《だつほど》なるを聞合《きゝあはせ》けるに、小皷《つゞみ》うてば博奕《ばくち》うち、[二四]若ひ者《もの》ぶりすれば傾城《けいせい》ぐるひ止《やま》ず、一座《ざ》の[二五]公儀《こうぎ》ぶりよき人と人の誉《ほむ》れば、[二六]野郎《やらう》

四〇 金襴のほかに錦・厚板をも含む。これらの織屋を西陣で金襴屋という。 四一 日野絹(二一三三頁注三五)と郡内絹(二三〇頁注一)と一括したのは、いずれも中等品で需要が多かったから。 四二 斜文織の絹織物。縞紗綾・飛紗綾などがある。 四三 紅絹。本紅・中紅など。 四四 武士の通常礼装は熨斗目小袖に麻上下、上下を着用せぬ時でも五月五日から八月晦日までは麻の単(ひとえ)袴。消耗が甚しくて需要が多かった。

四五 羅紗・天鵞絨など。 四六 天鵞絨。 四七 緞子。 四八 鑷子(けぬき)は当時の男子の洒落道具。袋に入れて常に携える。 四九 槍の柄につける標識の長さだけ。 五〇 素紬。普通竜門というのは上州桐生・安中地方産の福島竜門(一名絹竜門)。羽二重に似て地厚く光沢がある。 五一 袖縁(そでべり)。広袖もあるが約八寸くらい、共裂または別裂で袖口をくるみ縫にする。 五二 お目見以下の侍が急に新しい役に召出された時、或は浪人が新しく仕官した時のことであろう。 五三 お目見以上の武士の通常礼装。↓補一一二。 五四 抱えの仕立職人。 五五 それだから。 五六 ↓補一〇九。 五七 家業にかけては外の人と違って。 五八 いろは四十七字で順序をつけた引出し。 五九 外国。中国・朝鮮を含む。 六〇 日本。和国・本朝とも。 六一 古くは聖徳太子の時代から室町時代に至る中国伝来の裂地。金襴・緞子・間島の類が多い。以下は西鶴の俳諧的創作。↓補一一三。 六二 何でも有るという意に「万有帳」(補一一四)をいいかけた。

世はみな欲のかたまり。仲人の十分一銀、敷銀望みの嫁取り

一 「国に盗人家に鼠は絶えぬもの」。皮肉に入って害をなすもの多き喩。徒然草、九七段から出る。 二 入聟の素姓・人柄を吟味して貰わぬと、

あそびに金銀《きんぐ》をつゐやしぬ。是《(これ)》を思《おも》ふに、二七男よくて、身過《すぎ》にかしこく、世間にうとからず、親に孝《かう》ありて、人ににくまれず、世のためになる人、聟に取《(とり)》たきとて、尋《(たづね)》ても有《(ある)》べきや。よい事過《(すぎ)》て、かへつて難義《なんぎ》ある物ぞかし。

二八上つがたにさへ二九不祥《ふしやう》はある物、ましてや三〇下つかたの人、十に五つは見ゆるし、小男なり共《(とも)》、はげあたまなり共、三一商口利《あきなひぐちきゝ》て、親《をや》のゆづり銀《ぎん》をへらさぬ人ならば、縁組《ゑんぐみ》すべし。あれは何屋の誰殿《たれどの》の聟《むこ》ぞと、三二五節供《せつく》に三三袴《はかま》・肩衣《かたぎぬ》三四ためつけ、紋付《もん(つき)》の小袖《そで》に三五金拵《きんごしらへ》の三六小脇指《わきざし》。跡《あと》より三七小者《もの》・三八若《わか》ひ者《もの》・三九插箱持《はさみばこもち》つれたる四〇當世男《たうせいをとこ》、見よげにして、娘《むすめ》の母親《はゝをや》よろこぶ事なり。それも四一分散《ぶんさん》にあへば、四二衣類《いるい》・刄物《は》も皆人手にわたりて、四三あしき男の、四四紬《つむぎ》を花色《はないろ》小紋《もん》に染《そめ》て着《き》、あるひはまた、四五うら付《(つけ)》の木綿《もめん》袴《ばかま》きたるよりはおとれり。娌《よめ》も、四六高人《かう(にん)》の家《いへ》は各別《かくべつ》、民家《みんか》の女は、琴《こと》のかはりに四七眞綿《まわた》を引《(ひき)》、四八伽羅《きやら》の煙《けぶり》よりは、四九薪《たきゞ》の燃《もへ》しさるをばさしくべたるがよし。それ〴〵に似合《にあひ》たる身持《(みもち)》するこそ見よけれ。

世間躰《せけんてい》ばかり皆《みな》いつはりの世中《(よのなか)》に、五〇時雨降行奈良坂《しぐれふりゆくならざか》や、春日《かすが》の里《さと》に五一曝布《さらし》の五二買《かい》問屋《どい》して、五三有徳人《うとく(にん)》五四松《まつ》屋の何がしとてありしが、むかしは今の五五秋田《あきた》や・榑《くれ》屋にまさりて、五六世盛《よざかり》の八重櫻《えざくら》、爰《こゝ》の都《みやこ》に花《はな》をやつて、春《はる》をゆたかに暮《くら》され、五七所酒《ところざけ》のから口・五八鱶《ふか》のさしみを好《この》み、其《(その)》身栄花《ゑいぐは》に明《あか》し、此《(この)》家《いへ》次第《しだい》におとろへ、五九天命《てんめい》をしる

奈良の松屋後家は世の鑑。頼母子あてた下女の家持ち

よく財産争いや家庭不和の原因になる。下文に松屋後家を点出する用意。↓補一一五。三親切一途。「づく」はその事に純粋徹底すること。四嫁入・聟入・養子縁組の持参金。元来は商売上の証拠金・保証金から出た。五縁組・奉公・金談などの口入の礼銀(周旋料)は、持参金もしくは給金・借金の十分の一が通例。↓胸三ノ三。六娘を。七どんな事情があるか気づかわしい。たとえば身体的欠陥・精神薄弱など。八町人的結婚観。万の文反古、一ノ三「惣じての女、おとこ持申事一生の身過づくに御座候」。九世間の風潮。一〇↓四三頁注六二。一一格式張らずに地味に暮しているのは。一二下に「外聞の如く心得たるが近年の人心」と補って読む。一三近頃の人間は悪辣になって。以下「よろしからぬ人心」の例証。一四まだする必要のない。一五柱の根継ぎ・屋根の葺き替え・雨樋の掛け替えなど、家屋の修繕工事。一六部屋の建て増し。一七嫁の持参金を資本に流用したり、またそれで世間の信用を釣ったりして、商売に利用しようという魂胆。一八引戸のある上製の駕籠。富裕な町人は妻や娘の外出に乗物を使用することが一種の見栄になっていた。↓補一一六。一九祝儀・不祝儀の贈答・振舞に費用競べをして張り合う。「縁者」は婚姻によって近親関係を生じた姻族。二〇身代に破綻を生じてという意。二一注文をつける。選り好みする。二二正しくは進退。支配し処置することより転じて財産の意。身代・身躰・身袋は俗用。二三天性諸芸に達者なこと、世間をする男子の理想。↓永二ノ三・織一ノ一。二四当世風に身嗜みをして男を磨くこと。二五人づきあい。応対の態度。人

中に立ち交って応対することを「公儀する」という。 二六 歌舞伎若衆狂い。男色の対象。 二七 男ぶり。 二八 ここは大名・公家などを指す。 二九 不運と諦めなければならぬこと。 三〇 町人・百姓を指す。 三一 商売の掛引応対が上手で。 三二 ⇩補一一七。 三三 肩衣と半袴。半上下とも。 三四 肩衣の一般武士ならびに庶民の通常礼装。 三五 肩衣の肩に入れてある竹骨または鯨骨の芯を曲げて形を整えること。 三五 刀剣附属の金具を金無垢に作ったもの。御物(ごもつ)作りともいい、伊達好み。 三六 柄ともに長さ九寸九分の脇差をいう。 三七 元服前までの丁稚。子供とも。 三八 平手代。老分(おとなぶん)に対して若い者という。 三九 挾み竹から発達した運搬用の箱。着換えの衣服その他雑品を入れて運ぶ。 四〇 当世風俗のぱりっとした男。 四一 自己破産。⇩補一一八。 四二 上文の肩衣以下小脇差までを指す。 四三 醜男。 四四 質素で実用本位。⇩補一一九。 四五 袷袴。九月一日から翌年の五月四日まで着用。 四六 高貴の人。 四七 衣類に入れる真綿を塗桶にかぶせて薄く引伸ばすこと。女の手仕事の一つ。 四八 伽羅の香を聞き分けることよりは。 四九 薪を無駄に使わぬように注意するのは主婦の心得。 五〇 謡曲千手「げにや世の中は定めなきかな神無月、時雨降りおく奈良坂や」。もと定家の歌にもとづく。偽りの世↓時雨↓奈良坂↓春日の里(奈良)。 五一 奈良晒。⇩二七六頁注七。 五二 問屋に売問屋と買問屋の別があった。⇩補一二〇。 五三 裕福者。 五四 ⇩三二頁注八。 五五 ⇩補一二一。 五六 家業全盛の時代に、全盛ぶりを人に誇示して得意になって。世盛り↓八重桜↓ここの(九重の)都↓花をやる。 五七 地酒。南都諸白とて古くから有名。上戸は辛口を珍重する。 五八 ⇩補一二二。 五九 五十歳をいう(論語、為政篇)。

年になりて、平生《へいぜい》の不養生《ぶやうじやう》にて頓死《とんし》をせられける。妻子《さいし》に大分の借錢《しやくせん》を殘し、これを讓《ゆづ》られける。人の身袋《しんだい》、死《しな》ねばしれぬ物ぞかし。此《(この)》後家《ごけ》、今年《とし》三十八にして小《(こ)》作《づく》りなる女。殊更《ことさら》きめごまかにして色白《いろしろ》く、うち見には二十七八、人《ひと》の好《この》める一當流女房《たうりうにようばう》。二跡《あと》を忘《わす》れて、三又の縁《えん》にもつきかねざる風俗《ふうぞく》なりしに、若年《じやくねん》の子共をあはれみ、四人のうたがはぬ程《ほど》に髪切《かみきつ》て、白粉絶《をしろいたへ》て五紅花《べに》の口びる色さめ、六男模様《をとこもやう》の着《きる》物、帯《をび》も細《ほそ》きを好《この》み、才覚《さいかく》、男《をとこ》にまされど、七女の鍬《くは》もつかはれず、柱《はしら》の根《ね》つぎも手細工《てざいく》には及《をよ》びがたく、いつとなく軒《のき》もる雨《あめ》に八しのぶ草《ぐさ》しげりて、一〇不《ふ》九野《の》を内《うち》に見る鹿《しか》の聲《こゑ》、一一戀《れん》斷聞《だんきく》よりはかなしく、墓《ぼ》の外《ほか》につれあひの事ゆかしく、一二女ばかりも世を立《たて》がたき事、今ぞ身に覚《おぼ》えける。

今時《どき》の後家《ごけ》立《たつ》るは、一三其《その》死跡《しにあと》に過分《くはぶん》の一四金銀《きんぐ》・家督《かとく》ありて、欲《よく》より女の親類《しんるい》

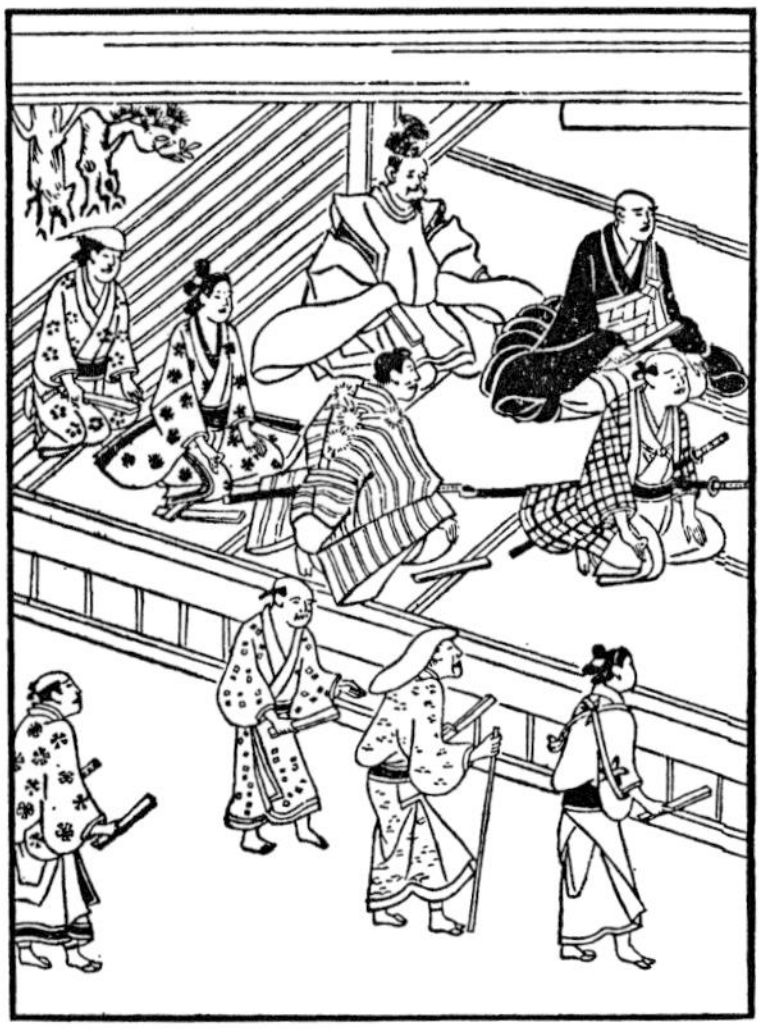

異見《いけん》して、いまだ若盛《わかざかり》の女《をんな》に、無理《むり》やりに髪《かみ》をきらせ、心にもそまぬ仏《ほとけ》の道をすゝめ、命日《めいにち》を吊《とぶら》はせける。かならずうき名《な》立《(たて)》て、一五家《いへ》久《ひさ》しき若《わか》ひ者《もの》を旦那《だんな》にする事、所〻に是《(これ)》を見及びける。一六かくあらんよりは外《ほか》への縁組《えんぐみ》、人の笑《わら》ふ事にはあらず。

彼松屋後家《かのまつやごけ》こそ、世《よ》の人の鑑《かゞみ》なれ。いろ〳〵の渡世《とせい》して、心まかせにかなはず、むかしの借銀済《しやくぎんすむ》べき一七調法《てうほう》もならず、次第《しだい》にまづ敷《しく》なる時、一八一生《しやう》一大事の分《ぶん》別出《べついだ》し、住宅《ぢうたく》を借《かり》一九かたの衆中《しゆちう》に渡《わた》すべきと申せば、人皆《みな》あはれみて、今取《いまとる》べきと云《いふ》者一人もなし。借銀《しやくぎん》五貫《くはん》目、此《(この)》いゐ賣《うれ》ば三貫目より内なり。後家《ごけ》、二〇町中《てうぢう》に歎《なげ》き、此家《(この)いへ》を二一たのもしの入札《いれふだ》にして賣《うり》ける。壱人に銀《ぎん》四匁づゝ取《(とり)》て、突當《つきあた》りたる方《かた》へ、家を渡《わた》すなれば、「二二てんぽにして銀四匁」と、札《ふだ》を入《(いれ)》ける程《ほど》に、三千牧《まい》

一「当世女は丸顔桜色」。現代的美人。一代男、三ノ一「当世女」。二亡夫死後の家督財産を守りたてることを忘れて。三再婚しかねないほどの、後家には惜しい容姿。四人から貞節を疑われぬ程度に、短く髪を切って。切髪は後家の風俗。五化粧用の紅(べに)。紅花の汁から精製する。六衣服も地味に目立たぬよう心を遣うさま。女帯は幅広が当時の流行。七女の身では力仕事も出来ぬという意。八軒葱。一名ヤツメラン。古くなった板屋根などに生える。九屋敷内が野原のように荒れて春日野の神鹿まで出入するさま。一〇秋の鹿の妻恋う声はいつよりも身にしみて悲しく。一一恋し懐しという問題でなく、夫がいたらこんなになるまいと生前のことが偲ばれて。一二女世帯なら世間づきあいもいらず暮しよいようだが、しかし。一三夫の死にあとに。一四金銀や財産。「家督」は家産の意、家屋敷のほか、しにせの家業をも含む。一五老分の手代と通じて主人に直す。一六↓補一二三。一七事が調うように考慮工夫すること。高野山文書、二「急度合力候様に調法候者可ㇾ為二祝着一候」。天正本節用集、下「調法 料簡の義」(大辞典)。一八分散をする一大決心。一九債権者団。原本振仮名「かしかた」の誤り。二〇家屋敷の売買・入質などには年寄・五人組の同意と加判を要するから、窮状を訴えて同意を得たわけ。二一頼母子入札の方法で。ここの場合は一種の天狗頼母子(富突)である。↓補一二四。二二えいままよ、損したところで銀四匁だ。「てんぽ」は運にまかせて、あてもないことをすること。

一屋敷持ち。町政に関与し公役を負担するなど、公の権利・義務は家持(地主)だけに与えられていて、店借(地借)人にはない。家持が本来の意味での町人で、家持になることは非常な出世。河内屋可正旧記、六「仁兵衛事カレント畑より来し者也。久々乾町の髪結を勤て、後に家を買求て町人となる」。

入《(いり)》て銀《ぎん》拾弐貫目請取《うけ(とり)》、五貫目《くはんめ》の借銀《しやくぎん》はらひ、七貫目殘りて、後家《ごけ》二度《(ふた)たび》、是《(これ)》より分限《ぶげん》に成《(なり)》ぬ。人に召《めし》つかはれし下女《げぢよ》、札《ふだ》に突當《つきあたり》て、四匁にて家持《いへもち》となれり。

日本永代藏

大福新長者教

二

日《につ》本《ぽん》永《えい》代《たい》蔵《ぐら》　巻二

目《もく》録《ろく》

一 主人公の藤屋市兵衛は、借家住居で千貫目持だったから、「借屋大将」といった。市兵衛の伝記・逸話は→補一三〇。

二 正月の餅つきも無用という家。

三 落ちられて災難な冬の雷。怪俄は怪我の誤り。雷の発生は夏に多く冬は稀であるが、その稀な冬雷に落ちられたのは、よくよくの災難。

四 主人公の醤油売喜平次は大津の名物男。

一大黒天の智恵才覚にあやかって成功した大黒屋の話。⇩補一二五。二大黒舞の唱歌「九つ小蔵をぶっ立て、十でとうどおさまった」に因む。三再起を志して江戸へ下る途中、犬の黒焼を狼の黒焼と称して行商した話。四主人公の天狗源内の天狗は、異名ではなく家名、風車はそれに因む家の紋。鯨突きの名人源内のこと不詳。しかし家名の天狗は、紀州名物矢の根鍛冶の天狗と一類であることを示すものか。或は天狗鍛冶製作の銛を使用したから家名になったものか。五太地村の産土神飛鳥社の末社か。捕鯨業者が恵美須を祀ったこと各地に例がある。六本文に太地村が発祥地という。船歌の一種であろう。⇩補一二六。七酒田の大問屋鐙屋の土間に、諸国の貨客到着して繁昌のさまをいう。諺に「船頭馬方お乳の人」という。舟人・馬方↓鐙屋。鐙屋は今の酒田市本町三丁目北側にあった船問屋鐙屋惣左衛門。⇩補一二七。八今の山形県酒田市。九鐙屋では長持の蓋に穴をあけて、年中の受入れ金を投げこんでおいたと、本文にある。一夜・長持の蓋↓明ける↓春。西鶴の発句「長持に春かくれ行く更衣」とは、発想が逆になっているが同巧。

一〇借屋人の身許を明らかにし、家明渡し・家賃支払なども確実であることを保証する文書。以下の文言は、請状の書式を襲うたもの。⇩補一二八。一一町人考見録に見える御池の町の大名貸し菱屋重右衛門の先代か(大)。元禄初年頃二千貫目の身代という。⇩補一二九。室町西行桜の町の呉服屋菱屋と同人か。⇩補一三〇。一二奥行はその町並であるから、間口の大小で家の大きさを示す。一三藤屋市兵衛の略称。二間間口は商家としては最も小さい。

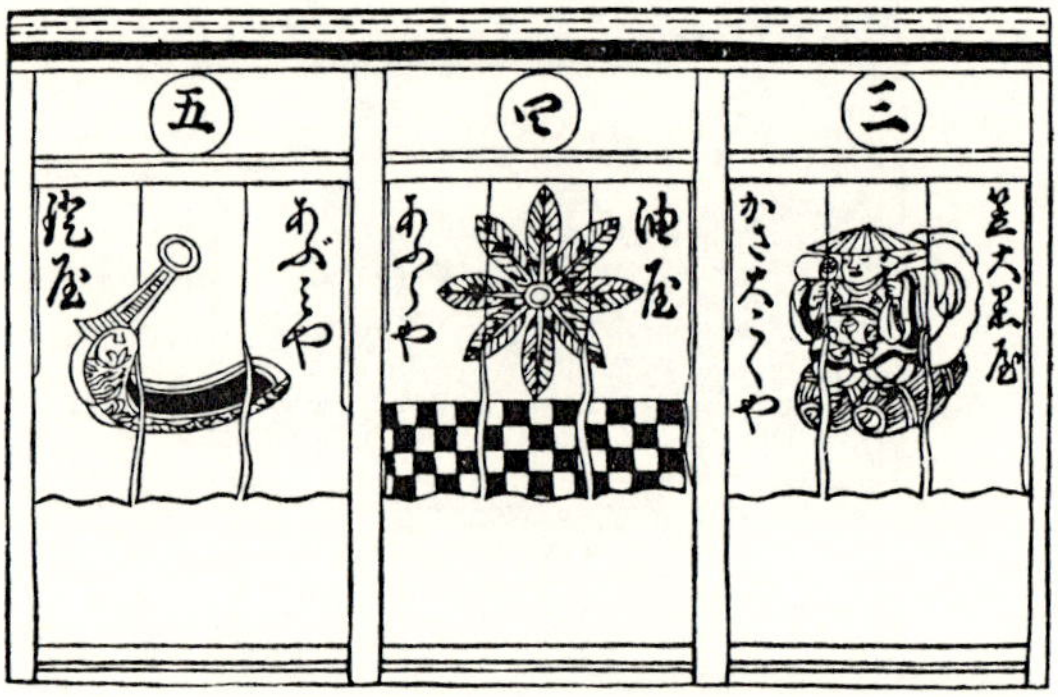

一才覚《さいかく》を笠《かさ》に着大黒《きるだいこく》
三江戸にかくれなきニ小《こ》倉持《くらもち》
身過《みすぎ》の道急《みちいそ》ぐ犬《いぬ》の黒焼《くろやき》

四天狗《てんぐ》は家名《いゑな》の風車《かざぐるま》
紀伊國《きのくに》に隠《かく》れなき五鯨《くじら》ゑびす
六横手《よこで》ぶしの小哥《こうた》の出所《でどころ》

七舟人馬《ふなびとむま》かた鐙屋《あぶみや》の庭《には》
八坂田《さかた》にかくれなき亭主振《ていしゆぶり》
九明《あく》れば春《はる》なり長持《ながもち》の蓋《ふた》

世界《せかい》の借屋《(かしや)》大將《だいしやう》

[一〇]「借《しやく》屋請状《(うけじやう)》之事、室町《むろまち》[一一]菱屋《ひし(や)》長左衞門殿借屋《(しやくや)》に居申され候[一二]藤市《ふぢいち》と申《(まうす)》人、慥《(たしか)》に千貫目御座候」。「廣《ひろ》き世界《せかい》にならびなき分限《ぶんげん》我なり」と自慢《じまん》申せし、子細は[一三]二間《けん》口の[一四]棚借《たながり》にて千貫目持《もち》、都《みやこ》の[一五]さたになりしに、[一六]烏丸《からす(ま)》通に三十八貫目の[一七]家質《かじち》を取《(とり)》しが、利銀《りぎん》つもりておのづから流《なが》れ、始《はじめ》て家持《いへもち》となり、是《(これ)》を悔《くや》みぬ。今迄《(まで)》は借《しやく》屋に居ての分限《(ぶ)げん》といはれしに、[一八]向後《きやうかう》家有《(ある)》からは、[一九]京の歴々《れきく》の內藏《うちぐら》の塵埃《ちりほこり》ぞかし。

此《(この)》藤市《ふぢいち》、利發《はつ》にして、一代のうちに、かく[二〇]手まへ富貴《ふうき》になりぬ。第一、人間《げん》[二一]堅固《けんご》なるが、身を過《すぐ》る元なり。此男《(この)をとこ》、[二二]家業《かげう》の外《ほか》に、[二三]反故《ほんご》の帳《ちやう》をくゝり置《をき》て、見世《せ》をはなれず、[二四]一日《じつ》筆を握《にぎ》り、兩替《がへ》の手代通《とを》れば、[二五]錢《ぜに》小判の相場《さうば》を付置《つけをき》、[二六]米問《こめどひ》屋の賣買《うりかい》を聞《きゝ》合せ、[二七]木薬《きぐすり》屋・呉服《ごふく》屋の若《わか》ひ者《もの》に、長崎《さき》の樣子《やうす》を尋《たづ》ね、操綿《くりわた》・塩《しほ》・酒《さけ》は、江戸棚《えどだな》の狀《じやう》日を見《み》合せ、毎《まい》日万事を記《しる》し置《をけ》ば、紛《まぎれ》し事は爰《(ここ)》に尋《たづ》ね、洛《らく》中の重寶《てうほう》になりける。不斷《ふだん》の身持《もち》、肌《はだ》に單繻絆《ひとへじゆばん》、[二八]大布子《ぬの(こ)》、綿《わた》三百目入《(いれ)》て、ひとつより外《ほか》に着《きる》事なし。[二九]袖覆輪《そでふくりん》といふ事、此《(この)》人取《とり》はじめて、當世《たうせい》の風俗《ぞく》見よげ

借屋住居の千貫目持。家持になりしは藤市一生の不覚

一四 商店借屋人。住宅借屋人に対していう(幸田成友、江戸と大阪)。借地・借屋人は町人以下。↓五四頁注一。一五 沙汰。評判。一六 中京の烏丸通附近は商業・金融の中心地。一七 家屋敷を抵当にして行う金融方法。イエジチともいう。質設定後も質入主は家屋敷を占有し、利子を支払うだけであるが、期限後流質した場合には家屋敷の所有権は質取主に移る。三十八貫目の家質といえば、相当大きい屋敷。一八 今後は。一九 千貫目くらいは。歴々↓四六頁注八。二〇 暮しむき。財政状態。二一 健康。二二 家業の長崎商いの外に、相場物の買置・金貸などをした。そのため、日々の諸相場の変動をこまめに記録したわけ。二三 控帳には多く反古を綴じる。後に清書して保存する。二四 終日。二五 京阪では銀遣いが主であるから、日常の取引に銀に対する小判・銭の交換の割合、相場を知ることが必要である。京都の両替屋は毎日大阪の小判相場・銭相場の通報を受けて、相場帳に記録し、これを標準に取引しているから両替の手代に聞いた。

藤市の生活に対する意見

二六 米の相場も小判・銭の相場と関連があるから、京都の両替屋は江戸・大阪・大津各地の情報を入手していた。二七 長崎には薬種・生糸・巻物類が輸入せられるから、長崎商いの薬種屋・呉服屋の手代に貿易船来航の多寡・入札の前景気などを尋ねたのであろう。二八 木綿の綿入。大きく仕立て綿を三百目も入れたのは、夜着にもしたのであろう。二九 袖くるみともいう。袖口が擦り切れるのを防ぐために、別の布でくるむ。多く黒色を用いる(色道大鏡、一)。細川三斎に始まると伝える。

一鹿のなめし革で製した足袋。ふすべて色をつけてあるから強くて汚れが目立たない。二竹の皮の草履に馬の革裏を打ったもの。三縹色は地のためにもよく、染返しがきいて経済的。四二枚あるうちの一つはの意。若い時に流行を追うて、縹色を染返したのであろう。海藻の海松に似た暗緑色を帯びた茶色であるが、茶染は色抜き・染返しがむつかしい。五一張羅の紬を紋付にしたのであるが、紋所を定めなかったのは、仕入れのありふれた紋を染めたものを買うと安いから。六万金産業袋四、京染仕入物の有紋類に「世間常に取あつかふ紋所を、黒・花色、或は小紋等にそめ、仕入置なり、出来合にあらかた染をく」とあって、「丸に三つ引」「丸に二つ引」「左ともへ」「右ともへ」を挙げている。またその紋の大きさは一寸七分から二寸とある。七じかに畳の上におくと紋が汚れる。八縑(かとり)は綟(もじ)の誤り。経緯共に麻糸を用いて、からめ織にしたもの。最も目のあらいものを鬼綟という。町人や百姓は、一般に上下着用は許されないので、肩衣と袴は別地異色のものを用いる。町役または冠婚葬祭以外に着る時は少い。九葬式は町づきあいの一つであるから、必ず一軒に一人は出なければならぬ。一〇今、東山通五条橋東六丁目、西大谷より清水寺に至る附近の丘陵。但し火葬場は建仁寺の東南鶴の林(梅林町)にあった。一一今、東山区興善町の六波羅密寺の略称。その東北の地一帯(梅林町も含む)は、六波羅廻りと称して建仁寺領の野畠であった。一二当薬。せんぶり。秋花の咲く頃陰乾しにして煎薬にする。健胃・駆虫に効あり。一三欲深き喩に「転んでも只は起きぬ」という。跪は誤用。一四一日の暮しを営む。朝夕は朝夕の食事の意。燧石→煙を立つ。一五音リン。卑し、惜

に、始末《しまつ》になりぬ。一革足袋《かはたび》に二雪踏《せつた》をはきて、終《つゐ》に大道《だいだう》をはしりありきし事なし。一生のうちに、絹《きぬ》物とては、紬《つむぎ》の三花色《はないろ》。四ひとつは海松茶染《みるちやぞめ》にせし事、若《わか》ひ時の無分別《むふんべつ》と、廿年も是《(これ)》を悔しく思ひぬ。五紋所《もんどころ》を定《さだ》めず、六丸《まる》の内に三つ引、又は、壱寸八分《ぶ》の巴《ともへ》を付《つけ》て、土用干《どようぼし》にも、七畳《たゝみ》の上《うへ》に直《ぢき》には置《をか》ず。麻袴《あさばかま》に八鬼縑《おにもぢ》の肩衣《かたぎぬ》、幾《いく》年か、折《をり》目正《たゞ》しく取置《(とり)をか》れける。九町並《なみ》に出る葬礼《さうれい》には、是非《ぜひ》なく、一〇鳥部《べ》山にお

くりて、人より跡《あと》に帰《かへ》りさまに、一一六波羅《(ろく)はら》の野道《のみち》にて、僕《でつち》もろ共《(とも)》、一二苦参《たうやく》を引《ひい》て、「是《(これ)》を陰干《かげぼし》にして、はら薬《ぐすり》なるぞ」と、只《たゞ》は通《とを》らず。一三跪《けつまづ》く所で、燧石《ひうち》を拾《ひろい》て、袂《たもと》に入《いれ》ける。一四朝夕《てうせき》の煙《けぶり》を立《たつ》る世帯持《せたいもち》は、よろづ、か様に気を付《(つけ)》ずしてはあるべからず。

此《(この)》男、生《むま》れ付《(つき)》て一五悋《しは》きにあらず。万事の取まはし、人の鑑《かゞみ》にもなりぬべきねがひ。かほどの一六身袋《しんだい》まで、としとる宿《やど》に餅搗《もちつか》ず。

開敷時《いそがは(しき)とき》の人遣《づか》ひ、[一七]諸《しよ》道具の取置《(とり)をき》も[一八]やかましきとて、是《(これ)》も[一九]利勘《(り)かん》にて、[二〇]大佛の前《まへ》へあつらへ、[二一]壱貫目に付《(つき)》何程と極《きは》める。十二月廿八日の曙《あけぼの》、いそぎて[二二]荷《にな》ひつれ、藤屋《ふぢや》見せにならべ、「うけ取《(とり)》給へ」といふ。餅《もち》は搗《つき》たての好《この》もしく、[二三]春めきて見えける。[二四]旦那《だんな》はきかぬ㒵《かほ》して、十露盤置《そろばんをき》しに、餅《もち》屋は[二五]時分柄《じぶんがら》にひまを惜《をし》み、幾度《いく(たび)》か[二六]斷《ことはり》て、才覚《さいかく》らしき[二七]若《わか》ひ者《もの》、[二八]杜斤《ちぎ》の[二九]目りんと請取《(うけとつ)》てかへしぬ。[三〇]一時《(ひととき)》ばかり過《(すぎ)》て、「[三一]今の餅請取《もちうけとつ》たか」といへば、はや渡《わた》して帰りぬ。「[三二]此家《(この)いへ》に奉公《ほうこう》する程《ほど》にもなき者《もの》ぞ、温《ぬく》もりのさめぬを請取《うけとり》し事よ」と、又、目《め》を懸《かけ》しに、思ひの外《ほか》に[三三]減《かん》のたつ事、手代《てだい》、[三四]我《が》を折《(をつ)》て、[三五]喰《くひ》もせぬ餅《もち》に口をあきける。其年明《そのとしあけ》て、夏《なつ》になり、[三六]東寺《とうじ》あたりの里《さと》人、[三七]茄子《なすび》の初生《はつなり》を、[三八]目籠《めかご》に入《(いれ)》て賣來《うりきた》るを、[三九]七十五日の齢《よはひ》、[四〇]是《(これ)》たのしみの、ひとつは弐文《に(もん)》、二つは三文《(もん)》に直段《ねだん》を定《さだ》め、

しむ意。一六 身代に同じ。資産。
一七 臼・杵・蒸籠などの出し入れ。一八 煩わしい。うるさい。一九 利害の打算に敏いこと。
二〇 今、東山通正面町本町通西側、方広寺大仏殿の前にあった有名な餅屋、隅田氏。誓願寺前の大仏餅本家(江島氏)に倣うて、大仏餅と称した。餡餅であるが風味よく形大きいので有名。
二一 餅一貫匁について代銀幾何の意。
二二 荷い連れ。二人以上の人数で荷うこと。
二三 正月らしく。二四 藤市。
二五 時節がら商売が忙しいので。
二六 受取ることを交渉して。
二七 藤屋の手代。目方をかけて受取ったところが才覚らしいところ。
二八 杠秤。上方でチギ、関東でチギリという。一貫目以上の重量物を秤る桿秤。
二九 目方に一厘の相違もなく。
三〇 約二時間ほど。三一 藤市の言葉。
三二 藤市の言葉。搗きたての餅は水分を含んでいるから、目がかかる。
三三 正しくは欠。量目が不足すること。諺草、二「欠(カン) 物を算用する時、本数かくる事有を欠と云」。三四 恐れ入って。
三五 呆れたさま。餅↓口をあく。
三六 今、南区西九条附近の汎称。東寺領の畠地。蔬菜の栽培、特に甜瓜・蕪菜の産で有名。
三七 瓜・茄子などの初生りは、京都府相楽郡山城町(狛村)から最も早く市中に出した。初物として高値に商うので、幕府では、茄子は五月より、甜瓜は六月よりと定めた(貞享三年五月触)。
三八 目をあらく編んだ竹籠。
三九 俗説に、初物を食えば七十五日長生するという。四〇 これ楽しみの一つだというので、茄子一つは…二つは…という意。

何《いづ》れか、二つとらぬ仁《ひと》はなし。藤市《ふぢいち》は、ひとつを二文に買《かい》て、いへるは、「今一文で、盛《さかり》なる時は、大きなるが有《あり》」と、心を付《つく》る程《ほど》の事あしからず。屋敷《やしき》の空地《あきち》に、[一]柳《やなぎ》・柊《ひいらぎ》・楪葉《ゆづりは》・桃《もゝ》の木《き》・はな菖蒲《しやうぶ》・薏苡仁《じゆずだま》など、取《とり》まぜて植置《うへをき》しは、ひとり有娘《あるむすめ》がためぞかし。[二]よし垣《がき》に自然《しぜん》と、朝良《あさがほ》の[三]はへかゝりしを、同《をな》じ詠《なが》めには、[四]はかなき物《もの》とて、[五]刀豆《なたまめ》に植《うへ》かへける。

何《なに》より、我子《わがこ》をみる程、面白《をもしろ》きはなし。娘《むすめ》[六]おとなしく成《なり》て、頓《やが》て、[七]娌入屏風《よめいりべうぶ》を拵《こしらへ》とらせけるに、「[八]洛《らく》中盡《づくし》を見たらば、見ぬ所《ところ》を歩行《ありき》たがるべし。[九]源氏・伊勢物語は、心のいたづらになりぬべき物なり」と、[一〇]多田《たゞ》の銀山《かな(やま)》出盛《でさかり》し有様書《か》かせける。[一一]此《この》心からは、[一二]いろは哥《うた》を作りて誦《よま》せ、[一三]女寺《をんなでら》へも遣《やら》ずして、筆の道《みち》を敎《をし》へ、[一四]ゑひもせす[一五]京のかしこ娘《むすめ》となしぬ。親の世智《せち》[一六]なる事を見習《なら》ひ、[一七]八才より、墨《すみ》に袂《たもと》をよごさず。節句《せつく》の雛遊《ひなあそ》びをやめ、盆《ぼん》[一八]に踊《をど》らず。毎《まい》日、[一九]髪《かみ》かしらも自《みづから》梳《すき》て、[二〇]丸曲《まるわげ》に結《ゆひ》て、[二一]身の取廻《(とり)まは》し人手にかゝらず。[二二]引《(ひき)》ならひの眞綿《まわた》も、[二三]着丈竪横《きだけのたてよこ》を[二四]出《で》かしぬ。いづれ女の子は、遊《あそ》ばすまじき物なり。

[二五]折ふしは[二六]正月七日の夜《よ》、近所《きんじよ》の男子《(だん)し》を、藤市《ふぢいち》かたへ、[二七]長者に成《(なり)》やうの指南《しなん》を頼《たの》むとて遣《(つかは)》しける。座敷に燈《ともしび》[二八]かゝやかせ、娘《むすめ》を付置《つけをき》、「[二九]露路《ろぢ》の戸《と》の鳴《なる》時しらせ」と申置《(まうし)をき》しに、此娘《(この)むすめ》、[三〇]しほらしくかしこまり、[三一]灯心《とうしん》を一筋《(ひと)すぢ》にして、[三二]嘐《ものもう》の聲《こゑ》

一　↓補一三一。　二　葭垣。　三　生えかかる。　四　朝顔は長くもたないで、つまらない。　五　六、七月頃紫の花をつけ、花の盛り長く、実を結ぶと漬物の材料になる。　六　成人して、間もなく。　七　婚礼の当日、祝言の座敷に立てる屏風。松竹梅など祝の絵のほか洛中・洛外の図なども用いた。↓補一三二。　八　京都の町通りや名所旧跡を鳥瞰図風に描いたもの。多くは洛中・洛外と対になっている。　九　源氏・伊勢は誨淫の書として子女の読むべからざるものと考えられていた。

藤市の教育に対する意見

一〇　今の大阪府川辺郡多田村附近七十二ヶ村を含む銀山。稼行の最盛時は天正時代で、その産銀だけで豊臣氏の台所を維持するに足るといわれた。　一一　こういう考から、娘の教育も独自のやり方で。　一二　いろは四十八字を句頭において作った教訓歌。↓補一三三。　一三　寺は寺小屋の略。普通は男女組別であるが、師匠が女性の場合、女児だけを集めて教育する。　一四　いろは四十七字の最後に京を添えて、留めとする。筆の道↓いろは↓京。　一五　京都きっての賢い娘。京風のいろは短歌は最後の句を「かしこ」(かしく)で結ぶのが普通であったからであろうという(大)。　一六　せちがしこい。勘定高い。　一七　男女共に、普通八歳から手習初めをする。　一八　↓一九七頁注一八。　一九　頭の髪。　二〇　髪を取上げてぐるぐると丸髷にゆう髪風。下げ髪に比して襟汚れず、立居にも便利。

藤市の新長者教

二一　身仕舞。　二二　衣類に入れるために、真綿を塗桶にかぶせて引伸ばすこと。習練を要する。女子の嗜みの一つ。　二三　その人が着るのに適当な着物の寸法。　二四　やってのけた。　二五　丁度その時は。　二六　人日とて五節供の一。　二七　今長者物

する時、[三三]元《もと》のごとくにして、[三四]勝手《かつ》に入《(いり)》ける。三人の客《きやく》、座《ざ》に着時《つくとき》、臺所《だいどころ》に摺鉢《すりばち》の音《をと》ひゞきわたれば、客《きやく》、[三五]耳《みゝ》をよろこばせ、是《(これ)》を[三六]推《すい》して、「[三七]皮鯨《かはくじら》の吸物《すひ》」といへば、「いや〳〵、[三八]はじめてなれば、[三九]雑煑《ざうに》なるべし」といふ。又ひとりは、よく考《かんがへ》て、「[四〇]煑麪《にうめん》」と[四一]おち付《(つけ)》ける。[四二]必《かなら》ずいふ事にして、おかし。

藤市出《ふぢいちいで》て、三人に、世渡《よ》りの大事《だい(じ)》を、物がたりして聞《きか》せける。一人申せしは、「今日《こんにち》の[四三]七草《なゝくさ》といふ謂《いはれ》は、いかなる事ぞ」と尋《たづ》ねける。「あれは、神代《かみよ》の[四四]始末《しまつ》はじめ、[四五]増水《ぞうすい》と云《(いふ)》事を知《しら》せ給ふ」。又壱人、「[四六]掛鯛《かけだい》を六月迄《まで》、[四七]荒神前《くはうじんのまへ》に置《をき》けるは」と尋《たづ》ぬ。「あれは、朝夕《てうせき》に肴《さかな》を喰《くは》ずに、是《(これ)》をみて、喰《くう》た心せよと云事《いふこと》也」。又、[四八]太箸《ふとばし》をとる由來《ゆらい》を問《とひ》ける。「あれは、穢《よごれ》し時白《しら》げて、[四九]一膳《ぜん》にて一年中《ねん》あるやうに、是《(これ)》も[五〇]神代《かみよ》の二柱《(ふた)はしら》を表《ひやう》すなり。よく〳〵、万《ばん》事に気を付《つけ》給へ。扨《さて》、宵《よひ》から今まで、各《をの〳〵》咄《はな》し給へば、㝡早夜食《もはややしよく》[五一]の出《(いづ)》べき所なり。出《だ》さぬが長者《ちやうじや》に成《なる》心なり。㝡前《さいぜん》の摺鉢《すりばち》の音《をと》は、[五二]大福帳《(だい)ふくちやう》の上紙《うはがみ》に引糊《ひくのり》を摺《すら》した」といはれし。

怪我《けが》の冬神鳴《ふゆがみなり》

大津の繁昌。醤油売喜平次の感慨

[五三]細波《さゞなみ》や近江《あふみ》の湖《みづうみ》に沈《しづ》めても、[五四]一升入《(いる)》壺《つぼ》は其《(その)》通《とを》り也。大津《おゝつ》の町に、醤油屋《しやうゆや》の喜

語(延宝三年以前)に、少年が藤市に指南を仰ぐ趣向がある。「成やう」は、成り方、成るべき心得の意。二八 輝かせ。但し清音に読む。二九 数寄屋作りの庭の通路。⇩補一三四。三〇 殊勝に、父親のいいつけを守って。三一 客の来ぬ間は不経済であるから。三二 物申すの略。案内を乞う言葉。嘜は音サン、口に含んで物を食う意。モノモウは我国の戯訓。三三 燈火を明るくして。三四 台所。三五 摺鉢で味噌を摺っていると感違いした。三六 推量して。三七 酒漬または塩漬にした皮つきの鯨の肉を、味噌汁またはすましに仕立てたもの。十一月から二月までのものとして好まれた。三八 最初の訪問であるから、正月の祝儀として。三九 上方の雑煮は多く味噌仕立、丸餅に牛蒡・大根・鰤などを入れる。四〇 素麵をさっと茹でて味噌を加えて煮たもの。夜食によく用いる。四一 断定した。四二 他家へ客に行くと、よくいう事で。四三 この日呪を唱えて摺小木で叩いた七種の菜を入れた粥を食すると万病を除けるという。⇩補一三五。四四 始末のしはじめに。四五 雑炊。おじや。四六 掛小鯛ともいう。小鯛二尾を口に藁縄を通して縛り、歯朶・楪葉などを插して、竈の上・年徳棚・倉の内などに掛け置き、六月一日に下げて食する。四七 三宝荒神の略。火の神として竈の上に祭る。四八 雑煮箸。多く柳の木を用い、折れることを忌んで太く丸く作る。四九 箸一対をいう。五〇 伊弉諾(いざなぎ)・伊弉冉(いざなみ)の二柱の神に見立てたのだ。五一 当時は朝夕の二食が普通で、夜分に軽く麵類などを食べるのを夜食といった。五二 大帳(売掛の元帳)の通称。⇩補一三六。五三 近江の枕詞。五四 諺「一升入る壺は一升」。物おのおの分限あること。

平次といふ者《もの》有《(あり)》ける。此《(この)》所は[一]北國《(ほつ)こく》の舟着《ふなつき》、殊更《(ことさら)》東海道《とうかいだう》の繁昌《はんじやう》、[二]馬次《むまつぎ》・かへ駕籠《かご》、[三]車《くるま》を轟《とゞろか》し、人足《(にんそく)》の働《はたら》き。[四]蛇《じや》の鮓《すし》・鬼《をに》の角細工《つのざいく》、何をしたればとて賣《うれ》まじき事にあらず。近年《きんねん》、[五]問屋町《とひやまち》[六]長者《ちやうじや》のごとく、[七]屋造《やづく》り昔《むかし》にかはり、二階《かい》に撥音《ばちをと》やさしく、[八]柴屋町《しばやまち》より[九]白女《しやれ(をんな)》よび寄《(よせ)》、客《きやく》の遊興昼夜《ゆうけうちうや》のかぎりもなく、[一〇]天秤《てんびん》のひゞきわたり、金銀も有《(ある)》所には、瓦石《ぐはせき》のごとし。[一一]「身袋程高下《しんだいほどかうげ》の有《(ある)》物はなし」と、喜平次、[一二]荷桶《にをけ》おろして[一三]無常観《むじやうくはん》じける。「我商《あきなひ》に廻《まは》れるさき〴〵にも、世《よ》は愁喜《しうき》貧福《ひんふく》のわかち有《(あり)》て、さりとは思ふまゝならず。[一四]かしこき人は[一五]素紙子《すがみこ》きて、[一六]愚《をろか》なる人はよき絹《きぬ》を身に累《かさ》ねし。菟角《とかく》、[一七]一仕合《(ひと)しあはせ》は分別の外《(ほか)》ぞかし。然《しか》れ共《(ども)》其身《そのみ》[一八]祖《はたらか》ずして、錢《ぜに》が一文、天から降《ふら》ず地《ち》から涌《わか》ず。正直《しやうぢき》にかまへた分にも、埒《らち》は明《あか》ず。身に應《をう》じたる商賣《しやうばい》をおろそかにせじ」と、一日暮《ぐら》しを樂《たの》しみける。

[一九]関寺《せきでら》のほとりに、[二〇]森山玄好《もりやまげんかう》といへる人、[二一]かたのごとく藥師《くすし》は上手《じやうず》、殊《こと》に老功《らうこう》なれ共《(ども)》、[二二]叡《ひへ》の山風程《かぜほど》の事にも、かつて[二三]藥《くすり》まはらず。門《かど》に[二四]嘐《ものもう》の聲《こゑ》絶《たへ》て、内《うち》に[二五]神農《しんのう》の掛絵《かけゑ》も身《み》ぶるひして、[二六]万《よろづ》の紙袋《かみぶくろ》の書付《かきつけ》ほこりに埋《うづも》れ、冬《ふゆ》も[二七]羽二重《はぶたへ》のひとへ羽織《ばをり》、[二八]せんじやうつねにかはらぬ衣裳《いしやう》つき。醫師《くすし》も、傾城《けいせい》の身に同じ、呼《よば》ぬ所へはゆかれず。宿《やど》に居《い》れば外聞《ぐはいぶん》あしく、[二九]毎日朝脉《まいにちあさみやく》の時分《じぶん》より立出《たちいで》て、[三〇]四《(し)》の宮《(みや)》の絵馬《ゑむま》をながめ、又は、[三一]高観音《たかくはんをん》の舞臺《ぶたい》に行《(ゆき)》て、[三二]近江《あふみ》八景《けい》も、あさゆふ見てはおもし

一　北国地方と近畿地方との中継港。琵琶湖の水上輸送に従事する百人船によって経済的提携が保たれていた。二　東海道の宿場として、百人百疋の伝馬と人足を常備しており、町会所と問屋場で人馬の継立てを行っていた（大津市史）。三　大津から京阪地方へ移出する米（登せ米）は、馬借のほか牛車・人足（背負）による輸送が行われた。四　鬼の角細工と共にありそうもない珍奇な物の喩。↓補一三七。蛇↓鬼。五↓補一三八。六　諺に「問屋長者」という。↓補一三九。七↓補一四〇。八　大津の遊廓馬場町の俗称。↓補一四一。九　遊女。一〇　天秤の針口をたたく音。↓四二頁。一一　身代に同じ。財産の如何によって、人の身分に高下の差を生ずるものは他にないという意。一二　醤油の計り売に、蓋つきの桶を一荷に担うて市中を廻る。一三　世の中の思うままにならぬことを嘆いた。一四　貧なる故に賢い人でも。一五　柹渋を引かずに作った紙子。↓補一四二。一六　富めるが故に愚かなる人も。一七　一儲けしようと思っても、思案分別では及ばぬ、運なのだ。一八　音タン、衣を脱ぐ意。カタヌグと読むから、働くにあてた。一九　大津市関寺町。二〇↓補一四三。二一↓補一四四。二二　一通りは薬物学の心得もあり、ことに診察は老功であったがという意。↓補一四五。二三　風邪ぐらいの簡単な病気にも。大津は比叡山の東南に位置するから、冬は山風が原因で風邪を引き易い。二三　薬が身体に廻らない。薬がきかないこと。二四　案内を乞う声。応診・投薬を求める者がない意。二五　炎帝。神農氏。中国古代の伝説上の帝皇。医薬の祖として医家・薬屋に祀る。二六　薬の原料にする草根木皮を紙袋に入れて仕分けし、袋の上にそれぞれの名が書

人はさまざま、喜平次の見聞談

ろからず。[三三]身《み》すぎはかけて隙《ひま》の有程《あるほど》、気《き》の毒《どく》なる物はなし。人には[三四]絵馬醫者《ゑむまいしや》といはれて、口《くち》おしかりし。[三五]有人《あるひと》取立《とりたて》、[三六]碁會《ごくはい》の宿《やど》して、[三七]一番《ばん》に三錢《せん》づゝ茶《ちや》の代《だい》とりて、[三八]漸々《やう〳〵》死《しな》ぬを徳《とく》にして、世《よ》をおくる人も有《(あり)》。

また、[三九]馬屋町《むまやまち》といふ所《ところ》に、坂本屋《さかもと》仁兵衛殿《どの》とて、以前《い》は大商人《あき(んど)》なりしが、大分《ぶん》の銀《かね》をなくなし、[四〇]殘《のこ》る物《もの》とて、家藏賣《いへくらうり》て弐拾八貫目ありしを、取《とつ》て退《のき》、其《(その)》後三十四五度も商賣《しやうばい》かへられしうちに、今《いま》は殘らず喰込《くひこみ》て、何をすべきたよりもなく、[四一]むかしの厚鬢《あつびん》もうすく、[四二]仁躰《じんたい》おかしげなれば、「[四三]ひとつも埒《らち》のあかぬ男《をとこ》。[四四]貧乏神《びんぼうがみ》の社人《しや(にん)》になれ」とて、一門中是《もんぢうこれ》を見かぎる。され共《(ども)》母親《はゝをや》の、[四五]隠居銀《ゐんきよぎん》拾貫目あるを、ひとりの子《こ》なればふびんにおもはれ、せめては、これを[四六]とらせ、[四七]世《よ》にすむ種《たね》ともなれかし。然《しか》れ共《(ども)》、仁兵衛に渡《わた》しては、一年もあるまじ。姉聟《あねむこ》にあづけて、[四八]月に八拾目づゝ利銀《りぎん》わたし、「[四九]此有切《(この)ありきり》に、[五〇]五人口を過《すぎ》よ」といはれし。先夫婦《まづふうふ》、子が壱人、弟《をとゝ》に仁三郎とて[五一]背僂病《せむしやみ》、[五二]ひとりは、[五三]乳《ちゝ》のませし姥《うば》が、足《あし》たゝずして、[五四]外《ほか》に頼《たの》む嶋《しま》もなく爰《こゝ》にかゝり舟《ぶね》。[五五]日和《ひより》を見ても、どれを壱人、出《で》て行《ゆけ》といふものもなし。[五六]さりとては、[五七]拾貫目の利銀《りぎん》にて八拾目取《(とり)》、五人口は過《すぎ》がたし。此銀《(このかね)》、朔日《ついたち》に請取《うけとり》、五匁の屋賃《やちん》をのけて置《をき》、白米《はくまい》のよきに、味噌《みそ》・塩《しほ》・薪《たきゞ》をとゝのへ、[五八]常住《じやうぢう》、香《かう》の物菜《ものざい》。此外《(この)ほか》には、[五九]いかな〳〵、[六〇]三月の鯛《たい》を壱

付けてある。二七「医者の長羽織」とて、道服をはおるのが医者の看板。↓補一四六。二八 年中相も変らぬ意。「煎じやう常の如し、生姜一片」とは、薬袋に記された煎じ方の注意書。↓八五頁注一。医者↓羽織↓煎じやう常の如し。二九 朝は脈状平静、診脈に便であるから、午前中に病家を廻診する。但しこれは、流行医者では書生の役目。三〇 大津四宮町の天孫神社。↓補一四七。三一 三井寺南院の正法寺の俗称。崖作りの舞台を大悲閣と称し、眼下に近江八景を一望に収める(真)。三二 ↓補一四八。三三 生計は不足勝ちで。三四 世間体を繕って忙しそうに出歩いているが、実は一向にはやらぬ医者を誇っていう。三五 或人が世話をしてくれて。三六 碁会所。三七 対局一番について。三八 やっと生きていられるだけが仕合せと思って。三九 未詳。博労町の通称か(守)。牛馬宿が多かったという(大津市志、町名考)。四〇「残る物とて…」は西鶴の慣用句。残るものとては家蔵だけになったが、それも売払って。四一 昔の大家の旦那の面影もなく、厚鬢に結うた髪の毛も寄る年波に薄くなって。厚鬢↓三五頁注二三。四二 風采があがらないので。四三 人も相手にせず、何をしてもうまくゆかない。四四 貧乏性で不甲斐ない者を罵っていう。「貧乏神の前立」とも。四五 隠居料。隠居分として相続財産から分けられた資産。四六 仁兵衛に与えて。四七 生活資金。四八 月利八厘の計算。四九 この金の額の範囲で。五〇 家族五人の暮しを立てよ。五一 佝僂病。五二 今一人は。五三 仁兵衛の乳母。五四 今更ほかに頼る処もないので、この家に厄介になっている。頼む↓島↓かかり舟。五五 どちらを向いても、それぞれ事情があって。かかり舟↓日和見。五六 そうかといって。五七 ↓補

一四九。一五〇。 五八 年がら年中漬物のおかず。↓補一 五九 どうしてどうして。 六〇 陰暦三月頃は魚島時(七七頁)といって、瀬戸内海で鯛が多く獲れる季節。うまくて、しかも値が安い。鯛・鯉・鮒などは幾つと数える。何枚というのは、飛魚・かます・うるめ・乾鱧に限る(手本重宝記、魚類詞づかひ)。

一 一斤弐分は出盛り時分の安値。初松茸は一斤四匁五分(織一ノ一)。野菜物は唐目(百六十匁一斤)を用いる(守)。 二 香煎。糯米・茴香・薏苡仁などを炒って粉末にしたもの。 三 寝る時に。鼠↓盆正月。 四 盆の帷子、正月小袖も新調せぬ意。 京の童謡「盆の十六日、二十日鼠をおさへて、元服さして髪結うて」云々に因む。 五 身持を堅く慎んで。 六 紙縷。起原には諸説があるが、西鶴は観世座の小鼓方観世又次郎(道叱)の創始という(男色大鑑、二ノ一)。 七 明けても暮れても、不如意で窮屈な暮しであった。 八 しかし、また世間では、田舎へ通い商をしてという意。「道しる」とは、その道に通暁することをいうが、西鶴は多く行商にかけて用いている。 九 今、大津市松本。大津の東、東海道の往還に沿うた部落で、茶屋多く、矢走からの船着場でもあった。 一〇 黄枯茶。丁子の汁で染めた黄褐色の染色。 一一 菅笠は参宮の道者の持ち物。笠に国所・同行を書付ける。 一二 主・親・夫に無断で伊勢参りすること。伊勢信仰が盛んで、抜参りに米銭を施し宿を提供する人が多かったので、似せ者が道中を徘徊した。 一三 お伊勢さまを看板にして。 一四 今、大津市追分町にあった、池の川針元祖大黒屋森越清兵衛。万治二年伏見池川村から移住し、池の

一升入る壺は一升。分限は天にあること

牧《(まい)》、一松茸《まつだけ》、壱斤《きん》弐分《(ふん)》する時《とき》も目《め》に見るばかり。咽《のど》がかはけば、白湯《さゆ》に二焦穀《こがし》。油《あぶら》火《(び)》も、眞中《まんなか》にひとつともして、これを三寝《ね》さまに消《けし》て、鼠《ねずみ》のあるゝをかまはず。四盆《ぼん》・正月の着《きる》物もせず、年中始末《ねんぢうしまつ》に五身《み》をかため、慰《なぐさみ》には六観世紙縷《くはんぜこより》をして、七明暮《あけくれ》不自由《ふじゆう》なる世《よ》や。八あきなひの道しるとて、百目にたらぬかねにて、七八人、樂《らく》くと年《とし》こすもあり。

又、九松本《まつもと》の町《まち》に後家《ごけ》有《(あり)》。独《ひと》りの娘《むすめ》に、一〇黄唐茶《きがらちや》のふり袖《そで》に一一菅笠《すげがさ》を着《き》せて、言葉《ことば》すこしなまりならひ、「一二ぬけ参《まい》りの者《もの》に御合力《(こ)かうりよく》」と、一三御伊勢様《(お)いせさま》を賣《うり》て、此《(この)》十二三年も、同じ偽《うそ》にて世を過《すぐ》る女もあり。

又、一四池《いけ》の川の針《はり》屋、一五ほそき事なれ共《(ども)》、娘《むすめ》を京《きやう》への縁組《えんぐみ》を聞立《きゝたて》、一六銀弐千牧《(まい)》付《(つけ)》るとて、一七仲人《なかうど》かゝがとびまはり、「一八しいたら、百貫《くはん》目は付《(つけ)》てやるべし」と私語《さゝやき》し。「人の内證《ないしやう》は

しれぬ物、此《(この)》大津《つ》のうちにもさま〳〵あり」と、醤油賣《しやうゆうり》まはるさき〳〵にて見《み》聞《きゝ》、喜平次《きへいじ》が宿《やど》にかへりて語《かた》りける。[一九]此女房《(この)にようばう》、ずいぶんかしこく、子共《こども》も奇麗《きれい》[二〇]にそだて、[二一]人の物をもおはず。[二二]年《とし》とり物《もの》をも、師走《しはす》のはじめ比《(ころ)》より調《とゝの》へ、「節季《せつき》に[二三]帳《ちやう》かたげた男《をとこ》の皃《かほ》を見ぬを嬉《うれ》しや」とて、[二四]万事《ばんじ》を仕舞《しまひ》けるに、此幾年《(この)いくとし》か、[二五]銭《ぜに》とりあつめて、七匁五分《(ふん)》か八匁、七匁六分《(ふん)》、八匁八九分《(ふん)》が殘り、つゐに拾匁ともちて年越《としこへ》たる事なく、「[二六]板木《はんぎ》でをしたるやうな此家《(この)いへ》の[二七]若《わか》ゑびす」と[二八]いはひけるに、[二九]瓦落《ぐはら》〳〵と空《そら》さだめなや、冬神鳴《ふゆがみなり》、十二月廿九日の夜《よ》の明《あけ》がたにおちかゝりて、[三〇]一跡《せき》に一つの鍋釜《なべかま》、微塵《みぢん》[三一]粉灰《こはい》にくだかれ、是《(これ)》を歎《なげ》くにかひなく、片時《かたとき》もなければならず、買《かい》もとめしに、其《(その)》としの暮《くれ》に、[三二]それ程《ほど》たらずして、九匁、[三三]廿四五所に買《かい》がゝり、やかましき事を聞《(きき)》ぬ。「是《(これ)》をおもふに、當所《あてど》のかならず違《ちが》ふものは世の中。我《われ》も、神鳴《かみなり》の落《をち》ぬまでは、世にこはき物はなかりしに」と悔《くや》みぬ。

才覚《さいかく》を笠《かさ》に着《き》る大黒《だいこく》

信心に徳あり大黒屋の繁栄。総領の悪心勘当の仕合せ

[三四]一に俵《たはら》、二階造《かいづく》り、[三五]三階藏《がいぐら》を見わたせば、都《みやこ》に[三六]大黒屋《だいこく》といへる分限者《ぶんげんしや》有《(あり)》ける。

川針と称した(大津市史)。一五 はかのゆかぬ商売であるが。諺に「針を蔵に積んでもたまらぬ」という。針の穴↓細き。一六 銀一枚は四十三匁。二千枚で八十六貫目、小判にして千四百三十三両余を持参金にするという。一七 仲人嚊の礼は持参金の十分の一がきまりだから。一八 強いたら。もう一押し押したら。一九 喜平次の女房。二〇 身なりもさっぱりと育てて。二一 人から借金もしないで。金を借ることを「負う」という。二二 正月用の米その他の食品・薪炭をいう。正月は十日以後でないと売買しないから、年内に手当をしておく。二三 掛取りの男。二四 一年中の収支の勘定をすること。二五 残った銭を取集めてみると、銀にして云々という意。二六 変化がないことをいう喩。二七 紙の札に大黒天と夷神を印刷したもの。元日未明から若夷売が人家の門戸をたたいて売る。板木で押したような↓若夷。二八 斎う。若夷を恵方棚に祭って一年中の福徳を祈る。二九 書言字考「瓦落々々 俗字」。三〇 掛替えのない、たった一つの鍋釜。一跡は全財産の意。三一 コッパイと読む。三二 鍋釜を買った九匁だけ不足して。三三 二十四五ヶ所の見世で、九匁分掛買いにしたために、掛取りにうるさく催促せられることになった。三四 大黒屋に因んで、大黒舞の唱歌(補一五一)をもじった。ここから見渡すと、表に俵を積み上げ、屋敷は二階造り、三階蔵が聳えている、あれこそ都に隠れもない大黒屋という分限者だ、という意。三五 町人の家作は三階造りを禁じられていたが、土蔵は防火壁代用の目的で、三階造りも間々あった。三階は客座敷に用いる。三六 ↓五八頁注一。

冨貴《ふうき》に世をわたる事を祈《いの》り、一五條《でう》の橋切石《はしきりいし》に掛《かけ》かはる時、二西《にし》づめより三枚目《まいめ》の板《いた》をもとめ、是《(これ)》を大黒《だいこく》に刻《きざ》ませ、信心《しんぐ》に徳《とく》あり。次第《しだい》に栄《さか》へ、家名《いへな》を大黒《だいこく》屋新兵衛と、しらぬ人はなかりき。

男子《なんし》三人、無事《ぶじ》に撫育《そだて》、いづれもかしこく、親仁《をやじ》よろこび、老後《らうご》の樂《たのしみ》を極《きは》め、追《をつ》つけ隱居《ゐんきよ》の支度《したく》をせしに、惣領《そうれう》の新六、俄《にはか》に金銀《きんぐ》を費《つゐや》し、三筭用《さんよう》なしの色あそび。半年立《はんとしたゝ》ぬに百七拾貫目、四入帳《いりちやう》の内《うち》見へざりしに、五迚《とて》も埒《らち》の明《あか》ざる僉儀《せんぎ》なれば、手代《てだい》ひとつに心をあはせ、六買置《かいをき》の有物《ありもの》に勘定《かんぢやう》仕立《したて》、七月前《まへ》を漸《やう》〳〵に濟《すま》し、「向後《きやうかう》、奢《をごり》を止《やめ》たまへ」と、異見《ゐけん》さま〴〵申せしに、更《さら》に聞入《(ききいれ)》ずして、其年《そのとし》の暮《くれ》に又弐百三十貫目《くはんめ》たらず。今は七内證《しやう》に尾《を》が見えて、八稲荷《いなり》の宮《みや》の前にしるべの人ありて、身《み》を隠《かく》しぬ。律《りつ》義なる親仁《をやじ》腹立《ふくりう》せられしを、色々《いろ〳〵》詫《わび》ても機嫌《きげん》ならず、九町衆《(ちやう)しゆ》に袴《はかま》きせて、一〇旧里《きうり》を切《きつ》て子をひとり捨《すて》ける。

されば親の身として、是《(これ)》程まで一一うとまるゝ事、大かたならぬ一二悪《あく》心なり。新六是非《ぜひ》もなき仕合《しあはせ》、はや一三當分の借《かり》屋にも、居《ゐ》られぬ首尾《しゆび》になりて、爰《(ここ)》を立退《(たち)のき》一四東《あづま》のかたへ行《ゆく》道の、草鞋《わらんぢ》銭とてもなく、一五「かなしさは我身《(わが)み》ひとり」と、なげくに甲《か》斐《ひ》もなし。比《ころ》は十二月廿八日の夜《よ》、一六水風呂《すいふろ》に入《(いり)》しを、「それ、親仁様《をやじ》」といふ聲《こゑ》おそろしく、湿身《ぬれみ》に綿入《わた(いれ)》ひとつ肩《かた》にかけ、左《ひだり》に帯《をび》を提《さげ》て、一七下《した》帯には氣をつけず

一 五条通賀茂川に架る。清水寺の僧侶架橋費を勧進して、修理・掛替えを行う勧進橋であったが、正保二年十一月公儀橋として、元和造営の木橋を全部石造に掛替えられた(寛文二年五月の地震以後は、橋脚の石材だけ残して再び木橋になる)。二 橋詰から三枚目の踏板で刻んだ大黒天の像を祭ると、福徳が授けられるという俗信があった。↓補一五二。三 算用かまわぬ遊女狂い。四 出納帳。金銀の出納一切を記帳する。五 いくら相談しても容易に解決できない話だから。六 買置してある在庫商品の評価に切替えて、収支決算の勘定帳を作成した。家によって違うが、棚おろしの勘定は正月・七月と半季毎に行う。七 内々のごまかしが暴露して。尾が見える↓稲荷。八 今、京都市伏見区深草稲荷御前町。九 奉行所へ訴願のため、年寄・五人組の出頭を煩わすこと。一〇 旧離、久離とも。別居または出奔した子に対して、懲戒の意味で親が親子関係を断絶することをいう。↓補一五三。一一 子を疎む、忌み嫌う。一二 新六の悪心ゆえ。一三 稲荷宮の前の隠れ家。一四 謡曲杜若「住み所求むとて、東の方に行く雲の」に拠る。一五 謡曲杜若「光あまねき月やあらぬ、春や昔の春ならぬ、我身ひとつは、もとの身にして」に拠る。貧しさは我身一人に極ったという意。一六 水から沸かした湯風呂。塩風呂・蒸風呂、その他の薬湯に対していう。一七 ふんどしには気がつかず、うっかり忘れて。一八 尻からげすることも出来ず、困った。一九 今、京都市伏見区深草藤森町、藤森神社の社地にあった山林。松杉に交って古藤繁茂して、藤の花見の名所。二〇 跡から跡から、絶え間なく降るさま。

身過求めて江戸下り。狼の黒焼が才覚の初め

して迯《にげ》のび、けふ旅立《たびだつ》にも尻《しり》からげ[一八]きのどく。廿九日の空《そら》さだめなく、たまりもやらぬ白《しら》雪の、[一九]藤《ふぢ》の森《もり》の松に[二〇]ふりしこりて、菅笠《すげがさ》なしの[二一]首筋《くびすち》に入相《いりあひ》の、鐘《かね》も胸《むね》にひゞきて[二二]大亀谷《をゝかめだに》、[二三]勧修寺《くはんしゆじ》の茶屋《ちや》の奇麗《きれい》に、湯釜《ゆがま》の沸《たぎる》をこのもしく、「たへがたき寒《さむ》さをしのぐ物よ」と思ひながら、一錢《せん》もなければ[二四]腰《こし》かけを見あはせ、[二五]大津《をゝつ》・伏見《ふしみ》駕籠《かご》の立《たち》つゞき、大勢《ぜい》のどさくさまぎれに、咽《のど》のかはきを止《やめ》、立《たち》さまに人の脱捨《ぬぎすて》し[二六]豊嶋莚《てしまむしろ》を[二七]はづし、はじめて盗《ぬすみ》心になつて行《ゆく》に、[二八]小野《をの》と云里《いふさと》につきぬ。[二九]落葉《をちば》して梢《こずへ》さびしき柹《かき》の木《き》の陰《かげ》に、童子《わらべ》友達《ともだち》の集《あつま》りて、「惜《をし》や、[三〇]弁《べん》慶《けい》が死《しに》ける」と悔《くや》むを聞《きけ》ば、[三一]特牛《こというし》程《ほど》なる黒犬《くろいぬ》なるを、立寄《たちより》て是《これ》を貰《もらひ》、彼莚《かのむしろ》につゝみ、[三二]音羽山《をとはやま》の麓《ふもと》に行《ゆき》て、野《の》に鍬《くは》つかふ夫《をとこ》を招《まね》き、「これは[三三]疳《かん》の妙薬《めうやく》になる犬《いぬ》なり。三年《(み)とせ》あまり種《しゆ》ゞの薬《くすり》をあたへ、今黒燒《くろやき》になす」といへば、「[三四]さては諸《しよ》人

二一 雪が首筋に入る↓入相の鐘↓胸に響きて(恐しく)↓狼。 二二 狼谷。上方では狼をオオカメという。今、伏見区深草大亀谷町。藤森の東の山中、勧修寺・山科を経て大津へ抜ける街道。一目玉鉾、三「大亀谷とて山道のおそろしき所也」。 二三 今、東山区山科、勧修寺大日町の東、街道沿いに中ノ茶屋の地名が残っている。一目玉鉾、三「此所に茶屋軒をならべ、清水をあらためて都近くのしるし也」。 二四 茶屋の床几に腰をかけると茶の銭がいるから。 二五 大津または伏見で仕立てた駕籠。 二六 もと播州北条から織り出した藺筵。狭くて短いが旅行の雨具などに用いる。摂津国豊能郡豊島(てしま)村からも産したので、豊島筵という。 二七 ちょろまかす。 二八 今、東山区山科小野。 二九 所拠の古歌あるか。小野↓落葉。謡曲落葉「小野の千草の、露に立ちそふ野分の風に、錦をかざりし梢の紅葉は、木蔭の落葉と朽ちにけり」。 三〇 犬の名。 三一 牡牛の強く逞しいのを祝って名づけた。 三二 小野より東北約一里、東海道追分の南に当る。 三三 小児の胃腸病。体内の虫の所為と考えられていた。疳の虫には犬の肉の黒焼が珍重せられた。特に黄犬をよしとし、黒犬・白犬を次とする(和漢三才図会)。 三四 里人の言葉。

一 里人の野良行き道具。腰提げの革袋に火打石と火口(ほくち)を入れてある。 二 担うて。行商の体。 三 犬を狼と詐称した。狼の肉は寒疝冷積に効ありという。↓補一五四。 四 逢坂の関。蟬丸の歌に拠る。追分より東数町、逢坂山の峠に関趾があった。 五 往来の旅人をいう。行くも帰るも↓知るも知らぬも(蟬丸の歌)。 六 押売。詐欺・強要行為が多かった。↓補一五五。 七 旅人相手の

商売で、随分人馴れがして目利の鋭いつもりの。八 池の川針とて大津街道筋の名物。↓六六頁注一四。心の針(鋭い)↓針↓筆。九 追分(今、京都市東山区)から大津の入口八丁(補一五六)まで約一里。一〇 五百八十文ほどの物。五百八十、五百八十七は目出度い数。一一 金に代えて。金にして。一二 一応は才覚のある男というべきだが。一三 頭の働き。一四 我が心から出たことで、誰恨むべくもなきことながら。一五 瀬田の長橋を渡って、将来に期待をかけて。瀬田の長橋↓末かけて。一六 旅人宿。一七 草津の名物。↓補一五七。一八 家を追出されぬ昔の鏡餅と思って正月を祝うて。「鏡山」は近江国蒲生郡鏡村にある歌枕。一九 やがて念願が叶って再び花を咲かす時節もあろう。「桜山」は近江国蒲生郡三上村の歌枕。二〇 まだ自分は色香ある若盛りだから。桜↓色も香もある。二一 諺「稼ぐに追いつく貧乏なし」。二二 近江国蒲生郡東老蘇村の歌枕。注連飾は老曾の社の注連縄を指す。足弱き↓老。二三 心豊かになって、この秋にはいい月見が出来るだろうと、頼もしく思われて。春↓秋の月。二四 不破の関(岐阜県不破郡関ヶ原町)も過ぎ、旅に明け暮れて。月↓不破の関。二五 長い道中を何とか食べて来た上に、余分に銭二貫三百文を残した。二六 品川区北馬場の臨済宗の禅寺。二七 宿無しの乞食。↓補一五八。二八 枕近く浪の音を聞寝にすること。二九 俄乞食。諺「乞食に筋なし」のもじり。三〇 今、奈良県生駒郡竜田町。酒造業者があった。↓補一五九。三一 家内六七人暮しの世帯。三二 銀に直せば六貫目。これを資本に江戸進出を企てた。三三 在所の商いでは商売のはかがゆかぬ。

の為《ため》ぞ」と、あたりの柴《しば》・枯笹《かれざゝ》をあつめ、[一]火打袋《ひうちぶくろ》を取出《とりいだ》し、煙《けぶり》の種《たね》となし、里《さと》人にもわづかにとらせ、殘《のこ》るを肩《かた》[二]に置《をき》て、山家《が》の作《つく》りことばになりて、[三]「狼《おほかみ》の黒焼《くろやき》は」と聲《こゑ》の可笑《をかし》げに賣《うり》て、[四]行《ゆく》も帰《かへ》るもの関越《せきこへ》て、[五]しるもしらぬもに[六]つき付《つけ》商《あきな》ひ、[七]随分道中《ずいぶんだうちう》の人になれたる心の、[八]針《はり》屋・筆《ふで》やかたられて、追分《をひわけ》より八丁《てう》[九]までに、[一〇]五百八十が物代《しろ》[一一]なして、[一二]先《まづ》は才覚男《さいかくをとこ》、[一三]「此《この》取廻《とりまは》しが京《きやう》にて出《いづ》れば、遠《とを》い江戸《えど》迄《まで》は行《ゆか》ずに濟《すむ》事を」と、[一四]心ながら泣《ない》つ笑《わらふ》つ、[一五]勢田《せた》の長橋《ながはし》するゐに頼《たの》みをかけて、[一六]草津《くさつ》の人宿《(ひと)やど》にて年《とし》を取《とり》、[一七]姥《うば》が餅《もち》をむ[一八]かしの鏡山《かゞみ》に見なし、頓《やが》て[一九]心の花《はな》も咲《さき》出《いづ》る櫻山《さくら》、[二〇]色《いろ》も香《か》も有若《あるわか》ざかり、[二一]かせぐに追着貧乏神《をひつくびんぼうがみ》は足《あし》よはき、[二二]老曾《をひそ》の森《もり》の注連餝《しめかざり》もおのづからに[二三]春《はる》めきて、秋《あき》見る月もたのもしく、[二四]不破《ふは》の関戸《せきど》の明暮《あけくれ》、美濃路《みのぢ》・尾張《をはり》を過《すぎ》て、東海道《とうかいだう》の在《ざい》ゝ廻《めぐ》り、都《みやこ》をいでゝ六十二日めに、品《しな》川に着《つき》ぬ。

東海寺門前乞食と相宿。人さまざまの身の上物語

[二五]是迄《これまで》の口《くち》をすぎ、銭《ぜに》弐貫《くはん》三百延《のば》し、賣殘《うりのこ》せし黒焼《くろやき》を磯浪《いそなみ》に沈《しづ》めて、それより江戸入《えどいり》を急《いそ》ぎしに、暮《くれ》て行當所《ゆくあてど》もなければ、[二六]東海寺門前《とうかいじもんぜん》に一夜《や》を明《あか》しけるに、其《(その)》かた陰《かげ》に薦《こも》かぶりて、[二七]非人《ひにん》あまた臥《ふし》けるが、春《はる》も浦風《うらかぜ》あらく、[二八]浪枕《なみまくら》のさはがしく、目《め》のあはぬ夜半《よは》まで、身の上《うへ》の事共物《(ども)もの》がたりするを聞《きく》に、[二九]皆筋《みなすぢ》なき乞食《こつじき》。壱人は大和《やまと》の[三〇]竜田《たつた》の里《さと》の者《もの》、すこしの酒造《さけつく》りて、[三一]六七人の世を樂《らく》ゝとおくりし

に、次第《しだい》にたまりし金銀《きんぐ》取《(とり)》あつめて[三二]百兩になる時、[三三]所《ところ》の商《あきなひ》まだるく、万事うち捨爰《すてこゝ》にくだるを、一門《もん》残《のこ》らず、したしき友《とも》の色ゝ申《(まうし)》てとめける。我無分別《わがむふんべつ》さかんにまかせ、[三四]呉服《ごふく》町の肴棚《さかなだな》かりて、[三五]上上吉《(じやうくきち)》諸白《もろはく》の軒《のき》ならびには出しけれ共《(ども)》、鴻《かう》の池《いけ》・伊丹《いたみ》・池田《いけだ》・[三六]南都《なんと》、根《ね》づよき大木《ぼく》の[三七]杉《すぎ》のかほりに及《をよ》びがたく、[三八]酒元手《さかもとで》を[三九]皆水《みなみづ》になして、[四〇]四斗樽《とだる》の薦《こも》を身に被《かぶ》りて、「古郷《ふるさと》の竜田《たつた》へ、[四一]もみぢの錦《にしき》は着《き》ず共《(とも)》、せめて新《あたら》しき木綿布子《もめんぬのこ》なればかへるに」と、男泣《をとこなき》して、「是《(これ)》に付《つけ》ても、仕《し》付《つけ》たる事を止《やめ》まじき物《もの》ぞ」と、[四二]いふ程《ほど》よろしからず、よい智恵《ちゑ》の出時《でどき》、もはやおそし。又壱人は泉州堺《せんしうさかい》の者なりしが、万《よろづ》にかしこ過《(すぎ)》て、[四三]藝自慢《げいじまん》してこゝにくだりぬ。[四四]手《て》は[四五]平野仲庵《ひらのちうあん》に筆道《ひつだう》をゆるされ、茶《ちや》の湯《ゆ》は[四六]金森宗和《かなもりそうわ》の流《なが》れを汲《くみ》、[四七]詩文《しぶん》は[四八]深草《ふかくさ》の元政《げんせい》に学《まな》び、[四九]連誹《れんばい》は[五〇]西山宗因《にしやまそうゐん》の門下《もんか》と成《なり》、能《のう》は[五一]小畠《こばたけ》の扇《あふぎ》を[五二]請《うけ》、鼓《つゞみ》は[五三]生《しやう》田《だ》与右衛門の手筋《てすぢ》。[五四]朝《あした》に[五五]伊藤源吉《いとうげんきち》に[五六]道《みち》を聞《きゝ》、ゆふべに[五七]飛鳥井殿《あすかゐどの》の[五八]御鞠《まり》の色《いろ》を見、昼《ひる》は[五九]玄齋《げんさい》の碁会《ごくわい》にまじはり、夜《よる》は[六〇]八橋撿校《はしけんげう》に[六一]弾《ひき》ならひ、[六二]一節切《(ひと)よぎり》は[六三]宗三《そうさん》に弟子《でし》となりて[六四]息《いき》づかひ、浄《じやう》るりは[六五]宇治《うち》嘉太夫節《ぶし》、おどりは[六六]大和《やまと》屋の甚《ちん》兵衛に立《(たち)》ならび、女郎狂《ぢよらうぐる》ひは嶋原《しまばら》の太夫[六七]高橋《たかはし》に[六八]もまれ、野郎遊《やらうあそ》びは、[六九]鈴木《すゞき》平八を[七〇]こなし、[七一]噪《さは》ぎは[七二]兩色里《りやういろざと》の太鼓《(たいこ)》に[七三]本透《ほんすい》になされ、人間のする程《ほど》の事、其道《(その)みち》の名人《めい》に尋《たづ》ね覚《をぼ》え、「何をしたればとて、[七四]人の中には住《すむ》べきものを」と、腕《うで》だのみせしが、かゝる

三四 今、東京都中央区八重洲一丁目附近。魚屋が多かった。↓補一六〇。三五 「上上吉諸白」は上質芳醇を謳う酒屋の看板の文句。呉服橋通りには下り酒の出見世が櫛比していた。↓補一六一。三六 大資本の老舗(しにせ)の酒にはとても叶わぬという意。「南都」の南は楠に音通、楠木分限(二ノ四)を連想した。楠↓根強き大木↓杉。三七 酒樽の杉の木香のうつりを珍重する。三八 酒を仕込む資本。↓補一六二。三九 無駄にして。諺「湯を水にする」。酒↓水になす。四〇 商売物の酒樽の薦をかぶって、今かくの如き乞食になり果てた。四一 錦繡を着て帰らずともの意。諺「古郷へは錦着て帰れ」。竜田↓紅葉の錦。四二 いえばいうほど、愚痴になって面白くない。四三 江戸に下れば、一芸一能をいい立てにして仕官することが出来ると考えたわけ。四四 筆蹟。手蹟。四五 滝本流の書家。↓補一六三。四六 茶道宗和流の祖。↓補一六四。四七 漢詩・漢文。四八 深草瑞光寺の開山、詩文に名があった。↓補一六五。四九 連歌俳諧。五〇 大阪天満天神の連歌所宗匠。談林俳諧の祖。↓補一六六。五一 大蔵流小鼓の名人、小畠勘十郎了達。五二 伝授の証として流義の扇子を与えられる。↓補一六七。五三 幸流小鼓家元の高弟。↓補一六八。五四 論語、里仁篇「子曰、朝聞レ道夕死可矣」。五五 伊藤仁斎。↓補一六九。五六 人の守るべき道。五七 鞠の家、蹴鞠道の師範伝授の総元締。五八 鞠の高さ・廻転速度をいう。これを目測判断して、落ちて来た鞠を受けて蹴る。↓補一七〇。五九 囲碁の上手寺井玄斎。↓補一七一。六〇 八橋流箏曲の祖、八橋検校城談。↓補一七二。六一 三味線を。六二 竹管の長さ一尺一寸一分、節一つをこめて切った尺八(田辺尚雄、笛の科学)。近世初期以来流行し、琴・三味線と合

[一]臻《いた》り穿鑿《ぜんさく》、當分《たうぶん》身業《すぎ》の用《よう》には立《(たち)》がたく、[二]十露盤《そろばん》をおかず、秤目《はかりめ》しらぬ事を悔《くや》しがりぬ。[三]武士《ぶし》づとめは勝手《かつて》をしらず、町人奉公《まち(にん)ぼう(こう)》もおろかなりとて追出《をひいだ》され、今此《(この)》身になりて思ひあたり、諸藝《しよげい》のかはりに、身を過《すぐ》る種《たね》をおしへをかれぬ親《をや》達《(たち)》をうらみける。今壱人は親《をや》[四]から江戸《えど》の地生《ちばへ》にて、[五]通《とを》り町《てう》に大屋敷を持《(もち)》て、一年《ねん》に六百両づゝ、さだまつての[六]棚賃《たなちん》を取《とり》ながら、始末《しまつ》の二字《じ》をわきまへなく、其《(その)》家迄賣《いへまでうり》はたし、身の置《をき》所なく、[七]心の燃《もゆ》る火宅《くはたく》を出て、[八]車善《くるまぜん》七が中間はづれの、物《もの》もらひとなりぬ。

思ひ〱の身《み》の上物語《うへものがたり》、さりとては同《をな》じ思ひに哀《あはれ》ふかく、新《しん》六[九]枕《まくら》に立《(たち)》より、「我《われ》らも京《きやう》の者なるが、[一〇]旧里《きうり》斷《きら》れて、お江戸を頼《たのみ》に下りけるが、各《をの〱》咄《はな》しを聞《きく》に心ぼそし」と、[一一]恥《はぢ》をつゝまず申《(まう)》せば、三人共に口を揃《そろへ》て、「詫言《わびごと》の手便《てだて》はあらずや」、「姨様《をばさま》もないか」、「何《なに》とぞ、下り給《たま》はぬがよい物を」と云《いふ》。はや、跡《あと》へ帰らぬむかし、[一二]今から先《さき》の思案《しあん》なり。「扨《さて》、面ゝ《めん〱》の利發《りはつ》にて、かく淺《あさ》ましく成《なり》給ふは不思儀《ふしぎ》なり。[一三]何事を見立給《たてたま》ひても有《ある》べき」といへば、「いかな〱、此《(この)》廣《ひろ》き御城下《じやうか》なれ共《(ども)》、日本《につぽん》のかしこき人の寄会《よりあひ》、錢《ぜに》三文、あだにはもうけさせず。[一四]只銀《たゞかね》がかねをためる世の中」といへり。「久敷《ひさしく》見及《をよ》び給ふ内《うち》に、[一五]商《あきなひ》の仕出《しだ》しはなきか」と尋《たずね》しに、「されば、大分《ぶん》にすたり行貝《ゆくかい》がらを拾《ひろ》ひて、[一六]靈岩嶋《れいがんじま》に

奏、或は小歌の伴奏に用いられた。六三 一節切中興の名人中村宗三。↓補一七三。六四 笛は息遣いに修練がある。六五 宇治嘉太夫一流の浄瑠璃。↓補一七四。六六 初代甚兵衛。大阪の立役兼座本。踊の名人。↓補一七五。六七 ↓補一七六。六八 指導・教育せられて。六九 大阪の若衆方役者。↓補一七七。七〇 手に入れて自由にする。七一 騒ぎ。酒席における歌舞音曲・文作(もんさく)などの遊芸をいう。七二 島原と祇園・石垣町。↓補一七八。七三 本粋。半可通・野暮(やぼ)に対していう。七四 立派に暮して行ける筈だ。

一 ↓四七頁注三四。洒落過ぎた物好きの芸。臻は聚り至るの義、ここは至(至極)に転用。二 商いの道を知らぬこと。三 武家奉公。四 徳川氏の江戸開府以来の地主。開府の初めは願にまかせて土地を与え、町の開発に当らせた。これを草分町人といい、格式ある旧家として尊敬せられた。↓補一七九。五 日本橋通町。↓八八頁注一七。六 家賃。七 口惜しながら家を明渡して出たという意。八 非人頭の支配に属せぬ宿無しの乞食。↓補一八〇。九 乞食達の枕もとに。一〇 勘当追放せられて。↓六八頁注一〇。一一 勘当の詫言は姨か旦那寺の坊主が最も有力。姨は母の姉妹をいう。一二 問題は、これから先どうするか、その思案が第一だ。一三 何にとりついても商売はあるはずだ。「見立てる」は見込をつけて選定する意。一四 諺。「銀が銀を儲くる世」とも。一五 商売の新しい趣向。一六 明暦の大火後、防火のため江戸市中の藁葺・萱葺の屋根を土塗りにし、柿(こけら)葺の屋根は牡蠣殻・芝・土類にて塗るべきことが触れられた(万治三年二月触)。今の中央区霊岸島附近の海浜は牡蠣・蜆貝類の産地で、漁師が肉を採った跡の殻は浜

して石灰《いしばい》を焼《やく》か、物毎《ものごと》閙《いそが》しき所なれば、[一七]刻昆布《きざみこんぶ》・花鰹《はながつを》かきて斗賣《はかりうり》か、[一八]つゞき綿《もめん》を買《かふ》て手拭《てぬぐひ》の切賣《きりうり》か。か様の事ならでは、[一九]かるい商賣《しやうばい》有《ある》まじ」と云《いふ》にぞ智恵付《ちゑつき》、よの明《あけ》がたに立別《たちわか》れけるが、三人に三百の[二〇]置錢《をきぜに》、悦《よろこぶ》事限《かぎ》りなく、「[二一]御仕合《しあはせ》みへて、[二二]冨士山程《ふじさんほど》の金持《かねもち》に今の事ぞ」と申《まうし》ける。

それより、[二三]傳馬町《てんまてう》の太物棚《ふとものだな》にしるべ有《あり》て尋行《たづねゆき》、此度《このたび》の[二四]子細《しさい》をかたれば、哀《あは》れをかけ、「男《をとこ》の働《はたらく》べき所は爰《こゝ》なり。ひとかせぎ」と云《いふ》にぞ力《ちから》をえて、[二五]思ひ入《いれ》の綿《もめん》を調《とゝの》へ、きり賣《うり》の手拭《てぬぐい》。然《しか》も[二六]三月廿五日、はじめて[二七]下谷《したや》の天神《てんじん》に行《ゆき》て、手水《てうづ》鉢《ばち》のもとにて賣出《うりだ》しけるに、参詣《さんけい》の人「[二八]買《かふ》ての幸《さいはひ》」と、一日に利《り》を得て、毎日《まいにち》[二九]是《これ》より仕《し》出して、十个年立《たゝ》ぬ内《うち》に[三〇]五千兩の分限《ぶんげん》に[三一]さゝれ、[三二]一人の才覚者《さいかくもの》といはれ、[三三]新六が指圖《さしづ》をうけて、所の人の寳《たから》とは成《なり》ける。[三四]暖簾《のうれん》に、菅笠《すげがさ》きたる大黑《こく》を染《そめ》ければ、笠《かさ》大黑屋《こくや》といへり。「[三五]八つ屋敷《やしき》がたに出入《いでいり》、九つ[三六]小判《ばん》の買置《かいをき》、十《とを》で丁《てう》ど治《をさま》りたる」御代《みよ》に、住《すめ》る事の目出《めで》たし。

[三七]天狗《てんぐ》は家《いへ》な風車《かざぐるま》

[三八]智恵《ちゑ》の海廣《うみひろ》く、日本《にっぽん》の人の[三九]祖《はたらき》をみて、[四〇]身過《みすぎ》にうとき[四一]唐樂天《もろこしらくてん》が迯《にげ》て帰《かへ》りし事の

手拭の切売り一代の才覚者。五千両の分限笠大黒屋

熊野太地浦捕鯨の全盛。天狗源内は仕合せ男

辺に捨てられてあったから、これは元手いらずの商売。牡蠣殻・蜆貝殻などを焼いて粉末にしたものを俗に石灰と称し、壁塗りに用いた。

一七 江戸は女少く男世帯が多かったから、朝夕の食事に簡便なものが喜ばれた。

一八 一反続きの木綿。木綿一反はかね尺で長さ三丈四尺・幅一尺三寸(寛文四年七月触)。手拭の切り売から仕上げた類話あり。

一九 手軽い、小元手でやれる商売。

二〇 元来は、宿立ちの際茶代として置く銭をいう。ここは一夜を共にした縁で、何がしかの銭を恵んだ。

二一 御成功疑いなし。

二二 大金持になるのはすぐだ。「富士山程の」といったのは、長者教に「さる程に長者のやまとてあり。たとへば、ひゐの山を二十ばかりかさねあげたる程にて、なりはふくべのごとし」とあるに因む。

二三 今、中央区日本橋大伝馬町一丁目、町の両側すべて木綿店であった。↓補一八一。

二四 事情。

二五 見込をつけておいた。

二六 毎月二十五日は天満宮の例祭日。祭神菅原道真公は延喜三年二月二十五日薨去。

二七 上野山下黒門前にあった寛永寺の鎮守。↓補一八二。

二八 「買うての幸い売りての仕合せ」。縁起を祝う商売人の商い口。↓胸序。

二九 手拭の切り売から儲け出して。

三〇 銀に換算すると三百貫目の銀持ち。

三一 評価せられ。

三二 類稀な。第一人の。

三三 所の人は何事にも新六の指導を受けて、新六を徳とした。

三四 ↓五八頁、目録暖簾の図。

三五 大黒舞の唱歌のもじり。↓補一五一。

三六 ↓四五頁注三七。

三七 目録には「天狗は家名の風車」とある。

おかし。詩[一]をうたふは耳遠《みゝどを》く、横手《よこて》[二]ぶしといへる小哥《うた》の出所《でどころ》を尋《たづ》ねけるに、紀《きの》[三]路《ぢ》大湊《みなと》、泰地《たいち》といふ里《さと》の妻子《つまこ》のうたへり。此所《(この)》は繁昌《はんじやう》にして、若松村立《わかまつむらだち》ける中に、[四]鯨恵比須《くじらゑびす》の宮《みや》をいはひ[五]、鳥井《とりゐ》[六]に其魚《(その)うを》の胴骨立《どうぼねたち》しに、高《たか》さ三丈《でう》ばかりも有《あり》ぬべし。目なれずして、是《(これ)》にけう[七]覚《さめ》て、浦人《うら》に尋《たづ》ねければ、「此濱《(この)はま》に、鯨突《くじらつき》[八]の羽《は》[九]指《ざし》の上手《じやうず》に、天狗源内《[一〇]てんぐげんない》といへる人、毎年仕合男《まいねんしあはせをとこ》[一一]とて、むかし、此人《(この)》をやとひて舟を仕立《したて》けるに、有時《(ある)》沖《をき》[一二]に一《(ひと)》むら、夕立雲《ゆふだちぐも》のごとく、塩吹《しほふき》[一三]けるを目《め》がけ、一[一四]の鑓《もり》を突《つき》て、風車《[一五]かざぐるま》の験《しるし》をあげしに、又、天狗《ぐ》とはしりぬ。諸《しよ》人浪《なみ》[一六]の聲《こゑ》をそろへ、笛《ふへ》・太鼓《たいこ》・鉦《かね》の拍子《ひやうし》をとつて、大綱《づな》つけて轆轤《ろくろ》にまきて、磯《いそ》に引《ひき》あげけるに、其《(その)》たけ三十三尋《ひろ》弐尺六寸、千《せ》[一七]味《み》といへる大鯨《くじら》、前代《[一八]ぜんだい》の見はじめ、七郷《[一九]なゝさと》の賑《にぎは》ひ、竈《[二〇]かまど》の煙立《けぶりたち》つゞき、油《[二一]あぶら》をしぼりて千樽《(ち)たる》のかぎりもなく、其身《(その)み》・其皮《かは》、ひれ

三八 知識の広く豊かなことの喩。三九 ↓六四頁注一八。四〇 渡世の道にうとい。↓補一八三。四一 唐の詩人白居易、字は楽天、日本に渡って漁翁(実は住吉明神)と詩歌を唱和し、その文雅に驚いて漕ぎ帰ったという俗説がある(謡曲白楽天)。

一 我国の風俗として詩は耳遠く、専ら歌に心を慰めるのだがという意。二 ↓五八頁注六。三 今、和歌山県東牟婁郡太地町。続紀伊風土記、七八「太地浦は鯨を捕るを専業とするを以て、諸事他浦と異なり」、「此地一小海湾の浜にして…区域狭小なれども、近郷湊会の地なり、太地或は泰地と書す」。四 ↓五八頁注五。五 斎い。奉祀すること。六 鯨のあばら骨の鳥居のこと不詳。七 興冷めて。あきれて。八 太地の捕鯨は突き捕り漁法ゆえ「鯨突」という。↓補一八四。九 鯨を鯨網に追込む勢子船の船長。↓補一八五。一〇 未詳。↓補一八六。一一 福男。漁獲多く縁起のよい男。一二 藻塩草、鯨「うしほ吹く鯨の息と見ゆるかな沖に村立つ夕立の雲」に拠る(大)。一三 山見(山手に番小屋を構え遠眼鏡を以て鯨の游泳を観測する)が鯨の潮吹きを遠望すると、釆を以てその方角・位置を勢子船に通信する。一四 勢子一番船の羽指が最初早銛・差添銛を打つ。これを一の銛という。一五 插絵で見ると、天狗の羽扇の如き八枚羽の鷹の羽車の紋様の旗が船首に立てられている。天狗の異名に因んだ源内の鯨組の標識であろう。↓補一八七。一六 波濤の如き艫声を揃えてという意。一七 打留めた鯨は二隻の持左右(もちさう)船の間に縛りつけ、浜辺まで曳航し、轆轤で引上げる。一七 背乾(せび)鯨。好んで水面に浮び背乾くの意という。↓補一八八。三十三尋二尺六寸は十三丈四尺六

まで捨《すた》る所なく、[二二]長者《ちやうじや》に成《(なる)》は是《(これ)》なり。切《きり》かさねし有様《ありさま》は、[二三]山なき浦《うら》に弥《めづら》しく、[二四]雪《ゆき》の冨士《ふじ》・紅葉《もみぢ》の高《たか》雄《を》、爰《こゝ》にうつしぬ。[二五]いつとても捨置骨《すてをくほね》を、[二六]源内《げんない》もらひ置《をき》て是《(これ)》を[二七]はたかせ、又油《あぶら》をとりけるに、思ひの[二八]外成徳《ほかなるとく》より分限《ぶんげん》に成《なり》、

する〳〵の人のため、大分《だいぶん》の事なるを、今まで気のつかぬこそおろかなれ。近《きん》年工夫《ねんくふう》をして、[二九]鯨網《くじらあみ》を拵《こしらへ》、見付《つけ》次第に取損《とりそん》ずる事なく、今[三〇]浦ゝ《うら〳〵》に是《(これ)》を仕出《しだ》しぬ。[三一]昔日《そのかみ》は、濱《はま》びさしの住《すま》ゐせしが、[三二]檜木造《ひのきづく》りの長屋《ながや》、弐百余人の獵師《れうし》をかゝへ、[三三]舟ばかりも八十艘《そう》、何事しても[三四]頭《づ》に乗《のつ》て、今は[三五]金銀《きん〴〵》うめきて、遣《つか》へど跡《あと》はへらず、[三六]根《ね》へ入《(いり)》ての内證吉《ないしやうよし》、是《(これ)》を「[三七]楠木分限《くすのきぶんげん》」といへり。

[三八]信《しん》あれば徳《とく》ありと、仏《ほとけ》につかへ神《かみ》を祭《まつ》る事、[三九]おろかならず。中にも[四〇]西《にし》の宮《みや》を有《あり》がたく、[四一]例年《れいねん》正月十日には、人よりはやく参詣《まふで》けるに、一年《(ひと)とせ》、[四二]帳縫《ちやうとぢ》の酒《さけ》に前《ぜん》

寸、せびとしては最大のもの。一八 前代にためしなき、今が見始めの大鯨。一九 諺「鯨一つ捕れば七郷浮ぶ」。↓補一八九。二〇 近郷の村々の生活豊かなさまをいうにかけて、納屋(会所兼道具格納庫兼加工場)の大釜で肉・骨を煮て油を搾ることをいった。二一 ↓補一九〇。二二 一挙にして長者になるのは、この捕鯨業だ。↓補一九一。二三 平坦な海浜に山を築いたという意。二四 皮下の白脂肪の堆積を雪の富士に、紅色の体肉の山を紅葉の高雄に擬した。山↓雪の富士↓紅葉の高雄。二五 白肉・腸・鰭の外、骨では法師骨(近ㇾ肉円骨)から採油するのが普通。↓補一九二。二六 羽指に対しては約定の給与の外に、一の銛・二の銛の順に従って鯨皮・肉の配分がある。源内はそれ以外に廃物の骨に眼をつけたのだ。二七 粉末にして。二八 利得。二九 苧縄を蛙股編みにしたもの、浮子(きう)と浮樽を結びつけ、六梃櫓十二人乗の網船九隻が海上の要所に展置する。↓補一九三。三〇 紀州沿岸の古座・田辺三輪崎・尾鷲などを指していうか。三一 紀州捕鯨好調の波に乗って、源内も羽刺から独立して網組の親方になったのだ。浜庇は漁師の小家。三二 納屋という。和田組では常に漁夫三百人を養い、紀州藩から米三百石を給せられていたという。↓補一九四。三三 勢子船・網船・持左右船・樽船・道具船などに分れる。三四 拍子よく事が運んで。頭に乗るは度に乗るの訛。拍子に合うこと。三五 鉅万の金銀の貯えが出来て。金銀に精あって、退蔵する時はその精呻吟するという。三六 基礎確実な安定した裕福者。三七 基礎確実な大金持をいう諺。↓補一九五。三八 諺。信仰すれば必ず福徳が伴う意。

信あれば徳あり朝恵美須のお告。生きて働く鯛の療治の秘訣

後《ご》をわすれ、漸〻《やう〱》明《あけ》がたより、[一]手船《てぶね》の弐十挺立《てうだち》を[二]押《をし》きらせ行《ゆく》に、いつの年《とし》より[三]おそき事を、何とやら心がゝりに思ひしに、[四]年男《としをとこ》の[五]福太夫《ふくだゆう》といふ家來《けらい》、子細《しさい》らしき良《かほ》つきして申《(まうし)》出せしは、「二十年此來《このかた》、[六]朝《あさ》ゑびすに參《まゐ》り給ふに、當年《たうねん》は日《ひ》の入《(いり)》、旦那《だんな》の[七]身袋《しんだい》も[八]挑灯程《てうちんほど》な火《ひ》がふらふ」と、思ひもよらぬ[九]あだ口。いよ〱[一〇]氣《き》をそむきて、脇指《わきざし》に手は掛《かけ》しが、爰《こゝ》が思案《しあん》と[一一]おさめて、「[一二]春《はる》の夜《よ》の闇《やみ》を、挑《てう》灯《ちん》なしにはあるかれじ」と、[一三]足《あし》を延《のば》し胸《むね》をさすりて、苦笑《にがわら》ひの中に、早船《はやぶね》[一四]廣田《ひろた》の濱《はま》に付《(つけ)》て、心靜《しづか》に參詣《さんけい》せしに、松原淋《まつばらさび》しく、[一五]御灯《ごとう》の光《ひか》り幽《かす》かに、[一六]皆下向《みなげかう》ばかりにて、參《まゐ》るは我より外《(ほか)》になく、心をせきて[一七]神前《しんぜん》になれば、「お神樂《かぐら》」といへど、[一八]社人《しやにん》は[一九]車座《くるまざ》にゐて、[二〇]錢《ぜに》つなぎかゝり、誰《たれ》の彼《かれ》のと[二一]兼《かによ》ひあひ、[二二]舞姫《まひびめ》の跡《あと》にて[二三]皷《つゞみ》ばかり打《うち》て、そこ〱に埒明《らちあけ》、[二四]鈴《すゞ》も遠《とを》ひからいたゞかせて、仕舞《しまは》れける。

神《かみ》の事ながら、少腹立《すこしはらたち》て、[二五]大かたに廻《めぐ》りて、又、舟《ふね》に取乘《(とりのり)》、袴《はかま》も脱《ぬが》ず[二六]浪枕《なみまくら》して、いつとなく寢入《ね(いり)》けるに、跡《あと》よりゑびす殿《どの》、[二七]ゑぼしのぬげるもかまはず、[二八]玉《たま》襷《だすき》して袖《そで》まくり、片足《かたあし》あげて、岩《いは》の鼻《はな》から船《ふね》に乘移《のりうつ》らせ給ひ、[二九]あらた成御聲《なる(み)こゑ》にて、「やれ〱、よい事を思ひ出してゐてから、忘《わす》れたは。此福《(この)ふく》を、何《いづ》れの獵《れう》師成共《しなり(とも)》、[三〇]機嫌《きげん》に任《まか》せ、語与《かたりあたよ》ふと思ふに、今の世の人心せはしく、我云事《わがいふ》斗《ばかり》いふて、[三一]ざら〱と立行《たちゆけ》ば、何を云《いふ》て聞《きか》す間《ま》もなし。おそく參《まゐり》て汝《なんち》が仕合《しあはせ》」と、[三二]耳《みゝ》

三九 おろそかならず。四〇 兵庫県西宮市広田の西宮神社。祭神蛭児命、俗に西宮の恵美須という。四一 正月十日は西宮の居籠祭。鶏鳴を待って人に先んじて朝一番に参詣すると、福を授かるという俗信がある。四二 帳綴。祝いの酒。多く正月十一日を用いるが、取越して十日恵美須の日にも行う。⇩補一九六。

一 持ち船。二十梃櫓は小早の一種。二 水主を交代させず、全速力で漕がせて行ったが。三 参詣の出発が。四 松飾り・鏡餅・若水汲み・節分大豆蒔きなど、正月の祝儀を掌る男。多く家来の老健なる者を選んで勤めさせる。五 羽刺は鯨網の網元に隷属して、主人から何太夫という名前をもらう。福太夫も源内所従の羽刺か。六 恵美須の宮に朝参りすること。七 身代に同じ。八 家計の苦しいことをいう。九 むだ口。一〇 気がくしゃくしゃして。一一 心を鎮めて。一二 「春の夜の闇はあやなし」(古今集、凡河内躬恒)と歌にもある、提灯がなくては歩かれぬという苦しい口上。一三 無理に緊張を緩和し感情を抑えるさま。一四 西宮神社の本社広田神社の前の浜。一五 参道の常灯。一六 行き違う人は皆下向の人ばかり。一七 間もなく神前にさしかかって。一八 下級の神職。一九 上下打込みで輪になって坐ること。二〇 賽銭の勘定にかかっていて。銭を銭緡に繋ぐこと⇩四五頁注二三。二一 互に譲りあって。元来は一つの物を共有または共同使用すること。二二 神楽巫女が舞い終った時分に。二三 申訳ばかりに太鼓だけ打って。二四 不精して遠方から、鈴を参詣人の頭上で振って祓ひ清める。二五 末社廻りもよい加減にすまして。境内に摂社五座(鰯津社・岡田社・名次(なぎ)社・須川御前・澳(おき)荒夷)があった。二六 船中でう

たぶによらせられ、小語《さゝやき》[三三]給ふは、「魚嶋時《うをじまどき》[三四]に限《かぎ》らず、生船《いけぶね》[三五]の鯛《たい》を、何國迄《いづくまで》も無《ぶ》事《じ》に着《つけ》やう有《あり》。弱《よはり》[三六]し鯛《たい》の腹《はら》に針《はり》の立所《たてどころ》、尾《を》さきより三寸程前《ほどまへ》を、とがりし竹《たけ》にて突《つく》といなや、生《いき》て働《はたら》く鯛《たい》の療治《りやうぢ》、新敷《あたらしき》事ではないか」と、語《かたり》給ふと夢覚《ゆめさめ》て、「是《これ》は世《よ》[三七]の例《ためし》ぞ」と、御告《つげ》に任《まか》せけるに、案《あん》のごとく、鯛《たい》を殺《ころ》さず。是《これ》に又利《り》を得《え》て、仕合《しあはせ》[三八]のよい時津風《ときつかぜ》、眞艫《まとも》に舟《ふね》を乗《のり》ける。

舟人馬《ふなびとうま》かた鐙屋《あぶみや》の庭《には》

北國《はつこく》の雪竿《ゆきざほ》[三九]、毎年《まいとし》壱丈《でう》三尺《じやく》降《ふら》ぬと云《いふ》事なし。神無月《かみなづき》の初《はじ》めより、山道《やまみち》を埋《うづ》み、人馬《じんば》の通《かよ》ひ絕《たへ》て、明《あけ》の年《とし》の涅槃《ねはん》[四〇]の比迄《ころまで》は、おのづからの精進《せうじん》して、塩鯖賣《しほさばうり》[四一]の聲《こゑ》をも聞《きか》ず、茎桶《くきをけ》[四二]の用意《ようい》。燒火《たきび》をたのしみ、隣《となり》むかひも音信不通《ゐんしんふつう》になりて、半年《はんとし》は何《なに》もせずに、明暮煎《あけくれせん》[四三]じ茶《ちや》にしておくりぬ。諸事《しよじ》[四四]を兼《かねぐ》とたくはへ置《をき》し故《ゆへ》に、渴《かつ》[四五]命《みやう》に及《をよ》ばざりき。かゝる浦山《うらやま》[四六]へ、馬《むま》の背《せ》ばかりにて荷物《にもつ》をとらば、万高直《よろづかうぢき》にして、迷惑《めいわく》すべし。世《よ》[四七]に船程《ふねほど》、重寶《てうほう》なる物はなし。

爰《こゝ》に坂田《さかた》[四八]の町《まち》に、鐙屋《あぶみや》[四九]といへる大問屋《をゝどひ》[五〇]住《すみ》けるが、昔《むかし》は纔《わづか》なる人宿《やど》[五一]せしに、其《(その)》身才覚《さいかく》にて、近年《きんねん》[五二]次第《しだい》に家栄《いへさか》へ、諸國《しよこく》の客《きやく》を引請《ひきうけ》、北《きた》の國《くに》一番《ばん》の米《こめ》の買入《かい(いれ)》、惣《そう》

たた寝して。二七 烏帽子狩衣を着て岩に倚り、魚を脇に挟んでいるのが恵美須の像、吉野拾遺物語にも既に見えている。二八 四つ組乃至八つ組の木綿の緒。玉は美称。神事に浄衣の袖をかかげるのに用いるもの。二九 神々しい。三〇 自分の気が進んだなら。気分次第で。三一 神拝祈願もお座なりにすまして。三二 源内の耳もとに口を寄せられ の意。三三 囁く。三四 陰暦三、四月頃、伊勢湾・瀬戸内海の鯛の豊漁期をいう。価安く美味、諸国から需要が多い。↓補一九七。三五 籞(すいけ)の水船。生魚を囲っておくためや輸送の時に用いる。鯛の生船輸送は江戸幕府御膳魚納入のため、早くから発達していた。↓補一九八。三六 ↓補一九九。三七 世の例にもなるべきこと、新工夫。三八 順風を船尾から受けて快調に航行する如く、家業順調に繁栄のさまをいう。

三九 積雪量を測るために一尺乃至五寸ごとに度盛りをした棹。長さ一丈。信濃・越後・北陸地方では、降雪の多寡は翌年の米作・年貢に影響があるので、雪竿を用いて測る。印の竿とも。↓補二〇〇。四〇 陰暦二月十五日仏滅の日、涅槃会を行う。北越雪譜、下「我があたり(越後塩沢)…およそ十月より翌年の三月するまでは、歳を越えて半年は雪なり」。四一 若狭・能登地方は鯖の産地。塩蔵して山間地方にまで行商に来る。四二 茎漬の桶。蕪菁(かぶな)の葉茎を塩・麹にて漬けたもの、菜としての外に、東北地方では茶饗(ちやうけ)に茎漬を出して人々と談笑する。四三 近隣とも不通だから茶呑み話の機会もなく、ひとり煎じ茶を啜るさま。四四 雪

雪国の冬籠り。日本海・最上川の水運が動脈

北国一番の大問屋鐙屋。一人一役の賄方

左衛門といふ名《な》をしらざるはなし。一表《をもて》口卅間裏行《(うらゆき)》六十五間を、二家蔵《(くら)》に立《(たて)》つゞけ、三臺《だい》所の有様、目《め》を覚《さま》しける。四米味噌《こめみそ》出し入《(いれ)》の役《やく》人・五焼木《たきぎ》の請取《(うけとり)》・六肴奉行《さかなぶぎやう》、料《りやう》理人・七椀家具《わんかぐ》の部屋《へ》を預《あづか》り、八菓子《くはし》の捌《さば》き・莨菪《たばこ》の役《やく》、茶《ちや》の間《ま》の役《やく》・湯《ゆ》殿役《やく》、又は九使《つかひ》番の者《もの》も極《きは》め、商《あきなひ》手代・一〇内證《ないしやう》手代、金銀の渡し役《やく》・入帳《いりちやう》の付手《つけて》。諸事《しよじ》壱人に壱役《やく》づゝ渡して、一一物の自由《じゆう》を調《とゝの》へける。亭主《ていしゆ》、年中一二袴《はかま》を着《き》て、すこしも腰《こし》をのさず。内儀《ないぎ》は、一三かるひ衣裳《しやう》をして、居間《いま》をはなれず。朝《あさ》から晩《ばん》まで、笑《わら》ひ皃《がほ》して、中〳〵一四上方《かみ》の問《とひ》屋とは各《かく》別。一五人の機嫌《きげん》をとり、身過《(みすぎ)》を大事に掛《かけ》ける。座敷、数《かず》かぎりもなく、客《きやく》壱人に壱間《(ひとま)》づゝ渡しける。都にて一六蓮葉女《はすはをんな》といふを、所詞《ことば》にて一七杓《しやく》といへる女三十六七人。下《した》に絹《きぬ》物、上《うへ》に木綿《もめん》の一八立嶋《(たつじま)》を着《き》て、大かた今一九織《をり》の二〇後帯《うしろおび》、是《(これ)》にも二一女がしら有《(あり)》て指圖《さしづ》をして、二二客《きやく》に壱人づゝ、寝道《ねだう》具あ

籠りの用意に、半年分の食料・薪炭などを貯蔵しておく。↓補二〇一。四五 餓死。四六 浦あり山ある辺鄙の地。四七 寛文十一年五月、河村瑞軒指揮の下に酒田を起点とする西廻り航路の整備が行われ、前年同じく瑞軒によって整備せられた東廻り航路、従来からあった大廻り航路と共に、全国的商業・海運の発展に貢献した。四八 今の酒田市。四九 ↓五八頁注七。五〇 酒田では船問屋を大問屋と小問屋に分って区別した。↓補二〇二。五一 旅人宿。鐙屋は文禄年間最上氏時代既に米問屋として名を知られている。五二 三代惣左衛門(寛永十二年没)の時代から酒田町年寄に任じ、最上川沿岸七藩の蔵宿を兼ね、米問屋として栄えた。

一 明暦酒田大絵図書入に、本町三丁目、長さ五十六間・裏行五十二間—三十二間三尺、屋敷二十三軒とあり。鐙屋一軒でほぼ町の半分を占めてゐたことが判る。二 敷地を家と蔵で建て続けた意。三 挿絵参看。↓補二〇三。四 役人は係の意。以下賄方の諸役分担を記す。五 請取も分担の係の意。六 奉行は主者の旨を受けて事を行う意で、役・係と同義。武家の職制に擬して大袈裟にいったのではない。七 部屋を預かりにて名詞。親にかかりに同じ。椀家具は漆塗の食器をいう。八 捌きは支配・処置の意。菓子係に同じ。九 武家の職制にもあるが、ここは使い走りの役の意。一〇 表の見世と奥の内証と区別し、見世の商売は商手代、内証の家事は内証手代が管理する。一一 事務の能率化をはかった。一二 袴をはくのは公儀勤めのため。町年寄として身体を休める暇なきさま。一三 不断質素な着物を着て、客の接待をするさま。一四 上方の問屋の女房の寛濶なこと↓胸一ノ一。一五 奉公人をあしらっ

げおろしのために付置《つけをき》ける。

[二三]十人よれば十國《(と)くに》の客《きやく》、難波津《なにはづ》の人あれば、播州《ばんしう》網干《あぼし》の人もあり。山城《やましろ》の伏見衆《ふしみしゆ》、京・大津《をゝつ》・仙臺《せんだい》・江戸《えど》の人、入《(いり)》まじりての世間咄《ばなし》。いづれを聞《(きき)》ても皆かしこく、其《(その)》[二四]一分を捌《さば》き兼《かね》つるは独《ひと》りもなし。年寄《より》たる手代は、[二五]我《(わが)》ためになる事をしておく。若《わか》ひ手代は、[二六]悪所《あくしよ》づかひ[二七]仕過《しすご》し、とかく[二八]親《をや》かたに徳《とく》をつけず。是《(これ)》をおもふに、遠國《をん》へ商《あきなひ》に[二九]つかひぬる手代は、律《りつ》義なる者はよろしからず。何事をも[三〇]うちばにかまへて、[三一]人の跡《あと》につきて利を得る事かたし。又、[三二]大《たい》気にして主人に損《そん》かけぬる程の者は、よき商賣《しやうばい》をもして、[三三]取過《(とりすご)》しの引負《(ひき)をひ》をも埋《うづむ》る事はやし。此問屋《(この)とひ》に、数《す》年あまた[三四]商《あき》人形《かた》気を見及《をよ》びけるに、はじめての[三五]馬《むま》おりより、[三六]葛籠《つゞら》をあげて、[三七]都染《ぞめ》の定紋《ちやうもん》付《(つき)》に[三八]道中着《きる》物を脱《ぬぎ》かへ、[三九]皺皮《ひきはだ》取《(とり)》すて、新《あたら》しき足袋《たび》・草履《ざうり》、鬢撫《びんなで》つけて[四〇]咬《くはへ》

諸国入込みの買いつけ客。大気な手代は親方の徳

て使うこと。一六 問屋出入りの接客婦。蓮葉の語源のことと↓一代女、五ノ四。一七 また提杓(ひさく)とも。流れを汲むという意の異名。酒田のしゃくのこと↓一代男、三ノ六。一八 縦《(たて)》縞。一九 今織は西陣から織り出した唐織の称。ここは前引一代男にいう七糸緞(しゅちん)の帯であろう。二〇 後帯は武家・町方の地味な風俗。当時は遊女・茶屋者から始まって前帯が流行。ここは田舎の流行遅れをあらわす。二一 女中頭。二二 一代男、三ノ七「客一人に独づ」、或は十日・廿日・三十日も、逗留のうちは寝道具のあげおろし、朝夕の給仕。問屋の雇女ではないから、客から金一歩程度の心づけをするのが慣例。二三 諺「十人寄れば十国の者」。いずれも庄内米・最上紅花・青苧の買付けに来た商人の手代であるが、取引が全国に及んでいることが判る。↓補二〇四。二四 いつでも独立して、立派に自分の商売をやってゆける者ばかり。二五 主人の商売の外に、自分が将来独立した時のためになるような手を打っておく。二六 遊里通いに浪費すること。二七 借金・買いがかりして不始末なること。遊蕩の結果が多いが、ここは悪所遣いと仕過しと区別する。二八 主人。二九 派遣すべき。三〇 消極的で。三一 いつも後手に廻って商機を失する。三二 気が大きくて、はでな。三三 主人の金を取込んで出来た、弁済を要する金。本人弁済不能の時は請人の責任となり、或は刑事事件ともなる。三四 商人のタイプ。三五 旅行の目的地に到着早々をいう。三六 明荷葛籠。馬腹につけて運ぶ。「あげて」は「明けて」の誤り。三七 京染の定紋つきの小袖。手代も番頭株になると、お仕着せでなく、自分拵え

楊枝《やうじ》、誰《たれ》にか見すべき采躰《とりなり》をつくろひ、此《この》あたりの名所《めい》見に行《ゆく》とて、用《よう》を勤《つと》めし手代を案《あん》内につれける人、今迄幾人《いまゝでいくたり》か、して出られしためしなし。親《をや》かたがゝりの、程《ほど》なく親《をや》かたになる人は、気の付所《つけどころ》各別《かくべつ》なり。爰《こゝ》に着《つく》といなや、面《をも》若《わか》ひ者に近寄《ちかより》、「いよ〳〵、跡《あと》月中比《なかごろ》の書状の通りと、相場《さうば》かはりたる事はないか」。「所ゝで氣色《けしき》はかはる物にて、日和《ひより》見さだめがたく。あの山の雲だちは、二百日をまたずに風とは御らんなされぬか」、「當年の紅《べに》の花の出來は」、「青苧《あをそ》は何程」と、入《いる》事ばかりを尋《たづ》ね、干鮭《からざけ》のぬけ目のない男《をとこ》、間《ま》なく、上《かみ》がたの旦《だん》那《な》殿より身袋《しんだい》よしとなられける。いづれ、物には仕《し》やうの有《ある》事ぞかし。

此《この》鐙《あぶみ》屋も、武藏《むさし》野のごとく廣《ひろ》ふ取《とり》しめもなく、問《とひ》屋長者に似《に》て、何國《いづく》に内證《しやう》あぶなかりしは、さだまりし貢錢《こうせん》とるをまだるく、手前の商《あきない》をして、大かたは仕損《しそん》じ、損《そん》をかけぬる物ぞかし。問《とひ》屋一片《ぺん》にして、客《きやく》の賣《うり》物・買《かい》物大事にかくれば、何の氣《き》づかひもなし。

惣《そう》じて問丸《とひまる》の内證《しやう》、脇《わき》よりの見立《たて》と違《ちが》ひ、思ひの外《ほか》、諸事《しよじ》物の入《いる》事なり。それを実躰《じつてい》なる所帯《しよたい》になせば、かならず衰微《すいび》して、家久しからず。年中の足餘《たりあま》り、元日《ぐはんじつ》の五つ前《まへ》ならではしれず。常《つね》には、筭用《さんよう》のならぬ事なり。鐙《あぶみ》屋も仕合《しあはせ》の有《ある》時、來《らい》年中の臺《だい》所物、前年《まへどし》の極月《ごくげつ》に調《とゝの》へ置《をき》、それより年中取込《こみ》金銀を、長持《なが》に

の絹物の紋つき着用を許される。定紋は主家の紋だけでなく、自分紋の場合もある。↓永一ノ三。以下ここは、一寸いいところを見せるつもり。三八 旅装束。三九 皺(しぼ)革の鞘袋。蟇肌。↓補二〇五。道中用の鞘袋を払って、自慢の伊達拵えをひけらかすさま。四〇 房楊枝を咬えるのは一種のポーズ。口中を清潔にするは色に遊ぶ者の身嗜み。

一 商用で来たのだから、お洒落をして見せる必要もない身なりを構ってという意。二 名所見物と称して、茶屋遊びに行くのである。酒田の茶屋町は今町にあった。三 自分の係になっている問屋の手代。四 奉公を立派に勤め上げて、独立して一家を構えることをいう。五 同じ主人持の手代でも、間もなく独立して奉公人を使うようになる人は。六 まだひよひよの手代。七 たしかに。八 問屋では取引先への書通に、相場の動きを知らせる。特別に定期的に相場状を送ることもある。九 米の相場。鶴岡(酒井)藩を初め、最上川沿岸の諸藩は酒田に米蔵を設け、或は酒田商人を蔵宿として多額の米を送ったので、酒田に正米市場が立った。↓補二〇六。一〇 空模様。雲行き。和漢三才図会、三「按、看㆓雲行㆒占㆓雨晴㆒也、随㆓土地㆒有㆓異同㆒」。一一 雲の立ちぐあい。一二 最上米・酒田米の津出し時の四五月頃の天候を、今より心配する手代の抜けめなさをいう(真)。一三 菊科の植物。陰暦五月頃開花、その花を採って薬用・染料・顔料とする。青苧と共に最上村山郡の特産。元禄六年の山形領出荷量、紅花三百四十二駄・青苧八百六十一駄(山形経済志料、四)。一四 真苧(まお)。麻の茎皮を剝いで灰汁出しし、白

問屋長者に似たり。
鐙屋の内証

おとし穴《あな》を明《あけ》て、是《(これ)》にうち入《(いれ)》、十二月十一日さだまつて三四勘定《かんでう》を仕《し》たてける。たしかなる三五買問屋《かいどひ》、銀《かね》をあづけても夜《よ》の寝《ね》らるゝ宿《やど》なり。

皮を晒して細く割いたもの。奈良晒布の原料とする。一五 必要なことだけ。一六 諺。油断も隙もなきこと。乾鮭は生鮭の腸を去って乾燥させたもの。松前・秋田・越後の特産。よく眼玉の抜けたものがあるから、抜目のないものを珍重することからいう。一七 程なく。一八 身代よし。資産家。一九 何にしても。二〇 鐙↓武蔵野。鎌倉時代までは武蔵国豊島郡産の武蔵鐙(鉄骨木芯入り舌長鐙)が名物だったから。二一 商売は手広くやっているが、収支の勘定が放漫。武蔵野↓広し。二二 諺「問屋長者に似たり」。問屋商売のはでなること長者の如くにして、しかも内証は苦しきことを嘲っていう。↓補一三九。二三 どこの問屋でも。二四 口銭。手数料。二五 自分商い。問屋自身が自己の思わくで買置・売置に手を出すこと。↓補二〇七。二六 問屋商売を専業にして。二七 問屋の内幕。二八 地道な暮しむき。客商売ははでにしないと人が寄りつかぬ。二九 一年中の収支決算。一般の商家ならば、勘定算用は暮の二十九日・三十日で決了する。三〇 午前八時近く。大払をすました跡でなければ判らぬ。三一 鐙屋も同じ問屋商売だが、そのやり方が違う。それが成功の基。三二 米・味噌・塩などをいう。三三 収納金。三四 収支決算を帳面に仕立てること。十二月十一日に決算するとは、余裕のある証拠。三五 物産買いつけを周旋する商人宿兼業の問屋。↓補一二〇。宿泊客が買いつけ資金を預けておいても安心出来るという意。

日本永代藏

大福新長者教　三

日《にっ》本《ぽん》永《えい》代《たい》藏《ぐら》　巻三

目《もく》録《ろく》

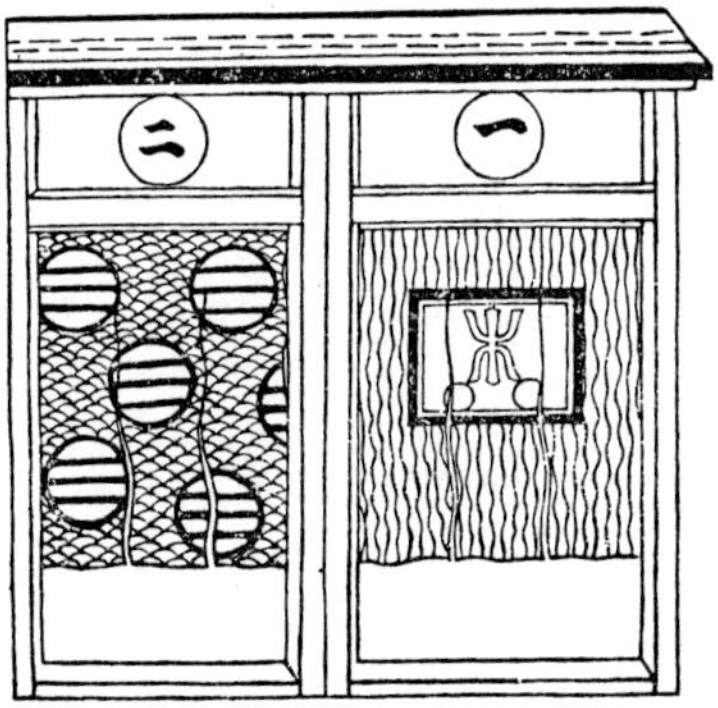

一煎薬の水加減は半井道三が定めたものが一般に用いられた。その法、一盃半の水に薬を入れ、生姜一片を加えて文火(とろび)にて一盃に煎じつめ、二番煎じには二盃半の水を一盃に煮つめる。薬袋の上書に「煎じやう常の如し、生姜一片」と記すのはこれ。二治療の可能・不可能を窺うために湯または薬を与えること。↓補二〇八。三正保の頃、信州下伊那の左閑部地方の木山を請け、幕府材木御用達元締を勤めた日本橋材木町の材木問屋、鎌倉屋甚兵衛の前身が箸削りであったのではなかったかという(真)。二代男、一ノ四に「鎌倉屋の何がし分限長者経にも入、九千貫目家継にゆづりしに、色あそびさかんになつて、跡なくつかひ捨しとかや」とあるから、二代目甚兵衛の代に家運衰微したのであろう。箸削りから材木屋に出世したことをいう。

四「小松栄えて」は木遣歌の唱歌か。五都の華美な風俗をそのまま田舎に移して、日風呂を焚いて全盛を極めた大臣の意。塩竈の大臣源融に擬していう。六豊後に隠れなきの脱。七真野の長者のもじり。主人公の万屋山弥は豊後府内の大町人、塩竈の大臣気取りであったから、真似の長者と嘲笑的にいった。真野の長者は舞の本、烏帽子折に見える豊後国内山里の長者。↓補二〇九。八軒の丸瓦に、万屋三弥の頭字を箔置きにしてあらわした。本文にも「金紋の三の字」とある。全盛の程なく衰微したことを「箔が剝げる」にいいかけた。

一諺に「仏の目を抜く」という。ここは本文の長谷寺の観音に因んで「観音の眼」と記した。利得のためには手段を選ばぬすどい世の中。二信心嫌い。三質入れの多いのは菊屋の繁昌。四本文最後の一節の主人公、大阪江の子島の伊豆屋某。高野山奥の院に借銭塚の現存するや否や不明。五本文最初の一節の主人公大阪今橋の分限者の前生は、三世相によると猫であったという話。三世相は生年月日などの五行生剋から判断して、その人の過去・現在・未来の因果・善悪・吉凶を記した書物。唐の袁天綱の著という。六紙子の製造で仕出した身代も、その時が来れば破産するものだという意。紙子↓破れ時。七本文の主人公呉服屋忠助の家紋。八無間の鐘をつきに行ったと聞いたが、実はつき損いだった。「無間の鐘」は静岡県榛原郡小夜の中山にある曹洞宗観音寺、一名峯の観音の鐘。↓補二一〇。

九四百四病は仏説による人間の病の総称。↓補二一一。一〇しるし。治療の効果。一一貧苦を病に喩えていう。一二養生の最も必要なる時期。人は中年以後、飲食・色情・外邪・七情・起居を慎しんで節制することを要する。町人嚢、四「兎角人は四十已後より陽気衰へ行く時分なれば、身の養生の時節也」(大)。ここは長者になる平生の身持を養生に擬して説いた。一三四十歳をいう。一四診察。一五身持の始末なことをいう。↓永二ノ一。一六正しくは履く。刀をはくというに帯字をも用いるより誤る(書言字考、八)。一七長者になるべき身持の心得を薬方に擬していった。↓補二一二。一八薬種の配合法。一九薬種は四匁を一両とする。書言字考、処方。

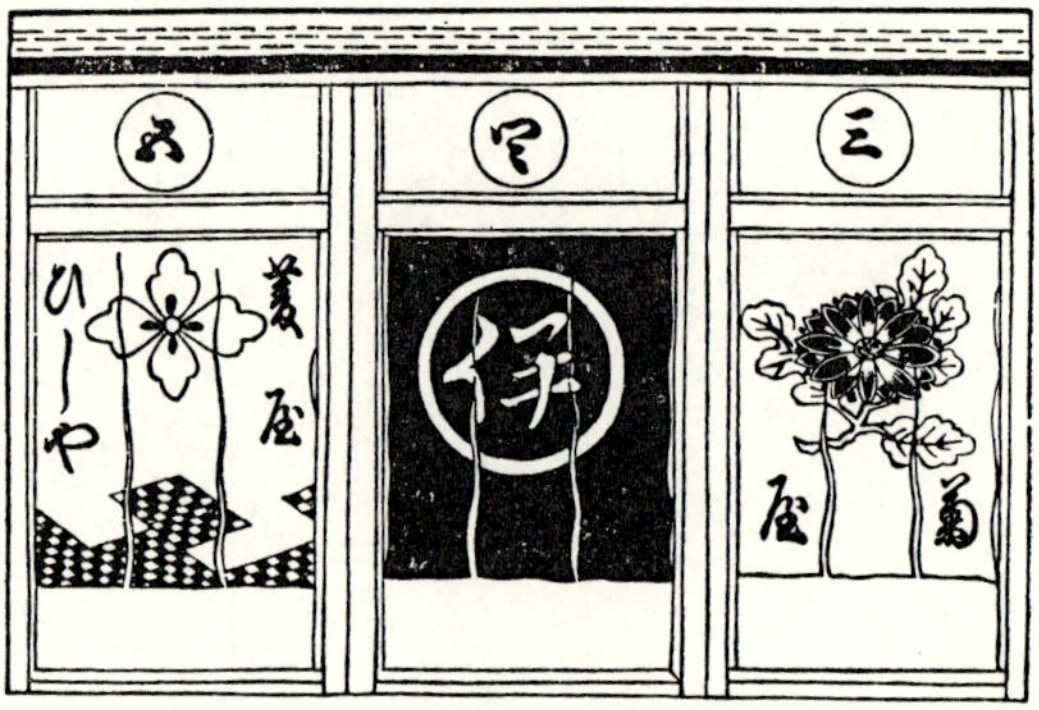

世《よ》は一抜取《ぬきとり》の観音《くはんをん》の眼《まなこ》
伏見《ふしみ》にかくれなき二後生嫌《ごしやうぎら》ひ
三質種《しちだね》は菊《きく》屋が花ざかり

高野山借銭塚《かうやさんしやくせんづか》の四施主《せしゆ》
大坂《をゝざか》にかくれなき律義《りつぎ》屋
五三世相《ぜさう》よりあらはるゝ猫《ねこ》

六紙子《かみこ》身躰《しんだい》の破《やぶ》れ時
駿河《するが》にかくれなき七花菱《はなびし》の紋《もん》
八無間《むけん》の鐘《かね》を聞《(きけ)》ば突《つき》ぞこなひ

煎《せん》じやう常《つね》とはかはる問薬《とひぐすり》

[九]四百四病《びやう》は、世《よ》に名医《めいゐ》ありて、[一〇]験気《げんき》をえたる事かならずなり。「人は智恵《ちゑ》・才覚《かく》にもよらず、[一一]貧病《ひんびやう》のくるしみ。是《(これ)》をなをせる療治《りやうぢ》のありや」と、家有徳《いへうとく》なるかたに尋《たづ》ねければ、「今迄それをしらず、[一二]養生《やうじやう》ざかりを[一三]四十の陰《ゐん》まで、うか〳〵暮《くら》されし事よ。少し見立《たて》[一四]おそけれ共《(とも)》、いまだよい所あるは、[一五]革足袋《かはたび》に雪踏《せつた》を常住《じやうぢう》帯《はか》[一六]るゝ心からは、分限《げん》にもなり給はん。[一七]長者丸《ちやうじやぐはん》といへる妙薬《めうやく》の[一八]方組《はうぐみ》、傳《つた》へ申《(まうす)》べし。

△朝起《あさおき》[一九]五両　△[二〇]家職《かしよく》弐十両　△[二一]夜詰《よづめ》八両　△始末《しまつ》拾両　△達者《たつしや》七両

此《(この)》五十両を[二二]細《こまか》にして、[二三]胸算《むねさん》用・秤目《はかり》の違《ちが》ひなきやうに、[二四]手合念《(て)あはせねん》を入《(いれ)》、是《(これ)》を朝《てう》夕呑込《せきのみこむ》からは、長者《じや》にならざるといふ事なし。然《しか》れ共《(とも)》、[二五]是《(これ)》に大事《じ》は[二六]毒断《どくだち》あり。

○美食《びしよく》・淫乱《ゐんらん》・絹《きぬ》物を不断着《ふだんぎ》　○内義を[二七]乗《のり》物全盛《ぜんせい》、娘《むすめ》に琴《こと》・[二八]哥賀留多《うた(がるた)》　○男子《むすこ》に万《(よろづ)》の[二九]打囃《(うち)はやし》　○[三〇]鞠《まり》・楊弓《やうきう》・香会《かうぐはい》・連誹《れんぱい》　○[三一]座敷普請《しきぶしん》・[三二]茶《ちや》の湯数奇《ゆずき》　○花見・舟遊《(ふな)あそ》び・[三三]日風呂入《(いり)》　○[三四]夜歩行《(よ)ありき》・博奕《ばくち》・碁《ご》・雙六《すご》　○町人の[三五]居合《ゐ》・兵法《(ひやう)ほう》　○物参詣《まうで》・[三六]後生心《ご(しやうごころ)》　○諸事《しよじ》の[三七]扱《あつかひ》・[三八]請判《(うけ)はん》　○[三九]新田《(しんでん)》の訴詔《そせう》事・[四〇]金山《(かなやま)》の中間入《(いり)》　○[四一]食《け》

四百四病の外の貧病。長者丸の薬方と毒断

一〇「薬以㆓四銭目㆒為㆓一両㆒」。一銭目とは一匁のこと。以下薬方に擬してその配合の分量を記した。　二〇 ここは家業に出精すること。　二一 夜の勤務。夜なべ。　二二 粉末にして。　二三 家業の方でいえば胸算用、薬の方でいえば秤目に相違なきように。　二四 家業の方でいえば売買の契約、薬の方でいえば調合に念を入れ。　二五 服薬について大切な注意はその毒断である。　二六 薬効を阻害し、病症を悪化せしめるような食物を忌むこと。　二七 乗物全盛にて一語。乗物にて送迎をし、或は物見遊山に出して世間へ見栄をはること。　二八 ↓補二一三。　二九 能の伴奏楽器(笛・太鼓・大鼓・小鼓)を奏して、舞・歌をあしらうこと。　三〇 鞠・楊弓・香会・連俳。↓永二ノ三。　三一 数寄屋建築に凝ること。　三二 茶の湯気違い。数奇は好きの当字。一事に執心熱中すること。　三三 贅沢の極み。↓永三ノ二。　三四 夜間の外出、特に遊所などに徘徊すること。　三五 抜刀術と剣術。無用なるものの諺に「町人の生兵法」という。　三六 後世安楽を願う心。ここは慈悲憐愍の情をいう。　三七 仲裁・調停。　三八 保証人として加判すること。債務保証・身元引請など迷惑を蒙ることが多い。　三九 荒蕪地・沼沢などを開発して取立てた田地・畑地・屋敷地。その開発は、経済的効果・隣接地との利害関係などを吟味する必要があるので容易に許可せられない。ために訴願の運動に費す時間・金銭の浪費も甚だしい。「訴詔」は訴訟の誤り。　四〇 鉱山開発を共同で請負うこと。それに関する金銭上の紛争は「中間事」(補二四八)として訴訟しても受理せられぬ。　四一 ↓二九三頁注一一。諺「食酒は貧乏の花盛り」。

武家都市江戸の繁昌。大名屋敷の普請

酒《(ざけ)》・莨菪好《たばこずき》・心[一]當《あて》なしの京のぼり　○[二]勧進相撲《くはんじんずまう》の銀本《かねもと》・奉加《が》帳の肝入《きも(いり)》　○[三]家業《かげふ》の外《ほか》の小細工・[四]金《(きん)》の放《はなし》目貫《ぬき》　○[五]役者《やく》に見しられ、揚屋《あげ》に近付《ちか(づき)》　○[六]八より高借銀《たかいかりぎん》先《(まづ)》此通《(この)とを》りを、[七]斑猫《はんめう》・比霜石《ひさうせき》より怖敷《をそろしく》、口にていふも扨置《(さて)をき》、心に思ふ事もなかれ」と、[八]少《ちいさ》き耳《みゝ》に小語《さゝやき》給へば、是《(これ)》皆《みな》[九]金言《げん》と悦《よろこ》び、[一〇]彼福者《かのふく(しや)》の教《をしへ》に任《まか》せ、朝暮《てうぼ》油《(ゆ)》断《だん》なく、「所は御[一一]江戸なれば、何をしたればとて商《あきなひ》の相手はあり。珎敷《めづらしき》[一二]見立《(みたて)》もがな」と、[一三]日本橋《ばし》の南詰《づめ》に曙《あけぼの》より一日立《たち》つくしけるに、流石《さすが》諸國《しよこく》の人の集《あつま》り、[一四]山も更《さら》にうごくがごとく、[一五]京の祇園会《ぎをんのゑ》・大坂の天満祭《ままつり》にかはらず。毎《まい》日の繁昌《はんじやう》

此御時《(このおんとき)》、君《きみ》[一六]が代の道廣《ひろ》く、[一七]通《とを》り町《(ちやう)》十二間《けん》の大道《だう》所[一八]せきなく、此橋《(この)はし》の上《うへ》に馬《むま》乗《のり》[一九]一人・出家《しゆつけ》壱人・鑓壱《やり(ひと)》筋《すぢ》、朝《あさ》から晩《ばん》迄絶《たゆ》る事なく。され共《(ども)》、人の大事にかくる物はおとさず、錢《ぜに》を壱文いかな〳〵、目[二〇]に角立《かどたて》ても拾《ひろ》ひがたし。是《(これ)》

一 諺。目的もなく都会に出ることは無駄な費え。
二 寺社の再建・修復などを名目に興行する相撲の金主。晴天十日興行の収入は寺社に納入するが、別に一日は勧進元の収入として興行する定め。しかし雨天が続けば欠損となって回収出来なくなる危険がある。また寺社の修復などのためにする募財の世話人は、一町単位に選ばれて責任額を割当てられる。「奉加帳」、また勧化帖とも。
三 未考。
四 刀・脇差の目貫を柄糸で巻き固めぬものを「放し目貫」という。彫刻の精緻をひけらかすための余情。金無垢または金の延べつけ・金鍍金などにするは当時の伊達風俗。
五 役者や揚屋に顔馴染が出来ると、五節供・改名・昇進その他何かにつけて祝儀を出さなければならぬ。
六 銀百匁について月八分(月利にして八厘、年利にして九分六厘)以上の、高利の借金。
七 いずれも劇薬。
八 貧相な耳。「大耳は果報」という。
九 格言。
一〇 大福長者。
一一 将軍家御膝下の地ゆえ御の字を冠して呼ぶ。
一二 商売の思いつき。
一三 南詰西側は高札場、東側は晒し場で、人だかりのする所。
一四 ↓補六〇。
一五 祇園会(陰暦六月七日より十四日まで)・天満祭(陰暦六月二十五日)は、江戸の神田祭と共に日本三大祭という。
一六 政道広く正しく、治まれること。
一七 日本橋を中心にして南北に通ずる大通り。通町十二間。↓補二一四。
一八 所狭(せ)くに同じ。「なし」は形容詞的接尾語。
一九 江戸の繁華を示す諺。元禄曾我物語、四「橋の上には老若男女、登る人下る人、帰るもの行くもの、馬三匹鑓三本、常に絶間なく」(真)また「江戸両国橋の上往来鑓三筋は不レ絶」(譬喩尽、五)ともいう。但しここに特に馬乗・

出家・槍を挙げたのは、江戸における武士・僧侶の人口の多きことを示している。馬上または槍持を従えて通行し得る武士は百石取り以上の武士。二〇 喧嘩眼になって探しても。二一 油断なく心がけていたが。二二 この訓の所拠未考。二三 元手なしに商売に取りかかることが出来るのは。二四 柔術。支那の拳法より工夫して、空手敵を倒す術をいう。柔(やわら)と称するはその一流関口柔心が最初。二五 産婆。二六 大名屋敷をいう。もと大臣家の邸宅の称、室町末期歴々の大名に将軍より屋形号免許のこと起って以来、大名の宿所の称また大名の尊称の如くになる。二七 御殿建築。二八 甲高い下卑た声で、あたり構わず声高に話すこと。二九 油気がなくなって鬢髪が前にそそけているさま。労働者・病人に多い。三〇 髪の恰好。終日の労働で髷がこけたり歪んだりしている。天窓、正しくは天顱(和名抄)。三一 襟。正しくは衣領。三二 羽織の上から三尺帯をするのは職人の風俗。三三 測量竿。間数の目盛がしてある。三四 年季奉公中の大工の見習弟子(真)。三五 鉋。下に屑の字を脱す。こっぱは斫(てお)などではつった木屑。三六 天下は将軍家をいう。将軍家御膝下の地。三七 駿河町は今、中央区日本橋室町一・二丁目に入る。それより千代田区神田須田町一丁目、現万世橋川下に架した筋違橋までの間。筋違橋は門内にあった大名屋敷の普請があったのであろう。日本橋通二丁目(元大工町)に大工が多く住んでいた。三八 天秤棒に荷ないきれぬほど。

一まるまる儲けて。二身近なところに。手取↓足もと。三神田の須田町に古くから青物市があった。日本橋の瀬戸物町の青物屋のこと未考。

を思ふに、[二一]佩《あだ》につかふべき物にはあらず。

莵角商賣《とかくしやうばい》に一精《(ひと)せい》出し見んと、[二二]心は働《はたら》きながら、[二三]手振《(て)ぶり》でかゝる事は、今の世の中に、[二四]取手《とりて》の師匠《しせう》か[二五]取揚婆《(とり)あげば》ゝより外《ほか》に、銀《かね》に成《(なる)》物なし。「種蒔《たねまか》ずして、小判《ばん》も壱歩《ぶ》もはへる例《ためし》なし。何《なに》とぞ只取事《たゞとる》を」と氣《き》を付《つけ》、心を砕《くだく》中に、[二六]屋形《かた》〳〵に行《(ゆき)》て、[二七]殿作《とのづく》り仕舞《しまひ》、大工《く》・屋根葺《ねふき》おのがひとつれに、弐百・三百人、[二八]辰巳《たつみ》あがりなる高咄《たかばな》し。[二九]逆鬢《さかびん》にして[三〇]天窓《あたま》つきおかしく、[三一]衣裏《あり》の汚着物《よごれきる》、袖口のきれたる[三二]羽織《はをり》のうへに帯《をび》して、[三三]間棹杖《けんざはつえ》に突《つく》も有《(あり)》。大かたは懐手《ふところで》、腰《こし》の屈《かゞ》み後付《うしろ(つき)》、其職人《(その)しよくにん》とは看板《かんばん》なしにしれける。跡《あと》より[三四]番匠童《ばんじやうわらは》に、[三五]鉋《かんなくづ》木屑《こつぱ》をかづかせけるに、可惜檜《あたらひ》の木の切ゝ《きれぐ》、をちて捨《すた》るをかまはず。「是《これ》らまで大様《(おほ)やう》なる事、[三六]天下《か》の御城下《じやうか》なればこそ」と思はれ、是《(これ)》に気《き》を付《つけ》て、ひとつ〳〵拾《ひろ》ひ行《(ゆく)》に、[三七]駿河《するが》町の辻《つぢ》より神田《かんだ》の筋違橋《すぢかひばし》迄に、[三八]一荷《(いつ)か》

長者丸の効験、箸削りから材木屋

銀さえあれば何事も。死光する老の楽しみ

にあまる程取集《とりあつ》め、其《その》まゝ是《これ》を賣《うり》けるに、弐百五十文手取《てどり》して、[二]足《あし》もとにかゝる事を、今迄しらぬ事の殘念《ざんねん》と、其《その》後は日毎《ごと》に暮《くれ》を急《いそ》ぎ、大工衆《くしう》の帰《かへ》りを見合《みあはせ》、其《(その)》道筋《みちすぢ》に有程《あるほど》拾《ひろ》ひけるに、五荷《か》よりすくなき事なし。

雨《あめ》の降《ふる》日は、此《(この)》木屑《くず》より箸《はし》を削《けづり》て、[三]須田町《すだてう》・瀬戸《せと》物町の[四]青《あを》物屋におろし賣《うり》。[五]箸《はし》屋甚《ぢん》兵衛と[六]鎌倉《かまくら》牱枝《がし》にかくれなく、次第分限《しだいぶんげん》となりて、後は此《(この)》[七]木切《ぎれ》、大木《ぼく》となりて、[八]材木《ざいもく》町に大屋敷《しき》を求《もと》め、手代ばかりを三十余《よ》人抱《かゝ》へ、[九]河《かは》村・[一〇]柏木《かしはぎ》・[一一]伏《ふし》見屋にも劣《をとる》まじき[一二]木山《(きやま)》をうけ、[一三]心の海廣《うみひろ》く、[一四]身躰《しんだい》眞艫《まとも》の風、[一五]帆柱《ほばしら》の買置《かい(をき)》に、願《ねが》ひのまゝなる利を得て、幾程《いくほど》なく、四十年のうちに、拾万兩の[一六]內證金《しやうきん》、是《(これ)》ぞ若《わか》い時呑込《のみこみ》し長者丸《ちやうじやぐはん》の驗《しるし》なり。[一七]今は七十余歳《よさい》なれば、すこしの[一八]不養生《ふやうじやう》もくるしからじと、はじめて上下《うへ》共に[一九]飛驒紬《ひだつむぎ》に着替《きかへ》、[二〇]芝肴《しばざかな》もそれ〳〵に喰覚《くひをぼ》へ、[二一]筑地《つき》の門《もん》跡《ぜき》に日參《(につ)さん》して、下向《かう》に、[二二]木引《こ(びき)》町の芝居《しばゐ》を見物《けんぶつ》、夜《よる》は碁友達《ごともだち》をあつめ、雪《ゆき》のうちには[二三]壺《つぼ》の口を切《きり》、[二四]水仙《すいせん》の初咲《はつざき》なげ[二五]入《(いれ)》花のしほらしき事共《(ども)》。いつならひ初《そめ》られしも見えざりしが、銀《かね》さへあれば何事もなる事ぞかし。

此《(この)》人、前後《ぜんご》にかはらず、一生[二六]悋《しは》くば、[二七]冨士《ふじ》を白銀《しろがね》にして持《もち》たればとて武藏《むさし》のゝ土、[二八]羽芝《はしば》の煙《けぶり》となる身を知《しり》て、[二九]老《をひ》の入前《(いり)まへ》[三〇]かしこく取置《(とり)をき》、世《よ》に有程《(あるほど)》の[三一]たのしみ暮《ぐら》し。[三二]八十八の時、聞傳《(きき)つた》へ、[三三]舛掻《ますかき》をきらせ、子共の名付親《なづけをや》に頼《たのみ》、[三四]人のもちひ・

⇓補二一五。四 八百屋。五 ⇓八五頁注三。六 今、千代田区神田鎌倉町。柯枝・牱牲にも作る。正しくは舸戕。船を繫留する岸の意。⇓補二一六。七 箸屋から仕出して材木問屋になったことをいう。木切↓材木。八 日本橋の本材木町(中央区日本橋江戸橋一丁目)・新材木町(同堀留一丁目)には材木問屋が多かった。ここは本材木町か。九・一〇・一一 ⇓補二一七。一二 山主と契約して材木伐採権を確保すること。一三 度量の大きいこと。請山には投機的危険が伴うから、度胸がないと取引が出来ない。木山↓心の海。一四 時運に乗じて順調に家業が発展して行くことをいった。⇓七七頁注三八。一五 帆柱用の材木は値段も高く、また売れも遠いから、よほどの大問屋でないと、値上りを見越しての買置きは出来ない(真)。海↓真艫の風↓帆柱。一六 貯蔵金。⇓補二一八。一七 楽隠居の身分。⇓一一七頁・二二一頁・四二四頁。一八 奢り。一九 飛驒高山地方産の紬縞。格子縞が多い。⇓補二一九。二〇 江戸芝浦辺で獲れる小魚。二一 今、中央区築地三丁目にある西本願寺別院。⇓補二二〇。朝事《あさじ》(真宗の早朝勤行)に日参する。二二 木挽町五丁目(今、中央区銀座東四丁目)に山村座と森田座の歌舞伎芝居があった。当時の芝居は早朝から日没時まで開演したから、暇潰しには都合がよい。二三 新茶の壺の封を切って、茶会を催すこと。普通は陰暦十月頃炉開きを兼ねて催す。二四 水仙の開花は陰暦十一月頃。当時は七、八月頃に早咲の水仙が珍重せられていた。二五 投入れには定式なく、花の個性を生かして取合せよく生けるのを法とするので、茶の湯に世《よ》のさたに飽《あい》て、此《(この)》人三五死光《しにびかり》。さながら、仏にもならるゝ心ちせり。後《のち》の世も悪《あし》からじと、万《ばん》人是《(これ)》を羨《うらや》みける。人、若時《わかい》貯《たくはへ》して、年寄《より》ての三六施肝要也《ほどこしかんよう(なり)》。迚《とて》も向《さき》へは持《もち》て行《(ゆけ)》ず、なふてならぬ物は三七銀《かね》の世中《(よのなか)》。

國《くに》に移《うつ》して風呂釜《ふろがま》の大臣《じん》

國《こく》中の醫師《くすし》見放《はなし》、三八既《すで》に末期《まつご》の水、三九今ぞ生死《しやうじ》の海《うみ》、四〇蛤貝《はまぐりがい》にて入《(いれ)》けるに、四一是《(これ)》さへ咽《のんど》を通《とを》りかね、いづれも手足《あし》を握《にぎ》り、「是《(これ)》〲、西《さい》方極樂《ごくらく》へ只《(ただ)》一道《(ひと)みち》に、どこへも寄《よら》ずに参る事を忘《わすれ》給ふな、親仁様《をやじさま》」と四二進《すゝ》めければ、又、四三中眼《(ちう)がん》に見ひらき、「四四我《われ》は行年《かう(ねん)》六十三、四五定命《ぢやうめう》さし引《(ひき)》なしに、浮《うき》世の帳面《ちやうめん》さらりと消《けし》て、閻魔《えんま》の筆《ふで》に付《(つけ)》かゆるに胸算用《むねざんよう》を極《きは》めければ、何をか思ひ殘す事なし。汝等《なんぢら》四六過賄《すぎはひ》の種《たね》を忘《わす》れな」と、云《いひ》おかるゝも外《(ほか)》の事なく、徃生《わうじやう》いたされしを、各《をの》〲歎《なげ》きを止《やめ》て四七取置《(とり)をき》ける。「扨《(さて)》も、死《しん》では何《なに》も入《(いら)》ぬぞ。四八帷子《かたびら》ひとつと錢六文を四九四十九日の長旅《ながたび》のつかひ、五〇地獄《ごく》の馬《むま》に乗《のり》給ふも成《なる》まじき」と、五一終《つゐ》に行道《ゆくみち》をおもひやりける。

其《(その)》後、五二親《をや》の家督《かとく》を取《(とり)》て、むかしにかはらず五三豊後《ぶんご》の苻内《ふ(ない)》に住《すみ》て、五四萬屋三弥《(よろづやさんや)》とて名高《なだか》し。五五万事《(ばん)じ》掟《をきて》を守《まも》り、三年《(みとせ)》が程《ほど》は、軒端《のきば》の破損《はそん》も其《(その)》まゝに、愁《うれへ》を心根《こゝろね》にふく

すぎわいの種を忘るなとは親仁の遺言

すぎわいの種は菜種にあり、三弥新田開き

よく用いられる。二六 悋の異体字。↓六〇頁注一五。二七 富士山ほどのかさの銀を持っていたとしても、遣わなければ土塊同然という意。二八 已も亦、いずれは死すべき身ということを知って。羽柴、また橋場。今の荒川区南千住町五丁目附近の地、小塚原の刑場に近く、火葬場があった(真)。二九 老の入米の訛。老後の生活費、隠居銀。三〇 家督譲渡の際に、適当に取除けておいて。三一 あらゆる楽しみをして裕かな生活をしたという意。楽しみは富裕の意。三二 八十八歳になった時、そのことを人々が聞き伝えて。三三 八十八の升掻のこと。↓補一九。三四 十二分に人々の尊敬と好い評判を受けて。三五 死後までその福徳が讃えられるような、平和で幸福な死に方をすること。三六 消費すること。金をつかうことは、廻り廻って諸人に施すことになる。三七 諺。「なうてならぬ物は金」↓「万事は金の世の中」。三八「蛤貝にて入れけるに」に続く。三九 今こそ生死の苦しみから離れて安らかに往生して下さい。生死の海は仏語、人間生死の苦しみの深きことの喩。四〇 重病人の看護には蛤貝を用いて重湯・水などを与える風習。四一 末期の水が咽を通りかねるのは、まだこの世に未練が残って業の尽きぬ証拠。四二 勧めければ。四三 半眼に同じ。四四 万屋の二代目伝左衛門氏寿。四五 ↓補二二一。差引なしに↓帳面消して↓付けかゆる。四六 諺「すぎわいは草の種」。↓四四頁注三。過賄は俗字。四七 死骸をかたづけた。葬ること。四八 経帷子と六道銭。↓補二二二。四九 死後四十九日間、中有の旅。五〇 畜生道に堕ちた人間、

み、命日《めいにち》[一]を吊《とぶら》ひ慈悲《じひ》[二]善根《ぜんごん》をなし、独《ひと》りの母《はゝ》に孝《かう》を尽《つく》せば、何事[三]も願《ねが》ひに叶仕合《かなふしあはせ》なり。「親仁遺言《をやじゆいごん》に、「すぎはひの種《たね》を大事《だいじ》」と申置《まうしをか》れしが、菜種《なたね》[四]は油《あぶら》のしぼり草《ぐさ》、此種《このたね》の事なるべし」と、一筋《ひとすぢ》に思入《おもひいり》、いつぞは此買置《このかいをき》[五]するか、又は是《これ》を作《つく》らせて分限《ぶんげん》になる事を、明暮工夫《あけくれくふう》めぐらしける。有時《ある》[六]、里《さと》をはなれし廣野荒《ひろのあれ》て、古代《こだい》より眇〻《べうべう》[七]と薄原《すゝきはら》を通《とを》りけるが、かゝる所《ところ》を狼《をほかみ》[八]の臥戸《ふしど》にするも國土《こくど》[九]の費《ついへ》とおもひ付《つき》、竊《ひそか》に菜種《なたね》を蒔散《まきちら》して心見[一〇]けるに、其時節《そのせつ》に花咲実《はなさきみ》がのりて、おの[一一]づからさへ是《これ》なれば、新田《しんでん》[一二]に申請《まうしうけ》て、十年[一三]は無年貢《むねんぐ》。爰《ここ》を切平《きりなら》して、所〻《ところどころ》[一四]に幾《いく》村《むら》か人家《じんか》を立《たて》つゞけ、鋤《すき》鍬《くは》とらせ耕作《ものつくり》させけるに、毎年《まい》徳《とく》[一五]を得《え》て、人しらぬ金銀溜《きんぐたま》り、それより上方《かみがた》[一六]への船商《ふなあきな》ひ、あまた手代[一七]にさばかせ、西國《さいこく》にならびなき次第長者《しだいちやうじや》[一八]となりて、何《なに》の不足《ふそく》もなし。

其後《そのゝち》、母親《はゝをや》同道して、

人面馬身。五一 黄泉への道。死。伊勢物語「つひに行く道とはかねて聞きしかど」の歌に拠る。五二 親の家産遺財を相続して。↓五二頁注一四。五三 今の大分市。苻内は府内の誤り。市内の万屋町・胡(えびす)町一帯がその屋敷趾。↓補二〇九。五四 守田山弥助氏定。万屋三代目。↓補二〇九。五五 孝の道を守って。↓補二二三。

一 忌日。二 死者の冥福を祈るために、施行・寄進などをすること。三 孝の徳によって何事も願に叶うという幸運であった。四 今日ではアブラナを菜種というが、当時は専らアオナ・カブナを称した。↓補二二四。五 ↓三六頁注二八。西国地方で採取した菜種は大阪の問屋に直送せられて相場が立つ。六 或時。七 眇々としたるの意。遙かに遠くまでかすんで見えること。八 人住まぬ荒野原の意。狼は秋冬の交山野に穴居する。九 国家的大損害。一〇 試みけるに。一一 野生のままにしておいてさえ、これだけの収穫があるのだから。一二 ↓八七頁注三九。一三 新規開発地として申請、払下げを受けて。新規開発地として指定せられると、開墾後十年は無年貢、作り取りの例(真)。一四 開発事業を促進するために、百姓を誘致し、住居・耕作具・種苗などを貸しつけることがよく行われた。一五 利得。一六 船問屋を営んで、豊後地方の物産を上方へ運送売買したのであろう。一七 あまたの手代にまかせて商売を切り盛りさせ。一八 次第分限(九〇頁)に同じ。俄長者の反対。一九 花見時の京都を訪れたという意。二〇 和漢朗詠集「年々歳々花相似、歳々年々人不レ同」(佐)。二一 謡曲放下僧「面白の花の都や、筆に書くとも及ばじ」。或は、海道下りの

天の咎めも恐ろし。
まねの長者扇軍の奢

唱歌「面白の花の都や、何と語るも尽きせじ、賀茂川白川うちわたり」に拠るか(守)。京に多いものは寺と女、しかも美女が多いから「女﨟(女性)の都」といった。二一 美女。二二 古歌に出典あるか。二四 京都風町屋建築の特徴は、通り土間、片側式間取り。見世の奥に座敷・内庭・数寄屋・土蔵などを建て連ねる。二五 ↓八五頁注八。二六 防火壁をも兼ねて、屋敷の四隅に土蔵を配するのも京風の一つ。三階蔵↓六七頁注三五。二七 以下書院作りの建築。元来は武家屋敷に多い建築であるが、町人でも書院造りに贅を極める風潮があった。書院は書院床をつけた座敷、武家では対面所に用いたが、万石以上の大名でなければ大書院は作らなかった。二八 ↓補二二五。二九 洲浜。ここは泉水の意。三〇 泉水の岩石の配置を中国の西湖の景を模した。↓補二二七。三一 玉は美称。大きさの揃った河原の小石を庭園に敷く。三二 欄干が唐木作りの仮橋。池中の島に架した橋であろう。唐木は紫檀・黒檀・鉄刀木(たがやさん)など熱帯産の材。三三 庭園の眺望休息所。チンは唐音。三四 ↓補二二八。三五 ひか(光)らせの誤りか。三六 長押の釘の頭を隠す装飾金具。彫刻・象嵌・七宝などを施したものがあるが、ここはその一部に瑪瑙が嵌めこまれているのであろう。三七 瑠(こじ)ともいう。軒下にあらわれた垂木の端を、防腐兼装飾のため、塗料を塗ったり鍍金彫刻の金具をかぶせたりする。ここは青貝細工(螺鈿)の装飾を施したもの。三八 敷物の畳で、表は藺筵、裏は白布をつけて白生絹で覆う。真綿を入れて厚帖とし、高価な天鵞絨(永一ノ四)の縁をつけたのは奢りの極み。三九 善美を尽した構え。四〇 ↓補二二九。四一 形を変えて模倣すること。

一九京《きやう》の春《はる》に逢《あへ》り。何國《いづく》も二〇花《はな》の色香《いろか》に違《ちが》ひはなくて、花みる人に違《ちが》ひ有《(あり)》。二二おもしろの女﨟《ぢよらう》の都《みやこ》や、山も二一川もちらぬ花の歩行《ありく》をみて、「かなしや、いかなる因果《ゐんぐは》にて、田舎《いなか》には生《むま》れけるぞ」と、我國元《わがくにもと》の事を忘《わす》れて、毎日《まいにち》の遊興《ゆうけう》に気《き》を乱《みだ》しける。され共《(とも)》、二三限《かぎ》り有《(あり)》て帰《かへ》るさに、色《いろ》よき妾者《てかけもの》十二人抱《かゝへ》て豊後《ぶんご》に下《くだ》り、居宅《ゐたく》を二四京作《づく》りの普請《ふしん》、美《び》を盡《つく》して、二五軒《のき》の瓦《かはら》に金紋《きんもん》の三の字《じ》を付《(つけ)》ならべ、二六四方《はう》に三階《がい》の寶藏《たからぐら》、二七廣間《ひろま》につゞきて大書院《をほじよゐん》。六十間《けん》の廊下《らうか》、二八東西《とうざい》に築《つき》山、南《みなみ》に二九洲浜《すはま》を堀《ほら》せ、三〇岩組西湖《いはぐみせいこ》を移《うつ》し、三一玉《たま》の蒔石《まきいし》、三二唐木《からき》かけ橋《はし》、三三亭《ちん》に三四雪舟《せつしう》の巻龍銀骨《まきれうぎんぼね》の瑠璃《るり》三五燈《とう》をひらかせ、瑪瑙《めなう》の三六釘隠《くぎかく》し、青貝《あをがい》の三七椽鼻《たるきばな》。三八眞綿入《まわた(いり)》の疊《たゝみ》に天鳶兎《びろうど》の縁《へり》を付《(つけ)》、其《(その)》外《ほか》の三九結構記《けつかうしる》し難《がた》し。雪《ゆき》の朝《あした》を詠《ながめ》、夏《なつ》の夕涼《ゆうすゞ》み、四〇玄宗《げんそう》の花軍《いくさ》をやつし、四一扇軍《あふぎいくさ》とて、数多《あまた》の美女《びぢよ》を左右に分《(わけ)》て、其《(その)》身は眞中《まんなか》に座《ざ》して、汗《あせ》しらぬ姿《すがた》を両方より金地《きんぢ》の

差引一匁三分から穴あいた風呂釜大臣

風《かぜ》に扇《あふ》ぎ立《たて》られ、風つよきかたの女《をんな》になびき、[一]まげたる方《かた》の扇は[二]捩取《もぎとり》て池《いけ》にうかめ、[三]扇《あふぎ》ながしを慰《なぐさみ》の一景《けい》。むかしの[四]眞野《まの》の長者《ちやうじや》も、此奢《(この)をごり》には何としてかは及《をよ》ぶまじ。[五]内證《ないしやう》は人しらねばとて、[六]天《てん》の咎《とがめ》も有《(ある)》べし。

一家《け》是《これ》を悔《くや》めど、更《さら》に止《やむ》事なし。年久敷《ひさしき》手代《てだい》[七]根帳《ねちやう》を〆《しめ》、錢藏《ぜにぐら》・銀藏《かね(ぐら)》は[八]渡《わた》して、三間《げん》に五間の小判藏《ばん(ぐら)》ひとつ、主《しゆ》人のまゝにもさせざるうちは、其家《そのいへ》たじろぐ事は思ひもよらざりしに、世《よ》は無常《むじやう》なり此男《(この)をとこ》、五十八の冬《ふゆ》のはじめ、[九]霜《しも》の朝風《あさかぜ》といふばかりにむなしくなりぬ。其後《(その)のち》は、[一〇]鑰《かぎ》ども請取《うけとり》て、心まかせの奢《をごり》を極《きは》め、我住國《わがすむくに》の水[一一]の重《をも》きを[一二]改《あらた》め、兎角《とかく》、都《みやこ》の水に増《まし》たるはあらじと、[一三]音羽《をとは》の瀧《たき》のながれを毎日汲《まいにちくま》せ、[一四]先《せん》ぐりに幾樽《いくたる》か、遙《はるか》なる舟路《ふなち》を取《(とり)》よせ、[一五]手前《まへ》に[一六]湯《ゆ》屋・[一七]風呂屋《ろや》を拵《こしら》へ、日毎《ひごと》に焼《たか》せける。むかし[一八]千賀《ちが》の浦《うら》を[一九]六条《でう》に移《うつ》され、[二〇]塩釜《しほがま》の大臣《だいじん》あり。[二一]是《(これ)》は都《みやこ》の水《みづ》を[二二]桶《をけ》に移《うつ》されければ、風呂釜《ふろがま》の大臣《だいじん》とぞ申《(まうし)》ならはし、追付《をつつけ》、[二三]朝夕《てうせき》の煙《けぶり》絶《たへ》にし事を待《まち》みしに、案《あん》のごとく、一年《(ひと)とせ》の暮《くれ》に[二四]惣勘定《そうかんぢやう》せしに、五千貫目余《ぐはんめよ》の[二五]さし引《(ひき)》に、壱匁三分《(ぶん)》、[二六]本銀《ほんぎん》に不足出來《ふそくでき》そめ、夫《それ》より次第《しだい》に穴明《あなあき》て、[二七]千丈《でう》の堤《つゝみ》も蟻《ぎ》穴《けつ》よりもれる水《みづ》に滅《めつ》するごとく、其《(その)》身に[二八]悪事《あく》かさなり、[二九]一命迄《めいまで》ほろび、世に残れる物は人の寶《たから》とぞなれり。

一 負けたる。濁点は誤刻。 二 音スウ。手に物を持つ意。「とる・もつ」と読ます。 三 室町時代、将軍天竜寺御成の時、供奉の人々が大井川に扇を流して興じたのに始まる(老言一談記)という。↓補二三〇。 四 ↓八五頁注七。真野の長者に扇流しのことは伝えられていないが、用明天皇が絵姿を描かせて諸国に配られた六十六本の扇の話(舞の本、烏帽子折)の連想から、扇↓真野の長者と続けたのであろう(大)。 五 家内のことは外部に知れないからといって。 六 町人の分際に過ぎた奢りに対しては、必ず天の咎めがあるとする。町人の分限・冥加の考えのあらわれ。 七 大福帳。↓補二三一。〆るは総計する意であるが、ここは占有・独占の意。逆に重手代が保管して主人の三弥に見せないのである。 八 蔵の鍵を渡して。 九 風邪ぐらいのことで、霜の朝風のようにはかなく死んでしまった。冬の始め↓霜の朝風↓風邪。 一〇 蔵や金戸棚などの鍵。 一一 茶の水には軽く柔かい水が珍重せられる。↓補二三二。 一二 吟味し。 一三 京都市東山区清水山にあり。名水として有名。 一四 先繰りに。次々に。 一五 屋敷内に。 一六 湯桶に沸かし湯を汲んで入浴する浴室。 一七 箱風呂にて下より焚きつけて湯を沸かす浴室。 一八 一名塩竈の浦。宮城県宮城郡松島湾の南端の海浜。 一九 六条河原。今、京都市下京区河原町通松原西入ル塩竈町附近がその旧趾という。 二〇 河原の左大臣源融の異名。 二一 この三弥は。 二二 風呂桶に移したから。 二三 暮しが詰まること。紀貫之の「君まさで煙絶えにし塩竈のうらさびしくも見えわたるかな」(古今集・謡曲融)に拠る修辞(佐)。 二四 ↓八〇頁注二九。 二五 貸借合計五千貫目余の差引勘定に、壱匁三

世《よ》はぬき取《どり》の観音《くはんをん》の眼《まなこ》

伏見の昔、御成門に日暮しの歌念仏

三〇哥念佛《うたねぶつ》の三一日暮《ひぐら》しと云《いふ》は、むかし三二伏見《ふしみ》の御上代《ごじやうだい》の時《とき》、諸大名《しよだいみやう》の三三御成門軒《をなりもんのき》をならべてかゝやき、三四金銀珠玉《きんぐしゆぎよく》を鏤《ちりば》め、三五何《いづ》れの工匠《たくみ》か三六珊瑚《さんご》を削《けづ》りなして、紅梅《こうばい》の枝《えだ》に春《はる》を移《うつ》し、五色《ごしき》の浮雲《うきぐも》をしづかに、龍《りやう》はさながらに動《うご》き、虎《とら》はそのまゝかける勢《いきほ》ひ、三七見ぬ唐土《もろこし》の二十四孝《かう》を三八越前《ゑちぜん》の殿《との》の御門《ごもん》にあり〳〵と、三九美形《びけい》を彫物《ほり》に、此《(この)》清《きよ》らなる事言葉《ことば》にも四〇伸《のべ》がたし。四一五十五万石《ごく》三年の物成《なり》、是《(これ)》に入《(いり)》けるとなり。四二彼《かの》京《きやう》の鉦《かね》たゝき、四三盂蘭盆《うらんぼん》の比勧進《ころくはんじん》にまはりしが、朝日影《あさひかげ》御成門《なりもん》に四四うつろひしに、是《これ》に気《き》をとられて詠《なが》めけるに、先《まづ》、四五大舜《しゆん》の耕作《かうさく》の所《ところ》、斑牛《まだらうし》の、四六いかな事作《つく》り物とは思はれず。四七淀《よど》・鳥羽《とば》に帰《かへ》る車をとゞめ、四八己《をの》が友《とも》かと道《みち》づれをこひける。又四九老莱子《らうらいし》が舞振《まひぶり》、五〇足《あし》にはたらきて音曲《をんぎよく》の有《(ある)》やうに思はれ、手にふれし五一風車《かざぐるま》に、あたりの草木《さうもく》もなびくがごとし。「五二郭巨《くはつきよ》が堀出《ほり(いで)》し金《こがね》の大釜《がま》、あれにて食《めし》も焼《たか》れまじ、茶沸《ちやわか》す事も勿躰《もつたい》なし。ほしや、小判《こばん》に砕《くだ》き、一生樂《しやうらく》〳〵と世をわたるものと、それに心をとられ、是《(これ)》に目《め》をよろこばし、五三実《げに》秋《あき》の日のならひにて、はや暮《くれ》ておどろき、五四願以此功徳空袋《ぐはんいしくどくあきぶくろ》かたげて、都《みやこ》に帰《かへ》るを見て、人申《(まうし)》ならはして日暮坊《ぐらしばう》と。五五其《(その)》するゞ今に名《な》だかし。

分だけ借り方が残ったわけ。二六 資本金。二七 諺。穴↓千丈の堤。↓補二三三。二八 不幸・災難。二九 ↓補二〇九。三〇 念仏に節をつけて、鉦拍子で歌う僧形の乞食。後には浄瑠璃・説経節をも語った。三一 歌念仏に日暮と名乗る者があったが、その初代は不明。↓補二三四。三二 徳川家康が伏見に居城していた昔、慶長初年を指す。↓補二三五。三三 檜皮(ひわだ)葺き唐破風(からはふ)造りの四脚門の一名。↓補二三六。三四 輝き。三五 謡曲山姥「山また山、いづれの工か青巌の形を削り成せる」(和漢朗詠集、江澄明)。三六 珊瑚を用いて紅梅の枝を彫刻してある。以下御成門の彫刻・彩色の描写。三七 唐土を「まだ見ぬ国(異国)」という。「二十四孝」は元の郭居業の撰になる二十四人の孝子伝。↓補二三七。三八 越前中納言結城秀康。今、京都市伏見区越前町がその屋敷趾。↓補二三八。三九 美人。美女に限らず、美男をもいう。四〇 述べ難し。四一 知行高五十五万石の三年分の年貢。↓補二三八。四二 歌念仏の日暮し坊を指す。歌念仏の勧進廻向のこと、河内屋可正旧記、五「有(或)時、六十六部ノ歌念仏ノ修行者来リテ廻向ノ時、三界バンレン(万霊)トトナヘケレバ」。四三 梵語 Ullambana の翻字であるが、当時でも発音はウラボンで、逆にウランボンは訛であったろう。陰暦七月十四日から十六日まで。四四 映ろいしに。四五 ↓補二三七。四六 何としても。四七 今いずれも京都市伏見区に入る。両地共に、伏見に送られる物資の集散のため車宿が発達し、京・伏見間の運送に従事していた。牛↓淀・鳥羽。四八 淀・鳥羽の車牛が。四九 ↓補二三七。五〇 足に動きがあって、律動的に感ぜられるという意。五一 老莱子の児戯舞踏する時の持ち物。↓補二三七。。 五二 ↓補二三七。五三 謡曲松風「かやうに経念仏してとぶらひ候へば、げに秋の日のならひとて、ほどなう暮れて候」。五四 最後に諷誦する廻向文の初句。グワンニシクドクと発音する。「願以二此功徳一、平等施二一切一、同発二菩提心一、往二生安楽国一」(観経玄義分、帰三宝偈)。転じてこれでおしまい、最後の意に用いる。五五 ↓補二三四。

一 徳川幕府は伏見城廃毀を定め、慶長十二年以後諸大名の伏見屋敷も順次引払われたので、地名にその名が残っているに過ぎなかった。二 里芋畠。東寺・九条辺から伏見にかけて蔬菜の産地。三 伏見城山の桃林。寛政頃には「扶桑第一の桃林」(都花月名所)といわれたが、元禄頃はまださほどでもなかったらしい。四 ↓補二三九。五 見世は上げ見世の意。江戸で上げ縁という蔀式の縁台。↓補二〇。通りに面した表の間を一般に見世の間というが、商家は半ばを格子、半ばを上げ見世にするものが多い。六 人気(ひとげ)も絶えての意。七 諺。まばらなことをいう。八 ほそぼそと暮しをたてて。九 伏見の東部、山科・宇治辺は竹の産地。随って伏見には竹細工業が多かった。一目玉鉾、三、伏見里「葛籠・吹矢・茶筅・竹箒・桃名物」。一〇 おえら方。一一 削板(そぎいた)で葺いた屋根。風で飛ばぬように竹で押さえて石を載せるが、石の台座に竹の輪を用いる。↓一一四頁挿絵。一二 扇の要は木釘又は真鍮釘を用いる。ここは前者。京名物の扇の製造には、骨削り・地紙漉き・要削りなどそれぞれ下請け職に分れていた。一三 灸治の時、艾(もぐさ)をはさんで灸穴にすえる竹の箸。一四 荷造り用

繁昌の昔に変る伏見、小質屋の悲しさ

其時《そのとき》の繁昌《はんじやう》にかはり、[一]屋形《かた》の跡《あと》は[二]芋畠《いもばたけ》となり、みるに寂《さび》しき[三]桃林《たうりん》に、はな咲《さく》春《はる》は人も住《すむ》かと思はれける。つねは昼《ひる》も蝙蝠飛《かうぶりとん》で、螢《ほたる》も出《いづ》べき風情《ふぜい》なり。[四]京海《きやうかい》道《だう》は昔残《むかしのこ》りて、[五]見世の付《つき》たる家《いへ》もあり。片脇《かたわき》は崩《くづれ》次第《しだい》に、[六]人倫絶《りんたへ》て、[七]一町に三所《(みところ)》ばかり、[八]かすかなる朝夕《てうせき》の煙《けぶり》、蚊《か》屋なしの夏《なつ》の夜《よ》、蒲團《ふとん》もたずの冬《ふゆ》を漸《やうく》ゝに送《をく》りぬ。[九]葛籠《つゞら》・吹矢《ふきや》の細工《さいく》人は、まだしも[一〇]歴《れきく》ゝなり。[一一]取葺《とりぶき》の屋根《ね》の輪《わ》・[一二]扇《あふぎ》の要刻《かなめきざ》み、[一三]灸箸《やいとばし》を削《けづ》り、[一四]荷繩《になは》なひ賣《うり》したればとて、細長《ほそなが》ひ命《いのち》はつながれまじ、うき世《よ》に住《すむ》に哀《あは》れ多《をほ》し。

町《てう》はづれに、菊《きく》屋の善《ぜん》藏《ぞう》といへる質《しち》屋有《(あり)》しが、[一五]内藏《うちぐら》さへもたず、[一六]車《くるま》のかゝりし長持《ながもち》ひとつ、物置《ものをき》にも藏《くら》にも、是《これ》を頼《たの》みにして、[一七]此道《(この)みち》をしるとて、弐百目《め》にたらぬ元銀《もとぎん》にて、先繰《せんぐり》に利《り》を得て、[一八]八人口を大かたにして渡世《とせい》しけ

る。此《(この)》家《いへ》に質置《しちおき》、[一九]さりとてはかなしき事かず〳〵なり。降《ふり》かゝる雨《あめ》にぬれて、古傘《ふるからかさ》一本《ぼん》[二〇]六分《(ぶん)》かりて行《(ゆけ)》ば、朝食《あさめし》焼捨《たきすて》し跡《あと》、また洗《あら》ひもやらぬ[二一]羽釜《はがま》さげきて、銭《ぜに》百文かり行《(ゆく)》も有《(あり)》。[二二]八月にも帷子《かたびら》着《き》たる女房《にようばう》が、うす汚《よごれ》たる[二三]二幅《ゆぐ》ひとつに三分《(ぶん)》かりて、身の見へすくをもかまはず行《(ゆく)》。また八十ばかりの腰《こし》かゞみ婆《ば》ゝ、[二四]能生《よういき》てから今年《ことし》もしれぬ身をして、[二五]一日もかなしく、両手《りやうて》のない佛《ほとけ》一躰《たい》・[二六]さかな鉢《ばち》ひとつ持《もち》てきて、[二七]四十八文かりの世や。また、十二三のむすめ、六つ七つの[二八]小坊主《こばうず》と、[二九]昇階子《のぼりばしご》ながきを、跡向《あとさき》漸ゝ《やうく》に[三〇]夯《かたげ》てきて、銭《ぜに》三十文かりて、すぐに、[三一]かた見世《せ》にある[三二]黒米《くろごめ》五合《がう》・[三三]手束木《たばねぎ》買《かふ》て帰《かへ》る。扨《さて》もいそがしき[三四]内證《ないしやう》、しばし見るさへ、身《み》に應《こたへ》て泪《なみだ》出《(いで)》しに、亭主《ていしゆ》は[三五]中〳〵。[三六]心よはくてはならぬ商賣《しやうばい》、是《これ》程《(ほど)》いやな事はなし。[三七]これにも、[三八]請人《うけ(にん)》・印判吟味《ゐんばんぎんみ》かはる事なく、[三九]掟《をきて》の通《とを》り大事

縄の綯い売り。　一五 質物を保管する内蔵(三六頁注一五)も持たない小質屋のさま。　一六 車長持という。出火の時などの非常持出し用であるが、道路を塞ぎ、退避・消火の妨げになるので、明暦の大火以後しばしば製造・使用を禁制せられた。ここはそれを転用したわけ。　一七 質屋商売のこつを心得ていたこととて。　一八 上下八人の家内をどうにか養って暮していた。　一九 いくら何でも、悲惨だといったらない。　二〇 銀六分。　二一 飯焚き釜。周囲の鍔を羽(は)という。　二二 帷子は五月五日から八月晦日まで着用、九月朔日から八日まで袷を用いる。　二三 湯具。腰巻。布二幅を用いるから、一名二布(ふたの)とも。　二四 せいぜい長生きしたところで、今年中にも死ぬかも知れぬ身で。　二五 一日も食わぬこと悲しくの意。　二六 肴鉢。　二七 四十八文を借りて行った。さてもはかない浮世やという意。阿弥陀仏四十八願の縁で、仏→四十八文(借る)→仮の世。　二八 男の子。七八歳までは髪を長く伸ばさず、奴(やっこ)・芥子(けし)坊主頭にする。　二九 はしご。　三〇 大・力の合字。舁くに宛てる。不断重宝記、万世話字尽「夯《カタゲル》」。　三一 京阪商家の見世の構造、多く見世庭を中に左右に分れ、狭小なるを小見世といい、副業的に他の商品を陳列、商うことがある。これを片見世といった。小見世なき場合は、見世庭に他の商品を並べることもある。↓補二四〇。　三二 玄米。　三三 一束ずつに小分けにした薪。　三四 暮しのやりくり。　三五 とってもとても、気が強い。　三六 この質屋という商売は。　三七 こんな零細な質草を預かる質屋でも。　三八 法令に従って、入質者・請人連印の質物預け手形を徴する。↓補二四一。　三九 ↓補二四一。

に掛《かけ》ける。[一]千貫《ぐはん》目かるにも判《はん》ひとつと、わづかなる事に[二]念入《ねんいる》を思はれける。[三]利《り》といふ物、つもれば大分なり。此《この》菊《きく》屋、四五年に銀弐貫《くはん》目あまり仕出《しだ》し、[四]なをひすらく、人に情《なさけ》をしらず。足《あし》もとなる[五]高泉和尚《かうせんをしやう》の寺《てら》にまいらず、祭《まつり》にも[六]五香《かう》の宮《みや》に参詣《さんけい》せず、神仏《しんぶつ》の願《ねが》ひ、いかな〳〵[七]思ひ出しもせざる男《をとこ》。遠《とを》ひ[八]初瀬《はつせ》の観音《くはんをん》を信心《しんぐ》し、俄《にはか》にあゆみをはこぶを、人の気もあのごとくかはる物かと、世間にて[九]是《これ》ざたぞかし。[一〇]此寺《このてら》の御開帳《ごかいちやう》、七日を、古代《こだい》より[一一]判金《はんきん》一牧《まい》づゝに極《きは》めおかれしを、菊屋、[一二]弐貫《くはん》目の身袋《しんだい》にて三度《ど》まで開帳《かいちやう》すれば、[一三]本願坊《ぐはんばう》をはじめ、[一四]一山《いつさん》に名《な》を聞傳《きゝつた》へ、またもなき後生《ごしやう》ねがひ、古今《ここん》に、三度迄《どまで》壱人《ひとり》しての開帳《かいちやう》なき事申《まうし》侍《はんべ》る。[一五]有時《ある》、[一六]心をつけて[一七]戸帳《とちやう》を見しに、[一八]かけまくも[一九]長竿《ながざは》にして[二〇]一端《たん》つゞきの十端《たん》ならびを、用捨《ようしや》もなくあげおろしに、半《なかば》ことの外毀《ほかそこね》、見ぐるしかりき。菊や申せしは、「我《われ》たび〳〵開帳《かいちやう》せしに、戸帳《とちやう》、かくきれ損《そん》じけるを、[二一]奇《き》進《しん》に、新《あたら》しく掛《かけ》かへん」といふ。僧中《そうぢう》これをよろこび、都《みやこ》より金襴《きんらん》とりよせ、あらためける。そのゝち菊屋《きくや》申《まうす》は、「此《この》ふるき戸帳《とちやう》を申《まうし》うけ、[二二]京の三十三所《しよ》の観音《くはんをん》へかけたき」といへば、安《やす》き事とてつかはしけるを、殘らず取《とり》てかへる。[二三]此《この》唐織《からをり》、申《まうす》もおろか、[二四]時代《じだい》わたりの[二五]柹地《かきち》の小釣《こづる》・淺黄地《あさぎち》の花兎《はなうさぎ》・紺地《こんち》の雲鳳《うんぼう》、其《その》外《ほか》も模様《もやう》かはりぬ。是《これ》みな、大事の茶入《ちやいれ》の袋《ふくろ》・表具切《ひやうぐぎれ》に賣《うり》ける程に、大分《だいぶん》の

欲ゆえの開帳。筋なき分限の末路

一 千貫目借るにも判一つで済むというのに。二 念を入れることだと思われた。三 質屋の利息は月一分五厘から二分まで。四 ひすらこくに同じ。狡猾打算的なこと。五 伏見区大亀谷敦賀町にある天王山仏国寺。黄檗宗。延宝六年高泉和尚の再興にかかる。六 御香宮。祭神神功皇后。伏見区大手町にある。陰暦九月九日の祭礼は伏見中の総祭。七 考えたこともないという意。八 奈良県磯城郡初瀬町にある、新義真言宗豊山神楽院長谷寺(はせでら)の本尊十一面観世音。高さ二丈六尺の木仏、今の本堂は慶安三年五月再建。九 専らの評判。一〇 寺としての開帳は普通三十三年に一度が定め。しかし篤信者には、臨時に三日・七日を限って、厨子の戸帳を開いて秘仏を礼拝させた。長谷寺の開帳の定めは未考。一一 大判金。表面に金拾両と墨書してあるが、その通用価格は小判七両二分前後が相場。↓補二四二。一二 金一両銀六十匁として、二貫目では僅かに三十三両余の資産。一三 本願の施主が帰依している宿坊。供養・寄進などはその取次を以て行われる。一四 総寺中。寺院は山号を称するので寺全体を一山という。一五 或時。一六 菊屋が。一七 厨子のとばり。一八 いうのも勿体(もったい)なきことながら。戸帳↓かけまくも。一九 長竿で。上げおろしに続く。二〇 一反幅の金襴を横に十反縫い合せた戸帳。二一 寄進として。二二 ↓補二四三。二三 由緒ある古刹の戸帳には唐織金襴を用いたものあり、嵯峨清涼寺の戸帳の金襴裂は特に有名。二四 古渡りとも。室町時代に船載せられたという意で、時代裂・名物裂として珍重する。二五 以下時代裂の地色と模様。小蔓(釣)は蔓草模様、蔓草の大小によって大蔓・小蔓の別がある。花兎は兎

金銀とりて家栄《いへさか》へ、五百貫目《くはんめ》と脇《わき》から指圖違《さしづちが》[二六]ひなし。觀音信仰《くはんをんしんかう》[二七]にはあらず、是《(これ)》をすべき手だて。さてもすかぬ男《をとこ(ひと)》[二八]。一たびはおもふまゝなりしが、元來《ぐはんらい》[二九]すぢなき分限《ぶんげん》、[三〇]むかしより淺《あさ》ましくほろびて、後《のち》には、京橋[三一]に出てくだり舟《ぶね》にたより[三二]、[三三]請賣《うけうり》の燒酎《しやうちう》・諸白《もろはく》、[三四]あまひも辛《から》ひも人は醉《あは》されぬ世や。

高野山借錢塚《かうやさんしやくせんづか》の施主《せしゆ》

「[三五]物《もの》には時節《じせつ》、花《はな》の咲散《さきちり》。人間《にんげん》の生死《しやうじ》なげくべき事にあらず。然《しか》れ共《ども》、命《いのち》[三六]は養生《やうじやう》の一大事《だいじ》なるに、[三七]毒魚《どくぎよ》と知《しり》ながら鰒汁《ふぐじる》。是《これ》に風味《ふうみ》かはらずして、藻魚《もうを》[三八]といふもの、何《なに》の気遣《きづかひ》なかりき。女房《にうばう》は、縁組《えんぐみ》のはじめより、祖母《ばゞ》になるまで手池《ていけ》[三九]にせしを、無分別《むふんべつ》に水《みづ》[四〇]をへらしぬ。[四一]此貧《(この)ひん》、取《とり》かへす事なく、一生損《しやうそん》[四二]にたつなれば、人たしなむべきは是《(これ)》[四三]、長命《ちやうめい》は其《(その)》心にあり」と、[四四]堅作《かたづく》りの親仁《をやじ》、わかひものどもに異見《ゐけん》を申せし。

「むかし、難波《なには》の今橋筋《いまばしすぢ》[四五]に、[四六]しはき名《な》をとりて分限《ぶんげん》なる人、其《(その)》身一代独《ひと》り暮《くら》して、[四七]始末《しまつ》からの食養生《しよくやうじやう》、殘《のこ》る所なし。此《(この)》人も、[四八]男《をとこ》ざかりに[四九]うき世を何《なに》の面白《おもしろ》ひ事もなく果《はて》られ、其跡《そのあと》の金銀《きんぐ》[五〇]御寺へのあがり物、[五一]四十八夜を申《(まうし)》てから役《やく》に立《たゝ》

に花、雲鳳は鳳凰に雲をあしらった模様。二六 推定。二七 菊屋三度の開帳は。二八 あまりに抜け目がなさ過ぎて、好感の持てぬ男。二九 筋は血統・家系。成上り者の金持。三〇 一度つまずくと、前よりもっとみじめに貧窮して。三一 伏見の京橋(今、伏見区南浜町)。伏見・大阪(八軒屋)間上下の乗合船の発着所。三二 目当てにして。乗合船の乗客相手に、行商人が船宿や船内へ出張した。三三 製造元又は問屋から品物を請けて来て小売すること。伏見は酒の醸造も盛んであった。三四 商品の酒に手を加えてごまかそうとも、決して人を欺き通し得ない世の中だという意。焼酎・諸白↓甘・辛。三五 諺「物には時節」。三六 生きている間は、養生が大切であるのに。三七 ↓補二四四。三八 その大なるものを上方では赤魚と称し、鰒の代りに用いる。↓補二四五。三九 扶養独占する筈であるのに。「手池にする」とは、元来自家の[illegible](すいけ)で養魚することから出た言葉(佐)。四〇 過度の房事で精力を消耗する。水は腎水(精液)。藻魚↓手池↓水。四一 精力消耗を指す。四二 損失になる。十露盤勘定から出た言葉。四三 房事。四四 身体頑健な老人。四五 大阪市東区。四六 吝き。このモデル未考。四七 長命のためではなく、始末を第一としての節食。四八 四十代は男盛り。四九 女郎買の一つもしなかったこと。五〇 死者の供養のため、菩提寺へ納める死者の遺品遺財をいう。↓補二四六。五一 阿弥陀四十八願に因み、浄土宗において修する四十八夜の不断念仏。上り物の金で、菩提のために四十八夜念仏を勧めたところで無益だ。

命あっての物種、堅作りの親仁の意見咄

意見の一。始末からの食養生、死ねば金銀は寺へ上り物

ぬ事なり。され共《(ども)》、年久敷内藏《ひさしくうちぐら》[一]に隠《かく》れ世間《せけん》見なんだ銀《かね》が、人手《で》にまはりて、九[二]軒《けん》の二日払《ばら》ひの用《よう》にも立《たち》、道頓堀《だうとんぼり》[三]の座拂《ざばら》ひのたより共《(とも)》なる。寶《たから》[四]といふ字《じ》の消《きゆ》る程《ほど》、今は世《よ》[五]のすれ者《もの》となりける」と、大笑《わら》ひせし。

「此《(この)》しはき人は五十七[六]、癸《みづのと》の辰《たつ》にてありしが、又癸《みづのとの》辰の年辰《たつ》の日の辰の刻《こく》[七]に相果《あひはて》られし」といへば、是《これ》[八]もふしぎの宏才《こうざい》なる人有《(あり)》て、『[九]三世《ぜ》相命鑑《さうめいかん》』を繰《くり》けるに、「此男《(この)をとこ》[一〇]、先生《ぜんじやう》[一一]は、鎌倉《かまくら》[一二]の将軍頼朝公《しやうぐんよりともこう》より西行法師《さいぎやうほうし》に給《たま》はりし鏐《こがね》の猫《ねこ》。[一三]値遇《ちぐ》の縁《えん》にひかれて、たま〳〵人界《(にん)がい》[一四]に生《しやう》を受《うけ》、その身は金ながら、つかふ事もならず、人の子の物に成《(なり)》ける。此《(この)》[一五]はづなり」。「其《(その)》金猫《きんみやう》は、西行《さいぎやう》しばし手にふれて、里《さと》の童子《わらべ》にとらせける。其猫《(その)ねこ》[一六]ほしや」と、見もせぬむかしの物語《ものがたり》にも先掻《まづかき》[一七]つき、欲《よく》[一八]をまろめて今の世の人間《にんげん》とはなりぬ。

一↓三六頁注一五。二 九軒町は大阪新町の揚屋町(西区新町通北二丁目)。揚屋が女郎の揚代、その他出入りの諸商人に掛買いの代金を支払うのは、毎月二日が定日(佐)・(石割松太郎説)。↓補二四七。三 南区道頓町南側に、歌舞伎・操浄瑠璃の芝居があった。「座払い」はその芝居興行の仕込み金。多く初日前に、興行主から役者の給金を初め道具方・衣裳屋への支払をすること(守)・(真)・(頴)・(前)。四 丁銀・豆板銀には、表裏に鋳造者大黒屋常是に因んで、大黒天像・常是の字・宝字の三種の極印が打ってある。五 世間知り。六 行年五十七、癸辰の生れ。但し壬《(みずのえ)》辰の誤りか。壬辰は文禄元年に当る。七 午前八時頃。八 これも不思議であるが、その場に奇妙な大才博識の人物が居合せて。九 袁天綱の著三世相を注釈説明を加えたもの。一〇 今橋の分限者を指す。一一 前生。一二 西行上人が東大寺再建の砂金勧進のため奥州下りの途中、頼朝に召されて歌道・弓馬の事を談じ白銀の猫を賜わったのは、文治二年閏七月十五日と八月十五日の両日。これを黄金の猫と誤った。鏐は美金、紫磨黄金をいう(佐)。↓補二四八。一三 鎌倉で西行とめぐりあった仏縁に引かれて。一四 宿善によって、人間界に生を受けて、今橋の分限者と生れたが。(これは三世相を繰った男の言)。一五 そうなるのは前世からの約束だ。一六 里の童子に取らせたそうだが、その金の猫欲しや。(これは他の若い者の言)。一七 何はさて金の事といへば飛びついてゆく人心。猫↓掻きつく。一八 諺「人間は欲の塊」。一九 致富の要素として智恵・才覚を説くのは常だが、運を併せ説く点注目に値する。二〇 貧富有無の二つの相違。二一 右に毘沙門天、左に弁才天の面を一身に併せ持つ大黒天。伝教大師感

意見の二。分限は才覚に仕合せ。昼盗人同然の取りこみ分散

得彫成するところと伝え、比叡山を初め諸国に祀る。有無の二つ→三面大黒天。二二 正しくは多聞天、毘沙門天の梵語の意訳。四天王の一、北方を鎮護し、十種の福を授けるという。京都市鞍馬山の天台宗松尾山鞍馬寺の本尊毘沙門天は特に有名。二三 ムカデは毘沙門天の使といい(日次紀事)、その多足にて匍匐蛇行するを勤労の象徴とする。↓三三九頁注三五。二四 身代のやりくりがならぬのは。二五 自身の勤勉努力。二六 ここは脇差をいう。柄・鍔・鞘などのこしらえ(外装)に凝ること。二七 野郎遊び。冶郎は遊冶郎の略。書言字考、四「冶郎(ヤウ)近世妖二冶其容一、以衒二男色一者、謂二之——一。支那所レ謂男娼之類也」。二八 諺。物に締めくくりがなく失費が多いこと。野郎→尻。二九 諺。一方で浪費していては、ちっとやそっと始末しても、何の足しにもならぬ暮し。糸→針。三〇 見せかけで相手を信用させて借りこむ(佐)。三一 計画的な詐欺行為。三二 直接手を出して金を盗む白昼の盗人より悪質だ。三三 将来。三四 自己破産するつもりで。三五 弟などが独立して新家を創立する場合は分家といい、年季奉公人が暖簾分けしてもらって一家を構えた場合は別家と称し、両者に区別があるのが通例。↓補七一。ここは弟を別家分にして、財産を分与したことか。三六 本家の分散の際にも、全財産を債務引当てに提供しないで済むようにして置き。三七 他人名義で。三八 田舎の親類に、その土地で(この場合は自分名義でも、遠隔地ゆえ発見せられる危険は少い)。↓一九九頁注三四。三九 分散後の隠退所を先に手当しておいて。

分限《ぶんげん》は、[一九]才覚《さいかく》に仕合《しあはせ》手傳《つだは》では成《なり》がたし。随分《ずいぶん》かしこき人の貧《ひん》なるに、愚《をろか》なる人の冨貴《ふうき》。此《この》[二〇]有無《うむ》の二つは、[二一]三面《めん》の大黒殿《こくどの》のまゝにもならず。[二二]鞍馬《くらま》の多門天《たもんてん》のをしへに任《まか》せ、[二三]百足《むかで》のごとく身を働《うごき》て、其《その》上に[二四]身袋《しんだい》のならぬ、是《ぜ》非《ひ》もなし。天も憐《あはれ》み有《あり》、諸《しよ》人も不便《ふびん》をかくるなり。[二五]おのれがかせぎは疎畧《そりやく》して、居宅《きよたく》を奇麗《きれい》に作《つく》り、朝《あさ》夕酒宴《しゆえん》・美食《びしよく》を好《この》み、衣類《いるい》・[二六]腰《こし》の物を拵《こしら》へ、分際《ざい》に過《すぎ》たる人附会《づきあひ》、傾城狂《けいせいぐる》ひ・[二七]冶《や》郎遊《あそ》び。[二八]尻《しり》も結《むす》ばぬ糸のごとく、[二九]針《はり》を蔵《くら》に積《つみ》ても溜《たま》らぬ内證《しやう》、[三〇]人の物を見せかけにて借込《かりこみ》、是《これ》を濟《すま》すべき分別《べつ》なし。是《これ》は、[三一]我と覚《をぼへ》ての仕業《しわざ》、[三二]手を出して昼盗《ひるぬす》人より悪《にく》し。[三三]末《すへ》ゞ一度《ど》は[三四]倒《たを》るゝつもりに、五・七年も前《まへ》より覚悟《かくご》して、弟《をとゝ》を[三五]別家《べつけ》に仕分《しわけ》て、[三六]分散《さん》に是《これ》を遁《のが》れさし、京の者は伏《ふし》見に、[三七]名代《なだい》を替《かへ》ては屋敷《しき》をもとめ置《をき》、大坂の者は、[三八]在郷《ざいがう》の親類《しんるい》に田畠《はた》を買《かは》せ置《をき》ぬ。[三九]身

一 財産状態を債権者に知られぬため、わざと旧年度の大福帳を持ち出して、どうともしてくれと居直る。「横に寝る」は、横に出るに同じ。↓二三八頁注六。 二 町年寄・五人組をいう。 三 調停に立って(永三ノ二)。 四 年賦弁済にして、家の立って行くようにしてやろう。年分は年賦の誤り。年歩とも俗用。 五 外聞も何もなく、竈の下の灰まで債権者団に引渡して。 六 三月に限らず、節供前は支払勘定の節季。分散で片付けてしまったから、至極のんびりしている。 七 三月三日、桃花を浸した酒を飲むと疫病を攘うという。 八 或時。 九 全財産は評価して銀二貫五百目。これでは二分二厘強に当る分散。 一〇 負せ方。債権者。 一一 ↓補二四九。 一二 ↓補二五〇。 一三 債権者集会の支出帳。「蔓麦」は蕎麦の誤り。 一四 各自の債権額に対して償還を受くべき割賦金は、皆無になってしまって。 一五 決着した所は。清算事務が終った時には。 一六 一人当り銀四分五厘ずつ。八十六人で三十八匁七分、これは町内への礼銀。 一七 平身低頭して。 一八 ↓補二五一。 一九 町人考見録にその例が見える。↓補二五二。 二〇 大阪を指す。 二一 借りる方も、これくらいまで借りられるというのは、信用を生命とする商人中の商人だという意。 二二 いくら自慢しても。手栖は手柄の誤り。 二三 大阪市西区江之子島町。現在は陸続きになっているが、当時は木津川と百間堀川に挾まれた小島。船大工・船板屋・薪問屋・紙問屋などが多かった。 二四 不詳。 二五 資産家。 二六 上文の計画的倒産に対していった。 二七 示談内済にすることを、詫びる・謝まる・堪忍するという。 二八 当時の

分散の諸相一。つまる所は貸したが損

分散の諸相二。前代ためしなき分散

の置《をき》所を先へ、跡《あと》の虚殻《あきがら》を借錢《しやくせん》のかたへ渡して、[一]古《ふる》帳を枕《まくら》にして、横《よこ》に寝《ね》てかゝるこそうたてけれ。[二]町衆《しゆ》、[三]扱《あつか》ひにかゝり、[四]年分《ねん(ぶ)》に其家《(その)いへ》を立《たて》んといへば、かへつて是《(これ)》を迷惑《めいわく》がりて、[五]外聞《ぐはいぶん》は灰《はい》まで渡《わた》し、住家《ちうか》を立《たち》のき、[六]三月の節句《せつく》を心やすく、[七]桃《もゝ》の酒《さけ》を祝《いはへ》り。

[八]有時《(ある)》、十壱貫《くはん》目の分散《さん》に[九]ある物弐貫五百目、[一〇]課《をほ》せ方八十六人、毎《まい》日[一一]勘定《かんでう》に出合《あひ》、[一二]中間《ま》事に始末《しまつ》する人なく、[一三]遣《つかひ》日記《き》に饂飩《うんどん》・蕎麦《そば》切・酒肴《さけさかな》。さま〴〵の菓子《くはし》を好《この》み、半年《ねん》あまり隙《ひま》を費《つゐや》し、[一四]取《(とる)》物はみなになして、[一五]埒《らち》の明《あく》所は、[一六]壱人手前《(ひとり)でまへ》より四分《(ふん)》五リンづゝ出して[一七]つくばひ、町内《ない》へ礼《れい》いふてまはるもおかしかりき。

むかし[一八]大津《つ》にて千貫《ぐはん》目借錢《しやくせん》おひければ、世になき事と申せしに、近年《きんねん》、[一九]京・大坂に、三千貫《ぐはん》目・弐千五百貫目の分散《さん》、いづれ遠國《をんごく》のちいさき所にはなひ事ぞかし。[二〇]ならびなき大湊《みなと》なればこそ、借《かす》人もあれ、[二一]かるも是《(これ)》程迄は商《あき》人也《(なり)》。[二二]手栖《がら》にも百貫《くはん》目迄《まで》は、かられぬ物といへり。むかし[二三]難波《なには》江の小嶋《じま》に、[二四]伊豆《いづ》屋といへる[二五]手前者《まへしや》[二六]自然《しぜん》と倒《たふ》れ、正直《ぢき》の首《かうべ》をさげて[二七]詫言《わびごと》して、財宝《ざいほう》渡《わた》して[二八]六分《ぶ》半あり。残る三分半は、[二九]いつとても仕合《しあはせ》次第《しだい》に濟《すま》すべしと、[三〇]結構《けつかう》づくにたち退《のき》て、生國《しやうごく》[三一]伊豆《いづ》の大嶋《しま》に行《(ゆき)》て親類《しんるい》を頼《たの》み、日《(にち)》夜《や》に世をかせぎ、一たび元のごとくにと、思ひこみし所存《しよ(ぞん)》より大分まふけて、二《(ふた)》たび大坂にのぼり、[三二]あつて過《すぎ》たる分散《さん》の殘

り銀《ぎん》、こと〴〵く濟《すま》しぬ。それ[三三]よりは十七年すぎぬれば、國遠《こくえん》[三四]してしれぬ人もあり。此分《このぶん》の銀《かね》は、太神宮《だいじんぐう》へ御初尾《はつを》[三五]にあげ、又六七人も、死《しに》うせて子孫《しそん》のなき人の銀《かね》は、高野山《かうや》[三六]に石塔《せきたう》を切《きつ》て、借錢塚《しやくせんづか》[三七]と名付《なづけ》、其跡《そのあと》をとぶらひける。かゝる人、前代ためしなき事なり。

紙子身袋《かみこしんだい》の破《やぶ》れ時《どき》

商賣《しやうばい》[三八]ひだり前《まへ》なる呉服《ごふく》[三九]屋忠助《ちうすけ》とて、むかしは、駿河《するが》[四〇]の本町に軒《のき》ならべし中《なか》にも、花菱《はなびし》の大紋《だいもん》[四一]に家名《いへな》をしらせ、住國《すむくに》はおろかなく、東國《とうごく》[四二]・北國《ほつこく》にあまたの手代出見世をかざらせ、次第《しだい》に人まし、内の賑《にぎは》ひ、大釜《がま》[四三]に冨士《ふじ》の煙《けぶり》の絶《たへ》ず、水瓶《がめ》に湖水《こすい》を湛《たゝ》へ、朱椀《しゆわん》、龍田《たつ》のもみぢを散《ちら》し、白箸《しらはし》[四四]、むさし野《の》に立霜柱《たつしもばしら》のごとく、朝《あした》[四五]の繁昌《はんじやう》夕に消《きへ》て、かくも[四六]又なりはつる世の習《なら》ひ、其時節《そのじせつ》とはいひながら、亭《てい》主《しゆ》の心がけ悪敷《あしき》が故《ゆへ》なり。

　此人《このひと》、親代《をやだい》にはわづかの身袋《しんだい》なりしが、安部《あべ》[四七]川紙子《かみ》に縮緬《ちりめん》を仕出《しだ》し、又はさまぐ〵の小紋《もん》を付《つけ》、此所《このところ》の名物《めいぶつ》となり、諸國《しよこく》に賣《うり》ひろめ。はじめは壱人[四八]なれば、卅余《よ》年に千貫《ぐはん》目といはれける。其子《そのこ》[四九]には、利發《りはつ》生《むま》れおとりて、忠助家《ちうすけけ》[五〇]をしつて

分散には、前出の如く二分・三分の分散もあったが、全財産の評価額が全債務の六分半に相当する分散は上々の分散。→補二五三。 二九 分散者が他日資力を回復した時には、残余債務を弁済することを約束する。これを仕合せ証文という。通常は債権者の方からこれを要求するのだが、ここは債務者からの自発的申入れと見る。 三〇 結構ずくめにして。(六分半の分散で)十分な上に、さらに誠意を尽して円満にという意。 三一 伊豆七島の一。今東京都に編入。 三二 有るには有るが、もはや古いことで、無いのも同然の(返すにも及ばぬ)という意。 三三 分散当時からは。謡曲海士「げにそれよりは十三年」。 三四 遠国に出奔すること。 三五 伊勢神宮の御師が年末に御祓を配って来ると、御初穂料として賽銭を包む。 三六 →補二五四。 三七 現存の有無不明。

無帳無分別、ばらばらになる紙子問屋

三八 逆運になること。男子は右が順、左は逆という(素問)。 三九 未詳。呉服屋とあるが紙子問屋なること下文に見える。 四〇 今の静岡市呉服町の古称(真)。 四一 八六頁目録暖簾に屋号菱屋とある。 四二 紙子は中人以下に需要が多いので、東国・北国に支店を出したのであろう。 四三 以下、紙子問屋が取引客を宿泊させ接待する景況。釜→富士(頼朝富士巻狩の大釜あり)。水瓶→湖。朱椀→竜田の紅葉(蒔絵模様)。白箸→霜柱。 大釜は湯沸し釜、一般の家では嫁取り・法事・餅つきなどの時のほか使わない。 四四 白木の箸を用いるのは、一々使い捨てるため。 四五 右の如き繁昌も一旦一夕にして衰微した。 四六 出典あるか、未考。 四七 安倍川紙子は、寛永年中、府中の新谷町にて売り出す。縮緬紙子の初め未考。→補二五五。 四八 最初は同業者もなかったから。

四九 その子にしては、生れつき利発さに欠けていて。五〇 家督を相続して以来。

一 無茶苦茶。
二 誤算して勘定の合わぬこと。古今集、春上、僧正遍昭「浅緑糸よりかけて白露の玉にもぬける春の柳か」に拠る。
三 家計が苦しくなって。玉にもぬける↓春の柳↓風に乱れる。
四 昔の貧乏時代に帰り。
五 赤貧の形容。湯茶を沸かす薪もない。氷↓水↓湯。

十露盤にあわぬ年穿鑿。無間の鐘突きそこねて損の上の損

六 浅間神社(今、静岡市宮ヶ崎町)の門前町のはずれ。
七 諺「人の情も世にある時」。
八 「縁者」は姻族をいう。
九 暖簾を返して、屋号を変えたわけ。
一〇 通い手代の間は勿論、別家独立した後も、主家へ盆・正月の礼に出るのが定法。刺鯖は背開きにした塩鯖二枚を並べて、頭のところで一串に刺したもの。盆の贈答に用いる(日次紀事)。
一一 陰暦十二月十三日、事始めの日、主家へ鏡餅を納める。これを「鏡餅を据える」という。
一二 貧しい。
一三 年の暮近くなって、相互に年齢の穿鑿をすること。

三十年あまり、勘定《かんでう》なしの一無帳《ちやう》無分別《べつ》、二十露盤《(そ)ろばん》の玉にもぬけて、春《はる》の柳《やなぎ》の風に三手前乱《みだ》れて、日當《あた》りの氷《こほり》のごとく四むかしの水《みづ》に帰《かへ》り、五湯《ゆ》を呑《のむ》べき薪《たきゞ》もなく、かやうにおとろへる事、世にためしすくなし。惣《そう》じて金銀、もうくるは成《(なり)》がたくてへる事はやし。忠《ちう》助、財寳《ざいほう》みなになして、今となつて合点《がてん》の行《ゆく》事おそし。是非《ぜひ》なく、六淺間《せんげん》の宮《みや》の前《まへ》なる町はづれに、かりの世のかり屋ずまゐもうたてく、七人の情《なさけ》も家繁昌《いへはんじやう》の時《とき》にて、八親類縁者《しんるいえんじや》の遠《とを》ざかれば、ましてや他《た》人は、見ぬ皃《(かほ)》も恨《うらみ》がたし。是程《これほど》まで、主《しう》をたをしたる手代《だい》共、九家名《いへな》をかへて、音信不通《ゐんしんふつう》に見捨《すて》、一〇盆《ぼん》のさし鯖《さば》・一一正月の鏡餅《かゞみもち》も見た事なくて、一二かなしき月日をおくり、世上《(せじやう)》はいそがはしき師走《しはす》にも隙《ひま》にして、兩隣《どなり》あつまり、一三暮《くれ》ちかき年《とし》ぜんさく。をの〳〵忠助《ちうすけ》をさして、「こなたもわかひやうに見えてから、皃《かほ》にふ

るめきたる所あり。殊更《ことさら》成人《せい(じん)》の子共達《たち》、大かた中《ち(う)》[一四]づもりにも違《ちが》ふまじ、四十八九か」。忠助《ちうすけ》、機嫌《きげん》かはりて、「[一五]暦ゝ《れき/\》のお目違《ちが》ひ。私《わたくし》事、當年《たうねん》三十九に罷成《まかりなる》」といふ。いづれも合点《がつてん》せず、「いかにしても、三十九・四十にしては請取《うけとり》がたし。物は[一六]ありやうに語《かた》り給へ」と、皆ゝ《みな/\》問《とひ》つめられ、「年《とし》は四十七なれ共《(ども)》、三十九がまこと」ゝいふ。其子細《そのしさい》を聞《きけ》ば、「元《ぐはん》日に雑煮《ざうに》も祝《いは》ず、初《はつ》[一七]着《きる》物もせず、松《まつ》かざりは思ひもよらず。[一八]え方《はう》が東《ひがし》やら、[一九]南《みなみ》に梅《むめ》が咲《さく》やら、[二〇]暦《こよみ》さへもたずして、[二一]年《とし》をとらぬ年《とし》が八年《ねん》有《(ある)》によつて、四十七ながら三十九じや」と、大笑《わら》ひして[二二]暮《くれ》ける。「我《われ》も、遠江《とをくみ》の[二三]新坂《につさか》あたりまでの[二四]路銀《ろせん》あれば、忽《たちまち》に分限《げん》になる覚《おぼ》へ有《(あり)》」と、慥《たしか》に申せば、小家《いへ》住ゐの人ゝにはやさしく、銭壱貫弐百[二五]つなぎ集《あつ》め、合力《かふりよく》せしをよろこび、其座《(その)ざ》よりすぐに旅《たび》だち。「さだめてよろしき親《しん》

一四 おおよその見当で。積るは計算する意。

一五 皆さんのようなおえら方。ここは社交的辞令。

一六 ありのままに。

一七 正月吉日に新調の小袖の着初めをする。着衣(き)始めの日は、その年の暦の中段に指定がある。

一八 恵方。乙(きのと)・庚(かのえ)の年は東方(申・酉の間)が歳徳神の開きの方角。

一九 謡曲難波「誰かいひし、春の色は東より来るといへども、南枝花始めて開く」(和漢朗詠集、菅三品)。東→南。

二〇 梅→暦(梅花開くるを見て春の暦日を知るという)。

二一 正月の祝をせぬ年の意。

二二 日の暮に至った。

二三 今、静岡県小笠郡日坂町。東海道五十三次の一。府中から十里半と一町(江戸道中記)。

二四 路銭の誤り。

二五 零細な金をかき集めたさま。銭緡に繋ぐゆえにいう。

類《るい》ありて、[一]歎《なげ》きをいふか、又はむかしの賣《うり》がけに、[二]斷《ことは》り申《(まうす)》分別《ふんべつ》か。[三]どの道にも、[四]年《とし》とり物には成《なる》べし」と、いづれも推量《すいりやう》して待《まち》ける。

忠助《ちうすけ》が心ざし、[五]人の思はく違《ちが》ひ。[六]瀬《せ》にかはる大井川をわたりて、[七]佐夜《さよ》の中山に立《たゝ》せ給ふ[八]峯《みね》の觀音《くはんをん》に參り、後世《ごせ》はともあれ、現世《げんせ》を祈《いの》りて、[九]いつの世《よ》には埋《うづ》み[一〇]無間《むげん》の鐘《かね》の有所《(ありどころ)》を尋《たづね》て、[一一]骨髓《こつずい》抛《なげうつ》て、「我一代、今一《(ひと)》たびは長者《ちやうじや》になし給へ。子共が代《よ》には乞食《こつじき》になる共《(とも)》、只《たゞ》今たすけ給へ」と、[一二]心入《(こゝろいれ)》ならく迄も通《つう》じて、突《つき》にける。此《(この)》鐘《かね》を突《つき》て分限《ぶんげん》にならば、[一三]今の世《よ》の人、末《すへ》の世《よ》には蛇《じや》になる事もかまふべきか。增《まし》て[一四]蛭《ひる》の地獄《ぢごく》など恐《をそろ》しからず。愚《をろか》なる忠助、無用の路錢《ろせん》をつかひて爰《(ここ)》に來《き》にけり。先《(まづ)》さし當《あたり》て、[一五]是《(これ)》程の損《そん》になりぬ。駿河《するが》に歸りて語《かた》れば、聞《きく》人每《ごと》に、[一六]「其《(その)》心からあれ」と、指《ゆび》をさしける。

此《(この)》所は、[一七]桑《くは》の木のさし物・竹細工《ざいく》名人《めいじん》あり。忠助是《(これ)》を見ならひ、[一八]鬢《びん》水入《(いれ)》・花籠《かご》をつくりて、十三になる娘《むすめ》に、[一九]府《ふ》中《(ちう)》の通り筋《すぢ》へ賣《うり》に出し、[二〇]其《(その)》日をなりわひにをくりけるに、この娘《むすめ》親《をや》に孝《かう》なる事、國《こく》中にかくれなし。然《しか》も其《(その)》形《かたち》うるはしく、気を留《とめ》て見る程美女《びぢよ》なり。[二一]有《ある》時江戸の[二二]福人《ふくじん》、伊勢參宮《せんぐう》の[二三]下向《げかう》に是《(これ)》を見そめ、親《をや》もと尋《たづ》ね貰《もら》ひ、独《ひと》り有《(ある)》子の[二四]娵《よめ》になし、其《(その)》後、忠助夫婦《ふうふ》一家《け》殘《の(こ)》らず[二五]東武《とうぶ》へ引《ひき》こし、[二六]子にかゝる時《とき》を得《え》て、一生樂ゝ《しやうらくく》とをくりぬ。[二七]美目《みめ》は果報《くはほう》のひとつと、是《(これ)》を聞《(きき)》つ

一 無心すること。 二 事情を説明して支払を請求すること。 三 いずれにしても。 四 越年の費用。 五 他人の推量とは違って。 六 東海道名所記、三「南風には水まさり、西風には水おつる。明日香川にはあらねど、大雨ふれば淵瀬かはる事度々にて定まらず」。思わく違い↓瀬にかわる(古今集、雑下「世の中は何か常なる飛鳥川昨日の淵ぞ今日の瀬になる」)。 七 ↓八六頁注八。江戸道中記「▲小夜(さや)の中山 只(たゞ)さよの中山とも云。中山はひろくひくき山也。山の中五十町也」。 八 ↓八六頁注八。 九 いつの世にかは埋みしとあるべきところ。 一〇 ↓補二一〇。 一一 命がけで。 一二 この一念、奈落(地獄)までも通ぜよとばかり、榊の枝で土中の鐘をついた。 一三 忠助ならずとも、欲に目のない当世の人々は、来世の苦しみも何のその、きっと鐘をつくに相違ない。 一四 無間地獄に附属する別所十六地獄の一。嬢矩吒(ひくた)という虫充満して、罪人の皮肉に入り骨髄を食うという。これを俗に蛭の地獄と称し、小夜の中山にも、無間の鐘の伝説と結びつけて命名した洞穴がある由。↓補二一〇。 一五 旅費を使っただけが既に損失。 一六 そういう心がけゆえに、あのざまになったのだ。

美目は果報の一つ。
新二十四孝

一七 一目玉鉾、府中「桑・竹細工人、紙子さま〲、名物也」。籠細工は寛永年中七間町にて初めて作り出し、府中の名物になったという(駿河新風土記)。 一八 髪油の容器。ここは竹製のもの。髪油には伽羅の油、美男葛(びなんかずら)の水溶液を用いる。 一九 府中の町の大通り。今の静岡市新通町。慶長十四年以来、東海道の往還になっていた。 二〇 なりゆき次第に日を送る。その日暮しにする。「なりわひ」は、「なりあひ」(成合)の訛(佐)。 二一 或

たへて、随分女子《ずいぶんによし》を大事に生育《そだて》けれ共《(ども)》、[二八]安倍川《あべ》の遊女《ゆうぢよ》はしらず、つゐに[二九]好女《よきをんな》見た事なし。兎角美形《とかくびけい》はないものに極《きはま》れり。是《(これ)》をおもふに、[三〇]唐土龐居士《もろこしほうこじ》が娘《むすめ》の靈《れい》照女《せうぢよ》は、悪女《あくぢよ》なるべし。美形《びけい》ならば、よもや籠《かご》は賣《うら》せてはおかじ。

時。二二 裕福者。福者とも。二三 帰り道に。二四 嫁。二五 東国武蔵の略、江戸を指す。二六 子供の世話になる幸運に恵まれて。二七 諺。女の容貌は前世の果報の一つという意。美目、正しくは見目。俗に美目または眉目と書いて美貌の意とする。二八 府中の西町はずれにあった遊女町、二丁町という(今、静岡市)。安倍川の東岸にあった。当時は遊女は美女の典型のようにいわれ、素人の女に美女はないもののように考えられていた。二九 忠助の娘ほどの美女。三〇 龐居士は支那唐代の人、名は蘊、字道玄。馬祖大師に参禅して悟入し、家財をことごとく西湖に投じて、乞食の境涯に入った。その娘の霊照女もまた禅に帰依深く、竹漉籬を売って父を養ったという。この咄の落ちも先行書に種があるか。竹細工↓霊照女。

日本永代藏

四

大福新長者教

日《にっ》本《ぽん》永《えい》代《たい》蔵《ぐら》　巻四

目《もく》録《ろく》

一木地の曲物（まげもの）で作った神饌を供える御膳を折櫃といい、その小さいものを俗に「神の折敷」という（神道名目類聚鈔）。↓補二五六。貧乏神に御饌を供えて祈った甲斐あって、富貴になった話。続千載集、神祇「稲荷山祈るしるしの甲斐もあらば杉の葉かざしいつか逢ひ見む」。

二京都長者町の紅染屋、桔梗屋甚三郎。もと桔梗染（桔梗色の染）を専業としたが、中紅染を仕出して産をなした。延宝九年卒。↓補二五七。

三藁人形で作った貧乏神の御託宣。

四細心の注意を払って、古筆屛風（古筆の貼り交ぜ屛風）から思わぬ儲けをした話。畳む↓屛風。

五本文に博多住の金屋という長崎商人とあるが、詳細不明。↓補二五八。

六蜘蛛の巣にまつわる、かかる珍しき話もありという意。蜘の糸↓かかる。

一散銭。賽銭。神仏に報賽することは我身の仕合せの種となるという意。二主人公の江戸堺町の両替屋分銅屋の名をきかせていった。大判千枚で分銅形に鋳造した軍用金。重さ四十四貫目。他に二千枚吹き・二千七十枚吹きの分銅金もある。行軍守城用として幕府の金蔵に貯えられた。分銅屋のこと未詳。三葉茶商売で仕出した身代を一度に皆にしてしまったという話。茶の十徳とは、明恵上人が芦屋釜に鋳つけた茶の効能に、散欝気・覚睡気・養生気・除病気・制礼・表敬・賞味・修身・雅心・行道とあるに始まるというが、十の徳目には諸説がある。四陰暦八月三日・四日の両日、敦賀の気比神宮の例祭が行われ、その前後十日間、近在二十里四方の商人・見世物師が境内に集って市が立つ。これを敦賀祭という。五大釜(湯釜)に対して、茶釜をいう。主人公利助が霊火に打たれて黒焦げとなったことを、茶釜のたきつけになったと喩えた。六樋口屋の誤り。本文によると、堺大小路の酢屋であったらしいが未詳。↓補二五九。七勧進能の桟敷を借りきって見物するのが、町人の見栄外聞であった。八絵馬には「奉掛(懸)御宝前」・「諸願成就皆令満足」などと記し、年月・願主・画工・宿房の名をあらわすのが定法。ここは清水寺の御宝前に大絵馬が奉納せられているが、それはこういうわけだという意。絵馬↓掛け奉る御宝前↓清水寺。九京都左京の異称。法相宗清水寺は東山の音羽山にあり。本堂の外陣・庇廻りに奉納の絵馬を掲げる。一〇三井三郎左衛門俊次か(輪講、遠藤説)。↓補二六〇。一一三井俊次については、町人考見録、亨に「其頃五六千貫目の身上と風聞致し候」とある。一二三井俊次の京仕入見世は室町御池にあった。是沙汰は専らの評

仕合《しあはせ》の種《たね》を一蒔銭《まきせん》
江戸にかくれなき二千牧分銅《せんまいふんどう》
そなはりし人の身の程
三茶の十徳《とく》も一度《ど》に皆《みな》
越前《ゑちぜん》にかくれなき四市立《いちだち》
身は燃杭《もへぐい》の五小釜《がま》の下
伊勢海老《いせゑび》の高買《たかがひ》
堺《さかい》にかくれなき六樋《ひ》の口過《(すぎ)》
七能《のう》は桟敷《さじき》から見てこそ

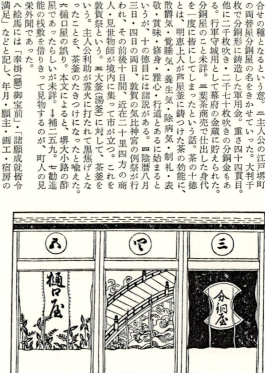

祈《いの》るしるしの神《かみ》の折敷《をしき》

八大絵馬《おほゑむま》、掛奉《かけたてまつ》る御寶前《ごほうぜん》、九洛陽清水寺《らくやうせいすいじ》に、一〇呉服所《ごふくじよ》の何某《なにがし》銀《ぎん》百貫《くはん》目を祈《いの》り、其願成就《ぐはんじやうじゆ》して、是《(これ)》に名《な》をしるして懸《かけ》られしと語《かた》りぬ。今其《(その)》家《いへ》の繁昌《はんじやう》を見競《くらべ》、一一一代に金銀《(きん)ぐ》もたまる物ぞと、一二室町《むろ(まち)》の是《(これ)》ざたなり。一三人皆欲《みなよく》の世《よ》なれば、一四若恵比須《わかゑびす》・大黒《こく》殿・毘沙門《びしやもん》・弁才天《べんざい(てん)》に頼《たの》みをかけ、一五鉦《かね》の緒《を》に取付《とりつき》、元手《もとで》をねがひしに、一六世《せ》けんかしこき時代《じだい》になりて、此《(この)》事かなひがたし。

一七爰《こゝ》に桔梗《ききやう》やとて、一八纔《わつか》なる染物屋の夫婦《ふうふ》、渡世《とせい》を大事に、一九正直《しやうぢき》の頭《かうべ》をわらして、暫時《ざんじ》も二〇只居《たゞゐ》せずかせげ共《(ども)》、毎《まい》年二一餅搗《もちつき》おそく、二二肴掛《さかなかけ》に二三鰤《ぶり》もなくて、春を待《まつ》事を悔《くや》みぬ。二四宝船《たからぶね》を敷寝《しきね》にして、二五節分大豆《せつぶんまめ》をも、「福《ふく》は内に」と、随《ずい》分うつかひもなく、二六貧《ひん》より分別《べつ》かはりて、「世はみな冨貴《ふつき》の神仏を祭《まつ》る事、人のならはせなり。我《われ》は又、人の嫌《きら》へる二七貧乏《びんぼう》神をまつらん」と、二八おかしげなる藁《わら》人形《ぎやう》を作《つく》りなして、身《み》に澁帷子《しぶかたびら》を着《き》せ、頭《かしら》に紙子《かみこ》二九幘《づきん》を被《かぶら》せ、手《て》に破《やぶ》れ團《うちわ》をもたせ、見ぐるしき有様を、三〇松餝《まつかざ》りの中に三一なをして、元日《ぐはんじつ》より三二七種迄《なゝくさまで》、三三心に有程《(ある)ほど》のもてなし。此神《(この)かみ》うれしき餘《あまり》に、其夜《(その)よ》枕元《まくらもと》にゆるぎ出《(いで)》、「我《われ》年月貧家《ひんか》をめぐる役《やく》にて、三四身を隠《かく》し、

人みな欲の世の中。鉦の緒に取つく福神

貧から祭る貧乏神。紅染の仕出し鋸商い

判。一三 諺。三井の祈願成就に刺激せられて、我も我もと神仏に祈誓をかけた。一四 若恵美須売が売る福神の摺物。日次紀事によると、恵美須の外に大黒天・毘沙門天の札もあったようだが、弁財天の札のことは見えぬ。↓永二ノ二。一五 神仏に祈誓すること。福神の札を歳徳棚に祭って祈るだけでなく、福神を祭った寺社に参詣祈願するのである。鉦は鰐口のこと。一六 世間の人が世智賢くなった今の時代には、神仏の御利益もあまり期待できない。一七 ↓一一一頁注二。一八 小元手の。見すぼらしい。一九 正直正路に経営に苦心して。正直の頭↓頭を割る。「頭を割る」は心を砕くに同じ。二〇 無為に暮さないで。二一 年末の餅搗が遅いのは家計困難のしるし。二二 正月用の食料品をつるして、土間の竈の上に懸けておく棹。幸木ともいう。↓補三八三。二三 山国の京都では、何はなくとも丹後の鰤ぐらいは調えぬと、正月の心がしない。二四 ↓三三頁注二五。二五 節分の日に大豆を炒って、「福は内鬼は外へ」と囃したてて屋内から鬼を払う。南北朝頃からの節変りの行事。二六 諺に「貧乏の僻み根性」という。二七 ↓補二六一。年中一枚の柹渋染の帷子・紙子頭巾・渋団扇は貧乏神につきもの。↓四六頁注一一。二八 見っともない。二九 頭巾の合字。三〇 門松。上方では正月十五日まで(江戸は七日まで)を松の内・飾の内・注連の内という。三一 神棚に安置して。物を据えることを直すという。三二 正月七日。この日七種の菜粥を祝う故にいう。三三 精一杯のもてなしをした。三四 人間の眼に見えぬように姿を隠して。

[一]様《さま〴〵》ゝかなしき宿《やど》の借錢《しやくせん》の中に埋《うづも》れ、[二]悪《わる》さする子《こ》共を[三]詈《しか》るに、「[四]貧乏神《びんぼう》め」と[五]あて言《こと》をいはれながら、[六]分限《ぶんげん》なる家に不《ふ》斷《だん》[七]丁銀《(てうぎん)》かける音耳《をとみゝ》にひゞき、[八]積《しやく》の虫《むし》がおこれり。朝夕《てうせき》の[九]鴨鱠《かもなます》・[一〇]杉焼《すぎやき》の[一一]いたり料理《れうり》が、胸《むね》につかへて迷惑《めいわく》。我は元《ぐはん》來、[一二]其《(その)》家《いへ》の内儀《ないぎ》に付《つゐ》てまはる神《かみ》なれば、奥《をく》の寝間《ねま》に入《(いり)》て、[一三]かさね蒲團《ぶとん》・[一四]釣《つり》夜着《ぎ》・[一五]ぱんやの括《くゝ》り枕《まくら》に身が[一六]こそばく、[一七]白《しろ》むくの寝巻《ねまき》に[一八]留《とめ》らるゝかほりに鼻《はな》ふさぎ、花《はな》見・芝居《しばゐ》行《(ゆき)》に、[一九]天鵞莬《びろうど》窓《まど》の乗物《のりもの》にゆられて、[二〇]目舞《めまひ》心に成《(なる)》もいやなり。夜《よる》は蠟燭《らうそく》の光り、[二一]金《きん》の間《ま》に[二二]うつりて[二三]うたてかりき。貧《ひん》なる内の灯《ともしび》、十年《ねん》も張《はり》かへぬ行燈《あんどう》のうそぐらきこそよけれ。夜《や》半油《はんあぶら》をきらして、女房《にようばう》の髪《かみ》の油を[二四]事かきにさすなど、かゝる不自由《ふじゆう》なる事を、見るをすきにて年ゝ《(とし〴〵)》を暮《くら》しぬ。[二五]誰《たれ》とふ者もなく、なげやりにせられ、[二六]我《が》は貧《ひん》よりおこり、なを〱衰微《すいび》させけるに、此《(この)》

一 貧乏な家。 二 いたずら。 三 親が子を叱るのに。 四 悪さをして損失を与える子供を罵っていう。 五 あてこすりを言われながら、そうかといって。 六 裕福な家。 七 ↓補六三。 八 胃痙攣が起りそうだ。 九 鴨肉を細く作り、酢を煮立ててゆがき、煎り酒につけたもの。焼塩であんばいして食する。鴨は鶴・白鳥・雁に次いで賞翫せられた。 一〇 鯛・雁・鴨などの魚鳥の肉を、だし味噌を入れた杉箱の中で煮立て、諸白をさして加減したもの。杉の移り香を賞翫する。 一一 贅沢を尽した、凝った料理。 一二 一家の盛衰は、主婦の家事取締りの手腕によるところが多いから、かくいう。 一三 敷蒲団の数を重ねるは富裕のしるし。 一四 綿の厚い夜具は重みがかかるから、真中に紐をつけて天井から吊るようにしてある。 一五 括り枕は縫いぐるみにして両端をしぼった枕。夫婦用の長枕に多い。舶来品のパンヤ(葡語 panha)を詰め物にするのは贅沢の極み。印度綿の木の種子の毛(カポック)で、綿よりも軽く保温性に富む。 一六 こそぐったい。こそばゆしの口語。 一七 綸子もしくは羽二重の白無垢の小袖を寝間着に用いた。 一八 留木という。衣服に伽羅を焚きしめること。 一九 上製の女乗物。腰ならびに引戸に天鵞絨を張りつけてある。諸大名の奥向きの乗用のものに多い。 二〇 乗りつけぬと眩暈を起しそうになる。 二一 金襖または金張りつけの壁で仕切った室。大名高家の邸宅に多い。 二二 映りて。照りはえて。 二三 情なかった。 二四 間に合せに。 二五 福神と違って、誰も祭ってくれる者もない。貧乏神は汚く暗い所が性に合う。 二六 諺。貧乏ゆえに人から等閑にせられるのかと僻んで、よけいに意地になること。 二七 膳の前に坐って。食事らしい食事をすること。

春、其方《(そのはう)》心にかけて、貧乏《びんぼう》神を祭《まつ》られ、[二七]折敷《をしき》に居《すはり》て物喰《くう》事、[二八]前代《ぜんだい》是《(これ)》がはじめなり。[二九]此《(この)》恩賞《をんしやう》忘《わす》れがたし。此《(この)》家につたはりし[三〇]貧銭《ひんせん》を、[三一]二代長者《ちやうじや》の奢《をご》り人《(びと)》にゆづり。忽《たちま》ちに繁昌《はんじやう》さすべし。それ身過《すぎ》は色とあり。[三二]柳《やなぎ》はみどり花《はな》は

紅《くれな》ゐ」と、二三度《ど》、四五度繰返《くりかへ》し、[三三]あらたなる御霊夢《れいむ》。覚《さめ》ても是《(これ)》を忘《わす》れず、有《(あり)》難《がた》く思ひ込《こみ》、「我染《われそめ》物細工《さいく》なるに、くれなゐとの御告《つげ》は、正《(まさ)》しく[三四]紅染《もみ(ぞめ)》の事なるべし。然《しか》れ共《(ども)》是《(これ)》は、[三五]小紅《こべに》屋といふ人大分《ぶん》[三六]仕込《しこみ》して、[三七]世《よ》の自由《じゆう》をたしぬ。[三八]それのみ、近《きん》年[三九]砂糖染《さたうぞめ》の仕出《しだ》し。[四〇]重《をも》ひ智恵者《ちゑしや》の京なれば、大方《をほかた》の事にて利《り》を得る事、思ひも寄《よら》ず」と、明暮《あけくれ》工夫《くふう》を仕出《しだ》し、[四一]蘇枋木《すわうぎ》の下染《(した)ぞめ》、其《(その)》上を酢《す》にてむしかへし、[四二]本紅《ほんもみ》の色にかはらぬ事を思ひ付《(つき)》、是《(これ)》を[四三]秘察《ひみつ》して染込《(そめ)こみ》、自《みづか》ら[四四]歩行荷物《かちにもつ》して江戸《え》に下り、[四五]本町《てう》の呉服棚《ごふくだな》に賣《うり》ては、[四六]登商《のぼりあきない》に[四七]奥筋《をくすじ》の絹綿《きぬわた》とゝのへ、[四八]さす手引《ひく》手に油《ゆ》

二八 前代以来の略か。今までに。 二九 その志忘れ難し。この恩賞にはとあるべきところ。 三〇 貧賤の誤りか。但し招福の呪の紙銭を福銭というをもじって、貧銭といったものか。 三一 諺に「長者に二代(また三代とも)なし」という。河内屋可正旧記、四「長者三代ナシト云(フ)ハ昔ヨリノ名言也。其二代メノ者、進退能(キ)マヽニ人ヲナイガシロニシ、已ヲタカブリ、仁義ヲ不知、万ニ慎ナク、我マヽニクラス故ニ、奢ルモノ久シカラズシテ、必家亡(ブ)也」。 三二 謡曲山姥「衆生あれば仏あり、衆生あれば山姥もあり、柳は緑花は紅の色々」。蘇東坡の詩句に出で、物みな色や形を異にするが、差別のまま真実平等の性相を表わしているという意味で、禅語によく用いられる。 三三 はっきりした。 三四 紅花で染める紅(べに)染。もみじした楓の紅色に似ているので、もみ染という。 三五 烏丸通中立売下ル驢菴町(今、上京区)の紅染屋小紅屋和泉。↓補二六二。 三六 小紅屋は最初は自家で染めたが、後には仕込み問屋となって、他の染屋の製品を買入れて卸売をしたのであろう。 三七 世間の需要を充した。 三八 それのみならず、もしくはそれのみかの略。 三九 紫糖(くろざとう)色、すなわち赤みを帯びた紫色の染かという(大)。 四〇 容易ならぬ智恵者の多い京都のことゆえ。 四一 本紅に対して中紅という。↓補二六三。 四二 紅花染。↓補二六三。 四三 秘密にして。「察」は密の草体の誤り。 四四 徒歩で荷物を担い運ぶこと。馬や舟による輸送に対していう。 四五 ↓四七頁注六四。 四六 京上りの商売。 四七 絹綿は木綿綿(綿花)に対して、真綿(繭綿)をいう。奥州方面では福島綿・仙台綿などが有名。舟町・伊勢町・小網町附近に綿問屋があった。 四八 進むにも退くにも、何かにつけて。

町人の出世は竈将軍。男盛りに家を堅めて楽隠居

一行きにも帰りにも油断なく商売すること。転じて両方の相手から利を得ることをもいう(頴)。二心を労して。三上文の「万貫目持(ち)たればとて」に続く。四同じ武士でも大名は。五領国を世襲して、身分・格式が定まっているから、出世を願う必要もない。政談、一「当時国持大名所替ハ無レ例コトニテ、御譜代大名計ニ所替被二仰付一コト、是亦偏跛ニテ不レ宜コト也」。六世襲の禄に甘んじて無為徒食する武士を罵っていう語。親の位牌を守るだけが精一杯で知行を取っているという意。七自己の力で。八官職俸禄。九遺言状。武家では法定相続を原則とするが、民間では遺言相続が定法。一〇父祖代々それに従事して、家法を守って基礎を築き上げてきた商売。一一商店向き家屋の貸家賃。一二利息計算。商売をやめて、家賃や貸金の利息で暮すのは、いわゆるしもたや暮し。一三余情(よせ)杖とて、紫竹の杖などを伊達につくこと。以下旦那衆気取りを戒める。↓補六六。一四↓四二頁注三六。一五外出に長柄の日傘をさしかけさせるのは、大名・高家は格別、民間では出家・医者のほかは町人には奢りの沙汰。一六世間の批判も恐れぬ。一七身分不相応な奢侈をし、無礼を振舞うことを僭上という。一八天命(天理)を畏れぬ不敵者だ。論語、季氏篇「孔子曰、君子有二三畏一、畏二天命一、畏二大人一、畏二聖人之言一」。↓補二六四。一九↓二二一頁注二二・四二四頁注二六。二〇自力で。二一余生を悠々と送るべき家の基礎を堅めて。一生の家は最後の住家という意。二二町内づきあい・公儀勤めなどをやめて、世間への義理を欠くこと。幼主・後家ならば別だが、これらは壮年の当主

断《だん》なく、[一]鋸商《のこぎりあきない》にして、十年たゝぬうちに、千貫《ぐはん》目余《よ》の分限《ぶんげん》とはなりぬ。此《(この)》人、数多《あまた》の手代《てだい》を置《をき》て諸事《しよじ》さばかせ、其身《(その)み》は樂《たのしみ》を極《きは》め、わかひ時の辛労《しんらう》を取《(とり)》かへしぬ。是《(これ)》ぞ人間の身のもちやうなり。たとへば万貫目《まんぐはん》持《もち》たればとて、老《らう》後《ご》迄其《(その)》身をつかひ、[二]氣《き》をこらして世《よ》を渡る人、一生《しやう》は夢《ゆめ》の世とはしらず、[三]何か益《あき》あらじ。されば家業《かげう》の事、[四]武士《ぶし》も大名《めう》は、それ〴〵[五]國につたはりて、ねがひなし。末〻《すへぐ》の侍《さぶらひ》、[六]親《をや》の位牌《ゐはい》知行《ちぎやう》を取《(とり)》、樂〻《らくく》と其通《(その)とを》りに世《よ》を送る事、本意《ほんい》にあらず。[七]自《じ》分に奉公《ほうこう》を勤《つと》め、[八]官祿《くはんろく》に進《すゝ》めるこそ出世《しゆつせ》なれ。

町《てう》人も、親《をや》にまふけためさせ、[九]譲状《ゆづりじやう》にて家督請取《かとくうけとり》、[一〇]仕《し》にせおかれし商賣《しやうばい》、又は[一一]棚賃《たなちん》・借銀《かしがね》の[一二]利《り》づもりして、あたら世《よ》をうか〳〵とおくり、二十《はたち》の前《ぜん》後《ご》より[一三]無用《むよう》の竹杖《たけづへ》・[一四]置《をき》頭《づ》巾《きん》、[一五]長柄《ながえ》の傘《からかさ》さしかけさせ、[一六]世上《せじやう》かまはず[一七]潜上《せんしやう》男。いかにおのれが金銀《きんぐ》つか

ふてすればとて、[一八]天命《てんめい》をしらず。[一九]人は十三才迄《まで》はわきまへなく、それより廿四五までは親のさしづをうけ、其後《(その)》は我と[二〇]世をかせぎ、四十五迄《まで》に[二一]一生の家《いへ》をかため、遊樂《ゆうらく》する事に極《きは》まれり。なんぞ若隱居《わかゐんきよ》とて、[二二]男ざかりの勤《つとめ》をやめ、大勢《ぜい》の家來《けらい》に暇《いとま》を出《いだ》し、[二三]外《ほか》なる主取《しうどり》をさせ、するゐを頼みしかひなく、難義《なんぎ》にあはしぬ。町《てう》人の出世は、下ゝ《したぐ》を[二四]取合《とりあはせ》、[二五]其《(その)》家をあまたに仕分《しわく》るこそ、[二六]親方《をやかた》の道《みち》なれ。

惣《そう》じて三人口迄を、身過《みすぎ》とはいはぬなり。五人より、世《よ》をわたるとはいふ事なり。下人《(げにん)》壱人もつかはぬ人は、世帯持《せたいもち》とは申さぬなり。[二七]旦那《だんな》といふものもなく、朝夕《てうせき》も、[二八]通《かよ》ひ盆《ぼん》なしに手から手にとりて、[二九]女房《にようばう》もり手《で》くふなど、いかに腹《はら》ふくるればとて、口をしき事ぞかし。同《をな》じ世すぎ、[三〇]各別《かくべつ》の違《ちが》ひあり。これを思はゞ、暫時《ざんじ》も油斷《ゆだん》する事なかれ。[三一]金銀《きんぐ》はまはり持《もち》、[三二]念力《ねんりき》にまかせ、たまるまじき物にはあらず。[三三]我夫婦《わがふうふ》よりはたらき出《いだ》し、今七十五人の[三四]竈將軍《かまどしやうぐん》、大屋敷《やしき》ねがひのまゝに、[三五]七つの内藏《うちぐら》・[三六]九《(ここ)》の間《(ま)》の座敷《ざしき》、[三七]万木千草《(ばん)ぼくせんさう》の外、[三八]銀《かね》の生《な》る名木《めい》はびこりて、所はしかも、[三九]長者町《ちやうじや(まち)》にすめり。

心《こゝろ》を疊込《たゝみこむ》古筆屏風《こひつびやうぶ》

の勤め。二三 思いの外なるの略。二四 指導養成すること。二五 世帯を持たせて、資本と暖簾を分ち与えて独立させること。これを暖簾分けという。独立した元奉公人を本家に対して別家という。二六 主人。二七 旦那と呼んでくれる奉公人もなく。二八 給仕盆。二九 女房が飯や汁の盛り手で、その給仕で食事をするなどいうことは。三〇 奉公人を使用するとせぬとでは、世間の信用も違う。三一 諺。三二 懸命に稼げば、その執心の強さ次第で。三三 この桔梗屋は、最初自分たち夫婦だけで働き始め。三四 諺「我が物食えば竈将軍」。小さいながらも一家の主となれば、家族・奉公人の上に立って、誰に憚ることもないことをいう。↓二三二頁注一七・三二五頁注二九。三五 金銀・衣装・道具を格納する土蔵。三六 座敷も九室もある。三七 前栽には種々の草木を植えこんであるが、その外にこの家には。謡曲邯鄲「春夏秋冬万木千草も、一日に花咲けり」。三八 年々果実(家賃・地代・金利など)を生み出す有利な財源を喩えていう。↓補二六五。三九 今、上京区仲之町。桔梗屋宅趾に証文塚と称する碑石があった。↓補二六六。

一 船首にあって天候観測をする船員。二 海路を熟知して。大洋を航海することを「乗る」という。三 層積雲の一種、笠雲の異名。「一尺八寸」は笠の寸法に因む。九州方面では桜島の笠雲が有名。この雲が海辺に近い高山の頂にかかると、四時間から十二時間後に、必ず雨や強風が起る(真)。四 ↓補二六七。五 銀高十八貫目以上三十三貫目までの資本を有する長崎商人をいう。↓

時津風静《ときつかぜしづか》に、[一]日和《ひより》見[二]乗覚《のりをぼへ》て、西國《さいこく》の[三]壱尺八寸といへる雲行《くもゆき》も、三日前《まへ》より心えて、[四]今程舟路《いまほどふなぢ》の慥成《たしか(なる)》事にぞ。世《よ》に舟《ふね》あればこそ、一日に百里を越《こし》、十日に千里の沖《をき》をはしり、万物《ばんぶつ》の自由《じゆう》を叶《かな》へり。されば[五]大商《あき》人の心を、[六]渡海《とかい》の舟にたとへ、[七]我宿《わがやど》の細《ほそ》き溝《みぞ》川を一足飛《そくとび》に、[八]寶《たから》の嶋《しま》へわたりて見ずば、[九]打出《うちで》の小槌《づち》に[一〇]天秤《てんびん》の音《をと》きく事、有《(ある)》べからず。一生《しやう》[一一]秤《はかり》の皿《さら》の中をまはり、廣《ひろ》き世界《せかい》をしらぬ人こそ、口惜《をし》けれ。和國《わこく》は扨置《さてをき》て、[一二]唐《たう》へなげがねの大気《たいき》、先《さき》は見えぬ事ながら、唐土《もろこし》人は律義《りつぎ》に、[一三]云約束《いひやくそく》のたがはず、[一四]絹物《きぬもの》に[一五]奥口《をくくち》せず、藥種《やくしゆ》に[一六]まぎれ物せず、[一七]木《き》は木、銀《かね》は銀に、幾年《いくとし》かかはる事なし。只《たゞ》[一八]ひすらこきは日本《につぽん》、次第《しだい》に[一九]針《はり》をみぢかく摺《すり》、[二〇]織布《をりぬの》の幅《はゞ》をちゞめ、[二一]傘《からかさ》にも油《あぶら》をひかず、銭安《ぜにやす》きを本《(ほん)》として、賣渡《うりわた》すと跡《(あと)》をかまはず。[二二]身にかゝらぬ大《をほ》雨に、親《をや》でもはだしになし、[二三]只《たゞ》は通《とを》さず。むかし、[二四]對馬行《しまゆき》の莨菪《たばこ》とて、ちいさき箱入《はこ(いり)》にしてかぎりもなく[二五]時花《はやり》、大坂《ざか》にて[二六]其職《そのしよく》人に刻《きざ》ませけるに、當分《たうぶん》しれぬ事とて、[二七]下づみ手ぬきして、然《しか》も水にしたし遣《つか》はしけるに、[二八]舟わたりのうちにかたまり、煙《けぶり》の種《たね》とはならざりき。[二九]唐人《たうじん》是《(これ)》をふかく恨《うら》み、其次《そのつぎ》の年《とし》、なを又過《すぎ》つる年《とし》の十倍《ばい》もあつらへければ、[三〇]欲《よく》に目《め》のあかぬ人、我《われ》おそしと[三一]取急下《とりいそぎくだ》しけるに、[三二]大分湊《だいぶんみなと》に積《つま》せ置《をき》て、「去年《きよねん》たばこは、水にしめされ思はしからず。當年《たうねん》は、湯《ゆ》か塩《しほ》につけて見給へ」と、皆〻つき返《かへ》

長崎は宝の市。唐土・日本商人気質

補二六八。六 豊前小倉附近から大阪・兵庫間に往来する貨客船。総屋形・総矢倉・左右蔀の渡海造り。七 瀬戸内海を指す。八 長崎。好色盛衰記、二ノ三「宝の島といふを何国かと思へば、長崎の事に極まれり」。九 財宝を打出す小槌。隠れ蓑・隠れ笠と共に蓬萊の島の宝物(狂言宝の槌)。一〇 打出の小槌を天秤の小槌にとりなした。⇩補六三。一一 銭金の勘定に明け暮れて、小心為すことなく終るを嘲っていう。宝の島↓打出の小槌↓天秤↓秤の皿。一二 来航の中国商人に貿易資金を提供して、高率の利潤を得ることを期待した投機的資本。寛永鎖国以後は自然と少くなったが、博多の長崎商人は依然この「投げ銀」投資を専らとしていた。⇩補二六九。一三 口約束。一四 絹織物。一五 反物の巻き口に織上りの美しい部分を出し、織りむらや汚点のある部分を中に巻きこんで欺くこと。一六 不純物を混入したり、贋物を渡したりしない。一七 頑なほど定法を守ってという意。⇩補二七〇。一八 狡猾にして貪慾なこと。ひすらしとも。一九 針の輸出のこと未考。二〇 麻布は呂宋・広南・交趾などへ輸出、織りおろし生布にて幅一尺三分、長尺物長さ六丈一尺・常尺物長さ五丈七尺(奈良曝布古今俚諺集)。二一 傘も広南・交趾・東京・柬蒲塞・暹羅方面への重要輸出品。大阪の長町が製造地として有名。防水に荏の油を引く。二二 自分の利害に関係のないことならば、親に対しても冷淡酷薄なこと。傘↓身にかからぬ↓雨↓跣足にする。二三 代償を取らねば承知せぬ。二四 対馬の府中(長崎県下県郡厳原町)は朝鮮貿易の中継地。捷解新語にも対馬を「しま」と記す。輸出煙草に不正があったこと。⇩補二七一。二五 俗字。正

蜘蛛に教えられて、一か八かの長崎下り

され、自《をのづか》らに朽《くち》て、礒《いそ》の土《つち》とは成《なり》ぬ。

是《(これ)》を思ふに、人[三三]をぬく事は跡《あと》つゞかず。正直《しやうぢき》[三四]なれば神明《(しんめい)》も頭《かうべ》に宿《やど》り、貞簾《ていれん》なれば仏陀《ぶつだ》も心を照《てら》す。兎角《とかく》[三五]は天《てん》に任《まかせ》て、長崎商《ながさきあきな》[三六]ひせし人、筑前《ちくぜん》の國博多《くにはかた》に住《すみ》なして、金《かな》[三七]やとかやいへる人、海上《かいしやう》[三八]の不仕合《ふしあはせ》、一年《(ひと)とせ》に三度《と》迄の大風《かぜ》。年ゞ《としぐ》の元手《もとで》打込《うちこみ》[三九]て、殘[四〇]る物《もの》とて家藏《いへくら》ばかり。軒《のき》の松風淋《まつかぜさび》しく、めしつかひの者も暇出《いとまいだ》して、妻子《さいし》も一[四一]日暮《ぐら》しのかなしさ。俄《(にはか)》に何[四二]に取付《とりつく》嶋《(しま)》もなく、なみの音《をと》さへ恐《をそろ》しく、孫《まご》子《こ》に傳《つたへ》て舟《ふね》には乘《のせ》まじきと、住吉《すみよし》[四三]大明神を心誓言《せいごん》[四四]に立《たて》。ある夕暮《ぐれ》に、端居《はしゐ》して涼風《すゞかぜ》を願《ねが》ひ、四方《(よ)も》山を詠《なが》めしに、雲《くも》[四五]の峯《みね》に立《たち》かさなり、龍《たつ》[四六]ものぼるべき風情《ふぜい》。

「空定《そらさだ》めなきは人[四七]の身躰《しんだい》、我貧家《われひんか》となれば、庭《には》も茂《しげ》みの落葉《をちば》に埋《うづも》れ、いつとなく葎《むぐら》[四八]の宿《やど》にして、萬《よろづ》の夏虫《なつむし》野《の》[四九]を内《うち》になし、諸聲《もろごゑ》[五〇]の哀《あは》れなり」。見越《みこし》[五一]の大竹《をほだけ》より杉《すぎ》の梢《こずへ》に、蜘《くも》の糸筋《いとすぢ》[五二]はへて、是《(これ)》をわたれば嵐《(あらし)》に切《きら》れて、中程《ほど》より其《(その)》身落《をち》て、命《いのち》もあやうかりしに、又も糸《いと》かけて、傳《つた》へばきれ、三度迄難義《どまでなんぎ》にあひしに、終《つゐ》に四度《ど》めにわたりおゝせて、間もなく蜘《くも》[五三]の家《いへ》を作りて、飛蚊《とぶか》の是《これ》にかゝるをおのが食物《しよくもつ》にして、猶ゝ《なをく》糸《いと》くりかへすを見て、「あれさへ心ながく、巣《す》をかけおゝせて樂《たの》しむなれば、[五四]いはんや人間《げん》の氣短《きみじか》に、物毎打捨《ものごとうちすつ》[五五]る事なかれ」と、是《(これ)》より思ひ付《つき》て、居宅賣払《きよたくうりはらひ》、其時《そのとき》[五六]を見合《あは》せ、少《すこ》しの荷物《にもつ》を仕入《しいれ》、むかしにかはりて手[五七]

しくは流行・時行。二六 刻み屋という。二七 四十八斤乃至五十四斤を一箱として輸送する。下積荷は荷改めが行き届かぬから、手間を省いて刻みを粗くした。二八 航海中に塊になってしまって。二九 外国人の総称。ここは朝鮮人。三〇 諺。「欲に眼が見えぬ」とも。三一 京阪から諸国へ荷物を送ることを「下す」という。三二 対馬の府中の港。三三 人の眼を抜く。人を欺くこと。三四 出典あるか、未詳。「貞簾」は貞廉の誤り。三五 とかくの事は。事の成否は。三六 長崎における中国及び和蘭商人の輸入品を入札、国内に転売する商売。三七 ↓補二五八。三八 海難の意。カイショウと清んで読ませる。三九 海難のために費い果して。海上遭難の場合、船足を軽くするために積荷を海中に打込むことからいう。四〇 西鶴の慣用句。四一 その日暮しの貧しさ。四二 何かほかの商売を始めようとしても、全く手がかりもない。諺「とりつく島もない」。四三 船魂(ふなだま)の神。博多の南、那珂郡住吉村(今、福岡市松月町)の住吉社は、諸国住吉社の本初、海運業者の信仰が篤い。四四 心中に誓を立てて。四五 雲が峰状に立ち重なって。四六 今にも雨が降りそうな空模様。↓補二七二。四七 人の身の上。ここは原義の進退の意。四八 荒れはてた家。四九 屋敷内まで野原同然に心得て。五〇 たがいに声を合せて鳴く声。五一 塀の内部から外を見下すように高く茂っているので、見越しという。五二 延えて。懸け渡して。五三 蜘蛛の巣。五四 ↓補二七三。五五 物事。五六 ↓補二七四。五七 同じ長崎商売でも大商人は、手代を召連れるか、或は届出の上、手代だけを派遣する者が多かった。↓二八四頁注一三。

一 自身で。二 長崎博多町の市法会所における入札市をいう。↓補二七五。三 阿蘭陀輪入品。刀の柄に鮫皮を用いた。四 相場の騰貴によって利益を得ること。五 資本の余裕がなく。六 みすみす儲けさせて。七 携帯・運搬用の金入れ袋。皮製。八 金一両銀五十八匁替(長崎における両替相場)として、金五十両では二貫九百匁。これでは小商人(補二六八)の数にも入らぬ。九 やけになって。一〇 長崎の遊廓。寛永七年博多町より丸山町・寄合町に移る。一一 (主人公が)まだ商売繁昌の時分に。振仮名「ぜんぜい」ママ。一二「身なし」は「身をなし」の誤脱で、昔それに打込んで契った太夫という意か。丸山の太夫は一時中絶して、寛文・延宝頃は揚代三十匁の傾城を太夫と号した。一三 西鶴の「古今俳諧女哥仙」にもその肖像と発句を収められた名妓。年代。くつわ名は不明。一四 浅からず契って。一五 いつもと違って、しんみりとした後朝(きぬぎぬ)の枕辺に。一六 屏風の表裏ともに総金箔おき。一七 足利時代以前の、和様の書体で書かれた古人の筆蹟。色紙・短冊の外、経巻・歌書類はその一部分を截断して保存珍重した。一八 貼ってあったが。一九 藤原定家が百人一首を選んで認め、小倉山の山荘の障子に押したと伝えられる色紙。定家自筆と称するが信じられない。↓補二七六。二〇 古来有名な、由緒ある茶道具類の名称・所持者を記した目録。玩貨名物記(万治三年序)などその一つ。二一 古びのついたその時代の料紙。二二 真蹟。二三 よそになってしまった。二四 如才なくお世辞をいって、相手に取入るようにすること。二五 女郎。二六 ひたむきに思いつめて。二七 傾城の心中立てに髪を切ることは、爪放し・誓紙より重しと

わざくれの丸山通い、色に代えた商い心

代もなく、一我《われ》と長崎《ながさき》に下《くだ》り、二人の寳《たから》の市《いち》にまじはり、唐織《からをり》・薬種《(やくしゆ)》・三鮫《さめ》・諸道具《しよだうぐ》見しに、買《かへ》ば四あがりを受《うく》るをしりながら、五金銀《きんぐ》に餘慶《よけい》なく、京《きやう》・堺《さかい》の者《もの》によい六事させて、智恵才覚《ちゑさいかく》には、天晴《あつぱれ》人にはおとらね共《(ども)》、是非《ぜひ》なき七革袋《かはぶくろ》に取集《とりあつめ》て五十兩、八爰《こゝ》の商《あき》人の数《かず》にはいらず。

はかどらぬ筭用捨《さんようすて》て、九わざくれ心になりて、一〇丸山の遊女《ゆうぢよ》町に行《(ゆき)》て、一一全盛《ぜんせい》の時に一二身なし太夫を、今宵《(こ)よひ》ばかりを一生《しやう》のおさめと、以前《いぜん》の便《よすが》を求《もと》め、一三花鳥《くはてう》といへるに逢初《あひそめ》しより一四あさからず。一五常《つね》よりしめやかなる枕屏風《まくらべうぶ》を見しに、一六兩面《りやうめん》の惣金《そうきん》にして、一七古筆明所《こひつあきど》もなく一八押《をし》けるが、いづれかあだなるはなかりし。中にも一九定家《ていか》の小倉色紙《をぐらじきし》、二〇名物記《めいぶつき》に入《(いり)》たる外《ほか》六枚《(まい)》、見《みる》程、二一時代紙《じだいがみ》・二二正筆《しやうひつ》に疑《うたが》ひなし。「いかなる人か、此《(この)》太夫《たゆう》には送《をく》られし」と、欲心《よくしん》發《をこ》りて、遊興《ゆうけう》は二三脇《わき》になり

ぬ。それより明暮通《あけくれかよ》ひなれて、[二四]上手《じやうず》を仕掛《しかけ》しに、いつとなく[二五]女臈《ぢよらう》[二六]悩《なづみ》て、[二七]我黒髪《わがくろかみ》も惜《をし》からず切《きる》程《ほど》の[二八]首尾《しゆび》になりて、彼屛風貰《かのびやうぶもらひ》かけしに、子細《しさい》もなくくれける。[二九]取《とり》あへず、暇乞《いとまごひ》なしに上方《かみがた》にのぼり、[三〇]手筋《てすじ》を頼《たの》み、大名衆《だいめうしゆ》へ[三一]あげて、大分の金子《きんす》申請《まをしうけ》て、又むかしにかはらぬ大商人《あき》と成《なり》て、[三二]眷属《けんぞく》あまた召《めし》つかひ、其後長崎《そののちながさき》に行《ゆき》て、花鳥《くはてう》を請《うけ》出し、[三三]願《ねが》ひの男《をとこ》豊前《ぶぜん》の[三四]浦里《うらざと》に有《ある》なれば、其元《そのもと》へ金銀《きんぐ》・諸道具《しよだうぐ》、何《なに》に不足《ふそく》もなく拵《こしら》へ、縁《えん》に付《つく》れば、花鳥限《くはてうかぎ》りもなく悦《よろこ》び、「この御恩《をん》は忘《わす》れじ」と申《まをし》ぬ。「一《ひと》たびは傾城《けいせい》を[三五]たらすにといへど、[三六]是《これ》らは悪《にく》からぬ仕《し》かた。[三七]其目利《そのめきゝ》、[三八]ぬからぬ男《をとこ》」と、世間皆是《せけんみなこれ》をほめける。

仕合《しあはせ》の種《たね》を蒔銭《まきせん》

人は正直《しやうぢき》を[三九]本《ほん》とする事是《これ》[四〇]神國《しんこく》のならはせなり。伊勢《いせ》の社《やしろ》の[四一]かろ〲敷《しく》、[四二]百二十[四三]末社紙表具《まつしやかみひやうぐ》の神躰《しんたい》、思へば[四四]浅猿《あさま》なる事なれ共《ども》、[四五]何《なに》の偽《いつは》りなき心を鏡《かゞみ》に懸《かけ》て[四六]人も曇《くも》らず、殊勝《しゆせう》に有《あり》がたく、此《この》[四七]秋津洲《あきつす》に住者歩《すむものあゆみ》をはこびぬ。さればいづれの世より、[四八]小才覚《こざいかく》らしく、[四九]宮廻《みやめぐ》りの蒔銭《まきせん》に[五〇]鳩《はと》の目《め》と云《いふ》おかしげなる鉛銭《なまりぜに》、[五一]百といふて六十つなぎにして、扨《さて》もせちがしこき人心、豊《ゆたか》なる福《ふく》の神《かみ》是《これ》を笑《わら》ひ給ふべし。

する。二八 交情。恋仲。二九 急いで、すぐさま。三〇 つてを求めて仲介を頼み。三一 献上して。三二 奉公人。三三 花鳥が年来結婚を願っていた相手の男。三四 漁村。三五「たらすに似たりといへど」の誤脱か。三六 身請して縁づかせたこと。三七 古筆鑑定の眼の確かさ、というよりもここは、金儲けに対する鋭敏さをいう。三八 油断のない、やり手だ。

三九 根本とする。四〇 日本を指す。慶長十八年御朱印、吉利支丹断交文書「日本者神国仏国而尊レ神敬レ仏、専二仁義之道一、匡二善悪之法一」(遠碧軒随筆)。狭義には伊勢一国を神国という。神国→伊勢の社(皇大神宮)。四一 簡素な宮造りで。四二 俗に外宮四十末社、内宮八十末社、合せて百二十末社という。四三 諸末社は諸国に散在するので、両宮宮地内に紙表具の末社神号を神体とした遥拝所を設け、宮廻りの便に供した。四四 外見の見苦しいこと。四五 諸人擁護の神の誓に偽りなきことは、神鏡にかけても明らかで。諺「神は正直」。四六 宮の人々も正直で(大)。鏡→曇らず。四七 日本国。四八 こざかしくも。四九「原本振仮名「り」一字衍。続郷談「神宮ニテ別宮以下ニ参ルヲ宮廻ト称ス。八幡ニテハ巡礼ト云フ」。蒔銭は散銭、賽銭に同じ。五〇 私鋳の鉛の穴明き銭。形状から鳩の目という。通貨を賽銭とすることを禁じられたのでこれを代用した。銭屋で銭一文について鳩の目十文乃至十二文の率で交換した(宇治山田市史)。↓胸一ノ三・織四ノ三。五一 鳩の目銭六十を銭緡に貫いたものを以て、銭百文の賽銭に代用した。

一爰《こゝ》の繁昌《はんじやう》、申《(まうす)》もおろかなり。二大〻《(だい〳〵)》神樂《かぐら》の三寶《たから》の山、四諸願成就《しよぐはんぜうじゆ》十弐貫目、此《(この)》御初尾《はつを》の絶《たゆ》る間《ま》もなく、五笙《しやう》の笛《ふへ》・貝杓子《かいじやくし》して、世渡《よわた》る海《うみ》の若和布《わかめ》に眞砂《まさご》の数《かず》をしらず。其《その》外六末〻《すへ〴〵》御師《をし》・手前右筆《てまへゆうひつ》のなき人は、七諸國檀那《しよこくだんな》まはりのお定《さだま》りの狀《じやう》、ひとつ八錢《ぜに》壱文づゝにして、是《(これ)》を書《かい》て年中妻子《ねんぢうさいし》はごくむ人、何《なん》百人か其《(その)》かぎりしられず。口過《くちすぎ》さま〴〵に有《(ある)》所ぞかし。九人の氣《き》をくみて商《あきなひ》の上手《じやうず》は、此《(この)》國なり。一〇相《あひ》の山の袖乞迄《そでごひまで》も、心ながく一一道者《だうしや》の機嫌《きげん》をとりて、うへず寒《さむ》からず、一二身に絹布《けんぶ》をかざり、一三連引《つれびき》の三味線《さみせん》に乗《のせ》て、一四「淺《あさ》ましや心ひとつ」といふ一節《(ひと)ふし》、いつ聞《きゝ》ても替《かは》らず。一五此《(この)》一里《り》の間《うち》、殊更《ことさら》に慰《なぐさみ》にもなれり。

世に一六錢程《ぜにほど》、面白《をもしろ》き物はなし。あまたの一七講参《かうまい》りはあれ共《(ども)》、終《つゐ》に此《(この)》乞食《こつじき》のた一八んのする程《ほど》、錢《ぜに》とらせし人なかりき。思へば纔《わづか》の事なるに、よろこばせたき物なり。「嶋原《しまばら》一九正月買《かい》

一 皇大神宮の所在地、宇治と山田(今、伊勢市)。二 一般参宮者の祈願・報謝のために、御師家において奉納する神楽。↓補二七七。三 神楽料のうず高きさまの形容。四 諸願成就祈禱の神楽料。御初穂と称する。五 参宮土産として、玩具の笙の笛や貝杓子・若和布などを製造販売する業者が多かった。世渡る↓海の若和布↓真砂↓数を知らず。六 下級の御師で、抱えの書記役を持たぬ者は。↓補二七八。七 御師はその手代を諸国の檀家に派遣して御祓箱を頒布し、初穂料を徴収した。↓補二七九。八 祝儀状一通の書き賃一文に定めて、内職仕事に出す。↓胸一ノ三・織四ノ三。九↓補二八〇。一〇 尾部坂より浦田坂に至るまでの宇治岡(一名長峰)の通称。内宮と外宮の間の山の意にて参宮路に当る。お杉お玉(女乞食の通称)、松原踊の小児、熊野比丘尼などが群れていた。一一 参宮者。特に講参りの団体参詣者をいう。一二 寛文・延宝頃のお杉お玉は紗綾・縮緬の類を着ていた。これは上方・江戸の富裕な参宮者が持参して与えたものという。その後停止せられた(神都長嶺記)。一三 お杉お玉は坂の西側に大小の筵張りの小屋を設け、二人或は三人宛組んで、三味線・鼓弓を弾き歌をうたって銭を乞うた。一四 間の山節の唱歌。歌い出しに必ず「浅ましや」の一句を冠したらしい。↓補二八一・一五 間の山の距離。実際は約二十五町。一六 これほど正直に世の人心を見せてくれるものはないから。一七 伊勢講の道者。↓補二八二。一八 足んぬの訛。満足する、十分過ぎて厭になること。一九 島原では大晦日から三日までを「正月」といい、年中の大物日とする。「正月買」は買手の名誉。↓補二八三。

の[二〇]庭銭《にはせん》はすれど、京の人すぐれてしはし」と、[二一]お白石《しらいし》まく親仁《をやじ》もいへり。

有時《あるとき》、江戸《えど》の町人参宮《さんぐう》せしに、[二二]乗掛《のりかけ》さのみかざらず、[二三]駕籠《かご》ぶとんも紫《むらさき》の目に立《たゝ》ずして、供《とも》二三人召《めし》つれ、[二四]太夫殿《たゆふどの》の案内者《あんないしや》に任《まか》せ、[二五]山田《やうだ》を出《いで》し時、[二六]新《しん》銭《せん》弐百貫調《くはんとゝの》へ、[二七]から尻馬《じりむま》に付《つけ》て、[二八]間《あひ》の山五十町のうち蒔散《まきちら》しければ、大道《だう》は土《つち》も見へず。野も山もみな[二九]銭掛松《ぜにかけまつ》かと思はれ、[三〇]立《たち》かゝりて拾《ひろ》へば、[三一]松原踊《まつばらをどり》の袖《そで》にあまり、[三二]味噌漉《みそこし》よりこぼれて、しばしは小哥《こうた》・撥音《ばちをと》の鳴《なり》をやめて、「いかなる長者《ちやうじや》に有《ある》やらん」と其名《そのな》を尋《たづね》しに、武《ぶ》州[三三]堺町《さかいてう》の邉《ほとり》に、[三四]分銅屋《ふんどうや》の何某《なにがし》とて、人のしらぬ銀持《かねもち》なり。世間《けん》には、[三五]唐大名《からだいめう》の見せかけ商賣《しやうばい》おほし。此《この》人は、[三六]面《おもて》むきかるうして、[三七]内證《ないしやう》のつよき事、[三八]闇《くらがり》に鬼《をに》をつなぐがごとく、[三九]年越毎《こしごと》に仕合《しあはせ》かさなり、廿一より五十五才迄《まで》、[四〇]卅四年に[四一]我とかせぎ出し、[四二]金七千両を一子にゆづり

二〇 傾城が抱えのくつわや出入りの揚屋の奉公人に贈る祝儀の銭。傾城の位によって定めがあり、買手の負担であった(色道大鏡)。 二一 お白石は神宮正殿の瑞垣御門内に敷く玉砂利。諸願成就の報賽として、下馬所の白石持において参宮者の寄進を受けた。⇩補二八四。 二二 乗掛け馬。馬腹の両側に明荷葛籠二個をつけ、その上に蒲団を敷いて旅行者を乗せる。 二三 駕籠蒲団も紫色の地味なものを用いて。 二四 御師の通称。参宮者の予告に従って手代を宮川の中川原まで迎えに出し、御師家に宿泊せしめ、参宮の世話をさせる。 二五 外宮の所在地。ヨウダと読む。 二六 寛永新銭の略。寛永通宝の通称(真)・(大)。 二七 空尻・軽尻と書く。旅人だけを乗せる道中馬。但し五貫目までの荷物は許容せられる。新銭二百貫を運ぶには空尻馬十匹を要する。 二八 間の山を経て、外宮より内宮に至る五十町の道の間。 二九 津市西北豊久野にあった松。大神宮遙拝所で、賽銭をこの松の枝に掛けて祈願したという。 三〇 間の山の乞食どもが、先を争って。 三一 京都で流行した替り伊勢踊。⇩補二八五。 三二 味噌漉の笊(ざる)。乞食が施しを受ける入れ物にする。 三三 今、中央区日本橋芳町一—二丁目・同人形町三丁目に分れ入る。隣接の葺屋町(上堺町)と共に芝居町であった。 三四 未詳。 三五 空大名。表向きは格式堂々として、内実は経済的に苦しい者をいう。もと大名・上流町人などを嘲っていうことより起る。 三六 見世の構えなど手軽にして。 三七 資産状態は極めて堅実。 三八 はっきりと得体(えたい)が知れず、気味が悪いことの喩。 三九 「年毎に」の意。鬼↓年越(節分)。 四〇 三十五年の誤り。 四一 自力で。 四二 銀四百二十貫目の身代。

貧者貧にて分限は分限。分銅屋の見聞談

ぬ。抑《そも〳〵》、[一]商《あきなひ》のはじめは、[二]都傳内《みやこでんない》といふ芝居《しばゐ》の近所《きんじよ》に、[三]九尺間《ま》の棚借《たなかり》て[四]錢《ぜに》見せを出し、[五]諸見物《しよけんぶつ》の[六]札錢《ふだせん》を賣《うり》けるに、[七]銀弐匁・三匁のうちにて、五厘《り(ん)》・壱分《(ぶん)》の[八]掛《かけ》込《こみ》を見て、少《すこ》しの事ながら、つもれば大分《だいぶん》の利《り》を取《(とり)》、次第に[九]兩替《りやうがへ》屋となりて、是《(これ)》[一〇]楠分限《くすのきぶんげん》、根《ね》のゆるぐ事なし。

「其《(その)》隣《となり》に、すぐれて利發《はつ》なる男ありて、[一一]烏《からす》を鷺《さぎ》の見せ物を拵《こしら》へ、一年《(ひと)とせ》は[一二]閻魔《えんま》鳥《てう》とて作《つく》り物珍《めづ》ら敷《しく》、一日に五十貫づゝも取込《(とり)こみ》、又ある年は、形《かたち》のおかしげなるを[一三]便乱坊《べらばう》と名付《な(づけ)》、毎《まい》日錢の山をなして、[一四]俄《にはか》に家藏求《いへくらもとむ》べき人はさもなく、[一五]今に奥《をく》山・入海《(いり)うみ》に[一六]心をなし、「[一七]自然《しぜん》、[一八]浅黄色《あさぎいろ》なる猿《さる》もがな。もしも、手足《てあし》の付《(つき)》たる鯛《たい》の有《(ある)》事も」と、[一九]水の泡《あは》の世わたり、[二〇]消《きゆ》る事安《やす》し。

惣《(そう)》じて[二一]役者《やくしや》子共の取銀《(とる)かね》は、[二二]當座《たうざ》の化花《あだばな》ぞかし。[二三]玉川千之丞《(じよう)》、女がたして[二四]河内《かはち》通ひの狂言《きやうげん》一番《ばん》を、[二五]一日小判壱兩に定《さだ》め、一年三百六十兩づゝ取《(とり)》ぬるも、[二六]伊勢へ引込《ひきこみ》、死《しぬ》る時は昔《むかし》の舞臺衣裳《ぶたいゐしやう》も[二七]殘らず。[二八]其《(その)》時の栄花《あいぐは》を樂《たの》しめる外《ほか》なし。[二九]金銀溜《ため》て商《あき》人になるべき心掛《がけ》、しるにもあらず。[三〇]其《(その)》道ゝをしる事、人の肝心《かんじん》なり。

過《すぎ》にし[三一]酉《(とり)》の年、諸道具迄も煙《けぶり》となし、皆ゝ丸裸《みな〳〵まるはだか》になりしが、程なく以前《いぜん》のごとく、酒屋は[三二]杉をしるしの門《(かど)》はかはらず。[三三]本町《(てう)》の呉服棚《ごふくだな》、それ〴〵の錦《にしき》を餝《かざ》り、[三四]傳馬町《てんまてう》の絹屋《きぬや》・綿《わた》屋も同《をな》じ棚《たな》つき。[三五]佐久間《さくま》の面《をもて》は萬《よろづ》の紙賣《かみうり》、[三六]舟町《ふなてう》の魚《うを》市・[三七]米柯《こめが》

一 分銅屋の。 二 堺町にあったのは、葺屋町の都伝内と区別して、古伝内と呼ばれる放下・子供狂言の芝居。明暦三年から天和頃まで続いた。↓補二八六。 三 間口九尺の、商売のきく家。 四 江戸で銭両替の見世が出来たのは承応以後のことという(事蹟合考)。 五 堺町・葺屋町には、狂言尽し・操浄瑠璃・放下・籠抜けなどの芝居・見世物小屋が多かった。 六 木戸札を買う銭。木戸札は木札の入場券。入場後別に場代・敷物代を徴収される。 七 十二匁銭に両替して百六十四文から二百四十八文。当時の木戸銭もこれくらい。 八 掛け出すの反対。量目を少いめにはかること。 九 銭屋と両替屋の相違↓補八〇。江戸では後には銭屋も両替屋と唱えた。 一〇 ↓七五頁注三七・補一九五。 一一 インチキな。諺。 一二 寛文初年、堺町の小芝居に出た見世物。↓補二八七。 一三 寛文十二年から延宝初年にかけて、三都の見世物で評判をとった畸形児。↓補二八八。 一四 俄かに家蔵求むべきに、(欲深き)人はさもなくの意。 一五 未だに。 一六 無我夢中になって。 一七 ひょっとして。 一八 山海経に青猿を注して「水獣、好為レ害」とあるが、珍奇の例にあげた。 一九 「水の泡」ははかないことの喩。水物の見世物商売をいう。 二〇 儲けた金も泡のように消えてしまい易い。水の泡↓消ゆる。 二一 若衆俳優の給金。地若衆に対する役者若衆(子供)の意。 二二 その場限りの身につかぬ収入だ。 二三 京都村山座の若女形。↓補二八九。 二四 ↓補二八九。 二五 一日の出演料金一両の契約で。↓補二八九。 二六 ↓補二八九。 二七 売り払って残らず。 二八 一時の栄耀栄華。 二九 役者というものは。 三〇 家業に出精して、商売上の経験を積むこと。

杦《し》の賣買《うりかい》・三八尼棚《あまだな》の塗《ぬり》物問屋《どひ》、三九通《とを》り町《(ちやう)》の繁昌《はんじやう》、此《(この)》御時なるべし。四〇風絶《たへ》て雲静《くもしづか》に、四一降照町《ふれてれてう》は下踏《げた》・雪踏《せった》の細工人《さいくにん》、四二白銀町《しろがねてう》の槌《つち》の音《をと》。昔《むかし》見し人、其《(その)》家職《かしよく》かはらず、此前《このまへ》四三日用取《ひよう(とり)》は其姿《そのすがた》、山伏は其《(その)》皃《かほ》、腫物切疵《しゆもつきりきず》の膏薬賣《かうやくうり》は今も同《をな》じ聲《こゑ》。独《ひと》りも、身過《すぎ》をかへたるは見えず。貧者《ひんじや》ひんにて、分限《ぶんげん》は分限《ぶんげん》に成《(なり)》ける。是程《(これほど)》ふしぎなる事なし」と、彼分銅屋《かのふんどう》、見廻《めぐ》り置《をき》て語《かた》りぬ。

「廣《ひろ》き町筋《すじ》に只《たゞ》壱人、四四其《(その)》時分銀《じぶんかね》拾ひてや、手馴《なれ》し珠数《じゆず》屋をやめて、四五中橋《ばし》に刀《かたな》・脇指《わきざし》の四六棚《たな》出して、四七一《(ひと)》度《たび》は栄《さかへ》て見えしが、程《ほど》なく、四八今の釼昔《つるぎむかし》の菜刀《ながたな》とさびて、又もとの珠数《じゆず》屋を後生大事《ごしやうだいじ》として、四九命《いのち》の珠《たま》をつながれ、人はしつけたる道を一《(ひと)》筋《すじ》に覚《をぼへ》てよし」とぞ。

茶《ちや》の十徳《とく》も一度《ど》に皆《みな》

越前《ゑちぜん》の五〇國敦賀《くにつるが》の湊《みなと》は、毎日《まいにち》の入《(いり)》舟、判金《はんきん》壱牧《(まい)》ならしの五一上米《うはまい》ありといへり。五二淀《よど》の川舟の運上《うん(じやう)》にかはらず。五三萬事《ばんじ》の問丸《とひまる》、繁昌《はんじやう》の所なり。殊更《ことさら》、秋は立《(たち)》つゞく五四市の借屋《かりや》五五目前《もくぜん》の京の町。五六男まじりの女五七尋常《じんじやう》に、五八其《(その)》形気《かたぎ》、北國《ほつこく》の都《みやこ》ぞかし。旅芝《たびしば》ゐも爰《こゝ》を心がけ、五九巾着切《きんちやくきり》も集《あつま》れば、今時《どき》の人かしこく、印籠《ゐんろう》ははじめからさげ

三一 明暦三年丁酉正月の江戸の大火。三二 酒屋の看板には杉の葉を束ねて軒先に吊した。三三 ↓永一ノ四。三四 ↓補二九〇。三五 大伝馬町名主佐久間勘解由屋敷の表通りの意。↓補二九一。三六 今の中央区日本橋本町一丁目附近にあった魚市場。三七 日本橋本船町・伊勢町の西堀留川に面した河岸地(江戸橋北詰より道場橋南詰まで)。米・雑穀問屋があった(真)。三八 日本橋北詰西へ入る裏河岸の地。尼ヶ崎店・尼ヶ崎町といい、もと尼崎又右衛門の拝領地。漆器問屋が多かった(真)。三九 ↓永三ノ一。四〇 泰平のしるし。四一 照降(てれふれ)町の誤り。中央区日本橋小舟町一丁目―同小網町一丁目の間、雪駄と足駄の職人が多かった(真)。四二 中央区日本橋本石町四丁目―同本町四丁目の間。銀細工の職人が多かった。四三 日雇人足。四四 酉の年の大火の時。四五 中橋広小路(今、中央区京橋一丁目)。四六 見世棚。四七 謡曲杜若の文句どり。四八 諺「昔の剣今の菜刀」のもじり。四九 組糸に数珠の玉を通して、命をつないでいた。珠数屋→後生大事→命(玉の緒)→珠つなぐ。

敦賀は北国の都。正直の世渡り商い上手

五〇 ↓補二九二。五一 上分米(じようぶんまい)或は運上米ともいう。一種の通過税。敦賀では駄別銀と称した。↓補二九三。五二 淀川の川舟運上は、過書座において一年に銀四百枚。↓補二九四。五三 敦賀では、船手に関する荷物の取扱いをする業者を問屋といい、各種の物産について売問屋(本問屋)・買問屋(仲買)な

どに分れていた(敦賀郡誌)。五四 敦賀祭の前後十日間、気比神宮の境内に市が立つ。↓一一二頁注四。五五 繁華なこと京の町にそのまま。五六 祭礼見物の婦女子。五七 みなりも相応によろしく。五八 気質、ここは容姿の意。五九 刃物で巾着・印籠・財布などを切取るすり。

えびすの朝茶から仕出した身代。坊主丸儲け欲の因果物語

一 懐中物入れ。二 祭礼の混雑の中でも。三 正直慇懃に。諺「正直の頭に神やどる」。四 客(物買い)は、たとえその時限りでも、主人同様に思って鄭重に応対すること。五 諸国の買出し商人。六 一人暮しの生活。七 その日暮し。八 辻立ちの煎じ茶売は、茶釜・茶器・水桶などを前後に振り分けて荷い歩く。その荷を荷い茶屋という。一名一服一銭。九 小綺麗に作りたてて。一〇 たすきをかけて。以下恵美須の扮装。一一 軽衫(かるさん)。膝上は袴、膝下は脚絆(きやはん)に仕立てたもの、膝下と足首に紐があってくくるようになっている。一二 かいがいしく着なして。一三 西町の魚市場に続いて、東町に雑穀・果物・畠物・草花などの朝市が立った(敦賀郡誌・敦賀志稿)。一四 商人は朝恵美須(永二ノ四)を信仰し福徳を祈る風習があったから、縁起を祝うて名づけた。一五 一服一銭のところ、恵美須への御初穂のつもりで十二文くれたわけ。一六 敦賀では茶の売買は茶町だけに限定されて居り、茶問屋が並んでいた。万治・寛文の頃二十九軒、天和の頃二十三軒。北国は茶を産しないので、近江・美濃・尾張の茶が敦賀を中継地として売買せられた。これを売り茶という。一七 ↓補二〇二。敦賀では公式にこの名称は行われていない。一八 世間の褒めものとなり、信用もついて。

ず。一鼻紙袋《はながみぶくろ》も内懐《ふところ》に入《(いれ)》しは、手のとゞく事に非《あら》ず。二此《(この)》中にても、銭《ぜに》を壱文、只《たゞ》はとられず、盗《ぬす》人中間もむつかしの世や。兎角正直《とかくしやうぢき》三の頭《かうべ》をさげて、四當座《たうざ》の旦《だん》那《な》あひしらひに五物買《かい》をまねき、商《あきなひ》上手《ず》の者《もの》は世をわたりかねず。

町《(ちやう)》はづれに、小橋《ばし》の利《り》助とて、妻子《さいし》も持《もた》ず、六口ひとつを七其《(その)》日過《すぎ》にして才覚《かく》男。八荷《にな》ひ茶《ちや》屋九しほらしく拵《こしら》へ、其《(その)》身は一〇玉だすきをあげて、一一くゝり袴《ばかま》一二利根《りこん》に、烏帽子《ゑぼし》おかしげに被《かづ》き、人よりはやく一三市《いち》町に出《(いで)》、「一四ゑびすの朝茶《あさぢや》」といへば、商《あき》人の移《うつ》り気《ぎ》、咽《のんど》のかはかぬ人迄も此《(この)》茶《ちや》を呑《のみ》て、大かた一五十二文づゝなげ入《(いれ)》られ、日毎《ひごと》の仕合《しあはせ》。程なく元手《もとで》出來《でか》して、一六葉茶《はぢや》見せを手廣《てびろ》く、其後《そのゝち》はあまたの手代《てだい》をかゝへ、一七大問屋となれり。

是迄《これまで》は、我《(わが)》はたらきにて分限《ぶんげん》に成《(なり)》、一八人のほめ草なびき、一九歴《れき》ゝ《く》の乞聟《こひむこ》にも願《ねが》ひしに、「壱万兩よりうちにて女房《にようばう》をよばず、四十迄《まで》はおそからず」と、當分《たうぶん》の物入《(ものいり)》を算用《さんよう》して、銀《かね》の溜《たま》るを慰《なぐさみ》に、淋《さび》しく年月《としつき》を送《をく》りぬ。それより道ならぬ悪《あく》心發《しんをこ》りて、二〇越中《あつちう》・越後《ゑちご》に若《わか》ひ者をつかはし、二一捨《すた》り行茶《ゆくちや》の二二煑辛《にがら》を買集《かいあつ》め、二三京《きやう》の染《そめ》物に入《(いる)》事と申《(まうし)》なし、二四呑茶《のみぢや》にに是《(これ)》を入《(いれ)》まぜて、人しれずこれを商賣《しやうばい》しければ、一度《たび》は利《り》を得て家栄《いへさか》へしに、天是《てんこれ》をとがめ給ふにや、此《(この)》利助《りすけ》、俄《にはか》に二五乱人《らん(じん)》となりて、二六我《(われ)》と身《み》の事を國中《こくちう》に觸《ふれ》まはり、「茶辛《ちやがら》／＼」と口をたゝけば、「扨《さて》はあの分限《ぶんげん》、さもしき心底《しんてい》より」と、人の附会絶《つきあひたへ》て、薬師《くすし》をよべど行《ゆく》人なく、おのづから次《し》第《だい》よはりに、[二七]湯水《ゆみづ》のかよひ絶《たへ》て、既《すで》に末期《まつご》におもむき、『我今生《われこんじやう》のおもひ晴《ばら》しに、茶《ちや》を一口《(ひとくち)》」と涙《なみだ》を漏《こぼ》す。目に見せても、咽《のんど》に[二八]因果《いんぐは》の関居《せきすはり》て、息《いき》も引入《ひき(いる)》時、[二九]内蔵《うちぐら》の金子《きんす》取出《(とり)》させて、跡《あと》や枕《まくら》にならべ、「我死《わがしん》だらば、此金銀《(この)きんぐ》、誰物《たがもの》にかなるべし。思へば、惜《をし》やかなしや」と、しがみ付《(つき)》かみ付《(つき)》、[三〇]涙《なみだ》に紅《くれな》ひの筋《すじ》引《(ひき)》て、皃《かほ》つきはさながら、[三一]角《つの》なき青鬼《せいき》のごとし。[三二]面影《をもかげ》屋内《やない》を飛《とび》めぐりて[三三]落入《をち(いる)》を、押付《をしつく》ればよみがへりして、銀《かね》を尋《(たづぬ)》る事三十四五度に及べり。後《のち》には、[三四]下〻《(したぐ)》も愛想《あひそう》つきて物すごく、[三五]病家《びやうか》にゆく人もなく、やう〳〵臺所《だいどころ》に大勢集《ぜいあつま》り、[三六]棒乳切木《ぼうちぎり(き)》を手毎《てごと》に持《もち》て、[三七]身用心《みやう(じん)》をして、二三日も音《をと》のせぬ時、あまた[三八]立《(たち)》かさなりて見しに、金銀に取付《(とりつき)》、眼《まなこ》を閉《ひらき》し有様、人皆魂《みなたましゐ》なかりき。其《その》まゝ[三九]乗物《のりもの》にをし込《こみ》、[四〇]野墓《のばか》に送《をく》りける折《(おり)》ふし、春《はる》の日《ひ》の長閑《のどか》なるに、俄《にはか》に黒雲立《こくうんたち》まよひ、[四一]車軸平地《しやぢくひらち》に川を流《なが》し、[四二]風枯木《かぜこぼく》の枝折《えだ(おつ)》て、[四三]天火《てんび》ひかり落《をち》て、利助《りすけ》がなきがらを、煙《げぶり》になさぬ先《さき》に取《とり》てや行《(ゆき)》けん、明乗物《あきのりもの》ばかり殘《のこ》りて、[四四]眼前《がんぜん》に火宅《くはたく》のくるしみ。をの〳〵にげ帰りて、[四五]皆菩提心《みなぼだい》にぞ成《(なり)》にける。

其後《(その)のち》、利介が[四六]跡《あと》に、遠《とを》き親類《しん》をまねき、[四七]是《(これ)》を渡《わた》すに、聞傳《きゝつた》へて身をふるはかし、[四八]箸《はし》をかたし取人《とる》なし。下人《(げにん)》共に、「配分《はいぶん》してとれ」といへど、「更《さら》に望《のぞみ》な

一九 歴々の家から聟に懇望せられて。 二〇 いわゆる売り茶は敦賀の茶商人の手を経て北国に売られるが、その見返りに北国の物産を買い集めて帰る(益軒、続諸州めぐり)。 二一 廃物になってしまう。 二二 煮出し殻。 二三 茶の葉には媒染剤のタンニンを多量に含んでいるが、京の茶染に用いたこと不明。↓補二九五。 二四 飲料の茶に。原本「に」一字衍。 二五 精神錯乱者。 二六 自分で自分のことを。 二七 湯や水も咽を通らぬようになって。 二八 因果なことに咽が詰まって。 二九 ↓三六頁注一五。 三〇 涙に眼も血走って。 三一 出典あるか、未詳。 三二 姿。魂が分れて二つの身体になる離魂病の症状である。 三三 気絶したところを押えつけると正気に復る。 三四 奉公人たち。 三五 往診してくれる医者もない。病家は医者言葉。 三六 両端よりも中央部をやや細く削った棒。護身防衛のための用具。 三七 身がまえして。 三八 先を争って。 三九 棺桶を運ぶ駕籠。用乗物という。 四〇 火葬場。 四一 豪雨。車軸は雨滴の大なることの喩。 四二 謡曲雨月「風枯木を吹けば晴天《(はれてん)》の雨、月平砂を照らせば夏の夜の霜」(朗詠、白居易、江楼夕望)。 四三 雷火。 四四 利助の死骸が業火に焼き滅ぼされるさまを眼前に見て。 四五 殊勝な仏心になった。 四六 跡目。家督相続人。 四七 死者に妻なく相続人を欠く時は、家主・五人組立会の上、血縁を求めて相続人を選定するか、或は適宜財産処分をする(中)。 四八 形見分けに。↓三七頁注五〇。

一 欲の塊のような人間も、こうなると馬鹿なものだ。
二 菩提寺。これを「上り物」という。↓補二四六。
三 坊主は思わぬ幸運。
四 仏事・供養。
五 四条河原の役者遊び。坊主は男色を好む。
六 清水・八坂辺の水茶屋。茶立て女が売色した。
七 売掛代金を取立てて廻る。
八 生前のままの姿。
九 小判は流通過程において、切疵・磨滅を生じ易い。これを切れ金・軽目金と称して取引することを嫌った。但し切れ金は五分まで、軽目金は四厘までを限度として通用した(両)。
一〇 一々秤量して支払った。
一一 沙汰して。評判になって。
一二 最初から質受けの意志なく、質物に対する過当の金を、計画的に詐取せんとすること。
一三 計画的に相手方を欺いて。
一四 商売の手段にするつもり。↓永一ノ五。
一五 死者の冥福を祈るため、祠堂修復の名目で寺院に寄進した金銭。寺院はこれを貸付元本として貸出し、利殖を図った。
一六 分散勘定にすると何歩にも当らないことを見込んでの奸手段。↓永三ノ四。
一七 いわゆる山師。
一八 朝鮮人参の似せものを押売する商売。つき付商い↓補一五五。
一九 自分の妻妾と馴れ合いで間男させ、相手から金品を喝取すること。
二〇 犬殺し。皮を剝いで売る。
二一 貰い子殺し。乳を与えずに餓死させる。

何をしたればとて五十年、人外の手業すること口惜し

し」とて、此《(この)》家《いへ》にて仕着《しきせ》の布子《ぬのこ》迄《まで》置《をい》て出れば、[一]欲《よく》でかためし人もおろかなる物《もの》ぞかし。せんかたなくて、諸事《しよじ》賣払《うりはらひ》、殘《のこ》らず[二]檀那寺《だんなでら》にあげしに、[三]思ひの外《ほか》の仕《し》合《あはせ》、是《(これ)》を[四]佛事《ほとけごと》にはつかはずして、京都《きやうと》にのぼり、[五]野郎《やらう》あそびに打込《うちこみ》、又は、[六]ひがし山の茶屋《ちやや》のよろこびとぞなれり。

利介《りすけ》相《あひ》はてて後《のち》、所ゝ《しよく》の問屋《とひや》をめぐり、年ゝ《としぐ》の[七]賣掛《うりがけ》を取《とる》こそふしぎなれ。死《しに》失《うせ》しとは知《しり》ながら、[八]むかしの形《かたち》におそれて、[九]かるめなしに[一〇]掛《かけ》て濟《すま》しける。此《(この)》事[一一]さたして、利介《りすけ》が住《すめ》る家居《いへゐ》を、化物《ばけもの》屋敷とて、人只《たゞ》ももらはず、崩《くづ》るゝまゝに荒《あれ》ける。是《(これ)》らを見るに付《つけ》、たとへば利《り》を得るにして、[一二]工《たくみ》て置捨《をきずて》の質物《しちもつ》・万《よろづ》の似《にせ》物《もの》、[一三]語《かた》りに合《あはせ》て[一四]敷銀《しきがね》の付《つく》女房《にようばう》をよび、[一五]寺ゝ《てらぐ》の祠堂《しだう》銀《ぎん》をかり集《あつ》め[一六]分散《ぶんさん》にて濟《すま》し、博奕《ばくち》中間《なかま》・[一七]山賣《うり》・[一八]人《にん》參《じん》のつき付《(つけ)》・[一九]筒《つゝ》もたせ・[二〇]犬釣《いぬつり》、[二一]乳呑子《ちのみご》を養《やしなひ》てほし

二二 水死人の死体から頭髪を剝ぎとり、抜け毛と称してかもじ屋などに売ること。
二三 人でなしの。
二四 それに身が染まると。
二五 悪いということがわからぬものだ。
二六「にして」は「にて」の意。人生は夢幻にて僅か五十年前後のこと。
二七 諺。
二八 この世に住んでいる以上は。
二九 世の中が不景気で。
三〇 それぞれ身分相応の正月用意を調えて。

生あれば食あり、人それぞれの正月仕舞

殺《ころ》し、[二二]川流《かはなが》れの髪《かみ》の落取《をち(とる)》など、いかに身過《(みすぎ)》なればとて、[二三]人外《にんぐはい》なる手業《てわざ》する事、適〳〵《たま》生《しやう》を受《うけ》て世《よ》を送《をく》れるかひはなし。[二四]其身《(その)》にそまりては、いかなる[二五]悪事《あくじ》も見えぬものなり。いと口おしき事なれば、世間にかはらぬ世をわたるこそ人間なれ。是《これ》を思ふに、[二六]夢《ゆめ》にして五十年の内外《うちそと》、何して暮《くら》せばとて成《なる》まじき事には非《あら》ず。

伊勢《いせ》ゑびの高買《たかがひ》

「[二七]生《しやう》あれば食《じき》あり」、[二八]世に住《すむ》からは、何事も案《あん》じたるがそんなり。毎年《まいねん》、[二九]世《せ》間《けん》がつまり、我人《われ》迷惑《めいわく》するといへど、[三〇]それ〳〵の正月仕舞《しまひ》、餅突《もちつか》ぬ宿《やど》もなく、

江戸大阪の大名気。堺は始末で立つ、樋口屋の蓬萊の仕出し

数子《かずのこ》買《かは》ぬ人もなし。[一]肴掛《さかなかけ》に丹後鰤《たんごぶり》・雉子《きじ》をならべ、[二]薪棚《きだな》につみ重《かさ》ね、[三]庭《には》に[四]米俵《こめだはら》、三月比迄《ごろまで》の用意《ようい》。[五]払《はら》ひは廿日切《(はっか)ぎり》に、取《(とり)》かた斗《ばかり》にして置《をき》し手まはし、内證《ないしやう》のよろしき所見えたり。[六]又算用《さんよう》はあひながら、賣掛《うりがけ》を取集《とりあつ》めて買掛《かいがゝり》を濟《すま》す程、せはしき物はなし。[七]下〻《(したじた)》の雪踏《せった》も足袋《たび》も、大晦日《つごもり》の夜半過《よなかすぎ》に調《とゝの》へけるは、[八]浮世《うきよ》の義《ぎ》理にさしつまりての事ぞかし。[九]年切《ねんきり》の下女《げぢょ》・でつちの仕着《しきせ》に、[一〇]買嶋《かいじま》の綿入《わた(いれ)》に[一一]白裏《しろうら》付《(つけ)》てとらせし親方《をやかた》は、[一二]手前のならぬ節季《せっき》のしるし、[一三]春《はる》見ゆる事ぞかし。

惣《そう》じて、[一四]人の始末《しまつ》は正月の事なり。まだ堪忍《かんにん》のなる道具《だうぐ》を改《あらた》め、[一五]内《うち》ぶしん・疊《たゝみ》の表替《おもてがへ》・竈《かまど》の上塗《うはぬり》、[一六]万事わつさりと氣《き》を付《つけ》、[一七]一つ〳〵目にも立《たゝ》ずして、物入《ものいり》年中《ねんぢう》の損《そん》なり。かしこき人は、大方《かた》の事は春夏《はるなつ》、日の永《なが》き時[一八]する社《こそ》よし。[一九]一年《(ひと)とせ》、伊勢海老《いせゑび》・代〻《だいく》きれて、江戸《えど》[二〇]瀬戸物町《せとものてう》・須田町《すだてう》・[二一]糀町《かうじまち》をさがして、諸大名《しよだいみやう》の御祝義《しうぎ》なれば、海老《ゑび》一疋《びき》を小判《ばん》五兩、代〻《だいく》一つを三兩づゝに賣《うり》ける。其年《(その)とし》は上方《(かみ)がた》も稀《まれ》にして、大坂《ざか》などにても、伊勢ゑび弐匁五分《(ふん)》、代〻《だいく》七八分《(ふん)》づゝせしに、[二二]春《はる》の物とて是非《ぜひ》調《とゝのへ》て、[二三]蓬萊《ほうらい》を餝《かざ》りける。[二四]江戸《えど》つゞきて、町の人心[二五]ふてきなる所《ところ》、後日《ごにち》の分別《ふんべつ》せぬぞかし。

爰《こゝ》に、[二六]攝泉境《せっせんさかひ》大小路《せうぢ》の邉《ほと》りに、[二七]樋口《ひのくち》屋といふ人、世わたりに油斷《ゆだん》なく、一生《しやう》物《もの》の費《つゐへ》になる事せざり。されば「蓬萊《ほうらい》は、[二八]神代《かみよ》此《(この)》かたのならはしなれば」とて、

一 ↓一一三頁注二二。以下正月用意に貧富の差あるさま。二 竈の台の下を薪入れにする。立身大福帳、六「薪は、おき所さへあらふならば、下直成(る)時一度にかいおくがよし。木だなのさびしきは見苦し」。三 土間。四 米は長く貯蔵すると、目減りや鼠害・虫損を生じる。また冬は直段が高いので、一応春三ヶ月分の食い扶持の手当だけをしておく。五 大晦日の勘定算用も、払い方は暮の二十日までに済ませた後は。六 また或家では。帳面上の計算では儲かっている筈なのだが、手もとに現金収入がないので。七 仕着せの外に、盆・暮の祝儀として、よく雪駄や足袋を主人から奉公人に与える。大阪では「そうぶつ」「そぶつ」という。↓胸五ノ四。八 いくら苦しくても、奉公人への「そうぶつ」は省略するわけにはゆかぬ。これが浮世の義理というもの。九 年季奉公の。一〇 仕入れ物の木綿縞。手織縞と違って、縞柄も安っぽい出来合いもの。一一 木綿の綿入ならば、男は縹色、女は紅色の木綿裏をつけるのが普通。一二 二進《(にっ)》も三進《(さっ)》もゆかぬ。一三 正月になるとわかる。一四 始末はまず正月から。一五 修理・改造普請。一六 手軽にと心がけても。一七 一つ一つは大した物入りでもないが、全部となると、その出費は、あとあとまで一年中の家計に影響する。一八 「するこそよけれ」と已然形で結ぶべきところ、破格の語法。「社」は古来コソと読ませて、他に対する願望の感動助詞にあてるのが例。一九 或年。伊勢海老・橙の年切れした話↓胸一ノ三。二〇 ↓補二一五。二一 麴町三・四丁目に肴屋、同五丁目に八百屋があった(江戸惣鹿子)。二二 正月の祝儀物とて。二三 喰積《(くいつみ)》。島台。

高直《かうぢき》なる物を買調《かいとゝのへ》て、是《(これ)》をかざる事何の益《えき》なし。天照太神《てんせうだいじん》もとがめさせ給ふまじ」と、[二九]伊勢《いせ》ゑびの代《かはり》に車《くるま》ゑび、代ゝ《だい〱》の替《かへ》に九年母《ねんぼ》をつみて、[三〇]同《をな》じ心の春《はる》の色《いろ》、「[三一]才覚男《さいかくをとこ》の仕出《しだ》し」と、其年《そのとし》は境中《さかいぢう》に、伊勢《いせ》ゑび・代ゝ《だい〱》ひとつ買《かは》ずに濟《すま》しぬ。

[三二]人の身持《みもち》しとやかにして、十露盤現《そろばんうつゝ》にも忘《わす》れず、[三三]内證細《ないしやうこま》かに、見かけ奇麗《きれい》に住《すみ》なし、物毎《ものごと》[三四]義理《ぎり》を立《たて》て、[三五]隨分花車《ずいぶんきやしや》なる所なり。然《しか》れ共《(ども)》、[三六]年《とし》のよる所にて、外《ほか》より行《(ゆき)》て住家《すみか》は成《なり》がたし。元日《ぐはんじつ》より[三七]大年《(おほ)どし》迄《(まで)》を一[三八]度《ど》にもり付《(つけ)》て、其外《(その)ほか》は、壱錢も[三九]化《あだ》につかはず、諸事《しよじ》の物年ゝ《ものとし〱》に拵《こしらへ》て、慥成世帯《たしかなるせたい》なり。男《をとこ》は[四〇]紬嶋《つむぎじま》の羽織《はをり》ひとつ、卅四五年も[四一]洗濯《せんだく》せず、[四二]平骨《ひらぼね》の扇《あふぎ》は幾夏《いくなつ》か風《かぜ》に合《あはせ》ける。女は又、娌入着物《よめいりきるもの》其《(その)》まゝ娘《むすめ》に譲《ゆづ》り、孫子《まごこ》迄《まで》も傳《つたへ》て、折《をり》めも違《たがへ》ず有《(あり)》ける。[四三]三里違《ちがふ》て大坂《ざか》は[四四]各別《かくべつ》、けふを[四五]暮《くら》してあすをかまはず、當座《たうざ》〱の栄花《ゑいぐは》と[四六]極《きは》め、[四七]思ひ出《で》なる人心。是《(これ)》を思ふに、[四八]ほらなる金銀《きんぐ》まうくる故《ゆへ》なり。女は猶大気《なをたいき》にして、盆《ぼん》・正月・[四九]衣替《ころもがへ》の外《ほか》、臨時《りんじ》に衣裳《いしやう》を拵《こしら》へ、用捨《ようしや》なく着《き》ぶるし、程《ほど》なく[五〇]針箱《はりばこ》のつぎ切《きれ》となりて捨《すた》りし。境《さかい》は始末《(し)まつ》で立《たつ》、大坂はばつとして世を送《をく》り、所ゝ《ところ〲》の人の風俗《ぞく》おかし。それも、[五一]よき人は、何國《いづく》にてもよし。いかに利發良《はつがは》しても、[五二]手前のならぬ人の云事《いふ》は、聞者《きくもの》なし。愚《をろか》にても、[五三]福人《ふくじん》のする事[五四]よきに立《たつ》なれば、[五五]闇《くら》からぬ人の身《み》を過《すぎ》かぬる、口惜《くちをし》き事ぞかし。「若時《(わかきとき)》心をくだき身を働《はたら》き、老《をひ》の樂《たのし》みはやく知《しる》べし」と、う

年賀客に供して新年を祝う。↓二〇六頁注三。 二四 江戸に続いて大阪は。↓二〇七頁注三〇。 二五 不敵なる。大胆で腹が大きい。 二六 摂津・和泉両国の境なる堺の大小路の意。 二七 ↓一一二頁注六。 二八 神道者は蓬萊を諾冊二尊の国産みの神話に附会して説く。↓補二九六。 二九 ↓胸一ノ三。 三〇 代用品ですっかり正月気分になって。↓補二九七。 三一 才覚者の新工夫。 三二 この堺という所は。↓胸三ノ四。 三三 暮し向きのことは質素にして。 三四 世間づきあいには、筋道を立ててするべきことはする。 三五 上品・優美。 三六 万事退嬰的で、こんな所に住んでいると早く老いこむような気がする土地柄。↓補二九八。 三七 十二月晦日。元日を小歳、大晦日を大歳という。 三八 年頭に予算を立てて、経費を割りつけること。 三九 おろそかに、無益に。書言字考、九「化(アダ)」。 四〇 縞羽織は略服、一つ紋または三つ紋をつける。 四一 洗濯。人倫訓蒙図彙、六「洗濯(せんだく)」。 四二 夏扇。折り畳んだ地紙の幅と同じ幅のものを平骨という。 四三 大阪高麗橋から堺までの里程。 四四 大違いだ。 四五 古今集、冬、春道列樹「昨日といひ今日と暮して飛鳥川流れて早き月日なりけり」に拠る。 四六 腹をきめて。 四七 享楽的な。思い出は後々まで思い出になるような歓楽の意。 四八 螺(ほら)なる。どかっとした。↓補二九九。 四九 四月更衣(朔日から袷)・五月更衣(五月から帷子)・九月更衣(朔日から袷、九日から綿入)と年中行事になっていた。 五〇 継ぎ当て用の端布片を針箱に入れておく。 五一 富裕な人。 五二 貧乏人。 五三 裕福者。 五四 正しいとして通用する。 五五 利発な人で貧乏なのは。

一 大黒天の託宣。
二 金儲け。
三 貨幣の鋳造発行高は次第に増えているが、大名・旗本などに対する金融の焦げつき、回収不能や、当局の町人の奢侈取締政策を反映して、貨幣の退蔵が行われるようになったことをいう。
四 待ち遠しい。
五 中戸を隔てて。商家は表(見世)と奥(主人家族の居間)に分れ、表から奥に通ずる中じきりの戸を中戸という。
六 御迷惑ながら。大和詞大全、世話字「六借《ムツカシ》」。
七 一文がところの酢。
八 下男の通名。
九 苦労して。

分限は内証の手廻し一つ、銭一文を惜しめと樋口屋の教訓

そつかぬ大黒殿《だいこくどの》[一]の御詫宣《たくせん》なり。去《さり》ながら、今程能事《ほどよい》[二]をさせぬ事はなし。金銀《きん》[三]昔《むかし》に増《まさ》り、次第《しだい》に沢山《たくさん》に成《なり》けるを、どこへ取《とつ》て置《おい》て見せぬ事ぞ、合点《がてん》のゆかぬ事也《なり》。是《これ》程人の出しかねる金銀《きん》を、分《わけ》もなき事には少しも遣《つか》ふ事なかれ。溜《たま》るはとげしなく[四]、へるははやし。

有時《ある》、夜更《よふけ》て、樋《ひの》口屋の門《かど》をたゝきて、酢《す》を買《かい》にくる人あり。中戸《なかど》[五]を奥《をく》へは、幽《かすか》に聞えける。下男目を覚《さま》し、「何《なに》程がの」と云《いふ》。「六借《むつかし》[六]ながら、壱文がの[七]」と云《いふ》。空寝《そらね》入《いり》して、其《その》のち返事《へんじ》もせねば、ぜひなく帰りぬ。夜明《よあけ》て亭主《ていしゆ》は、彼男《かのをとこ》よび付《つけ》て、何《なに》の用《よう》もなきに、「門口《かどぐち》三尺ほれ」と云《いふ》。御意《ぎよい》に任《まか》せ久三郎[八]、諸肌《もろはだ》ぬぎて鍬《くは》を取《とり》、堅地《かたち》に気《き》[九]をつくし、身汗水《みあせみづ》なして、やう〳〵堀《ほり》ける。其《その》深《ふか》さ三尺と云《いふ》時《とき》、「銭《ぜに》が有《ある》はづ、いまだ出ぬか」と云《いふ》。「小石《こいし》・貝殻《かいがら》より

外《ほか》に、何も見えませぬ」と申《まうす》。「それ程にしても、銭《ぜに》が壱文ない事、よく心得て、かさねては壱文商《あきな》ひも大事《だいじ》にすべし。むかし、[一〇]連歌師《れんがし》の宗祇法師《そうぎほうし》の此所にましまし、[一一]哥道《かだう》のはやりし時、貧《まづ》しき[一二]木《き》藥屋に[一三]好《すけ》る人有《あり》て、各々《をのをの》を招《まね》き、[一四]二階《かい》座敷にて[一五]興行《かうぎやう》せられしに、其《その》あるじの[一六]句前《くまへ》の時、[一七]胡椒《こしやう》を買《かい》にくる人有《あり》。座中へ断《ことはり》を申《まうし》て、[一八]壱両懸《かけ》て三文請取《うけとり》、心静《しづか》に一句《く》を思案《しあん》して付《つけ》けるを、「去《さり》とはやさしき心ざし」と、宗祇《そうぎ》殊外《ことのほか》にほめ給ふとなり。人はみな、此《この》ごとくの勤《つと》め、誠《まこと》ぞかし。我そもそもは少しの物にて、一代に、かく分限《ぶんげん》になる事、内證《しやう》の手廻《てまは》しひとつなり。是《これ》を[一九]聞覚《きゝをぼへ》てまねなば、あしかるまじ。たとへば、借《しやく》屋住《ずみ》の人は、毎日《まいにち》[二〇]其《その》割《わり》にして、家賃《やちん》を外《ほか》にのけ置《をく》べし。借銀《かりがね》も此《この》ごとく、[二一]利《り》を一ケ《か》月も重《かさね》ぬやうに[二二]まはせば、[二三]いづれには[二四]勝手《かつて》の商《あきな》ひする物なり。借銭《しやくせん》の済《すま》し

一〇 宗祇が堺に滞在して門人を指導したのは、文明の末から長享初め頃のこと。但しこの話には他にも類話があり、宗祇の高名に附会したもの。↓補三〇〇。
一一 連歌は和歌の一体と説くから、歌道といった。
一二 生薬屋。薬種屋とも。
一三 連歌執心の人。好士という。
一四 堺では室町中期から二階造り(厨子二階)が流行し、津田宗及茶湯日記には二階屋での茶会の記事がある。
一五 連歌の会を催すこと。
一六 あらかじめ割当てられた、自分の句を附けるべき順番が廻って来た時をいう。
一七 霍乱・疝気・泄瀉・痰咳に効がある。
一八 薬種は目方四匁を以て一両とする。
一九 見習うならば。
二〇 日割にして。
二一 利足を一ケ月も滞らせぬように。
二二 資本として運転すれば。
二三 いずれそのうちには。
二四 丁度手に合うた商売が出来ることだ。

やうは、もうけの有《(ある)》時其《(その)》半分《はんぶん》のけおき、[一]壱貫目《くはんめ》の内へ百目づゝにてもあぐれば、十年には濟《(すむ)》事也《(なり)》。[二]筭用《さんよう》なし打込置《うちこみをき》て、[三]帳〆《ちやうじめ》にて合《あはせ》る人は、[四]手前《てまへ》うすくなる物ぞかし、[五]我《わが》物ながら、小遣帳《(こ)づかひちやう》を付《つく》べし。[六]買《かい》物は買《かい》ながら、違《ちが》ひ有《(ある)》物なり。商《あきなひ》事せぬ日は、少しにても錢銀《ぜにかね》出す事なかれ。万事《ばんじ》を[七]通《かよ》ひにて取《(とる)》事なかれ。當座《たうざ》に目に見えねば、いつとなくかさなり、払《はら》ひの時分《じぶん》、[八]書出《かきだ》しに驚《をどろ》く事なり。又、[九]家質置《いへじちをく》程の身躰《しんだい》にならば、外聞《ぐはいぶん》かまはず賣捨《うりすつ》べし。迚《とて》も請帰《うけかへ》したる例《ためし》なく、[一〇]利《り》にたゝまれて、只《たゞ》とらるゝやうになる物なり。[一一]まだも、時所を去《さり》て、分別《ふんべつ》かゆれば、[一二]戸棚《とだな》の一つも殘《のこ》る。[一三]なりわひの渡世《とせい》は送《をく》る物なり」。

[一四]境《さかい》といふ所は俄分限者稀《にはかぶんげんしやまれ》なり。親《をや》より二代三代つゞきて、古代《こだい》の買置《かいをき》物、今に賣《うら》ずして時節《じせつ》を待《まつ》は、[一五]根《ね》づよき所なり。[一六]朱座落着《しゆざをちつき》、[一七]鉄炮《てつぽう》屋は御用人《よう(にん)》、[一八]薬《くすり》屋中間は、慥《たしか》に長崎《ながさき》へ取《(とり)》やり銀《がね》、余所《よそ》より借《かる》事なし。[一九]世間《せけん》うちばにかまへ、又有《(ある)》時は、[二〇]ならぬ事をもする也《(なり)》。[二一]南宗寺《なんしうじ》の本堂《だう》・庫裏《くり》に至《いた》る迄、壱人しての建立《こんりう》、殊《しゆ》勝《せう》なる事なり。心はともあれ、風俗《ふうぞく》は都《みやこ》めきたり。[二二]此前《(この)まへ》、京の北野《きたの》七本松《まつ》にて、[二三]観世《くはんぜ》太夫一世一代の勧進能《くはんじんのう》有《(あり)》しに、[二四]金子《きんす》壱枚宛《まいづゝ》の棧敷《さんじき》を、京・大坂に續《つゞき》ては、堺《さかい》へ取《(とり)》ける。[二五]至穿鑿《いたりぜんさく》も、是《(これ)》にてしれぬる。奈良《なら》・大津《をほつ》・伏見《ふし》も、人は替《かは》らねど、此棧敷《(この)さんじき》、一軒《けん》も取《とら》ず。[二六]申《(まう)》せば安《やす》き事ながら、[二七]町人心に、判金《はんきん》一枚《まい》にてかりさじ

再び堺の町人気質。ならぬ事をもする至りぜんさく

一 借銭一貫目の内払いとして百匁ずつ、毎年返済すれば。二 算用なしに収入の中に打込んでおいて。普通ならば、金銭出入帳に仕入れ・売上げ一切の金銭の出入を明記し、毎日、または半ケ月或は一ケ月毎に、総計の出納を決算するのが例。三 出入帳の決算の時に、収支の勘定を合せようとする人は。四 暮しむきが貧しくなるものだ。五 自分の金とはいえ。六 買うべき物は同じように買っても、金の遣い方に違いが出来るものだ。七 通い帳。即ち掛買いすること。八 支払請求書。大福帳の個人別口座から売掛金を書き出して作る。九 家屋敷を抵当にして金を借ること。家持の町人でなければ家質は不可能。↓ 一〇 利息に追い倒されて。一一 それよりも、まだしものこと、家を売り払ってその所を立去って。「時」は衍。一二 金戸棚。一三 どうやらこうやら曲りなりにでも、商売は出来るものだ。なりわひ↓一〇六頁注二〇。一四 俄成金。一五 その身代の基礎鞏固なる所以だ。一六 丹朱は堺の小田助四郎が専売権を得て、慶長十四年朱座年寄を命ぜられたが、延宝年間その名代の江戸の朱座年寄甚太夫との間に紛争が起り、裁判の結果助四郎の勝訴に帰して落着したことをいう(真)。一七 天文の頃堺の鍛冶芝辻清右衛門が、根来の津田監物丞の指導を得て鉄砲製作に従事し、徳川初期以来その子孫は鉄砲年寄として幕府御用を勤めた。一八 長崎輸入の唐薬は、享保六年までは堺薬屋仲間が長崎問屋より買受け、年行司が検査した上相場を立てて仲買へ売渡した。長崎問屋に対する代金の支払いは為替金を以て行った。一九 平生は世間づきあいも控えめにして。二〇 普通では出来ぬ、

き論《ろん》じて、二九所せきなく見物《けんぶつ》する事、三〇千秋万歳《せんしうばんぜい》の御代にぞ住《すみ》ける。

思いきったこともやってのける。 二一 堺市南旅籠町東三町、竜興山と号する禅宗の古刹。大阪夏の陣に炎上後沢庵和尚が入寺再興したが、延宝六年天倫和尚の代に、堺の町人中村甚左衛門宗治が一建立で、荒廃した堂宇を修復重建した(井口和子、西鶴と堺)。 二二 北野神社の右近の馬場(上京区馬喰町西)の地。七本松原ともいった。 二三 寛文十二年九月十一日から四日間、北野七本松において十一代観世太夫左近重清が一世一代の勧進能を興行した。↓補三〇一。
二四 桟敷数八十軒の内五十軒は銀十枚宛、他は五枚・七枚と等級があった。銀十枚は当時の相場で金一枚に相当するか。↓補三〇二。 二五 洒落た物好み。 二六 口でいうのは容易だが。
二七 始末・金儲けを旨とする町人根性で。
二八 桟敷借りの先後を争って。
二九 所狭しと詰めかけて。 三〇 治まれる泰平の御代。千秋万歳は祝言。

日本永代蔵

五

大福新長者教

日《にっ》本《ぽん》永《えい》代《たい》蔵《ぐら》　巻五

目《もく》録《ろく》

一口過ぎの業には今直ぐ役に立たぬという意。廻り遠き↓時計(斗は計の草体より誤る)。中国における時計製作の苦心談。⇓補三〇三。

二金平糖の製法を発明した長崎の町人の話。但しその事蹟未詳。

三珍奇を好んで火食鳥を輸入するのは、身代破滅の基。火食鳥は東印度モルッカ諸島のセラム島の特産。俗に駝鳥というが、駝鳥に似て体毛黒く、よく炭火や焼け石を食う。寛文三年初めて蘭船によって輸入せられた(真)。

四淀の川魚売りから身を起して産をなした、京の両替屋鯉屋の話。但し鯉屋のこと未詳。鯉は淀川産を第一とし、特に水車附近でとれる鯉を賞翫する(日本山海名物図会、五)

五鯉屋はもと淀の油屋山崎屋のなれの果。身を捨てて再び身代をかせぎ出した。「打出の小槌」は山崎宝寺の霊宝。⇓三五一頁注二三。

六水車の如く、昼夜休みなく働けば幸運が廻って来る。「淀の川瀬の水車誰を待つやらくるくると」の小歌のもじり(一八四頁注四)。

一奈良県磯城郡柳本町の古義真言宗長岳寺境内にある真面堂（まめんどう）のことか。本文には「豆燈籠」とあるが、それは初瀬街道に建てた常夜灯であろう。↓補三〇四。

二綿は米に次ぐ大和地方の重要物産であったから、その実綿・繰綿を集荷して大阪或は江戸の綿問屋へ売る綿商人があった。本文の川端の九助もその一人、但しその事蹟未詳。

三千七百貫目の身代を相続した二代目九之助が借金の譲り状を子供に遺した話。

四本文に「朝は酢醤油を売、昼は塩籠を荷ひ、夕ぐれは油の桶」とある。これは主人公の日暮玄蕃が主家没落後一時浪々していた時代のことであろう。

五千葉県小金町小金中宿にあった水戸家の小金御殿預りの日暮家を指す。初代玄蕃は無間の鐘を撞いて長者になったという伝説がある。↓補三〇五。

六大晦日の利払いに、三匁五分の悪銀の引替えが出来なかったばかりに、身代のもつれを暴露した両替屋の話。本文に美作国津山の大分限万屋とあるが、万屋のこと未詳。

七家の納まりのため、養子に悋気強い嫁をあてがった話。

八津山町大年寄ならびに藩札札元を勤めていた美作一番の分限者蔵合氏。代々孫左衛門を称する。↓補三〇六。但し本章においては、没落した万屋との対照のために名を出したに過ぎない。

一大豆《まめ》一粒《りう》の光《ひか》り堂《だう》
大和《やまと》にかくれなき木《き》二綿《わた》屋
三借銭《しやくせん》の書置《かきをき》めづらし

四朝《あした》の塩籠《しほかご》夕の油桶《あぶらおけ》
常陸《ひだち》にかくれなき五金分限《こがねぶんげん》
人はそれ〴〵の願《ねが》ひに叶《かな》ふ

六三匁五分《（ふん）》曙《あけぼの》のかね
七作州《さくしう》にかくれなき悋気《りんき》娌《よめ》
八蔵合《ざうごう》といふは九《（ここの）》つの蔵持《くらもち》

身過にうとき唐人気質。三代目に成就する時計細工

あわぬ算用に似たれど金平糖の工夫。才覚の花咲く千貫目持

[第二] 廻《まは》り遠《どを》きは時計細工《とけいざいく》

唐土人《もろこし(びと)》は心静《しづか》にして、世の[九]翺《かせぎ》もいそがず、[一〇]琴棊詩酒《きんきししゆ》に暮《くら》して、[一一]秋《あき》は月見る浦《うら》に出《(いで)》、春《はる》は海棠《かいだう》の咲《さく》山をながめ、[一二]三月の節句前共《せつくまへ(とも)》しらぬは、身過《すぎ》かまはぬ唐人《たう(じん)》の風俗《ふうぞく》。中〱和朝《わてう》にて、此《(この)》まねする人愚《をろか》なり。[一三]年《ねん》中工夫《くふう》にかゝり、[一四]昼夜《ちうや》の枕《まくら》にひゞく時計《とけい》の細工《さいく》[一五]仕掛置《しかけをき》しに、其《(その)》子大かたに仕継《しつぎ》、其《(その)》跡孫《あとまご》の手にわたりて、やう〱三代目に成就《じやうじゆ》して、今世界《せかい》の重寳《てうほう》とはなれり。去《さり》ながら、口過《くちすぎ》にはあ[一六]はぬ筭用《さんよう》ぞかし。

こまかに心を付《(つけ)》てみしに、是《(これ)》も南京《なんきん》より渡《わた》せし菓子《くはし》。[一七]金餅糖《こんぺいたう》の仕掛《しかけ》、色《いろ》〱とせんさくすれ共《(ども)》終《つゐ》に成《なり》がたく。[一八]唐目《たう(め)》壱斤銀五匁づゝにして[一九]調《とゝの》へけるに、近年下直《きんねん(げ)ぢき》[二〇]なる事、長崎《ながさき》にて女の手業《わざ》に仕《し》出し、[二一]今は上方《かみがた》にも、是《(これ)》をならひて弘《ひろま》りける。初《はじめ》の程《ほど》は、都《みやこ》の菓子《くはし》屋さまゞ〱心を砕《くだ》きしに、胡麻《ごま》壱粒《りう》を種《たね》として、此《(この)》ごとくなれる事をしらざりき。

是《これ》をそも〱[二二]智恵付《ちゑ(づけ)》しは、長崎《ながさき》に[二三]纔《わづか》なる町人。二年あまり心をつくし、唐人《たう》に尋《たづね》しに、更《さら》に覚《おぼ》えたる人あらずして、気《き》をなやませける。律義《りちぎ》なる[二四]他國《ひとのくに》にも、

九 古活字版、倭玉篇に「スグル・カケル」と注す。過ぐるより稼ぐにあてたものか。
一〇 風流韻事。棊は棋、囲碁のこと。
一一 出典あるか。海棠は陰暦二月林檎に似た紅白の花を開く。古来中国では仙品として賞玩する。
一二 三月の節供の前日は、年が改まって最初の物前だから、受け払い共に忙しい。
一三 ↓補三〇三。
一四 中国では自鳴鐘という。続文献通考「大鐘鳴時、正午一撃、初未二撃、以至㆓初子十二撃㆒、正子一撃、初丑二撃、以至㆓初子十二撃㆒(中略)小鐘鳴時、一刻一撃、以至㆓四刻四撃㆒」。
一五 手をつけたまま、放っておいたのに。
一六 諺。労多くして効少きこと。
一七 ポルトガル語 confeito の訛。金米(平)糖などの字をあてる。「仕掛」はからくり・製法の意。↓補三〇七。
一八 百六十匁一斤をいう。「銀五匁」というのは、いわゆる長崎値段か。
一九 買い調えたのであったが。
二〇 安価なこと。
二一 正月揃(貞享五)、六に「冷泉通の南蛮菓子」とあり。
二二 思いついたのは。
二三 小身代の。貧しい。
二四 異国。中国を指していう。中国人の律義なこと↓永四ノ二。

一 胡椒は印度・瓜哇地方原産。阿蘭陀商船によって我国へ輸入せられたが、蒸熱したものを船載したため、播種しても殆ど発芽生長しなかった。⇩補三〇八。
二 木の恰好。
三 この事実未考。
四 「種のなきことやあるべき」という意。
五 胡麻を中核として、それに砂糖をかけて次第に丸めてあるから。
六 秘密。
七 乾燥させて。
八 浅い鉄鍋。耳と足がついている。
九 輸入品の文房具・装飾品・調度類を扱う見世。
一〇 ますます才覚工夫して、独創性を発揮し。
一一 身を入れて。打込んで。
一二 長崎を指す。宝の島・宝の市とも。⇩永四ノ二。
一三 中国商船の長崎来航は、季節風の関係から春・夏・秋の三回に分れ、これをそれぞれ春船・夏船・秋船と称した。ここは中国産の生糸(白糸)を指す。
一四 輸入生糸。
一五 輸入織物。一疋ずつ巻いてある。
一六 薬種。
一七 ⇩一二〇頁注三。
一八 交趾《こうち》・占城《ちやんぱ》産のものが唐船によっ

よき事は深《ふか》く秘《かく》すとみへたり。一胡椒粒《こせうつぶ》にも、沸湯《にへゆ》を懸《かけ》て渡《わた》しければ、其《(その)》二木つき見た人もなく、何程《なにほど》か蒔《まき》てもはへ出る事なし。有時《(ある)とき》、三高野《かうや》山にて何院《ゐん》とかやに、一度に三石《ごく》蒔《まか》れしに、此《(この)》内より二本、根《ね》ざし蔓《はびこり》て、今世上《せ(じやう)》に多《をほ》し。「此《(この)》金餅糖《こんぺいたう》も四種《たね》のなきにや、五胡麻《ごま》より砂糖《さたう》をかけて、次第《しだい》にまろめければ、第《だい》一、胡麻《ごま》の仕掛《しかけ》に六大事あらん」と、思案《しあん》しすまし、まづ胡麻《ごま》を砂糖《さたう》にて煎《せん》じ、幾日《いくか》もほし七乾《かはらげ》て後《のち》、八煎鍋《いりなべ》へ蒔《まき》て、ぬくもりのゆくにしたがひ、ごまより砂糖《さたう》を吹《ふき》出し、自《おのづ》から金餅糖《こんぺいたう》となりぬ。胡麻《ごま》壱升《しやう》を種《たね》にして、金餅糖《こんぺいたう》弐百斤になりける。壱斤四分《(ふん)》にて出來《でき》し物《もの》五匁に賣《うり》ける程《ほど》に、年《とし》もかさねぬ内に、是《(これ)》にて弐百貫目《くはんめ》仕出しぬ。後《のち》には是《(これ)》を見習《なら》ひ、家毎《いへごと》に女の仕事《しごと》となせば、此男《(この)をとこ》、菓子《くはし》をばやめて九小間物《(こ)まもの》見せを出し、なを一〇才覚《さいかく》の花《はな》をかざり、商賣《しやうばい》に一一身をなし、其《(その)》一代に、

千貫《ぐはん》目持《もち》とはなりぬ。

一二日本富貴《ふうき》の寶《たから》の津《つ》、一三秋《あき》舟入《ぶね(いり)》ての有《(あり)》さま、一四糸《いと》・一五巻《まき》物《もの》・一六薬物《くすりもの》、一七鮫《さめ》・一八伽羅《きやら》・一九諸《しよ》道具《だうぐ》の二〇入札《いれふだ》、年《とし》〻大分《ぶん》の物《もの》なるに、二一是《これ》をあまさず。二二たとへば、神鳴《かみなり》の犢鼻褌《ふんどし》・鬼《おに》の角細工《つのざいく》、何《なに》にても買《かひ》取《とり》、世界《せかい》の廣《ひろ》き事、思ひしられぬ。

二三國〻《くにぐ》の商《あき》人、爰《こゝ》に集《あつま》る中に、京《きやう》・大坂・江戸《えど》・堺《さかひ》の利發者《りはつもの》共、二四萬《よろづ》を中《(ちう)》ぐゝりにして、二五雲《くも》をしるしの異國船《ゐこくぶね》に二六なげがねも捨《すた》らず、それ〴〵の道にかしこく、二七目利《めきゝ》をしるにたがはず。金銀《きんぐ》すぐれてもうくる二八手代《てだい》は、二九算用《さんよう》は合《あはせ》てつかふ事にかしこく、律義《りつぎ》に構《かまへ》て始末過《しまつすぎ》たる若《わか》ひ者《もの》は、利《り》を得《う》る事にうとし。菟角《とかく》、よい事ふたつはない物ぞかし。三〇長崎《ながさき》に丸山といふ所なくば、上《(かみ)》がたの金銀《きんぐ》、無事《ぶじ》に帰宅《きたく》すべし。三一爰通《こゝがよ》ひの商《あきな》ひ、三二海上《かいしやう》の気遣《きづか》ひの外《ほか》、何時《なんどき》をしらぬ三三戀風《こひかぜ》おそろし。

て船載せられた。

一九 いわゆる細物(こまもの)道具。↓補三〇九。

長崎の繁昌。諸国商人入りこみの宝の市

二〇 延宝元年から実施せられた市法商法に基づいて、市法会所において行われた諸国貨物商人の入札を指しているのであろう。↓補一〇四。

二一 各商人の分限に応じて割当てられた貨物引受け額を割って、少く取引することはないという意。↓補二六八。

二二 珍奇なものの喩。神鳴↓鬼。但し柬埔寨・暹羅(しゃむ)などから輸入せられた虎の皮や水牛の角などを、見立てていったものか。

二三 市法商法制定後は、従来の五箇所(京・江戸・大阪・堺・長崎)商人の外に、諸国商人の取引参加が認められたが、貿易の中心はやはり五箇所商人で、諸国商人は長崎を除く四箇所商人の支配下に属することになっていた。

二四 こせこせせず、要点をつかんで決断の早いこと。

二五 当てにならぬことの喩。↓四二頁注六。

二六 外国貿易船に対する投資は寛永の鎖国以後漸次衰微したというが、博多の長崎商人は後年まで貿易投資を行っていたという。↓補二六九。

二七 市法会所における入札の場合、商品見本の鑑別・評価が大切。「目利をしる」は目利に通暁すること。

二八 長崎商人の中には、自己の名代として、手代を派遣する者もあった。↓一一九頁注五七。

二九 帳尻をうまく合せて。

三〇 長崎の遊廓。↓一二〇頁注一三。

三一 長崎通いの商売。長崎貿易。

三二 海難。

三三 丸山の遊女に魅惑せられること。海上↓風。

　雨《あめ》ふりて、物淋《ものさび》しき夕暮《ゆふぐれ》に、[一]人の手代《てだい》あまた寄会《よりあひ》、銘〻《めいく》の[二]親方《をやかた》[三]分限《ぶんげん》のなりたてを語《かた》りけるに、[四]其種《(その)たね》なくて長者《ちやうじや》になれるは、独《ひと》りもなかりき。先《まづ》、江戸《えど》手代《てだい》の咄《はな》しけるは、「我らが主人《しゆ(じん)》は、[五]傳馬町《てんまてう》にて纔《わづか》なる身躰《しんだい》なりしが、さる[六]大名《だいみやう》の御厄落《やくおと》しの金子《きんす》四百三十両拾《ひろ》ひしより、段〻《だんく》大銀持《がねもち》になられしとかや」。又京《きやう》の手代《てだい》の語《かた》りけるは、「私《わたくし》の親方《をや》は[七]少《すこ》しの人なるが、世渡《よわたり》かしこく、世間《せけん》にせぬ事ならではと、[八]葬礼《そうれい》のかし色《いろ》。[九]ゑぼし・白小袖《そで》・紋《もん》なしの袴《はかま》、駕籠《かご》も拵《こしらへ》て、俄《にはか》の用《よう》を調《とゝの》へ、此[一〇]損料銀積《(この)そんれうぎんつもり》て、程《ほど》なく[一一]東山《ひがしやま》に[一二]樂隠居《らくゐんきよ》を構《かま》へ、人の目《め》に三千貫目《ぐはんめ》との[一三]差圖《さしづ》、さのみ違《ちが》ふまじ」。扨《さて》大坂の手代云《てだいいひ》けるは、「拙者《せつしや》が[一四]旦那《だんな》は人に替《かは》り、[一五]定《さだま》る女房家主《にうばういはらぢ》なし。是《これ》、[一六]内證《ないしやう》の物入《ものいり》をかんがへ持《もち》給はぬかと思へば、それには非《あら》ず。[一七]一代後家《だいごけ》をせんさくして、彼是年《かれこれとし》ふるうちに、形《かたち》は醜《みにく》きをかまはず、[一八]むかし長持《ながもち》ひとつの思ひ入《(いれ)》。案《あん》のごとく、[一九]臍《ほぞ》くり銀《がね》三十貫目《くはんめ》。是《これ》より商賣替《しやうばいかへ》て、ちいさき[二〇]紙屋《かみや》も生薬《きぐすり》屋になりやすく、今弐千貫目のふり[二一]廻《まは》し。[二二]其《(その)》時の家《いへ》の風《かぜ》たかうふかすも、[二三]出世《しゆつせ》の町人しかられず」。何《いづ》れを聞《きゝ》ても、大分限《だいぶんげん》の始《はじめ》、常《つね》には及《をよ》びがたし。皆一子細《みな(ひと)しさい》づゝ、各別《かくべつ》の替《かは》り有《(あり)》。

　[二四]此《(この)》所、[二五]唐物《からもの》の買置《かいをき》。勝《すぐれ》て安《やす》き相場物《さうばもの》の年累《としかさね》ても損《そん》ぜぬ物、買置《かいをき》て利《り》を得《え》ぬ事なし。有《ある》人、[二六]龍《れう》の子《こ》の弐尺餘《あま》り成《(なる)》を、金子《(きんす)》廿両に求《もと》め、はや十年《ねん》も過《すぎ》て、少《すこし》

長崎手代雨夜の物語、親方分限になりたての評判

分限には一子細なくて叶わず。唐物の買置利を得ぬことなし

一これにて一語。人手代とも。二主人。三分限者になった由来。四金平糖の胡麻の種と照応させている。五↓七三頁注二三。小資本の木綿問屋であったという意。六男女ともに厄年に当ると、節分の夜に年齢に一を加えた数の煎り大豆を銭と共に包み、路傍に捨てて乞食に拾わせる風習があった。ここは四十二の大厄に当った大名が、大豆の代りに小判で、一歳を十両ずつの勘定で厄落しをしたわけ。七少分の人。小商人。八葬式衣裳の損料貸しを始めた。「色」は凶事の色である鈍色(にびいろ)の略、転じて喪服をいう。貸色屋のこと。↓補三一〇。九白紙を三角に切った額烏帽子・白無垢の小袖・無地の白または水浅黄の麻裃。以上喪服の一通り。但し貸色屋では棺桶を運ぶ用駕籠も貸していた。一〇貸し賃。一一岡崎・粟田口辺は閑静な別荘地帯。一二隠居所を構えて、楽隠居の身分になった意。一三財産評価。一四奉公人より主人に対する敬称。一五妻女。主婦。↓補三一一。一六結婚すると生活費が膨脹する。一七一生独身生活を押通すつもりでいる後家女。一八車長持をいう。↓補三一二。二重底の下にはよく非常持出し用の小判などが納められていたから、嫁入り荷物には何も要らぬ、車長持一つだけで結構という注文を出した。一九↓四五頁注二〇。果して長持の二重底にあった。二〇紙屋も薬種屋も同じく今橋筋に多く、また紙も薬種も梱包作業をするので、見世の改造をする必要がない。二一商売上、資金や商品を自由に融通運転すること。自己資本だけでなく、信用がなければ出来ない。

逞《たくましく》なりて気遣絶《きづかいたへ》ず。又[二七]火喰鳥《ひくいどり》の卵《たまご》一つ、[二八]判金《はんきん》壱牧《まい》に買《かふ》て是《(これ)》を[二九]復《かへら》させ、[三〇]炭《すみび》を喰《くふ》
事疑《うたがひ》なし。いかに弥敷《めづらしき》とて、此《(この)》買置《かいをき》[三一]國土《こくど》の費《つゐへ》なり。

第二　世《よ》渡《わた》りには淀鯉《よどごい》のはたらき

[三二]人の翔《かせぎ》は、早川《はやかは》の水車《みづぐるま》のごとく、[三三]夜昼《よるひる》の流《なが》れも七十五里《り》につもり有《(あり)》て、[三四]年波《としなみ》のせはしき世《よ》の事、[三五]筭者《さんじや》も[三六]是《これ》をつもれり。[三七]大節季《ぜつき》の闇《くらき》事は、[三八]秋《あき》の比《ころ》の月夜《よ》よりしれたる事《こと》を、人皆《みな》[三九]さし當《あた》りて、是《これ》を驚《をどろ》きぬ。前廉《まへかど》より、商《あき》人は気《き》を働《はた》らかせ、職《しよく》人はそれ〴〵の細工《さいく》を取《とり》いそげ共《(ども)》、必《かなら》ず日数延《ひかずのび》て、當所《あてど》の違《ちが》ふ物ぞかし。又賣掛《うりがけ》も、たとへば十貫目《くはんめ》の物《もの》、[四〇]みつ壱《ひと》ぶんにして三貫目と[四一]請払《うけはら》ひすれば、世間《せけん》に[四二]尾《を》を見せず、狐《きつね》よりは化《ばけ》すまして世《よ》をわたる事、人の才覚《さいかく》也《(なり)》。

商《あきな》ひ功者《こうしや》なる人のいへり。「[四三]掛銀《かけぎん》は、取《(とり)》よきから集《あつむ》る事なり。[四四]いつにても手《て》の物にして殘《のこ》し置《をき》、思ひの外《ほか》の隙入《ひま(いり)》、あるひは留主《るす》とて、たび〳〵足《あし》をはこびぬ。惣《そう》じて掛乞《かけごひ》の、[四五]無常《むじやう》を観《くはん》ずる事なかれ。入相《(いり)あひ》の[四六]鐘袋《かねぶくろ》に[四七]心玉を籠《こめ》て、[四八]言葉《ことば》つき奇麗《きれい》に、[四九]顔愧《かほをそろ》しく作《つく》りて、[五〇]廣敷《ひろしき》の中程《(ほど)》に腰掛《こしかけ》て、たばこ吸《すは》ず茶呑《ちやのま》ず。内義《ぎ》笑《ゑ》顔《がほ》して咄《はな》し仕懸《しかく》るにも、聞《きか》ぬふりして、[五一]肴掛《さかな(かけ)》の鰤《ぶり》・雉子《きじ》に目《め》を付《(つけ)》て、「[五二]當《たう》年の

二二 その時を得て、家業がますます発展するにつれて、生活も豪奢華美になること。「家の風」↓四二頁注二七。「風を高う吹かす」は棟高く家を造り豪奢な生活をする意。 二三 大分限者で今を時めいている町人だから、町人の分際不相応と非難するわけにもいかぬ。 二四 長崎で一儲けしようとすれば、それは唐物の買置だ。 二五 唐紅毛荷物とも。長崎へ船載せられた輸入物資の総称。 二六 螭竜(あまりよう)の子。南洋諸島に産するキノボリトカゲ・コモドドラゴンの類。長崎の好事家が翫弄のために輸入して飼育していたという(真)。↓補三一三。 二七 ↓一三九頁注三。雨竜・火喰鳥、いずれも見世物に出して当てるつもりでの買置。↓胸四ノ四。 二八 大判金、一枚十両。小判建て相場で七両二分前後。 二九 孵化させたら。 三〇 炭火。 三一 国家的損失。 三二 早川の水車の如く、昼夜油断なく励むべしという意。↓永六ノ四。 三三 河川の流水速度も一昼夜に七十五里という計算が出ていて。この計算のこと未考。 三四 歳月の経過を流水に喩えていう。 三五 数学者。 三六 日月の一昼夜の運行を算出している。 三七 大晦日は闇夜であるが、商人にとっても恐ろしい最後の節季。↓胸一ノ一。 三八 九月八日の節季払いをすました頃から、判っていることなのにという意。 三九 その時に直面して。 四〇 三分の一として三貫目だけ回収出来るものとして。 四一 大晦日の支払勘定をすれば。 四二 身代の尾を見せずの意。尾を見せず↓狐。 四三 ↓胸三ノ二。 四四 いつでも手に入る物のように思って。 四五 慈悲・同情心を起すな。 四六 金袋(一二〇頁注九)。無常↓入相の鐘↓金袋。掛取りはたいてい夜にかかる。 四七 油断なく用

大晦日は闇。掛取り・払い方の手だて

お仕舞《しまひ》は、[一]庭《には》に三石《ごく》、[二]地米《ぢごめ》と見えました。いつもよりはやき[三]餅《もち》つき、[四]鍋《なべ》の盖《ふた》迄も新敷《あたらしく》なり、[五]お娘子《なすめご》の正月小袖、紫《むらさき》の[六]飛鹿子《とびがのこ》に紅裏《もみうら》、是《(これ)》でこそ春なれ。私《わたくし》らは、[七]盆《ぼん》のごとく胸《むね》が踊《をど》りて[八]松原越《こへ》て、[九]門餝《かどかざ》りの山草《くさ》一葉《は》、数子《かずのこ》ひとつ、今に調《とゝのへ》もせず。[一〇]忰子《せがれ》が去年《こぞ》の[一一]手織嶋《てをりじま》の袷《あはせ》に、せめて[一二]木綿《きわた》入《(いれ)》てと思ふさへ成《(なり)》がたきに、こなたを見る時は、[一三]長者《ちやうじや》といふて外《(ほか)》になし。此《(この)》やうなる御仕舞《しまひ》、江戸にはしらず、京にも有《(ある)》まじ」と、家の宜《よろ》しき事ばかり申《(まうし)》て、[一四]六《むつ》かしうかゝれば、外《(ほか)》をさし置《をき》、[一五]それから濟《すま》す物ぞかし。[一六]折《をり》ふしの寒《さむ》きとて、[一七]掛乞宿《かけこふやど》にて酒を呑《のみ》、湯漬飯《ゆづけめし》をくふ事、必《かなら》ずせぬ事」といへり。

又、[一八]借錢《しやくせん》の渕《ふち》をわたり付《(つけ)》て、幾度《いくたび》か年の[一九]瀬越《せこし》をしたる人のいへり。「世《よ》の習《なら》ひにて買掛《かいがゝり》する事、互《たがひ》に合点《がてん》づくなり。たとへば、[二〇]新米《しんまい》壱石六拾目の相場《さうば》の時も、六十五匁にしてしかも[二一]下米《げまい》をわたしぬ。[二二]油《あぶら》も、壱升弐匁の折から、弐匁三分《(ぶん)》に[二三]仕掛《しかけ》られ、此外《(この)ほか》、味噌《みそ》・酒《さけ》・薪《たきゞ》、萬《よろづ》をかくのごとくなれば、年中人[二四]奉公《ぼうこう》して、[二五]勝手迷惑《かつてめいわく》するにつもりぬ。[二六]払《はら》ひ方《かた》は、すこしの物から濟《すま》し、大分《だいぶん》の所を[二七]明置《あけをく》物なり。手《て》前に銀子《ぎんす》のたまり有共《(ありとも)》、[二八]大年《(おほどし)》の夜に入《(いり)》て渡《わた》すべし、大かた[二九]退屈《たいくつ》して、[三〇]「松《まつ》の内」と云断《いふことは》りを聞届《きゝとゞけ》、[三一]銭《ぜに》の仕かけ・[三二]銀《かね》のかる目もかまはず、拾《ひろ》ふた物の心《こゝ》ちして、手に握《にぎり》ながら門《かど》にはしり出《いで》、「扨《(さて)》もうたてや、此家《(この)》へ重《かさね》て商《あきなひ》い

心して。四八 言葉質をとられぬように。四九 この訓の所拠未考。五〇 台所の上り口。半分を仕切って板敷にしてある。五一 ↓一一三頁注二二。五二 今年の正月用意。一年の勘定算用をすませて正月の支度することを「仕舞う」という。

一 台所の土間。年取り米が積み上げてある。二 その土地で穫れた米。大阪附近でいえば摂津米・河内米・泉州米など。恐らく百姓から収納した小作米であろう。三 餅搗きの早いのは家計豊かな証拠。↓一一三頁注二一。四 年末には台所用品も新調する。五「娘子」は娘御の誤り。六 飛模様に染め出した鹿子染。七 大節季のやりくりで、盂蘭盆の踊のように胸がどきどきして。正月↓盆。八 盆踊りに行われた「松原踊」(補二八五)の唱歌。九 門松。松と竹を左右に立てた上部に、横に竹竿を渡して注連縄を張り、山草(歯朶)・数の子・橙・昆布などで飾る。一〇 男児・女児ともに我が子をいう。↓二五六頁注四。ここは、せめてものことに娘の正月着物にという意。一一 縞の手織木綿の袷。一二 もめん綿。袷に入れて布団に仕立直すつもり。

一三 長者というよりほかに言葉がない。一四 義理詰めに談判すると。当時の俗字で「六借(むつかし)」と書く。一五 その掛取りから先に。一六 時候柄寒いといって。一七 掛取りに行った先の家。御馳走になっては掛が取られぬ。一八 借銭の多いことを危険な深淵に喩えた。一九 危い思いをして年末を乗り越えた人。「瀬越し」は危険な試練に遭遇して漸く超克すること。↓補三一四。淵↓年の瀬↓瀬越し。二〇 常年の米の相場。↓補三一五。二一 下等米。同じ産米に上・中・下の等級がある。二二 油の相場未考。二三 値段を細工せられ。

二四 労多くして効少く、他人の利益のために働いたような無駄骨折りをいう。 二五 家計が困難になるのが落ちだ。 二六 支払い。「取り方」に対する簿記用語。 二七 空白にしておく。埋めぬ。 二八 大晦日。 二九 待ちくたぶれて。 三〇 正月十四日門松・注連飾を撤去し、十五日の朝焼き払う。よって十四日乃至十五日までを松の内またば注連の内という。 三一 相場の変動性を利用、銭相場に仕掛して代銀より少く銭で仕払うこと。仕掛遣いという。↓補三一六。 三二 銀貨の目方が軽いこと。それだけ実際に受取るべき金額より少くなる。 三三 決意しても。 三四 こうした悪辣な払い方をするのも。 三五 やりくり。 三六 今、京都市伏見区淀町。 三七 このモデル未考。 三八 油搾木(しめぎ)の楔を打つ槌の音。↓補三一七。 三九 ちらかっているのは商売が忙しい証拠。 四〇 和光同塵をきかす。謡曲春日竜神「塵に交はる神心」。 四一 原料の胡麻或は菜種・綿実などを煎って碓で挽く音。 四二 昔の如く富貴になさしめ給えと、宝寺(三四七頁注三八)に祈願した甲斐もなくの意。 四三 身体一つの素寒貧になって、さて思案した所で。 四四 淀の小橋。↓二七八頁注一三。 四五 諺「網なうて淵をのぞくな」のもじり。 四六 弥陀次郎の跡を慕って、髪を剃って出家するわけにもいかぬから。弥陀次郎の故事↓補三一八。「たれる」は髪を剃ること。 四七 諺「遅牛も淀、早牛も淀」。遅速の差はあっても、いずれは目的地に到着する意。 四八 淀の水車。↓一六八頁注五。遅牛↓淀↓水車↓廻り合せ。 四九 淀鯉は名物。特に淀の水車や淀の小橋附近で獲れるのを最上とする。 五〇 好評でよく売れた。

身を捨てて淀の鯉売り。浮び上って京の両替屋

たさじ」と、三三心誓文立《ぜいもんたて》ても、商賣《しやうばい》のならひとて、年明《あ》くれば又、忘《わす》れた昔《むかし》になりぬ。三四是《(これ)》本意《ほんい》にはあらず、三五内證《ないしやう》のならぬより、思ひの外《(ほか)》なる悪心《あくしん》もおこりし」。

爰《こゝ》に、山城《しろ》の淀《よど》三六の里《さと》に、三七山崎《ざき》屋とて身業《みすぎ》の種《たね》は親《をや》代《(だい)》からの油《あぶら》屋なりしが、三八家職《かしよく》の槌《つち》の音《をと》を嫌《きら》ひ、三九無用《むよう》の奇麗好《きれいずき》。此《(この)》家の福《ふく》の神は四〇塵《ちり》にまじはり給ひしに、竹箒《たけばゝき》に恐《をそれ》て出《(いで)》させ給ふにや、次第に淋《さび》しくなりて、毎《まい》年銀高《ぎんだか》へりて、自《をのづか》ら槌《つち》・四一碓《からうす》の音《をと》も聞《(きこえ)》ぬやうに、いつとなくともし油《あぶら》も絶《たへ》ぬ。俄《にはか》に四二昔《むかし》の寶寺《たからでら》を祈《いの》る甲斐《かひ》なく、四三手と身になりての思案《しあん》、何共《なに(とも)》埒《らち》の明《あか》ぬ世渡《よわた》り。四四小《こ》橋《ばし》の下に魚《うを》はあれど、四五網《あみ》なふて渕《ふち》を覗《のぞ》き、四六弥陀次郎《みだじらう》が跡《あと》たれて發心《ほっ(しん)》もならざれば、「菟角身《とかくみ》を捨《すて》てかせがば、四七遅牛《をそうし》も四八淀車《よどぐるま》の、廻《まは》り合《あは》せよくば、二度《(ふた)たび》家の栄《さか》へ行《(ゆく)》事も」と、商《あきなひ》の道替《かへ》て、四九鯉《こい》・鮒《ふな》荷《にな》ふて京通《がよ》ひ。淀《よど》の川魚名物《かはうをめいぶつ》とて、五〇殊更《ことさら》に賣払《うりはら》

一 次郎という漁夫であったから、弥陀次郎に対して釈迦次郎とあだ名した。或は頭髪が縮れていた(釈迦頭という)のかも知れぬ。 二 手ぶらで。 三 魚問屋から卸してもらって。京都の魚市場は錦の棚にあった。 四 得意先の贔負と信用。 五 材料を仕込んだ抽出し付の箱を一荷に担うて、街頭で即席に料理して売る。魚屋・仕出し屋より安い。 六 間に合わせる。注文に応じる。 七 お客への御馳走。 八 新規開業には、両替屋仲間の同意を要し、仲間へ礼金を出し、振舞をしなければならぬ。⇩補三一九。 九 新在家は今の京都御所御苑内に入る。蛤御門(新在家御門の俗称)の南、皇宮警察署の附近。旧時は北・中・南の三町及びその南の今新在家町に分れ、呉服所・連歌師・能役者・儒医等の上流町人が住んでいた。⇩補三二〇。 一〇 室町通鯉山町の羽二重大阪呉服問屋、油屋太兵衛方より織り出したものかという(佐)。 一一 経緯共に諸撚《もろより》の生糸で織った、最も上質の羽二重。 一二 憲法染。黒茶染をいう。 一三 引綿を入れて。 一四 三つ襲ね。襟の厚いのは裕福なしるし。 一五 裾をぞろっと着流して。小褄。 一六 憲法染の羽織。 一七 よい衆。 一八 公家の御落胤だ、大名の血統だといっても。当時公家や大名の妾腹の子を、ひそかに歴々の町人の養子にしたと見える。 一九 諺にいう「昔の剣今の菜刀」で、何の役にも立たず、家重代の刀を売食いにし。 二〇 諺。「運は天にあり」と、家宝の甲冑を質屋に預けているようでは。 二一 世渡りの役に立たなければ無価値だ。 二二 ⇩胸一ノ一。 二三 ⇩一四五頁注四九。 二四 社領・寺領などがあって、別にあくせくする必要のない神社や寺院でさえ。 二五 檀信徒へ

大晦日は定めなき世の定め。京の町のさまざまの年の暮

ひ、人も面《をもて》を見しりて、淀《(よど)》の[一]釈迦《しやか》次郎と異名《ゐみやう》を呼《よび》て、用ある方《かた》には此《(この)》者をまつ程になりてから、淀《(よど)》の里より[二]手振《てぶり》で行《(ゆき)》て、丹波《たんば》・近江《あふみ》より都にはこぶ鯉《こい》・[三]鮒請《ふなうけ》て、一日にかぎりもなく賣《うり》ける程に、風味《ふうみ》各別《かくべつ》といひなして、同じ鯉《こい》・鮒《ふな》を、外の者のは買《かは》ざりき。商《あき》人は只《(ただ)》[四]しにせが大事ぞかし。其《(その)》後[五]さしみを作《つく》りて、盛《もり》賣《うり》に五分《(ふん)》・三分《(ぶん)》にても[六]自由調《じゆうとゝの》へければ、京は臺《だい》所の事せちがしこく、[七]人振舞《ぶるまひ》にも是《(これ)》にて埒《らち》を明《あけ》、次第に時花《はやれ》ば、其《(その)》程なく分限《ぶんげん》になりて、[八]金銀《きんぐ》蒔《まき》ちらして、兩替《がへ》の見せを出し、あまたの手代《てだい》を抱《かゝ》へ、此《(この)》家繁昌《はんじやう》の時は、昔《むかし》の鯉賣《こいうり》の事はいひ出《(いだ)》する人もなく、風俗《ふうぞく》も自《をのづ》から都《みやこ》めきて、[九]新在家《しんざいけ》衆《(しゆ)》の衣裳《ゐしやう》をうつし、[一〇]油屋《あぶら》絹《ぎぬ》の[一一]諸織《もろをり》を[一二]けんぼう染の紋付《もんつき》、[一三]袖口薄綿《そでぐちうすわた》にして[一四]みつ重《がさ》ね、[一五]小妻《こづま》高からず裾長《すそなが》く、[一六]同じ羽織《はをり》ゆたかに見えて、[一七]歴〻《れきく》とはいはでしれける。たとへば、[一八]公家《くげ》のおとし子・大名の筋目《すぢめ》あればとて、昔の[一九]劔《つるぎ》の賣喰《うりぐい》、[二〇]運《うん》は天に、具足《ぐそく》は質《しち》屋に有《(あり)》ては、時《とき》の役《やく》には立《(たち)》がたし。只《(ただ)》智恵才覚《ちゑさいかく》といふも、[二一]世わたりの外《(ほか)》はなし。

一年《(ひと)とせ》の暮《くれ》程、[二二]世上《せじやう》の極《きはめ》とて[二三]愧《をそろ》しき物はなし。それを油斷《ゆだん》して、十二月中比過《ごろ(すぎ)》よりの分別《ふんべつ》はをそし。何となき[二四]宮寺《でら》さへ、[二五]御祈念《きねん》の守《まもり》ふだ・年玉扇《だまあふぎ》の用《よう》意するなど。まして工商《こうしやう》の家《いへ》に、[二六]十三月なる㒵《かほ》つきかまへ、[二七]貧乏花盛《びんぼうはなざかり》、待《まつ》は今の事成《(なる)》べし。[二八]大かた成《(なる)》年を越《(こし)》てこそ、春になりての心もよけれ。[二九]藥代《やくだい》は[三〇]覚えながらや

らずに、[三一]小者《こもの》が布子《ぬのこ》に、手《て》染の[三二]薄色《うすいろ》仕《し》立《(たて)》て着《きせ》る程《ほど》せはしき内證《ないしやう》、[三三]我世《わがよ》なればとて、面白《おもしろ》からず。京の町も様〻《さまぐ》の年の暮《くれ》、[三四]初《はつ》春の哥案《うたあん》じけるなど、石流《さすが》[三五]王城《わうじやう》の風俗なれ共《(ども)》、かく豐《ゆたか》なる人は稀《まれ》にして、悲《かな》しき渡世《とせい》の人数多《あまた》なり。

鯉屋の手代別家して米見世。掛商いは分別あるべし

鯉《こい》やが手代、[三六]自分商《じぶんあきない》に少しの米見せ出して、纔《わづか》五貫《くはん》目の元銀《もとぎん》、[三七]大豆粉《をゝまめこ》にくだきたるやうに、方〻《はうぐ》に賣懸《うりかけ》、是《(これ)》を取集《とりあつめ》けるに、[三八]小家《こいへ》がちなる世帯《せたい》をみれば、無《む》常《じやう》の發《をこ》りぬ。はや、極月《ごく(げつ)》も廿八日、然《しか》も[三九]小《せう》の晦日《つごもり》なるに、けふと明日《あす》との[四〇]物前、[四一]さもいそがはしき片手《かたて》に、[四二]下機《(しも)ばた》に緜《もめん》一端《たん》、是《(これ)》を[四三]織颪《をりをろし》して、[四四]正月仕舞《じまひ》の百品《(もも)しな》にも心當《こゝろあて》。又有家《あるいへ》に行《ゆけ》ば、[四五]古鉄買《ふるかねかい》を呼入《よびいれ》、鏡臺《きやうだい》の金《かな》物・銅網《あかゞねあみ》の鼠取《ねずみとり》、[四六]禁中熊手《きんちうくまで》壱本・爪《つめ》をれの[四七]五徳《とく》ひとつ、取集《とりあつ》めてから、錢《ぜに》百三十に直段《ねだん》付《(つけ)》捨《すて》て行《(ゆく)》。夫婦《ふうふ》、人の聞共《(きくとも)》しらず、「借錢《しやくせん》の分は、始《はじめ》から濟《すま》する心入《(いれ)》にあらず。錢五百、天《てん》から降《ふれ》がな。[四八]ゆるりと取《とる》年男」と。哀《あはれ》や、[四九]いたいけ比《ごろ》の娘《むすめ》、「今いくつねてから、正月じや」と云《いふ》を、「米の有《ある》時が正月よ」と、白眼形《にらむかたち》のおそろしく、門《かど》口より掛《かけ》も乞《こは》ずに立《(たち)》帰り。又有《(ある)》家《いへ》に入《(いれ)》ば、[五〇]公事《くじ》だくみなる女、[五一]うすき脣《くちびる》を動《うごか》し、「こなたから米《こめ》の銀《(かね)》、さい〳〵の御使《つかい》。かるも世の習《なら》ひなるに、扨《(さて)》もむごひ言葉《ことば》づかひ。「首引《くび(ひき)》ぬいても今取《(とる)》」と、いはれしを聞《(きか)》れましてから、亭主《ていしゆ》は[五二]震《ふるひ》つかれまして、今に枕《まくら》あがりませぬ。[五三]四匁五分《(ふん)》で首《くび》をぬかるゝは口惜《くちをし》き事」と、大聲《ごゑ》あ

の歳暮・年玉の祝儀に、御祈禱をした守り札や末広扇を贈る。二六 一年が十三ヶ月あるように、のんきな顔つきをして。二七「貧乏の花盛り」(二九三頁注一二)になる時を待つのは。二八 世間なみに。二九 医者への謝礼。三〇 わざと。医者は薬代を取立てることは出来ないから。三一 丁稚の仕着せの正月布子。三二 浅黄色。日に焼けたのを手染で色上げして用いるのであろう。三三 自分の世帯。三四 歳旦の和歌。年の内に詠んでおいて元旦に披露する。三五 皇都。三六 年季を無事に勤め上げると、主家から独立して商売を営む。↓補七〇。三七 数の多い喩え。三八 貧家の多い場末町の苦しい生活状態を見ると。三九 陰暦では大の月は三十日、小の月は二十九日。四〇 物日前の略。節季前。四一 謡曲忠度「さもいそがはしかりし身の」。四二 木綿を織る機。四三 布を織り上げて織機からおろすこと。原本振仮名「し」一字衍。四四 正月支度のいろんな必需品を、これで買おうと心づもりしている。四五 屑屋。古物・廃品を買い集めて廻る。四六 小さい金属製の灰掻きか(輪講、遠藤説)。四七 三本の脚のついた鉄輪。炉や風炉の中に立てて茶釜を置く道具。脚の先の釜を置く部分を「爪」という。四八 銭五百あれば、ゆったりと正月が迎えられるのだがという意。「年男」(七六頁注四)は年を取るにいいかけただけ。四九 可愛い盛りの。五〇 うるさがたの女。理を非に曲げてでも、何でも訴訟に持ちこもうとすること。五一 脣の薄いのは貧賤・多弁の相。五二 胃痙攣。五三 一升買いの米代。

一 議論するのもうるさいから。 二 春永の問題に残しておこう。 三 空色。浅黄色を色上げして染め直すには、茶系統の色をかけるのが普通。 四 袖口下の略。ほころび易いから共裂(ともぎれ)で継ぎを当てる。 五 神供の酒。 六 丈夫な着物。嬰児の首がすわることを「頭(かみ)が堅い」といい、強健の相とする。 七 質屋の土蔵。 八 売掛代金請求書。 九 銀包みの上に包み銀の目方と数を明記するのが作法。→二五七頁注二〇。一匁六分くらいを銀包みにするとは、いかにももったいらしい。 一〇 品質の粗悪な銀。→補二七。 一一 お前さんへの分として、わざわざ目方も掛けて用意しておいた。 一二 応対もしない。とりあわない。 一三 取れるだけでも取らぬのは損だ。 一四 亭主。 一五 家を出違うて留守にする。掛取敬遠策の一。→胸二ノ二。 一六 「百人並」に対して、容貌の人並なことをいう。 一七 頭髪。 一八 園部の衛門と薄雪姫との書簡体恋愛小説。初板寛永九年刊。ここは伊勢物語と共に、春狂言の外題に出たので、慰みに読みかえしていた体であろう。 一九 十二月の顔見世が終ると、正月から二の替り狂言を上演する。 二〇 京都では四条の東橋詰及び大和大路に、歌舞伎の定芝居があった。 二一 夫が妻を遺棄出奔すること。出奔後十ケ月以上経過すると、婚姻関係は解消せられ、妻は再婚することが出来る(頴)。 二二 馴れ馴れしく。 二三 妻には離婚請求権はないが、置去りの場合は請求することが出来た。 二四 離婚後の引受人、後夫希望者。 二五 誰だ彼だなどと。 二六 ふざけて。 二七 売掛帳。 二八 どうでもよい気になって。 二九 積善の家のもじり。借銭をしつけている家。 三〇 くわせ者。 三一 証拠金。→次頁注三九。 三二 見切りをつけて。 三三 売掛けの残金を回収しょうとして。 三四 現金取引にして。 三五 俵や

げて啼《なけ》ば、とやかく論《ろん》[一]もむづかしければ、「随分養生《ずいぶんやうじやう》めされ。命があらば春[二]のせんさく」と、云捨《いひずて》にして帰り。又さる家《いへ》に行《ゆけ》ば、浅黄《あさぎ》の上《うへ》を千種《ちぐさ》[三]に色《いろ》あげて、[四]袖下《そでした》につぎのあたりし布子《ぬのこ》に、御[五]三《み》寸《き》進《しん》じて悦《よろこ》び、「是《これ》はかみ[六]のかたき着《きる》物かな。此《この》十七八年《ねん》も、冬中《ふゆぢう》は人[七]の藏《くら》に有《あり》て、爰《こゝ》へもどりて正月をする事、めでたい」と、云《いふ》所へ行《ゆき》かゝりて、「筭用《さんよう》しませう」といへば、拾八匁二分《ふん》の[八]書《かき》出しに、「壱[九]匁六分《ぶん》数《かず》ひとつ」と書付《かきつけ》して、然《しか》も[一〇]つきの悪《わる》き銀《かね》を、「こ[一一]なたへ懸《かけ》て置《おき》ました。いやなら、いやになされ」と、猫《ねこ》の蚤《のみ》見て、あしら[一二]ひもせねば、是《これ》もぜひなく、とら[一三]ぬがそんと帰る。それより又、有《ある》方《かた》に行《ゆく》に、男[一四]は宿《やど》[一五]を出て、十[一六]人並《なみ》なる女、髪《かみ》[一七]かしら常《つね》よりは見よげに、帯《をび》も不断《だん》を仕替《しかへ》、薄雪《うすゆき》[一八]・伊勢《いせ》物語の草紙《さうし》取廣《とりひろ》げ、掛乞《かけごひ》あまたと打《うち》まじり、「春[一九]はどの[二〇]芝居《しばゐ》はやるべし」と、扨《さて》もゆるりとしたる有《あり》様《さま》。「是《これ》の主《あるじ》は何《いづ》かたへ」と問《とへ》ば、「年寄《より》女房が気《き》にいらぬとて、[二一]置去《をきざり》にしてゆかれました」と、別《べつ》[二二]して笑《わら》ひかゝる。「暇《いとま》[二三]とらしやれ。請取《うけとり》手《て》[二四]は[二五]我の、人の」とじや[二六]れて、懸《かけ》帳《ちやう》[二七]は心[二八]に消《けし》て帰《かへ》る。人程、賢《かしこく》て愚《をろか》なる者はなし。[二九]借《しやく》錢の宿《やど》にも、様ゝの仕掛者《しかけもの》[三〇]有《あり》。油断《ゆだん》する事なかれ。たとへば、萬《よろづ》の賣《うり》掛《がけ》する共《とも》、其《その》人と次第に念比《ねんごろ》にならぬやうに、常住《じやうぢう》の心入《こころいれ》、商《あき》人のひみつ也。親敷《したしく》成《なり》て能事《よき》もあれど、それは稀《まれ》なり。敷銀《しきがね》[三一]にして物を賣《うる》共《とも》、前より殘銀かさむ時

は、[三二]見切《(きり)》て是《(これ)》を捨《すつ》べし。[三三]それにひかれて、後は大分の損《そん》をする事、みな人先《さき》の見えぬ欲《よく》からなり。此《(この)》米屋も、[三四]當座銀《たうざぎん》にして、[三五]俵なしには[三六]かり賣《うり》の四五年は、仕合《(しあはせ)》のかさなりけるに、有《(ある)》時、[三七]西陣《にしぢん》の絹織《きぬをり》屋へ[三八]俵米賣初《たはらごめうりそめ》、[三九]置替《をきがへ》の約束も、年ゝかさみて、筭《さん》用はあひながら、[四〇]その銀《かね》ふさがりて、[四一]手まはしなりがたく、後《のち》は[四二]碓《からうす》の音《をと》たえて、[四三]釣掛升《つるかけます》のみ殘れり。掛商《かけあきな》ひには、分別有《ふんべつ(ある)》べし。

第三　大豆《まめ》一粒《りう》の光《ひか》り堂《だう》

煮り豆に花咲く川端の九助。豆一粒から初瀬街道の常灯

[四四]鑛《あらがね》の[四五]土割《つちわり》、手づからに畑《はた》うち、女は麻布《あさぬの》を[四六]織延《をりのべ》[四七]足引《あしびき》の[四八]大和機《やまとばた》を立《たて》、[四九]東《ひがし》あかりの[五〇]朝日《あさひ》の里《さと》に、[五一]川ばたの九介とて[五二]小百性《びやくしやう》ありしが、[五三]牛《うし》さへ持《もた》ずして、[五四]角《つの》屋作《づく》りの淺《あさ》ましく住《すみ》なし、幾秋《いくあき》か[五五]壱石《こく》二斗の御年貢《(こねん)ぐ》をはかり、五十餘迄同《をな》じ皃《かは》にて、年越《こし》の夜《よ》に入《(いり)》て、ちいさき窓《まど》も世《せ》間並《なみ》に[五六]鰯《いはし》の首《かしら》・柊《ひらぎ》をさして、目《め》に見えぬ鬼《をに》に恐《をそ》れて、[五七]心祝《いは》ひの[五八]豆《まめ》うちはやしける。夜明《よあけ》て、是《(これ)》を拾《ひろ》ひ集《あつ》め、其《(その)》中の一粒《りう》を野《の》に埋《うづみ》て、「もし、[五九]煎豆《いりまめ》に花の咲《さく》事もや」と待《まち》しに、[六〇]物は諍《あらそ》ふまじき事ぞかし。其夏《(その)なつ》、[六一]あを〱と枝茂《えだしげ》りて、秋は自《をのづ》から実入《み(いり)》て、手一合《がふ》にあまるを、溝川《みぞがは》に蒔捨《まきすて》、毎《まい》年[六二]かり時《とき》を忘《わす》れず、次第に[六三]かさみて、十年も過《すぎ》て、八十八石《こく》になり

繩・糠などは売却して金に換えるから、「俵なしの計り売」は値を安くすることが出来る。 三六 玄米を精白して小売する。 三七 西陣の織物屋では、織工に対する給食用に多量の米を購入する。 三八 玄米。 三九 保証金を取立てて、商品を給付する販売法。売掛金が保証金を超過するようになれば、保証金の追徴をする(穎)。 四〇 その代金が焦げついて。 四一 資金の運用。 四二 踏み臼。小売米屋は見世の土間に碓を据えて精白していたから、搗米屋ともいった。 四三 周縁を鉄板で堅め、上辺対角線に鉄の弦を張った升。斗量の不正防止のため、枡座の改め判のある弦掛升以外は使用出来ない。 四四 土の枕言葉。 四五 夫は「土割」を手にして自ら畑を打ち返して。「土割」は釿鍬《てをのぐわ》の一種。土塊を砕き、畑の筋切りをするに用いる。 四六 布の長さ・幅に織縮みが出来ないように、目度布の糸の長さに合せて織ること。→補三二一。 四七 山(大和)の枕言葉。 上機は左右の足を交互に動かして、踏み木を踏んで織る。 四八 大和地方で奈良晒の原料の麻布を織る機。木綿機(下機)に対して単に上機ともいう。→一四九頁注四二。 四九 土間を機屋に使用するため、東窓から採光するように建ててある。 五〇 今、奈良県朝和村大字佐保庄の支部落。東明り→朝日。 五一 佐保庄に「川ハタ」という地名がある。 五二 小百姓。本百姓(高持)に対して小前(小作農)をいう。 五三 牛は百姓の財産。 五四 入母屋づくりの本屋に棟を寄せかけて建てた別竈の小屋。百姓の次・三男が多い。→補三二二。 五五 ここは年貢(下作宛米)と小作米(地主作徳米)とを合せたものか。 五六 「ひらぎ」は「ひひらぎ」の誤り。

鬼の目を突き、魚臭によって鬼を退散させる呪。五七 貧乏暮しに鬼やらいするまでもないが、心祝いだけに。五八 炒り豆を撒いて「福は内鬼は外」と唱え言する。五九 諺「炒り豆に花咲く」。あるべからざる事が実現する喩。六〇 物事は軽率に判断を下してはならぬ。六一 夏大豆という。陰暦三月上旬の頃播種すれば七月頃結実する。六二 農業全書、二「凡蒔きて百廿日にて刈り収る物なり」。六三 収穫高が増して。

勤勉と工夫、農具の発明。後には大和きっての綿商人

一 奈良より山辺郡佐保庄(朝日はその建場)に入り、磯城郡柳本・三輪・慈恩寺を経て初瀬に至る。大和地方では「上街道」という。二 ↓補三〇四。三 田畑永代売買禁止の触が出ているが、実際には本物返し・質入れ・頼納などの形式で売買譲渡が行われていた。四 大高持ちの本百姓。五 米・麦の耕作の合間に、時節に叶うた作物として木綿(きわた)を栽培して。六 木綿の施肥には「棒糞」の方法を用いる。これを「こやしのしかけ」という。↓補三一三。七 綿間引き。荒間引き・中間引き・たて間引きの三度。八 河内地方でよく行われる半田(掻き揚げ田)の方法と同じ耕作法であろう。綿圃要務、下「河内国辺にて、田の土をかきあげ木綿をつくり、ひくき溝へ稲をつくる、是を半田といふ」。↓補三一四。九 木綿の花のつぼみを「桃」といい、つぼみが出来ることを「蝶がつく」という。葉の数だけ「桃」がつく。一〇 自然の力ではない。一一「金ざらへ」とも。麦・菜種の刈株を起し土塊を砕きならすに用いる。一二 通し箕の略。とうみ。風車を仕掛けて穀物の実と籾殻・粃(しいな)を吹き分ける農具。一三 上下二段の箱の下段に銅網を

ぬ。是《(これ)》にて大きなる灯籠《とうろう》を作《つく》らせ、[一]初瀬《はせ》海道《かいだう》の闇《やみ》を照《てら》し、今《いま》に[二]豆灯籠《まめどうろう》とて、光《ひか》りを残《のこ》せり。諸事《しよじ》の物、つもれば、大願《ぐはん》も成就《じやうじゆ》する也《(なり)》。

此《(この)》九助《すけ》、此《(この)》心から次第に家栄《さか》へ、[三]田畠《たはた》を買求《かいもと》め、程なく[四]大百性《しやう》となれり。[五]折ふしの作り物に、[六]肥汁《こやし》を仕掛《しかけ》、[七]間《あひ》の草取《くさ(とり)》、[八]水を掻《かき》ければ、自《をのづ》から稲《いね》に実《み》りの房振《ふさぶり》よく、木綿《きわた》に[九]蝶《てふ》の数《かず》見えて、人より徳《とく》を取事《(とる)》、是《(これ)》、[一〇]天性《てんせい》にはあらず。朝暮《てうぼ》油断《ゆだん》なく、鋤鍬《すきくは》の禿《ちびる》程、はたらくが故《ゆへ》ぞかし。萬《(よろづ)》に工夫《くふう》のふかき男にて、世《よ》の重寶《てうはう》を仕出《しだ》しける。鉄《くろがね》の爪《つめ》をならべ、[一一]細攫《こまざらへ》といふ物を拵《こしら》へ、土《つち》をくだくに、是《(これ)》程《(ほど)》人のたすけになる物はなし。此《(この)》外、[一二]唐箕《たうみの》・[一三]千石《(せんごく)》通《どを》し。麦こく手業《わざ》もとげ[一四]しなかりしに、[一五]鉾竹《とがり》をならべ、是《(これ)》を[一六]後家倒《ごけだをし》と名付《な(づく)》。[一七]古《こ》代は、二人して穂先《ほさき》を扱《こき》けるに、力《ちから》も入《(いれ)》ずして、しかも一人して手廻《まは》りよく、是《(これ)》をはじめける。

其後《(その)のち》、女の綿仕事《わたし》まだるく、殊更《ことさら》打綿《うちわた》[一八]の弓、やう〳〵一日に五斤《きん》[一九]ならでは粉馴《こなれ》ぬ事を思ひめぐらし、もろこし人《(びと)》の仕業《しわざ》を尋《たづ》ね、唐弓《たうゆみ》[二〇]といふ物はじめて作出《つくり》し、世の人に秘《かく》して、横槌《よこづち》にして打《うち》ける程に、一日に三貫目づゝ、雪《ゆき》[二一]山のごとく、繰綿《くりわた》を買込《かいこみ》、あまたの人を抱《かゝ》へ、打綿幾丸《うちわたいくまる》[二二]か江戸[二三]に廻《まは》し、四五年のうちに大分限《ぶんげん》になりて、大和《(やまと)》に隠《かく》れなき綿商人《わたあき(んど)》と成《なり》、平野《の》[二四]村・大坂[二五]の京橋、冨田《とん》[二六]屋・錢や・天王寺《わうじ》屋、何《(いづ)》れも綿問屋《わたどひ》に、毎《まい》日何百貫目と云限《いふかぎ》りもなく、攝《せつ》河兩國《かりやうごく》の木綿買取《きわたかいとり》、秋冬少《あきふゆすこ》[二七]しの間に、毎《まい》年利を得《え》て、三十年餘《あま》りに千貫目の書《かき》置《をき》して、其身《(その)み》一代は樂《らく》と云《(いふ)》事もなく、子孫《しそん》の爲《ため》によき事をして、八十八にて空《むな》しくなりぬ。

死光《しにびか》[二八]りのして、折《をり》しも十月十五日[二九]、浄土《じやうど》[三〇]は願《ねが》ひのまゝに、野邊《のべ》の煙《けぶり》になして、

張って、落下する搗米から糠を分離させる農具。一四 しんきくさい。まだるい。一五 尖り竹。一六 稲扱《(いねこき)》の俗称。木馬の背に竹の歯を植え並べた脱穀用具。従来寡婦の賃仕事であった稲こきを取上げて失職させたという意味で「後家倒し」と名づけられた。↓補三二五。一七 古くは扱箸《(こきばし)》または扱竹《(こきだけ)》を用いて脱穀した。扱箸の大きいものになると、一人は麦束を持ち、一人は扱箸を操作して、二人がかりで作業する。↓補三二六。一八 綿弓。綿花から繰り取った綿を極細の繊維にさばく道具。一間半の竹製の弓に木綿の撚糸《(よりいと)》の弦を張り、竹箆で弦を叩いてその震動で綿をこなす。一九 大和では二百五十匁を実綿の一斤とする。二〇 正保・明暦の頃長崎へ来航の中国商人がもたらした綿打器。五尺余の木弓に鯨の弦を張ったものを横槌で叩いて綿をこなす。↓補三二七。二一 打綿の堆積の状。同時に「山の如く繰綿を買ひこみ」と続く。二二「一本」ともいう。筵の包装の仕方で綿の目方に相違がある。↓補三二八。二三 大阪から菱垣廻船(綿番船)によるコースと、笠置を経て津から船積みする白子廻しのコースとがあった。二四 平野郷(今、大阪市住吉区)は摂津・大和・河内・和泉地方の綿の集荷地。綿問屋が多く相場が立った。二五 今、東区京橋一丁目に綿市場があった。二六 難波雀、木わた問屋「京橋 富田や九郎兵衛 同銭屋勘兵衛」。天王寺屋は未考。天王寺にも「綿や宇兵衛・同三郎兵衛」という問屋があった。二七 綿の市場取引は秋九月、冬十月末から江戸積みする。二八 ↓九〇頁注三五。二九 釈尊成道正覚の日。浄土宗では陰暦十月六日から十夜念仏を勤め、この日に終る。

始末でのばした千七百貫目の書置。あけて見てびっくり

[一]それ[二]百ケ日も過行《すぎゆけ》ば、遺言《ゆいごん》の通《とを》りに、[三]有原寺《(あり)はらでら》の法師《し》を[四]證據《しやうこ》に、[五]御非時《ひじ》の上にて、ゆづり状《じやう》の箱《はこ》を開《ひらき》て見しに、有銀《(ありがね)》一千七百貫目、一子九之助に相渡《あひ》し、なを家《いへ》屋敷・諸道具《しよだう》の義は、[六]書載《かきのする》に及ばず。扨親類《さてしんるい》のかたへ、それ〴〵の[七]所務分《しよむわけ》の書《かき》付讀《(つけ)よみ》しに、「[八]三輪《(み)わ》の里の[九]姨《をば》の方へ手織《てをり》の[一〇]筭《さん》くづしの綿袷《もめんあはせ》ひとつ・紬地《つむぎぢ》の首卷《くびまき》・[一一]桑《くは》の木《き》の[一二]鐘木杖《しゆもくづえ》壱本。[一三]吉野《の》の下市《しもいち》に住《すみ》し弟《をとゝ》の方《かた》へ、[一四]三星小紋《みつぼしこもん》の布子《ぬのこ》に[一五]もじの肩《かた》衣《ぎぬ》、是《(これ)》を送《をく》るべし。[一六]岡寺《をかでら》の妹《いもと》に、[一七]花色《いろ》の布子《ぬのこ》に黒《くろ》き[一八]半襟《はんえり》のかゝりしを一つ、[一九]生《き》平《(ひら)》の帷子添《かたびらそへ》てとらすべし。[二〇]同姪《をなじくをい》に、病中下《びやうちうした》に敷《しき》たる[二一]立嶋《(たつ)じま》の補團《(ふとん)》・[二二]中柑子《(ちう)かうじ》の[二三]革《かは》足袋《たび》一足《そく》。是《(これ)》は縫《ぬひ》ちゞめて、はくべし。[二四]唐《から》竹の煙管筒《きせるづゝ》・[二五]日野絹《ひのぎぬ》の頭巾《づきん》、此二色《(このふた)いろ》は、藥師《くすし》の中林道伯老《なかばやしだうはくらう》へ形《かた》見なり。[二六]柹染《かきぞめ》の夏羽織《なつばをり》、袖《そで》の鼠喰《ねずみくひ》を見えぬやうに継《つぎ》を當《あて》、[二七]寺同行《てらどうぎやう》の仁左衞門殿へ進《しん》ずべし」。家《いへ》久敷《(しき)》手代二人有《(あり)》けるに、壱人には、置《をき》ふるびし十露盤《そろばん》壱丁とらせける。又壱人には、つかひなれし秤《はかり》壱丁譲《ゆづ》りける。書置《かきをき》見ぬうちは頼《たの》もしく、何《いづ》れも開《ひら》くを待兼《まちかね》しに、[二八]いかな〳〵、金銀の事は壱匁《モ》書付《かき(つけ)》なくて、をの〳〵飽果《あきれはて》、「[二九]手前のよき親類《しんるい》も、錢銀《ぜにかね》の便《たよ》りにはならぬ物」と、今迄[三〇]洒《こぼ》せし涙《なみだ》をやめて、此家《(この)いへ》を見限《かぎ》り、我里《わが》〳〵に帰りぬ。千七百貫目の銀《かね》は、一代の始末《しまつ》にて[三一]舒《のば》しければ、一門《もん》ほしがればとて、沢山《たくさん》にやる筈《はづ》もなし。

三〇 仏縁が深いから。

一 それより。 二 当時は死後百ヶ日まで法事を勤め、百ヶ日に年寄・五人組・親類立会で遺言状を開封した。 三 本光明山補陀落院在原寺。今の天理市大字石上にある在原業平の旧跡。真言宗、興福寺末。 四 立会人として。 五 僧に供する午後の食事。 六 子供が二人以上ある時は分割相続が原則だが、ここは一人息子だから単独相続。 七 形見分け。↓三七頁注四九。 八 奈良県磯城郡三輪町。 九 母の姉妹。 一〇 算木崩しの模様。木綿縞に多い。挿絵左下の人物の着衣がそれ。 一一 中風の予防になるという。 一二 撞木杖。↓四三頁注三七。 一三 奈良県吉野郡下市町。 一四 山形に並べた三星点を散らした模様。挿絵左上人物の着衣がそれ。 一五 経緯共に麻の撚り糸で織った、目の粗い布。肩衣(六〇頁注八)地に用いる。 一六 奈良県高市郡高市村大字岡。東光山竜蓋寺(俗称岡寺)の所在地。 一七 縹(はなだ)色の木綿の綿入れ。 一八 ↓三五頁注三〇。 一九 経を撚り糸、緯を平積み糸で織った麻布(平布)の晒さぬものをいう。 二〇 甥。めい・おい両義。 二一 竪縞の蒲団。 二二 「柑子色」は黒みがかった黄色。「中」は濃度を示す。 二三 ↓六〇頁注一。 二四 大和国添上・山辺郡地方で布袋竹(一名琉球竹)をいう。きせる筒・花生けなどに用いる(真)。 二五 ↓二三三頁注三五。 二六 大和郡山産の柹渋染の麻で作った羽織(真)。 二七 旦那寺を一にする信者仲間。 二八 何の何の。 二九 裕福な親類でも。 三〇 「洒」はソソグ、転じてコボスと読ませた。 三一 ↓四五頁注一八。「舒」はノビル、伸也とある。

此《(この)》九助、一生絹物肌《しやうきぬものはだ》に着《き》ざる印《しるし》は、[三二]此度《(この)》の改《あらた》めにてしれぬ。[三三]四十二の厄《やく》年《(どし)》に、絹《きぬ》の下帯《をび》一《(ひと)》筋はじめて買《かは》れしが、少しも汚《よご》れめつかず、其《(その)》まゝに有《(あり)》ける。親仁《をやぢ》の身の廻《まは》りとては、右の通りの外なく、[三四]藤巻柄《ふぢまきづか》に胡桃《くるみ》の目貫《めぬき》の相《あひ》口一《(ひと)》腰《こし》、[三五]熟革《なめしがは》の横《よこ》ひだの巾着《きんちやく》に、鹿《しか》の角《つの》の根付《ねつけ》、[三六]長門練《ながとねり》の無地《むぢ》の印籠《ゐんろう》、是《(これ)》ならでは、[三七]世《せ》間道具《だうぐ》ひとつもなかりし。

九之助、是《(これ)》を淺《あさ》ましく思ひ、はや遺言状《ゆいごんじやう》を背《そむ》き、親類《しんるい》・手代迄も、それ〴〵に銀子《(ぎんす)》を分《わけ》とらせけるを、親《をや》とは各別《かくべつ》の心ざしと、人皆《みな》悦《よろこ》び出《(で)》入《(いり)》申《(まうし)》、むかしに替らず商賣《しやうばい》するうちに、有時《(ある)》、多武峯《(た)ふのみね》の麓《ふもと》里[三八]二王堂《わうだう》と云《いふ》所に、京・大坂の[三九]飛《とび》子《こ》の隠家《かくれが》を、しるべの人にそゝのかされ、爰《こゝ》にかよふ事つのりて、[四〇]戀《こひ》の二道《(ふた)》をかけ、[四一]奈《な》良《ら》木《き》辻《つぢ》狂《ぐる》ひも、程なくいやになりて、[四二]今の都の、[四三]和國《わこく》・もろこし迄《まで》も、[四四]引舟《(ひきふね)》まかせに買《かい》つめ、やむ事なきを、母親《はゝをや》の歎《なげ》きて、[四五]十市《とをいち》の里より色よき娘《むすめ》よびむかへしに、[四六]分里《わけざと》の美形《びけい》を見なれたる目なれば、中〳〵是《(これ)》にてとまらぬ事を[四七]思ひとなり、母人《はゝ(びと)》も終《つゐ》に果《はて》られし後《のち》、異見《ゐけん》云《(いふ)》人もなくて、萬事《ばんじ》を捨《すて》て、年久敷《(しく)》さはぎぬ。

其後《そのゝち》は、下ゝ《(したじた)》迄も見かぎりて、奉公外《ほうこうほか》になしける。され共《(ども)》、夫婦《ふうふ》の中に、いつ共《(とも)》なふ男子《なんし》三人有《(あり)》て、[四八]家継《やつぎ》は氣遣《きづか》ひなかりしに、いよ〳〵、九之助[四九]酒婬《しゆゐん》のふ

三二　遺言状の調査。　三三　男の大厄に当る。節分の夜厄落しに褌を落すことはあるが、厄年に新しい褌をしめること未考。　三四　柄を藤蔓で巻き、目貫の金具に胡桃の彫刻をした短刀。長さ九寸五分、鍔なし。　三五　唐革の巾着。　三六　もと長門国で製作した印籠。印籠の木地に続飯(そくい)を練って牛革を貼りつけ、黒漆塗にしたもの。蒔絵を施したものもある。薬入れに用いる。　三七　外出時の装身具。外出し、人と交際することを「世間する」という。

三八　奈良県磯城郡仁王堂村。多武峰の山続きの倉梯山の麓。旅廻りの陰間若衆の宿があったこと↓一代男、二ノ一。

親に似ぬ子の色遊び。上りつめては奈良から京まで

三九　遊女・野郎に宿を提供することは諸国とも禁制であったから。

四〇　飛子狂い(男色)と木辻通い(女色)を指す。「奈良坂やこのて柏の二面」の歌にて「奈良」に続く。　四一　奈良の遊廓。木辻・鳴川(なるかわ)の二町から成る。↓一代男、二ノ四。　四二　「古の奈良の都」に対して、京都をいう。　四三　和国・唐土共に島原中之町一文字屋七郎兵衛抱えの太夫。

四四　太夫に附添って客の遊興を助ける囲女郎。「唐土までも行く船の」の古歌をもじって、唐土↓引舟と続く。　四五　奈良県磯城郡十市町。

四六　遊廓の美女。当時は美女の代表は遊女と考えられていた。　四七　苦に病んで。

四八　家の跡つぎ。　四九　酒と女。

たつに[一]身をせめ、八九年のうちに、[二]頼《たの》みすくなき身となつて、三十四の年に頓《とん》死《し》、驚《をどろ》くに甲斐《かひ》なく、[三]無常野《むじやうの》に送《をく》りける。

九之助も、[四]身の程は覚悟《かくご》して、兼《かね》て書置《かきをき》したゝめ置《をき》しを、手代共あつまり、「[五]若年《じやくねん》の人ゝなれば、跡《あと》の事共心もとなし。金銀はいづれも[六]の中へ預《あつか》り、かた〴〵御成長《せいちやう》の時分《じぶん》、相渡《あひわた》し申《まうす》べし」と、[七]心底残《しんていのこ》らぬ内談《ないだん》。石流《さすが》むかしのよしみと、所の人ゝ是《これ》を感《かん》じ、先〳〵《まづく》書置開《かきをきひらい》て見しに、皆〳〵《みなく》[八]横手《よこて》をうちける社道理《こそだうり》なれ。有銀《ありがね》千七百貫目はつかひくづし、是《これ》は借銀《しやくぎん》の書置《かきをき》、興《けう》を覚《さま》しける。「[九]京井筒《ゐづゝ》屋吉三郎殿、小判弐百五十両かり有《あり》。是《これ》は[一〇]悪所《あくしよ》にて、金子《きんす》の入《いる》事俄《にはか》なれば、借用《しやくよう》して耻《はぢ》をすゝぎければ、[一一]義《ぎ》理のかり金なり。是《これ》は惣領《そうりやう》九太郎、成人の後随分《のちずいぶん》かせぎ出し、[一二]濟《すま》すべし。大坂の[一三]道頓堀《だうとんぼり》にての遊興《ゆうけう》の[一四]分《わけ》の立《たた》ぬ事、[一五]一《ひと》つ書《がき》にしてあるなれば、是《これ》は九二郎濟《すま》すべし。此外《このほか》、所ゝ買《かい》がゝり、纔《わづか》三十貫《くはん》目ばかりなれば、是《これ》は九三郎、[一六]寄〳〵《よりく》に濟《すます》べし。家屋敷・諸道具《しよだうぐ》は、[一七]所のさし引《ひき》に[一八]分散《ぶんさん》して相《あひ》渡《わた》すべし。跡《あと》の弔《とぶら》ひは、後家《ごけ》にさすべし。[一九]書置仍而如件《かきをき(よってくだんのごとし)》」。

第四　朝《あした》の塩籠《しほかご》夕《ゆふべ》の油桶《あぶらをけ》

千七百貫目の借金の書置。あけて見てびっくり

一 身体を酷使して。
二 衰弱の極、いつ死ぬかも知れぬこと。
三 墓場。
四 死期の近いことを悟って。
五 三人の遺児を指す。
六 手代仲間として保管し。主人幼少の時は手代が後見人となって、商売ならびに家事の面倒を見ることはよくある。
七 誠意を披瀝しての。真実主家を思っての相談。
八 ここは驚きあきれたさま。
九 不明。
一〇 遊里(遊廓・芝居)をいう。
一一 返却しなければならぬ義理ある借金。
一二 皆済せよ。
一三 ⇩一〇〇頁注三。浜側の芝居茶屋或は畳屋町・玉屋町附近の野郎宿での遊興をいう。
一四 遊興代未払い分。遊里にて勘定を支払うことを「分を立てる」という。
一五 箇条書。
一六 機会あるごとに。
一七 その土地での借金。
一八 自己破産。⇩補一一八。
一九 手形・証文などの最後に記す形式的文句。記載事項は以上の通りという意。これだけが普通の遺言状の書式に叶っているところが滑稽。
二〇 鹿島の言触れの唱え言。
二一 茨城県鹿島郡鹿島町にある鹿島神宮。祭神は武甕槌神。国内に天変地異疫病などが起る時、必ずその異変を予告して人々を戒めるという。
二二 身代。
二三 鹿島の神詠と伝える古歌の下の句「鹿島の神のあらん限りは」をもじった。

「二〇是《(これ)》やこなたへ、御免《めん》なりましよ。二一鹿嶋大明神《かしまだいみやうじん》さまの御詫宣《たくせん》に、人の二二身袋《しんだい》は、「二三動《ゆるぐ》ともよもやぬけじの要石《かなめいし》、商神《あきないがみ》のあらんかぎりは」との御詠哥《ゑいか》の心は、惣《そう》じて産業《すぎはひ》の道、二四翺《かせ》ぐ《く》に追付貧乏《をひつくびんぼう》なし」と、二五言觸《ことふれ》がいふてまはりしに、二六正直《しやうぢき》の耳《みゝ》にはさみて、壱文の錢《ぜに》をもあだにする事なかれ。むかし二七青砥《あをと》左衛門が、二八松炬《たいまつ》にて二九鎌倉《かまくら》川をさがせしも、世の重寶《てうほう》の朽捨《くちすた》る事を惜《をしみ》ての思案《しあん》ふかし。それは三〇西明《さいみやう》寺《じ》の御時にて、三一松・櫻《さくら》・梅《むめ》を切《きつ》て、薪《たきゞ》やをしても三二抓取《つかみ(どり)》のある世なり。今は三三銀《かね》がかねを設《もうく》る時節《じせつ》なれば、中〳〵油断《ゆだん》して渡世《とせい》はなりがたし。

爰《こゝ》に、常陸《ひたち》の國《くに》に、其《(その)》身一代のうちの分限《ぶんげん》、十万両の三四鏐《こがね》が原《はら》と云《いふ》所に、三五日暮《ひぐらし》の何《なに》がしとて、三六棟高《むねたか》く屋作《づく》りして、人馬《じんば》あまた抱《かゝ》へ、田はた百町にあまり、家《いへ》栄《さかへ》て不足《ふそく》なし。三七すゑ〳〵の里《さと》人を憐《あはれみ》、慈悲《じひ》ふかく、此《(この)》人所の寶《たから》と、村の草《くさ》木もなびきける。始《はじめ》は、纔《わづか》なる三八笹葺《さゝぶき》に住《すみ》て、夕《ゆうべ》の煙細《けぶりほそ》く、朝《あした》の米櫃《こめびつ》もなく、着類《きるい》も春夏《はるなつ》のわかちなく、只律義千萬《たゞりちぎせんばん》に身をはたらき、夫婦諸共《ふうふもろとも》に三九うき時を過《すぐ》しぬ。朝《あした》は四〇酢《す》・醬油《しやうゆ》を賣《うり》、昼《ひる》は塩籠《しほかご》を荷《にな》ひ、夕《ゆふ》ぐれは油《あぶら》の桶《をけ》に替《かは》り、夜《よる》は沓《くつ》を作《つく》りて馬《むま》かたに商《あきな》ひ、若《わか》き時より一刻《こく》も徒居《たゞゐ》をせず。毎《まい》年内證《しやう》よろしくなりて、五十余迄《よまで》に錢《ぜに》三十七貫《くはん》四一延《のば》しける。此《(この)》男《をとこ》、商賣《しやうばい》に取付《(とりつき)》て此《(この)》かた、一錢《せん》も損《そん》をしたる例《ためし》なく、年〳〵に利得《りとく》を求《もと》めたれ共《(ども)》、四二元《もと》すこしの事なれば、金子《(きんす)》百兩になる事、

鹿島の言触れも「一文の銭をもあだにする事なかれ」。今は金が金を儲ける世の中

二四 諺。振仮名「く」一字衍。
二五 鹿島明神の御託宣と称するものを触れ歩いて米銭を乞う似せ神職。
二六 素直に受取って。
二七 青砥左衛門尉藤綱。北条時頼執権時代の鎌倉幕府評定衆。川に落した十文の銭を探させた話は太平記に出て有名。
二八 炬松。松明。
二九 滑川(なめりがわ)を指す。
三〇 最明寺殿。北条時頼をいう。
三一 謡曲鉢の木からの着想。雪夜秘蔵の鉢の木を薪に焚いて、廻国行脚の時頼をもてなした佐野源左衛門常世を薪屋に見立てた。
三二 ↓三四頁注一〇。
三三 諺。「設」は「儲」の誤り。

日暮玄蕃の小金御殿。東長者の由来

三四 千葉県東葛飾郡小金町を指す。「小金原」は小金町の近傍方四十里にわたる原野。徳川幕府の放牧場になっていた。正しくは下総国に属するが、常陸国と記したのは理由がある。↓補三二九。十万両の黄金を貯えて、小金が原に住んでいたと続く。
三五 小金町小金中宿にあった水戸家の小金御殿預りの日暮玄蕃。代々又左衛門を称す。同地方の勢力者。↓補三〇五。
三六 棟高きは富家のしるし。
三七 名子・被官・小作人などの出入りの百姓。
三八 見すぼらしいくず家。
三九 貧乏暮しに堪えていた。
四〇 在郷を小売行商する。
四一 始末して残した。
四二 元手金。

居候の浪人者それぞれの身の行末。成り下りても死なれぬは命

一 生活の安定を得かねて。徳川時代初期には浪人の取締りきびしく、浪人に宿舎を提供するには一々当局の許可を要した。
二 御出入り筋。おそらくは水戸侯か。
三 提供して。
四 日暮が水戸侯から給与せられていた扶持米を分ち与えたのであろう。
五 封建制度の強化、大名の財政的窮乏に伴って武士浪人の就職は益々困難になった。
六 田舎ずまい。
七 教養ある人間。
八 人倫の道。道義。
九 ここは報恩の意。武士の浪人が寺子屋教育に従事する例はよくあった。
一〇 大学・中庸・論語・孟子(四書)の音読(素読)は初等教育の最初の課程。
一一 そそのかして。
一二 吉原通いの手ほどきをし。
一三 出来たから。腕が立ったから。
一四 うつぎは白く柔かい木で耳掻きに専ら用いる(輪講、鴬魚説)。手偏に覺はミダルル・ミダス。また手を動かす意。
一五 鼠の彫刻。根付・緒留めに用いたのであろう。
一六 精を出して。
一七 ↓八八頁注一七。日本橋南一丁目に小間物屋が多くあった。
一八 海道下り・山崎通いなどの類をいう。この小歌に舞の手をつけたのが「小舞」、踊の基本になっている。
一九 熱中して。
二〇 間拍子の正確なこと。

中〳〵むつかしく、漸《やうやく》百両に積《つもり》て、それより次第《しだい》に東長者《あづまちやうじや》となりぬ。然《しか》も男《なん》子《し》ばかり四人ありて、何《なに》に不足《そく》もなし。

此所は、江戸《えど》より程《ほど》ちかければ、此《(この)》人の頼《たの》もしき事を聞及《きゝをよ》び、長浪人《ながらうにん》の一身を隠《かく》しかね、二筋《すぢ》目有《(ある)》かたより状《じやう》を添《そへ》られ、鏐《こがね》の里《さと》に行《ゆき》て、ひたすら頼《たの》みけるに、此男《(この)をとこ》心ざし深《ふか》く、藁葺《わらぶき》の庵《いほり》を三渡《わた》して、四扶持《ふち》を分置《わけをき》けるに、後《のち》は七八人も有《(あり)》て物かしましけれど、五牢《らう》人うれがたき世なれば、いづれも是非《ぜひ》なく、六里《さと》の月日をかさねぬ。此《(この)》中に、森嶋權《もりしまごん》六といふ男、すこし七こびたる者《もの》にて、学力《がくりき》あれば、八道を忘《わす》れず。かくやつかいになれる九恩賞《をんしやう》に、せめてはと思ひ、四人の子共に一〇四書《しよ》の素讀《そよみ》をさせけるは、殊勝《しゆしやう》なり。又、木塚《きづか》新左衛門といふ男は、中《(なか)》むす子を一一進《すゝ》め、一二三野《や》色《いろ》道をおしへ、大分の金銀をつかはせける。宮口半内《みやぐちはんない》

と云《いふ》男は、小刀細工《こがたなざいく》[一三]き〻ければ、卯木《うつぎ》[一四]の耳攪《みゝかき》・鼠《ねずみ》[一五]の作《つく》り物仕出して、明暮油断《あけくれゆだん》なく情《せい》[一六]に入《(いれ)》、江戸の通《とを》[一七]り町《(ちやう)》に遣《つか》はし、五六年に銀子《ぎんす》ためけるは、此《(この)》時にいたりての才覚人《さいかく(にん)》なり。又大浦甚《をゝうらぢん》八といふ者は、小哥《(うた)》[一八]・小舞《まひ》に気《き》[一九]を移《うつ》し、後《のち》には自《をのづ》から拍子《ひやうし》[二〇]き〻て、人の爲《する》程の事習《なら》ひ得《え》ずといふ事なし。又岩根番《いはねばん》左衛門と云《(いふ)》人は、其《(その)》さますぐれて大男《をとこ》、髭生《ひげをひ》て眼《まなこ》すさまじく、使役《つかいやく》[二一]にしても三百石[二二]が物は見えたり。然《しか》れ共《(ども)》此《(この)》人、形《かたち》に似《に》せぬ心入《(いれ)》。佛の道にかしこく、身をせ〻る蚤《のみ》を殺《ころ》さず、足下《あしもと》の蚓《みゝず》を踏《ふま》ず、正直《しやうぢき》[二三]の頭《かうべ》ばかりは恐《をそ》ろし。又赤堀《あかぼり》宇左衛門と云男《いふをとこ》は、此《(この)》身に成《(なり)》ても鉄炮《てつぽう》[二四]を殘《のこ》し置《をき》、無《む》用の盗鳥《ぬすみどり》[二五]、野《の》山の狼《をゝかみ》を殺《ころ》し、鞘咎《さやとがめ》[二六]、武勇達《ぶようだて》[二七]、年中我《わが》ま〻をふるまひける。それ〴〵の人心、かく替《かは》り有《(ある)》こそ浮世《うきよ》なれと、かくまへ置《をき》し主《あるじ》は、此《(この)》善悪《ぜんあく》をたゞさず置《をき》しに、世の牢《らう》[二八]人改《あらた》めに、皆〻《みな〳〵》[二九]所を送《をく》りける。

其後《そのゝち》、つら〳〵世上《せじやう》を見るに、色〻《いろ〳〵》に成行《なりゆく》さまこそおかしけれ。書物好《しよもつずき》の權《ごん》六は、神田《かんだ》の筋違橋《すぢかひばし》[三〇]にて太平記[三一]の勧進讀《くはんじんよみ》。好色《かうしよく》の新《しん》左衛門は、十[三二]面《めん》新吉と名をよばれて、田町[三三]に茶《ちや》屋して、日比《ひごろ》きいたる口三味線《ざみせん》、太皷持《たいこもち》となれり。細工利《さいくきゝ》の半内は、芝《しば》[三四]の神明《しんめい》の前《まへ》にて、澁紙敷《しぶかみしき》ての小間《ま》物賣《うり》。今[三五]に編笠《あみがさ》おかし。音曲好《をんぎよくずき》の甚《ちん》八は、又九郎[三六]が芝居《しばゐ》に入《(いり)》て、やう〳〵口[三七]の世で抱《かゝ》へられ、朝《あさ》から晩《ばん》まで尤役《もつともやく》[三八]につかはれ、身[三九]をそれになしける。武士顔《ぶしがほ》をやめざる宇左衛門は、心[四〇]のごとく

二一 使者役。幕府・大名共に主人の名代として、軍令伝達・外交を勤めるので、人品骨柄のすぐれた能弁者を選任した。
二二 三百石取りの値打はある。
二三 性正直で、顔つきだけは恐ろしい。
二四 武士の嗜みとして売り払わなかった意。
二五 狩猟禁止期間中の雁・鴨を密猟すること。
二六 自分の刀の鞘に他人が触れたことだけで口論喧嘩すること。
二七 武辺だてとも。何事につけても腕力で事を決しようとすること。
二八 素姓不明の浪人を吟味し居住地を制限する法令は、元和以来屢〻発布せられた。ここは承応元年の浪人改めか。「世の」は全国的に施行せられたという意。
二九 所を立退いた。
三〇 今、千代田区神田花房町辺、神田川に架した橋。
三一 太平記の辻講釈をして米銭を乞う者。筋違橋外広小路の辻講釈かという(真)。
三二 渋面のあて字。武士上りだからいつもむつかしい顔をしている。
三三 浅草の田町に吉原通いの客を目当の編笠茶屋があった。
三四 芝宮本町の芝大神宮。芝日比谷神明という。毎年九月十六日の祭礼には市が立つ。
三五 今だに編笠で顔を隠しているのは笑止だ。身を落してしまえば恥も外聞もない筈だが。
三六 堺町(一二三頁注三三)にあった坂東又九郎座。座本の又九郎は道化方の名人でもあった。
三七 食べるだけの僅かな手当で。
三八 「御もっとも」というせりふだけを言う端役。
三九 役者稼業に落着いてしまった。
四〇 平生の心がけの通り。

[一]乗馬《のりむま》に十文字《もんじ》をもたせ、[二]先知《せんち》五百石の時にあひぬ。又後生《ごしやう》ねがひの番《ばん》左衛門は、いつしか墨染《すみぞめ》の袖《そで》となり、おのが姿《すがた》も[三]大佛《をゝぼとけ》のあたりにて、[四]我と心をせめ[五]念仏《ねぶつ》、申《(まうし)》ても〳〵口惜《くちをし》き身の行《(ゆく)》するゑ。皆知行《みなちぎやう》も取《(とり)》し者《もの》の、死《しな》れぬ命なれば、かくはなりさがりける。

「是《(これ)》を思ふに、銘々《めい〳〵》家業《かげう》を外《ほか》になして、[六]諸藝《しよげい》ふかく好《この》める事なかれ。[七]是《(これ)》らも、常ゝ《つねぐ》思ふ所の身とはなりぬ。かならず、人にすぐれて器用《きよう》といはるゝは、其《(その)》身の怨《あだ》なり。公家《くげ》は[八]敷嶋《(しきしま)》の道、武士《ぶし》は弓馬《きうば》。町人は筭《さん》用こまかに、[九]針口《はりぐち》の違《ちが》はぬやうに、手まめに、[一〇]當座帳付《たうざちやう(つく)》べし」と、[一一]金《こがね》の有徳人《うとく(にん)》の、あまたの子どもに申わたされける。

第五　三匁五分《(ふん)》曙《あけぼの》のかね

[一二]万年暦《まんねんごよみ》の[一三]あふもふしぎ、あはぬもおかし。近代《きんだい》の縁組《えんぐみ》は、相生《あひしやう》・形《かたち》にもかまはず、付《つけ》ておこす[一四]金性《かねしやう》の娘《むすめ》を好《この》む事、世の習《なら》ひとはなりぬ。さるに依《よつ》て、[一五]今時《いまどき》の仲人《なかうど》、先敷銀《まづしきがね》の穿鑿《せんさく》して、跡《あと》にて、「其娘子《(その)むすめご》は片輪《かたわ》ではないか」と、尋《たづ》ねける。むかしとは[一六]各別《かくべつ》、欲《よく》ゆへ人のねがひも替《かは》れり。

一　馬一匹・槍一筋の身分になった意。「十文字」は十文字槍。二　前に仕官していた時の知行五百石で召抱えられて出世した。三　芝区高輪町の真言宗帰命山如来寺の俗称。木食但唱造立の一丈の大仏があった。身体肥満の者を異名に「大仏」ともいう。四　一心不乱に。五　高声に抑揚緩急をつけて間断なく念仏を唱えること。心を責める→責め念仏。六　島井宗室遺訓十七ヶ条「碁将棊兵法謡舞の一ふしに至るまで四十までは無用候。何たる芸能も五十に及び候て苦しからず候」。七　この浪人達も。八　歌道。九　天秤の掛け方を正確に。「針口」は天秤の平衡を指示する針。↓補六三。一〇　売上帳をいう。一一　小金町の黄金長者。

東長者の庭訓。「家業を外になして、諸芸深く好むことなかれ」

一二　万世大雑書という。日の吉凶・男女相性を記したもの。永久使用に堪える暦占書の意。一三　「合うも八卦合わぬも八卦」などという。一四　持参金(敷銀)の多い娘。「金性」は大雑書の用語。生年によって人の性を木・火・土・金・水の五行に配し、それによって相性の吉凶を判断する。付けておこす金→金性。↓永一ノ五。一五　↓永一ノ五。一六　大変な違いで。一七　和気川の上流(大)。淵瀬→恋。一八　美作国の歌枕。岡山県久米郡佐良山村大字皿村にある佐良山。新世帯の序詞に用いた。古今集、大歌所「美作や久米のさら山さらさらに我名は立てじ万代までに」。一九　↓一四〇頁注八・補三〇六。

持参金付きの娘を好むは世の習い。これはまた物好きな悋気深き娘のせんさく

大町人は国の飾り。津山城下の万屋と蔵合

渕瀬《ふちせ》に流《なが》るゝ[一七]戀《こひ》の川上《かみ》に、[一八]久米《くめ》の更山《さら》さら世帯《ぜたい》より、年月次第《しだい》に長者《ちやうじや》となり、美作《みまさか》にかくれもなき[一九]藏合《ざうがふ》に立《たち》つゞきて、人のしらぬ大分限《げん》・[二〇]萬《(よろづ)》屋と云者有《いふもの(あり)》。一代にのばしたる銀《しろがね》の山、夜《よる》は[二一]此精《(この)せい》うめき渡《わた》れど、貧者《ひんじや》の耳《みゝ》に入《(いる)》事に非《あら》ず。然《しか》も奢《をごり》をやめて、[二二]棟《むね》も世間並《せけんなみ》に、元日《ぐはんじつ》にも、[二三]聟入《むこ(いり)》の時仕立《したて》たる麻袴《あさばかま》にして、四十年此《(この)》かた[二四]礼義《れいぎ》を勤《つと》めける。世は何染《ぞめ》・何嶋《なにじま》が時花《はやる》共《(とも)》かまはず、[二五]浅黄《あさぎ》の七つ星《ぼし》小紋《もん》に[二六]黑餅《こくもち》、着《きる》物は[二七]花色《いろ》より外《ほか》は、[二八]紅葉《もみぢ》も藤《ふぢ》色もしらず、幾春《いくはる》をか送りぬ。藏合《ざうがふ》といへる家《いへ》は、藏《くら》の数《かず》九つ持《もち》て富貴《ふうき》なれば、是《(これ)》又[二九]國《くに》のかざりぞかし。

万屋の甥養子。悋気強き嫁が家の宝

萬《(よろづ)》屋は[三〇]ひそかなる手前者《てまへしや》、独《ひと》り子《こ》に吉太郎とて有《(あり)》しが、十三才の時、鼻紙《はながみ》に[三一]小杉入《すぎ(いれ)》しを見て勘當切《かんだうきり》、幡州《ばんしう》の[三二]網干《あぼし》に[三三]姨有《をば(あり)》しが、此許《(この)もと》に遣《つか》はし置《をき》、「[三四]那波《なば》屋殿と云分限《いふぶんげん》を見ならへ」と、我子《わがこ》は捨《すて》て、其《(その)》後妹《いもと》が一子《し》を[三五]見立《たて》、二十五六迄も手《て》代並《なみ》にはたらかせけるに、其《(その)》始末《しまつ》、すたれる草履迄《ざうりまで》も拾《ひろ》ひ集《あつ》め、[三六]瓜種《ふりだね》の用《よう》に[三七]里へ送《おく》るを見て気《き》に入《(いり)》、是《(これ)》を[三八]子分にして家《いへ》を渡《わた》し、相應《さうおう》の[三九]娵《よめ》を尋《たづ》ねけるに、世間《せけん》と替《かは》り、「成程悋気《なるほどりんき》づよき女房《にようばう》ならば、我娵《(わが)よめ》にとりたき」との願《ねが》ひ。世《よ》は廣《ひろ》し、思ふまゝなる娘有《むすめ(あり)》て、縁組《えんぐみ》をすまし、夫婦《ふうふ》は隠居《いんきよ》をかまへ、殘らず渡《わた》されけるに、此跡取《(この)あと(とり)》、金銀《きんぐ》有《(ある)》に任《まかせ》て少《すこ》し[四〇]取出《(とりいで)》、手掛者《てかけもの》を聞立《(ききたて)》、[四一]旅子狂《たびこぐる》ひを心ざしけるに、彼娌《かのよめ》、約束《やくそく》のごとく悋気仕出《りんきしだ》し、[四二]聱山立《こあやまたつ》れば、世間憚《せけんはゞ》かり、自《をのづ》から色遊《いろあそ》び

二〇 未詳。 二一 金銀に精あって空しく退蔵されているとうめくという。
二二 「棟高く屋作りして」(一五七頁注三六)の反対。
二三 婚姻後吉日に妻の実家を初めて訪問し、聟・舅の礼をとること。
二四 公儀廻り・町役、その他五節供の廻礼などをいう。
二五 浅黄地に七星点を小紋模様に染めた羽織。
二六 円相の餅紋。黒円を黒餅、円を白餅という。仕入れ物に多く、染賃も安い。
二七 縹色。 二八 「紅(もみ)色も藤色も」というところ。花→紅葉→藤。
二九 城下の町人の富裕なのは一国の飾りであり、他国への外聞だという思想がある。
三〇 上文にも「人のしらぬ大分限」とある。蔵合家と対比していう。
三一 小判の杉原紙。鼻紙に小杉原を用いるのは遊里の風俗。
三二 兵庫県揖保郡網干町。姫路の外港として繁栄した。
三三 母の姉妹。
三四 網干町浜田の北国廻船問屋灘屋のことか。→補三三〇。
三五 見込をつけて養成し。
三六 振仮名「ふり」を「うり」と発音する。種苗の施肥に古草履を刻んで用いるのであろう。
三七 実家。 三八 養子。 三九 嫁の俗字。
四〇 生活が向上すること。ここは身持が華美になる意。
四一 飛子狂いに同じ。「旅子」は旅廻りのかげま若衆。 四二 大声を立てるものだから。

やめて、酒呑《さけのみ》で、宵《よひ》から寝《ね》るより外《ほか》はなし。[一]亭主《ていしゆ》内を出《いで》ねば、まして手《て》代共、灯《ともしび》の影《かげ》に座《ざ》を卜《しめ》て、[二]慰《なぐさ》みに[三]帳面《ちやうめん》をくり、[四]小者《もの》は[五]地筭置《ちざんをき》ならひ、家《いへ》の調《とゝのふ》事ばかりなり。始《はじめ》の程《ほど》笑《わら》ひし御内義《ないぎ》の悋気《りんき》のよき事、皆《みな》く思ひあたれり。惣《そう》じて、親《をや》の子に[六]ゆるがせなるは、家《いへ》を乱《みだ》すのもとひなり。随分厳敷《ずいぶんきびしく》仕《し》[七]かけても、大かたは母親《はゝをや》ひとつになりて、[八]ぬけ道をこしらへ、其《(その)》身に過《すぐ》る程《ほど》の[九]惡遣《わるづか》ひする事ぞかし。烈《はげ》しきは其《(その)》子がため、溫《ぬる》きは怨《あだ》なり。此《(この)》萬《(よろづ)》屋の夫婦《ふうふ》相果《あひはて》られし後《のち》、娌《よめ》伊《い》勢《せ》参宮《さんぐう》して、[一〇]下向《(げ)かう》に京《きやう》・大坂《をゝざか》の[一一]遊山《ゆさん》。人のしやれたる[一二]風俗《ふうぞく》をみならひ、[一三]姿《すがた》を移《うつ》せば、心も[一四]それになりて、悋気《りんき》いふ事[一五]初心《しよしん》とたしなみければ、亭主《ていしゆ》此《(この)》時と騒《さは》ぎ出《(いで)》、作《さく》病《びやう》をかまへ、所の養生《やうじやう》思はしからずと、[一六]上がたにのぼり、[一七]若女《じやくぢよ》の二道《(ふた)みち》にそまりて、日毎《ひごと》に[一八]蒔《まき》ける程《ほど》に、いつとなく[一九]戀《こひ》にほこ

一 ↓胸二ノ三。
二 暇潰しに。
三 帳面を整理する。
四 丁稚。
五 十露盤を用いてする加減算。↓四三頁注五一。
六 しつけが生ぬるいのは。
七 しつけても。
八 金の抜け道の意。
九 浪費。

跡取って奢りのついた若夫婦。両替屋に見世替えて銭が一文なし

一〇 参宮の帰途に。
一一 見物。
一二 身なり。恰好。
一三 衣裳・結髪の流行を追うて模倣すると。
一四 しゃれて粋になって。当世女の風俗は遊女風俗から来たものが多いから。
一五 野暮。
一六 上方。京・大阪。
一七 若(衆)道(男色)と女道(女色)。
一八 金銀を。
一九 色遊びに身代に穴があいて。

ろび、[二〇]針《はり》を藏《くら》に積《つみ》てもたまらず。久敷此家《ひさしく(この)いへ》に住《すみ》なれし[二一]金銀《きんぐ》に憎《にく》まれ、[二二]內藏《うちぐら》の福《ふく》の神《かみ》お留主《るす》なりし時、やう〳〵夢覚《ゆめさめ》て驚《をどろ》き、商賣大躰《しやうばいだいてい》[二三]に代《かへ》て兩替屋《がへ》に、見せ付廣《つきひろ》く、人の金銀《きんぐ》かぎりもなく預《あつか》り、あなたこなたと手《て》[二四]まはしして、

二度《(ふた)たび》昔《むかし》の身袋《しんだい》に[二五]取續《(とり)つゞ》くべき年《とし》の暮《くれ》。[二六]人の內證《しやう》は張物《はり》、[二七]大晦日《つごもり》の挑灯《てうちん》おそろ敷《(しく)》、[二八]「請拂《うけはらひ》も、今宵《こよひ》一夜《や》を越《こせ》ば、[二九]明日《あす》よりは自由《じゆう》なり」と、[三〇]一錢《せん》も殘《のこ》らず[三一]濟帳《すみちやう》付《(つけ)》て、筭用《さんよう》仕舞《しまへ》ば[三二]七つの鐘《かね》の鳴《なる》時。[三三]いかな〳〵、[三四]ちやんが一文なくて、[三五]若《わか》ゑびす賣呼《うりよび》込《こみ》たれ共《(ども)》、[三六]「ゑぼしきぬ夷《ゑびす》ならば買《かふ》」とて戻《もどし》ける。それより間《ま》もなく、門《かど》を扣《たゝき》て[三七]兵庫《ひやうご》屋といへる人、[三八]革袋《かはぶくろ》持《もた》せきて、「小判千五百兩有《(あり)》。[三九]來《らい》年預《あづけ》たし」と取出《(とりいだ)》し、[四〇]「先程《さきほど》の利銀《りぎん》の內、三匁五分《(ふん)》の[四一]豆板《まめいた》[四二]惡銀《あくぎん》」と、出しける。此替《(この)かへ》[四三]なくて、[四四]身《しん》代顕《だいあらはれ》ける。

二〇 諺。↓一〇一頁注二九。綻び↓針。
二一 貧乏になることを「金銀に憎まれる」という。
二二 内蔵が空(から)になること。内蔵には恵美須・大黒を祭ってある。
二三 今までは「人の知らぬ」「ひそかなる」分限者、いわゆる「しもた屋」であったのが、急に人出入りの多い派手な両替商売に代った。
二四 資本を運用して利殖を図ること。
二五 回復しそうになったその年の暮。
二六 諺。「世は張りもの」とも。見かけ倒しで信用の出来ぬこと。外聞をつくろうことを、大阪言葉で「ぼてを張る」という。
二七 大晦日の夜になってから預金を引出しに来る取引客を指す。夜遅くなればなるほど、手元の金が少くなって行く心配があるから。
二八 節季勘定。↓一四五頁注四一。
二九 大晦日の節季勘定がすめば、翌年三月の節季までは預金の請求を受ける心配はない。
三〇 有り金を全部出して預金者に払い戻しして。
三一 支払帳。
三二 元日の午前四時頃だった。
三三 どんなにしてみても。
三四 銭の唐音「チェン」の訛。
三五 ↓六七頁注二七。店の者が呼びこんだわけ。
三六 恵美須の神像は烏帽子をきているのが定法、これは買わないための口実。 三七 未考。
三八 運搬用の革製の金袋。
三九 来年一年間の意。
四〇 先刻受取った。ここは別口の預金があって、これより少し前にその利息を受取ったと見える。
四一 豆板銀。↓四五頁注三一。
四二 「わるがね」とも。↓四八頁注三。
四三 取替えの銀。
四四 身代の破綻が暴露した。

日本永代藏

大福新長者教

六

日《にっ》本《ぽん》永《ゑい》代《たい》蔵《ぐら》　巻六

目《もく》録《ろく》

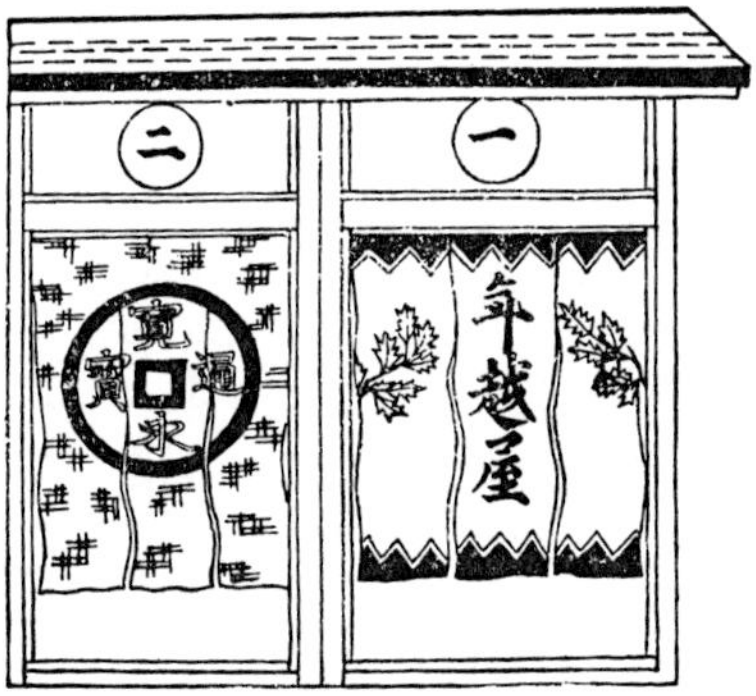

一 銀《かね》のなる木は門口《かどぐち》の柊《ひらぎ》

越前《ゑちぜん》にかくれなき年越屋《としこしや》 二

三 見立《みたて》て養子《やうし》が利発《りはつ》

武州《ぶしう》にかくれなき一文《もん》よりの 四

銭屋

一↓補二六五。節分の夜門口に插す柊も庭木からとったもの。何事も実用第一主義から分限になった話。

二柊屋と記すべきを憚って年越屋と改めたのであろう。柊↓年越。但し敦賀の名寄、遠目鏡(天和二)の醬油屋・味噌屋の条には、その名は見出せない。

三見込みをつけて取立てた養子の智恵才覚にて分限になった話。

四本文にある、談義参りの下足を一文ずつで預かって仕出した銭屋という意か。目録の暖簾に寛永通宝が描かれているのは銭屋のしるし。

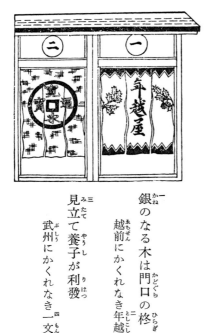

一相場の安い時に綸子の買置きをして儲けた話。

二堺の長崎商人小刀屋某が一子の大病に薬代銀百枚を投じた大腹中の話。小刀屋の名は糸乱記の新規糸割符人の中に散見するが(大)、本文の主人公はその一類一家の一人であろう。

三淀川に流れこんだ漆の塊を引揚げて産をなした話。漆長者の伝説は他にも類話がある。↓補三三一。

四淀町三町人の一人、河村与三(惣)右衛門。慶長八年淀川過書船支配幷代官を命ぜられたが、後に後嗣幼少のため免職せられ、漸次衰微するに至ったという。↓補三三二。

五淀城三ノ丸附近は築城以前河村屋敷があったところ。水車は初代与三右衛門政久が天正十四年に造り、淀川の水を屋敷内に引入れた。淀城地に接収せられた後も、楊枝矢倉下・御茶屋上手二ヶ所の水車は庭園の泉水・飲料水導入に利用され、淀川の名物になっていた。↓補三三三。

六↓補一一九。ここは八十八翁の寿福にあやかるべく、上京の長者がその升かきを用いて、三人の子供に財産をはかり分けた話。

七父・子・孫の三夫婦が揃うことは、珍しく目出度いこととして祝う。

八周の文王の禽獣飼育園、六町一里で方七十里あったという。孟子、梁恵王章句下「文王之囿方七十里」。

九空地。

一〇狗骨の俗字。木肌白く堅いので十露盤珠・将棋駒の材料に用い、また板に挽き箱を作るなど用途が多い。

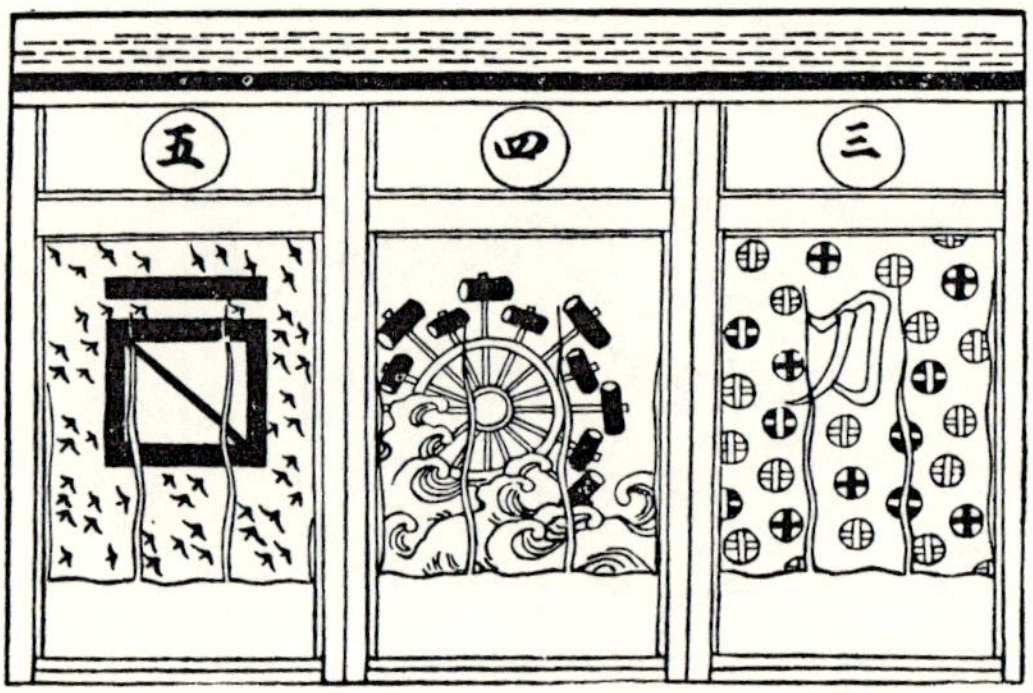

一買置《かひをき》は世《よ》の心やすい時
泉州《せんしう》にかくれなき二小刀屋《こがたなや》の
薬代《やくだい》
三身体《しんだい》かたまる淀河《よどがは》の漆《うるし》
山城にかくれなき四与三右が
五水車
智恵《ちゑ》をはかる六八十八の升掻《(ます)かき》
今の都《みやこ》にかくれなき
七三夫婦《(み)めうと》をいはふ

第二　銀《かね》のなる木は門口《かどぐち》の柊《ひらぎ》

[八]唐土文王《もろこしぶんわう》の囿《その》は、七十里《り》四方あるとやいへり。其《(その)》内の千草万木《ぼく》の詠《なが》めも、一間《けん》四方の[九]畾地《らいち》に[一〇]柊《ひらぎ》壱本植《うへ》て見るも、我屋敷《わがやしき》と思へば樂《たのし》む心のかはる事なし。爰《(ここ)》に、越前《ゑちぜん》の國敦賀《つるが》の大湊《みなと》に、[一一]年越《こし》屋の何がしとて[一二]有徳《うとく》人。所に久敷住《しくすみ》なれて、味噌《みそ》・醤油《しやうゆ》をつくり、はじめは[一三]わづかなる商人《あき(んど)》なるが、次第に家栄《いへさかへ》ける。世の万《(よろづ)》にかしこく、分限《げん》に成《(なる)》そも〳〵は、[一四]山家《が》へ毎日《まい》賣《う》りぬる味噌《みそ》を、[一五]いづれにても小桶《をけ》・[一六]俵《たはら》を拵《こしら》へ、此費《(この)つゐへ》かぎりなし。時に此親仁《(この)をやじ》、工夫《くふう》仕出して、七月[一七]玉祭《まつり》の棚《たな》をくづして、桃《もゝ》・柿《かき》瀬《せ》ゞを流《なが》るゝ川岸《ぎし》に行《(ゆき)》て、捨《すた》れる蓮《はす》の葉《は》を拾《ひろ》ひ集《あつ》め、一年中の小賣味噌《うりみそ》を包《つゝ》めり。この利發《はつ》、世上に見習《なら》ひ、是《(これ)》につゝまぬ國もなし。程なく大屋敷を買《かい》もとめ、其庭木《(その)にはき》にも[一八]花咲実《さきみ》をながめ、生垣《いけがき》も[一九]枸杞《くこ》・[二〇]五加木《うこぎ》を茂《しげ》らせ、萩《はぎ》は[二一]根《ね》びきに、[二二]風車《かざぐるま》は[二三]十八さゝげに植替《うへかへ》、おなじ蔓《つる》にも取得《(とり)え》の有《(ある)》物を好《この》めり。[二四]海月桶《くらげをけ》のすたるにも[二五]蓼穂《たでほ》を植《(うゑ)》、目にかゝる程の事、ひとつも愚《をろか》なる仕《し》業《はざ》なし。むかし植《うへ》たる柊《ひらぎ》、後《のち》には[二六]大木となつて、其《(その)》家の目《め》じるしとなる。年越《こし》屋をしらぬ人なし。節分《せつぶん》の夜《よ》も「[二七]鬼《をに》の目つこ」は[二八]是《(これ)》を用《もち》ひ、[二九]一錢《せん》づゝの事も[三〇]一

商売の工夫は蓮葉の味噌包み。花より実が大切

一一 →一六七頁注二。
一二 富人。
一三 細元手の。
一四 近江街道・木芽(きのめ)道の通ずる東・南山間地方。
一五 どこの味噌屋でも。
一六 俵詰にするのは玉味噌(燻製味噌)の類。
一七 盂蘭盆の魂祭の聖霊棚。蓮の葉を皿代りとして、桃・柿・瓜・茄子・飯・餅などを供える。七月十三日の夕聖霊迎えをし、十六日聖霊送りをして供物と共に川に流す。
一八 観賞用だけでなく実用にもなる果樹を植えて楽しみ。
一九 茄(なすび)科の落葉灌木。旧の六七月頃開花、紅実を結ぶ。若葉は茶の代用また米飯に焚きこむ。実と根皮は薬用になる。
二〇 五加(うこぎ)科の落葉灌木。用途ほぼ枸杞に同じ。いずれも生垣によく用いられる。
二一 根引にして。
二二 毛莨(きんぽうげ)科の蔓草。旧の四五月頃八弁の花を開く。花の色紅・紫・白など多種。
二三 莢の長大な豇豆(ささげ)の名。尺余の莢に実十八箇も入っているから喜ばれる。
二四 食用海月を塩蔵しておく桶。
二五 青蓼。夏月その葉を摘んで鮨に合せ、或は蓼酢を作り、穂は塩漬にして食用にする。
二六 柊の性長じ難く、大木は稀とある。
二七 節分の夜門戸に插す柊の枝を「鬼の目突き」とも「鬼の目突こう」ともいう。
二八 庭木の柊。
二九 柊の枝僅か一文ずつのことにも。
三〇 一代の物入り。

一 そぎ板屋根の小家。↓九六頁注一一。
二 縁組の約束。
三 仲人の入れ智恵で。
四 内密にしめしあわせて。
五 当世風の模様・仕立の衣裳。
六 綸子・紗綾・縮緬の類。一疋ずつ巻いてある。
七 結納の祝儀として贈る酒樽。結納を「頼み」また「樽入れ」ともいう。
八 六尺二十五人。↓二二三頁注二〇。
九 細長い箱形の樽、上部両端の把手が角の如く突き出ている。指樽《さしだる》とも。祝儀贈答用。↓原本挿絵。二樽を以て一荷とする。
一〇 鯛は祝儀物。生鯛は高いから略して塩鯛というわけ。二尾の鯛を向い合せに並べるので「一掛」という。
一一 銀四十三匁を以て一枚と唱える。 一二 結納。
一三 大儀。金銭的負担の大きいことをいう。
一四 十二匁銭（銭一貫に付銀十二匁）の相場とすれば、三貫で三十六匁。銀一枚を贈るよりはかさ高でしかも七匁の徳（輪講、遠藤説）。
一五 質素を方針としたこの家から、かかる結納を贈ったのが奢りのつく初め。とかく妻の実家に対する見栄から派手になる。
一六 原本振仮名「おもてや」の脱か。裏店に対して町通りに面した二階作りの見世屋普請の意か。
一七 年寄・五人組の人々など。
一八 今生にては勿論後生までも信仰を共にせんと誓った。
一九 浄土真宗で、宗門の信者をいう。
二〇 住持に対する敬称。
二一 建築工事。
二二 一際すぐれて棟高く。高棟は富家のしるし。

結納が奢りの初め、無用の家普請
残るものとて家ばかり

代をかんがへ、壱万三千両持《もつ》まで一取葺《とりぶき》やねの軒《のき》のひくきに住《すみ》しが、惣領《そうれう》に幸《さいはひ》の嫁《よめ》ありて、二約束《やくそく》するに、三中立《なかだち》の人すゝめて、内義《ぎ》と四うなづきあひて、京より五今風《ふう》の衣裳《いしやう》・六巻物《まき》を調《とゝの》へ、世間に笑《わら》はぬ程の七頼み樽《だる》、八二十五人肩《かた》を揃《そろへ》ておくりける。親仁《をやじ》には、九角樽《つのだる》一荷《か》に一〇塩鯛《しほだい》一掛《ひとかけ》・一一銀壱枚、一二云入《いひいれ》の祝義《しうぎ》おくると見せけるに、一三大義なる良《かほ》つきして、「銀壱枚《まい》よりは、かさだかにして見よきに一四銭《ぜに》三貫」と申されし。是程《これ》に世間をしらね共《ども》、只《ただ》正直《しやうぢき》にして、いま六十余歳《よさい》まで暮《くら》されける。一五此家《この》より頼《たのみ》を、奢《をごり》のはじめとして、此《この》たび一六表屋《をもや》づくりの普請《ふしん》を望《のぞ》めど、子共のいふ事、中〳〵親仁合《をやじがつ》点《てん》せざるを、念比《ねんごろ》なる一七町衆《しゆ》を頼《たの》み、又は一八二世《せ》までの一九同行衆《どうぎやうしゆ》・寺《てら》の二〇長老様まで頼みまはり、やう〳〵願《ねが》ひ叶《かな》ひ、二一作事《さくじ》に取《とり》つき、所にては二二天晴棟高《あつぱれむねたか》く、おもひのまゝに作《つく》り立《たて》、以《い》前《ぜん》に各別《かくべつ》かはりて、毎《まい》日

二三　近在の百姓や山家の柴売の意。

二四　味噌・醬油。

二五　異版改編本には「自ら」とある。或はその誤脱か。

二六　相場の下落によって、買置物の損失を受けること。「上りを受くる」の反対。↓一二〇頁注四。

二七　鉱山開掘に投資して損失を受けること。長者丸の毒断(永三ノ一)にも「金山の中間入」とある。

二八　家屋敷だけが残った。

二九　僅かに。

しにせに家普請は禁物。二度の嫁取りに思い知る親仁の教訓

洗《あら》ひ琢《みが》きにひかりわたり、二三近在山家《きんざいやまが》の柴賣《しばうり》・百姓《ひやくしやう》の出《で》入《(いり)》絶《たへ》て、商賣《しやうばい》俄《にはか》にやみて、作《つく》り込《こみ》し味噌《みそ》のすて所なく、醬油《しやうゆ》ながす川もなく、手前よりあまたの賣《うり》手をこしらへ、むかしかはらぬ風味《ふうみ》を出せど、人みな悪敷《あしく》いひなし、是《(これ)》二四も賣《うり》とまれば、二五おから商賣《しやうばい》かへて、仕つけぬ事はあやうく、年《とし》〳〵大分金銀《きん〴〵》へらして、買置《かいをき》すればさがり二六を請《うけ》、金《か》山《な》二七のそん銀、ほどなくいゐばかりになりぬ。二八「此《(この)》家《いへ》屋敷《しき》、二九やう〳〵三十五貫目に人の物にする事」、親仁《をやじ》なげき給へば、悴子《せがれ》いふやうは、「時節《じせつ》のよきおりから、家普請《ぶしん》をして置《をい》たればこそ、此《(この)》たび賣《うる》に仕合《しあはせ》」と、是《(これ)》に無用《むよう》の自慢《じまん》なり。親仁《をやじ》翔《かせぎ》いだして四十年の分限《げん》、男子《むすこ》六年にみなになしぬ。

されば金《きん》銀は、もふけがたくてへりやすし。朝夕《あさゆふ》十露盤《そろばん》に油断《ゆだん》する事なかれ。

「惣《そう》じて[一]見せ付《(つき)》のよしあし、鮫《さめ》・書物《しよもつ》・香具《かうぐ》・絹布《けんぷ》、かやうの[二]花車《きやしや》商《あきな》ひは、[三]かざりの手廣《てびろ》きがよし。[四]質《しち》屋のかまへ、喰物《しよくもつ》の商賣《しやうばい》は、[五]ちいさき内の自墮落《じだらく》なるがよしといへり。久しく仕なれ、人の出入《(でいり)》仕つけたる商人《あきんど》の、家普請《いへぶしん》する事なかれ」と、[六]徳《とく》ある長者のことばなり。かの味噌《みそ》屋、敦賀《つるが》にてよびむかへし女房《にようばう》は[七]さりて、[八]濱《はま》手にすこしの見せを出し、[九]是《(これ)》にも[一〇]世帯《せたい》人《(にん)》なくてはと、[一一]其《(その)》所より女ばうよびしに、吉日を見て[一二]頼《たの》みをつかはしける時、角樽《つのだる》一荷《か》・鯛《たい》二牧《まい》・錢《ぜに》壱貫文、是《(これ)》をおくる。世に有《(ある)》とき、親仁《をやじ》に見せける頼みの事、今思ひあはせり。人〻心得の有《(ある)》べき世わたりぞかし。

第二　見立《みたて》て養子《やうし》が利發《りはつ》

[一三]和國《わこく》の商《あきな》ひ口とて、「[一四]利德《りとく》をとらぬ」と[一五]空誓文《そらぜいもん》をたつれば、是《(これ)》に気《き》をゆるし、何によらず買求《かいもと》むる世のならはしなり。[一六]神田《かんだ》の明神《みやうじん》の前に、[一七]俗性歴《ぞくしやうれき》〻《く》の浪《らう》人身を隠《かく》して、年も[一八]家に杖《つへ》つく比《ころ》なれば、さのみ主《しゆう》どりの望《のぞ》みもなく、[一九]小者《こもの》一人つかふて、一代のたくはへ有《(あり)》て、[二〇]世《よ》をなりはひにくらし、[二一]徒居《たゞゐ》を外《ほか》よりのとがめをうたてく、瀬戸《せと》物[二二]見せかけばかり出し置《(おき)》、ねだんとふものあれば、[二三]百の物を

一見世の構え。二生活の必需品に対して、趣味・装飾品を商う商売。↓二四六頁注八。鮫は刀剣の柄の装飾に用いる。香具は聞香の道具。三商品の展示のために。四↓四三七頁注五三。五小構えな見世で乱雑な方が、客の出入りに心易い。六有徳の長者の教訓。七離縁して。八笙ノ川沿いの町をいうか。未考。九小さい見世でもやはり。一〇世帯向きを取締る人。一一浜手町家から。一二結納。一三客の購買心を唆るためにする巧みな口上。「和国の」とは、唐人の律義(永四ノ二)に対していった。一四お安くしているので、これで儲けはありません。一五いつわって神の名にかけて誓うこと。一六神田神社の門前町。もと明神門前町・明神表門前町という。今、千代田区神田宮本町。一七俗姓。氏素姓。一八五十歳をいう。礼記、王制第五「五十ニシテ杖ツク二於家一」云々。一九童僕。二〇気楽に暮していたが。「なりはひ」(なりあい)↓一〇六頁注二〇。二一慶安元年二月触「町中ニ居申候浪人吟味をいたし、むさと仕たる浪人ニ宿かし申間敷事」。二二申訳だけに。二三諺。馬鹿正直なこと。「百」は銭百文。二四「三年あまりに」に続く。二五以下見せかけばかりに並べた瀬戸物。二六肴鉢。魚肉を盛る浅い鉢。二七天目茶碗。二八油注ぎ。燈明・行燈などに油を補給する容器。瀬戸物または銅器もある。二九必要なことだ。商い口も一概に悪とはいえぬ。三〇空誓文。三一夷講。陰暦十月二十日、商家で夷神を祭り、一家一門を招いて徹宵遊宴する。京都では四条寺町の官者殿の社に参詣して一年中の空誓文の罪を謝し、大阪ではその罪滅しと称して大安売

百の物を百では商売にならず。商い口はあるべきこと

百と、ありのまゝにいひければ、是《(これ)》をねぎれどまけず。[二四]そも〳〵より、[二五]摺鉢《すりばち》九つ・[二六]さかな鉢《ばち》十三、皿《さら》四十五牧《(まい)》・[二七]天目《てんもく》二十、徳利《とくり》七つ・[二八]油《あぶら》さし二つ、三年あまりにひとつも賣《うれ》ず。是《(これ)》を思ふに、商《あきな》ひ上手は[二九]あるべき事也《(なり)》。

年中の[三〇]誓文《せい(もん)》を、十月廿日の[三一]ゑびすかうに、さらりと[三二]しまふ事あり。其《(その)》日は諸《しよ》商人《あきんど》万事《(ばんじ)》をやめて、我分限《わがぶんげん》におうじいろ〳〵魚鳥《ぎよてう》を調《とゝの》へ、[三三]一家《け》あつまりて酒《さけ》くみかはし、[三四]亭主《ていしゆ》作《つく》りきげんに、下ゝ《(したじた)》いさみて小哥《うた》・浄《じやう》るり。[三五]江戸中の寺社《じしや》・芝《しば》居《ゐ》、其《(その)》外[三六]遊山所《(ゆさんじよ)》のはんじやうなり。[三七]上《かみ》がたとちがひし事は、白銀《しろがね》は見えず、[三八]壱歩《ぶ》の花をふらせける。[三九]秤《はかり》いらずに、是程《(これ)ほど》よき物はなし。人みな[四〇]大腹中《(だい)ふく(ちう)》にして、諸事《しよじ》買物《かい》[四一]大名風《(だい)めうふう》にやつて、見事なる所あり。けふのゑびす講《かう》は、万人《(ばんにん)》肴《さかな》を[四二]買《かい》はやらかし、[四三]自然《しぜん》と海《うみ》も荒《あれ》て、常《つね》より[四四]生物《なま》をきらし、殊《こと》に[四五]鯛《たい》の事、壱[四六]牧《まい》の代金《だいきん》壱兩弐歩《(ぶ)》づゝ。しかも、[四七]尾《を》かしらにて壱尺二三寸の[四八]中鯛《だい》なり。是《(これ)》を町人のぶんとして、[四九]内證《しやう》りやうりにつかふ事、今[五〇]お江戸《えど》にすむ商人《あきんど》なればこそ喰《くい》はすれ。京《きやう》の[五一]室町《むろ》にて、鯛《たい》壱牧を弐匁四五分《(ふん)》にて買取《かい(とり)》、[五二]五つにわけて、[五三]杠秤《ちぎ》にかけて取《(とる)》など、是《(これ)》に見合《(みあはせ)》、都の事おかし。

爰《こゝ》に、[五四]通町《とをり》中橋《ばし》の邊《ほとり》に錢《ぜに》見せ出して、[五五]若《わか》いものあまたつかへる人有《(あり)》。日來《ひごろ》は[五六]し末《まつ》第《だい》一の人なれど、一兩弐歩《(ぶ)》の鯛《たい》を調《とゝのへ》て、[五七]ゑびすの祝義《しう》を[五八]わたしけるに、い

夷講は年中の誓文祓い。振舞の鯛で知れる江戸商人の大気

金を噛むような鯛の味。江戸なればとて商売常にてはならず

をするので、誓文祓(払)いともいう。三二 祓い清める。三三 暖簾分けをした分家・別家の者がすべて本家に集まって来る。三四 本家の旦那様の、お愛想ぶりの上機嫌に。三五 この日、江戸では商売を休んで奉公人に休暇を与える。三六 遊び場所。遊廓・茶屋など。三七 江戸は金遣い、上方は銀遣いであるが、ここはそういう意味ではない。江戸の人間は大気だから、遊山所で祝儀を出すのにも、しみったれた小粒銀など遣わないという意。三八 一歩金を祝儀に、気前よくぱっと投げ出す。花(祝儀)↓花を降らせる。三九 秤量貨幣の銀貨と違って、金貨は一々秤にかける必要はない。四〇 太っ腹で。四一 おおようで、けちけちせぬこと。江戸の大名気↓三〇八頁注三。四二 買い漁って。四三 しかも十月の下旬といえば、時候柄きまって海も荒れて。四四 生鮮魚。塩乾魚に対していう。四五 特に鯛は夷講の祝儀物、なくてはならぬ。四六 鯛は一尾を一つと数える。↓六五頁注六〇。四七 尾から頭にかけて。四八 江戸で用いるのは甘鯛(興津鯛)が多いが、大きいものは二尺許り。一尺余りのものが普通。四九 客振舞の料理に対して、内輪の者だけの食事の料理をいう。五〇 将軍家御膝元の地ゆえ「お江戸」という。五一 室町といえば京都でも富家の多かった所。この例は京都人の始末を強調するためであろうが、やや極端。↓補三三四。五二 鯛一尾を五軒で分けたわけ。五三 ↓六一頁注二八。五四 中央区京橋一丁目。五五 手代。五六 始末。五七 夷講の御祝儀。五八 作法の通り行うこと。

づれも何心もなふ、[一]夕飯《めし》を祝《いは》ひぬ。大勢《ぜい》のわかい者の中に、此程《(この)》伊勢《いせ》の[二]山田《(やうだ)》のものとて、[三]十年切《(きつ)》て抱《かゝ》へたる十四になる小者、[四]すはりし膳《ぜん》を二三度いたゞき、食《めし》くはぬ先《さき》に十露盤《そろばん》置《をい》て、「御江戸へ來りて奉公《ほうこう》をいたせばこそ、かゝる[五]活斗《くはつけい》にあふ事よ」と、ひとりつぶやきて是《(これ)》をよろこぶ風情《ふぜい》。主《しゆ》人の目にかゝりて、子細《しさい》をたづねられしに、「されば今日の鯛《たい》の燒《やき》物、壱兩弍歩にて[六]背《せ》切《(ぎり)》十一なれば、[七]ひときれのあたい七匁九分《(ふん)》八りんづゝにあたるなり。小判は五十八匁五分《(ふん)》の相場《さうば》に仕《(つかまつ)》る。[八]筭用《さんよう》してからは、銀《(かね)》ををかむやうなる物なり。塩鯛《しほだい》・干《ひ》鯛もむかしは生《なま》なれば、[九]いはふ心は同じ事。[一〇]けふのはらも常《つね》にかはらぬ事」と申せば、亭主《ていしゆ》[一一]横手をうつて、「さりとは利發《りはつ》もの、分別《べつ》ざかりの手代どもさへ、何のわきまへもなく、箸《はし》は右《みぎ》の手にもつ物とばかり心えて、主《しう》の恩《をん》をもし

一 祝膳の夕食をとった。
二 今の伊勢市。
三 十年の年季を切って。年季奉公は十年を越えることは出来ない。寛永二年触「一、男女抱置年紀(季)之事、拾ヶ年を可レ限、拾年過は曲事たるべき事」。この年季制限は元禄十一年十二月に解除されたが、習慣として商家に残っていた。普通丁稚奉公十年の後、改めて手代奉公として十年を勤める。
四 食膳につくことを「膳を居わる」という。
五 活計。「斗」は計の草体の誤り。贅沢。ここは御馳走の意。
六 輪切りにすること。
七 一切れの価、銀にして七匁九分八厘。この計算は、五十八匁五分の小判相場として一両二歩で八十七匁七分五厘、十一で割ると七匁九分七厘七毛になる。
八 算用してみると。「銀ををかむ」は「を」一字衍。
九 生鯛の代りに、塩鯛・干鯛を使っても、祝儀に変りはない。
一〇 祝日だからといって別に腹に変りはない。満腹さえすればよいのだ。
一一 感じ入ったさま。

らざるに、いまだ若年《じやく》にして物の道理《だう》をしる事、天理にかなふべきものなり」と、親類中《しんるい》をよびよせ、段〻《だんだん》物がたりして、「此《(この)》者を養子《やうし》ぶんにして、我家《わがいへ》をゆづるべし」と、一筋に夫婦《ふうふ》共に思ひ入《(いり)》て、[一二]伊勢《いせ》の親《をや》もとへ相談《さうだん》の人つかはしける時、小者其《(その)》中へまかり出《(いで)》、「いまだおなじみもなきうちに、御心入《(いれ)》の程《ほど》はかたじけなし。然れども、國《くに》もとへの御つかひは御無用《よう》なり。[一三]首尾《しゆび》せぬ時は、[一四]それほどの費《つゐへ》なり。殊《こと》に[一五]御内證《しやう》の事、[一六]世ははり物なれば、[一七]手まはしばかりにて、大分の借《しやく》金の有《(ある)》もぞんぜず。よく〳〵見とゞけ申さぬうちに、養子《やうし》のけいやくは成《(なり)》がたし」と申せば、[一八]なを此《(この)》いひぶんをかんじ、「其方《(そのはう)》が心もとなき事、尤《もつとも》なり。さりながら、一錢も人の物をからず」と、毎《まい》年の[一九]勘定帳《かんぢやう》を見せければ、「有金《(ありがね)》弐千八百兩」と[二〇]しらせ、「此《(この)》外金子百兩、女《(にやう)》ばう後〻《のちのち》寺參り金に、此《(この)》五年前にのけて置《(おき)》ける」と、[二一]包《つゝ》みながら封《ふう》じ目に、年号《がう》月日書付《(かきつけ)》置《をき》ぬ。小者是《(これ)》をみて、「さても〳〵商ひ下手《(へた)》なり。包《つゝ》み置《をき》たる金子《(きんす)》は、[二二]壱兩もおほくはなるまじ。[二三]利發《はつ》なる小判を[二四]長櫃《びつ》の底《そこ》に入置《(いれおき)》、年久敷《しく》世間《けん》を見せ給はぬは、[二五]商人《(あきんど)》の形気《かたぎ》にあらず。此《(この)》心から、大分限《げん》になり給はず、かしらのはげるまで此《(この)》御江戸に居ながら、やう〳〵[二六]三千兩の身躰《だい》。是《(これ)》を大きなる良つきあそばしける。わたくし養子に[二七]なさるゝからは、四五年のうちに[二八]江戸三番ぎりの兩替《がへ》になる事、長生《いき》し

一二 小者の実家。
一三 話がととのわぬ時は。
一四 伊勢へ使者を派遣する費用だけ。
一五 御身代。
一六 諺。→一六三頁注二六。
一七 やりくり。
一八 なお一層。
一九 毎年正月または十二月に作製する財産目録。その一例、有物高(商品原価)・有銀高・貸銀高(貸銀・古掛)・新掛け銀、右四口の合計から預り銀(借金)を差引いた残高が元手銀ということになっている(京都千吉家勘定帳)。
二〇 帳面に記してあって。
二一 といって差出した銀包みには、包みのままではあるが。
二二 そのままでは。
二三 役に立つという意。
二四 長持。
二五 商売人根性。
二六 原本「三両」の間に小さく「千」を補う。銀に直せばまず五十貫目の身代。
二七 なされるからには。
二八 江戸で三番以内の両替になることは必然。

て見給へ。まづ[一]夫婦衆《ふうふしゆ》は、けふより毎日、[二]談《だん》義ある寺参りし給ひ、[三]其《(その)》下向《かう》に、[四]納所《なつ(しよ)》坊主《ばうず》にちかより、[五]散銭《さんせん》有《(ある)》程買《かい》給へ。[六]世帯《たい》仏法《ぶつぽう》、ふたつのとくあり。供のでつちは、[七]道の間の外聞《ぐはいぶん》なれば、[八]浮《うき》世山桝《せう》を[九]受《うけ》て小袋《ぶくろ》に入《(いれ)》行《ゆき》、法談《ほうだん》はじまらぬさきに、諸《しよ》人のねぶりさましに是《(これ)》を賣《うる》べし。さてまた、供《とも》つれぬ参り衆《しゆ》の笠《かさ》・杖《つえ》・ざうりを、談《だん》義はつるまで壱銭《せん》づゝにて預《あづ》かれ」と、[一〇]いひつかはしけるに、毎《まい》日錢まうけして、主《しゆ》人の供もつとめける。かくのごとく万事に気《き》を付《(つけ)》、後《のち》には思ひのほかなる智恵《ちゑ》を出して、[一一]舟つきの[一二]自由《じゆう》させる[一三]行水舟《ぎやうずい》をこしらへ、[一四]刻昆布《きざみこんぶ》して[一五]目にかけて賣《うり》出し、[一六]ちやんぬりの油がはらけ・[一七]しぼがみのたばこ入《(いれ)》、外《ほか》の人のせぬ事に、十五年たゝぬうちに、[一八]三万両の分限《げん》になつて、[一九]靈巖嶋《れいがん(じま)》に[二〇]隠《いん》居《きよ》して、ふたりの養《やしなひ》親に孝をつくしける。いかにはんじやうの所なればとて、常《つね》のはたらきにて長者には成《(なり)》がたし。

各別の一代分限三文字屋の仕出し。まずは親の譲りなくてはならず

[二一]三文字屋《じ》といへる人、むかし、[二二]懐中合羽《くはいがつぱ》を仕出《しだ》し、それより[二三]馬《ば》道具の仕込《しこみ》、次第にさかへて本朝《(ほんてう)》の織絹《をりぎぬ》・[二四]から物を調《とゝの》へ、[二五]毛類《けるい》は[二六]猩ゝ緋《しやう〳〵ひ》の百間《(けん)》つゞき、虎《とら》の皮《かは》千牧《まい》にても、黄《き》らしや・紫羅沙《むらさきらしや》・都《みやこ》にもないものを[二七]もちまる長者《じや》とさたせられ、中橋《ばし》に[二八]九《(ここの)》つ藏《ぐら》とてかくれなし。[二九]これらは各別《かくべつ》の[三〇]一代分限《げん》、[三一]親《をや》よりゆづりなくては、すぐれて[三二]ふうきにはなりがたし。

一 主人夫婦。 二 法談。 三 寺参りの帰りに。 四 納所(施物を収納する所)を管理する僧。 五 賽銭を金銀と引換えに、時の相場で買入れる。 六 諺「世帯仏法腹念仏」。↓三〇〇頁注九。ここは坊主も結局は生活のための職業なのだから、賽銭を買ってやれば、生活と信仰の二つを同時に満足させる利益があるという意。 七 往復の途中の外聞だけに連れて歩くだけだから。 八 未考。 九 請けて。問屋から品物の卸しをうけて。 一〇 傍輩の丁稚に言いつけたところが、丁稚たちも。 一一 舟着場で。 一二 船頭たちに利便を与える。 一三 江戸湯舟という。和漢船用集、五「武州江戸にあり。舟に浴室を居(え)、湯銭を取て浴せしむる風呂屋舟也」(輪講、遠藤所引)。 一四 ↓七三頁注一七。 一五 量り売りして。 一六 内面に瀝青を塗った油盞。↓三〇〇頁注五。 一七 紋(しぼ)紙子製の煙草入れ。紙子を竹に巻いて絞り、美しい縮緬皺をつけてある。 一八 銀にして千八百貫目。分限よりも、むしろ長者というところ(永一ノ一)。 一九 今、中央区。 二〇 隠居所を建てて、の意か。 二一 江戸通町中橋の三文字屋常貞。もと切付(きつけ)屋から仕出して有徳になった。↓補三三五。 二二 桐油引きの紙合羽か。もと大和竜田で荏油引きを作り出したのが最初という(和漢三才図会)が、それを「懐中合羽」(携帯に軽便なる意)と名づけて売り出したのが味噌。 二三 馬具、特に韉(したぐら)を指す。切付ともいい、羅紗・毛氈を切って厚く重ね、上に虎・鹿・熊などの毛皮をかけて仕立てる。その外障泥(あおり)・馬氈(ばせん)なども製したのであろう。 二四 唐織物。 二五 毛皮・毛織物を総括し

大名貸しに遣い果した京の息子。芸は身を助ける謡・鼓の指南

京の室《むろ》町れき[三三]／＼人《(にん)》の男子《むす(こ)》、何も商賣《しやうばい》なしに、善[三四]五郎などを頼み、大分の銀《(かね)》がしして世をわたり、此《(この)》[三五]利《り》銀、毎日弐百三十五匁づゝのつもりに入《(いり)》けるに、何[三六]やうにかつかひ果《はた》しける。十五年がうちに、此《(この)》財寶《さいほう》みなになし、江戸へかせぎにくだりける。此《(この)》男の器《き》[三七]ようさ、謡《うたひ》[三八]は三百五十番覚え、棊《ご》[三九]二つと申《(まうす)》。鞠《まり》はむら[四〇]さき腰《こし》をゆるされ、楊《やう》弓《(きう)》[四一]は金《(かな)》書《がき》[四二]ぐらひ。小哥《うた》は本手[四三]の名人《めいじん》。浄《じやう》るりは山本[四四]角《かく》太夫とかたりくらべ、茶《ちや》の湯《ゆ》は利休《りきう》がながれをくみ、文《(もん)》作《さく》[四五]には神樂《かぐら》[四六]・願齋《ぐはんさい》もはだ[四七]しでにげ、枕《(まくら)》[四八]がへしなどは、いにしへ[四九]傳内に横手《よこ》[五〇]をうたせ、連誹《れんばい》[五一]も當流《たうりう》[五二]の行《(ゆき)》かたを覚え、香《かう》[五三]を利《きく》事、京にもならびなし。人中《(ひとなか)》にて長口上もい[五四]ひかねず、目安《やす》[五五]も自筆《ひつ》に書《(かき)》かねず、何にひとつくらからねど、身《(み)》過《すぎ》の大事をしらず。當所《あてど》もなく江戸にくだりて奉公するに、「銀《(かね)》[五六]見るか、筭《さん》[五七]用か」といへば、さ[五八]しあたつて口おしく、諸藝《げい》此時《(この)》の用に立《(たた)》ず。二《(ふた)》たび京都《と》にのぼりて、「とかくすみなれし所よし」と、年月したしみの友《とも》をたのみて、諷《うたひ》・皷《つゞみ》の指南《しなん》して、やう／＼身ひ[五九]とつくらし、不斷の不自由《じゆう》を、松[六〇]ばやしの時質《しち》[六一]うけて、又おく事やすし。「此《(この)》ぶんにて通《とをる》[六二]べきや。人間の身はわづらひある物」と、老《(おい)》さきの事あんじける。「もつ共《(とも)》、六十年はおくりて、六日の事くらしがたし。是《(これ)》を思ふに、それ／＼の家《か》業《げう》油《ゆ》斷《だん》する事なかれ」と、さる長者のかたりぬ。

ていう。二六 南米産の無花果の木につく木虫を潰してその液汁で染めた緋羅紗。猩々の鮮血で染めたという俗説から「猩々緋」と記す。長崎へ舶載される。二七 持丸長者。金持。都にもないものを持っている大金持の意。二八 土蔵の多きは富家のしるし。↓永五ノ五。二九 銭屋の養子および三文字屋常貞を指す。三〇 自分一代で仕出した分限者。三一 普通は親の遺産がなくては。三二 富貴。三三 歴々人。↓四六頁注八。三四 室町下立売上ル町の両替屋、大黒屋善五郎。手銀の外に京中の町人の金銀を集めて大名貸しを営み、「大名貸しの問屋」といわれた。↓補三三六。三五 大名貸しといっても、月一分(年利一割二分)ぐらいが普通だから、日に二百三十五匁ずつの計算で、一月に七貫五十目の利息が入って来るといえば、その元銀は莫大なもの。三六 何用にか。三七 器用さ。三八 四座の謡の全部に通じていたという意。当時は謡の番数三百五十番と唱えられていた。↓補三三七。三九 名人に先二つで対局すること。五段相当の実力。↓三二三頁注三八。四〇 紫の葛袴。蹴鞠上達の程度に応じて装束に定めがあり、町人は紫裾濃(むらさきすそご)の袴まで許される。↓三二三頁注三三。四一 座敷遊びの小弓。四二 楊弓場に金泥書きの看板を掲げて表彰される程度の伎倆の意。↓三二三頁注四〇。四三 平九節の唱歌の名人の意。↓補三三八。四四 当時宇治嘉太夫と併称せられた京都の浄瑠璃太夫。角太夫節の創始者。延宝五年十二月受領して山本土佐掾という。四五 酒間の興に即席に滑稽な文句を作ること。アド・リブ。四六 いずれも有名な京都の末社。↓四〇頁注一九。四七 跣足で逃げ。

第三　買置《かいをき》は世の心やすい時

[一]毎年元日に書置《(かき)をき》して、[二]四十以《い》後《ご》死《し》をわきまへ、正直に世わたりするに、自然《しぜん》と分限《げん》になつて、泉州《せんしう》堺に[三]小刀屋とて、[四]長崎商人有《(あり)》。此津《(この)つ》は長者の[五]かくれ里、根《ね》のしれぬ大金持《もち》其《(その)》数をしらず。殊更《ことさら》[六]名物《ぶつ》の諸道具・から物・唐織《からをり》、先祖《せんぞ》より五代このかた買置《かいをき》して、内藏《ぐら》におさめ置《(おく)》人も有《(あり)》。又[七]寛永年中《くはんあいねん(ちう)》より年ゝ取込《(とり)こみ》金銀、今に一度も出さぬ人も有《(あり)》。又内義[八]十四の娌入《よめ(り)》して[九]敷《しき》銀五十貫《くはん》目、其《(その)》時の[一〇]箱《はこ》入《(いり)》封《ふう》のまゝかさね置《(おき)》、其娘縁《(その)むすめえん》に付《(つく)》時、是《(これ)》をもたせて[一一]おくりける人も有《(あり)》。外《(ほか)》[一二]よりはこまかにして、内證手廣《びろ》き[一三]所ならひ。[一四]此歴ゝ《(この)れき〳〵》に立《(たち)》ならぶ

閉口して退くこと。　四八 木枕を翻転する曲芸。　四九 江戸の放下師古郡伝内。万治頃より堺町に櫓を上げ、狂言尽し・放下芸を上演した。⇓補二八六。　五〇 感嘆させ。　五一 連歌・俳諧。　五二 古流に対して当世流の意で、宗因風俳諧を指す。　五三 談海、二七、百人一種(寛文十三年)「伽羅きゝハ米川常伯」。　五四 立派にいってのける。　五五 訴状。　五六 銀貨の良否を鑑別すること。⇓四八頁注三。　五七 十露盤勘定が出来るか。　五八 はたと行き詰って。　五九 身体一つで、衣裳も何もなくて。　六〇 松囃子。正月三日から十五日までの間、年始の祝儀に出入りの家を訪れて舞い謡う行事。⇓補三三九。　六一 入質してある礼服を。　六二 原本振仮名「る」一字衍。

堺は長者の隠れ里。先祖以来の買置・取込み銀

一 毎年元日に遺言状を作製する風習のこと⇓織一ノ一。
二 四十歳以後になると、いつ死ぬかも知れぬということを弁えて。
三 ⇓一六八頁注二。
四 長崎貿易に従事する商人。
五 隠れ里。⇓三一七頁注一。永四ノ五にも堺の風俗人情を描写し、根強き分限者の多いことをいう。
六 名物(一二〇頁注二〇)の茶道具。紹鷗・利休以来茶の盛んな土地柄、名物道具の所蔵者が多かったが、それらは殆ど唐物・唐織類である。
七 寛永の鎖国以来という意。鎖国後は長崎の一港が貿易港に指定せられ、寛永十八年以降新たに堺を筆頭とする五ヶ所町人に糸割符の割りつけが行われた(大)。
八 十四歳で嫁入りして。貞享・元禄頃になると

女子の結婚年齢も今少し高くなっているから、時代を示すために「十四の嫁入」といった。
九 胸二ノ一に「余慶なくて娘に五十貫目は付まいと思ひまして」とある。
一〇 銀箱入りを。銀箱は一つ十貫目入り。
一一 聟方に送り出した。
一二 他所よりは。↓永四ノ五「十露盤現にも忘れず内証細かに」。胸三ノ四「胸算用にゆだんなく…しまふた屋と見せて内証を奥ぶかふ」。
一三 その土地の風習。
一四 小刀屋はそれほどの分限者ではなかったがという意。
一五 上文に「四十以後死をわきまへ」とあるから、四十歳頃から遺言状を作り始めたのであろう。
一六 自分一己の。
一七 臨終の時。六十五歳で死んだと見える。
一八 慶長八年のことであろう。前年幕府の命によって長崎来船中の外国船の滞貨を諸国の商人が引受けたところ、翌年またまた多量の白糸を船載したので相場が暴落して混乱したことがある。そのために慶長九年五月付を以て堺・京・長崎三所町人に対する糸割符の制度が初めて確立せられた。
一九 一疋ずつ巻いてある。↓一四三頁注一五。
二〇 後にも先にも。
二一 万死の誤り。死ぬことは必至で、もうこれが最後だという程の大病をしたという意。
二二 全財産を投げ出して。
二三 験気。効験。
二四 自家用の駕籠を持たぬ、徒歩で廻診する医者。「乗物医者」より格が低いとせられた。↓織四ノ二。二五 紹介せられ。

小刀屋の仕出しは緋倫子の買置。わずかなる身代に薬代百枚の大気

分限《げん》にはあらねど、一五そも〳〵の書置《(かきおき)》は三貫《ぐはん》五百目なりしが、二十五年がうちに、一六ひとりの利發《はつ》にして仕出し、年〻書置《(かき)をき》かさみて、一七既《すで》にかぎりの時、八百五拾貫目の有銀《(ありがね)》、一子にわたしける。

此《(この)》人世間によく思はれ、分限《ぶんげん》になるはじめは、一八其《(その)》比《ころ》唐船《たうせん》かず〳〵入《(いり)》て、糸《いと》・綿《わた》下直《げぢき》になりて、上〻吉《(じやうじやうきち)》の緋《ひ》りんず、一九一巻《(ひと)まき》拾八匁五分《(ふん)》づゝにあたれり。二〇前後《ぜんご》かやうの事は、又有《(ある)》まじきと思ひ入《(いり)》、念比《ねん(ごろ)》なる友に商《あきな》ひの望みを語《かた》りて、壱人より銀五貫目づゝ、十人より五拾貫目借《かり》て、此《(この)》りんずを買置《かひをき》けるに、その明《(あけ)》の年、大分の利《り》を得て三十五貫目もうけ、よろこびの折ふし、只《(ただ)》ひとりの男子《むすこ》、二一万事《(ばん)じ》かぎりにわづらひける。二二身躰《しんだい》にかへて養生《やうじやう》するに二三げんきなく、さま〴〵心をつくし、なげくうちに、人のかたりけるは、「二四歩行醫者《かちいしや》ながら、療治《りやうぢ》よくせらるゝ」とて二五引《(ひき)》あはされ、あぶ

一 治療したのに。治療を加えて病気快方に赴くを「仕立てる」という。
二 それ以上。
三 世間に名前が売れている医者。はやり医者。↓補三四〇。
四 ばたばたと急に。悪い方に進行すること。
五 必死不治の病。
六 心に残っていて。七 紹介者。
八 どうせ死んだものと腹をきめて。
九 その医者を仲介してくれた人。
一〇 御礼として。
一一 あなたの方から、どれくらいということを聞かせてもらいたい。
一二 私の方から、これぐらい上げなさいなどとは、言いにくいことだが。
一三 一寸気張って、銀五枚(一枚四十三匁)の礼でよいでしょう。薬代の高下↓織四ノ二。
一四 仲介人の女房。
一五 多過ぎるというのである。女はこまかい。
一六 仲介人夫婦の意見がきまらぬから、小刀屋の方でとりあえずといって贈ったのがこの薬代。
一七 銀四貫三百目。金にして七十一両余。
一八 直綿は六両(一両十匁)を以て一屯《(ひともち)》とするとある。
一九 平樽。太鼓樽とも。一斗入りの桶樽。↓二三六頁挿絵。一荷は二個をいう。
二〇 箱入りの干鯛。祝儀の贈答に用いる。
二一 斟酌。辞退・遠慮の意。
二二 乗物で廻診するは医者の出世。↓織四ノ二。
二三 口でいえば何でもない事のようだが。
二四 銀百枚はその約一割に相当する。
二五 こうした大気から。二六 身代を。
二七 ↓永五ノ二。二八 不断。二九 ↓永五ノ二。

なき病人を十の物七つばかりも[一]仕立《したて》、[二]此《(この)》上はかゞしからぬとて、一門の相談《さうだん》にて[三]名醫《めいい》に替《かへ》てみしに、[四]めた〳〵と悪敷《あしく》なり、[五]死病《しびやう》に極《きはま》る時、夫婦《ふうふ》寂前《さいぜん》の藥師《くすし》を[六]念《ねん》に思ひ、[七]あひさつせし人に面目《めんぼく》かへり見ず頼《たの》み、[八]今は世にない物にして又藥《くすり》をあたへ、半年あまりに鬼《をに》のごとく達者《たつしや》になし給ひ、此手柄《(この)てがら》かくれなし。親《をや》の身にして嬉《うれ》しさのあまりに、[九]彼醫者取次《かのいしやとりつぎ》のかたへ行《(ゆき)》、「今日《けふ》吉日なれば、藥《やく》代《だい》をみやうがのために[一〇]つかはしたし。[一一]こなたより頼《たの》む」とあれば、取次《(とりつぎ)》せし夫《ふう》婦《ふ》此《(この)》事をさたして、「[一二]是《(これ)》から遣《つか》はせとは。[一三]一廉《(ひと)かど》の礼銀《れいぎん》五牧《まい》」とさしづすれば、[一四]内義のいはく、「[一五]それは何として。銀三牧」と論《ろん》ずるのちに、[一六]先《まづ》[一七]銀百牧・[一八]眞綿《まわた》二十把《ぱ》、[一九]斗樽《とだる》壱荷《(か)》に[二〇]箱肴《はこざかな》。思ひの外《ほか》なる藥代、くすしも再三《さいさん》の[二一]しんしやく、取《(とり)》次《つぎ》の人も力《ちから》を添《そへ》、銀百牧借《かし》て、此醫者《(この)いしや》に家屋敷《いへやしき》をもとめさせ、次第に時花出《はやり(いで)》、程なく[二二]乗《のり》物にのられける。[二三]申せばわづかの事ながら、[二四]四十貫目にたらぬ身躰《しんだい》にて銀百牧の藥代《やくだい》せしは、堺《さかひ》はじまつて町人にはない事なり。[二五]此《(この)》気、大分[二六]仕出し、家さかへしとなり。

第四 身躰《しんだい》かたまる淀《よど》川のうるし

川から引揚げた千貫目の漆。天性の仕合せは淀の与三右衛門

三〇 古歌あるか。長↓短↓ほどなく↓老↓浪たつ↓淀。 三一 今、京都市伏見区淀町。 三二 ↓一六八頁注四・補三三二。 三三 下文に「天性の仕合」とある。生れつき身に具わった幸運があるということが判ったのは。 三四 或時。 三五 淀堤。淀より伏見に至る。 三六 ↓二七八頁注一三。 三七 目前に見るごとく。 三八 ひょこっと。 三九 伏見の西、上鳥羽・下鳥羽に車宿があり、京都との間を往復貨物の輸送に従事していた。 四〇 淀川の下流渚村。今、大阪府北河内郡。 四一 謡曲羽衣「これなる松に美しき衣かかれり。寄りて見れば」。 四二 年々。 四三 四十八は数の多きをいう。淀川は宇治川・木津川・賀茂川・桂川およびその支流を集めて成る。 四四 砕きて。 四五 淀上荷船。二十石積み。 四六 漆の生産・販売は、年貢・運上を納めて官許のもとに行うのが定法。 四七 銀千貫目。 四八 天性の。 四九 金持の後家に目星をつけて。 五〇 高野山の祠堂銀と称して高利貸しをすること。これを名目金という。宮・門跡・大社・大寺の貸付金に対しては、その債権について公儀の保護が厚かったから、出入りの用達町人がその名目を借りて高利貸しを営み、権威を笠に着て悪辣な取立て方をする者が多かった。 五一 富家が多かったが、人外として特殊扱いをし、これと同席・飲食することさえ忌み嫌った。 五二 かかる不正手段で暮しが豊かなのは。 五三 普通の渡世で。

常にて分限になることそまこと。世にまぎれて住む昼盗人多し

[二七]人の翲《かせぎ》は早《はや》川の水車のごとく、[二八]常住油断《じやうぢうゆだん》する事なかれ。[二九]瀬ゝ《せゞ》の流《なが》れも昼夜《ちうや》七十五里《り》につもり、水の行末《ゆくすへ》さへかぎりあるなれば、人間一生《しやう》、長《なが》うおもふて短《みぢ》かし。ほどなく[三〇]老《をひ》の浪立淀《なみたつよど》[三一]の里に、[三二]与三右衛門《(よさうゑもん)》といへる人、はじめはわづかの家業《かげう》なりしが、[三三]自然《しぜん》の仕合《しあはせ》見えしは、[三四]有時《(ある)》、ふりつゞきたる五月雨《さみだれ》の比《ころ》、[三五]長堤《ながづゝみ》も高浪越《たかなみこし》て、里人、太鼓《たいこ》をひびかせ人足《そく》を集《あつ》め、此《(この)》水をふせぐに、[三六]小橋《ばし》はつねさへ渕《ふち》なるに、けふのけしきのすさまじく、阿波《(あは)》の鳴門《なると》を[三七]目前《もくぜん》に、渦《うづ》のさかまく其《(その)》中より、小山程なるくろき物[三八]びつとうき出《(いで)》、行《(ゆく)》水につれてながれしを、見る人、「[三九]鳥羽《とば》の車牛《くるまうし》ならん」と指《ゆび》さしけるに、牛には大きすぎたるに心を付《(つけ)》、是《(これ)》を跡《あと》よりしたひ行《(ゆく)》に、[四〇]渚《なぎさ》の岸根《きしね》なる松にかゝりて留りけるを、[四一]立《(たち)》よりみれば、[四二]とし〴〵[四三]四十八川の谷ゝより流《なが》れかたまりし漆《うるし》なり。是《(これ)》天のあたへとよろこび、[四四]くだきて[四五]上荷《(うはに)》舟にて取《(とり)》よせ、[四六]ひそかに賣《うり》ける程に、此《(この)》ひとつのかたまり[四七]千貫目にあまり、此《(この)》里の長者とは成《(なり)》ぬ。これらは才覚《さいかく》の分限にはあらず、[四八]てんせいの仕合《しあはせ》なり。おのづと、金がかねまうけして、其名《(その)な》を世上《(せじやう)》にふれける。

或《あるひ》は親《をや》よりのゆづりをうけ、又は博奕業《ばくちわざ》にて勝《かち》を得たり、似《に》せ物商《あきな》ひ、[四九]後家《ごけ》を見立《(たて)》て入聟《いりむこ》、[五〇]高野山《かうやさん》の銀《(かね)》をまはし、人しらねばとて[五一]えたむらへこしをかゞめ、[五二]手前のよろしきは嬉《(うれ)》しからず。[五三]常《つね》にて分限になる人こそまことなれ。人のしは

一 振仮名ママ。
二 盗人同然の。
三 良民を装うて。
四「振りまはし」に同じ。やりくりに窮して。
五 駆引算段。
六 債権者団に対して、資産内容を少しも隠さず。
七 ↓四一頁注四六。「立てる」は帳面を仕立てる意。八 分散。自己破産。↓補一一八。
九 割賦勘定をしてみると、債権者の損失になることが多い。↓永三ノ四。
一〇 毎日を送り。
一一 大晦日になってびっくり。「大年の暮」、大暮ともいう。
一二 計画的に倒産の準備をして。↓永三ノ四・胸一ノ一。
一三 瞽女(ご)を招いて、よい衆ぶりをして見せる。
一四 妻の親類を招いて御馳走する。「勇める」は気を引立てる、慰める意。
一五 大和国五所(ご)村産の御所柿。
一六 初物。「初松茸壱斤四匁五分」(織一ノ二)。
一七 人目につくように、見世さきで買って見せる。一八 茶の湯は習ったこともなく、出来ないくせに。
一九 陰暦十月、新茶を立てて振舞う茶会。↓九〇頁注二三。口切りの茶の湯の案内をしてからあわてて。
二〇 数寄屋に至る通路。茶の湯の客は先ず露地入りをして腰掛にて休憩、亭主の案内を待つ作法があるから、奥庭に急に作った。
二一 下男の通名。
二二 数寄屋の軒廻り、露地の飛石の間などに、石灰を加えて水で練った山土を敷いて槌で叩き堅める。二三 金屏風。
二四 世間の人に信頼感を与え。

きを笑ふ事は非《ひ》なり。それは[一]面〻《めいく》の覚悟《かくご》に有《(ある)》事なり。手を出して物はとらねど、[二]其《(その)》心に違《ちが》はざる非道《ひだう》の人、[三]世にまぎれて住《す》めり。たとへば、借銀《しやくぎん》かさみ、次第[四]にふりにつまり、さま〲[五]調義《てうぎ》をするになりがたく、自然《しぜん》と其家《(その)いへ》をつぶし、[六]毛《もう》頭《とう》内證《しやう》に僞《いつは》りなく、委細《ゐさい》に[七]勘定《かんぢやう》を立《(たて)》、其《(その)》上の[八]分《(ぶん)》さんは、[九]そん銀するに惡《にく》まず。今時の商人《あきんど》、おのれが身躰《しんだい》に應《をう》ぜざる奢《をごり》を、皆《みな》人の物にて[一〇]昼夜《ちうや》を明《あか》し、[一一]大年《(おほどし)》の暮《くれ》におどろき、[一二]工《たく》みてたふるゝ拵《こしら》へして、世間の見せかけよく、隣《となり》を買添軒《かひそへのき》をつゞけ、町の衆《しゆ》を舟《ふな》あそびにさそひ、[一三]琴引《こと(ひく)》女をよびよせ、[一四]女ばう《(にようう)》一門をいさめ、

[一五]松茸《まつたけ》・大和柿《やまとがき》の[一六]はじめを、ねだんにかまはず、[一七]見せのはしにて買取《かひとり》、[一八]茶《ちや》の湯《ゆ》は出きねど、[一九]口切《(くちきり)》前《まへ》に[二〇]露《ろ》路《ぢ》をつくり、[二一]久七に明暮《あけくれ》[二二]たゝき土《づち》をさせて、奥深《をくぶか》に[二三]金屏《きんべう》をひからし、[二四]外よりこのもしがらせ、頓《やが》て賣家《うりいへ》なるに、千年もすむ

やうにおもはせ、内井戸、石の井筒《ゐづゝ》に取《とり》かへ、人の物からるゝ程は取《とり》こみ、ひそかに田地《でんち》を買置《かひをき》、一生の身業《すぎ》を拵《こし》らへ、其《その》外、[二五]子どもを仕付銀《しつけぎん》まで取《とり》て置《をき》、[二六]惣高筭用《そうだかさんよう》して[二七]三分半にまはる程に仕かけ、負《をふ》せかたにわたしけるに、のちは[二八]我《われ》人《ひと》たいくつして、おのづからに濟《すま》し。[二九]其《その》當座《たうざ》はかなしき㒵《かほ》つきして、木綿《もめん》きる物にて通《とを》りしが、はや此《この》さむさわすれて、風をいとはぬ[三〇]かさね小袖《こそで》、「[三一]雨《あめ》ふつて地かたまる」と、[三二]長柄《ながえ》のさしかけ傘《がさ》に竹づえの[三三]もつたいらしく、[三四]むらさきのづきんして、「小判は[三五]賣《うり》しゆんか」と[三六]相場聞《さうばきく》など、[三七]さながらの[三八]のけがねのやうに思はれける。さてもおそろしの世や、[三九]うかとかし銀ならず、仲人《なかうど》まかせに娘もやられず。念を入《いれ》てさへそん銀おほし。

むかし、[四〇]大津にて千貫目の[四一]さし引《ひき》を、世界《かい》になき事とさたせしに、[四二]近《きん》年、京・大坂に三千五百貫目・四千貫目の[四三]分筭《ぶんさん》も、さのみ大分といふ人なく、其《その》時代にて、物ごと[四四]手廣《てびろ》くなりぬ。以前にかはり、[四五]世間に金銀おほくなつて、もうけもつよし、そんも有《あり》。商《あきなひ》のおもしろきは、今なり。随分、世わたりに[四六]そりやくをする事なかれ。[四七]有《ある》長者の詞《ことば》に、「ほしき物をかはず、おしき物を賣《うれ》」とぞ。此《この》心のごとく、かせぎて奢《をごり》をやむれば、よきに極《きはま》る事なり。されば、商《あきなひ》の心ざしは、[四八]根《ね》をおさめてふとくもつ事、かんようなり。

二五 分家或は養子・嫁入りなど、子供をしつけるに必要な金銀。分家ならば独立資本、養子・嫁入りならば敷銀の如し。
二六 債権者団に提供すべき残りの財産の総額。
二七 債務の三割五分に相当するように、あらかじめ財産を隠匿疎開させておいて。↓補一一八。
二八 債権者仲間も、残余債権の取立てには長期間を要することに閉口して、三割五分の償還で我慢してしまう。
二九 分散の当座は一応殊勝な顔をして。
三〇 三枚襲ねの小袖。 三一 諺。
三二 ↓一一六頁注一五。雨降り↓傘。
三三 気取った態度で。 三四 紫縮緬の置頭巾。
三五 売り旬。「しゅん」は物の盛り、最も機の熟した頃をいう。
三六 小判市の相場。↓四五頁注三七。
三七 まるで。恰も。 三八 除け銀。分散の時、債権者団に提供すべき財産の中から、金銀を隠匿疎開させること。
三九 うかうかと。
四〇 ↓永三ノ四。同文重複。 四一 借金。

商いの面白きは今。渡世疎略にすることなかれ

四二 永三ノ四には「三千貫目・弐千五百貫目の分散」とあり。
四三 分散の誤り。
四四 規模が大きくなった。 四五 これはいつ頃のことか。未考。 四六 疎略。 四七 長者教(寛永四)、いづみや長者の言葉に「おしきものをうりて、ほしきものをかわずして、銀をしう(主)とおもへ、しうをそもやつかふ物か」(佐)。泉屋は住友家の業祖蘇我理右衛門の屋号。天正十八年独立して京都に銀銅吹き分け・銅細工を営んで産を成した。寛永十三年六月二十九日没、六十五歳。 四八 根本を堅めて理想を大きく持つこと。

此《(この)》淀《よど》の人、都《みやこ》の栄花《ゑいぐは》を見ならひ、大川《(たい)せん》を泉水《せんすい》に仕かけ、京よりあまたのたくみをよび寄《よせ》、不斷《だん》の水車《みづぐるま》、客《きやく》をまつやらくる〳〵と、椀家具《わんかぐ》の音伏見《をとふしみ》までひゞき、濱焼《はまやき》のかほり橋本《はしもと》・葛葉《くづは》にかよひ、茶はうぢに人ばしをかけ、酒《さけ》のしたゞり松《まつ》の尾《を》まで流《なが》れ、此繁昌《(この)はんじやう》、いつかつくる世あらじと見しに、有時《あるとき》、石清水《いはしみづ》八幡宮《まんぐう》を申《(まう)し》おろして、あんごのとうを執行《とりをこなは》れ、目出度《めでたき》事山ゝとなりしに、此行事《(この)ぎやうじ》は、その亭主《ていしゆ》の心持《こゝろもち》大事なり。万《よろづ》の義《ぎ》をおしきと思へば、忽《たちま》ちむそくする事成《(なり)》しに、此家《(この)》破滅《はめつ》御告《つげ》にや、大釜《(おほ)がま》の下より大束《(たい)そく》の葭《よし》もへしさりしに、あまた人庭《には》に有《(あり)》ながら、是《(これ)》をさしくべる人もなくて、あるじ心にかけしより、幾程《いく》なく此家《(この)いへ》絶《たへ》て、其名《(その)な》は踊哥《をどりうた》に殘《のこれ》り。

第五　智恵《ちゑ》をはかる八十八の升搔《ますかき》

世界《せかい》のひろき事、今思ひ當れり。万《よろづ》の商《あきなひ》事がないとて、我人年《われひととし》〳〵くやむ事、およそ四十五年《ねん》なり。世《よ》のつまりたるといふうちに、丸裸《まるはだか》にて取付《とりつき》、歴《れき》ゝに仕《し》出しける人あまた有《あり》。米《こめ》壱石を拾四匁五分《(ふん)》の時も、乞食《こつじき》はあるぞかし。つら〳〵人の内證《ないしやう》をみるに、其家《(その)》それ〴〵に、諸道具《しよだうぐ》を次第にこしらへ、むかし

一 淀川。二 職人。三 →一六八頁注五。四 慶長・元和頃のはやり唱歌「淀の川瀬の水車誰を待つやらくるくると」(かぶきの草子)のもじり。徳永種久紀行「よそゑがかけし水ぐるま、川のよどみをせきあげて、たれをまつとはしらねども、明暮めぐるこゝろこそ、つもればおかとなるやらん」。五 漆塗の膳・椀。客への饗膳を洗い清める音。六 これは誇張していった。淀から伏見までは隔っている。七 鯛の塩焼。八 淀の下流三十町、今大阪府北河内郡橋本町、それより二十町楠葉村。九 宇治。一〇 急使を相次いで派遣して、督促調達すること。宇治→橋。一一 今、京都市右京区松尾町にある松尾神社は酒の神。酒→松尾。一二 いつまでか、尽くる世あらじの意。謡曲邯鄲「いつまでぞ、栄花の春もときはにて」。一三 或時。一四 淀の西南二十町、八幡町の男山にある。一五 神霊の降臨を仰いで。一六 安居の頭。石清水八幡宮の重い神事。陰暦十二月十三日から十五日まで、宮籠りして精進潔斎する。その神事の頭人は山下の氏子中の旧家が毎年選ばれて奉仕する。一七 安居の当屋になった家の主、すなわち頭人。頭人は斎戒沐浴一切の不浄を慎み、費用を惜しまず行事の無事終了を念願する。一八 無足する。折角の準備・物入りが無駄になる。一九 破滅すべき神の御告。二〇 湯立て釜。振舞・餅搗きなどの時に湯を沸かす釜。二一 大たば。二二 燃え退《(しさ)》る。薪の外にはみ出した部分にまで、火が燃え移ること。二三 数多の人。二四 土間。二五 薪の大くべは不経済、絶えず釜の下へさしくべるように

奢る者久しからず。踊歌に残る与三右の水車

商いがないというは昔から。町人の出世は大勢の人を養うこと

よりは、おしなべて物ごと十分になりぬ。尤《もつとも》、家《いへ》をやぶる人もあれど、家とゝのへる人まされり。其《(その)》ためしは、京《きやう》にかぎらず江戸・大坂のはし〴〵、明地《あきち》・野原《のはら》まですこしの明所《あきど》もなく、人家に立《(たち)》つゞき、何して世をわたる共《(とも)》見えねど、五人・三人の子共に[三四]正月きるもの綿《わた》入《(いれ)》て、盆《ぼん》は踊《をどり》ゆかたも拵《こしら》へ、[三五]はしがの子の[三六]後帯《うしろをび》ひとしほ見よげなり。亭主《ていしゆ》は[三七]日用《ひよう》とり、或《(あるひ)》は[三八]釣瓶《つるべ》縄《なは》屋、又は[三九]童子《わらべ》すかしの[四〇]猿松《さるまつ》の風車《かざぐるま》をするなど、やう〳〵一日に、丸《まる》どりにしてから三十七八文・四十五六文、[四一]五十迄《まで》の仕《し》事するかせぬうちにて、[四二]四五人口を過《(すぎ)》て、いづれも身のさむからぬは、是《(これ)》みな[四三]母のはたらきなり。同じ五人口にて、一日に三匁五分《(ふん)》づゝ入《(いる)》も有《(あり)》、又は六匁づゝ入《(いる)》もあり。世帯《せたい》の仕かた程《ほど》、各別《かくべつ》に違《ちが》ふ物はなし。人の渡世《とせい》は、さま〴〵に替《かは》れり。やう〳〵[四四]ふうふの友《とも》すぎしかねるもあれば、壱人のはたらきにて大勢《ぜい》を[四五]すごすは、町人にても大かたならぬ出世《しゆつせ》、其《(その)》身の[四六]發明《はつめい》なる徳《とく》なり。

金銀が町人の氏系図。近代大阪の出来分限

一切の人間《げん》、目有鼻《ありはな》あり、手あしもかはらず生れ付《(つき)》て、貴人《き(にん)》・[四七]高人《かう(にん)》、よろづの[四八]藝者《げいしや》は各別《かくべつ》、常《つね》の町人、金銀《きん〴〵》の有徳《うとく》ゆへ世上に名《な》をしらるゝ事、是《(これ)》を思へば、若《わか》き時よりかせぎて、分限《ぶんげん》の其《(その)》名《な》を世に殘さぬは口をし。[四九]俗姓《ぞくしやう》・筋目《すじめ》にもかまはず、只《(ただ)》[五〇]金銀《きん〴〵》が町人の氏系《うぢけい》圖になるぞかし。たとへば、[五一]大《(たい)》しよくはんの系《つり》ある

しなければならぬ。亭主の心にもったいないと思った。二六 家が絶えたというのは事実に相違する。↓補三三二。二七 祇園踊口説(元禄元)、恋の車尽し「淀の川瀬のえい、からさきや、花は咲いた、まことに水車さ、誰をまつやらくるくると」云々。
二八 寛永の鎖国以来という意。数字はやや違うが胸一ノ三にも「商ひ事がない〳〵といふは六十年此かた」という。二九 世間が不景気だといっている中でも。三〇 商売に取りつき。
三一 よい衆にまでのし上った。三二 米が安く、「世の心安き」時代にも乞食はあるものだという喩。米一石十四五匁の時代は慶長年間のこと(大)・(真)。置土産、四ノ一「関東の奥に今でも米一石につき拾八匁する所あり、其所にも朝夕送りかねての乞食あり」。三三 明暦・万治以後、風俗次第に華美贅沢になっていったこと、むかしむかし物語・老人物語などに見える。
三四 正月着物。三五 端鹿子。端だけを鹿子に染めた帯。一代女、四ノ三「時花(はや)ればとて今時の女、尻桁にかけたる端紫の鹿子帯」(佐)。
三六 後結びの帯。屋敷方・町方にはやった若い女の風俗。三七 日雇人足。三八 井戸替人足。
三九 子供の玩具の「猿松の風車」の製造。
四〇 竹輪に青・紅の色紙を貼って作った風車。正月のもち遊び。「猿松」を冠したのは、鼻垂れ小僧の愛称。四一 銭五十文。四二 家内四五人の暮し。↓永四ノ一「惣じて三人口迄を身過とはいはぬなり。五人より世をわたるとはいふ事なり」。四三 台所を預かる母親の手腕だ。四四 夫婦の友過ぎ。わずか夫婦二人暮しで、共稼ぎしても口過ぎしかねるという意。四五 養う。四六 利発、聡明。四七 身分高

にしてから、町屋住《まちやずま》ゐの身は、貧《ひん》なれば[一]猿《さる》まはしの身にはおとりなり。とかく大福《(だい)ふく》をねがひ、長者《ちやうじや》となる事肝要《かんよう》なり。其《(その)》[二]心山のごとくにして、[三]分限《ぶんげん》はよき手代《だい》有《(ある)》事第《だい》一なり。難波《なには》の津にも、[四]江戸酒《えどざけ》つくりはじめて一門《もん》さかゆるも有《(あり)》。又[五]銅《あかゞね》山にかゝりて、俄《にはか》ぶげんになるも有《(あり)》。[六]よし野うるし屋して、人のしらぬ埋《うづ》み金《がね(ある)》有人もあれば、[七]小《こ》早《ばや》作り出して、[八]舟問屋《ふなどひ》に名《な》をとるも有《(あり)》。[九]家質《かじち》の銀借《かねかし》して、冨貴《ふうき》になるも有《(あり)》。[一〇]鉄山《てつざん》の請《うけ》山して、次第分限《しだいぶげん》の人も有《(あり)》。これらは近代《きんだい》の[一一]出來《で(き)》商人《あきんど》、[一二]三十年此《(この)》かたの仕《し》出しなり。

人のすみかも、[一三]三ケ《が》の津に極《きはま》れり。[一四]遠國《をんごく》に分《ぶ》限《げん》あまたあれど、[一五]其《(その)》さたせざる人多し。もつ共《(とも)》都《みやこ》の長者は、金銀の外《(ほか)》世《よ》の寶《たから》と成《(なる)》諸道《しよだう》ぐを持《(もち)》傳へたり。[一六]龜《かめ》屋といへる家の茶入《ちや(いれ)》、ひとつを銀《ぎん》三百貫目に[一七]糸《いと》屋へもらふ事

き人。四八 芸能者。能太夫・連歌師・俳諧師など。↓織三ノ二。四九 素姓・血統。五〇 金銀が町人の出自を証明する氏(源・平・藤・橘)や系図になる。逆にいえば、町人にとって氏素姓は問題ではない、金銀を擁することによってその身分が定まるという意。五一 大織冠藤原鎌足の系図があるからといって。「たいしょくはん」は読み癖。「つり」は父祖代々の系統・子弟の排行の順序を線を引いて示すから、系図のことをいう。「吊り書」とも。

人の住むべき所は三ヶの津。外よりはならぬ都の沙汰

一 猿廻しはえた頭弾左衛門の手下。人外者。
二 心を大きく持って。
三 分限になるには。
四 江戸下しの酒。酒造業から一門繁栄した鴻池氏をいう。始祖新六幸元が清酒の江戸下しを始めたのは慶長四年とも五年ともいう。
五 住友氏は三代目泉屋吉左衛門友信に至って、奥羽・出羽・秋田・山形・備中の各銅山を採掘経営したが、貞享元年失敗して一時逼塞していた。「俄分限」といったのはそのことを指す。↓補三四一。
六 大和の吉野地方は漆の名産地。大阪には古くから吉野漆の集荷販売の官許を得ていた商人があったが、ここはその仲間年寄を勤めていた吉野屋仁左衛門・同治郎左衛門の一統をいうか。
七 二百石積みから四百石積みまでの快速の渡海船。ここは江戸廻しの檜垣《(ひが)き》廻船をいう。
八 大阪北浜町の江戸積み船問屋泉屋平右衛門。

寛文元年尼崎・伝法の小早船をチャーターして、酒・醤油・綿等の物資を江戸へ廻送する事業を始めた(大)。
九 家屋敷を質にとって金融すること。これによって富貴になった人物については未考。
一〇 運上金を上納して、鉄鉱の採掘販売権を取得すること。この事実未考。
一一 出来分限。俄分限に同じ。
一二 寛文元年以降に身代を仕出した人々だ。
一三 京・江戸・大阪の三都。原本「極まれり」の振仮名、「ま」一字衍。
一四 地方。
一五 三都では、分限者の中に数えられぬ人が多い。
一六 京都糸割符年寄・幕府呉服師の亀屋栄仁所持の茶入、「味噌屋肩衝」と称する名物。
一七 京都烏丸三条下ル糸屋十右衛門。本姓打宅《(たく)》公範《(きんのり)》、法号良亭。味噌屋肩衝を金千枚に求めたこと有名。→補三四二。
一八 借金。
一九 年賦。
二〇 何事でも規模が大きいから、他所では真似が出来ない。
二一 身体壮健で。
二二 分際相応に。
二三 家督相続人。
二四 ここは配偶者の意。
二五 東山・西山に対して、衣笠山・鷹ヶ峰から上賀茂にかけての山々をいう。
二六 挨拶よく。仲睦じいこと。
二七 身代。
二八 下文の「作り取り」に続く。

北山の三夫婦八十八の升かき祝い

有《(あり)》。弐拾万両の一八さし引《(ひき)》を、一九年歩《ねんぶ》にて濟《(すま)》す両替屋《りやうがへ》も有《(あり)》。とかく都のさたは、二〇外《(ほか)》にて成《(なり)》がたし。むかしの長《ちやう》者《じや》絶《たゆ》れば、新長者の見えわたり、はんじやうは次第まさりなり。

人は二一堅固《けんご》にて、其《(その)》二二ぶんざいさうおうに世をわたるは、大福《(だい)ふく》長者にもなをまさりぬ。家さかへても二三屋継《つぎ》なく、又は二四夫妻《ふさい》にはなれあひ、物ごとふそくなる事は、世のならひなり。爰《(ここ)》に京の二五北山《きたやま》の里、かくれもなき三夫婦《(み)めうと》とて、人のうらやむ人あり。そも〳〵祖父《をゝぢ》・祖母《うば》無事《ぶじ》にして、その子に娌《よめ》をとり、又此《(この)》孫《まご》成《せい》人して娌《よめ》をよび、同じ家に夫婦三組《(み)くみ》、しかも、おさな馴身《なじみ》にてかたらひをなしける事、ためしもなき仕合《しあはせ》なり。此《(この)》親仁《をやじ》八十八、其《(その)》つれあひ八十一。男子《むすこ》五十七、其《(その)》女《(にょう)》ばう四十九。此《(この)》子二十六、女は十八。一生すこしのわづらひなく、殊更《(ことさら)》いづれも二六あひさつよく、其《(その)》上二七身躰《しんだい》も、二八百姓の願《ねが》ひのまゝに、田畠《でんばく》・牛馬《ぎうば》、男女のめしつかひ者棟《むね》をならべ、[一]作《つく》り取《どり》同前《どうぜん》の世の中。萬《よろづ》を心にまかせ、神《かみ》をまつり佛を信《しん》じんふかく、おのづから其徳《(その)とく》そなはりて、[二]八十八歳《さい》の年のはじめに、誰《たれ》かいひ出して升摻《ますかき》[三]をきらせけるに、すなほなる竹のはやしも切絶《きりたゆ》るばかり。京都《きやうと》の諸商人《しよあきんど》是《(これ)》をのぞみけるに、商賣《しやうばい》に仕合《(しあはせ)》あつて、いよ〳〵もてはやして、三夫婦《(み)めうと》の升《(ます)》かきとて、[四]俵物《ひやう(もの)》はかるに[五]こぼれざいわひあり。[六]上《かみ》京の長者、此升《(この)ます》かきにて白銀《しろがね》をはかりわけて、三人の子どもにわたしけるとなり。金銀有《(ある)》所にはある物がたり、聞《(きき)》傳へて[七]日本《につぽん》大福帳《ふくちやう》にしるし、「するゝ久しく、是《(これ)》を見る人のためにも成《(なり)》ぬべし」と、[八]永代藏におさまる時津御《ときつみ》國《くに》、靜《しづか》なり。

一 作り取り同様の、有難い世の中。年貢を免除されて、収穫を全部自家の所得にすることを「作り取り」という。
二 八十八の升かき祝いのこと↓補一九。
三 升搔。↓三七頁注四四。
四 俵装にした穀類をいう。
五 思いがけぬ利得。余得。升↓俵物↓こぼれ幸い。
六 未考。
七 諸国の町人の致富出世・失敗困窮の物語を記した本書を、日本の大福帳に擬していった。
八 永代保存して子孫に伝えるべく土蔵に収めたが、時あたかも天下泰平、静かなる御代である。

此跡ヨリ

人は一代名は末代

甚忍記 九

全部八冊

仁之部
義之部
礼之部
智之部
信之部
板行仕候

二条通数屋町
京　金屋長兵衛

書林　神田新革屋町
江戸　西村梅風軒

貞享五戊辰年正月吉日

北御堂前
大坂　書肆　森田庄太郎刊板

九 遺稿として後年出版せられた、西鶴織留の出版予告。↓解説参看。

世間胸算用

繪入

世間胸算用

一

大晦日は一日千金

序

松の風静《しづか》に、[一]初曙《はつあけぼの》の[二]若ゑびす〳〵、諸商人[三]買《かう》ての幸ひ賣《うつ》ての仕合《しあはせ》。扨《さて》[四]帳《ちやう》閉《とぢ》[五]棚《たな》おろし、納め銀《がね》の[六]藏びらき、春のはじめの[七]天秤《てんびん》、大黑の打出《うちで》の小槌《こづち》、何成《なり》ともほしき物、それ〴〵の智恵袋より取出《とりいだ》す事ぞ。元日より[八]胸算用《むねざんよう》油斷なく、[九]一日千金の大晦日《おほつごもり》[一〇]をしるべし。

[一一]元祿五申歳《さるのとし》初春

難波　西鶴

[一二]

一 元日の夜明け。二 若夷売の触れ声。若夷↓六七頁注二七。三 諺。「売りての幸買うての喜び」ともいう。若夷売・帳屋などの縁起を祝う商い口である。四 帳綴。↓補一九六。五 商家で年頭に商品の在高を調べて評価し、財産勘定の修正をし、これを新帳に記入する。多くは帳綴祝いの日と同日に行う。また年に二度棚おろしをすることもある。↓補三四三。六 年末に諸方から入金した金銀を一旦蔵に納めて置いたのを、正月になって蔵を開いて改める。帳綴・棚おろしと同じ日に行い、鏡餅を開き、雑煮にして祝う。七 金銀銭の三貨の内、丁銀・豆板銀は天秤にかけて一々量る必要があった。その際小槌で天秤の釘の上を叩いて針口の振動を調整し、正確を期した。これを大黒の打出の小槌に譬えたのである。ここは春の初めに銀を量る天秤の針口を叩く小槌の音は、まるで大黒の打出の小槌の音のような気がする。大黒の打出の小槌を振れば、何なりと欲しい物が宝袋から出て来るということだが、ほんとうは各人の智恵袋から取り出すのであるという意。八 心あて。心づもり。ムナザンヨウとも読むが、西鶴はただ一例の外すべてムネザンヨウと読ませている。↓補三四四。九 蘇東坡、春夜の詩に「春宵一刻直千金、花有清香、月有陰」。この詩では最も愉快な時の形容であるが、西鶴は一刻が千金にも値する最も重大な時の意味に用いている。一〇 オオミソカとも読むが、巻三の目次に「大つごもり」と仮名書の例があるので、オオツゴモリと読んでおく。一一 元禄五年(一六九二)の干支は壬申(みずのえさる)に相当する。一二 松寿。西鶴の軒号を松寿軒という。この印は晩年の俳書・浮世草子の作にしばしば用いている。

胸《むね》算《ざん》用《よう》　巻一

大晦日は一日千金

目録

一問屋の伊達女房。寛闊は華美贅沢なこと。原本三水偏に作るは誤り。当時の問屋は大資本を以て遠近の物資を集荷し、全国に配給する近世商業機構の中枢であるが、「問屋長者」の諺があるように、全盛の内証はやりくり算段であった。女房の寛闊もその倒産の一因。

二本文には「千種の細染百色がはり」とある。秋の千草を細書きに、色変りに染上げた御所染。↓補三四五。

三振出し手形の一種。また大阪手形ともいう。今日の銀行小切手の如きもの。大阪の両替屋の始祖天王寺屋五兵衛が創案したと伝える。↓補三四六。

四手形類の文言の最後に「仍而如件」と書くのが定まり。転じて型の如くに処理することをいう。

五「昔の剣今の菜刀」という諺のもじり。昔の薙刀も今は鞘ばかり。

六浪人の内職の手細工。

七竹の弓に糸を張って、作り物の鯛を上下させて遊ぶ玩具(嬉遊笑覧)。

三　伊勢海老《いせゑび》は春の栬《もみぢ》[一]
[二]狀《じやう》の書賃《かきちん》一通《つう》一錢《せん》
大晦日《(おほつごもり)》に隱居《いんきよ》の才覺《さいかく》

四　[三]藝鼠《げいねずみ》の文《ふみ》づかひ
[四]居風呂《すへぶろ》の中の長物語《がたり》
大晦日《(おほつごもり)》に煤《すゝ》はきの宿《やど》

一 紅葉の俗字。二 伊勢の御師が檀那廻りに配る年頭の祝儀状。三 芸をする鼠。文使いはその芸の一つ。四 据風呂。桶風呂の底に平釜を仕掛け、下から焚くようにしたもの。五右衛門風呂。

五 大晦日が闇夜であることは暦の上できまっているが、同じように、大晦日が一年中の総決算の恐ろしい日だということは、神代の昔からわかりきったことだのに。闇は大晦日の闇夜をいうと同時に、総決算日の不安と昏迷を意味している。西鶴の句に「大晦日定めなき世の定めかな」。闇→天の岩戸→神代。六 胷は胸と同字。七 掛売買の決算期。年末を特に大節季という。八 蘇東坡、春夜の詩「春宵一刻直千金」のもじり。この大晦日の一日は商人にとっては千金にも換え難い大切な日だ。九 年を越すということから大晦日を峠にたとえた。峠→山→のぼり兼たる。一〇 借銭が多いために年を越しかねるというのも、妻子という絆があるためだ。ほだしは絆。諺「子は三界の絆」。一一 各人それぞれに。一二 身分。財産。一三 一年中に計算してみると…舟にも車にも積み余るほどの物入りになる。つもるは積る、見積る・概算すること。又物の積り重なる意味があるから、積る→掃溜と下文に続く。一四 塵捨場。一五 破魔弓。藁縄で作った径一尺ほどの的(まと)を転ばして射る正月の男の子の遊び。それに用いる弓矢をはま弓・はま矢という。↓補三四七。一六 雛遊びの調度。一七 端午の節供に野原又は川原で石合戦(印地打)をした後、木刀で戦う。これを菖蒲切りといい、木刀を菖蒲刀という。一八 小町踊の団(うちわ)太鼓。金銀の箔をおき絵を描く。七月七日と十五日の両日、昼間女児が隊伍を組んで、日傘をさしかけ、鉢巻に襷をして団太鼓をたたき

問屋の寛闊女《くはんくはつ》

[五]世の定めとて大晦日《(おほつごもり)》は闇《やみ》なる事、天《あま》の岩戸の神代このかた、しれたる事なるに、人みな常に渡世《とせい》を油断《ゆだん》して、毎年《まい》ひとつの[六]胸算用《むねざんよう》ちがひ、[七]節季を仕廻《しまい》かね迷惑《めいわく》するは、面《めん》〳〵覚悟《かくご》あしき故《ゆへ》なり。[八]一日千金に替《かへ》がたし。銭銀《ぜにかね》なくては越《こさ》[九]れざる冬と春との峠《とうげ》、[一〇]是《(これ)》借銭《しやくせん》の山高ふしてのぼり兼《かね》たるほだし。[一一]それ〴〵に子といふものに[一二]身躰《しんだい》相應《(さうおう)》の費《ついへ》、さし當《あた》つて目には見えねど、[一三]年《ねん》中につもりて、[一四]はきだめの中へすたり行《(ゆく)》[一五]はま弓・手まりの糸屑《いとくず》、此外《(このほか)》[一六]雛《ひいな》の摺鉢《すりばち》われて、[一七]菖蒲刀《しやうぶがたな》の箔《はく》の色替《(かは)》り、[一八]踊《おどり》だいこをうちやぶり、[一九]八朔《(はつ)さく》の雀は[二〇]珠数《じゆず》玉につなぎ捨《(すて)》られ、[二一]中《(なか)》の玄猪《いのこ》を祝《いは》ふ餅《もち》の米・[二二]氏《うぢ》神のおはらい團子《だんご》、[二三]弟子《おとと》朔日《(ついたち)》・[二四]厄拂《やくはら》ひの包《つゝみ》銭、[二五]夢違《ゆめちが》ひの御札《おふだ》を買《かう》など、[二六]寶《たから》舟にも車にも積餘《つみあま》るほどの物入《(ものいり)》。

ことに近年は、いづかたも[二七]女房家《にようぼいゑ》ぬし奢《おご》りて、衣類《いるい》に事もかゝぬ身の、[二八]其《(その)》ときの浮世模《うきよも》やうの[二九]正月小袖をたくみ、羽二重《はぶたへ》[三〇]半疋《(はんびき)》四十五匁の[三一]地絹《ちぎぬ》よりは、[三二]千種《ちぐさ》の細染《ほそぞめ》百色《(ももいろ)》がはりの染賃《そめちん》は高く、金子《(きんす)》一両宛《づゝ》出して、是《(これ)》さのみ人の目だゝぬ事に、あたら金銀を捨《(すて)》ける。帯《おび》とてもむかし[三三]わたりの本繻子《(ほん)じゆす》、[三四]一幅《(ひと)はゞ》に一丈《ぢやう》二尺、

ながら町々を踊り歩く。これを小町踊という。

一九 八月朔日は田実節(たのみのせつ)といい、もと農家の年中行事であったが、これを憑(た)みの節(の)と解して、京阪地方ではこの日、絵行器(えほがい)に餅・木の実を盛り、薏苡仁(ずずだま)に作りつけた雀の作り物などを飾って、平素世話になっている主家・知人に贈った。

二〇 薏苡仁。↓補一三一。

大晦日は世の定め。年中胸算用大切のこと

二一 十月の亥の日に餅を搗いて食し、子孫繁昌を祈る。これを玄猪(げんちょ)とも亥の子ともいう。十月中に亥の日が三度あれば、中の亥の日を祝う。

二二 六月の御祓祭に氏神に供える団子。

二三 乙子朔日。一年中で最後の朔日という意味で十二月朔日をいい、この日餅を食して祝う。

二四 節分の夜大豆を年齢の数だけ数えて紙に包み、身体を撫でて厄を払う。銭を包むようになったのは厄払いの乞食に拾わせるためである。

二五 俗説に獏(ばく)は夢を食う獣といい、十二月晦日または節分の夜、獏の形を描いた紙を枕の下に敷いて寝ると、悪夢を避けると信じられた。

二六 節分の夜宝船の図を敷寝すると吉夢を見るという。船の図に種々の宝を描き、「ながきよのとをのねぶりのみなめざめなみのりぶねのおとのよきかな」という廻文歌を上に記してある。宝舟↓車。

二七 女房家主。一家の主婦。女主人。

当世女房気質。女の寛闊は分散の基

二八 その時々の流行模様。浮世は当世・モダーンの意。

二九 正月の晴着。

三〇 一疋は二反。

三一 染生地の絹。

三二 目録には「千種百品染」とある。

三三 古く中国から舶載したもの。今渡りに対していう。

三四 帯地は幅二尺五寸、長さ一丈二尺が常寸。女帯はこれを二つ割にして用いる。

一 八十六匁ほどのねうちの物。銀一枚は四十三匁。
二 米一石銀四十匁、金一両六十匁替として、三石で金二両になる。↓補三四八。
三 年貢廻米の俵入を決定する標準になる基本俵の意。ここは標準量の米を包装した俵をいう。↓補三四九。
四 湯具。婦人の下帯をいう。襠は袴の当(まち)をいうが、当時の俗用。
五 紅花で染めた紅(もみ)染。茜染・蘇枋染に対していう。
六 白絖の足袋。古くは紫革の足袋を用いたが、貞享頃から絹足袋が流行した。
七 武家大名の内室をいう。
八 寛闊。華美・奢侈なこと。
九 自己破産。その場合女房の財産は留保することが許された。↓補一一八。
一〇 一旦分散して又女房の財産を元手にして商売にとりつき。
一一 女の智恵の浅はかなことをいう。諺に「女の智恵は鼻の先」。
一二 破産すること。
一三 戸のある上製の駕籠。町人は女に限って黙認せられていた。↓補一一六。
一四 駕籠先に提灯を二つ持たせて供を連れること。灯挑は「挑灯」の転倒。
一五 諺「月夜に提灯」。無用の見栄をいう。提灯↓月夜。
一六 諺「闇夜の錦」。無用の外聞の譬。
一七 無駄な浪費の譬に「湯をわかして水にする」という。
一八 平素念持する仏像を安置した堂であるが、ひろく民家の仏間をもいう。

死んだおやじのあの世からの意見。見せかけの分散

一筋《(ひと)すじ》につき[一]銀二枚が物を腰《こし》にまとひ、小判二両のさし櫛《ぐし》、[二]今の直段《ねだん》の米にしては[三]本俵《ほんびよう》三石《ごく》あたまにいたゞき、[四]襠《ゆぐ》も[五]本紅《ほんもみ》の二枚《まい》がさね、[六]白ぬめの足袋《たび》はくなど、むかしは大名《だいみやう》の[七]御前《ごぜん》がたにもあそばさぬ事、おもへば町人の女房の分《ぶん》として、冥加《みやうが》おそろしき事ぞかし。せめて金銀我《(わが)》ものに持《もち》あまりてすればなり。降《ふつ》ても照《てつ》ても、昼夜油断《ちうやゆだん》のならざる利《り》を出す銀《かね》かる人の身躰《(しんだい)》にて、かゝる女の[八]寛活《くはんくはつ》、能ゝ《よくく》分別《ふんべつ》しては、我と我《(わが)》心の耻《はづ》かしき義なり。明日《あす》[九]分散《ぶんさん》にあふても、女の諸道具は遁《のが》るゝによつて、[一〇]打《(うち)》つぶして又取《(とり)》つき、世帯《せたい》の物種《ものだね》にするかと思はれける。

惣《(そう)》じて[一一]女は鼻《はな》のさきにして、[一二]身躰《(しんだい)》たゝまるゝ宵《よひ》迄乗《のり》[一三]ものにふたつ[一四]灯挑《ちやうちん》、[一五]月夜に無用の外聞《ぐはいぶん》、[一六]闇《やみ》に錦《にしき》のうは着《ぎ》、[一七]湯《ゆ》わかして水へ入《(いり)》たるごとく、何《(なに)》の役《やく》にも立《た》ゝざる身の程《ほど》、死《しな》れたる親仁《おやぢ》[一八]持佛堂《ぢぶつだう》の隅《すみ》から見て、「うき世の雲を

隔《へだて》ければ、悔《くや》みても異見《いけん》は成《（なり）》がたし。一九今の商賣《しやうばい》の仕《し》かけ、世の僞《いつは》りの問屋なり。十貫《くはん》目が物を買《かう》て、八貫目に賣《うり》て銀《かね》まはしする才覚《さいかく》、つまる所は二〇内證《ないしやう》のよはり、來年の暮《くれ》には、此門《（このかど）》の戸に、「二一賣《うり》家《いへ》十八間《けん》口《（ぐち）》、内に藏《くら》三ヶ所、二二戸立具《とたて（ぐ）》其《（その）》まゝ、二三疊上中《たゝみ（じやうちう）》二百四十疊《でう》、外《（ほか）》に二四江戸船一艘《そう》、五人乗《（のり）》の二五御座《（ご）ざ》ぶね、二六通《かよ》ひ舟付《（つけ）》て賣《うり》申候。來ル正月十九日に、此町の二七會所《くはいしよ》にて二八札《ふだ》をひらく」と沙汰《さた》せられ、皆《みな》人のものになれば、佛《ほとけ》の目には見えすきて悲《かな》しく、定めて仏具《ぶつぐ》も人手《（ひとで）》に渡《わた》るべし。中にも二九唐《から》かねの三〇三ッ具足《ぐそく》、代《よ》ゝ持傳《もちつた》えて惜《をし》ければ、三一行先《ゆくさき》の七月、三二魂祭《たままつ》りの送《おく》り火《（び）》の時、蓮《はす》の葉《は》に包《つゝ》みて、極樂《ごくらく》へ取《（とつ）》て帰るべし。迚《とて》も此《（この）》家來年ばかり、三三汝《なんぢ》が心根《（こころ）ね》もそれゆへ、三四丹波《たんば》に大分《（だいぶん）》田地《でんち》買置《かいおき》、引込所《（ひつ）こみ（どころ）》拵《こし》らへけるは、中〳〵無分別《ふんべつ》なり。我賢《かし》こければ、我に銀《かね》借《かす》ほどの人も又利発《りはつ》にて、ひとつ

一九 主人公の商売は問屋業であるが、それにかけて、お前の商売の仕方はあらゆる虚偽欺瞞の総本家だといった。
二〇 経営不振、財政困難の証拠だ。
二一 以下は分散による競売の公告。十八間口は間口十八間の意。商家としては大きい。
二二 戸建具。原本「具」の右肩に濁点を打って「ぐ」と訓ませる。
二三 畳表は備後産を上品とし、備中・備前・江州産を中とし、丹波産を下品とする。
二四 江戸廻船。江戸向け貨物を大廻し（太平洋廻り）で輸送する六、七百石以上の船。
二五 遊山用の屋形船を大阪では御座船といい、海御座・川御座の二種ある。ここは後者をさす。
二六 本船と陸地との連絡に用いる伝馬《（てん）》船。
二七 大阪では多く路地の奥に町会所があり、町年寄または町代《（ちようだい）》が出勤して町務を執る外、一町の集会その他に使用した。
二八 入札の結果を開票すること。
二九 唐金。青銅製の。
三〇 花立・燭台・香炉の三つで一具になっている仏具。
三一 来るべき将来をいう。
三二 七月十六日盂蘭盆に聖霊を祭り、翌日麻稭《（おがら）》を焚いて送り、蓮の葉に供物を包んで川に流す。
三三 お前も内心ではそう思っているものだから。
三四 他人名義で他所に土地家屋を買い求め、家財を隠匿した上で偽りの分散をする奸策がよく行われた。

〳〵吟味《ぎんみ》仕出し、皆人の物になる事なり。よしなき悪事《あくじ》をたくまんよりは、何とぞ今一たび商賣《しやうばい》仕返《しかへ》せ。死《しん》でも子はかはゆさのまゝに、[一]枕神《まくらがみ》に立《たつ》て此《この》事をしらすぞ」と、見し姿《すがた》あり〳〵との夢《ゆめ》は覚《さめ》て、明《あけ》ければ十二月廿九日の朝《あさ》。

[二]寐所《ねどころ》よりも大笑《わら》ひして、「さても〳〵、けふと明日《あす》とのいそがしき中《なか》に、死《し》んだ親仁《おやぢ》の欲《よく》の夢《ゆめ》見。あの三ッ具足《ぐそく》[三]お寺へあげよ。後の世迄《まで》も欲《よく》が止《やま》ぬ事ぞ」と、親をそしるうちに、諸方《しよほう》の借錢乞《しやくせんこい》山のごとし。[四]何とか埒《らち》を明《あく》る事ぞと思ひしに、近年銀《かね》なしの商人共《あきんどども》、手前《てまへ》に金銀有《ある》ときは[五]利なしに[六]両替屋《りやうがへや》へ預け、又入《いる》時は借《か》る爲《ため》にして、こざかしきもの[七]振手形《ふりてがた》といふ事を仕出《しだ》して、手廻《まは》しのたがひによき事なり。此亭主《このていしゆ》も其《その》心得にして、霜月《しもつき》の末《すゑ》より、銀弐拾五貫目念比《ねんごろ》なる両《りやう》替屋《がへや》へ預け置《おき》、[八]大拂《ばらひ》の時、米屋も呉服《ごふく》屋も、[九]味噌《みそ》屋紙《かみ》屋も肴《さかな》屋も、[一〇]観音講《くはんおんかう》の出し前《まへ》も、[一一]揚《あげ》屋の銀《かね》も、乞《こひ》にくるほどの者に、「其《その》両替屋《りやうがへや》で請《うけ》とれ」と、振《ふり》手形一枚づゝ渡して、萬仕廻《よろづしまひ》ふたとて[一二]年籠《としごも》りの住吉參《すみよしまゐり》、[一三]胸《むね》には波のたゝぬ間《ま》もなし。こんな人の[一四]初尾《はつお》は、[一五]うけ給《たま》ふてから気づかひ仕給《したま》ふべし。

　されば其《その》振手形は、弐拾五貫目に八十貫目あまりの手形持《もち》かくる程に、両替《りやうがへ》には、「筭用指引《さしひき》して後に渡さふ。振手形大分《だいぶん》有《あり》」と、さま〴〵[一六]詮議《せんぎ》するうちに、又掛乞《かけごい》も其《その》手形を先《さき》へ渡し、又先からさきへ渡し、後にはどさくさと入《いり》み

一 正しくは枕上、当時の例としては神仏その他の霊が枕もとに立つことを枕神といった。 二 本章の主人公、問屋の亭主。 三 社寺へ寄進奉納することを「上げる」という。 四 なんとしてかの意。

手廻しのよい振手形

五 商人が自家の信用を高めるために大きな両替屋と当座預金勘定を結び、現金または手形を無利子で預け入れまたは振りこむことがよく行われた。これは現金を必要とするときに両替屋を支払人とする手形を振出して、金融取引の円滑をはかるためである。⇒補三四六。 六 大阪の両替屋には本両替と銭両替・米方(やりくり)両替があるが、米方両替は別として一般に、金銭売買・貸付・手形振出し・為替取組み・預金などを扱ったのは本両替だけである。 七 ⇒補三四六。 八 大晦日を大節季といい、大節季の支払勘定を大払という。 九 味噌屋。 一〇 観世音菩薩の信者の団体で、親睦共済を目的とし、一定の掛金を負担して観音参り・寺院の修繕維持・講員の経済扶助などを行う。年末にはその総決算が行われる。 一一 揚屋へ支払うべき遊興費。 一二 年末から年始にかけて寺社に参籠すること。借金や無心の断りのために屢々口実に用いられた。 一三 弘法大師の詠歌に「法性の無漏路と聞けど我が住めば有為の波風立たぬ日もなし」。謡曲江口にも引用。 一四 初穂の転訛。賽銭。 一五 神様も貰われたところで後味の悪い思いをせられることだろう。 一六 詮議。 一七 振手形が兌換券同様に流通した。 一八 元禄五年から六十九年前は寛永元年(一六二四)、ただしこの年元日に日蝕があったことは不明。

だれ、埒《らち》の明《あか》ぬ一七振手形を銀《かね》の替《かは》りに握《にぎ》りて、年を取《とり》ける。一夜《いちや》明《あく》れば、豊《ゆた》かなる春とぞ成《なり》ける。

長刀《なぎなた》はむかしの鞘《さや》

一八元朝《ぐはんてう》に日蝕《につしよく》六十九年以前《いぜん》に有《あり》て、又一九元祿《げんろく》五年みづのえ。さる程《ほど》に此《この》曙《あけぼの》めづらし。暦《こよみ》は持統天皇《ぢとうてんわう》四年に二〇儀凰暦《ぎわうれき》より改《あらたま》りて、二一日月《じつげつ》の蝕《しよく》をこよみの證據《しようこ》に、世の人是《これ》を疑《うたが》ふ事なし。二二口より見盡《つく》して末《すゑ》一《いち》段《だん》の大晦日《おほつごもり》になりて、淨瑠《じようる》り小うたの声《こゑ》も出ず、二三けふ一日の暮《くれ》せはしく、こと更《さら》二四小家がちなる所は、二五喧嘩《けんくわ》と洗濯《せんだく》と二六壁下地《かべしたぢ》つゞくると、何もかも一度に取《とり》まぜて、春の用意とて二七いかな事、餅ひとつ二八小鰯《ごまめ》一疋もなし。世に有《ある》人と見くらべて、淺間敷《あさましく》哀れなり。

二九此《この》相借屋《あいがし》六七軒、何として年を取《とる》事ぞと思ひしに、みな質《しち》だねの心當《あて》あれば、すこしも世をなげく風情《ふぜい》なし。三〇常住《じやうじう》身の取置《とりおき》、三一屋賃其《その》晦日切《つごもりぎり》にすます。其外《そのほか》に萬《よろづ》の世帯《せたい》道具、あるひは米・味噌《みそ》・燒《たき》木、酢《す》・醬《しよう》油・塩・あぶら迄《まで》も、借《かす》人なければ三二万事當座買《ばんじたうざがひ》にして、三三朝夕《てうせき》を送れば、節季《せつき》〳〵に三四帳《ちやう》さげて、三五案内《あんない》なしにうちへ入るものひとりもなく、誰《たれ》におそれて詫言《わびごと》をするかたもなく、三六樂《たのし》みは貧《ひん》

一九 元禄五年(一六九二)の干支は壬申(みずのえさる)。これに「さても其後さる程に」という浄瑠璃の常套語をいいかけた。この年元日の日蝕のこと⇒補三五〇。 二〇 正しくは儀鳳暦(ぎほうれき)。唐の高宗の麟徳二年に李淳風が作った暦であるが、高宗の儀鳳年間に我国に伝来したのでこの名がある。持統天皇四年(六九〇)に勅を奉じて始めて元嘉暦と儀鳳暦を行う(日本書紀)とある。 二一 我国の暦は清和天皇貞観三年(八六一)に宣明暦(せんみょうれき)を採用せられて以来、数百年間改暦せられなかったが、霊元天皇貞享元年(一六八四)三月大統暦を採用、十月改めて渋川春海の作った貞享暦(じょうきょうれき)が用いられた。その理由は暦の上の日月の蝕が天象の実際に符合するという点にあった。 二二 口→末一段、いずれも浄瑠璃の縁語。当時の暦は折本仕立で、口から見て行くと最後に大晦日になる。 二三 今日一日の暮れるのが気ぜわしくて。 二四 貧民窟。 二五 喧嘩。 二六 塗壁の骨組。真竹や篠竹を細く割ったものを縦横に編んで縄でからげる。 二七 思いもよらぬこと。 二八 鯷(ひしこ)の素乾し。正月の祝儀に用いる。 二九 長屋建ての借家。借の字は貸・借両義に用いる。 三〇 平生の暮し向き。 三一 借屋人から家主に差入れる借家請状の一札に「店賃之儀は一ヶ月に銀何程づつ、毎月晦日限り急度(きっと)為(させ)二相納一可レ申候」とある。 三二 入用のつど現金で買うこと。掛買に対していう。 三三 その日その日。当時は朝夕の二食であったから、一日を朝夕という。 三四 掛取り帳。 三五 横平(おうへい)な借金取をさす。 三六「楽しみは貧家に多し」ともいう(譬喩尽)。

裏借屋の大晦日風景

質をおく合点。貧乏人と小質屋

賤《せん》に有《あり》と、古人の詞反古《ことばほうぐ》にならず。書出《かきだ》し請《うけ》て濟《すま》さぬは、世にまぎれて住《すみ》ける昼盗人《ひるぬす》に同じ。是《これ》を思ふに、人みな年中の高ぐゝりばかりして、毎月の胸筭用《むねざんよう》せぬによつて、つばめのあはぬ事ぞかし。其日過《そのひすぎ》の身は知《しれ》たる世帯なれば、小づかひ帳ひとつ付《つけ》る迄《まで》もない事也《なり》。さる程に、大晦日の暮方《くれがた》まで不斷《ふだん》の躰《てい》にて、正月の事ども何として埒明《らちあく》る事ぞと思ひしに、それ〴〵に質《しち》を置《おき》ける覚悟《かくご》有《あり》て、身仕廻《みじまい》するこそ哀《あは》れなれ。一軒《けん》からは、古《ふる》き傘《からかさ》一本《ぼん》に綿繰《わたくり》ひとつ、茶釜《ちやがま》ひとつ、かれこれ三色《みいろ》にて、銀壱匁借《かり》て事すましける。又其隣《そのとなり》には、かゝが不斷帯《ふだんおび》くはんぜこよりに仕《し》かへて一《ひと》すじ、男の綿頭巾《もめんづきん》ひとつ、蓋《ふた》なしの小重箱《こぢうばこ》一組《くみ》、七ツ半《なから》の筬《おさ》一丁、五合舛《ます》壱合舛二ツ、湊焼《みなとやき》の石皿《いしざら》五枚、鈎御前《つりおまへ》に仏の道具添《そへ》て、取集《とりあつめ》て二十三色にて、壱匁六分借《かり》て年を取《とり》ける。其《その》ひがし隣《どなり》には舞《まい》〳〵住《すみ》けるが、元日より大黒舞《だいこくまひ》に商賣《しやうばい》を替《かへ》ければ、五文の面《めん》・張貫《はりぬき》の槌《つち》ひとつにて、正月中は口過《くちすぎ》すれば、此《この》烏帽子《ゑぼし》・ひたゝれ・大口《おほぐち》はいらぬ物とて、弐匁七分の質《しち》に置《おき》て、ゆるりと年を越《こし》ける。

質屋の薙刀騒動

其隣《そのとなり》はむつかしき紙子《かみこ》牢人《らうにん》、武具《ぶぐ》・馬具《ばぐ》年久しく賣喰《うりぐい》にして、小刀細工《こがたなざいく》に馬の尾にてしかけたる鯛《たい》つり鈎もはやりやめば、今といふ今小尻《こじり》さしつまりて、一夜を越《こす》べき才覚《さいかく》なく、似《に》せ梨地《なしぢ》の長刀《なぎなた》の鞘《さや》をひとつ、質屋へもたしてつかはしけ

一　勘定書。
二　支払することを「すます」又は「なす」という。
三　良民を装うて悪事を働き世間を欺く不徳漢。
四　大まかな勘定。
五　収支の決算をいう。↓補三五一。
六　綿繰り車。
七　三品。色は種類の意。
八　嚊。下賤の者の妻をいう。
九　観世紙縒。↓六六頁注六。
一〇　夫をさす。
一一　木綿（きわた）との混同を避けるためにモメンをこう書いた。
一二　筬は機織の道具。糸四十本を一紀（ひとよみ）とし、七紀半即ち三百本の糸を通すものを七つ半の筬という。当時は機織は女の手仕事であった。
一三　和泉国大鳥郡湊村（今、堺市）産の陶器。釉（くすり）をかけぬ粗品であるが茶人に愛玩せられた。
一四　陶製の皿。木皿に対していう。
一五　門徒宗では持仏を御前という。壁に懸けて吊るようにした仏壇。
一六　幸若舞の大道芸人。烏帽子・直垂（ひたたれ）・大口の袴はその商売道具。
一七　正月に大黒天の面をかぶり打出の小槌を持って、大黒舞の唱歌を謳いながら門づけする物乞い。↓補一五一。
一八　うるさい、堅苦しい。
一九　紙衣一枚の貧乏浪人。
二〇　↓一九五頁注七。鈎は鉤の俗字、釣針をいうが、ここは釣に用いている。
二一　抜き差しならぬ窮地に陥ること。小尻は刀の鐺（こじり）。小刀細工↓小尻。
二二　本金の梨地蒔絵に対して、真鍮粉・泥粉（でいふん）などの下品の金粉を用いた梨地蒔絵をいう。

るに、「こんなものが何[二三]の役に立《たつ》べし」と、手にしばしもたず、なげ戻《もど》しければ、牢人《らうにん》の女房、其《その》儘《まゝ》気色《きしよく》[二四]を替《かへ》、「人の大事の道具[二五]を、何とてなげてそこなひけるぞ。質にいやならば、いやですむ事なり。其《その》うへ何の役に

たゝぬとは、爰《ここ》が聞所《ききどころ》じや。それはわれらが親《をや》、石田《いしだ》治卩少輔《ぢぶのしよう》乱《らん》[二六]に、ならびなき手がらあそばしたる長刀《なぎなた》なれども、男子《なんし》なき故にわたくしに譲《ゆづ》り給はり、世に有《ある》時の嫁入《よめいり》に、對《つい》[二七]の挟箱《はさみばこ》のさきへもたせたるに、役にたゝぬものとは先祖《せんぞ》の耻《はぢ》。女にこそ生れたれ、命はをしまぬ。相手《あいて》は亭主《ていしゆ》」と、取付《とりつき》て泣《なき》出せば、あるじ迷惑《めいわく》して、さまざま詫《わび》てもきかず。其《その》うちに近所の者集《あつま》りて、「あのつれ[二八]あひ牢人《らうにん》はねだりもの[二九]なれば、聞《きき》つけ來《こ》ぬうちに是《これ》をあつかへ[三〇]」と、いづれも亭主にさゝやき、錢三百と黒米《くろごめ》[三一]三升にてやうやうにすましける。扨《さて》も時世《ときよ》[三二]かな、

二三 何の役にか立つべきとあるべきところ。
二四 顔色。
二五 武具の内特に槍・薙刀をいう。
二六 慶長五年(一六〇〇)九月十五日の関ヶ原の合戦。その主謀者石田三成は治部少輔に任官していた。卩は部のつくりの略書。
二七 挟箱(五一頁注三九)は武家の格式によって数に定めがあり、行列の先頭に担わせるのもその格式によった。千二百石取りの娘の嫁入に薙刀を立て対の挟箱先供は僭上か。
二八 女の夫の浪人の意。
二九 ゆすり者。
三〇 第三者が仲裁調停することを「あつかう」という。ここは当事者同士の示談をいっている。
三一 玄米。
三二 諺に「時世時節」という。その時々につれて境遇も変り、人の心の変ることをいう。

此女もむかしは千二百石《こく》取《とり》たる人の息女《そくぢよ》、萬《よろづ》を花車《きやしや》[一]にてくらせし身なれ共、今[二]の貧《ひん》につれて、無理《むり》なる事に人をねだるとは、身に覚《おぼへ》[三]て口おし。是《これ》を見るにも貧にては死《しな》れぬものぞかし。すでに曖《あつか》[四]ひ濟《すみ》て三百[五]・三升請取《うけとり》、「此《この》黒米取《とつ》て帰《かへ》りて、明日《あす》の用にたゝぬ」といへば、「幸《さいわ》ひこれに碓《からうす》[六]有《あり》」とて、か[七]して、ふまして、帰しける。是《これ》ぞ世にいふ「さ[八]はり三百」なるべし。

又牢人《らうにん》の隣に、年ごろ三十七八ばかりの女、親類《しんるい》[九]とても、かゝるべき子もなく、ひとり身なりしが、五[一〇]六年跡《あと》に男[一一]にはなれたるよしにて、髪《かみ》[一二]を切紋《きりもん》[一三]なしのものは着《きれ》ども、身のたしなみは目だゝぬやうにして昔[一四]を捨《すて》ず。しかも、すがたもさ[一五]もしからず。常住《じやうじう》[一六]は、奈良苧《ならそ》[一七]を捄《なぐさ》[一八]みのやうにひねりて日をくらせしが、はや極月初《ごくげつはじめ》[一九]に、万事《ばんじ》を手廻《まは》しよく仕廻《しまひ》て、割木《わりき》[二〇]も二三月迄のたくはへ、肴《さかな》[二一]かけには二番《ばん》[二二]の鰤《ぶり》一本・小鯛《だい》五枚・鱈《たら》二本、かんばし[二三]・ぬりばし[二四]・紀伊國五器《きのくにごき》[二五]、鍋《なべ》ぶた迄《まで》さらりと新《あたら》しく仕替《しかへ》て、家主《いへぬし》殿へ目ぐろ[二六]一本、娘御《むすめご》に絹緒《きぬを》[二七]の小雪駄《こせきだ》、お内義《ないぎ》[二八]様《さま》へう[二九]ね足袋《たび》一足《そく》、七軒《けん》の相借屋《あひがしや》へ餅に牛房《ごばう》[三〇]一抱《わ》づゝ添《そへ》て、礼義正《れいぎたゞ》しくとしを取《とり》ける。人[三一]のしらぬ渡世《とせい》、何をかして、内證《ないしやう》の事はしらず。

其奥《そのをく》の相住《あひずみ》[三二]に二人の女有《あり》しが、一人は年も若く、耳《みゝ》も目鼻《はな》も世の人に替《かは》る事なくて、一生《しやう》[三三]ひとり過《すぎ》して悲《かな》[三四]しく、鏡《かゞみ》見るたびに我ながらよこ手[三五]うつて、「是《これ》

一 上品、優美。 二 現在の貧乏な境遇に随って。 三 我ながら。 四 示談。我国ではアツカイと訓ませる。嗳は暖気、また僾に通じて彷彿の意。 五 銭三百文と玄米三升。 六 踏み臼。 七 碓を貸して、米を踏まして、女を帰した。このところ踏んだり蹴ったりの散々な目に逢うた趣が躍如としている。 八 物事に関係したばかりに、思わぬ損失を蒙る譬。「触り三百、行当り五百」という。 九 親類とてもなく、まして老後の世話になるべき子などは勿論ない。 一〇 五、六年以前。 一一 夫に死別したということで。 一二 亡夫に貞節を立てるために、髪をざん切りにするのが後家の風俗。 一三 紋は模様の意。無地の地味な着物を着るのが、やはりこれも後家の風俗。 一四 昔の色香を残している。 一五 普通、貪欲なことをいうが、ここは姿がみっともなくはないことをいっている。 一六 平生は。 一七 苧麻(お)。奈良ざらしの原料に用いるから、奈良苧という。苧は我国の俗字。 一八 慰み。麻績(おみ)は女の手仕事であるが、ここでは所在なさに退屈しのぎに苧をうんで糸にひねっているのである。 一九 十二月。 二〇 薪。 二一 正月用の魚鳥を掛けて置く鉤。台所の竈の上に吊って保存する。↓補三八三。 二二 上方では鰤は正月の食品中の第一。一番・二番はその大きさをいう。 二三 羹(かん)箸。正月の雑煮を祝う時に用いる白木の箸。 二四 塗箸。食事には普通漆塗の箸を用いる。 二五 五器は御器、漆塗の食器特に飯椀をいう。紀伊国の根来・黒江(和歌山県那賀郡)はその名産地、朱の色が変らず堅牢なので有名であった。ただし当時根来はその製造を止めている。 二六 目黒。鮪(シビ又はハツ)の小さいもの、大きさ二三尺までのものをいう。多く塩物にして

裏借屋の女住居。人さまざまの世の中

では人も合点《がてん》せぬ筈《はづ》」と、身の程《(ほど)》を観《くはん》じける。又一人は、東海道関《とうかいだうせき》[三六]の地蔵《ちざう》に近き旅籠《はたご》屋の出女《(でをんな)》[三七]せし時、木賃泊《きちんどま》[三八]りのぬけ参[三九]りにつらくあたり、米など盗《ぬす》みし科《とが》にや、同じ世に報《むく》ひて、米の乏《とぼ》しき鉢[四〇]ひらき坊主となりて、顔《かほ》を殊勝《しゆしやう》らしく作《つく》り、心の外《(ほか)》の空念佛《そら(ねぶつ)》、思へば心の鬼《おに》[四一]狼《おゝかみ》に衣《(ころも)》ぞかし。精進《しやうじん》の事は忘《わす》れて、[四二]鰯《いわし》の頭《かしら》も信心《しんじん》がらとて、墨染《すみぞめ》の麻《あさ》衣を着《きる》ゆへに、此《(この)》十四五年も佛のお影《かげ》にて、毎朝《まいあさ》修行《すぎやう》に出しに、[四三]一町にて二ところ宛《づゝ》の[四四]手の中《(うち)》、二十所《(ところ)》を集《あつ》めて漸《やうく》一合《ごう》有《(あり)》。五十丁[四五]懸廻《かけまは》らねば、米五合はなし。道心《どうしん》も[四六]堅固《けんご》になくては勤《つと》めがたし。過《(すぎ)》にし夏《なつ》[四七]くはくらんをわづらひて、せんかたなく衣を壱匁八分《(ふん)》の質に置《(おき)》けるが、その〻ち[四八]請《うく》る事成《(なり)》がたく、渡世《とせい》の種《たね》のつきける。人の後世信心《ごせしんじん》に替《(かは)》る事はなきに、衣を着《き》たる朝は米五合ももらはれ、衣なしには弐合も[四九]勧進《くはんじん》なし。殊に[五〇]極月坊主《しはすぼうず》とて、此《(この)》月はいそがしきに取《(とり)》まぎれ、親の命日《めいにち》もわすれ、くれねば是非《ぜひ》もなく、錢八文にて年をこしける。

まことに世の中の哀《あは》れを見る事、[五一]貧家《ひんか》の邉《ほと》りの小質屋《こじち》、心よはくてはならぬ事なり。[五二]脇《わき》から見るさへ悲《かな》しきことの数〱なる、年のくれにぞ有《(あり)》ける。

用いる。 二七 絹鼻緒の子供下駄。 二八 町家の妻をいう。 二九 絹糸で指先を美しく畦刺(うねざし)にした木綿足袋。天和年中(一六八一—八三)からの流行。 三〇 一把。抱は把の草体からの誤り。 三一 それにしては別に商売をしている様子もないが、誰も知らない。何をしてあれだけの生活をしているのかしら、内幕のことはよくわからぬ。西鶴は暗に妾生活をさしていっている。 三二 同居人。 三三 やもめ暮し。 三四 貧しいこと。 三五 納得したさま。

三六 三重県鈴鹿郡関町の九関山宝蔵寺地蔵院。本尊は行基菩薩作の地蔵尊。 三七 宿屋の飯盛(めしもり)女。宿の前に立って旅人を呼入れる。 三八 燃料費だけを払って食料持参で宿泊すること。食事つきの宿泊を旅籠(はたご)泊りという。 三九 親・主人に無断で伊勢参りすること。元禄・宝永頃特に流行した。 四〇 乞食坊主。托鉢して米銭を乞うことを「鉢をひらく」という。 四一 諺。姿は僧形であるが心は堕落している出家を罵っていう。 四二 諺。信心によってはつまらぬものも神仏に見える意。↓補三五二。 四三 稀少なこと。諺に「一町三所」という。 四四 施しの米銭。 四五 駆け廻る。 四六 身体の頑健なこと。 四七 霍乱。暑気にあてられてはげしい吐瀉症状を起す。 四八 質草を請け出すこと。 四九 施与。施しをすることを「勧進につく」という。 五〇 諺に「師走坊主、師走浪人」という。師走は誰も忙しいので坊主や浪人に施しをする者もないこと。 五一 ↓永代蔵三「世はぬき取の観音の眼」・織留五「具足甲も質種」。 五二 側から。第三者として。

心弱くてならぬ商売。貧民窟の小質屋

三　伊勢海老《いせゑび》は春の栬《もみぢ》

[一]神《かみ》の松・山草《(やま)ぐさ》[二]、むかしより毎年《まいねん》かざり付《(つけ)》たる蓬萊《ほうらい》[三]に、いせゑびなくては、有《(あり)》[四]つけたるもの一色《(ひと)いろ》にて、春の心ならず。其年《(そのとし)》によりて、各別《かくべつ》[五]ねだんの高き事有《(あり)》て貧家《ひんか》又は始末《しまつ》[六]なる宿には、是《(これ)》を買《かは》ずに祝儀《しうぎ》をすましぬ。此前《(この)まへ》も代々《(だいだい)》[七]の年《(とし)》[八]ぎれして、ひとつを四五分《(ふん)》づゝの賣買《うりかい》なれば、此替《(このかは)》りに九年母《(くねん)ぼ》[九]にて埒《らち》を明《(あけ)》ける。是《(これ)》は大かた色かたちも、似たりよつたりの物成《(なり)》しが、伊せゑびの名代《みやうだい》に車《くるま》ゑび、

いかにしてもかり着《ぎ》のごとく、[一〇]ない袖《そで》ふる人は是非《ぜ》《ひ》もなし。世間[一一]をはつて棟《むね》[一二]のたかき内には、それ[一三]ほどの風があたつて、北雨吹《しぶき》の壁《かべ》に莚《むしろ》ごも成《(なり)》がたし。澁墨《しぶずみ》[一四]の色付《(いろつけ)》板《いた》包むなど、これらは奢《おごり》にあらず。分際《ぶんざい》[一五]相應に、人間衣《にんげんい》

一　三宝荒神に供える松。台所の大釜の上に飾る。
二　歯朶(だし)の異名。蓬萊の敷物にする。
三　正月の祝儀に、海老・熨斗・昆布・榧・橙などを三方に盛りつけたもの。喰積(くいつみ)。
四　今までありつけた伊勢海老がただ一品欠けただけで。
五　伊勢海老の値段。
六　質素な家では。
七　橙。
八　年によって果実みのらず、品の少いこと。
九　橙の代りに九年母、伊勢海老の代りに車海老を用いたこと→永代蔵四ノ五。
一〇　諺に「無い袖は振られぬ」というが、その反対に無い袖を振ってでも、形だけでも調えて正月を迎えようという人は、車海老でも辛抱する外はない。
一一　手広く商売を営み出入の人の多いこと。
一二　富裕な家。
一三　譬喩尽、四「大きな所へは大きな風が吹く」。分限相応の物入も多くて、たとえば北しぶきの風があたるからといって、壁にけちな筵薦も張られない。
一四　防腐のために渋に灰墨を合せて塗った板。これで壁を包み壁土の剝落を防ぐ。
一五　町人の致富出世の目的は、分際相応に快適な生活をすることにある。
一六　しかしそのためには商売を大切に働かなければならぬが、商売は何商売であっても、親代々しにせた商売を代えては成功おぼつかない。

親のしにせを変えるなかれ。大きい家には大きい風が吹く

大阪の寛闊伊勢海老の品切れ。張貫の海老を名代の一分別

食住《しよくじう》の三ッの樂《たのしみ》の外なし。[一六]家業《かぎやう》は何にても、親の[一七]仕似《に》せたる事を替《かへ》て、利を得たるは稀《まれ》なり。兎《と》角老《かくおい》たる人のさしづをもる丶事なかれ。何ほど利発《はつ》才覚《(さいかく)》にしても、若《わか》き人には[一八]三五の十八、[一九]ばらりと違ふ事数〳〵なり。

[二〇]さまほどに大坂の大節季《ぜつき》、よろづ[二一]寶《たから》の市《(いち)》ぞかし。商ひ事がない〳〵といふは[二二]六十年此《(この)》かた、[二三]何が賣《うり》あまりて[二四]捨《(す)》たる物なし。ひとつ求《(もとむ)》れば其《(その)》身一代、子孫までも讓《ゆづ》り傳へる挽碓《ひきうす》さへ、日〳〵年〳〵に[二五]御影山《みかげ(やま)》も切《(きり)》つくすべし。まして[二六]蓮《はす》の葉《は》物、五月の甲《かぶと》・正月の祝ひ道具は、[二七]わづか朔日・二日、三日坊主《ぼうず》。[二八]寺から里への礼扇《あふぎ》、[二九]これらは明《あけ》ずに捨《すた》りて、世のつゐへかまはず、[三〇]人の気江戸につゞひて[三一]寛活《くはんくはつ》なる所なり。たとへ[三二]千貫《ぐはん》すればとて、伊勢ゑびなしに蓬莱《ほうらい》を餝《かざ》りがたしと、家〳〵に調《とゝのへ》ければ、極月《ごくげつ》廿七八日ゟ《(より)》所〳〵の[三三]魚の棚《たな》に買《かい》あげて、[三四]唐物《から(もの)》のご

一七 親代々の店則・商法を守って一つの商売に従事すること。老舗を「しにせ」という所以である。
一八 勘定の合わぬこと。目算の外れること。
一九 十露盤を破算にする擬音語。すっかり、全くの意。
二〇 さるほどにの誤刻。
二一 あらゆる財宝を思うままに購い得る市場。
二二 六十年前は寛永九年(一六三二)に当るが、大まかにいって寛永以来というほどの意。寛永の鎖国は大阪の商業に大きな打撃を与えた。
二三 何が一つ。
二四 捨るをスタル(廃)と読ませている例は多い。
二五 神戸市東灘区御影町附近の山々から花崗岩を産する。これを御影石という。
二六 祝儀不祝儀の一時の用に供する粗製品をいう。
二七 僅か一日二日三日ぐらいしか使わぬ。諺に物に厭き易いことを「三日坊主」というから、二日→三日坊主→寺から里へと続けた。
二八 物事の順序が逆になることを、諺に「寺から里へ」という。ここは寺から檀家へ配る年玉の扇。
二九 年玉の扇は形ばかりのもので扇の用をなさぬものが多かったから。
三〇 江戸は武家都市であったから人の心も大気で、「大名気」(三〇八頁注三)といわれたが、大阪の町人気質もそれに劣らぬ寛闊な風があった。
三一 寛闊。華美・奢侈なこと。
三二 銭千貫文。
三三 肴屋。
三四 舶来品。

とく次第にむつかしく、はや大晦日《おほつごもり》には、髭《ひげ》もちりもなかりけり。浦《うら》の苫《とま》屋の紅葉《もみぢ》をたづね、伊勢ゑびないか〳〵といふ声ばかり。備後町《びんごまち》の中ほどに永來《ゑら》といへる肴屋《さかなや》に、只《ただ》ひとつ有《あり》しを壱匁五分から付出《つけだ》し、四匁八分迄《まで》にのぞめども、中〳〵《なかなか》當年《たうねん》のきれ物とて賣《うら》ざれば、使《つかい》がはからひにも成《なり》がたく、いそぎ宿に帰りて、海老《ゑび》の高《たか》き事を申《まう》せば、親父《おやぢ》十面《じふめん》つくりて、「われ一代のうちに、高ひもの買《かう》たる事なし。薪《たきゞ》は六月、綿《わた》は八月、米は新酒《しんしゆ》作《つく》らぬ前《まへ》、奈《な》良晒《ざらし》は毎年盆過《ぼんすぎ》て買置《かいおき》、年中限銀《げんぎん》にして勝手《かつて》のよき事計《ばかり》。此《この》以前父親《てゝおや》の相《あひ》はてられし時、棺桶《くはんおけ》ひとつ樽《たる》屋まかせに買《かひ》かづきて、今に心がゝりなり。伊勢ゑびがなふて、年のとられぬといふ事有《ある》まじ。ひとつ三文する年、ふたつ買ふて筭用《さんよう》を合すべし。ないもの喰《く》ふと云《いふ》年德《としとく》の神は、御座らいでもくるしうない事。四匁が四分にてもゑびは沙たのない事」と機嫌《きげん》わるし。され共内義男子《むすこ》とひとつになつて、「世《せ》間《けん》はともあれ、聟《むこ》が初《はじ》めて礼にわせて、伊勢ゑびなしの蓬萊《ほうらい》が出さるゝものか。何ほどにてもそれを買《かへ》」と、重《かさね》て人をつかはしければ、はや今橋筋《いまばしすじ》の問《とい》屋の若《わか》ひもの買取《かいとり》て、尤《もつとも》五匁八分にねだんは定《さだ》めたれども、「正月のいはゐの物、はしたがねは心にかゝる」と、錢五百やりて海老《ゑび》取《とつ》て帰る。其跡《そのあと》にて色〳〵穿鑿《せんさく》すれ共《ども》、繪《ゑ》にかこふもなかりき。是《これ》に付《つけ》ても、此津《このつ》のひろき事思ひあたりし。

一 微塵も残らぬことの譬に「灰も塵もない」というを海老の髭にかけてもじった。髭も塵もなかりけり→浦の苫屋。
二 新古今集、四、藤原定家「見渡せば花も紅葉もなかりけり浦の苫屋の秋の夕暮」。ここは海老を紅葉に見立てている。
三 難波雀、北国肴問屋の条に「備後町永来六兵衛」。備後町は今、東区、本町から北へ二筋目、一帯に魚問屋があった。
四 値踏みをする。 五 品切物。
六 渋面。子細らしい顔つき。
七 薪の買入れ時は盆前が安い。
八 一番綿の収穫は八月頃、初値が立って積出しが行われる前はまだ値が安い。
九 八月彼岸前後から新酒を仕込み始めるから、その前が買時。
一〇 奈良附近から産する上品の麻帷子。夏の衣料であるから盆を過ぎると安くなる。
一一 現銀に同じ。
一二 棺桶は竈師(がんし)という職人の仕事であるが、当時は樽屋でも棺桶を作った。
一三 買いかぶって。
一四 諺「無いもの食おう」。無理なことをいう譬。
一五 牛頭天王の后婆利塞女(はりさいめ)とも大歳神ともいい、一年中の恵方を司る。正月恵方に神棚を吊って、この神を祭る。
一六 沙汰。 一七 年始の礼にやって来られて。
一八 北浜の一筋南、東西の通。一丁目より五丁目までの間に、長崎問屋・江戸買物問屋・紙問屋・木綿問屋・布問屋・煎茶問屋・砥石問屋などの問屋が多かった。諺に「問屋長者」というように、商売が派手であったから、召使いの手代までも気が大きい。 一九 端銀。
二〇 銭一貫文につき銀十二匁替の相場で計算す

宿に帰りて此《(この)》事を語れば、内義は後悔《こうくはい》らしき良《かほ》つき、おやぢは是《(これ)》を笑《わろ》ふて、「其《(その)》問屋心もとなし。[二三]追付《おつゝけ》、[二四]分散《ぶんさん》にあふべきもの也《(なり)》。[二五]内證《ないしやう》しらずして、さやうの問[二六]屋銀《がね》をかしかけたる人の夢見悪《ゆめ(み)わる》かるべし。蓬莱《ほうらい》に海老《あび》がなふて叶《かな》はずば、跡《(あと)》の拾《すた》らぬ分別有《ふんべつ(あり)》」とて、細工人《さいく(にん)》にあつらへて、物の見事に、[二七]紅《もみ》ぎぬにて[二八]張《はり》ぬきにして、弐匁五分にて出來《でき》けり。

「正月の祝義《しうぎ》仕廻《しま》ふて後、子共がもちあそびにもなるぞかし。人の智恵《ちゑ》はこんな事ぞ。四匁八分を弐匁五分で埒《らち》をあけ、しかも跡の用に立《(たつ)》事」と、おやぢ長談義《ながだんぎ》をとかれしに、いづれも道理《どうり》につまり、「是程《(これほど)》に身躰《(しんだい)》持《(もち)》かためたる人の才覚《(さいかく)》は[二九]各別《かくべち》」と、耳をすまして聞《(きく)》所へ、此《(この)》親仁《おやぢ》の母親《はゝおや》、[三〇]裏《うら》に隠居《いんきよ》して當年《(たうねん)》九十二なれ共、目がよく、足立《(たつ)》て、[三一]面《おも》屋へきたり、「きけば伊勢ゑびの高ひせんさく、今日《けふ》までそれを買《かは》ずに置《おく》事、去《さり》とては気のつかぬ者《もの》共よ。そんな事で此世帯《(この)(せたい)》がもたるゝものか。いつとても[三二]年越《としこし》の春あるときは、海老が高ひと心得よ。[三三]其《(その)》子《し》細《さい》は、[三四]伊勢の宮《みや》〳〵[三五]御師《おし》の宿〳〵、あるひは町中[三六]在《ざい》ゝ所《(しよ)》ゝ迄《(まで)》も、[三七]此《(この)》一國《こく》は神國《しん(こく)》なれば、日本の諸神《しよじん》を家〳〵に祭《まつ》るによつて、海老何百万と云《(いふ)》かぎりもなふ入《(いる)》事也《(なり)》。毎年京大坂へくるは、此《(この)》神〳〵に備《そな》へたる[三八]跡《あと》の祭り也《(なり)》。此《(この)》祖母《ばゞ》はそれを考《かんがへ》、此《この》月の中比《(なかごろ)》に、[三九]髭《ひげ》もつがずに生《うまれ》ながらのを、四文づつにて弐つ買《かう》て置《おい》た」

ると、五匁八分は四百八十文になる。八十文のはしたはけちくさいというので、五百文出して釣銭を取らずに帰ったのである。
二一 絵に書こうとしても実物がない、即ち全くないという譬。↓補三五三。 二二 大阪をさす。
二三 間もなく。
二四 自己破産。↓補一一八。
二五 財政状態。
二六 問屋経営の資金。ただしここは「さやうの問屋に銀をかしかけたる」の「に」の省略とも考えられる。 二七 紅(もみ)の絹。
二八 裂(きれ)・紙などで形を作った模型。
二九 凡人とは違ったものだ。正しくはカクベツ。

上には上があるもの、隠居の婆の世帯教訓

三〇 母屋(おもや)の奥に離れて隠居所が建てられてある。
三一 正しくは母屋。
三二 節分。陰暦では立春が年内にある年と年が明けてからある年と一定していない。春の立春は、元禄初年では四年正月八日・二年正月十五日・元年正月四日。
三三 そのわけは。
三四 伊勢神宮は内宮・外宮の外に内宮八十末社・外宮四十末社・内宮摂社二十四座・外宮摂社十六座があった。
三五 下級の神職を御師(オシ又はオンシ)という。参詣人の宿をも兼ねていた。↓補二七八。
三六 在は在郷、農村をいう。
三七 古くから伊勢の国を神国という。
三八 祭礼の翌日、神饌を下して飲食する。後宴ともいう。ここは神様のお下りの意。
三九 髭の折れたのを継いだりしてない生れたままの立派な海老を。

と出されしに、皆〳〵[一]横手《よこで》を打《(うち)》、「御隠居《(ご)いんきょ》にはひとつですみます物を、二ツは[二]奢《おご》つた事」と申《(まう)》せば、「こちに當所《あてど》のない事はいたさぬ。[三]定《さだ》まつて[四]畑午房《はたごぼう》五抱《わ》、ふとければ三抱《(み)わ》くるゝ人がある。[五]それほどの物を返すそこへ、此《(この)》ゑびにて、壱匁が午房《(ご)ぼう》四文がものですます合点《がつてん》じや。[六]今に[七]歳暮《せいぼ》ものもてこぬが爰《(ここ)》の仕合《(しあはせ)》。去《(さり)》ながらいかに親子の中でも、たがひの[八]筭用《さんよう》あひは[九]急度《きつと》したがよい。海老がほしくば、[一〇]五抱《(は)》もたして取《(とり)》におこしや。[一一]どの道にも午房《(ご)ぼう》に替《(かへ)》る伊勢ゑび、いづれ祝《いは》ひの物に、是《(これ)》がなふてもよいはといふてはおかれぬものじや。欲心《よくしん》でいふではなけれ共、惣《(そう)》じて[一二]五節句《せつく》の取《(とり)》やり、[一三]先《さき》から來《き》た物を能《(よく)》〳〵[一四]ねうちして、[一五]それ程に見えて、少《(すこし)》づゝ徳《とく》のいくやうにして返《かへ》す物じや。毎年《まいとし》[一六]太夫殿《(たい)ふどの》から[一七]御秡箱《(お)はらいばこ》に[一八]鰹《かつを》節《ぶし》一連《れん》、[一九]はらや一箱《(ひと)はこ》・[二〇]折本《(をり)ほん》のこよみ・[二一]正眞《しやうじん》の青苔《あおのり》五抱《(は)》、かれこれこまかにねだん付《(つけ)》て、弐匁八分《(ふん)》がもの申請《(まうし)うけ》て、銀三匁[二二]御初《はつ》尾《お》上《(あぐ)》れば、[二三]高《たか》で弐分あまりて、お伊勢様も損《そん》のゆかぬやうに、此《(この)》家三十年仕來《(しきた)》つたに、[二四]そちに世をわたしてから、[二五]銀壱枚づゝ上《(あげ)》らるゝ事、いかに神の信心《しんじん》なればとて、[二六]いはれざる事也《(なり)》。[二七]太神宮にも、筭用《さんよう》なしに物つかふ人、うれしくは思《(おぼ)》しめさず。そのためしには[二八]散錢《さんせん》さへ、壱貫《くはん》といふを六百の[二九]鳩《はと》の目を拵《こし》らへ置《(おき)》、[三〇]宮めぐりにも隨分《ずいぶん》物のいらぬやうにあそばしける」。

一 ここは感嘆のさまをあらわす。二 贅沢(ぜいたく)なこと。三 毎年きまって。四 山野に自生の牛蒡に対して、畑で栽培した牛蒡をいう。午は牛の誤り。五 それに相当する値のものを返礼しなければならない相手方へ。六 未だに。七 年末祝儀の贈答品。八 勘定。九 確かに。一〇 牛蒡五把。一一 どちらにしても。一二 五節供は人日(正月七日)・上巳(三月三日)・端午(五月五日)・七夕(七月七日)・重陽(九月九日)をいうが、民間では三・五・九月の節供だけ祝うて贈答する。一三 先方から。一四 評価して。一五 先方から貰った品と同じくらいの値うちに見えて、実際にはそれより少し安い品を返礼にする。そして少しずつ此方に利得があるようにして返すのが、この家の慣習だという。これは上方人の古くからの慣習である。一六 伊勢の御師をいう。何々太夫、何々神主と称した。一七 伊勢大神宮の千度・万度の祓の数取りの大麻(だいま)を納めた箱。秡は祓の草書から誤ったもの。一八 伊勢の名産。縄で何本も繋いであるのを一連と数える。一九 禾粉(けいふん)、即ち水銀粉を、はらや・伊勢白粉という。三重県飯南郡射和地方から産する。二〇 神宮祭主藤波家から発行する伊勢暦。折本仕立になっていた。二一 伊勢内膳浦産の青海苔は香味すぐれ、まぜものなしの上品である。二二 初穂。賽銭(さいせん)。二三 総額で。二四 お前に世帯を譲ってから。二五 四十三匁。二六 理由のないこと。無駄なこと。二七 諺に「神も嬉しく思召せ、我等も損の行かぬよう」という。二八 賽銭。二九 伊勢神宮に限って通用する鉛の穴銭。六十文で百文に通用、六百文で一貫文になる。↓一二一頁注五〇。三〇 内宮・外宮のほか、末社・摂社を巡拝すること。ただし境内に各遙拝所が設けられている。

さる程に欲《よく》[三一]の世の中、百二十末社《まつしゃ》[三二]の中にも、銭の多《おゝ》きは恵美酒《ゑびす》大黒《こく》、「多賀《たが》[三三]は命神《いのちがみ》、住《(すみ)》[三四]よしの船玉《ふなだま》、出雲《いづも》[三五]は仲人《なかふど》の神、鏡《かゞみ》[三六]の宮は娘《むすめ》の顔《かほ》をうつくしうなさるゝ神、山王《さんわう》[三七]は二十一人下〱《(した じた)》[三八]をつかはさしやる神、いなり殿[三九]は身躰《しんだい》[四〇]の尾が見えぬやうに守らしやる神」と、宮《みや》[四一]すゞめ声《こゑ》〲に商《あきな》ひ口をたゝく。皆是《(これ)》さし當《あた》つて耳よりなる神なれば、これらにはお初尾上《(あげ)》て、其外《(そのほか)》の神のまへは殊勝《しゆしよう》[四二]にてさびしき。神さへ銭もうけ只《(ただ)》はならぬ世なれば、まして人間油断《げんゆだん》する事なかれ。伊勢より例年《れいねん》[四三]諸國へ旦那廻《だんなまは》りの祝義状《しうぎでう》、大分《(だいぶん)》の事なれば、能筆《のうひつ》[四四]に手間賃《てまちん》にて書《(かか)》せけるに、一通《つう》一文《もん》づゝにて、大晦日《(おほつごもり)》から大晦日迄《(まで)》書《(かき)》くらして、同じ事に氣[四五]をつくし、年中《ねんぢう》に弐百文取《(とる)》日は一日もなし。「神前長久民安全《しんぜんちやうきうたみあんせん》[四六]、御祈念《きねん》のため」、口過《すぎ》のため也。

四　鼠《ねずみ》の文《ふみ》づかひ

毎年煤拂《まいねんすゝはらひ》は極月《(ごくげつ)》[四七]十三日に定めて、旦那寺《(だんなでら)》[四八]の笹竹《さゝだけ》を、祝《いわ》[四九]ひ物とて月の数十二本もらひて、煤《すゝ》を払《はらい》ての跡《(あと)》を取葺屋《とりぶき》[五〇]ねの押《おさ》へ竹につかひ、枝《ゑだ》は箒《はうき》に結《ゆは》せて、塵《ちり》もほこりもすてぬ、随分《ずいぶん》[五一]こまかなる人有《(あり)》ける。過《(すぎ)》[五二]し年は十三日にいそがしく、大《(おほ》

欲の世の中、神さえ銭もうけただはならず

三一 諺。 三二 内宮八十末社・外宮四十末社、合せて百二十末社。 三三 以下宮雀の口上を見るべきである。多賀は外宮第一の別宮、多賀の宮(伊勢市檜尾山)。近江の多賀神社と混同して寿命の神としたのであろう。 三四 住吉神社(大阪市住吉区)は古くから船霊(ふなだま)の神として信仰せられている。 三五 出雲大社(島根県簸川郡大社町)、俗に縁結びの神という。 三六 鏡の宮は内宮末社(伊勢市朝熊町)。石の上に日月の二面の神鏡を祭る。 三七 日吉神社(大津市坂本)。末社が二十一あるからこういった。 三八 奉公人。 三九 稲荷神社(京都市伏見区深草稲荷山)。五穀豊穣現世利益の神。狐が神使であるからこういった。 四〇 身代の破綻が暴露しないように守って下さる神。 四一 宮雀。宮巡りの案内をする下級の神人。 四二 物静かでひっそりしていること。 四三 毎年十一月頃から、御師の手代が各受持の諸国の帰依者を廻って、年始の祝儀状を年玉に添えて配り、御初穂を集めて廻った。↓補二七九。 四四 能筆家。 四五 精根をすりへらして。 四六 祝儀状のお定まりの文句。それを引用して、みんな「口過のため」だといったのは西鶴の皮肉。 四七 公家・武家共に十二月十三日に煤掃を行う。民間でもこの日を用いることが多いが、家によっては他の吉日を選ぶこともある。 四八 菩提寺。

年に一度の水風呂。煤払にも始末男

四九 祝儀の物というので、買わずにわざと檀那寺から貰う。平年は十二本、閏年は十三本。 五〇 そぎ板を並べて、その上を石・丸太・竹などで押えた屋根。 五一 始末な。 五二 去年。

晦日《つごもり》に煤《すす》はきて、年《ねん》に一度《ど》の水風呂《すいふろ》を焼《たか》れしに、五月の粽《ちまき》のから、盆《ぼん》の蓮《はす》の葉《は》迄《まで》も段《だん》〳〵にため置《おき》、湯《ゆ》のわくに違《ちが》ひはなしとて、こまかな事に氣をつけて、世のつゐへぜんさく人に過《すぎ》て、利発《りはつ》がほする男有《あり》。

同じ屋敷の裏《うら》に、隠居《いんきよ》たてゝ母親の住《すま》れしが、此《この》男うまれたる母なれば、其《その》しはき事かぎりなし。ぬり下《げ》駄片足《たかたし》なるを水風呂《すいふろ》の下へ焼《たく》時、つく〴〵むかしを思ひ出し、「まことに此《この》木履《ぼくり》は、われ十八の時此《この》家に娌入《よめいり》せし時、雑長持《ざうながもち》に入《いれ》て來《き》て、それから雨《あめ》にも雪《ゆき》にもはきて、羽《は》のちびたるばかり、五十三年になりぬ。我《われ》一代は、一足《そく》にて埒《らち》を明《あけ》んとおもひしに、惜《をし》や片足《かたし》は野ら犬《いぬ》めに喰《くは》へられ、はしたになりて是非《ぜひ》もなく、けふ煙《けぶり》になす事よ」と、四五度《ど》もくりごとをいひて、其《その》後釜《かま》の中へなげ捨《すて》られ、今ひとつ、何やら物思ひの風情《ふぜい》して、泪《なみだ》をはら〳〵とこぼし、「世に月日のたつは夢《ゆめ》じや。明日《あす》は其《その》むかはりになるが、惜《をし》い事をしました」と、しばしなげきのやみがたし。折ふし、近所の醫者《いしや》水風呂《(すいふろ》にいられしが、「先以《まづもつて》目出たき年のくれなれば、御《おん》なげきをやめさせ給へ。してそれは、元日《ぐはん(じつ)》にどなたの御死去《(ご)しきよ》なされた」と尋《たづね》られしに、「いかに愚智《ぐち》なればとて、人の生死《しやうじ》を是程《(これほど)》になげく事では御座らぬ。わたくしの惜《おし》むは、去年《きよねん》の元日に堺《さかい》の妹《いもと》が礼に参《まい》つて、年玉銀《としだまがね》一包《つゝみ》くれしを、何ほどかうれしく、え方《ゑほう》

去年の煤払に失せた年玉銀。盗人に追いの仕掛け山伏

一 塩風呂・蒸風呂などに対して井水をわかした風呂。
二 端午の節供の粽。笹葉で包む。
三 ↓一六九頁注一七。
四 小さなこと。
五 世の費穿鑿。無用の失費を穿鑿だてすること。
六 お生みになった。
七 漆塗の下駄。女下駄。
八 片端。片足はあて字。
九 下駄。
一〇 嫁入。訛ってよめりと訓む。
一一 雑具を入れる長持。衣裳長持に対していふ。
一二 下駄の歯。
一三 五十三年間はいたという。この老母当年七十歳になる。
一四 飼主のない犬。当時犬公方綱吉の治世であったことに注意。
一五 半端。
一六 火に燃すこと。人を葬ることをも煙にするというから、下文の誤解の種となった。
一七 繰り言。同じことをくどくどいうこと。
一八 涙。
一九 一周年。又死者の一周忌をもいうから次の間違いが起った。
二〇 何といっても。とにかく。
二一 愚痴。愚かで物の道理がわからぬこと。
二二 年始の礼。
二三 どんなにか嬉しく思って。
二四 恵方棚。年徳神を祭る神棚。その年の恵方に向って吊る。振仮名「だん」は「だな」の誤り。桜陰比事、二ノ七にも「仏棚（だん）」とある。
二五 そもやそもの略。そもそもというを強めていう。
二六 護摩を修する炉を据えた壇。乳木を焚いて不動尊に祈り、煩悩・魔障を折伏祈念する。

棚《だん》へあげ置《おき》しに、其夜《(その、よ)》盗《ぬす》まれました。[二五]そもや、勝手《かつて》しらぬ者《もの》の取《(とる)》事では御座らぬ。其《その》後色〳〵の願《ぐはん》を諸神《しよじん》にかけますれ共、其甲斐《(その、かひ)》もなし。又山伏《ぶし》に祈《いのり》を頼《たの》みましたれば、「此銀《(この、かね)》七日のうちに出ますれば、[二六]だんの上なる御幣《(ご)へい》がうごき、[二七]御灯《みとう》が次第に消《きえ》ますが大願《だいぐはん》の成就《じやうじゆ》せししるし」といひける。あんのごとく、祈《いの》り㝡《さい》中《ちう》に御幣《(ご)へい》ゆるぎ出《(いで)》、ともし火かすかになりて消《きえ》ける。[二八]是《(これ)》は神仏《かみほとけ》の事末世《まつせ》ならず、有《(あり)》がたき御事と思ひ、[二九]お初尾《はつお》百弐十上《あげ》て、七日待《まて》ども此銀《(この)(かね)》は出ず。さる人に語《かた》りければ、「それは[三〇]盗人《ぬす》においといふ物なり。今時《いまどき》は[三一]仕《し》かけ山伏《ぶし》とて、さま〴〵ごまの[三二]檀《だん》にからくりいたし[三三]白紙人形《しらかみ、ひとがた》に[三四]土佐踊《とさおどり》さすなど、此《(この)》まへ[三五]松田《まつだ》といふ[三六]放下《ほうか》しがしたる事なれ共《(ども)》、皆人賢《かしこ》過《(すぎ)》て、[三七]結句《けつく》[三八]近き事に[三九]はまりぬ。其御幣《(その)(ご)(へい)》のうごき出《(いづ)》るは、立置《たて(おき)》たる[四〇]岩座《いわざ》に壺有《つぼ(あり)》て、其《(その)》中に[四一]鮲《どでう》を生置《いけ、おき》ける。[四二]珠数《じゆず》さら〳〵と[四三]押《おし》捫《もん》で、東方《とうぼう》に西方《さい、ぼう》にと、[四四]とつかう・[四五]釈杖《しやくじやう》にて佛檀《ぶつだん》をあらけなくうてば、鮲《どでう》が是《(これ)》におどろき、上を下へとさはぎ、幣串《へいぐし》にあたればしばらく動《うご》きて、しらぬ目からはおそろし。又灯明《とうみやう》は、臺《だい》に[四六]砂時計《すなどけい》を仕《し》くはし、油《あぶら》をぬき取《(とる)》事ぞ」と、此物語を聞《(きく)》から、いよ〳〵損《そん》のうへの損をいたした。我《(われ)》此《(この)》午まで、錢《ぜに》一文落《おと》さずくらせしに、今年の大晦日《(おほつごもり)》は、此銀《(この)(かね)》の見えぬゆへ[四七]胸算用《むなざんよう》ちがひて、心がゝりの正月をいたせば、よろづの事おもしろからず」と、世の外聞《ぐはいぶん》もかまはず、大声《ごゑ》あ

二七 御灯明。
二八 神仏の霊験あらたかなしるしで、世はまだ末世でないという意。
二九 賽銭は普通十二灯(十二銅)とて、月の数だけ銭を上げる(閏年は十三文)。ここはしわい老母が大奮発したところ。
三〇 「盗人に追い」、また「追銭」ともいう諺。損の上に損を重ねる意。
三一 詐欺山伏。↓補三五四。　三二 壇の誤り。
三三 白紙を人の形に切ったもの。
三四 土佐の念仏踊。鉦を敲き念仏を唱えて踊る。
三五 江戸のからくり細工人松田播磨掾。↓補三五五。
三六 放下師。軽業・手品つかいをいうが、からくり細工で不思議な業を見せたからいった。
三七 結局。
三八 手近な、誰でも知っていること。
三九 欺かれる。一杯食わされる。
四〇 仏像の台座などの岩組になっているもの。ここは御幣立ての台。
四一 泥鰌。
四二 謡曲船弁慶「珠数さら〳〵と押しもんで、東方降三世、南方軍荼利夜叉、西方大威徳、北方金剛夜叉明王、中央大聖不動明王の索にかけて」。
四三 捫はひねる・さぐる意。揉むにあてる。
四四 独鈷(とっ)。金剛杵の両端が尖って分れていないもの。鉄または銅製。真言宗で修法に用いる。
四五 錫杖。僧侶修験者が修行の往来に用いる杖。上部は錫製、数箇の鐶がかけてある。
四六 油皿の底に穴をあけ、一定時間に油が滴り落ちて台の底の砂に吸われるように仕掛けたものか。
四七 本書の全用例中、ここだけがムナザンヨウ。

げて泣《なか》れければ、家内《けない》[一]の者ども興《けう》をさまし、「我と疑《うたがは》るゝ事の迷惑《めいわく》」と、心〱に諸神《しよじん》にきせい[二]をかけける。

大《(おほ)》かた煤《すゝ》もはき仕廻《しまい》て、屋ねうらまであらためける時、棟木《むなぎ》の間《あい》より杉はら[三]紙の一包をさがし出し、よく〱見れば、隠居《いんきよ》の尋ねらるゝ年玉銀《としだま(がね)》にまぎれなし。「人の盗《ぬす》まぬものは出ますするぞ。さるほどに悪《にく》ひ鼠目[四]」といへば、お祖母《ばゝ》中〱合点せられず。「是《(これ)》ほど遠ありきいたす鼠を見た事なし。あたまの黒ひ[五]ねづみの業《わざ》、是《(これ)》からは油断《ゆだん》のならぬ事」と、畳たゝきてわめかれければ、薬師《くすし》

水風呂よりあがり、「かゝる事には古代にもためし有。仁王《にんわう》[六]三十七代孝徳《こうとく》天皇《わう》の御時、大化《くは》[七]元年十二月晦日に、大和の國岡《おか》[八]本《もと》の都《みやこ》を難波長柄《なにはながら》[九]の豊崎《とよさき》に移《うつ》させ給へば、和州《わしう》の鼠もつれて宿替《やどがへ》しけるに、それ〱の世帯道具をば

一 ケナイ、又ヤナイ・カナイとも訓む。
二 祈誓。神仏に祈って誓を立てること。
三 杉原紙。兵庫県多可郡加美村字杉原原産の奉書の一種。諸国で生産した。慶弔・贈答に用いられる。
鼠が引いた包み銀。母屋から元利受取って隠居の正月
四 憎い鼠め。
五 悪事をした者がわからぬ時、これは鼠の業でなく人間の所為であろうという意に用いる譬。
六 仁王は人皇の誤り。神代と区別して神武天皇以後歴代の天皇をいう。当時は神功皇后を第十五代に数えたから孝徳天皇は第三十七代になる。
七 日本書紀、二五「十二月乙未朔癸卯(九日)、天皇遷ニ都難波長柄豊埼一、老人等相謂之曰、自レ春至レ夏、鼠向ニ難波一遷都之兆也」。但し遷都が実現したのは六年後の白雉二年十二月晦日。
八 皇極天皇の皇居は飛鳥板蓋宮(奈良県高市郡高市村字岡)。舒明天皇の皇居飛鳥岡本宮(高市村字岡とも字雷ともいう)と同地にあったので混同したのであろう。
九 難波長柄豊埼宮。今の大阪市東淀川区南部より北区淀川以西の地かという。

はこぶこそおかしけれ。穴をくろめし[一〇]古綿、鳶《とび》にかくるゝ[一一]紙ぶすま、猫の見付《(つけ)》ぬ守り袋《ぶくろ》、[一二]鼬《いたち》の道切《みちきる》とがり杭、[一三]桝《ます》おとしのかいづめ、油火を消板《けすいた》ぎれ、鰹節《かつほぶし》引《(ひく)》[一四]てこまくら、其外《(そのほか)》娌入《よめ(いり)》の時の[一五]熨斗《のし》、[一六]ごまめのかしら、[一七]熊野《くまの》参りの小米《(こごめ)》づと迄、[一八]二日路《じ》ある所をくはへてはこびければ、まして隠居《いんきよ》と面屋《(おもや)》わづかの所、引《(ひく)》まじき事にあらず」と、[一九]年代記《ねんだいき》を引《(ひい)》て申《(まう)》せど、中〳〵[二〇]同心いたされず。「口がしこくは仰せられ共《(ども)》、目前《もくぜん》に見ぬ事はまことにならぬ」と申《(まう)》されければ、何ともせんかたなく、やう〳〵案《あん》じ出し、[二一]長崎《ながさき》水右衛門がしいれたる[二二]鼠《(ねずみ)》づかひの藤兵衛《(とうべゑ)》をやとひにつかはし、「只今《(ただいま)》あの鼠《(ねずみ)》が、人のいふ事を聞入《(ききいれ)》てさま〴〵の藝《げい》づくし。若《わか》ひ衆《しう》にたのまれ戀の文づかひ」といへば、封《ふう》じたる文くはへて、跡先《あとさき》を見廻《(まは)》し、人の袖口より文を入《(いれ)》ける。又錢壱文なげて、「是《(これ)》で餅《もち》かふてこい」といへば、錢を置《(おい)》て餅くはへて戻《(もど)》る。「何と〳〵[二三]我《が》を折給《(をりたま)》へ」といへば、「是《(これ)》を見れば、鼠《(ねずみ)》も包がねを引《(ひく)》まじきものにあらず。さてはうたがひはれました。去《さり》ながら、かゝる盗み心のある鼠《(ねずみ)》を[二四]宿しられたる[二五]ふしやうに、まん丸一年此銀《(このかね)》をあそばして置《(おき)》たる利銀を、[二六]急度《きつと》[二七]おもやからすまし給《(たま)》へ」といひがゝり、[二八]一割半《わりはん》の筭用にして十二月晦日《(つごもり)》の夜請取《うけとり》、「[二九]本《(ほん)》の正月をする」とて、此《(この)》祖母《ばゝ》ひとり寐《ね》をせられける。

一〇 取繕うてわからぬようにする。
一一 紙衾。紙の外被に藁を入れた蒲団。
一二 鼬の通路を遮断するための尖り杭。俗説に鼬の通路を横切ると、同じ道を再び通らぬという。
一三 升を物に立てかけてその下に餌を置き、鼠が升に触れると升が倒れて鼠を伏せる仕掛。その升が倒れ落ちぬように鼠が支え(かいづめ)をするというのである。桝は我国の俗字。
一四 梃子にあてがう枕木。
一五 鮑の肉を薄く長く伸ばして乾燥させたもの。祝儀の贈答品に添え用いる。鼠の嫁入の話からの連想。
一六 小鰯を乾したもの。祝儀の肴で正月に用いる。
一七 紀州の熊野権現参詣の路用に、食糧の小米を入れた藁苞。鼠の宮参りの曲芸からの連想。
一八 大和から大阪までの旅程。
一九 歴史上の重要事件や天災地変奇異などを記した書物。
二〇 賛成する。承知する。
二一 江戸湯島天神前に住んでいた獣使い(江戸名所惣鹿子大全)。長崎は長崎仕込みの意。
二二 大阪長堀に住んでいた水右衛門の弟子の鼠使い。↓補三五六。
二三 強情を張ることを止める。
二四 人間の場合、盗人に宿を貸した者も同罪の定め。
二五 不祥。災難・不運。
二六 確かに。必ず。
二七 母屋と隠居は別会計だから。↓補三五七。
二八 利息年一割五分の勘定。
二九 本当の。

繪入

世間胸算用

二

大晦日は一日千金

胷《むね》算《ざん》用《よう》　巻二

大晦日は一日千金

目録

一 講は組合・寄合の意、その仲間を講中という。ここは講金銀壱匁であるから壱匁講と名づけた。

二 大阪堺筋日本橋以南、紀州街道の両側に細長く続いた町。一丁目から九丁目まである。

三 歳暮の祝儀としての贈り物。

四 上質の和紙を継ぎ合せて柿渋を引き、日に乾し夜露にさらして揉みやわらげ、衣服に仕立てたものを紙衣という。紙子はカミコロモの下略。防寒保温に用いる。一疋は布二反。

五 偽言に同じ。詩経・小雅に見える。

六 産婆。

七 島原のはやり唱歌。新町でも当世投節というのが流行した。↓補三五八。

八 歌うにも場所があるという意。

三

一尤《もつとも》始末《しまつ》の異見《いけん》
宵寐《よひね》の二久三《(きうざ)》がはたらき
大晦日《(おほつごもり)》の三山桝《さんせう》の粉《こ》うり

四

門柱《かどばしら》も皆《みな》四かりの世
五朱雀《しゆじやか》の六鳥おどし
大晦日《(おほつごもり)》の喧嘩《けんくは》屋殿

一もっとも至極な節倹に関する意見。

二本文に「久七」とあるが、ともに一季奉公の下男の通名。浪花聞書に「久三(きうさ)京にて一季奉公人をかくいふ」。

三山椒は泄瀉を止め、宿食冷痛を治し、口中を消す効能がある。胡椒の粉と共に山椒の粉を触れ売りする大道商人があった。

四仮の世にいいかく。門柱も何も皆借り物同様、借金で世渡りしていることをいった。

五島原の異名。もとその地は葛野郡朱雀野村に属していたから。シュジャカと読むことに注意。

六案山子。

七富裕なこと。ブンゲン・ブゲン両用。↓補一五。八永代蔵、三ノ四では「分限は才覚に仕合手伝では成難し」ともいう。九各自の。一〇頼母子講に福の神の大黒天の名を冠した(二代男、三ノ四)。ただしここは、大名貸しの寄合い。えびす↓大黒。一一裕福者。略して手前者(てまえしや)ともいう。両替屋・呉服所・問屋・割符町人など富裕な町人が、諸大名蔵屋敷の蔵元・掛屋(かけや)・用聞などを勤めていた。これを立入町人(出入町人)という。一二諸大名が財政の不足を補うために、大阪の立入町人に金融を依頼する。これを御用金という。大名の財政逼迫に伴い貸

一　銀《ぎん》壱匁の講《こう》中

人の[七]分限《ぶげん》になる事、[八]仕合《しあはせ》といふは言葉《ことば》、まことは面《めん》[九]〳〵の智恵才覚《ちゑさいかく》を以《もつ》てかせぎ出し、其家栄《さか》ゆる事ぞかし。是《これ》福《ふく》の神《かみ》のゑびす殿のまゝにもならぬ事也《なり》。[一〇]大黒講《こくこう》をむすび、當地の[一一]手前よろしき者《もの》共集《あつま》り、諸國《しよこく》の[一二]大名衆への御用銀の[一三]借《かし》入《いれ》の内談《ないだん》を、酒宴遊興《しゆえんゆうけう》よりは増《まし》たる世の[一四]尉《なぐさ》みとおもひ定めて、[一五]寄合座敷も[一六]色ちかき所をさつて、[一七]生玉《いくだま》・下寺町《したでらまち》の客庵《きやくあん》を借《か》りて、毎月[一八]身躰詮議《しんだいせんぎ》にくれて、[一九]命の入日《いりひ》かたぶく老躰《らうたい》ども、後世《ごせ》の事はわすれて、只[二〇]利《り》銀のかさなり、冨貴《ふうき》になる事を樂《たの》しみける。

世に金銀の[二一]餘慶《よけい》有《ある》ほど、萬《よろづ》に付《つけ》て目出たき事外になけれ共《ども》、それは[二二]二十五の若盛《わかざかり》より油斷《ゆだん》なく、三十五の男盛《おとこざかり》にかせぎ、五十の分別《ふんべつ》ざかりに[二三]家を納《おさ》め、[二四]惣領《さうりやう》に万事をわたし、[二五]六十の前年《まへどし》より[二六]樂隱居《らくいんきよ》して、[二七]寺道場《どうでう》へ[二八]まいり下向《げこう》して、世間《せけん》むきのよき時分《じぶん》なるに、[二九]佛《ぶつ》とも法《ほう》ともわきまへず、欲《よく》の世の中に住《すめ》り。死《しね》ば[三〇]万貫《ぐはん》目持《もつ》ても[三一]かたびら[三二]一ツより、皆うき世に殘《のこ》るぞかし。此寄合《よりあひ》の親仁《おやぢ》共、弐千貫目より内の分限《ぶげん》壱人もなし。又近年[三三]我〳〵がはたらきにて、わづかなる

いくらあっても金は楽しみ。金貸し屋の大黒講と一匁講

金はしばしば回収不能に終ることが多いから、大名貸し仲間では借り手の財政状態の情報を交換し、或は貸付金を制限し、或は連合して貸付金を負担して、貸倒れの損害を少くすることに努めた。 一三 借すことと回収すること。ただし借しの方に重点がある。 一四 慰みの誤り。 一五 会合の場所。 一六 新町・道頓堀などの遊里に近い所を敬遠して。 一七 生国魂神社(今、天王寺区生玉町)の門前から南へかけて上寺町・中寺町があり、神社のある高台の西下方に下寺町があった。それらの寺院では集会に座敷を貸していた。これを客庵・遊山寺という。 一八 借り手の諸大名の財政状態を検討すること。詮議は僉議の誤り。 一九 命終を日没に譬えていう。死を目前に控えた。くれ→命の入日。 二〇 利息。 二一 物のあり余ること。余計。 二二 ↓永四ノ一・織五ノ一。 二三 家業の基礎を堅め一家繁栄の道をひらくこと。納めは治めの誤り。 二四 家督を相続すべき長男(又は長女)。 二五 必ずしも五十九歳を指すのではない。 二六 相続人に家督を譲り渡して、一切の世事に関与しないことをいう。隠居後も当主を後見監督して家政に干渉するのは楽隠居ではない。 二七 道場は仏道修行の場の意で特に浄土真宗の寺をいうが、寺道場と熟してひろく寺院をいう。 二八 下向は神仏の参詣から帰ること。参り下向と熟して参詣の意に用いる。 二九 いささかの道心もないことを強めていう。 三〇 銀壱万貫目。千貫目以上の分限を長者とすれば、万貫目持は大々長者である。 三一 経帷子。死者に着せる。 三二 一つより外はの意。この場合下に打消しの語が続くのが普通である。 三三 めいめい各自。

身躰《しんだい》の者《もの》共金銀を仕《し》出し、弐百貫目三百貫目、あるひは五百貫目までの銀持《かねもち》二十八人かたらひ、[一]壱匁講《こう》といふ事をむすび、毎月宿《やど》も定《さだ》めず、一匁の[二]仕《し》出し食《めし》をあつらへ、下戸《げこ》も上戸《(じやうご)》も酒なしに、[三]あそび事にも始末《しまつ》第一、[四]氣《き》のつまるせんさく也《(なり)》。朝から日のくるゝまで、よの事なしに[五]身過《すぎ》の沙汰《さた》、中にも借《かし》銀の慥《たし》かなる借手《かりて》を吟味《ぎんみ》して、一日も銀《(かね)》をあそばさぬ思案《しあん》をめぐらしける。

此者《(この)もの》共が[六]手前よろしく成《(なり)》ける[七]はじめ、利銀《りぎん》取込《(とり)こみ》ての分限《ぶげん》なれば、今の世の商賣《しやうばい》に、銀《かね》かし屋より外によき事はなし。然れども今程は、[八]見せかけのよき内證《ないしやう》の不埒《ふらち》なる商人《あきんど》、大分かりこみこしらへて[九]たふれければ、思ひもよらぬ損《そん》をする事たび〳〵也《(なり)》。されども人を氣づかひして、金銀借《かさ》ずにも置《おか》れず。「隨分《ずいぶん》内證を聞合せ、此中間《(この)なかま》はたがひに様子《やうす》をしらせ、[一〇]向後《きやうこう》は借入《かし(いれ)》をいたすべし。いづれもかく云合《いひあは》すからは、出《だ》しぬきにあはし給ふな。さあらば各《おの〳〵》心得のために、當地で定《さだ》まつて銀《かね》かる人をひとり〳〵書出《かきだ》し、こまかに[一一]詮議《せんぎ》して見るべし」。「これ尤《(もつとも)》なり」。「[一二]先北濱《まづきたはま》で何屋の誰《たれ》、[一三]財寶諸色《ざいほうしよしき》かけて七百貫目の身躰《しんだい》」といひ出れば、「其見立《(その)みたて》は各別《かくべつ》、八百五十貫目の借銀《しやくぎん》」といふ。此有《(この)あり》なしの相違《さうい》に、一座《ざ》の衆中肝《きも》をつぶし、「爰《こゝ》が大事のせんさく、兩方《りやうほう》の[一四]おぼしめし入《(いれ)》とくと承《うけたま》はり、人〳〵の心得のため」とぞ聞《(きき)》ける。

一匁講の共同防衛。貸金を回収する智恵袋

一 借り手の資産・信用状態を吟味する寄合。掛金壱匁で仕出し飯を会食したところから名づけた。 二 料理茶屋・弁当屋の安価で手軽な食事を仕出し飯という。仕出しは新案工夫の意、当時は外で飲食することは少く、外出の際にも手作りの弁当を携える風習であったが、浅草金竜山の才覚な茶屋が奈良茶飯の五分膳・壱匁膳の安直な食事を仕出して一般に流行した。江戸ではこれをけんどん飯という。 三 原本「事」に濁点がある。アソビゴトと読ませる指示。 四 気ぶっせいな話だ。 五 世渡りの話ばかり。 六 一家の財政状態。家計。 七 根源。 八 表面は盛大に営業しているように見せかけているが、内部の財政状態は極めて不良な商人。 九 身代倒れ、即ち分散すること。多額の借金をこしらえて、計画的に自分から破産を申立てる悪辣な商人があった。 一〇 今後は。 一一 僉議の誤り。上文「云合す」の振仮名一字衍。 一二 今、東区。キタバマと読ませる。難波橋南詰東西の町筋、米屋・両替屋その外諸問屋など大商人多く、商業の中心。 一三 財宝は動産を意味するが、ここは家屋敷などの不動産はもちろん、動産の諸道具一切を合せてという意であろう。 一四 思わく。予想。見込み。 一五 今、堺市。大阪商人には堺・平野の富裕な町人と嫁娶する者が多い。 一六 嫁入り荷物。 一七 摂津国西成郡今宮村(今、大阪市浪速区今宮町)。当時は堺筋を南へ出外れた、堺街道に臨む大阪の郊外であった。 一八 万買物調方記・国花万葉記などに「日本橋南一丁目藤丸久兵衛」。日本橋南一丁目は即ち長町一丁目。この膏薬は清見寺膏薬とて、もと駿河国清見寺の製、寺前の膏薬屋が売出して藤の丸の紋を商標に用いたので、藤の丸の膏薬屋という。久兵衛はその大阪店。新五人女、下、お吉くう月たたきごぼう「よあけのからす、いぬまでほゆる、ながながな町の、ふぢ屋をすぎて、いまみや」。一九 拾貫目入りの銀箱。二〇 背たけの揃った大男の六尺。当時は年齢によって大・中・小を区別し、給銀にも差等があったようだ。二一 そっくりそのまま。まるで。二二 夏祭の神輿渡御の行列をいう。大阪では六月二十二日座摩の御祓、同二十五日天満ならびに住吉の御祓が有名。二三 ↓二三〇頁注一二。総領が六分、次男以下の弟及び姉妹は四分を相続するのが財産分割の大法。二四 無期限・無利息で金銭を貸すこと。ただし無利息は原則で、手形に利息を書入れる場合もある。二五 お気の毒さま。二六 おっつけ相手が分散するから、預け金の八分しか回収出来ないだろうというのである。二七 魚鳥の肉に青物など五色ほど取合せ、小さく刻んで煮たてた味噌汁。酒過ぎて後に出す。二八 内証のやりくりに忙しいからそれで。二九 徳川時代の法定利息は年二割(元文元年改正年一割五分)を以て最高とするが、芝居は投機的事業ゆえそれに対する金融には法定利息以上の高利をとった。商人軍配団、二ノ二「道頓堀のしばゐへ銀かす人の方から、三割半の高利金銀をかり請」。三〇 利息を払うことを利をかくという。三一 金具。銀箱には帯鉄を打ち海老錠をつけてある。三二 聟方嫁方両方の世間への体裁に。三三 見せかけばかりに過分の持参金を持たせてやるという秘密交渉が行われたものと思う。三四 私は。自称の代名詞。三五 本物の丁銀であったところで。三六 嫁入の持参金。土産金とも。三七 十貫目(銀一枚五十匁)。三八 衣類諸道具の支度なしに。

「先《まづ》分限《ぶげん》と見たる所は、去ゝ年《きよ(きよ)ねん》の霜月に娘《むすめ》を堺《さかい》へ縁組《ゑんぐみ》せしに、諸道具《しよどうぐ》今宮《いまみや》から長町《なが》の藤《ふぢ》の丸《まる》のかうやく屋の門《かど》までつゞきし跡《あと》から、拾貫目入《いり》五ツ青竹《あおだけ》にて揃《そろ》への大男《おとこ》にさし荷《にな》はせ、其《その》まゝ御秡《おはらい》の渡《わた》るごとし。外にもあまたの男子《なんし》あれば、餘慶《よけい》なくて娘に五十貫目は付《つけ》まいと思ひまして、いやといふものを無理《むり》に、此《この》三月過《すぎ》に弐拾貫目預《あづ》けました」といはるゝ。「扨《さて》ゝお笑止《しやうし》や、其《その》二十貫目が壱貫六百目ばかりで戻《もど》るで御座ろ」といへば、此親仁《(この)おやぢ》顔色《かほいろ》かはつて、箸《はし》もちながら集《あつ》め汁喉《じるのど》を通《とを》らず。「今日の寄合《よりあい》に口おしき事を聞《きき》ける」と、様子《やうす》をきかぬ内から泪《なみだ》をこぼされける。「とてもの事に、其内證《ないしやう》が聞《きき》たし」。「されば其聟《むこ》どのかたも、よく〳〵せはしければこそ、芝居並《しばいなみ》の利銀《りぎん》にて何程《なにほど》でも借《か》らるゝなり。此《この》利をかきて、芝居《しばい》の外何商賣《しやうばい》して、胸筭用《むねざんよう》があふとおぼしめすぞ。十貫目箱《ばこ》壱ツは、かなものまでうつて三匁五分づゝ、拾七匁五分で箱《はこ》五ツ。中には世間《せけん》にたくさんなる石瓦《いしかはら》。人の心ほどおそろしきものは御座らぬ。兩方の外聞《ぐはいぶん》、見せかけばかりに内談《ないだん》と存《ぞん》ずる。われらは其《その》箱《はこ》を明《あけ》て、正眞《しやうじん》の丁銀《ちやうぎん》にしてから、まことにはいたさぬ。あの身躰《しんだい》の敷銀《しき》は弐百枚《まい》も過《すぎ》もの、こしらへなしに五貫目。何と各《おのおの》、われらが沙汰《さた》する所が違《ちが》ふたか。先《まづ》あれには、一兩年二貫目ばかり預《あづ》けて見て、それに別《べち》の事なくば、又四貫目程《ほど》五六年もかして、慥《たし》かなる事を見とゞけての二十貫目」といへば、一座「是尤《(これもつとも)》」と同音《どうおん》に申《(まうす)》。段々《だんだん》利につまつて、此親仁《(この)おやぢ》帰りには足腰立《あしこし(たた)》ずしてなげき、「我此《(この)》年まで人の身躰《(しん)だい》見違《ちが》へし事のなきに、此《(この)》たびは二ふかくなる事をいたしました」と男泣《おとこなき》にして、「何とぞ御分別《ふんべつ》はないか〳〵」とあれば、時に三寂前《さいぜん》の四せちがしこき人のいふは、「千日千夜御思案《しあん》なされても、此銀子《(このぎんす)》無事に取《(とり)》かへす工夫《くふう》は、五只ひとりより外になし。此傳授《(この)でんじゆ》、上々の紬《つむぎ》一疋《ぴき》ならば、慥《たし》かに取《(とり)》かへして進上申《(まうす)》」といへば、「それは〳〵、中わたまで添《そへ》まして御礼申《(まう)》さう、何とぞ頼む」といふ。「然らば、只今迄《(ただいままで)》より念比《ねんごろ》に仕《し》かけ、六天満《てんま》の舟祭《ふなまつ》りが七見ゆることそ幸《さい》はひなれ、八濱《はま》にかけたる棧敷《さじき》へ九女房《にうぼう》どもをおこして見せたしと、廿五日にお内義をやりて、一〇さきのかゝとしみ〴〵と内證《ないしやう》をかたらせ、一日あそぶうちに、男子《一一むすこ》どもが

一 理に詰って。聞けば聞くほど道理至極なので。
二 不覚なる事。油断して失敗すること。
三 最前。先ほどの。
四 世智賢き。世渡り上手で抜けめのない。
五 ひとりはひとつの誤りか。ひとりとすれば、ただ我一人より外にはないという意。
六 六月二十五日の天満天神の御祓。天神橋筋を難波橋へ出で、そこから神輿を船に移し、恵比須島の御旅所まで船渡御、夜に入って本社へ還幸する。御迎え船・だんじり船・曳き船などが供奉してなかなかの壮観であった。
七 見ゆるは、天満の船祭がもうすぐ眼の前に迫っているとも、その家が大川に面していて船祭が見られるとも、両様に解せられる。
八 大阪では河岸を浜という。物類称呼、一「江戸にて、かしといふ(本町河岸或は浜町がしなど云)。大坂にて、はまといふ(浜の芝居などいふ)。京にて、川ばたといふ」。
九 ニョウボウと発音する。
一〇 先方の(北浜の何屋の誰の)妻女。嚊は母をいう小児語、転じて妻の賤称に用いる。
一一 北浜の何屋の誰の息子。

[一二]馳走《ちそう》に出るはしれた事じや。時に[一三]二番目《ばん》のむすこが生《うま》れつきをほめ出し、「かしこそふなる眼《まな》ざし、こなたの御子息《しそく》にしては、お心に掛《かけ》さしやるな、[一四]鳶《とび》が孔雀《くじやく》を産《う》んだとは此子《この》の事、玉のやうなる[一五]美人《びじん》。ちかごろ[一六]押付《おしつけ》たる所望《しよもう》なれども、わたくしもらひまして聟《むこ》にいたします。酒《さけ》ひとつ過《すご》しましていふでは御座らぬ。われらが子ながら、[一七]これ娘《むすめ》も[一八]十人並《なみ》よ。其うへ親仁《おやぢ》のひとり子なれば、五十貫目[一九]付《(つけ)》てやるとはつね〴〵の覚悟《かくご》。又われらが[二〇]わたくしがね三百五十両、[二一]長堀《ながほり》の[二二]角屋敷《かどやしき》、捨《すて》うりにしても弐拾五貫目がもの、[二三]仕《し》てから袖も通《とを》さぬ衣《い》装《しやう》六十五、ひとりの娘《むすめ》より外にやるものが御座らぬ。是《(これ)》がこちの聟殿《むこ》」と、思ひ入《(いり)》たる皃《かほ》つきして、是《(これ)》を言葉《ことば》のはじめにして、其後《(そのゝち)》折ふし、すこしづゝ物をやればかへしを請《うけ》、是以《(これもつて)》損《そん》のいかぬ事。それよりよいほどを見合せ、[二四]やとひ

一二 もてなしに座へ出る。

一三 二番目の息子というところが遠謀深慮のあらわれ。総領息子では問題にならぬ。

一四 諺に「鳶が鷹を生む」ともいう。親まさりの子を褒めていう。

一五 男女に限らず美貌の者をいう。ここは美男子の意。

一六 あつかましい。無理な。

一七 これの娘も。この方の娘も。

一八 人並なことをいう。人並以下の場合は「百人並」という。

一九 持参金に持たせて。

二〇 私金。内々で蓄えている金。臍繰金。ただしここは女房の私有財産というほどの意か。

二一 東横堀川より分れて西流し、西横堀川に合する長堀川に沿うた町筋。今、南区に属する。ただし単に長堀といえば、特に長堀橋附近を指すとも考えられる。

二二 町角を引廻して建てられた家。当時は角屋敷を重んじ、売買の相場も高かった。

二三 仕立ててから袖に手も通さぬ新しい衣装。

二四 先方の二番息子を手伝いに頼むのである。当時良家の子弟でも銀見習いと称して奉公に出す風習があったから、それを利用したのである。大阪商業史資料、商家雇人慣例「夫レ商人タル者ハ、先ヅ丁稚ヨリ成立タザレバ商機商略ニ通暁セザルモノニ付、資産ニ富ミ雇人多キ商家ノ子弟ト雖モ、一旦ハ之ヲ他家ニ遣リ、丁稚ヲ勤メシムルモノ多シ」。

につかはし、[一]銀掛《かねかく》るそばに置《おき》て数をよませ、[二]こくゐんをうたせ、[三]内藏《うちぐら》へはこばせなどして、一日つかふて帰し、其《(その)》のちさきの身[四]になる人を見たて、ひそかによびにつかはし、「其人《(その)》の二番《ばん》目の子を、女房《にようぼう》どもが何《なにと》[五]と思ひ入《(いり)》ましたやら、是《ぜ》非《ひ》にと望《のぞ》みます。いそがぬ事ながら[六]次而《ついで》もあらば、此方《(こち)》の娘を[七]囉《もろ》ふてもくださるか、たづねてくだされ。こなたへ取《(とり)》つくろふて申《(まうす)》事も御座らぬ、[八]銀千枚は、いづかたへやりますとても、其心得《(その)》」と云《いひ》わたし、先《さき》へ通《つう》じたと思ふ時分《じぶん》に、「内〻の[九]預《あづ》け銀入用」と申つかはせば、欲《よく》から才覚《さいかく》して濟《すま》す事、手にとつたやうなり。此仕《(この)し》かけの外有《ある》まじ」と、いひおしへてわかれける。其年《(その)》の大晦日《(おほみそか)》に、かの親仁《おやぢ》門口《(かどぐち)》より笑《わら》ひ込《こみ》、「御影《かげ》〳〵、御かげにて右の銀子《(ぎんす)》元利《ぐはんり》ともに二三日前に請取《(うけとり)》ました。こなたのやうなる智惠袋《ちゑぶくろ》は、銀《かね》かし中間《なかま》の重寶《ちやうほう》〳〵」と、あたまをたゝき、「扨《さて》其《(その)》時は紬《つむぎ》一疋とは申せしが、是《(これ)》にて御堪忍《かんにん》あれ」と、白石《しらいし》[一〇]の紙子《かみこ》[一一]二たんさし出して、「中わたは春の事」[一二]といひ捨《(すて)》て帰りける。

大晦日に出違う亭主。女房の因果

二　詑言《うそ》も只《たゞ》はきかぬ宿《やど》

萬人《ばんにん》ともに、[一三]月額剃《さかやきそつ》て髮結《かみゆ》ふて、衣裝《いしよう》肴替《きかへ》て出《で》た所は、皆《みな》正月の氣色《けしき》ぞかし。

一 銀貨は秤量貨幣であるから、一々天秤にかけて目方を量り、銀何匁数幾つと上包に記す。二 極印。通用金銀の表裏には、その本物であることを証する金座或は銀座役人の極印が打ってあるが、それとは別に、盗難防止のために自家の合印を打つことがある。ここは後者の極印を指す。三 →三六頁注一五。四 先方の身内の人。五 振仮名「なにと」の「と」は衍字。六 序。機会。七 囉は歌もしくは声の意。托鉢して米銭を乞うことを囉斎というから、モロウと読ませた。書言字考、九「囉(モラフ)—ㇾ食」。八 四十三貫目。九 →二二三頁注二四。幕府の法令では利息を伴うものを借金銀、利息無きものを預り金というが、名目は預り金でも利息あるものが多い。ただし借金銀と異なるのは、返済期日の定めなく、その代り何時でも返済を請求することが出来た。手形にも「何時成共御入用次第返済可申候」と書き入れるのが普通である。一〇 東北地方は木綿が少いので紙子が多く用いられ、仙台紙子の称があるが、特に陸奥刈田郡白石領倉本村から産する紙子は、地紙強く、柔かで光沢があり、上品とせられた。一一 二反。一疋という。一二 歳末の挨拶に「いずれ春永に」とよくいう。年が改まって日の永い春になったら、ゆっくりお目にかかりましょうというのであるが、お座なりの挨拶に過ぎない。ここもそうした社交的辞令で、実行を期しているのではない。一三 京都の童唄。盆踊にうたう。行智編、童謡集「おらがとなりのぢいさまが、あんまり子供をほしがつて、京都鼠をとらまへて、月代そつて髪ゆつて、あすは御城の御普請で、牡丹餅売に出たれば、石垣なんどのあはひから隣の三毛猫おでやつて、牡丹餅ぐるみ人こそしらね、年のとりやうこそさま〲なれ。内證《ないしやう》の迚《とて》も埒《らち》の明《あか》ざる人は、[一四]買《かい》がゝり万事一軒《けん》へも拂《はら》はぬ胸算用《むねざんよう》を極《きは》め、大晦日《(おほみそか)》の朝めし[一五]過《(すぎ)》るといなや、[一六]羽《は》織脇《おりわき》ざしさして、[一七]きげんのわるひ内義に、「[一八]物には堪忍《かんにん》といふ事がある。すこし[一九]手前取直《てまへ(とり)なを》したらば、[二〇]駕籠《のりもの》にのせる時節《じせつ》もまたあるものぞ。[二一]夕《ゆふ》べの[二二]鴨《かも》の殘りを[二三]酒《さか》いりにして[二四]喰《く》やれ。[二五]掛《かけ》どもをあつめて來《き》たらば、先《(まづ)》そなたの[二六]寶引錢《ほうびきぜに》一貫《くはん》のけて置《(おい)》て、有《(あり)》次第に払《はら》ふて、ない所はまゝ[二七]にして、掛乞《かけごひ》の貞《かほ》を見ぬやうに、こちらむきて寐《ね》ていやれ」と、口ばやにいひ捨《すて》出行《(でてゆく)》商人《あきんど》、何として身躰《しんだい》つゞくべし。一日〱物のたらぬ[二八]こしらへ、おのれも合点《がつてん》ながら、俄《には》かに分別《ふんべつ》も成《(なり)》がたし。こんな者《もの》の女房《にうぼう》になる事、世の因果《いんぐは》にて、子をもたぬうちに年をよらしける。

色茶屋で大尽顔。見えすいたりそ

一銭《せん》も大事《だいじ》の日、[二九]鼻紙《はながみ》入に壱歩二ツ三ツ、[三〇]豆板《まめいた》三十目ばかりも入《(いれ)》て、[三一]かゝりのない[三二]茶屋《ちや》に行《ゆき》て、「爰《(ここ)》にはまだ[三三]得しまはぬかして、取《(とり)》みだしたる[三四]書出し[三五]千束《ちづか》のごとし。是《(これ)》皆[三六]ひとつにしてから、[三七]高で二貫目か三貫目。人の家にはそれ〲の物入《(ものいり)》、われらが所は呉服《ごふく》屋へばかり六貫五百目、[三八]物好過《ものずきすぎ》たる[三九]奥〻《おく(さま)》に迷惑《めいわく》いたす。さらりと[四〇]隙《ひま》あけて、此《(この)》[四一]入目《(いりめ)》を[四二]女郎《ぢようろ》ぐるひにいたすで[四三]御座る。去《(さり)》ながら、さ[四四]られぬ事は、三月から[四五]お中にありて、日もあるに今朝《けさ》から[四六]けがつきて、けふ生《うま》

にしてやつた」。 一四 買掛り。掛買の代金。 一五 朝飯を終るとすぐの意。当時の朝飯時は通常午前八時頃。 一六 羽織に脇差をさして。 一七 機嫌。 一八 諺。何事にも堪忍が大切という意。 一九 暮しむきが立ち直ったならば。 二〇 女房を乗物に乗せて物見遊山に外出させることは、町人の出世の一つ。↓補一一六。 二一 昨晩の食事の。 二二 雁・鴨類を食することは贅沢の至り。 二三 酒煎。雁・鴨の類の肉を白くなるほど鍋で煎り、醬油・酒・塩にて味をつけ、出す時に酒を少しさして煮立て供する。取合せに貝類または青物を用いる。 二四 食べなさい。やる・やれは動詞の連用形について親愛の意をあらわす助動詞。 二五 掛売代金。 二六 宝引の賭銭。宝引は福引の古称。緒縄を幾筋も集めて一つにくくり、その内一本に橙を貫いて胴ふぐりとし、これを引当てた者に賭物を与える正月の遊戯。外にも種々の遊び方があった。 二七 そのままに放っておいて。 二八 仕方。やり方。 二九 鼻紙袋。革または布で作った袋。鼻紙のほか小遣銭・耳かき・印判・丸薬などを入れて懐中する。 三〇 豆板銀。 三一 関係のない、初めての。 三二 いわゆる色茶屋。大阪では玉造稲荷・堂島新地・道頓堀・長町附近十二ヶ所にあった(茶屋諸分調方記)。ここは道頓堀附近の色茶屋か。 三三 大晦日の支払勘定をまだ済まし得ないと見えて。 三四 ↓二〇二頁注一。 三五 多くのたば。 三六 一つに纏めたところで。 三七 総額で。転じてせいぜいの意。 三八 注文のやかましい。 三九 もと貴人の妻の敬称。町人でも富家の妻を称した。ここは自分を金持らしく見せかけるためにいったのである。 四〇 離縁して。 四一 入費。 四二 ヂョロウの訛り。物類称呼、一

るゝとて、[一]うまれぬさきの褓《むつき》さだめ。乳母《うば》をつれてくるやら、三人四人の[二]取《(とり)》あげ祖母《ばゝ》、[三]旦那《だんな》山伏が來て[四]變生男子《へんじやうなんし》の行《おこな》ひ。[五]千代《ちよ》の腹帯《はらおび》、[六]子安貝《こやすがい》、左《ひだ》りの手に握《にぎ》るといふ[七]海馬《かいば》を[八]さいかくするやら、[九]不斷醫者《ふだんいしや》は次の間に鍋《なべ》を仕かけ、[一〇]はやめ薬の用意《ようい》。何に入《(いる)》事じやゝら、[一一]松茸《まつたけ》の石《いし》づき迄《まで》取《(とり)》よせて、[一二]姑《しうとめ》が來《き》て[一三]せはをやく。さても〳〵やかましい事かな。されども、[一四]こなたは内に御座らぬものといふを幸《さい》はひに、ふら〳〵と爰《(ここ)》へ御見廻《(おみまひ)》申《(まうし)》た。われらが身躰《しんだい》しらぬ人は、もしは[一五]借《しやく》錢《せん》こはれて[一六]出違《ちが》ふかとおもふもあれば、氣味《きみ》がわるひ。[一七]此《(この)》嶋中《(しまぢう)》に一錢《せん》も指引《さしひき》なしの男、ことに[一八]限銀《げんぎん》にて、子のできるまでの宿をかし給ふか。爰《(ここ)》の[一九]さかなかけの鰤《ぶり》がちいさくて、われら氣にいらぬ。早ゝ《さうさう》買《かい》給へ」と、[二〇]一かくなげ出せば、[二一]「是《(これ)》はうれしや、亭主《ていしゆ》に隠《かく》しまして、ほしき帯《おび》よ〳〵」と笑《わら》ひ、「此《(この)》年のくれには心よきお客《きやく》の御出《(おいで)》、來年中の仕合《(しあはせ)》はしれた事。さて[二二]臺所《だいどころ》はあまりしやれ過《すぎ》ました、ちと奥《おく》へ」と申《(まうす)》。「馳走《ちそう》も常《つね》に替《かは》りて[二三]すき、合点《がてん》か」といふ。[二四]樽《たる》の酒のかんするもおかし。其《(その)》のちかゝは[二五][二六]畳占《たゝみざん》おきて、「三度までいたして同じ事、御男子《なんし》さまに極《きは》まりました」と、かゝが推量《すいりよう》と客《きやく》の跡かたもなきうそと、ひとつに成《(なり)》ける。あそび所の氣さんじは、大晦日《(おほみそか)》の色[二七]三絃《じやみせん》、誰はゞからぬ[二八]なげぶし、[二九]なげきながらも月日を送《おく》り、[三〇]けふ一日にながひ事、心にものおもふゆへなり。

「江戸にては〇女郎(ぢよろう)といふ」。四三 御座る・給へは気どった物いい。西鶴置土産、一ノ一「近日着物はをり拙者はづむでござる」。四四 離縁することを去るという。四五 妊娠していて。お中はお腹の意。四六 産気づいて。

一 誕「生れぬさきの襁褓定め」。早手廻しなことをいう。褓は粗衣、むつきに宛てた。二 産婆。三 帰依信仰している山伏。四 変成男子の修法。女子は罪障深いので性を変じて男子にならないと成仏出来ぬといい、真言秘密の加持祈禱を行う。その法、三七日乃至七七日の間虚空蔵菩薩を祀り、護摩を焚き、虚空蔵菩薩の呪を称念する。五 妊娠五ヶ月目に吉日を卜して腹帯をする。安産を祝して千代の腹帯といった。六 安産の呪に産婦の手に握らせる。或はこの貝にはやめ薬を入れて飲ませるともいう。七 タツノオトシゴ。安産の呪に産婦の左手に握らせる。八 才覚する。九 不断かかりつけの医者。一〇 催生薬。分娩を早め平産させる薬。当帰・川芎・枳殻・白芷などを煎じて服用する。難産の時には桃仁・赤芍薬・肉桂・白茯苓などを配合した催生湯を用いる。一一 乾松茸の根(石突)を味噌汁で用いると、後腹の痛みを止めるに効がある。一二 姑。舅の類推から女偏に臼が我国の俗字として用いられた。一三 世話。一四 出産の時、男は産室または家内に居らぬものとせられた。一五 借銭を乞いたてられて。一六 借金取りに逢わないように家を留守にすること。一七 島は或限られた地域、特定の地帯を指していう。この界限でという意。二代男、五ノ四「丸山の案内するもののかたへ尋て、我は中国の方ゟ、此嶋はじめての祝儀とて、先嚊が手元へ弐両なげ

悲しきものは大晦日の色茶屋。死なねば癒らぬたわけ

ければ」。一八 現銀。一九 肴掛。↓一一三頁注二二。二〇 一角。金壱分の俗称。二一 以下茶屋の嚊の言葉。二二 台所で酒を飲むのは、いかに粋人なればとて、酔興過ぎる。二三 下学集に「数奇(すき) 辟愛之義也」。普通のものでは満足せぬ、注文がむつかしいぞといふ意。二四 燗ざましを用いずに、新しく樽の酒を燗するのである。二五 茶屋の嚊。二六 畳算。遊里で行われた占の一種。簪を畳の上に落して、その脚の向き方または落ちた場所から畳の縁までの畳の編目の数によって、吉凶を判じる。↓補三五九。二七 色三味線。遊女が弾く三味線。二八 投節。↓二一九頁注七。茶屋諸分調方記に「およそお山のうとふしなじなは」として、「小うたにては、なげぶし」を筆頭に挙げている。二九 当世なげぶしに「なげきながらも月日をおくる、さてもいのちはあるものを」。三〇 今日一日が長いと感ずるのは。三一 茶屋女。大阪でお山・山衆という。三二 正月気分のように浮き浮きして。三三 追羽根。三四 幼時には袖脇(八つ口)を明けていたのを、成人すると塞いで詰袖にする。男子は十七歳の春、女子は十九歳の秋に行う。三五 結婚して子供を産んで、子供に。三六 京都石垣町もしくは八坂・清水辺の茶屋か。三七 袖の下部の角を丸く仕立てたもの。若い女の風俗。三八 都風俗鑑、四「茶屋女の風俗」に「客はふり袖につくといひて、われも／＼とふり袖ををくなり。それゆへ三十あまり四十にかたぶくよはゐにても振袖をきせたれば、さながら鶉のおのぬけたるがごとくなるもあり」。三九 頭から押さえつけて。四〇 遊里で年齢の吟味をすることは禁物。

常《つね》はくるゝを惜《おし》みしに、各別《かくべつ》の事ぞかし。三一女は勤《つとめ》とて、心を春の三二ごとくにして、おかしうないを笑《わら》ひがほして、「ひとつ／＼行年《(ゆく)》のかなしや。此《(この)》まへは正月のくるを、三三はねつく事にうれしかりしに、はや十九になりける。追付脇《おつゝけわき》三四ふたぎて、か三五ゝといはるべし。ふり袖の名殘《なごり》も、ことしばかり」といふ。此《(この)》客《きやく》わるひ事には覚えつよく、「汝《(なんぢ)》此《(この)》まへ花《はな》三六屋に居し時は、丸袖三七にてつとめ、京で十九といふた事、大かた二十年にあまる。せんさくすれば、三八三十九のふりそで、うき世に何か名殘あるべし。小作《づく》りにうまれ付《(つき)》たる徳」と、三九あたまおさへてむかしをかたれば、此《(この)》女「ゆるし給へ」と手を合せ、氣のつまる四〇年ぜんさくやめて、うちとけて夢むすぶうちに、此《(この)》女の母親らしきものゝ來て、ひそかによび出し、ひとつふたつ物いひしが、何の事はない、「是《(これ)》が貞《かほ》の見お

さめ、十四五匁の事に身をなげる」といふ。此女《(この)》泪《なみだ》ぐみて、今までうへに着《き》たる[一]ぐんない嶋《(じま)》の小袖を、ふろしきづゝみに手まはしばやくして、親にわたすありさま、いかにしても見かねて、又一かくとらせて戻《もど》し、心おもしろう声高《こゑだか》に物いふを聞付《(ききつけ)》、[二]若衆《わかしゅ》のぞうり取《(とり)》めきたる者二人[三]つけこみて、「旦那《だんな》[四]これに御座ります。御宿へけさから四五度もまいれど、御留守は是非なし。御目にかゝるこそ幸《さい》はひ」と、何やら[五]つめひらきしてのち、[六]銀有次第《(かねありしだい)》、羽織《はおり》・わきざし・き[七]るものひとつ預《あづ》かり、「跡《あと》は正月五日までに」といひ捨《すて》て帰る。此《(この)》おきやくし[八]ゆびあしく、「人にいひかけられて、[九]合力《こうりよく》せねばならず。とかく節季《せっき》に出ありくがわるひ」と、[一〇]これにも分別《ふんべつ》がほして、夜の明《(あけ)》がたに爰《(ここ)》を帰る。「[一一]たはけといふは、すこし脈《みやく》がある人の事」と、笑《わら》ふて果《はた》しける。

三　尤《(もつとも)》始末《しまつ》の異見《いけん》

[一二]所務《しょむ》わけのたいほうは、たとへば千貫目の身躰《しんだい》なれば、[一三]惣領《りやう》に四百貫目、居《い》宅《たく》に付《(つけ)》て渡し、二男に三百貫目、外に家屋敷を調《とゝの》へゆづり、三男は百貫目付《(つけ)》、他家へ養子《やうし》につかはし、もし又娘あれば、三拾貫目の[一四]敷銀に、弐拾貫目の諸道

一 郡内縞。甲斐国都留郡地方より産する絹織物。練糸にて織り、地に菱紋の如き綾がある。二 歌舞伎若衆の草履取り。異名を金剛とも跡つけともいう。少年俳優は舞台子・陰間ともに売色をした。三 跡を追うて居場所をつきとめること。四 此処にいらっしゃいますか。五 詰開きして。もと兵法から出た言葉。駈引・談判すること。六 金はあるだけ。七 上下に重ねている着物の一枚を抵当にとって。八 首尾悪しく。茶屋の手前体裁が悪く。九 物を施し助力すること。コウリヨクと清んで読む。一〇 その場になっても。一一 たわけ者というのはまだ少しは見込のある者のこと、この男はたわけ以上の大馬鹿者だという意。

一二 所務分の大法。遺産分配の慣習法。兄六分弟四分というのがだいたいの定まり。ただし五分五分の場合もある。↓補三六〇。一三 ソウリョウ。リウと振仮名してリョウと読ませる。ニウバウ(女房)・リウリ(料理)と同じ。一四 持参金。↓五〇頁注四。一五 嫁入荷物のこしらえをして。一六 永五ノ五「近代の縁組は相生形にもかまはず、付ておこす金性の娘を好む事、世の習ひとはなりぬ」。一七 塗長持。衣裳・夜具類を納める漆塗の長持。一八 雑具を納める木地の長持。一九 婚礼の夜の蠟燭の明るい灯火のもとでは。二〇 何といってもさすが金持のお嬢さんだけあって。二一 振仮名「にぎり」ママ。二二 一代女、一ノ三に「当世顔はすこし丸く」とあって、丸顔が好まれたから、お多福顔をとりなしていった。

所務分の大法

二三 被衣。婦女が外出の際に頭からかぶって面部を隠すのに用いた衣服。二四 かいどりともいう。女子の礼服で、帯を締めた上から打掛けて

具こしらへて、我《(わが)》相應《さうおう》よりかるき縁組《ゑんぐみ》よし。むかしは四十貫目が仕入《(しいれ)》して、拾貫目の敷銀せしが、當代は銀《(かね)》をよぶ人心なれば、ぬり長持《ながもち》に丁《ちやう》銀、雑《ざう》長持に錢を入《(いれ)》て送《おく》るべし。

すこし娘子《(むすめご)》はらうそくの火にては見せにくい皃《かほ》にても、三十貫目が花に咲《さき》て、花よめさまともてはやし、「何が手前者《(てまへしや)》の子にて、ちいさい時からうまいものばかりでそだてられ、頬《ほう》さきの握《にぎり》出したる丸がほも見よし。又額《ひたい》のひよつと出たも、かづきの着《き》ぶりがよいものなり。鼻《はな》の穴のひろきは、息《いき》づかひのせはしき事なし。髪《かみ》のすくなきは夏涼《なつすゞ》しく、腰《こし》のふときは、うちかけ小袖を不斷《ふだん》めせば是《(これ)》もよし。爪《つま》はづれのたくましきは、とりあげばゝが首《くび》すじへ取《(とり)》つくためによし」と、十難《なん》をひとつ〳〵よしなにいひなし、「爰《(こゝ)》が大事の胸筭用《むねさんよう》。三十貫目の銀《(かね)》を慥《(たし)》かに六にして預《あづ》けて、毎月百八拾目づゝおさまれば、是《(これ)》で四人の口過《すぎ》はゆるり。内義に腰元《こしもと》、中居《なかい》女、物師《(ものし)》を添《そへ》て、我《(わが)》もの喰《くい》ながら人の機嫌《きげん》を取《(とる)》嫁子《よめご》、みぢんも心に女在《ちよさい》も欲《よく》もなきお留《る》守人《す(にん)》。うつくしきが見たくば、其《(その)》色里にそれにばかりこしらへて、夜《よる》でも夜中でも「御座りませい」。それは〳〵おもしろふて、起別《おきわか》るゝと七拾壱匁のかね声、是は〳〵おもしろからず。つら〳〵おもんみるに、揚屋《あげや》の酒《さけ》、小《こ》さかづきに一盃《ばい》四分づゝにつもり、若《わか》

仲人口にも三分の理。
女房持つは世帯薬

着る小袖。二五 手足の先。二六 出産の時に産婆を力綱にしてりきむために。二七 種々の欠点。二八 月利六厘で預けると。当時は多く月利計算である。二九 両親と夫婦四人の生活。三〇 貴人の側に侍って雑用に仕える女。町人でも腰元を召使った。↓一代女、三「町人腰元」。三一 中通り女ともいう。茶の間に詰めて、諸道具の出し入れ、料理・掃除のほか、供や使い歩きもする女。↓織六ノ二。三二 裁縫女。公家・武家では御物師、平人では物縫又は御居間と呼ぶ区別があったというが(人倫訓蒙図彙)、後にはその差別はなくなったらしい。三三 嫁入の持参金で生活を支えながら、夫の機嫌をとるお嫁さん。三四 微塵も。少しも。三五 諺艸に「如在 論語八佾篇に出たり。俗に人に疎略するを如在すると云は頗意義あるなり」。三六 妻をいう。当時妻は「只留主を預くるため」のもの、「持つまじきは女なれども、世を立つるからはなくてもなら」ぬもの(一代女、三ノ一)ぐらいに考えられていた。三七 売色専門に女を仕立てて。三八 客を迎える揚屋の挨拶。難波鉦、一「大臣もあげやにきて、あげや「よふござりました〳〵」」。三九 七拾壱匁は島原の太夫の揚代。太夫(五十三匁)に引舟女郎(十八匁)が必ず附くから、その合計である。ただし本書刊行の頃は、太夫五十八匁引舟十八匁計七十六匁(諸国色里案内)。↓補三六一。四〇 色里で聞く暁の鐘を「追出しの鐘」といい、つれなきものに数えた。これに銀を天秤で量る音をいいかけた。歓楽極まって悲哀生ず。四一 よくよく考えて見ると。四二 揚屋では専ら小盃を用いる。四三 盃に一杯銀四分という計算。つもるは計算する意。四四 男色専門の陰間茶屋。

衆宿《しゆやど》のならちや[一]、一盃《ばい》八分づゝにあたるといへり。是《(これ)》を氣を付《(つけ)》て見れば、各別《かくべつ》高《たか》ひものながら、是《(これ)》[二]土鍋《ほうろく》の一盃《ばい》とて[三]何のやうなし。義理《ぎり》もかきて、戀《こひ》もやめて、[四]喰《くい》にげ大じんにあふ事多《おゝ》し。[五]さながらそれとて乞《こい》がたく、其[六]客死分《きやくしにぶん》にして、さらりと帳を消《け》し置《おき》て、「おのれ後《のち》の世に[七]餓鬼《がき》と成《(なり)》、料理《りようり》ごのみして喰《く》ふた[八]煑《いり》鳥《とり》も[九]杉焼《すぎやき》も、くはつ〳〵と燃《もえ》あがりて目におそろしく、食代《めしだい》すまさぬ事思ひしるべし」と、亭主《ていしゆ》は火箸《ひばし》にて火鉢《ばち》たゝきてうらみけるありさま、[一〇]飛彈嶋《ひだじま》の羽織《はおり》もらふた時の皃《(かほ)》つきに引かえておそろし。惣じて遊興《ゆうけう》もよいほどにやむべし。

[一一]仕舞《しまひ》の見事なるは稀《まれ》なり。

是《(これ)》をおもへば、おもしろからずとも堪忍《かんにん》をして、我《(わが)》内の心やすく、[一二]夜食《やしよく》は冷《ひや》食《めし》に湯《ゆ》どうふ、干《ひ》ざかな有《(あり)》[一三]あいに、借屋《しやくや》の親仁《おやぢ》に[一四]板倉《いたくら》殿の瓢簞公事《へうたんくじ》の咄《はな》しをさせ、[一五]ことはりなしに高枕《たかまくら》して、腰元《こしもと》に[一六]足《あし》のゆびをひかせ、茶《ちや》は寐《ね》ながら内義にもたせ置《(おき)》て、手も出さずに飲《のみ》けれども、面〳〵の[一七]竈將軍《かまどしやうぐん》、此《(この)》内につゞく兵《つは》ものなければ、たれか外よりとがむる人なく、樂《たのし》みは是《(これ)》で濟《すむ》事なり。旦那《だんな》うちにゐらるゝとて、[一八]表《おもて》の若《わか》ひ者どもゝ、[一九]八坂《やさか》へ出《で》かくる無分別《むふんべつ》をやめ、又[二〇]御池《おいけ》あたりの[二一]奉公《ほうこう》人宿へ忍《しの》びの約束《やくそく》もおのづからとまりて、只はゐられず、[二二]江戸状どもをさらへ、[二三]失念《しちねん》したる事どもを見出し、主《しゆ》人の徳《とく》のゆく事有《(あり)》。[二四]捨《すた》る反古《ほうぐ》[二五]こよりに

一 奈良茶飯。浅草金竜山の奈良茶は一人前銀五分(置土産、四ノ一)。若衆宿で出す奈良茶は茶碗一杯が銀八分といえば高いものにつく。二 正しくは焙烙の一倍。焙烙は砕け易いので、あらかじめ損失を見こして価を倍にしておくという諺。遊所では掛倒れが多いから、それを勘定に入れて万事が高くつく。三 別に変ったことではない、当然だ。四 食逃げ客。大臣また大尽は遊里で金銀を多く散ずる上客をいう。五 そうだからといって現金に。六 死亡者扱いにして。七 仏説に、美食をひとりで食べて妻子に与えなかったり、財を食って商人を欺いたりした者は、死後餓鬼道に堕ち、水火の苦を受けるという。八 酒煎の鳥。→二二七頁注二三。九 →一一四頁注一〇。一〇 飛驒縞。飛驒地方から産する紬縞。諸紬と八丈紬の二種あって、格子縞が多い。ここは客から祝儀にもらったのである。一一 仕舞勘定の意。最後のしめくくり勘定。精算。一二 当時は朝夕二度の食事が普通で、夜になってまた軽い食事をとった。一三 何でも有りあわせ次第に。一四 京都所司代板倉伊賀守勝重。慶長六年八月から元和五年六月まで在任し、名判官と謳われた。瓢簞公事とは勝重が瓢簞の坐り工合で相続人を判定したという話。→補三六二。公事は民事訴訟をいう。一五 遠慮なしに。一六 手足の指を屈伸させるのは按摩の一法。一七 →一一七頁注三四。一八 店の手代連中。十七八から二十七八前後の年頃である。一九 八坂神社以南清水坂以北の地の汎称。今、東山区。八軒町・高台寺前・八坂塔の前附近に色茶屋があった(茶屋諸分調方記)。二〇 今、中京区。三条通から北へ二町、河原町から堀川に至る東西の町筋。二一 奉公人の周旋屋。奉公人の保証人を引受けているから、奉公人はここを宿元とし

て、宿下りや奉公人同志の逢引にも帰って来る。　二二 江戸から来た商業上の往復文書。　二三 正しくはシツネン。丹波通辞「失念 しちねん」。　二四 正しくは廃る。廃物の。　二五 紙縒。　二六 丁稚は夜間に余暇を利用して読み書き算盤手習などを学習した。　二七 表の店に対して内証(七八頁注一〇)をいう。　二八 手習の手本は往復の書簡文例を集めたいわゆる往来物で、同時に読本にも用いられた。商業知識を授ける目的のために著されたものに商売往来などがある。　二九 下男の通名。目録には久三とある。　三〇 京大阪では、冬から春にかけて特に丹後鰤を賞味する。腸を抜いて塩をし、水気を去って藁薦に包んである。　三一 薦。　三二 ↓四五頁注二三。　三三 竹。下女の通名。　三四 蕪菁(かぶら)の異名。　三五 日野絹。もと近江国日野地方から産した絹織物。地質が似ているので、上野国藤岡・高岡附近から産する上州絹をも一般に日野絹と称する。　三六 節。織物の糸の太くなった部分。日野絹は経に玉糸、緯に磨き玉糸を用いて織ったので、節が太くて多い。　三七 諺に「三寸俎板を見抜く」。三寸は俎板の厚さ。眼識の鋭いことをいう。　三八 ↓一一三頁注二二。　三九 料簡。　四〇 分里、遊里。　四一 廓通いも馬鹿らしくなってやまるものだ。　四二 この点をよく見極めて分別するのが、若主人の代になった家の治まる根本だ。若世、若代とも書く。若主人または若主人の支配する時代の意。　四三 京都人の気質や風俗慣習をよくのみこんでいる。　四四 耳がついているのだから義理にでもという意。　四五 一代女、三ノ四「近年は人の嫁子もおとなしからずして、遊女かぶき者のなりさまを移し」。好色貝合、上「今は京の女…一から十皆傾城になりたり」。

当世女房気質。傾城と地女の比較

ひねる[二六]でつちは、又[二七]内かたへきこゆる程[二八]手本よみて手ならひするは、其身《(そのみ)》の徳なり。宵寐《よひね》の[二九]久七も、[三〇]鰤《ぶり》つゝみたる[三一]菰《こも》をほどきて[三二]錢《ぜに》さしをなへば、[三三]たけは、朝手まはしあしきとて、[三四]蕪菜《かぶな》そろへける。お物師《し》は[三五]日野《の》ぎぬの[三六]ふしを、一日仕事《しごと》程《(ほど)》取《(とり)》ける。猫《ねこ》さへ眼《まなこ》[三七]三寸まないたを見ぬき、[三八]さかなかけごとりとしても、声を出して守《まも》りける。旦那《だんな》一人宿にゐらるゝ徳《とく》、一夜にさへ何程《(ほど)》か、まして年中《ねんぢう》につもりては大分の事ぞかし。すこしお内義氣にいらぬ所あろふとも、そこを[三九]了簡《りやうけん》し給ひて、[四〇]わけ里《ざと》は皆うそとさへおもへば[四一]やむもの、[四二]爰見付《(ここみつく)》る若《わか》世のおさまる所」と、[四三]京都《きやうとの》物になれたる仲人《なかうど》口にて、節季《せつき》の果《はて》に長《なが》物がたり、[四四]耳の役《やく》に聞《(きき)》てもあしからぬ事なり。

さるほどに[四五]今時の女、見るを見まねに、よき色姿《いろすがた》に風俗《ふうぞく》をうつしける。都《みやこ》の

一 室町通下立売下ルから蛸薬師通まで十町の間にあり(万買物調方記)、その多くは御所方・幕府・大名へ出入りする呉服所で富裕な者が多かった。二 趣向・工夫の意から転じて、ここはおしゃれ・おめかしの意。宮崎・鹿児島地方の方言に残っている(全国方言辞典)。三 手代上りの商人の女房はの意。四 湯女。私娼の一種。その風俗は「すゝ竹たまご色の木綿衣装に黒い半襟亀甲のさし櫛、つま高く袖ゆたかに、ぴんとししゃんとして、物いひも風俗やかまし」(好色訓蒙図彙)。↓一代女、五ノ二。五 縫箔屋。刺繡の外に模様の際箔(きわはく)・摺箔などをおく職人。六 色茶屋のおやま。「木綿のふり袖にぬめりんずの帯、粉(ふん)だめのさし櫛大やう是なり」(都風俗鑑)。七 太夫と素人女。傾城は遊女の中でも特に太夫をいう。八 正しくはベツ(丹波通辞)。九 鈍で気のきかぬこと。一〇 着物の着方が下手なこと。一一 歩きぶり。もと太夫天神(格子)の揚屋への往復をいう。傾城の道中は腰を据えて裾を蹴出し、内八文字もしくは外八文字に歩く。一二 寝物語に。一三 台所の事。世帯の話。味曾、正しくは味噌。一四 傾城は鼻紙にも延紙(のべがみ)を使い捨てる。一五 伽羅は香木で、また心腹痛を治し、精を増し、脾胃を補い、吐瀉冷気を止める効があり、薬にも用いる。傾城は身嗜みに伽羅を焚いて薫らせるが、地女の野暮なことには薬とばかり覚えこんでいる。一六 髪の結い方は傾城も地女も大方似たもの、傾城と地女にそう違いはないという意の諺。ここは、そういえばいわれるかも知れないが、しかしという意。一七 愚か者。間抜け。一八 やかましく催促せられている借金。一九 返却について訴訟沙汰にま

分別の外の女郎狂い。大晦日の山椒の粉売り

[一]呉服棚《ごふくだな》の奥さまといはるゝ程の人、皆遊女《ゆうぢよ》に取違《ちが》へる仕《し》[二]出しなり。又[三]手代あがりの内義は、おしなべて[四]風呂《ふろ》屋ものに生移《いきうつ》し、それより横町《よこ(てう)》の仕たて物屋[五]縫《ぬい》はく屋の女房は、其まゝ[六]茶屋者《もの》の風義《ふうぎ》にて、それ〲に身躰《しんだい》ほどの色を作りておかし。せんぎして見るに、[七]傾城《けいせい》と地女に[八]別《べち》に替《(かは)》つた事もなけれども、第一氣が[九]どんで、物がくどふて、いやしひ所があつて、文の書《かき》やうが違《ちが》ふて、酒の呑《のみ》ぶりが下手《へた》で、哥《うた》うたふ事がならひで、[一〇]衣裳《いしやう》つきが取ひろげて、立居《たちゐ》があぶなふて、[一一]道中が腰《こし》がふら〱として、[一二]床《とこ》で[一三]味《み》曾《そ》塩《しほ》の事をいひ出して、[一四]始末《しまつ》で鼻紙《はながみ》一枚《まい》づゝつかふて、[一五]伽羅《きやら》は飲《のみ》ぐすりと覚へて、萬《(よろづ)》に氣のつまるばかり。[一六]髪《かみ》かしらは大かた似《に》たものといへば、同じ事にいふも愚《おろ》かなり。

女郎《ぢようろう》ぐるひする程のものに、[一七]うときはひとりもなし。其《(その)》かしこきやつが此《(この)》もうけにくひ金銀を、[一八]乞《こい》つめらるゝ借銀・[一九]目安《めやす》付《(つけ)》られし預《あづ》かり銀《(がね)》のかたへは濟《すま》さずして、大分《ぶん》物入《(ものいり)》の[二〇]正月を請《うけ》あひ、万事の入用を、はや極月《しはす》十三日に[二一]ことはじめとてつかはしける。よく〱おもしろければこそなれ。爰《(ここ)》は分別《ふんべつ》の外《ほか》ぞかし。

[二二]烏丸《からすまる》通り歴《れき》〱、兄弟《きやうだい》に有銀《ありがね》五百貫目づゝ譲《ゆづ》りわたされけるに、弟《おとゝ》は次第に[二三]仕出し、程なく弐千貫目と一門《もん》のうちから[二四]さす程なるに、兄《あに》は譲《ゆづり》うけて四年目の大晦日《(おほみそか)》に、「[二五]天道《てんどう》は人を殺《ころ》し給はず、今宵《こよひ》月夜ならば、むかしを思ひ出して、

是《(これ)》が賣《うり》にあるかるゝものか。[二六]闇《やみ》で手《て》くだがなる事」と、[二七]紙子《かみこ》頭巾《づきん》ふか〲とかぶり、山桝《さんしやう》の粉《こ》[二八]こせうの粉《こ》を賣《うり》まはりて、[二九]かなしき年を取《(とり)》、心うか〱と[三〇]丹波《たんば》口まで行《ゆく》うちに、夜は明《(あけ)》がたになりぬ。世にある時の[三一]朝ごみ、思ひ出してぞ帰りし。

四　門柱《かどばしら》も皆《みな》かりの世

惣《(そう)》じて物に馴《(なれ)》ては[三二]もの畀《おぢ》をせぬものぞかし。都のあそび所《(ところ)》嶋《(しま)》ばらの入口を、小うたにうとふ[三三]朱雀《しゆじやか》の細道《ほそみち》といふ野辺《のべ》なり。秋の田のみのる折ふし、諸鳥《しよてう》をおどすために案山子《かゞし》をこしらへ、ふるきあみ笠《がさ》を着《き》せ、[三四]竹杖《たけづえ》をつかせ置《おき》しに、鳶《とび》烏《からす》も[三五]不斷焼印《ふだんやきいん》の大あみ笠を[三六]見付《(つけ)》て、これも供《とも》なしの大じんと思ひ、すこしもおどろかず、のちは笠《かさ》の上にもとまり、案山子《かゞし》を[三七]師《すい》ごかしにあはせける。

されば世の中に、借錢乞《しやくせんこい》に出あふほどおそろしきものはまたもなきに、数年《すねん》[三八]負《おい》つけたるものは大晦日にも[三九]出違《でちが》はず。[四〇]「むかしが今に、借錢にて首《くび》切られたるためしもなし。有《(ある)》ものやらで置《(おく)》ではなし。やりたけれ共ないものはなし。おもふまゝなら[四一]今の間《ま》に、[四二]銀《(かね)》のなる木をほしや。さてもまかぬ[四三]種《たね》ははへぬものか

でなっている預かり金。「目安書(がき)」は原告より提出する訴状、事件を訴訟に持出すことを「目安をつける」という。預かり銀↓二二三頁注二四。 二〇 大晦日から三ヶ日までは一年中の大物日、正月買は大臣客の外聞であった。
二一 十二月十三日を「事始め」といい、正月の準備にかかる日になっているが、遊里でもこの日は物日になっていて、正月買をしてくれる客をあらかじめ約束する。 二二 烏丸(からすま)通の歴々の意。烏丸通は京都の地名、今、中京区。呉服屋・両替屋その他分限者が多かった。 二三 商売を発展させ。 二四 指す。評判する。 二五 諺。
二六 闇夜なればこそ、こうしたやりくり商売も出来ることだ。「手くだ」は手くだりの略。手管の字をあてる。手段・方法の意。 二七 紙子製の防寒頭巾。 二八 胡椒の粉は、山椒の粉と同じく霍乱・疝気・泄瀉・痰嗽に効がある。 二九 悲しは貧しいこと。貧乏暮しに正月を迎え。 三〇 丹波街道口。その西に島原がある。 三一 朝込。前夜約束をしていて支障があって行けなかった客が、翌朝廓の大門が開かれるのを待って繰込み、夜明けまで遊ぶこと。

借金も馴れるとこわくなし。掛取り撃退の新案死てんどう

三二 原本夰を弃に作るは誤り。音ク、物に恐れる意。 三三 島原は葛野郡朱雀野村の北に当り、丹波口から島原の大門に至る間の田圃道を「朱雀の細道」といった。後に丹波口一貫町の茶屋町から大門に通ずる新道が出来、これを「朱雀の新細道」といった。投節の唱歌によくうたわれている。↓補三六三。 三四 これを余情杖(よせいづえ)という。それを真似て案山子に持たせた。
三五 丹波口一貫町の茶屋の焼印を押した編笠。

三六 見馴れて。 三七 師は帥の誤り。推または粋とも書く。気の通った粋人あつかいにして文句をいわせぬこと。手段を以て人を欺き陥れることを「こかす」という。 三八 借金することを「負う」という。 三九 ↓二二八頁注一六。 四〇 昔から今に至るまで。 四一 即時に。 四二 無尽蔵の財源をいう譬。↓補二六五。 四三 諺。

一 庖丁。
二 真魚箸。魚鳥を料理する時に、左手に持ってあしらう鉄製の箸。長さ六寸、柄四寸ばかり。
三 庖丁の切刃。真魚箸には刃はない。
四 摩は磨の誤り。
五 澁。滑かならぬ意、錆の字に用いる。
六 公式には二条通を境として上京・下京に分ったが、下立売通から南へ三条通辺までを中京と俗称した(京城勝覧)。烏丸・室町附近は両替屋・呉服所など富家が多かった。
七 飽くことを知らぬ貪欲な者の意で、金持を罵っていう。腹ぶくれとも。
八 掛買の代金。
九 誓言の保証に神仏を証人に立てていう。伏見深草稲荷山の稲荷神社は、京都五条松原通以南、西九条・東九条上下の諸町の氏神として信仰せられ、御旅所が油小路九条にあった。
一〇 そっくりそのまま。
一一 長鳴鶏の一種。
一二 台所の土間に立ったまま。土間に竈が作りつけてあって、飯釜・汁釜・茶釜などがかけてある。

な」と、庭木《にはき》の片隅《かたすみ》の、日のあたる所に古むしろを敷《(しき)》、[一]包丁《はうてう》・[二]まなばしの[三]切刃《きりは》を[四]摩付《とぎつけ》て、「せつかく[五]澁《さび》おとしてから、小鰯《(こまめ)》一疋切《きる》事にはあらねども、人の氣《き》はしれぬもの、今にも俄《にはか》に腹《はら》のたつ事が出來《でき》て、自害《じがい》する用にも立《(たつ)》事も有《(ある)》べし。我《(われ)》年つもつて五十六、命のおしき事はなきに、[六]中京の分限者《ぶげんしや》の[七]腹《はら》はれ共が因果《いんぐわ》と若死《わかじに》しけるに、われらが[八]買《かい》がゝりさらりと濟《(すま)》してくれるならば、[九]氏神稲荷《うぢがみいなり》大明神も照覽《しやうらん》あれ、僞《いつ》はりなしに腹《はら》かき切《(きつ)》て身がはりに立《(たつ)》」と、[一〇]其《(その)》まゝ狐付《きつね(つき)》の眼《まなこ》して包丁《はうてう》取《(とり)》まはす所へ、[一一]唐丸嘴《とうまるくちばし》ならして來《きた》る。「おのれ死出《しで》のかどでに」と、

細首《ほそくび》うちおとせば、是《(これ)》を見て掛乞《かけごひ》ども肝《きも》をつぶし、無分別《むふんべつ》ものに言葉質《ことばじち》とられてはむつかしと、ひとり〳〵帰りさまに、[一二]茶釜《ちやがま》のさきに立《(たち)》ながら、「あんな氣の短《みじ》かひ男《おとこ》に添《そは》しやるお内儀が、縁《ゑん》とは申《(まうし)》ながらいとしい事じや」

と、おの〳〵いひ捨《すて》て帰りける。是《これ》一三ある手ながら、手のわるひ節季《せつき》仕廻《じまい》なり。何の詫言《わびごと》もせずに、さらりと埒《らち》を明《あけ》ける。

其《その》かけごひの中に、一四ほり川の材木屋《さいもく》の小者《こもの》一五、いまだ十八九の角前《すみまへ》一六がみ、しかもよは〳〵として女

のやうなる生《うま》れ付《つき》にて、心のつよき所有《ある》若《わか》ひ者なりしが、亭主《ていしゆ》がおどし仕かけのうちは、かまはず竹縁《たけえん》に腰《こし》かけて、袂《たもと》より珠数《じゆず》取《とり》出して一粒《つぶ》づゝくりて、口の中にて称名《しやうみやう》一七となへて居《ゐ》しが、人もなく事しづまつて後《のち》、「さて狂言《きやうげん》は果《はて》たそふに御座る。一八わたくしかたの請取《うけとつ》て帰りましよ」と申《まう》せば、「男盛《ざか》りの者《もの》共さへ了簡《りやうけん》して帰るに、おのれ一人跡《あと》に残り、物を子細《しさい》一九らしく、人のする事を狂言とは」。「此《この》いそがしき中に、無用《むよう》の死《しに》二〇てんごうと存《ぞんじ》た」。「其《その》詮議《せんぎ》二一いらぬ事」。「とかくとらねば帰らぬ」。「何を」。「銀子《ぎんす》を」。「何ものがとる」。「二二何もの取《とる》が

一三 手は手段・方法の意。よくある借金取撃退の方法だが、やりかたの悪辣なという意。

一四 万買物調方記、四「材木屋 東ほり川一条下ル」。堀川は京都西部を南流する川、その東堀川通二条以北に特に材木屋が多かった。今、中京区。

びくともせぬ材木屋の小者。庖丁振廻した方が負け

一五 丁稚・小僧をいう。

一六 商家の丁稚は十五歳前後に、前髪の額際を剃って角を入れて半元服する。訛って「すんま」という。↓補六八。

一七 仏の名号を称えること。念仏。

一八 私の方の売掛の銭をの意。以下材木屋の丁稚と亭主との問答。

一九 わけありげに。

二〇 戯れに死ぬ真似をすること。狂言自殺。

二一 僉議。

二二 何者が取ろうが取るまいが、それは知ったことではない。とにかく誰にも取れぬ売掛金を取立てるのが自分の得意なのだという意。

我等《われら》が得もの。傍輩《ほうばい》あまたの中に、人の手にあまつてとりにくいかけ計《ばかり》を、二十七軒[一]わたくし請取《(うけとり)》、此《(この)》帳面《ちやうめん》見給へ、二十六軒取済《とりすま》して、爰《(ここ)》ばかりとらでは帰らぬ所。此銀《(このかね)》済《(すま)》ぬうちは、[二]内普請《ぶしん》なされた材木《さいもく》はこちのもの。さらば取《(とつ)》て帰らん」と、門口《(かどぐち)》の柱《はしら》から[三]大槌《づち》にて打《(うち)》はづせば、亭主《ていしゆ》かけ出《(いで)》、「堪忍《かんにん》ならぬ」といふ。「是《(これ)》〳〵そなたの[四]虎落《もがり》、今時は古し。[五]當流《とうりう》が合点《がてん》まいらぬそふな。此《(この)》柱《はしら》はづして取《(とる)》が當世のかけの乞《こい》やう」と、すこしもおどろくけしきなければ、亭主《ていしゆ》何ともならず詫言《わびごと》して、殘らず代銀済《(すま)》しぬ。

「銀子《(ぎんす)》請取《(うけとつ)》て申《(まうし)》分《ぶん》はなけれども、いかにしてもこなたの[六]横《よこ》に出やうがふるひ。随分《ずいぶん》[七]物にかゝりしやが、[八]それでは御座らぬ。お内義によく〳〵いひふくめて、大晦日《(おほみそか)》の昼《ひる》時分から夫婦《ふうふ》いさかひ仕出し、御内義は着《きる》ものを着かへ、「此《(この)》家を出て行《(ゆく)》まいでは御座らぬ。出て行《(ゆく)》からは、人死《じに》が二三人もあるが合点《がつてん》か。大事じやぞ、[九]そこな人。[一〇]是非《ぜひ》いねか、いなずに、いんで見しよ」といはるゝとき、「何とぞ借銀《しやくせん》も[一一]なして、跡《あと》〳〵にて人にも云出《いひ》さるゝやうに、[一二]人は一代名《だいな》は末代《まつだい》、是非《ぜひ》もない事、[一三]今月今日百年目、さて〳〵口おしい事かな」と、何でもいらぬ反古《ほうぐ》を、大事《じ》のものゝやうな貟《かほ》つきして、一枚《まい》〳〵引《(ひき)》さゐて捨《すつ》るを見ては、いかなる掛乞《かけごい》も、[一四]しばしは居《い》ぬもので御座る」といへば、「今まで此《(この)》手

一私が引受けて。

二家屋の内部を改造すること。

三間の槌（あいのつち）、掛矢（かけや）ともいう。棟木を打ち、材を打つに用いる。

四無理な言いがかりをつけて、ゆすること。虎落はもと竹の枝葉をもいで作った垣。戦陣に用いる竹矢来、紺屋の竹垣の物干などをいう言葉から出た。

五古風に対して当世の流義の意。

六正当な理由のないことを無理に押通すこと。「横に寝る」（物を借りて返さぬ意）に近い。ただしここは「横と出る」ともいう。

七物にかかり者。何事にも口出しをするうるさがた。俚言集覧「世諺に、何事にもあれ彼方此方かけて一筋ならぬをいふ」。

八そんなやり方では情ない。

九そこの人の訛り。夫を指す。

一〇どうでも出て行けというか。出て行かずに居るものか。こちらから出て行ってやるという意。

一一支払って。皆済することを「なす」とも「皆になす」ともいう。

一二諺。肉体は一代で亡びるが名は末代まで残る意。

一三今月今日が命の百年目、最後だという意。このところは、何とか借金を皆済して、後々までも人から言い出されるようにしたいと思ったが、それも出来なかった。人は一代名は末代といえば、いつまでも汚名をさらすのは残念だ。こうなれば致し方もない、今月今日が自分の生命の最後の日だ。それにしても思えば口惜しいことた、という意。

当世の仕出し夫婦喧嘩。大宮の喧嘩屋

は出しませなんだ。おかげによつて、來年の大晦日《おほみそか》は、女房ども、是《これ》で濟《すま》す事じや。さても〳〵、[15]こなたは若《わか》ひが、思案《しあん》は一越《ひとこし》した年のくれ、たがひの身[16]祝《いは》ひなれば」とて、寂前《さいぜん》の鶏《にはとり》の毛《け》を引《ひき》て、これを吸《すい》ものにして、[17]酒もりてかへして後、「來年の事までもなし。毎年夜ふけてから、むつかしい掛乞《かけごい》ども來るぞ」とて、俄《には》かにいさかひをこしらへ置《おき》、よろづの事をすましける。誰《たが》いふともなく、後には「[18]大宮通りの喧嘩屋《けんくわ》」とぞいへり。

一四 しばらくでも。
一五 あなたは年は若いが、思案は年寄り以上だ。お陰で年の暮も越すことが出来ましたという意。
一六 自分自身のために、心ばかりの祝いをすること。
一七 酒盛りて。酒を飲ませて。
一八 堀川通より西へ五筋目、北は今宮の御旅所から南東寺にいたる。ただしここは五条松原以南の筈。大宮通五条下ル附近には丹波表(畳表)を商う家が多かった(国華万葉記)。場末町である。

繪入

世間胸算用

大晦日は一日千金

三

胸《むね》算《さん》用《よう》　巻三

大晦日は一日千金

目録

一 面見世(つらみせ)とも。当時の芝居は一年契約で役者を抱え、年六回(十一月・正月・三月・五月・七月・九月)興行する。十月に一座の役者の入替えを行い、十一月一日から新加入の役者の顔広めという意味で興行するのが顔見世芝居である。

二 御自慢の羽織。仕出しはおしゃれ・おめかしの意。

三 被き物。頭にかずく物という意に、人に欺かれて損失をこうむったことをいいかく。

四 餅花。餅を色々の形にして柳の枝に花のようにつけたもの。歳暮に歳徳神の神棚に供える。

五 言葉にあわせて身ぶり手真似をして舞うこと。

三　小判《こばん》は寐姿《ねすがた》の夢《ゆめ》
一無間《むげん》の鐘《かね》つくづくと物案《あん》じ
大つごもりの二人置《(ひとおき)》のかゝ

四　神さへお目ちがひ
堺《さかい》は内證《ないしよう》のよい所
大晦日《(おほつごもり)》の三因果《いんぐは》物がたり

一遠江国佐夜の中山の観音寺にあった鐘。これを撞くと現世で福徳を得る代りに、来世で無間地獄に堕ちるという。↓補二一〇。鐘↓つく。

二遊女・奉公人などの口入をする女。

三因果応報の実話を集めた書物。鈴木正三の作に同名の仮名草子があるが、ここはそれではない。

四三番叟。もと能から出て、芝居でも顔見世や初春芝居の最初に太夫本の翁渡しがあり、太夫本の翁、若太夫の千歳、座頭の三番叟で勤める。三番叟の舞は能のように揉みの段・鈴の段があって、最後に「所繁昌と守らん」と舞い納める。興行期間中は毎朝開場前に下級の役者が勤める。ここは、顔見世芝居の三番叟が「所繁昌と守らん」と舞い納める例であるが、その祝福の通りという意。五徳川将軍家を俗に天下様といい、幕府直轄地(江戸・京・大阪・堺・奈良・長崎など)の町人を、城下町の町人に対して天下の町人という。六加賀藩抱えの金春流の能太夫、竹田権兵衛広富(京都住)。元禄四年秋京都で勧進能を興行した。↓補三六四。七↓一三四頁注二三。八四日間の桟敷代四百三十匁(銀一枚四

一　都《みやこ》の皃《かほ》見せ芝居《しばい》

今日《(こんにち)》の[四]三番《ばさう》三所繁昌《はんじやう》と舞《まひ》おさめ、[五]天下の町人なれば、京の人心、何ぞといふ時は大気《たいき》なる事、是《(これ)》まことなり。これ常に胸筭用《むねざんよう》して、随分始末《ずいぶんしまつ》のよき故《ゆへ》ぞかし。過《(すぎ)》し秋京都に於《(おい)》て、[六]加賀《が》の[七]金春勧進能《こんぱるくはんじんのう》を仕《(つかまつ)》りけるに、[八]四日の桟敷《さじき》一軒《けん》を、銀拾枚づゝと定めしに、皆《(みな)》借切《(かりきり)》て明所《あきど》なく、しかも能《のう》より前《さき》に銀子《(ぎんす)》渡しける。此度《(このたび)》大事ある[九]関寺《せきでら》小町するといへば、是《(これ)》一番《ばん》の見物《(みもの)》と、諸人勇《しよにんいさ》みて[一〇]鼻笛《はなぶゑ》を吹《ふき》けるに、[一一]皷《つゞみ》に障《さは》る事有《(あり)》て、関寺の[一二]能組《のうぐみ》かはりぬ。それさへ、木戸《きど》口は夜のうちに見る人山のごとし。

中にも江戸の者《もの》、われひとり見るために銀十枚の桟敷を二軒とりて、[一三]猩々皮《せう〴〵ひ》の敷《しき》もの、道具置《どうぐおき》の棚《たな》をつらせ、[一四]腰屏風《こしびやうぶ》・[一五]枕箱《まくらばこ》、其後《(その)うし》ろに[一六]料理《りようり》の間《ま》、さま〴〵の魚鳥《ぎよてう》、[一七]髭籠《ひげこ》に折ふしの[一八]水菓子《くはし》、次の桟敷に[一九]風炉釜《ふろがま》を仕《し》かけ、[二〇]割蓋《わりぶた》の杉手桶《すぎておけ》に[二一]宇治橋《うぢばし》・音羽《おとは》川と書付《(かきつけ)》してならべ、醫者《いしや》・ごふくや・儒者《じゆしや》・[二二]唐《から》物屋・連歌師《れんがし》など入《(いり)》まじり、其《(その)》うしろの方には、[二三]嶋《(しま)》ばらの揚屋《あげや》・[二四]四条の子共宿・[二五]都にしれたる末社《まつしや》・按摩取《あんま(とり)》・[二六]兵法《へうほう》づかひの牢人《らうにん》迄《(まで)》ひかへたり。桟敷の下は供駕籠《ともかご》・[二七]かり湯《ゆ》

跡の減らぬ金持ってこそ芝居見物も楽しみ。京は始末して、江戸は儲けて

十三匁)。勧進能は三日、最後の一日は太夫のもらい。九 世阿弥作。三老女(関寺・檜垣・姨捨)の筆頭で型にも謡にも囃子にも重い習い事があり、特に金春流では家元の一子相伝で、弟子家には許さない。一〇 悦に入って得意なさま。一一 関寺小町は小鼓の方でも三老女の奥伝であるから、家元の免許がないと勤められない。恐らくそういう点で故障が起ったのであろう。一二 能の番組。五番立を正式とし、脇能・修羅能・鬘物・狂女物・祝言物の順に配列する。一三 猩々緋の羅紗の敷物。もと和蘭陀から輸入せられ、我国でも慶長年中京都で織り出したが、極めて高価であった。毛皮の代用に用いたから猩々皮と書く。一四 腰までの高さの屏風。一五 元来は枕を入れる箱、煙草・小銭その他手廻りの品を入れるのにも用いた。一六 桟敷一間の内を仕切って料理部屋にした。科は料の草体の誤り。一七 竹籠。籠の口が編みさしのままで髭のようになっている。一八 水分の多い果実。一九 茶の湯に用いる風炉の釜。二〇 蓋が二片に割ってある杉製手桶形の水指。蝶つがいを用いた割蓋もある。二一 宇治橋の三の間の水や音羽川(水源清水の音羽の滝)の水は茶の湯に使用する水として有名。二二 長崎へ輸入する外国製品を国内で売買する商人。二三 →三八頁注一六。二四 若衆宿とも。四条縄手・宮川町附近には歌舞伎若衆を抱えて舞台に出すかたわら客をとって遊ばせる家があった。二五 当時京都の末社四天王といわれた願西の弥七・神楽の庄左衛門・鸚鵡の吉兵衛・乱酒の与右衛門のほか、花崎左七など有名な太鼓持が居た。二六 剣術者。二七 仮設の湯殿や便所。

殿《どの》・かり雪隠《せつちん》、何にても不自由《じゆ》なる事ひとつもなきやうに拵《こし》らへ、栄花《えいぐは》なる見《けん》物《ぶつ》。此《この》心は何となく豊《ゆた》かなり。此《この》人[一]大名の子にもあらず、只《ただ》金銀にてかく成《なる》事なれば、何に付《つけ》ても銀《かね》もうけして、心任《まか》せの慰《なぐさ》みすべし。[二]かゝる人は、[三]跡《あと》のへらぬ分別《ふんべつ》しての樂《たの》しみふかし。

[四]身躰《しんだい》さもなき人、[五]霜《しも》さきの金銀あだにつかふ事なかれ。[六]九月の節句《せつく》過《すぎ》より[七]大ぐれまでは遠ひ事のやうに思ひ、万《ばん》人渡世《とせい》に油斷《ゆだん》をする事ぞかし。十月はじめより日和《ひより》定めがたく、時雨《しぐれ》凩《こがらし》のはげしく、人の氣《き》も是《これ》につれておのづからそう〴〵敷《しく》、諸事《しよじ》を春の事とてのばし、當分《とうぶん》のまかなひばかりにくれければ、[八]花車《きやしや》商《あきな》ひ・諸職人《しよしよくにん》の細工《さいく》も、思《し》案《あん》替《かは》りてやめける。次第に朝霜《あさじも》、夕風、人皆《みな》冬籠《ごも》りの火燵《こたつ》に宵寐《よいね》して、それ〴〵の家業《かぎやう》外に成行《なりゆき》、さしつまりて迷惑《めいわく》する事

一 大名は権力で何でも自由に出来ると考えられていた。↓永一ノ三。二 この江戸者のような金持は。三 金をつかっても跡が減らないという安心感があるから、楽しみも深い。四 身上がそれほどでもない人。五 陰暦十月を霜先という(仙台方言)。師走の大節季を目前に控えて霜先の金は特に貴重である。**霜先の金銀粗末にすることなかれ。小商人は平土間が相応**

六 九月九日の重陽の節供。節供ごとに支払勘定が行われるが、九月の節供が過ぎると大晦日までは三ヶ月あり、その間別に金の受け払いすることもないので油断し易い。七 大暮。年の暮。八 鮫・書物・香具・絹布などの上品な品物を扱う商売。↓一七二頁注二。

九 陰暦の十月十三日日蓮上人の忌日に、日蓮宗の寺院で法会を営む。御影講(みえいこう)または御名講(おめいこう)。尊者の影像を掲げて供養することを御影供という。一〇 陰暦十月六日から十五日までの十日間、黒谷の真如堂その他浄土宗各寺院で毎夜読経法談を行う。十夜念仏・御十夜ともいう。一一 陰暦十月十六日、東福寺の開山聖一国師の御忌。当日は寺中で懺法を修し、国師の木像を輿に載せて寺内を廻り、霊宝什物を展観するので、参詣の人で賑った。一二 親鸞上人の正当忌日は陰暦十一月二十八日、東西両本願寺では二十二日から毎日四度の法事を営む。これを報恩講という。この御忌を一ヶ月繰上げて門徒が法事を営むのを御取越という。一三 亥の子の祝いの夜は一家中で遊ぶ。↓一九七頁注二一。

也《(なり)》。其後《(そののち)》法華寺《はつけ(でら)》の九御影供《みえいく》、浄土宗《じやうどしう》の一〇十夜談義《だんぎ》、一一東福寺《とうふくじ》の開山忌参《かいさんきまい》り、一二一向宗《かうしう》のおとりこし、又は一三玄猪《いのこ》の祝義《しうぎ》に夜《よる》のあそび、一四稲荷《いなり》のお火焼《ほたき》の比《(ころ)》、一五河原《かはら》の役者《やくしや》入《(いれ)》替《かは》りて良《かほ》みせ芝《しば》ゐの時分《じぶん》は、一六同じ人また珎《めづ》らしく、見る人もまたうき立《(たち)》、けふは其《(その)》一七座本《(ざもと)》、明日《あす》は此《(この)》一八太夫本《(たいふもと)》、其《(その)》次は「誰《たれ》が座に大坂の一九若衆《わかしう》がたが出る」など沙汰《さた》して、二〇水茶屋《ちや》ゟ《(より)》かねて桟敷《さじき》とらせ、二一内證《ないしやう》より二二近付《(ちかづき)》の藝者《げいしや》に二三花をとらせ、「旦那《だんな》お出《(いで)》」といはるゝまでの外聞《ぐはいぶん》に、無用の氣をはりける。二四提重《さげじう》酒《(ざけ)》がとりのぼして、我《(わが)》宿へはすぐに帰らず、二五石垣町《いしがけ(ちやう)》の二階《かい》座敷に二六切狂言《きりきやうげん》の踊《おどり》をうつし、二七王城《わうじやう》の辰巳《たつみ》あがりなる声して、二八えい山《ざん》へも響《ひゞ》きわたる程《(ほど)》のさはぎ。二九京に人も見しる程《(ほど)》の者《もの》にしてあれば、「だれ様の三〇御《ご》ふく所《じよ》」、「どなたの三一掛屋《かけや》」などいふさへ、三二悪所《あくしよ》のさはぎは奢《おご》りらしく見えける。ましてやはした銀《(がね)》の商賣人《しやうばい》、

一四 陰暦十一月八日伏見の稲荷神社で庭火を焚き神饌を供して神事を行う。 一五 四条河原。四条大橋東詰ならびに大和大路縄手に芝居が軒を並べていた(寛文年間七櫓、延宝年間六櫓)。色河原ともいう。 一六 同じ役者でも顔見世芝居にはまた珍しく思われて。役者の入替えは必ずしも一座の全部に行われるのではない。 一七 一座の代表者。役者の筆頭が勤める(江戸では芝居の持主をいう)。 一八 興行名義人。一座総役者の監督をも兼ねた。座本が太夫本を兼ねる場合もある(江戸では座本が常に太夫本を兼ねる)。 一九 歌舞伎における役柄で、前髪の若衆に扮する役者。 二〇 四条河原の水茶屋は櫓年寄の支配に属し、座本・太夫本など芝居関係者が副業として経営していた関係から、芝居見物の桟敷の予約や食事の世話をもした。後の芝居茶屋である。 二一 芝居の表方に対して楽屋をいう。 二二 贔屓の役者。芸者は芸能者の意。 二三 祝儀。 二四 携帯用の重箱。料理を仕込む重箱のほかに、食器・徳利などが一つに組み入れてある。 二五 四条から五条までの加茂川の両岸沿いの町をいう。東石垣(東石)・西石垣(西石)と唱え、色茶屋・陰間宿が多かった。 二六 三番続きの切狂言の最後に座中役者の総踊りがあって打出しになるのが例である。 二七 甲高い下卑た声。石垣町は御所の東南に当るから王城の辰巳といいかけた。 二八 比叡山。 二九 京都で人も見知っているほどの金持であるならば。 三〇 呉服所。禁裏を初め大名高家御用達の呉服屋。 三一 京・大阪にあった諸大名の蔵屋敷に出入り、蔵物代金の出納送金を委託されていた指定町人。銀掛屋という。多くは両替屋で扶持を受けていた。 三二 遊里。

たとへ氣延《のば》しに芝居《しばい》見るとも、[一]となりに莨菪《たばこ》のまぬ所を見すまし、[二]圓座《ゑんざ》かりて見て、[三]役者《やくしや》わか衆の名覚《おぼえ》ぬ物か。

[四]與次兵衛が皃みせの初《しよ》日に、[五]ひだりがたの二軒《けん》目の棧敷《さじき》に、勘當《かんだう》切《き》らるゝ事などかまはぬ皃《かほ》つきの若《わか》ひもの、五六人も[六]風俗作《ふうぞくつく》り、[七]藝《げい》子に目をつかはせ、[八]下なる見物に[九]けなりがらせける。此《この》若ひ者ども見しれる人ありて[一〇]評判《ひやうばん》するを聞《きけ》ば、[一一]内證《ないしやう》しらぬ事、皆《みな》[一二]川西のやつらなり。[一三]「中京の衆と同じ事に、大きな皃《かほ》がおかしい。知らぬ人は歴《れき》[一四]ゝかと思ふべし。[一五]黒《くろ》ひ羽織《はおり》の男は、米屋へ[一六]入縁《いりゑ》して欲《よく》ゆへの老女房《おいにようぼう》、年の十四五も違《ちが》ふべし。母親には[一七]二升入《いり》の碓《からうす》をふませ、弟《おとゝ》にはそら豆《まめ》賣《うり》にあるかせ、[一八]白柄《しらつか》の脇指《わきざし》がおいてもらいたい。其《その》次の玉[一九]むし色の羽織は[二〇]牛涎《にかわ》屋を、[二一]どこの牛の骨《ほね》やらしらいで人のかぶ[二二]る衣裝《いしやう》つき。[二三]家は質《しち》に入て、借銀《しやくぎん》に[二四]目安付《めやすつけ》られ、東隣《ひがしどなり》へは無理《むり》いひかゝって[二五]さい目論《ろん》もすまぬに、遊山《ゆさん》に出るは氣ちがひの沙汰也。三番《ばん》めの[二六]ぎんすゝたけの羽織きたる男は、[二七]利《り》をかく銀を五貫目かりて、それを[二八]敷《しき》銀にして[二九]家具《かぐ》ぬしの所へ養子《やうし》に行《ゆき》て、後家親《ごけおや》を[三〇]あなづり、養父《やうふ》の死《しな》れ[三一]三十五日もたゝぬに芝ゐ見る事、作法《さほう》にはづれたる[三二]男目。米薪《たきゞ》は其《その》日〳〵に[三三]當座買《とうざがい》の[三四]身上《しんしやう》して、酒の相手に[三五]色子ども。かはいや神ならぬ身のあさましさは、[三六]銀成客《かねなるきやく》とおもふべし。いかな〳〵、此《この》四五年買《かい》がゝり濟《すま》したる事な

内証隠して大臣遊びがおかしい。川西の三人連れが成れの果

一 隣に煙草飲みがいると一服所望せられるから。二 藁で円く編んだ敷物。平土間の見物はこれを半畳売から銭を出して借る。三 円座を借りて平土間で芝居を見ても、役者や若衆方の名が覚えられぬことはない。それで十分だ。四 初代荒木与次兵衛。立役。武道事の名人。元禄十三年没。京阪の芝居に出演し、座本を勤めているが、この京都顔見世のこと不明。五 舞台に向って東側の桟敷、東桟敷という。舞台に近いほど桟敷代も高い。六 姿をやつして。七 舞台子とも。陰間に対していう。「目をつかう」は秋波を送ること。八 平土間の見物。九 羨しがらせる。一〇 噂する。一一 内証を知らぬことか、実はという意。一二 下京二条通以南、西洞院川以西一帯をいう。職人・小商人が多かった。↓補三六五。一三 ↓二三六頁注六。一四 能い衆。一五 憲法染(けんぼうぞめ)の羽織。永五ノ二に、新在家衆の風俗とある。一六 入家(いりえ)とも書く。入夫縁組の意。一七 一臼は一斗二升入の碓。小売用の米を精白させるのである。一八 柄に白鮫皮をかけた脇差。白柄・金鍔は伊達好みの風俗。一九 玉虫の羽のように、光線で緑や紫に見える染色。茶丸・織色郡内(郡内甲斐絹)に多い。二〇 膠屋であるのに。膠の材料は牛皮で牛涎ではない。牛涎をあてるのは誤り。二一 素姓の知れぬ者を罵っていう言葉。膠↓牛の骨。二二 かずくに同じ。一杯食う、騙される意。二三 家質。二四 告訴せられること。↓二三四頁注一九。二五 際目論。境界争い。二六 煤竹は濃褐色の丁子茶色で、これに白みをかけて淡色にしたのが銀煤竹。当時流行の染色。二七 利息を支払うことを「利をかく」という。二八 持参金。二九 家

具塗師。漆塗食器を製造する職人。三〇 あなどる。軽蔑する。三一 満中陰の法事もすまぬうちに。四十九日を切上げて三十五日にもする。三二「め」は人を罵る時に用いる接尾語。三三 現金買。信用がなければ掛買は出来ない。三四 身分の癖に。三五 色を売る歌舞伎若衆。三六 銀になる客の意。三七 染縞。縞模様を染め出したもの。織縞に対していう。三八 銭両替屋。⇩補八〇。三九 大津市園城寺(おんじようじ)は天台宗寺門派の総本山、寺領四千八百石。塔頭五十二坊はそれぞれ知行があったから裕福であった。四〇 目の前の。来るべき。四一「ら」を送るは誤り。四二 羨しがる。四三 膾(なます)などを器に盛りつける時、色どりに添えるもの。多く花や葉を用いる。四四 大和国吉野地方から産する小杉原紙。縦七寸横九寸、大臣客や遊女はこれを鼻紙に用いる。四五 本当の大臣客。四六 祝儀代りに金柑を投げてよこしたのであるから、水茶屋の勘定をする時にこの金柑を持って行くと、一つが銀二分ずつの計算で、現金をくれる筈だがという意。四七 四条河原の芝居町・茶屋町へ通って遊ぶこと。四八 水茶屋に対して遊山茶屋をいう。四九 勘定も払わず。⇩一五六頁注一四。五〇 催促。五一 夜逃げ。五二 座敷牢。保護・監視のために座敷に監禁すること。五三 穿鑿の最中。五四 最初に茶屋に紹介した。五五 盗人の宿をし、または保証人になった者は同罪である。五六 告訴の前提として、被告(太鼓持)居住の町の年寄・五人組へ通告して、被告の逃亡を監視させる。五七 途方に暮れて。五八 悪い夢にとりつかれたような思いで。五九 諺。急いで逃げるさまをいう。島→舟→帆。夢→宝舟。六〇 かねてからの算用には、十五両もらうつもりをしていたのが。六一 諺「百貫の抵当(かた)に編笠一蓋」。

し。あの中に染嶋《そめじま》[三七]の羽織着《き》たる男、ちいさき錢《ぜに》[三八]見せ出して居けるが、兄《あに》に三井[三九]寺の出家《しゆつけ》を持《もち》けるが、是《これ》から合力《こうりよく》請《うけ》てそこ〳〵にも行先《ゆくさき》[四〇]の年を越《こす》べきか。其外《そのほか》にひとりも、京の正月するものは有《ある》まじ」と、指《ゆび》さして笑らへば[四一]、うら山し[四二]がるかと思ひ、かい敷《しき》[四三]の椿《つばき》・水仙花《すいせんくは》に、きんかん二ッ三ッ、延紙《のべがみ》[四四]に包《つゝ》みてなげ越《こし》ける。明《あけ》て見て又笑《わら》ひて、「本客《ほんきやく》[四五]ならば、此《この》きんかんひとつが、銀《かね》拂《ばら》[四六]ひ時弐分《ふん》宛《づつ》にもなるべきに、皆喰《くは》れ損《ぞん》になるはしれた事」といひ捨《すて》て、芝居《しばい》は果《はて》て立帰《たちかへ》りける。

其《その》のち毎日の河原通《かはらがよ》[四七]ひに、同じ着《き》物に色もかはらぬ羽織に、色《いろ》[四八]茶屋氣《き》を付《つけ》て、銀《かね》の事申《まう》せど分《わけ》[四九]も立《たて》ず、道切《きつ》てこざりければ、さいそく[五〇]するにかひなく、程《ほど》なふ大晦日《おほつごもり》になりて、独《ひとり》は、夜[五一]ぬけふるしとて昼《ひる》ぬけにして、行方《ゆきがた》しれず。又ひとりは、狂人《きやうじん》分にして座敷籠《ろう》[五二]。又ひとりは、自害《じがい》しそこなひてせんさく[五三]なかば。寂前《さいぜん》[五四]引合したる太鼓《たいこ》もちは、盗《ぬす》[五五]人の請《うけ》に立《たち》けるとて、町へきびしき[五六]斷《ことはり》。茶屋《ちやゝ》は取《とり》[五七]つく嶋《しま》もなく、夢[五八]見のわるひ寶舟《たからぶね》、尻《しり》[五九]に帆《ほ》かけてにげ帰り、兼《かね》[六〇]ての筭用には十五兩の心あて、預《あづけ》置《おか》れしあみ笠《がさ》[六一]がいのこりて、大晦日《おほつごもり》のかづき物とぞ成《なり》ける。

二　年の内の餅《もち》ばなは詠《なが》め

[一]善《ぜん》はいそげと、大晦日《(おほつごもり)》の掛乞《かけごい》手ばしこくまはらせける。けふの一日、[二]鉄《かね》のわらんじを破《やぶ》り、世界《せかい》を[三]いだてんのかけ廻《まは》るごとく、商人《あきんど》は勢《いきほ》ひひとつの物ぞかし。

[四]数年功者《すねんこうしや》のいへり、「惣《(そう)》じて[五]掛《かけ》は取《(とり)》よい所より集《あつ》めて、[六]埒明《らちあか》ず屋としれたる家へ[七]仕廻《しまい》にねだり込《こみ》、言葉質《ことばじち》とられて迷惑《めいわく》せぬやうに、[八]先《さき》ゟ《(より)》腹《はら》の立《たつ》やうに持《もつ》てくるとき、なを物静《ものしづ》かに、[九]義理《ぎり》づめに、外《(ほか)》のはなしをせず、[一〇]居間《いま》あがり口にゆるりと腰《こし》かけて、[一一]袋持《ふくろもち》に[一二]灯挑《ちやうちん》けさせて、「何の因果《いんぐは》に掛商人《かけあきんど》には生《うま》れきました。[一三]月額剃《さかやきそつ》て正月した事なく、女房《にようぼう》共は[一四]銀親《かねおや》の人質《じち》になして、[一五]手代に機嫌《きげん》をとらせ、是《(これ)》身過《すぎ》は外《(ほか)》にも有《(ある)》べき事」と、科《とが》もなき[一六]氏神《うぢがみ》をうらむ。「御内證《ないしやう》は存ぜねども、是の御内義様《(さま)》は[一七]佛《ほとけ》〳〵。天井《てんぢやう》うらにさしたる[一八]餅《もち》ばなに春の心して、[一九]地鳥《ぢどり》の鴨《かも》・[二〇]いりこ・[二一]串貝《くしがい》、いづれ人の内は先《まづ》[二二]さかなかけが目につく物じや。お小袖《こそで》もなされましたで御座りましよ。今は世間《せけん》に皆《(みな)》紋所《もんどころ》を、[二三]葉付《はつき》のぼたんと四ッ銀杏《いちやう》の丸《まる》、女中がたのはやり物。其時《(その)》〳〵に、[二四]ならばして着《き》たい。[二五]女房に衣裳《いしやう》。[二六]おまつ[二七]お仕《し》きせは定《さだ》めて[二八]柳《やなぎ》すゝたけに、[二九]みだれ桐《ぎり》の[三〇]中がたで御座ろ。同じ奉公《ほうこう》でも、こ

大晦日の掛けの乞いよう。昔と今で変る人心

一 諺。 二 鉄製の草鞋があったとしても、それをはき破るほど歩き廻ること。諺に「鉄の草鞋で尋ねてもない」などいう。 三 韋駄天。婆羅門の天神。俗説に仏牙を盗んだ捷疾鬼を追うて取返したというので、足の捷い神とせられている。 四 数年は多年の意。多年経験を積んだ掛取の上手。本章の目録副題に「掛取上手の五郎左衛門」とある。 五 永五ノ二「商ひ功者なる人のいへり、掛銀は取よきから集る事なり」。 六 金払いの悪い癖のある男。一代男、三ノ四「万懸帳埒明(あけ)ず屋の世之介としかられながら、留守つかはせて二階にしのび」。 七 掛取の最後に居催促に強談判して。 八 相手から。 九 物事の道理を正して話すこと。理窟詰めにして。 一〇 居間のあがり口。 一一 皮製の銀袋を持たせて歩く丁稚。 一二 挑灯の転倒。大晦日の掛取は夜にかかる。 一三 ↓二二六頁注一三。 一四 女房を担保にして、出資者から金を借るのである。返済出来ない時には女房を相手に引渡してその処置を一任することが条件。↓補三六六。元禄頃には銀親をうしろだてに持っていないと商売がむつかしい時代になっていた。 一五 女房に手代の機嫌をとらせの意。 一六 ここは産土神(うぶすながみ)の意。産土神は産子(うぶこ)即ち氏子の一生の福祉を守るものという信仰がある。 一七 目前の仏の意。現世において仏同様の結構な身分。↓四一頁注四〇。 一八 ↓二四三頁注四。 一九 その土地で獲れた鴨をいう。地鳥は新鮮でうまい。以下肴掛に掛け

んなお家《いへ》に居合《ゐあは》すが其《その》身の仕合《しあはせ》、[三一]かたわきには、[三二]今に天人《てんにん》[三三]がらくさ目[三四]にしむ」などゝ、内義にものをいはすやうに仕《し》かけて隙《ひま》を入《いれ》ければ、外《ほか》の借銭《しやくせん》乞《こい》のない間《ま》を見合《みあはせ》、「此《この》くれには何方《いづかた》へも払《はら》ひいたさね共《ども》、こなたは段[三五]〱ことはりに至極《しごく》いたした。來春《らいしゆん》女ぼう[三六]共《ども》が参宮《さんぐう》いたすつかひ銀《がね》なれども、此《この》[三七]とをりは進《しん》ずる。殘りは又、三月前[三八]には帳《ちやう》[三九]を消《けさ》して、笑らひ良《がほ》を見ますぞ」と、百目のうちへ六十目はわたすものなり」。

「むかしは賣《うり》がけ百目あれば八十目すまし、此《この》[四〇]二十年ばかり以前は半分《はんぶん》たしかに濟《すま》しけるに、[四一]十年此《この》かたは四分払《しぶばらい》になり、近年[四二]は百目に三十目わたすにも、是非《ぜひ》悪銀《わるがね》[四三]二粒《つぶ》はまぜてわたしける。人の心次第にさもしく、物[四四]かりながら、迷《めい》惑《わく》はいたせど、商《あきな》ひやめる外《ほか》なく、又節季《せつき》[四五]わすれて掛帳《かけちやう》[四六]に付置《つけおき》ける。よろづ時《とき》[四七]

られた食品に言及する。二〇 煎海鼠。海鼠《なまこ》の腸を除いて煎り干しにしたもの。二一 石決明《あわび》を竹串にさして乾したもの。二二 ↓一一三頁注二二。女用訓蒙図彙、三「模様姿比」の丸花づくしに葉つき牡丹の模様、同「紋尽」に三つ銀杏の丸の紋が出ている。二三 役者または遊女の紋所か、不明。二四 出来るものならば、作って着たいというのが人情。二五 女には衣装が大事という意。醬は粧(装)の誤り。二六 お松。下女の通名。二七 お仕着せ。↓補六八。二八 煤竹染の一種。赤黒い煤竹色に青みの加わったもの。二九 葉や花梗の形を崩して図案化した桐の模様。三〇 中形は型紙の大小をいう。中形の型紙で型置きをし、地染をして模様を白く抜いたもの。三一 場末の家では。三二 いまだに。三三 天人唐草。イヌフグリを模様にしたもの。↓補三六七。三四 見馴れて古くさい。三五 一々事情をうったえての話で納得した。三六 女房が伊勢参りする路銀。「共」は接尾語、卑下を示す。三七 この通りこれだけは差上げる。三八 来年の三月三日の節供前。節供の前日を物前といい、勘定日になっている。三九 清算して。清算すると掛帳から名前が消される。四〇 元禄四年から逆算すると寛文十一年(一六七一)頃から前。四一 同じく天和元年(一六八一)頃から後。四二 元禄初年頃か。次第に世の中が不景気になって来たことが判る。四三 悪質の銀貨。二粒とあるから豆板銀である。↓補九九。四四 品物を先に借りて取込んでおきながら代金を払わないので、こちらは迷惑するが。「物かりながら」は原本のまま、「物うりながら」の誤りか。四五 節季の取立て困難を忘れて。四六 掛売帳。四七 時世時節で万事が変って行く。

一 支払が出来ぬといういいわけ。二 掛取をしまい。三 ここの、前々・中頃・この一両年は、上文の、昔・二十年ばかり以前・十年此かた・近年に対応するものと思われる。寛文以前、寛文末年から延宝年間、元禄初年頃を指していると考えてよい。四 ↓補三六八。五 掛取に歩くことは歩くが。六 ↓補三六九。七 根こそぎにすっかり。八 一方に偏在することを「片ゆき」という。「金が金を儲くる世」の諺のように、資本集中化の傾向がいちじるしくなっていた。九 謡曲杜若「しかれども世の中の、一度は栄え一度は衰ふることはりの」。一〇 横に出るに同じ。↓二三八頁注六。一一 思わぬ以上は何としても。一二 古い売掛金は帳消しにして、最近の分の差引勘定だけをする。少しでも取立てて損失を少くするためである。一三 勘定算用をしまうこと。一四 主人の身になって働く。役に立つ。一五 よい加減に。中途半端に。一六 こまめに立働いて表裏がない。一七 主人。雇主。一八 身分のほどをわきまえて。一九 天から附与せられた本性を自覚して、物欲をほしいままにせぬこと。礼記、楽記「人化レ物也者、滅二天理一而窮二人欲一者也」。二〇 ここは一日に千金を消費する、派手な色里という意。二一 代金を全部受取っても、その一部をまだ受取らぬことにして遣いこむこと。二二 受取った代金を切金(きれがね)や疵金(きずがね)にすりかえること。↓補三七〇。二三 銀貨で受取った掛代金を銭に両替して、銭相場の変動を利用して、その差額を費消して主家へ帰ること。↓補三一六。二四 回収不能の売掛を記入しておく帳面。或は特別にそうした帳面があったのではなく、「死分にして帳を消す」

掛取りにもいろいろの心ざし。手代のわたくし油断すべからず

世《よ》に替《かは》るもおかし。前《まへ》〳〵は[一]ならぬことはりを聞《きゝ》とゞけて、大晦日《おほつごもり》の夜半《よなか》かぎりに[二]仕廻《しまい》、[三]中比《なかごろ》は又夜明方迄《あけがたまで》まはりて、掛乞《かけごい》といへば喧嘩《けんくわ》をせざる家一軒《けん》もなし。[四]此《この》一両年は、更行《ふけゆく》まで[五]あるきはすれど、たがひに声をたてず、ひそかにしまふ事に氣をつけて見るに、ないといふとないに極《きわ》まり、内證《ないしやう》の事が両隣《どなり》へきこえる事もかまはず、[六]「借銭《しやくせん》は大名も肩《おは》せらるゝ浮世《うきよ》、千貫目に首《くび》きられたるためしなし。あつてやらずにおかるゝものか。此《この》大釜《がま》に一歩《ぶ》一ぱいほしや、根《ね》[七]こそげにすます事じや。金銀ほど[八]片行《かたゆき》のするものはない。何としてか銀《かね》にくまれました。[九]一たびは栄《さか》へ」とうたひて、木枕鼓《きまくらつゞみ》にして[一〇]横《よこ》に寐《ね》る男には、何とも取《とつ》て付所《つく》なし。義理《ぎり》外聞《ぐはいぶん》を[一一]思はぬからは埒《らち》のあかぬ事見定《さだ》め、[一二]古掛《ふるがけ》は捨《すて》て當《とう》分《ぶん》のさし引。それをたがひに了簡《りようけん》して、腹《はら》たてずに[一三]しまふ事、人みなかしこき世とぞ成《なり》ける」。

つら〳〵世間《けん》を思ふに、随分《ずいぶん》[一四]身《み》になる手代よりは、愚《おろ》かなる我子《わがこ》がましなり。子細《しさい》は自然《しぜん》とまことあらはれ、銀《かね》集《あつ》まれば皆《みな》わがものとおもふから、[一五]そこ〳〵にさいそくせず、[一六]身の働《はたらき》に私《わたくし》なし。扨《さて》また召《めし》つかひの若《わか》ひ者《もの》、よく〳〵[一七]親《おや》かた大事に思ひ、[一八]身の上《うへ》を覚悟《かくご》して、[一九]天理《てんり》を知《し》ルは各別《かくべつ》、大かたは主《しう》の爲《ため》になるものは稀《まれ》なり。[二〇]一日千金の色所にあそび、十分《ぶん》請取《うけとる》銀《かね》あれば其《その》内に[二一]不足《そく》こしらへ、あるひは小判[二二]のしかけ、又は銀子《(ぎん)す》[二三]請取《(うけとる)》掛《(かけ)》を内へは錢つかふて帰るなど、親かたのたしかにしらぬ賣がけは死帳《しにちやう》[二四]に付捨《(つけ)すて》、さま〲にわたくしする事、いかに氣のつく主《しう》にてもそれ程《(ほど)》にはならぬものぞかし。又小商人《あきんど》の小者《(こもの)》[二五]までも、いそがしき中にかけ[二六]あらましにして、布袋《ほてい》[二七]屋のかるた[二八]一めん買て、道ありき〲八九[二九]どうに心覚へするもの、親かたに徳は付《(つか)》ぬ事也《(なり)》。掛乞《かけごい》にも色〻の心ざし、よきものすくなし。[三〇]人は盗《ぬす》人火は燒木《たき(ぎ)》の始末《しまつ》と、朝夕《(てうせき)》氣を付《(つく)》るが胸《むね》算用の[三一]かんもんなり。

ふるなの忠六失敗の巻。手に取らねば安心出来ぬものは金

爰《(ここ)》に請取普請《(うけとり)ぶしん》[三二]の日用《(ひよう)》[三三]がしらに、ふるなの忠六[三四]といふ男、常にかる口[三五]たゝき、町[三六]の藝者《げいしや》といはれて、月待《(つきまち)》[三七]・日まちに物まね[三八]して、人の氣に入《(いり)》ける。此《(この)》大晦日《(おほつごもり)》しまひかね、さる方へ銀五百目申上《(まうしあぐ)》れば、「やすい事」と請合《(うけあひ)》給へば、夜に入《(いり)》[三九]御見まひ申《(まうし)》、「[四〇]あゝらたのしや、今宵琴《こよひこと》の音《ね》をきけば、年のよらぬ仙家[四一]のこゝち、當地ひろしと申せども、此《(この)》[四二]御内かたならでは外《(ほか)》になし。金銀まん〲として、四方に寶藏《たからぐら》、かくれみのにかくれ笠[四三]、うち出の小槌《づち》[四四]は針口の音、福〲旦那《だんな》」とひろ敷[四五]にかしこまる。「やうありそふなる忠六[四六]、此事《(この)》か」と五百目包《(つつみ)》[四七]なげ出せば、「かたじけなし」と、いはふて[四八]三度おしいたゞき、「[四九]御影《かげ》でとしを鶏《とり》がなく、おいとま申てさらば」とて、門口まで出《(いで)》けるが、ちよこ〲と立《(たち)》帰り、

(二三二頁)と同じく、整理上回収不能分を帳面から抹消することか。二五 丁稚。二六 掛取をよい加減にすまして。二七 京都五条高倉にあったかるた屋(万買物調方記)。俳諧引導集にも「今時のかるた屋、布袋屋・松葉屋・笹屋」とあり、傾城禁短気に「布袋屋の骨牌代一匁二分」という。二八 かるた一揃を一面という。めくりがるたは一より十二まで各四枚ずつ(内、赤札十点一枚、青札五点一枚、すべた無点二枚)計四十八枚。よみがるたは赤札十二枚を除いて三十七枚を用いる。二九 八の札、九の札、十の札で、かるたの裏に目印をして心覚えにするのであろう。三〇 諺「人は盗人火は焼亡《(じょうもう)》」。↓補三七一。人を見たら盗人と思い、火を見れば火事と思うて用心せよという意。ここは、火を見れば竈の下に薪を大くべせぬよう気をつけるが世帯持の心得と続けた。三一 肝文。三二 請負建築。三三 日雇人足の頭。三四 富婁那尊者は釈迦の弟子中第一の雄弁家。おしゃべりのあだ名に用いた。三五 即興的に滑稽な秀句やしゃれをいうこと。三六 町内きっての芸人、芸達者。三七 三日・十七日・二十三日・二十七日の夜、月の出を待って拝むことを月待ちといい、正・五・九月に吉日を選んで日の出を待って拝むことを日待ちという。いずれも当日は祈禱読誦を行い、親戚知人を招いて終夜遊び興じる。三八 物真似芸。三九 御機嫌伺いに出る、人を訪ねること。四〇 以下厄払いの物真似。最初に「ああらめでたや此方の御寿命申さば」とめでたい物尽しをいいたて、最後に「西の海へさらりこきやこう」と鶏の鳴声を真似て結ぶ。四一 琴→仙人。四二 御一家。四三 隠れ蓑に隠れ

「奥《おく》々《(さま)》へ有《(あり)》がたがりましたとよろしくたのみ奉る、腰《こし》元衆」といふ時、中居《い》の[一]きちが、「何と忠六どの、[二]よろこびの折なれば」といふ。「一まひ舞《まひ》ましよ」と、目出たいづくしを長《なが》〳〵といふうちに、北國より[三]重《おも》手代帰りて、「只今《(ただいま)》弐百貫目[四]御くら屋しきへわたすぞ。[五]米は追付《おつつけ》のぼると仕合《(しあはせ)》。かねよ〳〵、けふ奥《おく》にも琴《こと》の小うたの所か、さあ銀《(かね)》のせんさくせよ」といふとき、忠六あがり口に置《(おき)》たる五百目包をとりあげて、「是《(これ)》はたくさんなる銀子《(ぎんす)》、何のために捨置《すておく》事ぞ。[六]高は弐百貫目入《(いる)》ぞ。それほど手前に有《(ある)》かないか、なくば手わけして才覚せよ。かねよ〳〵」と[七]氣をいらちければ、忠六不首尾《ぶしゆび》せんかたもなく、[八]「長居《ながい》はおそれあり」といふて、[九]手ぶりで帰りける。

三　小判は寐姿《ねすがた》の梦《ゆめ》

思うことは必ず夢に見るもの。夢にも身過ぎのこと忘るな

「[一〇]夢《ゆめ》にも身過《すぎ》の事をわするな」と、是《(これ)》長者《ちやうじや》の言葉《ことば》也《(なり)》。[一一]思ふ事をかならず梦《ゆめ》に見るに、うれしき事有《(あり)》、悲《かな》しき時あり、さま〴〵の中に、銀《(かね)》拾《ひろ》ふ夢《ゆめ》はさもしき所有《(あり)》。今の世に[一二]落《おと》する人はなし。それ〴〵に[一三]命《いのち》とおもふて、大事に懸《かく》る事ぞかし。いかな〳〵、[一四]万日廻向《ゑかう》の果《はて》たる場《にわ》にも、[一五]天満祭《てんままつ》りの明《あく》る日も、錢《ぜに》が壱文落《おち》

笠は遁身隠形の用具。鬼ヶ島の鬼の宝物という。四四 打出の小槌も鬼ヶ島の宝物の一。⇩一一八頁注九。四五 台所の上り口。半分を仕切って板の間にしてある。四六 用ありそうな。四七 銀五百目を紙包みにしたもの。上に銀目・包装者の名を記し、改め判がある。四八「祝うて三度」は成句。獲得した幸運を取逃がさぬように三度祈禱する風習の名残。四九 御蔭で年を取ることが出来ます。御意の変らぬうちにお暇いたします。年を取る↓鶏が鳴く↓さらば。謡曲熊野「ただこのままに御暇と、ゆふつけの鳥が鳴く、東路さして行く道の」云々のもじり。

一 吉は中居女(二三一頁注三一)の通名。二 謡曲盛久「殊更これは悦びの折なれば、ただひとさしとの御所望なり」。三 営業上の事務を総理する古参の手代。四 蔵屋敷は、大名・旗本・寺社などが領地の米その他の物産を売りさばくために、大阪・江戸・大津・敦賀・長崎など商業・金融上重要な都市に設置した、倉庫附事務所。留守居役人が常駐し、蔵元・掛屋などの立入町人が販売・会計・金融を受持つ。ここは説話の配列からいって大阪の話で、「北国より帰りて」とあるから、加賀藩蔵屋敷に出入する掛屋が翌年の春の廻米を担保に貸付をするのであろう。五 蔵米は通常秋・冬の間に大阪へ積出されたようだが、加賀藩では翌年の三・四月頃に積出したらしい。六 必要な金額は。七 気をもむ。いらいらする。八 謡曲盛久「長居は恐れありと、罷り申し仕り、退出しける盛久が、心の内ぞゆゆしき」。九 手ぶらで。手に何も持たぬこと。一〇 長者教(寛永四)「ねざめにもあすのわが身を

しあんせよ、いたづらごとをあんじばしすな」。一一 諺。一二 金を落す人はなしの意。一三 為愚癡物語、六、長者山をのぞむ歌「金銀は神や仏よ主きみとおそれ貴みつかふべからず」。一四 一日の参詣が万日の参詣に相当すると称して、特定の日に仏寺で営む法会。浄土宗に多い。一五 ↓二二四頁注六。一六 打捨てて顧みないで。一七 駿河町(中央区日本橋室町一丁目・二丁目)の両替屋の店頭で。江戸惣鹿子名所大全、四「金銀両替や 一、本両替町 一、駿河町 其外所々に有之といふとも、此所より毎日相場立なり」。一八 紙包みにしてない銀貨。丁銀は包み銀にして用いた。一九 両替屋で金銀を扱う際、鹿皮を敷いてその上で取扱った(両替年代記関鍵)。二〇 新直し小判ともいう。通用小判は年々流通の中にすりきれて目方が軽くなるから、足し金をして古小判を新小判に鋳直し、新しく極印を打って金座から両替屋へ廻す(同上)。二一 第一人称単数の代名詞。自分の。二二 紙衾。紙子製の夜着。二三 曙。二四 女房。二五 今日一日の暮しをいかにして立てようか、立てがたいの意。二六 やりくり。二七 此方の人。妻が夫を呼ぶ称。二八 一念凝って、しばし小判となって現れたのだ。二九 今のような貧乏暮しであるならば。三〇 来世における菩提をとりはずして地獄へ落ちるとも。奈落は地獄をいう。三一 ↓二四四頁注一。三二 飯を焚く薪もない。地獄↓釜。三三 牛頭《(ごず)》・馬頭《(めず)》鬼が火の車を持って迎えに来て。三四 生きながら死の恐しさを経験させた。三五 男は夫の意。

夢に見た小判の山。魂を売ってまで欲しいものは金

女房を乳母に出す亭主の無念。金が敵の世の中

てなし。兎角《とかく》我《(わが)》はたらきならでは出る事なし。

さる貧者《ひんじゃ》、世のかせぎは[一六]外《(ほか)》になし、一足《そく》とびに分限《ぶんげん》に成《(なる)》事を思ひ、此《(この)》まへ江戸に有《(あり)》し時、[一七]駿河《するが》町見せに、[一八]裸銀《はだかがね》山のごとくなるを見し事、今にわすれず。「あはれことしのくれに、其銀《(そのかね)》のかたまりほしや。[一九]敷革《しきがは》の上に[二〇]新小判が、[二一]我等が寐姿《ねすがた》程《(ほど)》有《(あり)》し」と、一心《しん》によの事なしに、[二二]紙ぶすまのうへに臥《ふし》ける。比《(ころ)》は十二月晦日《(つごもり)》の[二三]明《(あけ)》ぼのに、[二四]女ぼうはひとり目覚《(めざめ)》て、[二五]「けふの日いかにたてがたし」と、身躰《しんだい》の[二六]取置《(とりおき)》を案《あん》じ、窓《まど》より東あかりのさすかた見れば、何かはしらず小判一《(ひと)》かたまり、「是《(これ)》はしたり〱、天のあたへ」とうれしく、[二七]「こちの人〱」と呼起《よびおこ》しければ、「何ぞ」といふ声の下より、小判は消《きへ》てなかりき。扨《(さて)》も惜《をし》やと悔《くや》み、男に此事《(このこと)》を語《かた》れば、「我《(われ)》江戸で見し金子《(きんす)》、ほしや〱と思ひ込《こみ》し一念、[二八]しばし小判顕《あら》はれしぞ。[二九]今の悲《かな》しさならば、たとへ[三〇]後世《ごせ》は取はづし、ならくへ沈《しづ》むとも、[三一]佐夜《さよ》の中山にありし無間《むげん》のかねをつきてなりとも、先《(まづ)》此世《(このよ)》をたすかりたし。目前《もくぜん》に福人《ふくじん》は極樂《ごくらく》、貧者《ひんじゃ》は地《ち》ごく、[三二]釜《かま》の下へ焼《たく》ものさへあらず。扨《(さて)》も悲《かな》しき年のくれや」と、我と惡心発《あくしんおこ》れば魂《たましい》入《(いれ)》替《かは》り、すこしまどろむうちに、[三三]黒白《(こくびやく)》の鬼《おに》車をとゞろかし、[三四]あの世この世の堺《(さかひ)》を見せける。

女房此《(この)》有《(あり)》さまを猶《なを》なげき、[三五]我《(わが)》男に教訓《けうくん》して、「世に誰《たれ》か百まで生《いき》る人なし。

然《(しか)》ればよしなき願《ねが》ひする事、愚《おろ》かなり。たがひの心替《(かは)》らずば、[一]行末《(ゆくすゑ)》に目出たく年も取《(とる)》べし。わが手前《てまへ》を思《(おぼ)》しめして、さぞ口おしかるべし。されども此《(この)》まゝありては、[二]三人ともに[三]渇命《かつ(めい)》におよべば、ひとりある[四]躮《せがれ》が後《のち》〳〵のためにもよし、末《すゑ》のため奉公の口あるこそ幸《さい》はひなれ。何とぞあれを手にかけてそだて給はゞ、末のたのしみ、捨《すつ》るはむごい事なれば、ひとへに頼《たの》みます」と泪《なみだ》をこぼせば、男《おとこ》の身にしては悲《かな》しく、とかふのことばもなく目をふさぎ、[五]女房皃《かほ》を見ぬ所へ、[六]墨染《すみぞめ》あたりに居《い》る[七]人置《おき》のかゝが、六十あまりの祖母《ばゞ》さまをつれだち來《き》て、「きのふも申《(まうす)》通《とを》り、こなたは[八]乳《ち》ぶくろもよいによつて、[九]がらりに八拾五匁、[一〇]四度《どの》御仕着《しき》せまで。かたじけない事とおもはしやれ。[一一]雲《くも》つくやうな食《めし》たきが、[一二]布迄《ぬのまで》織《(おり)》まして[一三]半季《はんき》が三拾弐匁、何事も乳《ち》のかげじやと思《おも》はしやれ。又こ

一将来。今後。

二夫婦と娘の三人を指す。

三餓え渇いて命が危くなること。

四男児・女児ともに倅(せがれ)という。浪花聞書「中以下にて男女の子共惣領末女の差別なくせがれと云」。ここは女児をいう。高知県土佐郡本山村では、今も娘の子をいう(全国方言辞典)。子供は親の分身だからこの字を用いた。

五女房の顔を。

六今、京都市伏見区墨染町。

七遊女・奉公人の口入をする女。

八乳房。

九すっかり、全部。転じて給銀の全額を前渡しすることをいう(頴)。好色貝合、下「凡色女の給分今はおとろえて、三百目よりは八十匁までのがある也。分て見よいのはかしらに給銀皆取をがらりといふ也」。

一〇四度とは四季ごとに衣服を支給せられるをいう。↓補六八。

一一大女の飯焚き女。大女は給銀も高い。織五ノ二「一番女房の大所の勝手にあふ者きう銀四十五匁から五十目に極めて置しに、ことしは四十目をかしらにして次第にさがりて」。

一二飯焚のかたわら木綿機まで織って。

一三三月と九月の出替り時を基準にして半年をいう。

一四 今、京都市伏見区京町。一丁目から北へ十丁目まである。北を上という。

一五 ワコさまとも。良家の男子の幼児をいう。

一六 雇主の六十あまりの老母を指す。あなたは第三人称代名詞。

一七 乳母奉公は通常一年契約で、雇入れの時奉公人から請状を出す。これを「手形を極める」という。↓補三七二。

一八 すばやく。

一九 口入周旋の手数料は給銀の十分の一に定まっていた。世界は世間の意。↓五〇頁注五。

二〇 銀包みの上書。銀貨は秤量貨幣であるから、包銀の数量を改めて上書しておく。ここは豆板銀ばかり三十七箇、計八十五匁あるという意味である。

二一 一厘の相違もなくたしかに受取って。

二二 泣きはらして顔を真赤にして。赤面とは必ずしも恥じる体ではない。

二三 娘の名。

二四 小児語で母親をいう言葉。

二五 正月十六日は奉公人の藪入りの日。

二六 諺。

なたがいやなれば、[一四]京町の上《(かみ)》にも見立《(みたて)》て置《(おき)》ました。けふの事なれば、またといふ事はならぬ」と云《(いふ)》。内義きげんよく、「何をいたしますも、身をたすかるためで御《(ご)》ざります。大事の[一五]若子《わかご》さまを預りましても、何と御座りましよ。私《わたくし》はなる程《ほど》御奉公《ほうこう》の望《のぞみ》」といへば、男《おとこ》には物をいはず、「すこしもはやく[一六]あなたへ」と、となりの硯《すゞり》かつて來《き》て、[一七]一年《ねん》の手形《てがた》を極《きは》め、殘らず銀《(かね)》渡《わた》して、彼《かの》かゝ[一八]手ばしかく、「後《のち》といふも同じ事、是《(これ)》は[一九]世界《せかい》が此通《とを》りの御定《さだめ》」と、[二〇]八拾五匁数《かず》三十七と書付《(かきつけ)》のある内、八匁五分[二一]りんと取て、「さあおうばどの、身ごしらへまでない事」とつれ行《(ゆく)》時《とき》、男も泪《なみだ》、女は[二二]赤面《せきめん》して、[二三]「おまんさらばよ。[二四]かゝは旦那《だんな》さまへ行《(ゆき)》て、[二五]正月に來《き》てあふぞよ」といひ捨《すて》て、何やら兩隣《りようどなり》へ頼みて又泣《なき》ける。人置《おき》は心づよく、[二六]「親《おや》はなけれど子はそだつ。うちころしても、死《しな》

女房は金にかえぬ男の意地。死のうとまの年の暮

一御亭主さまの略。お亭とも。亭主を御亭というのが女らしい言葉づかいとせられていた。二良家の妻または隠居の老母、もしくは後家をいう。ここは雇主の六十あまりの老母を指す。↓補三七三。三諺「銀がかたきの浮世」。何事も金のせいで、恨むならば金を仇と思えという意。四無常を観ずるともいう。世をはかなむこと。五親からの財産分け。六大福茶。正月の祝儀に若水で茶を煮、塩漬の小梅を入れて飲む。七新玉の。春の枕言葉。八暦の中段に正月の行事として「ひめはじめによし」と注してある。「ひめはじめ」を飛馬始め(馬の乗初め)・火水始め(姫粥を焚いて年中の吉凶を占う)とする説があるが、俗間では姫始め(夫婦の交りを始める日)と解していた。九羹箸。雑煮《ぞう》《に》箸。柳の太箸を用いる。箸は一膳・二膳と数える。一〇米の粉。滑飴《しる》《あめ》を加えて甘味をつけ、火にかけて焚き返し、母乳の代用に乳児に吸わせる。↓補三七四。一一地黄煎。滑飴をいう。麦のもやし又は米の胚芽の粉を焚いて練る。もとは地黄の汁を合せて練った。補虚益気の効があるという。一二頤。一三我と我身の不甲斐なさに腹を立てて。一四奉公先の御主人。一五女性。ここは人妻の意ではない。一六おなくなりになった先方の奥様。一七ほんとに。一八古来陰暦十月を神無月といい、諸神出雲の大社に集り、十一月一日に神還りするという俗伝がある。出雲では十月を神有月という。一九出雲国杵築大社。今、島根県簸川郡大社町

ぬものは死《しに》ませせぬぞ。[一]御亭《ごてい》さま、さらば」とばかりに出て行《ゆく》。[二]此《この》かみ〻《さま》世を観《くはん》じ、「我孫《わがまご》のふびんなも、人の子の乳《ち》ばなれしはかはゆや」と見帰《かへ》り給へば、「それは[三]銀《かね》がかたき、あの娘《むすめ》は死《しに》次第」と、其《その》母おやがきくもかまはずつれ行《ゆき》ける。

程《ほど》なふ大晦日《おほつごもり》の暮がたに、此《この》男[四]無常発《むじやうおこ》り、「我《われ》大分の[五]ゆづり物を取《とり》ながら、胸算用《むねざんよう》のあしきゆへ、江戸を立《たち》のき、伏見《ふしみ》の里に住《すみ》けるも、女房共が情《なさけ》ゆへぞかし。[六]大ぶくばかりいわふて成《なり》とも、[七]あら玉の春に[八]ふたりあふこそ楽《たの》しみなれ。心ざしのあはれや、[九]かんばし二ぜん買置《かいおき》しが」、棚《たな》のはしに見えけるを取《とり》て、「一ぜんはいらぬ正月よ」と、へし折《をり》て鍋《なべ》の下へぞ焼《たき》ける。夜ふけて、此《この》子泣《なき》やまねば、となりのかゝたちといよりて、[一〇]摺粉《すりこ》に[一一]ぢわうせん入《いれ》て焼《たき》かへし、竹の管《くだ》にて飲《のま》す事をおしへ、「はや一日の間《ま》に、思ひなしか、[一二]おとがいがやせた」といふ。此《この》男、「扨《さて》も是非《ぜひ》なし」と[一三]心腹《ばら》立《たつ》て、手に持《もつ》たる火ばしを庭へなげける。「お亭《てい》さまはいとしや、お内義〻《さま》は果報《くはほう》。[一四]さきの旦那《だんな》殿が、きれいなる[一五]女房をつかふ事がすきじや。ことに、此中《このぢゆう》[一六]おはてなされた奥〻《さま》に似《に》た所がある。[一七]本《ほん》に、うしろつきのしほらしき所が其《その》まゝ」といへば、此《この》男聞《きき》もあへず、「寂《さい》前《ぜん》の銀《かね》は其《その》まゝあり。それをきいてからは、たとへ命がはて次第」と、かけ出

し行《(ゆき)》て、女ぼう取《(とり)》返して、泪《(なみだ)》で年を取《(とり)》ける。

四　神さへ御目違ひ

[一八]諸國《しよこく》の神〳〵、毎年《まいねん》十月[一九]出雲《いづも》の大社《(おほ)やし》ろに集《あつま》り給ひて、[二〇]氏安全《たみあんせん》の相談《さうだん》あそばし、國《くに》〳〵への[二一]年徳《としとく》の神極《ぎは》め、春の事どもを取《(とり)》いそぎ給ふに、京・江戸・大坂[二二]三ケ《が》の津《つ》への[二三]とし神は、中にも徳のそなはりしをゑらみ出し、奈良《なら》・堺《さかい》へも老功《ろうこう》の神達《かみたち》、又長崎《ながさき》・大津・伏見、それ〴〵に神役《じんやく》わけて、さて[二四]一國一城《じやう》の所、あるひは船着《ふなつき》・[二五]山市《さんし》、[二六]はんじやうの里〳〵を見たて、其外《(そのほか)》[二七]都にはるかに嶋住《しまずみ》・[二八]ひさしのひとつ屋までも、餅《もち》つきて松たつる門《かど》に、春の[二九]いたらんといふ事なし。しかし[三〇]年徳《とく》も上方《かみがた》へは面《めん》〳〵に望《のぞ》み、田舎《いなか》の正月は嫌《きら》い給ふぞかし。[三一]いづれふたつ取《どり》には、萬《よろづ》につけて都の事は各別《かくべつ》也《(なり)》。世の[三二]月日の暮るゝ事、流《なが》るゝ水のごとし。程《(ほど)》なく[三三]年波《としなみ》打《(うち)》よせて、[三四]極月《(ごくげつ)》の末にぞ成《(なり)》ける。

されば泉州《せんしう》の堺《さかい》は、[三五]朝夕《(てうせき)》身の上大事にかけ、胸筭用にゆだんなく、万事の商《しやう》賣《ばい》うちばにかまへ、表面《おもてむき》は格子作《かうしづく》りに、[三六]しまふた屋と見せて、[三七]內證《ないしやう》を奥ぶかふ、[三八]年中《ねんぢう》入《(いり)》帳《ちやう》の銀高《(かねだか)》[三九]つもりて、世帯《せたい》まかなふ事也《(なり)》。たとへば、娘の子持《もつ》ては、[四〇]疱《ほう》

にある。祭神大已貴命ほか五柱。二〇 氏は民の草体の誤り。二一 諸国派遣の年徳神を選むこと、所拠不明。年徳の神↓二〇八頁注一五。二二↓一八七頁注一三。二三 年徳神に同じ。二四 三ケの津以下は幕府直轄地、所司代・奉行を派遣して町人の自治を監督せしめている。これに対して大名統治の城下町をいった。元和元年七月の武家諸法度第六条によって一国一城の制度が確立せられ、諸侯の領内に居城以外に城を構えることが禁ぜられた。二五 山間部の都会。二六 繁昌。二七 都から遠く離れた島人の住居や海辺の漁家までも。二八 片流れにした庇《(ひさし)》を片庇といい、賤家のたとえにする。ここは海辺の漁家をいう。二九「いたらん」は至らぬの意。大阪では現在でも打消のヌをンと発音する。三〇 年徳神。三一 どうせどちらかを選ぶならば。二つの中一つを選ぶことを「二つ取り」という。三二↓永五ノ二・六ノ四。水の流れを一昼夜に七十五里と算出し、日月の流れの早いことに喩える。三三↓一四五頁注三四。三四 十二月。三五 日常。三六 仕舞うた屋。しもた屋ともいう。商売を営まず、多くの家作を持ち、その家賃の収入で裕福に暮す町人。表構えは揚見世作りでなく格子作りになっているので、これをしもた屋作りともいう。↓補六五。三七 内部は奥深く部屋数も多い。三八 一年中の諸入費の明細を記した帳簿。三九 計算して。四〇 諺に「疱瘡はみめ定め、はしかは命定め」という。容貌によって幸福が左右せられる女の子の将来を決定すると考えられていた。

年徳の神極め。神様も上方の正月がお好き

堺のしもた屋暮し。世渡り上手の内福

瘡《そう》して後形《かたち》を見極《きわ》め、[一]十人並《なみ》に人が[二]ましう、[三]當世《とうせい》女房に生《うま》れ付《(つく)》と思へば、はや三歳《さい》・五歳《さい》より、毎年に[四]娌入《よみ(いり)》衣装《いしやう》をこしらへける。又形《かたち》おもはしからぬ娘《むすめ》は、おとこ只《(ただ)》は請《(うけ)》とらぬ事を分別《ふんべつ》して、[五]敷銀を心當《あて》に、[六]りがし商なひ事外《(ほか)》にいたし置《(おき)》、縁付《あんづき》の時分さのみ[七]大義《(たいぎ)》になきやうに、覚悟《かくご》よろしき仕《し》かたなり。是《(これ)》によつて、棟《むね》に棟次第にたちつゞき、[八]こけら葺《ぶき》の屋ねもそこねぬうちに[九]さし枋《ぐれ》したり、柱《はしら》も朽《くち》ぬ時より石《いし》で根《ね》つぎをして、軒《のき》の銅《あかゞね》樋《どい》数年《すねん》心がけて、[一〇]徳《とく》を見すましていたせし。[一一]手紬《てつむぎ》の不断着《ふだんぎ》、立居《たちい》せはしからねば、是《(これ)》きるゝ事なく、[一二]風俗《ふうぞく》しとやかに見へて、[一三]身の勝手《かつて》よし。[一四]諸道具代ゝ持《(もち)》傳《つた》えければ、[一五]年わすれの茶《ちゃ》の湯《ゆ》振舞《ぶるまひ》、世間《せけん》へは[一六]花車《(きやしや)》に聞えて、さのみ物の入るにもあらず、年〳〵世渡りをかしこうしつけたる所なり。よきくらしの人さへかくあれば、まして身《しん》

一 ↓二二五頁注一八。
二 人並に。
三 当世向きの容姿をした女の意。一代女、一ノ三「当世顔はすこし丸く、色は薄花桜にして、面道具の四つふそくなく揃へて、目は細きを好まず、眉あつく、鼻の間せはしからず次第高に、口ちいさく、歯なみあらあらとして白く、耳長みあつて縁あさく」云々。
四 振仮名「よみ」は「よめ」の誤り。
五 持参金。敷銀をつくる心づもりで。↓永一ノ五。
六 利貸し商売。金融業。
七 大儀。やっかいなこと、おっくうなこと。特に金のいることにいう。
八 柿葺。マキ・ヒノキ・サワラなどの薄板で庇屋根を葺く。こけら葺の屋根は十年で腐る。
九 榑木《(くれぎ)》をさしかえること。尾張・飛驒産のサワラ材を榑木という。(枋はマユミ。原本枌(白ニレ)にも見える)。
一〇 銅樋は竹樋やマキの堀樋にくらべて堅牢で徳であるが、ここは「数年心がけて」とあるから、銅の値段の安い時に作らせたのであろう。
一一 手織の紬。永一ノ四「商人のよき絹きたるも見ぐるし。紬はおのれにそなはりて見よげなり」。
一二 風采。とりなり。
一三 経済的である。
一四 茶の湯の道具。永六ノ三「此津は長者のかくれ里、根のしれぬ大金持其数をしらず。殊更名物の諸道具・から物・唐織、先祖より五代このかた買置して、内蔵におさめ置人も有」。
一五 歳末に客を招いて茶会をし年の逝くを惜しむ。茶の懐石は上品に見えて簡素だから物入りも少い。

一六 華奢。上品で風雅なこと。
一七 十露盤を枕にして。
一八 財産が増えるか減るか、その結果が判る総決算の大晦日。寝る→伸び縮み。金が増えることを伸びるという。
一九 地碓に対して、地中に臼を埋めずに台をつけた碓をいう。
二〇 大唐米(だいとうまい)。早稲で小粒、色赤く味も悪いが、炊くと倍に増えるから徳用とせられた。
二一 秋の紅葉。栬は祖芮の切、音錐、小杙の意。俗間紅葉の意に用いる。
二二 春三月桜時分に獲れる鯛をいう。紅葉→桜。特に堺の沖で獲れるものを前の魚といって珍重した。
二三 大阪の近海で獲れた魚を大阪で集荷して、夜の間に京都へ急送した。これを魚荷といい、同時に飛脚便をも兼ねた。↓補三七五。
二四 鯔(なよし)の小さいもの。泥を好んで食う性があるので少し泥臭い。堺の江鮒の鮓は有名。
二五 京都では真鰹を珍重して、膾・鮓・粕漬にして用いた。
二六 海岸に近い所で獲れる小魚。堺では鮮微魚(よりもの)と称して、夏の食膳を賑わす。
二七 諺。暗し→大晦日。
二八 見世構え。

神様のお目違い。見せかけばかり内証のからくり

二九 恵方棚。↓二一二頁注二四。
三〇 他の年徳の神と。
三一 どういう風に節季をしまって正月を祝うことであろうかと。
三二 再々。度々。
三三 無駄足を踏ませてお気の毒でなりません。

体《だい》かるき家〳〵は、そろ[一七]ばん枕《まくら》に、寐た間ものび[一八]ちゞみの大節季を忘《わす》るゝ事もなく、臺碓《からうす》[一九]の赤米《あかごめ》[二〇]を栬《もみぢ》[二一]の秋と詠《なか》め、目のまへの櫻鯛《さくらだい》[二二]は、見たがる京の者《もの》に見せよと、毎夜魚《うを》[二三]荷にのぼし、客《きやく》なしには、江鮒《えふな》[二四]も土《つち》くさいとて買《かは》ぬ所ぞかし。山ばかりの京[二五]には眞鰹《まながつほ》も喰《くい》、海《うみ》近き爰《ここ》には礒《いそ》[二六]ものにて埒《らち》を明《あけ》ける。

惣じての事燈臺《とうだい》[二七]元くらし。大晦日の夜のけしき、大かたに見せ付[二八]のよき商人《あきんど》の宿へ、年徳の神の役《やく》なれば、案内《あんない》なしに正月仕《し》にはいつて見れば、え方棚《ゑほうだな》[二九]は鈎《つり》ながら、ともし火もあげず、何とやら物さびしく、氣味《きみ》のあしき内なれども、爰《ここ》と見立《たて》入《いり》ければ、又外《ほか》の家《いへ》に行《ゆき》て相宿《あいやど》[三〇]もうれしからず。何[三一]といわゐけるぞと、しばらくやうすを見しに、門《かど》の戸のなるたびに、女房《にうぼう》びく〳〵して、「まだ帰られませぬ。さい〳〵[三二]足[三三]をひかせましてかなしう御座る」と、いづれにも、

一 曙。
二 助松。紀州街道の宿場。今、大阪府泉大津市に合併。助松への途中、街道の松並木で追剝にあった。
三 逃の俗字。

四 気色。様子。
五 革袋。金袋。
六 田舎も不景気で。詰まるは金に詰まること。
七 大晦日の支払に手段を弄する家。
八 詐欺。
九 衣服・調度類を納めておく室。
一〇 →二四四頁注三。
一一 中山道の宿場。今、岐阜県不破郡関ヶ原町になる。

一二 元日に雑煮餅を祝うのが恆例であるが、それが出来かねて、白の飯を焚くのである。
一三 神饌を供えるへぎ板の膳。→補二五六。
一四 正月三ヶ日は朝の雑煮の祝と同様、夕飯も節献立で祝う。これを夕節祝という。

同じことはりいひて帰しける。程《(ほど)》なく夜半《やはん》も過《(すぎ)》、[一]明《(あけ)》ぼのになれば、掛乞《かけごひ》ども爰《(ここ)》に集《あつ》まり、「亭主《ていしゅ》はまだか〳〵」と、おそろしき声《こゑ》を立《たつ》る所へ、でつち大息《いき》つぎて帰り、「旦那《だんな》殿はすけ松[二]の中程《(ほど)》にて、大男が四五人して松の中へ引込《こみ》、「命が惜《をし》くば」といふ声を聞捨《(きき)ずて》にして、迯《にげ》[三]て帰りました」といふ。内義おどろき、「おのれ、主《しう》のころさるゝに、男と生《うま》れて淺間《あさま》しや」と泣《なき》出せば、かけ乞《ごひ》とり〳〵出て行《(ゆく)》。夜はしらりと明《(あけ)》ける。此《(この)》女房、人帰りし跡《あと》にて、さのみなげく[四]けしきなし。時にでつち、ふところより袋《ふくろ》[五]なげ出し、「在郷《ざいごう》[六]もつまりまして、やう〳〵と銀三十五匁錢六百取《(とつ)》てまいつた」といふ。まことに、手だて[七]する家につかはれければ、内のものまでも衒《かたり》[八]同前になりける。亭主《ていしゅ》は納戸《なんど》[九]のすみに隠《かく》れゐて、因果《いんぐは》[一〇]物がたりの書物くり返し〳〵讀《よみ》つゞけて、美濃《みの》の國不破《ふわ》[一一]の宿《しゅく》にて、貧《ひん》なる浪人《らうにん》の年を取《(とり)》かね、妻子《さいし》さし殺《ころ》したる所、ことに哀《あは》れに悲《かな》しく、「いづれ死《しに》もしさうなるもの」と、我身につまされ、人しれず泣《なき》けるが、「掛乞《かけごひ》はみな了《りやう》簡《けん》していにました」といふこゑに、すこし心定《さだ》まりて、ふるひ〳〵立出《(たちいで)》、「さて〳〵けふ一日に年をよらせし」と、悔《くや》みて帰らぬ事をなげき、余所《よそ》には雑煮《ざうに》をいはふ時分に、米買《かい》、燒木《たき(ぎ)》とゝのへ、元日も常《つね》[一二]の食《めし》たきて、やう〳〵二日の朝《あさ》、雑煮して佛《ほとけ》にも神へも進じ、「此《(この)》家の嘉例《かれい》にて、もはや十年ばかりも、元日を二日に祝《いわ》ひます。[一三]神の折敷《おしき》が古くとも、堪忍《かんにん》をなされ」とて、[一四]夕めしなしにすましける。

神の目にも、是程《これほど》の貧家《ひんか》とはしらず、[一五]三ケ日の立事《たつ》を待《まち》かね、四日に此《この》家を立出《たち》で、[一六]今宮の恵美酒《ゑびす》殿へ尋入《たづねいり》、「さても〳〵、見かけによらぬ、悲《かな》しき宿の正月をいたした」と、うき物語あそばしければ、「こなたも[一七]年こしをしてこしめす程にもない事哉《かな》。人のうちの見たて、[一八]めしあはせの戸の[一九]白からず、内義が[二〇]下女のきげん取《とり》て、疊《たゝみ》のへりのきれたる家にては、年をとらぬもので御ざる。廣《ひろ》ひ堺中《さかいぢう》で、かゝる貧者《ひんじや》は四五人の所へ、[二一]不仕合《ふしあはせ》の神棚《だな》。[二二]われは世界《せかい》の商人《あきんど》が心ざしの酒と掛鯛《かけだい》にて、口を直《なを》して出雲《いづも》の國へ帰らせ給へ」と、馳走《ちそう》して留《とめ》させられしを、[二三]十日ゑびすの朝とく參詣《さんけい》したる人、[二四]内陣《ないじん》のおものがたりを聞《きき》て帰りける。神にさへ此《この》ごとく、貧福《ひんぷく》のさかいあれば、況《いはんや》人間《にんげん》の身の上、定《さだ》めがたきうき世なれば、定まりし[二五]家職《かしよく》に油斷《ゆだん》なく、一《ひと》とせに一度《ど》の[二六]年神《としがみ》に、不自由《ふじゆ》を見せぬやうにかせぐべし。

一五　正月、元日より三日までをいう。この三日間福の神を家から出さぬ呪に、民家門戸をとざす(日次紀事)。

一六　摂津国西成郡今宮村(今、大阪市浪速区恵美須町)にある恵比須神社。西宮の恵比須を勧請したので今宮という。

神にも貧福の相違あり。まして人間は

一七　年徳の神として方々の家で年越しをして年月を送っていられるのにも似合わぬという意。

一八　両方から引寄せて閉めるようになっている戸。

一九　塵埃がたまって掃除のゆきとどいていないさま。

二〇　給金も仕着せも与えられぬから。

二一　不幸な神様という意。

二二　自分は諸方の商人からの寄進の酒と掛鯛で仕合せな年を迎えたから、あなたもその酒と掛鯛で口直しをして、出雲の国へ帰り給えという意。正月九日宵戎に、信者から神酒と掛鯛(六三頁注四六)を奉納する(町方歳中行事抄)。信者は商人や色町筋が多いが、特に堂島(米)・雑喉場(海魚)・靫(乾物)・天満(青物)各市場商人の信仰が篤い。

二三　正月九日を宵戎、十日を本戎また十日戎、十一日を残り福と称して、今宮恵比須の祭日になっている。特に早朝の参詣には福徳があるという。

二四　神社または寺院で、本殿もしくは本堂の最奥の、神体または本尊を奉安してある所をいう。今宮の恵比須は俗に聾戎といい、本殿の裏に廻って羽目板を叩いて「参りました」と声をかける俗信がある。

二五　家業。

二六　年徳神。

繪入

世間胸算用

大晦日は一日千金

四

胸《むね》算《ざん》用《よう》　巻四

大晦日は一日千金

目録

一　京都八坂神社の削り掛けの神事の奇習。

二　年末に正月の晴着の料として、衣服を親戚・朋友・召使などに贈ること。

三　重い物を運搬する四輪車。車体を低く作る。京都で地車、大阪ではべか車という。

四　隠居の財産に属する金。

五　正月三ケ日の間、土間に囲炉裏をきり、筵を敷き、奉公人や出入りの者などが打寄って大福茶を祝い、餅を焼き酒を飲んで遊ぶ風習があった。奈良では除夜の風習であったらしい。↓補三七六。

六　奈良の晒布問屋は掛売代金の集金の都合上、蔵方への手形決済を正月五日の初市にする慣習があった。

七　鯡(にしん)の子を胞のまま乾したもの。奈良は山国であるから、大阪方面から仕入れる。

三　一亭主《ていしゅ》の入替《いれかは》り

二下り舟の乗合嘶《ばなし》

分別《ふんべつ》してひとり機嫌《きげん》

四　三長崎《ながさき》の柱餅《はしらもち》

四礼扇子《れいあふぎ》は明《あく》る事なし

小見せものはしれた五孔雀《くじやく》

一借金取り撃退の新案。

二伏見から大阪へ下る淀川の乗合船。

三餅つきの最後の一臼分を大黒柱に打ちつけて練り上げて餅にする。長崎では宝袋の形にした柱餅を片木に載せて大黒柱に飾る風習が残っていた。→補三七七。

四年始の礼に年玉として配る扇子。祝儀の物で実用にならないので、もらっても箱を明けて見ることもしない。

五孔雀はすでに寛永頃から京都四条河原で見世物にせられ、その後江戸の堺町、大阪の道頓堀の各地でもしばしば見世物となり、もはや珍しくはなくなっていたが、いつも人気があった(朝倉無声、見世物研究)。

六武蔵国豊島郡王子村(今、東京都北区王子町)の王子稲荷境内の装束榎の下へ、大晦日の夜半関八州の狐が集って狐火をともす。それによって明年の豊凶を占うとて、社内に参籠する者が多い。七正月十日の摂津国武庫郡西宮村(今、兵庫県西宮市)の夷社の神事に、九日の早朝から夜中にかけて村民は戸を閉じて家に籠る風習があった。これを居籠りまた忌籠りという。古くは大晦日の夜行われた(神道名目類聚抄)。八豊前国門司関(今、門司市門司町)の和布刈神社、一名早鞆明神の神事。除夜過ぎて丑の刻に神主が海中に入って和布を一鎌刈りとって神前に供える。その時海水左右に分れて海底まで道が続くという。九 最近まで奥丹波では大晦日に嫁入りの風習があった。一〇 報恩経に死者の霊は十二月晦日の午刻に来て元日の卯刻に帰るといい、平安朝時代までは一般に大晦日に行われていたが、室町時代には僅かに関東地方にその風が遺っていたという。一一 仏に供える線香と花。一二 →一一一頁注一。一三 おがらを魂祭の供饌の箸に用いる。神の折敷は年取りの用意、おがらの箸は魂迎えの用意。一四 盂蘭盆経に基いて七月十四日の夜精霊を迎え、十五日に祀る。我国では斉明天皇の三年から始まった。一五 今、天王寺区生玉町の生国魂神社。大阪の産土神で、九月九日はその秋祭。この日は重陽の節供であるから、民家でも膾・焼物を作って祝う。特に祭の料理をする必要もない。一六 失費。一七 山城国愛宕郡八坂郷(今、京都市東山区八坂町)の祇園社、今、八坂神社という。一八 大晦日。一九 削掛の神事、また白朮(おけら)祭とも。大晦日の夜子刻から社前の外の灯火をみな吹き消し、丑刻から拝殿で誦経、東西の欄に立てかけた削掛の木各六本を同時に焼きたて、その煙のなびく方向によって丹波国(西)・近江国(東)の豊凶を占う。削掛は八九寸の木を削りかけにしたもの、参詣人はこの火を火縄に移して家に帰り、元日の雑煮を煮る。この夜暗い境内で参詣人が悪口をいいあうこと、本文の通り。二〇 清水山から阿弥陀ケ峰につづく東山の麓一帯をいい、清水寺から西大谷へ通ずる道に墓地があった。二一 おのれ。人を罵っていう。二二 人を誘拐し売買した者、また人売を同宿させ、口入をした者も同罪で、いずれも磔刑に処せられた。請は請人、身許保証人の意。

大晦日の祭礼行事。祇園の削りかけ悪口祭

一　闇《やみ》の夜のわる口

所《ところ》のならはしとて、[六]関東《くはんとう》に定め置《おき》て、大晦日《おほつごもり》に祭《まつ》り有《あり》。津の國[七]西の宮の居籠《いごも》り、豊前《ぶぜん》の國は[八]やともの和布《め》刈《かり》、又[九]丹波のおく山家《が》に縁《えん》付《つき》をする里有《あり》。むかしは年[一〇]のくれに灵祭《たままつ》りして、いそがしき片手に[一一]香《かう》ばなをとゝのへ、[一二]神の折敷《おしき》と[一三]麻《あさ》がらの箸《はし》と、取《とり》まぜてのせはしさに、其《その》ころのかしこき人、極樂《ごくらく》へことはりなしに、[一四]七月十四日に替《かへ》ける。今の智《ち》恵ならば、春秋の彼岸《ひがん》のうちに祭るべし。末〳〵の世まで、何ほど徳の行《ゆく》事もしれがたし。[一五]大坂生玉《いくたま》のまつり九月九日に定め置《おか》れ、幸《さい》はひ家《いへ》〳〵に膾焼《なますやき》ものもする日なり。我人《われひと》の祝義《しうぎ》なれば、客人《きやくじん》とてもあらず。年《とし》〳〵に此《この》徳つもりて大分の事ぞかし。氏《うぢ》子の[一六]耗《ついへ》をかんがへ、神も胸筭用にてかくはあそばし置《おか》れし。

又[一七]都の祇薗殿《ぎおんどの》に、[一八]大年《おほどし》の[一九]夜けづりかけの神事とて、諸《しよ》人詣《もう》でける。神前のともし火くらふしてたがひに人皃《がほ》の見えぬとき、参りの老若男女《らうにやくなんによ》左右にたちわかれ、悪《わる》口のさま〳〵云《いひ》がちに、それは〳〵腹《はら》かゝへる事也。「おのれはな、三ケ日の内に餅《もち》が喉《のど》につまつて、[二〇]鳥部野《とりべの》へ葬礼《さうれい》するわいやい」。「[二一]おどれは又、[二二]人

一 今、東山区粟田口町。三条白川橋の東に当時刑場があった。
二 磔刑に処せられる者は、後向きに馬に乗せられ、町々を引廻された上、刑場に引かれる。
三 罪業深い者を牛頭馬頭が地獄から火の車で迎えに来るという。→二五五頁注三三。
四 香の物は漬物。鬼の食い物になる。
五 町内の自身番に雇われ、夜警その他の雑役をする者。番太郎といい、一種の賤民であった。
六 大黒。女犯を戒める僧侶仲間で、子(寝)祭一種の思わくという洒落で、梵妻の隠語に使用。
七 挾箱を持つのは仲間の役、ここは子分・手下の意。
八 堕胎専門の女医者。度々御触が出て商売を禁じられている。
九 脚布。京都以外の近畿地方では湯具という。→一九八頁注四。
一〇 口かしましくの訛。口やかましゅう。
一一 そこなるの略。そこに居る。
一二 布子は木綿の綿入。正月着物に布子を新調した者と同じように、人なみな口をきくなという意。
一三 推量に。

賣《うり》の請《うけ》でな、同罪《どうざい》に粟田口《あはた》[一]へ馬[二]にのつて行《(ゆく)》わいやい」。「おのれが女房はな、元日に氣がちがふて、子を井戸へはめおるぞ」。「おのれはな、火[三]の車《くるま》でつれにきてな、鬼《おに》[四]のかうのものになりをるわい」。「おのれが父《とゝ》は町[五]の番太《ばんた》をしたやつじや」。「おのれがかゝは寺《てら》の大[六]こくのはてじや」。「おのれが弟《おとゝ》は、衒云《かたりいゝ》の[七]挾箱《はさみばこ》もちじや」。「おのれが伯母《おば》は子[八]おろし屋をしをるわい」。「おのれが姉《あね》は襠《きやふ》[九]せずに味曾買《かい》に行《(ゆく)》とて、道でころびをるわいやい」。いづれ口[一〇]がましう、何やかや取《(とり)》まぜていふ事つきず。中にも廿七八なる若《わか》ひ男、人にすぐれて口拍《ひやう》子よく、何

人出ても云《(いひ)》すくめられ、後には相手になるものなし。時にひだりの方の松の木の陰《かげ》より、「[一一]そこなおとこよ、正月[一二]布子《ぬのこ》したものとおなじやうに、口をきくな。見れば此《(この)》寒《さむ》きに、綿《わた》入着ずに何を申《(まうす)》ぞ」と、[一三]すいりように云《(いひ)》

一四 急所にこたえて。
一五 いかに体裁をつくっても、事実の前には反駁する余地もなく、我ながら恥かしく思われる。
一六 諺「足もとの明いうち」。闇↓明い。
一七 諺「稼ぐに追いつく貧乏なし」。
一八 以下祇園参りの下向道での参詣人の会話。
一九 京都では鞍馬の奥僧正谷の美曾路池附近の穴に棲む藍婆・総主の二鬼であるという(塵添壒囊抄・雍州府志)。
二〇 世間が不景気になった話。「すぼる」は「すぼむ」に同じ。
二一 八坂神社の西門を出て西へ行くと四条通、三条通はそれから北へ四筋目東西の道筋。
二二 へ形の下に星点三つある紋のついた提灯。
二三 車は地車(二六七頁注三)をいう。振仮名原本のママ。最後の「ゝ」は「う」の第二劃が欠けたものか。
二四 世間でないないというが、ある所にあるものは金銀だという意。万の文反古、一ノ三「今の世金がかねをもうける時になりぬ…ない所には壱匁ない物は銀なり」。
ないないといえどあるものは金。ある所には石瓦の如し
二五 下文の親旦那が隠居するについて、譲るべき財産から隠居分の財産を留保した中から、さらに寺参り金という名目で自分の妻(隠居の婆)の財産を分けておいたのである。
二六 正しくはメイレキと読む。承応四年四月十三日に改元、明暦元年となる。元禄五年から三十七年前。蔵に納めた年月を銀箱に書きつけてあるのである。

けるに、自然《しぜん》と此《(この)》男が[一四]肝《きも》にこたへ、返《かへ》す言葉《ことば》もなくて、大勢《ぜい》の中へかくれて、一度にどつと笑《はら》はれける。是《(これ)》をおもふに、人の身のうへに[一五]まことほど恥《はづ》かしきものはなし。とかく大晦日《(おほつごもり)》の闇《やみ》を、[一六]足もとの赤《あか》ひうちから合点《がてん》して、[一七]かせぐに追付貧方《おいつくびんぼう》なし。

[一八]「さても花の都ながら、此《(この)》金銀はどこへ行《(ゆき)》たる事ぞ」。「年〳〵[一九]節分《せつぶん》の鬼《おに》が取《(とつ)》て帰るもので御座ろ。ことに我等は、近年銀《(かね)》と中たがひして、箱に入《(いり)》たるかほを見ませぬ」と、[二〇]世のすぼりたる物がたりして、[二一]三条通りを帰れば、[二二]山がたに三星《ぼし》の紋《もん》ぢやうちん六ッとぼして、[二三]車三輌《りやう》に銀箱《(かねばこ)》をつみ、手代らしきもの二人跡につきて、咄《はなし》して行《(ゆく)》をきけば、「[二四]世界《せかい》にない〳〵といへど、有《(ある)》ものは金銀じや。此《(この)》銀子《(ぎんす)》は『[二五]隠居《いんきよ》の祖母《ばゝ》への寺《てら》参り銀《(がね)》』とて、親旦那が分置《(わけおか)》れ、[二六]明暦元年《めうれきぐはん》

の四月に藏入《くら(いれ)》して、又取出《(とりだ)》すは今晩、此《(この)》銀箱が世間を久しぶりにて見て、[一]氣のつきを晴《(はら)》すべし。おもへば此銀《(このかね)》は、うつくしき娘《むすめ》を[二]うまれ〱出家にしたやうなものじやは。一生人手にわたりてよい事にもあはず、後は[三]寺のものになる程《(ほど)》に」と大笑《わら》ひして、「けふ此銀《(このかね)》を出す次而《ついで》に、[四]向ひ屋敷の[五]内ぐらを見れば、[六]寛《くはん》永《ゑい》年中の書付《(かきつけ)》の箱ばかりも山のごとし。一代にあのごとくたまるものかよ。惣《(そう)》じて世上《(せじやう)》の分限《ぶんげん》、[七]第一しはき名を取て、[八]何ぞいちもつなふては、冨貴《ふうき》には成《(なり)》がたきに、[九]我等が旦那は、万事[一〇]大名風《(だいみやうふう)》にして、一代栄花《ゑいぐは》にくらし、[一一]其上《(その)うへ》の此仕合《(このしあはせ)》、[一二]そなはりし福人《ふくじん》。されば今迄《いまゝで》は[一三]惣領《そうりよう》どのに隠居《いんきよ》したまへども、二男《なん》の家[一四]をもたれければ、又氣を替《(かへ)》てそこへの隠居の望《のぞ》み。何事も御心まかせにとて、霜月はじめごろより萬《よろづ》の道具をはこび、けふ此銀《(このかね)》がうち[一五]どめなり。[一六]面屋《おもや》よりわかり[一七]て、隠居付《いんきよづき》の女十一人、猫《ねこ》も七ひき、乗物《のりもの》にのりて人並《なみ》に越《こさ》[一八]れし。此《(この)》廿一日に例年《れいねん》の[一九]衣《きぬ》くばりとて、一門《もん》中・下人ども、かれこれ集《あつ》めて男《おとこ》小袖四十八、女小袖五十一、[二〇]小だち・中だちの小袖廿七、合《(あは)》して百弐十六[二一]笹《さゝ》屋にて調《とゝ》のへ、それ〲に給はりける。此《(この)》小袖代をもてば、商《あきな》ひの元手《もとで》があるぞ。又若旦那《わかだんな》よりは、きのふも「[二二]初芝居《はつしばい》がならぬ」といふて、さる[二三]太夫が[二四]機嫌《きげん》を見合《(みあはせ)》なげきしに、金子《(きんす)》五百兩かし下さるゝ。[二五]京の廣《ひろ》ひ事をしらぬゆへ、掛乞《かけごい》が[二六]百錢《(ひやくぜに)》を[二七]よみける。我

一 気の尽き。退屈。金銀に精あって久しく退蔵するとうめくという。 二 生れるとすぐに。 三 隠居の老母が死ぬと祠堂銀として寺へ上げるだろうから。 四 本家と道を隔てて控屋敷があったのであろう。 五 内蔵。→三六頁注一五。 六 元禄五年からは少くとも五十年ほど前になる。 七 何よりもまず吝嗇の評判を立てられるほどに、始末を専らにして。 八 何か胸中に一つのもくろみがなくては。 九 隠居した親旦那を指す。この「我等」は第一人称複数の代名詞。 一〇 お大名のように大気で物にこせこせしないこと。 一一 まだその上にこれだけの財産があるのは。 一二 それに備わった、腹からの福徳長者だ。 一三 家名または家督を相続すべき子。嫡男相続制になってからは長男をいう。下文の若旦那がそれ。 一四 妻帯して分家したことをいう。 一五 打留め。最後。 一六 分家・別家に対して本家をいう。 一七 分れて。 一八 引越された。 一九 →四八頁注一七。 二〇 小裁・中裁いずれも大人用の衣服の本裁に対していい、小裁は四五歳まで(一つ身裁・三つ身裁)、中裁はそれより上十五歳まで(四つ身裁・前襟裁)の子供用の衣服の裁ち方をいう。 二一 京都室町附近の呉服所に笹屋半四郎(室町三条上ル)・同半左衛門(室町御池)・同半兵衛(室町三条上ル)・同新十郎(三条桝屋町)の名が見えるが(万買物調方記)、そのいずれか不明。 二二 顔見世終って後、年内に二の替り狂言の初日を出して一旦休場、正月二日芝居初め、江戸の曾我狂言に対して上方では名題に傾城の二字を加えて正月興行をする。 二三 一座の立女形《(たてお)》をいう。衣装が出来ないので初芝居にも出られぬと愁訴したのであろう。 二四 若旦那の御機嫌のよい時を見はからって。 二五 広い京都にはこういうお家もあることを知らずに、掛

〱が見て此《(この)》かた、旦那兄弟[二八]金銀手にもたれたる事なし。まして我《(わが)》[二九]分限《ぶんげん》の高をしられず、九人の手代まかせなり」と語りつゞけて、大きなる屋作《づく》りに入《(いり)》て、「御隠居《いんきよ》様のお銀《かね》がまいりました」と、内ぐらに納《おさ》めける。

此《(この)》家の[三〇]年男《としおとこ》、神〱へ灯火《ともし》あげて後《のち》、[三一]「お銀ぐらへも灯明《とうみやう》」と申せば、旦那指《ゆび》さして笑《わら》ひ、「さても初心《しよしん》な年男どの、藏《くら》に灯明《とうみやう》などゝいふは、纔《わづ》か千貫目の事也。二十五六も灯明とぼすか」と申されし。さても人分有銀《(だいぶんあるかね)》と、此《(この)》家をうらやましく見るうちに、方〱より大分《(だいぶん)》の銀箱《(かねばこ)》[三二]廣庭《ひろには》につみかさね、[三三]兩替の手代らしきものども手をつかへ、此《(この)》家の[三四]おも手代にさま〲きげんをとり、「何とぞ此銀子《(このぎんす)》ども御くらへおさめ申《(まうし)》たき」といへば、「例年《れいねん》中渡《(まうしわた)》し、御ぞんじのごとく、大晦日の[三五]七ッさがり候へば、銀子《(ぎんす)》いづかたから参りてもうけとり申さぬと、かね〲申《(まうし)》わたし置《(おき)》しに、夜に入《(いり)》て此《(この)》はした銀《(がね)》、[三六]事やかまし」といひてうけとらぬを、色〱わびごと[三七]追匠《ついしやう》いひて、三口合《(あは)》して六百七拾貫目渡して、[三八]請《(うけ)》とり手形《がた》おしいたゞきて立帰《(たちかへ)》る。もはや御藏《くら》はしめけるとて、[三九]大がまのうしろにかさね置《(おき)》ける。此銀《(このかね)》は[四〇]庭にて年をとりける。まことに石かはらのごとし。

取りに来た商人がはした銭を一々数えて受取っているのは滑稽だ。　二六 銭九十六文を銭緡(ぜにさし)に通して、これを百銭・百緡といった。これを九六百といい、正確に百文繋ぐのを丁百という。　二七 数える。志不可起、三「カゾユル をよむト云」。

二八 二代男、六ノ四によい衆・分限者・銀持を区別して「又分限といふは、所に人もゆるして、商売はやめず、其家の風を、手代にさばかせ、其身は諸事をかまはぬなるべし」。　二九 富裕の程度。財産の総額。　三〇 節分または新年の諸儀式を勤める男。多くは一家を支配する者が若水汲み・豆打ち・灯明などの役を勤める。　三一 千貫目以上の長者は、その分限に応じて内蔵に常灯明をともしておく風習があった。↓補一二。

三二 庭は土間の意。見世の広土間。　三三 両替屋も大資本の背景を必要としたので、親両替に遊金を預けて、他日の手形振出しなどの取引に備えたのであろう。或はここは両替屋が大名貸に金を預けて、資金を運転してもらうためかも知れない。　三四 重手代。↓二五四頁注三。　三五 午後四時頃以後になれば。　三六 面倒だ。　三七 追従。　三八 受取証文。　三九 大竈。大世帯の家では普通の竈(竈口五つ・八つ)の外に、別に大竈を土間に作り、蓋の上に荒神の松を飾ってある。　四〇 ここは前の見世庭に対して台所庭を指す。

一 ここは堺から奈良へ魚の行商に通うのである。堺では北郷の柳之浜町、南郷の紺屋町に魚市が立ったが、特に柳之浜町の市は「たこ市」と呼ばれて、大和方面へ泉州だこを直送するので有名であった。

鮹売八助改め足きり八助の由来

二 一品。一種。

三 得意先も出来て。

四 家族三人の口を養うこと。

五 今まで一度も。

六 諺。食べるだけで精いっぱい。

七 元日もやっと雑煮を祝うた程度だ。

八 土火桶。桐火桶の形に似て、蓋のある手焙り火鉢。奈良の土細工の一つ。老人の保温・防寒に喜ばれる。

九 売買の仲介をして儲ける金。手数料。

一〇 産婆。

一一 あわただしい時。

一二 念仏信者の寄合。毎月当番の家に集って念仏を勤め、掛銭を積立て、会食や葬式の費用にあてた。ここは講員が各〻死んだ時の用意に白装束や経帷子を作るために、行商のついでに奈良曝布の買入れを頼んだのである。

一三 死んでくれたらよい、そしたら目までくりぬいてやろうというので、食欲非道の譬。

一四 二十四五年前そもそも奈良通いを始めた時から今に至るまで。

一五 外国は知らず日本の国では、たこの足は八本に極っているのに。

一六 誰一人としてこの足の不足に気づく者もなく、それをよいことにして売っていた。

一七 今、大阪府松原市。奈良街道に沿う。奈良より堺へ十一里、郡山・竜田村・亀瀬峠・国分

二　奈良の庭竈

むかしから今に、同じ顔《かほ》を見るこそおかしき世の中、此《(この)》二十四五年も、[一]奈良《なら》がよひする肴屋《さかな》有《(あり)》けるが、行《(ゆく)》たびに只《(ただ)》[二]一色《(ひといろ)》にきわめて、鮹《たこ》より外に賣《うる》事なし。後には人も鮹賣《たこうり》の八助とて、見しらぬ人もなく、それ〳〵に[三]商《あきな》ひの道付《(つき)》て、ゆるりと[四]三人口を過《すぎ》ける。されども大晦日《(おほつごもり)》に錢五百もつて、[五]終《つい》に年を取《(とり)》たる事なし。[六]口喰《くう》て一盃《ばい》に、[七]雑煑《ざうに》いはふた分《ぶん》なり。此《(この)》男、つね〳〵世わたりに油斷《ゆだん》せず、ひとりある母親《はゝおや》のたのまれて、[八]火桶買《おけか》ふて來《く》るにも、はや[九]間錢《あいせん》取《(とり)》て只《(ただ)》は通さず。まして他人《たにん》の事には、[一〇]とりあげ祖母呼《ばゞよん》で來《き》てやる[一一]けはしき時も、茶《ちや》づけ食《(めし)》を喰《くは》ずにはゆかぬものなり。いかに欲《よく》の世にすめばとて、[一二]念佛講中間《ねぶつかうなかま》の布《ぬの》に利《り》をとるなどは、まことに[一三]死《しね》がな目くじろの男なり。是程《(これほど)》にしてもあのざまなれば、天のとがめの道理《どうり》ぞかし。[一四]そも〳〵奈らにかよふ時より今に、[一五]鮹《たこ》の足《あし》は日本國《にほんごく》が八本に極《きわ》まりたるものを、一本づゝ切《(きつ)》て足七本にしてうれども、[一六]誰《たれ》か是《(これ)》に氣のつかぬ事にて賣《(うり)》ける。其《(その)》あしばかりを、[一七]松ばらの煑《に》うり屋にさだまつて買《かう》もの有《(あり)》。さりとはおそろしの人ごゝろぞかし。

[一八]物には七十五度とて、かならずあらは[一九]るゝ時節《じせつ》あり。過《(すぎ)》つる年のくれに、あ

し二本づゝ切《きり》て、六本にして、[二〇]いそがしまぎれに賣《うり》けるに、これもせんさくする人なく、賣《うつ》て通《とを》りけるに、[二一]手貝《てがい》の町の中ほどに、表《おもて》に[二二]ひし垣《がき》したる内より呼《よび》込《こみ》、[二三]鮹《たこ》二盃《はい》うつて出る時、[二四]法躰《ほつたい》したる親仁《おやぢ》ぢろりと見て、碁《ご》を打《うち》さして立出《たちいで》、「何とやら[二五]すそのかれたる鮹《たこ》」と、あしのたらぬを吟味《ぎんみ》仕出《し》し、「是《これ》はどこの海よりあがる鮹《たこ》ぞ。足六本づゝは、神代《じんだい》此《この》かた、何の書《しよ》にも見えず。ふびんや、今まで奈良中のものが、[二六]一盃《ばい》くうたであらふ。魚屋、[二七]㒵《かほ》見しつた」といへば、「こなたのやうなる、大晦日《おほつごもり》に碁《ご》をうつてゐる所ではうらぬ」と、[二八]いひぶんしてぞ帰りける。其《その》のち、誰《た》が沙汰《さた》するともなく世間《せけん》にしれて、さるほどに[二九]せまい所は、角《すみ》からすみまで、[三〇]「足きり八すけ」といひふらして、一生の身過《みすぎ》のとまる事、これおのれがこゝろからなり。

奈良の大晦日風景

されば[三一]大どしの夜の有《あり》さまも、京大坂よりは各別《かくべつ》しづかにして、よろづの買《かひ》がゝりも、[三二]有《ある》ほどは随分《ずいぶん》すまし、「[三三]此節季《このせつき》にはならぬ」とことはりいへば、掛《かけ》とり聞《きき》とゞけて、二《ふた》たび來《く》る事なく、[三四]さし引四ッ切《ぎり》に奈良中が仕舞《しまふ》て、はや正月の心、[三五]いゑ／＼に[三六]庭いろりとて、釜《かま》かけて、焼火《たき》して、庭に敷《しき》ものして、その家内《かない》、旦那《だんな》も下人《げにん》もひとつに[三七]樂居《らくゐ》して、不斷《ふだん》の居間《いま》は明置《あけおき》て、所ならはしとて、[三八]輪《わ》に入《いれ》たる丸餅《もち》を[三九]庭火にて焼喰《やきくう》も、いやしからず[四〇]ふくさなり。さてまた、

村を経て松原村に出で、堺に入る(奈良曝)。
一八 物には限りがあるという譬。
一九 悪事はかならず露顕する時がある。
二〇 年末多忙の折につけこんで。
二一 奈良東大寺輾磑(てがい)門(俗称景清門)西方の旅籠屋町。
二二 菱垣。竹を菱形に結うた垣。
二三 たこは一杯・二杯と数える。
二四 隠居のおやじ。隠居すると頭を丸める。俗に禅門という。
二五 裾の方が物淋しい。足が二本不足しているから。
二六 だまされたことであろう。蛸↓一盃食う。
二七 顔を覚えたぞ。喧嘩した時、復讐或は告訴の意志のあることを暗示して、相手を威嚇する言葉。
二八 いいがかりをつけて。理窟をこねて。
二九 狭い奈良のこととて。
三〇 慶安四年正月の触に、雁・鴨の肉を取ったり、鮟鱇の肝を抜いたり、魚の子を取ったり、手くろうして売るまじき事を触れている。魚屋にはこうした不正がよく行われていたと見える。
三一 大年。大晦日。
三二 金のあるだけは勘定をすまして。
三三 残りはこの節季には支払うことが出来ぬ。
三四 差引の勘定は午後十時限りで打切って。
三五 家々。
三六 庭囲炉裏。庭竈ともいう。↓二六七頁注五。
三七 正座の反対。自由な姿勢で坐ること。
三八 形が崩れぬように、餅に竹の輪を入れる。↓補二七八。
三九 庭囲炉裏の火。
四〇 福さ。福々しそうな、裕かなさま。

都の外の[一]宿《しゆく》の者《もの》といふ男ども、[二]大乗院《じやういん》御門跡《もんぜき》の家來《けらい》因幡《いなば》といへる人の許《もと》にて、[三]例《れい》にまかせて祝《いは》ひはじめ、「冨《とみ》〳〵、冨《とみ》〳〵」といひて町中をかけ廻れば、家ごとに餅《もち》に錢《ぜに》そへてとらせける。是《これ》を思ふに、大坂などにて厄《やく》はらひに同じ。漸《やう》〳〵夜も明《あけ》がたの元日に、[四]「たはらむかへ〳〵」と賣《うり》けるは、板《はん》にをしたる大こくどのなり。二日の明ぼのに、「惠美酒《ゑびす》むかへ」と賣《うり》ける。三日の明《あけ》がたに、「びしやもんむかへ」とうりける。[五]元日の礼儀《れいぎ》、世間の事はさし置《おき》て、先《まづ》[六]春日《かすが》大明神へ参詣《さんけい》いたすに、一家《け》一門《もん》、する〴〵の親類《しんるい》までも引《ひき》つれて、ざゞめきける。此《この》とき、一門のひろきほど、外聞《ぐはいぶん》に見えける。何國《いづく》にても、冨貴人《ふうきじん》こそうらやましけれ。

商賣《しやうばい》の[七]さらし布《ぬの》は、[八]年《ねん》中《ちう》京都の呉服《ごふく》屋にかけうりて、代銀は毎年[九]大ぐれ

晒布の銀は手に合わぬ追剝。隠し銀と見たは数の子

一奈良では北の町外れの奈良坂村の賤民を称した。平城坊目考、三に、春日王第一王子浄人の後裔で、奈良における抹香・歯朶・立松などの売買を独占し、「亦先年除夜毎富々と云者、当郷より出、三綱福智院因州宅に集会し、而後南京町小路を徘徊すと。今此沙汰不レ聞」という。

二もと禅定寺といい元興寺の門跡であったが、後興福寺の門跡となり、一乗院門跡と交替で興福寺を支配した。当時の門跡は前大僧正信雅、知行九百十四石。因幡はその坊官佐々因幡。福地院町に住し三綱の役を勤めた（奈良曝）。

三元日早暁、宿の者先ず大乗院坊官因幡法眼の門を敲いて祝儀を唱え、酒食を受けてそれから奈良の町を廻るのが例になっていた（日次紀事）。↓前引平城坊目考。

四俵迎え。大黒天を迎える意で、京阪の若夷に似ている。奈良では毎年吉野の村民が来て、元日に弁財天、二日毘沙門天、三日恵比須の順に、紙に摺った福神の札を売り歩いたという（日次紀事）。本書の記事と順序がやや異なっているが、恐らく西鶴の実見であろう。

五奈良では、元日は戸を閉じて往来せず、二日から年礼を勤める習俗であった（平城坊目考）。

六今、奈良市春日野町にある春日神社。藤原氏の氏神で、奈良の産土神である。

七奈良晒は奈良の名産で、その売買を仲介する晒布問屋には「富貴人」が多かった。慶長以来の古問屋で公儀御用の晒布を納める問屋は二十四軒あり、織屋・晒屋（蔵方）から生布または晒布を生布仲買や牙婆（すぁい）の手を通じて集め、諸国の商人に買入れ・晒しの世話をし、その代金を

に取《(とり)》あつめて、[一〇]京を大晦日《(おほつごもり)》の夜半《よなか》から、我《われ》先に仕舞《しまひ》次第に、[一一]たいまつとぼしつれて、南都《なんと》に入《(いり)》こむさらしの銀、何千貫目といふ限《かぎ》りもなし。すでに奈良へ帰れば、皆《(みな)》〱夜あけになれば、金銀くらにうちこみ置《(おき)》、[一二]正月五日より、たがひにとりやりのさし引する事、例年なり。此銀荷《(この)かねに》を心がけて、大和《やまと》の片里にしのびてすみける素浪人《すらうにん》ども、年とりかぬる事のかなしさに、[一三]いのちを捨《すて》て、四人内談《ないだん》して[一四]追剝《おいはぎ》に出《(いで)》しに、みな三十貫目、又は五拾貫目の[一五]人分《(だいぶん)》にて、のぞみほどのはした銀《(がね)》なければ、それかこれかと見合《(みあは)》すれども、終《つい》に酒手《さかて》と云《(いひ)》かねて、此《(この)》道かへてくらがり[一六]峠《とうげ》に出て、大坂よりの帰りをまちぶせし所に、[一七]小おとこのかたげたる菰《こも》づゝみを、「[一八]心にくし。おもきものをかるう見せたるは、隠《かく》し銀《がね》にきわまる所」とて、おさへて取《(とつ)》て、にげされば、此男《(この)》こゑを立て、「明日《あす》の御用には、とても立《(たつ)》まい〱」と申《(まう)》す。時に、四人してあけて見れば、[一九]かずのこなり。是《(これ)》は〱。

三　亭主の入替《(いれかは)》り

[二〇]年の波伏見《なみふしみ》の濱《はま》にうちよせて、水の音《おと》さへせはしき[二一]十二月廿九日の夜の[二二]下り

大晦日の夜の下り船。乗合の身の上話人さまざま

一時引受けることもした。
八 京都の呉服所・染物屋などは大きな得意先である。掛金の決済はだいたい七月払いと十二月払いの二度であったらしい(奈良曝布古今俚諺集)。
九 大晦日。
一〇 我先に仕舞次第に、京を立って。
一一 松明。
一二 正月五日は奈良晒の初市の立つ日。晒問屋と蔵方間の決済は五月節供前・七月盆前・十二月晦日の三度であるが、京都の集金の関係上大晦日の決済を初市に持越したのであろう。
一三 追剝をすれば死罪に処せられる。それを覚悟で。
一四 追剝。
一五 大分の金。巨額の金。
一六 暗峠。奈良県生駒郡生駒町から大阪府枚岡市へ越える生駒山の峠。奈良下三条口から大阪玉造口に至る奈良街道の難所。
一七 小男。
一八 どうもあやしい。
一九 数の子。→二六七頁注七。
二〇 年の暮を惜しむ古歌に歳月を年波にたとえたものが多い。
二一 宇治川が分れて伏見の町に入り堀川に合流するあたり、川岸を浜と名づける。京橋も南浜と北浜の中間に架する。
二二 夜の下り舟は四つ(午後八時頃)から九つ(午前零時)まである(人倫訓蒙図彙)。

一 春知り顔。
二 抜けめはありません。女在は如在の草体から誤る。
三 伏見京橋町。伏見の船着場で、淀川乗合船もこの浜から発着する。
四 平日の。
五 遊里や遊女に関する世間話。
六 何々の物語と称して、曲節なく早口に息もつかずに語る座頭の芸。↓補三七九。
七 幸若舞。舞々ともいう。当時女舞や大頭(だいがしら)などの一派が流行した。
八 思い出したように口癖に念仏を唱えること。
九 正月正月といって待ってみたところで、何もよいことはない。
一〇 水茶屋に対して色茶屋をいう。茶屋女をお山とも山衆ともいった。京都では石垣町・祇園・清水附近に多く、お山茶屋では投節などがよく歌われた(茶屋諸分調方記)。投節↓補三五八。
一一 間の手。投節の間の手は特に複雑でむつかしい。
一二 いい気になって頭を振って歌っている。
一三 今、京都市伏見区淀町の北、宇治川に架した橋。長さ七十六間。木津川の淀大橋に対していう。
一四 橋下を船が上下するために、中央の橋桁の間を特に大きく取ってあった。そして終夜の航行の便に、水路標識として大間の橋桁に鉄製の行灯を吊ってあった。これを水行灯という。

船、旅人《りよじん》つねよりいそぐ心に乗合《のりあひ》て、「やれ出せ〳〵」と、声〳〵にわめけば、船頭《せんどう》も[一]春しりがほにて、「われも人も、けふとあすとの日なれば、何がさて[二]女《じよ》在《さい》は御座らぬ」と、頓《やが》て纜《ともづな》ときて、[三]京橋《ばし》をさげける。[四]不断《ふだん》の下り船には、[五]世間の色ばなし・小うた・浄瑠《じようる》り・[六]はや物がたり、謡《うたひ》に[七]舞《まひ》に役者《やくしや》のまね、ひとりも口たゝかぬはなかりしに、今宵《こよひ》にかぎりてものしづかに、折〳〵[八]思ひ出し念佛《ねぶつ》、又は、「長《なが》ふもないうき世、[九]正月〳〵と待《(まつ)》てから、死ぬるを待《(まつ)》ばかり」と、世をうらみたる云分《いひぶん》。其《(その)》ほかの人〳〵は寐《ね》入《(いり)》もせず、みなはらだちそふなる顔《かほ》つ

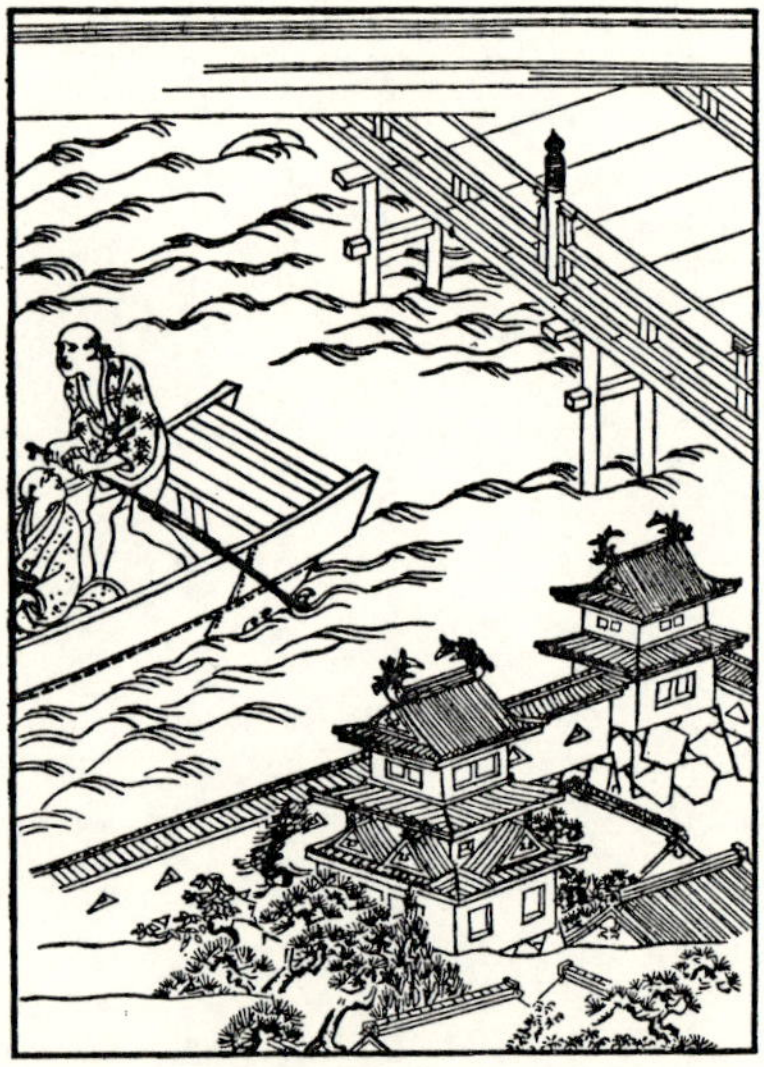

きなるに、人の手代らしき男が、[一〇]おやま茶屋《ちや》でうたひならひしなげぶしを、息《いき》の根《ね》のつゞくほどはりあげて、[一一]あいの手を口三《さ》味《み》線《せん》の無拍子《ぶひようし》に、[一二]頭《ず》をふり廻《まは》してつらにくし。程《(ほど)》なふ[一三]淀《よど》の小ばしになれば、[一四]大間《ま》の行燈《あんどう》目あて

に、船[一五]を艫《とも》より逆下《さかくだ》しにせし時、分別《ふんべつ》らしき人目をさまして、「あれ〳〵、あれを見たがよい。人みなあの水車[一六]のごとく、昼《ちう》夜《や》年中油断《ゆだん》なくかせぎければ、大節季《ぜつき》の胸筭用違《ちが》ふ事なきに、不断《ふだん》は手[一七]をあそばして、足[一八]もとから

鳥のたつやうに、ば[一九]たくさとはたらきてから、何の甲斐《かひ》なし」と、我ひとり智《ち》恵有顔《ゑありがほ》にいひける。船中の人〳〵耳をすまして、「是《(これ)》尤《(もつとも)》」と聞《(きき)》ける中に、兵[二〇]《ひやう》庫《ご》の旅籠《はたご》屋町《まち》の者乗合《のりあひ》けるが、「只今《(ただいま)》のお言葉にて、われらが身の上の事に思ひあたりました。浦住居《ずまい》の徳《とく》には、生肴[二一]《なまざかな》のつかみどりの商賣《しやうばい》して、世わたり樂《らく》〳〵としてから、毎年の仕舞[二二]《しまひ》には少《(すこし)》づゝたらず。此《(この)》十四五年も迷惑《めいわく》して、大[二三]津に母方の姨[二四]《おば》有《(あり)》けるが、わづか七拾目か八拾目か、百目より内の御無心申《(まう)》せしに、年〳〵の事にて、姨《おば》もた[二五]いくついたされて、「當[二六]くれの合力[二七]《(かふりよく)》はならぬ」といひ

一五 淀の小橋・天満橋附近は水勢が急なために、船を廻して艫から尻下りに下る。橋脚に衝突せぬためである。これを艫下げという(三十石夜船便覧)。→補三八〇。

一六 淀の城内へ水を引入れるために、城の外郭に設けられた大水車。二台あって、車の直径八間、周囲二十八間。「淀の河瀬の水車」「淀の与惣右の水車」など歌にうたわれている。

一七 手をこまぬいて遊んでいて。

一八 諺。あわて騒ぐさま。

一九 ばたばたと働いたところで。

二〇 西国街道に沿うた小広町・神明町・逆瀬川町・東西柳原町(今、神戸市兵庫区)附近が旅籠屋町であった。

二一 生魚をつかみ取りのぼろい商売。

二二 年末の仕舞勘定。

二三 滋賀県大津市。

二四 母の姉妹をいう(字彙)。

二五 退屈する。飽き飽きして。

二六 当暮。当年の暮。

二七 金銭・物品を与えて助けること。カフ(コウ)と清んで読む。

切られ、置《(おい)》たものを取《(とつ)》て來るやうなる心あて違へば、里に帰りてから、年の取《(とり)》やうなし」とかたる。又ひとりの男は、[一]「さしわたして弟《おとゝ》をつれて、此《(この)》たび[二]四条の役者《やくしや》に近付《(ちかづき)》ありて、是《(これ)》をたのみにして、[三]藝子《げいこ》に出して[四]前銀《まへ(がね)》かりて、此《(この)》節季《せつき》を仕舞ふ心がけにてのぼりけるに、おもひのほかなる事は、我《(わが)》弟ながら、かたちも人にすぐれて、[五]太夫子《(たいふこ)》にもなるべきものと思ひしに、[六]「耳すこしちゐさくて、[七]本子《ほんこ》には仕たてがたし」とうけとらねば、是非《ぜひ》なくつれて帰る。さて〳〵世間《せけん》に人もあるものかな、十一、二、三の[八]若衆《わかしゆ》下地《ぢ》の子どもの、隨分《ずいぶん》〳〵色品《しな》よきを、毎日二十人三十人つれきたりて、[九]人置《(ひとおき)》がさゝやくをきけば、[一〇]牢人《(らうにん)》の子もあり、醫者《いしや》の子も有《(あり)》。さのみ[一一]筋目《すじ》もいやしからぬ人なれども、ことしのくれを仕舞《(しまひ)》かね、奉公に出せしに、[一二]十年切《(きつ)》て、錢《ぜに》壱貫から三十目までにて、好《すき》なる子共取《(とり)》ける。色の白き事、かしこき事、上方者《かみがた》にはとても及びがたし。[一三]つかひ銀《(がね)》を損《そん》して帰る」と語《かた》りける。又ひとりの男は、「親の代より持傳《もちつた》へし[一四]日蓮《にちれん》上人自筆《じひつ》の曼茶羅《まんだら》を、かね〳〵[一五]宇治《うぢ》に望《のぞ》みの人ありて、「金銀何程《(ほど)》成《(なり)》とも」と申《(まう)》されしに、其《(その)》ときは[一六]賣《(うり)》おしく、當《(たう)》くれ手前さしつまり、はる〳〵うりはらひに參りしに、此《(この)》人いかなるゆへにや、分別替《(かは)》りて淨土宗《じやうどしう》になられければ、此《(この)》[一七]名号《みやうがう》手にもとられず、[一八]思ひ入《(いれ)》ちがひまして迷惑《めいわく》いたすなり。外に當所《あてど》もなければ、

一 人置を頼むまでもなく直接に。
二 京都四条河原の役者。役者は俳優だけでなく、囃子方などをも含めていう。それぞれの家に若衆を抱えて、芸を仕込む一方、客の相手に出したりした。
三 歌舞伎若衆。舞台に立って芸能をする少年の意。
四 給金を前借すること。
五 歌舞伎若衆の中で、将来立女形《(たておやま)》にもなるべき者。
六 当時は俳優としての技芸よりも容色に重きが置かれていたので、将来俳優に仕立てる若衆の吟味は厳重で、禿を選むのと変らなかった。秘伝書、下品の事に「きくらげ耳・汁耳」を挙げて、「右十三がでうのうち、一ツありても太夫になりがたし」。
七 芸子・舞台子に同じ。陰間に対していう。
八 歌舞伎若衆に成り得る素質のある少年。
九 奉公人の口入紹介を業とする者。
一〇 ここは武士の浪人を指す。
一一 氏種姓。
一二 十年の年季奉公の契約をして。年季奉公は十年が原則。
一三 道中の費用。
一四 日蓮宗では十界曼荼羅を本尊と崇め、中央に南無妙法蓮華経の六字を題し、周囲に十界の形相または仏名を記してある。日蓮上人自筆の曼荼羅は高価なものであった(譚海)。
一五 今、京都府下宇治市。宇治には禁裏・幕府御用の茶師十一軒があった。
一六 売るのが惜しくて。
一七 阿弥陀仏の称号。十界曼荼羅には十界の身相の仏名が書いてある。
一八 思惑。見込み。

小面憎い小歌機嫌の男。大晦日は亭主の入替りですます合点

[一九]宿へ帰りてから借銭乞《(こひ)》にせがまれ、其《(その)》相手になる事もむつかしければ、[二〇]大坂よりすぐに高野《かうや》[二一]参りの心ざしを、見通《どを》[二二]しの弘法《こうぼう》大師《し》、さぞおかしかるべし」。又ひとりの男は、[二三]「春のべの米を、京の織物《おりもの》屋中間へ毎年のくれに借《かし》入《(いれ)》の肝煎《きもいり》して、此《(この)》[二四]間銀《あいぎん》を取《(とり)》、定《さだ》まつて緩《ゆる》〳〵と節季《せつき》を仕舞《(しまひ)》けるが、[二五]壱石につき四十五匁の相場《さうば》の米を、三月晦日切《(つごもりぎり)》にして五十八匁に定め、年〳〵借《かし》けるに、諸職《しよく》人内談《ないだん》して、「壱石に十三匁の利銀三ケ月に出す事は、いかにしてもむごき仕かけ、年は何やうにもとられ次第、[二六]此《(この)》米借《かる》な」ど言合《いゝあは》せ、折角《せつかく》[二七]鳥羽《とば》までつみのぼしたる米を、其《(その)》まゝに預けて帰る」といふ。船中《せんちう》の身のうへ物がたり、いづれを聞《(きき)》てもおもひのなきはひとりもなし。

[二八]此《(この)》舟の人〳〵、我家《(わが)》ありながら、大晦日《(おほつごもり)》に内にゐらるゝは有《(ある)》まじ。常《つね》とはかはり、我人《(われひと)》いそがしき中なれば、人の所へもたづねがたし。昼《ひる》のうちは、寺社《じしや》の絵馬《ゑんま》[二九]も見てくらしけるが、夜に入《(いり)》て行《(ゆき)》所なし。是《(これ)》によつて、大分の借銭《しやくせん》負《おい》たる人は、[三〇]五節季《せつき》の隠《かく》れ家《が》に、心やすき妾《てかけ》をかくまへ置《(おき)》けるといふ。それは[三一]手前もふりまはしもなる人の事、貧者《ひんじや》のならぬ事ぞかし。「宵《よひ》から小うたきげんの人、定《さだ》めて内證《ないしやう》ゆるりと仕舞《しまひ》おかれしや、[三二]うら山しや」とたづねければ、此《(この)》おとこ大笑《わら》ひして、「皆〳〵は大晦日《(おほつごもり)》に、[三三]我人《(われひと)》のためになり、内にゐる仕出しを、

一九 我家へ帰ったところで。 二〇 うるさいから。

二一 高野山金剛峰寺(今、和歌山県伊都郡高野町)へ参詣すること。弘法大師の開基で古義真言宗の総本山。奥の院に弘法大師の廟がある。

二二 他人の心中を見抜く神通力の所有者。千里眼。

二三 春延べの米。延米とは現米を借り入れて、すぐにこれを現金化して融通し、米代の支払を何ケ月か延ばしてもらう方法で、年末に借米して支払を春三月まで延期するのを春延米という。ここは京都西陣の織物屋仲間が原糸の買入れ、織工の給与のために資金調達の方法として行ったのである。↓補三八一。 二四 手数料。口銭。

二五 天和三年・貞享二年の米価、米百俵に付銀一貫五百匁(日本米価変動史)。三俵で一石一斗として、だいたい一石が四十五匁になる。この話はいつ頃のことかよく判らない。

二六 「此米借るな」と。「と」の濁点は誤り。

二七 今、京都市南区上鳥羽と伏見区下鳥羽に分れる。西国米を大阪から水路鳥羽まで運び、鳥羽からは陸路京都まで運送する計画であったのであろう。鳥羽は牛車による貨物輸送の中心地であった。

二八 以下、作者の観察。 二九 エマの訛。

三〇 年中五度の支払勘定日。三月三日・五月五日・七月十六日・九月九日それぞれの前日、および十二月晦日。

三一 一家の経済のやりくりも、金の融通も何とか出来る人。振廻し。

三二 羨しや。

三三 自分のためにも人のためにもなって、しかも自分は逃げ隠れしないで済む工夫。

いまだ御ぞんじなさそふな。此《(この)》二三年入替《(いれかは)》りといふ事を分別《ふんべつ》して、これにてらちをあけける。たがひにねんごろなる亭主《ていしゆ》、入替《(いれかは)》りて留守をいたし、借錢乞《(こひ)》のくるときを見合《(みあはせ)》、「お内義、わたくしの銀《(かね)》は、外《(ほか)》に買がゝりとは違ひました。亭主の腹[一]はたをくり出して、らちをあくる」といへば、外《(ほか)》のかけごひどもは、中〳〵すまぬ事と思ひ、みなかえりける。是《(これ)》を大つごもりの入《(いれ)》かはり男とて、近年の仕出しなり。いまだは[二]し〴〵にはしらぬ事にて、[三]一盃《(ばい)》くはせける」。

四　長崎の餅柱[四]

[五]霜月晦日切《(つごもりぎり)》に、[六]唐人《とうじん》船殘らず湊《みなと》を出て行《(ゆけ)》ば、長崎《ながさき》も次第に物さびしくなりぬ。しかし此《(この)》所の家業《かげう》は、よろづ[七]からもの商《あき》なひの時分銀《(かね)》もふけして、年中のたくはへ一度に仕舞置《(しまひおき)》、貧福《ひんぷく》の人相應《さうはう》に緩《(ゆる)》〳〵とくらし、万事こまかに胸筭用をせぬところなり。大かたの買物は[八]當座ばらひにして、[九]物まへの取《(とり)》やりもやかましき事なし。正月の近《ちか》づくころも、[一〇]酒常住《さけじやうじう》のたのしみ、此《(この)》津《つ》は身過《(みすぎ)》の心やすき所なり。

師走《しはす》になりても、人の足音《あしおと》いそがしからず、上方《かみがた》のごとく[一一]節季候《せつきぞろ》もこねば、

長崎は身すぎの心安き所。大晦日の年中行事

一 腸を抉り出して。二 田舎。三 借金取りをうまく欺いて追い返した。四 目録に柱餅とある。五 寛永十年に唐船の長崎在泊は毎年四月三日以後来航後、五十日以内九月二十日限りで帰国すべきことを定められたが、寛文八年以後、季節風の関係で帰航困難の時には十一月晦日まで滞留を許された(長崎記)。六 南京・浙江・山東・福州・広東・台湾・カンボジヤなどの各地から来る貿易船。貞享二年九月以後、春・夏・秋を通じて七十三艘と定め、相対商売による貿易額年六千貫目に制限せられた。なお阿蘭陀船も貿易年額五万両、四艘から五艘が毎年一回四月に入港して九月に帰帆する定めであった。七 前記外国船の在泊期間中に貿易の取引が行われた。その金額は江戸・京・大阪・堺・長崎の五ヶ所商人の中長崎だけで一万貫目以上、全体の五割以上を占め、貨物口銭ならびに間銭が長崎地下町中に配分せられる外、町年寄・乙名《(おとな)》・通事以下の地役人に役料が給せられて、毎年長崎を潤おす金額は莫大なものであった。八 現金払い。九 物日前、即ち節供前に掛売代金の授受をすること。一〇 平素に変らず酒を飲んで楽しみとして。長崎人が酒をよく飲んだこと↓好色盛衰記、二ノ三・桜陰比事、五ノ二。一一 セキゾロとも。京都附近では、十二月二十二日から二十七八日頃まで、乞食の徒が羊歯の葉を插した笠に赤い覆面をして、「節季候」と唱えながら、各戸を踊り廻って米銭を得た(日次紀事)。↓補三八二。一二 ↓二一〇頁注二〇。折本仕立になっているから、正月に近づくにつれて紙少なになって来る。一三 ↓二一一頁注四七。古代から十二月十三日煤掃と定

只《ただ》[一二]伊勢ごよみを見て春のちかづくをわきまへ、[一三]古代の掟《おきて》をまもり、極月《ごくげつ》十三日に定まつて煤《すゝ》をはき、其《その》竹を棟《むね》木にからげ、又の年のすゝはきまで置《おく》事ぞかし。餅《もち》は其《その》家〳〵の嘉例《かれい》にまかせてつきける。ことにおかしさは柱《はしら》もちとて、仕舞《しまひ》一うすを大こく柱にうちつけ置《おき》、正月十五日の[一四]左義長《さぎちやう》のとき、これをあぶりて祝《いは》ひける。萬《よろづ》につけて、所ならはしのおかしく、庭に[一五]幸《さい》はひ木とて横《よこ》わたしにして、鰤《ぶり》・[一六]いりこ・[一七]串貝《くしがい》・鳫《がん》・鳧《かも》・雉子《きじ》、あるひは塩鯛《しほだい》・[一八]赤いわし、昆布《こぶ》・たら・鰹《かつほ》・牛房《ぼう》・大こん、三ケ日につかふほどの[一九]料理《りやうり》のもの、此《この》木につりさげて竈《かまど》をにぎあはせ、すでに大晦日《おほつごもり》の夜に入れば、[二〇]物もらひども、㒵あかくして、土《つち》で作《つく》りしゑびす大こく、又[二一]荒塩《あらし》臺にのせ、「當年の[二二]え方《あほう》の海《うみ》より潮《うしを》が参つた」と、家〳〵をいはゐまはりけるは、[二三]船着《つき》第一の所ゆへぞかし。惣《そう》じてとし玉は、何國《いづく》にても[二四]かるひ事に極《きわ》まりて、男は壱匁に五拾本づゝの[二五]数あふぎ、女は[二六]せんじ茶を少《すこし》づゝ紙につゝみて、[二七]けいはくらしき事、[二八]こゝの惣並《そうなみ》なればおかしからず。兎角《とかく》[二九]住《すみ》なれしところ、都の心ぞかし。

されば[三〇]諸國の商人《あきんど》、手まはしはやくして、わが古さとの正月にあふ事を世のたのしみとせしに、京の[三一]細もとでなる[三二]糸商賣《しやうばい》の人、此《この》二十年も[三三]長崎くだりして、万事人にすぐれてかしこく、京都を出《で》[三四]たち喰《くう》て旅用意《ようい》、歩行路《かちじ》・舟路にて、中

まっていたのではない。幕府・武家方で十三日を用いたので、民間にもその風が移った。一四 正月十五日に松飾の松・竹・注連縄などを集めて焼き、その火で正月の吉書を焼いて天に上げるといい、餅をあぶって食うと病気にかからぬという。どんど。一五 十二月二十八九日頃から、長さ一間余の棒に一尺ほどの縄を十二本(閏年には十三本)結び下げ、魚鳥その他の正月の食品を吊るして、台所の壁に掛けて置く。京阪の肴掛、阿波の十二節に同じ。⇩補三八三。一六 ↓二五〇頁注二〇。一七 ↓二五〇頁注二一。一八 長崎では三ケ日の間、居鰯《すえいわし》とて祝膳の向う附に塩鰯を二枚つける(長崎市史、風俗篇)。一九 料理の誤り。二〇 長崎では女の非人が黒木綿で覆面し、恵比須大黒の姿で大黒舞や松尽しの歌をうたいながら、米銭を乞うて歩いた。顔を赤く塗るのは俗に煤取恵比須といい、十二月煤払時分に廻ったもので、上方の節季候に類する(長崎市史、風俗篇)。↓補三八四。二一 粗塩《あらしお》を台に載せて。今でも九州各地に、正月に塩を台に載せて門々を訪れ、竈を清めて銭を乞う者があるという(市)。二二 恵方。振仮名原本のママ。二三 港を生命とする所柄だからである。二四 手軽く軽少な品物を贈答すること。二五 数物、即ち粗製の安物の扇子。二六 煎じ茶は茶の最下等品を用いる(本朝食鑑)。二七 軽薄の文字通り、手軽でお粗末なこと。二八 この土地一般の風習。二九 諺に「住めば都」。三〇 長崎商売のために長崎へ入込んでいる諸国の商人。普通の商用では百二十日、貿易品入札のためには百八十日間の滞在が許される(筑紫紀行)。三一 小資本。資本額による長崎商人の等級↓補二六八。

長崎商いは商人心の勝負、怪我を恐れては金にならず

〱錢《ぜに》壱もんも外なる事につかはず。長崎に逗留《とうりう》の內、終《つい》に[一]丸山《まる》の遊女町《ゆふぢよまち》のぞかず。[二]金山《きんざん》が[三]居《い》すがたのりこんなやら、[四]花鳥《くはてう》が首《くひ》すじの白《しろ》ひやら、夢にも見ずして、枕に筭盤《そろばん》、[五]手日記をはなたず。何とぞして[六]唐人《じん》のおろかなるをたらし、よきあきなひ事もがなと、あけくれこゝろにかくれども、今ほどの唐人は、日本のことばをつかひおぼえ、持《もち》あます銀《(かね)》があるとも、[七]家賃《かじち》より外に借《か》す事なし。又は[八]歩《ぶ》にあふ家《いへ》かふておくをよい事と合点《がつてん》しければ、[九]各別《かくべつ》な事は唐《から》さへなし。まして[一〇]日本の智恵《ちゑ》ぶくろは、世俗《せぞく》にかしこく、よい事ばかりはさせぬなり。利《り》発《はつ》にて分限《ぶげん》にならば、[一一]此《(この)》男なれ共、ときの運《うん》きたらず、仕合《(しあはせ)》がてつだはねば是非なし。

おなじころより長崎にくだり、同じ糸商賣する京の人、大分の[一二]手前者《しや》となり、今は[一三]手代をくだして、其身は都に安樂《あんらく》にし

二二 長崎へ船載する生糸(和糸に対して白糸という)を売買する商人。京・堺・長崎、後に江戸・大阪を加えて五ヶ所の指定商人に専買権を与え、輸入生糸分配の割当をした。これを白糸割符・糸割符という。一時外国人との相対商売、または入札による市法売買を行ったこともあるが、貞享元年から再び割符制度に復した。 二三 諸国の商人は毎年七月五日までに長崎に到着し、旅人方役場に届けて滞在日限の許可を得なければならぬ。遅着すると入札から省かれる(長崎年表、寛文十一年四月触)。 二四 出立飯。旅行に出発する時の食事。多くは朝食をいう。

一 長崎の遊廓。↓一二〇頁注一〇。 二 丸山町豊後屋五郎兵衛抱えの太夫。延宝九年当時二十二歳、容色すぐれ張り強く、投節の名人。花鳥と共に丸山を代表する太夫であった(長崎土産)。 三 居ずまい正しく、しゃんとしたこと。長崎土産には「金山は立姿少じや〱馬也」とある。 四 ↓一二〇頁注一三。豊後屋のほか、同名の太夫が何人もいるのでくつわ名不明。 五 手帳。 六 唐人は律義で、日本人が狡猾であったこと↓永四ノ二。 七 ↓五九頁注一七。 八 その家を買って賃貸すると、家屋買収金の金利よりも家賃の方が歩合がよい家という意。↓織二ノ二。好色盛衰記、三ノ三「もはや欲をもやめて、歩にかゝる家屋敷を求め、楽〱と世を渡り」。 九 変った、よい儲け仕事。 一〇 日本の智慧者。唐↓日本の智慧(謡曲白楽天)。 一一 この男こそ分限にならねばならぬはずだが。 一二 裕福者。 一三 糸割符は公儀から拝領という意味で、割符商人自身が長崎へ下ることになっていたが、病身・老齢・事故などを理由に名代派遣を願い出、毎年名代を出すのが慣て、しかも物見・花見・女郎狂ひも相應にして、分限なる人数しらず。「これはいかなる事にてかくは成《なり》けるぞ」とたづねしに、「それはみな、商人《あきんど》心といふものなり。子細《しさい》は、一四世間を見合《みあはせ》、來年はかならずあがるべきものを考《かんがへ》、一五ふんごんで買置《かひおき》の思ひ入《いれ》あふ事より、拍子《ひやうし》よく金銀かさむ事ぞかし。こゝの一六ふたつものがけせずしては、一生替《かは》る事なし」。此男《この》は、長崎の買《かい》もの京うりの筭用《さんよう》して、すこしも違ひなく、跡先《あとさき》ふまへてたしかなる事ばかりにかゝれば、一七筭用の外《ほか》の利を得たる事一《ひと》とせもなくて、皆銀《かね》一八の利にかきあげ、一九人奉公して二〇氣をこらしける。毎年大晦日《おほつごもり》を、二一橋本旅籠屋《はしもとはたご》に定宿《でうやど》こしらへ置《おき》、爰《ここ》にて年をとるが二二我等が家の嘉例《かれい》といふは、二三大拂《ばらひ》の借錢《しやくせん》すましかねるゆへなり。同じくは吉例《きちれい》やめて、京の二四我宿《わが》にて、年とるやうにいたしたきものぞかし。

此男《この》つら〳〵世を見合《みあはせ》、「尤《もつとも》二五こまへに怪我《けが》はなけれども、皆人沙汰せらるゝ通り、利を得る事なし。當年は何によらず、我商《わが》ひの外《ほか》なる事に一思案《ひとしあん》して、銀《かね》もうけせずばあるべからず」と、二六心中極めて長崎にくだり、さま〳〵分別せしに、二七銀《かね》でかねもふくる事ばかりにて、只《ただ》とるやうな事はひとつもなし。「とかく來春《らいはる》の二八小芝居《しばい》、何ぞ替《かは》つた見せものもがな。京大坂の二九細工人《さいく》も、手をつくして色〳〵仕出し、何かめづらしからねば、三〇からものにもしも有《ある》べし」とせん

習になっていた。名代には手代を差立てたらしいが、元禄八年八月以後、親類または近き縁類を名代とし、手代はその附添として派遣すべきことが触れられた(糸乱記)。

一四 世間の景気を見合わせて。 一五 一歩踏み込んで。思いきって。 一六 二つの物賭。二つの内いずれかに賭けて、乗るか反るかの勝負をすること。 一七 予想以上の利益。 一八 儲けをみな金利につぎこんでしまって。利息を払うことを「利をかく」という。 一九 労して効なく、他人のために働いているような結果になること。

二〇 神経衰弱になってしまった。 二一 今、京都府綴喜郡八幡町に合併。京街道の宿場で旅籠屋や遊女屋もあり、淀川対岸の山崎への渡し口であった。 二二 第一人称の代名詞。複数の意味ではない。 二三 年末の支払勘定。 二四 我が家。

二五 小前。小規模に細々と商売をして居れば損失はないがという意。 二六 決心して。 二七 諺に「金が金を儲ける」という。資本がないと金儲けは出来ない世の中になっていた。 二八 芝居の表に矢倉を上げることを許されていない芝居をいう。多くは屋根のない宮地芝居か見世物小屋である。京都では四条河原に七ヶ所の矢倉芝居の外に、四条大橋西詰北側に小見世物芝居があった。 二九 からくり細工の職人。当時江戸に松田播磨掾(二一三頁注三五)、大阪に竹田近江掾などからくり細工の名人が輩出して、種々の工夫を凝した見世物が流行した。 三〇 唐物。長崎に輸入する外国物産。ここは珍奇な動物をいうが、寛文八年三月の幕令では翌年から生類そのほかの奢侈品不用物の輸入を禁じているが、天和三年二月の触にもそれを繰返している(御触書寛保集成)ところを見ると、法網を潜って輸入したらしい。

さくして、大かたの物にては、錢は取《(とり)》がたしと吟味《ぎんみ》するに、定まつてよいものは、今まで見せぬ[一]螭竜《あまれう》の子、又[二]火喰鳥《ひくいどり》などいまだ見せた事なし。これは長崎にも稀《(まれ)》なれば、自由《じ》に手に入《(いれ)》がたし。ひそかに[三]唐人《(たうじん)》をかたらひ、「何と異國《いこく》にかはりたるものはないか」といへば、「鳳凰《ほうはう》も雷公《かみなり》も、聞《(きい)》たばかりにて見た事なし。とかく[四]伽羅《きやら》も人蔘《にんじん》も、日本に稀《(まれ)》なるものは唐にもすくなし。ことに銀《(かね)》たいせつにおもへばこそ、百千万里の風波《ふうは》をしのぎ、命と銀《(かね)》と替《(かへ)》る商ひにのぼりけるにて、世に銀《(かね)》ほど人のほしきものはないと、合点《がてん》いたされよ」とかたりける。「これ尤《(もつとも)》」とおもひ、身のかせぎに油断《ゆだん》なく、色〳〵の[五]わたり鳥調《ととのへ》へて、都にのぼりしに、みな見せて仕舞《しまひ》し跡なれば、ひとつも錢に成《(なり)》がたく、人の見付《(みつけ)》たる[六]孔雀《くじやく》は、まだもすたらず、漸《やう〳〵》本銀《(もとがね)》取返しぬ。是《(これ)》を思ふに、しれた事がよしとぞ。

一鼉竜(だりよう)・艮竜(こんりよう)とも書く。アマリヨウは長崎言葉。南洋諸島に産するキノボリトカゲ或はコモドドラゴンの類で、延宝・天和の頃長崎に船載飼育せられていた(真)。二延宝年間阿蘭陀カピタンが将軍家へ献上の目的でバタビヤから輸入したが、献上目録からはぶかれて長崎の阿蘭陀商館で飼われていたという(真)。↓永五ノ一。三元禄二年までは長崎各町を順番に唐人宿町に指定して唐人の市街雑居を許していたが、二年閏正月以後十禅寺村に唐人屋敷を構えて唐人を収容し、一般の接触を制限した(唐通事会所日録)。四伽羅は寛文八年三月以来輸入禁制品、人参は禁制外であったが数量少く非常な高価であった。元禄三年二月八日、この年の十一番唐泉丹船が人参十斤伽羅少許を隠していたので、商売を禁じて積み戻らせた例がある(外国商法沿革志)。五外国から船載した鳥の意で、孔雀・鸚鵡・音呼(いんこ)の類である。前記のように寛文八年・天和三年に重ねて生類の輸入を厳禁しているが、貞享四年三月二十六日の触に生鳥を飼う事を禁止するがしかし、鷲・鷹・唐鳥など野生でない鳥は飢渇して死ぬ恐れがあるから、引続いて飼育してもよい、卵を生めばよく育てて欲しい者に与えてもよいと令している(令条記)。こんなところに案外法網の抜け穴があったのかも知れない。「調へて」の振仮名一字衍。六↓二六八頁注五。延宝三年頃には大阪道頓堀で、天和二年頃には江戸堺町でも見世物になっていた(朝倉無声、見世物研究)。

繪入

世間胸算用

五

大晦日は一日千金

胸《むね》算《ざん》用《よう》　巻五

大晦日は一日千金

目録

一古道具の夜市。京都では二条南押小路・西堀河一条西・仏光寺通・六条坊門・醒井通に古金棚(古道具屋)が多く軒を並べ、市が立った。これを仕舞物市といい、夜市も立った(雍州府志)。この章は生活に困ったあげくに、物を売りに出す夜市の風景。

二筆の軸で作った簾。本文参看。

三大阪から菱垣(ひがき)廻船で輸送する油樽。中古以来山城国大山崎離宮八幡の神人の油座が油の販売を独占していたが、二代将軍秀忠の時代に社司河原某が大阪から江戸へ油の廻送を始めたという。最初陸路を利用したが、後海上輸送に変り、油樽壱樽三斗九升入りに定められた(東京諸問屋沿革志)。

三　[一]平《(へい)》太郎殿

[二]かしましのお祖母《はゝ》を返《かへ》せ

一夜にさま〴〵の世の噂《うはさ》

四　長久の[三]江戸棚《だな》

[四]きれめの時があきなひ

春の色めく家並《いへなみ》の松

一親鸞聖人の弟子真仏。俗名平太郎。常陸国那珂西郡大部郷の人。仁治元年三月親鸞の教にまかせて熊野に参詣し、神霊と聖人対座の奇瑞を見たという。弘長元年六月十五日寂。

二やかましい「お婆を返せ」という呼び声。本文参看。

三諸国の商人が江戸に設けた見世物棚。江戸店。

四品物払底の時にかえって商売があるという意。江戸の繁昌をいった。

[五]つまりての夜市

[六]萬事《ばんじ》の商《あき》なひなふて、世間《せけん》がつまつたといふは毎年の事なり。たとへば、十匁に相場《そうば》極《きは》まりて賣買《うりかい》いたせし物を、九匁八分《ぶん》にうれば、時の間に千貫目が物も買《かい》手有《あり》。又十匁に買《かへ》ば、即座《そくざ》に弐千貫目がものも賣手《うりて》有《あり》。是《これ》をおもふに、[七]大《おほ》場《ば》にすめる商人《あきんど》の心だま、各別《かくべつ》に廣《ひろ》し。賣《うる》も買《かう》も、みな人〳〵の胸《むね》ざんようぞかし。

[八]世になきものは銀《かね》といふは、よき所を見ぬゆへなり。世にあるものは銀《かね》なり。其子細《そのしさい》は、諸國ともに三十年[九]此《この》かた、世界《せかい》のはんじやう日に見えてしれたり。昔《むかし》わら葺《ぶき》の所は板《いた》びさしと成《なり》、[一〇]月もるといへば不破《ふは》の関屋《せきや》も、[一一]今はかはら葺《ぶき》にしら土《つち》の軒《のき》も見え、内ぐら・庭藏《にはぐら》、大座敷のふすまにも、[一二]砂粉《すなご》はひかりを嫌《きら》ひ、[一三]泥引《でいびき》にして墨絵《すみゑ》の物ずき、都《みやこ》にかはる所なし。又[一四]灘《なだ》の塩やきはつげの小ぐしもさゝでと誦《よみ》しに、かゝる[一五]浦《うら》人も今は小袖ごのみして、[一六]上方《かみがた》にはやるといふ程《ほど》の事を聞《きき》あはせ、見おぼえ、「[一七]千本松のすそ形《がた》もふるし。當年の仕出しは[一八]夕日笹《ざゝ》の[一九]もよふとぞ」と、いまだ京大坂にもはしぐ〳〵はしらずして、[二〇]中がたの[二一]しのぶ

商いは胸算用一つ。世にあるものは金

五 原本のママ。普通ならば第一章を示す数字を上に冠するところ。 六 商売がなくて不景気だというのは毎年のことだが、しかしそれもやり方次第である。たとえば江戸ではと続く。胸一ノ三にも大阪の繁昌を記して同様の筆法を用いている。 七 大場所。大都会。 八 胸四ノ一「世界にないへ〳〵といへど、有ものは金銀じや」。 九 元禄四年から三十年前は、寛文元年(一六六一)に当る。明暦三年(一六五七)の江戸大火を境として、武家の財政は窮迫し、町人が経済的に優越するようになる。 一〇 月漏るといえば、すぐに連想される歌枕の不破の関屋も。不破の関屋は岐阜県不破郡関ヶ原町大字松尾大木戸坂にあった関所、天武天皇二年に設けられ、東国三関の一といわれたが、平安朝以後廃せられた。「秋風に不破の関屋の荒れまくも惜しからぬまで月ぞ漏り来る」(新後撰四、藤原信実)など、多くの古歌に詠まれている。 一一 不破の関趾附近はもと大関村といい、木會街道に沿う。このあたりの農家の富裕のさまは、延宝七年頃西鶴が大垣へ旅行した時の実見にもとづくものであろう。内蔵・庭蔵を建て続けと補って読む。 一二 砂子。金銀箔の粉末を吹きつけたもの。 一三 金銀の泥をはけではいたもの。 一四 「蘆の屋の灘の塩焼いとまなみ黄楊の小櫛もささで来にけり」(伊勢物語)。 一五 摂津国兎原郡青木・御影・芦屋村(今、神戸市東灘区・兵庫県芦屋市)の海浜一帯を灘という。 一六 京・大阪を指す。 一七 千本松の裾模様。 一八 笹の散らし模様に、肩先から夕日の二字を染め出したものか。 一九 町はずれ。場末。 二〇 中形模様。↓二五〇頁注三〇。 二一 葱(しのぶ)草や小桐の模様を染めた衣装。

一 芦屋附近の漁村を指す。
二 流行遅れの昔模様。上に「しかしその京染も」と補って読む。
三 御ひいな形(寛文六)、下にその図がある。小袖の右斜半分は桔梗色に薄を染め出し、左半分は地白、右肩先から大きく郭公の二字を染め出してある。
四 葡萄棚の模様で、所々蔓や葉を茜色に染めてあるという意。御ひいな形、下に「竹にぶだうのもやう」(地桔梗色)が出ている。
五 銭がないといったところで、びた一文もないというはずがないが、貧乏人の悲しさ、それこそびた一文もない始末で、初めから何もない所をいくら捜したところで、銭が出て来るわけがない。
六 諺「置かぬ棚をまぶる」。まぶるは見まもるの意。労せずして功を求める愚かな譬。
七 煙草を倹約して貯金する。延ばすは節約して貯蓄すること。
八 倹約するとしないとでは、一年に三十六匁の相違がある。
九 複利で計算すると。
一〇 期間を三十年として計算すると。今仮りに年利一割二分とすれば、三十年後の元利合計は八貫六百七十六匁になる。

食酒は貧乏の花盛り。酒手につまって編笠を市に出す工面

小桐《ぎり》の衣裳《いしやう》きるうちに、はやい[一]なかに京ぞめはしやれたり。[二]むかしもようの、[三]肩《かた》さきから染込《そめこみ》の郭公《ほとゝぎす》の二字、又は[四]ぶどうだなの所〳〵につるはを赤《あか》ねの染《そめ》入おかし。見し時は各別ぞかし。何國《いづく》に居《い》ても、金銀さへもちければ、自由《じゆう》のならぬといふ事なし。

ことさら貧者《ひんじや》の大節季《ぜつき》、何と分別しても濟《(すみ)》がたし。[五]ないといふてから、銭が壱文、[六]おかぬ棚《たな》をまぶりてから出所《(でどころ)》なし。これを思へば、年中始末《しまつ》をすべし。日に壱文づゝ[七]莨菪《たばこ》にてのばしければ、壱年に三百六十文、十年に三貫六百なり。

此《(この)》心から筭用すれば、茶《ちや》・焼木《たきぎ》・味噌《みそ》・塩《しほ》、万事に何ほどの貧家《ひんか》にても、[八]一年に三十六匁の違ひ有《(あり)》。十年に三百六十目、是《(これ)》に[九]利をもりかけて見るときは、[一〇]三十年につもれば八貫目餘の銀高《(かねだか)》なり。惣《(そう)》じてすこしの事とて、不斷《ふだん》

常住の事には氣をつけて見るべし。ことにむかしより、[一一]食酒《けざけ》を呑《のむ》ものは[一二]びんぼうの花ざかりといふ事有《(あり)》。

爰《(ここ)》に[一三]火ふくちからもなき[一四]其日過《(そのひすぎ)》の[一五]釘《(くぎ)》鍛冶《かぢ》、[一六]お火《ほ》焼《たき》に稲荷《いなり》どのへ進ぜたるお神酒《みき》徳利《どくり》のちいさきに、[一七]八文づゝがはした酒、日に三度づゝ買《かは》ぬといふ事なく、四十五年此《(この)》かた呑《のみ》くらしける。此《(この)》酒の高、[一八]毎日小半《こなから》づゝにして、四十石五斗なり。毎日[一九]二十四文の銭つもり〳〵、[二〇]十二匁銭にして銀《(ぎん)》に直し、[二一]四貫八百六十目なり。「此《(この)》男下戸《げこ》ならば、是《(これ)》ほどに貧《ひん》はせまじきもの」と笑《わら》ふ人あれば、此《(この)》鍛冶《かぢ》[二二]我家《(わがいへ)》おさめたる良《かほ》つきして、「世中《(よのなか)》に[二三]下戸のたてたる藏《くら》もなし」とうたひて、また酒をぞ呑《(のみ)》ける。既《すで》に其《(その)》年の大晦日《(おほつごもり)》に、[二四]あらましに正月の用意をして、[二五]ほうらいは餝《かざ》りながら、酒小半《こなから》もとむる銭なくて、ことのたらざる宿さびしく、「四十五年此《(この)》かた、一

一一 食事の時に酒を飲むこと。
一二 貧乏をますます増大させるという諺。
一三 貧窮の譬。火吹き竹で竈の火を吹く力もないという意。
一四 一日暮し。
一五 刀鍛冶などに対して、下級の鍛冶職をいう。
一六 鍛冶・餝《(かざり)》職の守護神である稲荷の御火焼(二四七頁注一四)の日には、鍛冶屋で盛大に祭る風習があった。
一七 下文に一日二合五勺とあるから、これは一回約八勺の酒の値段である。
一八 二合五勺。一年三百六十日として一日二合五勺ずつ飲酒すると、一年で九斗、四十五年で四十石五斗になる。
一九 八勺八文の酒を三度の食酒に飲むと一日二合半、二十四文の勘定になる。
二〇 銭一貫文につき銀十二匁替の相場をいう。この相場では銀一匁が銭八十文に当る。
二一 四十五年間毎日二十四文ずつ飲酒すると、その金高三百八十八貫八百文、十二匁銭に換算すると四貫八百六十匁になる。
二二 家の切盛りをするという意に、納まり返った、落着きはらった意味をいいかけてある。
二三 諺「下戸の建てたる蔵もなし」(酒飯論)。貴賤貧福は天命で、酒を飲まぬからとて金持になったという人もないという意。貞享・元禄の頃大阪の葉箒売のおやじが歌って歩くので評判であった。正月揃(貞享五)、五「津の国のほとりに箒木売翁あり。下戸の建たる蔵もなしとうたひながら往生うたがひなし」。
二四 あらかた。だいたいに。
二五 蓬萊。↓二〇六頁注三。

一 酒代。
二 破れもしないであったのを。
三 諺「宝は身の差合せ」。財宝は持主の身命を救うに役立つべきためのものだという意。
四 市が立って混雑している。
五 →二八九頁注一。
六 ここは夜市に集った人々の様子をいう。
七 古道具市の宿元の亭主。
八 売買手数料に一割もらえるというので、勢い込んで。
九 市で手を振って値をせること。
一〇 今宵。
一一 正月着の綿入れの木綿小袖。
一二 萌黄色の地色で、洲崎の鹿子模様を染め出したもの。
一三 落札した。「六匁三分五厘宛」とあるが、布子は一枚である。
一四 この値段では、まさか着物の裏だけでも出来まい。
一五 京都府与謝郡伊根町の入海でとれる鰤が最も上品。細口は細手の意か。千本物とて宮津城主へ千本献上して後に市販する。
一六 同じ貧乏でも、まだ少しは余裕がある。

大晦日の夜市。いずれを見ても哀れなる顔

日も酒のまぬ事のなきに、日もこそあれ、元日に酒なくては、年をこしたる甲《か》斐《ひ》はなし」など、夫婦さま〴〵内談《ないだん》するに、[一]酒手《(さかて)》の借《(かり)》どころなく、質種《しちだね》もなく、やう〳〵思案《しあん》めぐらして、過《(すぎ)》つるあつさをしのぎしあみ笠、いまだ青〳〵として、[二]そこねもやらずありけるを、「これ、來年の夏《なつ》までは久しき事なり。[三]たからは身のさしあはせ、これをうりて、當座の用にたつるより外なし」と、すでに[四]立《(たち)》ざかりたる[五]古道具の夜市にまぎれて、[六]世間のやうすを見るに、大かた行所《ゆくところ》なき借錢肩《しやくせんおい》の良《(かほ)》つきぞかし。[七]宿の亭主《ていしゆ》は[八]賣口錢《(うり)ごうせん》一割《わり》のきほひにかゝつて、[九]ふり出しける。

[一〇]こよひになつてうるほどのもの、よく〳〵さしつまつて、皆あはれなり。十二三なる娘の子の[一一]正月布子と見えて、[一二]もえぎ色に染《そめ》がのこの洲崎《すさき》、うらはうす紅《べに》にして、中綿もおしまず入《(いれ)》て、いまだ袖口もくけずして、「これを望《のぞみ》はないか〳〵」とせりければ、六匁三分五リンづゝに[一三]落《おち》ける。よもや[一四]裏《うら》ばかりも出來まじ。其《(その)》次に[一五]丹後《たんご》の細口《ほそくち》の鰤《ぶり》を片身《かたみ》、賣《(うり)》に出しける。これもあまらず、二匁二分五リンにうれける。其《(その)》跡から二疊釣《でうづり》の蚊屋《かや》出して、八匁より二十三匁五分までせりのぼしけるに、うらずして置《(おき)》ける。「是《(これ)》は商ひならぬはづなり。蚊屋大晦日《(おほつごもり)》迄《(まで)》質《しち》におかず持《(もち)》たる身躰《(しんだい)》なれば、[一六]たのもしき所あり」と笑らひける。

其《その》のち十枚つぎの蠟地《らうじ》[一七]の紙に、御免筆《めんひつ》[一八]の名印《ないん》までしるしたるを賣《うり》けるに、一分《ぶん》からやう〳〵五分《ふん》までねだん付《つけ》ければ、「それはいづれもあまりなる事、紙ばかりが三匁が物が御座る」といへば、「いかにも〳〵、何もかゝずにあれば、三匁が紙なり。無用の手本書《かき》て、五分にも高し。たとへいかなる人の筆にもせよ、是《これ》をふんどし[一九]といふ手じや」といふ。「それはいかなる事ぞ」といへば、「今の世に男と生れ、是程《これほど》かゝぬものはないによつて、これをふんどし手」とぞ笑ひける。扨又《さて》、「これはわれもの〳〵」と、大事にかけて出しけるは、南《なん》[二〇]京《きん》のさしみ皿十枚、其《その》[二一]へだてに入《いれ》たる、京大坂の名ある女郎の文がらなり[二二]。「これは」と、いそがしきによみて見るに、皆《みな》十二月の文どもは、いとしかはひのおもひをさつて、「近《ちか》[二三]ごろ申《まうし》かね候へども」と、無心《むしん》の文ばかりなり。「戀も無常《むじやう》も、銀《かね》なくては成《なり》がたし。此《この》皿のぬしも、定《さだ》めて大じん[二四]といはれて、此《この》ふみひとつが、銀[二五]一枚づゝにもあたるべし。然《しか》れば皿よりは、此《この》反古《ほうぐ》に大分のねうちあり」とて、おの〳〵大わらひしける。其《その》跡に不動[二六]一躰《たい》、とつこ[二七]・花《はな》[二八]ざら・れい[二九]・錫杖《しやくじやう》[三〇]、ごま[三一]の檀《だん》の仕廻《しまひ》[三二]もの、「さて〳〵此《この》不動も、我《わが》身上《しんじやう》の冨貴《ふうき》は祈《いの》られぬ物よ」と沙汰《さた》しける。

時に、くだんのあみ笠《かさ》出せば、其《その》座に賣《うり》ぬしの居《い》るもかまはず、「あはれや

一七 蠟引の紙。紙面がなめらかで、筆の走りよく墨の伸びもよい。
一八 御家流の書法の奥義を青蓮院の宮門跡から免許せられた者を御免筆という。⇩補三八五。名印は花押のこと。
一九 下手な筆跡を嘲っていう。褌と同じく誰でもこれぐらいはかかぬ者はないという洒落。
二〇 南京焼。中国の明末から清初にかけて、江西省景徳鎮の窯で焼いた上絵つきの磁器。縁を柹色の薬でいろどり、内や側面に山水・花鳥などを絵つけしてある。
二一 その隔てに入れたるは。隔ては皿と皿とが触れあわぬように紙を入れてしきること。
二二 古手紙。
二三 はなはだ。たいへんに。
二四 大臣。また大尽とも。
二五 銀一枚は四十三匁。
二六 不動明王の尊像一体。
二七 独鈷。⇩二一三頁注四四。
二八 法会・加持祈禱の時散華に用いる器具。華籠(けこ)の俗称。
二九 鈴。
三〇 ⇩二一三頁注四五。
三一 護摩の壇。⇩二一三頁注二六。
三二 不用品。古道具。

〳〵、此《この》笠幾夏《いくなつ》かきるためとて、ふるき[一]こがみにて紙ぶくろして入《いれ》て、さても始末《しまつ》なやつがうり物ぞ」と、三文からふり出して、十四文に賣《うり》て、此《この》錢うけとる時、「是《これ》は此《この》五月に三十六文に買《かう》て、何[二]〳〵のせいもん、[三]庚申《かうしん》參りに只《ただ》一度《ど》かづき其《その》まゝ」といひけるも、其《その》身の耻《はぢ》のおかし。其《その》夜の仕舞《しまひ》に、歳暮《せいぼ》の礼扇《れいあふぎ》の箱《はこ》二十五・[四]たばこの入《いり》し箱ひとつで二匁七分に買《かう》て帰りしに、たばこ箱の下に小判三両入置《いれおき》しは、思ひもよらぬ仕合也《しあはせなり》。

二　才覚のぢくすだれ

[五]宵《よひ》の年のせつなき事をわすれがたく、來年《らいねん》からは、三ケ日過《すぎ》たらば[六]四日より商賣《しやうばい》に油斷《ゆだん》せず、万事を當座ばらひにして、錢《ぜに》のないときは肴《さかな》も買《かは》ぬがよし、諸事を[七]五節供《せつく》切《ぎり》と胸筭用を極《きは》め、[八]借錢乞《しやくせんこひ》のこはひ心をすぐに、正月に成《なり》ける。ことしは今までの嘉例《かれい》をいはゐ替《かへ》るとて、十日の[九]帳とぢを二日に取《とり》こし、五日にせし[一〇]棚《たな》おろしを三日にして、俄《には》かに身の取《とり》まはしかしこく、とかく宿を出るからに、思ひよらぬ銀《かね》をもつかひ、物見もの參りにさそはれ、大事の日をむなしうくらす事無分別《むふんべつ》とおもひ定めて、商賣の事より外《ほか》には、人とものをもいは

一 小紙。鼻紙用の雑紙をいう。毛吹草、四、名物「小紙　鼻紙ニ用之」(大和吉野)。
二 何々を誓文に入れて、誓ってという意。誓言する時は神仏を誓に立てる風習であった。
三 庚申の日に青面金剛に参詣すること。庚申は一年に六度あって青面金剛の縁日、京都では粟田口の三猿堂・八坂の庚申堂に参る。
四 阿波・備中・薩摩・肥後など刻み煙草の産地では、籠または箱詰めにして輸送する。

五 大晦日をいう。
六 正月四日は商売初め。
七 五節供↓二一〇頁注一二。膾や焼物を調えるのは、一切五節供の日だけと定めて、平日は質素に暮す。
八 借金取りはこわいものだという心を持ち続けて、そのまますぐに正月を迎えた。
九 帳綴↓補一九六。
一〇 ↓一九四頁注五。ただしこれは家によって日が違う。

一升入る柄杓は一升より入らず。貧福は身の定まり

一一 思案。
一二 春秋二季、三月五日と九月十日とに奉公人の入替えを行った。出替り↓補三八六。
一三 前垂をかけて台所仕事をさせて。
一四 丁稚の夜なべ仕事に、飯米を精白させるのである。賃つき屋に頼めばそれだけ金がいる。
一五 洗足に湯をわかさずに、水をつかって始末する。
一六 煽(おあ)ち貧乏。扇であおぎたてられるように、始終貧乏に追われていること。
一七 期待するほどに。
一八 諺「日向に氷」。次第に小さくなって消えてしまう。日本新永代蔵、四ノ三「され共仕末〳〵といひて、看略にのみ気をくゝられて、銀をまうくるすぢ

ず。毎日心筭用して、諸事に付《つき》て利を得る事のすくなき世なれば、内證に物のいらざる[一一]しあん第一と心得て、[一二]三月の出替《でがは》りより食《めし》たきを置《おか》ず、女房に[一三]まへだれさせて、我も昼は旦那といはれて見世にゐて、夜は門《かど》の戸をしめ置《おき》て、[一四]でつちがふみ碓《うす》を助《たすけ》てとらせ、[一五]足も大かたは汲《くみ》たての水で洗ふほどに氣を付《つけ》れ共《ども》、これかや[一六]あをちびんぼうといふなるべし。[一七]又それほどにあきない事なくて、いよ〳〵[一八]日なたに氷のごとし。「何としても、[一九]一舛《しやう》入《いる》柄杓《ひしやく》へは一舛《しやう》よりはいらず」と、むかしの人の申《まうし》傳えし。

熊野比丘尼と竜松院。勧進のもらいにも相違あり

されば[二〇]熊野びくにが、身の一大事の地ごく極樂の絵圖を拜ませ、又は息《いき》の根のつゞくほどはやりうたをうたひ、勸進《くはんじん》をすれども、[二一]腰《こし》にさしたる一舛《しやう》びしやくに一盃《ぱい》はもらひかねける。さる程に、同じ後世にも、諸人の心ざし大きに違ひ有《ある》事哉《かな》。[二二]冬とし、[二三]南都大佛建立《こんりう》のためとて、[二四]龍松院《りうせうゐん》たち出《いで》給ひ、勸進修行《しゆぎやう》にめぐらせられ、信心《しんじん》なき人は進め給はず、無言《ごん》にてまはり給ひ、我《わが》心ざしあるばかりを請《うけ》たまふも一舛《しやう》びしやくなるに、一歩に壱貫、十歩に十貫、あるひは金銀をなげ入《いれ》、[二五]釈迦《しやか》も錢ほど光らせ給ふ、[二六]今佛法の昼ぞかし。是《これ》は各別《かくべつ》の[二七]奇進《きしん》とて、[二八]八宗《しう》ともに[二九]奉伽《ほうが》の心ざし、殊勝さ限りなかりき。すでに町はづれの小家がちなる所までも、[三〇]長者の万貫貧者《ぐはんひんじや》の壱文、これもつもれば、[三一]一本拾二貫目の

を見つけぬ者あり、是を日向に氷貧乏といへり」。一九 諺「一升入るふくべは一升」。物にはそれぞれの分量があるという譬。二〇 紀州熊野の牛王宝印を売り歩く比丘尼。牛王を入れた文庫を持ち、地獄極楽の絵解きをして勧化する一方、小歌をうとうて米銭を乞うた。歌比丘尼ともいう。後には売色を事とした。二一 熊野比丘尼は弟子の小比丘尼を連れ、腰に勧進柄杓をさ させ、歌をうとうては柄杓を差出して「ちと勧進」と米銭を乞わせる。二二 去年の冬。東大寺竜松院の公慶上人は、貞享元年六月奈良大仏殿再建の官許を受け、翌二年十一月から諸国を勧進して歩いた。大阪の勧進は貞享年中のことで、安治川の大仏島(今、西区富島町)に草庵を結んで法施を集めた。二三 奈良東大寺の大仏殿は治承四年兵火に炎上、俊乗坊重源の再建後永禄十年再び焼失して長く露仏のままであったが、公慶の勧進によって元禄十四年に着工、宝永六年落慶した。二四 東大寺寺中。知行三十八石余。当時の住持は公慶上人。二五 諺「阿弥陀も銭ほど光る」。仏力も銭次第という意。二六 仏法隆昌の譬。二七 寄進。二八 東大寺は元来八宗兼学の寺であるが、大仏殿再建には幕府から諸宗へ割当てて寄進を命じた。落慶供養の時にも諸宗から奉仕している(八宗は倶舎・成実・律・法相・三論・華厳・天台・真言の各宗派をいう)。二九 奉加。三〇 上は長者の万貫の寄進から下は貧者の壱文の奉加まで集めて。諺に「長者の万灯より貧者の一灯」という。三一 大仏殿の丸柱一本代十二貫目として勧進したようである。公慶再建の大仏殿は丸柱九十六本、角柱四本、廻廊の柱数四百七十六本という。

分限は生れつきにあり。弟子を知ること師にしかず

丸柱《まるばしら》ともなる事ぞかし。

是《これ》おもふに、世はそれ〴〵に氣を付《つけ》て、すこしの事にてもたくはへをすべし。分限《ぶんげん》に成《なり》けるものは、其《その》生れつき各別なり。ある人のむすこ、九歳《さい》より十二のとしのくれまで、手習につかはしけるに、其間《そのあいだ》の筆のぢくをあつめ、其外《そのほか》人のすてたるをも取《とり》ためて、程《ほど》なく十三の春、我《わが》手細工《ざいく》にして軸《ぢく》[一]すだれをこしらへ、壱《ひと》つを一匁五分《ふん》づゝの三つまで賣拂《うりはら》ひ、はじめて銀四匁五分《ふん》もうけし事、我《わが》子ながら只《ただ》ものにあらずと、親の身にしては嬉《うれ》しさのあまりに、手習の師匠《ししやう》に語りければ、師《し》[二]の坊《ぼう》此《この》事をよしとは譽《ほめ》給はず。「我此《この》年まで、数《す》百人子共を預かりて、指南いたして見およびしに、其方《そのはう》の一子のごとく、氣のはたらき過《すぎ》たる子共の、末に[三]分限に世をくらしたるためしなし。又乞食《こじき》するほどの身躰《しんだい》にもならぬもの、[四]中分《ちうぶん》より下の渡世《と》をするもの也。かゝる事には、さま〴〵の子細《しさい》ある事なり。そなたの子計《ばかり》を、かしこきやうにおぼしめすな。それよりは、手まはしのかしこき子共有《あり》。我《わが》[五]當番の日はいふにおよばず、人の番の日も、[六]はうきとり〳〵座敷はきて、あまたの子共が毎日つかひ捨《すて》たる反古《ほうぐ》のまろめたるを、一枚〳〵しはのばして、日毎《ごと》に[七]屏風屋《びやうぶや》へうりて帰るもあり。是《これ》は筆の軸《ぢく》をすだれのおもひつきよりは、當分の用に立《たつ》事ながら、これもよろしからず。又ある

一　日本新永代蔵、一ノ一「帳合勘定の外には、手習子の筆の軸をもらひためて、竹暖簾をこしらへさせ、是を売て其価をもつて八木を買、毎日門にたつものに施しける」。

二　師匠。寺小屋の師匠にはもと僧侶が多かったから、俗体の師匠をも師の坊といいならわした。

三　分限者になって、ゆたかに。

四　中流階級。

五　毎日掃除の当番が定まっていた。

六　帚を手に取って甲斐々々しく。

七　手習の反古を屏風の下張りに売るのである。

八 余分。

九 当時の数学教科書であった塵劫記《じんこうき》や改算記などに、日に日に倍増しの算用が出ている。これを応用したこざかしさをいったのである。

一〇 世智賢き。世渡りの上手な、抜け目のない。

一一 精を出して、熱心に習得せよ。

一二 兄弟子どもにすぐれて。

一三 胸一ノ三「家業は何にても、親の仕似せたる事を替て、利を得たるは稀なり」。

一四 子供のうちは勉強するのが役目。手を書くは字を書く、習字する意。

一五 鋭く抜け目のないのは。

一六 子供にはいらざる欲心である。

一七 その方の子供ではあるが。

子は、紙の餘《よ》[八]慶持《もち》來りて、紙つかひすごして不自由《じゆう》なる子共に、[九]一日一倍ましの利にて是《これ》をかし、年中につもりての德、何ほどゝいふ限りもなし。これらはみな、それ〴〵の親の[一〇]せちがしこき氣を見ならひ、自然と出《いづ》るおのれ〴〵が智惠《ちゑ》にはあらず。その中にもひとりの子は、父母の朝夕《てうせき》仰せられしは、「外《ほか》の事なく手習を情《せい》[一一]に入《いれ》よ、成人しての其《その》身のためになる事」との言葉、反《ほう》古《ご》には成《なり》がたしと、明《あけ》くれ讀書《よみかき》に油斷なく、後には兄弟子《でし》[一二]どもすぐれて能書に成《なり》ぬ。此《この》心からは、行末分限になる所見えたり。其《その》子細は、一筋に家業《かぎやう》かせぐ故《ゆへ》なり。惣《そう》じて親より[一三]仕つゞきたる家職の外に、商賣を替《かへ》て仕つゞきたるは稀《まれ》也《なり》。手習子どもゝ、[一四]おのれが役目《やくめ》の手を書《かく》事は外《ほか》になし、若年《じやくねん》の時よりすゝど[一五]く、[一六]無用《むよう》の欲心《よくしん》なり。それゆへ第一の、手はかゝざることのあさまし。その子[一七]

なれども、さやうの心入《(こころいれ)》、よき事とはいひがたし。とかく少年《ねん》の時は、花をむしり、紙鳶《いか》をのぼし、智恵付時《ち[一]ゑ(づき)》に身をもちかためたるこそ、道の常《つね》なれ。七十になるものゝ申せし事、ゆくすゑを見給へ」といひ置《(おか)》れし。

師《し》の坊《ぼう》の言葉《ことば》にたがはず、此者《(この)もの》共我《(わが)》[二]世をわたる時節になつて、さま〲にかせぐほどなりさがりて[三]、軸《ぢく》すだれせしものは、冬日和《ひより》の道のために、草履《ざうり》[四]のうらに木をつけてはく事仕出しけれども、これもつゞきて世にはやらず。また紙くずあつめしものは、ちやんぬり[五]のかはらけ仕出して世にうれども、大晦日《(おほつごもり)》にもともし火ひとつの身《(しん)》だいなり。又手ならひばかりに勢《せい》[六]をいれたるものは、物ごとうとく見ゑけるが、自然《しぜん》と大氣《たいき》に生れつき、江戸[七]まはしのあぶら、寒中《かんちう》にもこほらぬ事を分別《ふんべつ》仕出し、樽[八]に胡桝《こせう》一粒《つぶ》づゝ入《(いる)》る事にて、大分利《り》を得て年をとりけるに、おなじおもひつきにて、油《あぶら》がはらけと油樽《だる》と、人の智恵《ちゑ》ほどちがふたる物はなかりし。

三　平《(へい)》太郎殿

古人《こじん》も「世帯佛法《せたいぶつほう》[九]」と申《(まう)》されし事、今以《(もつ)》て其《(その)》通り也《(なり)》。[一〇]毎年節分《せつぶん》の夜は、門徒《もんと》

一 智恵づき時は七八歳頃から十二三歳頃までをいう。知能発達期に十分教育して、将来の方針をたてさせるというのである。二 独立自活する時分になって。三 成上るの反対、次第に落ちぶれること。四 利休が考案したという草履の裏に革を打ちつけた雪踏(せった)は、長く一般に利用せられたが、裏に木を打ちつけた草履のことは聞かない。宝永頃から京草履に下駄を打ちつけた草履下駄、正徳頃から革鼻緒の雪踏表に歯をつけた駒下駄が製造されたという(我衣)。五 瀝青。チャンは青の中国音 tsin の訛り。松脂に荏油・蠟を練り合せたもので、船具の防水に用い、外科の膏薬にも練り入れる。これを土器に塗って油を吸収しないから灯火を長持ちさせるという工夫である。同じ目的のものに、源氏土器とて朱塗の鉄土器が用いられた。↓補三八七。六 精。七 ↓二八九頁注三。天保十二年十月の油問屋行事の届によると、江戸の油の消費量は一年に九万六千樽、平均一ヶ月八千樽、一日二百六十六樽余であった。八 寒中硯の水の凍るのを防ぐには酒または番椒・胡椒の類を入れる。↓補三八八。寺小屋時代の経験から、この方法を油に応用したのであろう。胡桝、正しくは胡椒。

九 諺に「世帯仏法腹念仏」という。仏法も要するに生活の手段だという意。

世帯仏法腹念仏。大晦日の讃談も算用ずく

寺《でら》に、定《さだ》まつて平《へい》太郎殿の事讃談《さんだん》せらるゝなり。聞《きく》たびに替《かは》らぬ事ながら、殊《しゆ》勝《しやう》なる義なれば、老若《らうにやく》男女《なんによ》ともに參詣《さんけい》多し。一とせ、[11]大晦日《おほつごもり》に節分ありて、掛《かけ》乞《こひ》・[12]厄《やく》はらひ、[13]天秤《てんびん》のひゞき・大豆《まめ》うつ音、まことに[14]くらがりに鬼《おに》つなぐとは今宵なるべし、おそろし。さて[15]道場《だうでう》には[16]太鼓《たいこ》おとづれて、佛前《ぶつぜん》に御《み》あかしあげて、參りの[17]同行《どうぎやう》を見合《みあはせ》けるに、[18]初夜《しよや》の鐘《かね》をつくまでに、やう〳〵參詣《さんけい》三人ならではなかりし。[19]亭坊《ていばう》[20]つとめ過《すぎ》て、しばらく世《せ》間の事どもをかんがへ、「されば今晩[21]一年中のさだめなるゆへ、それ〴〵にいとまなく、參りの衆もないと見ました。然《しか》れども子孫《しそん》に世を渡《わた》し、隙《ひま》の明《あき》たるお祖母《ばゝ》たちは、けふとても何用あるまじ。[22]佛のおむかひ船が來たらば、それにのるまいといふ事はいはれまじ。おろかなる人ごゝろ、ふびんやな、あさましやな。さりながら、只《ただ》三人にきかせまして、[23]さんだんするも益《えき》なし。いかに佛の事にても、爰《ここ》が胸算用で御座る。中〳〵灯明《とうみやう》の油銭《あぶらぜに》も御座らねば、せつかく口をたゝいても世の耗《ついへ》なり。面《めん》〳〵に[24]散錢《さんせん》取返《かへ》して、[25]下向《げかう》して給はれ。皆世わたりの事共にからまされ、參《さん》詣《けい》もなき所に、各《おのおの》[26]きどく千万、[27]爰《ここ》を以《もつて》信心《しんじん》、[28]女來《によらい》もいそがしき中に足をはこび給ふを、そんにはせさせ給はぬ也《なり》。[29]金《こがね》の大帳に付《つけ》おかせられて、未來にて急度《きつと》算用し給ふなれば、かならず〳〵[30]捨《すて》たるとおぼしめすな。佛は慈悲《ちひ》第一、

一〇 平太郎が熊野に参詣して神の化身と親鸞聖人対座のさまを夢みたのは、仁治元年の節分の夜のことであったというので、高田専修寺派を除く浄土真宗の寺院では、毎年節分の夜に平太郎の事蹟を法談する。節分夜平太郎縁起法談・平太郎縁起などの談義書もある。高田派では平太郎の熊野参詣は仲春のことであるとしてこれを排する。

一一 大晦日に節分があった年は、元禄四年以前では寛文二年(一六六二)十二月二十九日。 一二 ↓一九七頁注二四。 一三 天秤の響(補六三)は掛乞への支払いに銀をはかる音、大豆打つ音は節分の豆まき。この豆を年の数だけと銭一文を紙に包んで厄払いに与える。 一四 諺。何が出て来るかわからぬ、気味の悪い譬。 一五 仏道修行の場。特に真宗の寺院をいう。 一六 太鼓の音がして。 一七 真宗では宗門内の信者をいう。 一八 初夜を報ずる鐘(冬季では午後七時四十分に当る)。

一九 住職。 二〇 初夜の勤行(ごんぎょう)。 二一 一年中の総決算の日。 二二 浄土および浄土真宗では、信者の死を極楽から仏のお迎え船が来たという。弥陀の本願は衆生を済度し極楽に往生させるという信仰から、これをたとえて弘誓の船という。

二三 讃談。仏徳を讃歎し、説法勧化すること。

二四 賽銭(さいせん)。 二五 神仏の参詣から帰ること。

二六 奇特千万。感心至極。 二七 忙しい中をわざわざ参詣するのが、すなわち信心というもの。

二八 如来の草体から誤ったもの。 二九 大帳は台帳。地獄の閻魔(えんま)の庁では、死者生前の善行を金札に、悪行を鉄札に記録してあるという。

三〇 散銭を無駄にしたと思うな。前に散銭を取返して下向せよといいながら、抜け目のない坊主の言い分。

すこしもいつはりは御座らぬ、たのもしうおぼしめせ」。

　時にひとりの祖母《ばゝ》泪《なみだ》をこぼし、「只今《ただいま》の有《あり》がたひ事をうけたまはりまして、扨《さて》も〳〵我《わが》心底《しんてい》の耻《はづ》かしう御座ります。今《こん》夜の事、信心にて参りましたでは御座らぬ。ひとりあるせがれめが、つね〴〵身過《みすぎ》に油斷《だん》いたしまして、[一]借銭《しやくせん》に乞《こい》たてられまして、節季《せつき》〳〵にさま〴〵作り事申《まうし》てのがれましたが、此《この》節季の[二]身ぬけ、何とも分別あたはず。私には「道場《どうじやう》へまいれ、其《その》跡にて見ゑぬとなげき出し、近所《きんじよ》の衆をたのみ、[三]太鼓《たいこ》かねをたゝきたづね、これにて夜をあかして濟《すま》すべし。[四]ふるひ事ながら、大晦日《おほつごもり》の夜のお祖母《ばゞ》を返せは我等が[五]仕出し」と思案《しあん》して、[六]世のふしようなればとて、あたりの衆におもはぬやつかいかくる事、是《これ》大きなる罪《つみ》」とぞなげきける。

　又一人は、「生國《しやうごく》は伊

一 借銭乞いに、または借銭を乞いたてられましてとあるべきところ。
二 一身に負うべき責任をのがれること。ここは節季の支払をすまさずにおく方法。
三 迷子・家出人の捜索には、太鼓・鉦(ねか)をたたきながら、その名を連呼して歩く風習があった。近所の衆は義理としてこれに参加しなければならない。
四 節季の身抜けの手段としては古くさい方法ながら。
五 工夫。趣向。
六 いくら浮世の義理とはいえ。不祥は不運・災難の意。この世に住んでいる以上は、迷惑でも近所づきあいの義理は果さなければならぬわけである。

勢のものなるが、人の縁《えん》ほどしれぬものはなし。七爰許《こゝもと》に親類《しんるい》とてもなきに、八大坂旦那廻《(まは)》りの太夫どのにやとはれ、荷持《にもち》をいたせし時、此《(この)》所の繁昌《はんじやう》見まして、何をしたればとて、ふたり三人の口を九喰《くう》事心やすき所ぞと見たて、幸《さい》はひ一〇大和がよひして小間物商《あきな》ふ人の死跡《しにあと》に、ふたつになる男の子あつて、かゝも色じろにたくましければ、一一とも過《(すぎ)》にして世をわたり、行末は一二其《(その)》子めに一三かゝる事をたのもしくおもひ、入聟《むこ》していまだ半年《はんとし》もたゝぬに、一四道をしらぬかよひ商ひに、すこしの一五錢もみになし、極月《(こくげつ)》はじめごろより、何がなと渡世《とせい》しあんするうちに、女は子を一六愛《あい》して、「我も耳《みゝ》があるほどに、人のいふ事をよくきけ。小男でも本《(ほん)》のとゝさまは、利発《りはつ》にあつたとおもへ。女の手わざの食《(めし)》までたきて、女房は宵からねさせ置《(おき)》て、我は夜明《(よあけ)》がたまで一七わらんじをつくり、われは着《き》ずに、

七 当地。大阪を指す。
八 大阪の信者廻りをする伊勢の御師。太夫↓二一〇頁注一六。
九 口を養う。生活する。
一〇 大阪から大和へ行商に通うこと。
一一 共かせぎ。
一二 二歳になる子を指す。
一三 世話になる。扶養せられる。
一四 大和への道不案内という意に、商売の道を知らぬ意をかけてある。
一五 はたいてしまって。すっかり失うこと。
一六 あやすことをいう。間(あい)するの意。ここは子供を相手にしてというほどの意。
一七 草鞋(わらじ)。

女《(にょう)》ぼう子どもには[一]正月布子《ぬのこ》をこしらへ、[二]此《(この)》黄《き》がらちやのきるものも、其《(その)》時の名ごりじやぞ。何に付《(つけ)》てもなじみほどよきものはなし。もとのとゝさまこひしやとなけ〳〵」といふときは、さりとては入聟口おしく、堪忍《かんにん》ならぬ所なれども、是非《ぜひ》なく日をかさね、「[三]我ふるさとにすこし借置《かしおき》たる銀子《(ぎんす)》もあれば、これを取《(とり)》あつめて[四]此《(この)》節季《せつき》仕舞《じまい》」と、はる〴〵くだりける甲斐《かひ》もなく、其《(その)》ものどもはみな所をされば、又[五]手ぶりにて、やう〳〵けふの夕食《(めし)》前に宿へ帰りしに、[六]何とか才覚いたしける、餅《もち》もつき、薪《たきゞ》も買《かい》、[七]神のおしきに[八]山ぐさの色めきければ、世はなげくまじ、又[九]引《(ひき)》あぐる神も有《(あり)》て、留守《るす》のうちに手廻《てまは》しよく、内證仕舞《ないしやうしまい》置《(おき)》けるとうれしく、「無事で帰りたる」といへば、女房《(にようばう)》もいつよりは機嫌《きげん》よくして、[一〇]先足《まつあし》の湯《ゆ》を取《(とり)》もあへず、[一一]鰯膾《いわしなます》を片皿《かたざら》に、赤《あか》いはしの焼《やき》ものにて心よく膳《ぜん》をすへける程《(ほど)》に、箸《はし》とつて喰《くい》かゝる時、「伊勢の銀《(かね)》どもは取《(とつ)》て御座つたか」といふ。[一二]不仕合《しあはせ》いふを聞《(きき)》もあへず、「そなたは、手ぶりでよう〳〵戻《もど》られた事じや。此《(この)》米は、[一三]壱斗を[一四]二月の晦日切に約束《やくそく》して、[一五]われらが身を手形《てがた》に書入《(かきいれ)》て、[一六]九拾五匁の筭用にして借《かり》ましたよ。世間《せけん》は[一七]四拾目の米喰《くう》とき、九十五匁の米を喰《(くふ)》事、そなたの[一八]どんなるゆへにかゝる仕合。持《もつ》て御座つたものはふんどし一筋《すぢ》、何もそんのまいらぬ事、夜に入《(いれ)》ば闇《くろ》ふなります、[一九]足もとのあかひうちに出て御

一 ↓正月着の綿入れの木綿小袖。
二 黄唐茶。丁子の煎汁に少量の鉄分と灰汁を加え、黄褐色(丁子色)に発色させた染色。
三 伊勢を指す。
四 この節季の支払にあてよう。
五 手ぶらとも。手に何も持たぬこと。
六 女房がどう工面したのか知らぬが。
七 神の折敷。神饌を供える御膳。
八 歯朶《(だし)》の異名。正月の祝儀物の下敷に用いる。
九 諺「捨つる神あれば引上ぐる神あり」。
一〇 洗足の湯。
一一 鰯の膾を片方の皿につけて、赤鰯の焼物をすえて。節分の夜、鰯の頭を柊の枝に貫いて門口に插す。また食膳にも鰯を用いる。塩漬の鰯は赤く錆びたような色になるので赤鰯という。
一二 都合よく事が運ばなかったことを弁解する。
一三 たった一斗の米を。ただし下文に「九十五匁の米」とあるから、ここは一石の誤りかとも思われる。
一四 米代を来年二月晦日を期日として支払う約束で。いわゆる春延べの米である。↓補三八一。
一五 米代金を一応借用の形にして、借用証文に、もし返済出来ない時には女房を引渡すという文言を書入れるのである。↓補三六六。
一六 米一石九十五匁の算用にして。従って一斗ならば九匁五分になる。
一七 米一石銀四十匁は豊年の時の値。↓補三一五。
一八 愚鈍な。働きのない。
一九 暗くなる↓足もとの明るいうち。手遅れにならぬうちに事をせよという譬。ここは追出されぬうちに自分から出て行けというのである。

座れ」と、喰《くい》かゝつた膳《ぜん》をとつて追出《おいだ》す時、近所のもの共あつまりて、「是《これ》は[二〇]御亭《てい》さまのめいわくながら、[二一]入聟のふしやうに、出ていなしやるが男の本意《ほんい》じや。又よい所も御座ろ」と、口〳〵に追出《おいだ》しければ、あまりかなしくて泣《なか》れもせず。明日《あす》は國元に帰る分別いたしましたが、今夜一夜のあかし所なく、我らは[二二]法花宗《ほつけしう》なれ共是《これ》へ参りました」と、[二三]身のさんげする事、哀《あは》れにも又おかし。

又ひとりの男は大わらひして、「我身《わがみ》の事はとかふ[二四]申《まうし》がたし。[二五]宿にいますれば、方〳〵よりいけておかぬ身なり。どなたへ申《まうし》て、錢十もんかり所はなし。酒は呑《のみ》たし、身はさむし。色〳〵無分別、年を越《こす》べき才覚なし。近ごろあさましきおもひつきながら、こよひは道場《どうじやう》に、平太郎殿の讃談《さんだん》参り群集《くんじゆ》すべし。其《その》[二六]草履雪踏《ざうりせきだ》を盗《ぬす》み取《とり》て、酒の代《しろ》にせんと心がけしに、こゝにかぎらず、いづかたの道場《どうじやう》にも[二七]人ぎれなく、[二八]ほとけの目をぬく事も成《なり》がたし」と、身のうへをかたりて泪《なみだ》をこぼしける。

亭坊《ていぼう》も横手《よこ》をうつて、「さても〳〵、[二九]身の貧からはさま〴〵悪心《あくしん》もおこるものぞかし。[三〇]各《おのおの》もみな佛躰《ぶつたい》なれども、是非《ぜひ》もなきうき世ぞ」と、つら〳〵[三一]人界《にんがい》を観《くはん》じ給ふうちに、女[三二]けはしくはしり來て、「姪御《めいご》さま、只今《ただ》安《やす》〳〵と[三三]御平産《へいざん》あそばしました、御しらせ申《まうし》ます」といふ。程《ほど》なく其《その》跡より、「[三四]箱屋《はこや》の九藏、

二〇 御亭主様の略。↓二五八頁注一。
二一 不祥↓三〇二頁注六。入聟の身であることを不運とあきらめて。
二二 情強(じょう)法華・堅法華という異名があるほど、法華宗では他宗との接触・交渉を禁じた。
二三 身の上を打明けて語る。
二四 何ともお話にならぬ。
二五 家に居ると、借銭乞いが生かしてはおかぬ身である。
二六 竹の皮草履の裏に革を張ったもの。
二七 人間の切れ端もない、参詣人が一人もなくて。
二八 利欲のためには仏像の玉眼を抜き取ること。転じて神仏をも欺いて悪事を働くこと。
二九 諺に「貧の盗みに恋の歌」という。貧に迫っては盗みもし、恋ゆえに歌をよむという譬。
三〇 仏説では、人間はみな仏体を受けてこの世に生れて来たのだという。
三一 人界は仏教の十界の一。人間界の無常を観ずる。
三二 あわただしく。
三三 御安産に同じ。
三四 箱屋はさしもの細工屋。九蔵は職人の通名。

今のさきに掛《かけ》ごひと云分《いひぶん》[一]いたされまして、首《くび》[二]しめて死《しな》れまして御ざる。夜半過《やはんすぎ》[三]に葬礼《さうれい》いたします。御くろうながら、野墓《のばか》[四]へ御出《いで》たのみます」といふて來る。取《とり》まぜてかしましき中に、仕たてもの屋より、「縫《ぬい》に下されました白小袖を、ちよろりと盗《ぬす》まれました。せんさくいたしまして出ませずば、銀子《ぎんす》[五]たてまして御そんはかけますまい」と、ことはり申《まうし》に來る。東隣《ひがしどなり》から、「御無心《むしん》なれども、今晩俄《には》かに井戸《いど》がつぶれました。正月五ケ日[六]、水がもらいましたい」と申《まうし》きたる。其《その》跡から一旦那《だんな》[七]のひとり子、金《きん》銀をつかひすごし、首尾《しゆび》さんぐ＼にて所[八]を立《たち》のくを、母親《おや》の才覚《さいかく》にて、「御坊《ぼう》[九]さまへ正月四日まで」預《あづ》けにつかはしける。是《これ》もいやとはいはれず。[一〇]うき世に住《すむ》から、師走坊主《しはすぼうず》[一一]も隙《ひま》のない事ぞかし。

四　長久の江戸棚

江戸は宝の市。商人の儲け所

天下泰平《たいへい》[一二]、國土萬人《こくどばん》江戸商ひを心がけ、其道《そのみち》[一三]ぐ＼の棚《たな》出して、諸國より荷物《にもつ》船路《ふなぢ》[一四]・岡付《おかづけ》[一五]の馬かた、毎日数万駄《すまんだ》[一六]の問屋《とい》づき、こゝを見れば、世界《せかい》は金銀たくさんなるものなるに、これをもうくる才覚のならぬは、諸商人に生れて口おしき事ぞかし。


一口論して。二相手の首を絞めて、自分も死んだという意。三葬式は日が暮れてからするのが当時の慣習であるが、ここは正月を控えていることとて、通夜の暇もなく深夜にするのである。四火葬場。五銀を弁償して。六井戸掘職人も三ケ日が済むまでは仕事に出ないから。七檀家の中で最も有力な信者。八懲戒のために、親の勘当を受けて追放せられたのであろう。九僧侶の敬称。年末はどこの家でも取込んでいるから、行先のあてのない我子可愛さに、母親がお寺へ頼んで預かってもらうのである。一〇この世に住んでいる以上は。一一諺「師走坊主師走浪人」↓二〇五頁注五〇。

一二今、天下泰平に国土安穏な御代に当って万人ことごとくという意。祝言に「天下泰平、国土安穏、御代長久」というのをもじった。

一三その商売商売の支店を出して。一四江戸・大阪間を結ぶ航路を大廻しといい、木綿・油・酒・酢・醤油その他を輸送する菱垣廻船、伊丹酒その他を輸送する樽廻船が動き、江戸と日本海沿岸を結ぶ航路を北廻りといい、秋田・津軽・仙台各地の米その他の物産が輸送せられた。

一五陸路馬の背に荷物をつけて輸送することを陸(おか)づけという。江戸を中心とする主要交通路には東海道・中山道・日光道中・奥州道中・甲州道中の五街道があり、街道には宿駅が設けられて駄馬・人足が常置されていた。一六慶長六年一駄三十貫と定められたが、翌七年以後一駄四十貫を限定として荷物を積むことに改められた。一七江戸惣鹿子名所大全二、町方年中行事「十二月十七日より十九日迄、浅草観音堂市。此日正月のかざり道具売なり。廿五日より卅日まで、日本橋四日市にてさるほどに、十二月[一七]十五日より通《とを》[一八]り町のはんじやう、世に寶《たから》の市とは爰《ここ》の事なるべし。常[一九]のうりもの棚は捨置《すておき》て正月のけしき、京羽子板《はごいた》[二〇]・玉ぶり〳〵[二一]細工に金銀をちりばめ、はま弓[二二]一挺《てう》を小判二兩などにも買《かふ》人有《あり》けるは、諸大名の子《し》息《そく》にかぎらず、町人までも萬《よろづ》に大氣《たいき》なるゆへぞかし。町すじに中棚《だな》[二三]を出して、商ひにいとまなく、錢は水のごとくながれ、白《しろ》がねは雪のごとし。冨士の山かげゆたかに、日本橋の人足《あし》、百千万の車のとゞろくに聞《きき》なしたり。船町《ふなてう》[二四]の魚市《うをいち》、毎朝の賣帳、四方《よも》の海ながら、浦〳〵に鱗《うろくづ》のたねも有《ある》事よと沙汰《さた》し侍《はべ》る。神田《かんだ》[二五]須田町《すだてう》の八百屋《やほ》もの、毎日の大根《こん》、里馬[二六]に付《つけ》つゞきて数万駄《すまんだ》見えけるは、とかく畠《はたけ》のありくがごとし。半切《はんぎり》[二七]にうつしならべたる唐《とう》がらしは、秋ふかき竜田《たつた》山をむさし野に見るに似たり。瀬戸《せと》[二八]物町・糀町《かうじまち》の鳫鳧《がんかも》、さながら雲の黒きを地に[二九]はへたるがごとし。本町[三〇]の呉服《ごふく》もの、五色《しき》の京染・屋しき[三一]模《も》やうのちらし[三二]がた、四季一度《き》にながめ、すがた[三三]のはなの色香《か》ぞかし。傳馬《てんま》[三四]町のつみ綿《わた》[三五]、見よしのゝ雪のあけぼのの山〳〵、夕べにはちやうちん[三六]つらなり、道明《みち》[三七]らかに、大晦日《おほつごもり》の夜に入《いり》て一夜千金《きん》、家〳〵の大商ひ、殊《こと》に足袋《たび》[三八]・雪踏《せきだ》は、諸職人万事買物のおさめにして、夜の明《あけ》がたに調《ととの》へに來たり。一《ひと》とせ、江戸中の棚《たな》に、せきだが一足《そく》、たびが片足《かたし》ない事有《あり》。幾万人はけばとて、かゝる事は、日本[三九]第一人のあつ

江戸の大名気。水のように金が流れる年の市風景

正月かざり道具売。廿六日より卅日まで、弓矢はご板売なり。中橋・尾張町壱丁目・十間棚・神明前・糀町四丁目・浅草かや町」。一八 日本橋筋・中橋筋・京橋筋の大通りをいう。一九 いつもの日用品を売る見世は誰も見向きもしないで、正月用品に人気が集まる。二〇 胡粉(ごふん)の上に殿上人と内裏女房を描き、金銀の箔を押してある。二一 毬打(ぎっちょう)。六稜形の槌で木製の玉を打って遊ぶ正月の玩具。これにも金銀の箔を押してある。二二 破魔弓→補三四七。二三 歳の市の間、通町の道幅田舎間十間の中央に小屋掛けの中見世が出る。→補三八九。二四 日本橋本船町・同横店(八間町)に魚市があった(今、中央区日本橋本町一丁目)。二五 神田の多町(今、千代田区神田多町二丁目)・須田町(同須田町一丁目)には野菜市があった(真)。二六 在郷馬。百姓馬。二七 半切桶。底が浅い。二八 瀬戸物町(今、中央区日本橋本町一・二丁目、同室町一・二丁目)、麹町(今、千代田区一番町—六番町)に鳥屋があった(真)。二九 地上に引張り渡したようだ。三〇 本町(今、中央区日本橋室町二・三丁目、日本橋本石町二・三丁目、同本町二丁目)には富山屋・伊豆蔵屋・家城(いえき)などの大呉服商が並んでいた。三一 町方に対して武家を屋敷方という。お屋敷奉公の女中向きの模様。三二 散らし模様。四季の草花や風物を染め出してある。三三 美人を姿の花という。ここは色とりどりの染模様は美人の色香を増すものだという意。三四 大伝馬町一丁目(今、中央区日本橋本町二・三丁目)には木綿問屋が多く、本町三丁目と共に木綿店の称があった(真)。三五 摘綿。綿を塗桶にかぶせて袋形に引延ばしたもの。百匁を四

袋にする。三吉野の雪に喩えた。三六 提灯。三七 原本「明らかう」とも見えるが、「う」は「に」の変体仮名の一劃が欠けたものであろう。三八 ↓一三〇頁注七。三九 日本第一の大都会。

一 ↓六三頁注四六。縁起を祝って年徳棚・竈・蔵などに掛けて置くから、需要が多い。藁で二匹の鯛の頭を向い合せに結んであるから、二枚と書いてある。
二 代々が年切れして高価になったこと。↓二〇六頁注七。
三 気分の大きいこと、はでなことを大名気・大名風といった。
四 銭緡にさした銭を一々数えること。小心な譬。
五 厘秤。釐天具《れいてんぐ》の小さいもので、厘・毛などの少量をはかる秤。
六 軽目の金。小判は流通している間に摺り切れたり、またわざと削り取られたりして、目方の軽いものもよくある。
七 諺「金銀は廻り持ち」。
八 京大阪への現金輸送は早便で六・七日、並便で九・十日かかる。十七八日というのは飛脚差立ての定日であろう。
九 江戸・京大阪間の金銀輸送は、民間では寛文十一年に始まり、特にこれを金飛脚と称した。輸送に当って割符の一片を飛脚の宰領に渡し、到着の上これに受取印を取って送金者に返したので、また手板組ともいう。駿河町の備前屋与兵衛・木津屋六左衛門・山田屋八右衛門のほか万町・佐内町・新橋南一丁目などに京大阪飛脚宿があった(江戸名所惣鹿子大全)。

まり所なれば也《なり》。胄のほどは一足《そく》七八分のせきだ、夜半過《やはんすぎ》には壱匁二三分となり、夜明《よあけ》がたには一そく弐匁五分になれ共《ども》、買人《かふひと》ばかりにしてうるものなし。一とせ、[一]掛小鯛《かけこだい》二枚十八匁宛《づつ》せし事も有《あり》。[二]代〻ひとつ金子《きんす》弐歩づゝせしに、高ふて買《かは》ぬといふ事なし。京大坂にては、相場《さうば》ちがひのものは、たとへ祝儀のものにしてから、中〱調《ととの》ふべき人心にはあらず。爰《ここ》を以て[三]大名氣《だいみやうぎ》とはいへり。京大坂に住《すみ》なれて心のちいさきものも、其《その》氣になつて、[四]錢をよむといふ事なし、小判を[五]りんだめにてかける事なし。[六]かるきをとれば、又其《その》まゝにさきへわたし、[七]世は廻《まは》り持《もち》のたからなれば、ひとりとして吟味《ぎんみ》する事にはあらず。[八]十七八日までに、上方《かみがた》への[九]銀飛《かねび》脚《きやく》の宿を見しに、大分の金銀色もかはらず上りてはくだり、一《ひと》とせに道中を幾《いく》たびか、金銀ほど世に辛勞《しんらう》いたすものは外に

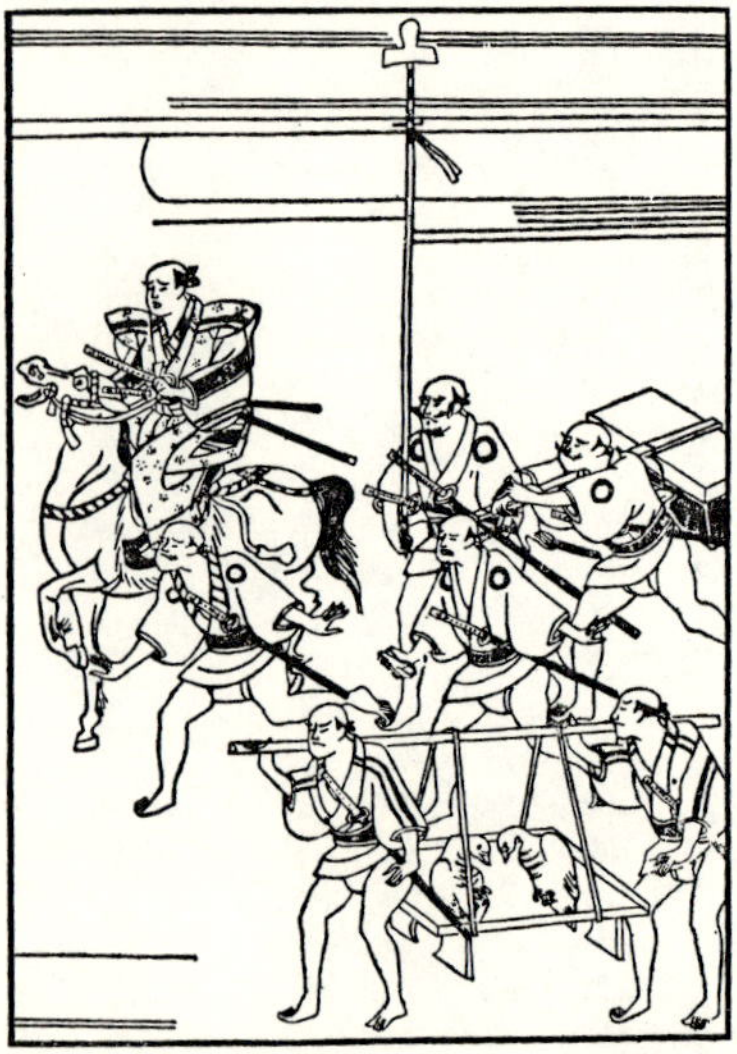

一夜明くれば豊かなる春

[一〇] 将軍家・老中・若年寄その他大名・旗本の間に行われる、年末の祝儀贈答の使者。

[一一] 進物の太刀の目録。太刀折紙ともいうが、多くは馬を同時に贈るので併記してある。

[一二] 進物の酒樽と箱入りの魚鳥。樽と箱肴をあわせ贈る時には目録を一紙に記す。

[一三] 蠟燭は当時貴重品であったので進物にする。

[一四] 千年山。丹波国の名所(今、京都府北桑田郡)。夫木抄二〇、藤原正家「春たちて霞たなびく千年山麓の里の影ものどけし」に拠る。これに君千年を寿ぐ意を含めている。

[一五] 山の麓。

[一六] もと大橋といい、本町一丁目(今、中央区日本橋本石町一丁目)の日本橋川に架す。明暦の大火後常盤橋と改めた。

なし。是《これ》ほど世界に多きものなれども、小判一両もたずに、江戸にも年をとるもの有《あり》。

[一〇]されば歳暮《せいぼ》の御使者とて、[一一]太刀《たち》目録、御小袖、[一二]樽《たる》ざかな、[一三]箱入《はこいり》のらうそく、何を見ても萬代《よろづよ》の春めきて、町並《なみ》の門松、こ

れぞ[一四]ちとせ山の[一五]山口、なを[一六]常盤橋《ときは》の朝日かげ、豊かに静かに万民の身に照《てり》そひ、くもらぬ春にあへり。

元祿五壬申年初陽吉日

書肆

京二条通堺町
上村平左衛門
江戸青物町
萬屋清兵衛
大坂梶木町
伊丹屋太郎右衛門
板行

西鶴織留

繪入

西鶴織留

一

本朝町人かゞみ

序

風[一]はかたちなふして松にひゞき、花はいろあつて物いはず。まなこにさへぎることは心にうかび、おもふ[二]事いはねば腹がふくるゝといふはむかし。やつが[三]れがちいさき腹してつたなき口をあけて、世間《よのなか》[四]のよしなしごとを筆につゞけて、是《これ》を世の人心《ひとごころ》[五]と名づけ、難波《なには》のくれ[六]は鳥織留《おりとむ》[七]る物ならし[八]。

難波　西鶴

[九]

元禄其月其日

[一〇]

作者自序

一 風に形はないが松に吹けば松風となってひびき、花には色があるがものを言わない。この風や花はともに人の心を動かすものであり、そのように目にふれる万物は…。

二 徒然草、一九段「おぼしき事言はぬは腹ふくるゝわざなれば」。

三 我の謙称。

四 徒然草、序「心にうつりゆくよしなし事をそこはかとなく書きつくれば」。

五 本書は「本朝町人鑑」「世の人心」両部の遺稿をとり合わせて成ったが、この序は後者のために書き置かれたものであろう。解題参看。

六 くれはとり。呉織。くれはたおりの約。呉の国から来た機織女の名。ここは西鶴自身になぞらえている。

七 織尻とも。織物の最後の個所には、織元の印を織り出してあるのが普通。

八「なるらし」の約。ここは「なり」と同意。

九・一〇 西鶴の軒号、松寿軒という。

西鶴生涯《しやうがい》のうち、述作《じゆつさく》する所の假名草子《か な(ざう し)》[一]、棟《むね》[二]に充《みち》、牛に汗《あせ》して世にはびこる中に、日本永代藏《(につぽんえいたいぐら)》・本朝町人鑑《(ほんてうちやうにん)かゞみ》・世《(よ》の人心《ひとごころ)》、これを三部の書《しよ》と名づく。尤《(もつとも)》商職人《しやうしよく(にん)》[三]の閲《けみ》するに、日用世をわたるたつきにこゝろを得《う》べき龜鑑《きかん》たるべきものにして、永代藏は其功《(その)こう》[四]なりて後、町人鑑・世の人心半書遺《なかばか(き)のこ》して、過《(すぎ)》し酉《(とり)》[五]の葉月《は》に此世《(この)》を去《さり》ぬ。されば兩卩《(ぶ)》の名のみにして、むなしく三部の闕《かけ》たらんには、ぬし[六]の本望《もう》もかなはず、かつは巻《まい》て紙虫《しみ》[七]の家ともならば、珠《たま》を淤泥《おでい》[八]にかくすにひとしからんと、書林《しよりん》の某《なにがし》の歎《な(げ)》きに應《おう》じて、兩部の書殘《(かきのこ)》されし、半宛《なかばづゝ》を、とり合《(あは)》せて一部となし、かれにあたふるついで、予に序を乞《こふ》。此書《(この)》の功のおはらざるにわかれし[九]を思ひ出《(いで)》て、涙を墨にして筆を添《そえ》侍《(はべ)》りぬ。

元祿七年
戌卯月上旬
難波俳林
團[一〇]水誌

編者序

一仮名まじりの通俗的読み物。漢籍・仏典などの学問の書物に対していう。今日文学史上にいう仮名草子の意味ではない。

二汗牛充棟。蔵書の多い譬。ここは西鶴に著作多く、それのひろく世に行われたことを指す。

三商人や職人が読んで日常の世わたりのたよりとして心得ておくべき手本。

四著作が完成して後。

五西鶴は元禄六癸酉《(みずのとのとり)》年八月十日没、年五十二。

六主。本人。作者西鶴を指す。

七書物を空しく蔵すること。新撰六帖、六「はてはまたしみのすみかの昔文はらへば塵と見るぞ恋しき」。

八どろ。ぬかるみ。除陵諫仁山深法師罷道書「嗚呼桂樹還為二豆火所一レ焚、可レ惜明珠乃受二淤泥埋没一」。

九師の西鶴に死別したことを。

一〇北条団水また団粋、白眼居士・滑稽堂ともいう。西鶴の弟子。西鶴没後大阪に赴き、師の草庵を守ること七年にして京に帰り、宝永八年正月八日没、年四十九。俳書・浮世草子の著作多く、西鶴の遺稿は彼の手によって整理出版された。本書は西鶴置土産につぐ第二の遺稿出版。元禄七年は団水三十二歳。

西鶴織留本朝町人鑑

目録　一

二 摂津国兎原郡打出村（今、兵庫県尼崎市）に隠里という地があったので、西鶴は打出の奥の伊丹を指して、ひそかにして富裕な町人の多い町の意味で隠れ里といった。隠れ里は流離の貴人が山間に隠棲して形成した部落をいうが、長者伝説と結びついて各地に伝えられている。摂津国では池田の北の山間部にその伝説があった。↓補三九〇。

三 本文には「四千七百拾九貫目」とある。油断なく聞き耳をたてて、情報をつかんだお蔭で、産を成した。

一三 池田は酒造を以て栄えたので、何事も酒さまさまと崇めていった。酒屋の看板に「上々吉諸白あり」と書く。「大明神」は神格化していった洒落。

一四 品玉は奈良朝時代に移入された雑伎の一つ。玉のほか刀・槍などを空中に投げ上げて手玉にとる。転じて手品をすることを「品玉とる」という。無から有を生み出す手品の種は松茸だという意。

一五 諺「塵も積れば山となる」。主人公は懐炉灰の発明で産を成したから、「灰もつもりて」といった。

一六 親の代の古帳面を繰ってみると、その時からは家内も六人から十八人に増えているという意。

一七 本文に「娌取(り)振舞の時も」とある。一門の結婚披露宴のような晴の時にも、絹の浅黄小袖を着て出席したという意。本文参看。

一八 諺「提灯に釣鐘」。つりあわぬ縁は身代破滅の基。

④

一所《ところ》は近江《あふみ》蚊屋《がや》女才覚《さいかく》
二数《す》百人はごくむ千貫《ぐわん》松
三勢田《せた》に馬はあれど牢人《ろうにん》心

一所は近江の八幡、近江蚊帳屋の女房の才覚で産を成した話。所は近江↓近江蚊帳。

二多くの奉公人を扶養し、家栄えたことをいう。謡曲高砂に「松とは尽きぬ言の葉の、栄は古今相同じ」とあり、家の繁栄を老松に象徴した。「千貫松」三三九頁注四一。

三拾遺集、雑恋「山科の木幡の里に馬はあれどかちよりぞ来る君を思へば」のもじり。大津の戻り馬があれど、金を思えば徒歩はだしにて勢田(今、大津市瀬田町)廻りしたのが運のつき、二人の浪人にゆすられることになるが、「牢人心」はここでは、むしろ主人公基平のけちな根性を指すのであろう。

四大昔からの意。

五ここは遊女をさす。孟郊、静女吟「艶女皆妬レ色　静女独検レ蹤」。

六享楽に夢中になっているうちに。無明とは、おろかで煩悩多く仏理を了知しえぬこと。無明長夜・無明の闇などという。

七債権者団に家財道具を提供して自己破産をすること。↓補一一八。八ママ。好色。

九投機的に商品を買い置くこと。↓三六頁注二八。一〇商売の損銀と好色のむだ銀。

二才知の力も及ばず。(才覚の花をかざる↓一四二頁注一〇)。三錦の衣を着た身も紙子姿に変り果てて。「このたびはぬさもとりあへず手向山紅葉の錦神のまにまに」(百人一首、菅原朝臣)によって、紅葉の錦↓紙子。三花・紅葉の縁で有為転変を四季転変ともじる。

四諺。「乞食に氏なし」ともいう。ここはどんなに富裕であっても乞食になれるの意。

五本米麹米ともに精白を用いて造った優良酒を諸白という。「伊丹諸白」の声価が高まった

二　津の國のかくれ里

相床に聞く米の値上り。色を思いきっての買置、伊丹の長者

[四]神武《じんむ》此《(この)》かた、世の人[五]艶女《えんちょ》に戯《たはぶ》れ、[六]無明《むみやう》の眠《ねぶり》の中に、其《(その)》家の乱《みだ》るゝ事数《かず》をしらず。近年、町人[七]身体《しんだい》たゝみ分散《ぶんさん》にあへるは、[八]色好《こうしょく》・[九]買置《かい(おき)》此《(この)》二つなり。[一〇]損銀《そん(ぎん)》・化銀《あだがね》年〳〵相積《あいつも》りて、[一一]才覚《さいかく》の花もちり、[一二]紅葉《もみぢ》の錦紙子《にしきかみこ》と成《(なり)》、[一三]四季轉変《しきてんぺん》の[一四]乞食《こつじき》に筋《すぢ》なし。是《(これ)》をおもふに、それ〳〵の家業《かげう》に油断《ゆだん》する事なかれ。

爰《(ここ)》に津の國、[一五]伊丹諸白《いたみもろはく》を作りはじめて家久しく、[一六]毎年《まいねん》の勘定《かんぢやう》銀五貫目、[一七]延《のび》もちゞみせず、うまれつきたる[一八]小男の[一九]仕合《(しあはせ)》と、月日をおくるうちに、子ども成人《せいじん》をして、然《(しか)》も惣領《そうりやう》よろづにかしこく、親の古風《こふう》とは替り、[二〇]當世仕出しの衣服《いふく》に身をかざり、是《(これ)》より女良ぐるひにそまり、我《(わが)》里より[二一]忍《しの》び駕籠《かご》をいそがせ、都の嶋原通《(しまばらがよ)》ひつのれば、すこしの[二二]望姓《もとで》殘りすくなく成《(なり)》て、身上《しんしやう》あぶなく、二親《(ふた)》なげきて[二三]異見《いけん》するにとまらず。有時《(あるとき)》、約束《やくそく》して、[二四]丸屋の七左衛門かたに太夫の[二五]吉野を揚置《あげ(おき)》、つねより[二六]けわしく[二七]六枚肩《まいがた》にてのぼりけるに、[二八]丹波口《たんば(ぐち)》にて夜半《やはん》の鐘《かね》、とかふするまに[二九]八つ門明《もんあき》て、[三〇]宵《よひ》より夢見し客《きやく》「[三一]名殘惜《おし》さは朱雀《しゆじやか》の細道《ほそ》」うたひ連《つれ》て帰る。我は今來《き》て、太夫が待兼皃《まちかね(がほ)》見るも、[三二]戀にふかき所の篭《こも》れり。「先《(まづ)》お行《ぎやう》

のは、慶長初年鴻池氏の清酒発明以来。
一六 毎年末に、一年中の金銀米銭の出納受払いを決算勘定する。
一七 ふえもへりもせず。「のばす」は節約してふやす意。
一八 ここは小柄な男と、律義な小商人の意をかけている。卑下をふくむことば。伸び縮みせず↓小男。
一九 運命。
二〇 当世好みの。
二一 遊里通いの駕籠。大矢数、三八「千本通まつすぐにゆくしのび駕籠月を目当に南へ」。
二二 易林本節用集「望姓モトデ　商望姓アキナヒモトデ」。↓補三九一。
二三 色遊びがやまない。
二四 島原揚屋町、西側南端の揚屋。↓附図。
二五 島原上之町柏屋八左衛門抱えの太夫(朱雀遠目鏡)。長崎の大臣に身請けせられた媛子芳野の跡目、延宝八年太夫出世。
二六 あわただしく。
二七 前棒・後棒の外に、手替りの人数を加えて三枚肩・四枚肩・六枚肩などという。二代男、六ノ五「此里(島原)は早駕籠、大坂より四枚肩は廿四匁の定まり、難波の暮の七つに乗出し、西嶋の四つ門さゝぬ内に請合飛す也。又六枚がたは卅六匁、是は日暮より二時に、十里半の道を行事ぞかし」。
二八 京都七口の一つ。京都から丹波への街道口。一貫町に茶屋町あり。↓附図。
二九 島原は四つ時(午後十時)に門を閉じ八つ時(午前二時)に開く。この時入る客を朝込《(あさごみ)》の客という。
三〇 情交することを「夢を見る」という。
三一 当時はやった島原通いの小唄の一節。↓二三五頁注三三。
三二 恋に一入興趣がある。

一茶粥・小豆粥などに対して、白米を煮た粥をいう。早朝まず白粥を出し、後に朝飯を出す。二熟した柚の肉を去り、その殻に味噌を入れて柚の汁を和し、皮のまま火にかけて食う。腹の養生によい。三本朝食鑑、一、麪筋「調二酒漿乾鰹汁等一而煮熟、和二鳥魚羹一、或炙食、或油煎食、倶美味」。四料理献立集、上、十一月の汁に、酒一杯に水八杯入れ、鍋に塩煎りつけ、蠣二つ三つ入れるとある。五板焼はへぎ焼に同じ。料理物語に「右のごとくつかまつり(鴨を大きにつくり、たまりをかけをきて、かはをいり、身をはさみ入)、すぎのへぎにて一まいならびにおきやく事也」。冬の料理。六台所。七座敷に。八太夫につき添って座をとりなす女郎。鹿恋(かこ)女郎がなる。九按摩の技術の一つ。指の関節をやわらげる。一〇投節。↓補三五八。一一聞くとすぐに。一二太鼓持。八十二人は伊勢内宮の八十末社に擬し、多数の意をあらわすか(松)。一三島原大門入口から胴筋にあった茶屋。↓補三五。大臣客の休憩所、また昼間のみ端女郎を揚げて遊ばせる。延宝末年には十五軒から十六軒、十七軒あったのは何時か不明。一四祝儀をやりたい。一五諺。寝ている間は誰でも仏のように無我の境にあるの意。一六太夫の寝具は三つ重ねの布団が定まり。一七手足を伸ばして寝ること。楽寝ともいう。一八情交することを「話す」という。一九お宅から。二〇金銭のつかみ取りの大儲けがあるという内密の知らせ。二一江戸の出店の手代。二二文面によると、初冬の頃大風が吹いたように受取られるが、そうではあるまい。七・八月の台風季節に関東地方に被害があって、その影響として初冬の頃米価

水《ずい》よ白粥《しらかゆ》[一]よ。柚味噌《ゆみそ》[二]・酒麩《さかふ》[三]の跡《あと》から、岩花《かき》[四]のお吸《すい》物出して。鴨《かも》[五]の板焼《いたやき》は火鉢《ひばち》をすぐにお座敷へ出すぞ」と、勝手《かつて》[六]は煙立《けぶりたち》つゞき、亭主《ていしゆ》は置炬達《おきごたつ》[七]を仕掛《しかけ》、女房は濃茶《こいちや》立《たて》て、「お氣晴《きばら》しに」とあげける。引舟《ひきふね》[八]女良に髪撫付《かみなでつけ》させ、禿《かぶろ》に足のうらをさすらせ、吉野に手の指《ゆび》[九]をひとつ〳〵引《ひか》せ、余所《よそ》のなげぶし[一〇]をこちの肴《さかな》にして呑《のみ》かけ、此《この》榮花大名もならぬ事。「願《ねがは》くは我声聞《わがこゑきく》[一一]と、京中八十二人[一二]の末社《まつしや》・出口十七軒《けん》[一三]の茶屋までも、霜夜に裸《はだか》で起《おき》て、「旦那《だんな》の御上京なされた」と嬉《うれ》しがる程物[一四]とらせたし。兎角《とかく》ほしきは金銀ぞかし。算用《さんよう》なしに遣《つか》ひ捨《すて》ば、此《この》遊興《ゆふけう》のおもしろさかぎりあらじ。

目前《もくぜん》の極樂《ごくらく》とは爰《ここ》の事、寝間《ねたま》[一五]は佛」と、三つ[一六]がさねのふとんの上に樂枕《らくまくら》[一七]して、吉野とひとつふたつ物[一八]いふうちに、門《かど》の戸けわしく明《あけ》て、「お宿より[一九]御狀がまいりました」と、隣《となり》の床《とこ》の客《きやく》へとゞける

騰貴となってあらわれたのであろう。前後の関係から延宝八年のことか。↓補三九二。
二三 米。米を八木ということは古く小右記に見え、中国でも例がある。清異録「米曰八木、茶曰草木中人」(輪講、森銑三説)。二四 九州地方の米。十月初旬大阪へ入荷する。二五 相場の騰貴によって利益を得ること。商人軍配団、四「時を得て買置物にあがりを請け、どか儲けせられし」。反対を「さがりを受く」という。二六 身請して。太夫を松の位というので、その縁。二七 わしの奥様に。「ら」は複数を意味しない。二八 人の思わくや都合もかまわずに。二九 和漢船用集、四に飛脚小早一名飛船の名を挙げるが、ここは京阪間を往復して荷物や書状を逓送する飛脚屋が借り切っていた淀川過書船のことであろう。↓補三九三。三〇 午前十時前。三一 米問屋多く、淀屋橋南詰の西附近で米市が立った。↓四一頁注五七。三二 二時間。米市の取引は半時乃至一時ごとに拍子木を打って相場を調整する。三三 挺銀とも。↓四五頁注三一。三四 同じ思わくから。米価が騰貴すれば他の諸物価も上がる。

一 延宝末年の不景気時代、貨幣退蔵・通貨減少した頃を指す。二 これだけの金でもう長者の心になった。長者↓三六頁注一九。三 それにしても。四 ↓一八六頁注四。ここは江戸酒を始めた意。五 富裕に暮すこと。六 酒造りには白地のものを用いる。七 三方に海老・熨斗・昆布・榧・橙などを盛った正月の飾り物。丸盆に組むのは略式。八 橙。よく年切れして値が高い。九 年末になると伊勢海老の値が上った。↓永四ノ五・胸一ノ三。一〇 実は貧しくて餅を搗けなかった

に、「何事か」といふ声して、「是《(これ)》は目出たや、[二〇]金銀抓取《つかみどり》の内證《ないしやう》、[二一]江戸の手代より申越《(まうし)こ》した。[二二]關東筋《くはんとうすぢ》大風ふきて、[二三]八木《(はちぼく)》俄《にわか》あがりなれば、是《(これ)》より大坂にくだりて、[二四]西國《さいごく》米《(まい)》大分買《かい》込《こみ》、[二五]あがり請《(うけ)》たらば、太夫を[二六]根《ね》引《(びき)》にして、[二七]我等《(われら)》が

奥様にする事ぞ」と、「此《(この)》たびの仕合《(しあはせ)》を祈《いの》れ、夜が明《(あけ)》次第に爰《(ここ)》を立《(たつ)》ぞ」と、今すこしの別《わか》れ惜《おし》み、床《とこ》をはなれかねける。時に伊丹の人、此《(この)》事を聞耳《(ききみみ)》立《(たて)》て、いまだ帯《おび》もとかぬに起《おき》別れ、おもしろき寂中《さいちう》をおもひ捨《(すて)》、「我《(わが)》里に失念《しつねん》したる事あり」とて、[二八]首尾《しゆび》かまはず立《(たち)》帰り、早駕籠《はやかご》いそがせ、伏見より[二九]飛脚《ひきやく》舟かりて、其《(その)》日の[三〇]四つ前に、大坂の[三一]北濱《はま》へつきて、問屋をひそかにかたらひ、米大分買《(かひ)》こみけるに、はや昼《ひる》よりあがりて、[三二]只一時《(ただひととき)》のうちに、三拾八貫目[三三]丁銀《(ちやうぎん)》にてもうけ込《(こみ)》、[三四]此《(この)》思ひ入《(いれ)》に油買込《(かひこみ)》、又四拾四貫目あがりを請《(うけ)》て、機嫌《きげん》よく伊丹に帰り、

親仁《おやぢ》に小判の山を見すれば、[一]世間《せけん》に金のめづらしき時分なれば、[二]是《これ》長者の心なり。[三]さるほどに、たま〳〵あひにのぼりし女良を捨《すて》て、身過《みすぎ》大事にして利を得たる所、分限《ぶんげん》に成《なる》べきはじめ也。其《その》後は[四]江戸酒、借銀《かしぎん》、田畠《でんばく》を求《もと》め、[五]棟《むね》高ふ作りて住《すみ》なし、心よき春をかさね、元日の嘉例《かれい》とて、父親《てゝおや》は[六]胸前垂《むねまへだれ》して[七]蓬莱《ほうらい》を丸盆《ぼん》に組付《くみつけ》、[八]代《だい》〳〵・[九]伊勢海老《ゑび》なしにいわゐける。母親は芋《いも》・大こんばかり雑煮《ざうに》を盛《もり》ならべ、[一〇]餅の入《いる》のを忘《わす》れたる年より仕合《しあはせ》よしとて、今に其《その》通りなり。

扨《さて》親仁《おやぢ》の書初《かきぞめ》に、[一一]毎年さだまつて遺言状《ゆいげん》をしたゝめ、箱入《はこいり》にして封印付《ふうゐんつけ》、[一二]持《ぢ》仏堂《ぶつだう》の下へおさめをかれしが、[一三]そも〳〵は有銀《ありがね》五百七拾目也。年毎に書増《かきまし》て、四十二の春より八十三歳《さい》にて相果《あいはて》られしに、[一四]五十日に一門集《もんあつま》り、書置状を開《ひら》き見るに、財寳《ざいほう》の外《ほか》に、四千七百拾九貫目、[一五]内藏《ぐら》三所《みところ》に入置《いれおか》れ、「此《この》銀子《ぎんす》の[一六]大分に成《なる》事、一《ひと》とせ惣領《そうりやう》が米・油の買入《かひいれ》よりの分限《ぶんげん》なれば、殘らず兄《あに》に渡して、弟《おとゝ》ども[一七]是《これ》も次第に身体《しんだい》をまかすべし。殊に末子《ばつし》は、町人の家業《かげう》成《なる》[一八]天秤《てんびん》のかけひき・帳面《ちやうめん》見る物にはあらず。其《その》子細《しさい》は、一生《しやう》美食《びしよく》を好《このま》ず、[一九]世に時花《はやり》うたをうたはず、[二〇]鬢付《びんつき》も髪結《かみゆひ》次第にかまはず、[二一]夜ありきをする事もなく、人の無常《むじやう》を観《くはん》じ、「長《なが》ふもない世界《せかい》に、善心《ぜんじん》なくては[二二]人間《にんげん》と甲斐《かひ》はなし」と、[二三]常住《じやうぢう》の身の取置《とりおき》うつけ者《もの》のやうに見えて、又かしこき所あれば、よき娘《むすめ》ありて[二四]旦那《だんな》の多《おほ》き[二五]御一家《か》

のである。一一 毎年正月に遺言状を書き改める風習があった。↓永六ノ三。一二 仏壇。一三 最初は有銀五百七拾匁と書いてあった。一四 死後五十日。遺言状の開封は一七日(万の文反古、三ノ二) 四十九日(世間手代気質、一ノ三) 百ケ日(永四ノ三)をすまして行われる。親戚・年寄・五人組の立会が必要。一五 ↓三六頁注一五。一六 大分にふえたこと。一七 兄の意見次第に進退せよ。一八 天秤で銀の目方をはかるに駈引するとは商売の機略をいい、帳面を調べて収支の状態を監察するとは経営の才をいう。一九 世に流行するはやり歌。二〇 髪恰好も髪結いまかせで無関心。二一 夜遊び。遊里通い。二二 人間と生まれた甲斐はない。二三 平生の身持、態度。二四 檀家。二五 浄土真宗では門跡の一族を各地別院の住職に任命する。二六 子をよく知っているはずの親でもその行末のわからぬ者。その次に「されど」を入れて解する。二七 謡は能楽四座(観世・宝生・金春・金剛)の家元直伝の芸を伝え習い。囃子もそれぞれ四座専属の役者から伝授を受けたとの意。二八 新在家。↓一四八頁注九。中の町には連歌師の里村家が住んでいた。京羽二重、六「連歌師新在家中ノ町」。二九 西山宗因。↓補一六六。三〇 伊丹。三一 生花の流派の一。京都六角堂頂法寺の住持池坊を家元とする。三二 相生插しの略。秘伝になっている。↓補三九四。三三 蹴鞠においてある程度に上達すると鞠の家の飛鳥井・難波家から、士以上には総紫、町人には紫裾濃(むらさきすそご)の袴をゆるした。腰は袴の意。三四 金森宗和の流義の茶の湯。↓七一頁注四六。三五 素読。三六 宇都宮遯庵。一伝は直伝の意か。講説・著作に従事して儒学の普及に字は由的。

遺言状の書初め。不孝者ほど親の不憫

の御堂《みだう》を聞立《(ききたて)》、銀三百貫目付《(つけ)》て養子《やうし》にやるべし。又中男子《なかむすこ》が義《ぎ》、[二六]親の目にも見とゞけぬ者《もの》なり。さしあたり利發《りはつ》、万事《ばんじ》を人の跡に付《(つく)》事にあらず。惣《(そう)》じて音曲《をんぎよく》鳴物《なり(もの)》、[二七]四座の直傳《じきでん》をならひ請《うけ》、連歌《れんが》は[二八]新座池《しんざいけ》へ立入《(たちいり)》、俳諧《はいかい》は難波《なには》の[二九]梅翁《ばいおう》を[三〇]里にむかへ、立花《(りつくわ)》は[三一]池の坊に[三二]相生《あいおひ》迄習《なら》ひ、鞠《まり》は[三三]紫腰《むらさき(ごし)》をゆるされ、茶《ちや》の湯《ゆ》は[三四]金森《かなもり》の一傳《でん》、[三五]物讀《よみ》は[三六]宇津宮《うつのみや》に道を聞《(きき)》、[三七]碁所《ご(どころ)》に[三八]二つまで打《(うち)》なし、楊弓《やうきう》は[三九]一中《ちう》がゝりに大[四〇]金貝《かながい》の看板《かんばん》、[四一]十炷香《じしゆかう》は[四二]山口圓休《あんきう》に聞覚《(きき)》へ、[四三]有職《ゆうしよく》の道者《みちしや》に[四四]したひ、此外《(この)》、笓笆《びわ》・琴《こと》は[四五]葉《は》山、小哥は[四六]岩井《いわ》、[四七]嘉太夫ぶし、[四八]弥七が文作《もんさく》、あふむが物まね、[四九]おかし中《なか》間《ま》のする事までも口拍子《びやうし》にまかせ、かゝる器用人《きようじん》の有《(ある)》事。此所《(この)》の[五〇]外聞《ぐわいぶん》と皆人もてはやせば、其《(その)》身渡世《とせい》の事をかつてしらず。殊に肝大氣《きもたいき》に生《うま》れつき、[五一]當座《たうざ》に思《し》案《あん》なく、金銀手にもたせ置《(おか)》ば、おそろしき[五二]虎落《もがり》どもにかたられ、[五三]新田《しんでん》・金《かな》山・芝居《しばゐ》の銀本《かねもと》・[五四]博奕《ばくち》の筒《どう》にかゝり、何ほどあつても[五五]手を拂《はら》ふものなり。既《すで》に七歳《さい》の春の比《(ころ)》、はじめて小判《こばん》壱兩盗《ぬすみ》て、[五六]紙鳿《いかのぼり》の糸《いと》を買《かい》、はや九歳のとき、ちいさき[五七]前巾着《まへぎんちやく》の中《なか》に、[五八]一歩《ぶ》廿三入《(いれ)》てさげける。子どもの時より、錢《ぜに》も白銀《しろがね》もぬすみ、大膽《だいたん》ものなれば、菟角商賣《とかくしやうばい》さす事無用《むよう》なり。住所《すみ(どころ)》京・大坂のうちに[五九]物好《ずき》に座敷を作《つく》り、妾女《てかけ》一人・[六〇]小性《こしやう》ひとり、男女ともにめしつかひ七人、我ともに八人、一[六一]生擬《しやうあてが》ひ世帯《ぜたい》にして、毎月[六二]六百めづゝ晦日《つごもり》に相渡し、此上《(この)》に奢《おごり》は一錢《せん》にてもか[六三]

功があった。宝永六年没、年七十七。三七 囲碁を以て幕府に仕えた家柄。寛文十三年本因坊道策が任ぜられて以来、長く本因坊家の世襲のようになった。三八 名人に二石を置いて対局する実力を有する者、五段相当をいう。↓一七七頁注三九。三九 一中流の射礼に従って。楊弓の射礼は天和・貞享の頃本阿弥光叔・今井一中等によって確立された(楊弓射礼蓬矢鈔追考)。四〇 金貝は金書の訛り、当時金貝とも記した。楊弓一度二百本の内、矢数百五十以上を金貝、百八十本以上を大金貝の当りと称した。いずれも楊弓場に金泥で矢数と射手名を記した看板を掲げて表彰するところからいう。四一 四種の異なる香を十の香包みにし、十度香炉に炷いてその香銘を聞き当てさせる競技。四二 聞香の名人、通称源五右衛門。その逸話は延宝・貞享頃の諸書に散見する(前)。四三 有職故実に通じた人。「道者」はその道の人、専門家の意。四四 慕ひ。従学すること。四五 葉山検校というか。↓補三九五。「笓笆」は琵琶の誤り。四六 祝弥四郎とも記す(二代男、二ノ一)。京都の小歌の名手。↓補三九六。四七 宇治嘉太夫一流の浄瑠璃。延宝五年受領して加賀掾を称した。宝永八年没、年七十七。四八 願西弥四郎節の一流を立てた。四九 願西の弥七・鸚鵡の吉兵衛、都の末社四天王の一人。↓四〇頁注一九。「文作」とは酒席などで即興的に滑稽文句を作ること。「物まね」とは役者などの身ぶり声色などをまねること。四九 太鼓持連中を指す。「をかしい仲間」(二代男、四ノ一)とも。五〇 よそ聞きのよいこと。名誉。五一 事に対処して思慮がなく。五二 ゆすり者。五三 いずれも投機的事業。↓二三八頁注四。五四 賭博の胴元をすること。「かかる」は手を出す・関係する意。

まふまじ。我相果《あいはて》て、命日《めい(にち)》なれば迚《とて》、精進《しやうじん》にてもするものにあらず。此《(この)》たび病《びやう》中《ちう》にも、[一]世間《せけん》のおもわくばかりに、[二]跡《あと》や枕《まくら》に[三]夢《ゆめ》程の間《ま》もあくびして、次《つぎ》の間《ま》にて[四]うき世咄《ばな》し、「[五]もまた、親仁《おやぢ》もよい年なれば、[六]尊《とうと》い所へまいられたがましで御座る。長《なが》いきにひとつも徳《とく》のない事。目がかすめば花がさくやら、耳《みゝ》が遠《とを》ければ郭公《ほとゝぎす》もきかず、歯《は》がぬけたれば肴《さかな》に味《あぢ》なく、足《あし》がよはれば座敷に杖突《つえつき》、[七]娌子《よめ(こ)》にあかるゝ身と成《(なり)》、一日もしやば[八]ふさぎ。薬代《やくだい》のつゐへぬうちに、[九]此《(この)》世の埒《らち》が明《あけ》がな」と四五度いふ事聞《(きき)》ける。是《(これ)》悪人《あくにん》に極《きわま》れども、親の因果《いんぐわ》は、是《(これ)》さへふびんに、身の行《ゆく》すゑの事共を[一〇]書置《(かきおき)》にのせける」と。さりとは[一一]跡耻《あとはづ》かしき親の心入《(こころいれ)》、[一二]是《(これ)》人間《にんげん》と形《かたち》を見へる甲斐《かひ》なし。

されば世上《せじやう》にかゝる心ざしの悴子《せがれ》多《おほ》し。[一三]天命《てんめい》つきずしてあるべきや。[一四]親分限《ぶんげん》なれば、不孝者《ふかうもの》も隠《かく》れてしれず、親貧《ひん》なれば、すこしの悪《あく》も包《つゝ》み難《がた》し。貧福《ひんふく》の親の違《ちが》ひ、[一五]そんとくの二つ也。冨貴《ふうき》の家にうまれ出《(いづ)》るは、前生《ぜんしやう》の種《たね》也。菟角《とかく》人は[一六]善根《ぜんごん》をして、家業《かげう》大事にかくべし。池田《いけだ》・伊丹《いたみ》の賣酒《うりざけ》、[一七]水より改《あらた》め、米の吟《ぎん》味《み》、[一八]糀《かうじ》を惜《おし》まず、[一九]さはりある女は藏《くら》に入《(いれ)》ず、男も替草履《かへざうり》はきて出し入《(いれ)》すれば、軒《のき》をならべて今のはんじやう。[二〇]舛《ます》屋・丸屋・油《あぶら》屋・山本屋・酢《す》屋・大部《べ》屋・大和《やまと》屋・満願寺《まんぐわんじ》や・賀茂《かも》屋・清水《しみづ》屋、此《(この)》外次第に栄《さかへ》て、[二一]上ゝ吉諸白《もろはく》[二二]松尾《まつのお》大明神

五五 無一文になる。五六 古くは烏賊の形に作った。一月から三月までの子供の遊び。五七 前腰に下げる巾着。五八 一歩金は四つで小判一両に当る。五九 数奇を凝らした普請をして。六〇 小姓。男色の対象。六一 あてがい扶持の暮し。和玉篇「擬 アテガフ・ナゾラフ」。六二 六十目小判にすれば月十両の生活費になる。六三 面倒をみるまい、世話をすまいの意。

一 世間に対する気がねだけから。お義理に。二 病床の裾の方や枕の方に附添うて。三 一寸の間も辛抱できずに。四 色話。猥談。「浮世」には好色の意がある。五 もはや。六 極楽浄土。七 嫁御。八 娑婆塞ぎ。無益な長生。九 この世のかたをつけてもらいたい。一〇 遺言状。一一 あとに残った息子達がはずかしく思うほどの親の思いやり。一二 こんなことでは息子達は人間の形をして生まれて来たかいがないというものだ。一三 いつかは天命のつきるときがくるはずだ。天罰をうけるに違いない。

貧福は善悪二つの堺。家業大切にすべし

一四 金が人間の賢愚・善悪の評価を左右するという思想。↓織三ノ一。一五 損徳のわかれ目。一六 前世に善事を行うた結果として、現世で大名・長者に生まれるという思想。↓補四三。一七 水から吟味して。一八 麹米。一九 月の障りのある女。酒造りには不浄を忌む。替草履も同様の目的。二〇 以下池田・伊丹の造酒屋。↓補三九七。二一 繁栄此上もなきことに酒屋の看板をいいかけた。↓三一七頁注一三。二二 京都市右京区松尾にある松尾神社。祭神大山咋尊・瀛津島姫命外。「縁起曰、当社神徳、為二弓矢神一、為二社稷神一、為二寿命神一、為二酒徳神一。醸レ酒者専尊崇、為二酒福神一」(雍州府志)。

のまもり給へば、[二三]千本《ちもと》の椙葉枝《すぎばえだ》[二四]をならさぬ、時津《つ》の國《くに》の隠里《かくれざと》[二五]かくれなし。

〔三〕 品玉《しなだま》とる種《たね》の松茸《だけ》

[二六]神國《しんこく》の日月まことを照《てら》し給へば、世に萬人《ばんにん》の心すぐなる[二七]道《みち》に入《いり》て、正直《しやうじき》の頂《かうべ》をさげ、[二八]恐《おそ》るゝ人には礼儀《れいぎ》をたゞし、順《したが》ふものにはあはれみをかけ、[二九]我物《わがもの》喰《くへ》ば竈將軍《かまどしやうぐん》といへど、京も田舎《いなか》も、住《すみ》なせる町人、[三〇]其所《そのところ》〴〵の作法《さほう》ひとつも漏《もる》る事なかれ。

むかしの人間《にんげん》は、かしこき人はすぐれ、又愚《おろか》なるはあらはれて、鈍智《どんち》のふたつ各別《かくべつ》の相違《さうい》ありしに、今時の人は相應《さうおう》の知徳《ちとく》をもつて產《うま》れ、習《なら》はずして其道《そのみち》〳〵をしれる良《かほ》つき、[三一]見た所のうときはひとりもなかりき。[三二]此時《このとき》に出《いで》ける[三三]賣僧《まいす》・かたり陰陽師《おんやうじ》のたぐひ、大かたの[三四]文作事《ふづくりこと》にては[三五]合点《がてん》せぬ時世《ときよ》になりぬ。只[三六]白化《しらばけ》に、[三七]ほうかしまでも、品玉《しなだま》とる種《たね》の行所《ゆきどころ》をさきへ見せ、[三八]辻談義《つじだんぎ》も[三九]佛《ほとけ》のまねの口をあき、つまる所は「喰《くは》ねばひだるい〳〵」といふにぞ、[四〇]ありのまゝなる法師《ほうし》とて、人皆[四一]勧進《くはんじん》をとらせける。

萬事《ばんじ》に僞《いつは》りなき御代の[四二]掟《おきて》をまもりけるためしには、よろづの賣掛《うりがけ》、あるひは

二三 酒屋の看板の酒林(補三〇二)をきかせていった。 二四 謡曲高砂「四海波静かにて国も治まる時つ風、枝を鳴らさぬ御代なれや」。「時津の国」は、時を得て治まれる御国(時津御国)というに津の国をいいかけた。 二五 ↓三一七頁注一一。

二六 三社託宣「正直雖レ非二一旦依怙一、終蒙二神明憐一」(天照皇大神宮)。神皇正統記にも「日月は四洲を廻り、六合を照すといへども、正直の頂を照すべしとあり、殊更にこの国は神国なれば」云々(松)。 **日月誠を照らす。無理な欲はすまじき事** 二七 正道に入って。 二八 畏敬すべき人。 二九 自分の物を食べて居れば誰おそるる事なき一家の主である。諺。↓一一七頁注三四。 三〇 その土地々々の掟にそむくことがあってはならない。 三一 一見して愚鈍な者は。 三二 今時世間に多い。 三三 神仏を売物にするかたり者や似せ占師。売主・かたり・陰陽師の三にとるは非。 三四 ごまかし。色道大鏡、一「ふづくる 尋常のふづくりは、物をとゝのふる事にいふ…当道のふづくりは、謀をもて人をたぶらかす事をいふ」。 三五 世人が。 三六 「白」はありのまま、明らさまなことをいう。白化また直化(すぐばけ)とも。色道大鏡、一「白化 物をしらにいふ謀也、直化に同じ」「直化 手だての内にて、いひまはさず、ありの儘にいひてきかしむる謀也」。 三七 放下師。もと輪鼓(りうご)・品玉・曲手鞠・筑子(こきりこ)・幻戯(めくらまし)などの曲芸・手品を行う者。転じて手品師をいう。 三八 街頭に立って説法して、喜捨を受ける乞食坊主。 三九 もっともらしく衆生済度を看板にして聞きかじりのお経を説くが。 四〇 気どらぬ、さっぱりした坊主だと。 四一 喜捨。ほどこし。 四二 掟が守られている証拠には。

當座借《たうざがり》の金銀、手形《てがた》なしの事なれば、借請《かり(うけ)》ぬといふとてもむつかしき出入《(でいり)》なるに、心覚《(こころおぼえ)》の帳面《ちやうめん》ばかりにて、請拂《うけはらひ》を濟《すま》しぬ。此《(この)》以前、舟着《ふなつき》の問屋《とひ》に、世間並《せけんなみ》にすぐれて、銀《(かね)》拂ひの惡《あし》き人有《(あり)》。大節季《(おほ)ぜつき》の夜に入《(いり)》、さもいそがしき中にて、人の手代に銀八百目渡しけるに、請取帳《(うけとり)》に名判《なはん》をしるし、其《(その)》銀子《(ぎん)す》を袋《ふくろ》にいれずに帰る。跡《あと》にて亭主取隠《ていしゆとりかく》し、後日《ごにち》の沙汰《さた》にも、「いよ〳〵渡した」といひきれば、此《(この)》手代、身のせつなさのあまりに、湯玉《ゆ(だま)》のごとくなる泪《なみだ》を搵《こぼ》し、諸佛諸神《しよぶつしよじん》をせいもんに入《(いれ)》、不念《ぶねん》を詫言《わびごと》すれど、中〳〵聞《きゝ》いれざれば、手代是非《ぜひ》なく、頼《たの》みし浄土寺《じやうど(でら)》にまいり、親かたへのいひわけに、銀《(かね)》ゆへの自害《じがい》、扨《(さて)》はとらぬに極《きは》めて、世上《せじやう》よりいひ立《(たて)》、次第に商賣《しやうばい》うすく成《(なり)》、内義幾人《いくたり》か平産《へいざん》せしに、手のなき形《かたち》をあらはせ、一《(ひと)》とせ道頓堀《だうとんぼり》にて見せ物にせし徳利子《とくり(こ)》の万太郎は、其《(その)》人の子にて、世に耻《はぢ》をさらし、つゐには此家《(この)》、目前に絕《たへ》たり。無理《むり》なる欲《よく》は、かならずせまじき事ぞかし。

ならねばなるやうに、世わたりはさま〴〵有《(あり)》。然《(しかれ)》ども、望姓持《もとでもた》ぬ商人《あきんど》は、随《ずい》分《ぶん》才覚に取廻《(とり)まは》しても、利銀《りぎん》にかきあげ、皆人奉公になりぬ。よき銀親《(かねおや)》の有《(ある)》人は、おのづから自由《じゆう》にして、何時《(いつ)》にても見立《(みたて)》の買置《かいをき》、利得る事多《おほ》し。「唐秬《とうきび》の根《ね》の南の方へ高《たか》ふはへあらはるゝ年は、二百十日の風碓《いしうす》をも吹《ふき》ちらす」と、東方《とうぼう》

一 たとえば両替屋間の取引など、帳面に記入するだけで一時金融をし後日決済する。その場合借用証文の授受をしない。二 借り主の方が借りた覚えはないといっても証拠がなく、面倒な訴訟事になるのだが。三 舟着場。港町。四 普通以上に。五 大晦日。六 姓名と印判。七 談判。八 たしかに。九 洒の誤記。↓一五四頁注三〇。一〇 諸神諸仏を誓に立てて。起請文に諸仏諸神を申し下して誓う。一一 不注意。落度。一二 帰依している浄土宗の寺。一三 世間の人が騒ぎ出して。一四 生まれた子供は手のない不具の形で生まれて来て。一五 大阪市南区。芝居や見世物小屋があった。一六 仏説では、他人に酒を強いて飲酒戒を破らせた者は五百生の間手のない不具者に生まれるという。その形から俗に徳利子という。延宝年間に道頓堀の見世物で評判になったことが諸書に見える。↓補三九八。一七 資本。↓三一九頁注二二。一八 利口にやりくりしても。一九 利息を払うことを「利をかく」という。「かきあげ」は利息に全部つぎこむこと。正月揃、五ノ一に「利銀書挙の借状」とある場合は、預り手形ならぬ借用手形の意で別。二〇 人に儲けさす結果になってしまう。「人奉公」で一語。二一 立身大福帳、四ノ一「東方朔が置文を出して、運気を考へて見れば、…唐黍の根の南へさしてあらはるゝ年は大風が吹き」云々。↓補三九九。二二 東方朔秘伝書、一名吉凶占東方朔秘伝、貞享元年刊。東方朔は前漢の人、字は曼倩、滑稽諧謔に富み、武帝の寵を得た。伝説も多い。二三 今年は俵物の買い年だとの思惑はありながら。「俵物」は米・麦・大豆・小豆など、俵入りにする穀類をいう。↓四二二頁注一五。二四 それ

元手持たねば人奉公。貧者貧なる所以

朔《さく》が傳書《でんしよ》にも見合《(みあはせ)》、今年は[二三]俵物《ひやう(もの)》買《(かひ)》どし、思ひ入《(いれ)》はありながら、ない物は銀《(かね)》にて、[二四]さる程にせはしの世や。[二五]節季《せつき》〳〵は六十日の立《(たつ)》事夢《ゆめ》のごとし。正月の[二六]掛鯛《かけだい》の山草《ぐさ》すこし[二七]かるゝとおもへば、はや[二八]蓬賣声《よもぎうるこゑ》、[二九]軒《のき》の花菖蒲《しやうぶ》、今も所〻に見ながら、[三〇]灯籠《とうろう》出す暮に[三一]胸《むね》も踊《おどり》て、[三二]蓮《はす》の葉《は》の食《めし》ぬくもりもさめぬに、又[三三]菊の酒屋の書出《(かきだ)》し見れば、おもひもよらぬ酔《ゑい》の出るもおかし。[三四]世に住《すむ》付《(つけ)》届《とゞけ》とて、[三五]ぬり臺《だい》に小鯣《する》魚《め》[三六]一連《れん》、又は干魳《ひかます》二十居《すへ》て取遣《(とり)やり》するは、[三七]今年《ことし》は栗《くり》が高いと見えて、算用《さんよう》づくの人心さもし。九月を過《(すぎ)》て、[三八]大暮《(おほぐれ)》までは百日にあまれば、すこし爰《(ここ)》にて息《いき》をするとおもへば、常《つね》の[三九]物前《(ものまへ)》と違ふて、大分《ぶん》の拂ひかた、[四〇]心當《あて》ほど商ひしてから、たらぬ所見えて、日比《(ひ)ごろ》[四一]言葉《ことば》で目を卦《かけ》らるゝ[四二]門徒寺《もんと(でら)》の手前よしに、「此《(この)》[四三]行先《(ゆく)さき》の師走《しはす》には、銀子《(ぎんす)》五百目御借《かし》給はれ」と、[四四]機嫌《きげん》のよき時女房どもに云出《いひだ》せければ、「何と、三百目にては[四五]仕舞《しまは》れぬか。其《(その)》内分別《ふんべつ》して、[四六]お取越《(とり)こし》の寄銀《より(がね)》次第、御用に立《(たつ)》事も」と、盃《さかづき》持《(もち)》ながら、[四七]呑《のみ》もきらずかみもきらぬ返事を、無理に「[四八]旦那《だんな》のお影《かげ》」といひかけ、それより毎日の[四九]けいはく、茶の、たばこのと馳走《ちそう》して、五日に一度づゝ、かるひ遣《(つか)》ひ物してはいつくばひ、[五〇]初松茸《はつまつだけ》、壱斤四匁五分する時調《とゝのへ》て、「[五一]嵯峨《さが》の親類《しんるい》どもよりまいりたる」よし、[五二]霜前《さき》に[五三]土くれ鳩《ばと》を、[五四]態《わざ》とつとにして、「山家《(やまが)》からくれました」と申遣《(まうしつかは)》し、[五五]孫子《まごこ》の亥《いのこ》を祝《いわ》ひ、おふくろさま

にしても。二五 掛売買の決算期。三月・五月・七月・九月と大体二ヶ月節季になっている。二六 正月竈の上・蔵の柱などに懸けて祝い、六月朔日に煮て食する。↓六三頁注四六。二七 枯るる。色が変る。二八 三月の節句の蓬餅に使う。二九 五月の節句に軒に葺いた菖蒲。三〇 七月十三日の盆灯籠。三一 節季支払いの心配で胸もどきどきする。この日から月末まで盆踊の期間。三二 七月十五日、蓮の葉に強飯(こわい)を包み、その上に鯖をのせ、親戚間相互に贈ってこれを祝う。三三 また菊の節句になって酒屋から書出しが来る。九月九日重陽の節句に菊酒とて菊花の酒を飲んで祝う。三四 世に住む義理の贈り物。三五 進物台。白木また漆塗の台に進物を載せて贈る。三六 十枚一くくりを一連という。三七 重陽の節句に親戚朋友間に栗を贈る風習があった。三八 大晦日。三九 物日前。節季前。四〇 予定ほどの商いをしてもなお。四一 愛想よくいって厚意を示してくれる。原本「卦」は「掛」の誤刻。四二 真宗寺院は内福者が多かった。四三 来るべき。↓一九九頁注三一。四四 相手の。四五 大晦日の支払を。四六 真宗の仏事。十一月二十八日の親鸞忌(しんらんき)を在家で一月早く繰上げて行う。四七 はきはきせぬ、煮えきらぬ返事。盃↓呑みもきらぬ。四八 金借りたさの旦那扱い。四九 軽薄。追従。五〇 出盛りの時は「壱斤弐分」(永二ノ二)。初松茸は高い。五一 嵯峨は松茸の名産地。日次記事、九月「凡松蕈洛外所々有レ之、其中竜安寺山・嵯峨山所レ産為レ美、凡有二松蕈一山之人、採来贈二親戚朋友一」。五二 十月ごろ、霜先の薬食と称して、寒中の身養生に備えて獣肉を食べる習慣があった。五三 和漢三才図会「壌鳩(つちくれはと) 鳩類中之最大者常棲二山林一而不レ近二人家一…其味美、九州之産最佳、食以為レ薬

の[一]御《(ご)》法躰《はつたい》に[二]丸頭巾《まるづきん》を進《しん》上申《(まうし)》、[三]自身番《じしんばん》の[四]夜半《よなか》替《(がは)》りを勤《つと》め、棚《たな》から落《おち》て猫《ねこ》けがしたまでにかけ付《(つけ)》、餅舂《もちつき》にも夫婦《ふうふ》まいりて、かゝは[五]大釜の下を焼《たけ》ば、男は[六]水風呂《(すいふろ)》に水を汲込《くみこみ》、一代にした事ない骨《ほね》をおり、十二月廿日比《(ころ)》より、御無心《むしん》申《(まうし)》かけし銀子《(ぎんす)》の事を頼《たの》み奉り、やう〱大晦日の夜、[七]四つの鐘《かね》の鳴《なる》時、利足《りそく》は[八]一分半の手形を極《きは》め、「[九]何時成共《(なりとも)》御用の時分《じぶん》、すましかね候はゞ、ひとりある娘《むすめ》を遊女町へ賣《(うり)》て、相《(あひ)》濟《すま》し申《(まうす)》べし」との約束、人が聞《(きか)》ねばこそ。無念《むねん》ながら「此度《(このたび)》の御恩《おん》わすれ難《がた》し」と、[一〇]内のものどもにまで禮《れい》を申《(まうし)》、そこ〱に年をとりて、明《(あく)》る春の四日に、[一一]棚《たな》おろしの勘定《かんぢやう》をして見しに、わづか五百目の銀子《(ぎんす)》借《かろ》ふとて、目に見えぬ費《つゐへ》はのけて置《(おい)》て、八十四匁六分五リンが物をつかひける。まことに貧者《ひんじや》の手づまる事、かゝる物入《(ものいり)》のありけるゆへぞかし。

者是也」。五四 いかにも山家からもらったように藁苞(とつ)入りにするのである。五五 玄猪の祝儀。↓一九七頁注二一。十月に亥の日が三度ある時は、略して中の亥の日だけ祝うのが普通だが、ここは三度とも亥の日を祝うて餅を贈ったのである。

一 隠居すると男女ともに頭を丸める。
二 炮烙(ほうろく)の形をした頭巾。炮烙頭巾・大黒頭巾とも。
三 町内の自警のために設けた番所。大阪では毎年十一月朔日から翌年正月十五日までの間、町中町人の当番を決めて出火・異変に当らしめた。
四 夜中交替して代役をつとめる。慶安元年十二月十六日大阪町触「医師其外法躰之輩名代たるべし、但其身覚悟次第、自身可仕事」。
五 正月の餅搗・法事・振舞などの時にのみ用い、日常の煮炊きには使用しない。
六 ↓六八頁注一六。餅搗の後仕舞に入浴する準備。
七 午後十時の鐘。
八 元銀一貫目に付月十五匁の利息の条件で契約した。契約することを「手形をきめる」という。
九 預り手形の文言。↓四二頁注三。人身を担保にすること。↓三〇四頁注一五。
一〇 寺の使用人。
一一 ↓一九四頁注五。帳綴祝いの日に行うが、繰上げて正月四日・五日に行う家もある。

天も憐れみあり女房の堪忍。外聞捨てて稼ぎ出した懐炉長者

其《(その)》年より、夫婦《ふうふ》一二内談《ないだん》して、菟角銀《とかくかね》がかねをもふくる世なれば、せつかくかせぎて、皆人のためぞかし。外聞《ぐわいぶん》を捨《すて》て、身のたのしみこそ老先《おひさき》のたのみなれと、一三奈良《なら》草履《ざうり》屋を一四二足《ぞく》三文《(もん)》に仕舞《しまひ》て、大坂を離《はな》れ、女房の在所《ざいしよ》、住吉の南、一五遠里小野《をりをの》に身を隠《かく》し、夕暮よりは一六油を賣《(うり)》、すこし一七手を書《かく》を種《たね》として、所の手習子ども預《あづか》り、我《(わが)》まゝそだちの一八草を苅《かり》、野飼《のがひ》の一九牛の角文字《つのもじ》よりおしへけるに、謡《うたひ》しらねば迷惑《めいわく》して、日毎《ごと》に大坂へ通《かよ》ひ、むかしの友《とも》にならひて、又里《さと》の子におしへけるに、やう〳〵「二〇兼平《かねひら》」一番覚へしに、「小原御幸《をはらごかう》」の、「源太夫」のと、二一外《(そと)》百番をこのめば、師匠《ししやう》のしらぬとはいひ難《がん》く、是《(これ)》さへ二二一日のはしに、「なに成《(なり)》とも望《のぞみ》次第にうとふて聞《(きか)》せう」といふうちに、「二三節用集《せつようしう》」に見えわたらぬ難字《なんじ》を、庄屋殿より度々たづね給ふに、一度にても埒《らち》をあけねば、何と

一二 内密に相談して。
一三 大和国葛上郡小林村原産の藁草履。金剛草履とも。
一四 草履の縁。もと金剛草履の価、転じて捨売の安値をいう。昨日は今日の物語、下「聚楽にて金剛大夫勧進能に、芝居能銭三十文づつ取りければ、金剛は二足三文する物を三十とるはせきだ大夫か」。
一五 今、大阪市住吉区遠里小野町附近。もと住吉神社の神領にて灯明の油を製し、近世山崎とともに製油の産地となる(晴翁漫筆、一)。
一六 灯油。遠里小野では菜種油を搾る。
一七 書の心得がある。
一八 矯正する、教育する意。里の子→草苅→野飼の牛。
一九 平仮名の「い」の字をいう。徒然草、六三段「ふたつもじ牛の角もじすぐなもじゆがみもじとぞ君は思ゆる」(君こいしの謎)。
二〇 兼平・小原御幸・源太夫、ともに謡の曲名。兼平は修羅物でよく謡はれるが、小原御幸は三番目物の重習、源太夫は脇能物で遠い曲。喜多流のみ小原御幸、他の諸流は大原御幸と記すことに注意。
二一 謡曲約二百番のうち、一般的な曲百番を板本として江戸初期に刊行、後それ以外の比較的遠い曲百番を拾補追刊した。それより前者を内百番、後者を外百番と称する。源太夫は明暦三年板、外百番所収。
二二 一日の生計の端にもと。一日延ばしにとするは非か。
二三 室町時代からひろく世に行われたいろは引の通俗辞書。

やら首尾《しゆび》あしく、はじめは、[一]麦《むぎ》秋・[二]綿時・新米《しんまい》の[三]初尾《はつ》とてくれければ、商ひしたよりまし成《(なり)》と思ひしに、ひとり〳〵[四]寺をあぐれば、又[五]かなしく成《(なつ)》て、明暮《(あけくれ)》渡《と》世《せい》を分別《ふんべつ》するに、錢三十づゝもうくる事の、[六]何にてもなかりし。有《(ある)》時、霄《よひ》に燒《たき》たる鍋《なべ》の下に、其《(その)》朝《あした》まで火の殘りし事、是《(これ)》は不思議《ふしぎ》と、[七]燒草《たき(ぐさ)》に氣《き》を付《(つけ)》て見しに、[八]茄子《なすび》の木・[九]犬蓼《いぬたで》の灰《はい》ゆへに火の[一〇]消《きえ》ん事をためして、是《(これ)》は人のしらぬ重寶《ちやうほう》と思ひ付《(つき)》、[一一]手振《ぶり》で江戸へくだり、銅《あかゞね》細工《ざいく》する人をかたらひ、はじめて懷炉《くわいろ》といふ物を[一二]仕出し、[一三]雪月比《(ころ)》より賣《(うり)》ける程に、是《(これ)》は老人《らうじん》・[一四]樂人《(らくじん)》の養生《やうじやう》、[一五]夜づめの侍衆《さぶらひしゆ》の爲《ため》と成《(なり)》、次第〳〵はやれば、後には御火鉢《ひばち》[一六]御火入《(いれ)》の長持灰《ちやうちばい》とて看板《かんばん》出し、大分うりて、程なく分限《ぶんげん》に成《(なり)》、[一七]通り町《(ちやう)》に兩替店《りやうがへだな》出して、何万兩とも藏入《(くらいり)》の奥《おく》をしれる人なく、林《はやし》勘兵衞といふ名は、[一八]ひそかにしての[一九]たのし屋也。むかしよりいひつたへし[二〇]駿河町《するが(ちやう)》の[二一]三谷《みたに》をはじめ其外の兩替ども、[二二]こがねの山を見せるに中〳〵あひもおとらず、諸大名の[二三]御用何ほどにても[二四]事をかゝず、家榮《さか》へて今、妻子《さいし》は下〳〵《(した　じた)》の見る事もなく、上野《うへの》の[二五]花見駕籠《のりもの》、隅田川《すみだがは》の舟あそび、[二六]柳櫻をこきまぜて、都の心になりて、一生の安樂《しやうあんらく》する事も、[二七]うき世帯《(せ)たい》の時、男によくつかへて勘忍《かんにん》をせし身の上、天是《(これ)》をあはれみ給ふなり。天下の御めぐみなをありがたし。わづかの灰《はい》より分限になりて、[二八]冨士の煙《けぶり》の絕《たゆ》る時なく、たしか成《(なる)》[二九]福人《ふくじん》也。

一 麦の収穫時。二 綿の実を摘みとる時。陰暦八月頃。三 初穂。麦・綿・米の初なりを里人が礼にくれるのである。四 寺小屋を退学する。
五 貧しくなって。六 何をしても不可能。
七 たきつけ。草は材料をいう。
八 和漢三才図会「用㆓茄茎枝根灰㆒為㆓香炉灰㆒可也」。九 同上「犬蓼之茎、焼為㆑炭、為㆓懐炉之灰㆒、佳勝㆓於茄茎之炭㆒、能保㆑火」。↓補四〇〇。
一〇 消えぬ事。一一 手ぶら。無一文。
一二 案出して。
一三 陰暦十二月。雪見月ともいう。
一四 楽隠居。一五 夜詰。宿直。
一六 煙草盆の火入。
一七 通り町。↓補二一四。この附近の両替屋といえば銭両替であろう。元文二年改銭屋高組連判帳(両替年代記関鍵、一)青物町組の内「呉服町かしま屋勘兵衛」とあるのがそれか。
一八 世間にその名は知られていないが。
一九 楽し屋。裕福者。「たのし」は「悲し」の反対、裕かなこと。
二〇 日本橋駿河町(今、中央区日本橋室町一・二丁目)。同町の西の両替町と共に本両替屋が多かった。
二一 江戸の本両替仲間人名一覧表(両替年代記関鍵、二)に、寛文から天和にかけ三谷平右衛門・忠兵衛・勘四郎・三九郎等四人の三谷一族の名が見える。
二二 見世先きにて、大量の小判を両替するさま。↓胸三ノ三挿絵。
二三 御用金。二四 事を欠かず。間に合う。
二五 物見・遊山に妻子を駕籠で外出させるのは、町人の名聞。
二六 古今集、春上、素性法師「見わたせば柳桜をこきまぜて都ぞ春の錦なりける」。

二七 つらい貧乏世帯の時。
二八 灰↓富士の煙↓絶ゆる時なく。
二九 福徳円満なる人。金持。
三〇 ↓織一ノ一。
三一 財力豊かで権勢のある人。↓永四ノ五。
三二 横車を押すような無理なことでも世間の人は遠慮して通す。
三三 それもそうだとは中々賛成せぬ。
三四 家業を指す。
三五 諺。油断しては商いに損をすること。
三六 ↓胸一ノ一、冒頭の一節。
三七 ↓永六ノ五・胸一ノ三。
三八 北浜一丁目より長堀橋に至る南北の通、その南端は住吉・堺街道に続く。増補難波丸綱目、一「堺筋…但、高らいばしより本町迄之内ぬりものや・かゞみ屋・巻物屋・真わたやの類多し」。
三九 椀・膳・重箱。折敷と膳は異なるが、当時膳を折敷と俗称した。
四〇 売上高銭七貫文以下。
四一 利合。利潤。
四二 主従六人の口を糊して。
四三 正月小袖。「きるもの」と呼ぶ。
四四 請取・支払の勘定。
四五 十二月。二十九・三十日の両日に勘定算用するのが一般、手廻しがよい。
四六 十二月下旬、一年の無事を祝し、親戚・朋友をもてなす。
四七 鳥では鶴・雲雀・鷭・鴨を賞翫し、魚では鯛・鮒・かれいなどを賞美する。小鴨の汁・鰤の焼物は質素な料理。
四八 猥談。
四九 家事を治める。

富貴は悪を隠し、貧は恥をあらわす

寛永時代と元禄の今、商売から見た世の推移

〔三〕 古帳《ふるちやう》よりは十八人口《(ぐち)》

[三〇]冨貴《ふうき》は悪《あく》をかくし、貧《ひん》は耻《はぢ》をあらはすなり。身体《しんだい》[三一]時めく人のいへる事は、横《よこ》[三二]に車《くるま》ものいて通《とを》し、世を暮しかぬるものゝいふ事は、人のためになりても是《(これ)》[三三]をよしとは聞《(きか)》ず。何に付《(つけ)》ても、金銀なくては世にすめる甲斐《かひ》なき事は、今更いふまでもなし。諸《しよ》町人其《(その)》合点《がつてん》はして居《ゐ》ながら、身の一大事[三四]をわすれ、いつも月夜[三五]に釜《かま》をぬかれ、借銭乞《しやくせんこひ》と無理《むり》の口論《こうろん》。大節季《(おほ)ぜつき》[三六]の闇《やみ》とは、元日よりはやしれけるぞかし。

[三七]今の世に商《あきな》ひ事なきと、人毎《ごと》にいへり。是《(これ)》は大きに算用違《さんようちが》ひ、むかしとは各《かく》別《べつ》、諸商賣《しよしやうばい》多し。其《(その)》ためしには、大坂の堺《さかい》[三八]筋に、椀《わん》[三九]・折敷《(を しき)》・重箱《ぢうばこ》よろづぬり物屋ありしが、親《おや》の代《(だい)》寛永《くはんゑい》年中の古帳出して見るに、壱年の賣《うり》[四〇]物七貫にたらず。此《(この)》利《り》[四一]あいにて上下六人口[四二]を過《(すぎ)》て、それ〴〵の正月きる物[四三]、餅も世間並《なみ》につきて、萬《(よろづ)》の請拂《(うけ)はら》[四四]ひも、極月《(ごくげつ)》[四五]廿五日より廿八日までにしまひ、晦日には年わすれ[四六]とて、隙《ひま》なる年寄友達《よりともだち》をよびあつめ、小鴨《こがも》[四七]の汁に鰤《ぶり》の焼《やき》物にて振舞《ふるまひ》、酒のうへの大笑《わら》[四八]ひ、すこしも心にかゝる事もなく、內證《ないしやう》[四九]しまはれけるに、今我代《(わがよ)》になりて、

親仁《おやぢ》の時よりは、商《(あきなひ)》大分にしまして、毎年四拾貫目余の賣帳、人も、其《(その)》時とはまして、十八人口《(ぐち)》になれば、以前《いぜん》より世に商《あきなひ》事のないとはいはれざりしに、年〲手づまり、兩替《がへ》屋より[一]日借《がり》の小判、[二]二日切《(ぎり)》の手形銀《がね》、[三]二割《わり》の利銀《りぎん》をかまはず、[四]先請込《まづ(うけ)こみ》て、[五]當座拂《たうざばら》ひに埒《らち》をあけ、門《(かど)》は[六]礼者《しや》の通るまで[七]天秤《てんびん》をならし、やう〲仕舞《しまふ》て嬉《うれ》しやと、[八]革《かわ》袋枕に、[九]殘る物とて[一〇]悪銀《わるがね》ばかり十八匁、[一一]戸棚《だな》・[一二]掛《かけ》硯《すゞり》には錠《ぢやう》もおろさず、[一三]錢さしの塵《ちり》もはかず、掛乞《かけごひ》の呑捨《のみすて》たるたばこ[一四]盆じだらくに、ともし火は[一五]かはらけの中に燃入《もへ(いり)》、我《(わが)》身を覚《(おぼえ)》ず鼾《いびき》をかき、夜の明《あけ》がたまで目のあくものはなかり。

母親、[一六]隠居《いんきよ》の戸をあけて下女をおこし、[一七]大豆《まめ》がらにて鍋《なべ》の下へ焼付《たき(つけ)》、膳《ぜん》だてするも皃《(かほ)》ふくらかし、[一八]久七に「若《わか》水汲《くめ》」といへば、「[一九]お家《いへ》ひさしき人にくませよ。[二〇]半季居《はんきゐ》は御作法《さはう》しらず。餅《もち》が煑《にへ》たら、[二一]身いわゐに喰《くは》ふ」といふ。手代も主《しう》の事をかまはず、久七に[二二]足《あし》をもたせ、「[二三]ひとり目の明《あく》まで我を起《おこ》すな。[二四]向《むか》ひ殿の若《わか》い者《もの》は、[二五]我等よりは三年おそう奉公《ほうこう》して、はやことし、[二六]日野絹《ぎぬ》のおしきせ、脇指《わきざし》までもらひしに、いかにしても、[二七]筭《さん》くづしの布子《ぬのこ》で立《(たち)》ならぶもはづかし。昼《ひる》の内は門《(かど)》へは出ぬぞ」といふ。[二八]小者めまでも同《おな》じやうに口をたゝき、「ことしは[二九]ゑびす殿ににくまれたかして、塩鯛《しほだい》なしに雑煑《ざうに》[三〇]すはる」といふ。その外の

下人の不足・母親の愚痴、寝正月の内証

一 一日ずつ日を限って貸借すること。高利である。↓四五頁注二五。 二 二日の期限を切り、証文を入れて借りる銀。 三 銀一貫目につき二十匁の利息。高利である。 四 借り受けて。 五 さし当って必要な支払いをかたづけ。 六 見世先きを年賀客が往来する元日の朝まで。 七 銀を秤量するさま。↓補六三。 八 金入れの革袋。 九 謡曲松風の結句「松風ばかりや残るらん」による修辞。西鶴の慣用句。「残物とて松の風淋しく」(五人女、四ノ二)・「残る物とて金の鍋」(諸国咄、二ノ四)。 一〇 品位の劣った銀。似せ銀。↓補九九。 一一 金戸棚。 一二 掛子のある硯箱。下に抽出しがあり銭など入れる。 一三 銭緡↓四五頁注二三。藁で作ってあるから、銭の勘定ごとに塵が出る。 一四 掃除もしないでそのまま。 一五 灯心が燃えきって、土器の油に火が入る。不注意・不始末なさまをいう。 一六 隠居は多く母屋の裏にある。 一七 下女に朝の支度をさせると。大豆の茎をたきつけに用いるところ、母親の始末のあらわれ。 一八 下男の通名。 一九 若水を汲み恵方棚に灯明を上げるのはその家の老(おとな)分の役目。 二〇 半季奉公人。↓補三八六。一季・半季の渡り奉公人に、家のしきたりなど判る筈がない。 二一 身祝い。自分だけの心祝い。 二二 寝たまま隣の久七の身体の上に足をもたせかけて。 二三 ひとりでに。 二四 お向いさんの手代。 二五 おれなんかよりも。 二六 ↓二三三頁注三五。主人から絹の紋服を与えられたのである。「おしきせ」↓補六八。 二七 算木崩し。↓一五四頁注一〇。木綿織物の最もありふれた縞柄。向うは絹の紋付、こちらは木綿の綿入れでは顔を合せるも恥かしい。 二八 丁稚。 二九 福の神に憎まれたかし

て不景気でというあてこすり。恵比須↓鯛。正月は「にらみ鯛」と称して、各人の祝い膳に塩焼の鯛をつけ、松の内は箸をつけず、十五日に「骨上げ」とて、食し終った骨を恵方の方角へ埋める慣習があった。三〇 食膳につくこと、転じて食事すること。三一 以下、正月着物の給与の不満。三二 主人が用事をいいつけても、他の者に用を聞かせるという調子で。三三 死んでしまわれた主人(夫)。三四 仏壇。三五 客の信用を得て来た店。「仕似せる」は本来父祖の家業を守り伝える意。三六 せがれが言うと。三七 いたけ高になって。膝を立てて坐するのは威儀を正す諸礼の作法。

一 既婚の婦人は眉を剃り歯を五倍子(ふし)の粉で黒く染めるのが風俗。女用訓蒙図彙「歯黒めは毎日あるべし、二日に一度は中、三日に一度は下也」。鉄漿がはげると醜いから。二 茶釜の下へ。朝先ず煎じ茶の湯を沸かす。以下主婦が奉公人の先頭に立って働くさま。三 炊ぐ。四 腹がすいて居ればまっすぐに帰って来るから。朝飯は午前八時頃、当時の芝居は朝からあった。五 土間。お洒落をする暇も与えぬさま。六 主従同じ食事をすること。七 加賀米が大阪へ出廻るのは年を越した四月頃から。古米であるから炊くと増えるが、味が劣るから、多人数の家内では経済的。八 ざっと煮立たせただけの、手軽に調製した汁(頴)。九 鰯のおかず。一〇「朔日・十五日・廿八日、是を三日と云。さんじつと訓じ、式日とも云」(守貞漫稿、二四)。町家でも毎月この日食膳に焼物・膾をつけて祝った。一一 文句をいわない。一二 漬物。一三 薄藍色の木綿着物に紬の帯、商家の主婦と

内証のもつれはお方の啬、ここが言い所

下人《(げにん)》ども、三一 絹帯《きぬおび》を綿帯《もめんおび》のふそく、又は雪踏《せきだ》のかはりに皮草履《かはざうり》、少《すこし》の事に機《き》嫌《げん》わるく、三二 用いふ事も余《よ》所《そ》に聞《(きか)》せ、大勢《ぜい》の人をつかゝる甲斐《かひ》はなし。是《(これ)》親かたのすべき事せざるゆへと、母の親元日そう〳〵泪《なみだ》をこぼし、三三 すぎゆかれしつれあひの事思ひ出して、三四 持仏堂《ぢぶつだう》に香花《かう(ばな)》を取《(とり)》、「長生《ながいき》しての後悔《こうくわい》」と、大声あげてなげかるゝに、いづれも目覚《さま》しておどろきける。是《(これ)》不孝《ふかう》第一なり。母のかなしみ、其《(その)》身の事にはあらず、我《(わが)》子を人にあなどらせ、世間《せけん》の外聞《ぐわいぶん》かた〳〵口惜《をし》きとばかり思ひつめられしは、女心には道理《だうり》千万なり。

「親の時より次第にし三五 にせたる見世《(みせ)》にて、今大分《ぶん》の商《あきな》ひ事ありながら、何とて、節季《せっき》〳〵に手づまり、迷惑《めいわく》する事ぞ」と三六 いへば、母親「爰《(ここ)》はいひ所」と、三七 男のごとくひざを立《(たて)》て、疊《たゝみ》をたゝき、「我等が世帯《せたい》の時は、雀《すゞめ》のなかぬうちに、

[一]鐵漿《はぐろ》を付《(つけ)》て髪《かみ》を結《ゆひ》、下女が水汲《みづくむ》うちに[二]茶の下へ焼付《たき(つけ)》、[三]米《こめ》糂《かしぐ》間《ま》に寝床《ねどこ》をあげ、でつちに行燈《あんどう》掃除《さうぢ》させて、其《(その)》油紙にて煙管《きせる》を琢《みがゝ》せ、其《(その)》跡《あと》にて敷居《しきゐ》の溝《みぞ》をぬぐはせ、捨《すて》る所は塵篭《ちりかご》、角《すみ》〳〵《(ずみ)》までも氣《き》を付《(つけ)》、芝居《しばゐ》近《ちか》くへの使《つかひ》には、[四]朝食《あさめし》より前《まへ》にやり、遊女《ゆうぢよ》町の近所《きんじよ》へやる時は、用事俄《にわか》にいひ付《(つけ)》て、帯《おび》も仕替《(しかへ)》させず、鼻紙《はな》入《(いれ)》を取《(とり)》まはすまもなく、[五]庭《には》よりすぐにつかはし、[六]ひとつ釜《かま》の[七]加賀《かゞ》米に、[八]はしらかし汁《じる》、[九]鰯菜《いわしざい》も同じやうに居《すは》りて、主《しう》・下人《(げにん)》のへだてなければ、[一〇]朔日《(ついたち)》・廿八日に膾《なます》せぬ事も[一一]あらためず、精進日《しやうじん(び)》には[一二]香《かう》の物にて、朝夕《てうせき》「お主《しう》のお影《かげ》」と、箸《はし》箱《ばこ》をいたゞき、「風の吹《ふく》日さむからぬも、新《あたら》しき綿入《わた(いれ)》の布子《ぬのこ》ゆへ」と、衣裏《ゑり》のよごるゝをもいとひ、万事《ばんじ》おろかにせざり。我等も、ふだんは[一三]花色染《そめ》のもめんきる物に、紬《つむぎ》の帯一筋《すぢ》にて姿《すがた》を作《つく》り、[一四]娌取振舞《よめ(とり)ぶるまひ》の時も、[一五]淺黄《あさぎ》にちらし菊《ぎく》の絹《きぬ》の物、[一六]しゆちんの帯に[一七]紫《むらさき》革足袋《かわたび》にて[一八]花をやりしに、[一九]今是《(これ)》のおかたの常住《じやうぢう》の風《ふう》俗《ぞく》を見るに、[二〇]肌着《はだぎ》に白小袖をはなさず、中には鹿子《かのこ》、上には黒羽二重《くろはぶたへ》の[二一]ひつかへしに、[二二]藤車《ふぢぐるま》の紋所《もん(どころ)》を[二三]碓《いしうす》程にして付《(つけ)》て、[二四]役者《やくしや》のきそふなる袖口、[二五]百品染《(もも)しなぞめ》の[二六]白じゆすの帯を、腰《こし》の見えぬほどまとひ、[二七]すき通りの瑇瑁《たいまい》のさし櫛《ぐし》を、銀弐枚であつらへ、[二八]銀の弄《かうがい》に金紋《もん》を居《(すへ)》させ、[二九]さんごじゆの前髪押《まへがみおさ》へ、[三〇]針がね入《(いり)》のヒ《はね》髻《もとゆひ》を掛《かけ》て、素皃《すがほ》でさへ白きに、[三一]御所白粉《ごしよおしろい》を[三二]寒《かん》の水にてときて、二百へんも摺《すり》

して質素な風俗。一四 ↓三一七頁注一七。一五 浅黄染の菊の散らし模様の絹小袖。当時女子は礼服として、総身に箔置きした「地なし小袖」だけは持たぬものはなかった(むかし〳〵物語)。一六 繻珍の帯は寛永時代の古風。一七 本朝世事談綺、一「昔は足袋を皮にて作る、女は晴に紫革を用ひて、紫足袋とて下々の女は得はかざりしなり。この紫たびは寛文延宝の頃まではやりし也」。一八 お洒落をする。一九 この家の奥さん。やや皮肉な言い方。「風俗」はみなり。二〇 三枚襲ねはよそゆき。中着は鹿子紋の小袖、上着は黒羽二重の小袖。二一 ↓四七頁注五〇。二二 源氏車の輪に藤をあしらった紋、役者の替え紋か。二三 貞享・元禄頃は直径二寸・三寸の大きな紋をつけるのが流行。二四 広袖仕立。役者の風俗が流行になって、男女ともに広袖を好む。二五 百色染ともいう。↓補八九。二六 貞享・元禄頃は繻子の広幅帯が流行。↓胸一ノ一。二七 寛文・延宝頃から民間にも鼈甲の指櫛流行、瑇瑁は捕獲が困難なので自然高価になる。年経た色の美しさと斑の面白さを珍重するが、銀二枚(八十六匁)とあるが、小判二両(胸一ノ二)が最高(我衣)。二八 弄は笄の誤り。鼈甲の笄の頭部に銀細工の飾をつけたもの。我衣「後に元禄年中京都細工にて、銀にて角(すみ)切がくの内、或は丸の内に種々の紋を彫、すかしにして鼈甲の頭に插す」。二九 前髪止めの櫛。前髪の後に插す。櫛のむねに彫刻を施し、珊瑚珠を切込んであるものか。三〇 広幅の元結紙の中に針金を入れて、結んだ端が上に反るようにしたもの。三一 京白粉。禁裏・院中の女性愛用を宣伝にして御所白粉という。三二 寒中の雪水を採取して化粧水に用いる。肌のきめをよくし、白粉のつきをよくする。男女土産重宝記「寒のうちの雪

付《(つけ)》、手足に[三三]柚《ゆ》の水を付《(つけ)》てたしなみ、[三四]灯達《こたつ》にむらさきぶとんをかけ、茶繻子《ちやじゆす》の[三五]引《ひつ》敷《しき》、[三六]延《のべ》の鼻紙《はながみ》に[三七]壺《つぼ》打《(うち)》のやうじ取添《とりそへ》、[三八]たばこの火に伽羅《きやら》を焼《たき》かけ、せんじ茶を[三九]臺《だい》天目《てんもく》にてはこばせ、手もとに「源氏《げんじ》物語」、[四〇]いたづらに氣《き》を移《うつ》す事を年中《ねんぢう》の仕事《しごと》にして、花見・紅葉《もみぢ》見の駕籠《のりもの》、芝居《しばゐ》の替り〳〵に棧敷《さじき》をしらせ、[四一]中居《なかゐ》・腰元《こしもと》・お物《(もの)》師《し》つれて、[四二]針《はり》を藏《くら》につみたればとてたまる事にはあらず。諸事に付《(つけ)》て、[四三]内《ない》證《しやう》の奢《おごり》より身体《しんだい》をつぶしぬ。[四四]おかたは、[四五]我《(わが)》男ひとりに見する姿《すがた》を、遊女《ゆふぢよ》のごとく作《つく》り、男は又、一代連《つれ》そふ女に、ない物もある皃《(かほ)》して[四六]萬隠《よろづかく》し、[四七]うちの肌着《はだぎ》に不断《ふだん》[四八]ひざやの下帯《おび》かく事、人のしらぬ費《つゐへ》なり。傾城《(けいせい)》ぐるひするには、我も人も[四九]全盛所《ぜんせい(どころ)》なれば、風俗作《ふうぞくつく》るもことはり也。是《(これ)》さへ今時はかしこく、つねの衣類《いるい》にて通《かよ》へど、[五〇]揚錢《あげせん》の濟《すむ》事をよろこびける」。

されば人の花娌《よめ》といふは、[五一]親にかゝりの隔屋《へ(や)》住《ずみ》のうち、又はよぶと其《(その)》まゝに世帯《せたい》請《(うけ)》とるも、わづか一《(ひと)》とせのほどは、たがひに堪忍《かんにん》しあいて、男の氣《き》を取《(とり)》、御隠居《いんきよ》におそれ、下人・下女が身のうへもよしなにいひなし、[五二]もしさられては大事と、只《(ただ)》心ひとつに、此《(この)》家の榮《さか》へ行《(ゆく)》末を祈《いの》りしに、程なく惣《(そう)》領《りやう》産《ま》れて、尤《もつとも》[五三]手前よろしき人は乳母《うば》を取《(とり)》てそだてさせけれども、はや女の身もち、おのづから自堕落《じだらく》に成《(なり)》て、俄《にわか》に[五四]ふるめき、[五五]むかしの形《かたち》見覚《ざめ》して、[五六]戀も余所《よそ》に成《(なり)》ければ、

をつぼにいれ置、その雪水一升ならば竜脳壱匁じやかう五分入べし。尤壺に入、来六月まで壺のふたをいたし置べし…香具屋にては目がへに売候物也」。三三 柚子の絞り汁は肌をひきしめ、きめをこまかにする。三四 炬燵。置炬燵に紫蒲団がはやり。三五 腰当て。三六 延紙(胸三ノ一)を鼻紙に用いるは贅沢の至り。三七 壺屋製の房楊枝の意か。先をたたいて房の如くしたるものを打楊枝という。歯を琢き歯糟を去るに用いる。三八 伽羅は香炉に炷くもの、煙草盆にくべるは贅沢の至り。三九 天目茶碗を天目台に載せて用いるのは、神仏・貴人への献茶もしくは儀礼的な茶の湯の作法。煎じ茶に台天目を用いるのは事々しい。四〇 源氏物語・伊勢物語は当時好色の媒とみなされていた。四一 ↓二三一頁注三一。四二 諺。お物師↓針。四三 暮しの贅沢。四四 奥さん。四五 自分の夫。四六 女房に貧乏をひた隠しにする。四七「うち」は「よそゆき」に対していう。常着の肌着の下にの意。四八 緋紗綾の褌は女郎買の見栄。女房に対してはいらぬこと。色道大鏡、二「下帯は白きを最上とし、緋を次にす。男をたしなむは二重まはりを用ゆ」。四九 廓は見栄や外聞を張る所だから。五〇 遊女の揚代さえ払ってもらえば、揚屋は喜んでいる。五一 結婚しても夫婦親がかりの、いわゆる部屋住みの身分の内は勿論、結婚するとすぐに親から世帯向き一切を任される嫁さんでもという意。「親にかかり」で一語。姑から嫁に主婦権を譲ることを「世帯を渡す」という。五二 離縁されては身の大事と。五三 暮しの豊かな人。五四 急にふけこんで。五五 昔の美しかった容貌も今は見劣りがして。五六 夫婦の交りもお留守になる。

女ほど変るものなし、世帯持つに考えもの

女房《にようばう》は殊にりん氣つのり、[一]はたちにたらぬ口から言葉《ことば》荒《あら》して、親里よりつれたる女をあいてにして、「我《(わが)》身は果報《くわほう》のすくないものじや。[二]伏見町《ふしみ(まち)》のごふく屋からもいふてくる、天満《(てんま)》の酒屋からも人を頼み、是非《ぜひ》[三]よびたいといふたに、[四]仕合《(しあはせ)》のあるが中に、こんなぬり物や[五]へかたられて、[六]跡《あと》からはげる事を、[七]念佛講《ねぶつかう》の同《どう》行《ぎやう》平野屋の久齋《さい》様にだまされた。是《(これ)》程[八]氣がつきては、頓《やが》て死《し》ぬるに間《ま》はない。[九]金入《(きんいり)》の鳳凰《ほうわう》の小袖は[一〇]打敷《うちしき》、花車《ぐるま》の縫《ぬひ》の袷《あはせ》は[一一]天蓋《てんがい》・幡《はた》にして、[一二]お寺へあげて、手道具《どうぐ》は焼《やい》て捨《すて》て、うき世に塵《ちり》も灰《はい》も残らねば、何か氣にかゝる事なし。ひとりある子も、[一三]疱瘡《はうそう》せねば命も定《さだ》めなし、あれが事さへふびんにおもはず」と。其《(その)》後は鼠《ねづみ》の喰《くふ》物も取《(とり)》[一四]をかず、[一五]麻袴《あさばかま》の皺《しは》の寄《より》次第、亭主《ていしゆ》の留守《るす》には[一六]夜食好《やしよくごの》みして、「大かた是《(これ)》のたはけが帰《かへ》る時分じや」と、[一七]油火の灯心《とうしん》をほそめ、[一八]御所柹《ごしよがき》の皮《かわ》をしれぬ所へ捨《(すて)》させ、なんの事もない座敷を、家鳴《やなり》がするといひ出し、人の心をなやませ、此《(この)》家の衰微《すいび》をよろこぶ。女の心、其《(その)》時〳〵に移《うつ》り替り、おそろしき物ぞかし。其《(その)》男の身にしては、寝覚《ねざめ》うるさく、後にはする程の事目にあきて、[一九]暇書《いとまかき》て埒《らち》を明《(あけ)》ける。世に女房さる[二〇]ほど、[二一]身体《しんだい》のさはりに事なし。女も又、二《(ふた)》たびの縁付《あん(づき)》かならずはじめにはおとるぞかし。菟角世間《とかくせけん》の外聞《ぐわいぶん》かまはず、聟《むこ》は目《(め)》下成《(したなる)》を取《(とり)》てよし。娌《よめ》も又、我よりかる[二二]きかたよりむかへてよし。[二三]挑灯《ちやうちん》に釣鐘《つりがね》か

一　まだうら若い女のくせして夫と口喧嘩して。当時は早婚で、十八九歳で母親になる者も少くなかった。
二　今、大阪市東区。船場の中央、呉服屋の町であった。
三　嫁にもらいたい。
四　ここは良縁の意。
五　だまされて。
六　うそがばれる。塗物↓剝げる。
七　念仏講仲間は老人が多い。嫁入・養子口の世話を道楽にする者もいた。念仏講↓二七四頁注一二。同行↓一七〇頁注一九。「久斎」は隠居法体後の法名。
八　精根が尽きる。
九　金襴。
一〇　仏具などの敷物。多く金襴を用いる。
一一　天蓋と幡。共に仏殿の荘厳具。
一二　若い女性が死ぬと、その衣類を寺へ奉納して仏具にする風習がある。↓五人女、三ノ五・同四ノ一。
一三　「疱瘡はみめ定め麻疹は命定め」という。いずれも幼児の運命を左右する恐ろしい病気。
一四　片づけず。
一五　夫が公用か町儀に外出した時のこと。麻袴は端午から八月晦日まで着用。
一六　夜食(六三頁注五一)に贅沢すること。
一七　今まであかあかとつけていた油火の。
一八　大和国葛上郡御所村近邑に産する柹。美味上品。
一九　暇の状。離縁状。
二〇　離縁する。
二一　身代の障りになる事なしの誤脱。
二二　身分の軽い。　二三　諺。つり合わぬこと。
二四　暮しができなくなる。提灯↓火が消える。

けあはぬ事すれば、[二四]内證《ないしやう》の火の消《きゆ》るにほどちかし。此椀屋《(この)わん》も、[二五]よい舅《しうと》に万事《ばんじ》まねて身上《しんしやう》をたふれける。

四　所は近江蚊屋《が(や)》女才覚

嫁入道具の物好き、大名もならぬ奢

娌入道具《よめ(いり)だうぐ》の品〻[二六]世間《せけん》にすぐれて念を入《(いれ)》ければ、かぎりもなく[二七]むつかしう、國土《こくど》の費《つゐへ》になる事多《おほ》し。上京[二八]中長者町《なかちやうじや》の仕立《たて》物屋の[二九]弟子・手間《ま》とり、針筋《はりすぢ》を揃《そろへ》て、薄絹《うすぎぬ》の蚊屋《か(や)》を縫《ぬい》けるに、都《みやこ》は[三〇]目廣《ひろ》き所ながら、立《(たち)》どまりて是《(これ)》を見る人、次第に押《をし》もわけられず、[三一]黑木賣《くろきうり》くる女の難儀《なんぎ》、爰《(ここ)》[三二]通《とを》りかぬるのみ、しれたる姿《すがた》を笑《わら》はれける。[三三]綿《もめん》の二布《ふたの》、糊《のり》こは〲として、やう〳〵我身《(わが)》を隠《かく》すもあるに、此蚊帳《(この)かちやう》を見れば、四角《(よ)すみ》に赤地《あかぢ》の[三四]唐織《からおり》を菊の花形《がた》に切《(きり)》あはせ、紅井《くれな(ゐ)》の大房《ぶさ》に[三五]匂《にほ》ひ玉をむすびさげ、[三六]るり・さんごじゆの餝《かざ》り、[三七]銀の鎰《かぎ》・金の輪《わ》、[三八]小縁《こべり》ひとま〳〵に[三九]鈴《すゞ》の音《をと》なし、[四〇]乳毎《ちごと》に五色《ごしき》の房《ふさ》を付《(つけ)》、裙《すそ》に[四一]おし鳥のたはぶれをさま〲に縫《ぬは》せ、岸《きし》の柳に雪をもたせ、冬《ふゆ》川の氣色《けしき》、見てさへ涼《すゞ》しきに、あの中に寝《いね》ば夏《なつ》をわするべしと浦《うら》山敷《しく》、爰《(ここ)》は内裏《だいり》ちかくなれば、いかなる[四二]高家《かうけ》の御物好《ずき》、皆人極樂《ごくらく》と聞《(きき)》およびし佛《ほとけ》様の寝所《ねどころ》も、何としてこんな事あるべし。扨《(さて)》も是《(これ)》はとおどろきける。

二五 富裕な。よい衆の。
二六 世間並以上に。どの家も競争のように。
二七 注文がしちむつかしく面倒で。
二八 今、上京区中之町。もと長者町という。桔梗屋甚三郎(一一一頁注二)が住んでいた。
二九 弟子は住みこみの見習い、手間とりは手間賃仕事の通いのお針子。
三〇 人の眼が肥えていること。見聞の広いこと。
三一 黒木は蒸し焼にした一尺ほどの薪、八瀬大原の女が売りに来る。
三二 通りかねてまごまごしているばかりか、おまけにその痴れたる姿(頭に黒木をのせて尻を振って歩くさま)を見物に笑われた。「野良しれたる姿」と解するは誤り。
三三 木綿の腰巻。布二幅を以て作る。黒木売の女の姿を指していう。
三四 金襴の一種。↓四九頁注四〇。
三五 香袋。匂袋。守貞漫稿、一〇「昔は蚊帳の四隅に匂袋をつけたり、香嚢の形未レ詳…唯是に匂袋を付しこと明暦及び万治の俳書にあり」。
三六 当時は硝子の加工品を瑠璃といって珍重した。 三七 共に釣手用。
三八 布の継目ごとに。
三九 鈴をつけて音を立てさせ。
四〇 蚊帳の縁につける布製の小さな環を乳という。古くはそれに竿または紐を通して蚊帳を吊った。守貞漫稿、一〇「古製は一布各二乳を用ひたるか、又今世も貴人の所用は如レ此歟。民間所用の物は乳四隅にあるのみ。大なる者は其間にも付レ之、或は六乳或は八乳とす」。
四一 鴛鴦は雌雄相離れずとて、嫁入りの調度の意匠に用いる。 四二 公家。堂上方。

時に亭主《ていしゆ》、此《この》中へ入《いり》、手枕して「ゆるし給へ、しばしかりねの夢。是《これ》に[一]浮世御《うきよご》座《ざ》・[二]長枕《ながまくら》、聟《むこ》に成人《なるひと》の果報《くわほう》は、[三]前《さき》の世によき種蒔《たねまき》て、[四]今はへ出る戀草のはじめ、町人にもかゝる娵入蚊屋《よめいりがや》、公家《くげ》も大名《だいみやう》も大かたの衆は成《なる》まじ。[五]此一釣《このひとつり》に弐貫六百目入《いり》ける。いかに分限《ぶんげん》なればとて是《これ》は奢《おごり》の沙汰《さた》」といへり。[六]「面《めん》〳〵の身しのぐためなれば、[七]近江布《あふみぬの》の蚊屋《かや》に赤根染《あかねぞめ》の乳縁《ちべり》付《つけ》しを釣《つり》ても、無理《むり》に蚊《か》がはいりもせず」と、[八]ちいさい氣《き》からいへば、[九]一疊《でう》づり程になりて身の置《おき》所なし。

そも〳〵近江蚊屋《あふみがや》の出所《でどころ》[一〇]は、[一一]八幡の町より仕出して、是《これ》諸國《しよこく》に廣《ひろ》まれり。中にも[一二]扇子屋《あふぎや》といふ人、むかしはすこしの酒《さけ》、[一三]片《かた》見せに米商賣《こめしやうばい》しけるが、内義才《ないぎさい》覚《かく》にて、手づから[一四]釣《つる》かけ桝《ます》を持《もち》て、米酒《さけ》にかぎらず、わづか一升買《がい》する程の貧《ひん》者《じや》には、利德《りとく》かまはず[一五]斗《はかり》よくして、[一六]手びろふ見せける。ほどなく一國《こく》によき事いひふらして、在《ざい》〳〵所《しよ》ゝ山家《が》のするまでも、此《この》町の[一七]市《いち》に立《たつ》人、帰《かへ》さに此《この》家の[一八]兩口よりくんじゆ[一九]して、萬《よろづ》を調《とゝの》へて帰れば、一日に錢《ぜに》の山・[二〇]白銀《しろがね》の洞《ほら》も出來分《できぶ》[二一]限《げん》、後には、大かたの[二二]咳氣《がい》には、藥《くすり》の代《かはり》に爰《ここ》の諸白《もろはく》にて直《なを》しぬ。其《その》家冨貴《ふうき》に成《なる》時は、[二三]諸事吹付《しよじふきつく》るやうに心涼《すゞ》しく、[二四]扇《あふぎ》に家の風ぞかし。其《その》後は江州《どうしう》の[二五]布高宮買《ぬのたかみやかい》とりて、國〳〵に出見せ、殊更《ことさら》京都[二六]四條東《とうでうひがし》の洞院《とういん》の店《たな》には、毎年嶋布《まいねんしまぬの》ばかり千[二七]駄《だ》づゝ賣拂《うりはら》ひける。[二八]疊《たゝみ》の表《おもて》は大坂に見せ出し、次第に大商人《あきんど》と成《なり》ぬ。是《これ》より年

一 和漢三才図会、三三「単席《うわしき》俗云御座也。以レ莞《い》織成、文如レ甃《いしだたみ》者名二浮世御座一、暑月褥上鋪レ之、出二於江州舟木一者為レ上」。
二 夫婦用の長い括り枕。両端に房がついている。
三 ↓補四三。 四 今その結果として幸福な結婚をする基になったのだ。
五 蚊帳・幕類は一張《ひとはり》と数える。
六 以下見物の評。蚊を防ぐためだけならば。
七 近江の高宮布で作った蚊帳の下級品。乳・縁も安っぽい茜染の布をつける。
八 貧乏人の小さい根性からいうと。
九 蚊帳の大きさも一畳釣り程度でよいわけだが、それでは身動きも出来ない。 一〇 発祥地。
一一 今、滋賀県蒲生郡近江八幡市。元和・寛永頃から蚊帳・畳表の製造の中心となり、行商によって諸国に販路を拡張した。近江蚊帳の特徴は萌黄染・茜縁で、汚れが目立たず廉価な点。二代目西川甚五郎の仕出しという。

近江蚊帳屋の扇屋、繁昌は内儀の才覚

一二 江州八幡出身の扇屋(伴氏)庄兵衛・庄右衛門の一族。京大阪に麻布・蚊帳・畳見世を出して栄えた(江頭、近江商人)。
一三 ↓九七頁注三一。 一四 ↓一五一頁注四三。
一五 量目をたっぷりはかって。
一六 手広く商売しているので、こせこせしないという風に見せかけた。
一七 八幡の町に毎月定期的に市が立つと、附近の農村の人が生産品を売りに集まり、日用品を買うて帰る。
一八 米見世と酒見世の両見世口。
一九 群集して。清んで読むことに注意。
二〇 白銀で埋まった洞穴。山↓洞。
二一 俄分限。…も出来るほどの、俄分限となって。

〳〵仕出しの蚊屋《か(や)》、何程といふつもり[二九]なきに、世界の廣《ひろ》き事おもひやられける。毎《まい》日蚊《か》屋《(や)》縫《ぬい》女八十人余《よ》、乳《ち》・縁《べり》付《(つく)》る女五十人、大廣敷《ひろしき》[三〇]にならびたるは、さながら是《(これ)》[三一]によごの嶋《(しま)》のごとし。されども、是《(これ)》程の中に、都《みやこ》めきたる娘《むすめ》はひとりもなかりき。玉[三二]に疵《きず》、すぎに出尻《じり》、たけが口の廣《ひろ》さ。朝夕《てうせき》の食車《めしぐるま》[三三]とて、飯櫃《いひびつ》にくるましかけて、六尺[三四]三人引《(ひい)》てまはり、手盛《もり》の杓子《しやくし》百足《むかで》のあしのごとし。鞍馬《くらま》[三五]比沙《びしや》門《もん》もかゝる臺所《だいどころ》をまもり給ふべし。年中の事なるに、それ〴〵の人つかふ智恵《ちゑ》もあるものかな、二度《ど》の仕着《しきせ》もひとり[三六]〳〵の願《ねが》ひ染色《そめいろ》、紋《もん》所まで付《(つけ)》てとらせける。此外《(このほか)》手代あまたなれば、はや八月より正月物[三七]をこしらへし。萬事《ばんじ》は手まはし次第なり。是迚《(これ)とて》[三八]も、やう〳〵旦那《だんな》といはれて、親子四五人の口を過《すぐ》る外《(ほか)》なし。しかじ[三九]、一人のはたらきにして数《す》百人をはごくむ事、大かたならぬ慈悲《じひ》ぞかし。此《(この)》心の徳《とく》ゆへ、下〳〵《(したじた)》も草《くさ》木もなびきて、むかしより住《すみ》なれたる庭《にわ》に、枝《ゑだ》[四〇]ものぶりたる松有《(あり)》。北野《きたの》[四一]の千貫《ぐわん》松・淡路《あはぢ》[四二]の万貫松にもおとらず、是《(これ)》[四三]ちとせの詠《なが》めなり。

人はさまざま、稼いでも三百目の身代

されば人の渡世《とせい》ほど、さま〴〵なる物はなし。片田舎《かたいなか》にさへかゝる人ありけるに、萬《よろづ》屋甚平とて、出生《しゆつしやう》京の寺町通三条にてそだちければ、腹《はら》の内より都の水を呑《のみ》、諸人《しよにん》のかしこき事を聞《(きき)》なれ、身過《すぎ》は何にしても、五人・三人は世を

二二 流行性感冒。
二三 万事順調に、求めずして事が成就して、何の憂もなく。 二四 扇屋の家名をひろく人に知られた。家の風↓四二二頁注二七。
二五 今、彦根市高宮町。もと麻布の産地で生平・さよみを織り出した。
二六 万買物調方記、四「高宮嶋や 三条東洞院東西」とある。
二七 駄馬一匹の積載量は四十貫の定め。
二八 近江八幡は畳表の集散地。蚊帳と共に諸国へ出見世を持った商人も多い。
二九 計算ができないほどだという事実によって。
三〇 台所の板敷の間。↓一四五頁注五〇。
三一 女護の島。女だけが住むという伝説の島。
三二 玉・杉・竹は下女の通名。諺「玉に疵」のもじりから、各人に欠点あることをいった。
三三 立身大福帳、三ノ二「下女は台にのせて車の附たる食櫃を広しきへ引出し」。多人数の家内ではよく用いられたと見える。
三四 ここは下男。力者《(りきしや)》の訛。力業で奉仕する者、駕籠舁・酒杜氏などをいう。
三五 鞍馬寺の毘沙門天は勤勉なる者に福を授けるという。蜈蚣は毘沙門の使者。
三六 各人希望の染色に染めて。
三七 正月用の衣服。手代格になると、紋付小袖の外に紋付羽織までしてやらねばならぬ。
三八 それほどにして働いても。
三九 原本濁点は誤りか。「しかし」とあるべきところ。 四〇 物古りたる。
濁点は誤刻。 四一 京羽二重、一「千貫松 武者小路通に当る西、笹屋町すぢ大宮のにし、天道の宮の町なり」。 四二 未詳。
四三 子々孫々に至るまでの慰みものだ。

一 大福帳などの上書をするほどの達筆。当時帳綴には手のある者が重宝がられた。
二 十露盤で二桁以上の割算を用いてする複雑な計算。絹布割・堤普請割・糸割などに応用する。
三 銀の良否をよく見分けること、男の嗜み。↓一七七頁注五六。
四 使者応対などに、弁舌さわやかなることは諸芸の一つ。以下料理・謡・碁・将棊なども社交上の必要から諸芸の一つとせられていた。
五 自分一人の慰み以外に。
六 家計不如意で。
七 京都で。
八 娯楽用の本。草双紙・絵本の類をいう。
九 盆踊りの小道具。団扇太鼓など。↓胸一ノ一。
一〇 防寒用。
一一 行商。
一二 我家に居るのは。
一三 太鼓同様お得意の慰みものになって。
一四 食べてゆくのがやっと。↓胸五ノ三。
一五 易林本節用集「質(トモ) 商之モトデ」(松)。

わたるべき事なるに、やう〳〵女夫《めおと》の口をすぎかねしは、口惜《おし》き事ぞかし。然《(しか)》も此《(この)》男、[一]手は帳《ちやう》の上書《うはがき》する程なり。算用《さんよう》はむつかしき[二]割物《わりもの》も埒《らち》をあけ、[三]銀《(かね)》は兩替《りやうがへ》より折節《おりふし》は見せに來《く》る事有《(あり)》。何にても一《(ひと)》分別《ふんべつ》させて、事のすまぬといふ事なし。[四]長口上《ながこうじやう》あざやかに、すこし料理《りやうり》も心がけ、うたひも人の跡《あと》にはつかず、碁《ご》・将棊《しやうぎ》も人の相手《あいて》になりかねず、[五]我《(わが)》一分《(ぶん)》の外《(ほか)》、人の役《やく》にも立《(たち)》ける。されども[六]勝手《かつて》あしく、[七]所にて商賣《しやうばい》成《(なり)》がたく、春は[八]慰《なぐさ》み本《ぼん》、夏は扇子《あふぎ》、秋は[九]踊道具《おどりだうぐ》、冬は[一〇]紙子《かみこ》、其《(その)》時〳〵の物を仕込《しこみ》、此《(この)》廿年ばかりも江冴《ごうしう》に[一一]かよひ商《あきな》ひ、[一二]宿《やど》には一《(ひと)》とせ

を廿日ばかりも、女房《によぼう》共の皃《かほ》を見る事ぞかし。京にはやる咄《はな》し・小哥《こうた》を習《なら》ひ覚へ、商《あきな》ひする御機嫌《きげん》取《とり》に、夜昼《よるひる》[一三]あそびものに成《(なつ)》て、つまる所は、夫婦《ふうふ》[一四]の口を喰《くひ》て通《とを》るぶんなり。幾年《いくとし》か、弐百目の[一五]質《もとで》のびもちゞみもせず年《とし》を越《こえ》け

るに、[一六]千本通《どをり》に母かたの[一七]姨《おば》ひとり過《すぎ》して暮《くら》されしが、いとしや頓死《とんし》いたされしに、我ならで跡吊《あととふ》ものもなければ、此時《(この)》の物《(もの)》入《(いり)》に銀三十目あまりつかひしが、随分《ずいぶん》始末《しまつ》しても四五年此銀《(このかね)》もふけかねて、何とぞむかしの弐百目に成《(なる)》事を願《ねが》ひしに、[一八]旅宿《りよしゆく》の亭主《ていしゆ》に頼まれ、[一九]在所《ざいしよ》へ養子《やうし》をきも入《(いり)》て、思ひの外《(ほか)》なる銀六拾目[二〇]礼《れい》をとりて、一代の仕合《(しあはせ)》此《(この)》たびとよろこび、極月《(ごくげつ)》廿五日に江州《ごうしう》八幡《まん》を立《(たち)》て、京都《と》に幸《さいわい》の道《みち》づれ、爰《(ここ)》の[二一]問屋《とひ》より拂《はら》ひがね持《もち》てのぼる人、是《(これ)》程慥《たしか》成《(なる)》事なし。道中《だうちう》いそぎけるに、[二二]草津《くさつ》の宿《しゆく》の矢倉《やぐら》といふ所は、姥《うば》が餅《もち》の名物《めいぶつ》、勢田《せた》矢《や》橋《ばせ》の追分《おひわけ》なり。近付《ちか(づき)》の茶屋《ちや》にしばし休《やす》みて、氣色《けしき》を見るに、[二三]鏡《かゞみ》山の曇晴《くもりはれ》て、松に風絶《たへ》、海《うみ》に浪《なみ》の音《をと》なく、「けふこそ渡し舟の乗日和《のりびより》」といへば、甚平中〱合点《がてん》せず、「おの〱は御勝手《かつて》次第、我等は歩行路《かちち》へまはり行《ゆく》。其《(その)》子細《しさい》は、人

一六 京都西端の南北の通り。場末町。
一七 母の姉妹を姨という。

一八 行商先の定宿。
一九 京都から田舎へ養子の世話をして。
二〇 嫁入り・養子の世話の礼は持参金の十分の一がきまり。
二一 下文に問屋の若い者とあるが、八幡には奥州筋の出見世へ商品や金銀を輸送する奥州飛脚があり、日野にも、毎月三、八の日を定日とする京飛脚宿があったという(江頭、近江商人)。
二二 今、滋賀県栗太郡草津町。矢倉は勢田・矢橋への追分、名物の姥が餅屋があった。近江名所図会、一「乳母が餅の軒に標石有、矢橋の舟場まで廿五町と記せり、即家の傍に道あり」。矢橋より大津まで湖上五十町、草津・大津間の陸路は三里半六町。人倫訓蒙図彙、三「近江路や矢橋の渡し、名高き渡し也、是は瀬田にまはればやすく陸路あれども、急の旅人はこれにのる」。
二三 近江の歌枕。蒲生郡鏡村の南一里にあり。矢橋の舟人はこの山の雲行きを見て日和を判断したのであろう。

の命に替《かへ》[一]なし、殊に金銀の荷物《にもつ》を、定《さだ》めなき舟《ふね》につむ事なし。菟角大事《とかくだいじ》の身なれば、渡しはいや」に極《きは》めける。問屋《とひ》[二]若《わか》い者腹立《ものふくりう》して、「はる〲道づれ、爰《(ここ)》までまいりて、此日和《(この)ひより》に何の氣遣《きづかひ》かあるべし。我等は小判《こばん》千三百兩持《もち》て、此《(この)》渡しに乗《のり》[三]ける。此《(この)》身其《(その)》方の身とて、何程の替《かは》りあるべし。大分《だいぶん》[四]の銀持《かねもち》、身を大事にかけ給へ」といひ捨《すて》て、矢橋《やばせ》のかたへ行《(ゆき)》ける。茶《ちや》屋、甚平に申せしは、「いつも舟にのる人が、何とて此天気《(この)てんき》に用心《ようじん》し給ふ」といへば、「此《(この)》たびは仕合《しあはせ》よく、五六拾目も銀子《(ぎんす)》[五]のばしければ、身が大事《だいじ》におもはれて、いかにしても船《ふね》に乗《のら》れぬ」と、胸《むね》[六]おちつけて、勢《せ》田にまはる。大津《つ》[七]のもどり馬《むま》はあれど、是《(これ)》にものらず行《(ゆく)》程に、石《いし》[八]山の晩鐘聞比《いりあひきくころ》、粟津野《あはづの》[九]を行《(ゆく)》に、松原《ばら》より牢人《ろうにん》[一〇]らしき男弍人出て、「近比《(ちかごろ)》[一一]無心《むしん》ながら、今時分《いまじぶん》[一二]の事なれば、よく〱さしつまりたる事とおぼしめせ。年取物《(としとりもの)》[一三]を申請《(まうしうく)》る」と荷物《にもつ》に手をかけしに、色〱詫《わび》ても聞《(きき)》いれねば、是非《ぜひ》なく肌《はだ》に付《(つけ)》たる銀《(かね)》取《(とり)》出し、弍人に八拾目ばかりとられて、扨《(さて)》も物うきひとり旅《たび》、身の程[一四]うらむより外はなし。我《(われ)》一生《しやう》何程かせぎても、銀三百目より内の身体《しんだい》に極《きはま》る所を覚悟《かくご》[一五]して、世を渡りぬ。

一 かけがえがない。矢橋の船渡しは比叡颪の突風で湖上遭難すること多く危険視されていた。醒睡笑、一「もののふの矢橋の船は早くとも急がば廻れ瀬田の長橋」(宗長)。
二 問屋の手代。
三 乗るんだ。語勢を強めていう。
四 甚平への皮肉。
五 始末してふやすこと。
六 慎重に、大事をとって。
七 戻り馬は安い。「山科の木幡の里に馬はあれど」の古歌のもじり。→三一八頁注三。
八 石山寺。
九 今、大津市膳所粟津西一丁目附近を粟津が原といい、膳所までの街道両側に松並木続く。
一〇 浪人。
一一 甚だ厚かましいことだが。
一二 年の暮。
一三 正月を迎える費用。
一四 不運な我が身のほど。
一五 悟って。諦めて。

繪入

西鶴おりとめ

二

本朝町人かゝみ

西鶴織留本朝町人鑑

目録　二

一　水源を丹波亀山に発し、山城嵯峨に到る。慶長十一年吉田了意の開発。
二　檜または杉材のへぎ板で作った台。祝儀物・食餞を盛るに用いる。
三　結婚後五日目に行う新婦の里帰り。三日目に行う土地もある。
四　母親。
五　庭の梅は亡夫の代から息子の代まで二代にわたって実をつけたが、それにつけても悲しいのは、腑甲斐ない息子を持った隠居の母親の嘆き。
六　長崎船載の織物は俗に巻物と称するが、一疋ずつ巻いてある(雍州府志、七)。
七　↓補一九五。現代の楠正成ともいうべき智恵者にして根強き分限者の意。
八　本文に「然も弁慶は禄重けれども、無用の七道具をこしらへて身代ならず」とあり。
九　資本を減らさぬ方法についての批判。

一　楽助。悠々自適の生活をしている男の異名。
二　縞の財布。
三　財布の中の小判の書付と落し主の言葉とが一致していたことをいう。
四　財布の拾い手をいう。
五　当世流行の趣向。当流は現代風、新式の意。
六　唐土潯陽の江の猩々の化身と称して、法師が盃を求めた話。謡曲大瓶猩々「千秋万歳君千代までと、栄ふる御代こそめでたけれ」。

㊃

塩《しほ》うりの樂《らく》すけ一

二嶋《しま》のさいふ書付《かき(つけ)》三相違《さうい》なし

四かくれなき都《みやこ》の聖人《せいじん》

㊄

五當流《たうりう》のもの好《ずき》

六猩々《しやう(じやう)》變《へん》じて出る目出《めで》たき御代《みよ》

世間《せけん》にかくれなき小川屋七のながれ

七 日本橋尼棚の塗物屋小川屋の一統。詳細不明。
八 本章は元禄二年正月売出しの予定であった町人鑑の巻頭の一章であったと推定せられる。
九 拾芥抄記載の地神五代(二百三十三万三千九百三十四年)の年数に、元禄二年までの紀元年数(二千三百四十九年)を加へると、この数字になる(松浦一六、西鶴織留語考)。 一〇 謡曲三笑「万代を松は久しきためしなり」。松は徳川氏の本姓松平氏を象徴する。 一一 西鶴作、暦「ながめなり、ふじは日本のほうらいさん」。江戸城本丸南西隅に富士見櫓がある。 一二 もと中国洛陽の城門の名、我国では内裏豊楽院の北面の門に名づけるが、江戸城のどの門を譬えていったか不明。和漢朗詠集、下「長生殿裏春秋富、不老門前日月長」。但し武蔵野は江戸の西南に展開する。 一三 他国の空を照らす月とは光が違う。外天は中国にて本土以外の空をいう。 一四 江戸城西の丸北隅にある。元和四年その鷲の森に東照権現の社を勧請。 一五 謡曲高砂「中にもこの松は、万木にすぐれて十八公のよそほひ、千秋の緑をなして」。原本「色ををまし」とあるのは一字衍。 一六 謡曲鶴亀「亀は万年の齢を経」。千秋→万歳。 一七「天下」は将軍家をいう。将軍家お膝下の町人の意。城下町の町人に対して幕府直轄地の町人をいう。 一八 喜多村彦兵衛(本町三丁目)・奈良屋市右衛門(本町一丁目)・樽屋藤左衛門(本町二丁目)。いずれも世襲の江戸町年寄、帯刀熨斗目着用を許された御目見格の町人。その住居を役所とし、町奉行に属して令達・徴税その他町方の行政に参与した。
一九 京・大阪・堺・奈良・長崎の町年寄(大阪のみ惣年寄という)は、江戸三年寄と同じく帯刀を許され、年頭・大礼に拝謁・献上する資格を与えられていた。 二〇 以下幕府御用聞町人。金

二 保津《ほづ》川のながれ山崎の長者《ちやうじや》

本朝《ほんてう》は、天照太神《てんしやうだいじん》元年より[八]今元祿《げんろく》二年の初《はつ》春まで、[九]二百卅三万六千二百八十三年、此《(この)》國豊《ゆたか》に續《つゞき》て、なを君が代の[一〇]松はひさしきためし、[一一]冨士《ふじ》を常住《じやうぢう》の蓬萊山《ほうらいさん》、[一二]不老門《ふらうもん》のひがしに武藏野《むさしの》の満月《まんげつ》、[一三]外天《ぐはいてん》のひかりに同じからず。[一四]御紅葉《もみぢ》山の木ずゑ[一五]千秌《せんしう》の色《いろ》をまし、[一六]万歳《ばんぜい》の海龜《うみがめ》、さゞ浪靜《しづか》にすめる、江戸は[一七]天下の町人[一八]北《きた》村・奈良《なら》屋・樽《たる》屋をはじめ、[一九]諸國《しよこく》の惣年寄《そうとしより》・[二〇]金座《きんざ》・銀座・朱座《しゆざ》、此外《(このほか)》[二一]過書《くわしよ》の舟《ふな》持《もち》、[二二]世上《せじやう》に名をふれて、是《(これ)》皆[二三]町人の中《なか》の町人鑑《かゞみ》といへり。時《とき》に都の嵯峨《さが》の[二四]角倉《すみのくら》は、其《(その)》家榮《さかへ》て長者《ちやうじや》のごとし。然《(しか)》も[二五]二十余《よ》人の子寳《こだから》、[二六]いわ井の水の[二七]高瀬《たかせ》川に、すぐなる[二八]道橋《(みち)はし》のわたり初《ぞめ》して、此流《(この)なが》れに[二九]一棚舟《(ひと)たなぶね》をかよはせ、[三〇]俵物《ひやう(もの)》・薪《たきゞ》をのぼし、洛中《らくちう》のたすけと成《(なり)》、竈《かまど》の煙《けぶり》にぎはへり。又[三一]保津《ほづ》川のながれは、丹波《たんば》の龜《(か)め》山につゞきて、嵯峨《さが》まで二里あまりの所、[三二]近代《きんだい》切《(きり)》ぬきの早川《はやかわ》、是《(これ)》を自然《しぜん》と乗《のり》覚《(おぼえ)》て、船《せん》人《どう》ちからも入《(いれ)》ずして、岩角《いわかど》よけて[三三]滝《たき》をおとし、[三四]ひだりは愛宕《あたご》、右は老《おひ》の坂《さか》、此《(この)》山間《あい》の詠《なが》め、[三五]松嶋《しま》をちかふして見るぞかし。

有《(ある)》時山[三六]崎寳寺《ざきたから(でら)》のほとりに、油《あぶら》の[三七]うけ賣《うり》して、[三八]山家《(やま)が》がよひの商人《あきんど》、此《(この)》舟に乗《のり》

座は大判以外の金貨の鋳造・発行、銀座は銀貨の鋳造・発行を司り、その役所はいずれも京・江戸の両地にあった。朱座は朱及び朱墨の製造販売の独占権を持つ特権町人。↓一三四頁注一六。座人は堺・京・大阪・江戸に散在していた。これらの年寄(金座のみ御金改役という)はいずれも帯刀・御目見格の町人。 二一 徳川時代淀川往来の貨客船を過書船という。舟持とあるが、ここは過書船支配の木村惣右衛門(京柳馬場二条下ル町)・角倉与市(京川原町二条下ル町)をいう。 二二 世間に名が高く。 二三 町人の中の町人ともいうべき人の鑑だ。 二四 角倉氏は本姓吉田氏、三代宗忠が嵯峨大覚寺境内に土倉(質屋)を営んで以来角蔵と呼ばれ、後に板倉伊賀守から倉の字を譲られて角倉を称したという。今、右京区角倉町がその旧地。後に元和五年高瀬川支配のために移った川原町二条の京角倉(本家)と嵯峨角倉(次男家)とに分れた。 二五 京角倉の二代目与一玄紀(天和元年八十八歳没)に四男一女あって子孫繁昌をいうか。 二六 謡曲養老「千代のためしを松蔭の、岩井の水は薬にて、老を延べたる心こそ、なほ行末も久しけれ」。祝いにいいかけた。 二七 賀茂川に並行して二条より伏見に到る運河。慶長十六年着工、同十九年完成。角倉五代了以の事業。了以は完成後間もなく、同年七月十二日六十一歳で卒した。 二八 高瀬川に架した諸橋をいうか。橋の渡り初めは長寿の夫婦を選んで行う。直ぐなる道(政道正しき意)→道橋。 二九 高瀬舟。和漢船用集、五「城州の高瀬舟…艫(おもて)高く、舳(とも)・横舳にてひきく平なる者也」。一棚という は船側の板一段張りにて

町人の中の町人鑑。都の嵯峨の角倉

猿を助けて打出した油槌、山崎の油長者

舷の低きもの。了以は作州和気川(倉敷川)の川船を移入したという。三〇 俵物は俵装した米・麦・大豆・小豆の類、木屋町三条と四条の間に新問屋が出来て、伏見から廻送した。薪も同じく木屋町四条まで積み上せた。三一 大堰川の上流を遡って、丹波国船井郡世木村・嵯峨間を通ずる運河。慶長十一年三月着工、同年八月完成し。亀山はその中間、保津川右岸にあり、今京都府亀岡市。三二 了以の考案で鉄椎・火薬を以て岩石を砕破して切り開いた。奇石・激湍が多いので舟行に熟練を要するが、五穀・塩・竹・木などを丹波から京へ輸送する重要な水路であった。三三 激湍を上から下へ乗り越す技術をいう。三四 林道春撰、吉田了以碑銘「下ㇾ此則愛宕・亀山在ㇾ左、嵐山在ㇾ右、其勝逼不ㇾ可二枚数一」。丹波の保津附近より嵯峨に到る間、左に愛宕山(葛野郡山城・丹波境)右に大江山が見える。老の坂は乙訓郡の山城・丹波境より大江山に到る峠。三五 奥州松島の勝景を居ながらにして見るという意。藤原惺窩命名の七景地がある。三六 今、京都府乙訓郡大山崎村天王山頂にある補陀落山宝積寺。もとこの附近は離宮八幡の神領で石清水八幡宮大山崎神人の油座の本拠。江戸時代にも摂津の遠里小野村(三二九頁注一五)と共に油の製産地であった。三七 請売。問屋から商品の委託をうけて小売すること。代金の清算は後日であるから、多くの資本を要しない。三八 丹波通いの行商人。京都附近では丹波を山家という。

一 保津川と清滝川との合流点の下流左岸にあり。吉田了以碑銘「有リㇾ石相距ルコト可二二十丈一バカリ、猿抱キㇾ子ヲ

てくだりしに、一猿飛《さるとび》といふけはしき所を、むらざる数《かず》かぎりもなく渡《わた》りしに、二疋《ひき》つれたる二こけざるが、栗《くり》の梢《こずゑ》を傳《つた》ひ、此《(この)》川をわたりかねたる風情《ふぜい》見えしに、折ふし狩人《かりうど》のまはり來て、鉄炮《てつぱう》にねらひよれば、先《さき》に立《(たち)》たる猿《さる》の、身をもだへて鳴《なき》さけび、跡《あと》なる猿《さる》に指《ゆび》をさしておしへければ、狩《かり》人《(うど)》笑《わら》つて、「いかにおのれが身をたすけむや」と、三火蓋《ひぶた》を切《(きれ)》ば、あはれや二疋ともに落《おち》けるを、立《(たち)》寄《より》て見しに、一疋は玉に當《あた》り、又一疋は身に子細《しさい》なくて、手に一尺あまりの木のきれを持《もち》ける。是《(これ)》を不思議《ふしぎ》と見るに、ふびんや四目くら猿《ざる》なるが、泪《なみだ》を洒《こぼ》し、ころ

されし猿《さる》の事をなげくありさま、五是《(これ)》がためには子《こ》猿《ざる》と見へける。六親に心をつくし、年《とし》ひさしくはごくみけるとおもはれ、早《はや》船《ぶね》をさしとめ、各《をの〳〵》是《(これ)》をかなしみしに、狩《かり》人《(うど)》は彼《(かの)》目くら猿《ざる》も即座《そくざ》に七たゝきころすを、山崎《ざき》の商人《あき(んど)》錢《ぜに》

二百文に買《かい》とり、我《(わが)》里につれ帰りて、二《(ふた)》とせあまりも飼置《かひをき》、随分《ずいぶん》いたはりける。その年《とし》のくれになりて、此《(この)》油賣《あぶらうり》わづかの事に[八]仕舞《しまひ》かねて、借錢《しやくせん》のかたへ[九]有《(ある)》物をわたして、[一〇]身《しん》体《だい》たゝむ談合《だんかう》を夫婦《ふうふ》ひそかに極《きは》めて、[一一]朝《あした》は所を立《(たち)》のく十二月廿七日の夜ふけて、猿《さる》にも人間《にんげん》にいふごとく、[一二]「浮世《うきよ》とて我かく成《(なり)》行《ゆけ》ば、[一三]独《ひとり》ある子をさへすつる時節《じせつ》なれば、汝《なんぢ》は此《(この)》家に殘し置《(おく)》。[一四]自《みづから》を恨《うら》む事なかれ」と、せめて春までの喰物《くひ》あるにまかせて、[一五]節分《せつぶん》の煎大豆《いりまめ》のあまりに、[一六]黒米《くろごめ》すこし手もとに置《(おき)》て、夜の中《うち》に爰《(ここ)》を出て行用意《ゆくようい》して、[一七]火炉《こたつ》のあげに子を入《(いれ)》、[一八]片《かた》荷《に》に小鍋《こなべ》ひとつ、[一九]継《つぎ》〴〵の袋《ふくろ》に[二〇]粉麦《こむぎ》・小豆《あづき》など取《(とり)》まぜ、女は[二一]持佛堂《ぢぶつだう》を明《あけ》て、珠《じゅ》数《ず》取《(とり)》出して手にかけ、[二二]辻《つじ》のぬけたる[二三]葛笠《つゞらがさ》を被《かづ》き、住《すみ》なれたる我宿《(わが)やど》の名殘《なごり》、[二四]「誰《たれ》かは爰《(ここ)》に世帯《せたい》せん。おもへば惜《おし》き[二五]香《かう》の物桶《おけ》、かくなるべきはしらず、[二六]此夏《(この)なつ》の瓜《うり》・

飛ソデ超ユル二其間ノ一者ヲ、号ス二叫猿峡ト一旧名猿飛」。叫猿峡は惺窩の命名。二垢づいた汚い猿(安田喜代門説)。三火縄銃の火皿の横に開閉するようになっている金具を「火蓋」または「雨覆」といい、点火発射することを「火蓋を切る」という。四跡から来た猿。五この盲猿にとっては、殺された猿は子猿と見える。六死んだ子猿が。七「叩き殺さんとするを」とあるべきところ。八節季をしまいかねて。九家財道具を借金している所へ引渡して。一〇↓三一八頁注七。一一翌日。ここは明る朝の意。一二以下、女房が猿に対していう。一三諺に「子を棄てる藪はあれど身を棄てる藪なし」という。たった一人の子でも棄てようかと思うような窮境だから。一四この私を。「みづから」は女子の自称代名詞。一五↓一一三頁注二五。節分の大豆は雷除に効ありというので、余りを貯えておく風習があった。↓補四〇一。一六玄米。一七炬燵のやぐら。一八片方の荷。天秤棒で一荷に担うた場合。一九継ぎはぎした袋。二〇粉麦は大麦の粉、はったいともいう。水で練り、砂糖に和して代用食とする。小豆は腫物に効あり、胞衣を下し、乳汁の出をよくする。いずれも幼児のために携帯するのだ。二一仏壇。二二笠の頂。編み目の集まったところ。二三つづら藤で編んだ網代笠。江州水口の名産。延宝頃まで流行した女笠、当時は時代遅れ。二四自分達が立退いた跡、この家で。二五諺に「香の物の味よきはその家の女房夫を大事にする験し」(譬喩尽、二)という。漬物は主婦の最も苦心するところ、未練が残るのも当然。香の物↓補一五〇。二六この夏、冬の用意に瓜・茄子を沢山塩漬にしておいたが。

茄子《なすび》、塩《しほ》[一]の辛《から》い物を喰《く》ふとて無用《むよう》の水の呑置《のみ(おき)》。菟角《とかく》に欲過《よく(すぎ)》たる事はせまじき物」と、[二]をかぬ棚《たな》までまぶりて、鐵漿壺《はぐろつぼ》[三]をうち洒《こぼ》し、「見る程萬《よろづ》こゝろにかゝれば、すこしもはやく家《いへ》を出給《(いで)》へ」と、泣《なき》出せば、男も泪《なみだ》ぐみ、「さりとは無念《むねん》成《(なる)》世間《せけん》や。聞《(きけ)》ば此《(この)》ほども、京には町人分《ぶん》[四]として、壱万八千貫目の借銀《かり(がね)》、十年切《(ぎり)》の年賦《ねんぷ》にして、利なしに濟《すま》すも有《(あり)》。此《(この)》家の年中の豆腐《とうふ》の通《かよ》ひ[五]に〆《(しめ)》八百三拾丁、此《(この)》代七貫七百六十弐文の拂《はら》ひ、家《いへ》に應《おう》じて諸事《しよじ》の物入《(ものいり)》大分《ぶん》なり。我等は此《(この)》豆《とう》[六]腐《ふ》の錢《ぜに》を持《もて》ば、ゆるりと年を取《(とり)》けるに、扨《(さて)》も是非《ぜひ》なき仕合《(しあはせ)》」と、ひそかに立出《(たちいづ)》るを、[七]寂前《さいぜん》の目くら猿《ざる》、女房の裙《すそ》にすがりてなげく風情《ふぜい》。人に別《わか》るゝこゝちに、皃《かほ》を見かへれば、此猿《(この)さる》、口のうちより虎《とら》[八]のかたし目貫《めぬき》を取出《(とりいだ)》し、内義《ないぎ》に手わたしいたしぬ。男是《(これ)》を見れば、金《きん》[九]目三匁あまりのむかし[一〇]目貫《ぬき》なり。「是《(これ)》はやさしき心ざしの嬉《うれ》しや。昔日舞大夫《そのかみまひ》[一一]の幸若《かうわか》、越前《ゑちぜん》より都《みやこ》にのぼる時、山中《さんちう》にてむら猿《さる》舞《まひ》を望《のぞ》みて後《のち》、太刀《たち》を一《(ひと)》ふりほうびに出しける。是猿太刀《(これ)さる(だ)ち》とて、幸若《かうわか》の家に傳《つた》[一二]へり。今又是《(これ)》を我にあたへしは、天の道[一三]にかなへり。是《(これ)》にて節季《せつき》の仕舞《しまひ》はなる事ぞ」と、又分別替《べつかは》りて、夜ぬけの事は沙汰《さた》[一四]なしにして、彼目貫《かの(めぬき)》を兩がへ[一五]して、買掛《(かひ)がゝり》のかたへすこしづゝ渡《わた》して、[一六]世をかざり松もゆがみなりに年を越《こへ》て、明《あけ》の年は商賣《しやうばい》に油断《ゆだん》なく、それより次第に家榮《いへさかへ》て、後には手前[一七]にてしめさせけるに、

一 諺「水の飲置で役に立たぬ」。役に立たぬこと、無駄なこと。香の物↓塩の辛い。

二 諺、求めて甲斐なきものを求めること。

三 壺の中に古鉄と米屑を水に漬け、竈附近の暖い所に置く。その赤銹び汁を歯黒めに用いる。

四 町人の分際として。一万八千貫目の借銀のこと不明。 五 通い帳掛売買に、取引商品の数量の金額・日時などを記して売主より買主へ送る帳面。仕切書の代用とする。 六 この豆腐代だけの銭があればゆっくり年を越すことが出来るのに。 七 先程の。 八 目貫は柄の表・裏一対のもの。その半端になったものを片し目貫という。

九 使用した純金の目方。小判の量目は四匁七分六厘。 一〇 昔彫の目貫の意。目貫・笄の彫刻は祐乗以下後藤代々のものを家彫とて珍重し、特に寛永以前の作を昔彫とて珍重した。

一一 幸若舞の初祖桃井直詮(幼名幸若丸)が越前国丹生郡西田中より叡山に上る時の話か。大矢数「殊勝な所幸若の舞 群猿もしかたの山の道とめて」の附合あり。但し「猿太刀」のこと未詳。

一二「伝へたり」とあるべきところ。

一三 我志の天の道にかなえる証拠なりという意。

一四 取止めにして。 一五 金銭に両替して。

一六 世間体をつくろいもし、門松の一つも立てて。世を飾る↓飾り松(門松)↓ゆがみなりに。

一七 請売でなく、自家製造を始めた。油搾木を用いて菜種・胡麻などから油を絞る。

一八 諺「正直の首に神宿る」。正直の首↓神(髪の油)。 一九 山崎の南にある。山城・摂津の境に当る故、関戸明神という。

二〇 御利益いちじるしく。「和光同塵」は仏菩薩が衆生を済度利益せんために、仮に人界に姿を現わすこと。灯明↓影(光)。

二一 万(よろづ)の宝充ち満ちたり。

おのづから正直《じき》[一八]の首《かうべ》に付《(つく)》る髪《かみ》の油《あぶら》もよく、[一九]関《せき》の明神《みやうじん》へ灯明《とうみやう》あぐれば、[二〇]和光《わくわう》の影《かげ》清《きよ》く、十四五年のうちに山崎《ざき》の長者《じや》となり、内藏《ぐら》には[二一]よろづの寶寺《たからでら》[二二]、[二三]うち出の小槌《づち》は[二四]目前《もくぜん》の油槌《あぶらづち》と心得て、[二五]楠《くす》の木分限《(ぶ)げん》といふ物に、[二六]ちく〱延《のび》て朽《くつ》る事なく、ひとりの男子《(なん)し》も十六になりぬ。[二七]渡世《とせい》の知《ち》恵《ゑ》付《(づけ)》に[二八]年玉の扇箔《あふぎばこ》をのせたる片《へぎ》[二九]一枚に錢《ぜに》[三〇]壱文添《そへ》て、是《(これ)》をわたし、「汝《なんぢ》が工夫《くふう》にて商《あきな》ひの元手にせよ」といひ聞《(きか)》せける。

一子《いつし》しばらく思案《しあん》して、一錢にて紙調《かみとゝの》へ、一錢にて糊《のり》を買《かい》、くだんの片《へぎ》を張立《はり(たて)》、黒星《くろぼし》を書付《(かきつけ)》て、鉄炮的《てつぽうまと》の角《かく》[三一]に仕立《したて》見せけるに、親仁《おやぢ》中〱[三二]同心せず、「おもひつきはよき細工《さいく》なれども、是《(これ)》は賣《うれ》[三三]の遠き物也《(なり)》。是《(これ)》を二つに割《わり》て、袴《はかま》の腰板《こしいた》二枚にせよ」とのをしへにまかせ、京の[三四]羽織《はおり》やの見せにたより[三五]、はじめて錢六文に賣《うり》て帰り、それより我と[三六]才覚《さいかく》して、冨貴《ふうき》になりぬ。

親《おや》の譲《ゆづ》りの金銀にて身を過《(すぎ)》けるは、武士《ぶし》の[三七]位牌知行《ゐはいちぎやう》取《(とつ)》て暮《くら》すに同じ。されば、人出生《しゆつしやう》してより毎《まい》日錢《ぜに》壱文づゝ溜《ため》て、[三八]百より一割《わり》の利《り》を掛《かけ》て、六十歳《さい》の時は六拾貫目になりぬ。是《(これ)》をおもへば、万《ばん》事に始末《しまつ》をすべし。銀子《(ぎんす)》を借《かし》て、利《り》銀のかさなるをおもへば、是よりよき事はなしと思案《しあん》して、銀壱貫目有《(ある)》時、山崎《ざき》の[三九]親《おや》の跡《あと》を捨置《すてをき》、京にのぼり、[四〇]大名借《だいみやうがし》の銀《(かね)》親《おや》へ頼《たの》みて、是《(これ)》を預《あづ》け置《(おき)》しに、元壱貫目の銀を[四一]一分の利《り》にして、三十年其《(その)》まゝにかし置《(おき)》けるに、元利《ぐわんり》合《(あはせ)》て弐拾九貫九

二一 ↓三四七頁注三六。よろづの宝→宝寺→打出の小槌。二二 宝寺の宝物。山城名所寺社物語、三「此寺の宝物たからのつちを拝したる人は福人と成るよしいひつたへり。此山崎に住む人はつねにたからの槌を打出すか、富家おほし、おほく油を売る家あり」。二四 眼前の油槌こそ打出の小槌と心得て。油槌は油搾木の男柱を打って搾める大槌。↓補三一七。

二五 ↓補一九五。二六 徐々に金が延びて。楠木分限↓ちくちく延びる↓朽ちぬ。二七 金を儲けることに興味と関心を持たせるために、幼少の頃からいろいろな訓練をする。これも亦その一法。二八 年玉の末広扇は多く桐箱入り。

二九 ↓三三七頁注二一。

三〇 原本「銭壱文」は誤りか。下文に「一銭にて紙調へ、一銭にて糊を買」とある。

三一 格。目当ての意。二重の黒丸を記して、当りの見当とする。三二 同意せぬ。賛成せぬ。

三三 鉄砲は民間では猟師又は特別に許可を得た者の外は、町方にて猥りに携帯・使用することを禁じ、随時鉄砲改めが行われた。三四 人倫訓蒙図彙、六「はをりの仕立、袴・足袋是仕立るを、羽織やと号す」。

二代目は銭一文から七千貫目、町人の鑑

三五 つてを求めて。三六 自分で工夫して。三七 ↓一一六頁注六。三八 百文になってから以後年一割の複利計算にしてという意。

三九 親の家名・財産を相続すべき権利を放棄して。四〇 大名貸は、自己資金以外に諸方から利殖のために預かった金銀を自己名義で大名相手に貸しつけ、預金者に多少の利益配当をしていた。↓補三一六。

四一 月利一分、年利一割二分の複利計算で三十年間の据置貸付。

百五拾九匁八分《(ぶん)》四厘《りん》一毛《(もう)》になりぬ。此《(この)》丁銀箱入《てうぎんはこ(いり)》[一]にして請取《(うけとり)》、是《(これ)》より次第に借《かし》掛《かけ》て、程なく千貫目持《もち》と成《(なり)》、それより一代のうちに七千貫目慥《たしか》に有銀《あり(がね)》、廣《ひろ》き都に三十六人の[二]歌仙分限《かせんぶんげん》の内に入《(いり)》ぬ。そも〳〵[三]親の手前より片《へぎ》壱枚・錢二文もらひしを、かく長者《ちやうじや》になる事、町人の鑑也《かゞみ(なり)》。[四]洛陽分限袖鑑《らくやうぶんげんそでかゞみ》の第二十八番《ばん》目に、[五]山崎屋と見えしは此《(この)》人の事なり。子孫《しそん》つゞきて棟《むね》をならべ、門《かど》の松を飾《かざ》り、目出たき春をぞかさねける。

〔二〕 五日帰りにおふくろの異見《いけん》

[六]六分《ぶ》にまはれば、大屋敷買《か》ふて借屋賃取《(かしや)ちん(とる)》程、慥成《たしか(なる)》事はなし。火難《なん》ひとつの氣遣《きづかひ》、[七]それは百年目、[八]十四年には本銀《(もとぎん)》取返《(とり)かへ》し、[九]地《ち》は永代《えい(たい)》の寶《たから》ぞかし。近《きん》年分《ぶん》限成者《げん(なる)もの》ども、[一〇]我《(わが)》名代《な(だい)》にして家を求《もと》めても、[一一]借屋《(かしや)》の出入《(でいり)》をむつかしく、[一二]たとへば百貫目にても、其高《(その)たか》に應《おう》じて[一三]帳切銀《きり(がね)》さへ才覚《さいかく》すれば、何程にても銀子取替《(ぎんす)(とり)かへ》、家の主《ぬし》となし、[一四]年寄・五人組《ぐみ》の連判《れんばん》にて、[一五]賣券状《うりけん》の上に、[一六]利銀《り(ぎん)》は家賃分《やちんぶん》にして、是《(これ)》たしか成《(なる)》借《かし》物なり。[一七]又借《かる》人の心せはしく、然《しか》も内證《ないしやう》にて濟《すむ》事にあらねば、町《(まち)》所《どころ》へ外聞《ぐはいぶん》を包《つゝむ》にもあらず、[一八]何が勝《かつ》手に成《(なる)》事ぞといへば、[一九]西國《さい(こく)》を引請《(ひきうけ)》て新問屋《しんどひ》

一現金で受取ったという意。丁銀は十貫目ずつ箱入にする。二三十六歌仙になぞらえて、分限者三十六人を選定して「歌仙分限」と称した。「洛陽分限袖鑑」はその刊本。三親の手許から。四未見。当時長者鑑の類が出版されたこと諸書に散見。五京羽二重織留、六、油問屋「よしや町下長者町上ル町 山崎屋嘉兵衛」。六家を質にとって、貸付金に対する金利六分相当の貸屋賃(利息)で質置主に住ませること。↓補四〇二。七火難にあえば仕方もないが、それさえなければ。百年目↓十四年。八元銀を一とし利息を〇・〇六として、十四年の複利計算にすると、元利合計一・二…となって、十分元銀は回収せられる。九家屋は腐朽することもあるが、土地は永久所有権がある。一〇自分名義で。一一家主は借家人の訴訟・金銭貸借その他に保証・連帯の責任を負わされるなど面倒なことが多い。↓補四〇三。一二よしたとえ、貸付金が百貫目であっても。一三家屋敷売買の際、買主はその買受価格の二十分の一を帳切銀として町へ納め、水帳の名義を切替えてもらう。↓補四〇四。一四年寄は江戸の名主に相当する各町の役人。宿老ともいう。五人組は四戸乃至六戸より成る隣保組織、いずれも家持町人に限る。一五売渡し証文、特に土地・家屋の売渡し証文をいう。また估券(こけん)とも。「売券状の上に」とは、売渡し証文のほかに借屋請状(補一一八)もとってという意。↓補四〇二。一六家賃の利率のこと↓補四〇二。一七借り手にしてみると、やりくりに追われて、しかも町内へ内証にしておくわけにもゆかないのだが。一八それほどまでにして、何が都合のよいことがあるのかということ。一九「西国」は九州

家質は互に勝手のよい金銀融通の方法

する人、又は[二〇]請判《うけはん》に立《(たつ)》人、あるひは[二一]在郷《ざいごう》より敷銀《(しきぎん)》の付《(つく)》養《やう》子、又は娌《よめ》をよび入《(いる)》る思案《しあん》にて、先《(まづ)》居宅《ゐたく》見せかけにして、[二二]自然《しぜん》とよい事をしすましたる者《もの》も有《(あり)》。

今時の縁付《えん(づき)》、仲人《なかうど》[二三]十分一取《(とる)》によつて、大かたは[二四]かたり半分なり。娘《むすめ》の親のかたには、[二五]偽《いつは》りいふにしてから、[二六]二十二三までも振袖着《ふりそできせ》て置《(おき)》て、十七の八のと年を隠《かく》す分にて別《べつ》の事なし。男のかたに偽《うそ》いふからは、[二七]頼《たの》み・云入《(いひいれ)》の絹《きぬ》・[二八]巻《まき》物、[二九]包銀《つゝみ(がね)》も當座借《たうざがり》にして、婚礼調《こんれいとゝの》ひ、敷銀を請取《(うけとる)》といなや、[三〇]乞《こひ》つめらるゝ手形《がた》銀を済《すま》し、はや五日帰りより物毎《ごと》に品《しな》あしく、[三一]仲居《なかゐ》・お物師《し》も、けふまでの約束《やくそく》と、祝義《しうぎ》のすくなきに[三二]ふそくいひて、娌御《よめご》の乗《のり》物より先に立《(たち)》て帰る。[三三]里へのみやげ物に、菓子《くわし》屋へ[三四]椙重《すぎぢう》取《(とり)》に遣《つかは》しければ、「前《まへ》〱の銀子《(ぎんす)》大分なれば、又其《(その)》上には掛商《かけあきな》ひならぬ」といふ。肴《さかな》屋からは、ある鯛《たい》をないとておこさず。やう〱紙《かみ》屋を[三五]文作《ぶづく》り、[三六]何にも角《(か)》にも[三七]杉原《すぎはら》を進上《しんじやう》物《(もの)》に、娌《よめ》をおくれば、[三八]貝添《かいぞへ》・お乳《ち》は帰り〱不首尾《ふしゆび》ひとつ〱[三九]おふくろにつげて、「[四〇]まだも、[四一]あしもとあかいうちに、御分別《ふんべつ》をあそばし、荷物《にもつ》取《(とり)》返しに」といふ。女の身のかなしさは爰也《(ここなり)》、[四二]はや自《じ》由《ゆう》ならぬ事ぞ。世の聞えもよろしからねば、何事も沙汰《さた》なしにして、帰しざまに、「[四三]敷《しき》銀の事は是非《ぜひ》もなし。[四四]衣裳《いしやう》手道具《だうぐ》を借《かせ》といふて、質《しち》に置《(おか)》れては取《(とり)》返しなし。何事も「母人《はゝ(びと)》に問《とは》ねばなりませぬ」と、小袖《そで》一つも借《かす》事なかれ。もし姑《しうとめ》が

うそで堅めた縁組。質草になる嫁の荷物

地方。問屋仲間への新加入には資産その他資格の吟味が厳重であったから、無理をしてでも家持であることが必要なわけ。二〇 保証連判をなし得る資格は、家持の町人であることを要する。二一 田地の分割零細化を嫌って、富農でも二男以下は分家させずに持参金つきで養子に出す。二二 ↓五〇頁注五。二三 まんまと。都合よく。二四 仲人口は嘘半分というが、謝礼をとるから「騙り半分」といってよい。二五 嘘をいうにしたところで。二六 振袖は元服前の女子の服装。十九歳になると留袖を着るのが普通。二七 結納を頼み又は云入れという。二八 船来の織物。綸子・沙綾など。二九 中分以下の結納は簡略にして、別に金一封を添えることもある。三〇 やかましく催促せられている手形借りの借金。手形銀↓三三二頁注二。三一 ↓胸二ノ三・織一ノ三。三二 不平。三三 新婦の実家。三四 杉重箱入りの菓子。進物贈答用。三五 うまく丸めて。↓三二五頁注三四。三六 嫁の両親・兄弟・姉妹その他どこかしこへも。三七 杉原紙↓二一四頁注三。三八 介添の誤り。年輩の女を選んで初夜から里帰りまで新婦の身辺の世話をさせる。乳母も同様。三九 お袋。新婦の母親。四〇 まだしも。四一 諺。四二 離婚の権利は夫にあって妻にはない。四三 持参金は夫が妻を離縁する場合は返還しなければならぬことになっているが、もし妻からの申出で離婚する場合には、必ずしも返還することを要しない。四四 妻の嫁入荷物は妻の財産であって、離婚の際夫はこれを妻の実家に返還する義務があるが、もし妻が夫に同意を与えて処分・質入を行った場合、離婚の時にその返還を請求することは出来ぬ。

つらく當らば、此方《(こなた)》へ[一]見舞《まひ》にくるたびごとに、二つ三つ[二]鹿子《かの》の物を、しれぬやうに風呂敷《ふろしき》に包《つゝ》ませ、幾度《いく(たび)》にも長持《もち》を明《あき》がらにして、[三]縁《えん》を切《(きる)》合点《がてん》に身を取《(とり)》まはしたがよいぞ。とかふするうちに、[四]身持《もち》になればむつかし。子ない時に余《よ》の男を持替《もちかへ》たがよい。男に飽《あか》るゝ仕掛《しかけ》は、朝寝《あさね》して髪結《かみゆは》ず、[五]氣《き》がつきて[六]立《(たち)》ぐらみがするとて、昼《ひる》も高枕《たかまくら》して物いはず、[七]朔日《(ついたち)》・廿八日にも[八]無理に㒵《(かほ)》つきをして見せ、鱠《なます》・焼物《やきもの》も口にあはぬとて[九]せゝり箸《ばし》して、いそがしき中に[一〇]汁《しる》・粥《かゆ》を好《この》み、一門づきあひにも[一一]阿頬形氣《(あ)ほうかた(ぎ)》に見られ、三日に一度づゝかゝさま見舞《まひ》といふて帰れば、後にはいか成《(なる)》男も[一二]退屈《たいくつ》して、物云《いひ》する時、「御氣に入《(いら)》ぬ女房《ぼう》を、一日も見て御座るが悪《わる》い。さらりと埒《らち》の明《あく》事じやに、世界《せかい》に女旱《おんなひでり》はせず、[一三]お物好《ずき(なる)》成當世娘《せいむすめ》が何程にても御座る。[一四]わたくしが横《よこ》ぶとりて風俗《ふうぞく》の悪《わる》いは、拾貫目の敷銀《しき》と、今でも阿爺様《とゝ》のお果《はて》なされましたれば、[一五]新地《しんち》十間《けん》口の家、然《しか》も[一六]濱《はま》にて、裏《うら》に[一七]借藏《かしぐら》迄建《たち》つゞきしを、[一八]所務《しよむ》わけに取《(とり)》ます。此家《(この)》と銀《(かね)》とで[一九]見てもらひます」と、我《(わが)》まゝに云《いひ》つのり、[二〇]まことのつまりには、此方《(このはう)》から埒明《らちあけ》て、[二一]せかずとも黒髪《くろかみ》の先《さき》すこし切《きり》てなげ付《(つけ)》、近所《きんじよ》へひゞきわたるほど泣《なき》出し、人集《あつ》めして其《(その)》まゝ立帰《(たち)かへ》れ」。親の身として、世帯《せたい》を大事にかけよといふべき物を、[二二]男悪《にく》みして戻《もど》れと、悪事《あくじ》をいひふくめけるは、よく〳〵聟《むこ》のしかたのよろしからざる故也《ゆへ(なり)》。「女の大事

一 機嫌伺いに訪ねること。二 鹿子には、総鹿子・芥子鹿子・飛鹿子・洗鹿子などの絞鹿子のほか、絞るのを略した打出し鹿子や染鹿子などがあり、いずれも当時流行した。三 女の方から離婚を申し出るつもりで、身辺の始末をしておくがよい。四 妊娠すれば事が面倒になる。五 気力がなくなって。気虚・虚労の症状。六 眩暈。気虚・虚労の症状によく伴って起る。七 ↓三三四頁注一〇。月次の礼日であるから、家内揃って食膳につかなければならぬ。八 わるくもないのに、無理に病人らしい顔つきをして見せる。九 一箸ずつあれこれとつついて食べ残すこと。不作法であるが、ここは食欲のない様子をしたわけ。一〇 病人らしくわざと汁や粥を作らせて食べる。「好む」は注文する意。一一 阿房気質。精神薄弱者の意。一二 あぐみはてて。いや気がさして。一三 御注文通りの。おめがねに叶うた。一四 下文の「此家と銀とで見てもらひます」に続く。「風俗」はなり恰好。一五 貞享元年淀川治水工事によって開発せられた堂島川・新川(安治川)の新地繁栄策として、元禄元年七月から二十町の新地町割を行い、身許確実な家持町人に三百六十九軒の屋敷地を配分した。地子屋敷であったが、土地・家屋は最も有利安全な利殖の一つであったから、したがって購入価格も高かった(大阪市史、一)。一六 河岸端は水運の便がある。一七 大名の蔵屋敷は松山・津の両藩を除いて悉く町人の屋敷地を借りて設け、また町の貸蔵を借りて廻米を格納していた。享保九年には蔵賃の高直について警告が出されている。一八 遺産分配。↓二三〇頁注一二。一九 辛抱して、妻として世話をしてもらいますという意。二〇 とどのつまりは。二一 興奮していなくても逆上したふりをして。

恐るべきは質の利子、家を手放す母の嘆き

爰《(ここ)》ぞ、母《はゝ》が言葉《ことば》をひとつも忘《わす》れな」といへば、娘《むすめ》も是《(これ)》を[二三]至極《しごく》して、其《(その)》心に成《(なつ)》て男のかたに帰るに、一日づゝ夜をかさね、なつかしげなる心たがひに通《かよ》ひ、いかに親の御意《ぎよい》なればとて、又男を持替《もちかゆ》るも、人の本意《ほい》にはあらずと、[二四]母の手前《てまへ》を背《そむき》て、[二五]內證《ないしやう》の勘當《かんど》かまはず、[二六]男とひとつになつて、[二七]身の裸《はだか》になる事は扨置《(さておき)》、後には[二八]手せんじする事、世にあるならひぞかし。

[二九]昔《むかし》の名殘《(なごり)》に、有《(ある)》程の小袖ひとつ／＼[三〇]質《しち》に置《(おき)》あげ、人の[三一]維子《かたびら》時に、ふる袷《あはせ》を身にかけ、世上《せじやう》に[三二]綿《わた》入《(いれ)》着《きる》時、[三三]ときあけ物に風をしのぎ、世に有《(ある)》時の形《かたち》はなかりし。物毎《ごと》後には合点《がつてん》の行《(ゆく)》事あり、「貧者《ひんじや》になつて、[三四]當座《たうざ》のがれに質《しち》を置《(おき)》、請《(うけ)》返すといふ時節《じせつ》なければ、[三五]當銀《たうぎん》に賣捨《うりすて》て渡世《とせい》をすべし」と、年久しき小世帯《こぜたい》人の語《かた》りぬ。菟角《とかく》年／＼つもりておそろしきものは、[三六]質《しち》屋の利銀《りぎん》ぞかし。[三七]生平《きびら》の着《き》ふるしひとつ、[三八]加賀《が》の茶小紋《ちやこもん》の夏羽織《ばおり》、此《(この)》二色《(ふたいろ)》を、そも／＼は元銀《もとぎん》七匁五分《(ふん)》借《かり》て、秋より明《あく》る年の夏《なつ》まで預《あつ》ケ、元利揃《ぐはんりそろへ》て毎年請《(うけ)》出し、置《(おい)》たり取《(とつ)》たり十九年に、拾七匁一分《(ぶん)》の利をすまし、近年は次第に元銀《もとぎん》さげて、やう／＼五匁五分《(ふん)》づゝ借《かり》て、今にあづけける。又[三九]家質《かじち》の事も、よき商《あきな》ひを見掛《かけ》、[四〇]手まはしのために借《かる》人は各別《かくべつ》、親代《(おやだい)》ゟ《(より)》[四一]其《(その)》宿賃《しゆくちん》にて世を暮《(くら)》せし人、子の代《(だい)》に成《(なつ)》て、無用《むよう》のつゞくり普《ぶ》請《しん》、又はおのれに過《(すぎ)》たる萬事《ばんじ》の奢《おごり》より、[四二]內證《ないじやう》さしつまりて、[四三]同じ軒《のき》をならべて、

二二 夫を嫌って、妻の方から家を出ること。二三 至極もっともと承服して。二四 母に対する義理・面目も打捨てて。二五 年寄・五人組に届けて正式に勘当する手続をとらずに、非公式に親子関係を断絶し出入を差止めること。二六 夫に加担して。二七 衣類・装身具を処分・質入することを指す。二八 自ら炊事すること。零落して奉公人もおけぬありさま。二九 昔の名残として僅かに残っていた。三〇 質に入れ尽すこと。三一「維子」は「帷子」の誤り。毎年五月端午の節句から八月晦日までは帷子を着用する定め。袷の着用は四月朔日から五月四日までと九月朔日から八日までの間。三二 九月重陽の節句から翌年三月晦日までの間、小袖(綿入)着用。三三 解き明け物。綿入の綿を抜いて仕立直した袷の着物。綿貫《(わたぬき)》・引解《(ひきとき)》ともいい、四季の衣服を持たぬ貧乏人は、一枚で夏・冬の間に合わせる。三四 一時凌ぎに。三五 現金で売払って。「当銀」はその場で現金を受渡しすること。三六 大阪の質屋の利息は衣類は月に二分、諸道具類は三分、流質期限三ヶ月(幸田、江戸と大阪)というが、下文では一ヶ年、本朝藤陰比事、三ノ一では三ヶ年が古来の定法とある。三七 晒白しない麻布。帷子に用いる。三八 加賀絹。万金産業袋、四「かが羽織地 ひとへ羽折地の小もんは、茶・けんぼう・鼠等、色いろ／＼」。三九 →五九頁注一七。四〇 金繰り。資金の融通。四一 親の代からその家に住んでいて、もしその家を家質に入れた場合支払うべき家賃に相当する生活費で暮している程度の人という意。四二 振仮名の濁点原本のママ。生計不如意になって。四三 同じ町内で、家持として一軒を構えて居れば。

[一]我《(わが)》物喰《くへ》ば何か恐《おそ》るゝ事もなきに、[二]加判《かはん》してもらへば五人組《ぐみ》・年寄《(としより)》に[三]口をたれ、[四]はや町中の思ひ入《(いれ)》替《かは》りて、[五]町代《(ちやうだい)》も外《(ほか)》程には腰《こし》かゞめず、[六]髪結《かみゆひ》もおそくまはり、[七]心掛《が》ゝりの事どもいと口惜《おし》。物見・花見にも、友はかはらずさそへど、何とやら[八]かた身すぼりて、覚《(おぼえ)》たる世間咄《せけんばな》しさへひかへて、おのづから人のまじはりうとし。此《(この)》家質《かじち》置《(おく)》時より、何して濟《すま》すべき分別《ふんべつ》なしに借《かり》ければ、程なく[九]利銀ひとつ書込《(かき)こみ》、手形《がた》仕《(し)》替《かへ》て、年をかさねしうちに、[一〇]賣《うり》出しも殘らぬ程に成《(なつ)》て、[一一]其《(その)》切《きり》を過《すぐ》れば、借主《かしぬし》より催促《さいそく》せられ、[一二]埒《らち》のあかぬ事に、幾度《いくたび》か町内へやかましき事を聞《きか》すれば、寂前《さいぜん》はいとしやと悔《くや》みし[一三]年比《(としごろ)》別《べつ》して語《かた》りし人も、後にはうとみて、[一四]借《かし》かたのせりたつるやうに内證《ないしやう》いひて、是非《ぜひ》なく家を渡せば、老母《らうぼ》ひとしほなげきて、「此《(この)》町に[一五]井戸《ゐど》のひとつもない時より、此《(この)》屋敷を求《もと》めて、二代も手のかゝらぬやうにとて、[一六]ふしなしの六寸角《かく》、此《(この)》年まで[一七]此《(この)》大黒柱《だいこくばしら》にもたれかゝつて、水もらひにくる者《もの》に[一八]かみさまとて腰《こし》をかゞめさせ、[一九]茶事《(ちやじ)》の座敷へも三番《ばん》とさがらず、つれあいの影《かげ》[二〇]にて人にもてはやされしに、[二一]ひとりもひとりからと、悴子《せがれ》が一心《しん》わるきゆへ、今《いま》[二二]となつて穴《あな》[二三]のはたを眈《のぞき》かゝり、葬礼《そうれい》は此《(この)》家から花[二四]をふらしてうき世のかどで、[二五]中戸《(なかど)》の上の高《たか》いは、[二六]玉の輿《こし》の自由《じゆう》に出るやうにと、こんな事まで氣《き》[二七]を付《(つけ)》てをかれし所を、別《わか》るゝ事のかなしや」と、[二八]明藏《あきぐら》を詠《なが》め、[二九]しやく

一　諺「我物喰へば竈将軍」(三二五頁注二九)。
二　家質の設定には売券状に年寄・五人組の加判を要する。↓補四〇二。
三　下手に出て物をいう。卑屈な態度。
四　町内の信用がなくなり、扱いも変る。
五　町年寄の補助として雇われた町会所の事務員。毎町一・二人。その雇入・給料などは町人中の協議また負担による。家質・帳切などの場合町代へも祝儀を贈らねばならぬ。
六　町抱え髪結。台箱を携えて受持町内の各家に出入して髪月代をする。一年二回の出替期に契約を更新する。帳切その他の町儀には髪結にも祝儀を贈る習慣がある。
七　不愉快なことばかりで。
八　気がひけて小さくなって。
九　未払の利息を元金に繰入れて証文を書き替えること。利倍金という。
一〇　今ここで家屋敷を売却して返済するとしても、その代金では残金が少しもないくらい家質の元利がかさんで来て。
一一　質入契約期限。
一二　家質出入は期限後三ヶ月経過すると、金主は本公事として出訴出来るが、それまでに借り手の居住する町内に家質出入を附届けし、本人の逃亡を防止すると共に、解決方勧告を依頼したりする。
一三　長年親交のあった人も。
一四　金主がますます躍起となって催促するように、借り手の苦しい内情を金主に喋ったりするものだから。
一五　開発早々でまだ家が一軒もなかった時分から。開発当初に屋敷地を購入居住した町人を、江戸では居附町人といい町内の格式も高かった。上方も同様か。
一六　木材の標準規格は四寸角(京角)、六寸角は最も太い柱。
一七　家の中で最も太い角柱。普通土間と座敷の境目の中央にあるもの。その柱下が主婦の座になって居り、柱を念入りに磨きたててあるのが主婦の甲斐性あるしるし。
一八　良家の年輩の主婦または隠居の母をいう。

し掛《かけ》を引《(ひき)》はなち、庭《には》に[三〇]豊後梅《ぶんごむめ》の花落比《おち(ころ)》なるに、是《(これ)》もうらめしそふに、「毎《まい》年五月には、三斗四五升も取《(とり)》けるに、思へば惜《おし》や」と、枝《えだ》〲をたゝきおとし、「[三一]此《(この)》木、我《(わが)》なみだ、枯《かれ》いかし」と、無理《むり》なるしかた。女心には道理《だうり》千万《(ばん)》といへり。さぞ離《はな》れがたき心底《しんてい》、思ひやられし。一子《し》覚悟《かくご》のあしさに、かゝるうきめを見せける。

しかし人の身体《しんだい》、智恵《ちゑ》・才覚《さいかく》にもよらず、其《(その)》[三二]まはりあはせにて、其《(その)》家たゝむ時は、[三三]他國《たこく》して二《(ふた)》たびかせぎ出し、[三四]古里《ふるさと》に帰り、妻《さい》にも錦《にしき》をかざらせてこそ本《ほん》望《もう》なり。女房《にょぼう》に心ひかれ、其《(その)》所にて[三五]指《ゆび》をさゝれ、[三六]幽《かすか》なる住《すま》ゐするは人間《にんげん》にはあらず。其比《(そのころ)》、大坂の[三七]西濱《にしばま》にて商賣《しやうばい》せし人、数年《すねん》おろかなく、渡世《とせい》大事にせしに、さま〲[三八]ふりかへてもおもはしからず。いまだ此《(この)》身無事《ぶじ》のうち、遠國《ゑんごく》に立越《たちこへ》、[三九]身過《(みすぎ)》なるべき所を見立《(たて)》、老《おひ》の樂《たの》しみは金銀成《(なり)》と、思ひ極《きは》めて行《(ゆく)》に、中國路《ちうごくぢ》は上《(かみ)》がたにちかければ、諸事《しよじ》都に替《(かは)》る事なし。四國《こく》のうちもおもはしからず、[四〇]九ケ國のうちを殘らず廻《めぐ》りて、[四一]薩摩《さつま》の國の城下《じやうか》につきしが、長《なが》〲の路錢《ろせん》につきて、旅寝《たびね》の宿《やど》を借《かる》べきたよりもなく、[四二]和泉《いづみ》屋町大小路《しやうぢ》といふ所は船着《ふなつき》に近《ちか》く、何時《(いつ)》によらず米《こめ》・味噌《みそ》・塩《しほ》を賣《うる》ために、ともしび家家に、いまだ寝《ね》ぬ宿も有《(あり)》。せめて餅《もち》屋をたづね、門《かど》の戸をたゝき、「餅買《かを》」といふ。夫婦《ふうふ》ながら今ねたと聞え

再び世に出るは町人の鑑。貧乏神と相住み本意に非ず

一九 茶会の客組は五人一組、正客を最上位に相伴の次客以下詰まで座順によって坐る。 二〇 お陰で。 二一 一人といえば、ほんとに一人しかない子であるのに。諺「一人も一人からとて」。 二二 今のように零落した時になって。 二三 死期に近くなり。諺「穴の端覗きかかって居る年をして」。 二四 散華。故人の徳に感じて天から花が降って来たというしるしに、読経の際紙製の五色の蓮弁を撒く。浄土宗でも上等の葬式。 二五 ↓一三二頁注五。 二六 葬礼の輿。 二七 死んだ夫が気を配って建てておかれた家を。 二八 衣類・道具も売り尽して空になった蔵。 二九 杓子を掛けておく吊木。杓子は主婦権の象徴であるから、ここは世帯を破る意味を寓する。 三〇 梅干用の梅の実は豊後梅を最上とする。極大円肥、甘酸香味あり、一株から一二石乃至七八升採れる(本朝食鑑)。 三一 この木は見るも我が涙の種、枯れよかしの意。また我が涙にて枯れよかしとも解せられる。 三二 その時の運で。 三三 本国を離れて他国に居住すること。 三四 諺「故郷に錦を飾る」。 三五 後指をさされる。嘲笑せられる。 三六 細々とした暮しをするのは。 三七 木津川右岸の地域。荷受問屋が多かった。今、西区北堀江三番町西部附近がその中心。 三八 商売を。 三九 暮しの立つ所。 四〇 西国(西海道)九ケ国、即ち九州をいう。四国→九ケ国。 四一 今の鹿児島市。島津氏の城下。 四二 今の鹿児島駅前。船着に近い。船着から和泉屋町に到る大小路《(うしゆ)》が下町のメイン・ストリート、商店・宿屋が多かった。大小路は明治頃まであったが今はない。

一 いくらほどの餅の意。
二 身の落着所をここと定めて。
三 資本。→三四〇頁注一五。
四 鹿児島市の北端、磯浜への途中の、約五町の海浜。
五 田の浦に八坂神社がある。
六 八坂神社の背後の多賀山は、山容奇峭、天狗が棲むといい、「人域之仙界」とも伝える。今、多賀神社がある。
七 美女。
八 唐織は一疋ずつ巻いてある。→三四五頁注六。
九 それには及ばぬ。

て、鼠《ねづみ》のあるゝを追《おい》まはしけるが、かゝが聞付《きゝ(つけ)》て、「餅はいくらがの」[一]といふ。「五文《(もん)》がの賣《うり》てくだされ」といふ。亭主《ていしゆ》が聲《こゑ》して、「寢《ね》てからは、五文や十文がのは賣《うら》ぬ」とて、其跡《(その)あと》は返事《へんじ》もせず。「扨《(さて)》も此所《(この)ところ》、かせぎて見たき湊《みなと》也。五文が餅《もち》を賣《うら》ぬからは、商《あきない》事のありあまると見へたり」と、[二]身上《しんしやう》爰《(ここ)》に極《きは》めて、一日暮《ぐら》しに年をかさね、わづかの油賣《あぶら(うり)》より[三]質《もとで》仕出して、次第に家榮《さか》へ、「是《(これ)》と申《(まうす)》も佛神《ぶつじん》の御めぐみ成《(なり)》」と、信心《しんぐ》ふかく、[四]田《た》の浦《うら》といふ所に[五]祇園《ぎおん》の立《たゝ》せ給ふ、是《(これ)》に日參《につさん》して祈《いのり》ぬ。此濱《(この)はま》の氣色《けしき》、諸木《しよぼく》・岩組《いわぐみ》常《(つね)》に替りて、[六]古代《こだい》より仙家《せんか》有《(あり)》と言傳《いひつた》へり。ある夕暮に參詣《まふで》けるに、十四五成《(なる)》[七]艶女《えんぢよ》の近《ちか》寄《より》、懐《ふところ》よりふるき絹《きぬ》[八]一《(ひと)》巻《まき》取出《(とりいだ)》し、「母を養《やしな》ふたよりにいたせば、是《(これ)》何程に成共《(なりとも)》求《もとめ》て給はれ」と云《いふ》。心ざしふびんに、[九]「それまでもなし」と、折節《おりふし》有《(あり)》合《あひ》の銀廿匁あまり渡《わた》せば、

「只《(ただ)》は申請《(まうしうけ)》じ」と、是非絹《ぜひきぬ》を置《(おき)》て帰る。然《(しか)》れば取《(とつ)》て戻《もど》り、[一〇]見る人に見せければ、「是《(これ)》小蔓《こづる》[一一]といふ唐織《からおり》、世に稀《まれ》」と云《いふ》。其《(その)》後彼《かの》女《(をんな)》の許《もと》を尋《たづ》ね、返しに行《ゆけ》どしれ難《がた》し。扨《(さて)》は祇園《ぎおん》[一二]女御《にょご》のあたへ給ひし果報《くわほう》とて、都の人に黄金《きがね》[一三]八十

枚に代《しろ》[一四]なしてより、次第に分限《ぶんげん》と成《(なり)》、子四人それ〴〵に棟《むね》を並《なら》べ、世渡《わた》りは雫《しづく》[一五]も洒《こぼさ》ぬ油屋と、家名其《(その)》隠《かくれ》なし。財寶《ざいほう》の外、隠居分《いんきょぶん》[一六]とて有銀《(ありがね)》三千貫目、大坂より爰《(ここ)》に來《き》ての住家《ぢうか》、人皆見およびし、其《(その)》身一代のはたらき、是《(これ)》町人の鑑《かゞみ》ぞかし。殊更正直《しやうじき》を本《もと》として、する〴〵目出度《(たき)》は、[一七]そなはりし仕合《(しあはせ)》なり。是《(これ)》を思へば、商《あきない》の道《みち》をしれる人の、うか〳〵と身を持《もち》くづし、[一八]びんぼう神とあい住《ずみ》して世を果《はつ》る事、人の本意《ほい》にはあらず、合点《がてん》して見給へ。

一〇 目の利く人。目利者。

一一 蔓草模様を織り出した時代物の金襴。模様の大小によって大蔓・小蔓の別がある。↓九八頁注二五。

一二 白河法皇の寵姫祇園女御（平家物語）、その屋敷跡は洛東双林寺の前にあった。ここは祇園社の縁で出したとも考えられるが、或は祇園の摂社美(くし)御前（素盞嗚尊所生の三女神）の俗称か。不詳。

一三 大判金八十枚。道具値段で一枚七両二分替。

一四 売って金に代える。

一五 油を量る時、雫の一滴もこぼさぬが油屋の修練。世渡りに老練なことをいった。

一六 隠居銀。↓六五頁注四五。

一七 その身に備わった幸運。

一八 諺。貧乏生活から抜け出ることが出来ないこと。

一 北面の武士。院の御所即ち上皇または法皇の御所を警護する武士。吉田兼好は後宇多上皇に北面の武士として仕えた。 二 武家屋敷。↓八九頁注二六。 三 御所の役人。 四 銭の裏表。文字のある方が表、ない方が裏。 五 そうかといって。その くせ。 六 雲形短冊の場合、青雲が上、紫雲が下、凶事の時はその逆にする。雲形・砂子が同色である時は余白の広い方を上にするのが故実。 七 どっちつかずの、無能者。 八 徒然草、一一一段「囲碁双六好みてあかしくらす人は四重五逆にもまされる悪事とぞ思ふと、あるひじりの申しし事、耳にとどまりて、いみじくおぼえ侍る」(松)。 九 碁→三百六十日。男重宝記、三「碁盤をつくる法…一年を表して三百六十目をもり、…昼夜になぞらへて黒白の石有り、一年の日数に合せて三百六十石有り」。もと事林広記に見えている。 一〇 大晦日の意。大年↓一三一頁注三七。 一一 心がけの悪い者が困ることは。 一二 徒然草、一九段「つごもりの夜、いたう暗きに、松どもともして、夜半過ぐるまで人の門たたき走りありきて、何事にかあらん、ことごとしくののしりて」。松は松明。 一三 壒嚢物語、三、武蔵房弁慶借状之事の条に、慈照院(足利義政)が唐大和の古い筆簡を集めた中に弁慶の手跡二十通ばかりあり、それが皆借状であったという伝説が見え、摂陽群談、一〇には、尼崎に於ける大豆十二石借用の証文をのせている。↓補四〇五。
〇下の挿絵は次の章に入れられるべきもの。原本はこの位置にある。
一四 この伝説未詳。 一五 百姓の誤り。
一六 弁慶の剛勇を象徴すると共に、その剛勇奮

貧福の二つは世の常。古今変らぬ人の心

三 いまが世のくすの木分限《ぶげん》

吉田《よしだ》の兼好《けんこう》がひがし隣《どなり》に、同じ[一]北面《ほくめん》の侍《さぶら》ひ、榎木原信道《あの(き)ばらのぶみち》といへる人、[二]屋形《かた》ならべて住《すみ》ける。いかに[三]禁裏《きんり》の役《やく》人なればとて、五十余歳《よさい》まで[四]錢《ぜに》に文字《もじ》ある裏表《うらおもて》をも見しらず、[五]然《(しか)》れば[六]短尺《たんじやく》の上下をも覚《おぼ》えず、公家《くげ》にも俗《ぞく》にも[七]ならず男、[八]明暮《(あけくれ)》碁《ご》に打入《(うちいり)》て、[九]三百六十日の立《(たつ)》事をわすれ、[一〇]大年《(おほどし)》の晦日《つごもり》には借錢《しやくせん》に乞《こひ》たてられ、其《(その)》時代《じだい》も[一一]覚悟《かくご》わるき人の迷惑《めいわく》、今の世に替《かは》る事なし。留守《るす》つかふて戸《と》をたゝかれたるあり様《さま》、[一二]松など灯《ともし》連《つれ》て、夜の明《あく》るまで「酒屋で御座る」といふ声《こゑ》、せはしき人の心を書《(かき)》殘せり。又[一三]武藏《むさし》坊《ぼう》弁慶《べんけい》が馬《ば》大《だい》豆《づ》八斗の借狀《しやくじやう》、尼崎《あまがさき》にあり。[一四]伊勢《いせ》三郎義盛《よしもり》が嵯峨《さが》の[一五]百性《しやう》に五百貫の借手形《かりてがた》もあり。これらは義經《よしつね》に

戦も敢なく敗れたということから、無用の譬に用いる。七つ道具は後世の附会であるが、海録、八に舞の本高館によって(1)一尺八寸の打刀、(2)えびら刀、(3)首掻き刀、(4)薙刀、(5)小反り刃、(6)熊手、(7)薙刀を数えている。一七 暮しを立てかねる。塵塚物語、三「此文(弁慶の借状)をみて無欲のものという事あきらか也。一日のたくわへあれば、明日は又人の芳志によりて日をくらしつるとみえたり」。一八 西鶴諸国咄、一ノ六「伊勢の三郎は買掛りを済さぬやつ、尼崎渡辺ふくしまの舟ちん、侍良して一度もやらず」とあり、義経に仕える以前はもと強盗であったという説が中世以来の書物に見える。一九 不詳。京羽二重、五、諸大名呉服所付に、釜座下立売下ル町吉文字屋五郎四郎以下、一族と思われる吉文字屋甚右衛門・同庄右衛門・同三郎右衛門等の名が見える。二〇 という家に、家久しく仕えている手代の意。二一 主人。「勤め」の振仮名一字衍。二二 正月棚下し(補三四三)をして財産勘定をし、新帳に記入する。二三 毎年正月に、その年に使用する商業帳簿を綴じて祝う。多くはこの帳綴祝い(補一九六)と棚下しを同日に行う。二四 身の幸運を喜び。二五 奉公人が主家から暖簾を分けてもらって独立すること。その場合主家を母家(おもや)・本家と呼ぶ。二六 この二人は、別家をした後も主家に出入して、主人の用を勤める通勤別家である。⇒補七一。二七 商の道を。二八 貸付とその回収の調整。両替屋は取引先の信用状態を調査し、或程度までは預金高以上に貸出しをするが、その辺の調整がむつかしい。二九 毎日銭・小判の相場(五九頁注二一五)が立ったので、相場の変動を利して買置・売放しをして儲けること。

勇将の下に弱卒なし。吉文字屋別家評判

つかへて、然《(しか)》も弁慶《べんけい》は祿《ろく》重《おも》けれども、無用《むよう》の[一六]七《(ななつ)》道具《だうぐ》をこしらへて[一七]身体《しんだい》ならず、[一八]義盛《よしもり》は始末《しまつ》して手《て》前《まへ》のよろしきといへり。

世に貧福《ひんぷく》の二つは是非《ぜひ》なし。昔日《そのかみ》京に[一九]吉文字《きちもんじ》屋[二〇]といふ家《いへ》ひさしき手代二人、数年《すねん》[二一]親《おや》かたのためにわたくしなく、内外《ないぐわい》ともに勤《つとめ》めければ、主人《しゆじん》にそなはる仕合《(しあはせ)》とはいひながら、此《(この)》二人がはたらきゆへ、有銀《(ありがね)》壱万貫目と[二二]惣勘定《かんじやう》を仕立《したて》、正月[二三]初帳《はつちやう》に移《うつ》し見せける。親かたも兼《かね》ての願《ねが》ひ、一万貫目に叶《かな》へば、此《(この)》うへに望《のぞ》みなしと、[二四]身のよろこびをなして、けふより諸事《しよじ》をつぎの手代にわたさせ、先《まづ》兩人は[二五]別家《べつけ》を持《もた》せ、一日替《がは》りに[二六]出入《(でいり)》奉公《ぼうこう》と定《さだ》め、よき所家屋敷普請《ふしん》までして、銀弐百貫目づゝとらせ、兩方ともに兩替《がへ》見せを出しける。元《もと》より[二七]道をしりたる事なれば、[二八]借入《かし(いれ)》の取《(とり)》まはし、[二九]小判《こばん》の買込《かいこみ》、錢《ぜに》の賣置《うり(おき)》、一りんもそんずるといふ事なく、年〳〵分限になる事、其《(その)》身才覚《さいかく》ばかりにあらず、是《(これ)》皆旦那《みなだんな》より望姓《もとで》[一]もらひしゆへなり。一人はいまだ十ケ年も立《たゝ》ぬ内に、はや五百貫の身体《しんだい》になりぬ。又壱《(いち)》人は、親《おや》かたに渡されし弐百貫目今に延《のび》[二]ず、やう〳〵渡世《とせい》をして暮《くら》しぬ。此《(この)》両人の内證《ないしやう》を聞《きゝ》合《あは》せ、「同じ銀子《(ぎんす)》を請取《(うけとり)》ても、手[三]まはしによつてあのごとく成《(なる)》物ぞ」と、指《ゆび》[四]ざしせぬばかり、手代中間《なかま》にて沙汰《さた》[五]しける。親かた此《(この)》事を聞付《きゝ(つけ)》て、「何[六]か愚智《ぐち》のおのれら、身[七]すぎにかしこき者《もの》の事を評判《ひやうばん》[八]いたしけるぞ。あれなればこそ、今に本銀《もと(ぎん)》へらさず世をわたりぬ。其子細《(その)しさい》は、我《(わが)》[九]世になつて此《(この)》かた、仕合《(しあはせ)》[一〇]つゞきて一つもさはる事なし。又壱人は、世帯持《せたいもち》て其《(その)》としより、人の氣《き》づかぬ物入《(ものいり)》相《あい》つゞき、迷惑《めいわく》しける。何のかんがへもなく、人の身上《しんしやう》を沙汰《さた》いたす事、おのれらが了簡《れうけん》のおよぶ所にあらず。此《(この)》もの女房《にようばう》の頼《たの》[一一]みをやりける宵《よひ》より、「あら氣《き》[一二]のどくや、寂早《もはや》いかほどかせぎたり共《(とも)》銀《かね》も延《のぶ》まじ」と、高[一三]ぐゝりにおもひし也。なんぢらも知《し》るごとく、舅《しうと》は八百貫目と世間《せけん》[一四]にさしたる分限者《ぶげんしや》也。娘《むすめ》は年《とし》わかく、しかも町でも沙汰《さた》する程の器量《きりやう》よし。[一五]われしらずの物入《(ものいり)》有《(あり)》とは、[一六]あたまからしれたり。舅は年《ねん》[一七]中壱分の利相《りあい》にしても、[一八]八拾貫目の男《おとこ》なり。聟《むこ》は漸《やう〳〵》弐拾貫目、たとへば大勢《ぜい》の敵《てき》を、小勢《ぜい》にてふせぐに[一九]勝理《しやうり》を得《う》る事はなし。つゐにはお[二〇]ひたをさるべき事なれど、楠《くすのき》にもおとるまじき、商《あきなひ》の軍法者《ぐんぽうしや》なればこそ、いま

一 資本。→三一九頁注二二。
二 ふえない。節約してふやすことを「のばす」「のびる」という。
三 運用如何で。
四 二百貫目の今にのびない方を、指ざしこそしないが、それとわかるように嘲って。
五 うわさし合った。
六 何を愚かなお前ら。「愚智」は「愚痴」の誤り。
七 世渡りに利口な。
八 とやかく批評するのだ。
九 五百貫の身代になった方は、独立して一家の主になって以来。
一〇 幸運つづきで全くつまずきがない。
一一 結納。
一二 当時は自己の心の苦痛の場合に「気の毒」を用いたが、ここは今日の意味に近い。
一三 最初から結果を予測して。
一四 指したる。それと定めた。
一五 目に立たぬ出費。
一六 最初から。
一七 年に壱割の利率としても。
一八 八拾貫目の収入のある男だ。
一九 勝利。
二〇 追い倒される、圧倒せられる。

だ本《もと》銀にて城槨《じやうくはく》を堅《かた》めけるは、よき大將《たいしやう》ならずや」といはれけり。手代ども聞《(きき)》て、「[二一]寔《まことに》一生《しやう》に一万貫目の身体《しんだい》となられける、天晴《あつぱれ》よき大將《たいしやう》。[二二]智有《ちあり》、仁有《じん(あり)》、勇有《ゆう(あり)》」と、みな〳〵[二三]たのもしく、奉公《ほうこう》を勤《つと》めける。

四 塩《しほ》うりの樂《らく》すけ

[二四]粟田口《あはたぐち》神明《しんめい》の宮のほとりに、[二五]軒端《のきば》に手のとゞく笹葺《さゝぶき》の庵《いほり》をむすび、夫婦《ふうふ》すみ侘《わび》て、六十余歳《よさい》まで子のなきものゝ[二六]ゆくすゑのかなしさは、女房《にようぼう》は男の手業《わざ》の[二七]沓《くつ》を作《つく》りて、[二八]窓《まど》のくれ竹に結添《いひそへ》、[二九]大津にかよふ馬《むま》かたに賣《うり》て、渡世《とせい》のたよりとなしぬ。男は毎《まい》日京に行《ゆき》て、[三〇]斗塩《はかりしほ》を商賣《しやうばい》して、やう〳〵けふを暮し、明日《あす》の身のうへをかまはず。宿《やど》に帰れば、[三一]粟栖野《くるすの》小野《をの》の萩柴《はぎしば》を折《(をり)》くべて、[三二]山科《しな》の里芋《いも》に[三三]勧修寺《くはんじゆじ》のせんじ茶《ちや》して、樂《たの》しみ是《(これ)》に極《きは》めて、世にある人の栄花《ゑいぐわ》もうらやむ事なく、只年中《たゞねんぢう》を夢《ゆめ》のごとく、正月に餅《もち》もつかず、[三四]盆《ぼん》に鯖《さば》もすはらず、九月の節句《せつく》ちかづけども、[三五]栗《くり》・菊酒《きくざけ》の用意《ようい》もせず、取集《(とり)あつ》める掛銀《かけ》もなく、人に濟《すま》する借錢《しやくせん》もあらず。扨《(さて)》もかろき身体《しんだい》、[三六]外《ほか》より見てのくるしみ、内證《ないしやう》の樂介《らくすけ》各別《かくべつ》ぞかし。[三七]折ふしは九月八日、[三八]我人《(われひと)》[三九]物前《まへ》とて足音《あしをと》つねとは替《かは》り、被《かづ》きたる[四〇]御所染《ごしよぞめ》すがた

二一 吉文字屋の主人は。
二二 中庸「智・仁・勇三者、天下達徳也」(松)。
二三 主人を信頼して。
二四 今、京都市東山区山科日岡夷谷町にある日向大神宮、俗に蹴上の大神宮という。
二五 軒に手の届くような。低く小さな家の形容。
二六 老後の心細さには。
二七 馬の沓。藁で作る。
二八 窓の竹格子。呉竹は格子・櫺子によく用いる(和漢三才図会)。
二九 粟田口は三条から大津に到る東海道に沿っている。
三〇 塩のはかり売を商売にして。
三一 今、京都市東山区粟栖野。勧修寺より北花山辺までをいう。古歌に「粟栖の小野の萩の花」と詠まれているから、萩の焚きつけを出した。
三二 今、東山区山科。山科の里芋のこと未詳。
三三 今、東山区勧修寺。勧修寺の茶のこと未詳。
三四 盆には刺鯖(一〇四頁注一〇)と蓮の飯(三二七頁注三二)を親戚・知友の間に贈答して祝うが、その祝儀の刺鯖も食膳に上せずという意。
三五 重陽の節句には蒸栗を食し、菊酒(三二七頁注三三)を飲み、また親戚朋友に贈って祝う。
三六 外から見ては貧しそうだが、暮しの気楽なことは外見とは全く反対だ。
三七 時あたかも。
三八 我人ともに。
三九 物日前。節季。
四〇 御所染の被衣(かずき)姿の内裏風の上品な京女という意。「被きたる」の振仮名、き一字衍。↓補八九。

借銭負わねば無理な欲もなし、拾うた金子返す塩売

の京女﨟《ちよらう》も、[一]とりなりかまはず、[二]道《みち》いそがしき世間《せけん》はゞかりなく、[三]中《なか》立賣《うり》の中程に、いづれの[四]御《(ご)》服所《ふくじよ》とはしらず、[五]表《おもて》口拾五六立《(たち)》つゞきたる家普請《やぶしん》。けふ棟《むね》あげの祝義《しうぎ》とて、幕《まく》うちまはして金屏《きんべう》・毛氈《もうせん》色をあらそひ、[六]庭《には》には[七]樽肴持《たるざかなもち》つどひて、[八]帳付《ちやう(つけ)》隙《(ひま)》もなく、[九]臺《だい》所の役《やく》人それ〴〵にうけたまはり、[一〇]一門《もん》の女中花《ぢよちうはな》をかざり、[一一]面客《おもてきやく》は[一二]松竹の嶋臺《しまだい》まはして酒宴《しゆゑん》はじまり、さま〴〵の藝《げい》づくし、いづれも[一三]七盃《はい》機嫌《きげん》の大笑《わら》ひやむ事なし。[一四]番匠《ばんじやう》は烏帽子《ゑぼし》裝束《しやうぞく》を[一五]あらためて、白幣《はくへい》をかざし、[一六]鬼門《きもん》よける弓矢《ゆみや》をそなへ、[一七]拍子《ひやうし》をそろへて棟《むね》の槌《つち》をうちそめ、万《(まん)》歳樂《さいらく》と言《こと》葉《ば》をかさね、[一八]五百八十の餅《もち》を蒔《まけ》ば、是《(これ)》を拾《ひろ》ふ人大道《だいどう》もせばかりき。立《(たち)》とゞまりて見る人ごとに、「かゝる[一九]作事《さくじ》をして世をわたるこそ、長者《ちやうじや》なれ。あのごとくして子孫《しそん》に渡したき」[二〇]願《ねが》ひなきは一人もなし。財寶《ざいほう》に望《のぞ》みなき人は、何となくうち詠《なが》めて通《とを》りぬ。立《(たち)》どまる程の人は、[二一]皆人のたからをかぞへて、殊更[二二]内藏《ぐら》に目を付《(つけ)》けるは、何の用《やう》にも立《(たた)》ぬ欲《よく》なり。此《(この)》あるじも、二十年以前《いぜん》までは挑灯《ちやうちん》のはりがへして、[二三]火ふくちからもなかりしが、何から分限《ぶんげん》にならぬといふことなし。すこしの事に氣《き》をつけて、[二四]澁油《しぶあぶら》にきらを引《(ひき)》て、[二五]雨夜《あまよ》のちやうちんといふをはじめて、今七千貫目持《もち》と世間《せけん》の[二六]さしづに違《ちが》ひなし。[二七]おさかき・[二八]たごの手せし人にもあらねば、都にもむかしは[二九]大かたに吟味《ぎんみ》して、[三〇]歴〻《れき〴〵》の縁組《ゑんぐみ》せし事、いふ

一 なりふりかまわず。 二 急ぎ足に道を歩いている。道いそがしき→いそがしき世間。 三 今、上京区。一条通と上長者町通の間、烏丸通から千本通にいたる東西の筋。京羽二重、一「此通諸商家 からす丸にし呉服所」。 四 呉服所→四七頁注六五。どこ様御出入の呉服所か知らぬがという意。「中立売の中程」といえば、将軍家御呉服所の「中立売通西洞院角 後藤縫殿助」(京羽二重、五)か。 五 間口十五六間。 六 見世庭。庭は土間のこと。 七 進物の酒樽と箱入りの肴。 八 受付けて記帳する暇もないほど。 九 台所の係はそれぞれ受持を承って。→永二ノ五。 一〇 こうした一門振舞の時には、一門の女子が皆集る。但しこれは内証の客。 一一 表座敷の客。一門の男の客は表座敷で酒宴。 一二 洲浜台に松竹梅・鶴亀などの作り物を飾り、その下に肴を盛ったもの。祝儀にこの島台を廻して一盃ずつ酒を飲み、後は銘々盃で酒盛になる。 一三 酒に酔うて上機嫌なこと。その程度をあらわすに一盃機嫌から十盃機嫌まである。但し四盃機嫌の例はない(頴)。 一四 大工。 一五 衣服を烏帽子装束にあらためて。服装以下上棟の儀式には故実・作法がある。 一六 破魔弓といい、二張の弓を勝軍木(ぬるで)・檜または竹などで作り、絃は左撚りの苧を用いる。破魔矢は檜製、紙羽をつけ、二本の内一本は雁股とする。屋上の祭壇に祭る。 一七 屋上と地上とに分れて、番匠の音頭で「千歳棟(せんさいとう)」と呼べば、屋上で「おうたふ」と答えて大槌を打つ。また「万歳棟」と呼べば「おうたふ」と答えて打つ。その度に餅と銭を撒く。三度棟打あって終る。 一八 諺に「五百八十七曲り」とて、祝儀には五百八十の数を用いる。棟上の餅撒きに五百八十の数を用いたこと未詳。 一九 家普請。 二〇 …と、願わぬ者は一人もなかった。 二一 諺

[三一]もくどけども、菟角《とかく》世は銀《かね》のひかりぞかし。[三二]彼塩賣《かのしほうり》ばかりは、家作《(やづく)》りの望《のぞ》みもなく、[三三]よき声《こゑ》して、小哥《うた》に[三四]ひやうし踊《おどり》をおもしろく、しばらく眈《のぞき》て、見物《けんぶつ》皆〳〵立《(たち)》のきける時、[三五]奥嶋《おくじま》のさいふを拾《ひろ》ひあげて、「是《(これ)》おとしたるぬしはなきか」といへば、年の比《(ころ)》五十あまりの[三六]法師《ほつたい》の人、「我《われ》おとしけるに、[三七]もらかし給へ」といふ。「[三八]成程《(なるほど)》返し申《(まうす)》べし。しかしうたがふにはあらねど、中には何が入《(いり)》けるぞ」といふ。「[三九]こまがね百目ばかりあり」といふ。塩賣《しほうり》大きに[四〇]眼色《がんしよく》かへて、「[四一]年にこそよれ、扨《(さて)》もさもしき心底《しんてい》なり。中は[四二]金子《きんす》なれば、其方《(そのはう)》の物にはあらず。[四三]是《(これ)》おとしたる人、我《(わが)》宿にたづね給へ」と、まぎれなく所をふれて帰りぬ。その夜、[四四]室《むろ》町通西行櫻《さいぎやうざくら》の町[四五]菱《ひし》屋といふ絹《きぬ》屋の手代たづねて、小判百弐十両、[四六]西國《さいごく》問屋《どひ》より請取《(うけとり)》、主人の手前迷惑《めいわく》仕る段《だん》〳〵[四七]ことはり申《(まう)》せば、「百弐拾両との書付《(かきつけ)》に相違《さうい》なし」とて、何のおしげもな[四八]ふくれける。手代泪《なみだ》を流《なが》し、よろこぶ事のかぎりもなく、「外《(ほか)》の手にわたらば、よもや我には帰るまじ。すぐに[四九]欠落《かけおち》の身を、二《(ふた)》たび京都に帰る祝義《しうぎ》」とて、そのうち小判五両礼物《れいもつ》に置《(おき)》ければ、塩賣《しほうり》中〳〵是《(これ)》を請《(うけ)》ず。「是《(これ)》は其方《(そのはう)》の金子《(きんす)》にあらず、主人《しゆじん》の物を我にわけらるゝゆへなし。申請《(まうしうく)》る事思ひもよらず」と、たび〳〵返《かへ》せば、是非《ぜひ》なく取《(とつ)》て京に帰りぬ。此《(この)》手代其恩《(その)おん》をわすれずして、それより後は、雨・風・雪の日の難義《なんぎ》、塩賣京に

「隣の宝を数ふるが如し」。無用の穿鑿の譬。二二 内蔵には金銀が入れてある。二三 諺。暮しを立てる力もないこと。提灯↓火吹く。二四 杮渋に雲母《(きら)》の粉をまぜて紙に塗り、その上から油を引いて仕上げたものであろう。防水耐熱の効がある(岸得蔵調査)。二五 箱提灯をいう。上部に蓋がついている。二六 指図。見つもり。二七 梭搔。織機の部品を作る竹細工人。竹細工は賤民の業とせられていた。↓補四〇六。二八 担桶(たご)の手もやはり竹で作る。梭搔や担桶の手作りでさえなければという意。二九 そうやかましく素姓の吟味はしないで。三〇 大家。三一 「くどけれども」の誤脱。三二 多くの見物人の中で。三三 表座敷の客の芸尽しを指す。三四 拍子踊。三味線の地で演者が歌いつつ舞う歌舞伎踊の一種。三五 桟留(さんとめ)縞、一名唐桟の一種。「もやう赤糸入りの立じまを俗に奥島といへり」(万金産業袋、四)。三六 法体した人。隠居をすると頭を丸める。上方では俗人でも頭を丸めた人(座頭・隠居など)を法師と呼ぶから、この字をあてた。三七 もらわせて下さい。返して下さい。「もらかす」は「やらかす」の類語。三八 いかにも、おっしゃる通り。三九 細銀。豆板銀。四〇 正しくは顔色。ここは眼の色を変えて。四一 嘘をつくのも年による、よい年をしながら。四二 金貨。下文によれば小判である。四三 はっきりと、自分の住所を触れ廻って。四四 今、中京区室町通三条下ル烏帽子屋町。祇園会に黒主山(一名西行桜山)を出す町。四五 ↓五八頁注一一。四六 西国問屋より受取り、それをそっくり落したのでという意。西国問屋は西国地方の商人または小売商に中継販売する買物問屋であろう。四七 事情を話すると。四八 金子を渡してくれた。四九 そのまま都を欠落すべき

出かねる日は、人を頼み置《(おき)》、定《さだ》まつて塩を二斗づゝ買《かい》につかはしければ、塩屋は天のあたへとよろこび、彼《かの》手代がはたらきとはしらずしてすぎぬ。厚恩《こうおん》をわすれぬ心から、手代も其《(その)》後は、我《(わが)》[一]世の仕合《(しあはせ)》継《つゞ》きて、[二]近年書繪《きんねんかきゑ》[三]小袖を仕出し、俄《にわか》分限《ぶげん》となりぬ。

名医も避けて通す、塩売は今の世の聖人

其比《(そのころ)》又、上京《(かみぎやう)》に隠《かくれ》もなき名醫《めいい》の有《(あり)》けるが、名人はかならず氣《き》[四]ずいにして、御《(ご)》[五]所方《しよがた》への御出入《(おでいり)》をむつかし[六]と、是《(これ)》も粟田《あはた》[七]口に引込《(ひき)こみ》、静《しづか》なる片原《かたはら》[八]町に、物好《ずき》[九]の生《いけ》垣《がき》奥《おく》ぶかに住《すみ》なし、爰《(ここ)》も東海道《とうかいだう》[一〇]なれば、諸大名《しよだいみやう》[一一]の下上《おり(のぼ)》りにも、王城《わうじやう》[一二]の忝《かたじけな》さは、[一三]高腰《たかごし》かけて鼻哥《はなうた》うたへど、誰《たれ》とがむる事もなし。此法師《(この)ほうし》、有《(ある)》時夕立しての後、下駄《げた》はきながら、我門《(わが)かど》に立《(たち)》て遠見《ゑんけん》[一四]せられしが、彼《(かの)》塩賣、夕ぐれに京より帰るをみて、内ににげ入《(いり)》給ふを、おの〳〵不思義《ふしぎ》を立《(たて)》、「あの塩賣などに、何としておそれ給ふぞ」と尋《たづね》ければ、「あれは今の世の聖人《せいじん》なり。聖人《せいじん》にあし[一五]だはきながら對面《たいめん》するもおそれあり。又ちか[一六]づきならねば、下駄《げた》ぬぐまでもなし。とかく御目にかゝらぬがよい」と申さるゝ程に、「あのものを聖人《せいじん》とは、いかなる事ぞ」といへば、「それをしらずや。今の世、金子《(きんす)》を拾《ひろ》ふてかへす事が、[一七]そもや〳〵、廣《ひろ》い洛《らく》中洛外《らくぐわい》にも又あるまじ。是《(これ)》程の聖人《せいじん》、唐土《もろこし》[一八]も見ぬ事」と仰《(おほせ)》られける程に、いづれも尤《もつとも》と合点《がてん》して、此《(この)》塩うりにおそれ侍《(はべ)》るとなり。

身の上であったのに。

一 奔走。世話。
二 別家独立後は幸運が続いて。
三 模様を墨絵で書いた小袖。衣装法度で鹿子・縫箔などが禁ぜられたために、一見地味であるが豪勢な肉筆の、源氏絵・山水画などの書絵模様が流行した。
四 気随。気まま。
五 お公家衆。武家方・町方に対していう。公家屋敷は、同じ上京の御所の築地の内外に集まっていた。
六 煩わしい。うるさい。
七 京七口の一。今、東山区東小物座町、通称蹴上。この附近高燥閑寂、眺望に富み、富家縉紳隠逸の士の別墅を営むものが多かった。
八 片側町。東小物座町は粟田山下に沿い、街道を隔てて華頂山に対している。
九 数奇をこらした。
一〇 東海道の基点は三条大橋であるから、粟田口はまだ京内とはいえ東海道に属するわけ。
一一 一般の旅人はもちろん、参観交替の上方・中国・四国・西国の諸大名は、東海道上下に蹴上の茶屋で休憩するを例とした。
一二 京都は王城の地であるから、参覲交替の諸大名も槍を立てず、また先払いをしない。もっとも京都に入ると手続その他挨拶が面倒なので、多くは京都を避けて、追分から伏見へ出る道を選んだ。
一三 高い所に腰をかけて。普通は土下座しなければならぬ。
一四 遠望。蹴上附近は地形高く、京都の町は一望眼下にある。

五　當流《たうりう》のものずき

[一九]名利《みやうり》の千金《せんきん》は頂《いたゞき》を摩《なづ》るよりもやすく、善根《ぜんごん》の半錢《はんせん》は爪《つめ》を離《はな》すより難《かた》し。されば今の世の萬人《ばんにん》、身過《(みすぎ)》の家業《かげう》是《(これ)》[二〇]さかんの時、諸事《しよじ》をうちばにかまへ、利欲《りよく》を捨《すて》心に成《(なり)》けるは、近年《きんねん》世間《せけん》に佛道《ぶつだう》を聞入《(きゝいれ)》、自然《しぜん》と氣力《きりよく》[二一]うさつて、只《(たゞ)》當分《とうぶん》の暮《くら》しをたのしみ、[二二]するゞ〳〵の事までの願《ねが》ひはなかりき。此《(この)》心底《しんてい》からは、冨貴《ふうき》になるべき子細《しさい》なし。[二三]福徳祈《ふくとくいの》る商人《あきんど》の家《いへ》に、世の無常《むじやう》を観《くはん》じ、人のなげきにかまふ事なかれ。

[二四]商賣《しやうばい》に付《(つけ)》ての僞《いつは》りは言葉《ことば》をかざり、跡《あと》からはげる[二五]塗《ぬり》物店《だな》、江戸に軒《のき》をつゞけ門《かど》をならべし中に、[二六]大森《もり》・小川《をがわ》、此《(この)》兩見せは、すぐれて諸道《しよだう》具念《ぐねん》を入《(いる)》る事聞《(きき)》傳《つた》へて、其《(その)》家名《(いへな)》次第に栄《さか》へける。そも〳〵小《を》川屋のあるじ、正直《しやうじき》を本《もと》として、[二七]わづかの世わたりなりしに、はんじやうに成《(なり)》けるはじめは、[二八]正月に閏《うるふ》のある年、元日に大雪降《ふつ》て、[二九]通《とを》り筋人馬《すじにんば》のかよひ絶《たゆ》るほどのあけぼのに、大釜《がま》に湯《ゆ》を沸《わか》して、我門《(わが)かど》の雪を消《け》して、慈悲《じひ》の道《みち》をすこしの間《あいだ》なれども付置《(つけおき)》けるに、往來《ゆきき》の人爰《(ここ)》におのづから立《(たち)》どまりて、[三〇]年玉《ねんぎよく》の遣《つか》ひ物、火箸《ひばし》・[三一]間鍋《かんなべ》、または餅《もち》あぶり網《あみ》な

商人に仏心は無用、偽りは商売の常

それは世の常、これは正直の徳天の恵み

一五 足駄。下駄に同じ。
一六 顔見知り。 一七 そもやそも。一体全体。
一八 唐土にも見ぬ事の誤脱。この話、唐の劉伯芻と柴売の故事に拠る。↓補四〇七。
一九 俗つれ〴〵にも見える。正倉院御物の屏風の詩句か。↓補四〇八。
二〇 まさにこれから盛んになろうという時。まだ後生を願う年でもないのに。
二一 失せて。
二二 子孫一門の繁栄。
二三 徒然草、二一七段「人間常住の思ひに住して、かりにも無常を観ずることなかれ」(大福長者の教訓)。
二四 上文「世の無常を観じ、人のなげきにかまふ事なかれ」を受けて、商口の偽りを肯定しているが、下文の小川屋の話は慈悲・正直で成功した実例。このところ前後矛盾が見られる。
二五 塗物屋。江戸惣鹿子名所大全、五、ぬり物道具屋「日本橋北壱丁目あま棚・新橋北出雲町・小伝馬町一丁目」。特に尼棚が有名であった。跡から剝げる↓塗物。
二六 いずれも尼棚の塗物屋であろうが不詳。
二七 最初は小資本の商売であったが。
二八 正保五年(二月慶安と改元)に当るが、この年元日江戸大雪の記録はない。また下文に万治元年埋立の築地居住のことが見えるから、かたがた正保五年は当らない。
二九 大通り。
三〇 年玉の贈り物。
三一 酒の燗をする錫または銅製の鍋。形鉄瓶に似て三足がついている。

ど、買《かい》よる人蓬莱《ほうらい》の山をなして、一日五十兩あまりが當座賣《たうざうり》、まことに天下の入込《(いり)こみ》なれば、近付《ちか(づき)》の外《(ほか)》、人同じ皃《(かほ)》にあらず。其《(その)》夕暮《ぐれ》に、五十ばかりの法師《ほうし》、麻《あさ》の衣《ころも》の袖まくり手して、竹笠《たけがさ》を西行被《さいぎやうかづ》きに、雪打《(うち)》はらひ、彼店下《かのたな(した)》に立寄《(たちより)》、盃《さかづき》ひとつ望《のぞ》みのよしいひける程に、色《いろ》ゝ《く》取《(とり)》出して見せける。此御坊《(この)(ご)ばう》酒好《ずき》と見えて、さかづきちいさきをなげき、「我常住《(われ)じやうぢう》のたのしみに、是《(これ)》を呑《のむ》より外《(ほか)》はなし。むかし上戸《じやうご》ののみつくさぬとて名を付《(つけ)》し、武藏野《むさしの》といふ大盃《たいさん》はないか」といふ。二合入《(いり)》につもりたる盃《さかづき》を見せけるに、「いづれを見ても、蒔絵《まきゑ》に菊水《きくすい》・立田《たつた》川、又は伊勢《いせ》ゑび、是《(これ)》らは目にしみてふるし。新《あたら》しき仕出しもあるに、當流《たうりう》の物好《ずき》なるを見せよ」といふ。手代あぐみて、「扨《さて》もしれたる御坊《(ご)ばう》かな。漸《やうく》盃一枚賣《うる》とて、いかい手間入《(いり)》なれ」と、此《(この)》見せに望《のぞみ》の盃《さかづき》なしといわれ

一 人の山を築いて。正月→蓬莱の山。
二 掛売に対して現金売をいう。
三 江戸は諸国の人の集まる所だから。天下はここでは日本全国の意。
四 人という人が皆見知らぬ顔ばかりだ。
五 大雪が降った元日の夕暮に。
六 ここは出家の意。
七 腕まくりして。
八 竹の皮で編んだ網代笠。出家のかぶり物。
九 阿弥陀かぶりともいう。笠を後頭部へずらしてかぶったさま。富士見西行の絵姿から西行かずきという。
一〇 軒下。見世棚の軒下の意(真)。
一一 出家に対する敬称。
一二 平生の楽しみに。
一三 「飲み尽さぬ」に「野見尽さぬ」をいひかけた命名。
一四 もと武蔵野の薄を蒔絵にした塗の大盃をいい、転じて一般に薄模様でない大盃の通称にも用いる。原本振仮名「たいはい」の誤り。
一五 設計製作してある。
一六 盃の蒔絵には酒に因んだ模様が選ばれる。菊水は唐土酈県山麓の薬水(謡曲菊慈童)、紅葉の名所の竜田川と色の赤い伊勢海老とは、いずれも酒の酔に縁がある。
一七 目に染みて、目馴れて古くさい。
一八 当世風の新意匠の品。
一九 困り果てて。
二〇 痴れたる。物好きな、風変りな。
二一 えらい手間をかけるものだとぶつぶついったが、しかし。手代のつぶやきからすぐに地の文に移る。

んも口惜《おし》さに、[二二]切子《きりこ》の灯籠上《とうろううへ》に釣《つり》、下に節季候《せきぞろ》爰《(ここ)》[二三]をせんと舞《まふ》所を、[二四]高蒔絵《たかまきゑ》にしたるを見せければ、法師《ほうし》うなづきて、機嫌《きげん》なり。法師《ほうし》のいはく、「それがしは唐《もろ》[二五]土尋陽《こししんやう》の江に住猩〻《すむしやうぐ》也《(なり)》。今此朝《(この)てう》に化身《けしん》せり。わが[二六]たよる所は、必《かならず》家さかへ繁昌《はんじやう》するぞかし」と云捨《いひすて》て立《(たち)》帰るを、手代まことしからずおもひて、忍《しの》びてし[二七]たひみれば、[二八]築地《つきち》の邊《ほとり》にわづか成《(なる)》庵《いほり》をむすび、おこなひすましたる道心者《だうしんじや》也《(なり)》。先猩〻《まつしやうぐ》の事は[二九]僞《うそ》にしてから、此坊主《(この)ばうず》の言葉《ことば》[三〇]少《すこし》もたがはぬは、亭主正直《ていしゆしやうじき》なるを、天のめぐみ給へると見へたり。

二二 盂蘭盆の切子灯籠は紅紙で張り、年末の勧進乞食である節季候(二八二頁注一一)は面部を赤布で包んでいる。いずれも赤色に因んで盃の模様にした。

二三 ここを専と。

二四 蒔絵の技法の一種。漆で模様を高く盛り上げ、金粉を施したもの。

二五 謡曲猩々のシテ。現行曲は半能で前が省かれているが、完曲では「今は何をか包むべき、これは潯陽の江に年久しき、猩々といへる者なり、御身親に孝あるにより、天の憐れみ深ければ、泉の壺を与へんなり」云々の名乗があったと思われる(現行曲、大瓶猩々)。ここはそれのもじり。潯陽江は支那江西省鄱陽湖と楊子江との合流点にある九江をいい、謡曲では「しんよう」と清んで読む。

二六 訪ねる。

二七 跡をつけてみると。

二八 万治元年隅田川岸を埋立てて市街とした土地を、すべて築地と称した。今、中央区の築地・小田原町附近。築地三丁目には浅草から移された西本願寺がある。

二九 嘘にしたところで。 三〇 「少し」の振仮名一字衍。

繪入

西鶴織留

三

世濃人心

西鶴織留世農人心

目録　三

一 本文に「大殿様の時さへ古狸と名に呼し百三つになる祖母」とあり。化けて出そうなほど年老いた婆の意。宝引縄を引いたら、それに引かれて出て来たのは狸婆だったという話。この話、初音草咄大鑑(元禄一一)に取入れられている。

二 返すあてもなく借金をすること。預り手形は借用証文の意。↓補五四。

三 芸者は諸芸に通じたる人の意。とかく自己の芸を鼻にかけて他人を軽蔑する僻がある。

四 燕の鄒衍の故事。↓補四〇九。

五 色に身を持ち崩すも、その場のはずみで起した無分別が原因。

六 諺「一文惜しみの百知らず」のもじり。三匁は色茶屋の集礼(しゅらい)。諸国色里案内・茶屋諸分調方記に、二匁から二匁五分・三匁(大阪の場合)とある。立替えた三匁が惜しさに遊び出して、千貫目の身代を棒に振った話。

七 「かなし」は貧困の意。貧乏の時は「背に腹は代えられず」で、妹を身売りさせた話。

㊃ 一何にても知恵《ちゑ》の振賣《ふりうり》

毎年師走《しはす》のはたらき男

二猫《ねこ》の蚤取《のみ(とり)》手がはり

一何によらず智恵をめぐらせば振売の種になるという意。振売は触売(ふれうり)に同じ、街頭を触れ流して歩く行商人。江戸では万治二年四月振売品目を定め、振売人の年齢・資格を限定して鑑札を下付し、延宝七年二月さらに人数を改め新規の振売を停止しているが、ここは大阪の話。二猫の蚤取りとは一風変った商売。「手替り」は新手の、様子の変ったという意。

三御代長久のしるしである千年山の松の色も変らず、枝吹く春の風静かに云々。以下天下泰平に政道正しき御代を寿ぐ。千年山は丹波国桑田郡の名所。↓三〇九頁注一四。類船集の付物に「君が代」「松」を挙ぐ。御代↓千年(山)↓松↓(春の)風。四謡曲高砂「松とは尽きぬ言の葉の、栄は古今相同じと、御代をあがむる喩なり」。松の色変えず常盤なるをいう。五謡曲高砂「四海波静かにて、国も治まる時つ風、枝を鳴らさぬ御代なれや」。六歯朶・楪葉・穂俵・数の子、いずれも正月の祝儀に用いる品。穂俵は褐藻類の海草、冬これを採って乾し、藁しべで束ねて米俵の形にし、正月の蓬萊に飾る。七海士(あま)。謡曲海士に「これは讃州志度の浦…あまの里の海人(かいじん)にて候」。八その心風雅に、和歌をよまぬものはないという意。謡曲高砂「春の林の東風に動き、秋の虫の北露に鳴くも、みな和歌の姿ならずや」。九 君が代の長久なる喩。新古今集、賀、後徳大寺左大臣「八百日行く浜の真砂を君が代の数にとらなむ沖つ島守」。古今集、序に「浜の真砂の数多くつもりぬれば」とあるにより、和歌↓(八百日行く)浜の真砂↓道と続く。一〇 政道の直く正しき喩。謡曲芦刈「浜の真砂はよみ尽すとも、此道は尽きせめや」によって、浜の真砂↓道と続く。一一 謡曲高砂「言も愚かやかかる世に、住める民とて豊かなる、君の恵ぞ有難き」。一二 誰一人として愚かな者はない、みな利巧だという意。正しくは「いづれか慧からざるはなし」とあるべきところ。一三 他人の事を引受けて世話をし。一四 訴訟沙汰の調停。民事事件は多くは内済による解決を原則とし、当局は訴訟を受付けても第三者による調停示談を勧告するのが常であった。特に金公事において著しい。一五 示談の意。一六 何事でも公事訴訟で解決しようとすること。御触書寛保集成「公事訴訟をすゝめ、目安を認、たくみ成儀を教、諸事出入之儀を取持、礼金を取、いとなみに仕候者、常々遂吟味、町々に不差置候様に可被申付候事」(元禄十五年閏八月)。これを公事師という。一七 道理にあわぬことをもっともらしく書き立てて。一八 そのままで十分道理に叶っている主張でも。一九 筆をとって文字を書き得る人。二〇 町内はもちろん周囲の五町・七町の隣町にも。京・大阪では行政上の便利から組合町というものがあったが、五町・七町は組合町の単位か。二一 字を書かない、無筆の。二二 めいめいに。自力で。二三 自分の方が悪いと承知しながら。二四 紛争。

近年世智賢き人心、貧者貧なる世の定め

二　引手《(ひくて)》になびく狸祖母《たぬきばゞ》

[三]御代《(みよ)》ちとせ山、[四]松は古今不易《ここんふゑき》の名木《めいぼく》、[五]春の風しづかにして、四つの海《うみ》に立波《(たつ)なみ》もなく、今本朝《ほんてう》の風俗《ふうぞく》、[六]しだ・ゆづり葉《は》を賣《うる》山賤《がつ》、ほだはら・数《かず》の子を[七]賣海人《うるかいじん》までも、[八]其《(その)》心ざし皆和哥《わか》になつて、[九]八百日行濱《やをかゆくはま》の眞砂《まさご》はつきぬ[一〇]道廣《みちひろ》く、[一一]かゝるゆたかなる時世《ときよ》に住《す》める、萬人《ばんにん》仕合《(しあはせ)》ぞかし。されば近年《きんねん》人のありさまを見るに、[一二]いづれか愚《おろ》かなるはひとりもなし。むかしは、十人寄《よ》れば皆物毎《ものごと》にうとく、我《(わが)》身の上の事斗《ばかり》も、埒明《らちあく》る者稀《まれ》なり。ましてや[一三]人の事請取《うけ(とり)》、[一四]出入《(でいり)》の噯《あつか》ひ、又は[一五]内《ない》談《だん》などに、言葉《ことば》ならべて物よくいふ人もなし。[一六]殊更公事《ことさらくじ》だくみして、[一七]筋《すぢ》なき事を書求《かきもと》め、相手《あいて》に迷惑《めいわく》いたさせ、我《(わが)》利欲《りよく》にする事、思ひもよらず。[一八]自然《しぜん》と義理《ぎり》につまれる云分《いひぶん》にも、一ッ〳〵ありのまゝに書付《(かきつく)》る[一九]筆者《ひつしや》は、[二〇]五町七丁のうちにもなき事なりしに、今時は物か[二一]ゝぬといふ男はなく、何事にても外《(ほか)》の知恵《ちゑ》をからず、[二二]面《めん》〳〵に諸事《しよじ》を濟《すま》さぬといふ事なし。是《(これ)》ゆへ悪心《あくしん》も思ひ付《(つき)》、人の難義《なんぎ》をかへり見ず、商賣《しやうばい》、あるひは借銀《しやくぎん》の事までも、[二三]我《(わが)》非分《ひぶん》とはわきまへながら、[二四]云《いひ》事《(こと)》の種《たね》をこしらへ、油斷《ゆだん》のならぬ人ごころや。以前《いぜん》は借請《かり(うけ)》たる金銀などに、

一 とやかくと争うことはない。この場合の出入は紛争の意。
二 資本。→三四〇頁注一五。
三 かねての思わくの商売。すなわち買置・売置など。
四 返済したものだ。
五 この頃の人は。
六 返そうにも金の出所がない。
七 公事に本公事と金公事とあり、預金・給金・両替金・為替金などは前者、売掛・店賃・地代・貸金・手附金などは後者に属し、金公事は相対内済になることが多い。ここは利息附貸金であるから、もちろん金公事に属するが、本文では本公事の如き書き方である。後考に俟つ。
八 たとえ。
九 借りたものを返さずに済まそうとして、とやかくいったところで。
一〇 必ず。
一一 年賀の廻礼。
一二 袴を脱ぐやいなや。
一三 また今年の大晦日が廻って来るのもあっという間だ。「来る年」は翌年の意であるが、ここは「また廻り来る年の暮」の意。
一四 途方もない、分に過ぎた欲を出さなければ。
一五 すべてその人その人の心がけ次第で、恐ろしいものはない筈だが、その中でも。
一六 家の構えも相応に、いっかど裕かに暮している人。織一ノ三「身体時めく人のいへる事は、横に車ものいて通し、世を暮しかぬる者のいふ事は、人の為になりても是をよしとは聞かず」。
一七 暮しが苦しく、落ちぶれた人。
一八 理にかなったこと。
一九 誰か、聞き入るる人とてもなくの意。
二〇 身に覚えのないことまで、貧乏人だからと

[一]とかふの出入《(でいり)》する事なし。子細《しさい》は、それ〴〵の家業《かげう》に付《(つき)》、一《(ひと)》商《あきな》ひすればかならず利徳《りとく》を得る事を見極《きは》め、此質《(この)もとで》[二]のために、其分際相應《(その)ぶんざいさうおう》に借《かり》て、[三]思ひ入《(いれ)》の商賣《しやうばい》の後、其《(その)》まゝ元利《ぐはんり》そろへ[四]濟《すま》しける。[五]此《(この)》程の人は、何の分別《ふんべつ》もせず、はじめから相《あい》濟《すま》する合点《がてん》なく、奢《おごり》の心より、遊興所《ゆふけう(じよ)》へつかひ捨《すつ》る銀《(かね)》にかりければ、[六]此《(この)》かねの出所《(でどころ)》なし。然《(しか)》れば借《かし》かたに難儀《なんぎ》をかけ、云事《いひ(こと)》の種《たね》を作《つく》りぬ。[七]此善惡《(この)ぜんあく》、明白《めいはく》に御掟《おきて》あればこそ、おそれて我《(わが)》まゝいふ事なし。[八]たとへば、いかなる惡知惠《わるぢゑ》をもつて、[九]とやかくいへるにして、借《かり》たる物、[一〇]一たびは取《(とら)》ずにをく事なし。是《(これ)》をおもふに、[一一]元《ぐはん》日の祝儀《しうぎ》しまひ、[一二]袴《はかま》ぬぐといなや、[一三]又くるとしの大晦日《つごもり》も、月日の立《(たつ)》は今の事と、しばしもわするゝ事なかれ。世に何がこはいぞといふに、酒《さけ》の醉《ゑい》も道をよければ別《べつ》の事なし。氣《き》ちがひのぬきたる脇指《わきざし》にて、あ

いうので疑われることもある。以下その一例。
二一 平気で列座し。
二二 自分から遠慮して。
二三 銭緡《(ぜにさし)》にさしてない銭。したがって一貫文乃至百文より少額の、ばら銭。
二四 貧乏な我が身の上が口惜しく思われた。
二五 律義。正直。
二六 相手の方から警戒して。

一 目の前でわざと片付けてしまう。二 道具を片付けた先方の心の底が思いやられて、こちらが恥かしくなる。三 何といっても。四 「いかなる」を受けて、「ありや」と結ぶべきところであるが、ここは、いかなる前生の約束にてか、人には貧福二つの相違ありという意。織二ノ三「世に貧福の二つは是非なし」。五 さりとてはままならぬ世の中、そうした世間の実例を見るにつけ聞くにつけ。六 諸家その名称を異にするが、多くは対面所・謁見所をいう。七 譜代の家来。八 ↓二二七頁注二六。ここの宝引の方法は後世の福引に等しい。九 紙障子に対して襖をいう。一〇 小姓。广に従は扈従から誤ったものか。一一 桑の木は中風の呪になるというので、杖に用いた。一二 撞木杖。↓四三頁注三七。小姓に老人用の杖とはふさわしからぬ取合せ。一三 通貨としてではなく、主として褒賞・贈遣用に鋳造せられたもの。秀吉時代の天正・永楽・文禄通宝、徳川時代では慶長・元和通宝があった。家老に銀銭とは山の上の土盛りの感じ。一四 ↓三四五頁注六。一五 「御物」は貴人の所用品。「つくり」は装剣をいう。万金産業袋、二「こしらへの大概、まづ御物作りといふは、一切の拵《(こしらえ)》につかふかな物の分、ふち・かしらをはじめ、目貫・鍔・せつぱ・はゞきは勿論、みな金の無垢につ

やまちをせぬ物なり。夜道ありかねば、追《おひ》はぎにもあはず、一四おもひの外《(ほか)》なる欲《よく》をはなれければ、かたりにもあはぬものなり。一五皆人〻の覚悟《かくご》にある事の中にも、第一、身体《しんだい》を持《もち》崩《くづ》して借銭《しやくせん》こはるゝほど、おそろしくかなしき物此《(この)》

外《(ほか)》に又なし。さても〳〵うたての世や。身過《すぎ》に仕合《(しあはせ)》ありて、一六屋造《づくり》も人がましくせし人のいへることは、ずいぶんと愚《おろか》なる事にても、人皆耳《みゝ》をすまして聞届《きゝとゞ》け、又一七手前浅間敷《てまへあさましく》なりくだりたる人の、一言《ごん》に一八利《り》のせまりたる事を申《(まうす)》にも、一九誰《たれ》か聞《きゝ》入《(いれ)》ける人なく、萬《よろづ》につけて口惜《おし》き事のみ、二〇心にもなき事にうたがはれぬ。世を冨貴《ふうき》に暮《くら》せし人は、人の金銀取乱《(とり)みだ》せしほとりへも二一何心なく居ながれ、又貧者《ひんじや》は二二我と身を引《(ひき)》て、わづか成《(なる)》二三乱銭《みだけぜに》のそばへも寄《より》かね、二四心にやるせなかりし。何程二五りちぎに生《うま》れ付《(つき)》ても、まづしき人には二六先《さき》より油断《ゆだん》せずして、手元《もと》に有合《(ありあひ)》ける小《(こ)》道《だう》

具《ぐ》なども、[一]目に見えて取直《(とり)なを》しける。[二]此下心《(この)した》のはづかし。[三]申《(まうし)》ても〳〵、貧《ひん》にしてうき世に住《す》める甲斐《かひ》なし。いかなる前生《ぜんじやう》の約束《やくそく》にて、[四]貧福《ひんぷく》のふたつ有《(あり)》。福者《ふくしや》はまねかずして徳來《とくきた》り、貧者《ひんじや》は願《ねが》ふにそんかさなり、さりとてはまゝならぬ[五]世上《せじやう》沙汰《さた》、見るに付《(つけ)》聞《きく》に付《(つけ)》、うとまし。

其《(その)》身仕合《(しあはせ)》は、町人にかぎらず、武家《(ぶ)け》にありける事ぞかし。さる大名《だいみやう》がたに、御吉例《(ご)きちれい》とて正月三日の夜、[六]大書院《じよゐん》にて、[七]家《いへ》久しき者《もの》ばかりめしよせられ、[八]寶引《ほうびき》を仰付《(おほせつけ)》られける。[九]ふすま障子《しやうじ》の内より、五色《ごしき》の長緒《ながお》を数《す》百筋《すぢ》なげ出して、手毎《ごと》に一筋《すぢ》づゝ引取《(ひきとり)》、此《(この)》緒《お》のするに付置《(つけおか)》れし物をくだされける。[一〇]小従《こせう》引《(ひき)》出す繩《なわ》に[一一]桑《くわ》の木の[一二]鐘木杖《しゆもくづえ》おかし。家老職《からうしよく》の人引《(ひき)》出す繩《なは》に、[一三]銀錢《ぎんせん》一貫文。あるひは[一四]唐織《からおり》の卷《まき》物《もの》を引《(ひき)》出すも有《(あり)》。又は[一五]御物《(ご)もつ》ごしらへの脇《わき》ざし、かたはしには[一六]舂臼《つきうす》のふるきに取《(とり)》あたるも有《(あり)》。[一七]提重箱《さげぢうばこ》・なぎなた・印籠《いんろう》・きんちやく・日[一八]傘《がらかさ》、[一九]純子《どんす》の[二〇]夜着《よぎ》ふとん・[二一]ふりじやくしを取《(とる)》も有《(あり)》。[二二]知行取《ちぎやう(とり)》は[二三]黄金《わうごん》に引當《(ひき)あて》、[二四]茶道坊主《さだうぼうず》は[二五]からざけ壱本《ぼん》のぬしに成《(なり)》、[二六]よこめ役《やく》の人に、自然《しぜん》と目がねのあたるもおかし。ひとり〳〵の果《くわ》報《ほう》を見るに、[二七]かろき者《もの》の重《おも》き物に取合《(とりあひ)》けるは、一人もなかりき。爰《(ここ)》に嘉例《かれい》の[二八]年《とし》男《おとこ》とて、八十六歳《さい》になれる人、手をひかれて[二九]ことぶきを勤《つと》めけるが、我も物の数《かず》とて、人まかせに取《(とつ)》てくれたる繩を引《(ひき)》出しけるに、[三〇]奥上臈《おくじやうらう》の中にも梅垣《むめがき》どの

宝引引かずとも知れた事、その身の果報

くる。これ上つかたの御道具に折々は有事」。
一六 米つき臼。米をつくを舂く(うすづく)という。
一七 略して提重とも。携帯用重箱。酒器・食器なども組入れになっている。
一八 日よけの長柄の傘。万金産業袋、一「涼傘(ひからかさ) 子どもの日よけがさ、草なる物なれば定りたる事なし。ほね三十本・四十本、大きさも好む所にしたがふべし」。
一九 緞子。
二〇 襟・袖のある掛蒲団を夜着といい、敷蒲団と区別する。
二一 原本「ぬり」は「ぬり」の誤り。飯杓子。和漢三才図会、三一「桼(ぬり)杓子　小而宜レ盛二飯於盌一、俗云二猿手一、今皆漆レ桼」。
二二 知行所を与えられ、その土地の年貢を俸禄として受ける武士。蔵米取・切米取に対して格が高い。
二三 黄金に引当り、もしくは黄金を引当ての意。
二四 茶事を管掌する係。法体している。
二五 乾鮭(八〇頁注一六)一匹が当った。出家の追放には寺を傘一本で追出すことから、坊主↓傘(乾鮭)一本と続く(松)。
二六 横目役。隠し目付とも。家中の行儀・作法をひそかに監視し、非違を取締る係。
二七 軽輩の者が金目の景品に取り当ったのは。
二八 ↓二七三頁注三〇。
二九 年男役の若水汲み・豆打・灯明上げなどの祝儀。
三〇 奥女中。奥方附の女中。
三一 大名方で京女を目利きして侍妾に召抱えることが流行した。↓一代女、一ノ三。
三二 若女の意。六尺袖の大振袖が当時流行したが、十八九歳までの女子に限る。
三三 一座の者も。
三四 男子の三十代を男盛りという。
三五 君寵人に超えて権勢ある者。
三六 他人がすでに手にしている繩を自分勝手に横取りして。権勢に驕るさま。
三七 祈念して。
三八 御隠居の殿様。当主の殿様に対していう。
三九 殿様の御機嫌麗わしく。
四〇 ↓三六四頁注

と申《(まうし)》て、都[三一]より吟味《ぎんみ》をあそばしおかせられたる、大[三二]ふり袖をくだされ、是《(これ)》[三三]は〳〵と興《けう》をさましける。又男盛《ざかり》[三四]の出頭人《しゆつとうにん》[三五]、然《(しか)》も色《いろ》を好《この》みけるが、人[三六]の手の縄《なわ》より取《(どり)》にして、さま〴〵観念《くはんねん》[三七]して引《(ひき)》たぐりければ、大殿様《とのさま》[三八]の時さへ古狸《ふるだぬき》と名に呼《よび》し、百三つになる祖母《ばゞ》を引《(ひき)》出せば、一度《ど》に春のはじめの大笑《わら》ひ有《(あつ)》て、御機嫌《きげん》[三九]の上、嶋臺《しまだい》[四〇]の酒事、万歳樂《まんざいらく》[四一]とぞうたひける。

三　藝者《げいしや》は人をそしりの種《たね》

「諸藝《しよげい》を鍛練《たんれん》する事、それ〴〵の家業《かげう》の外《(ほか)》は、ふかう共《(その)》道《みち》に入る事なかれ」と、古人《こじん》[四二]の言葉《ことば》ひとつもたがふ事なし。唐土《もろこし》の鄒燕《すうゑん》[四三]といふ人、篳《ひちりき》に五十年來《ねんらい》の心をつくし、七十余歳《よさい》にして妙《めう》を得《え》たり。六月に冬《ふゆ》[四四]の調子《てうし》をふきて庭前《ていぜん》[四五]に霜《しも》をふらし、萬人《ばんにん》此《(この)》音律《をんりつ》[四六]に目をよろこばしける。かくのごとく学《まな》び得《え》て、程なう世をさりしに、身[四七]の一大事《だいじ》の覚悟《かくご》もなく、子孫《しそん》[四八]に傳《つた》へ難《がた》く、わづか[四九]の遊樂《ゆうらく》何の益《あき》なし。此外《(このほか)》左[五〇]慈道人《じだうにん》、我朝《わがてう》の果心居士《くわしんこじ》[五一]、これらが伎術《ぎじゆつ》[五二]の法《はう》は乱《らん》のもとひ、年《ねん》月《げつ》[五三]しゆれんして、何[五四]か世のたすけ身のためにもならず。人間《にんげん》[五五]の第一は、筆道《ひつだう》[五六]執《しゆ》行《ぎやう》の後、学文《がくもん》[五七]の外《(ほか)》なし。

一二。四一 祝言の小謡をうたうて目出度く夜遊びは終った。謡曲高砂「千秋楽は民を撫で、万歳楽には命を延ぶ、相生の松風颯々の声ぞ楽しむ」。

四二 為愚痴物語、六「世をわたる道に益なき芸能は面しろしとも習べからず」。その他の教訓書にも見える。四三 鄒衍。戦国時代斉の臨淄の人、陰陽の理に通ず。燕王に仕え、燕の北方の極寒荒蕪の地を、律を吹いて暖地とし穀実を生ぜしめたという(史記、孟荀列伝)。四四 黄鍾調をいう。列子、湯問篇「当レ夏而叩二羽絃一以召二黄鍾一、霜雪交下」。十一月冬至の節より十二律を十二月に配すると、十一月は黄鍾に当る。四五 ↓補四〇九。四六「耳を喜ばしける」とあるべきところ。庭前の霜に引かれて「目を喜ばしける」といったのであろう。四七 生死のことについて深い考もなかったために。四八 その芸を。

家業を外の芸執心、身の為ならず世の費え

四九 僅かに自分一人の慰みに終って。五〇 字は元放、支那廬江の人。神術を悟了し、魏の曹操に徴されてその術を演じた。操その怪を悪んで殺そうと謀ったが、よく幻術によって危きを免れたという(後漢書・神仙伝等)。五一 筑紫より上って奈良に住した帰化人の幻術師。織田・豊臣時代にわたって、種々の怪奇を示したこと、義残後覚・醍醐随筆などに見える(朝倉無声、見世物研究)。五二 技術に同じ。五三 修錬したところで。五四 何が世の益身のためになろう。何にもならぬ。五五 人として修行すべきことの第一は。五六 長者教、稽古すべき事の第一に「ものかき」を挙げ、世話尽にも「筆道は諸芸のうはもり」という(岸説)。五七 それから学問(儒学)、それ以外に大切なものは何もない。

今の世の人心《ひとごころ》、[一]分限相應《ぶんげんさうおう》より高《たか》うとまり、[二]鞠場《まりば》の柳陰《かげ》に日を暮《くら》し、[三]九損《そん》一徳《とく》に[四]早足《さそく》がきけばとて別《べち》の事なし。闇《くら》き夜は挑灯《ちやうちん》もたせて靜《しづか》に行《ゆけ》ば、溝《みぞ》へははまらぬ物也《なり》。[五]殊更楊弓《ことさらやうきう》、官女《くはんぢよ》の業《わざ》なり。いかにしても大男の慰《なぐさ》み事には[六]ぬるし。なをまた諸職人《しよしよくにん》の、鎚鋸《つちのこぎり》を持《もち》たる手には似合《にあは》ず。よし又、[七]百筋《すぢ》ながら當《あた》り、あるひは[八]大金書《おゝかながい》の看板《かんばん》に付《つけ》てから何《なに》。此矢《このや》[九]自然《しぜん》の時の用《よう》に立《たち》、[一〇]せめて盗人《ぬすびと》を射《ゐ》とめるにもあらず。肴引猫《さかな(ひく)ねこ》にあてゝも是《さら》におどろく事なし。[一一]十炷香《じしゆかう》は[一二]いよ〱福徳《ふくとく》そなはれる隙人《ひま(じん)》の[一三]花車《きやしや》あそび、是《これ》聞分《(きき)わく》る鼻《はな》にて食《めし》のこげるを聞《きき》出し、[一四]釜《かま》の下《した》の薪《たきゞ》をひかすれば、始末《しまつ》の種《たね》にも成《なる》ぞかし。茶《ちや》の湯《ゆ》は[一五]道具《だうぐ》にたよれば、中〱貧者《ひんじや》の成《なり》がたし。「[一六]万事《ばんじ》あるにまかせて侘《わび》たるをよし」といひ傳《つた》へり。是《これ》利休《りきう》の言葉《ことば》にもせよ、貧家《ひんか》にてはおもしろからず。[一七]ことのたりたる宿《やど》にして、物好《ずき》をさびたるかまへにいたせる事ぞかし。[一八]しかじ世[一九]に住《す》めるからは、[二〇]巧者《こうしや》の中程に居《ゐ》て、人並《なみ》に呑《のむ》ほどの事は知《し》るべし。又[二一]能《のう》はやし、[二二]乱《みだれ》・道成寺《だうじやうじ》まで傳受《でんじゆ》して、其身《その》[二三]太夫に望《のぞ》みなく、素人藝《しろとげい》には用《よう》なし。[二四]耳《みゝ》ぢかきこうたひ覚《おぼ》えて、近所《きんじよ》の[二五]祝言《しうげん》ぶるまひの間《ま》にあはすれば濟《すむ》事なり。[二六]地狂言《ちきやうげん》は子ども時也《なり》。髭《ひげ》のはへたる口から「[二七]罷出《まかりいで》たる者《もの》は」、「[二八]大《いか》いうつけ」の沙汰《さた》して、[二九]見る人汗《あせ》をかきけるに、此男《この》の母親《はゝおや》ばかり誉《ほめ》ける。[三〇]立花《りつくわ》は、宮御門跡《みや(こ)もんぜき》がたの御手業《わざ》なり。野邊《のべ》遠き

一 身分不相応に驕り。二 鞠を蹴って遊ぶ場所。「かかり」といい、屋舎の前庭に設け、四隅に桜・柳・楓・松を植える。三 たった一つの取柄として。物には得失があるもので、何事でも一つは取柄があるという喩に用いる。蹴鞠の九損一徳のこと↓補四一〇。四 蹴鞠の稽古のお蔭で足が敏捷に動くからといって。蹴鞠では鞠を蹴る予備動作として、機敏に足を後へ引くことを必要とする。鞠指南大成「一足々々にあとへ早足を引取べし、足のひけかぬるを前のつまりたるとて嫌ふ也」。五 ↓四三頁注六七。六 手ぬるい。きびきびしない。七 百本が百本とも。楊弓は二百本を以て一度とし、これを百手《もも》という。百本以上の当りを泥書という。八 ↓三二三頁注四〇。大金書の看板にその名を掲げられたところで何になろう。九 いつか事ある時の役に立って。一〇 せめて盗人を射留め得るならばまだしもだが、こんなへろへろ矢ではそれも出来ぬ。一一 ↓三二三頁注四一。四種の伽羅は勿論、香道具を調えるだけでも貧乏人には出来ぬ。一二 益ゝ以て。なおさらのこと。一三 風流閑雅な遊びごと。一四 炊け加減を見て火を小さくするのが経済的。下女にいいつけて薪を減らさせるのは主婦の心得。一五 道具を重んずるものだから。一六 この利休の言葉、出典不明。↓補四一一。一七 茶の湯というものは、何不足のない家で、わざと、簡略に物寂びた風情にしてこそ、面白いものなのだ。一八 所詮。一九 この世に住んでいる以上は、社交も必要だから。二〇 茶の湯では正客・次客・末客(お詰)を三役といい、それぞれ心得事があるから巧者が当る。その間に挟まって居れば、見様見真似で出来るわけ。二一 能や囃子。二二 乱(猩々・鷺の特別演出)・道成寺は能・囃子とも習い事があって秘曲にな

四季《しき》の草花《くさばな》、品《しな》〳〵を見給はぬ人のために、深山《み(やま)》木《ぎ》の松・柏《かしは》、[三一]しば人の手にかゝるを集《あつ》めてあそばされしに、近年《きんねん》いづれも奢《おご》る心より用捨《ようしや》せず、[三二]継《つぎ》木の椿《つばき》をもぎ取《(とり)》、[三三]砵植《はちうへ》の梅もどきを引切《(ひききり)》、[三四]灵地《れいち》の荷葉《かよう》を折《おら》せ、[三五]神山《(かみやま)》の椙《すぎ》をとりよせ、我《(わが)》まゝのふるまひ。[三六]草木《さうもく》心なきにしもあらず、花のうらみも深《ふか》かるべし。是《(これ)》只一日の詠《なが》め、世の費《つゐへ》なり。扨《(さて)》又小商人《こあきんど》の碁将棊《ごしやうぎ》、侍《さむらい》の三味線《しやみせん》、町人の[三七]兵法《ひやうほう》、出家《しゆつけ》の[三八]浄留利《じやうるり》、[三九]百性《しやう》の[四〇]諸礼《しよれい》がた、是《(これ)》皆よしなし。世間《せけん》に此《(この)》類《るい》あまた有《(あり)》。

俳諧も歌道の一躰、近年の流行道の衰え

されば[四一]和歌《わか》は和朝《わてう》の風俗《ふうぞく》にして、[四二]うぐひす・蛙《かわづ》までも[四三]其《(その)》聲其《(その)》すがたなり。いはんや生《しやう》ある人の、此《(この)》心ざしなくて有《(ある)》べからず。[四四]時に[四五]連歌《れんが》の掟《おきて》をゆるがせにして俳諧《はいかい》といふも、[四六]これ哥道《かだう》の一躰《てい》なり。[四七]むかしは[四八]世を隙《ひま》になす人、あるひは神《かん》主《ぬし》、又は武士《ぶし》のもてあそびにして有《あり》けるを、[四九]ちかき年世上《としせじやう》にはやり過《すぎ》、人のめ

っている。三三 能太夫。シテ方の能役者。三四 よく謡われる、聞き馴れた。小謡↓三七頁注三七。三五 結婚披露宴。三六 舞や囃子のアシライを伴わぬ能の狂言。三七 狂言の名乗り。三八「大馬鹿者でござる」と髭面で真面目くさって名乗ると、「ほんとに、あいつは大馬鹿者だ」という評判が立って。三九 下手の熱演に、見物の方がはらはらする。三〇 生花は元来仏前の立て花から発展したものであるから、近世初期竹内(曼殊院)・御室(仁和寺)・嵯峨(大覚寺)などの門跡になられた法親王方で、それぞれ一流を創始せられた。三一 柴人。柴刈男。三二 当時椿の珍種栽培が流行した。接木の椿は貴重品。三三 梅もどきは南天と同じく、冬その紅実を鑑賞する。砵は我国の造字。磁器の鉢の意。三四 寺院にはよく浄土の八功徳池を象って、蓮を植えてある。三五 神社の境域の山。三六 謡曲墨染桜「無常の嵐吹き来り、花より先に散り給ふ、心なき草木も嘆きの色に出でざらん」。三七 剣術をいう。永三ノ一「町人の居合兵法」。三八 浄瑠璃。出家の五戒の一に「不レ作ニ歌舞及往観聴蓄ニ種種楽器一」(釈氏要覧)とある。三九 百姓の誤り。四〇 諸礼方。武家の諸礼法、特に小笠原流の礼法をいう。四一 西鶴独吟百韻自注序「和歌は和国の風俗にして」。「風俗」は詩経にいう「風」もしくは「国風」の意。国の手ぶり。四二 古今集序に拠る。四三 その啼く声はそのまま和歌の体をなしている。四四 ところで。四五 貞門の祖松永貞徳は、連歌の去嫌を緩和して、俳諧の式目を定めた。四六 天水抄(写本)「誹諧も和哥の一躰也」。四七 近世初期貞門時代を指す。四八 隠逸者。四九 延宝年間談林全盛時代を指す。

しつかひの[一]小者《こもの》・下女《げぢよ》までもいたさぬといふ事なし。惣《そう》じて藝事《げい(こと)》、すゑ〴〵の手に渡りて捨《すた》れるためし有《(あり)》。昔日《そのかみ》の俳諧師《はいかいし》は、[二]哥書《かしよ》を大かたに見わたり、道しる人に礼式《れいしき》を習《なら》ひ、[三]貴人《きにん》・法体《ほつたい》の下座《げざ》に付《(つき)》、[四]諸事宗匠《しよじそうしやう》の下知《げち》にまかせて、[五]心にまことあれば自然《しぜん》と神慮《しんりよ》に叶《かな》ひぬ。[六]いづれの連衆《れんじゆ》にても、よろしき付句《(つけく)》をいたされし時は、座中肝《ざちうきも》にめいじ、我をおぼえず同音《どうをん》に誉《ほめ》て、[七]持扇《もちあふぎ》のはしに書付《(かきつけ)》、[八]好《すけ》る人に是《(これ)》を聞《(きか)》せける。また[九]点取《てんとり》の巻《まき》してつかはしけるに、其比《(そのころ)》の[一〇]点者《てんじや》は百韵《いん》一句〱[一一]聞《(きき)》かたを脇書《わきがき》にして明白也《めいはく(なり)》。又作者《さくしや》も俳道《はいだう》のわきまへあつて、すこしの[一二]さし合《(あひ)》・[一三]同字《どうじ》・[一四]見おとしの吟味《ぎんみ》をとげて、たがひの執行《しゆぎやう》になしぬ。今時の点《てん》者《じや》といふをみれば、きのふまで「[一五]馬《むま》は生類《しやうるい》になりまする」、「[一六]牛《うし》は闇《やみ》に二句嫌《きら》ふか」とたづね、『[一七]はなひ草《ぐさ》』口から四枚も覚へぬ者《もの》が、菓子袋《くわしぶくろ》に押《おす》やう成《(なる)》[一八]印判《いんばん》をこしらへ、[一九]軒号《けんがう》にびくりさせ、[二〇]一句《く》一錢《せん》の点取《てん(とり)》に、讀《よめ》ぬ所は[二一]評書《ひやうがき》なしに[二二]付墨《(つけ)ずみ》し、[二三]鹿《しか》のうちこしに[二四]紅葉鳥《もみぢ(どり)》をしらず、有馬《ありま》の湯《ゆ》は[二五]水邊《すいへん》に成《(なる)》事も、[二六]鵄《とび》は俳諧《はいかい》やら、烏《からす》は連歌《れんが》やら、何をひとつも聞分《(きき)わく》る事なし。[二七]作者《さくしや》[二八]唐人《(たうじん)》なればこそ、其《(その)》まゝに濟《すむ》事なれ。

此《(この)》点者《てんじや》に成《(なり)》て諸國《しよこく》に名をしらるゝ程の人は、先《まづ》廿年をへて[二九]八百八品《(や)しな》のさし合を[三〇]中《ちう》に覚へ、是《(これ)》より[三一]見合《(みあはせ)》、[三二]文臺《ぶんだい》に當座《ざ》の了簡《れうけん》かぎりなき物ぞかし。かりそめな

一 丁稚。二 歌学の書物。↓補四一二。三 連俳の会席では、床の間に向って左右二手に、上座より貴人・尊者・出家以下身分・年功に応じて着座する。四 師伝を承けて人の師たることを許された人をいう。連俳の席では座順はもちろん、指合・去嫌の判定など一切宗匠の指図に従う。五「心だにまことの道にかなひなば祈らずとても神や守らん」。北野天神の神詠という。連俳の席には天神像または天神名号・和歌三神名号を掛けて、文運を祈る。六 一座の会衆のうち、貴人・尊者以下平の連衆の誰であっても。七 会席の作法として白扇を携えて出席する。八 同好の士。九 自作の連句を送って、宗匠の批点を乞い、点の多きを楽しむを点取という。点に長・珍重・平の三種を基本とし、各宗匠によって点法に相違あり、点料にも差等があった。連句百韻・五十韻・歌仙を一巻という。一〇 点料をとって批点を加える指導者。宗匠として許された者でないと点者たり得なかった。一一 一句ごとに鑑賞もしくは批判を行間に注記する。一二 連句において、類似・同種・親縁の用語が近接連続することを忌み、何句以上去って用いるとか、同じ折または見渡しを嫌うとか規定する。指合《(さしあい)》を避ける規定を去嫌《(さりきらい)》という。一三 同じ文字も指合の一つ。一四 連句一巻成就の後、去嫌などの見落しなきかを検討して懐紙に清書する。一五 連俳の用語を、四季・神祇・釈教・恋・無常・生類・山類・水辺・居所・植物・旅・雑などに分類する。馬・駒が生類であることは初学の常識(御傘)。一六 諺に「闇から牛を引出す」というので、牛に闇を付けるには二句を隔てねばならぬかと、愚問を発した(松)。牛は丑に一句去・声に一句去(はなひ

俳諧は誠、偽りを憎む。貧福によらず

がら此程《このほど》の宗匠達《そうしやうたち》、せめて[三三]席振《せきぶり》成《なり》とも見習《なら》ひ給へ。[三四]此《この》僞《いつは》りの心からは、[三五]住吉へ参詣《さんけい》し給ふとも、[三六]神は見通《どを》し、[三七]ないぢんから「まことなき俳諧師《はいかいし》がまいつた」と、[三八]御皃《かほ》をふらせ給ひて[三九]請《うけ》たまふまじ。[四〇]此《この》時の一座見《さ》るに、たとへよき句をいたしても氣《き》に入らぬ皃《かほ》つきして居《ゐ》は、をのれがよろしからぬ句をいたせる時のためなり。扨《さて》下座《げざ》より宗匠《そうしやう》をさしをき、[四一]平連衆《ひられんじゆ》よりさし合の吟味《ぎんみ》、是《これ》法《ほう》になき事なり。つらく〵おもふに、点者愚《てんじやおろか》にして徳《とく》のなきゆへなり。作者の貧福《ひんぷく》にかまはず、[四二]まことをさばくをまことの宗匠なり。まことに[四三]和哥のはしくれなる俳《はい》諧《かい》さへ、かくすたりゆけば、ましてや外《ほか》の諸藝《しよげい》の師匠《ししやう》も、是《これ》になぞらへてしるべし。さりとてはかしこ過《すぎ》て、今うたての人心《ひとごころ》にはなれり。

三　色《いろ》は當座《たうざ》の無分別《むふんべつ》

[四四]人間《にんげん》一日の遊樂《ゆうらく》、あけぼのに生《しやう》じ、夕に死《し》す。[四五]おもへば夢《ゆめ》のかり枕《まくら》、よろづに心を移《うつ》す中にも、[四六]遊君《ゆうくん》のたはぶれは和漢《わかん》に古今《ここん》やむ事なし。[四七]楓橋《ふうきやう》の夜泊《やはく》に客《きやく》絶《た》えず、[四八]琵琶《びわ》かきならして[四九]唐人哥《とうじんうた》をきけば、和朝《わてう》の色里都《いろざとみやこ》の嶋原《しまばら》にうたふなげ[五〇]ぶしに同じ。「[五一]死《し》なざやむまい」と聞《きき》しが、いづれ生《いき》て息《いき》の通《かよ》ふうちは、中く〵

草・小傘)。一七 野々口親重(立圃)撰の俳諧作法書。寛永十三年奥書。いろは引で携帯に便利な小本型で出版された最初の作法書であったから、最も広く利用せられた。「口から四枚」は巻頭の「伊」の部に相当する。一八 連句の批点に墨で点をかけ、または脇書する代りに、印刻した点印を用いた。点印は貞室に始まるという。菓子袋にはよく菓子の銘を大きく朱印で捺してあったから諷していった。一九 俳名の外に、その住居または書室の軒号を用いることが流行した。西鶴の松風軒後改め松寿軒の如き、その一例。二〇 一句に付一銭の点料は貞門時代のことか。同じ貞門でも隼士常辰の点料は三銭(延宝元年催)とある。二一 脇書に同じ。二二 批点に同じ。また合点とも。二三 付句の前々句を打越という。打越・前句・付句の三句の見渡しにおいて、前句と付句との関係が打越と前句との関係と同趣に堕することを嫌う。二四 鹿の異名(西鶴、俳諧之口伝・しをり萩、下、西翁説)。二五 有馬の温泉は山間にあるが、連俳では水辺になる。典拠不詳。二六 鳶・烏ともに俳言、連歌では用いぬ。二七 点取俳諧の作者。二八 無学文盲を罵っていう。二九「八百八品」はただ数の多きことをいうのみ。三〇 暗記して。三一 指合・去嫌の規定に照らし合せて。これを「指合を繰る」という。三二 短冊・懐紙を載せる台。「文台に」とは会席に臨んで実地にという意。その場に応じて宗匠が沙汰治定することを捌(さば)くという。三三 会席における捌き方。三四 上文の無智無学を隠して点者顔し、世を欺くことを指す。三五 住吉明神は和歌三神の一。三六 諺。三七 内陣。三八 顔をそむけられて。三九 諺「神は非礼を受けず」。

古今相同じ、死なざやむまい色の道

人の異見《いけん》我《(わが)》分別《ふんべつ》にても留《とま》[一]り難《がた》し。諸國《しよこく》其《(その)》所〳〵《(ところどころ)》の遊女にほだされ、身体《しんだい》[二]をつぶし、さま〴〵の難義《なんぎ》にあへるを、眼前《がんぜん》に見およぶ事其《(その)》数限《かずかぎ》りもなし。かゝる事、皆人の身の上のやうに覚へて、一日暮《ぐら》しに遊《あそ》びて、有《(ある)》程は[三]からりちんとなし、[四]からるゝ程は借集《かりあつ》めてつかひ捨《すて》、跡《あと》へも先《さき》へもうごかぬ時、[五]石車《(いしぐるま)》を銀《かね》にしてほしやと願《ねが》ふに、[六]思ひばかゆかずして、自然《しぜん》と[七]とまらねばならぬ首尾《しゆび》になつて、[八]彼里《かのさと》がよひをやめける。其《(その)》時は、[九]男の魂《たまし》ゐといふ脇指《わきざし》一《(ひと)》腰《こし》もなくて、物の見事に、[一〇]身を丸腰にておさめけるもおかし。されば人間一生のうちに、一《(ひと)》たびは傾城《けいせい》ぐるひに[一一]取乱《(とり)みだ》さぬといふ事ひとりなし。何とぞおもしろき中程にて、神《かみ》[一二]佛《ほとけ》の御ひかへあつて、此《(この)》遊興《ゆうけう》をやめさせ給へば、居宅《ゐたく》も賣《うり》殘し、商賣《しやうばい》物《(もの)》も[一三]小躰《こてい》にして渡世《とせい》に取《(とり)》つゞき、身を捨《すて》てはたらきければ、町内世間《せけん》の人、親類《しんるい》のすゑ〴〵までも、今迄《(まで)》は若気《わかげ》と了簡《れうけん》してゆるしぬ。人としてつゝしむべきは此道《(この)みち》、今更《さら》いふまでもなし。[一四]むかしかしこき親仁達《おやぢたち》が諸書《しよしよ》に此《(この)》事を殘しぬ。

其比《(そのころ)》難波《なには》の津に、[一五]二代つゞきて隠《かく》れなき人、[一六]銀《かね》が銀《(かね)》をもうけし兩替《りやうがへ》見せを出して、[一七]ひとつも替《かは》つたる事にかゝらず、[一八]仕付《(しつけ)》たる家業《かげう》ばかりして、段〻《だん〳〵》に分限《ぶんげん》に成《(なり)》て、[一九]所のよき大屋敷ども求《もと》めて、[二〇]此《(この)》宿賃《しゆくちん》ばかり三十貫目一年に取《(とり)》て、[二一]大和《(やまと)》のうちに慥《たしか》成《(なる)》田地《でんち》を買置《かい(おき)》、此《(この)》[二二]さくとく壱年に八十石おさめ、財寶《さいほう》・有銀《(ありがね)》三千

四〇「今時の」の誤りか。四一 一座の連衆のうち、宗匠・執筆・亭主・貴人・尊者などを除いた、無役の連衆をいう。四二 是を是とし、非を非として、依怙の沙汰なく捌くのが真実の宗匠。四三 西鶴独吟百韻自注序「和歌は和国の風俗にして、八雲立御国の神代の昔より今に伝えて、世のもてあそびとぞなれり。其はしくれとて俳諧は」。四四 人間五十年、そのはかなきこと僅か一日の遊楽、かげろうの生死の如しという意。淮南子「蜉蝣朝生而暮死」(松)。四五 思えば盧生が邯鄲における一炊の夢の如き人生であるのに、夢うつつの如く呆然として。四六 遊女。四七 張継の楓橋夜泊の詩に拠る。漢朝の例として、長崎へ来航の中国貿易商人の色遊びをいった。↓補四一三。四八 白楽天の琵琶行の詩をきかせている(松)。四九 当時長崎からはやった流行歌。↓補四一四。五〇 投節。↓補三五八。五一 当世なげ節「うきもつらきも世にすむうちよ、しなざやむまいわが思ひ」。「死なざ」は死なずばの訛り。

当座の無分別、身を誤まる目前のためし

一 色遊びは。二 身代。三 すっかり空《(から)》にしてしまう。「からりちん」また「ちんからり」とも。四 借られるだけは。からりちん↓からるる。五 大石を運ぶ四輪車。重い石を積んでいるので、「跡へも先へも行かぬ」喩に用いる。跡へも先へも動かぬ↓石車(の石)↓銀にして。六 予定もしくは計画通りに事がはかどらぬこと。七 色遊びをやめねばならぬ始末になって。八 廓通い。九 廓は男を磨く場所だから、町人でも「男の魂」と称して脇指を佩びて伊達をした。一〇 男を磨くとか伊達をするとかはどこへやら、おとなしくなってしまったのも滑稽

貫目[二三]惣領《そうりやう》に相渡し、「すゐ〳〵の兄弟《きやうだい》は、世間《せけん》に笑《わら》はぬ程に身体《しんだい》をわけとらせよ」と、[二四]書置《(かきおき)》は一枚にして、此親仁《(この)おやぢ》は相果《あいはて》られたり。此跡取《(この)あと(とり)》、親の心ざしにまさりて、萬《(よろづ)》に[二五]しはき生《うま》れ付《(つき)》、[二六]五歳《さい》の春、着初《きぞめ》の袴《はかま》を我《(わが)》手にかけて皺延《しはのば》して、おもふまゝに疊置《たゝみ(おき)》、[二七]玉ぶり〳〵の箔《はく》のはぐるを惜《おし》み、紙《かみ》に包《つゝみ》て[二八]こしける。是《(これ)》より親も[二九]あんどして、「一生身を持《もち》そこなふ者《もの》にあらず」と、手代どもにするゐ〳〵たのもしくいひ渡されしに、[三〇]いよ〳〵十七八の比《(ころ)》、世の人に替《かは》りて、[三一]義理《ぎ り》をかきてこまかなる筭用《さんよう》ばかりして暮《くら》せば、大勢《ぜい》のめしつかふ者も、一日物見遊山《ゆさん》に出る事もなりがたく、昼夜商賣《ちうやしやうばい》の事のみ油斷《ゆだん》なく、此家《(この)いへ》の長《なが》くおさまる事をよろこびける。

されば世《よ》の人心《(ひとごころ)》、何時《(いつ)》となく替《かは》り行《(ゆき)》定《さだ》め難《がた》し。此跡取《(この)あと(とり)》、二十一の年までつゐに色《いろ》の道をしらず、只一日の慰《なぐさ》みには、金箱《かねばこ》の数《かず》を内藏《ぐら》に入《(いり)》て[三二]よみあそびしに、有時《(ある)》、[三三]草履取《ざうり(とり)》あがりの若い者《もの》、折〳〵の[三四]氣《き》のばしに[三五]蜆川《しゞみ》にあそび、[三六]巾着銀《きんちやくがね》をつかふと聞《きゝ》て、其《(その)》茶屋にたづねゆき、吟味《ぎんみ》仕出してこと〴〵しく異見《いけん》して、[三七]「當座に暇《いとま》出す」といへば、此若《(この)わか》い者《もの》、面目《めんぼく》うしないてにげて帰りし跡に、[三八]此《(この)》旦那《だんな》を引《(ひき)》とゞめ「[三九]お首尾《しゆび》はともあれ、酒代をかずに[四〇]御ざりました。こなたさまより申請《(まうし)うく》る」といふにぞ、迷惑《めいわく》して、此座敷《(この)ざしき》其《(その)》まゝは立難《(たち)がた》くなりて、「[四一]迚《とて》も銀《(かね)》

だ。「おさめる」は身を修める、落着くの意。
一一 身持を。 一二 御制止。御忠告。 一三 営業も小規模にして、どうにか商売だけは継続して。
一四 徒然草の著者兼好法師などを指す。↓補四一五。 一五 未詳。 一六 諺に「銀が銀を儲くる世」という。資本を利殖する商売としては両替屋が確実安全。 一七 両替屋でも大名貸・買置・山事その他に手を出して失敗した者が多い。 一八 し馴れた。「し似せる」ともいう。 一九 町内の。
二〇 家賃。織二ノ二「六分にまはれば大屋敷買ふて、借屋賃取程慥成事はなし」。 二一 町人が資産増殖の一法として、農村の田地屋敷を購入し、不在地主になる傾向はこの頃から著しくなる。 二二 作徳。小作料。↓補四一六。 二三 徳川時代の跡目相続には、単独相続と分割相続との二種あり、後者の場合兄六分弟四分という慣習があった。↓補三六〇。 二四 別に「書置之事」と題する文書を添えた例もあるが、ここは「書置」一枚で別に明細書を添えなかったわけ。↓補四一七。 二五 吝き。

一 変るは世の人心、文惜しさの色遊び

二六 女重宝記、三「はかま着かづき初、五さいの正月たるべし」。幼年期に達した祝儀に行う。 二七 毬打。↓補一七〇。 二八 よこした。親に預けた。 二九 安堵して。 三〇 「世の人に替りて」にかかる。 三一 世間づきあいをすると、祝儀・不祝儀に失費があるから。 三二 数をかぞえて楽しんでいたが。 三三 丁稚上り手代。草履取りは多く六尺の役だが、丁稚に草履取りをさせて供に召連れることもある。 三四 気晴らし。 三五 堂島新地(三五四頁注一五)蜆川沿いの茶屋町。今、大阪市北区堂島上一丁目より三丁目の地。茶屋諸分調方記「同所(堂島新地)しゞめがわ 西ひがし三丁片かわ」。 三六 前巾着に入れた小粒銀。

小額の小遣い銀をいう。色茶屋の集礼↓三六五頁注六。 三七 即座に。 三八 茶屋の嚊(かか)が。 三九 お家の方の事情はともかくとして。 四〇 (手代が)帰ってしまわれました。 四一 とてものことに。どうせ。

出すからは、只帰るは一代のそん」と、分別極《ふんべつきは》めて此《この》男、はじめて[一]分《わけ》ある女の手に、おもしろき物といふ事覚へ、是《これ》より毎《まい》日かよふ程に、[二]出合《であひ》がしらに貧《ひん》なる[三]太皷《たいこ》が付《つき》て、[四]風呂屋者《ふろやもの》をすゝめ、是《これ》もさもしき所ありとて、[五]をし出して[六]十五《かこい》女郎を買初《かいそめ》、又各別《かくべつ》とおもふ時、[七]禿《かぶろ》のもめん布子《ぬのこ》[八]目にしみ、又は[九]ゐりあかの付《つき》たる衣裳《いしやう》も、後には氣《き》の付《つく》折ふし、[一〇]天職《てんしよく》のゆたかなる[一一]道中《だうちう》を見て、又是《これ》に心を移《うつ》し、次第に奢《おごり》つきて、人も名をしる程の買《かい》手になれば、はや天神《てんじん》などまだるくなつて、[一二]太夫職《しよく》になじみて、此《この》道に[一三]しやれるほど、[一四]揚屋《あげ》の下〳〵《したじた》までも、かゆき所へ手の行《ゆく》やうに[一五]ぐはらり〳〵と嬉《うれ》しがらせ、太夫を手[一六]に入《いれ》自慢《じまん》して、外の男を[一七]せきて、金銀の費《つゐへ》をかまはず、[一八]無理《むり》なる口舌《くぜつ》を仕出しても、一度もまくるといふ事なし。「世界廣《せかいひろ》しと申せども、我に[一九]はりあふ買《かい》手あらば、

一 遊女の手にかかって。
二 偶然に。
三 太鼓持。貧相な、はやらぬ太鼓持だから、本色里のことは知らぬ。
四 ↓胸二ノ三。諸国色里案内に「風呂屋ものは五匁・六匁・七匁の内なれば」とあり、茶屋女よりやや高級。島の内・道頓堀辺に多かった。
五 天下晴れて、新町の女郎買に乗り出した。今までは私娼遊び。
六 鹿恋・囲とも記す。もと揚代十五匁であったから、かるたの用語で「かこい」という。太夫・天神に次ぐ階級の女郎。新町では当時揚代十七匁。
七 禿には親方から仕着せの木綿の綿入れを着せる。家によって染色・模様にきまりがある。
八 目について古くさい。↓胸三ノ二。
九 鹿恋級の女郎では、衣装も姉女郎の着古しが多い。遊び馴れてくると色々なことに気がつくようになる。
一〇 天神女郎。太夫に次ぐ。新町では揚代三十匁。
一一 ↓二三四頁注一一。
一二 最上級の女郎。新町では揚代四十六匁。引舟を連れる太夫は外に十七匁。
一三 粋になるほどという意。貝類が風雨にさらされて肉脱するごとく「人の気の物になれて、いさぎよき貌をいふ」(色道大鏡、一)。また「採

二〇おそらくはいせゐくらべ。今日から十万日にても、慥《たしか》に二一請取《うけとる》此《この》大じん。今の世の二二御《おん》の字《じ》の客《きやく》。其《その》子細《さい》は、若《わか》ふて、無事《ぶじ》で、銀《かね》を持《もち》て、親《おや》がなふて、其《その》身利發《りはつ》で、二三しわふなふて、情《なさけ》がふかふて、酒《さけ》のまいで、一年中隙《ねんぢうひま》で、何がひとつふそくなし。揚錢《あげせん》は先銀《さきがね》わたして買《かい》まする。女郎さまは二四斷《ことは》りなしに、毎《まい》日なりとも御出《おいで》なさるゝ。二五御内證《ごないしやう》の御用《よう》は何程にても二六是《これ》の内義《ないぎ》に申付《まうしつけ》ておきまする。外《ほか》の太夫達《たち》は、師走《しはす》の廿四五日比《ごろ》まで二七正月の男のない事をかなしみ、迚《とて》も物にならぬ男のかたへまで、讀《よめ》ば泪《なみだ》のこぼるゝ程の文《ふみ》やられしに、二八そんな事はひとつも二九くにせず、皆《みな》我に打《うち》まかせ、いそがぬ事を、冬《ふゆ》から來年《らいねん》の三〇盆《ぼん》の踊《おどり》ゆかたを染《そめ》させ、三一菊《きく》の節句《せつく》の袷《あはせ》のもやうまで三二御申付《まうしつけ》なさるゝを、御好《おこの》みの通《とを》り京都《きやうと》へ申《まうし》つかはしける。是《これ》程たしかなる客《きやく》には、三三眠《ねぶ》たくと目を明《あい》て、別《わか》れ惜《おし》

まれる」ともいう。
一四 揚屋の遣手・上（みか）する男・六尺・下女にいたるまで。
一五 金銀をばらまく擬音。
一六 色道大鏡、一「手に入る 思ひのまゝに女郎をしこみ切たる貌也」。「こなす」「まわす」ともいう。権威ある太夫を自由に廻してみせるのが大臣の全盛。
一七 堰きて。ここは幾日も太夫を揚げ詰にして、他の客に逢わせぬようにすること。
一八 わざと無理なことをいいかけて、太夫と口舌する。
一九 意地を張って競争すること。
二〇 口はばったい言い分だが、威勢比べをするならば。
二一 責任を以て太夫を揚げ詰にするこの大臣さまだ。
二二 上に御の字をつけて呼ぶという意で、大切な、有難いお客の意。
二三 吝うなうて。
二四 大臣に一々届けずとも、毎日揚屋行をする。
二五 太夫の内々の入用金の御用は。
二六 この揚屋の。
二七 正月買（一一二頁注一九）を引受けてくれる客。十二月十三日の事初めまでに決まらなければ困る。
二八 正月買を指す。
二九 苦にせず。物の数ともせず。
三〇 新町の年中行事で女郎・役者まじりに盆踊りがある。
三一 重陽の節句には、太夫・天神それぞれ揚屋の座敷にあらゆる小袖を飾るのが晴れ。
三二 太夫の御注文通り。
三三 眠たくとも。

一揚屋の嬶。二酒を吟味して、よい酒を飲ませてもらう罰は当らぬだろう。三寒の内に脂のぬけたうるめの焼物を出すとは何事。四初物。物の季節に先立っていち早く市場に出た食品をいう。五お定りの料理をあてがわれる並の客。「杓子であてがう」とは粗末に扱う意。六自己破産。↓補一一八。七紋日を自分が勤めてやろうというのを。紋日は物日とも。五節供・祭礼などの日を指定した廓の売日。八揚屋。九同列に扱うのは困る。一〇↓五九頁注一七。一一後味の悪いものだ。一二腕に縒(よ)りをかけて、おれから銀を捲上げてみよ。一三自称の代名詞。一四諺。一五銀の減るのは。一六百文つなぎの銭緡一本の銭も残らぬ。一七↓二一九頁注二。通り筋の裏町は「長町裏」とて、傘・桐油合羽・判じ物の団扇などを製造する小職人の住家。一八花火線香。一九貧しい暮しをいう。線香↓煙細く。二〇賃仕事で綿繰りをさせ。大阪の近郊の平野郷は河内平野の綿の集散地。二一ろくでもない所。色町など。二二給金の前払い。取替金の名目にしておくと、万一の場合本公事として抱主の方が法律的に有利。二三↓三八頁注一七。新町では三匁取以下五分取までであった。二四新町の夜間営業は、寛文六年十二月の失火以後法度になっていたが、延宝四年以降、毎年三月から十月までの間許可せられた。その夜見世の期間も過ぎた十一月頃といえば、もちろん昼見世である。二五新町廓最南端の局町。二六五分取の端女郎。五分蔵とも。新町で最下級の女郎。二七虎之介という端女郎の局に通うての意。二八「移り」は「映り」の意。火あかり。五分取の局では行灯をともさぬ。夜見世が過ぎると、火鉢の炭火で見世を張ってい

長者の二代目今長町住居、女郎買の果て

む良《かほ》をなされたがよし。かゝ[一]も酒[二]の吟味《ぎんみ》して、のまされてとがにはならぬ事。亭主《ていしゆ》もすこしは氣《き》をつけて、寒《かん》[三]のうちに鰭《うるめ》の燒《やき》物、是《(これ)》は八九月の比《(ころ)》[四]はしりを喰《くふ》て、世にふるし。[五]しやくしであてがはるゝ客《きやく》とは違《ちが》ふべし。追付《おっ(つけ)》分散《ぶんさん》[六]と見えすきたる人の紋日《もんび》[七]に出ようといふを、宿屋[八]御無用《むよう》と留《とめ》て、酒・吸《すい》物を喰《くは》れぞんにして帰し給ふ人と、同じ[九]口には迷惑《めいわく》なり。又女郎も、家質《かじち》置《(おき)》[一〇]て借《かっ》たる銀《かね》で節《せつ》季《き》拂《ばら》ひを仕《し》てもらひ給ふも、心の[一一]ようはない事。随分《ずいぶん》[一二]たらして取《(とり)》給へ、誰《たれ》におそれず、此《(この)》里の銀《ぎん》を千貫目にても我《(わが)》宿で拂《はら》ふ大じんは、我等[一三]が外《(ほか)》には御座るまい」と、おもふまゝなる事いふにも、銀《(かね)》[一四]がかたきの世わたり、皆御尤《みな(ご)もっとも》にしてうけたまはりしに、此《(この)》道に奢《おご》れば[一五]はかのゆく物かな、十四五年見およぶうちに、いかな〳〵百錢《ぜに》[一六]も殘らず、是《(これ)》程までは、ようも〳〵つかひ捨《すて》ける。

むかしは人を笑《わら》ひしが、今身の上《うへ》は長町《なが(まち)》[一七]にかげかくし、花火[一八]せんかうして、朝夕《てうせき》[一九]の煙《けぶり》ほそく、ひとりの母《はゝ》に手なれぬ賃綿《ちんわた》[二〇]をくらし、妹《いもと》は[二一]わけもなき所へ奉《ほう》公《こう》に出し、取替銀《(とり)かへぎん》[二二]をうれしく、しのび〳〵に[二三]はし女郎ぐるひして、夜見せ[二四]過《(すぎ)》て霜月の比《(ころ)》、[二五]よし原町の五分《(ふん)》[二六]女に虎《とら》[二七]之介といふつぼねに、火鉢《ばち》移《うつ》[二八]りに人の見しるもかまはず、「我[二九]もむかしは、日に[三〇]一筋《(ひと)すぢ》づゝ下帯《おび》かきかへたる男、今古妻《こつま》[三一]もめんもはづかしからず。人はしれぬものよ、あなづり給ふな」とたはぶれける。

三二ひとつの心から、女郎買《かい》のなれの果《はて》、此《(この)》男ばかりにはかぎらず。

四　何にても知恵《ちゑ》の振賣《ふりうり》

大海《だいかい》の底《そこ》に尾閭《びりよ》三三といふ穴《あな》あり。諸川《しよが》の水日〻夜〻に入れども、彼穴《かのあな》のうちにて失《しつ》するがゆへに、増《ます》事さらになし。人間《にんげん》にひとつの口あり、此《(この)》尾閭《びりよ》のごとし。一生《しやう》のうち、朝夕喰物《てうせきしよくもつ》三四かぎりもなし。身過《すぎ》三五は八《(や)》百八品《しな》、それ〴〵にそなはりし家職《かしよく》に油斷《ゆだん》する事なかれ。今時は、正直《じき》をもつて其《(その)》三六身の骨《ほね》をくだけば、天《てん》理《り》に叶《かな》ひ、それ〴〵の渡世《とせい》いたさぬといふ事なし。惣《そう》じて諸國《しよこく》の城下《じやうか》、又は入《(いり)》舟《ふね》の湊《みなと》などは、人三七の足《あし》手かげにて、さま〴〵すぎわひの種《たね》もあるぞかし。

されば山城《やましろ》の伏見《ふしみ》の里は、七三八八十年も見およびしに、通《とを》三九り筋《すぢ》の脇《わき》〳〵はむかしはんじやうの時の町並《なみ》殘りて、次第〳〵に物の淋《さび》しくなりて、何商賣《しやうばい》するともしれず、年月《ねんげつ》をおくるもの其数《(その)かず》しれず。是《(これ)》をおもふに、千軒《せんげん》四〇あれば友過《ともすぎ》ぞかし。近年《きんねん》は人の心さかしうなつて、大かたのはたらきにては、中〳〵身過《(みすぎ)》に成《(なり)》難《がた》し。すぎし年の師走《しはす》に、竈《かまど》四一の上塗《うはぬり》を仕《し》にまはるを、手四二まはしのよき事と思ひしに、又ことしの暮《くれ》には、達者《たつしや》四三なる男が釜《かま》みがきにありきける。大釜《がま》四四五文、

る。二九 古今集、一七「今こそあれ我も昔は男山さかゆく時もありこしものを」。三〇 毎日女郎買をしたこともあるという意。遊里は男を磨く場所だから、褌にも気をつけて毎日しかえる。三一 勝間木綿。摂津西成郡勝間(こつ)村産の木綿織。褌によく用いる。全盛の大臣時代は緋縮緬の褌だったのだが。三二 我が心からとはいえ。

正直は天理に叶う。口は身について廻る

三三 荘子、秋水「今爾出㆓崖涘㆒、観㆓於大海㆒、乃知㆓爾醜㆒、爾将㆑可㆔与語㆓大理㆒矣、天下之水、莫㆑大㆓於海㆒、万川帰㆑之、不㆑知㆓何時止㆒、而不㆑盈、尾閭泄㆑之、不㆑知㆓何時已㆒、而不㆑虚」。尾閭は碧海の東にあって、海水を泄らす処という。三四 食物。三五 諺。「すぎわひは草の種」とも。三六 身を粉にして働くこと。禅林類纂「粉骨砕身、難㆑報㆓此徳㆒」。三七 人の往来。「人の足手影」にて一語。三八 伏見は元和元年七月伏見城番を廃し、ついで伏見城を毀つにいたって衰微することになった。元禄元年本書執筆当時から逆算すれば、七十四年以前のこと。三九 大通りから横へ入った町々。↓

千軒あれば友過ぎ、伏見の新商売往来

補四一八。四〇 諺。家数千軒もあれば何か商売もあって共存出来るという意。↓補四一九。四一 日次紀事、六月「此月民間改㆓塗竈土㆒、故巧者担㆑土巡㆓市中㆒」(松)とあるが、陰暦十二月八日を竈塗日と称して、この日竈の塗替え・修繕を行い、月末に竈神を祀る(改造社、俳諧歳時記、冬)。四二 機を見るに敏なる意。四三 頑丈な男。四四 餅搗きの時に湯を沸かして蒸籠(せいろう)をかけたり、味噌・醤油を作る時などに用いる。

其外《(そのほか)》は大小によらず弐文づゝ也《(なり)》。又餅米《もちごめ》あらひ賃《ちん》、壱斗弐文にて埒《らち》の明《あく》事、手《て》前《まへ》に人をもたぬ者《もの》は勝手《かつて》よし。また表具屋《ひやうぐ》の隙《ひま》なる細工人《さいく(にん)》と見えて、定木《ぢやうぎ》・竹べら・はけ・糊《のり》迄を持《もち》て、お座敷《ざしき》の腰張《こしばり》一間《けん》を壱文、[一]あかり障子《しやうじ》一枚二文、何《(なに)》[二]行灯《あんどう》にても壱文にて、さうぢまでいたしける。[三]年徳棚《としどくだな》を買《かい》ければ、釣木《つり》・釘《くぎ》まで持《もち》きたりて、え方《ゑほう》をあらため、釣《つり》て歸りぬ。何にても自由《じゆう》なる世時《(よどき)》[四]になりける。是等《(これ)ら》は世帯《せたい》の事にて、[五]中《ちう》より下《した》の人のためにもなりぬ。又五十ばかりの男、隠居《いんきよ》がた風呂敷《ふろしき》をかたにかけて、「[六]猫《ねこ》の蚤《のみ》を取《(とり)》ましよ」と聲立《こゑ(たて)》てまはりける。一疋《びき》三文づゝの、[七]手白三毛《てじみけ》をかはゆがらるゝ人、「取れ」とて頼《たの》まれけるに、極《きは》めに[八]名誉《めいよ》に取《(とり)》ける。先猫《まづねこ》に湯《ゆ》をかけて洗《あら》ひ、ぬれ身を其《(その)》まゝ、狼《おふかみ》の皮《かわ》につゝみてしばし抱《だ》きけるうちに、蚤《のみ》どもぬれたる所をうたてがり[九]、皆おふかみの皮《かわ》に移《うつ》りけるを、大道《だいだう》へふるひ捨《すて》ける。是《(これ)》程の事にも、そも〳〵[一〇]何としてか分《ふん》別仕《べつし》出し、身過《(みすぎ)》の種《たね》とはなりぬ。

新商売万ず談合屋も
銀の談合は埒明かず

今程諸人《しよにん》かしこく、物言《いは》ずして合点《がてん》する世の中に、[一一]年がまへなる男、子細《しさい》らしく小脇指《こわきざし》に大巾着《(おほ)ぎんちやく》さげて、[一二]皮立付《かわ(たちつけ)》を着《き》て、「何にはよらず、世間《せけん》に合点《がてん》のゆかぬ事あらば、問《とふ》て見給へ。随分《ずいぶん》人の[一三]身上《(しんしやう)》にむつかしき事の、[一四]談合相手《だんかうあいて》に成《(なる)》べし」と口[一五]廣《ひろ》くいひまはりぬ。心有人《(ある)》は耳《みゝ》にも聞《きゝ》いれず、大かたの人は肝《きも》つぶし

一 紙障子。
二 行灯にもいろいろ形の変ったものがあり、大小の寸法も異なる。路地行灯・聖(ひじり)行灯・丸行灯・遠州行灯・角行灯・たそや行灯など。
三 ↓二一二頁注二四。
四 時世(よとき)の誤りか。
五 中流以下の生活の人。
六 骨董集、上「舞あふぎ(元禄十七年板)の序に云、大阪の西鶴が咄に、ちひさき風呂敷づゝみをせなかにかけて、猫の蚤とろ〳〵といひて口過する者ありと語られし云々と見えたれば、此事おこなはれず、わづかにしてやみたるならん」。
七 手先の毛の白い三毛猫をいうか。↓補四二〇。
八 奇妙によく取った。
九 いやがって。
一〇 どうして考えついたのか知らぬが、よい工夫を思いついて。
一一 年配の男。
一二 革製の裁着(たちつけ)袴。鹿革などを裁って腰にあて、膝下を紐でくくるようになっている。山仕事・旅行用に用いる。
一三 人の身の上。
一四 相談相手。
一五 口はばったく、広言して廻る。

一六 虎落→二三八頁注四。図太さ・押しの強さに呆れて、もがりの神様の子かと疑った。
一七 木津川口をいう。木津川が難波島にて二つに分れて一つは三軒屋川となり、難波島南端にて再び合流して海に注ぐ地点。安治川口附近とともにはぜ釣りの名所。三軒屋島・難波島には廻船業者があったので、川遊びかたがた、はぜ釣りに興ずるのが大阪の名物になっていた。
一八 暴飲暴食することを、あばれ飲み・あばれ食いという。好色三代男、二ノ二「いでや手蕎麦のあばれ、大のみ、早ぐい勝手しらず」。
一九 川御座船にて、はぜ釣りながら遊興のさま。
二〇 徒然草、五三段、足鼎をかぶって踊った法師が、鼎が抜けなくて困った話。
二一 困りはてて。
二二 上文「随分人の身上にむつかしき事の、談合相手に成べし」と触れ廻った智恵者。
二三 力を加減しながら、上下にゆすること。
二四 わけもなく抜いてしまった。

て、いかなる[一六]虎落《もがり》大明神のおとし子にてもあらんと、つら〱皃《かほ》を詠《なが》めける。すぎにし秋の比《(ころ)》、[一七]三軒《げん》屋川口へ砂魚《はぜ》釣舟《つり(ぶね)》に出《(いで)》し人、酒に乱《みだ》れて後、釣《つり》たるはぜを丸焼《やき》にして、数喰《かずくふ》事を手がらに、おの〱[一八]あばれける中にも、此《(この)》砂魚《はぜ》殊更一疋《びき》一口《(ひとくち)》にせし人、俄《にはか》に咽《のど》をくるしめける。是《(これ)》はいかにと見るに、此砂魚の腹《はら》に、二寸ばかりの糸付《いと(つき)》て釣針《つりばり》あるを咽《のど》に立《(たて)》、さま〲してもぬける事なく、此《(この)》難義《なんぎ》すべきやうなく、[一九]船中《せんちう》、鼓《つゞみ》・三味線《しやみせん》も鳴《なり》をやめて、[二〇]つれ〲に書《(かき)》残せし法師《ほうし》のあしかなへのごとく[二一]迷惑《めいわく》して、命もあぶなく宿《やど》に帰り、醫師《いし》に見せてもはかどらず、とやかく内談《ないだん》する折ふし、[二二]彼工夫者《かのくふうしや》の通《とを》りける程に、此《(この)》事をかたりければ、「是《(これ)》は即座《そくざ》にぬく事ぞ」と、こまかなる珠数《じゆず》の玉をときて、かの糸《いと》へひとつ〲通《とを》しかけて、其《(その)》後糸《いと》をしめて、しづかに[二三]しやくりける程に、[二四]何の

子細《しさい》もなくぬきける。[一]いづれも、此《(この)》才覚《さいかく》[二]をかんじける。其《(その)》座《ざ》に[三]物云《(もの)いひ》堪忍《かんにん》せぬ男の有《(あり)》けるが、「[四]我等もすこし[五]御無心《むしん》有《(あり)》。近年《きんねん》商賣《しやうばい》[六]ひだりまへにて、[七]立所《(たちどころ)》居所《ゐどころ》にてそん銀かさなり、此様子《(この)やうす》、大かた世間《せけん》にも見および聞傳《(きき)つた》へて、万事[八]賣掛《うりがけ》せねば、次第に手づまり、此《(この)》[九]行先《(ゆく)さき》の節季《せつき》、何と分別《ふんべつ》いたしても、さし引算用《さんよう》して、弐拾貫目余《よ》もたらぬに極《きは》まりける。爰《(ここ)》の談合相手《だんかうあいて》に頼《たの》みたき」といへば、「女房衆《にようぼうしゆ》の親《おや》もと分限《ぶげん》か、又は[一〇]銀持《かねもち》の出家《しゆつけ》に弟《おとゝ》はないか」といふ。「それはもちませぬ」といへば、「此《(この)》談合《だんかう》は埒《らち》が明《あか》ぬ」と申《(まうし)》て、帰りける。

一　どの人もみな。
二　棕梨一雪の新著聞集(元禄十六年成)、一五に「ある童子、あやまって釣針咽に入てぬけざりし。次第次第に腫れける処に、ある人来り、筆の軸をこまかに割、口に入れ、糸をまき本をしめて抜ければ、そのまま抜けて命助かりぬ」。咽にものが詰まった場合の手当は、諸書に記載がある。
三　いわゆる一言居士。皮肉屋。
四　私も。
五　お願い。
六　物事順調ならぬこと。↓一〇三頁注三八。
七　する事なす事、何かにつけて。
八　掛売に同じ。掛取引にしてくれないから、すべて現金取引で。
九　目の前に迫っている。↓一九九頁注三一。
一〇　弟に裕福な出家はないかという意。

繪入

西鶴織留

四

世の人こゝろ

西鶴織留世の人心

目録　四

一本文によると、問題の鼻は家主の内儀の鼻。

二我心からの意。誰のせいでもなく、自分の心がけの悪い故に。

三はやらぬ医者を嘲っていう。↓六五頁注三四。

四世間に同じ。それが世間の人情というもの。

五「鯰」は鱠の草体の誤り。

六長崎人の根性。

二 家主殿《いへぬし》の鼻《はな》ばしら

商人《あきんど》・職人《しよくにん》によらず、住《すみ》なれたる所を替《かゆ》る事なかれ。「石《いし》[一]の上にも三年」と俗言《ぞくと》に傳《つた》へし。世帯道具《せたいどうぐ》の鍋釜《なべかま》、ぬくもりもさめぬに、又宿替《やどがへ》の荷物《にもつ》程、見ぐるしき事なし。惣《そう》じて類《るい》[二]をもつて集《あつま》り、商賣《しやうばい》見せも、二条通《でうどを》[三]りに鮫《さめ》[四]・木藥《きぐすり》・書物屋《もつ》ありと、諸國《しよこく》の人も見およぴ、烏丸《からすま》[五]に烏帽子《ゑぼし》折《をり》は年ふりたる事にて、伊勢《いせ》[六]神樂《かぐら》のくわんじん祢宜《ねぎ》・鹿嶋《かしま》[七]のことふれ、あたまにゐぼし被《かつく》ほどの者《もの》はしらぬといふ事なく、[八]ありきやうがり・舞《まひ》[九]までも、入用《いりよう》の時は爰《ここ》に行《ゆき》て、是《これ》をとゝのへければ、聲《こゑ》[一〇]なうて人をよびよせ、居《ゐ》ながら渡世《とせい》の種《たね》とぞ成《なり》ける。

下京《しもぎやう》七条通りに小家《いへ》をかりて、春夏は女房《にようぼう》に扇子《あふぎ》を折《おら》せ、秋のすゑより冬中《ふゆぢう》は、[一一]男、[一二]手もみの紙子《かみこ》をこしらへ商《あきな》ひけるに、[一三]六条まいりの道者《だうじや》、國《くに》みやげに買調《かいとゝの》へ、手前次第に栄《さか》へ、すこしの質《もとで》[一四]を仕出しける時、隣《となり》あたりの茶呑物《ちやのみ》がたりに、「「家主《いへぬし》の内義の鼻《はな》は人に[一五]すぐれて、[一六]阿太子《あたご》山の天狗《てんぐ》の媒鳥《おとり》に見立《たて》た」と、扇子《あふぎ》やのかゝが笑《わら》われける」と、[一七]其《その》座《ざ》より追従《ついしやう》につげ口する人あつて、[一八]屋ぬしの内義わめき出し、「親《おや》の産付《うみつけ》て置《おか》[一九]しやつた鼻《はな》なれば、おれがまゝにはならぬ。

石の上にも三年、声のうて人を呼ぶ

女の口の過ぎるは困りもの、九度の宿替

一 諺。「石の上にも三年居ればあたたまる」という。俗言は俗語の誤り。二 諺。ここは同業の商人・職人が同じ地域に集中居住することをいう。三都ならびに諸国の城下町に多く見られる現象。三 二条通には鮫屋・鮫問屋・薬種屋・書物屋が多かった。四 鮫皮は刀剣の柄に使用された。生薬(きぐすり)はまだ調合しない原料のままの薬をいう。五 室町通三条下ル町を烏帽子屋町と称したが、下立売上ル高田出雲・同一条上ル牧田和泉の装束師も、冠烏帽子を扱ったのであろう。六 代神楽という。大神宮奉納と称して、家々で神楽を奏して米銭を乞うて歩く。七 鹿島の言触。常陸国鹿島明神のお告げと称してその年の吉凶を触れて歩いた。以上いずれも烏帽子・狩衣の禰宜の装束をしている。八 万歳をいう。その歌に「徳若に御万歳と、御代も栄へまします、ありきやう(愛敬の訛)あるあら玉や」というに因む。九 ここは辻興行の幸若舞。以上いずれも烏帽子・素襖姿。一〇 諺「声なくて人を呼ぶ」。一一 亭主が。一二 「手もみ」は機械揉み(砧で打ちやわらげる)に対する手揉みで、製造の丹念なることを表示する意味もある。一三 本願寺の団体参拝客。東西両本願寺とも下京六条にある。一四 元手。資本。一五 人並以上に高くて。一六 愛宕山の守護神の大天狗を太郎坊と称し、その部下八天狗と共に祀る。当時見世物などに、天狗を捕獲するに用いた囮と称して、眼を縫うて盲にした大梟があった。↓補四二一。一七 その場からすぐにの意。一八 家主に同じ。一九 置かれた。「しやる」は「せらる」から転訛した敬語の助動詞。

[一]借《かし》屋中のかゝさま達《たち》にまかせます程に、何とぞいたまぬやうに、皃《(かほ)》のとりあひ[二]よく頼《たのみ》ます。わたくしの鼻柱《はなばしら》を、遊女《ゆうぢょ》のごとく賣物《うり》にはいたさず、[三]一代養《やしの》ふて置《(おく)》男さへ堪忍《かんにん》して、十九年添《そふ》てゐますれば、外に別《べつ》の事はないとおもふたに、どうした事に、皆さまの御やつかいにはなりますぞ。菟角《とかく》けふのうちに、よい程に」とね[四]だられけるに、いづれも是《(これ)》に[五]めいわくして、「一日もお家《いへ》[六]のはしに居《ゐ》ますからは、[七]お主同前《しうどうぜん》。[八]お口が廣《ひろ》い、といふも[九]舌長《したなが》な事。お足《あし》のひらたいも、お着物《きる(もの)》を長《なが》ふめせば誰《たれ》見付《(つく)》る事はなきに、[一〇]日比《(ひごろ)》口がすぎて〳〵」と、皆扇屋のかゝに[一一]ゆづりければ、いよ〳〵内義は腹立《ふくりう》して、「是《(これ)》あふぎや殿、我等が鼻《はな》が高《たか》いによつて、[一二]こなたのさげおだれへかまひまして、出入《(でいり)》に難儀《なんぎ》をしまする程に、家《いへ》を早〻明《さう〳〵あけ》てくだされ」といふ。女房《にょぼう》[一三]けら〳〵笑《わら》ひして、「是《(これ)》お内儀、京は廣《ひろ》ふ御座《ざ》る。家賃《やちん》さへ月〳〵に濟《すま》しますれば、雨ももらず、[一四]鼻《はな》もたいていの所へ宿替《やどかへ》ます」といふ。「是《(これ)》[一五]おかた、むかしも鼻《はな》の高《たか》い人に、[一六]末摘《すゑつむ》といふての后《きさき》さまがあつた。そなたがいやしい人で、[一七]『源氏《げんじ》物語《がたり》』を見[一八]やらぬによつて、物の合点《がてん》がゆかぬ」といふ。「わたくしも[一九]内裏《だいり》様の娘《むすめ》に生《うま》れましたれば、[二〇]御所《ごしょ》車《ぐるま》にも乗《(のり)》ます」といふ。「是《(これ)》、[二一]輿《こし》・車《くるま》にのりつけぬ者《もの》は腰《こし》がおれます程に、そなたは桶《おけ》屋の娘《むすめ》なれば、[二二]親仁《おやぢ》殿の手細工《ざいく》の棺桶《くはんおけ》にのりやれ」といふ。「いや、あ[二三]

一「借」字はカス・カルの両義に通用。以下、自己所有の長屋の借屋人たるかみさん連に対する皮肉。二 配合。つりあい。三 夫を指す。一生の間妻として扶養してくれる夫さえの意。四 無理なことを求めて、いいつのられたので。五 困りはてて。六 借屋をさせて貰っている以上は。七 家主は我々の主人も同様。借屋人は制度上独立した一個の人格として認められていなかったので、就職・営業・金銀貸借その他公式の手続の場合、家主の身許保証を要したので、自然両者の関係は主・親の如きものがあった。八 家主の内儀は、鼻が高いだけでなく、口も大きく、足は扁平足だったのである。弁解をしながら、つい平生の陰口をさらけ出してしまったところ。九 無礼また生意気な物いいをすること。一〇 扇屋のかかは。一一 罪をなすりつけたので。一二 尾垂。庇。「庇、関西にてをだれといふ」(物類称呼)。お前さんとこの庇につかえまして。一三「けら」は清んで訓む。無遠慮に、声高に笑うこと。一四 家主の内儀の鼻も世間並の所へ、ということは、あまり威張りちらさぬ家主の所へという皮肉。一五 御方。人の妻をいう。一六 光源氏をめぐる女性の一人、末摘花。源氏物語では、鼻長く高く、しかも先は赤くて曲って居り、面長・出額・胴長という不美人の標本として滑稽に扱っているが、その末摘花を引合いに出したのは、家主の内儀の聞嚙りを暴露したところ。「というての」は、とかおっしゃる有名なという意。但し末摘花は貴族の娘であるが「后」ではない。公卿の女性なら誰でも「后」で片付けたところが滑稽。一七 源氏・伊勢・大和などの物語草子を読むということが、当時の女性の身分と教養あることの表示。一八「やる」は敬譲の助動詞。一九 お姫さま。内裏は皇居の囲内の総称。その囲内に摂家・清華の公卿の屋敷があったから、公卿をも内裏様といった。二〇 牛車(ぎっしゃ)の俗称。御所方の乗用車の意。その内糸毛車が主として女性の乗用車。二一 輿や車の意。二二 棺桶を造る専門の職人は龕師(がんし)というが、普通の桶屋・樽屋でも棺桶を造って売った。二三 お前さん。「あり」は「われ」の訛で、下賤の者の用語。二四 調べてくれと、いつ誰がいったか。よけいなことだ。二五 出雲杵築大社(島根県簸川郡大社町)の神主は国造(こくぞう)と称し、国司出雲氏の子孫という。中世以後千家と北島の二家に分れて社務を執る。二六 広い日本国中の男女の縁組でさえ。二七 それ相応にとり結ばれるのに。二八 愛宕山一の鳥居附近にあった、愛宕参りの道者相手の宿屋。人留女に島原の遊女崩れも抱えていた(置土産、一ノ一)。↓補四二二。二九 男たらしの女。三〇 家持↓五四頁注一。三一 生写し。三二 不満を申立てる、抗議する。転じて喧嘩すること。三三 家を出て行けがしの行為である。三四 扇屋の亭主。三五「侘」は詫の誤り。詫言しようの意。亭主の方が気が弱い。三六 夫の言葉に背き逆うとあっては。三七 儒教に七去・三不去ということがあるが、当時の掟でもこれを取入れ、夫に不服従の妻は離縁することを認めていた。その場合妻の持参金・嫁入道具を返還する義務はなかった。三八 下文に「姉の銀盗人目」とあるから、姉の遺産分配に関して、夫が不正な処置をして利益をはかったものと思われる。三九 顛末。四〇 吹聴して。四一 手をついてあやまって。四二 宿替えすればすむ家の問題の方を重く考えて、大切な妻を見捨て離縁するということがあろうか、そんなことは絶対にないという意。四三 家主の女房。四四 もったいぶった態度。横柄なさま。

りさまに、人の先祖《せんぞ》[二四]あらためてくだされいといふか。こなたも、[二五]出雲《いづも》の神主《かんぬし》の頭《かしら》のひとり子といはしやるが、何として、貧《ひん》な所へ縁《えん》はむすばしやつた。[二六]日本《にっぽん》國《ごく》の事さへ[二七]相應《さうおう》に取合《(とりあひ)》給ふに、神も意知《いち》のわるい事じや。世間《せけん》にはようにたものが御座《ざ》る。此前《(この)まへ》[二八]嵯峨《さが》の筆《ふで》屋といふ旅籠《はたご》屋に、天狗《てんぐ》のこまんといふ[二九]人たらし女があつたが、どこやらの[三〇]家持《いへもち》のお内義に[三一]生移《いきうつ》しと、見しらぬものはないが、今は京のどこにか御座《ざ》るぞ」と、同じ事ばかりいへば、内義上氣《じやうき》して、「此方《(こなた)》の家さへあけてくださるれば、[三二]云分《いひぶん》する事も御座《ざ》らぬ」と、[三三]裏《うら》の戸《と》はづしてかへられける。[三四]扇屋の男迷惑《めいわく》して、「をのれが口ゆへ、住《すみ》なれたる所を立《(たち)》のく事、身体《しんだい》の没落《ぼつらく》なり。爰《(ここ)》は家主《いへぬし》殿へ[三五]侘言《わびごと》しよ」といへば、女は氣色《きしよく》かへて、「思ひもよらぬ事」といふ。「[三六]男のこと葉《ば》をもどくからは、暇《いとま》をとらす程に[三七]裸《はだか》で出てゆけ」といふ。「いかにも出てゆくべし。我追《おひ》出さるゝからは、そなたの[三八]姉御《あねご》の頓死《とんし》なされた時の[三九]首尾《しゆび》を世間《せけん》へ[四〇]沙汰《さた》して、おいとま申《(まうす)》」と、身ごしらへすれば、男[四一]手をさげて、「[四二]我《(わが)》女房《にようぼう》と宿替《やどかへ》る程の事がおもひかへらるゝ物か。[四三]内ゝ《(ないない)》大《(おほ》屋《や)》の女の[四四]勿躰《もつたい》に見あいた。此次手《(この)ついで》に爰《こゝ》を替《かへ》ん」と、[四五]五条通醒井《さめが(ゐ)》町へ屋《(や)》どを替《かへ》しに、南《みなみ》どなりの女房[四六]年月乱氣《らんき》して、[四七]時ならず刃《は》物ぬきて、近所《きんじよ》かけまはるにおどろき、爰《(ここ)》をも又かへて、[四八]六角堂《かくだう》の前《まへ》に住《すみ》けるに、此《(この)》家、むかしから[四九]逆《さか》ばしらのわざといひて、夜《よる》〳〵[一]虹梁《かうりやう》の崩《くづ》るゝごとく寝耳《ねみゝ》にひゞきて、魂《たまし》ゐをうしなひければ、爰《(ここ)》にも又居《ゐ》かねて、[二]千本通《どを》りに越《こし》て、物閑成《しづか(なる)》所とよろこびしに、西風のたび〳〵に[三]野墓《のばか》のけぶりかよひ、夫婦《ふう》ともに[四]嫌《きら》ふむしあつてわづらひ出せば、此所《(このところ)》にも住憂《すみうく》、また[五]新町の上《かみ》へ引越《こし》けるに、家新《あたら》しく、然《しか》も一軒《けん》屋にて、北どなりは[六]椀《わん》屋の御隠居《いんきよ》とて、[七]表《おもて》は格子《かうし》作りにして物に[八]かまひ給はず、南のかたは、酒屋・糀《かうじ》屋・[九]歴《れき》〳〵の御かた。「今といふ今、おもふまゝなる所へまいつた」と、[一〇]心いわゐせしに、其《(その)》夜から御隠居《いんきよ》に[一一]専修《せんじゆ》派《は》の長念佛《ながねんぶつ》申出《(まうしだ)》され、明《あけ》がたまで枕《まくら》にひゞき、物いふ事も聞《きこ》えず。又かうじ屋から蟬《せみ》の大きさしたる油《あぶら》虫《むし》ども数《す》千疋《せんびき》わたりきて、[一二]五器箱《ごきばこ》を[一三]かぶり、[一四]茶《ちや》の水に飛入《とび(いり)》、衣類《いるい》を喰割《くひさき》、米だはらに穴《あな》をあけ、屏風《びやうぶ》・扇《あふぎ》をばら〳〵になし、[一五]肴《さかな》かけを荒《あら》し、將油《しやうゆ》の徳《とく》

四五 醍ヶ井通五条下ル町を醍ヶ井町という。名水醍ヶ井があった。 四六 長年の精神錯乱症で。 四七 時ともなしに、不意に。 四八 誓願寺通烏丸東入ル頂法寺の門前町、堂ノ前町という。頂法寺の本堂は六角宝形造りで、俗に六角堂と称する。室町六角下ルにも扇屋があった。 四九 柱材の本末を逆にして建てた家は、家鳴りして災厄が起るという。↓補四二三。

一 柱の頭部と頭部とを連結するやや上方に反った梁(はり)。

二 京都の最西端の南北の筋。場末の町。

三 三条通の西端、御土居の外にあった最勝川原火葬場。鳥部山にあった火葬場も転々して同所に移された(雍州府志)。

四 人体に九つの虫あって各々病害をなすという。

五 新町通の四条以北を指す。

六 新町通の二条より下に椀屋が多かった。万買物調方記に「京ニテ塗師屋…新町通二条より下三丁此所ニ多有」とあり、そこを当時は塗師屋(ぬしやし)町と称した。 七 所謂しもたやの表構え。

八 近隣との交際もあまりしないさま。

九 世間に知られた旧家の人々ばかり。歴々↓四六頁注八。

一〇 ひとりで目出度がっていたところが。或は内輪だけで引越し祝いをしたとも解せられる。

一一 真宗十派の一。親鸞の弟子真仏を派祖とし、伊勢一身田(いしんでん)にある専修寺を本山とする。高田派ともいい、「長念仏」は長日不断念仏と

もいい、長期にわたって念仏常精進すること。

一二 椀箱。五器、正しくは御器、塗物の食器の総称。

一三 かじる。油虫の老大なものを「ごきかぶり」ともいう。和漢三才図会、五三「五器嚙 是油虫

利《り》にはいり、塩籠《しほかご》にむさ[一六]き事どもして、人のしらぬ世の費《つゐへ》也《(なり)》。古人《こじん》も是《(これ)》をしらば、「家[一七]に油《あぶら》むし國に酒の酔《ゑい》」と書《(かく)》べし。さても〳〵一《(ひと)》夏《なつ》を暮《くら》しかね、爰《(ここ)》も程なく立《(たち)》のきし。

一《(ふた)》とせにもたらぬうちに、九《(ここ)》の所住替《すみかへ》、すこしためたる金銀残りすくなく、其後は、松原通り新《にい》[一八]玉津嶋《つしま》のやしろ立《(たた)》せ給ふほとりに、女房《にょぼう》[一九]のために腹《はら》がはりの弟《おとゝ》が住《すみ》けるが、此《(この)》ものがさし圖《づ》にまかせ、其《(その)》町へ替《かへ》ける。[二〇]此《(この)》家鬼門角《きもんかど》なる事を氣《き》にかけ、「殊更《ことさら》當年の金神《こんじん》[二一]にあたる」といへば、「此《(この)》末世《まつせ》に何[二二]の方《はう》だゝり。[二三]こつちへまかせ給へ」と無理《むり》に移《うつ》らせしに、萬《よろづ》心にまかさず、日夜におとろへ、身上《しんしやう》は紙子《かみこ》[二四]四十八まいばら〳〵となつて、それからは面《めん》[二五]〳〵かせぎ、男は奥州《おうしう》の白石《しらいし》[二六]といふ所へ、紙子《かみこ》屋が下人《(げにん)》と成《(なり)》、女は扇《あふぎ》折る事を身過《(みすぎ)》のたねとして、平戸《ひらど》[二七]の嶋《しま》國へつれ[二八]ゆきける。東西《とうざい》へ[二九]いきわか

之老者而不二甚多一、但造麹室(こうじむろ)中多有レ之、大一二寸、気色共似二油虫一而能飛、毎在二庖厨一竄二干飯器中一、夜則出掠二燈火一、竊二食飯粥一、嚙二損飯器一、故名」。

一四 茶は特に水を吟味する。油虫が入っては悪臭が移ってたまらぬ。

一五 正月魚鳥類を貯蔵するために、台所の竈の上に鉤をつけた竹を横に渡して吊る。

一六 糞をしかけて。和漢三才図会、五三「夜竄昼出、甚者数百為レ群、挾二卵於尾一行、喜噉(くらう)レ飯、其所在遺二黒屎一、以汚レ物」。

一七 徒然草、九七段に「その物に附きて、その物を費し損ふ物、数を知らずあり。身に虱あり、家に鼠あり、国に賊あり」。世の費↓徒然草。

一八 松原通烏丸西へ入ル町南側にある。五条三位俊成が和歌の神といわれる紀州の玉津島明神をここに勧請し、新玉津島と号した。

のけば他人とや、西東へ喧嘩別れの夫婦

一九 女房にとって腹ちがいの弟。二〇 扇屋はこの家がもとの家からは鬼門の方角に当ることを気に病んで。

二一 金神は陰陽家の祭る方位の神で、毎年遊行する。その年の金神の方位に向って造作・出行・家移りなどすることを忌んだ。

二二 何の方祟りがあろう。二三 女房の弟がいう。

二四 紙子は四十八枚の紙で作るという。身代は古紙子のようにばらばらになって。

二五 めいめい稼ぎ。夫婦別々に働いて暮すこと。

二六 陸奥国刈田郡白石(今、宮城県白石(しろいし)市)。紙子は同地方の名物。↓二二六頁注一〇。

二七 肥前国北松浦郡の平戸島(今、佐賀県)。平戸の扇のこと未考。

二八 連れて行かれることになった。二九 生別れ。

れする事も、此《(この)》女の無用《むよう》の口のすぎたるゆへぞかし。惣《そう》じて女、たしなむべきは言葉《ことば》なり。夫婦《ふうふ》のわかれをしばらく惜《おし》みて、泪《なみだ》[一]に袖《そで》をあらひ、「又いつかめぐりあふべし。さらば〳〵」といふ時、此《(この)》女分別《ふんべつ》しかへて、「是《(これ)》[二]男、何をいひかはしたればとて、数百里《すりり》へだてゝ益《あき》なし。[三]心にかゝぬ暇《いとま》[四]の状《じやう》」と乞《こひ》[五]つめて、其《(その)》跡《あと》はいさかひ仕舞《じまい》に、「[六]をのれもひとりは、何として堪忍《かんにん》しておるまい」、「をのれも女もたずにおろふか。姉《あね》の銀盗人目《かねぬすびと(め)》」とわめき別《わか》れぬ。まことに[七]のけば他人《たにん》、さてもおそろしの人ごゝろや。

〔三〕 命に掛《かけ》の乞所《こひどころ》

世間《せけん》に「絵馬醫者《ゑむまいしや》[八]」といふ事、子細《しさい》をたづねけるに、歩行《かち》[九]いしやの、田舎《いなか》より大坂住居《ぢうきよ》を望《のぞ》み、すこしのたくはへして、身体《しんだい》かためざるうちは妻《さい》を持《もた》ず、借宅《しやくたく》の軒《のき》に[一〇]竹の菱垣《ひしがき》ゆひまはして、名苗字《なめうじ》を筆《ふで》ぶとに、張札《はりふだ》[一一]はしらにあらはし、近所《きんじよ》に急病《きうびやう》あれかし、一手柄《(ひと)てがら》して見せんと、明《あけ》くれ時節待《じせつまて》ども、よびにくる人なければ是非《ぜひ》もなく、宿《やど》にばかりも居《ゐ》られずして、難波《なには》の寺社《じしや》をまはりて日を暮《くら》し、有時《(あるとき)》、町内の自身番《じしんばん》[一二]夜咄《ばな》しによばれて、「今宵《こよひ》[一三]けしからぬ風は、霜月朔《(つい》

一「涙に袖を争ひ」の誤りか。いずれ劣らず涙に袖を濡らして。二これ、お前さんと呼びかけた女房の言葉。この男と解するは誤り。どんなに堅く誓いあったところで、遠く離れて暮せば誓約も役に立たぬ。ひょっとしてお前に心変りでもせられたら自分はみじめだという意。

三形式的でよいから、万一の場合のために離縁状を書いておいてくれというのである。諸注「心にかからぬ」の誤りとするが、採らぬ。このままで、気が進まぬであろうが、本心からではなくてという意に解すべきである。

四離縁状は妻に対する再婚許可証でもある。だからそれを手に入れて自由の身になろうとの考え。

五やかましく催促して。

六亭主の言葉。お前も独り暮しはどうせ我慢できまい。

七諺。離婚した男女の薄情冷淡なことをいう。

役に立たぬ物知り、絵馬医者のいわれ

八はやらぬ医者の異名。↓六五頁注三四。

九自家用の駕籠持たぬ、徒歩で廻診する医者。「乗物医者」と比べて世間の待遇も一段下る。

一〇割竹を菱形に編んで作った垣。「借宅の軒に」は、「軒下に」の意。

一一柱に貼って表示し。宿札という。

一二↓三二八頁注三。夜警のつれづれに、咄に呼ばれたのである。医者は当時における知識人であった。

一三ひどい風。

一四陰暦十月出雲の大社に集まった諸神が同月晦日諸国に帰ると伝え、これを神帰りという。その日烈風吹き荒れるのを神の荒れといった。

日次紀事、十月晦日「神荒 今日多風烈、俗伝諸神帰二自出雲国一、故曰二諸神還幸荒一」。
一五 空模様の険悪なことと、そら恐ろしといいかけた。
一六 何と皆さん。話しかけて同意を促す言葉。
一七 名は盛長、伊予の人。足利尊氏に属して湊川合戦に楠正成を滅し、その功によって伊予国に封ぜられたが、同国金蓮寺に赴く山中、正成の怨霊の化した美女と同行し、戯れにこれを背負うて行く内、美女悪鬼と変じて彦七の佩刀を奪おうとしたという伝説、もと太平記、二三「大森彦七事」に出ている。絵馬はその状を図したもの、挿絵参看。但し大阪天満の天神宮の絵馬のこと未詳。一八 大阪の画師か。未詳。
一九 渋面をつくる。苦い顔をして。
二〇 打掛烏帽子という。貞丈雑記、三「古打かけゑぼしと云ふは、折ゑぼしを小結もてうづがけもかけずして、頭におし入れて、後の針ばかりにてとめ置くをいふなり、これ無礼の体なり」。烏帽子はもと紗絹を用いたから組緒をかけなかったが、鳥羽院の御代から紙の漆塗になったので、髻を小結(こゆ)の紐でからげて留めたという。二一 不詳。↓補四二四。
二二 外部から見えぬように烏帽子の中につけてある紐。髻にからげてとめる。二三 感嘆した。
二四 京都東山の清水寺。本堂庇裏ならびに堂後に多くの絵馬が掛けてある。
二五 正しくは長谷川久蔵信春。狩野派から出て一流を開いた等伯の長子。文禄二年六月十五日没、二十六歳。
二六 曾我物語、六「朝比奈と五郎力競べの事」にもとづいて、朝比奈三郎義秀と五郎時致の草摺引を描いたもの。久蔵信春筆の絵馬は「天正廿壬辰卯月十七日」の製作。↓補四二五。

日《たち》なれば、諸國《しよこく》の神帰り[一四]のあれなるべし。天《そら》[一五]おそろしや、化《ばけ》物の出そふなる黑雲《くろくも》」といひける次手《ついで》に、[一六]「何と天滿《てんま》天神に掛《かけ》たてまつりし大森《もり》[一七]彦七が絵馬《ゑむま》、[一八]山本文右衛門が筆《ひつ》勢《せい》、大きに出《で》来物《け(もの)》」と沙《さ》汰《た》しければ、彼醫者《かのいしや》[一九]十《じふ》面作《めんつく》りて、「いづれもはお氣《き》が付《つき》ますまい。あの彦七にひとつのあやまり有《あり》。[二〇]掛烏帽子《かけゑぼし》の緒《を》を書落《かきおと》したり」といふ。皆〻手を拍《うつ》て、「さりとは、こまかに見とがめられし事ぞ」と、此評判《このひやうばん》やむ事なく、其後さる[二一]大醫《たいい》にたづねしに、「畫師《ぐはし》も物をしらねばならざる事かな。彦七が時代《じだい》までは、髮《かみ》にしのびの[二二]緒《を》を付《つけ》て留《とめ》ける。かけゑぼうしに緒《を》を付初《つけそめ》しは、百年此《この》かた」と物語《かたり》いたされしに、「是《これ》は〱」と、各〻《おのおの》[二三]叉手をうちける。惣《そう》じて絵馬《ゑむま》は万人の目にかゝれば、かりそめながら大事《だいじ》の物なり。[二四]都《みやこ》の清水《きよみづ》に、[二五]長谷川《はせ》長藏が筆《ふで》にて、[二六]五郎朝比奈《あさひな》が力く

らべを書《かけ》り。[一]此《この》袴《はかま》のまちのひだ折《をれ》たる上に、[二]心もなく舞鶴《まいづる》の[三]紋《もん》がら書《かき》たる所、[四]猪熊《ゐのくま》の染《そめ》物屋の下女が見出して、洛中《らくちう》[五]是《これ》沙汰《ざた》になり、長藏一生《しやう》、是《これ》を[六]わづらひけるとなり。又[七]祇園《ぎおん》のやしろに、[八]火ともしの大男、雨の夜麦《むぎ》わらの笠着《かさき》てかよふを、化物《ばけ》といひふらせしを、平忠盛《たいらのたゞもり》くみとめ給ふありさま、[九]別所《べつしよ》權右衛門が書《かき》ける。「大男の手より取落《とりおと》したる[一〇]土器《かはらけ》の割《われ》ども、取集《とりあつ》めたらば四五枚ほどもあるべし、是《これ》はあやまり」と、[一一]稲荷《いなり》の前《まへ》なる土鈴《つちすゞ》の細工人《さいくにん》が見出して、是《これ》も沙《さ》汰《た》せし時、物に心得有《ある》人のいへり、「[一二]紋鶴《もんづる》とは、各別《かくべつ》の僉義《せんぎ》なり。其《その》火ともしの男、かはらけ五枚持《もち》たる事もあるべし。むかしの事を今、其《その》男に問《とは》れもせず」と、大笑《わら》ひして[一三]果《はた》しける。[一四]寂前《さいぜん》のくすしも、病人《びやうにん》をこまかに[一五]見立《みたつ》る事は成《なり》がたし。年中隙《ねんぢうひま》なるまゝに、何の用《よう》にも立《たた》ざる事ども、「[一六]合法《がつぽう》が辻《つじ》の石のゐんまわうの肩《かた》のすぼつた」、「[一七]新地《しんち》の中の町に公家《くげ》の弟《おとゝ》らしき人を見立置《みたておい》た」など、ひとつも役《やく》に立《たた》ぬ事ぞかし。[一八]此隙《このひま》に、[一九]見わたらぬ醫書《いしよ》を[二〇]才覚《さいかく》して、写《うつ》し本にする程の[二一]じやうこんなくては、此《この》道の出世《しゆつせ》は成難《なりがた》し。

[二二]醫《い》は聖人《せいじん》のまねながら、[二三]今の世は、[二四]自然《しぜん》の道理《だうり》をもつて我《わが》名をよびくる時もあるべしとは、[二五]まはり遠《どを》し。爰《ここ》は方便《はうべん》なくては、萬人《ばんにん》[二六]思ひ付《つく》べからず。むかし[二七]入殘《いれのこし》の目藥《ぐすり》屋の[二八]根元《こんげん》、わづか成《なる》事なりしに、此《この》人才覚《さいかく》にて、[二九]夏蛤《なつはまぐり》の一升を三

一 朝比奈着用の素襖直垂の袴。襠(まち)は股下の縫い合せ目をいうが、ここは腰板中央から襠にかけての折目の襞をいっている。 二 襞に無頓着に、不注意にも。 三 紋様。 四 堀川通から西へ三筋目の南北の通。染物屋のこと未考。 五 専らの評判。 六 気に病んだということだ。 七 京都祇園の八坂神社。本殿の西側に絵馬所があった。 八 雨夜に神前の常夜灯に点火して廻る承仕の法師を光を放つ怪物と見誤って、真葛が原の祇園女御の方へ御微行の白河法皇の供奉をしていた平忠盛が組み伏せた話、源平盛衰記、二六「祇園女御」に見える。この絵馬は万治元年九月別所権右衛門の作、願主中村作右衛門奉納(武者雛形)。↓附図。 九 正しくは別所権左衛門則房、号雪山。 一〇 油土器。 一一 今、京都伏見区深草稲荷門前町に、伏見稲荷名物の土製の鈴やつぼつぼ・でんぼを製造販売していた。 一二 模様の鶴の場合とは、全く性質を異にする問題だという意。 一三 その場は納まった。 一四 先ほど話に出た医者(田舎から上った歩行医者)。 一五 診断する。 一六 今、大阪市天王寺区逢坂町。元和三年、野中に雨ざらしになっていた石の閻魔像に、堂を建てて祀った。肩に張りがなく閻魔大王らしくないということを指摘したのである。 一七 堂島新地中の町(今、北区堂島中町)。 一八 そんな暇があれば。 一九 そこら辺りにはない、珍しいという意。 二〇 入手借覧を工夫して。 二一 上根。上機根の略。忍耐・集中の努力。

乗物が看板、医者も聖人顔では埒あかず

二二 諺に「医は仁術」という。 二三 道の衰えた末代の今では。 二四 医術さえすぐれておれば、必然的に。 二五 迂遠な考である。 二六 帰依心服する筈はない。 二七 大阪北渡辺町北御堂の裏西門前にあった目薬屋の本家、入残妙珍。

文づゝの時毎《まい》日一斗買《かふ》て、近所《きんじよ》へ是《(これ)》をつかはし、「身を煑《にて》てまいりて、[三〇]辛《から》は此方《(こなた)》へ」といひける程に、「さても／＼、此《(この)》目ぐすり大分《だいぶん》に賣《うれ》ける」と、[三一]所よりいひはやらかし、[三二]それ世に廣《ひろ》まり、分限《ぶんげん》に成《(なり)》けるを見て、[三三]今何軒《なんげん》か出來《でき》ける。又あるくすしは、年玉《ねんぎよく》に[三四]埒《らち》のあかぬねりやくをこしらへ、「金徳丹《きんとくたん》」と[三五]銘《めい》を打《(うち)》、諸病《しよびやう》によしと書《かき》ちらし、[三六]十徳《じつとく》の借着《かりぎ》して、[三七]正月二日の夜のうちから、近付《(ちかづき)》のかたは申《(まうす)》におよばず、[三八]伏見《ふしみ》のくだり船《ぶね》で咄《はな》ししたる人、あるひは[三九]旦那寺《だんなでら》で参り逢《あふ》たる人、又は[四〇]舞《まひ》の芝居《しばゐ》で同じ莚《むしろ》に居《ゐ》たる人、風呂《ふろ》屋へひとつに入《(いり)》たる人までも所をたづね置《(おき)》、[四一]一目じる人殘らず年玉《ねんぎよく》を[四二]唐《から》へのなげ銀《がね》とおもひて、二三年も[四三]勤《つと》めければ、[四四]此《(この)》礼《れい》請《(うけ)》たる、きのどくに思ひながら、後には[四五]心にかゝり、下人《(げにん)》の風引込《(ひき)こむ》程の事にはよびにつかはし、いつとなく時花《はやり》出《(いで)》、[四六]花色ちりめんの長羽織《ながばおり》を武士《ぶし》の具足《ぐそく》と思ひて拵《こしら》へ、草履取《ざうり(とり)》の外に[四七]男を置《(おき)》てすこし[四八]勿躰《もつたい》を付《(つく)》れば、[四九]人のおもひ入《(いれ)》もよろしく、其《(その)》内に浪人《らうにん》の娘《むすめ》などの、[五〇]仕付所《(しつけどころ)》のなくすこし敷銀《しきぎん》あるをよび入《(いれ)》、[五一]此《(この)》勢《いきおひ》にちいさき駕籠《のりもの》こしらへ、[五二]壹人は手前の男、又一人は[五三]毎日八分《(ふん)》づゝのやとひ轆杓《ろくしやく》、[五四]かたもそろはず舁《かゝ》れて、息杖《いきづえ》は見ぐるしながら、先乘《まづのり》出してかけ廻《まは》れば、世の人の[五五]のり物の棒《ぼう》を呑《のみ》て、[五六]養生《やうじやう》ぐすりの一服《ぶく》弐分《(ふん)》當《あて》にせしも、はや五分《(ふん)》づゝの筭用《さんよう》して[五七]お礼《れい》申《(まうし)》ける。[五八]隨分《ずいぶん》爰《(ここ)》を大事《だいじ》と、神農《しんのふ》を祈《いの》るべし。又[五九]

同家の目薬は速効あり、薬を使いきらぬうちに治癒するというので、この名がある(松)。 二八 そもそもの初めは、小資本の見世であったが。 二九 夏は蛤のしゅん外れ。肉薄く味悪く、値段も従って安い。本文の「煮て」の振仮名、て一字衍。 三〇 殻。 三一 近所から。 三二 その評判が。 三三 万買物調方記「目ぐすり、北渡辺町入残妙珍。同通あまたあり、御堂のまへ」。 三四 ききもせぬ煉膏薬。屠蘇酒には、屠蘇・白散・度嶂散の外に膏薬をも酒に和して用いるので年玉に配った。↓補四二六。 三五 もったいらしく薬銘をつけ、薬包に上書した。 三六 医者の礼服。下文の長羽織を参看。 三七 年始の廻礼は多く三日から。 三八 伏見から大阪へ下る淀川の乗合船。 三九 菩提寺。 四〇 幸若舞の芝居小屋。大阪では道頓堀に又太夫・兵太夫・市太夫の三座があった。 四一 一度でも近づきになった人には。「じる」の濁点は誤りか。 四二 ↓一一八頁注一二。海外貿易への投資は一年先きでなければ結果が判らぬが、成功すれば利益も大きい。 四三 年始の廻礼を。 四四 年始の礼を受けた相手は、最初は迷惑に思っていたが。 四五 返礼が気になって。 四六 十徳のこと。長羽織は医者の表看板。羽織と称するが道服の変形で寸法が長い。 四七 縮緬を奮発したのは人気商売、太鼓持同様に御機嫌を伺わねばならぬから。但し縹色に染めたところは、染返しがきくからという胸算用。 四八 下男。 四九 世間の信用。 五〇 縁づき先き。 五一 持参金が入った勢で。 五二 自家の使用人。 五三 日傭賃銀八分の駕籠舁。「ろくしゃく」は力者《(りきしゃ)》の転訛。力仕事をする労働者。駕籠舁には普通「六尺」の字をあて、酒刀自には「轆酌」の字をあてる。 五四 駕籠の前後高下なきように肩を揃へ、息杖の扱い一つで拍子をとって駕籠に震動を与えぬように舁くのは玄人、臨時雇ではむつかしい。五五 駕籠に乗っているということだけで、頭から信用してかかって。乗物の棒↓棒を呑んだよう。五六 保健強壮のために常用する薬。↓補四二七。五七 当時は薬代がすなわち医者の謝礼。診察料名義の礼ではない。五八 こころあたりが出世の岐れ道と心得て、油断なく神農を祈念して励むべしという意。神農は中国の三皇の一、医薬の祖と崇める。↓六四頁注二五。五九 然らずんば、はやらなくなって。

一 駕籠を下りた、駕籠による廻診をやめたという意。二 弁解するのも面倒だ。三 その時期の判断は一生の一大事で、熟考を要する。四 乗物に乗るようになると。五 楊弓↓四三頁注六七。遊芸の一つとして上流町人の社会に行われた。以下は知人を訪れて暇つぶしのさま。六 慶長五年の関ヶ原の戦を、徳川時代にはかく称した。↓二〇三頁注二六。七 茶をむやみに飲む、すなわち長居すること。八 延宝二年(一六七四)・同八年(一六八〇)・天和二年(一六八二)・貞享元年(一六八四)・元禄四年(一六九一)疫疾流行(日本疾病史、年表)。九 老巧な医者。一〇 思いかけぬ幸運。一一 駕籠を舁くことを「まわす」という。先棒・後棒の外に肩替り一人附添うことを、三人まわし・三枚肩という。一二 治療しあぐねて。一三 患者を他の医者に。一四 ↓六四頁注二九。朝の廻診。一五 もやもやするもの。嘔吐・下痢をいうか。「でぎまして」、ぎの濁点は誤り。一六 高熱を発して。熱の上下するを潮のさしひきに喩える。

医者にも運不運、奇病に知る大阪の広さ

むかしのごとく歩行《かち》にてまはり、「乗物《のり》では療治《りやうぢ》の手まはし悪敷《あしく》、[一]下《おり》た」とは[二]云分《いひわけ》もむつかし。そも〳〵駕籠《のりもの》に乗《のる》時、[三]一代の思案所《しあん(どころ)》なり。歩行《かち》の時は、絵馬《ゑむま》見ても日を暮《くら》せしが、[四]のり物にのり、出て行所《(ゆきどころ)》のないは迷惑《めいわく》して、[五]座敷楊弓《ざしきやうきう》の見物《けんぶつ》、又は[六]治部輔乱《ぢぶのしやうらん》の長《なが》ばなし、病人《びやうにん》もなき所の[七]茶《ちや》を呑《のみ》あらしぬ。然《(しか)》れども世《せ》間《けん》ありさまを見るに、[八]四五年目にはかならずはやり病有事《やまひ(ある)》なり。此《(この)》時、[九]老醫《らうい》・上手《じやうず》の直《なを》しかけたる跡《あと》を請取《(うけとり)》、[一〇]心の外の仕合《(しあはせ)》めぐりて、是《(これ)》より名をあげ、[一一]三人まはしに乗《のり》つゞくる事ぞかし。

まことに薬師《くすし》のうたてき事は、いますこしの所に[一二]退屈《たいくつ》して、[一三]病人《びやうにん》を取《(とら)》れける。又取《(とる)》事もあれば、たがひ事と思ふべし。只醫者《いしや》の氣《き》をこらし年をようする事は、宵《よひ》に薬《くすり》出し置《(おき)》、[一四]朝脉《あさみやく》に見まへば、「きのふのお薬《くすり》たべさせますと、腹《はら》に[一五]もやつきが出《で》來《ぎ》まして、目まい心に足《あし》がひへまして、菟角《とかく》物を申《(まうし)》ませぬ」といふ。又そこへ見まへば、「いよ〳〵くだりも留《とま》りませず、[一六]大ねつがさしまして、「[一七]佛《ほとけ》様の所へまゝ喰《くひ》にゆかふ〳〵」と、上言《うはごと》を申《(まうし)》まして、夜の明《あけ》ますを待兼《まちかね》ました」と、母親《はゝおや》なみだぐみてかたる。又爰《(ここ)》へ見まへば、「胸《むね》がいたみ出まして、口中《こうちう》がはれまして、もはや寝《ね》がへる事も成《(なり)》ませず、是《(これ)》程俄《にはか》によはりましよとは、ぞんじませなんだ」といふ。是《(これ)》さへ[一八]きのどく成《(なる)》に、[一九]勝手《かつて》に親類《しんるい》あつまりて、「今時は[二〇]薬《くすり》が人をころす。はじめから無用《むよう》といふたに、ぶら〳〵と掛《かけ》[二一]置《(おき)》て、寺へ[二二]人をやるばかり」といふ聲、骨身《ほね》にこたへ、やう〳〵爰《(ここ)》をにげのき、「何の因果《いんぐわ》に、此《(こゝ)》身には成《(なり)》けるぞ。渡世《とせい》[二三]は八百八品《(や)しな》といふに、醫者《いしや》は其中《(その)》のより屑《くず》なるべし。殊更むつかしき病生《びやうしやう》[二四]あてがはれ、すいりやう[二五]の療治《りやうぢ》をするも心おそろしき事なり。されば大坂の廣《ひろ》き事は、名誉《めいよ》[二六]の病人《びやうにん》あまたあれども、いづれの手にかけても、直《なを》らぬはなをらぬなり。中の嶋《しま》[二七]に年十七に成《(なる)》ひとり娘、生《うまれ》ながらに白髮《しらが》あたま、形美女《かたちびぢよ》にしてさりとては惜《おし》し。又玉造《つくり》[二八]に十六に成《(なる)》むすめ、四年此《(この)》かた大べんおりずして、喰物《しよくもつ》はつねのごとし。又長堀《ながほり》[二九]に十九に成娘《(なる)むすめ》あり、誕生《たんじやう》[三〇]日に取立《(とりだち)》しての此かた、昼夜横寢《ちうやよこね》をしたる事なく、我家《(わが)いへ》を年中《ねんぢう》ありきて斗《(ばかり)》暮しぬ。唐《から》[三一]の書《しよ》物《もつ》にはかゝる事もある事にや。此親《(この)おや》皆分限《ぶんげん》なれば、耻《はぢ》[三二]を隠《かく》してなげきぬ。此内《(この)》ひとりなをせば、銀五百枚[三三]は取《(とる)》事なれ共《(ども)》、無念《むねん》なり。あはれ薬師《やくし》[三四]の御夢想《(ご)むさう》にて、此《(この)》なをる妙薬《めうやく》もがな」と願《ねが》ひぬ。薬代《やくだい》程高下《かうげ》のある物はなし。八十ぷくもりて銀五匁取《(とる)》に、三服《ぶく》にて銀五枚に樽肴《たるざかな》[三五]を取《(とる)》人も有《(あり)》。世の寳《たから》は、「醫者《いしや》[三六]・智者《ちしや》・福《ふく》者《しや》」といへり。中にも、醫者《いしや》のなき里には住《すむ》事なかれ、ふたつ[三七]なき命を頼《たの》む事ぞかし。一切《さい》の人間《にんげん》無事堅固《じけんご》[三八]になくて、世に住《すめ》る甲斐《かひ》はなし。常〻灸《つねぐきう》[三九]をたへさず、鰒汁《ふくじる》・大酒をやめて、身[四〇]をはたらかし、氣をなぐさめ、養生《やうじやう》[四一]はつねの事

一七 病児の譫言。死期が早い証拠。 一八 聞くのがつらいのに。 一九 台所。 二〇 藪医者が多くて。諺「薬人を殺さず、薬師人を殺す」の逆用(松)。

二一 癒る見込もなしに医者にかけておいて。

二二 今は死を待つばかりだという意。臨終において十念を授けるために、寺へ坊様を迎えに使を遣る。 二三 諺。身過は八百八品とも、草の種ともいう。 二四 病症(書言字考、五)。 二五 あて推量の治療。 二六 奇妙な病気の患者。 二七 ↓補六四。今、大阪市北区。 二八 大阪城の東南、奈良街道への出口。今、東区。 二九 長堀川に架した長堀橋附近の地をいう。今、南区。 三〇 生後満一年で、物につかまって立つようになって以来。

三一 中国の医書。未考。 三二 金の力で家内の恥の漏れるのを押さえてはいるが、病気が苦の種であった。 三三 相手は分限者だから、これぐらいの薬礼はとれるのにというのである。銀一枚は四十三匁。 三四 薬師瑠璃光如来は「修道之時、持㆓瑠璃宝瓶㆒、納㆓一切薬㆒、随㆓一切衆生之病㆒出与、病即瘥」(薬師本願経)という。 三五 祝儀の贈物の酒樽と箱入りの干肴。 三六 徒然草、一一七段「よき友三つあり、一には物くるる友、二にはくすし、三には智恵ある友」。これを「智者・医者・福者」(慶長見聞集)とし、「三つの宝」(大矢数)と改めたのは江戸時代のことか。

三七 まさかの時には医者に。 三八 無病息災。堅固は達者なこと。↓三三頁注二八。 三九 灸を絶やさずすえて。灸は百病を治すとて、日の吉凶に拘わらず、晴天和気の日にすうべしという。

四〇 為愚痴物語、養生の歌「心をば使うことなく休めおき、身をばひまなく使うべきなり」(松)。

四一 養生は平生が大切なのだという意。

なり。

されば世の人の付合《(つきあひ)》、「日比《(ひごろ)》のよしみは病中《びやうちう》の時しるゝ」といへり。兼《かね》ては頼《たの》みにいたし置《(おき)》ても、それ〲の家業《かげう》のさはりなれば、はじめの程こそ、日夜に行《(ゆき)》見舞《まひ》もすれ、月をかさねてのわづらひになれば、いつとなく[一]他人《たにん》のあらはれける。[二]身をわけたる親子《しんし》の中さへ、[三]かんびやうにあぐみて、たがひにあいそをつかし、さもしき心の見へすきける。[四]身を頼《たの》みたる男の病中《びやうちう》、[五]女程大事《だいじ》にかくるもの外になく、[六]自然《しぜん》の事あらば、死人《しにん》と一所《(しよ)》と思ひ込《こみ》しも、後には心ざし替《かは》りて、「かさねて持《もつ》男は、此《(この)》人のごとくよは〲としたるに[七]うんじはてた」と、いまだ息《いき》も引《(ひき)》とらぬうちから、後の事を分別《ふんべつ》して、[八]我《(わが)》手道具《だうぐ》の外に男の物までも取《(とり)》集《あつ》め、其《(その)》後は[九]湯《ゆ》水もそこ〲に取《(とり)》あつかひ、[一〇]埒《らち》の明《あく》のを待《(まち)》ける。男も又、女の長病《ちやうびやう》にはあぐみて、一日もはやく寂期《さいご》願《ねが》ひける。死《しに》ざまに[一一]かんびやうおろかにいたさぬは、[一二]あとしきの望《のぞ》みゆへなり。親《おや》でも子でも[一三]欲《よく》に極《きはま》る世の中なれば、死跡《しにあと》に金銀を残すべし、是《(これ)》を[一四]死光《しにびか》りといふ。

死別《しにわか》るゝ中にも、[一五]親より妻《つま》はかなしく、妻《つま》よりは又子は各別《かくべつ》に、ふびんのます物なり。一子《し》などころせし時は、世にながらへては居《ゐ》られざる程におもふ物なりしが、ふたりも三人も死《しな》せて後は、心鬼《おに》のごとく成《(なり)》て、中〲なげきもう

長病に知る他人心、親子も夫婦も欲の世

一 他人の薄情さが露骨に出て来ることだ。
二 血肉を分けた。
三 看病。
四 一身を託した夫。
五 妻ほど親身になって看病するものは外になく。
六 もしも夫が死ぬようなことでもあれば。
七 倦んじ果てた。ほとほと厭になった。
八 手廻りの調度。小袖櫃・長持・葛籠・鏡台等。
九 病人に湯水を飲ませることも。
一〇 かたがつくのを。夫が死ぬのを。
一一 看病。
一二 跡職(式)。家名・家産・祭祀を継承すること。
一三 究極は欲で動いている世の中だから。
一四 ↓九一頁注三五・一五三頁注二八。ここは西鶴の新しい解釈。
一五 西鶴は寛文五年に祖父を、延宝三年に妻を、元禄五年に娘を失った。実感のこもった一節。
一六 法華経譬喩品に「三界無レ安、猶如二火宅一」と説き、棄世出家することを「火宅の門を出づ」という。ここは「横に車を押す」如き態度に出るとあるから、無常を感じて出家するどころか、かえって心を頑なにして、仏も何も信ずまいとするさまをいう。

死別の悲しさも、親より妻、妻よりは子

一七 子を持ってみないと。
一八 手習初めには、筆法を会得するために大字を習うのが普通。「花鳥風月」の四字を大書する。魏太祖論レ書「初学先大書、不レ得レ従レ小要」(和漢三才図会、一五)。

すく、人の愁《うれい》も心にかゝらず、一六火宅《くわたく》の門《かど》を横《よこ》に車《くるま》と出《いで》ける。さる程に、子のわづらふ程世に物うき事はなし。人〱一七もたねばしらぬなり。有《ある》人五十過《すぎ》て、たまく男子《なんし》をもふけしに、然《しか》も生《うまれ》つき百人にすぐれ、是《これ》を見る程の人、「かゝる貧家《ひんか》にてそだつる子にはあらず」といふ。はや三歳《さい》にて、習《なら》はずして一八花鳥風月の大文字《もんじ》書《かけ》ば、一九大師《だいし》の二《ふた》たびと、是《これ》をおろかにせざりしに、其《その》春より二〇虫《むし》を発《おこ》して、二一幾薬《いくすり》かあたへけれども更《さら》に甲斐《かひ》なく、二二けふをかぎりと目を見つめ、とやかくなげく所へ、二三年中買《ねんぢうかい》ぬる、「二四此中《このぢゆう》の銀子《ぎんす》を、今済《すま》してくだされい」と、せはしく使《つかひ》を立《たつ》る。亭主腹立《ていしゆふくりう》して、「此《この》なかへ、二五どんな」といふて、帰しける。此使《このつかひ》又來て、「そなたの子が死《しな》ば銀《かね》取《とる》まいと、約束《やくそく》はせぬ」とわめくうちに、此子《この》二六おち入《いり》ければ、皆〻泣《なき》出す中に、亭主《ていしゆ》は彼《かの》米屋をさしころして置《おき》、我も果《はて》ける。

〔三〕 諸國《しよこく》の人を見しるは伊勢《いせ》

二七神風《かみかぜ》や二八伊勢《いせ》の宮《みや》ほど、ありがたきは又もなし。諸國《しよこく》より山海万里《さんかいばんり》を越《こへ》て、貴《き》賤《せん》男女《なんによ》心ざし有《ある》程の人、二九願《ねが》ひのごとく御参宮《ごさんぐ》せぬといふ事なし。三〇殊更春は人の山なして、三一花をかざりし乗掛馬《のりかけ》の引《ひき》つゞきて、在《ざい》〻所《しよ》〻の三二講《かう》まいり、三三一《ひと》村《むら》の道《だう》

一九 弘法大師の再来かと。弘法大師は能書三筆の一、五筆和尚と称せられた。
二〇 疳の虫という。脾疳やひきつけの小児病。
二一 薬を何服か与えたが。「幾薬」はもと「生く薬」より誤まる。
二二 もはや今日が最期と見えて、瞳孔拡散して死相を呈して来たという意。
二三 年中とりつけの米屋が。
二四 この間からの。九月の節季以来の。
二五 鈍な。気のきかぬこと。
二六 息が絶えた。
二七 伊勢の枕詞。
二八 伊勢の内宮・外宮をいう。
二九 道中無事にの意。
三〇 ケンペル、江戸参府紀行「伊勢詣は一年中あれども、殊に春季に多くして、其頃の道はかゝる旅人もて塡みたり」(松)。「人の山なす」は、人の群集混雑すること。
三一 乗掛馬の蒲団・馬沓などに贅をこらして、華美を競うこと。一代男、五ノ二「かれ是三疋揃て七つ蒲団を白縮緬にしめかけ、馬の沓にも唐糸をはかせ、(中略)其時は小室節の最中、宿入にうたひて馬子も両口をとるぞかし」。
三二 伊勢講・参宮講などいう。講銭を積立てて参宮の路銭とし、籤によって講員を順番に派遣する。↓補二八二。

手廻しのよい伊勢の焼物、世間各別の才覚

三三 一ヶ村の同行だけでも、二百人三百人の揃いの扮装で。大神宮は柿染を忌むので、多くは白衣を用いる。「道行」は同行の誤り。

行《ぎやう》も、弐百・三百人の出立《(でたち)》、同じ御師《おし》へ落着《おちつき》ける程に、東國《とうごく》・西國《さいこく》の十ヶ國《こく》も入乱《(いり)みだ》れて、道者《だうじや》の千五百・二千・三千、いづれの太夫殿にても定《さだま》りのもてなし、勝手《かつて》いかなる才覚《さいさく》にて、此《(この)》ごとく成《(なり)》ける事ぞ。本膳《ほんぜん》ばかりか、二の膳《ぜん》の品《しな》〴〵居《すへ》られける。臺所《だいどころ》に人の弐百も、はたらく者《もの》のなくては、二千・三千のまかなひなる事とおもへば、わづか弐十人ばかりにての手まはしなり。先椀《まづわん》折敷《おしき》に箸《はし》までうつて、皿《さら》・小道具《こだうぐ》までを三人の請取《(うけとり)》にて出せば、食《めし》は煮湯《にへゆ》に篭《かご》をしかけ、何の隙《ひま》も入《(いら)》ぬ事。汁《しる》の魚《うを》を、まなばし・まな板《いた》なしに、大鍋《なべ》へすぐに切込《きりこむ》、切《(きり)》目《め》とかふいふ事なし。中にも鱠《なます》はむつかしき物なるに、年の寄《より》たる男ども袴《はかま》を着《き》て、手毎《ごと》薄刃《うすば》一枚づゝ布《ぬの》ぎれにつゝみて、鱠《なます》のちん刻《きざみ》にまはりけるが、壱斗を弐分《(ふん)》づゝに極《きは》めて、壱人して一日に一石づゝきざみける。其《(その)》見事さ、はやさ、つねの庖丁《はうてう》人十五人斗《(ばかり)》しても、是程《(これほど)》は出來《でき》まじ。扨《(さて)》是《(これ)》をあへる事、大半切《(おほはんぎり)》に入《(いれ)》、鍬《くわ》にて、此《(この)》手ばしき事、見て居《い》るうち也。これらはかくなるべき事なりしが、肴《さかな》は何によらず二千人の焼《やき》物、然《(しか)》もやき立《(たて)》を出す事、あまり不思儀《ふしぎ》なり。火鉢《ひばち》五十も有《(ある)》か、又は廣庭《ひろには》に二十間《けん》も溝《みぞ》を掘《ほり》て焼叓《やくこと》かと思ひしに、是《(これ)》も三人して、鼻《はな》うたにて埒《らち》をあけける。壁《かべ》ぬる小手《(こて)》のやうなる物を十枚《まい》ばかり、火鉢《ひばち》にて焼置《やき(おき)》、扨《(さて)》大釜《がま》に湯《ゆ》をたゝせ、四角《かく》なる篭《かご》に肴《さかな》二十枚づゝ入《(いれ)》て、ざつとゆであ

一 オンシとも。神宮の下級の神職で、諸国の信者の奉幣・祈禱を代行し、参宮者の宿をも提供する。⇩一二二頁注六。 二 諺に「十人寄れば十国の者」という。御師はそれぞれ地域的に受持ちがきまっていた。 三 団体参詣者。 四 御師の通称。十文字太夫・沢瀉太夫などという。どこの御師でも、定まったように同じ食事だとの意。 五 どんな都合、またどんな考でという意。 六 式正の料理では、第一番に本膳を出し、続いて二の膳・三の膳・四の膳と、饗応の程度に応じて料理を出す。 七「なるまじき事」とあるべきところ。 八 あらかじめ一人前ずつ汁椀・飯椀をのせて用意してある膳に。 九 膳に箸を揃えることを「箸を打つ」という。 一〇 平皿・壺皿・楪子などのほか、盃・楊枝の類まで。 一一 受持ちで。 一二 湯取り飯という。この方法で炊けば時間が早い。⇩補四二八。 一三 汁の実に入れる魚。 一四 ろくに料理もしないで。魚鳥を料理する時は俎板の上で、右に庖丁左に魚箸《まなばし》を持ってする。魚箸⇩二三六頁注二。 一五 大鍋の汁の中へ、直接に。 一六 ここは筒切りにして入れたことをいう。料理では「切り方」とて、やかましい切り方がある。 一七 鱠の誤り。鱠は薄く身の崩れぬように作るのが大切、熟練を要する。 一八 裁ちつけ袴か。御師宿廻りの料理方職人の風俗。 一九 薄刃の庖丁。 二〇 賃仕事で鱠を刻むこと。この所だけ鱠のつくり会と読まれる。 二一 料理人。 二二 酢に和える。 二三 半切桶⇩三〇七頁注二七。 二四 木製の鍬状のものでまぜる、その捷さといったら。 二五「手ばしかき」の誤脱か。 二六 先ずこうも出来そうなことであったが。 二七 不思議の誤り。 二八 溝を掘って火床を作り、その上に串に刺し

げて、長板《ながいた》の上にならべ置《(おき)》、㝡前《さいぜん》の小手《(こて)》にて、片身《かたみ》ばかりざら〳〵[三二]と撫《なで》て、其《(その)》まゝ出しける。伊勢《いせ》の焼《やき》物を両方やくといふ事なし。よろづ此《(この)》手まはし、さりとは〳〵、[三三]世間各別《せけんかくべつ》なり。

此所《(この)》は太神宮《たいじんぐう》のお影《かげ》にて、年中《ねんぢう》さま〳〵の身過《(みすぎ)》有《(あり)》。諸國《しよこく》へ[三四]初尾《はつお》くばりの状、[三五]大椙原《すぎはら》[三六]一束《そく》を銀壱匁八分《(ふん)》の書賃《かきちん》、中すぎはらの[三七]ざつとしたる状は、一束《(そく)》壱匁三分《(ぶん)》にて、隙成《(ひまなる)》醫者《いしや》・浪人《ろうにん》の是《(これ)》を書《(かき)》ぬ。惣《そう》じて神職《しんしよく》のかたはいふにおよばず、萬《よろづ》の商人《あきんど》までも、[三八]伊勢《いせ》は人にかしこき所を見せずして、皆利発《りはつ》なり。是《(これ)》ほどの人心にて、何者《もの》かいつの代にはじめて、[三九]鳩《はと》の目の蒔銭《まきせん》、百といふを六十つなぎ、壱貫《(くはん)》に付《(つき)》てやう〳〵壱匁四五分《(ふん)》づゝに賣《うり》て、[四〇]宮めぐりに是《(これ)》をまかせける。[四一]雨の宮より[四二]風の宮へぬけ、又「是《(これ)》は[四三]むすぶの神」、「すなはち是《(これ)》が、腰抱《こしだく》ものなしに[四四]子安《こやす》の宮」、「是《(これ)》はしうとめと中をよく守《まも》り給ふ神」と口をたゝき、若《わか》い男を見かけては、「是成《(これなる)》が[四五]久離切《きうりき》られさしやる時、親達《おやたち》の堪忍《かんにん》なさるやうに、[四六]後神《うしろがみ》に立《(たち)》給ふ宮」と、其《(その)》道者《だうじや》の風俗皃《ふうぞくかほ》つきを見合《(みあはせ)》、[四七]宮雀《みやすゞめ》壱人して、[四八]小宮五ッも六つも請《(うけ)》取《(とり)》、[四九]「壱文に千貫の入替《(いれ)がへ》、[五〇]よきをくはつとなげ給へ」と[五一]よくぼりける。[五二]新錢《しんせん》をなぐる人は稀《まれ》にして、年〳〵伊勢中の[五三]そんつもり難《がた》し。是《(これ)》ぞ[五四]智恵《ちゑ》ない神参《まいり》に無《む》用《よう》の智恵《ちゑ》を付《(つけ)》ける。近年《きんねん》は[五五]鳩《はと》の目法度《はつと》になりぬ。又[五六]間《あい》の山の乞食《こつじき》、[五七]むかしは遊《ゆう》

商い上手は伊勢人。百銭に知る世の人心

た魚を並べて焼く。「堀」は掘の誤り。二九 鏝。三〇 湯を煮えたたせ。三一 飛魚・かます・うるめの類は何枚、鯛・鯉・鮒の類は幾つ、鰤・鱧・鰻などは何本と数える(手本重宝記、五)。三二 ざっと。三三 よそほかとは大変違ったやり方だ。三四 諸国檀那廻りの祝儀状のこと。三五 杉原紙(三一八頁注一八)に大・中・小の別、また産地によって種類がある。三六 杉原紙は一帖四十八枚(譚海)、一束四百八十枚。三七 簡単な文言の。三八 ↓補二八〇。三九 鳩の目↓一二一頁注五〇。銭緡に六十繋ぎにして、銭百文の賽銭に用いる。四〇 末社めぐり。↓二一〇頁注三〇。四一 雨の宮、未考。四二 風の宮は外宮第四の別宮。末社めぐりは本殿の向って左より始め、右廻しで風の宮の右に終る。四三 胸一ノ三に「出雲は仲人の神」とあり。外宮一の宮の遥拝所に祀る。四四 子安の宮(安産の神)・嫁と姑の中を守る神などは、西鶴の筆拍子か。四五 ↓六八頁注一〇。四六 枕神(枕もとに立つ神)に対して、足下の方に立って守る神か。未考。四七 ↓二二一頁注四一。四八 御本宮を大宮というに対して、摂社・末社をいうか。四九 賽銭一文で銭千貫文の御利益との交換だ。五〇 鳩の目銭でなく、ほんとのよい銭をの意。五一 慾ばる。五二 寛永通宝↓一二三頁注二六。五三 「つもる」は計算すること。五四 諺「智恵ない神に智恵つける」。五五 貞享二年十月二十六日売買停止。↓補四二九。五六 ↓永四ノ二。五七 衣装法度(補九三)が出る天和・貞享以前まではという意。法度の厳粛なることと乞食の上にまで及んだ。↓補四三〇。

女《ちよ》のごとく小袖の色をつくして、[一]味噌《みそ》こし提《さげ》たるもおかし。其《その》すがたには似《に》ざりき。中にも[二]おたま・おすぎとて、ふたりの美女《びぢよ》あつて、身の色《いろ》を作り、三味《しやみ》線《せん》を引《ひき》ならし、[三]「あさましや女のするゑ」と[四]伊勢《いせ》ぶしをうたひける。毎日の參詣《さんけい》、あだぼれをして爰《ここ》に立《たち》どまり、[五]前《まへ》なる眞紅《しんく》の網《あみ》の目より、皃《かほ》のうちをねらひすまして錢《ぜに》なげ付《つけ》けるに、一度《ど》も當《あて》たる人なし。[六]自然《しぜん》と、顔《かほ》をよける事を得たり。有時《ある》、江戸より參りたる人、[七]百錢《ぜに》をなげつけしに、お玉が皃《かほ》にあたり、額《ひたい》にすこしの疵《きづ》を付《つけ》て[八]よしなし。諸國《しよこく》より[九]隨分大氣《ずいぶんたいき》成《なる》人參りけれども、錢百文なげ付《つけ》しは、是《これ》がはじめなり。大かた世の人の心、さのみかはらぬ物ぞかし。

又[一〇]明野《あけの》が原明星《はらみやうじやう》が茶屋《ちや》こそおかしけれ。いつとも[一一]振袖《ふりそで》の女、[一二]赤根染《あかねぞめ》のうら付《つけ》たる綿着《もゆんきる》物を[一三]黒茶《くろちや》に[一四]ちらし形付《がたつけ》ぬはひとりもなし。扨《さて》日本《につぽん》に爰《ここ》の女程[一五]白粉《おしろい》を付《つく》る所又もなし。同じ出茶屋の女の風俗《ふうぞく》、[一六]住吉《すみよし》とは是《これ》各別《かくべつ》の事也《なり》。[一七]所によりて伊勢・難波《なには》の替《かは》りあり。爰《ここ》に心を留《とむ》るにもあらず、旅《たび》のしばしの慰《なぐさ》みぞかし。[一八]此廣野《このひろの》、[一九]錢掛《ぜにかけ》松のほとりに、三十四五年此《この》かた、道者《だうじや》に[二〇]取《とり》つきて世をわたりたる[二一]哥《うた》びくに、二人ありける。所の人異名《いみやう》をつけて、[二二]取付《とりつき》虫《むし》の壽林《じゆりん》・ふる狸《だぬき》の清春《せいしゆん》といひて、[二三]通《とを》し馬《むま》の馬士《まご》・駕籠《かご》までも見しらぬはなし。哥《うた》もうたはず立寄《たちより》て、「是《これ》伊豫《いよ》の松山の衆様《しゆ》」、「是《これ》[二四]播磨《はりま》の書写《しよしや》の御出家《こしゆつけ》さま」、「これ備前岡《びぜんおか》山の

一 味噌漉。いかきの小さきもの。好色旅日記、四「味噌こし持て銭貰ふぁり」。小袖姿と似合わぬことを笑った。二 お玉・お杉は間の山浦田坂に出ていた女乞食。↓補四三〇。三 間の山節の謡い出し。↓補二八一。四 間の山節の一名であろうが、他に見えぬ。↓補二八一。五 お玉・お杉の小屋に網を張ってあること、永四ノ三挿絵参看。六 ひとりでに。七 百文つなぎの銭緡につないだ銭。これを一度に投げた。八 とんだ事になった。九 気の大きい人。一〇 伊勢国多気郡上野村を俗に明星という。その東方一面は広大な平野で、明野が原という。上野村に道者休憩の茶屋があった。一一 茶屋の出女。好色旅日記、四「新茶屋明星が茶やの女は、都四条河原の風俗して、つやらしくならびおはします」。一二 茜染。茜草で染めた赤い染。茜裏は下品。一三 黒茶染は当時の流行。一四 散らし模様。

道によって賢し、懐迄見通しの歌比丘尼

一五 伊勢は白粉(はらや)が名産ゆえ。はらや↓二一〇頁注一九。一六 堺の住吉神社北の鳥居から安立町へかけて茶屋があった。その一つ、小町茶屋の如きは「貴人高官といへども、座にありながら長き柄杓にて茶を進むること、此茶屋のならひとて、あへていかりとがむる人なし」(住吉名勝図会、四)という。一七 田舎と都会の風俗の相違があるという意。都玖波集「物の名も所によりて変るなり難波の葦は伊勢の浜荻」。一八 明野が原をいう。一九 ↓一一三頁注二九。ただし銭掛松は豊久野にあったのだから、これは誤り。二〇 まといついて。二一 熊野比丘尼が参宮道に徘徊して勧進していた。二二 トリツキムシは牛膝(ゐのこづち)の異名。何度も堕胎したからいうか。或は道者にとりつくところからの異名か。二三「通し」の意

[二五]女中《ちよちう》さま」と、人を見立《たて》て、國所《くにところ》の違《ちが》ふ事千度に一度なり。有《ある》人、隙《ひま》にまかせて[二六]遊山《ゆさん》参りなれば、此《この》びくにども[二七]茶屋によびて、「いかに此《この》道になれたればとて、あまりに[二八]名誉《めいよ》なり。[二九]我等は何國《いづく》の者《もの》とおもふぞ。[三〇]何かして世わたるぞ。いふて見よ」といへば、「こなたは[三一]唐人《とうじん》に見せても見る事、長崎《ながさき》の人」といふ。此《この》男[三二]びくりして、[三三]「何とした。目じるしありや。物いひ聞《きい》てか」といへば、「お言《こと》葉《ば》は其《その》まゝ出雲《いづも》のことばなれども、[三四]内衆《うちしゆ》二人ながら[三五]長崎《ながさき》なり。こなたの年の程、五十五六にも見えて、[三六]肌着《はだぎ》に白《しろ》りんず、殊紋《ことにもん》びろうどのゑりをかけ、[三七]金拵《きんごしらへ》の大脇《わき》ざし、[三八]我《わが》まゝに見ゆる所、[三九]長崎でないか」といへば、いよ〳〵興覚《けうざめ》て、「我若年《じやくねん》の時、[四〇]雲州《うんしう》へ養子《やうし》に行《ゆき》しが、[四一]帰る首尾《しゆび》あつて此《この》仕合《しあはせ》、さりとては〳〵。扨《さて》商賣《しやうばい》を、迚《とても》の事にいへ」といふ。「それはいひかねまする子細《しさい》あり」といふ。「是非《ぜひ》にいへ」といへば、[四二]「卒尓《そつじ》ながら、[四三]傾城《けいせい》町の人では御座《ざ》らぬか。さきほどより、こなたの目づかひを見るに、[四四]十五より内の美女《びちよ》しみ〴〵と氣《き》の付《つく》事、戀《こひ》にはあらず」といふ。此《この》人様子を聞《きい》て肝《きも》をつぶし、「さても〳〵、はづかしき見立《みたて》かな。[四五]天照《てんしやう》太神《たいじん》を何〳〵、せいもん我女郎屋にはあらず。よき娘《むすめ》の子に目の付《つく》事は、我只《たゞ》一人娘を持《もち》けるに、いかなる前世《ぜんぜ》の因果《いんぐわ》にや、當年十三に成《なり》けるが、今に足《あし》立《たた》ずして、然《しか》も[四六]龜腹《かめばら》とか申《まうし》て見ぐるしく、その上両眼《りやうがん》見えねば、

味は「通し馬」(三六頁注八)参看。ここは本海道の馬士・駕籠舁までもの意。二四 播磨国餝西郡(今、兵庫県飾磨郡曾左村)の書写山円教寺。天台宗。二五 御婦人の方という意。二六 遊山がてらの参詣。二七 明星が茶屋に。二八 奇妙不思議だ。二九 この俺は。自称の代名詞。三〇「何をかして」とあるべきところ。三一 誰に見せてもわかるという意。三二 びっくりして。三三 これはどうしたことぞ。驚嘆のさま。三四 内方の衆。供の手代を指す。三五 長崎言葉。三六 白綸子の肌着に紋天鵞絨の半襟をかけた、いずれも粋好み。紋天鵞絨は虎斑・虫食い・縞などの模様を織り出したもの、当時は天鵞絨の半襟などかけることは奢りで、法度になっていた。三七 金拵え→五一頁注三五。一尺八寸以上の大脇差とともに異風・寛濶の風俗。三八 奢侈・贅沢。三九 人国記に「肥前国ノ風俗、山陰ヲ合タルヨリ猶勇国ニテ、勇ニ趣ク時ハ義ヲ知テヒルム色ナシ、(中略)士ヨリ国民ニ至マデ皆如斯ナレバ、百姓町人ト云ドモ義理ヲ強フシ而」云々。四〇 出雲国。四一 長崎の実家へ帰る機会があって、往復の途中参宮するめぐりあわせになったのだが。四二 失礼ながら。四三 くつわの亭主と間違えたのである。四四 遊女は十五歳以下七八歳以上の少女を見立て、禿またはすぐに遊女として仕込む。四五 天照大神に誓って、決してそうでないという誓の言葉。諸神を勧請して誓を立てるのを略して、「何々の誓文」という。↓二九六頁注二。四六 脹満の俗称。腹腔に水がたまって脹れ、腹面に静脈の筋絡あらわれて亀甲状を呈する。不妊の婦人に多い。↓補四三一。

[一]縁《えん》に付《(つく)》べき沙汰《さた》絶《たへ》て、明暮《あけくれ》是《(これ)》をなげき、同じ年程の娘《むすめ》を見ては、我子《(わが)》のあれならばと思ふからなり」と、泪《なみだ》をこぼして語《かた》られける。さもあるべし。其折《(その)》ふし、京女と見へし廿二三の、[二]風俗《ふうぞく》人の目だつ程なり。[三]たて駕籠《かご》ならべて、男ざかりの[四]若《わか》い者乗《もののり》ちらして通《とを》りける。二人のびくにはしりつき、「是《(これ)》都《みやこ》の大じんさま、此春中《(このはるぢゆう)》に、[五]あんなお姿《すがた》は見ませぬ」といへば、此《(この)》男目を細《ほそ》ふして、「世界《せかい》もせまい」などいひさま、[六]ちいさき白銀《しろがね》を一粒《(ひと)つぶ》づゝとらせて、通《とを》りける。「あれは何者《もの》ぞ」と問《とひ》ければ、「あれは[七]其《(その)》まゝ祇園《ぎおん》・八坂《やさか》ものと見えて、人のむすめなり。今の若《わか》い者《もの》が、[八]参宮《さんぐ》をよせ事にいたづら参り」といふ所へ、三十六七のかゝが、此《(この)》茶屋までやう〳〵あゆみて、腰《こし》かけて、さきへ通りし駕籠《かご》の事をたづねて、人の問《と》ひもせぬに、「あのばちあたりども目《(め)》が。大事《じ》の

一 縁談の申込もなくて。
二 みなり。恰好。
三 宿場の問屋場仕立の駕籠。辻駕籠に対していう(輪講、鳶魚説)。
四 手代。
五 あんな美しいお人。京女を指す。
六 豆板銀。細銀(こまがね)ともいう。↓四五頁注三二。
七 さながら祇園・八坂の茶屋女に見えるが。これは茶屋の女のお世辞で、実は人妻である。
八 参宮を口実にしての恋の道行。こうした抜参りの男女が多かったこと↓五人女、二の樽屋物語。

神参《まい》りに、宿《しゆく》〳〵で夜のあくるまで物語《がたり》をしをつて、[九]おばたとやらから、駕籠《かご》の者《もの》ばかりを代《(だい)》まいりをさせて、をのれらふたりは参らぬ[一〇]談合《だんこ》。男の[一一]ある女房《にようばう》をぬけ参りをすゝめ、[一二]親《おや》かたへ聞えたらば、追出《おひ》さるゝはしれた事。[一三]ひよつとやとはれて、足《あし》のいたむに、[一四]三ぼう荒神《かうじん》に乘《のれ》ともいひおらずに、[一五]先《さき》へ」と、にくげにし[一六]かつて行《(ゆき)》ける。又三人つれて、ひとり〳〵風呂敷包《ふろしきづゝ》みをかたにかけて通《とを》る。またびくに「一錢くだされ」といへば、「[一七]下向《げかう》にとらしよう」といふ。「此《(この)》道へは帰らぬ衆《しゆ》」といふ。「それは何と見立《(たて)》ていふぞ」、「そなたたちは、次手《ついで》に参宮《さんぐう》して江戸へかせぎに行《ゆか》るゝ職人衆《しよくにんしゆ》じや」といふ。三人一度《ど》に立《(たち)》とまり、「是《(これ)》は子細《しさい》を聞《(きき)》たし」といふ。「[一八]出來《でき》心の関《せき》からの参《まい》りなればこそ、[一九]先下《まづした》の帯《おび》ふるし。其上《(そのうへ)》三人ながら、[二〇]本海道《ほんかいだう》の[二一]道中《だうちう》扇子持《あふぎもち》給ふからは、江戸

九 伊勢国渡会郡小俣(今、三重県)。外宮まで一里半の宿。
一〇 相談。清んで読むことに注意。
一一 夫のある女。人妻。抜参り↓六六頁注一二。
一二 手代の主人。
一三 うっかり、あんな男に雇われて。女を連れ出す手先に雇われたのであろう。
一四 鞍の左右に櫓を張り出して、三人乗りにした駄賃馬。四人乗りを四宝荒神という。伊勢路に多いが、東海道・中仙道筋にも用いられた。
一五 先へ行きおって。
一六 罵って。
一七 参詣の帰途。
一八 江戸下りの途中、関の宿(三重県鈴鹿郡関町)で急に思い立った参宮だから。関は東海道と伊勢道中との分岐点。
一九 犢鼻褌。参宮には衣服を改めるのが普通。
二〇 江戸に通ずる主要道路の意で、東海道・中仙道・甲州道中・日光道中・奥州道中の五海(街)道をいう。これに対して伊勢路・佐屋路・美濃路・中国路等、本海道から派支した道路を脇往還といった。
二一 道中付けの扇。ケムプヘル、江戸参府紀行「日本人は扇子を携へ、男女ともにそれを名誉の記号とす。旅行にはその一種にて、其面には、道路を幾里程を行き、如何なる旅舎に投じ、生活品の価値などを案内する様、印刷したるを携ふ」(松)。

への初《はつ》くだり」といふ。皆〻あきれはてゝ、跡《あと》をも見ずして行《(ゆき)》ける。其跡《(その)あと》から[一]手のよき一連《(ひと)つれ》、「あれはどこ衆《しゆ》」といふ。「あれは[二]奈良《なら》からの参り、[三]皆歴〻《みなれき〳〵》に見えてから、それは〳〵始末《しまつ》なる参りなり。何程[四]口乞《くちごひ》にしても、あの中間《なかま》から一文よりはもらはれぬ」といふ。あんのごとく跡《あと》から[五]錢拂《ぜにばらひ》の男、[六]貫《くわん》ざしよりぬきて、ふたりが中へ一錢《せん》とらせて、そのまゝ腰《こし》より矢立《やたて》の筆染《ふでそめ》て、「明星《みやうじやう》が茶屋のびくに、七八丁もつきてさま〴〵口をたゝき、[七]ひかれぬ首尾《しゆび》になつて、中でも[八]薄《うす》き錢《ぜに》を一文とらせました」と、小づかひ帳《ちやう》に付《(つけ)》ける。是《(これ)》は[九]氣《き》のつまりたるせんさくなり。又角前髪《すみまへがみ》の若《わか》い者《もの》、[一〇]同じ心の飛《とび》あがりども四人、[一一]揃《そろ》へ明衣《ゆかた》の[一二]染《そめ》こみに氣《き》をつくし、道筋《みちすぢ》を我《(わが)》物にして参りける。「あれはどこものぞ」、「[一三]大津《(おほ)つ》の濱辺《はまべ》の者ども」といひもあへず、[一四]勧進《くわんじん》を乞《こひ》けるに、無理に所望《(しよ)もう》して哥《うた》をうたはせ、此《(この)》あたりの名所を[一五]語《かた》らせすまして、「びくにも我〻が皃《かほ》をよく見しつて置《(おい)》て、[一六]石山寺へ参《まい》りやつたら寄《よ》りや」と云捨《いひすて》て、ひとり〳〵にげて行《(ゆく)》。「是《(これ)》申《(まうし)》〳〵」と呼《よび》かへせば、「御縁《ゑん》御座《ざ》らばかさねて」といふて、はや其《(その)》人影《(かげ)》はなし。びくに大笑《わら》ひして、「[一七]鬢鏡《びんかゞみ》おとした程に」よびかへせば、勧進《くわんじん》壱文に替《かへ》て行《(ゆき)》ける。「[一八]太神宮《ぐう》の即座《そくざ》に、[一九]息盗《いきぬすびと》どもに罸《ばち》を當《あて》させたまふ」と、寂前《さいぜん》の長崎《ながさき》の男と長物語《がたり》して別《わか》れける。「何もわす[二〇]〳〵《れ》はせぬか、わすれな〳〵」。

一 体裁のよい、人品卑しからぬ一行。
二 奈良衆と見立てたのは、禰宜風の厚鬢姿でもあったか。
三 ↓四六頁注八。
四 口喧しく乞い立てること。
五 一行の会計方。
六 一貫文つなぎの銭緡。↓三五頁注三九。
七 やらずにおけぬ始末になって。
八 鐚《(びた)》銭。
九 融通のきかぬ、窮屈な話だ。
一〇 気のあった、血気に逸る向う見ずの連中。
一一 参宮の道者は、それぞれ揃いの浴衣に意匠をこらすのが自慢。
一二 染の意匠。
一三 大津の浜通り附近には、派手な問屋商売が多かった。「問屋町」↓補一三八。
一四 熊野比丘尼は提杓を差出して、「ちとくゎん」(少し勧進をの意)と物乞いする。
一五 まんまと語らせ終って。最初から勧進につく気はない。
一六 西国巡礼十三番の札所。
一七 懐中用手鏡。鬢のそそりなどを直すに用いる。
一八 三社託宣に「謀計雖レ為二眼前利潤一、必当二神罰一」(天照皇大神宮)とある。
一九 どぬすっと。「いき」は罵っていう接頭語。
二〇 原本「〳〵」の右傍に小さく「れ」と補刻する。「わすれはせぬか」の誤刻。

繪入

西鶴おりとめ

五

よの人こゝろ

西鶴織留世農人心

目録　五

一 文珠の智恵の箱と称する霊宝。智恩寺に今もあるかどうか不明。

二 丹後国与謝郡吉津村文珠(今、宮津市)にある天橋山智恩寺(臨済妙心寺末)、世に久世戸(切戸)の文殊という。海底より出現したという閻浮檀金の文殊像を祀る。

三 時世時節で。暮しにつれて。

四 奉公人口入業者をいう。就職決定までの間、奉公人を下宿させる仕組になっている。但し出替り期以後長期にわたって止宿させることは禁じられている。

五 奉公人の出替り期。春の出替り・秋の出替りという。↓補三八六。

六 人間ならば給銀の外に仕着幾つという契約だが、猫は食べさせて貰うだけで、鼠をとる役目。

七 古歌に典拠あるか、未詳。

〔一〕只《たゞ》は見せぬ佛《ほとけ》の箱《はこ》

丹後《たんご》の國《くに》切戸《きれと》の文珠堂《もんじゆどう》に、一金童子《きんどうじ》といへる脇立《わき(だち)》あり。是《(これ)》を開帳《かいちやう》する事、錢《ぜに》百文に極《きは》め置《(おき)》て、諸人《しよにん》に拜《おが》ませける。此《(この)》童子《どうじ》、二知惠《ちゑ》の箱《はこ》といふ物を抱《いだ》きて、立《(たた)》せ給ふ。愚《おろか》なる參詣《さんけい》の人ゝ、拜《おが》めば佛《ほとけ》のちゑをもらふてくるやうにおもひぬ。其《(その)》身生《うま》れ付《(つき)》ての無分別《むふんべつ》は、三文珠《(もんじゆ)》のまゝにもならぬ事ぞかし。智惠《ちゑ》の箱《はこ》と名付《(なづけ)》て見せさせ給ふは、四諸商人《しよばいにん》其《(その)》家〳〵の帳箱《ちやうばこ》なり。五年中請拂《ねんぢうけはら》ひをゆだんなく心に掛《かけ》よとの見せしめなり。萬《よろづ》の事に付《(つけ)》て、六帳面《ちやうめん》そこ〳〵にして筭用《さんよう》こまかにせぬ人、七身を過《すぎ》るといふ事ひとりもなし。かならず八じだらくものゝくせに、「九人間《にんげん》百年の榮花《ゑいぐわ》なし。一〇わづかにしれたる此《(この)》世界《せかい》、子孫《しそん》の事まで案《あん》じ置《(おき)》するは、是《(これ)》一一愚智《ぐち》なる人心なり。其《(その)》身に仕合《(しあはせ)》そなはれば、十分成《ぶん(なる)》世を渡るなり。たとへ親《おや》より財寶《ざいはう》請取《(うけとり)》ても、一二貧者《ひんじや》となれる事」、一三當座《たうざ》さばきにけふを暮《くら》して。かゝる一四不覺悟《ふかくご》の親《おや》一五相應《さうおう》の借錢《しやくせん》わたすと、又子の代《(だい)》に家普請《やぶしん》に手のかゝらぬやうにとて、一六石井筒《いしゐづゝ》に鉄釣瓶《かなつるべ》、あるひは軒《のき》口に銅樋《あかゞねどい》、諸道具《しよだうぐ》も一七一度《ど》の大願《たいぐわん》に一八末代物《まつだい(もの)》にして、一九封付《ふう(づけ)》の銀《かね》箱《ばこ》わたす。此《(この)》ふたりの親《おや》心、各別違《かくべつちが》ひぞかし。其比《(そのころ)》泉州《せんしう》の堺《さかい》より、分限《ぶんげん》にて樂隱《らくいん》

開帳せぬが分限者の智恵、文殊もはだし

一 本尊文殊菩薩の脇士に于闐王・均提童子の二体(毘首羯磨作)立つという(宮津府志)。
二 「仏の箱」↓四一九頁注一。
三 文殊尸利菩薩は智恵の仏という。
四 諸商人のどの家にもある帳箱だ。振仮名「ばいにん」ママ。正しくは売人、商人をいう。帳箱は商業帳簿、特に大帳などを保管する箱で、主人または重手代が管理する。
五 金銀の出入。
六 日々の取引出入の記帳を怠って。
七 永四ノ一に「総じて三人口迄を身過とはいはぬなり、五人より世をわたるとはいふ事なり」とある。例外なく、きまって妻子・下人を養うことも満足に出来ぬという意。
八 自堕落者。
九 人間は百年も生きられぬ。五雑組、五「人寿不レ過二百歳一、数之終也」。
一〇 僅かに五六十年の、高の知れたこの人生。
一一 愚痴。
一二 その身に運がなければ貧乏人になることだといって。
一三 行き当りばったりに、一日暮しに日を送って反省する色もない。
一四 平生の心がけの悪いこと。
一五 財産を残すどころか、その心がけ相応の借金を子に譲る。そういう親と、又一方次のような親もある。
一六 木の井戸がわ、木の釣瓶、竹の樋では長持ちしないから不経済。
一七 一生一度の大願に奮発して。
一八 高くつくが、堅牢で耐久性のある物に仕替えて。
一九 胸四ノ一「向ひ屋敷の内ぐらを見れば、寛永年中の書付の箱ばかりも山の如し」。銀箱に封印をして、格納の年月を書きつけて貯蔵する。したがってここは、長年内蔵に貯えた莫大な現銀を譲ること。

居《きよ》せし年寄友達《としよりともだち》二人、天《あま》[一]のはし立《(だて)》の松見物にくだりし次手《ついで》に、此《(この)》もんじゆ堂《だう》にまいり、かいちやうの事分別《ふんべつ》[二]して、「其《(その)》智恵《ちゑ》の箱《はこ》百もんにて見《み》る事、さしあたつて百文入るなり。是《(これ)》を出さぬ所が第一の智恵《ちゑ》」とて、是《(これ)》を拝《おが》まずに帰《かへ》りぬ。惣《そう》じて始末《しまつ》[三]より身体《しんだい》よろしく成《(なり)》ける親仁《おやぢ》ども、すこしの事もぬけめはなかりし。此《(この)》人の子ども、江州《ごうしう》[四]の多賀《たが》大明神《みやうじん》へ長命《ちやうめい》いのるためとてまいりけるを、此《(この)》親ども、「参詣《さんけい》する事無用《むよう》」と、色《いろ》〳〵異見《いけん》申せし。「神を頼《たの》むまでもなし、人の命をながう望《のぞ》みならば、婬酒《いんしゆ》の二つをひかへ、相焼《すぎやき》[五]のある世の中に鰒汁《ふくじる》をやめて、ぶん[六]に過《すぎ》たる人づきあいせず、世間並《せけんなみ》[七]に夜をふかさず、人よりはやく朝起《あさおき》して、其《(その)》家の商賣《しやうばい》をゆだんなく、たとへつか[八]み取《(どり)》ありとも、家業《かげう》[九]の外《(ほか)》の買置物《かい(おきもの)》をする事なかれ。只朝夕《てうせき》のもてあそびには、十露盤《そろばん》置《(おい)》て見て、

一 年中行事大成、四「与佐の海にある長洲なり、三十六町あり…松樹並木のやうに連なれり、碧海中央六里の松と作りて詩人六里の松と称す。俗に三保は梢ひとしく、橋立は一の枝そろふといへり」。文殊堂の前の松を御灯の松または竜灯の松という。
二 思案して。
三 倹約。
四 近江国犬上郡多賀村(今、滋賀県多賀町)の多賀神社。祭神伊弉諾尊。古来長寿の神と崇む。

世につれて変るは女、寿命薬はお多賀より
世帯

五 杉焼。↓一一四頁注一〇。杉の片板に載せて魚鳥の肉を焼いたもの。香を賞美する。
六 身分不相応な。
七 世間の人と同じように。夜ふかし・夜ありきは長者丸毒断の一つ↓八七頁注三四。
八 ぼろい儲け。
九 商売物の買置は別であるが、そのほかの買置は投機的で不健全かつ不確実。
一〇 寺参りの仲間。↓一五四頁注二七。
一一 家繁昌の時のことであるから嫁入支度も。
一二 嫁入の持参金。銀千枚は五十貫目。持参金としては相当なもの。↓永一ノ五・胸二ノ三。
一三 財産を分与して、子供の身のふり方をきめてやることを「仕付ける」という。男ならば商売、女ならば嫁入させること。仕付銀↓一八三頁注二五。仕付所↓四〇五頁注五〇。
一四 その妻になった姉娘は、家繁昌につれて。

節季《せつき》〳〵請拂《うけはら》ひ大事《だいじ》にすべし。人の物を借込《かりこみ》さいそく請《(うく)》る程、人間壽命《にんげんじゆみやう》の毒《どく》はなし。其《(その)》證據《しやうこ》には、我等[一〇]寺《(てら)》同行《どうぎやう》の人、十六・十四に成《(なる)》娘《むすめ》二人もたれしが、[一一]世盛《ざかり》のこしらへ、何にひとつふそくもなく、美《び》をつくしたる衣裳《いしやう》、[一二]敷《しき》銀《ぎん》千枚づゝ付《(つけ)》て、聟《むこ》は願《ねが》ひのまゝの所へ[一三]仕付《し(つけ)》られしに、姉《あね》むこ次第に家榮《さか》へければ、[一四]世につれて姿《すがた》も若《わか》やぎ、三十にあまる年も、[一五]娌入時《よめ(いりどき)》のすがたの今に殘りて、人皆[一六]女仙《ぢよせん》と名付《(なづけ)》、「是《(これ)》はあやかり物」といへり。此《(この)》女、[一七]不老丸《ふらうぐわん》も呑《のま》ず、[一八]人《にん》魚《ぎよ》も喰《くは》ねど、[一九]鰤《ぶり》のはしりを十月比《(ころ)》より喰《くひ》、正月の事ども霜月中《(ちう)》に仕《し》まはせ、當《たう》年《ねん》も又五拾貫目はのびたる[二〇]白銀《しろがね》の花を見て、目出たき事ばかり耳《みゝ》に聞《きか》し、嬉《うれ》しき事を目にみて暮《くら》せば、[二一]どこで年のより所なし。又妹《いもと》は、三十にもたらずして、姉《あね》には年の七つもふけて、哀《あは》れむかしの[二二]形《かたち》はなかり。[二三]風俗《ふうぞく》・心ざしともに、姉《あね》

一五 当時は早婚であるから、十五六歳から十八九歳までに嫁入ることが多い。
一六 年をとっても、いつまでも若々しいから、かく異名した。所謂八仙の内藍采和・何仙姑を女仙という(陔余叢考、三四)。
一七 未詳。不老長生丸などいう薬か。
一八 若狭国小浜の八百比丘尼は人魚の肉を食して八百歳の長寿を保ったという。諸国俚人談、三「相伝ふむかし女僧ありて此所に住み、齢八百歳にして其の容貌十五六歳の壮美也。よつて八百比丘尼と称す。里語に云ふ、此の女僧は人魚を食したるゆゑに長寿なりと云へり」。
一九 鰤は成長の時期によって、「つばす」・「めじろ」・「はまち」・「ぶり」と名が変るが、十月頃二尺近くになった「はまち」が十一月頃三四尺にも達して「ぶり」となる。女子の血枯病・五痔・下血・瘀血を治し、補胃・保温の効あり。
二〇 禅家の隠語に白銀を「白梅」という。まさに白梅の咲いた感じ。
二一 どの点からいっても、苦労がないから年がよらぬ。
二二 容貌。
二三 姿恰好や気だて。

一 やりくりに急しい暮しになるにつれて。二 衣・食・住のすべてについて。三 白魚のしゅんは立春の前後、二三月頃になると子持になって味が劣る。また飯蛸は正月二月がしゅん、三月になると痩せて頭の飯粒がなくなる(和漢三才図会、五一)。四 金の足らぬ、苦しい。五 夫の愛情。六 妻として連れ添うからには。七 逆境。非運。八 下女はした。九 檪(しじ)張り。但し「絹張」は絹布を洗張りする時に用いる檪。一〇 六

よりは見ましけるに、[一]内證《ないしやう》せはしき世につれて、おのづから[二]物毎《ごと》いやしげになりぬ。[三]白《しろ》うを・飯鮹《いひだこ》もやう〳〵三月のするにくふ事になり、年〳〵[四]たらぬ世帯《せたい》に氣《き》をつかし、[五]男の心ざしもむかしに替《かは》り、かりそめの事も無理《むり》なる腹《はら》を立(たつ)る[六]を、そふからは、かゝる[七]落《おち》めの時こそ人の大事《だいじ》なれと、さま〴〵に機嫌《きげん》を取(とり)、[八]するる〴〵の女の手業《わざ》の[九]絹張《きぬばり》までも手つだい、物見・花見に出(いづ)るにも、駕籠《のりもの》といふ[一〇]人づかひのきのどくさに、[一一]何の心もなきに作病《さくびやう》を発《おこ》し、おのづから[一二]一門《もん》の付(つき)合《あひ》にもか[一三]た身すぼりて、物いふ事も[一四]人よりあとに付(つき)て、ふだんの身だしなみも自然《しぜん》とそこ〳〵にして、いつとなく[一五]小袖《こそで》のうちかけをやめ、[一六]帯《おび》もほそきをして、[一七]心から年《とし》をよらす事のかなし。惣《そう》じての[一八]女房《にようばう》いるぬし、[一九]身体《しんだい》の仕合《しあはせ》にひかれて、[二〇]姿《すがた》は作《つく》りものといへり。此(この)[二一]姉《あね》より妹《いもと》のわかうなるといふも、命を長《なが》ふ持《もつ》も、皆是(これ)其(その)家《いへ》はんじやうの[二二]心のいさみよりなれば、[二三]只世をかせぐ事をもつぱらにして、まはり遠《どを》い神佛《かみほとけ》をいのる事あらず」と、[二四]年ふるき人のしらせける。「いづれの醫者《いしや》の手にさへ叶《かな》はざる人間《にんげん》、かぎりある一命《めい》を、何《いづ》れの神《かみ》に頼《たの》みかけたればとて、それは〳〵[二五]一日もいきのぶにはあるまじ。[二六]人は四十より内にて世をかせぎ、五十から[二七]樂《たの》しみ、世を隙《ひま》になす程[二八]壽命《じゆめう》ぐすりは外(ほか)になし。何程にお多賀《たが》大明神を祈《いの》り、はる〴〵の江州《ごうしう》に歩行《あゆみ》をはこべばとて、此(この)次手《ついで》の道寄(みちより)に、京の

尺を雇えば日傭賃を払はねばならぬ、それが辛さに。一一 病気の気(け)もないのに。一二 肩身が狭くなって。一三 冠婚葬祭の場合など。一四 遠慮して。一五 男子の袴肩衣に相当する婦人の礼装。衣服の上から小袖をはおる。一六 当時は広幅の帯が流行。一七 我心から。一八 女房家主。一家の主婦をいう。女房いわらじとも。↓補三一一。一九 暮しのよしあしに左右せられて、容姿が変る。二〇 諺「姿は作りもの」。二一「妹より姉の」の誤り。二二 心のはげみ。二三 家業に精を出す。二四 親仁の一人であろう。二五「生き延ぶることにはあるまじ」とあるべき所。二六 五十歳迄に財産を築き、それから隠居するのが町人の理想。永四ノ一(二一七頁)・胸二ノ一(二二一頁)参看。二七 楽隠居になるほど。二八 長生の薬。二九 はっきりした、紛れもない。三〇 貧乏神。三一 我家に居たままで。三二 抜かりのない。三三 名聞や利益にとらわれて。三四 菩提寺の築地塀修復のため、檀家から瓦の寄進を求める。その軒瓦(巴瓦)などに、寺紋とは別に寄進者の家紋をあらわす。三五 架橋は菩薩行の一つとせられ、祖先の供養参詣人への功徳のために、旦那寺に石橋を普請して寄附することがよく行われた。三六 鉢ひらき坊主(二一〇五頁注四〇)に手の内を施すのも近所への見栄。三七 寺社修復のために募財するとき、幕府寺社奉行または所在地奉行所などの許可を得て行う。これを勧化といい、寄進額と氏名を記録する帳面を勧化帳・奉加帳ともいう。三八 幕府より寺領として知行を附与せられている寺院。門跡・准門跡寺院、各宗本山、その他由緒ある寺が多い。三九 白化。↓三二五頁注三六。四〇 気さくな。おどけ半分にありのままをいうこと。陽気な。気のめいるの反対。四一 禅宗の住持または

嶋原《しまばら》へ心ざしければ、[二九]目にみへての[三〇]貧報《びんぼう》神なり。命も身体《しんだい》も、[三一]宿《やど》に居《ゐ》ながら祈《いの》れ」と、万事にひとつも[三二]すかさぬ人のいへり。

近年《きんねん》、世間《せけん》に後生《ごしやう》を願《ねが》ふ良《かほ》つきすれど、まことの信心《しんじん》まれなり。皆[三三]名利《みやうり》にかゝはり、[三四]旦那寺《だんな(でら)》の塀瓦《へいがわら》の寄進《きしん》にも定紋《ちやうもん》を付《(つけ)》、[三五]法《のり》の道を作《つく》れる石橋《いしばし》に名を切付《(きりつけ)》、菟角願主《とかくぐわんしゆ》の世にしるゝを第一にいたせり。本心《ほんしん》の後世《ごせ》のためならば、[三六]貧僧《ひんそう》に齋《とき》米《まい》をほどこし、[三七]奉加帳《ほうがちやう》に町所《(ちやうところ)》をあらはさずとも心ざしすべし。今時の人心、ひとつも佛《ほとけ》の道に叶ふ事にはあらず。諸《もろ〱》の寺法師《てらほうし》、世わたりの人あしらひ、在《ざい》家《け》に替《かは》る事なし。[三八]知行寺《ちぎやう(でら)》の外《(ほか)》は、かく旦那《だんな》の機嫌《きげん》とらるゝ事、出家《しゆつけ》に似合《にあは》ざるとも申難《(まうし)がた》し。外《(ほか)》に身過《すぎ》の種《たね》なし。酒宴《しゆゑん》の中程に立《(たつ)》て踊《おどり》、「精進腹《しやうじんばら》では酒が呑《のめ》ぬ」[三九]としらばけのかる口。さりとは[四〇]氣《き》のさへたる[四一]長老《ちやうらう》と、是《(これ)》は世の人好《すけ》り。不斷珠《ふだんじゆ》数《ず》をつまぐりて、参詣《さんけい》のともがらに[四二]十念《ねん》の外《(ほか)》は無言《むごん》にして、殊勝《しゆしやう》千万なる御坊《(ご)ほう》のかたへは、いかな〱[四三]覗者《のぞくもの》もなかりし。殊更《ことさら》[四四]此《(この)》程の道心《だうしん》のむすびし新庵《しんあん》、氣《き》を付《(つけ)》て見るに皆おかし。[四五]東高津《ひがしかうづ》に、毎日[四六]薄《うす》おしろいをする出家《しゆつけ》あり。[四七]塩町《しほ(まち)》に、[四八]常住《じやうぢう》[四九]ひりんずの内衣《ゆぐ》して居《ゐ》る尼有《あま(あり)》。[五〇]長町《なが(まち)》に、魚釣針《いをつりばり》して[五一]賣坊守《うるぼうず》あり。[五二]道頓堀《だうとんぼり》に、[五三]しのびがへしうつたる草庵《さうあん》あり。[五四]玉造《つく》りに年中仲人《なかうど》をして身過《すぎ》する法師《ほうし》有《(あり)》。[五五]天王寺《てんわうじ》に、[五六]鉢坊主《はちぼうず》に衣《ころも》の日借《ひがし》をとせいにする出家《しゆつけ》あり。又[五七]藤《ふぢ》の棚《たな》近くに、[五八]十日

師家の敬称。詳しくは臨済宗と曹洞宗によって相違がある。四二 十念業成とて、十声称名念仏すれば往生することが出来るといい、浄土宗では御忌・法会もしくは臨終のときに、信仰者に十念を称えて授ける。四三 立寄る者もないという意。「のぞく」はもと囲碁の言葉、目篇に穴につくるは我国の俗字。四四 俄道心。四五 摂津国東成郡東高津村。今の天王寺区上本町四―五丁目・八丁目中―東寺町附近の地、元和初年大阪の市街整理の際、市中の寺院を町の周辺部に集めて寺町を作った。四六 後家たらしの破戒僧か。四七 今、南区塩町通一―四丁目。一向宗の末寺に限り、市中随所に道場・庵寺を営むことが許されていた。四八 平生、ふだん。四九 緋綸子の腰巻。内衣は湯帷子、誤って婦人の下帯にいう。書言字考、六「浴衣(ユカタビラ)又云内衣」、「裩(ユマキ)婦人下帯」。俄道心の濡れ尼のこと、好色貝合、上「濡尼」参看。五〇 →二一九頁注二。五一 坊主。五二 →一〇〇頁注三。五三 盗賊を防ぐために、塀上に先きを尖らせた木や竹、または釘などを打ちつけたものをいう。庵寺にもかかわらず内証裕福な故であろう。五四 →四〇七頁注二八。五五 東成郡天王寺村。四天王寺・一心寺などがある。今、天王寺区。五六 鉢ひらき坊主。天王寺に程近い長町には、巡礼・鉢ひらき相手の木賃宿が多かった。五七 谷町通玉木町(今、南区谷町六丁目東入ル附近)の俗称。町内大阪巡礼十六番の札所の観音堂の堂前に、藤の大木があって花見の名所として知られていたので、地名となった(摂陽群談、一二)。玉木町を南へ行けばすぐ八丁目寺町、その西に中寺町がある。五八 貧乏人相手の高利貸。

世帯仏法腹念仏、浮世道心内心は鬼に衣

一 諺「鬼に衣着せたよう」。「狼に衣」↓二〇五頁注四一に同じ。二 清らを尽し。善美を尽すこと。三 人の集まり。参詣。四 世渡り。

五 古今集、冬、春道列樹「昨日といひ今日と暮して飛鳥川流れて早き月日なりけり」。六 この春の出替りに。春の出替りは三月五日。↓補三八六。七 長持の小なるもの。衣類・夜具の保存・運搬に使用する。「持せ行し」は、奉公人宿の主がの意。八 秋の出替りは九月五日。↓補三八六。九 奉公人口入業者。↓補三八六。一〇 承応二年の触にはじめて半季の名が見える。三月と九月の二季が出替り期。↓補三八六。一一 抱え主。主人。一二 円満に。

とかくは内儀の利発、奉公人も使いなし

一三 気のきかぬ。奉公人の待遇などに心を用いぬことをいう。一四 出替り期の九月五日。一五 私がどこの家へ奉公していましょうとも。一六 松茸のたいたのが。一七 網の目の模様を描いた鉢。一八 膳立てをするために作られた棚。三段または四段になっている。一九 片一方の真魚箸。真魚箸↓二三六頁注二。二〇 台所の板敷。↓一四五頁注五〇。二一 料理方の生命は庖丁、箱に入れてしまう。二二 髪油屋。菜種の晒油に梅花香(丁子・白檀・樟脳・麝香・梅の花・竜脳など十一味調合)で匂をつけた香油を「梅花の油」という。二三 曝布売の女。二四 御機嫌伺いに参りましょう。二五 丁稚の通名。二六 私の代りに。二七 姿恰好のよい女子さん。「女郎衆」は上臈衆の誤り。原義は貴婦人の意、転じて婦人の敬称。

切《ぎり》の借銀《かしがね》して、明暮《あけくれ》十露盤《そろばん》に心をつくす坊主《ばうず》も有《（あり）》。あたまを剃《そり》、墨衣《すみごろも》着《き》て、形《かたち》は出家《しゆつけ》になれども、中〳〵内心《ないしん》は皆、[一]鬼《おに》ころもなり。鉦《かね》たゝきて念佛《ねんぶつ》申《（まうし）》て、そればかりにてすむ世の中にはあらず。今寺〳〵の、次第に[二]きよらをつくしひかりかゝやきはんじやうする事、佛《ほとけ》のまねき給ふ[三]人寄《より》にはあらず。住持《ぢうぢ》[四]世間《せけん》のかしこきゆへぞかし。

三　一日暮《ぐら》しの中宿《やど》

[五]飛鳥《あすか》川流《なが》れてはやき、月日の立《（たつ）》事夢《ゆめ》ぞかし。[六]此《（この）》春、寝《ね》道具《だうぐ》入《（いれ）》て[七]半櫃《はんびつ》を持《もた》せ行《（ゆき）》しが、程《（ほど）》なく[八]九月五日になりて、出替《がわ》りせし男女の[九]奉公人宿《ほうこ（にん）やど》こそ、さま〲におかしけれ。

むかし、いかなるかしこき人の、[一〇]半季《はんき》とは定《さだ》め置《（おき）》けるぞ。[一一]親《おや》かたの氣《き》に入《（いら）》ざるも、半年の事とおもへば大かたの事は堪忍《かんにん》して、[一二]うつくしう出替りまでつかふて暇《いとま》出さるゝは、其《（その）》家の内義《ないぎ》の利発《りはつ》なり。又[一三]無心《むしん》なる主《しう》を取《（とり）》あはすとも、半《はん》季《き》の事なれば一日暮《ぐら》しにして、[一四]お定《さだ》まりの五日の朝食《あさめし》くふてから、手まはしはやく身拵《ごし》らへして、機嫌《きげん》よく笑《わら》ひを作り、「[一五]何《いづ》かたにおりましよとも、今までの

[一六]は前頁。

通《とを》りにおぼしめしてくださりませい。お乳母《うば》どの、今朝《けさ》の[一六]松茸《だけ》の焼《たき》ましたが、[一七]網《あみ》の手の砵《はち》に入れまして、[一八]膳棚《ぜんだな》の中のだんに置《(おき)》ました。見へませなんだか[一九]たしのまなばしも、[二〇]廣敷《ひろしき》の疊《たゝみ》の間《あい》よりたづね出しまして、[二一]包丁箱《はうてうばこ》に入《(いれ)》て置《(おき)》ました。[二二]梅花《ばいくわ》の油《あぶら》やがまはりましたらば、此《(この)》卅弐文、おむつかしながら濟《すま》してくださりませい。又[二三]瀑《さらし》かゝが、いつぞやあつらへましたもめんぎれ、さらしてまいりましたらば、請取《(うけとつ)》て置《(おい)》てくださりませい。どうでも四五日のうちには、[二四]お見まいを申《(まうし)》あげましよ。皆《みな》お若《わか》い衆《しゅ》、今迄《(まで)》の通《とを》りに、道《みち》であいましたとも見ぬ皃《かほ》してくだされますな。[二五]久三《(きうさ)》、此《(この)》あたりで雨にあふたらば、傘《からかさ》借《かし》てたも。[二六]替《かは》りに[二七]風《ふう》のよい女郎衆《ぢよらう(しゅ)》を置《(おい)》て見せ給へ」と、すこし[二八]述懐心《じゅつくわい(こころ)》をふくみて出て行《(ゆき)》ける。菟《と》[二九]角俗生《かくぞくしやう》いやしきものなれば、[三〇]追《おい》出すまでも何の子細《しさい》なく、「[三一]一門衆《もんしゅ》から[三二]年切《ねんきり》置けとあれば、いやなれども[三三]まゝにならぬ事なれば、[三四]心をしつて惜《おし》い人を出す」といへば、下女も[三五]氣にいらぬ心を合点《がてん》して、「[三六]御勝手《かつて》づくになされましたがよう御座《ざ》ります」と、[三七]立鳥《たつとり》あとを濁《にご》さず、壺洗《つぼあろ》ふて水まで汲入《くみ(いれ)》て帰《かへ》る。

又[三八]内義はしたなく、[三九]氣《き》に入《(いら)》ざるすこしの所を見かねて、母親《はゝおや》、むすめを相《あい》手にして、「[四〇]此《(この)》夏季《なつき》は[四一]食焼《めしたき》が流《なが》れありき、[四二]まへだれかづきの雨に泪《なみだ》こぼすを見るやうな。[四三]播磨路《はりまぢ》の[四四]世の中が悪《わる》うて、[四五]つかひ盛《ざかり》這出《はい(で)》が、「[四六]口の世で置いてくださ

二八 口惜しそうな口ぶりで。「述懐心」は、不足がましく繰り言・泣き言をいう気持の意。 二九 俗姓の誤り。僧がもと俗人であった時の名字の意から、転じて一般に氏素姓の意に用いる。 三〇 出替りの日までは、解雇のことは口に出さないで、さりげなく。 三一 親類の人。 三二 年季奉公人。一季・半季の短期契約の奉公人に対して、二年以上の年季を限って雇い入れた長期契約の奉公人をいう。年季の最長は普通十年が定め。慶安元年四月五日大阪町触「一、年季ニ抱置男女可限十ヶ年旨、御制札在之上は、過十年抱置輩双方可令籠舎、其内之年季は証文次第可戻之」。 三三 私の自由にならぬことだから。 三四 気心もわかって、惜しいお前のような人に、暇を出さなければならない。 三五 主人の気に入らぬ心持を承知して。 三六 御都合次第。 三七 諺。退き際のいさぎよいことをいう。 三八 遠慮なくずけずけと下女に小言をいって。 三九 下女のちょっとしたことも気に入らない様子を見かねて。 四〇 春の出替りから秋の出替りまでの半季を「夏季」、秋の出替りから春の出替りまでの半季を「冬季」という。 四一 あいつのような飯炊き女が職にあぶれて、方々お目見えに歩き廻り。 四二 春さきのしょぼしょぼ雨をいう。出替りの奉公人が口を求めて移動する頃で、俄雨に降られて前垂《(まえだれ)》をかぶって小走りに町を行く姿がよく見受けられるからいう。↓補四三二。 四三 播磨地方。今の兵庫県の地域。 四四 米作の豊凶によって、世の中が良い悪いという。 四五 追い使いに手頃な年齢の、悪摺れせぬ娘。「這い出」は、奉公のため町へ出たての田舎者、「山出し」ともいう。 四六 食べさせてもらうだけで、給金はいらぬから。

主が主なら、出尻を荒らす下子根性

れませい」と[一]侘言《わびこと》いふべし。[二]布織《ぬのおつ》て、碓《からうす》ふんで、子守《もり》して、[三]木を割《わつ》て、是程《(これほど)》置《(おき)》徳《どく》成《(なる)》ものはなし。[四]大坂中の水呑《の》ふでまはりしすりがらし[五]の、[六]右の手にしやくしの柄《ゑ》の跡《あと》の付《(つき)》たる女、置人《(おく)》なふて、[七]ひとつもある着物《きる》を賣喰《うりぐい》にしをつて、後には[八]夜《(よ)》るうたをうたふてありくいたづら女に成《(なる)》ぞ」と、にくげに[九]當言《あてこと》をいへば、下女も又、[一〇]聞《(きい)》ては居《ゐ》ずして、[一一]灰猫《はいねこ》が耳《み》を火箸《ひばし》でせゝり、「[一二]我も[一三]耳《み》の役《やく》に、いやながら聞《(きけ)》よ。[一四]食喰《めしくわ》して年中《ねんぢう》あそばしておかしやるも、鼠《ねづみ》とらするためぞ。鰹節《かつはぶし》の盗《ぬす》み喰《ぐひ》さへせねば、世界《せかい》に何のこわい事はないぞ。爰《(ここ)》の釜《かま》の下ばかりが、我《(われ)》が寝所《ねどころ》にはかぎらぬぞ。お気《き》に入らいでなげうちしられたらば、[一五]北濱《きたばま》か、中の嶋《しま》か、大がまへ成《(なる)》内かたへかけ込《こみ》、毎日《まい》お客《きやく》があつて、[一六]鴈《がん》の胴辛《どうがら》・[一七]鯉《こい》のわた捨所《すてどころ》のないお家《いへ》があるぞ。[一八]我は生《うま》れ付《(つい)》て仕《し》着《きせ》はきず、[一九]口ばかりにて

一 嘆願することだろう。二 飯焚きのほかに、木綿機を織り、米を搗くのも、下女の夜なべ仕事。三 薪。
四 奉公して大阪中を渡り歩いた。
五 摺れがらしともいう。人摺れして箸にも棒にもかからぬ者の意。
六 飯焚き奉公で劫を経た女をいう。手に杓子だこが出来ている。
七 一つしかないということを強めていう。取っておきの。八 淫売女。夜鷹・総右衛門等と呼ぶ。
九 あてこすり。皮肉。
一〇 黙って聞いてはいないで。
一一 灰まぶれの猫。竈の火を引いた跡に、よく暖を求めて入っている。
一二 お前も。灰猫に呼びかけていう。
一三 耳を持っているものの役目として。
一四 お前を御主人が。但し以下は猫にかこつけての、主人へのあてこすり。自分が雇われているのは飯焚きのためだ。つまみ食いなどの不行儀さえしなければ、何も憚ることはない。気に入られなければ、もっとよい奉公口がどこにでもある。大体こんな待遇の悪い家に奉公したのは、自分の不運だという意を寓している。
一五 北浜(三二頁注二)・中の島(補六四)附近は、問屋・両替屋など大きな見世構えの家が多かったところ。一六 肉をせせり取った跡の鳥の胴骨を胴殻《(がら)》という。雁は鶴・白鳥・菱喰い・白雁・鴨と共に、最上の珍味として賞翫せられた。
一七 鯉のはらわた。川魚では鯉が最上。
一八 猫は毛皮を着ているから。但しこれは、この家で仕着せを給与せぬことの不平。一九 ⇒一五九頁注三七。「口の世で」というに同じ。
二〇 一籠八十入りの鯵の干物。鯵のしゅんは春の末から秋の末迄で、冬から春にかけては痩せ

御奉公《ほうこ》申《(まうす)》中に、肴《さかな》とては、[二〇]八十入の干《ひ》鯵《あぢ》焼《やく》匂《にほ》ひより外《(ほか)》に聞《(きか)》ず、[二一]たがいひつぎで爰《(ここ)》へは來《きた》ぞ。[二二]よい内かたの万軒《げん》もあるに、我《(われ)》が仕合《しあはせ》がわるい」と當言《あてこと》いひかへし、其《(その)》後は日毎《ごと》に[二三]すれあひ、内義は腹立《ふくりう》して、「[二四]主《しう》と病《やま》ひにはかたれまい程《(ほど)》に、[二五]ふしやうながら、宵《よひ》から眠《ねむ》らずとも、[二六]大釜《がま》も琢《みが》いて[二七]置《(おい)》たり、[二八]干菜《ほしな》もこまかに切《(きつ)》て置《(おい)》たり。[二九]下子《げす》仕事《しごと》なりよい物じや、蚊《か》屋の破《やぶ》れもつぎ當《あて》て置きや」といへば、「一日も是《(これ)》に居《ゐ》ますうちは、[三〇]鼻《はな》に手を當《あて》て見てつかはしやりませい。はたらきさへいたせば、お氣《き》に入《(いる)》事ぞ」と、[三一]出尻《じり》あらしたる跡《あと》にて見れば、大鍋《なべ》にひゞきを入《(いれ)》、十枚の[三二]挽盆《ひきぼん》を一枚もそのまゝは置《(おか)》ず、[三三]酢徳利《すどくり》は口折《(をり)》て、重箱《ぢうばこ》は[三四]ふちはなちて、[三五]日傘《がさ》は椽《えん》の下になげ入《(いれ)》、[三六]雪踏《せつた》は湯殿《ゆどの》のやねに捨置《すて(おき)》、此外《(このほか)》目に見えぬ事に、大分親《だいぶんおや》かたへそんをかける。下〳〵はいやしき物に[三七]定《さだ》めて、

て味が悪いから干物にして売る(本朝食鑑、九)。奉公人の多い町家では、安くて数が多いから好んでこれを求める。置土産、四ノ三「わづかの身躰にて、親よりしにせの商ひ、又は職人も其一家・弟子などの大勢を引まはして、寄合過ると算用を立…百五拾入の小あぢ、壱文菜よりうちにあたるを吟味して…爪に火をともすやうにしまつしても」。 二一 誰の口次で。

二二 待遇のよいお家。「内方」は表の見世に対して主人の家族の居る奥をいう。 二三 衝突して。

二四 諺。「主と親には勝たれぬ」とも。たとえ道理があっても、主人や親には服従しなければならぬことをいう。

二五 不祥(二一五頁注二五)ながら。主人と仕えた以上は、厭でも命令に従って。

二六 ↓一八四頁注二〇。

二七 「…おいたり…おいたり」は、次々と仕事をいいつけて、せきたてる口ぶり。

二八 蕪菁(かぶ)を陰干しにしたものを干菜とも懸菜ともいう(本朝食鑑、三)。こまかく刻んで、味をつけた干菜を、飯の上置(うわおき)にして焚きたてると、米の節約にもなり副食物もいらぬ。

二九 以上いいつけた仕事は、下衆(げす)のする仕事でもあり、丁度お前に似合うた仕事だという意。

三〇 思うままに追い使うこと。↓補四三三。

三一 出て行った後の意。行きがけの駄賃に無茶苦茶することを「出尻を荒らす」という。

三二 挽物細工の木地盆。何人前と揃いになっている。 三三 酢・醬油の容器は陶製で口が細長い。

三四 塗物は水に漬けておくと、接ぎ目が離れてしまう。 三五 ↓三七八頁注一八。破れたら張り替えもせず、縁の下に突込んでおく。

三六 ↓六〇頁注二。鼻緒が切れても直しもせぬ。

三七 思い定めて。きめてかかって。

上手《じやうず》に[一]つかひなすが奥《おく》[二]がたの利発《りはつ》なり。

[三]世のつまりたるためしには、[四]當年の春の出替《がは》り程《(ほど)》、女奉公《ほうこ》人のあまりたる事なし。[五]一番女房《ばんにようぼう》の[六]大所《(おほどころ)》の勝手《かつて》にあふ者《もの》、[七]きう銀四十五匁から五十目に極《きは》めて置《(おき)》しに、ことしは四十目を[八]かしらにして、次第《しだい》にさがりて、中の上卅匁、又は廿七八匁・廿五匁までにして、それよりは廿二三匁・十八匁、すこし小作《こづく》りなる女は機《はた》まで織《おつ》て、十五匁から銭《ぜに》一貫《くわん》、[九]近江嶋《あふみじま》の帷子《かたびら》ひとつで濟《すみ》ける。半としの紅白粉《べにおしろい》、あるひは草履銭《ざうりせん》、こつちから[一〇]賃《ちん》かきて奉公《ほうこ》いたすになりぬ。[一一]小宿《こやど》に居《ゐ》れば、[一二]一日に一升《しやう》は降《ふつ》ても照《てつ》ても[一三]口に付《(つい)》てまはり、日数《かず》ふる程《(ほど)》、後には[一四]布子《ぬのこ》は[一五]有付《(ありつけ)》ば[一六]前銀《まへがね》にて万事《ばんじ》を筭用《さんよう》しられ、[一七]拾匁で壱匁の口銭《こうせん》をとられ、[一八]着《き》のまゝで出て行《(ゆき)》けるが、一人も裸《はだか》で奉公《ほうこ》せしものもなし。たとへ主取《しうどり》なくて[一九]牢人《らうにん》すれども、[二〇]侍《さむらひ》の大小と同じ。[二一]時花染《はやりぞめ》の袷《あはせ》ひとつ、[二二]大幅《はゞ》の絹帯《きぬおび》一筋《すぢ》、[二三]もめん足袋《たび》に[二四]置綿《をきわた》・[二五]さし櫛《ぐし》は、三日喰《くわ》いでころりと死《しね》ども、身をはなたず。[二六]是程《(これほど)》せつなくて、[二七]居《ゐ》つゞけの奉公《ほうこ》あるにも、[二八]小宿《やど》ばいりする[二九]益《えき》をたづねけるに、さりとては何の事もなし。[三〇]さのみ[三一]いたづらぐるひを我《(わが)》まゝにするといふ、樂《たのし》みばかりにはあらず。[三二]よき風《ふう》成《(なる)》美女《びぢよ》の[三三]當世《たうせい》仕出しを常《つね》に浦山敷《うらやましく》、[三四]髪《かみ》かしらの目立程《(めだつほど)》に、[三五]中《(なか)》びく成皃《(なるかほ)》を無理《むり》に鼻《はな》つまみあげて、[三六]一度《ど》の大願《だいぐわん》に[三七]やうきひの匂《にほ》

奉公の苦しみも、小宿ばいりの楽しみ

一 使いこなす。二 主婦。三 世間が不景気になった証拠には。四 元禄元年春を指す。↓補四三四。五 大女。男女によらず、身体の大きくて力のある者は給金も高い。六 大家内の台所の切り廻しに間にあう者。七 給銀。以下いずれも半季奉公の計算。八 最高にして。九 高宮縞。滋賀県犬上郡高宮町より産する生平(きび)(らう)縞。麻に絹糸入りで縞模様を織り出す。奉公人の仕着せによく用いられた。一〇 金を出して。賃をかく・利をかく・世話をかくなどという。一一 奉公人宿をいう。一二 一人一日の食い扶持は男五合・女四合のきまり。ここは食費のほか雑費をも含めて、一日に米一升分の金額を奉公宿に納めねばならぬという意。↓補四三五。一三 生きている以上は食べないではすまない。一四 木綿の綿入。食費の代りに取られるわけ。一五 奉公して身分が安定することを「ありつく」という。一六 給金の前渡し金の中から、宿銭・食費などを差引かれる。一七 十分の一の周旋料。一八 着のみ着のままで、奉公人宿を出て奉公先へ行くという始末だが。一九 武士・町人の別を問わず、主に離れて一定の職業なき者をいう。二〇 着物は看板。新しい奉公先へ目見えに行く時に必要。二一 流行の染模様。二二 幅広の帯が当時の流行。↓一九七頁注三四。二三 革足袋は古風。絹・木綿の足袋流行のこと↓二〇四頁注二九。二四 被(かず)(き)綿・綿帽子ともいう。延宝頃から若い女性の間にも、外出の時の装飾に流行し、年齢に応じた好みの色の染綿を用いた。二五 飾りにさす櫛。二六 これほど経済的に困っていながら。二七 出替らずに、引続いて奉公すること。二八 奉公先から暇をとっても、直ぐに実家へ帰らずに、奉公人宿に止宿すること。

ひ粉《こ》をぬりくり、[三八]寒紅《かんべに》も此《（この）》時の用《よう》に立《（たて）》、[三九]腰居《こしすへ》てのぬき足《あし》、いかに[四〇]公義《こうぎ》の大道《だいどう》なればとて、[四一]我《（わが）》物にして身をひねる事、よほど人の目も耻《はづか》しき儀《ぎ》なれども、[四二]まゝよさて。さる程に寺の下男・諸職人《しよしよくにん》の[四三]弟子《でし》、又はひとり[四四]過《（すぎ）》の[四五]棒手振《ぼてふり》、あるひは[四六]田舎船《いなかぶね》のかこども、[四七]風俗國《ふうぞくくに》に替《かは》れば、尻《しり》に窓《まど》の明程《あく（ほど）》見送《をく》りける。[四八]是《（これ）》をうき世の慰《なぐさ》みと覚《おぼへ》て、「よもや悪敷《あしき》ものを、人のあのごとく見るはづはなき事ぞ」と、日〳〵に[四九]町ありきしてげり。されども[五〇]誰《たれ》[五一]中宿《（なか）やど》に付込《（つけ）こみ》、[五二]あれをと戀《こひ》わたる人もなくて、後には我と我《（わが）》身に[五三]不思義《ふしぎ》立《（たて）》て、「世には目くら多し。[五四]おそらく我等が身振《ぶり》、けふの[五五]彼岸《ひがん》参りの中、[五六]三人ともさがらぬと思ひしに、どこが悪《わる》うて[五七]思ひつかぬぞ」と、鏡横《かゞみよこ》に見たり、取直《（とり）なを》したり、笑《わら》ふて見たり、[五八]ひとり狂言《きやうげん》せしうちに、よく〳〵みれば、我《（わが）》足《あし》ながら[五九]男足袋《たび》さへちいさき事にあいそつきて、「若《もし》二つ・三つの時、[六〇]御秡串《おはらいぐし》や踏《ふみ》けん、[六一]仁王《にわう》のお札《ふだ》や踏《ふみ》けん。[六二]物に三寸の見直《なを》しとはいへど、[六三]たいていに四寸程幅《はゞ》の廣《ひろ》き足《あし》なれば、人の興《けう》も覚《さめ》ぬべし。女はひとつ[六四]思ひ所《（ど）》ありてもかなしや、さびしや」と。ある夕暮《ぐれ》に、[六五]ことのかけたる男に、ゑりのよごれたる袖にもたれて、「洗《あら》ひたがる人のあらうに、此《（この）》まゝに[六六]めすは[六七]わるいお物好《ずき》」といへば、[六八]「心のつきたる女がほしや」といふ。「御堪忍《ごかんにん》がならば、[六九]やりたい」といふ。[七〇]是《（これ）》を種《たね》として、「今宵《こよひ》はお隙《ひま》か」といへば、此《（この）》男しば

二九 利便。利益。三〇 世間でいわれるように、それほど。三一 同宿の男女の奉公人が野合することがよくあったからいう。三二 よい身なりの。三三 当世風のお洒落。三四 折角の結い髪が引き立つように。三五 鼻の低い顔。お多福。三六 一生一度の大願。三七 楊貴妃秘方内宮玲瓏散という。↓補四三六。三八 顔料の紅は紅花汁に梅酢を加えて作る。十二月寒中に作った紅はつきがよいので珍重する。三九 傾城の道中の歩き方の真似。四〇 天下の大道。四一 我が物顔にしゃなりしゃなりと、道一杯に歩くこと。四二 本人は屁とも思っていない。四三 住みこみの見習奉公人。四四 やもめ暮しの。四五 荷物を担いで触売りする行商人。四六 在郷舟の船頭。四七 なり恰好が郷土のそれと変っているから。四八 男に見られるのを無上の楽しみに思って。四九 町歩きしたことであった。読み癖で「してんげり」と読む。五〇 誰一人として。下文に否定を伴う。五一 奉公人宿までつけて来て。五二 あの女を是非世話してくれと。五三 自己の容姿に懐疑的になって。不思義は不思議の誤り。五四 憚りながら。口はばったいいいようだが。五五 彼岸の寺参りは女の展覧会のようなもの。大阪では天王寺の彼岸参りが有名。五六 三番とは下らぬの意。五七 惚れこまないのだ。五八 独芝居。五九 美人の足は八文七分が標準（二代男、七ノ二）。六〇 伊勢大神宮の千度・万度の御祓の大麻。六一 未詳。六二 諺。物の寸法は、測りようによって三寸ぐらいは出入りがあるとの意。六三 大きいといっても大抵のことではないという意。六四 欠点。六五 不自由な、やもめ暮しの。六六 着ていらっしゃるのは。六七 変な御趣味ですね。六八 よく気のつく女。六九 私をあなたに上げたい。七〇 この会話をきっかけとして。

し分別《ふんべつ》して、「酒買《さけかふ》て振舞《ふるまふ》て、[一]かたひねってくださるゝならば」といふ。「口惜《おし》ながら、[二]是非《ぜひ》なく思ひそめましたが因果《いんぐわ》、お望《のぞ》み次第《(しだい)》」といへば、此《(この)》男[三]立帰《(たち)かへ》りて、[四]「はじめからいはぬには聞えぬ。[五]もしもの事があらば、[六]取《(とり)》あげばゝのさはいはそちからなさるゝか」と[七]小語《こやき》ける。いづれ此《(この)》女も、よく〳〵[八]むすぶの神の見限《かぎ》り給ふとしれたり。[九]すこししぶりかわのとれたる女には、[一〇]宿拂《ばら》ひ請合《(うけあふ)》やら、又小遣銀《こづかひがね》も持てきてやるやら、[一一]抓取《つかみ(どり)》の世《よの》中に、[一二]扨《(さて)》も違《ちが》ひの有《(ある)》事ぞかし。

[一三]筭用《さんよう》して合点《がてん》のゆかぬ女、半季《はんき》五拾目に給銀《きうぎん》極《きは》めて、[一四]つれ來《きた》る風俗《ふうぞく》を見るに、[一五]成程《(なるほど)》京羽二重《はぶたへ》の白むく肌《はだ》に着《き》て、[一六]本ぐんないのごばん嶋《じま》に、[一七]大森《もり》の[一八]幅《はゞ》の紅《もみ》うらを付《(つけ)》て、帯《おび》は[一九]むかしからちやの繻子《しゆす》の一幅物《(ひと)はゞ(もの)》、氣《き》を付《(つけ)》て見るに、[二〇]飛《とび》さやの内衣《ゆぐ》をすそ長《なが》に、[二一]べつかうの惣《(そう)》すかしのさし櫛《ぐし》、[二二]虹染《にじぞめ》の[二三]抱《かゝ》へ帯《おび》、其外《(そのほか)》[二四]小道具《こだうぐ》はさし置《(おき)》、ちつと[二五]中《ちう》づもりに銀弐百七十ばかりが物の[二六]出立《(で)たち》。「[二七]五十目の内から、あれは何としていたす事ぞ」と、物がたい[二八]手代の親仁《おやぢ》がうたがひける。[二九]今の女房《によぼう》が申《(まうす)》は、「御縁《ゑん》が御ざつて[三〇]おりましよば、[三一]月に六日の夜《(よ)》るのお隙《ひま》は定《さだ》まりて、外《(ほか)》に二日づゝ昼《ひる》お隙《ひま》くだされ。其《(その)》上[三二]六度のかうしん参り、[三三]八日・十二日宵《よひ》やくし、天神へは願《ぐわん》が御ざりまして[三四]月まいりいたします。くれがたから[三五]初夜《しよや》までのお暇《いとま》」と云《いふ》。「[三六]此《(この)》神佛《かみほとけ》参りの信心《しん〴〵》から、あのごとく成《(なる)》衣裳《いしやう》が出來《でき》ます」といへ

合点ゆかぬ半季居の風俗、知らぬが仏

一 按摩をしてくれるならば。 二 理窟なしに好きになったのが私の因果。 三 跡戻りして。 四 初めからいっておかぬと話がややこしくなる。 五 妊娠するようなことがあれば。 六 産婆の差配。依頼から謝礼一切を含む手当。 七 振仮名「さゝやき」けるの誤刻。 八 縁結びの神。出雲の神様。 九 磨き上げて垢抜けのした。 一〇 中宿の寄宿費。 一一 女は摑み取りの世の中の意。女があり余っている世の中だのに。 一二 美人と不美人とでは。 一三 改行原本のママ。どう計算してみても給金と服装のつりあいがとれぬ、正体のわからぬ女がある。 一四 奉公人宿から連れて来た女の身なりを見ると。 一五 いかにも奉公人のお目見えらしく。 一六 上の小袖は郡内絹の碁盤縞。まがいものの京郡内に対して、本場の郡内(二三〇頁注一)を本郡内という。 一七 京都新町丸太町上ル紅染屋大森長左衛門か(松)。 一八 幅広の紅裏。 一九 昔枯茶。流行の茶。染の一種。 二〇 飛紗綾。紗綾に似て地厚く牡丹の丸の如き花模様を飛ばしたもの、中国からの輸入品。 二一 ↓一九八頁注二一。元禄頃には銀細工のすかし彫の模様を櫛の棟にはめることが流行した。 二二 七色変りの横筋染のことか。 二三 しごき帯。 二四 附属的な装飾品。 二五 頭の中でざっと計算しても。 二六 いでたち。身ごしらえ。 二七 半季の給金。 二八 年寄り番頭。 二九 先ほどの女奉公人。 三〇 居りましょうならばの訛。勤めさせて頂きますならば。 三一 奉公人の公休。春秋二度のやぶ入り以外に、月に六度夜間休暇を与える慣習。 三二 庚申の日に青面金剛(天王寺南門の庚申堂が有名)に参詣して、息災長寿を祈る。但し、庚申はおよそ一

ば、親仁《おやぢ》[三七]何とか合点《がてん》して、「南無阿弥《なむあみ》〱」ととなへて、此《(この)》女をはるかに拝《おが》まれける。

四[三八] 具足甲《ぐそくかぶと》も質種《しちだね》

都《みやこ》につゞく伏見《ふしみ》の里、[三九]通り筋《すぢ》の外今[四〇]の淋《さび》しさ、殊更秋[四一]は物あはれに、垣根《かきね》に咲《さき》たる[四二]朝皃《あさがほ》の茶の湯の沙汰《さた》も絶《たへ》て、手釣瓶《つるべ》の縄《なわ》をたぐり捨《すて》てかけたり。萩《はぎ》は見る人もなき[四三]昼《ひる》のにしき、[四四]玉芙蓉《ぎよくふよう》の枝《えだ》に泣子《なくこ》の襁褓《むつき》など干《ほし》ける。[四五]むかしの春は日[四六]暮《ぐら》しの御門《ごもん》と眺《なが》めし所も、[四七]間引菜《まびきな》の畠《はたけ》と成《(なり)》、[四八]兩替町《りやうがへ》といひし所《ところ》も、今は錢《ぜに》が百ありそふなる家《いへ》もなく、[四九]三文が油《あぶら》、壱文づゝが塩賣《しほうり》、[五〇]あかいわしさへ年越《としこし》に見るばかり。京へ[五一]一里《り》の道《みち》なれば、女の足《あし》にても夕食過《ゆふめしすぎ》より行《(ゆき)》帰る所《ところ》を、貧《ひん》にからまれ、大かたの妻子《さいし》は[五二]大佛《だいぶつ》の皃《かほ》を見ぬ人ばかりなり。東《ひがし》に[五三]城跡《しろあと》の山ふかく、[五四]初茸狩《はつたけがり》せし人も皆遊興《ゆうけう》にはあらず、[五五]二条の八百《やを》屋よりたづねさせける。よろづの虫《むし》を取《(とつ)》て賣《うる》など、[五六]身過《すぎ》は草《くさ》のたねぞかし。此《(この)》[五七]数《す》千軒《げん》、何をかして世をわたるとも見えざりしに、[五八]朝夕《てうせき》の煙《けぶり》立《(たて)》けるは、[五九]せめても[六〇]大川の舟着《ふなつき》にて、[六一]艫《とも》から舳《へさき》へ身体《しんだい》の楫《かぢ》を取《(とつ)》て、[六二]手ぐらまぐらと[六三]年浪《としなみ》をわたりける。

年に六度しか廻って来ない。 三三 俗に「朝観音に夕薬師」とて、毎月十八日の朝は観音、八日の宵は薬師に参詣すると利益があるという。八日は薬師の縁日だが十二日はおまけか。 三四 二十五日が天神(天満の天神が有名)の縁日。 三五 日没から約二時間後。 三六 また言葉をついで。 三七 何と合点してか。 三八 本章は第三章に当る。重郭の内の数字は「三」とあるべきところ。 三九 大通り。京町筋をいうか。 四〇 昔に引きかえて。 四一 徒然草、一九段「物のあはれは秋こそまされと、人ごとにいふめれど」。 四二 ↓補四三七。 四三「夜の錦」のもじり。 四四 木芙蓉の花の色純白なるもの。秋七月花をつけ、朝開き夕萎むという。 四五 往時伏見繁栄の頃には。 四六 ↓補二三六。 四七 蕪菁(かぶな)一名水入菜(みずいれな)の間をすかすために小さい株を間引く。 四八 慶長六年五月伏見に銀座が置かれ、方四町の地を座人に与えられたのが両替町、同十三年銀座は京都両替町に移された。 四九 油や塩のはかり売をして。 五〇 塩蔵して黒くなった赤鰯は民間の食品。安価なので毎月の祝い日にはこれで間に合わせる貧家もあるが、それさえ買えぬという。鰯の頭は邪気を祓うとて、節分の夕柊の枝に刺して門口に懸ける風習がある。 五一 伏見から京まで三里(道中記大全)であるが、北端京町十丁目の辻から大仏正面までは三十八町の道法(色道大鏡、一二)。 五二 東山方広寺の大仏。秀吉の建立、秀頼の再興にかかり、もと金銅仏であったが、寛文四年鋳潰して大仏銭を造り、木像に改められた。 五三 伏見城址。 五四 他の茸類に先んじて四五月頃発生するが、八九月頃雨の後が盛り。松陰多湿の場所に生ずる。 五五 未考。

昔に変る伏見の里、百文の銭もない貧家

内証ならぬ時は質が頼み、公家も傾城も

五六 諺。→三八九頁注三五。 五七 宝暦・明和頃の伏見町数二百六十三町、惣屋敷六千二百五十軒前後。元禄の当時もそう変りはなかったであろう。 五八 どうにか毎日飯を食っているのは。 五九 伏見城廃止・銀座移転などで寂びれたが、それでも僅かに。 六〇 淀川上下の船の発着場。淀川を大川という。 六一 艫は船首をいうが、我国では舳(船尾)をヘサキと読ませる。「艫から舳へ」とは狭い舷側伝いに水棹を操るところから、転じて細々と曲りなりに事を処理することをいうか。舟着↓艫↓艪↓楫を取る↓浪。 六二 手暗目暗(俚言集覧)。前途のあてもなく、当座しのぎに。 六三 年月を送っていた。

一 是非ともなくてならぬのは質に置く品物である。 二 京都六角堂の僧池坊専慶より始まり、専好に至って池坊流を立て立花の家となる(遠碧軒記、下)。 三 池坊では万年青(おもと)・小歯朶・松を前置の三種といい、秘伝とする由(和漢三才図会、七二)、射干(しゃが)の前置は江戸時代になってからは使わぬという。二代男に池坊が島原の太夫を身請したことが見えているから、かようなこともあったかも知れぬ。 四 花の本(下)は連歌の宗匠家の称。江戸時代には、里村紹巴の子孫が代々継承した。 五 露の質のこと、翁草に宗祇時代の連歌師桜井永仙の逸話として伝えるが、永仙は花の本ではない(松)。 六 判金(補二四二)二十枚。 七 王城の地だけあって大様なるをいう。 八 保証人。質入れには家持町人の保証を要するのが定まり。 九 流質期限。 一〇 不自由して。 一一 中古以来人麿影供ということ行われ、後世の和歌・連俳の会席に人麿像をかける風習があ

貧家《ひんか》によらず、人の内證《ないしやう》さしつまりたる時は一質種《しちぐさ》也《(なり)》。昔日《そのかみ》二立花《りつくは》の家より、三鳶尾《しやが》の前置《まへをき》を金子《(きんす)》百兩の質《しち》に入《(いれ)》られける。又四連歌《れんが》の花の本より、五露《つゆ》といふ一字《じ》を六黄金《わうごん》弐十枚に置《(おか)》れける。まことに七都《みやこ》の人心、八請人《(うけにん)》なしに其《(その)》一人の手形《てがた》にて、九切《きり》も定《さだ》めず借《かし》ける。菟角質《とかくしち》にあるうちは、花さしに鳶尾《しやが》をつかはせず、連歌師《れんがし》に露《つゆ》といふ事をいたさせねば、此《(この)》約束《やくそく》を迷惑《めいわく》して請《(うけ)》られけるとなり。又貧《びん》ぼう公家《くげ》あつて、質物《しちもつ》に一〇ことをかゝれ、一一柿本人麿《かきのもとのひとまる》より此《(この)》かたは我なりと自慢《じまん》せられし髭《ひげ》を、銀壱貫目に置《(おか)》れけるに、是《(これ)》は半年《はんねん》づゝのけいやく、切《きり》が延《のび》ると、剃刀《かみそり》

持《もち》て請取《(うけとり)》に來《くれ》ば、これも一二才覚《さいかく》して、元利《ぐわんり》一三算用《さんよう》仕立《(したてて)》請《(うけ)》られけるとなり。又一四鐘《しゆ》木《もく》町の遊女《ゆふぢよ》手づまりし時、一五誓紙《せいし》を質《しち》に置《(おく)》こそおかしけれ。是《(これ)》は銀借者《かねかしもの》が分別《ふんべつ》して、客《きやく》の手前《まへ》よりもらひ銀《がね》のたまるうち、利《り》を高《たか》ふして一六取《(とり)》替《かへ》ける。此《(この)》誓《せい》

紙懸《しこひ》[一七]にはあらず。「女郎[一八]の身のうへすゝる所をその方《かた》さまに見付《つけ》られ、然《しか》も内《ない》證《しやう》にて、年〳〵御合力《かうりよく》うけ申《まうし》候その御恩《おん》に、世間《せけん》[一九]の目をしのび、念比《ねんごろ》いたし候。此《この》心ざしかはり申《まうす》におゐては、諸神《しよじん》の御ばちにて、五分取《ふんとり》[二〇]の女郎におろされ申《まうす》べし」と、ひとつ[二一]も根《ね》のない事を書《かゝ》せ、血判《ちばん》[二二]までおさせて、天神《てんじん》[二三]から十五女郎までに、金子《きんす》弐歩《ぶ》づゝ借《かし》ける。是《これ》は此《この》里へかよふ髪《かみ》[二四]の油賣《あぶらうり》が思案《しあん》して、人のしらぬ徳《とく》を取《とり》ける。濟《すま》さぬ時は、「其《その》女郎と我等[二五]間夫《まぶ》[二六]をいたす」と、くだんの誓紙《せいし》人に見せられては、身のすたる事を合点《がつてん》して、約束《やくそく》のごとく埒《らち》を明《あく》れば、ひとりにもそんをしたる事なし。

質《しち》[二七]屋程、世のうき目見る物はなし。氣《き》のよはき人の、中〳〵成《なる》まじき家業《かげう》なり。ことに此《この》所は、けふを暮《くら》して明日《あす》を定《さだ》めぬ、哀《あは》れさま〴〵の人の多《おほ》し。何國《いづく》も質屋《しち》は、昼隙《ひるひま》にして夜《よる》[二八]の取《とり》やりぞかし。ある夕暮《ゆふぐれ》に時雨《しぐれ》して風横《よこ》ぶきにさむかりしに、四十あまりの男、かさ[二九]の代《だい》に圓座《ゑんざ》[三〇]を被《かづ》き、身にひとつ着《き》たる古《ふる》[三一]布子《ぬのこ》をぬぎて、やう〳〵壱匁七分借《ふんかり》て、其銭細《そのぜにほそ》き帯《おび》に持添《もちぜへ》、丸はだかに成《なり》、下《した》帯《おび》ばかりにて帰る。又七十あまりの祖母《ばゞ》[三二]、つえにすがり庭《には》にじりこみ、ふところより東山《ひがし》[三三]時代《じだい》の蚊《か》屋のつり手二筋《ふたすぢ》さし出しける。是《これ》にも「札書《ふだかく》[三四]事のむつかしや」といひさま、銭十六文かしければ、「せめて二十」と手合して斷《ことは》[三五]りいへど、

一三 金を工面して。 一三 勘定して清算すること
を算用をしたてるという。 一四 撞木町。伏見の遊女町夷町の俗称。丁字形の町の形より命名。 一五 起請文に同じ。誓紙を質に入れては手管で客をはめることが出来ぬ。 一六 誓紙を質にとって金を貸した。 一七 色恋の沙汰からではなく、手管の心中立てである。 一八 原本「すゝる」は「すたる」の誤刻。女郎としての一分がすたるような恥かしい所を。身体的欠陥をいうか。 一九 客としてではなく、間夫として交渉したという意。 二〇 最下級の局女郎。位をそれに下されても文句はないという意。 二一 わざと、こうしたありもせぬ事を誓紙に書入れさせて、女郎が契約を破らぬ保証にする。違約すれば、これを持出して一分をすたらせる。 二二 誓紙の名書のところに指の血をしぼって落す。女は右の中指または無名指を用いる(色道大鏡、六)。 二三 撞木町に天神があったのは寛文三年から六年まで。以後囲女郎と半夜・仮契(ちけ)のみ。 二四 廓出入りの髪油売。 二五 我に同じ。改まっていう時に用いる。 二六 客以外に情夫を持つことは廓の法度。特に相手が出入りの小商人であれば女郎の恥になる。 二七 胸一ノ二「まことに世の中の哀れを見る事、貧家の辺りの小質屋、心よはくてはならぬ事なり」。伏見の質屋風景↓永三ノ三。 二八 夜の商売だ。 二九 傘の代りに。 三〇 藁で丸く編んだ敷物。 三一 古びた木綿の綿入れ着物。 三二 老婆。 三三 名物の道具・時代裂の優品を賞美して東山殿(足利義政)時代という。ここは時代物で役に立たぬという意味で皮肉にいった。 三四 こんなものにも、一々質札を書くのは面倒くさいとぼ

世の憂き目見る質屋商売、ことに伏見は

「ならぬ事」と合点《がてん》せねば、「是非《ぜひ》も御座《ござ》らぬ」と、その錢持《もち》ながら、一わち〳〵〳〵と身ぶるひして、そこへ二こけたが㝡期《さいご》也《(なり)》。三貧者《ひんじや》の質《しち》とるから、こんな事やなどふびんともおもはず。又四船のくだる時、五たゝき牛房賣《ごぼううり》に出《(いで)》ける男、六関《せき》がはら陳《ぢん》いひ立《(たて)》して、七むかしおどしの具足《ぐそく》・甲《かぶと》を置《(おき)》にきたれば、八亭主中《ていしゆなか》〳〵同心《どうしん》せず、九「其方《(そのはう)》に似《に》あはぬ物なり。取事《(とる)》ならぬ」といふ。「是《(これ)》は人にたのまれまして」といへど、「一〇その吟味《ぎんみ》までもなし。相應《さうおう》の物を一一持《もつ》ておじやれ」といふ。時に門《かど》の戸明《あけ》て、一二四方髪《しほうがみ》の男、にが〳〵しき㒵《かほ》さし出して、「是亭主《(これ)ていしゆ》、それは一三身どもが物じやが、いかにしても一四侍《さむら》ひの手がら具足《ぐそく》は質《しち》に置《(おか)》れぬ。一五慥《たしか》に請人《(うけにん)》取《(とる)》からは、たとへば女が置《(おき)》に來《く》るとも、一六埒《らち》あけたがよい。殊《(こと)》に其甲《(その)かぶと》は、一七大江山にて正《(しやう)》八幡宮《まんぐう》の頼光《らいくはう》にくだされたる物、世《よ》の寶《たから》なり」といふ。「それならばなを一八むつかしや、寺へ一九靈寶《れいはう》によき借《かし》物」といふ。「扨《(さて)》も口惜《おし》や、質種《しちだね》にはもめん布子《ぬのこ》にはおとりける」と二〇悔《くや》みて、持《もつ》て帰りける。

此浪人《(この)らうにん》の、二一町屋住居《まちずまゐ》の身の取《(とり)》まはし愚《おろ》か成《(なる)》に付《(つけ)》て、物語《がたり》せしは、二二「惣《さう》じて世に落《おち》ぶれし人の、質《しち》を置《(おく)》事無分別《むふんべつ》なり。百目かりて、此《(この)》百目に元利《ぐはんり》そろへて、請返《(うけ)かへ》す銀《かね》の出所《(でどころ)》なし。菟角當座《とかくたうざ》に二三賣拂《うりはら》ふものなり。我等も質置《しち(おく)》事、五十度にあまれり。是《(これ)》を二四一色《(ひと)いろ》、請《(うけ)》たる事なし。其後《(その)》分別《ふんべつ》して、二五七色《(なゝいろ)》を札《ふだ》七枚にいたし置《(おき)》

やきながら。質物と引替に質札を交付するのが定例。これがないと請戻すことが出来ぬ。三五 事情を打明けて頼んだが。

一 わなわなと。二 倒れたのが最後で死んでしまった。三 こんな事なんか。「…やなど」は物事を軽く扱う時に語尾に加える。四 伏見から大阪行の乗合船(伏見下り船)が出る。五 牛蒡をせんに切って煮つけたもの。乗合船の旅客目当てに飲食物の行商人が船着に集った。六 関ヶ原合戦の際の戦功をいいたてて。陳は陣の誤り。七 昔作りの甲冑。「具足」は甲冑の総名であるが、「よろい」も甲冑の総名であるところから、誤って鎧だけを具足といった。八 容易に質に取ることを同意せぬ。不審な質物は出所を吟味する必要がある。盗品を質にとった時は入牢または闕所になる。九 質置人を見下していう口吻。一〇 他人の依頼かどうか、吟味するまでもない。一一 持っておいで。一二 総髪の浪人体の男。一三 拙者の所有物。「身ども」は自称の武家詞。一四 武士たる者が戦功をたてた由緒ある甲冑を入質出来ない。一五 定法通り保証人を取る上は。一六 取引をしたらよかろう。一七 一条天皇の御代、源頼光が大江山の酒顛童子を退治した時、八幡大神頼光を誘導宝剣を授けて童子の首をはねさせた。後にその宝剣を童子斬りと名づけ、源家の重宝になったと伝えるが、甲のことは不詳。浪人の仮託か。一八 面倒だ。一九 寺院が開帳と称して秘仏・霊宝を陳列、参詣人から賽銭を集めることが流行した。中にはいかがわしい品物を借り集めて、霊宝と称するものもあった。二〇 残念がって。二一 馴れない町屋住居に、暮しのやりくりの下

質を置くは無分別、とかく奢りの沙汰

けれは、[二六]自然《しぜん》また請《(うけ)》出す事も有《(あり)》。夜着《よぎ》・蚊《か》屋の夏冬《なつふゆ》置《(おき)》かへのせはしさ。[二七]定《さだ》まつて五節句《せつく》に入《(いる)》はかま・かたぎぬを置《(おき)》て、度〳〵に請《(うく)》る事のやるせなし。いかに[二八]小家《こいへ》の日をおくればとて、[二九]男とあるべき者《もの》は、[三〇]時ゝの着物《きる》に相應《さうおう》の羽織《はおり》、[三一]あさの上下《かみしも》・中《(ちう)》脇差《わきざし》一《(ひと)》腰《こし》は、町人の[三二]面道具《おもてだうぐ》なれば、たとへ[三三]片食《かたけ》は喰《くは》ずとも、身をはなつ事なし。いやといはれぬ[三四]祝言振舞《しうげんふるまひ》、[三五]町役《(ちやう)やく》の[三六]野《の》おくりには出ぬ事成難《(なり)がた》し。[三七]内證《ないしやう》の事は女の取《(とり)》まはしにて、連添《つれそふ》男の[三八]世間《せけん》むきをよくするこそ本意《ほい》なれ。此《(この)》所の[三九]問屋《とひ》町《(まち)》より、當世《たうせい》ごしらへの衣裳《いしやう》・[四〇]こよる・小ぶとん・手道具《だうぐ》まで、此程《(このほど)》の娌入《よめ(いり)》荷物《にもつ》を質《しち》に置《(おき)》、銀七貫目借《かり》て行《(ゆく)》。様子をきけば、すいりやうにたがはず、[四一]宇治《うぢ》より縁組《ゑんぐみ》して、[四二]ざゞんざうたひしはいまだ廿日《(はつか)》も立《(たた)》ぬに、[四三]其《(その)》女の衣類《いるい》かりて、はや質《しち》屋の藏《くら》へ入《(いる)》る事、[四四]世の中のかたりにて女房《によぼう》もちけるぞかし。[四五]女は淺《あさ》間敷《ましく》、一生《しやう》をたのむ男次第に成《(なり)》けるものなればなり。おもへば耻《はづ》かしき身体《しんだい》、人皆奢《おごり》より此《(この)》仕合《(しあはせ)》なりける。此質《(この)しち》屋も、分限《ぶんげん》に成《(なり)》て身のむかしをわすれ、いつとなく[四六]絹《きぬ》・紬《つむぎ》を不斷着《ふだんぎ》にして、[四七]取葺《とりぶき》屋ねの軒《のき》のひくきを作事《さくじ》して、[四八]瓦《かはら》ぶきに白壁《しらかべ》、[四九]京格子《がうし》を付《(つけ)》ければ、[五〇]あれたる伏見《ふしみ》には又もなく目に立《(たち)》て、貧者《ひんじや》をのづからに耻《はぢ》て、質置《しち(おき)》に來《くる》人もなく、次第に[五一]質《もとで》をへらし、後は油《あぶら》屋・米《こめ》屋に商賣替《しやうばいかへ》て、つゐに此《(この)》家[五二]賣《うつ》て置《(おき)》ける。[五三]此《(この)》身過《すぎ》をする人は、住《すみ》ふるびたる家《いへ》を普請《ふしん》する事なか

手なこと。二二 この一節、織二ノ二参看。二三 売払うべきものだ。二四 ただの一品も請出せたことがない。二五 七点の質物を一点ずつ別の質札をとって入質する方法をとって見たら。二六 一点ずつなら金額も小さいから、またいつかの機会に。二七 五節供(補一一七)など式正の日の祝儀の廻礼には、袴肩衣着用が定例。二八「小家に」とあるべきところ。間口二間以下の家を小家という。二九 男たる者は体面を重んじなければならぬ。三〇 季節によって衣服の定めあること↓九七頁注二二。羽織は略式の礼装。三一 上下に脇差は祝儀不祝儀を通じての本式の礼装。上下は麻を本とする。中脇差↓三五頁注三二。三二 体面を保つに必要な道具。三三 食事一回分。当時は朝夕の二食が普通。三四 婚礼の披露宴。三五 町内の住民としての義務。葬式なども町役として一軒から一人は出なければならぬ。三六 葬式。「野」は火葬場または埋葬場の意。三七 世帯むきの事。三八 世間づきあい。三九 伏見鑑(安永七・八)「塩屋町・大津町・聚楽一丁目、右三丁、問屋町と云。米問屋数多有」。四〇 小夜着の略。常の衣服より少し大きな小袖夜具。婚礼の荷物には必ず小夜着・小蒲団を持参。四一 宇治は茶所として、富家が多かった。上林家一統を初め幕府御用の御茶師がある。四二 祝言振舞をしてからまだ二十日も経たぬにの意。狂言小歌「三国一ぢや、浜松の音はざざんざ、酒になりすまいた、しやん〳〵」。酒宴の席でよく謡う。四三 妻の衣装道具で金融すること。↓三五三頁注四四。四四 世間を欺き信用させるために利用するべく、結婚したわけだ。四五 というのも、女は情ないもので、一生を託する夫のいいなりになってしまうものだからで

れ。一女家主《いへぬし》小袖を着事《きる》なかれ。内藏《うちぐら》火相《ひあい》二よく念《ねん》を入《いれ》、つらがまへのかしこき男《お》猫《ねこ》一疋《びき》飼《かふ》べし。十露盤《そろばん》をひとり子と思ひて、是《これ》を抱《だい》て寝《ね》べし。

ある。四六 平日は木綿布子、寺参りその他のよそ行きにだけ絹・紬着用が町人の嗜み。四七 ↓九六頁注一一。伏見は富裕な家が少なかったから、取葺屋根の家が多かった。棟の高いのは富裕のしるし。↓二〇六頁注一二。四八 京都附近の瓦屋根は、丸瓦を用いぬ平瓦だけの勘略葺が多い。また家屋の外面は白壁で、下見板を打たない。四九 守貞漫稿、上「京格子と云は、連子(れん)の竪子特に細かく多きを云歟、又竪子に貫(ぬき)を通さず、貫に竪子を釘抜にしたるもの歟」というが、嬉遊笑覧一、上に「西鶴などが艸子に京格子と云るは、竪に子をあらく幷べたるなり」ともいう。五〇 荒廃した。五一 資本。↓三一九頁注二二。五二 売って退きけるの誤記か。五三 質屋渡世の人は。↓一七二頁注四。

一 主婦。女房家主(一九七頁注二七)に同じ。訛って「いわらじ」とも。
二 防火に注意して。

繪入

西鶴織留

六

世濃人心

西鶴織留世の人心

目録　六

一 生活が変ると、正直にそれを反映して人間の顔形まで変って来る。
二 正月七日七種の若菜を調えて、菜粥にして食べる。年中の病災を攘うという。七草↓補一三五。
三 夫思い。夫に対する愛情のあらわれ。
四 流行の笠に着飾った女が案外なくわせものだったという意。当時流行の女笠は塗笠から菅笠に移り、元禄三年夏以後は再び塗笠に帰ったという(近世女風俗考、下)。本文に笠の記事は見えぬが、この章の第三節のしかけものを指すのであろう。笠をかづく↓かづき物。
五 世智辛い世の中になったから、よい事はころがっていない。
六 竹箒を槍にして、子供に槍持ちの真似をさせて自慢する親馬鹿。

㊃ 千貫目の時心得《こころえ》た

世はみなあはぬ算用《さんよう》して見よ

銀(かね)は家質《かじち》で借《かす》べき事

一 資産千貫目に達した時、大英断で商売をやめた話。

二 家質→五九頁注一七。高利貸資本として運用するには家質をとるのが最も安全確実な利殖法。

三 世渡りする者の心得として。

四 徒然草、九七段「家に鼠あり、国に賊あり」(永一ノ五)のもじり。

五 世間体を重んじ、世渡りに賢い人。世間気は見栄をはり、外聞を気にすること。

六 →四三七頁注二八。

七 →一一八頁注六。

八 諺。論衡「人命懸二於天一、吉凶存二於時一」。

九 落雷に感電死するのも。

一〇 三世相によると、人の生死は前生から定まっているもので、生年の十干・十二支によって何歳で死ぬかということまで判っている。

一一 責任を回避することを「身を遁れる」という。面倒な事は避けられるだけ避けるようにしてという意。

一二 長命の後、畳の上で死ぬことを願うのはという意。

一三 大名・高家に同じ。

一四 京都御所の御常御殿の内庭には数寄屋造りの地震御殿があり、江戸城・彦根城などに神鳴の間があったという。→補四三九。

一五 大工。

栄花に上なし、身の一大事忘るべからず

世の楽しみはあれ。鶯の局一生の誤り

一六 梁と天井板の間や天井板の下方にも幕を張る。↓補四三九。
一七 賀茂祭(一名葵祭)に用いた葵の縵(かずら)を長押・几帳・簾に懸けておく。上賀茂の祭神別雷神に因んで雷除けとする。
一八 斗帳。屏風の如く張りめぐらした幔。
一九 降真香。広東・広西・安南・暹羅など南方地方に産する降真樹の心を薄く削ったもの。雷除けの香という(南留別志・北窓瑣談)。
二〇 光。二一 女房(侍女)。
二二 公家の内室の称(人倫訓蒙図彙、一)。各〻部屋を賜わっているので局上臈という。
二三 妙法蓮華経巻第八、観世音菩薩普門品第二十五の通称。また普門品ともいう。その偈に「雲雷鼓掣レ電、降レ雹澍二大雨一、念二彼観音力一、応レ時得二消散一」とある。
二四 別に被害はなかった。
二五 高貴の人。
二六 栄華に誇るともという意。錦の裀(茵・褥)は錦の敷物。三尺四寸の薄縁の周囲を暈繝(うんげん)縁にしたもの。但し暈繝(うんげん)縁は錦・高麗錦などで縁どったもの。但し暈繝縁は天皇、高麗縁は大臣以上に限る。
二七 死を免れることは出来ぬ。煙は荼毘の煙、昔は夜間送葬して荼毘に附する。
二八 ↓三〇一頁注二二。
二九 俗説に人が息を引取るのは潮の退く時刻に定まっているといい、知死期(ちしご)の時の歌によって大体を算出する。↓補四四〇。
三〇 生死の一大事。人間無常ということ。
三一 公家。↓四六頁注二三。三二 女性。婦人。
三三 家柄・血統。

一 官女のうつり氣

「[三]世にある物のならひとて、[四]闇《くら》がりの鼠《ねづみ》・昼《ひる》盗《ぬす》人絶《たへ》ず、兼《かね》て用心《ようじん》せよ」と、[五]世間氣《せけんぎ》のかしこき人の云《いひ》しらせける。かくのごとく万事《ばんじ》に氣《き》づかひをせば、[六]小家《いへ》に火を焼《たく》まじや、[七]渡海《とかい》の舟《ふね》に乗《のる》まじや。一切《さい》の人間《にんげん》、[八]運《うん》は天に有《(あり)》。[九]神鳴落《かみなりおち》てつかまれけるも、[一〇]死は前生《ぜんしやう》よりの定《さだ》まり事といへり。されども用心《ようじん》して、[一一]身をのがるゝ事にはのがれ、[一二]長命《ちやうめい》の後病死《のちびやうし》をするは、是《(これ)》人の常《つね》なり。されば[一三]大名公《だいみやうこう》家《け》がたには、[一四]地震神鳴《ぢしんかみなり》の間《ま》とて[一五]番匠《ばんじやう》にたくませ、赤銅瓦《あかがねがはら》の三階作《がいづく》り、一重《ぢう》〳〵に[一六]天井幕《てんじやうまく》を張《はり》て、四方に[一七]賀茂《かも》の葵《あをい》つらせて、[一八]純張《どんちやう》に[一九]名香《めいかう》を焼掛《たきかけ》、いなびかりの[二〇]影移《かげうつ》るより、[二一]奥《おく》さま是《これ》に入らせ給へば、前後《ぜんご》は[二二]お局女臈《つぼねぢよらう》たち相《(あひ)》つめて、[二三]観音經《くはんをんぎやう》を讀《よみ》給ふにぞ、此難《(この)なん》は幾度《いくたび》か[二四]子細《しさい》なし。[二五]高人《かうにん》[二六]にしきの裀《しとね》をかさねても、[二七]夕の煙《けぶり》はのがれず、[二八]佛《ほとけ》の御迎《むか》ひぶねには乗《のる》まじきといふ事ならず。思へば[二九]時刻《じこく》の息引《いき(ひき》取《とる)》には、何とも用心成《ようじん(なり)》がたし。惣《そう》じての人間《にんげん》、[三〇]爰《(ここ)》の大事《だいじ》をわすれ、身の樂《たのし》みに年月《(としつき)》を暮《くら》しぬ。

殊更《(ことさら)》[三一]高家《かうけ》にめしつかはれし[三二]女中《ぢよちう》は、其《(その)》[三三]筋目《すぢめ》もいやしからぬ人の息女《そくぢよ》にして、若年《じやくねん》より[一]世のせはしき事をしらず、其身《そのみ》のためばかりに、[二]官女《くはんちよ》の立《たち》ふるまひを見習《なら》ひ、[三]朝夕《てうてき》のもてあそびとて、[四]玉琴《たまごと》・和哥《わか》に[五]心をなし、花の[六]明《あけ》ぼの雪の夕、月・紅葉《もみぢ》に[七]身をそめ、願《ねが》ひは[八]戀種《こひぐさ》の外《ほか》なく、[九]一生淫酒《しやういんしゆ》のふたつの中に、[一〇]ひとつのすがたを色作《いろつく》りて、夢《ゆめ》うつゝのごとく、[一一]何罪《つみ》もなく望《のぞみ》もなく、[一二]流《なが》れをくみてみなもとをしれる道理《だうり》、[一三]さもしき地下人《ぢげにん》にあい見《まみ》えねば、[一四]今時のせちなる事は、[一五]女のきやはんはくなどの始末心《しまつこころ》かりにもなかりしに、さる[一六]御所《しよ》にちかふめされし[一七]鶯《うぐひす》の局《つぼね》と申《まう》せし人、梅咲初春《むめさくはつ》の廿四日に、[一八]上《かみ》より御願《ねが》ひ事ありて、[一九]北野《きたの》の神《かみ》へ御代参申《だいさんまう》されての[二〇]下向《げかう》に、町筋《すぢ》の有《あり》さま目にめづらしく、[二一]駕籠《のりもの》の窓《まど》より、小家《こいへ》がちなる[二二]西陣《にしぢん》のほとりを通《とを》られしに、[二三]つきぐの男《おとこ》、[二四]神樂錢《かぐらせん》の外《ほか》に上《あぐ》べき[二五]初尾《はつお》をわすれて今おもひ出し、[二六]㒵付《かほつき》うろたへて「是《これ》にしばら

一 世渡りの苦しさ。二 女官(かんじょ)としての行儀・作法。三 原本振仮名「てうせき」の誤り。四 琴の美称。寛永時代後水尾院の宮中では三味線楽なども盛んに行われたから、この琴も俗楽の筑紫琴であろう。五 心を傾け。「身をなす(一四二頁注一一)」と同じ語構成。六 曙。七 遊宴に耽溺して。紅葉↓染める。八 恋草。恋慕の情の盛んなことを草に譬えていう。ここはよい男にめぐり逢いたいと願って、恋心をつのらせる以外に、考えることもなくという意。九 一生を色と酒の享楽に送りたいと思っているが、男女の別きびしい御所勤めのこととて。一〇 誰に見せるともない我が姿をはでに粧うて。淫酒の二つ↓一つの姿。一一 それが自分の罪業であるという意識もなく、またその夢が叶えられる希望もないままに。一二 なまじ御所勤めをして高尚なことばかり見聞きしているものだから、気位だけ高くなるのも道理。「流を汲みて源を知る」は諺。しかしここは末に侍って高貴な所作を見習うという意。一三 賤しい百姓。「地下」は支配下にある土地の意で村落をいい、その土着の民すなわち百姓を「地下人」「地下の者」という。一四 今の世の暮しにくいことは少しも知らず。「切(せち)なる」は物事の急迫しているさま。一五 旅行以外に、平生の外出にも脚絆を用いるようになったのは、元禄前後か。一六 大臣に任ぜられる公家の尊称。但し俗間では一般に公家をいう。一七 女房の呼名は、その姓または父兄の官位、或は局の所在によって命名するのが定例、ここは下文の北野参詣を導き出すための作者の命名か。鶯↓梅。一八 御主人。一九 北野天満宮。毎月二十五日が例祭日。二〇 神仏の参詣からの帰途をいう。二一 乗物は角棒引戸の上製の駕籠をいう。

く」と云捨《いひすて》て、又神社《かみやしろ》に行《ゆき》ぬ。[二七]今織《いまおり》のはた[二八]音《をと》せし門《かど》に、[二九]乗物《のりもの》たてゝ軒下《のきした》に休《やす》みぬ。此《この》内に摺砵《すりばち》のおときこえて、下女《げぢよ》[三〇]こどりまはしにはたらきければ、いまだ年若《としわか》なる[三一]内義《ないぎ》が、[三二]つゐ腰掛《こしかけ》ながらうつくしき手して、若菜《わかな》を[三三]そろへ、[三四]鏡餅《かゞみもち》の名殘《なごり》を[三五]雑煑《ざうに》して、我《わが》夫《おとこ》をもてなす風情《ふぜい》。あるじは[三六]中敷《ちうじき》居《ゐ》枕《まくら》にして、心よげに足《あし》を延《のべ》て、「[三七]過《すぎ》にし節季《せつき》はゆるりとしまふ、[三八]我宿《やど》のおもひ出。公家《くげ》も[三九]あたまにかづき、裝束《しやうぞく》がむつかし。大名《だいみやう》も[四〇]腰《こし》にさして、袴《はかま》かたぎぬいやなり。町人ほど心やすき物はなし。「[四一]君《きみ》がため春の野に出《いで》わか菜摘《つむ》」と讀《よみ》給ふを、「[四二]阿爺《とゝ》がためかゝに若菜をそろへさせ」、[四三]しやくし果報《くわほう》の我《わが》身」といふを、鶯《うぐひす》のつぼね聞《きゝ》耳《みゝ》立《たて》て、「世の樂《たの》しみ[四四]あれぞ」と一筋《すぢ》にうらやましく、[四五]屋形《かた》に帰りてもなをわすれず、病氣《びやうき》に[四六]云《いひ》立《たて》、無理《むり》においとま申《まうし》うけ、其《その》後は我《わが》物好《ずき》にて町屋へ縁組《ゑんぐみ》

二二 上京一条以北、堀川以西の地域。この附近下請の小さな機屋が多かった。 二三 供の男。 二四 大神楽の奉納料。 二五 賽銭。 二六 顔にもあわてた様子をあらわして。 二七 西陣織の金襴。↓七八頁注一九。 二八 織機の音。 二九 駕籠を途中でとめて休息することを「立てる」という。 三〇 小取廻しに。こまめに、きびきび動作すること。 三一 人の妻の敬称。 三二 気軽に。 三三 根を揃えて。 三四 町家では神棚・年徳棚・竈・仏壇その他商売道具にも鏡餅を供える。正月十一日に鏡開きとて鏡餅を下げて雑煮にするのが通例であるが、ここは七草以前に鏡餅を下げたと見える。「名残」は残りの意。 三五 七草粥に餅を入れて祝う。また七草を雑炊にして餅を入れる風習もある。 三六 「なかじきゐ」とも。押入れなどで上下二段になっている場合、真中の敷居をいう。 三七 去年の大晦日の節季勘定。 三八 足腰伸ばして何しようとままのわが家の気楽さ。 三九 冠・烏帽子をかぶって、装束をつけるのがうるさい。公家の装束には儀服として束帯・衣冠、略服として直衣・狩衣の別がある。 四〇 不断脇差を腰にさして、上下を着用しなければならぬのもうっとうしいものだ。 四一 古今集、一「仁和のみかど(光孝天皇)皇子におはしましける時、君がため春の野に出でて若菜つむ我衣手に雪は降りつつ」。小倉百人一首でよく知られている。 四二 町人の我ならば、「…」と読むべきところ。「とと」「かか」は卑賤の者がその夫または妻を呼ぶ称。 四三 諺「杓子果報」。食物の配分に恵まれていること。「杓子当りがよい」ともいう。譬喩尽、七下「杓子当りが能い炊女(ままたき)の恋路」。 四四 夫婦の和合を指す。 四五 大臣家の公家の邸宅の称。↓八九頁注二六。 四六 病気を理由に申し立てて。

せしに、いかにしても堪忍《かんにん》[一]ならぬは、米《こめ》が食《めし》になる事をおかしがり、油《あぶら》でも火がとぼる物かと不思義《ふしぎ》[二]を立《たつ》る。是《これ》になぞらへて、萬《よろづ》の事ひとつも世上《せじやう》の埒明《らちあか》ざれば、形《かたち》のうつくしきばかりにても濟《すま》ぬ事にして、幾所《いくところ》[三]かさられ戻《もど》りて、後には[四]四条通《でうどをり》の白粉《おしろい》屋の見せに、置《(おき)》看板《かんばん》[五]ばかりによびけるが、是《これ》も商《あきな》[六]ひ口をたゝかねば、又追《おい》出されて、さま〲の恥《はぢ》どもかさなりて、世[七]にはづかしき所を覚へず、東川原《がはら》[八]の機嫌《きげん》とる太鞁持《こもち》を男[九]にして、はじめの程《ほど》は、[一〇]ひとり女もつかひしが、後には貧家《ひんか》の物淋《さび》しく、[一一]人の手よりもらふ物を心當《あて》にせし身過《すぎ》なれば、違《ちが》[一二]ふ事ばかりにて、年《ねん》中買《かい》[一三]がかり濟《すま》す事なく、この男五[一四]節句《せつく》ともに宿《やど》[一五]にていたしたる事なし。今は鶯《うぐひす》のつぼね音《ね》[一六]を入《いれ》て、むかしの形替《かたちかは》りて、淺黄《あさぎ》の古袷《ふるあわせ》の右の片袖《かたそで》紙子《かみこ》[一七]縫《ぬひ》つぎたるを、霜月比《ごろ》の風をしのぎ、觀世《くわんぜ》[一八]こよりの帯《おび》して、髪《かみ》はな[一九]らずまげにも結《いは》ず、廿日もゆあみせねば、其《その》身毛虫《けむし》のごとくなりて、爪《つめ》きらず[二〇]かねつけず、[二一]こはつきも舌《した》[二二]ばやにうらがれ、かくもいやしく成《なる》物かな。是《これ》[二三]につれて、心ざしもおそろしくさもしく、夜道《よみち》をありく事をいとはず、しらぬ男の[二四]さらば、渡世《とせい》の種《たね》にねだ[二五]る氣に成《なり》、借錢《しやくせん》こひの言葉質《ことばじち》を取《とり》、まんまと女虎落《もがり》[二六]と名に立《たち》、人の賃仕事《ちんしごと》に、[二七]さし足袋《たび》・ひ[二八]ねり髻《もとゆひ》、あるひは手間《てま》[二九]ぬひのたばこ入《いれ》、又は[三〇]くみ帯《おび》・線香《せんかう》の上包《うはづゝ》み、何にても請取《うけとり》て、帰すといふ事なく賣喰《うりぐひ》にして、

一 夫として我慢が出来ないのは。 二 不思議がる。 三 離縁せられて実家に戻って。 四 京羽二重、一、四条通諸職商家「さかい町ひがし　おしろいや」。 五 衝立(ついたて)看板。挿絵参看。ここは客寄せの看板代りだけに嫁にもらったがという意。 六 客の購買心をそそるように商品について宣伝すること。 七 しまいには恥も恥と思わず、所もあろうにという意。当時芝居と遊廓は「悪所」と呼ばれて蔑視せられていた。 八 西の島原(西島とうい)に対して、東の四条河原をいう。ここは宮川町の陰間茶屋などに出入りして、野郎遊びの客の機嫌をとる太鼓持をいっている。 九 夫に持って。 一〇 下女の一人も。 一一 祝儀や合力。 一二 心当てが。 一三 掛買の借金。 一四 五節供の前日は節季勘定の日。物前という。 一五 掛取を避けるために、自宅で五節供を祝ったことがない。 一六 昔の栄華に引きかえて、逼塞すること。「音を入れる」は鶯の縁、音出し・音盛り・音入れとて、鶯が鳴くのに季節があり、晩夏に至って鳴き止むを「音を入れる」という。転じて「一件暫止あるをいふ」「鎮まり返って居ることなり」(譬喩尽、三)。 一七 右の片袖を紙子で縫い継ぎしたのを着て。 一八 胸一ノ二にも「かゝが不断帯、くはんぜこよりに仕かへて一すじ」とある。貧乏の極み。 一九 油気のない髪をぐるぐる巻にひっつめて結うた髪。身代の成らぬ、すなわち貧乏人の女の髪風というところからの命名(頴)。 二〇 毎朝歯を鉄漿で染めるのは、既婚の女の嗜み。↓三三四頁注一 二一 声つき。物の言いぶり。 二二 甲高くかすれて。 二三 貧乏するに従って。 二四 「さはらば」の誤脱か(松)。近づく・物を言う・交渉を持つことを「触る」という。 二五 金品をゆする。 二六 女のごろつき。虎落↓

年の八九年も世をわたりぬ。「そこの女に物を頼《たの》むな」といひふらせしが、都《みやこ》の廣《ひろ》さは、[三一]此《この》よこしまにても年を暮《くら》しぬ。

「此《この》女のかくなりぬべきとは、氏神《うぢがみ》もしり給はぬ事ぞ。其《その》時〳〵の人心、[三二]世に有《ある》時には定《さだ》め難《がた》し。是《これ》をおもふに、かたじけなき宮《みや》づかひを捨《すて》て、よしなき民家《みんか》の住《すま》ゐをうらやみしゆへなり。世界《せかい》の男女《なんによ》ともに、其《その》家風《かふう》をわきまへたる主人《しゆじん》の外《ほか》に、かならず〳〵望《のぞ》む事なかれ」と、此《この》鶯《うぐひす》のつぼねの[三三]本末《もとすゑ》をよくしれる人の語《かた》りぬ。

二　時花笠《はやりがさ》の被物《かづき》

[三四]中通《なかどを》り女とて、出合《であひ》がしらにふたり一度《ど》に連《つれ》て來りけるが、きう銀はいづれにても[三五]六拾目が世間《せけん》の極《きはま》りとて、置《おく》人も是《これ》はねぎらず、[三六]勝《かつ》手のよきものを見合《みあはせ》ける。さて中居《なかゐ》の役《やく》は、第一に[三七]奥《おく》様のお駕籠《のりもの》に小袖きてお供《とも》申《まうす》と、御祝義《しうぎ》事の御使勤《つかひつと》めければ、長口《ながこう》上よく申《まうし》て、[三八]女中《ぢよ》のお客《きやく》の折ふしは、すこしのりやうりもして、不斷《だん》はお膳《ぜん》の[三九]取《とり》さばき、[四〇]廣敷《ひろしき》より内のはきそうぢ、[四一]屋敷がたにてお茶《ちや》の間《ま》といふに同じ。[四二]壱人は、何やかやにつかふために、なふてはならぬ女

人はそれぞれ分限あり、羨むまじきこと

二三八頁注四。二七 袋足袋に対して、糸で畦刺(うねざし)にした布足袋。人倫訓蒙図彙六、足袋師「木綿足袋の地、別にこれを織て河内・津国等より出す。これをかいとりて、それぞれにさしに出す。女の業としてこれをさす也」。二八 水引元結。元結紙(越前産粉紙)を捻ってこよりにして作る。平元結に対していう。これも女の内職。前引書六、水引師「諸方え捻(より)に出してこれを染造る、並平水引あり」。二九 手間賃仕事の煙草入れ縫い。前引書六、無節竹(うら)師「又若莨入、紙をもつてさま〴〵につくる、所々にあり。革は滑革(なめしがわ)師これをつくる」。三〇 袋打の真田紐の帯。女物は両端に総(ふさ)をつける。名護屋帯ともいう。組糸は女の内職。前引書六、足打「手にて糸をさばきくむ、目を足にてちいさき木刀にて打ゆへ足打という。女のわざなり」。三一 邪悪。三二 世に時めいている時には、その人の本質を断定することは出来ない。三三 出自とその後の身のなりゆき。

女奉公人のさまざま。(一)中通りの女

三四 仲居女。↓二三一頁注三一。三五 半季に六十匁の給銀。一代女、四「ちぎりの中通の女、半季に六十目のかねの別れ」。三六 使うのに勝手のよいものを、見合せて雇うた。三七 公家の内室をいうが、ここは町人の妻を指している。三八 婦人客。原本振仮名「よ」に濁点あるは誤り。三九 処置。とりかたづけ。四〇 台所の板の間。広敷より内は畳敷になっていて茶の間に続くこと↓一代女、四ノ三・四ノ四。四一 武家方で茶の間、町家で中通り女ということ。四二 少くとも一人は。

なり。[一]寂前《さいぜん》の一人の女は、[二]風義《ふうぎ》もおもはしからず、皃《(かほ)》つきも[三]百人並《なみ》にて、然《しか》も出歯《ば》にしていやし。又壱人の女は[四]比《(ころ)》ようて、いづれにひとつ[五]難《なん》のいひ所なくて、[六]人の家《いへ》にありたきお[七]内室《ないしつ》にもはづかしからず。是《(これ)》を見くらべて、「同じねだんにては[八]ふたつどりに、あれよ〳〵」と定《さだ》めて、先《まづ》二人ともに一夜づゝ置《(おき)》て見しに、[九]悪女《あくぢよ》は[一〇]作法《さほう》の役《やく》の外に、物を書《(かく)》事女[一一]右筆《ゆうひつ》ともいふ程なり。「琴《こと》もお慰《なぐさ》みになる程は仕《つかま》つります。[一二]絹《きぬ》・紬《つむぎ》のあげおろしも大かたには織《おり》付《(つけ)》ます」と申《(まうし)》て、よろづ[一三]聞《(きく)》程心《(こころいれ)》入よく、置《(おき)》て徳《とく》成《(なる)》ものなり。又壱人の美女《びぢよ》は、ひだりのかたの[一四]耳《みゝ》うとく、相手《あいて》になつて[一五]哥《うた》がる取《(とる)》事さへならず、[一六]角《つの》だらい見て、「是《(これ)》は何に成《(なる)》物」と人に[一七]たづぬ程いやし。なを吟味《ぎんみ》するほど、三十日に二度三度《ど》発《おこ》るてんかん病《やみ》におどろき、「[一八]人はしれぬもの」、追《おい》出しければ、[一九]人置《(ひとおき)》のかゝ[二〇]小語《さゝやく》は、「[二一]あれがまんぞくに御座《ざ》れば、[二二]茶屋《ちや》へやつて一年に壱貫四五百めは取《(とり)》ます」といふ。「尤《もつとも》、世の中によい事そろへてはないはづ」と、大笑《わら》ひして[二三]暮《くれ》ける。

[二四]人は心しらぬは悪敷《あしき》とて、むかしは[二五]十三《うない》子《(こ)》の比《(ころ)》に、さもしからぬ形《かたち》を見定《さだめ》て腰本《こしもと》につかはれけるに、近《きん》年町人の[二六]せちがしこく、廿《はたち》にあまるもの置《(おき)》て、[二七]十色《いろ》もひとりして埒《らち》のあくやうにつかひなしける。[二八]是《(これ)》は[二九]心やすく世はわたれども、[三〇]相應《さうおう》の所へよろしく仕付事《(しつくること)》のならぬ者《もの》五年程[三一]切《(きり)》て、[三二]四度の絹《きぬ》仕着《しきせ》にて[三三]銀百目ば

一 先ほどの二人の女の内の一人は。二 身なり・恰好。三 普通以下をいう。四 手頃で。あまり若からず、さりとてふけ過ぎもせぬ、使い頃の年配で。五 非難。欠点。六 徒然草、一三九段「家にありたき木は松・桜」の語調を模す。町人の家にありたき理想の女は。↓五人女、三ノ二。七 立派な奥様の意。元来は公家・武家(大名及び諸太夫以上の旗本)の夫人の称。八 二つ取りに。二つのうちいずれか一方を選ばなければならぬこと。九 醜婦。前記「百人並」の容貌の女を指す。一〇 中通りの女としての、定まりの勤め。作法は慣例・定まりの意。一一 祐筆は武家における公文書の書役。奥向きでは女の能書を祐筆に採用する。一二 絹・紬の機織りも。機を織るには、綜絖(かざり)で経(たて)糸を上下して杼(ひ)道をつくり、杼によって緯(よこ)糸を通し、筬(おさ)を打ちこんで織って行くから「あげおろし」というのであろうか。一三 心がけ。一四 耳が遠くて。一五 小倉百人一首のかるた。読み手を挟んで左右に居流れるから、左方に坐った時には聞えにくい。一六 含漱・手洗・かねつけなどに使用する漆塗の小盥。左右に柄がある。一七 尋ぬるほどの誤り。聞くほど素姓の賤しさが知れるという意。一八 人は見かけによらぬものだと驚いて。一九 口入れの女。二〇 囁く。二一 あの女が身体に欠陥がなければ。二二 色茶屋勤めにやって。二三 その日はすんでしまった。二四 改行原本のママ。二五 髫髪子。童女十二三歳までは、髪を平元結で結び長く肩に垂れるか、元結を用いず、髪末を肩の辺で切り揃えた禿髪にする。よって「十三子」と記した。腰元の年齢が引上げられたこと↓一代女、三ノ一。二六 世智賢く。損得の打算に敏感なこ

同じく(二)腰元。これに仕掛け者あり

と。勘定高いこと。二七 ↓一代女、三ノ一。二八 二十歳過ぎて腰元奉公に出る女は。二九 生活に心配はないが。三〇 相当な支度をして縁づけることが出来ないような家庭の娘。「しつける」は親が子供を教育し、それぞれの身の振り方をきめることをいう。三一 年季を限って。奉公契約をすることを「年を切る」という。三二 腰元は上勤めであるから、契約の条件もよい。仕着せも絹物で四季の衣服が支給される。三三 半季の給銀。奉公の最初に前借することはよく行われた。三四 将来を楽しみに。三五 御主人の世話でその家の手代などと結婚して。三六「身の堅まる事」というに同じ。ここの「身体」は原義の「進退」に近い。三七 同じ腰元奉公の女で。三八 外見とはうって変ったインチキ女がある。仕掛け者の腰元のこと↓一代女、三ノ一。三九 物馴れて気のきいた女。「しゃれる」↓三八六頁注一三。四〇 出来るだけ。四一「またい」は全し、円満実直の意から転じて穏和愚直なことをいう。「手」は接頭語。四二 実は盗人同様の腰元があるが、それだ。四三 懐子。親に大事にせられて、世間知らずのねんねをいう。四四 奥様。四五 手段に。四六 髪を結い月代を剃ること。「脈」は月代の合字。男主人の髪月代は、町髪結でなければ家の若い者の勤め。四七 人手がなくて不自由な時。四八 腰のあたりの筋をひねって、按摩する風を装うて主人を挑発するのである。四九 欲情興奮したふりをして。五〇 主人の。腰から脇腹へ手が廻って来たところ、すこぶる巧妙。五一「め」は接尾語。ここでは親愛の情をあらわす。五二 これを浮気の最初として。五三「首尾」は機会の意。転じて機会を窺って情交すること。ここは情交のつど二三度は気をやって主人のお気に入ったという意。

かり借《かり》て、[三四]すゑたのみに御奉公《ほうこ》させて、[三五]手代などとひとつにあそばし、[三六]身体《しんたい》のかたまる事を願《ねが》ひける。

又[三七]同じ姿《すがた》にて、[三八]各別《かくべつ》の仕掛《しかけ》ものあり。[三九]しやれたる女を[四〇]成程《(なるほど)》[四一]手またく作りて[四二]物とりの腰本《こしもと》。是《(これ)》ははじめの程、[四三]人のふところ子のやうに見せて、悪事《あくじ》を云含《いひふく》め、[四四]先奥《まづおく》の氣に入置《(いりおき)》て、なじむと旦那《だんな》へ近寄《ちかよる》[四五]たよりに、「私《わたくし》は[四六]髪脈《かみさかやき》もいたします」と申《(まう)》せば、「それは[四七]ことのかくる時幸《さいわ》ひの事」とて、「髭《ひげ》など剃《それ》」とある時、けがの拍子《ひやうし》にせなかへ寄添《よりそひ》、剃髪《そりがみ》を拾《ひろ》ふとき、お首筋《くびすぢ》から手をさしこめ、そこ爰《(ここ)》さはりて後、云付《いひ(つけ)》もなきに袖口から手を入《(いれ)》、そろ〳〵[四八]お腰《こし》をひねり、旦那《だんな》に心を移《うつ》させ、我も[四九]心の移《うつ》りたる風情《ふぜい》して、[五〇]脇腹《わきばら》をいたく抓《つかめ》ば、あまりつよふ當《あた》るとて、内から手をとるゝ時、外へは聞えぬ程に「あれ〳〵奥《おく》さま」といへば、「だまれ、[五一]うつくしい子目《(め)》」と[五二]たはぶれのはじめとして、[五三]首尾《しゆび》に二三度の御意《ぎよい》にもれず。程なく「[五四]青梅《あをむめ》を」と好《すき》て、「[五五]只の事の腹《はら》心にはあらず。菟角《とかく》[五六]内かた様へしれませぬうちに御分別《ごふんべつ》」と、旦那《だんな》へゆすりかけて、折〳〵[五七]うちなやむありさま見せて、[五八]たんと氣《き》のどくがらし、扨《(さて)》[五九]親《おや》もとへ此《(この)》事いひつかはし、[六〇]内證《ないしやう》から旦那殿へ[六一]通《つう》じ、[六二]沙汰《さた》なしの合力金《かうりよく(きん)》を五兩・七兩、あるひは身体相應《しんだいさうおう》に十兩もやりて、それとはなくに暇《いとま》出して埒《らち》を明《あけ》る。[六三]又ひとつには、「[六四]此《(この)》身になりまして、奥《おく》様の手まへ、はうばい衆のそしり。親《おや》が聞《(きき)》ましたらば、[一]迚《とて》もいけて置《(おく)》気の人にあらず。世にながらへまして益《あき》なし。淵《ふち》川へ身をなげます」と、旦那《だんな》をおどし[二]取《(とる)》手も有《(あり)》。親娘《(おやこ)》と内談《ないだん》にて、年《ねん》中ねだりて金《かね》取《(とる)》あり。形《かたち》よろしければ、[三]男腰本《こしもと》に出すべき[四]女を、[五]分限《ぶんげん》を聞立《(ききたて)》、旦那好色《こうしよく》成《(なる)》をしりて、其家《(その)いへ》へ[六]仕着《しきせ》ばかりにて御奉公《ほうこ》に出すはくせものなり。「されば一生連添《しやうつれそふ》よしみ、[七]妻女《さいぢよ》の心入《(こころいれ)》のうらみ、世間《せけん》の人のおもはく、彼是《かれ(これ)》もつて心有《(ある)》べき人は、かりにもめしつかひの者《もの》に心かけまじき事」と、[八]物にこりたる人の、後よく合点《がてん》して、[九]道理《だうり》をせめて云置《いひ(おか)》れし。

[一〇]いきとせ生《いき》るもの、子に迷《まよ》はざるは一人もなし。何ほど愚《おろか》に生《うま》れ付《(つき)》たる[一一]子息《しそく》にても、悪敷《あしき》といふ事[一二]かならずなかれ。[一三]悪事《あくじ》かさなりて、[一四]異見《いけん》の杖《つえ》を振《ふり》あぐるうちにも、[一五]脇《わき》から[一六]取《(とり)》あつかふ人のおそきをうらむる事なり。殊更《ことさら》[一七]七歳《さい》より内の沙汰《さた》は、[一八]たとへばひだりの手して箸《はし》を持《もち》、鉄鎚《かなづち》にて茶釜《ちやがま》たゝき割《わる》とも、「気《き》のつよき所、[一九]男はそれじやぞ。箸《はし》も後には我と右にもつ物」と云流《いひなが》し、かりにも余所《よそ》の子のかしこき事を、咄《はな》しにもいたさぬ事ぞ。人の子の[二〇]五歳《さい》にて大學《だいがく》をよむは耳《みゝ》に入《(いら)》ず、我《(わが)》子の十一に成《(なり)》て竹箒《たけばうき》にて[二一]鑓持《やりもち》のまねするを、手の振《ふり》やうがよきとて、客《きやく》の有《(ある)》たびいたさせける。是等《(これ)ら》は人の事にて笑《わら》へど、[二二]其《(その)》身に成《(なり)》ては、

五四「と」は衍字か。原文のままならば、女が「青梅を欲しい」と注文して、好んで食したという意。つわりの前後妊婦は酸味を特に要求する。 五五 どうも普通のおなかの工合ではない、妊娠したらしい。 五六 御家族の皆様。人の妻を「内方」と称する場合もあるが、ここはその意味ではない。 五七 つわりで苦しむさま。 五八 せいぜい主人の気をやきもきさせ。「たんと」は多く、大いにの意。今も用いるが、もとは廓の流行語でこれには複雑なニュアンスがある。 五九 腰元の実家。 六〇 表沙汰にしないで、内々人置などを通じて。 六一 交渉談判して。 六二 たとえ子供が生まれても親子関係を云々せぬという条件付の一時金。賠償の意味でなく、施与という形で与えたから「合力金」といった。 六三 また一方には。 六四 こういうお腹の大きい身体になっては。

同じく(三)乳母。可愛い子にはつけたき物

一 とても私をそのまま生かしておくような気性の人ではない。 二 金品をゆすり取るやり口もあり、また。 三 夫が。「男腰本」と一語に解するは不可。 四 自分の女房を。 五 奉公先の資産状態を問合せ調査し。 六 給金の契約をしておかぬところが曲者。 七「心入」は心煎れの宛字。妻の嫉妬の怨み。 八 一度失敗した人が後によく反省して。 九 物の道理をよく考えて。 一〇 改行原本のママ。振仮名「いき」ママ。生きとし生けるものの訛。 一一 人の息子の敬称。 一二 必ずいうことなかれの意。 一三 その人の子供の。 一四 父親が。 一五 傍から。 一六 なだめ役の中に立ちようが遅いのを。 一七 七歳以下の幼児の場合は。 一八 礼記、内則「子能食レ食、教レ以ニ右手一」とあり。

一九 男はそれでなければならぬ。テキストとしては専ら朱熹の改補本が行われた。普通七八歳頃から手習を始めるが、四書の素読に進むのは十歳前後からが通例。二〇 四書の第一。二一 参覲交替の大名行列が城下町通行または宿入りをする時、先供の槍持は大きく手を振り、或は槍を曲持ちして威容を示す。名優水木辰之介十八番の「鎗踊」はこれを舞踊化したもの。二二 その親の身になってみると。二三 愚鈍。二四 いわゆる懐子。大事にしてあまやかして。二五 しつけもよい加減に。二六 諺に「三つ子の魂百まで」という。二七 百姓の誤り。二八 乳母をつけると、万事出費がかさむので。二九 中流以下の暮しの者。三〇 道理だ、もっともだ。三一 一年の給銀。胸三ノ三にも「こなたは乳ぶくろもよいによつて、がらりに八拾五匁、四度(の)御仕着まで」とある。三二 乳母だけは四季の仕着のほかに衣料・日用品が支給せられる。ほかの女奉公人は仕着は別として、他の日常必需品は自らの給金で賄うのが通例。三三「下の帯」はいわゆる湯具。「上の帯」は奥様の召し下ろしなど与えられることが多い。三四 塵紙。三五 化粧品・足袋・履物などの費用一切をいう。三六 貧しい家。三七 中分の人の女房。三八 遊山見物のよそ行き姿をつくりたてて。三九 自分の夫。四〇 まんざらでもないわい。四一 つまみ食いのあとがはっきりする盛りかたをした副食物。刺身・鱠などには、つかみ盛り・一箸盛り・生盛りなど種々の盛り方がある。→補四四一。四二 おしめなどいうようなもの。「しめし」は湿し、襁褓《(むつき)》の女房詞。

子育て厭う女房気質。死跡に乳呑み子残って乳貰いの悲しさ

うつけたる子、する事ごとに利発《りはつ》に見えける。すゑ〴〵の者《もの》、子のをのづから我《(わが)》まゝに二三鈍《どん》成《(なる)》事、母《はゝ》二四の親《おや》のふところにてそこ二五〴〵にそだてけるうちに、はや三歳《さい》の比《(ころ)》より悪知恵《わるぢゑ》付《(つき)》て、是《(これ)》二六八十までもなをらず。民《たみ》二七百性《しやう》の子にても、付置《(つけおき)》てそだてさせたきものは乳母《うば》なり。二八諸事《しよじ》物入《(ものいり)》に是非《ぜひ》なく、二九中分《ちうぶん》の下の身体《しんだい》までは、置《(おき)》かねけるも三〇斷《ことは》り也。三一きう銀八拾目、三二四季着《きせ》て三三上下《した》の帶《おび》、三四ふところ紙・三五手足《あし》の入用《(いり)よう》まで筭《さん》用するに、隨分《ずいぶん》三六かなしき家《いへ》の乳母《うば》にても、壱人一年に、銀三百四十五匁程は定《さだ》まつて入物《(いる)》なり。是《(これ)》によつて、女房《にようぼう》の乳《ち》を呑《のま》せける。

三七中《ちう》ぐらいなる人の内義《ないぎ》、十七八より縁《ゑん》に付《(つき)》、其《(その)》一《(ひと)》とせ二《(ふた)》とせのほどは、櫻《さくら》に藤《ふぢ》に、三八物見姿《すがた》を作りて、三九我《(わが)》男にも「あれなれば四〇堪忍《かんにん》比《(ころ)》」と見られ、跡《あと》のしれる四一盛形《もりかた》の菜《さい》は喰《くひ》もせざりしに、ひとり子をもうけて、我《(わが)》手に掛《かけ》て四二しめしやうの物を干《ほし》て、匂《にほ》ひをのづからに移《うつ》り、此《(この)》子は身の行《(ゆく)》すゑの樂《たのしみ》とは思はず、「何の因果《いんぐわ》に[一]今やなど」ゝ、[二]無理《むり》成《(なる)》事の口惜《くちおし》く、それからは[三]身を捨《すて》、[四]芝居《しばゐ》行《(ゆき)》・天王寺參詣《もふで》もやめける。[五]扨《(さて)》身体《しんだい》を子のためとてかせぐにはあらず、[六]ひとり下子《げす》に子を抱《だか》せて、[七]袋提《ふくろさげ》させてありく事をうらみける。今の世の女の心、奢《おごり》につれて[八]いなものにぞなりける。

[九]定《さだめ》なきは無常《むじやう》、懐胎《くわいたい》より身をなやみ、一子を形見《かたみ》に殘《のこ》して世を去《さり》し妻女《さい(ちよ)》、[一〇]其《(その)》身はひと道《みち》なりしが、[一一]此《(この)》男の身になりてのかなしさ、世に又是《(これ)》より外に何かあるべし。されども渡世《とせい》しかねざる人は、相應《さうおう》の[一二]付銀《(つけがね)》して子のなき方へ養《やう》子につかはし、又は[一三]乳《おちゝ》を聞立《(ききたて)》、一時《(いつとき)》もそまつにせざりし。貧家《ひんか》のかなしさは、其《(その)》子が泣《なく》度魂《たましひ》も消入《きへ(いり)》、[一四]母が死良《しにがほ》を思ひ出して、「うたてや、[一五]「其《(その)》子を我じやとおもふて捨《すて》て給《(たも)》るな」と、息引取《いき(ひきとる)》まで申《(まう)》せし。いまだ三日も立《(たた)》ぬに、此《(この)》つらさにも人手には渡《わた》さじ。まして[一六]道橋《(みち)はし》にも捨難《すてがた》し。[一七]身のつゞく程は、人間《にんげん》の数《かず》に」と思ふは、今慈悲《じひ》の世の人の心ぞかし。いまだ[一八]摺粉《すりこ》にても埒《らち》あかねば、もらひ乳《ち》の不《ふ》自由《じゆう》さ。昼《ひる》こそ人も[一九]世のふしやうにてくれける、夜は[二〇]ねよとの鐘鳴《かねなり》て次第にふけ行《ゆく》程に、戸を扣《たゝ》くも[二一]迷惑《めいわく》ながら、「もはや御やすみなされましたか」といふては念仏《ねぶつ》を申《(まうし)》、「はや[二二]ぎよしん成《(なり)》ましたか」といふては念佛《ねぶつ》を申《(まうし)》、「とても我《(われ)》[二三]が

一 まだ早いのに、どうして今頃にもう子供が出来たりして。 二 いうても仕方のない事を口惜しがって。 三 身嗜みの化粧もせず。 四 道頓堀の芝居見物や四天王寺参り。共に大阪人士の最大の行楽。 五 そうかといって。 六 あとにも先きにも一人きりしかいない奉公人に。 七 神社仏閣の参詣には、非人乞食への施し物を入れた袋を供の者に持たせる。二代男、五ノ五「二王門を出る時、四十三四と見えし女房…中間らしき者につぎ〳〵の袋もたせて行に、袖乞あまたつきける。袋の口あけて、田楽串を一把づゝやつて通る」。 八 異な物になる。明暦頃からの流行語。変な風になってしまった。 九 改行原本のママ。「無常」は人の生死をいう。 一〇 死んで行く人はもはや迷いも苦しみもないが。 一一 妻に死なれた夫の身になってみると、その悲しさといったら。 一二 養子縁組には持参金を持たせるのが通例、ここは幼児だから養育費の意味もかねて、金を添えてやる。 一三 振仮名原本のママ。「おち」ならば乳母の意だが、ここは近所の乳の出る女を尋ね廻って貰い乳してという意。 一四 その子を生んだ妻。 一五 亡妻の遺言。 一六「道橋」で一語。人馬往来の橋の意。貞享以来元禄の初年には、殊に捨子多く、しばしばお触が出ている。 一七 自分の身体が続くだけは働いて、この子を一人前に育ててやりたい。 一八 米の粉。母乳の代用にする。↓補三七四。 一九 浮世の義理で。 二〇 亥の刻(午後十時頃)の鐘を人定といい、「皆人を寝よとの鐘」(万葉集四、笠女郎)とうたわれた。大阪の時の鐘は釣鐘町の釣鐘屋敷(今、東区釣鐘町二丁目、御祓筋西入ル南側)で鳴らした。 二一 気ずつないことながら。 二二 人の寝ることをいう。訛って「げしなる」とも。 二三 人の寝おやすみになるよりも丁寧な言葉であることに注意。

命《いのち》のあるべき事にあらねば、[二四]夫《とゝ》が抱《だき》て[二五]難波橋《なにはばし》の上から[二六]とんとはまつて死《しぬ》るか」と、身のせつなさにさま〴〵なげくを、内から聞《きき》て、「今迄《まで》[二七]玉綿《わた》を操《くつ》て覚《おぼえ》ずうたゝねしました」といふ。「何とも御無心《しん》なれども、又一口《ひと》」と、子さし出せば、「[二八]今夜《こん》は油《あぶら》を買《かい》かねまして」といふうちに、ともし火消《きへ》て闇《やみ》となれば、[二九]いかに年寄《より》なればとて、[三〇]男の留守《るす》の女房《にょぼう》、何とやら[三一]心にかゝりて、霜夜《しもよ》に[三二]門立《かどだち》して、「是《これ》は[三三]お隙《ひま》取《とり》ます」と色〳〵[三四]輕薄云《けいはくいひ》て、[三五]宿《やど》へ[三六]油《あぶら》さしを取《とり》に行《ゆき》て、先《まづ》火をともし、[三七]庭《には》にくりさしたる綿《わた》をしばし操《くり》て、女のする事[三八]心からはづかし。連《つれ》て帰りて又泣《なけ》ば、乳《ち》もらひ所替《かへ》て、[三九]夜もすがら寝《ね》もせで明《あか》し、次《つぎ》の日は[四〇]干肴《(ひ)ざかな》調《とゝのへ》てつかはし、[四一]さま〴〵の心になりぬ。貧《ひん》にて乳《ち》のなき子をそだてけるは、世に思ひの種《たね》ぞかし。

[四二]三　子をおもふ親仁《おやぢ》

町人にても、[四三]世盛《ざかり》の家に出生する子は前生《ぜん(しやう)》の定《さだ》まり事、[四四]各別世界《かくべつかい》の[四五]縁《えん》ふかし。[四六]本乳母《(ほん)うば》・[四七]抱娼《だきうば》とて二人まで、氏《うぢ》すじやうまでを吟味《ぎんみ》して、家久しき[四八]年寄《より》を[四九]睪《よこめ》に付《(つけ)》て、かりにも[五〇]小宿《やど》ばいりをさせず、かうがい・さし櫛《ぐし》をさゝせず、肌《はだ》に

二三　お前。懐の子に対していう。二四　父の小児語。当時の通用では爺(とと)が正しい。二五　↓四二頁注一一。二六　思いきって、ひと思いに。二七　実(さね)綿。操は繰の誤り。草綿の実に含まれている綿の繊維。綿実を綿繰り機械にかけて、種子と繊維を分離する。中分の下の内職仕事。二八　貧家の状躍如。諺に「五文が油を焼(いた)て成とも三文が仕業(しごと)せよ」(譬喩尽、五)とあり、工賃よりも油の方が高価。二九　いくら自分が年よりだからといって、先方は。三〇　夫。三一　後めたい気がして。三二　人待ち顔に門口にたたずむこと。三三　時間をつぶさせて申しわけがありません。三四　お追従(ついしょう)。三五　自分の家へ。三六　油つぎ。磁器或は銅製を用いる。三七　土間。綿繰りは綿実を二本の木製のロールの間を通過させて、綿の繊維を分離する。坐業の小機械もあるが、足踏み機械もあって空間を要する。三八　心底(しんそこ)から。三九　伊勢物語「起きもせず寝もせで夜を明かしては春のものとてながめ暮しつ」に拠るか(松)。四〇　貰い乳の礼。四一　あれこれと心労すること。四二　原本のママ。正しくは四五〇頁「いきとせ生るもの、子に迷はざるは一人もなし」の前に題すべきところ。解説参看。四三　繁昌の家。「町人にても」云々は大名に対していう。四四　格別に。四五　因縁が深い。「各別世界」で一語。↓四一頁注四八。四六　哺乳専門の姥をいう。四七　抱き守り専門の姥(ばう)に対して、「娼」は媼の誤り、老女の称、「うば」と読んで乳母の意に通用。四八　老分(おとなぶん)の手代。四九　監視役。正しくは睪。書言字考、四「睪人(ヨコメ)」。［説文］―伺、候也。令《ムル》三将《モッテ》レ目捕《ヘ》二罪人《ヲ》一也。字従《フ》二横目《ニ》一、従《フ》レ耳」。五〇　↓四三〇頁注二八。

乳母にもさまざま。富家の乳母は栄花

馬追い船頭お乳の人。大方は世帯破りか仕掛け者

[一]やはらか成物《なる》を着《きせ》て、[二]食物《しよくもつ》も朝《あさ》は[三]白粥《しらかゆ》に[四]飛魚《とびうを》・[五]さごしの外《ほか》は毎《まい》日[六]改《あらた》め、夜は[七]枕《まくら》に[八]寝《ね》ぬ役《やく》人を付《つけ》、[九]襁褓《むつき》のぬるゝ数《かず》を吟味《ぎんみ》し、昼《ちう》夜に三度の[一〇]五香《かう》を用ひ、[一一]手醫者《いしや》[一二]間《ま》もなく見まはれ、栄《ゑい》花成《なる》事[一三]つど〳〵にいふまでもなし。心だての悪敷《あしき》ものを「[一四]馬追《むまおひ》・船頭《せんどう》・お乳《ち》の人」と申せど、分限《げん》なる家にては、[一五]萬《よろづ》を願《ねが》ひなき程《ほど》にして、すこしでも奉公にわたくしあれば、明日《あす》待《また》ず追《おひ》出さるゝにおそれ、かりにもすね事をいはず、[一六]若子《わこ》様を大事にかけまいらする事ぞかし。

[一七]此程《このほど》乳母《うば》に出る奉公人《ほうこにん》を見るに、大かたは[一八]世帯《せたい》破《やぶ》り、又は[一九]下子共《げすども》男定《さだ》めずたはれて、やう〳〵其《その》子を[二〇]中宿《なかやど》に産捨《うみすて》、乳《ち》のあるにまかせて、子のとりさばきもうい〳〵しく、[二一]口次《つぎ》のかゝに身まかせて、[二二]お子五つまでの作法《さほう》の乳母《うば》には出《いで》けれども、[二三]五月の節句《せつく》に甲《かぶと》、正月に破魔弓《はまゆみ》進《しん》じて祝儀《しうぎ》取《とる》事も、[二四]お髪置《かみをき》より袴着《はかまぎ》兩年は、絹《きぬ》物の仕着《しきせ》を取《とる》事やら、何のわきまへもなく勤《つと》めける。乳母《うば》の奉公《ほうこ》になれざるものぞかし。

[二五]置《おき》かゝつて難儀《なんぎ》なる物、[二六]乳母《うば》に年かさねし仕掛《しかけ》ものゝこゝろ入《いれ》。二三日も[二七]溜《ため》乳《ち》して、人の赤《あか》子を借《かり》て抱行《だきゆき》、「いまだ[二八]忌《いみ》も明《あき》ませぬ」と、[二九]皃《かほ》つきおもく素人《しろと》らしく見せ掛《かけ》、胸《むね》あけて[三〇]かみさまに乳《ちゝ》をいらはれ、「[三一]四五日はあの子が[三二]夫《とゝ》に云《いひ》分《ぶん》いたし、[三三]お食《めし》もたべぬ程氣《ほどき》をなやみまして」と、[三四]鼻《はな》も動《うごか》さず僞《うそ》いへば、「心を

一 絹物。 二 食物によって乳汁の質や量に影響するところが多いから、つとめて刺激性の強いものや脂気を避ける。 三 腸を整え下痢をとめる効がある。 四 乳の出る薬として珍重する(物類称呼、二)。 五 鰆(さわら)の小なるもの。白味で脂気少く、疝癪(せんしゃく)に能しという。 六 献立を改め。 七 乳母の枕もとに。 八 不寝番。 九 胎毒が十分に排泄せられたかどうかを調べる。 一〇 五香湯。小児の毒消しに用いる振出し薬。丁香・木香・沈香・乳香・麝香の五種を配合するを本方とする。 一一 お出入りの医者。 一二 絶えず廻診に来られる。医者に対しては敬語を用いている。 一三 一々に。 一四 諺。人の大切にするものを揶揄して我儘をはたらく故にいう。 一五 万事この上もないほどに待遇して。 一六 良家の男の児をいう。⇓二五七頁注一五。 一七 改行原本のママ。この頃。 一八 生活困難のために世帯を維持することが出来ず、夫婦合意の上離婚したものをいう。⇓織四ノ一。 一九 下女なんかが。 二〇 奉公人宿。 二一 周旋してくれた女。必ずしも人置の嚊に限るまい。 二二 乳母は乳呑み子が五歳になるまで奉公するのが定法。⇓補四四二。 二三 若子様へ五節供の祝儀を勤めること。 二四 髪置は小児が初めて髪を伸ばす祝儀、四歳の十一月に行う。袴着は袴の着初め、少年期に入る祝儀、五歳の正月に行う。この年になると乳母に絹物の衣服を支給すること未考。 二五 改行原本のママ。 二六 乳母奉公に年季を重ねて、奉公摺れした仕掛け者のたくらみ。 二七 乳をしぼらずに溜めておくこと。 二八 産の穢を忌といい、男子は生後三十二日目、女子は三十三日目に忌が明くと宮参りをする。

しづめて食《しよく》など喰《くわ》れたらば、乳《ちゝ》もはるべし。[三五]ありさまの子は娘《むすめ》か。此方《(このはう)》の子は男なれば、[三六]あふたり叶《あふ》ふたり」と、仕掛《かけ》て來るはしらず、[三七]手形極《がたきは》めて[三八]きう銀殘らず借《かり》取《(とり)》、人の大事の子に夜もすがらたらぬ乳《ちゝ》をなめさせ、「是《(これ)》は合点《がてん》がゆかぬ」と吟味《ぎんみ》すれば、「菟角《とかく》お子様に御縁《ゑん》が[三九]御座《ざ》らぬは。[四〇]瀧《たき》のごとく乳《ちゝ》のたりませぬからは、お娼《うば》どのを置替《(おき)かへ》てくださりませい。[四一]お取替《(とり)かへ》の銀は、[四二]男が暇《いとま》の狀《じやう》をくれます礼《れい》に[四三]やりまし」と、[四四]あちらこちら成《(なる)》事を申《(まうし)》て、さま〴〵に難儀《なんぎ》させ、何十軒《けん》か此《(この)》手を仕掛《しかけ》ける。[四五]此《(この)》人置《(ひとおき)》の相取《あい(どり)》、去迚《さりとて》は惡《にく》し。

[四六]まこと成《(なる)》世帯《せたい》やぶりの女、[四七]是非《ぜひ》なく男と[四八]あいたいにて乳母《うば》に出《(いで)》ける。是程《(これほど)》世に物哀《あは》れなるものなし。[四九]夫婦《ふうふ》は隨分《ずいぶん》中あしく、年〴〵一つ〴〵[五〇]あく事ありて、暇《いとま》やるさへすこしは心にかゝる事、いづれの男に聞《(きく)》も同じ。貧《ひん》にも[五一]此《(この)》かたらひをたのしみにして月日をおくりけるに、たま〴〵子をもうけて、嬉《うれ》しき事は外《(ほか)》に成《(なり)》て、子ゆへに[五二]世の立《(たた)》ぬ事となり果《はて》、幾度《いくたび》か、子をさしころして後、二人ともに手くみ、井戸へ逆《さか》さまに入《(いり)》て死《し》ぬべき内談《ないだん》、一日づゝ延《のび》て、其《(その)》子が我《(われ)》と手を口へはこび、笑《わら》ひ皃《(がほ)》せしとて、隣《となり》のかゝたちが[五三]あせらかして、「[五四]くはほうなる耳付《みゝ(つき)》、[五五]仕合《(しあはせ)》のそなはりし目の中《(うち)》」と、ひとつ〴〵ほめそやせば、[五六]ふたりは死《し》んでも此《(この)》子が命よさて。けふは[五七]神の折敷割《おしきわり》て、素湯《さゆ》わかして暮《くら》しければ、子は

大阪では宮参りを忌明きという。↓補四四三。
二九 産後のやつれらしく。
三〇 町家では後家になった隠居の老母をいう。↓二五八頁注二。 三一 この四五日は。
三二 あの子の父、すなわち夫。
三三 飯の女言葉。 三四 ぬけぬけと。平気で。
三五 お前さん。 三六 振仮名原本のママ。諺に「合うたりかのうたり」という。 三七 契約する意。奉公人請状をとって契約するから。
三八 その年の給金の金額を前借することを「がらり」(二五六頁注九)という。
三九 ありませんわ。「は」は感動・強調の助詞。
四〇 滝のように(すこぶる皮肉ないい方)乳が出ませぬ以上は、御不満でしょうから。
四一 前借の給金をいう。 四二 一種の手切れ金。離縁状が女の再婚の自由の確認書であること↓四〇二頁注四。 四三 「やりまして」の略。語尾を濁して曖昧にするいい方。
四四 道理にあわぬこと。 四五 こういう女を世話した人置の嚊の、詐欺の同類め。
四六 原本半字分空白、よって改行と認める。
四七 生活困難のために。 四八 相対で。合意の上で離婚して。 四九 たとえ夫婦は云々という意。
五〇 飽く事。あいその尽きる事。
五一 夫婦の契り。 五二 暮しがたたぬ。
五三 子供をあやして。とりあって遊ばせること。
五四 耳の大小・厚薄などを相して、貧富・寿夭を卜う。諺に「大名は大耳」といい、長大の耳は富貴の相とする。 五五 眼も同様、人身の栄枯を卜するものとして、細長く、黒白明らかに、光あるものを福寿大貴の相とする。
五六 たとえ夫婦が苦労して死んでも、この子さえ生きてくれれば、それで満足だという気持にもなるという意。 五七 神饌を供するへぎ。

[一]けしからず泣《なき》やまぬに、近所《きんじよ》のものども問寄《とひより》、[二]内證《ないしやう》聞《(きき)》ておどろき、「それを今まで隠《かく》さるゝ事やある。それ程《(ほど)》の乳《ちゝ》なればよき所へ勤《つと》め、[三]其銀付《(そのかねつけ)》て養《やし》なかして、夫婦《ふうふ》の人の心さへかはらずは、たがひに[四]身のくろみて後、[五]又ひとつの寄相《よりあひ》成《(なる)》事」と申《(まうす)》にぞ、「然《しか》らば頼《たの》む」といへば、中にも[六]かい〴〵敷《(しき)》祖母《ばゞ》かけまはりて、奉公《ほうこう》の口も子のやしなはし所も聞立《(ききたて)》、二時《(ふたとき)》あまりに埒《らち》を明《あけ》ける。さりとは大坂の廣《ひろ》く、物の自由《じゆう》成《(なる)》事ぞしられける。さる程《(ほど)》に此《(この)》男、今朝《けさ》まではあひ見し女房《にようぼう》、ふびんにおもふ子にも別《わか》れ、夕〳〵の物がなしく、やう〳〵子に付《(つけ)》てやりし銀《(かね)》のあまり、[七]銭《ぜに》にして三百七十を[八]質《もとで》として、[九]葉《は》たばこ刻《きざむ》も[一〇]煙《けぶり》の種《たね》とぞ成《(なり)》ける。惣《そう》じて[一一]夫婦《ふうふ》のむすびなすより、子にそれ〴〵の物入《(ものいり)》あるは筭用《さんよう》のうちなり。何ほど[一二]かなしき一日暮《ぐら》しのうら屋住《ずま》ゐせし人の平産《へいざん》にも、[一三]米一斗と銭《ぜに》八百は入《(いる)》物にして置《(おき)》しに、此《(この)》男其《(その)》覚悟《かくご》なきゆへに、[一四]さしあたつてかゝるひとり身とはなりぬ。

四　千貫目の時心得《え》た

年《ねん》〳〵根《ね》づよき[一五]商人《ばいにん》を、[一六]楠《くす》の木分限《ぶげん》といへり。されば[一七]正成《まさしげ》が一戦《せん》のさし物旗《はた》に、[一八]非理法権天《ひりはうけんてん》、此《(この)》五字《じ》を書《かき》しるして、義《ぎ》を重《おも》く死《し》をかろく、非《ひ》は理《り》をもつて

一 異常に。火がついたように。 二 暮しの実情。 三 ここは養育銀をつけて里子に出すこと。養わせることを「やしなわかす」「やしなかす」という。 四 物の始末をつけることを「くろめる」という。身のふり方を考えて、食べてゆけるようになってからという意。 五 また一緒になって寄合世帯をすることも出来るというわけ。「寄合世帯」は男女が家財道具を持ち寄って夫婦生活を営み、共稼ぎして生計を維持することをいう。万の文反古、二ノ三「京も田舎も住うき事すこしもかはらず。夫婦《(みようと)》はよりあい過とぞんじ候」。 六 世話やきの婆さん。 七 銭に換算して三百七十文ほどの銀という意。十二匁銭の相場にすると四匁二分七厘の銀。「あまり銭」と一語に解するは不可。 八 ↓資本。 九 賃粉切りとて、賃仕事に葉煙草を刻んで煙草屋もしくは刻み師に納める内職。 一〇 生計をたてる手段になった。煙草↓煙。 一一 結婚すれば最初から。 一二 貧しい。 一三 産婆の礼や産養いにこれだけいること当時のならわしか。未考。 一四 事にあたって当惑して。

一五 売人。商人に同じ。 一六 ↓補一九五。 一七 楠正成が一戦に臨む時に用いた插し物や旗。插し物は鎧の背に插す旗じるし。種々の作り物を插す場合もある。 一八 ↓補四四四。 一九 米問屋に対して、精白米を小売する搗米屋をいう。 二〇 紙屋もまた、諸国産の紙の梱包を解いて仕分けなどすると、藁屑や埃が出る。 二一 外観の上品な商売。 二二 もとからの、親代々の家屋敷の意。

商売にも楠の軍法。
それは昔今は銀の世

うち、理《り》は法《はう》をもつてうち、法《はう》は権《けん》をもつてうち、権《けん》はまた天運《てんうん》にまかせ、数《す》度《ど》のたゝかひに理《り》を得《え》ざるといふ事なし。惣《そう》じて人間《にんげん》、其家《(その)いへ》にうまれて道《みち》にかしこき事、士農工商《しのうこうしやう》にかぎらず、腹《はら》の中よりそれにそなはりし家業《かげう》を、おろかにせまじき事なり。然《しか》れども今の世の人心を見るに、親《おや》よりゆづりあたへし[19]小米屋は、ほこり・碓《からうす》の音《をと》を嫌《きら》ひて紙《かみ》見せに仕替《しかへ》、[20]紙屋《かみ》は又呉服屋《ごふく》を望《のぞ》み、次第に[21]見付《(みつき)》のよき事を好《この》みて、[22]元《もと》其《(その)》家をうしなひける。諸商賣《しよしやうばい》は何によらず、[23]其《(その)》道を覚えて渡世《とせい》しけるは商人《ばいにん》のつねなり。されども[24]古代《こだい》に替《かは》り、[25]銀《かね》が銀もうけする世と成《(なり)》て、利発才覚《りはつさいかく》ものよりは[26]常体《つねてい》の者《もの》の、[27]質《もとで》を持《もち》たる人の利徳《りとく》を得《え》る時代《じだい》にぞ成《(なり)》ける。

今の[28]都室《みやこむろ》町通に、軒《のき》をならべて家名《(いへ)な》のあるじ、いづれか世わたりにうときはひとりもなかりき。又此所《(この)ところ》の手代・[29]若《わか》きものまでも、[30]中京に住《すみ》なれて、[31]世間沙《せけんざ》汰《た》もはやく聞付《(ききつけ)》、人の善悪《ぜんあく》を見及《およ》び、誰指南《たがしなん》するとはなくに、自然《しぜん》とよろづの道《みち》を覚《おぼ》へぬ。是《(これ)》をおもふに、人がらも菟角住《とかくすみ》所によるなり。同じ京にありても、[32]姉《あね》が小路《こうぢ》の針《はり》屋の弟子《でし》と成《(なる)》身は、[33]舞錐《まひぎり》の[34]せはしく、耳穴《みゝず》のあけくれ[35]分切《ぶんぎり》の仕事《しごと》に年中《ねんぢう》いとまなく、[36]御室《おむろ》の櫻・通天《つうてん》の紅葉《もみぢ》春秋もしらず、[37]七日の祇園《ぎおん》の山鉾《ぼこ》の有様《(あり)さま》つゐに見たる事もなく、[38]素麪《そうめん》・揉瓜《もみうり》・なますを、祭《まつり》はありがたき物とばか

渡世の道知る奉公にも主取りが大切

二三 その商売をしにせてという意。 二四 単に昔という意。 二五 諺。 二六 普通の、凡庸な者。 二七 元手。資本。 二八 室町通は京都の金融・商業の中心。ここに見世を構えて何屋と知られているほどの者は、いずれも富商が多い。 二九 若輩の手代をいう。 三〇 烏丸・室町附近の俗称。↓二三六頁注六。 三一 経済の中心であるから、取引の関係で世間の景気や風説を早耳に聞くことが多い。 三二 鎌倉時代以来姉ヶ小路針は有名。江戸時代も姉ヶ小路(河原町三条上ル東西の筋)・河原町三条附近が針製造の全国的中心地。針の祖聖徳太子の姉御前たつた姫に因むという俗説(庭訓抄・慶長見聞録)がある。「弟子」は職人の徒弟をいう。 三三 廻転錐。針のめど(耳穴・みみず)や数珠の玉の穴をあけるに用いる。現在でも京都製の刺繡針は舞錐でみみずをあける。 三四 仕事にせわしく毎日を明け暮れという意。舞錐↓せはしく↓耳穴↓あけくれ。 三五 木綿針・絹針その他の用途に従って、材料の鉄線を切断する。 三六 御室仁和寺境内の桜は旧暦四月頃が見頃で、京都で花見の最後の名所。東山東福寺境内通天橋の紅葉も同様、紅葉見物の最後の名所。諺に「通天は都の幕納め」(譬喩尽、三)という。ここは花見・紅葉見物の季節がいつ過ぎたのかも知らぬことをいう。 三七 陰暦六月七日は祇園会の神事の内、四条通御旅所への神幸祭の日であるが、当日六本の鉾車、十七台の舁山(かきやま)がお迎えに巡行するので、本祭当日よりも盛観。 三八 祇園会の祭料理。案内者、三「をよそ、けふの祭に瓜用ひぬところはまれなるべし。されば瓜きざむ音の、ひえの山へきこゆといふもぎやう〳〵し」。

[一]陰暦六月十四日は祇園会の本祭礼日。当日舁山九台に舟鉾一本がお供して、還幸祭が行われる。[二]島原の遊女の紋日。色道大鏡、一二「六月七日祇園会、八日後宴、十三日(前夜)十四日祇園、十五日(後宴)」。「祇園女郎の物日」と解して、祇園の遊女の紋日とするは不可。[三]圍または局女郎ならば、島原胴筋または出口の両所の茶屋でも揚げて遊ぶことが出来る。揚屋遊びならば格式で前後三日或は二日を約束しなければならぬが、茶屋ならば物日当日の一日遊びだけで安直。[四]風呂屋者。⇩二三四頁注四。[五]白人。五箇津余情男、一「いつのころより素人(はくじん)と名付けて、傾城にもあらず茶屋女にしもあらぬ遊女の出来ぬ。白人(しろと)といふをすぐに用ひて白人(はくじん)といふ」。素人風仕立の私娼であるが、京都では土手町の金箔、宮川町の銀箔、北野六波羅壬生附近の真鍮箔と三等に分れ(傾城仕送大臣)、公娼を凌ぐ勢を示した。文献としては本書の記事が最初か。[六]祇園会の山鉾見物のための仮設桟敷。[七]まだ年季奉公中の丁稚上りの手代。⇩補六八。[八]暴富を得ることをいう。祇園会の山に、後漢の郭巨が老母の孝養を全うするため、一子を穴に埋めようとして、黄金一釜を掘りあてた故事を人形に作った郭巨山(四条西洞院東入ル革棚)、一名釜掘り山がある。山⇩こがねの釜。但し孝子録注に、黄金一釜とは沙金六斗四升の意で、釜ではないという。[九]主人の名義や見世の信用を利用して、自己の思わくの商売をすること。[一〇]別家して自分で見世を持つ時の足しにもならぬ。

りたのしむ事の外《ほか》なし。同じ年《とし》の比《ころ》の若《わか》い者《もの》、よき所に主取《しう(どり)》せしは、けふは[一]十四日の祇園《ぎおん》、[二]女郎の物日とて揚《あげ》屋極《きは》めて呼置《よび(おき)》、又は[三]茶《ちや》屋に一日あそびを約束《やくそく》し、あるひは[四]風呂《ふろ》屋・[五]素人《はくじん》をしのび連《つれ》て、[六]一疊《でう》一歩《ぶ》の借《かり》棧敷《さじき》して、山の渡《わた》るを見せける。[七]いまだ年季《ねんき》の小者《こもの》あがり、どこで[八]こがね釜《がま》を堀《ほり》出して來《き》て、大分《だいぶん》につかふ事にぞありける。同じ奉公《ほうこ》せしうちに、紙入《かみ(いれ)》に金銀《きんぎん》を絶《たへ》さず、「とても貳百目や三百目、[九]私《わたくし》あきなひにてもうけたれば迚《とて》、[一〇]我代《(わが)よ》の時のたりにもならず」と、つかひ捨《すて》ける心と又、針《はり》屋の弟子《でし》がお[一一]内義《ないぎ》の親里《おやざと》へ[一二]五節句《せつく》の祝義《しうぎ》をはこび、

[一三]包錢《つゝみぜに》の十文づゝを溜《ため》て、「壱匁八分《(ふん)》に成《(なる)》事もがな。一生《しやう》の願《ねが》ひに[一四]細布《ほそぬの》の赤《あか》ふんどし一筋《すじ》ほしや」と思ふばかりの心、[一五]各別世界《かくべつせかい》の人ほど違《ちが》ひのありけるものはなし。

[一六]近年分限《きんねんぶんげん》になる人の子《し》細《さい》を聞《(きく)》に、其《(その)》家によき手

手代の働きは家運長久の基。とかくは親方の使いなし

一一 親方のおかみさんの実家へ。 一二 五節供には祝儀の赤飯・酒などのほかに、蜆または蛤(上巳)、ちまき・薬玉(端午)、素麺・刺鯖(七夕)、栗・松茸(重陽)の類を親戚知己に贈る(進物便覧)。 一三 到来物の容器を返す時、半紙・包銭・銀封などを入れて返す。これをおため(京都)・お引出(大阪)といって、使の者の余徳になる。 一四「細布」は幅狭まの麻布。絹羽二重は及びもないが、せめて麻の赤ふんどしをしめて、一世一代の伊達をしてみたいという意。

一五 人ほど、各別世界(四五三頁注四四)の違いあるものはないという意。

一六 手代論⇩永二ノ五・五ノ一。

一七「たしぬる」は金をつぎこむ一方だという意か。 一八 棚おろし或は年末の勘定算用の時には、本店の主人が直接立会って、経理の報告を聴取する。 一九 年月があわただしく過ぎ去ることも知らずに。舟遊び⇩年浪。

二〇 同格の両替店相互の間の差引決済、または子両替から親両替に依頼する融通取引などに振り出す銀目手形。振差紙とも称し、両替屋間にのみ通用する手形で、手形のまま正金同様の信用を以て転々流通する。⇩補八三。

二一 手代の報告を信用して。

二二 銀手形の振出し人は両替屋の手代名義になって居り、その署名の上に主人の印判を捺す。宛名はやはり相手方の両替屋の手代名義。

二三 賤のをだ巻「巾着の上に紐通しを付、巾着を前へ提るなり、印形・要用の鍵の類…を入るなり」。 二四 手広く取引をしているお蔭で。

二五 結婚して間もない妻に。

二六 一家の主人の地位にある人間は。

二七 善根。 二八 正月と七月の二度棚卸しをして財産勘定を修正するのが通例。⇩補三四三。

代ありて、是等《(これ)ら》がはたらきゆへなり。又家栄《さか》へたる人の俄《にはか》におとろへるを聞《(きけ)》ば、是《(これ)》又其《(その)》家の手代どもが仕《し》かたゆへなり。むかしは若《わか》い者《もの》のはたらきに利《り》を得たる有《(あり)》、此比《(このごろ)》は一七たしぬるばかりなり。是《(これ)》をおもふに、主人《しゆじん》の覚悟《かくご》あしき故《ゆへ》、大分《だいぶん》の金銀を皆《みな》人の物になしぬ。一八聞《(きく)》べき時の善用《きんよう》を捨置《すて(おき)》、物見・遊《ゆふ》興《けう》・舟《ふな》あそび、一九年浪《としなみ》のけはしくうちくるをもしらず、二〇銀手形《(かね)てがた》の詮義《せんぎ》もなしに、二一手代が云分《いひぶん》を慥《たしか》に、二二印判押《いんばんおせ》といへば、夢《ゆめ》のごとくに二三前巾着《まへぎんちやく》あけて、「二四世に手廣《びろ》ふして置《(おき)》たる徳《とく》には、我《(わが)》印判《いんばん》ひとつで千貫目の事も埒《らち》が明《あく》ほどに」と、二五呼《よび》いれて間《ま》のなき女房に無用《むよう》のじまんなり。二六其《(その)》家の親《おや》かたにそなはりし人は、其《(その)》身ばかりの世わたりにはあらず。壱人の心ざしを以て、家内《かない》の外《(ほか)》何人か身をすぐるよろこび、是《(これ)》にましたる二七ぜんごんなし。以前《いぜん》は、二八盆《ぼん》・正月二度の勘定濟《かんぢやうすみ》たる事

成《なり》とも、油断《ゆだん》なく爰《こゝ》を改《あらた》めて、毎月晦日《つごもり》に筭用《さんよう》あいを聞《きけ》ば、物毎《ごと》せはしきゆへに、[一]手くらまぐらの銀《かね》まはしもならず。[二]尤《もつとも》わたくし商《あきな》ひの仕掛《しかけ》のいとまなく、をのづから親《おや》かたの商賣《しやうばい》ばかりにうちかゝりて、ひとつも越度《おちど》なく、其《その》身のためにも成《なる》事なり。[三]預《あづ》け銀《がね》の先《さき》〳〵へも自身《じしん》の付届《つけとゞけ》して、慥《たしか》に借所《かし》をしる事、今時の大事《だいじ》なり。

惣《そう》じて世上《せじやう》のありさまを見るに、其親《そのおや》かた次第に[四]福人《ふくじん》に成《なる》時は、めしつかひの者《もの》どもも我おとらじと勤《つと》め、利徳《りとく》を得る事に油断《ゆだん》せず、[五]主人内證《しゆじんないしやう》もつれし時、爰《ここ》はひとつはたらきてとおもふ手代はなくて、迚《とて》も[六]つゞかぬ家なればと、それ〴〵に奢《おごり》、[七]分散《ぶんさん》じまひに成《なる》事程《ほど》なし。菟角下《とかく》[八]とは、其《その》あるじのつかひなしとぞいへり。有《ある》人商賣《しやうばい》おもふまゝに[九]道を付《つけ》、[一〇]銀子《ぎんす》千貫目のおよぶ時、其《その》年五十三にて大病《たいびやう》を請《うけ》、死期《しご》の近付《ちかづく》時、一子十九歳《さい》になれり。「我相果《はて》ての跡《あと》にて、何によらず商《あきな》ひ事やむべし。此銀《このかね》なく成《なる》事、十ケ年はたもつまじ。[一一]十貫目より上の家質《かじち》より外《ほか》に、何方《いづかた》へも借《か》す事なかれ」と、手代どもにそれ〴〵の銀子《ぎんす》とらせ、家はんじやうの寂中《さいちう》に、[一二]かくしまふて渡《わた》されける。此《この》家惜《おし》みけれども、「[一三]わづかの取付《とりつき》千貫目にする程《ほど》の人心、[一四]よろしき極《きは》め成《なる》べし」と沙汰《さた》して、[一五]するゑを見しに、子の代に金銀の置《おき》所なきた[一六]のし屋とぞ成《なり》ける。

一 ↓四三三頁注六二。不正曖昧な金の融通も出来ない。
二 ことに。
三 貸金。↓補八三。十人両替以外の両替屋は平常当座取引ある商人に限って貸出しを行う。信用を基礎とするから低利・無抵当であるが、日々手代を廻らせて業態を観察させる。↓補八三。ここは手代まかせにしないで、主人自ら立廻って確かめよというのである。
四 福者とも。↓永三ノ一・三ノ五。
五 資金のやりくりがうまく行かず、収支のバランスがとれぬこと。
六 持ちこたえられぬ。
七 分散↓補一一八。計画的に分散して借金払いをする例↓永三ノ四・六ノ四・胸一ノ一。
八 奉公人はその主人のしこみ方一つだという意。
九 販路を開拓し、商売を発展させること。
一〇 千貫目に及ぶ時の訛。千貫目以上を長者という。
一一 デフレによる深刻な不景気時代には、なまじ商売をするより家質をとる方が有利。家質↓補四〇二。十貫目以下に抑えたのは、利子がかさんで元利回収不能になることを恐れたから。寛保三年十月大阪に二十貫目以下の家質改会所設立が出願せられた趣意書にも、「近年銀高弐拾貫目内外之家質不埒之筋も有レ之、夥敷《おびただしき》損失仕候ニ付、家質ニ貸出候銀持共、差扣《ひかえ》候者有レ之様風聞仕候」とある。
一二 こういう風に商売をやめて、子供に譲られた。
一三 最初僅かの商売始めの資本を。
一四 きっと、もっともな理由あっての決定に違いないと評判して。
一五 その後のなりゆき。
一六 裕福者。↓三三〇頁注一九。

元禄七甲戌年
三月吉日

江戸　万屋清兵衛
大坂　鴈金屋庄兵衛
京　上村平左衛門板

補注

日本永代蔵

一　水間寺利生の銭　水間寺の所在地は、現在貝塚市に合併編入せられているが、貝塚市史、一に、その初午詣について次のように記している。「かりそめ草紙続篇によれば、初午詣はもと森村の鎮守稲荷明神に対して行っていたと叙べ、天正七年(一五七九)の御神事次第を転載している。これが水間寺に移行するのは江戸初期と見てよく、いつしか森の稲荷の本地は水間観音であると称されて、水間寺の初午詣が賑わうようになった。…この話(永代蔵の記事)はいささか誇大の感がないでもないが、根も葉もない空想でなく、如何にもありそうなことであり、ことに天正十三年(一五八五)秀吉軍の兵火に多宝塔が焼失して以来久しく廃絶していたのが、万治三年(一六〇〇)三重塔として建立されたのは事実であるから(水間寺旧記)、このことは右の話に該当するかと推察される。水間寺で借銭する風習はその後江戸時代を通じて存続したようである」。

おもうに稲荷は農業の神である。二月初午の日、農家は春の農事にさきだって稲荷に参詣し、豊作を祈って種籾を借りて帰る風習が諸国にあった。この種籾貸しの習俗が、大阪・堺に近く、城下町の岸和田、港町の貝塚・佐野を背景とする水間寺では、種銭貸しとして行われたのであろう。種銭貸しは、水間寺以外にも、各地の寺社で行われていた例がある。水間寺の種銭貸しの実際について、その手続・規定の詳細を知りたいと思うが、まだ確実な資料に接しない。以下は、すでに先学諸家が引用せられたものであるが、本書の読者のために参考として掲げる。

滑稽雑談、三「古来此寺に於て、初午の貸銭とて参詣の男女鳥目を借り来り、商売の通宝となす時は利を得る事神の如しとて、請(う)て余の銭に交へ遣ふと也。翌年又初午の日、是を返納するには十倍を以て償ふといへり。是を水間の貸銭と申侍る也」(「十倍を以て償ふ」とあるは誤りであろう)。

譚海、六「泉州水馬屋(ママ)観世音へは大坂より六里あり。観世音は稲荷明神の本地にましますとて、二月初午には参詣する人あまたなり。此観音に福をかることゝて、観音の賽銭を借(り)てもち帰り、あきないなどするに、かならず徳ぶんつく事あり。それゆゑに観音に詣(う)で銭借る人おほし。この銭たとへば二百銭かりまゐらすれば、かへす時倍して四百銭にて反す也。むかし大坂の人、銭二百銭かりて商売のもとでとなせしが、大にとくつきて八千貫の利を得候よし、ものがたりぬ。その事はかしこの記にもしるしありといへり」(「かしこの記」とは水間寺旧記を指していうか、未見)。

なお、前田金五郎氏の「水間寺について」(流木、二所載)に詳しいそうであるが、未見である。

二　神通丸　唐金屋は泉州日根郡佐野村の舟問屋で、同じ佐野の「和泉長者」と呼ばれた食(しめ)の一族である。その祖先は本姓森本氏、泉州沢村の出身で佐野村に来住した。一女三男あり、本家右衛門佐家・分家三郎左衛門家・助兵衛家・三郎右衛門家の四軒に分れて繁栄したが、神通丸の名で本書に紹介せられた大通丸の持主の唐金屋庄三郎は、三男助兵衛の孫助次郎の次男に当る(食野家関係史料、第三集所収、唐金家系譜)。

三男 唐金助兵衛　法名道意　明暦元・十一・四死
- 助次郎　法名教恩　寛永十三・十・廿死
- 助次郎　法名道味　延宝八・七・廿三死
  - 助次郎利輗　享保元・十一・廿死　年六十九
  - 庄三郎利重　享保三・十一・廿三死　年六十九
  - 庄五郎善康　享保十二・九・十三死　年七十二
  - 庄七清雲　元禄十五・八・六死　年四十

庄三郎は大阪新戎町(今、西区西道頓堀通四丁目、汐見橋北詰)に廻船問屋を営み、元禄・宝永の頃には大阪廻船仲間年寄を勤めていた(元禄八年初板、同十六年改正、宝永六年再改正、公私要覧)。助九郎はその後嗣で、元文・延享の頃伊予松山藩の蔵屋敷名代をも兼ね、以後幕末に及んでいる。異国紀聞「本邦の人唐国住居物語」の条所引、風月咲談に収める「享保八年長崎町人金右衛門書上」によると、唐金屋の初祖は朱印船貿易を行っていたらしく、海外渡航禁止後、国内の廻船業に転向したらしい。「先年は唐国の人も長崎に居住し、日本の人も唐国へ渡海自由なる事にて、京都の角倉・茶屋、泉州のから金や、筑前の伊藤、長崎の末次などは船を仕出し、暹羅・柬蒲塞・広南・東京の諸国へ渡り商ひをし云々」。浜松歌国の摂陽奇観、一七、摂陽年鑑寛文年間の条に、和泉佐野の船持唐金屋与茂三が、四千八百石積みの大船大津丸を建造した事を記しているが、これは唐金屋の本家右衛門佐と混同したものであり、船名もまた誤っている。一説に大津丸を助九郎船と称したというのも庄三郎の次の代のことである。もっとも唐金屋一統は、三井の如く同族組織を以て各種の事業を経営し、その「勘定は一切込みにて、江戸大廻しの菱垣船八十余艘、千石已上の北国廻り五拾余艘、都合百三拾余艘の元船の仕切金を溜置き、大半切へ打こみ、唐金の大杓子を以て本家の食よりすくひ初め、其別れの家相応に、手代共立合ひすくひ取り、金銀割符するゆへ、かく(食と)呼びしなりと聞及ぶ」(摂陽奇観)とあるから、すべて本家を以て代表させて記したのかも知れないが、前田金五郎氏紹介の万掟之覚帳(脇田家文書)所収、「貞享三寅七月廿五日之風ニ付、伊藤五郎右衛門様より浦方廻状之写シ」に、「唐金屋庄三郎船大通丸大坂川口にて令破損之由云々」と見え、また子孫大黒柱(宝永六)六ノ三にも「大通丸とはからかね屋庄三郎が手船、四千石積なり。これ北国より帆柱を買登る船なり」とあって、唐金屋庄三郎の手船というのが正しい。

大通丸の構造については、前記摂陽奇観の記事が詳しい。「寛文の頃大津丸とて、舳まで四拾六間弐尺八寸・横幅十八間一尺五寸、日本に類ひ希なる大船を作り、胴の間に畠をしつらひ、野菜の物を作り置(き)たる程の大船にて、殼臼部屋造有之よし、尤其頃江戸には安宅丸とて名高き公儀の大船ありしか共、夫は御座船作り也、四千八百石を積(み)しは此大津丸也」。ここには四千八百石積みとあるが、宝永四年の大通丸解体を記した拾椎雑話の聞書および子孫大黒柱の記事によって、四千石積みとするのが正しいであろう。永代蔵に「三千七百石つみても足かろく」というのは、事実に近い。大通丸は貞享三年七月二十五日の夜、大阪川口に繋留中、近畿地方を襲うた大風雨のために破損、積荷を流失し(万掟之覚帳)、次いで宝永四年十月四日の近畿地方大地震に、高津浪に打上げられて大破し、解体してしまったという(拾椎雑話・摂陽奇観)。大通丸については、前田金五郎氏の江戸時代語二三(近世文芸、三)参看。江戸時代以来唐金屋と食とを混同し、食は唐金屋の異名のように伝えられて来たが、両家の関係については、佐野史談会発行の食野家関係史料三冊(第四集未刊)、ならびに泉佐野市史に譲って述べない。

三 **天道言ずして、国土に恵みふかし**　典拠として、論語、陽貨篇の一節がよく引用せられるが、直接の出典は、論語以外にあったのではないかと思う。というのは、山本角太夫正本の日本蓬莱山の一節に「それ天はものいはずして国土を恵み、人は弁清くして心にごれり」(守)とあって、永代蔵の一節と辞句を同じうし、趣意を同じうしているからである。程正叔の視箴は、古文真宝後集に収められている。古文真宝は室町時代以後しばしば板行せられ、ことに江戸時代には初学の詩文を学ばんとする者の必読の書として、広く行われていた。

四 **人の人たる人**　清水物語、上「只人の人たる事をしるを、大学の道とし、人たるふんべつのしやうを八つにわけて、次第をしらせたるを、八でうもくと名付たる也」。浮世物語、四「万物の長たる身ながら、人の人たる道にいたらずば、羊質にして虎皮を着すとかや」。本朝二十不孝、一「人たる人の息女は嗜むべき第一なり」。日本新永代蔵、二「第一老母に孝行をつくし、家来にいたはりふかく、他に偽りをいはず、仏神の事をもおろそかにせず、人の人たる人と、広き所にてさたあるぞかし」。

五 **人間、長くみれば、朝をしらず、短くおもへば、夕におどろく**　「朝をしらず」とは、夜の明くるを知らずの意、「夕におどろく」とは、夕の鐘に驚くの意にて、結局頭注に記したように、人間の一生は長いと見れば長く、短いと思えば短いという意味になる。永六ノ四の「人間一生、長うおもふて短かし」(一八一頁)とは異なる。

六 **天地は万物の逆旅、光陰は百代の過客**　李白の春夜宴《スルノ》二諸従弟《ト》桃李園一序の「夫天地者万物之逆旅、光陰者百代之過客、而浮生若レ夢、為レ歓幾何」に拠る。早く唐文粋に収められているが、江戸時代では、古文真宝後集によって広く知られていた。

新可笑記、二ノ六「それ天地は万物の逆旅光陰は百代の過客(くゎかく)、爰のかりねの枕の夢、なをまた我夢の覚(さめ)ぎは、定つて百日也」。奥の細道、序「月日は百代の過客にして、行かふ年も又旅人也」。日本行脚文集、三「天地は万物の逆旅、光陰は百代(ひゃくだい)の過客(くわかく)、予(われ)も其独にかずまへて、虚無の外駅に生出(あれいで)し」。西鶴・芭蕉・三千風の三者、ほとんど時を同じうしてこの詩句を借り用いて文章をやっていることは、偶然とはいえ興味深いものがある。「百代」は原本振仮名に「はくたい」とあり、古文真宝後集の正保三年板・貞享五年板にも、「ハクタイ」と附訓しているので、濁らずに清んで読むべきだとする松尾靖秋氏(奥の細道の解釈について―獅子吼、昭和二八年六月)・久富哲雄氏(奥の細道百代(はくたい)の説―解釈、昭和三一年八月)等の説があるが、濁点の記載の有無は必ずしも証となし難い。或は禅林の間に行われた読み癖であったとすれば、それに従うべきかも知れないが、やはりここはハクダイと読んでおく。因みに、ハク・カクともに漢音。

七 **銀徳にて叶はざる事、天が下に五つ有**　従来の諸説は、この「五つ」を仏説にいう五輪・五大と解し、「五つの借物」の用例を挙げて力説しているが、その当らぬことは西鶴名作集(江戸文学評釈叢書)の追考に記しておいた。「五つの借物」とは、この宇宙は地・水・火・風・空の五元素―五輪もしくは五大から成っているが、小宇宙ともいうべき人間は、この五輪・五大を借りてこの世に生れて来たのである。したがって生滅することは、この「五つの借物」を返して大宇宙に帰一することに外ならないという思想である。もしこれが西鶴のいう「銀徳にて叶はざる事」の五つに該当するとすれば、結局銀徳も人間の生死を左右することは出来ないということになり、「五」という数字を挙げた意味がはっきりしない。しかるに当時の諸書には、金銀にてならぬこととして、「三」乃至「五」の数字を挙げて説いた例が散見する。

寛濶平家物語、二ノ四「民間有徳の者も金銀にてならぬ事天下に三つありと、近き世の理窟坊も申し残せしなり」。御入部伽羅女、五ノ一八「金銀もつてをもしろいといふは、人の命さへ自由自在に、金でならぬ事五つの外、無間地獄も眼前に極楽となす此威勢」。好色河念仏、一ノ一「世に心にまかせぬこと四つあり。生と死と老と病なり。されば爰に恋と貧との二つ有」。

しかし、この「三」乃至「五」という数字には、たいした根拠があるとは考えられない。というのは、「銀徳にて叶はざる事、天が下になし」と断言するよりも、一部分保留をしていった方が現実性があり、説得力を増すからだと思う。もし強いて「五つ」とは何かというならば、やはり好色河念仏にいう生・老・病・死の四つの外に、町人の富裕と豪奢を嫉妬し、町人の金権を削ごうとする当時の政治的権力を、西鶴は最後の一つに数えていたのではなかろうか。その詳細は「西鶴と西鶴以後」(岩波、文学史講座第十巻所収)に述べておいた。

八 **借銀の利足**　江戸時代には、最初年二割を以て利足の最高限と定められたが、元文元年にこれを一割五分に改め、以後一割五分以上の高利貸借に関する訴訟は取上げぬこととせられた。その後天保十三年に至り、さらに年利一割二分に引下げられたが、ここには関係がないから省略する。このように利足に制限はあったが、実際においては五割乃至七割の高利も行われていたようである。

教訓世諦鑑、三、貪欲「扨又爰に、金銀銭又は五穀の借(し)方の利息を評するに、通途返進の時節を定め、利息八九しゆ等の法をもつて、手形印形をなして、借(し)かりをする是大法なり。我これを論ぜず。然るに二季の節季、急難の時節に至(つ)ては、一月一倍の利息を以て、金銀を借(る)もの、大坂にても、東西南北のはしぐ〵、茶屋こそや、裏屋小路の日用、其日過をする類の中に多くあり。就中朝にかりて夕になし、或は五日切・十日切・三十日切の定(め)をして、車銭(くるまぜに)など、名付(け)て、高大の利を取る。されば此車銭といふことは、百文に日に壱文、壱貫文に日に拾文の利息なり。然れば、壱ヶ月には三百拾弐文、十ヶ月に三貫百拾弐文となる。爰におひて、利に利をかけて見る時は、十倍の利息となる事、無法無理の利なれども、借らねばならず、かる者あり。(中略)扨米などの借(し)かたする者有(り)て、其利息を取るを見るに、壱割二割と名付(け)て借す。其壱割といふは、米壱斗に付一ヶ月に米壱升、弐割といへるは、米壱斗に弐升の利なり。是を金銀に直してつもり見れば、彼車銭の利息に、まさりはすれどもおとりはせず。それさへ有(る)に、米を借(り)うけて取(り)かへり、升数を見れば、譬(へ)ば壱斗の米も九升四合五合に過(ぎ)ず、又返進の時に至(つ)て升数壱斗にまだ余分も有(る)やうにして持(ち)ゆくに、借し主はかりて是を取(る)とき、壱斗の米を又九升五合か三合にはかりて取(る)。然れば借(す)時の五合と、取(る)時の五合と、往来(ゆきき)壱升のかん米を見るときは、定(ま)りの外の利分にして、壱割といへども弐割の余にもあたる。斯(く)のごときの升目を遣ふて、利の外に得(とく)を取るは、彼しほの長次郎が牛を呑(のむ)より、上手なる升どり。

二升(ふたます)をつかはぬと云(ふ)斗の事にて、二升よりはすさまじき、昼強盗(ひるがんどう)ともいふべきなり」。

九 **猟師の出船** 江戸湾を中心とする房総豆相沿海地方の漁業は、優秀な漁法を伝承する上方漁民の進出によって開発せられたもので、慶長十八年摂津佃島・大和田・西宮の漁民が移住して、江戸湾の白魚・雑魚・芝海老・貝類漁が始められ、元和三年以後寛永年代に、紀州・泉州の漁民によって開発せられた鰯漁を中心に発達して行った。鰯は金肥として需要を増した干鰯に用いられたのである。漁法は八手網やまかせ網漁が用いられたが、この上方漁民の進出には、泉州九ヶ浦(岸和田・春木・津田・脇浜・鶴原・佐野・嘉祥寺・岡田・樽井)の中で最も繁栄した佐野浦の漁民も加わっている。そしてこれらの上方漁民の成功者は、次第に漁民から魚問屋・船問屋に転向し、江戸近海諸浦の漁獲物を蒐集販売すると共に、積極的に漁獲物を引当てとする仕込み金を漁民に貸付けることも行った。主人公の網屋は、恐らく泉州出身の船問屋で、漁民の出猟に貸付ける仕込み金に水間寺の種銭貸しを利用したものであろう。関東地方の北部、上野・下野・安房・下総等の諸国と江戸との間の物貨の運漕は、高瀬船によって利根川・江戸川等を利用して行われ、日本橋川・箱崎川の小網町の河岸附近に荷揚げせられたのである。したがって伊勢町・小舟町・小網町附近には、奥川筋船積問屋と称する問屋が多く集っていた(羽原又吉、日本漁業経済史。泉佐野市史)。

一〇 **一年一倍の算用** 当時の数学教科書の塵劫記その他に「日に日に一倍の事」の項目があるが、等比級数の公式で計算すると、1000(文)×2¹³＝8192000(文)

一一 **通し馬につけ送りて** ここは駄馬につけて、東海道を通しで送ったわけ。銭八千百九拾弐貫は、九六銭で実数七百八十六万四千三百二十枚、寛永通宝一枚の量目は一匁であるから、その重量は七千八百六十四貫三百二十匁となる。一方駄馬の積載重量は、一駄四十貫目までの規定であるから、輸送に要した駄馬数は百九十七匹となる。

一二 **内蔵の常燈** 町人考見録、元、平野屋清右衛門(京都衣棚二条下ル町)の条に、「彼尼(初代清右衛門後家)は金銀を蔵に入(れ)置(き)、不断灯明を蔵にともし申(し)候とて、世に灯明蔵と申(し)候」とある。平野屋は「六七十年以前(明暦二―寛文六)凡(そ)二千貫目の身上」であったが、その蔵に常灯をともすのが世間に評判になったところを見ると、或はこの風習は平野屋の後家あたりから始まったものかも知れない。そしていつ頃からか内蔵に常灯をともすのは千貫目以上の長者に限ることになったと見え、諸書にその例がある。

一三 **惣じて、親のゆづりをうけず** 長者教、長者山を望む歌「親よりの譲りは早く失せ安し我が戒力に富を求めよ」。為愚癡物語、六「まづ第一に親の譲りを頼み給ふべからず、一身の家功を以て長者と成り給ふべし」とある。

一四 **銀五百貫目よりして、是を分限といへり** 好色敗毒散、四「人間の身上は現銀五百貫目までを願ふべし。五百貫目になる時工面をよくすれば、一生楽に過ぎるなり。あるひはそれより千貫目になるも手間入らず」。致富の一応の目標が、銀五百貫目(六十目小判で八千三百三十三両余)であったことがわかる。大阪昔時の信用制度(大阪市史、五)に、「当時百貫目の財産を蔵するに至れば、金持といはれ、金貸を為すを得たり」といっているのは、幕末維新前のことであろう。

一五 **分限・長者** 両者の区別は当時出版の長者鑑の類に行われていたものか。二代男、六ノ四に平城袖鑑を引いていう、「平城の袖鑑に、能衆・分限者・銀(かね)持とて、是に三つのわかち有。俗言に能衆といふは、代々家職もなく、名物の道具伝へて、雪に茶の湯、花に歌学、朝夕世の事業しらぬなるべし。又分限といふは、所に人もゆるして、商売はやめず、其家の風を手代にさばかせ、其身は諸事をかまはぬなるべし。金持といふは、近代の仕合、米のあがりを請(け)、万の買置又は銀借(かねかし)、自身に帳面も改むるなるべし。十千貫目あればとて、是等を歴々の中に入(れ)てまじはる事なし」。町人嚢の著者西川如見も、分限者と金持の相違について、ほぼ同じことを説いているが、やや倫理性に重点をおいている。

一六 **人の家に有たきは梅・桜・松・楓** 徒然草、一三九段「家にありたき木は、松・桜」に拠る。梅・楓については、同じ段に「梅は白き、うすき紅梅…卯月ばかりの若楓、すべてよろづの花紅葉にもまさりて、めでたきものなり」。

一七 **四条の橋をひがしへわたらず** 四条の橋を東へ渡ると、芝居の櫓が左右に並び、石垣町・宮川町・祇園町に色茶屋・野郎宿が軒を並べていた。↓附図。

一八 **大宮通りより丹波口の西へゆかず** 丹波口は洛中七口の一、丹波街道の出口。丹波口大宮西入ル町を丹波海道町といい、それより一貫町の茶屋町・朱雀の細道・衣紋の馬場を経て、島原の大門に達する。↓附図。

一九　**舛掻**　八十八歳を米寿というに因んで、八十八の老人が切った枡掻の竹或はその手の形を墨で捺した紙をもらって、その仕合せにあやかる風習があった。

可正旧記、一五「一、当年元禄十年ひのとの丑、母妙寿八十八歳、目出度年なりとて、一家従類集りてことぶきをなしけり。三月十二日は八十八夜に当る日なればとて、ますかきをきらし、手判をおさせて、諸人賀してあやからんと云事如何…答昔より有来りたる事也、用ゆべし。旁々より所望せし事夥し。評に云、抑八十八の年切たる升かきを、其用ゆる心は八十八歳迄命をながらへん事を思ひて養生を能(く)すべし。米と云(ふ)字を心にわすれずして、随分業に精を出すべし。其者は長命にして進退(しんだい)の能(く)ならん事うたがひなし。是八十八の升かき手判を用ゐたる徳也」。

二〇　**蔀門口**　商家の見世の間の表は、上半分を蔀戸(碁盤目に桟を打った戸)、下半分を揚げ縁とし、昼間は蔀戸を釣上げ、揚げ縁を下して床に用いる。また入口の大戸も蔀のように内側へ釣上げるようになっている。

二一　**長百**　調銭とて一緡(ひとさし)に銭百文をつなぐべきものをいい、調百・長百・丁百とも記す。九十六文を以て百に通用させる省銭(省百)に対する称呼。

二二　**御薬苑**　雍州府志に、寛永年中鷹峰に南北二箇所の薬園を設け、和気・丹波両家の医生二人をして守らしめたとあるが、上田三平、日本薬園史の研究によると、京都鷹峰御薬園は寛永十七年に創設され、幕府医員藤林道寿綱久が薬園預りとして居住し、九代玄丈惟明の代に至って明治元年十二月御役屋敷を返上するまで存続した。ほぼそれと相前後して、その北に半井驢庵門人の土岐茅庵預りの薬園が併設せられ、南北の両薬園になったが、北薬園の方は三代立元に至り元禄十一年に廃止せられたという。その位置は南薬園は御土居の南、若狭街道の東側の高燥地(鷹ヶ峰藤林町)、北薬園は御土居の北、大宮村へ通ずる道路の北(鷹ヶ峰黒門町)にあった。但し永代蔵に見える御薬園は南薬園であろう。

京都御役所向大概覚書、六ノ上、鷹峰御薬園幷御薬種献上之事、

「一、御薬園惣屋敷　東西八拾間 南北七拾間

鷹峰住宅 御薬園預り　内　藤林道寿

六拾間四方　御薬種畑之分

五拾間ニ拾五間ハ　中間拾人居屋舗 壱人ニ付五間ニ拾五間宛

拾間ニ拾五間ハ　小頭壱人居屋舗

弐拾間四方　自分拝領地

右之外、惣廻り竹藪ニ而有之由

御薬種献上目録(省略)　以上五拾五味　都合七拾六斤拾両

右者禁裏法皇両御所江御進献之御薬種、毎年極月中旬日限差図有之、所司代江被差上候由」。

二三　**二三**　色道大鏡、一一、人名部、遊客名の条に「入郭の人の名を求(む)る事、故実あり。当道において一字名を呼(ぶ)事勿論の事也。しかれば我本名の上の一字を呼(ぶ)は、をしへざるにをのづからなり。しかはあれど、当道はしのぶをもとゝするなれば、必(ず)いひかへべき道也」とて、その法を説く。名乗り字の一字をとって替名にするのが普通であるが、少し洒落て諱・氏姓の一字をとっていう場合もある。ここは五郎兵衛・五右衛門・五兵衛等の「五」を分解して二三といったのである。

二四　**印判おしたるうへに**　色道大鏡、二、寛文格「おとこよりつかはす封じ文は、ひし〳〵と折まきて、封じめ斗に糊を付て、上下は其まゝ置べし。若(もし)大事の用をいひやらば、封じめに印判はくるしからず。それとても、上下をおりかけ糊付にするは、初心に見ゆ」(封じ文の事)。

二五　**五大力ぼさつ**　金剛吼菩薩・竜王吼菩薩・無畏十力吼菩薩・雷電吼菩薩・無畏力吼菩薩をいう。摂津住吉の神宮寺の五大力菩薩が有名であったが、遊里では女の状の封じ目に「五大力菩薩」もしくは「五大力」と記して、菩薩の大力によって封じ目がとけぬという呪に用いられた。しかし色道大鏡には、その根拠なきことを論じている。色道大鏡、九、文章部「女の文の裏書に五大力卄(ぼさつ)とかく事、むかしより見付(け)侍れど、いかなる故ともしらず。人に尋ねきりば、此五卄の徳によりて、心道中無事によく先へ届くと斗いへり。されど慥なる正説をきかねば、心得がたくこそ侍れ。五大力卄といふ事は、「仁王経受持品云、若未来世有《ッテ》ニ諸国王一受ニ持《セン》三宝一者、使下ニ五大力卄一、仕護上ニ其国一(下略)」といへり。如レ此こそ侍れ、道路を護る所見なしと覚ゆ。此文たしかにとゞけよとおもふ心ざしならば、文の裏に道祖神とは書(く)べき事也」。また遊女の習俗が移って、男の状の裏書にも用いられたと見える。色里三所世帯、大阪ノ四「心に宮巡りして、神宮寺五大力菩薩を拝み、年月

偽を書き込めたる文の上書を頼みしも」。立身大福帳、五「封じたる状を一通拾ひ上げ、うは書を見れば、大阪の商人より京の商人え、急用をいひ遣すと見えて、裏に五大力丼として、則(ち)時附あり。さだめて大事の状なるを」。

二六 **嶋原** 京都の遊廓は、天正十七年万里小路通二条押小路(通称柳町)に創設、慶長七年室町六条(三筋町)に移転、さらに寛永十八年現在の地に移った。色道大鏡、一二、遊廓図「其後大猷院殿の御代、寛永十八辛巳年、又六条より今の西新屋敷に遷さる。此時より此所を島原といふ。或曰(あるひとのいわく)、肥前国島原陣落居の砌として、郭の構へ、一郭一門にして四方按揚(かきあげ)の堀なるが、有馬の城に似たりとて、かくいひしときけど、是はおぼろげの譬へとや申(す)べからん」。しかるに諸国色里案内、上、都島原之事に「寛永十五年島原陣の比、今の朱雀野にうつさる、是よりなん此里を島原といひ、あるひは三筋町共名付(けぬ)」というは誤り。

二七 **付石** 金銀をこの石に摺りつけ、手本金の色合と比べて見てその真贋を判定する。多く紀州那智地方産の黒い珪石(那智黒)を用いる。

二八 **秤の上目にて** 五十匁以下の小量の金銀を計量する秤。銀秤・小秤・籏等子(れいてんぐ)等と呼ぶ。上目(秤棹上面の目盛)は十七匁まで、前目は五十匁まで、後目は百六十匁までかかる(両)。

二九 **壱匁弐分** 慶長壱歩判(慶長六年鋳造)の定量一匁一分九厘(両)。多数試験の結果平均の量目は一匁一分八厘(貨幣の生い立ち)という。

三〇 **時分がらの御無心** 「時分がら」とは、この場合九月節句過ぎ年末までの、金廻りの悪い時分という意。胸三ノ一の「身躰さもなき人、霜さきの金銀あだにつかふ事なかれ」云々に始まる一節(二四六頁)参看。

三一 **春切米** 切米とは蔵米で支給せられる幕府の旗本・御家人の俸禄をいうが、転じて一般に給金の意に用いている(真)。

三二 **大坂屋の野風** 島原揚屋町(下之町飛地)、大坂屋太郎兵衛抱えの太夫。色道大鏡、十六、道統譜の下之町杉村太郎兵衛家の条に、

○野風 諱典子(てんし)
　禿にあらず、小名□、寛文十二壬子八月十五日出世して、天職になる。経子(けいじ)河内是をみちびく。延宝四丙辰十月十六日大夫職に任ず。

とあるが、延宝九年刊行の遠目鏡跡追を見るに、前年の延宝八年冬に退廓したようである。それで、一文字屋の今唐土と同時代の野風は、延宝九年太夫に出世し、永代蔵刊行当時も在廓していた二代目の今野風であろう。朱雀信夫摺(貞享四)に、上や丁大坂や太郎兵衛太夫「つとめ程なるにもあらねど、御年の老(け)て見ゆる処、御一分の損也」とある。

三三 **菊の節句仕舞** 前日の八日から後宴の十日まで三日間、馴染の大臣客が約束して揚げ詰めにする。この日揚屋の座敷に小袖・挟箱・文庫等を飾り、揚銭の外に揚屋・茶屋の奉公人に庭銭を配る(島原大和暦)。

三四 **あらば何か惜かるべし** 一般に、「こそ」の係りに対する結びは已然形、「ぞ・なん・や・か」の係りに対する結びは連体形というのが普通であるが、西鶴は多く終止形を以て結び、また、「こそ」に対しては連体形、「ぞ・なん・や・か」に対しては已然形で結んでいる場合もある。その調査は西鶴研究、復刊第六集所載、塚田義房氏の西鶴の語法—係の助詞に対する結語について—に詳しい。しかし従来これを西鶴特有の破格的語法のように考えられていたのは誤りで、同時代の他の作者の作品についても同様の事例を指摘することが出来る。

三五 **色里の門口・出口の茶屋・女郎町・揚屋の町** 島原の廓は鬼門角に当る東の一方口(享保中に西口開設)、これを出口と称するのは島原七不思議の一。大門内北側に番所があり、門番を代々与右衛門と称する。大門を入って突き当り中之町の裏側が出口の茶屋町、一に嚀町ともいう。元来水茶屋であるが、昼間端傾城を揚げて遊ばせもした。茶屋町を南へ行くと廓の中央道路(胴筋)を中心に、六ヶ町に分れている。胴筋北側が東から中之町・中堂寺町・下之町、胴筋南側が東から上之町・西洞院(太夫町)・揚屋町。女郎町或は局町と称するのは、揚屋町を除いた五町の総称で、すべて女郎を抱えたくつわから成り、端女郎以下はくつわの局で客をとっている。揚屋町は北西角が下之町の飛地で、くつわの大坂屋太郎兵衛の見世になっている外は、全町揚屋から成る。↓附図。

三六 **編笠ぬぎて手に提** 島原通いの客は、編笠に面を隠して廓内に入るのが定法。この主人公はわざわざ編笠を脱いで、恐る恐る門を入るところに野暮さ加減がわかる。色道大鏡、一二、寛文格「惣じて京の遊郭には、自分の笠を着する事なし。おしなべて茶屋編笠を用ゆ。たとひ丹波口まで自分の笠をもたせたりとも、茶屋にて着かゆべし。常の編笠にて郭中へ入(り)たる、いと初心なり。江戸の三谷も編笠を用ゆ。大坂には編笠を専とせず、着するより着せざる者おほし。是辺土の国風にて、けしきいやし。夫(それ)遊郭に入る人は、それかあらぬかのやうに見なしたるこそ、風流なるべけれ。おもてをむき出したるを恥(ぢ)ざるは、いたくふつゝかなり。都ちかければ伏見などの小郭にさへ、笠を着ずして入(る)

人すくなし」。すなわち大臣客は丹波口の茶屋の焼印の焼笠、端傾城買は大門口の編笠茶屋の笠を借りて行く。

三七 **一文字屋の今唐土** 島原中之町一文字屋七郎兵衛抱えの太夫。一文字屋の唐土は、永代蔵出版以前までに三人あるが、ここにいう「今唐土」は二代目に当る。色道大鏡、一六、道統譜の中之町梅村七郎兵衛家の条に、

○唐土 諱義子 禿名こざらし。湊子高橋につかふる。寛文十一辛亥正月朔日出世して大夫職に任ず。湊子高橋これをみちびく。
浮舟 諱倩子(せい) 禿名松屋。義子唐土につかふる。延宝三乙卯六月七日出世す(天神)。義子唐土これをみちびく。

とある。初代唐土は、延宝九年の朱雀遠目鏡刊行以後間もなく退廓し、浮舟が太夫に出世して二代目唐土を継いだようである。貞享四年刊行の朱雀信夫摺に見えるのは、この浮舟改め唐土である。床入、前の唐土も及ばず、もと前の唐土の禿であったと記す。

三八 **青暖簾** 色道大鏡、三、寛文式上「端女郎の居所を局といふ。局にかくる暖簾、むかしは花族の御家(久我家)へ申上げ、御ゆるされを蒙りてかけたり。免許なければかくる事かなはず。即ち彼御家より出たる暖簾布を柿染にして、長さ四尺はゞ三幅也。縫合の二所に紺子皮の露あり。然ども此儀今は断絶して、かの御家より吟味なし。傾城屋自分のはからひとして是をかくる。当時暖簾の色は紺染を用ゆ。されども太夫町一丁ばかりには柿色を今に用ゆる事、古例とす」。

しかし後には柿暖簾と紺暖簾による区別はなくなったと見え、野傾咲分色孖、二ノ一には、太夫町三文字屋の局の柿暖簾のことを記し、「あげ手のあるに、のうれんはなぜとらぬぞ。おろかの人じや、しぼりあげてあるは半夜といふ心なり。一日売(り)の丸といふが、ねからかけませぬ」とて、暖簾で客の有無を標示した風習に言及している。情里胎内捜(正徳頃)一「階(はし)女郎といふは、部屋を局といふ事おぼろげならず。さるによつてつぼねは表になげしを打(ち)、かちん染の布暖簾、縫(ひ)どめを紫革にてこと〳〵く露を結ぶ。但当時は略して稀なり」。

三九 **揚屋の町は思ひもよらず** 揚屋へ呼んで遊ぶのは、太夫・天神・鹿恋の上位の女郎で、揚銭も高い。端女郎でも揚屋へ呼ぶと鹿恋並みになる。本章は貞享頃のことであるから、諸国色里案内(貞享五)上によって島原の揚代を記せば、

太夫 五十八匁 太夫は引舟とて鹿恋を壱人つるゝ、十八匁二口合七十六匁也。(中略)同太夫庭銭十貫文これは物日に出る。
天神 三十目(中略)同庭銭六貫文
鹿恋 十八匁 同庭銭四貫文
はし 茶屋行 つねは十壱匁、物日は十五匁(中略)つぼね遊 六匁

朱雀遠目鏡(延宝九)に、「此町(出口)にちや屋あり、はしを此所にあげる也。あげせんは十壱匁、もんびは十五匁也。但あげや丁へよぶときは、をしなべて十七匁也」とあるのは、鹿恋の揚代十七匁の時代のこと。

四〇 **都の末社四天王、願西・神楽・あふむ・乱酒** 大臣客を大神(本社)に見立てて、それに対して太鼓持を末社という。京都の末社として名を知られていた願西の弥七・神楽の庄左衛門・鸚鵡の吉兵衛・乱酒の与左衛門を、仏法守護の四天王に擬していった。

四一 **家名の古扇残りて** 人倫訓蒙図彙、七「謡 ふかあみがさにつれ謡、いかさま、しだしはしさいらしく、耳をかたぶけて聞(け)ば、其まゝかたはらのいたひもあり。一向こぐちから、さいく成(る)もあり。中にも顔(らつ)のかは念の入(り)たるは、大道にてあいてなしに能をする也」。

四二 **鎌田やの何がし** 長者教に「かまだや、なばや、いづみやとて、三人の長者あり」とあるが、その鎌田屋であるかどうか不明。むしろ同業の扇屋ではなかったかと思う。

四三 **諸大名には、いかなる種を、前生に蒔給へる事にぞ有ける** 三世相命鑑等に、十二支生年による吉凶を注して、前生における行為の善悪によって、今生において受ける果報のさまざまを記している。その一例、「▲子の年にむまるゝ人は、ぜんぜにては黒帝の御子なり。ほくとのとんらうしやうより、白米一石二斗と金子五貫日をうけ得て今生へ生るゝ。此人前生にて人の死罪にをこなはるゝをたすけたるゆへ、今生にていしよくのえん有。つねにしづか成(る)所をすく生性也」。かかる思想から、大名たる人は、前生においていかなる善因を施して、万石以上の食禄を受け得て今生に生れ出でたのであろうか、ということにもなるのである。

四四 **大名の御知行、百弐拾万石** 知行高百二十万石の大名は、徳川時代には金沢の前田利常が百十九万五千石でややそれに近いが、光高の代以後百二万二千七百石となり、俗に加賀百万石という。しかしそれは表高で、草高は百二十万石から百三十万石に近かったというから、この俗説は加賀の前田侯に関する所伝であろう。男色子鑑、一ノ一に「其頃明石文右衛門とて、以前は去る御大名の鉄炮頭、器量もなくて身自慢、加賀殿一年の物成釈迦の代より取ても三百石や六百石にては取尽さじと、日

本国の智恵を我一人持たる様に思ひ、手柄もなくて不足奉公」とあるのは、このところの最もよき注解である。

四五　**五百石どり、釈迦如来御入滅此かた**　この場合釈迦如来入滅の年紀が問題になるが、これには古来異説が多い。真山青果の西鶴語彙考証には、当時の有力なる異説四を列挙しているが、しかし異説の詮索よりも当時通俗の説に基いて考えるべきであろう。

塵添壒囊鈔、一「先ッ仏ハ甲寅四月八日ニ出生ス、是レ震旦ニハ周興テ一百六年、第四ノ主昭王廿六年甲寅ニ当ル也。(中略)仏ノ御入滅ハ震旦ニハ周ノ第五ノ主昭王ノ子穆王五十三年壬申ニ当ル也。七十九ヲ涅槃ノ定也。然共以ニ満数ニ云ニ八十涅槃ト也」。

年代考記(延宝三)上「釈迦如来誕生、治天八千三万五千六百七十六甲寅年也。従レ是至ニ延宝三年ニ二千七百二年。如来入滅七十九歳、葺不合尊治天丁ニ八十三万五千七百五十四壬申年ト也。至レ今ニ二千六百廿四年也」。

絵入年代記(延宝四)「周の第四昭王の廿六年四月八日にたんじやう、七十九さいにしてほとけ御にうめつなり。是ゟ延宝四年まで合弐千六百廿五年に成(る)也」。

諸宗鉄槌論(貞享四)一、仏法伝来の事「漢土は周の第四昭王廿六年甲寅、四月八日にあたつて、月支迦維衛の王城に、大慈大悲の久遠の如来、かりに不浄の胎内にやどり誕生あり…そのゝち第五穆王四年、癸未十二月八日、摩竭提国のほとりに成道あり…ながたらしくも五十年、大小権実、五時半満、機々に応じて説(き)くたびれ、倶尸那国双林樹のもとにして、つゐ涅槃に入(ら)せ給ひぬ」。

日本歳時記(貞享五)三、二月「八日　釈迦仏の生日なり。仏祖統記に周の昭王二十四年四月八日釈迦仏生とあり。(中略)十五日　仏家には今日釈迦入滅の日とて涅槃会をなす…按ずるに破邪論に周の穆王五十二年二月十五日仏涅槃すと記せり」。

改正和漢年代記(元禄六)一「世尊御入滅七十九歳、これより元禄六年まで二千六百五十二年にをよぶ」。

和漢三才図会、一九「七十九歳二月十五日夜入滅、当ニ周穆王五十三年壬申ニ」。

これを整理すると、周昭王二十六年甲寅(西紀前一〇一九)四月八日生誕、同穆王五十二年辛未(西紀前九五〇)もしくは五十三年壬申(西紀前九四九)二月十五日入滅が最も通俗流布の説であったことが判る。とすれば、永代蔵刊行の貞享五年(西紀一六八八)までは二千六百三十八年もしくは二千六百三十七年となり、百二十万石を五百どりにして十一万八千五百石の不足となる。但し佐藤鶴吉は仏滅を周孝王十一年(西紀前四三九)とし、貞享五年までを二千百十七年と計算、真山青果は周匡王四年(西紀前六〇九)、または周霊王二十一年(西紀前五五一)、或は周敬王三十四年(西紀前四八六)仏滅の説によれば、いずれも西鶴の計算と矛盾しないと説いている。

四六　**足かろく**　和漢船用集、一〇「足　舟の深サを云、物を積て入あしと云。漢に吃水と云」。船腹に余裕があるので、重荷を積んでも吃水が浅く、速力も早い。吃水が深いと転覆の危険があるので、危険な北国海路では「櫓床より水際迄六寸足」(延宝元年三月、船足御定)と定められた。

四七　**北浜の米市**　寛永・正保の頃、淀屋橋南詰淀屋与右衛門の見世先で、各藩蔵屋敷の蔵元が集って取引相場を建てたのが最初だといい、淀屋の米市とも呼ばれた。与右衛門というのは判らないが、初代淀屋(岡本)三郎右衛門ヶ庵の米見世の名前であろう。蔵元というのは蔵屋敷出入りの町人で、蔵物の売買・出納を掌るもの、蔵名前を有する米仲買に入札を以て蔵米を払い下げるのであるが、一々正米の受け渡しをすることは双方とも不便であるから、蔵屋敷発行の米切手を以てこれに代えた。蔵によって俵入りに相違があるが、切手一枚を十石と定め、代銀を引換えに米切手を交附し、一定の期限内に切手を蔵屋敷へ持参すれば、何時なりとも正米を引渡すことになっていた。しかるにこの米切手が有価証券として転買・買持ちされ、投機の対象となったために、米市が立つようになる。最初は切手による正米売買であったのが、いつか空米切手の売買、延取引となり、堂島に移転後、享保十五年に至って延取引が公認せられ、正米商いと並んで帳合米商いが行われるようになった(堂島旧記)。

四八　**五万貫目**　米一石銀四十匁とすると、銀五万貫目では米百二十万石の売買、午前中約四時間の取引とすれば、一日の売買高は二百四十万石。

四九　**たてり商**　「たてり」は、大阪言葉で立っていること。後世でいう場立(ばだち)が米市に出張って相場に立会い、相手方と直接売買の契約をすることであろう。かく解すると、立身大福帳、四ノ一に「爰に難波北ばま米商売の手代に、ひぜんや茂兵衛とて、元より所は雲を商とする相場のちまた(中略)、いつも十万石の売買も、立(ち)ながら袖の内へ手を入(れ)てするあきなひなれば、放生会の寅を目当(て)に八千石の買持(ち)」

とあるのが、ぴったりする。もちろん現米の授受はなく、相場の高下によって生ずる差銀を米方両替を通じて勘定するもので、後世の帳合米商いと同じである。当時はこれを「はた商ひ」と称した。たてり商いは、要するに「はた商ひ」の取引方法についての名称と解すべきである。

立身大福帳、四ノ三「外の出入とちがひ、米の端(たは)商はもとない物を売(り)、ない物をかふて、あがつても下つても、相銀ばかりを取(り)やりして、米を渡すの、どの蔵を請(け)取(る)のといふ、正のある事ではなし。入銀なしにすればこそ、かやうに山越へもなれ。横にねたとて公事にもならず、遁(げ)たといふて尾のかゝる事でもなし。さるによつて、此ごろの好色本共にも、雲売と書(い)てはた商とよませ、化人(あだびと)と書(い)て立(たて)りともよませたり」。

但し、商人職人懐日記、一ノ三に「我(が)手前に一俵もなく、両替屋を以て売買する、是をたてりと名付(く)」とあるが、これは蔵屋敷発行の空米切手を以て、米方両替を介して売買する場合のことで、同じく空米商いであるから、「たてり」の名称を準用したものに過ぎぬと思う。

五〇 **その米は、蔵〻にやまをかさね** 当時諸国から大阪へ廻送される米高は不明であるが、年間百万石から百二十万石の間か。その大部分は各藩の蔵米で、四分の一内外が商人の納屋米であった。

五一 **日和を見合、雲の立所をかんがへ** 米相場の高下は主として天候に左右されることが多いから、前夜屋根の上や橋の上に立って雲の立つ方角を案じて明日の天気を察した。

五二 **壱分弐分をあらそひ** 真山青果の西鶴講義には、「十石に就ての上り下りで、一分上つたら買ふとか、二分下つたら売るとかいふことになるのです。これは明治の話を聞いても同じことですし、今もやはり十石が単位だらうと思ふ。一分は一匁の十分ノ一で、当時の相場は十二匁位とすると、八厘に当る勘定です」とあるが、十石建ては後世の虎市の取引で、帳合米商いでは百石建てを単位としてこれを一枚と唱え、その枚数を以て売買をした。しかしその値段は一石の値段を唱えたという。これは官許以前の米市の方法をそのまま承け継いだものと思うから、ここもそう解釈すべきである。

一分・二分の高下というのは、寄付(よりつき)相場において、前日の仕舞相場の値段から一分・二分の割合の高下という意味で、銀目ではない。

商家秘録、天井直段知る伝「相場段々上り詰(め)て、大引(おほびけ)高直にしまひ、翌日同じ所持合(もちあひ)歟、又は前日の高直より五六分方或は一匁方も引上げ、高直歟また安直も出して後、大引前日同事か扨は一二三分も前日より安く仕舞(ひ)、…如レ此成(る)事三日にも及ぶ時は、則(ち)天井と成(り)、四日目・五日目より段々安直出る。大き成(る)時は十匁・十五匁方下る。ちひさき時は凡三四匁・五六匁方下る」。

同書に「当座五リン一分の利」(救商異見)、また「三分にても五分にても上り候はゞ、其米二匁か三匁は上るものなり」(相場初寄日高下規矩)等とあるから、一二分の高下ということは、銀五厘から、一匁の高下ということである。しかしこれは一石についての値段であるから、百石・千百石となると、その高下は大きくなる。

五三 **手打て後は、少も是に相違なかりき** 売方は上から、買方は下から手を打つ。手打後の違約・解約は信用に関するから絶対になかった。

五四 **預り手形** 利子あるものを借金銀といい、利子なきものを預り金というが、預り金の名目でも利子あるものが多かった。その代り「何時なりとも御用次第」返済するという文言を手形に明記する(中)。

預申金子之事

一小判三百両　此利足一ヶ月ニ金子何程づゝ毎月無二違変一進可レ申候

右之金子慥ニ預(リ)申所実正也。何時ニ而茂其元御入用次第元利共ニ急度相渡シ可レ申候。為二後日一仍而如レ件

年号月日　預主　松屋
甚介
判印

雁金屋
五兵衛殿

(手本重宝記、五、万手形づくし、金銀預手形)

貸借に手形を授受する場合にも、信用ある間柄では債務者の印判だけで、請人の印判を必要としないが、然らざる間柄では請人の加判を求めることもあった。金請の保証人を江戸では証人、大阪では請人といい、借用手形に証人または請人と肩書して加判した者は、債務者の債務不履行の場合、弁済の義務を負うものであった。従って「手形銀」「手形借りの銀」は容易ならぬ借金であった。

五五 **出入** 公裁用鑑抜「出入は何にても双(方)争論之筋也。仮ば用水論・境論・質地・借金銀又は宗旨替等都而(すべて)争論之義を出入と云也」。

五六 **其日切** 堂島の帳合米商いにおいて、若干の米を売り或は買いつけた者は、同日もしくは一季内(一年を三季に分つ)に、必ず同額の米を買い或は売って、売買を解除しなければならなかった。同日に売買を解決

し、一抔とするを日仕舞・日斗といい、他を立(たて)米といった。

五七 **扶桑第一の大商**　これまで「扶桑第一の大商人の、心も大腹中にして」と読んでいるが、「扶桑第一の大商(ひ)、人の心も大腹中にして」と読むべきものと思う。天下の台所といわれた大阪の景気を叙し、米商人の寛濶大度をいったのである。商人生業鑑、四にも「大坂は繁花の湊にて、諸国より入船多く、それゆへ人の入込も甚多し。…大まいの諸代ものを引請売捌き、又此明船に諸代物を積蓄、江戸其外諸国へ積くだし、諸出入に夥しく口銭・蔵敷等を取り、大商ひゆへ人の心も大腹中にて、諸事自由なれば、栄耀奢りも京よりは各別強く」とある。

五八 **難波橋より西、見渡しの百景**　摂津名所図会大成、一三ノ上「難波橋　大川条(すぢ)第三の大橋なり、長サ百十四間六尺…北詰を西天満といひ、南詰を船場北浜町といふ。此北詰の西の方は、諸侯の御蔵やしき甍(いらか)を列(つら)ねて巍々たり。…此はしの中央より西の方に、中の島の岬(みさき)ありて、是を山崎の鼻といふ。此島より北の流れを堂島川といひ、南の流れを大川と号す。この橋の上より東西の眺望佳景なり。且(そのうへ)左右を見めぐらせば、十有余橋を眼前にありて、浪華無双の奇観なり」。山本洞雲の難波十二景(延宝四)にも「波橋晩景」を第一に挙げている。

五九 **問丸**　問(とい)もしくは問丸は、主として中世に行われた称呼で、江戸時代では一般に問屋と呼んだ。歴史的にいえば、江戸時代の問屋はこの中世の問・問丸の後身ともいうべきものであるが、そのことは経済史の記述に譲る。北浜の問屋については、増補難波丸綱目(延享四)上に、「今橋西詰より北之川岸、大川通り七郎右衛門町迄、米問屋・中買商人住居ス」とある。

六〇 **山もさながら動きて**…　伊勢物語、七七段の一節「そこばくの捧げものを木の枝につけて、堂の前にたてたれば、山もさらに、堂の前に動き出でたるやうになん見えける」(真)。「さながら」は、そっくりそのままという意。

六一 **上荷・茶船、かぎりもなく**　米市の冬建て相場が十月十七日から始まるので、九月末から十月初めにかけて、中国・四国・西国筋の米が一斉に廻送されて来る。大阪川口から市内諸川の貨物輸送及び上荷の積み取りには、すべて上荷船(二十石積み)・茶船(十石積み)両仲間の船を利用しなければならないことになっていた(黒羽兵次郎、大阪の船仲間)。廻米の積み下し、米蔵からの出し入れは、米仲仕がこれに当る。蔵屋敷の米仲仕を特に蔵仲仕といい、上・下の階級に分れ、米問屋抱えのそれを米出し仲仕と唱え、やはり老(おとな)・上仲仕・下仲仕・下働きに分れていた。若い者すなわち長六というのは、この米仲仕の配下をいう。彼等は米の品質改め、俵の貫目改めの度に、七八寸ばかりの長さの竹の先を削いた米刺しを以て刺米(さしまい)を行い、これを役得として生活していた。一刺し約一合というが一俵について二刺し、これを仲間に配分することになっていたが、追々刺米の量が増して、享保頃には一俵に付五合宛、大阪廻米高弐百万俵として、現米壱万石がみすみす彼等の役得として消えてゆくことになり、その弊害が問題になっている。↓附図。

六二 **川浪に浮びしは、秋の柳にことならず**　謡曲自然居士「ある時貨狄庭上の、池の面を見渡せば、折節秋の末なるに、寒き嵐に散る、柳の一葉水にうかみしに、…吹きくる風に誘はれ、汀に寄りし秋霧の、立ちくる蜘蛛の振舞実にもと思ひそめしより、工みて舟を造れり」。

六三 **天秤**　江戸時代の貨幣には、銀貨の如き秤量貨幣もあったから、両替屋はもちろん、商家でも天秤は最も重要な営業用具であり、両替屋などでは、天秤株というものが出来ていて、仲間に加入するためには天秤株の所有が必要であったほどである。天秤を一名針口ともいう。「針口」とは元来、天秤台上の「鳥居」の中央から吊された、木瓜形(もっこうがた)の金属で囲まれた上下の針がかみ合う部分をいうので、この「木瓜」の下部に秤の棹が連結していて、棹の平行度が上下の針のかみ合い状態で示されるようになっている。針のかみ合いを確実にするために、「木瓜」を鳥居に繋いでいるS字形の「釘」の部分を、天秤に附属する「小槌」で叩いて振動させ、調節する。この「小槌」はしばしば大黒の打出の小槌に喩えられているが、「針口」を叩く音は、いかにも商売繁昌を思わせるものがあったろう。秤皿の一方に金銀を入れ、その目方に釣りあう重さの「分銅」を、今一方の皿に入れて計量する。「分銅」は大小十九箇一揃い、普通五十目以上五百目までの重さを計る(両)。↓附図。

六四 **中の嶋に、岡・肥前屋**…　中之島は、難波橋から西の方、淀川の中央にある中洲で、北岸は堂島川、南岸は土佐堀川に臨む。東から上中之島(淀屋橋北詰西まで)・中之島(越中橋北詰まで)・下中之島に分れていた。↓附図。諸藩の蔵屋敷およびその立入り商人が多かった。難波雀によれば、岡小右衛門(上中之島)、肥前屋治右衛門(同上)、木屋久円(中之島肥後橋詰)、深江屋九兵衛(上中之島)、肥後屋五左衛門(中之島肥後島町)、塩屋平三郎(同宗是町)、塩屋宗貞(同常安町)、塩屋治兵衛(下中之島豊前座)、淀屋善右衛門(中之島常安町)の外は、大塚屋庄

左衛門(大塚屋町、今の北浜二丁目)、桑名屋仁兵衛(同上)、桑名屋清左衛門(同上)、鴻池屋喜右衛門(今橋真島町)、紙屋喜兵衛(尼崎町)、宇和島屋庄左衛門(北浜栴檀ノ木橋詰)、塚口屋新四郎(淡路町御堂筋)は北浜乃至船場の居住である。備前屋は不明。

六五 **商売やめて多く人を過しぬ**　表むき商売をやめて、家業を手代等に譲り渡し、借家の家賃や貸金の利子で富裕に暮すのである。これをしもたやという(真)。町人考見録、亨「大方は身上よく成、所持の金銀多く出来候得ば、金廻しにて渡世し、前の商売は手代にくれ、金廻し商売にて心楽みて暮すべしと心得る也」。政談、二「其大名ニ優ル者ハ仕舞多屋ノ町人也。商買ノ類ニモ列スレ共、商買ノ業モナシ。金銀ヲ所持スレ共、世話六カシケレバ金借(シ)モセズ。只夥(シ)ク町屋ヲ持(チ)、其店賃ニテ安楽ニ耽ル上ニ、事(フ)ル君モ無ケレバ恐シキ者無シ。役義モ無(ケ)レバ、心遣(ヒ)更ニ無シ。下ニ治ムベキ民モ無ク家来モ無ク、武家ノ作法義理ト云(フ)コトモ無ク、衣服ヨリ食事家居迄、其奢大名ニ等シ。付従ヒ出入スル者、己が機嫌ヲ取(ル)者計(リ)也。日々遊山放埒ニ、傾城町野郎町ヲ心儘ニアルケドモ、誰咎(ム)ル人モ、亦譏(ル)人モ無シ。其外ノ慰モ心ノ儘ニテ、誰ヲ憚(ル)コト無シ。誠ニ今ノ世ニ南面王ノ富ト云(フ)ハ、此輩ノ事也」。

六六 **鐘木杖**　撞木杖は多く老人用であるが、若い者が伊達に竹杖をついたり、供に持たせて歩くのを、余情(よせ)杖といった。

六七 **惣領残して…**　幕府は米の生産高・年貢の減少を防ぐために、田畑の分割を禁止し、貧農多子家庭では総領以外の子弟を養子又は奉公に出すことを奨励した。自然大阪の奉公人には、大和・河内以下大阪周辺の百姓の子弟が多かった。大阪商業慣習録、上「他より雇入るるには、甚長男を好まず、これ中年に至り、去て自家の業に就くを以て、後年使用の見込なきによれり」。

六八 **でつち奉公**　商家の奉公人は、一般に丁稚・手代・番頭の階級に分れる。普通十歳前後の子飼いから十年の年季を限って雇入れ、手代昇進と共に新しく十年を増し、都合二十年の奉公を首尾よく勤め上げて、番頭から別家もしくは別宅として独立する。幕府の方針で年季十年と定められているので、奉公人請状を二枚にしたのである。雇入れに際しては、親類・別家等の子弟、もしくは同郷出身の者を厳重に吟味して採用したものである。縁故をたどって良家の子弟も、智恵づけと称して奉公に出ることもあったが、概して農家の二・三男以下の少年が多かった。したがって親・請人の保証責任あることを要した。

丁稚は子供・小者・小僧・坊主などと呼ばれ、幼少時代は主人の供・子守・拭き掃除などの雑事に使われ、やや長ずるに及んで商用の使走りをする傍、読み書き算盤の稽古をさせられる。丁稚の間は、髪は前髪に定まって居り、主家から支給せられる衣服は初め夏・冬二季のお仕着せだけで、紋服を支給せられるようになると、木綿の花色の振袖に石餅紋をつけたものが与えられる。

十五、六歳になると、半元服して前髪の頭に角(すみ)を入れる。これを「角前髪」、略して「すんま」といい、生意気盛りの丁稚を半ば嘲笑的に呼ぶ言葉にも用いられる。半元服すると幼名を改めて、本名の頭字をとって何松・何吉と唱え、お仕着せの数も増す。

十七、八歳になると元服の祝儀を行って一人前となり、手代に昇進するが、まだ当分二、三年間は見習い同様であるから、これを「手代分」という。やがて二十一、二歳前後になると、一人前の手代として何兵衛・何右衛門と名前も改め、手代分になってからもらうことになった給金も、名改め以後さらに増額される。

手代は番頭の指図を受けて、出納・記帳・売買・蔵方・賄方・外廻り等の役目を分担し、仕入れ・販売・接客法等業務一般に通じ、金銀の目利・商品の鑑定・取引の呼吸など会得するようになり、やがて自分一己の意見で取引・仕入れをすることも許される。「自分商」というのがそれである(宮本又次、大阪町人論・江頭恒治、近江商人等)。

六九 **地算**　大成算経「凡加減者、旁通二于諸技一而成レ用(俗謂二之地算一)。是故為二最初之所為一也」(真山所引)。両替商沿革史、丁稚の教育「一、算術、之レハ主トシテ数十ロヲ他人ヨリモ迅速ニ加フル事ヲ練習スルニ在リ、又加減乗除ノ四則心得ル迄ニ至レバ、其レニテ業ヲ卒ハルモノトス。二、文字ハ、振手形杯ニ金目ヲ解シ易キヤウ、然モ迅速ニ書スル迄ニ至レバ、其レニテ一人前ト為ルモノトス」。

七〇 **自分商**　これには二通りある。その一は、丁稚から手代に昇格すると、出納・売買・蔵方・賄方等を分担し、番頭の指図によって動くが、年功を積んで来ると、時には自分一箇の意見で商売することも許された。これは、見世の番よりも廻り役の者に多かったであろう。大阪商業習慣録、上「夫(それ)より支配人或は番頭の指揮に従ひ、仕入方・売捌方等に奔走せしめ、又取引上自己の見込(み)を立てしむることあり。このとき失敗すれば、支配人或は番頭の呵責を受くることあれども、之が償は決して要することなし」。泉屋(住友)長崎見世掟書(元文五)「一、唐物者不及申、何によらず、自分商売堅ク致間敷候。勿論下直成(る)ものたりとも、疑敷物一切調申間敷候。此趣、召使之者共迄も、常々急度申渡可置事」。千切屋吉右衛門家、家定(延享二年正月)「一、当時相勤候見世手代、其外家内忠勤之者ハ、致評定、其功を顕すべし
首尾能(く)別宅迄にも相成(り)候て、相応之商売見立(て)、銘々之役儀無二懈怠一相勤候中より、見世ニ而商売させ、渡世にも可相成品取組(み)、別宅致させ可申候」。

今一つは、手代奉公を終って別家・宿這入りを許され、独立して商売を営むことで、永五ノ二の鯉屋の手代が米見世を出したというのがそれ。

七一 **身を持時**　手代奉公を終えて妻帯し、世帯を持つことを、「身を持つ」「宿這入りする」という。おおむね店入りしてから二十五、六年目、年齢でいえば三十五歳前後の時になる。日野の中井家の分家京都店では、「元服いたし候より十五年ニ而為レ致二宿這入一候事」という。宿這入りの時は、主家から暖簾と別家料若干、及び主家の借家に世帯道具一切をつけてもらい、妻を迎えて独立商売を営む。これを独立別家といい、別家後も主家に勤務する者を通勤別家という。しかし別家としては、通勤別家の方が格が上であった。永三ノ一に「弟を別家に仕分て」とあるが、そのように別家と分家を同じ意味に用いる例もあるが、一般には「庶子兄弟の別れたる家を分家と云、手代奴僕の別ちたる家を別家と云ふ」(守貞漫稿)慣習である(江頭恒治、近江商人)。

七二 **親・請人**　奉公中、引負い・買掛りその他の不正・不埒があった場合には、親ならびに請人において弁償もしくは身柄引取りの義務を果さなければならぬことは、奉公人請状に誓約するところである。
手本重宝記、五、万手形づくし、奉公人請状
一、此何与申者、何之年何月より何之何月迄、九年拾年切候而、御奉公出申候。此者生国は何之国何之村何右衛門与申者之子ニ而御座候。御公儀様御法度之切死丹耶蘇宗門ニ而も無二御座一、宗旨者何宗ニ而、則寺請状此方ニ御座候。何時ニ而も御用次第差上可レ申候事。
一、此者取逃欠落仕候者、急度尋出、勘定之表私共方より急度相立可レ申候。其上ニ而定之通御奉公為レ勤可レ申候事。
一、年季之内、不レ叶義ニ付隙乞候者、居申間之飯米・雑用算用可レ仕候事。

右之外、此者ニ如何様之六ケ敷儀出来仕候共、我々罷出急度埒明可レ申候。少も御難懸申間敷候。仍而後日之請状如レ件。
年号月日　請　人　名判
親　名判
奉公人　名判
誰　殿
参

七三 **銀持**　上方は銀遣いであるから、金銭の意味の場合にも、銀と書いてカネと読ませる。金持の定義については補注一五参看。

七四 **よき人付会**　町人嚢、一「いにしへは百姓より町人は下座なりといへども、いつの頃よりか天下金銀づかひとなりて、天下の財宝みな町人の方に主どれる事にて、貴人の御前へも召出さるゝ事もあれば、いつとなく其品百姓の上にあるに似たり。況や百年以来は天下静謐の御代なる故、儒者・医者・歌道者・茶湯・風流の諸芸者、多くは町人の中より出来る事になりぬ」。

七五 **新屋・天王寺屋**　新屋九右衛門(高麗橋一丁目)と天王寺屋五兵衛(今橋一丁目)は、本両替屋であったが、寛文二年幕命によって他一名と共に、小判買上げの公用を勤め、寛文十年さらに人員を増加して十人となり、本両替を支配する金融統制の首脳たる十人両替になった。その外諸藩の蔵屋敷の蔵本・掛屋をも勤めたこと難波雀等に見えている(関山直太郎、十人両替考)。

七六 **十貫目入の銀箱**　銀は五百目包二十を一箱にし、割蓋の上書に「銀拾貫目入」と大書する。穴蔵用は松材の粗製、高さ五寸前後、縦一尺八寸余、横八寸、運搬用のものにはタガネを打ち錠をつける(両)。

七七 **筒落米**　蔵入れ・蔵出しの時に仲仕が刺米するが、そのこぼれ落ちた米を掃き集めて拾う女があった。校正草茅危言、一〇「又つゝほ掃ひと云女あり。非人体の者(いわゆる長六)の妻や女にて、群を結び諸邸につめかけ、地にこぼしたる米を掃集め、土砂をふるひ是を取る也。地にすたれたる物を拾ひて用に立るは尤なる事ながら、是も過分の利を得る事にて、同く株を立て売買するよし、(中略)又仲仕輩の刺米のあまり多く、人の目に立を患ふる時は、右の女に相対し米を態とこぼし、つゝほにして掃取せ、跡にて分取にするなどの類ありて、色々の姦を計る事ときく」(真・暉)。↓附図。

七八 **諸国改免**　新可笑記、三ノ五、取やりなしに天下徳政の章にも、「古代万民の商売うすく、里人はなを困窮しておのづと道をそむき、人の心虚になつて実をうしなひ、都さへ借銭公事の外はなく、うとく(有徳)な

るは世をわたり、貧者は渇命に及べり。さるによって夜盗も白日のさたになりぬ。京都の奉行政道にあぐみ給ひ、此旨奏聞あれば、もろ共にせんぎ有(り)ての後、古例にまかせ天下徳政にして皆免の時、改めて掟をたゞせとの勅命。其日平安城八つ口に東西南北早馬にし、徳政の世とふれわたしぬ。八月下旬なるに大年の心ちになり、律義に請(け)はらひするも有(り)。大帳を焼(く)も有、手形取(り)みだして男なきのやどもあり。かたじけなき世とて、いはひ酒飲(む)人もあり。是程各別なる世の有(り)さま、分限は人の為となり、まづしきものは人の物を主(ぬ)になりて、大かた金銀入(り)わたり、万の事も当分は鳴(り)をやめける」とあって、真山青果紹介の伊豆史料(露木文書、西鶴語彙考証所引)の古文書と共に、皆免を前代の徳政の意味に解すべき証であろう。

借用申金子之事

金壱両壱分代五百文者

右借用申所実正也。利束之儀ハ一月ニ壱両ニ百文ヅツ相定申候。若天下一同之かいめん徳せい入来候共、御無沙汰申間敷候。為後日仍如件。

寛永八み年閏十月十九日

仁藤村 作兵へ《ぜさい》 判

妙見御坊様

石井良助博士の日本法制史概説によると、相対済まし令は、特定時期以前又は以後の、利足付金銭貸借の訴訟(金公事)を、受理しないという制度で、個人間の和談によって解決すべしというものである。江戸時代には寛文元年を初めとし、以後天和二年・貞享二年・元禄十五年(以下略)等、何回も出されている。相対済まし令は債権の出訴の不受理を定めた点において、鎌倉時代の徳政令に当るという。但しその発令の理由は、健訟の弊に堪えかねて、一時訴訟の受理を停止し、整理せんとするものであるというのは、全く表面上のことで、これはやはり幕府が、大名・旗本・御家人等武士の経済的窮迫を救済するために、発令したものと考うべきであろう。本章にいう諸国皆免は、まさにこの相対済まし令を指すものと思う。最初の寛文元年閏八月の触は次の如くである。

一、町中諸商人売買物売懸仕、出入有之、訴訟ニ罷出候共、自今以後ハ、噯(あつかひ)申付間敷候間、此旨相守可申候。但、諸問屋方より売懸申儀は格別之事ニ候間、相滞候はゞ可申出候事

明暦三年の江戸大火事から四年目に当って、幕府がかくの如き触を出したことは、すこぶる注目に値する。すなわち江戸大火後の復旧・再建に伴って生じた、武士の町人に対する莫大な借金銀についての訴訟を受理しないことによって、武士の受けた経済的打撃を緩和しようとしたのである。これによって借金銀の支払は一時延期となり、従来諸大名大名貸しに対する負債の担保もしくは引当てとしていた年貢米が、今までよりも多量に、大阪に廻漕せられることになったのだと思う。

七九 **世の中すぐれて** 相対済まし令が発令された寛文元年は、また五十年来初めてという豊年満作でもあった。したがって、諸国からの大阪廻米も莫大な数量に上ったことが考えられる。談海、一五、寛文元年「今年五十年以来ノ豊年也ト古老ノ人申(シ)アヘリ。同年六月ニ従二鹿嶋一ことふれ来(ツ)テ申(シ)候様ハ、当年ノ秋ハ一粒万倍ならん、其証拠には檀(せんだん)ノ木ニ実なるまじ、又赤とんぼう有之間敷よし申けるが、聞レ之人たわごとを尽すよと嘲(り)思ひしが…まして世の中ハ右之通に豊年なれバ、往古にかゝるためし有(り)けるにこそ」。

八〇 **銭見世** 大阪の銭両替の内、所謂銭両替というのは、三郷銭屋仲間を指していい、寛永通宝の木看板を出していた。片見世に米もしくは他の商品を販売し、その売り溜め銭を以て銭の交換をし、手数料をとっていた者が多い。南両替仲間は大阪南部に集中し、三郷銭屋仲間よりも資力があり、金銭売買及び両替にも従事した。享保十七年以後小判銭相場聞合(せ)所を建て、本両替の相場を移して売買した。しかし一般に銭両替は、本両替に対しては脇両替として蔑視され、両者取引をしない定めであった。ここは最初三郷銭屋仲間に属する銭両替として発足し、次第に繁昌して本両替に仲間入りするほどになったのであろう。

八一 **秤にひまなくかけ出し** 両替の際量目不定の銀貨は一々はかって取遣りするが、定量貨幣の小判にも軽目金があるからやはりはかる必要がある。しかし「かけ出す」とは、秤にかけて量目に不足なく払い出す意で、ここは両替して渡す細銀についていっている。

永四ノ三「銀弐匁三匁のうちにて五厘壱分の掛込を見て」。好色旅日記、二「彼遣手が二季のはらひに、はね釣瓶程かけ込をよそめしてゐし時とはちがひ」。二代男、六ノ一「両替が手前に有物を懸出して、身請の間もなく」。両替年代記、一「包銀目相不同無之様懸出し可申事」。「かけ出す」の反対は「かけこむ」という。

八二 **中間商** 真山青果の日本永代蔵講義に、「中間商は商ひ仲間ではない、字の通り仲間商ひです。銭屋仲間のうちには相違ないが、銭屋の場合は仲間で相場を立てたりするから、仲間商ひといふことになる。うは

もりは幹部でせう」といい、さらに「銀替は本両替で、銭屋とは違ふ。商人軍配団にありますが、銀替は銭屋を蔑視してゐたもので、市に行つても座席が別だし、口を利く時分にも対等には行かなかった。銭屋は両替のうちには入れられないので、あいつは銭屋だと云ふと、それは軽蔑されたことになる。筒落掃きの息子も銭屋出身だから、重きをなさぬわけですが、後には銀替の手代の方から御機嫌を取る位になつて来た」とあるが、本両替が脇両替(南両替・銭屋)と取引することは、申合せによって禁止せられていた筈であるから、この説は首肯出来ない。おもうにこの後家の息子は銭見世から仕出して本両替仲間に加入し、本両替仲間の取引の第一人者になったという意味であろう。本両替仲間相互の取引は通帳勘定で、見世判一つで当座貸借を行い、後日に清算することになっていた。

両替商旧記、一、享保十年十月二日付「尤前々より定之通(り)、仲間両替屋之外、脇両替屋衆と金子・銭一切売買在レ之間舗候。万一外両替屋中と売買在レ之候はゞ、仲間除き可レ申事」。

八三 **銀替**　本両替仲間内の取引は、もとすべて正金銀を以てし、店印一つで相互に当座貸借をしていたが、振手形の流通に伴い、預金の裏づけなしに金銀の振替を便宜行うようになった。その場合は、両替屋の手代が持参する通帳に記入し、日歩を取立て、後日通帳勘定をして決済した。

両替商旧記、一、仲間申定書(安政三年六月付)「一、両替仲間取引之儀は、預り金計(り)御座候て、銀子預(け)無レ之候処江、銀子之振手形相廻(り)候故、預金直附(ねっけ)申遣し、銀子に引直し候得ば、子細も無ニ御座ニ候得共、先方之勝手に寄(り)、金子直入(ねいれ)不レ仕、銀子振替相渡(し)呉(れ)候様申居(り)候得者、右振出し銀子に日歩銀相掛(け)申候。又者他国在方之取引先より金銭差越(し)、相庭の指(さし)直段を以て売払申来り候分は、直立(ねだて)引合(ひ)兼(ね)、直入出来不レ申内、銀子之振手形前段之通(り)相廻(り)候得者、預り銀無レ之候ても相渡(し)置(き)申候云々」。また「一、日歩銀之儀は、通(ひ)取引出入御座候砌は、銀子一貫目に付三五分迄之取引仕来り御座候。取引出入無レ之、残銀置居(おきすゑ)に相成候月は、月一分之利足に相直(し)申候。又候出入有レ之候月は、三五分之取引に直し申候。其後出入無レ之候はゞ、何ヶ月相立(ち)候共、月一歩之利足に御座候。尤、通帳勘定仕(る)度毎に、日歩銀直に可レ被ニ相渡ニ筈之処、勝手により通帳へ相記候得者、全両替方振替に相成候に付、元銀に相立(て)候仕来(しきたり)に御座候事」。

これは、「仲間一統前々より仕来り御座候」とあるから、古くからの慣行であったことが知られる。因に、この銀替の手代の中には、往々にして取込み駈落ちをする者があったと見え、解雇した手代の名前はその度に仲間内に通報するように触れている。織留六ノ四にいう「銀手形」とは、この両替屋振出しの手形で「振差紙」という。雛形左の如し。

> 覚
> 一、銀何貫目也
> 右此何某殿へ御渡可レ被レ下候、以上
> 年　月　日　　　　　　何　某
> 何某殿

「是は両替屋中のみ通用ある手形にて、此何某殿へとあるは、両替屋の内請取人を記入し、何某は両替屋の本名を用ひず、同店支配人の名を記し、何某殿と宛つるも、振り先きの支配人の名前に宛つる法なり。又振出し人は無印にて、只御渡の処へ、振出したる両替屋の大印を押す。但し判鑑帳なるものを各自に備へ置き、見合するものとす。此手形は、其日限り夜九ツ時迄に、双方差引決算するものなり。仮令此手形を以て正金を請取らんとするものありとも、振出し先きにては正金にならず、必ず印元に立戻らざれば、正金を得る能はざるの習慣なり」(両替商旧記、一、両替屋顚末、手形の種類、第四振差紙)。

八四 **小判市**　小判市は俗称で、金相場所もしくは両替屋所と呼ばれ、寛文初年頃から高麗橋筋の両替屋所で相場が立ち、小判の売買が行われていたが、正金取引以外に延取引が内密に行われたため、しばしば幕府の取締りにあった。享保十年九月金銭売買が公許せられ、同時に相場立会所も高麗橋の一定の地に免許せられ、ついで寛保三年に北浜一丁目に移転して金相場会所と称せられた。北浜移転後の金相場の建て方を参考にすると、金一両を標準として銀何十匁何分と相場を建て、銭相場は銭一貫文を標準として銀目を以て呼ぶ。相場は十人両替監督のもとに立会を開始し、寄付(よりつき)相場に始まって引方(ひけかた)相場に終る。売買に際しては売方は売一方、買方は買一方で、一人にて両方を兼ねることを得ず、また相場は金一両を標準とするが売買高は百両以上に限られ、売買が決定すると、売方は上から、買方は下から手を打って契約成立の証とし、即日小判を以て決済が行われた。この相場所には本両替仲間以外の脇両替は立入れないことになっているから、後家の息子が銭屋から本両替になっていたことが判る(日本経済史辞典、両替年代記関鍵考証篇)。

八五 **掛屋** 諸藩の大阪蔵屋敷において、蔵物販売の代金を収納し預る御用町人。同時にその藩の金融機関をも兼ね、蔵物代金の中から、または蔵物を担保として、江戸・国元の賄銀を仕送りし、扶持米を受けて用人・留守居格の待遇を受けていた者が多い。掛屋には本両替の有力者が多く、一人で数藩の掛屋を勤めている例が少くない。

八六 **古代にかはつて、人の風俗次第奢になつて** 荻生徂徠、政談、三「金サヘアレバ如何様ノコトモ成ト云所ヨリ、ハヤ世界ノ風俗段々ニ奢ニ成タル故也…寛文ノ中比ヨリ、世界ソロソロトケ様成筋ニ趣ケルト見ヘテ」云々。我衣、男女の風俗「寛永十六年迄は、武家は各別町人百姓ともに、衣服甚(だ)麁相なり…正保・慶安比迄年々キキンニテ、軽き貧家の妻娘、武家へ奉公に出る。次第に立身し、上つ方の御服をも拝領し、我家へ帰(り)て嫁す(る)にも、右の拝領物を着したり。故に自ら世上の女子目を奢(ら)せ、有徳家の妻子等は、手前金にて拝領物のごとくこしらへ着し、右の麁服を忘れたり…寛文年中より男女の衣服そろ〳〵をごる。歌に、馬ならばいくつかはねん丑の年扨もはねたり寛文元年」。

八七 **高家・貴人の御衣** 高家・貴人という場合は、貴人と同じ。大名・高家の場合は公家(公卿衆)の意(真)。この一節に関係ありと思われるのは、女院御所・姫宮方・御台所・大奥女中等の、女中衣類の値段を制限した寛文三年十月の達である。

「一、女院御所姫宮方上之御服、一おもてにつき白銀五百目より高直ニ仕間舗候。それより下之呉服は品々により、猶以下直ニ可仕上之事。

一、御台様上之御服、一おもてに付て白銀四百目より高直に仕べからず(以下同文)。

一、御本丸女中上之小袖、一おもてにつき三百目より高直にいたすまじく候(以下同文)。

右之通、京都・江戸呉服師之輩共にかたく申付候。御かんがへのため写之、差越候之間、御めし物ならびに下々之衣類かろく被仰付候様ニ相心得、可被申達候以上」(御触書寛保集成、二六、衣類之部)。

八八 **黒き物に定まつての五所紋**… 定紋付小袖は、黒色を専らとし、胸に二カ所、背に一カ所、袖に二カ所、五所に紋をつける。綸子以下羽二重・紬・太織等身分によって異るが、大名より庶民に至るまで、式正の場合のみならず平常にも用いた。

当世貞女容気、一ノ二「まづ当殿様をはじめ、惣じてお大名様がたのおめしの羽二重と申(す)は、京都小紅屋と申(す)織殿屋、絹幅一尺三寸に織(り)申(し)て、代金は絹の目がへに三割増にて御座候。…またお小袖は、きわまつて表黒にて、御紋付(け)申(す)ゆゑ、随分おりいとを吟味仕らねば、御紋みてしろからず」。太平記評判、一「衣服黒麻布ニ小紋ヲ付ケテ、青キヲコクウスク染メタルヲ、上下ヲ以ヲ耕作人ノ上衣トス。又ハサイミ、五所紋ヲ付ケタルモ用ユ。又下服ノ小袖麻布也、五色何レモ用ユ」。我衣「町人衣服のこと、貞享中迄は…常著は木綿布子に定紋を付たり」。

八九 **御所の百色染** 御所染は、寛永の頃女院の御所(後水尾天皇女御東福門院)の御好みに始まるという(本朝世事談綺)。東福門院は徳川秀忠の女で、入内後、御所内に関東の伊達・寛闊の風を移され、衣服・調度その他に華美を好まれた。尾形光琳・乾山兄弟の祖父雁金屋新三郎などは、東福門院様呉服所として、新しい雛形の考案をこらしたものである。御所染は一名地白染(万金産業袋)といい、地色に所々花色・照り柿・黒柿・萌黄など多くの小色を入れまぜて、色変りに模様を染め出したのが特色であるが、百色染・百品染・百色変りと称するものは、その小色の変化多きものをいうのであろう。

小袖のすがたみ「○地うこん そめもの、げんじ(源氏)がすり。くろべに・ききやうを惣身にちらして。但きゝやうのとりあひ、半ぶんほど、むらさきがのこ。三つほど、あさぎがのこ。三つほど、べにがのこ。五つほど、くゝし。ふちを、もへぎ・もゝいろ・ふじいろ・ひわだなどにてくゝり、花のよう、きんしにてうめ、かすりのふち、すりはくにしてよし」。

九〇 **室町のかた脇に、仕立物屋** 京雀跡追、烏丸通二条下ル浅野町の条「此辺の上下ニ新物の仕立物・うぶぎ・ふとん・よるの物・万そめ小袖、其外何にてもある所なり。筆に不レ及」。今、中京区秋野々町。

九一 **衣掛山** 衣笠内大臣(藤原家長)の山荘があった地というが、山州名跡志、七に「一説ニ絹掛山。所以ハ寛平法皇於ニ御室一、炎天ニ深雪ノ眺望ヲエミ玉ヒ、此峯ニ白絹ヲ掛サセ玉フ故也ト」。

九二 **両袖・襟に引綿** 都風俗鏡、二、都女の風俗「さてえりつきは、少(とち)むねをあけめにして、えりにはわたをとりわきふくませ、鳥羽にかさねなし」。

九三 **衣裳法度** 分限による衣服着用の法令は、慶長二十年以来歴代の武家諸法度に含められているが、特に寛文八年三月以後は倹約奨励・奢侈禁制のために、屢ゝ衣服材料・加工・代金・販売等について制限を加えた。五代将軍綱吉の代になって、天和三年正月、同六月、貞享二年八月、同三年六月と頻発され、その取締も厳重になったのは、西鶴の本文を裏づけている。御触書寛保集成、三六、諸商売之部、天和三亥年正月「一、金紗　一、縫　一、惣鹿子　右之品、向後女之衣類に制禁之。惣て珍敷織物・染物新規に仕出(し)候事無用なるべし。小袖之表壱端ニ付て、弐百目より高直に売買仕まじき也」。貞享三年六月の触では、代銀二百五十目に限り、縫の衣類売買が許可せられたが、元禄二年閏正月、再び二百五十目以上の呉服売買は厳禁。

九四　**紬はおのれにそなはりて見よげなり**　町人嚢、二に古今序を引いて、「されども今の世には、町人なべてよききぬきる事なれ共、身におはぬさまにも見へず…しかれどもおのづから相応せざる事こそあれ…町人は唯一僕にて、羽二重縮緬もいとはへなきわざにて、身におはぬさまなり」。衣装法度にも、百姓町人の衣服は絹紬以下木綿・麻布を、分限に応じて着用すべきことを定めている。

九五　**武士は綺羅を本としてつとむる身**　「綺羅」はあやぎぬとうすもの。転じて衣服の麗しきことをいうが、ここは威光あることをいう(俚言集覧)。戯言養気集「滝川家来のものは、士風きらよく、丈夫にあるべきやう也」。武士は庶民の上に立つ者として威儀をととのえなければならぬ身分だからである。

九六　**風義常にして**　青標紙、前編、寛政元酉年三月松平越中守殿御心得書、「士も町人も百姓も、同じなり形に相成候事、我朝の風を取失ひたるにて候。同じ士といふ内、格式有之候て衣服を着するにて、上に立(つ)者も下に居(る)者も、同じ衣服体にては何を以て出立容体違(ひ)可有之哉、高知を取(る)者・小知を取もの、又重役を勤むる者・軽き奉公致す者、相応の衣類を着すべき事にて候。倹約を衣服の心得違ひ、分限不相応の体たらくに成行候。身を正しく致(す)事、衣服を以て致す事に候」。

九七　**京の出見世**　事跡合考、二に、京都室町蛸薬師町の家城太郎次が寛永六、七年頃初めて江戸に下り、本町二丁目に出見世を出して以来、「京大坂より呉服物商人本町につどひ集りて、今世のごときの数百家とはなれり」という。京羽二重織留、六、江戸本町四町目呉服棚に、伊豆蔵五兵衛(室町円福寺町)・富山喜左衛門(同御池の町)・三井八郎右衛門(同薬師町)・家城(同町)外十二軒、同小間物棚に白木屋彦太郎(堺町通二条上ル町)外二軒を挙げている。本町居住ではないが、幕府呉服所の一石橋南角の後藤縫殿之助(中立売西洞院角)、檜物町の茶屋四郎次郎(小川通出水上ル町)、日本橋南二丁目の茶屋新四郎(四条坊門西洞院角)・亀屋永任(六角通堀川東へ入町)、本石町二丁目の上柳甫斎(智恵光院通長者町上ル)、数寄屋河岸の三島屋祐徳(上長者町大宮西へ入町)、橋本平三郎(須磨の町通堀川西へ三丁目)等、いずれも京の出見世であった。

九八　**棚もり**　三井家の例でいえば、三井は六家に分れ、三都に各ゝ呉服屋と両替屋を営んでいたが、損益ともに六家に配分し、「其手代も亦誰の所属とは定めず、江戸に六人の伴当(番頭)ありて駿河町以下の店々を支配し、日々の商売には預からざれど、毎月六度づつ集会の日あり、其席へ重立ちたるものを集めて商法上の評議あり」という(江戸会誌、一ノ二、三井氏の起立)。

九九　**わる銀**　いわゆる悪銀には二つの意味があると思う。一つは品質の麁悪な銀の意である。両替年代記、原編、明暦三年来本両替仲間定書に、「銀之取遣(ヤリ)、悪・焼・折銀之外は無レ構取遣可仕候。若滞(リ)候儀有之候ハヾ、本行事了簡次弟取遣可仕事」とあるのが、それである。焼け銀・折れ銀と並べて挙げているところから、そう考える。

松木新左衛門始末聞書「新左衛門の商売は、其昔御在城の御時代も絹麻の問屋をしたり。其節潰(し)金銀を売買したり。諸国の商人切(れ)金・目軽の金子・悪銀等を多く持来て、減劣を立て売(り)し由、其悪金銀をば隣町の研屋町金座・両替町二丁目の銀座両後藤へ売(り)たる由」。

その二は似せ銀である。似せ銀にも真赤な似せものと、いろいろ手のこんだ似せものと種々あった。

人倫糸屑、上、悪銀遣(わるがねづかい)「天下の御制禁なれど、たえぬは悪銀(わるがね)。是を知(り)ながら分を引(き)てかいこみ、それを又人につかまする者あればこそ、悪銀買もあり、遣(ひ)手もあり。新見世いだせし小銭屋などえハ、夕暮に銭をかいに来るに、えて悪銀をつかむ事有(り)。抑(そもそも)悪銀には、白似(しろにせ)・横指(よこざし)・編笠手、さまざま有(り)とかや。人を抜(い)て世を渡る中に、これ程大罪はあらじと。余(の)道具は似(せ)をつかんでからが、持(ち)料にするも有(り)、打破(うちわり)やぶりてすたる事も有(る)に、此銀といふものは、わろきとて礫にうつ者もなし。つかんだ者も、又何とぞしてつかいたいと、さまざま手立(て)してつかふ。さる程に此銀、世上に流転して輪廻やむ時なし」。

一日千句「貫之が見てふしぎなる秋　雪　わるがねや古へ今までの

露の玉　鶴　酢にひつたりとされば野山を　雪」。　御前義経記、四ノ一「三州岡崎をとほり、善三郎が見世に腰をかけ、鼻紙袋よりこま銀出し銭かはんといふに、手代らしき親父、老眼と見えて目がねをかけ、是は似せでござるといはれて、見給ふごとく出家なり。正しく此銀は御幸町岩がかゝが初寅参ニくれたり。見しりごしに此様なる悪銀(あくぎん)つかひぬる心からは、世わたり暮しかぬるは尤なりと、にくていらしく外の銀出して両替させ」。

一〇〇　**虎の御門**　今、千代田区内幸町二丁目西南角にあった。丸の内門の往来は、卯の刻(午前六時頃)から酉の刻(午後六時頃)まで、但し大門の傍の通用門は子の刻(午後十二時頃)まで通行を許されていたという(守)。牛(丑)→虎(寅)→夜をこめという関係で、午前四時頃を寅の刻というところから、夜をこめと続けた。

一〇一　**朝には星をかづき**　呂氏春秋、二一「巫馬期為二単父宰一載ㇾ星出、載ㇾ星入」(守)。

一〇二　**以前とちがひ、今はんの武蔵野**　室鳩巣の献可録(享保八)上「只今江戸の繁昌、日本にては古今に無ㇾ之事に御座候。然る処御城下に一同入込(み)罷在候故、是程広大なる武蔵野に候得共、尺寸の地も残り不ㇾ申、人家に罷成(り)候」といい、また荻生徂徠の政談(享保頃)一にも、旗本・御家人はもちろん、江戸詰めの諸大名の家中の士の生活は宿屋住居同然と断じ、「金ニテ諸事ノ物ヲ買(ヒ)調(ヘ)ネバ、一日モ暮サレヌ故、商人無(ク)テハ武家ハ立(タ)ヌ也…畢竟直段ハ商人ノ云(ヒ)次第ニテ、何程ニテモ急ナル時ニ買(ハ)ネバナラヌコト、是武家皆旅宿ノ境界ナル故、商人ノ利倍ヲ得ルコト、此百年以来ホド盛ナルコトハ、天地開闢以来異国ニモ日本ニモ無(キ)コト也…依ㇾ之諸国ノ工商御城下ニ聚会(ド)ヒテ、町ノ家居夥ク成(リ)、北ハ千住ヨリ南ハ品川迄立(チ)続(キ)タルニヨリ、如何様ノコトニテモ手支(フ)ルコトナク、何程大壮ナルコトモ忽(チ)ノ中ニ調(ホ)リテ、自由便利ナルコト云(フ)計ナシ。如ㇾ此御城下ハ諸事ニ付自由ナル所ナル上ニ、セワシナキ風俗ト、無二制度一トノ二ツヲ加フル故、武家ノ輩米ヲ貴ブ心ナク、金ヲ大切ナル物ト思ヒ、是ヨリシテ身上ヲ皆商人ニ吸(ヒ)取(ラ)レテ、武家日々ニ困窮スルコト也」といっている。しかし延宝末年頃から天災凶変打続き、武家の財政も逼迫したので、もはや武家相手の商売も以前ほど大きな儲けもなくなったのである。

一〇三　**小納戸**　幕府と諸大名とでは職制が異るが、幕府では将軍の衣服・調度の管理・調製、諸大名以下役人へ下賜の金銀・衣服の出納・調製は納戸方が掌り、小納戸方は専ら奥向側近の奉仕に限られているが、諸大名では小納戸方の職名で両者の事務を執っていた奥役人である。「諸役所御用承り候職人町人等、平生之御用幷臨時之御用ニ付て、諸方より頼之者有之、御用可相勤者を差置、頼之者え申付候儀有之由相聞え候」(正徳二年七月触)とあって、出入町人の請託が激しかったようだ。新井白石も折りたく柴の記に、入札競争に伴う請託の弊を指摘している。

一〇四　**入札**　入札売買もしくは入札請負の方法は長崎輸入の白糸や蔵屋敷の払米、土木工事などには行われていたが、呉服類まで入札で納入させるようになったのは、武家財政逼迫のあらわれ。町人考見録、利、呉服所「其上近来何方の御屋敷も御倹約の元締、諸事を改め、呉服物も諸方の店々を聞合、下直なるを調ひ、数物の入用なれば入札にて申付る様になるまゝ、次第次第に御用はすくなく、今はむかしの由緒久しき出入のかんばん迄に、少々ヅヽの註文を受…名計の家居とぞなりにける」。

一〇五　**喰ひ詰**　軍法から出た言葉。敵が進めば退き、退けば追い、止まれば止まりして、敵の態勢に応じて位をとり、じりじりと追詰めてゆくこと。
　三河物語、一「イサミ而ツキテカヽル事ナカレ、クライツメニシテツキクツセ」(穎)。

一〇六　**内証かなしく、外聞斗の御用等調へ**　町人考見録、利、呉服所の条に「御公儀呉服所幷京都にて諸大名方の名代の呉服所・用達共、何れも身上よろしきは無ㇾ之、段々困窮致し申候。元来商人にかぎらず、呉服の元直段に歩附をとり、又御合力米御扶持方を申請、畢竟(ひっきやう)町人心を忘れて武士の様に心得…毛のはへぬ侍の真似をして暮す故、銀はたまらず、借金買掛りは次第に出来」。

一〇七　**京銀の利まはし**　呉服の仕入に関しての借銀もあろうし、又呉服屋で両替屋も兼ねている者もあったから、金融資本として借りた銀もあったろう。たとえば大名貸しなど、自己資金の外に京都町人の金を請けこんで、自分名義で大名へ貸しつけ、一方へは自分名義の借用証文を入れて利鞘をかせぐなど、大名貸しの問屋と呼ばれた両替善五郎(→補三三六)の如きものもあった。

一〇八　**かはし銀**　為替は古くはカハシという。現金を使用する代りに、為替手形を以て遠隔地間の貸借の決済をするのに利用する。普通は送金依頼を受けた両替屋が現金と引換えに手形を発行し、受取人はその手形を以て右両替屋の取引先の両替屋から現金を受取るのであるが、両替屋を経営している呉服屋は勿論、それ以外の呉服屋でも三都に本支店を有する大商人は、出入先の依頼があれば為替業務を扱っていた。元禄四年以後は本両替と共に呉服屋が幕府の公金為替を請負うている。

一〇九 **三井九郎右衛門** 中田易直氏の三井高利によると、三井の江戸呉服見世は延宝元年八郎右衛門高平二十一歳の時、京都室町薬師町の京呉服見世(仕入店)と相前後して、江戸本町一丁目に開かれたものである。父八郎兵衛高利は伊勢松坂を本拠として専ら大名貸し・米商売に従事する傍ら、京・江戸両呉服見世を総攬し、長男高平をして京見世を、二男高富をして江戸見世を主管せしめた。但し、両見世とも越後屋と称し、高平の通称八郎右衛門を以て見世名前としたという。開店当時の元手金は、高平分の三百両と高富分四十貫目を合せて、都合銀百貫目程であった。(約六百六十両)に、高利の援助金六十貫目を合せて、都合銀百貫目程であった。最初新見世として、「屋敷方出入手前に一軒も無レ之事」(商買記)という状態であった越後屋が、諸国商人売(卸売)・店前売(現金売買)・安値掛値なし(薄利多売)の新商法を以て、新しい販路と顧客層を開拓し、本町通の旧呉服屋仲間と激しい競争の間に着々基礎を固め、延宝四年には本町二丁目にも見世を開いて四男高伴を主管とし、翌五年には従来の釘抜紋を改めて「丸の内に井筒三文字」を暖簾紋とし、天和二年の大火に罹災したのを機会に、本町呉服屋仲間の悪竦な妨害を排除して新しい飛躍を期待すべく、両替屋町である駿河町二丁目に新築して移転した。駿河町見世の開店は天和三年四、「五月の頃。記録によると、間口七間余、奥行二十間、まず本町一丁目の店が移り、その一部に両替見世をも開業した。さらに同年秋には本町二丁目の店も引払って合併した。当時江戸市中に配布した引札が伝えられている。

駿河町越後屋八郎右衛門申上候。今度私工夫を以、呉服物何に不レ依格別下直に売出し申候。私店江御出御買可レ被レ下候。何方様江も為レ持遣候儀ハ不レ仕候。尤手前割合勘定を以売出し候上ハ一銭にても空直(そらね)不二申上一候間、御直ぎり被レ遊候ても負ハ無二御座一候。勿論代物は即座に御払可レ被レ下候。一銭にても延金(のべがね)には不レ仕候。以上

呉服物現金　　　　駿河町二丁目

安売無掛値　　　　越後屋八郎右衛門

開店当初の使用人は、支配人脇田藤右衛門その他、総勢二十六、七人であったが、元禄三年には定員六十八人、内手代四十五人、子供(丁稚)二十三人となっていて(宗感覚帳)、永代蔵の記述がほぼ正確であることが確かめられる。「毎日金子百五十両づゝ、ならしに商売しけるとなり」とあるが、かりに西鶴の記述する通りであったとすれば、半年に二万七千両(金一両銀六十匁替として銀千六百二十貫目)、一年五万四千両(銀三千二百四十貫目)の売上げ高となる。これに対して実際の越後屋の売上げ高は、天和三年上半期において六百七十貫目余、内店前売四百八十六貫六十六匁、屋敷売百十三貫九十七匁であったという(宗感覚帳)。但しこれは開店早々の半年間の成績であって、永代蔵執筆の当時には、一日ならし百五十両の商売というのが世間の評判になっていたのであろう。豊泉益三著、越後屋覚書に掲げる「江戸駿河町越後屋本店売上高表」によれば、宝永四年上半期において六万七千六百六両余、下半期五万五千八百十両余、合計十二万三千四百十六両余の売上高になっている。

風流日本荘子(元禄一五)四ノ一「江戸からの土産には、鬢水入の底に元の字の居つた物弐千枚ほど取(つ)て来(わせ)た。三井が京大坂江戸三ヶ所の見世店を合(せ)て、三年の懐(まふけ)も是程にはあるまい」。白石先生紳書(輪講、遠藤追記)「一、養的曰、駿河町の越後屋へ親の参るに見せ、店ども江戸に二つあり。公儀の御用両替店は此外也。一つは呉服物、一つは白木綿也。此二つの店にて一日に金千両づゝ平均に商ひ有(る)と也。凡(そ)年計三十六万両の現金の商ひ也。江戸伊勢京大坂、其外諸国散在の家奴共千人と云(ふ)也。本町のごふくやの商ひもの金高の内、三十六万両越後屋へ入(り)し程に、それ程本町衰(へ)たり」。

一一〇 **手金** 元手金、資本金と混同し易いが、商家では商売に必要な金は両替屋などに預けておいて、決して遊ばせてはおかない。そして利益から商売の運転資金を控除したものを、自家の内蔵もしくは穴蔵等に貯蔵蓄積して、滅失を防ぎ不時の用に備える。これを手金といったのである。

一一一 **むかし小判** 通説では、文禄四年に徳川氏によって、後藤庄三郎光次のもとで、武蔵墨判及び駿河墨判が鋳造せられたことになっているが(大日本貨幣史・遺老物語・金座考)、駿河金座は慶長十二年以後設置せられたもので、その判金は江戸金座鋳造の慶長小判と同じく極印判で墨判ではない。すなわち駿河の金座は慶長十二年家康の駿府隠居に随って移った庄三郎光次が、駿府に居宅を賜わって金座・銀座を開き、江戸・佐渡の金座及び伏見の銀座をも合せて管理し、判金に検定極印を打つと同時に、小判以下の金貨幣をも鋳造したのが、いわゆる駿河小判であっ

て、慶長十三年に駿河銀座の江戸移転に伴って、駿河金座が江戸に合併せられるまで続いた(徳川時代の金座)。但し江戸小判・京小判に比べて莫座目(ござめ)最も細かかったが、品位劣り色も悪かったという。

一二二 **熨斗目** 腰替りともいい、色無地の間に腰部にだけ格子縞又は横筋を袖の下部にかけて織り出したもの。練貫(ねりぬき)経生糸、緯練糸)地を用いるが、しじら(縐縮)練貫で仕立てた熨斗目は四品以上、しじらを伸したのしめ練貫の熨斗目はお目見え以上。いずれも麻上下着用。

一二三 **時代絹** ○中将姫の手織の蚊屋 中将姫(横佩右大臣藤原豊成の女)が天平宝字七年大和当麻寺に入って出家し、蓮糸を以て一丈五尺の曼陀羅を織ったことは有名な話。その縁で手織の蚊屋と続けた。蚊屋の名はすでに太神宮儀式帳・延喜式以下に見えるが、中将姫の手織の蚊屋というものはありそうもない。「何によらずないといふ物なし」の例に挙げただけ。以下同じ。○人丸の明石縮 柿本人麿の「ほのぼのと明石の浦の朝霧に島隠れゆく船をしぞ思ふ」(古今集、羇旅)の歌に因んで、人麿の着ていた明石縮と出した。明石縮は播磨国明石の城主小笠原忠政の城下で初めて織り出した縮布。勿論人麿時代にはない。○阿弥陀の涎かけ 子安地蔵などに祈願成就の礼に涎かけを奉納する風習はあるが、阿弥陀如来にはない。これも「ないといふ物なし」の一例。○朝比奈が舞鶴の切 朝比奈三郎義秀(和田義盛と巴御前の子)の家紋は三頭左巴であるが、清水寺奉納の草摺引の絵馬(長谷川久蔵筆)に、朝比奈の大紋長袴の模様に舞鶴を三カ所に飛ばしてある。西鶴は織四ノ二にも、この絵馬の「舞鶴の紋がら」に言及している。○達磨大師の敷蒲団 達磨の九年面壁というから、坐禅の敷物を持ち出した。禅単。○林和靖が括頭巾 中国宋代の隠士。姓は林、名は逋、字君復、和靖はその諡。西湖の孤山に隠棲すること二十年、梅を妻とし鶴を子とし、詩・絵に遊んだという。画図に好んで描かれる。林和靖のかぶりものは唐巾であるが、老人のかぶりもののくくり頭巾(頭の形にあわせて縁をくくり寄せた丸い頭巾)を出した。○三条小鍛冶が刀袋 従六位上信濃大掾橘宗近。京都三条に住んでいたので、世に三条小鍛冶と称した。稲荷明神の社司を兼ね、円融・一条天皇の勅を奉じて太神宮の宝剣や天皇の御剣を鍛えた。長元六年二月十五日没。年七十。祇園会の長刀鉾の長刀はこの宗近の作。

一二四 **万有帳** 「万有帳」は、有物帳・荷物出入帳・蔵入帳等と唱え、仕切帳から商品とその箇数を類別移記して、売帳と対照して商品の出入を検査する資料にする。

一二五 **後家に入聟いそぐまじき事なり** 入聟は先夫の名跡(家名・財産)を相続してその家の当主となるものであるが、事実上は後家および先夫の遺児の後見・養育が主たる役目(中)。

一二六 **駕籠(のりもの)** 乗物と駕籠の区別は、地方留書、御代官引所越之節御関所通手形一件之事(享保十七年七月付)に「一、乗物は手形に書載(する)也。戸なきは駕籠なり、手形に書載(す)るに不ㇾ及、但江戸辻駕籠にても、敷居・鴨居有(れ)ば乗物也、無之は駕籠に成る也。鋲打は輿乗ものになる也。一、丸棒は駕籠、丸棒にても引戸は乗物也。打上にても角棒成るは乗物也」とあるのが、公式的規定として簡明である。しかし使用者の身分・年齢によって、さらに詳しい製作・使用上の制限がある。武家は一万石以上の国主大名及びその一門、或は五十歳以上の老人に限って許可せられ、町人では六十歳以上(惣年寄は五十歳以上)の老人に限って、町年寄に届け出での上乗物の使用が許される。それ以外は病気・旅行の時だけ、掛莚の駕籠に乗ることが認められていた。しかし儒・医・出家・婦女子は制外になっていたから、富裕な町人は、妻や娘の外出に乗物で送り迎えをすることを見栄としていた。⇩胸一ノ一、織一ノ二。御当家令条、二一、大坂町中諸法度「一、乗物は六拾歳以上たるべき事」。同追加「一、町人乗物は六十歳以上と辰年書出(し)候えども、惣年寄は五十以上并法体之者乗(り)可申候。其外之町人は番所え断(り)を申来(り)、其上乗(り)可申候。断(り)なく猥に乗(り)候もの、見合に過料可申付事」(大阪市史、三、慶安元年御触同文)。

一二七 **五節供に袴・肩衣ためつけ** 五節供は、人日(正月七日)・上巳(三月三日)・端午(五月五日)・七夕(七月七日)・重陽(九月九日)をいうが、人日を元日に、七夕を盆に代えて祝儀する。ここは聟が仲人へ節供礼に廻るところ。羽後国秋田郡では明治までこの風習が残っていた(日本民事慣例類集)。

一二八 **分散** 破産。但し身代限り(強制破産)と異る点は、債務者の申出によって、全財産を債権者団に提供して換価処分し、割当てて弁済する。いわゆる自己破産をいう。よく身代限りと混同して解釈せられているが誤りである。徳川時代の文学と私法、分散の条に、「徳川時代分散ト称スルハ仏蘭西ノ中世ニ破産手続ノ一種トシテ行ハレタル財産委付ニ相当スルモノニシテ、競合セル多数債権ヲ満足セシムルコト能ハザル債務者が債権者の同意ヲ得テ自己ノ総財産ヲ彼等ニ委付シ、其価額ヲ各債権ニ配当セシムル制度ナリ…此分散ハ身代限トハ全然別物ナリ、身代限ハ債務者ノ財産ニ対スル裁判上ノ強制執行ニシテ、コレガ実行ニハ必ズシモ多数ノ債権が競合スルコトヲ要セズ、反之分散ハ常ニ多数債権ノ競合ヲ前提トスルモノニシテ、且裁判外ニ於ケル債務者トノ協約ニ依テ成立スルモノナリ」とある。そしてその財産処分の方法は、「債務者ガ分散ノ申出ヲナシタルトキハ、債権者ハ集会ヲ催シ、先ヅ債務者ノ総財産ノ評価ヲナサシムルモノトス。債権者会ガ分散ニ決定シタルトキハ、債務者ノ財産中売却スベキモノハ入札ニ付ス」るのである。入札の手続は胸一ノ一などの記述によって知ることが出来るが、椀久一世の物語巻下にも、「此家屋敷、うちに二間に三間半の内蔵あり。来る二月三日に入札にて売申」という公告文が見えている。かくして入札売却後、其代金を各債権額に割当てて弁済するわけである。入札に先立って、債権者は債務者の財産を封印する。これによって債務者は自己の財産の処分権を失うのであるが、債権者の承諾を得れば、一部の財産を保留することも出来た。「女の諸道具は遁るゝによって」とあるのは、さういう場合を指していったのであって、当時の慣習では、分散者の妻子姉妹其他の女子の私物は、分散勘定から除外したもののようである。難波土産の西鶴点前句付にも、「ないに極る秋のゆくするゑ　分散に入らぬハ萩の錦なり　今ときハ仕掛ものありて、身体をつぶすなり。是ハ吟味してまことに極り、女房の衣類道具は算用の外とぞ」とある。

ところが田舎に田地を買込んだり、他人名義で財産を隠匿したりして、計画的に分散もしくは身代限をする悪徳漢も多かった。当時の浮世草子に、その例話は散見しているが、ここには―後世のものであるが―計画的身代倒れに対する御触の一例を挙げておく。

元禄三庚午年四月十八日触

「一、町人金銀幷商売物取やり致候事相互之儀候。身体をかざり、大分取込置、連々工を以倒れ候者も有之様聞へ候。畢竟応其身体、人茂存たるほどの失墜無之して、損銀懸候段不届之事

午四月十八日　　土佐」(御法度書之留帳)

天明七丁未年九月十四日触

「一、借金銀負居候者共、親類幷ニ懇意之者子供、或ハ同家人之名前を借り、新ニ借宅構、屋号を改、商売いたし、其身居所にハ屋号名前斗残置、又ハ外之知音之方へ同家人別等差出し置、重而右借銀及出入候節ハ、屋号名前斗出し置候町ニ而、纔之身体限りを銀主方江相渡、其後無身上之姿ニ致シ、実ハ外名前ニて罷在、以前之通商売等いたしながら、口々の借銭遁レ候巧いたし候者多有之様相聞へ、不届之至りニ候。向後急度吟味之上、巧相顕ニおゐてハ、当人幷名前借遣し候ものはハ勿論、品ニより家主所之者迄咎メ可申付間、町々年寄を初メ家持之者共申合、穿鑿いたし、右体之族無之様可相改候。右之趣三郷町中町人借家人まで可触知者也。

未九月　　土佐　豊前」(御触書留)

大阪市史には、猶この外に寛政元年三月七日、同五年四月十三日、天保十三年五月十二日の触が収められている。

二九 **紬を花色小紋に染て着**　紬を縹色に染めて着るのは実用本位、長持ちして染返しがきく。永一ノ一参看。小紋は小模様を彫った型紙で糊置した上、染料を引いて仕上げた型染の一種。型染だから染賃も安い。男女土産重宝記(元禄一三)、小もん類直段付「花いろ小もんもん付弐匁二分(もんなし三分引)」、同御かたひら小紋無地ねたん付「花いろ小紋もん付　壱匁七分(もんなし三分引)」。

三〇 **買問屋**　晒布問屋に売問屋と買問屋があり、前者は晒蔵方の製品を預って、諸国の商人を集めて市を立てて売払い、その間値段の高下、相場の媒介をして家業とする。後者は諸国の商人の宿をして、その注文に応じて晒牙婆(すあ)・布仲買を集めて売買の仲介をし、代銀立替などの世話をする。貞享頃には古問屋二十四軒・新問屋十八軒があった(奈良曝布古今俚諺集・奈良曝)。

一般に、問屋に売問屋と買問屋の別があったが、宮本又次博士の日本商業史概論、問屋活動の形態が要を得ているから、引用しておく。「中世末において、既に問丸は機能的に分化して、運送業・宿屋業を専門とする問と、商品の取扱いを主とする問とに分れていたが、江戸時代に於ては、この分化が更に明確となり、問屋は専ら商品の取扱いを主とするものとなっている。仲買もまた中世にまで遡ることが出来るが、当時はまだ「すあひ」と明瞭に区別出来なかった。所が江戸時代になると、「すあひ」は契約者の名義を以て契約し、少量取引を仲介するものとなり、仲買は、問屋と小売商または生産者、荷主と問屋との間に介在し、概ね自己の名前に於て大量取引をなすものを指称するに至った。(中略)売問屋と云うのは問屋の事であって、買問屋が即ち仲買に当る」。

三一 **秋田や・樽屋**　秋田屋は松屋と共に、奈良曝(貞享四)四、曝問屋方に「東城戸町　松屋作兵衛　東向南町　秋田屋九兵衛」と見え、奈良曝布古今俚諺集、御公用御晒布相勤本問屋二十二軒の連名の中にも加えら

れている(但し本章の主人公松屋後家の松屋は、**貞享四年以前すでに分散廃業している**から、作兵衛家でないことは明らかである)。

もしくは、奈良曝、晒蔵方の条に見える「上三条町　蔵屋小三郎」は「同町　蔵屋藤兵衛・同平三郎」の訛誤ではないかという説もあるが(守)、蔵方とは、秋冬の間に晒屋に生布を晒させて土蔵に貯蔵し、正月から抱えの晒牙婆(すあ)に品物を渡して、晒布の買問屋と取引させる業者で、晒問屋とは異なる。**むしろ同じ晒問屋の「東向南町　車屋九右衛門」**(古今俚諺集には「車屋助五郎」とある)の訛誤ではないか(大)という方が首肯せられる。

一三二　**鱶のさしみ**　奈良は山国なので腐敗の憂いの少い鱶や蛸を**好んで**用いる(頴・真)。刺身に作ってさっとゆがき、生姜酢・芥子酢または酢味噌で食べる。

一三三　**(家久しき若ひ者を旦那にする事…)かくあらんよりは外への縁組、人の笑ふ事にはあらず**　手島堵庵の我津衛、下「惣じて若寡婦にて家相続なりがたきは、其一家の老人寡婦の気質を見しらざるゆゑなり、(中略)寡婦を立つべき人と立つまじき人とは、平生の体にて能しれたるものなり、其立つまじきものを強て寡婦を立てさすゆゑ、わけもなき事など出来て悪名をとり、家を乱すやうになるものなり、さやうの人は初にその心得をして、本意なる事にはあらねど、後見がてら後夫をいれるか、さもなりがたき家ならば一向外へ再嫁でもさするか、其女の力量の勤まるやうにはからひつかはすべき事なり」。

一三四　**たのもしの入札にして**　頼母子は江戸で無尽という。今日も行われている金融を主とする互助信用組合であるが、ここの場合は普通の頼母子と方法を異にしている。一種の天狗頼母子(富突)である。

浅見絅斎の識箚録、上「頃日世俗に富をつくと云(ひ)て、三銭・五銭金銀を大分に持(ち)運びて一所に聚め、其内にて次第〳〵の高下を取り、分を立て少(わづか)に三匁の銀にて、一人にて三十両・五十両取来る者あり。博奕をうちたるより早き利なる故、前後を省みず持(ち)運ぶ…さて指(し)当りての利害を以て云へば、たとへば一人の五匁づつ持(ち)いき、六千人人をよせると銀高三十貫匁なり。一番に五十匁取(る)より、七十番まで次第の積りを聞(く)と、大むね十貫目の余たる体なり。其余十八九貫目は先の聚むる処におき来りて、此方へかへらず事、見えたる通り也。只其内十貫目余此処へもどるは、幾人の手へ渡るぞと云(ふ)と、一より七拾番迄なれば、やう〳〵七拾人前の利となる。さあれば残り五千九百三拾人の五匁づつの銀は、皆あの方へ捨てくるといふ者也。…天狗頼母子とて、以前よりある風俗なれども、見るを見真似にみなれて、左程に思はず。天下のふずもの、身を勤めざる者共、力を用ひずして得る利を貪る者共の、悪事をするたねは皆ケ様の横なる、利の種なしの財を得んと欲する風俗より起る」。

一三五　**大黒屋**　本文に大黒屋新兵衛とあるが、これは京都室町の呉服屋大黒屋善兵衛のことであろう。このことは、すでに遠藤佐々喜氏が輪講追記にも言及していられるが、宮本又次博士の大阪商人をも参考にして記せば、本姓富山氏、伊勢国飯野郡射和村の豪家で、四代栄重の時、天正十三年に子栄弘を伴って関東に下り、北条氏の城下小田原で商売に従事した。天(元ノ誤)和頃には金融業者として大をなし、射和(いざ)羽書と称する紙幣を自己名義で発行している。紀州家その他へ大名貸しをし、寛文三年、江戸本町二丁目に大黒屋長左衛門の見世名前で呉服屋を開き、翌四年には大黒屋善兵衛の名で京都室町に見世を出した外、元禄十二年には大阪高麗橋一丁目にも出見世を設け、京阪の両地では喜右衛門名前で別に両替屋も営んでいたが、享保期を全盛の頂上として、漸く不振沈滞に陥り、文化五年ついに分散整理のやむなきに至ったという。町人考見録、元、新屋伊兵衛の条には「此伊兵衛には限り不レ申、室町通大門町に大黒屋善兵衛といふもの、浄瑠璃を好みて家を潰し、果は浄瑠璃太夫となり、今は市町にて芝居致し候」と記し、同書、亨、大黒屋九右衛門の条にはまた、「一名は富山と申(し)候。祖父は浄円と云(ふ)勢州伊沢の人也。江戸本町壱丁目呉服店有レ之、凡(そ)七八百貫目の身上也。然るに三代目九右衛門并弟助右衛門・伯父六郎右衛門など若気の者共打寄(り)、跡はなしの大掛りを仕出し、呉服物の直段を引下げ売出し申(す)故、一花店も賑ひ申(す)故、弐丁目に屋しきを求め大普請を致し、滅多無上に売(る)を勝手と心得、算用なしの商ひ也。夫故に表は商ひ賑ふ様に相見へ候得共、元小体成(る)身体如レ此取広げ候故、京にて大分の借金を請込(み)、利足の高下不レ構、時の間さへ合(へ)ば調(ふ)を幸ひと、大取引の下り坂にて、借金は段々と次第にかさみ、商ひさへあれば算用合ふと心得、江戸にては京の内証ひどき事はしらず、新参の寄合手代の血気成(る)に、〆くゝりなしの商ひ無上に売出し、跡なしの注文、江戸にても京にても、暗打のめつた商ひ。如レ斯七八年も取広げて、兎角勘定なしの盲商売、五六千貫目借金を請込、九左衛門は御裁判を請(け)江戸に下り、御代官方の上納金共を請込(み)候故、久敷(く)手錠に成り、他人は言ふに不レ及、在所の一家知音の銀子まで取込(み)て、果は九左衛門・六郎右衛門も店処もなく成(り)果(て)、詮方なく出家致し、今は跡形もなく成(り)申候。彼(の)者の一家大坂にて大和屋といふ者、大黒屋が店を仕廻ふて、今江戸本町弐丁目に呉服商売致し居(り)申候。此大黒屋が潰れば、大名がしの如く損金の証文もなく、又商にて掛先の在所も無レ之、只見せ売の法界まきちらし、京にては借銀利足に出し果(て)、畢竟銀肝煎にて細野が立身とは成(り)たる也。世俗にいふきいたか〳〵の拍子にて、後は悪風に帆をあげて、どこへ行(く)やら其身もしらず。血気にまかせ京にても薬師町に大家を求め、主人は奢り、家内は元来寄合(ひ)、初発より仕廻まで算用なしのめつた商ひ、馬鹿潰れとはこの大黒屋が事也」と、委細に評論を加えている。そのいずれが正しいかは、今明かにする材料を持たないが、両説を綜合して考えれば、本章に登場する新兵衛は大黒屋二代目の祖善兵衛で、新六は町人考見録に見える三代目九右衛門の兄弟の一人ではなかったかと思われる。

一三六 **横手ぶしの小哥**　其便(元禄七)「月に馴子の舟の賑ひ　一雲　秋風に遠く聞る余古手(ヨコテ)ぶし　泥足　たづぬる骨を拾ふ草むら　旦水」。寛潤平家物語(宝永七)五ノ五「賀田といふ所に流れよりぬ。爰も聞ふる名所なれば、浦中の小歌女を大よせして酒事はじまり、熊野横手をいそゐでのりやれといふ証(唱)歌、つれぶしおかしく」。昼夜用心記(宝永四)にも賀多をさして「横手ぶしの歌枕」とあるが、賀田(多)は今の和歌山県海草郡加太町、大阪・江戸間の大廻り廻船が風待ちする最初の寄港地で、船頭相手の加太の小歌女を媒介として諸国に流布したものらしい。遠江国童唄集に十首を収めるというが、まだ確かめるに及んでいない。熊野横手とは紀州灘の難所であろう。浮れ草(文政五)下、下田節に「伊豆の下田に急いでおせば、風も梛(なぎ)の葉おいもよくチョイト〳〵」外二章を収めるが、幾分の類似が認められる。

一三七 **鐙屋**　鐙屋は本姓池田氏、名字帯刀を許されるに至って、屋号をそのまま鐙谷氏と称す。出身を詳かにしないが、寛永初年すでに酒田町年寄を勤めているから、藤原秀衡の妹徳の前を奉じて平泉から落ちのびて来た酒田三十六人衆の一人の後裔か。三十六人衆は袖の浦地方の地侍として船問屋を営み、自ら長人(おとな)と称して町政を担当した。永正の頃、袖の浦の向酒田から今の酒田に移り、本町通りに酒田町組を立てて、向酒田時代と同じく町政に当ったというが、文禄年間最上氏の分国時代、すでに鐙屋は米問屋としてあらわれて居り、三代惣左衛門(寛永十二年没)の頃から、酒田町年寄に挙げられ、幕末に及んでいる。永代蔵出版時代は六代目惣左衛門の時代で、代々惣右衛門・惣左衛門を交互に名乗っている。米問屋の外、山形・新庄・上ノ山・米沢・東根・吉原等最上川沿岸七藩の蔵宿をも兼ね、江戸時代中期以後本間氏が擡頭し来るまでは、酒田一の長者であった(酒田市史、上・飽海郡誌)。扇畑忠雄氏に酒田鐙屋考(国文学、昭和三一年一月号)の一文がある。

一三八 **借屋請状**　手本重宝記、五、万手形づくし、借屋請状之事

一、何之通何之町何屋誰殿御家ニ、何屋何右衛門与申仁借宅仕居被申候。此仁生国者何之国何村之人ニ而、従二先祖一慥ニ存知候仁ニ候故、請人ニ罷立申候。此仁宗門之義者代々何宗ニ而、則何寺之末寺、何之通何町何寺之旦那ニ而御座候。御法度之切死丹宗門又者武士之浪人ニ而も無二御座一候。従二先御奉行様一被二仰出一候二十一ヶ条之趣堅相守可レ申事

一、博奕遊女之宿其外悪党者ニ一夜之宿致させ申間敷候事

一、御家何時ニ而も御入用之義御座候者何時成共為レ明相渡可レ申候万一此仁ニ付御家御公儀様へ被二召上一候者其代に請人之家屋敷急度相渡可レ申候其時一言之異義申間敷候其外如何様之六ケ敷義出来仕候共我等罷出相済御町中年寄五人組御家主へ少も御難かけ申間敷候事

一、宿賃者何程ニ相定毎月之分晦日ニ無二相違一為二相済一可レ申候為二後日之一請状如レ件

年号月日

何之通何之町
請　人　何右衛門　判
借り主　何右衛門　判

年寄何左衛門殿
行事何右衛門殿
御町中　参

一三九 **菱屋長左衛門**　町人考見録、利、菱屋重(イ十)右衛門の条「一、御池の町にて巻物商ひ致し、三四十年以前親の代には二三千貫目の身体と申候。今の重右衛門若年より家督を続ぎ、外へ別居し、其身気随の不行跡ものにて、殊更母親へ不孝のものにて、あくまで我儘に振廻ふ。元来大名がしなどは致さず、慥成(る)身上には候得ども、件の人物故、終に身上潰れける」。新可笑記、五ノ三「此身になりても一腰は捨じと、三条室町呉服所菱屋の何がしに預け置し具足一領鎧一筋大小など取(り)に遣し、同道して東に下るに」、織二ノ四に「室町通西行桜の町菱屋といふ絹屋」、また西鶴名残の友、三ノ一に「室町通り西行桜の町に御所染の絹商売して菱屋といへる人有(り)」とある。御池の町(室町通御池上ル町)と西行

桜の町(室町三条下ル烏帽子屋町)とはやや隔っているから、同人と看做すことは誤りであろうが、或は一家(いっけ)内であったかも知れない。

一三〇 **藤市**　教訓世諦鑑、五「昔年京都寺町を四条下ル辺に、藤やの市兵衛とか云ひし人あり。智恵人にすぐれ、質朴叮嚀なること、世間でいふ古文真宝などともいふべき、正当第一の人なり。凡人間たる者身上を持たバ、此市兵衛の真似したき事なりと、京わらんべのもて云ふほどなる律儀正直の生れ付なり。それからしてか、元銀ハ知らず、家蔵そろふた五間七間口の屋敷の七八ヶ所も家質に取り、買ひ取て居ながら、其家をバ人に借し、結句自分ハいまだ借や住居にて居られし。或年の正月、其内儀つぶやき云ハれしハ、家蔵そろふた家質の七八ヶ所も取て居ながら、今年も未だ借屋住居するよと有けるを、市兵衛聞て打わらひ、女の智恵ハかしこひ様でおろかなものなり。凡京にも田舎にも、家質七八ヶ所も持つた身体にて、借屋に居る者ハ我より外有まじと、随分自慢で居るのに、かかる歎ハ何事ぞ。家質に取て持て居るからハ、借やに居ても我家同前、扨又我物とおもへバ、心のおごりも起るものなれバ、身のいましめにも成ぞかし。孫子のすへまで云ひ伝へて手本にして家門相続せよかしと語られし。此市兵衛平生の身持、人の気をやぶらずして、人又其徳に随ひ、家頼のものを憐ミ、暑さ寒さ、昼夜のほどをハかりて召つかひ、物を恵ミ生をすくふこと人に超たり。親に孝をつくし親属に礼儀ただしく、衣裳ハ盆正月たま〳〵のはれ装束にも紬を着るが十分。其外ハ木綿の洗濯布子、丹波布の麁帷子ならで着ず。常々云ひけるハ、我等ごときの下品の町人、若金襴純子の衣裳を着バ、大名高家の歴々さまがたハ、金銀を直にのべてめし給ハんや、過分不相応働らきのハせぬものなり。とかく八分九分にするこそ人間の作法。子孫を思ふとも云ふべけれと、いましめ語れけるとなり。物ごとの勘弁、つゐゐをはぶくの処に至てハ壱銭をもわりてつかふ。又事に臨んでゆづらざるの日にハ、千両万両も何ならざる様に見ゆ。是彼青砥が三百文を出して河中八文の銭を取たると同じ志しなり。…去京のわかき衆彼藤やの市兵衛所へゆき、身上の勘弁始末の物語など聞て後学にせんとて、二三人つれて、或夜訪れけれバ、能こそ御出、先座敷へ御通りとて請じ入れ、しバらくして市兵衛出て、何れも珍らしき御尋、何と思召てかと云ハれける。時に人々申されけるハ、我々若輩にて親の家職を相続し、身上の勘弁を致すといへども、始末の了簡無調法なり。平生貴様の御家内諸事の被成かた、御家頼近隣の衆中迄、誉嘩を承る。是に依て万端御指南をも請ばやと申合て推参仕りたりとのべられける。市兵衛聞て、私わづかの身上を取まハし申とて、何程の子細も候ハず。とかく人の身躰ハ万事心の付やう気転にて候と云ひながら、立て行灯のともし火を見て云ひけるハ、何れも思召寄身上始末の義尋に御出候へども、いづれもの御器量にて、中々始末なり申まじと云ハれける。時に人々驚き、それハ又いかなる御目利にやと問れけれバ、市兵衛答へて、されバ身上の始末といふハ費をいとふを第一とす。然るに先程各々御出候て、又私只今罷出る迄ハ余ほど間もあるなれバ、其間に此行灯の燈心弐すじハ費なり。強て明りもいらざれバ一筋ハ御けし候てしかるべきに、是ほどの事さへ御心の付ざれバ、其余の宸そつとしたことハ中〳〵御合点参るまじと有ける時、おのおの横手を打て、是こそ直に身上始末の勘弁、御指南此上に過べからず、当位即妙の御示しかなとおのおの感じ入ていとまごひ礼儀をのべて帰られぬ。…彼市兵衛が一生借屋住居にして、心の戒となす、古へ未だ聞及ばず、自今又夫あらんか」。町人考見録、享「室町通御池の町に住す、元祖市兵衛同所藤屋清兵衛と申ものの手代にて、宿入致し候節主人より銀五百目元手銀をもらひ、長崎へかよひ商売いたす、極めて商ひごころ有者故、段々立身身上よく成、一生に弐千貫目の分限と成申候…其身持質朴なる者にて、此市兵衛が始末咄し、諸人の能知る所也、永代蔵といふ書を著す…元祖市兵衛は五十四五年以前に果、二代目市兵衛も手代を長崎へ遣はし商売致し、外に慥に町貸などを致し…三代目市兵衛に成て其身持不行跡に奢物故、身上物入多く成…ふと大名貸にかゝり、引に引かれず足をくゝられ、後は他借まで致し、夫も滞り、十四五年前に必至と潰れ申候」。延宝三年以前の刊行と推定される今長者物語(西沢一夫刊)は、長者教(寛永四)のかまだ・なばや・いづみやの三長者の代りに、新興長者の教訓咄の体裁で新しく編集したものであるが、その筆頭にこの藤市の名が出ている。その外、当時の浮世草子類にも、しばしば藤市の始末咄が散見する。大矢数、三〇「成ほど吝い人の山住、茂りぬる枝は藤屋の市兵衛か」。一代男、七ノ二「日野の洗濯着物・犢鼻褌のかき替もなき人、ゆく所にあらずと、藤屋市兵衛が申事を、尤と思はゞ始末すべし」。千尋日本織、二ノ五「藤市が魂は一生十露盤の二十五間に遊び」。傾城難波土産、一ノ一「この藤市の二字もくに〳〵にひろめ、野傾に身をうつ人をすくはゞ、これ大き成功徳ならん」。遊色控柱、六「我ながら始末一通りは藤やどのゝそうりやう、ときぐの小便も小もどりする智恵」。

一三一　**柳・柊・楪葉・桃の木・はな菖蒲・薏苡仁**　柳は正月の餅花、柊は節分の鬼除、楪葉は正月の七五三縄や蓬萊の飾り。桃の木は上巳の節供に花を供え桃の酒を作る。花菖蒲は端午の節供に軒を葺き、頭の插しにさし、菖蒲湯をたてる。薏苡仁は八朔に糸に通して作り物をつくり、玩びものにする。

一三二　**娌入屛風**　女諸礼集、婚礼之巻「屛風立て候事　祝言の座敷には、松竹何にても祝の絵を立て申し候。何双も立て候はゞ、上に祝の絵の屛風を立て置かるべく候。左様の絵なく候はゞ当季を立て申すべく候。猶ほ口伝あり」。

一三三　**いろは哥**　前田金五郎、西鶴語彙考証(七)(西鶴研究、一〇)に戦国時代から江戸時代にかけての作例として、島津日新斎忠良伊呂波歌(天文十四年半松斎宗養判)・ひそめ草(正保二)・悔草(正保四)所載のいろは教訓歌を挙げている。子弟教訓のために、父兄が自作して与える例が多い。ここはそれを読み方の手本にもし、手習の手本にもしたのである。

一三四　**露路の戸**　商用以外の客は、見世の入口からでなく、表庭の木戸から出入する。表庭の奥に内玄関があり、座敷に続く。

一三五　**七草**　普通芹・薺(なずな)・御形(ごぎょう)・はこべら・仏の座・菘(すずな)・すずしろを七草というが、田舎はともかく都会では、必ずしも七種を揃えない。芹・薺・大根の外に嫁菜・蒲公英(たんぽぽ)など四、五種を代用する。

一三六　**大福帳の上紙**　正月十一日または繰上げて十日に、年中使用する諸帳面を綴じて表紙に上書きをして祝う。これを帳綴祝(⇒補一九八)という。ここはその用意に大福帳の表紙を作る生麩糊を摺っているわけ。表紙は年中の使用に堪えるように何枚も紙を裏打して厚く丈夫に作る。

一三七　**蛇の鮓**　毛吹草、四、越中名産に「松波鮓　世俗ニ虵ノ鮓ト云、竜ニ似タル魚ト云」とあり、類船集、五、鮓の条にも同様の記事が見えるが、本朝食鑑、七、加志加魚の条に、「賀越之俗賞《シテ》レ之嗜食、作《ツクリ》レ鮓号《シテ》二蛇鮓《ト》一、作《ツクリ》レ醤号《ス》二瀬越《ト》一」とある。鰍(かじか)は石川県金沢地方ではマゴリと称して、ゴリ料理がその地方の名物になっている。しかしここにいう蛇の鮓は、ここの鰍の鮓ではなく、ほんとうの蛇を鮓にしたもので、鬼の角細工と共に、珍奇な物の喩に引いたのであろう。蛇を鮓にして食したこと、次の話がある。拾椎雑話、二七「小浜の医師、江戸より木曾路を経て帰られける道にて、ふと薩摩の侍に出逢(ひ)、心安く相語り、同宿せられし。其侍宿の亭主を呼(び)、此所には蛇(じや)の鮨といふ有よし聞及ぶと尋ねられし。あるじ申候は、成ほど蛇の鮨これあり。所の者は喰付(けつ)しゆへの事、他国の御方は無用なる物に候と申せども、是非ぐ望のよし、取出しあたへぬればよろこび、此侍気盛(きじやう)なる人躰、酒もよくすゝみ、鮨を甚だ賞翫ありし」。

一三八　**問屋町**　今、大津市浜通橋本町・坂本町・白玉町・南保町を含む町通(真)。米問屋を中心とし、油・薪炭・魚等の問屋多く、商業の中心地。両替屋・蔵元・掛屋を兼ねる者もあり、富家が多かった。
大津市史、近世大津と膳所城下町「大津町の景観を考ふるに、京町・中町・浜通は市の三大主要街衢を形成し、京町筋一帯は質実なる商店ありて、(中略)浜通は米穀を第一とし、油・薪炭・魚介等の問屋多く、殊に商機の発動活潑にして投機的の性質を帯ぶるを免れなかったが、豪商と称せられるもの亦多く、経済上の中心をなし、中町は市内の日常品の供給地にして(中略)小売店が多かった」。

一三九　**問屋長者**　町人考見録、元、大黒屋三右衛門の条「凡(そ)問屋は、客の荷物を請込(み)夫を支配して、纔の口銭を取(つ)て渡世致す。世話にもいふ如く、問屋長者に似たりと。見分は大手に見え、家内の人数も多く(賑)に候得ども、元来利の細き商売なるに、其身奢より内証物入(り)多くなり、又大欲を望(ん)で私の思ひ入(れ)を致し、客の荷物を売置し、或は客方売付仕切の残銀滞(り)多く成(り)、是は荷物を質と存(じ)候得ども、さがり請け候へば終に滞(り)に相成(り)、其外荷物の前借し送り銀を他借致し、段々借銀かさみ申(す)ほど利まとひに成(り)、果(て)は潰れ申(し)候」。

一四〇　**屋造り昔にかはり**　問屋は地方の商人を止宿せしめる必要があるので、普通の商家と違って総二階の宿屋作りであったのであろう。
拾椎雑話、二一「明暦万治の頃か、大津町に大津より来り住居の者有(り)、此者家普請いたし二階造(り)に建(て)る。是小浜にて二階作りの始りなり。時の人、上方の者はかしこくて、一軒の家にて二軒の用に立(つ)る事よと申(し)たる由、其頃より年来家段々建(て)替り、元禄の頃までは、一町に一二軒づゝもむかし家のひくきが有(り)ける。近年は見る事稀なり」。

一四一　**柴屋町**　寛文年中までは、八丁(大津南の入口から札の辻に至る宿屋町)の宿屋へ遊女を貸したこともあるが、延宝頃には廓外へ出さぬことになっていた(色道大鏡、一二、遊郭図)。

一四二　**素紙子**　普通は柿渋を引いて日に曝した紙を用いるが、これは柿渋を用いずに、手で揉み和げた紙を以て作る。縮緬の如き皺がある。地染をしたり、更紗模様を型置にしたものもある。

一四三　**関寺**　関寺の遺趾として再建せられた長安寺は、その西の山麓、神出関町にある。

一四四　**森山玄好**　延寿院曲直瀬正紹（初名玄朔）の門人は、みな玄の字を用いるから、その末流の本道（内科）医者であろう。

一四五　**薬師は上手、殊に老功**　薬品の気（温・涼・寒・熱）・味（甘・辛・苦・酸・鹹）・能毒をよく識別し、陰陽・虚実の病症に応じて、その適否を定めて治療を施すのが、医者の第一の心得。上手と老功と区別したのは、漢方医では診察に、神（望診）・聖（聞診）・工（問診）・巧（触診）を四知の術として用いるが、中でも触診を重視したので、診察の巧みなことをいうに老巧の語を以てしたのであろう。

一四六　**羽二重のひとへ羽織**　羽織より丈長く、両脇に襞あり、広袖仕立。寒暑に応じて袷の上には単、単の上には絽、帷子の上には紗の羽織を着るのが普通。

一四七　**四の宮の絵馬**　地神第四の神彦火々出見尊を祭神とする故、もと天孫第四宮大明神、略して四宮と称した。境内東南隅に二間と三間の絵馬堂があり、古絵馬を多く掲げてある（大津市志）。

一四八　**近江八景**　石山秋月・三井晩鐘・矢橋帰帆・粟津晴嵐・勢多夕照・比良暮雪・堅田落雁・唐崎夜雨。中国の瀟湘八景に擬して、近衛政家が選定したと伝える。

一四九　**拾貫目の利銀にて八拾目取、五人口は過がたし**　胸二ノ三にも、三十貫目を月利六厘で預けて、その利銀百八十目で四人口をゆっくり暮らすとあるが、八十目で五人口は少し窮屈。

一五〇　**香の物菜**　香の物は瓜・大根等の野菜を粕・麹・味噌・塩・糠などで漬けたもの。元来は食後の湯を飲む時に、味を加え臭みを消すのに用いるが、「膳有㆓一飯一汁㆒而無㆓魚菜之肴㆒、則以㆓香物㆒為㆓食之佐㆒」（本朝食鑑）こともある。それがこの家では年中なのである。

一五一　**一に俵、二階造り、三階蔵を見わたせば**　淋敷座之慰、昔大黒翁「御ざつた〳〵福の神を先に立て、大黒殿の御ざつた、大黒殿の能には、一に俵ふまへて、二ににつことわらふて、三に酒をつくつて、四つ世の中ようして、五ついつものごとくに、六つ無病息災に、七つ何事なうして、八ツ屋敷をひろめて、九ツ小蔵をぶつ立て、**十でとうどおさまつた、大黒翁をみさいな**」。大黒舞の風俗を窺う一例に、丹後峰山領風俗問状答を引いておく。「右当月（正月）二日・七日・十五日、当町番非人之者共、土人形の如き大黒、小槌と扇子を手に為持、衣類を着せ、三味線・太鼓・提琴之類をもつて囃子（はやし）、市中家毎を舞あるき申候。右大黒翁囃子左之通之旨申出（で）候（淋敷座之慰所載と大同小異に付省略する）」。

一五二　**西づめより三枚目の板**　町人嚢、一「世俗に橋の板を以て造る処の大黒は霊ありといふは、橋は通じがたき所を通じて広く万民を渡し、日夜踏ことたへず、その板を以て造れるは是万人に謙り、諸人の胯下にありても終に身をたて用を達せんとおもふ心也、此ことはりをわきまへなば、橋板にあらずとも有なん」。商人生業鑑「大黒天は福の神なり、橋板にて作るがよし、之は人の足の下に住む心にて、身を慎しみ、少しも高ぶらず、頭巾は上より押へる心、上まぶたを厚く作るは下を見て上を見ぬ心」。百姓伝記、二「橋の三枚目の板をもつてきざませらるる。いかなる橋へも人行かるゝに、三枚目の板に足のあたらぬといふ事なし、依之御山富貴のためには、貴賤上下の参詣有様にとの御志也」。次郎五百韻「はし柱もやくちし侍旨恕、大黒を自然の時はけづるらし　西鬼」。

一五三　**旧里を切て子をひとり捨ける**　旧離または久離は、元来兄姉・伯叔より弟妹・甥姪に対して、親族関係断絶を言い渡すことであるが、そのため屢〻勘当と混同されているが、法律的には別種の行為である（中田、徳川時代の文学と私法・小早川、近世民事訴訟制度の研究）。勘当・久離の法律上の手続には、親・兄弟・親類の外、町年寄・五人組連判の願書を奉行所に差出し、勘当帳・久離帳に登記することになっている。

一五四　**狼の黒焼**　吉原失墜「古、都に大かめのくろやきをうるものあり、所々にもちひてよきとて、かう人おほくかいければ、犬子にあらぬものをやきて大かめのくろやきといつはることを、やくとは申すとかや」。

一五五　**つき付商ひ**　田中丘隅著、民間省要（享保六）中ノ四、道中ごまのはひ渡世、伊勢参・はとの貝・六部・山伏・願人・行人・社人・言触等の世に害をなす事「一、抑道中にごまのはひと言（ふ）物有（り）て、旅人に害をなす事、道中の常なり。其事伊勢路を根ざして、駿遠参の三州に亙り、山を越（え）て東の方へ来るは稀なり…是よりごまのはひといふ名有（り）て、旅人油断せざるゆへに、後々は段々又品を替へ様を変じ、或は色々の薬売と成（り）、又は人参・さんごじゆの類、金目貫・小刀の小柄抔を通る先にて拾ふて見せ、種々にしかけて、くはねば果（て）はいさかひを仕かけて、右の手（大勢の仲間にて取囲み丸裸とす）の如し」。

一五六 **八丁** 大津市史、上「札の辻より黒門迄を総称して八町と呼ぶ。其間上関寺町・中関寺町・清水町・下関寺町・上東八丁・上西八町・下東八町・下西八町あり。八町の名蓋し是より起りしならん」。明治八年に上下栄町・上東西八町を合併して上栄町とし、下東西八町を合併して下栄町と改称した。京街道大津の入口に当り、宿屋町であった。

一五七 **姥が餅** 商人職人懐日記、一ノ二「商の一つは看判にもよるにや、草津の姥が餅仕出せしは札の辻なりしが、矢倉とて矢橋のわたりへ行(く)所に真鍮の看判出して餅売(り)しより、根本となりて繁昌しぬ」。

一五八 **非人** 非人は人別帳から除外せられた賤民をいい、それには種別があるが、ここは放蕩・出奔等の結果帳外者となり、自ら乞食の群に身を投じた者、いわゆる世間師をいう。世間師は野宿を禁じられているから、木賃宿に泊るか、もしくは寺社の境内に寝る。菰かぶり・宿無しといわれる(鳶魚、江戸生活辞典)。

一五九 **竜田の里の者** 池田酒史所引、未(元禄一六年)酒造米高帳の内「和州平群郡竜田村 天満屋新右衛門・同村柏屋六左衛門・同村越木塚屋伊兵衛」の名が見える。元禄十年の改高いずれも三十石から二十五石。酒造は株として定まっていたから本文の人物は右三家の内の一人であろう。

一六〇 **呉服町の肴棚** 万買物調方記、四「さかな棚 ごふく橋 平松町」。

一六一 **上上吉諸白の軒ならびには出しけれ共** 万買物調方記、四「下り酒ごふく町一丁・二丁」。俗つれづれ、一ノ二「上々吉諸白有、江戸呉服町を見渡せば、掛看板に名をしるし、鴻ノ池・伊丹・池田・山本・清水・小浜・南都、諸方の名酒爰に出棚のかほり」。

一六二 **酒元手** 池田酒史所引、明和九年文書「元手金は纔の儀にて、九月より取懸り十二月迄四ヶ月の間の仕込、年中売払ひ候金高、酒千駄(一駄二樽)に付凡千弐百両余の事に御座候」。

一六三 **平野仲庵** 御家流ならびに滝本流をよくした書家。「仲菴自書之跋曰、御家流者青蓮院尊純法親王奉レ受二御相伝一、滝本流者直二八幡山惺々翁伝受者也」(万宝全書)という。大阪米屋町住(難波雀)また京都にも住居し(万買物調方記)、洛陽名筆集(延宝二)に入集。俳諧をも嗜み、西鶴の古今誹諧師手鑑(延宝四)に「女子か島か出くるこも〳〵おなこ竹」の一句入集している。

一六四 **金森宗和** 飛驒城主金森出雲守可重の嫡男飛驒守重近。織部流に遠州流を加えて一流を創始したといわれ、寂びの中に華美、華美の中に寂びを求めた名人。明暦二年十二月十六日没、七十三歳。堺地方の門人に陶器村の小出大隅守・同山城守がある。

一六五 **深草の元政** もと彦根藩士、俗名石井吉兵衛俊平。和歌ならびに詩文に名あり、熊沢蕃山・石川丈山・陳元贇等と方外の交を結ぶ。草山集・元々唱和集・扶桑隠逸伝・釈氏廿四孝等の著がある。寛文八年二月十八日寂、四十六歳。

一六六 **西山宗因** もと肥後八代加藤正方の家士。連歌は少年の頃から里村昌琢に学んだが、主家断絶後浪人して連歌師となり、正保五年大阪天満宮に招かれて宗匠となった。万治の頃から一幽と号して俳諧にも遊び、寛文初年には多くの門弟を擁し、後に談林俳諧に発展して一派の祖と仰がれるに至った。天和二年三月二十八日没、七十八歳。

一六七 **能は小畠の扇を請け** もと藤堂和泉守に仕えたが浪人して京都でしゃむろ染屋を営み(万買物調方記)、傍ら紀伊徳川家に仕えた(隣忠見聞集)。後に金春流のシテ方に転じて弟子をとって教授していたようである。古老茶話、下「此(しゃむろ染屋)吉右衛門は、延宝貞享の比、京に名高き小畠了達甥也。了達もしやむろぞめやにて、つゞみの名人也」。万買物調方記、四、茶ぞめや「にしのとうゐん、たこやくしよりみなみ小ばたけ」。隣忠見聞集「小畠閑了事、先祖は大蔵流の小鼓にて、藤堂和泉守殿の役者なりしが、浪人して勘十郎と云ひし由、南竜院様(頼宣)御代召出され相勤める。其子をも勘十郎とて、後に閑了と云ふ。此勘十郎より幸流へ替へ、幸の弟子になり、器量ありて幸家の高弟松平加賀守殿役者粕谷次郎兵衛と肩を並ぶるなり」(この勘十郎閑了は、了達の子であろう)。評判うそ咄、太夫之部「上村伝九郎 小畠了達御弟子、存之外御しやうらく、さりとはふしぎ千万、とてもの事に腰が定(きま)たらよからう。木村主膳 小畠了達御弟子、猶日を追ての御稽古、めでたし〳〵(下略)」(うそ咄は、元禄二年四月刊行の能評判)。

一六八 **生田与右衛門** 親与右衛門は近代四座役者目録(承応二年追加)に、「近代シラウト芸者善悪」に批評せられた人、子与右衛門は京都新在家住(京羽二重、六)、幸小左衛門取立て弟子にて、世に上手と称せられた(隣忠見聞集)。

一六九 **伊藤源吉** 幼名維貞、幼字源吉・源七郎。天和三年三月以後名維楨、字源佐・源助と改めた。宝永二年三月十二日没、七十九歳。当時堀川の古義堂塾へ通うのが一種の流行になっていた。

一七〇 **御鞠の色を見** 御鞠とあるから、ここは鞠の家の飛鳥井卿興行の蹴鞠の会に立ち交わる意味であろう。鞠の色とは、江馬務氏の新修有職故実、蹴鞠の条に、「技術は音、色、高の三種で、音はさえた音をよしとし、色は上つた時の緩やかな廻転、高さは一丈二三尺から二丈位をよしとするのである」と説明してある。蹴鞠の景色・様子、或は蹴鞠家の装束の色、鞠の皮の色とするは誤りである。蹴鞠百五十箇条、五八に「まりいろの事　いかにもけんそにつよくけて、まりはゆふ〳〵とあるやうにける事なり」といひ、同四七、目づかひの事の条に「あがるまりをも目ばかりにて見あげ、落るまりをも目ばかりにてみ下べし、かほにてみあげみおろす事あしくみゆるなり、たかきまりの色のかはるときなどはかほをすこしかたぶけてみるべし」とも云っている。

一七一　**玄斎**　初世本因坊算砂の弟子名人碁所中村道碩の門人寺井玄斎（本因坊系図）のことかという（佐・大・守）。

一七二　**八橋検校**　もと奥州岩城平の人、色道大鏡の著者藤本箕山の家来であった。色道大鏡、七、琴の条「しかりといへども、当道において三味線の徳には超（え）ず、寛永のはじめまでは傾国の座にもてはやさゞりき。然るに八橋検校初度の上衆引（き）たりし時、江戸において筑紫楽といふことを引（き）いだし、人のもてあそびとなる。寛永十三年丙子年花洛にのぼり、寺尾検校城印が下にて勾当職に任じ、山住と名づく。山住は予が家来にして、勾当が老母を扶持し置（き）たれば予が家に入（り）て五六ヶ月滞留す…其後寛永十六年己卯閏十一月に、山住勾当江戸より又上洛して検校職に任ず。山住を改（め）て上永検校諱は城談といふ。其後又称号を改めて八橋検校といへり」。貞享二年七十二歳を以て没したという。

一七三　**宗三**　三味線・一節切の奏法を、手附で説明した糸竹初心集（寛文四）の著があるが、その序に「ここに中村宗三といふものあり。幼より目しひて色を見ず…琵琶・琴・さみせんに心をつくせり。或時は大森宗君（勲）が一節切の調子・音律にくはしき事を聞きて、強（ひ）て是を学び、寝食を忘れて漸く師に近し」とある外、その伝記は明かでない。

一七四　**宇治嘉太夫節**　紀州和歌山の人、本姓徳田氏。謡曲から入って浄瑠璃に一流を編み出し、京都を中心に上方の芸壇を風靡した。延宝五年受領して宇治加賀掾藤原好澄と名乗る。宝永八年正月二十一日没、七十七歳。西鶴もこの嘉太夫節の愛好者だったらしく、彼のために暦・凱陣八島の二作を新作し、段物集小竹集（貞享二）を編んでいる。

一七五　**大和屋の甚兵衛**　大阪道頓堀歌舞伎芝居櫓主大和屋甚兵衛の子、通称清左衛門、初め鶴川辰之助を名乗って若衆方を勤め、延宝年中大和屋甚兵衛を襲名して立役に移り座本を兼ねた。やつし・濡事・傾城買を能くしたが、特に所作事に長じ、槍踊・跛丹前・狐噌・猩々・浮世踊等を得意とした。当時の評にも「ふり出し・拍子事・浮世踊の名人」とある。宝永元年正月十日（イ十七日）没（守随憲治、歌舞伎序説）。

一七六　**嶋原の太夫高橋**　島原下之町大坂屋太郎兵衛抱えの太夫。色道大鏡、一六、道統譜によると、

○高橋鸞子（寛文六年六月七日太夫成り、同十一年五月廿七日退郭）――高橋堂子（元鸞子の禿、寛文十二年三月天神に出世、同年八月早世）――高橋貨子（延宝元年三月廿一日太夫成り）

この貨子高橋は、貞享初年まで在郭した四天王第二の名太夫である（おもはく哥合、朱雀遠目鏡）。ここは二代目太夫の高橋か。

一七七　**鈴木平八**　延宝六年頃初舞台か。武道事・衆道事を得意とし、西鶴の男色大鑑、六ノ五にもその逸話を伝える。貞享三年閏三月八日没、二十三歳。

一七八　**両色里の太鼓**　島原の太鼓持には鸚鵡・願西・神楽・乱酒の四天王（⇩補四〇）が有名。河原の太鼓持はいわゆる木戸芸者と称して、芝居の木戸口で客寄せ声色・物真似をする連中が多かった。

一七九　**親から江戸の地生にて**　ここにいう通り町の江戸地生えの町人のことは不明であるが、家康の江戸入府に随従して江戸町支配を命ぜられた樽屋藤左衛門・奈良市右衛門・喜多村弥兵衛の三年寄は、それぞれ本町一丁目（奈良屋）・二丁目（樽）・三丁目（喜多村）に居宅を与えられ、さらに数ヶ所の町屋敷を賜わってその地代を収入とした。それが一年に約五百五、六十両から六百両あったという（幸田成友、江戸と大阪）。

一八〇　**車善七が中間はづれの、物もらひ**　車善七は浅草の非人頭。品川の松右衛門と江戸を二つに分けて、その北半分を支配した。ここは松右衛門とあるべきところだが、最も勢力のあった善七を以て代表させたものか。非人頭の手下の非人は各非人小屋に所属し、非人仲間の人別帳に登録せられた賤民で、同じ乞食でも胸に先を括った袋をかけて印とし、乞食仲間でも威張っていた。宿無しの乞食は、身分としては良民であるが、非人の仲間に入っていないから肩身が狭い（鳶魚、江戸生活事典）。

一八一　**伝馬町の太物棚**　万買物調方記、四「ふと物や　大伝馬町一丁目」。呉服（絹織物）に対して、綿織物・麻織物を太物という。

一八二　**下谷の天神**　祭神少彦名命、菅公は相殿に奉祀、俗称牛天神。元禄十年五条町に遷座、五条天神という(今、不忍池畔に移る)。

一八三　**身過にうとき**　元和十年江州司馬に左遷せられた時の白楽天の詩に、「官途自レ此心長別、世事従レ今口不レ云」の一節がある。

一八四　**鯨突**　太地浦の捕鯨は、郷士和田金右衛門頼元が堺の浪人伊右衛門・尾張師崎の人伝次等と共同して、慶長十一年に銛(もり)突捕鯨を始めたのが最初、その子角右衛門頼治の代に肥前大村の捕鯨法を移して、延宝五年苧網捕鯨を始めた(紀伊熊野太地浦捕鯨史外)。

一八五　**羽指の上手**　勢子船は八挺櫓塗船十四隻、一隻の乗組は羽指一人・指水主(さしかこ)副船長)三人以下すべて十五人。一番船の羽指が勢子船の総指揮となり、鯨を追込んで銛を打つ。

一八六　**天狗源内**　太地の鯨組は和田氏一類を中心に近在村方共同して五組を組織していたが、最初羽指は地元の太地以外紀州・尾張からも雇った。源内もその一人か。天狗と称する一党があり、その天狗の異名の由来は判らぬが、紀州の矢の根鍛冶に天狗と称する一党があり、その天狗矢の根は名物になっている(紀伊続風土記・国華万葉記)。源内は或はその天狗の一家であるか、もしくは天狗矢の根を使用したところから、かかる異名が生れたのか。

一八七　**風車の験**　日本山海名産図会、五の鯨突船の図によっても、鯨を打留めると舳にその組の標識を立てたものらしい(太地鯨組の標識は卍字の徽章であったという)。

一八八　**千味といへる大鯨**　和漢三才図会、五一「世美　鯨六種中、為二最上一、大者十余丈、其子鯨二三丈許、大抵十三尋者、全体取レ油得二一百斛一、七尋者、油得二四十斛一、惟八尋者、油少、漸十斛許」。

一八九　**七郷の賑ひ**　紀州藩では正保元年太地附近十七ヶ村を以て太田組を組織し、和田角右衛門頼治を大庄屋に任じている。捕鯨利益の配分はこれら十七ヶ村にも及ぶのであろう。

一九〇　**油をしぼりて千樽のかぎりもなく**　本朝食鑑、九「凡鯨油者、世美大鯨一箇之油、以下入二水二斗一之木樽上而量レ之、則自二三百樽一至二六七百樽一、若魚瘠者、減之」。

一九一　**長者に成は是なり**　本朝食鑑、九「一歳之中獲二三鯨一、則得二加レ多之利一、余積鉅万不レ可二勝計一、実本朝漁家之巨富也、然放楽耽遊、日費二千金一而不レ顧二素封之殖一、于嗟悼哉」。

一九二　**いつとても捨置骨を、源内もらひ置て**　本朝食鑑、九「頭－顋・胸腹・脇背之骨及扇骨・大骨為レ不レ足レ用」。

一九三　**鯨網**　太地の捕鯨業が突鯨漁法から捕網鯨漁法へと移ったのは、せび・児鯨の如き銛突に適する鯨の来游減少し、銛突では捕獲し難い座頭鯨が多くなったため、和田角右衛門頼治が肥前大村の網組法を学んで、延宝五年太地浦で初めて実施したという(紀伊熊野太地浦捕鯨史)。しかし、ここは必ずしも源内の工夫だといっているのではない。紀州捕鯨の改良とその繁栄を記述したのだ。

一九四　**檜木造りの長屋**　紀伊熊野太地浦捕鯨史(昭和七)によると、長屋には器械係・山見・猟夫・筋士等が相住みしていたようで、明治に入ってからも、まだ相当の人員を擁していた。そのうち器械係を特に大納屋といい、係長一人、その下に手代一人。係長は部下の職人・中元等を統御して、鯨船・漁具の保管・整備等一切の責任を持っていたという。職人には船大工(抱え二、三人)・櫓大工(二人)・鍛冶(二人)・桶士(三乃至四人)、中元には親父・かかす役・銛役・網役・帆役等各一人、それぞれ分担があった。

一九五　**楠分限**　楠は地中に深く根を下して四方にはびこり、年を経て徐々に大木となり、根は石の如くになって大風にも倒れぬという。従って「慥ニ堅キ身代ヲ云」(譬喩尽)う喩に用いられた。また暴富の俄分限に対して、着実に蓄財した次第分限をいう。青果の西鶴語彙考証に指摘する如く、この言葉はすでに戦国時代末期からあらわれている。

多胡辰敬家訓「タトヘバ梅ノ木ハ一年ニ一丈ノ立枝有(リ)。楠ノ木ハ一年ニ一寸ヲイノボル也。一寸長ク成(ル)楠ノ木ニハ大木有(リ)、一丈ナガクナル梅ノ木ニハ大木ナシ。其ゴトク人モコウヲツミテ人ニ成(ル)者ハ、其代久敷、末モ繁昌シ、イヨイヨブンゲンニナル也」。長者教(寛永四)「とかく、にはかぶげんにならんとおもふは、ひむのもとひ也。こゝにたとへあり。たとへば、はしの子を一づつあがるに、いそがんとて二あがるゆへに、おつるがごとし。又梅の木はやくさとるやうなれども、大木はなし。くすの木はさとる事おそしといへ共、大木おほし。是をもつてこゝろうべし。只一せんづつしぜんにしまつしてもうけたる人は、ゆく末共によきものなり」。

一九六　**帳綴**　日次紀事、正月四日の条に「市中今日、諸商売人亦始二其事一、凡裁下補年中所レ記二物価一之簿冊上、是謂二帖綴一而各祝レ之。倭俗帖謂レ帳」と記し、また十日の条にも帳綴を出すが、もとこれは十一日の行事であって、諸国にその例が多い。諸国風俗問状答を見ても、秋田・丹後峰山・備後浦崎・淡路・阿波・和歌山・陸奥信夫郡伊達郡・天草の各地、いずれも十一日を用いる。これを十日に繰上げて行うのは、西宮戎を信仰する上方町家の風習で、二日または四日は初商いのため新帳書初めを行うだけで、いわゆる帳綴祝のことはない。

町方歳中行事抄（南区志、商人のお正月）「二日　歳徳恵方明き方より蔵開（き）致（す）事　質物衫蔵入可致事　初蔵入帳面之書始める事　九日宵戎　今宮戎様御神影並諸帳面を祭る　十一日　帳祝」。

阿波国風俗問状答、正月十一日「この日町家にては帳とぢと申（し）ならはせ、帳の上書等仕（り）候。小豆の煮つけに餅を入れ、かずの子いりあげ、牛蒡・田作（り）の類祝の品に付け申し候」。

普通はそれぞれ自家で帳を綴じ上書をするのであるが、煩を厭うて市販のものを用いるようになった。

日次紀事「凡毎年得方之家、大開レ舗売二大小簿冊一、是称二帖屋一。装潢上大書二大福帳字一、左右記二年月日一、其市鄽人従二其所レ好一而記レ之、売二其人一。求レ之人於二得方家一買レ帖、則其年必得レ利云。又市中売二帖紙一、又携二裁刀・尺・錐等之器一、高声呼レ可レ閉（綴）、民家有二求者一、則招二此人一而綴レ帖」。難波鑑、正月十一日「〇けふは吉書とて、商人の家に、帳をとぢ上書をしていはふ日也。しかれども近曾(さいつころ)より、大坂の内々に、帳を綴ぢ上書して、うりかふ事となれり。則ち帳をあきなふ家には、門に竹をたて、幕なんどはりて、うりてのさいはひ、かふてのよろこびなンどゝ祝しけるとぞ」。

一九七　**魚嶋時**　綿貫勇彦著、瀬戸内百図志に、「魚島　瀬戸内海燧灘(ヒウチナダ)ノ一小島。初夏ノ比、魚島ノ西ニアル沙島ノ南端ノ沖ニアル瀬、吉日磯ニ鯛ガ聚ル。京阪デウヲジマトカシマトカ云フノハ、吉田磯ノ鯛漁期ノ比ノコトデアル」という。毛吹草（正保二）四に、讃岐の名物として「魚島(ウヲシマ)鯛」を挙げているのも、魚島附近で獲れる鯛の意であらう。転じて鯛の豊漁期で、美味廉価な頃を魚島時もしくは単に魚島というようになった。守貞漫稿、三「大坂三四月には、鯛及び鮹甚だ多く、価廉にして味美也。俗、此節を魚島と云」。

一九八　**生船の鯛**　落穂事跡考には、伊勢国鳥羽出身の井上利兵衛の祖父が江戸下しの鯛の生船輸送を創始したとあるが（⇩補一九九）、日本橋魚市場沿革紀要、上には、大和国桜井の大和屋助五郎が寛永年間に始めたものだという。「元和丙辰（二）年、和州桜井駅より助五郎と申（す）者御当地へ罷（り）下り、本小田原町に住居仕（り）、肴商売体に取掛り、所々より肴荷物引受（け）、寛永五年中より駿州内浦の活鯛場所相見立（て）候に付、浦々にて漁人取組（み）致し候て、其節旅人方へ不レ残多くの金子仕入（れ）致し、同所江の浦と申（す）処へ活鯛納屋と申（す）を建（て）置き、是にて浦々活鯛取寄せ活附(いきつけ)候て、助五郎方へ引受（け）支配致（し）来り申（し）候」。しかしこれは、日本産業事蹟、下に記すように、寛永五年「幕府右両村（駿州沼津及び獅子浜両村）に命じて、駿豆両州に於て獲る所の鯛魚を集養せしめ、以て江戸近海不漁にして（幕府の）庖厨所用の鮒魚欠乏の時に備へしめ、且地を駿東郡江の浦に賜ひ、新に鯛籞(いけす)を設けしめ」た際、幕府御用の肴問屋としての助五郎が生鯛の納入を引受けて、生鯛納屋の管理支配をしたというに止まり、生鯛輸送そのものを創案開始したというのではない。やはり本朝食鑑に記すように、上方の漁民が主として内海産の鯛を生きたまま輸送する方法として、早くから実施していた方法を、幕府御用の生鯛輸送に採用したものであろう。因みに生鯛は幕府本丸・西丸の御膳用として、また諸大名の祝儀献上・贈答用として需要が多く、肴問屋の外に特に生鯛屋と称する問屋があったほどで、生鯛輸送の考案が莫大な利益を約束していたことが想像せられる。
商人職人懐日記、一ノ一「総じて生鯛御進物にあがる習ひなれば、江戸中の肴屋前廉(まへかど)より有（る）魚をかこひ、きれめと申（し）出し、さあ其日といふより高直になりて、一儲けの有（る）事也。（中略）私此度の存（じ）立（ち）は、房州の網引共に、此前の海おもてにてとらせ申（す）べき覚悟。鯛に限らず何魚の有（る）所、朝汐の色にて見る事私家の秘密、はじめてひろめ申（し）度（き）ねがひ、それ故証文をさし上る。いかさま慥なる事に、いづ方にても取成(とりなし)能（く）仰（せ）附（け）られ、直に通し馬追（ひ）たて、紀州浦の生舟・播州の生舟を語らひ、一尺の鯛一歩、二尺のは金一両、それよりうへは一寸一歩あがりに、いか程にても買（ふ）べしと申（し）ければ、比しもきさらぎ、桜鯛の時しも、魚なき売のつぼへさしこみ、大分買（ひ）取りいけさして、春の海静に品川の方にかゝらせて、約束の日にわたしぬれば、いづれの屋敷にても、はねまはる鯛珍しく、（中略）拾年たゝぬ間に三万両、乗下にして本国つの国に帰り、其魚の鯛を軒に見せてさかへし。生船を江戸にまはす事、是に見ならひ、今に勝手のよき事」。

一九九　**弱し鯛の腹に針の立所**　鯛の背を竹針にて刺絡して生かす法、本朝食鑑、八に、「凡筑紫諸州亦鯛多而美也、故泉摂海人運二米穀于海西一、鬻二壱・対・日・薩市一、帰時買二生鯛数百一、用二大鍼一刺二魚背一、皆深秘不レ言ヘ二其ノ穴ヲ一、生カシテ入レ二大竹籃ニ一、繫ケレ舷ニ浸レ水ニ、魚猶活ス二潑シテ于水中ニ一而不レ死セ、或ハ作ス二醬淹ト一、帰来伝ニ送シテ于京師江都ニ一、而大ニ求ム二其利ヲ一、近世皆若キレ斯ノ爾」とあるが、輪講に三田村鳶魚が引用紹介した落穂事跡考、三ノ上に、伊勢国志摩郡鳥羽浦の鯨猟の長井上利兵衛なる者、宝永五年の大津波に遭難して諸所を転々、正徳・享保の頃江戸に移り、紀州家御用を勤めた先祖の由緒を以て公儀小普請方小屋掛け御用を勤めることになったが、その利兵衛の談に曰く、「我等祖父鯛・鱸・鯔等を生船から江戸に下す事を致し始(め)たり。此法は鯛を釣り挙(ぐ)ると、そのまゝ竹の細針を下部へ手心してさす也。是鯛の釣られ腮をいたみ、怒の気荒(き)を鎮み脱(ママ)の了簡也。鱸・鯔等准レ之と云々」とある。この所伝は天狗源内の事蹟を明かにする手がかりになるかも知れない。

二〇〇 **雪竿** 和漢三才図会、七〇「幟竿(しるしのさほ) 初雪降時立二大竿一、計二年中所レ積深浅一、△按幟竿北国皆有レ之、而凡深雪国越後出羽為二第一一…凡一二丈為レ常、甚年有レ至二六七丈一、而深谷為二平地一」。越後塩沢の鈴木牧之が著した北越雪譜、初編(天保六)上に、「高田御城大手先の広場に、木を方(かく)に削り、尺を記して建(て)給ふ、是を雪竿といふ。長さ一丈なり。雪の深浅公税に係るを以てなるべし」。

二〇一 **かゝる浦山へ** 日本海沿岸に酒田・鶴岡、最上川上流山間部に新庄・山形・米沢がある。これらの地方からは米・大豆・紅花・青苧・蠟等が酒田に集められて上方へ移出され、播磨の塩・大阪堺伊勢の木綿・出雲の鉄・美濃の茶・松前の干肴等が同じく酒田から奥地山間部に移入せられた。それには日本海西廻り廻船や最上川舟が利用せられた。奥羽山脈越えで馬背による福島・仙台地方との交通もあるが、冬季は困難。

二〇二 **大問屋** 一般に、市売を専らにするものを大問屋といい、大問屋を通じて附け売する規模の小さいものを小問屋と称した。大阪の材木問屋、桑名の米問屋の外、新潟・酒田においてもその区別が行われた(宮本又次、日本商業史概論)。酒田市史、上によると、酒田の問屋は商品の卸売買をなすほか、商品荷物の蔵入を営むものであったから、問屋は多くの資本と倉庫を有し、他国商人を宿泊させて商取引をなし、あるいは、船を持って川や海の運送に従った。そして大問屋は宿屋兼業の大邸宅と倉庫を並べて本町や猟師町に多く、小問屋はほとんど猟師町に住んでいたようだという。

二〇三 **台所の有様** 文化八年十二代惣左衛門重昌の手記、家の記にも、正徳頃板行の長者鑑の名を挙げて台所の有様を記しているが、その記事は永代蔵の插絵と一致しているので、恐らく「大福新長者教」と副題する永代蔵を長者鑑と誤って書いたものであろう。むしろ重昌の祖母に乳を与えたという八十の老婆の思い出話の方が、この場合の参考になる。「祖母なる人の乳母せし者の、我レ幼けなき頃は我が家にありて、今年より十三年前(寛政十年)死せり。是れが我十七八の頃まで居りて八十の老婆なり。是れが語りしは、わがおさなき時此御家の栄れるほのかに覚えて、見もし聞(き)もしつるなり。表長屋は二階造りの座敷にて、旅人あまた入(り)つどひ、給仕ニ出る女の子共多く召仕(は)れて、みな短き振袖の服を着せたる。十人ばかりもやあらん、行燈の数多く入りて、夜八九十ヶ処に燈を配りけるなりと云へり。都(すべ)て彼等が見及び聞(き)伝へたること共は、賤しき事共なり。其頃八人の出入の、引(き)もやらで、丁持(てうもち)のたぐひつどへかよへけるに、それらにふるまふ料にとて、通りなる土間へ大なる瓶を埋めて、酒を盛りて置けり。往来の人柄杓もてくみしなど語りき」(飽海郡誌)(守)。

二〇四 **十人よれば十国の客** 酒田市史、上「当時酒田から移出するものは米及び最上地方の大豆であって、移入品の主なるものは播磨の塩、大坂・堺・伊勢の木綿類、出雲の鉄、美濃の茶、南部・津軽・秋田の木材、松前の干肴である。最上地方からは米・大豆・紅花・青苧・蠟などが積下されて(袖中雑録)、酒田で商売されるか船積して上方や越後に出された」。

二〇五 **皺皮取すて** 貞丈雑記、一四「ひきはだと云ふ革は、ひきがへるの背のごとく、しぼある革也。今時旅行する者、刀わきざしにひきはだの革にて尻鞘(尻鞘はさやを入る袋なり)を作りてさやうにかくるを、ひきはだと云ふ云々」。

二〇六 **相場** 酒田市史、上「酒田は古来米の集散地であるから、米の取引については特別の発達を遂げた。酒田における米札による米の売買は最上時代に起源を持つが、酒井家入部後、郡代柴谷武右衛門がその制を一層便利なものにしたことは既に述べた。鶴岡・酒田の両地の米蔵に貢米を集め、臣下に対する給米はすべて米券をもってし、これを商家に売買させた。商人の米券売買所が米座である。その後、酒井家を始め米沢・山形・館林・白川・天童・新庄・松山・柏倉そのほか合わせて十二に及ぶ最上川沿岸の諸藩が、それぞれ米蔵を設け、あるいは豪商の蔵を蔵元として多額の米を輸送して来た。恐らく初期の正米市場が開かれたに過ぎず、帳合米商または石建米商は起らなかったと思われる…しかし米券取引の歴史のきわめて古い酒田であるから、日延・月延の延売買は早くから行われていた模様である」。酒田の米券法は、元和八年酒井家入部の時に随従した郡代柴田武右衛門が江州大津の法にならって創始したものといわれ、最上川本支流の沿岸地方から集荷された米は、酒田または敦賀・大津において売払われた。従って大津の米相場が標準になっていたという。

二〇七 **手前の商** ほまち商いともいう。売問屋(問屋)が自己の計算において、直接荷主と交渉し商品を仕込み、これを小売人や地方商人に転売したり、買問屋(仲買)が、客の注文を待たずに、相場の高下を考えて、自己の計算において問屋から商品を買入れておき、これを一般に販売することをいう。最初は内証稼ぎであったが、漸次これを主とする傾向となり、問屋と仲買の本質的区別がなくなるようになる。酒田米問屋の口銭は、酒泉古控の売買口銭定に、「御米札並大豆　金百両ニ付　売口銭金壱両　買口銭金壱両弐歩」とあって、他の商品もおおむね同様であったようである(酒田市史)。

二〇八 **問薬** 金瘡秘伝集、手負生死問薬「蘆毛馬の屎香色ニアブル連肉香色ニアブル右等分に細末ニシテアブリ、粉ニシテ茶一服程湯ニテ与(ヘ)、吐(ク)事ナクバ療治ス、吐逆セバ療治可斟酌也」。松屋筆記、八二「同書(世鏡抄)卅二丁ォに、大医のくすりのむ事なければ、藪医者の問ひ薬を漸く用(ひ)ぬるほどに、大かたは非業の死にて、命のかぎりを見たる人一人もなし。按(ずる)に道三の問薬とて、湯を試(み)に与(ふ)る事あり」。便船集「問(とふ)〇薬」。

二〇九 **万屋三弥** 万屋は本姓多々良氏、大内氏の将として豊前行橋の松山城に二万石を領していたが、十一世の祖氏義に至って守田氏を称した。氏義の二男氏宗、豊後府内の城主竹中伊豆守重隆に招かれて移住し、今の万屋町・胡(えびす)町の一劃に屋敷を与えられて外国貿易に従事した。屋号を万屋、一に夷屋ともいい、通称伝左衛門と称した。本章の主人公万屋三弥は、二代目伝左衛門氏寿の子、山弥之助氏定という。豊前・日向境の金山を開発し、府内の屋敷内において精錬・鋳造して巨万の富を積んだとあるが、本章に記す如き新田開発の事業については知るところがない。また家紋は「打板に十六菊」で「三の字」ではない。貝原益軒の豊国紀行に「其家大にして美麗なり」とあり、巷説に座敷はビイドロ天井であったと伝える。三弥は正保四年十月三日、時の領主日根野織部正吉明のために、堀切峠の刑場において一族十数人と共に斬罪に処せられた。享年六十四。表面は密貿易・町人にあるまじき驕奢の罪であったらしいが、およそ四千貫目の家財はことごとく没収せられてしまった。今の大分市東新町大智寺に三弥六十一歳(寛永二十一年十二月)の時逆修に建てた墓がある。法名広智院幻室宗観大居士(新・旧大分市史)。

二一〇 **無間の鐘** 日本鹿子(元禄四)六、遠江「〇小夜の中山　当国の名所也。松たちこめしひろき山也。山のうち五十町也。此山より右のかたに高き山見ゆる、行程壱里ばかり也。観音寺と云(ふ)洞家宗の小寺也。そのかみ此寺に、むげんのかねとてつきがねのありしが、いかなるものゝ云(ひ)初めし事やらん、むげんのかねと名付(け)て、たとへば来世にてはむげん地ごくにだざいせらるゝ共、くゆべからず、此世にて福とくをあたへ給へとて、一心に思ひ入(り)てつきぬれば、ひんなるものもうとくの身となりぬ。近里遠村のものども、来(り)てかねをつくもの多かりけり。明応年中の比、此寺の住元真法師代に至りて、つくづくと思はれしは、ぐちなるものを引入(れ)て善心になさんこそ、一寺の本意たるべきに、此かねゆへ多くの人を悪道に引入るゝ事、此寺末代のあやまり成べしとて、此かねを取(つ)て、あたりなるふるき井のうちにうずまれしとかや。今とても、そのかねのうまりし跡なりとて、榊の枝を切(り)てさかさまにうち込(み)ぬれば、かねつきたる同意とて、いかなるものゝしはざやらん、絶(え)ず榊の有之」。著者の磯貝舟也は遠江掛河の出身である。しかし、この無間の鐘をついて暴富を得たという伝説が諸国にあり(小金長者日暮玄蕃の初代に関する伝説もその一例→補三〇五)、鐘をつく事を望む人が絶えなかったという。本朝故事因縁集(元禄二)二、遠州無間寺鐘突因果に、慶長の初め摂州の商人が参詣して鐘を撞かんとし、住持に戒められた因果話を伝える(大)。

二一一 **四百四病** その内、治せずして自ら癒ゆるもの百一病、治を用いて癒ゆるもの百一病、治すると雖も癒え難きもの百一病、不治の死病百一病、或は薬を以て治すべきもの百、針を以てするもの百、膏を以てするもの百、灸を以てするもの百、残りの四病は難治の死病とする。

二一二 **長者丸** 俚言集覧に堪忍五両を注して、「世俗堪忍五両を金幣の両目と云(ふ)ハ非也。此は豊臣秀吉公の加減関白円と云(ふ)薬方を戯作し給へるにあり」と記しているが、秀吉の戯作になることは他に所見がない。しかし、薬の方組・毒断に擬して教訓することは、西鶴に始まったことでないことは判るであろう。「加減関白円　一正直五両　堪忍四両　思案

三両　分別二両　用捨一両　右毎朝一服ヅヽ可レ被レ用レ之、子孫延命丹也。禁物　無理・慮外・過言・油断　各々日々三度ツヽ、定テ立テ有レ可ニ用心一也一欲ヲ離レヨ大酒飲ヘカラズ、朝寐スベカラズ、女心ユルスベカラズ、分別ナキ人恐レヨ、物退屈スベカラズ、深キサレヲスベカラズ、我行末ヲ思ヘ、物論ズベカラズ、心垣ヲセヨ、我口ヲ畏レヨ人ヲ賤ムベカラズ、楽ヲ辛苦ノ種ト思ヘ辛苦ヲ楽ノ種ト思ヘ、主人ハ無理アルモノト思ヘ、主人ハ被官慈悲ヲセヨ、人ハ義理ヲ思ヒ万心ニ勘忍スベシ　右十七条コレヲ敬ムベシ」。

玉滴隠見、二二、延宝七年四月の条「一、四月に書出す六味勘略丸の方一、勘略八両　余情の皮を去り、工夫の汁にひたす。一、始末四両　心の水にひたし、欲心共に用ゆ。一、堪忍二両　其儘用ゆ、鉄を忌む。一、積り二両　油断の皮を去(つ)て、胸の火にて炒る。一、算用一両　そろばんにあて、成程細かにわり砕く　以上六味。　右何れも思案の薬研にて細抹し、真実のふるひにてふるひ、分別の精を以て丸じ、智恵の衣をかけ、一度に一粒づゝ能(く)かみくだき、毎朝空腹に冷水を以て可用之。　右の薬服用の間、禁物の事　一、好色の両道　一、油断　一、栄花　一、物数奇　一、作事　一、我儘　一、遊山　一、客集メ　一、惣じて余情ヶ間敷事　一、費(つひえ)　一、美食　一、博奕　一、陽気　一、気作立(きさくだて)　右此類ひ猶いくばくかあらん、心得慎(し)むべし。加減　一、虫気あらば朝起一両を加ふ。一、朝寝するは夜早くいねて吉。一、ふ食せば立居をしげうして良

右の秘薬を毎日怠らず用ひ候へば、いか成(る)貧病たりといふ共、ぬれ紙をへぐが如く平復する也。貧病は殊更寒の中がそろ〳〵指(し)発りて極月の廿七八日の比は、頻りに取詰(め)る物也。此薬当分はさのみ其験はなき様なれ共、春陽の気を受(け)て、存の外験気を得る也。兎角油断なく用ひ候へば、大発りはせぬ物也。此薬方唯授一人たりといへ共、御執心不浅故、家伝の通残らず伝受せしめ畢、聊他見有(る)べからざる者也。

　　　　　　　　　　毘沙門朝臣福徳庵金持在判

　延宝七年四月盆直日
　　摺切無念坊　参」。

西鶴は或はこの落書に想を得たのかも知れない。永代蔵の翌年正月に出した本朝桜陰比事各巻の題簽にも、巻数をあらわすに「ちゑ　小判壱両」・「ふんべつ　小判弐両」・「しあん　小判三両」・「じひ　小判四両」・「かんにん　五両」を以てしている。この長者丸の方組は、渡世伝授車(元文二)の名方長者丸を始め多くの模倣を生んでいる。

二三　**哥賀留多**　色道大鏡、七「当時傾国のとるは、貝おほひのごとくに残らずならべ置きて、歌の上の句を一枚づゝ出し、歌に合せてとる時は露松といふ。又常のかるたのごとくに、歌のかたを下にかくして三枚づゝまきならべ、扨一枚づゝうち出し、歌のあひたる数のおほきかたを勝と定むるを歌がるたといふ、其もとはおなじ物ながら、とりやうにて名目かはるなり。されども、かるたのごとくにうちあふ事今はたえて、貝おほひのごとくにのみもてあそび来れり、(中略)此の歌がるたに百人一首の歌ならでは用ひざるやうにおもはれてをかしくこそ侍れ」。

二四　**通り町十二間の大道**　北は筋違橋より南は金杉橋までの間をいう。通町の幅員は田舎間十間の定めであったが、町人の陳情によって、片側三尺の公道の外に町人持地三尺を削って庇下一間を私道として使用することを許可したので、実際は十一間道路であったが、当時はこれを十二間と称した(真)。↓附図。

二五　**須田町・瀬戸物町**　守貞漫稿、四ノ上「神田青物市　神田須田町及び連雀町辺にあり、大行也」。日本橋の瀬戸物町(中央区日本橋通二丁目)は鳥屋・下り酒屋が多かったが、水菓子(果物)屋もあった。↓附図。

二六　**鎌倉柯杙**　江戸雀「白銀町より壱ツ橋までの道、此かし鎌倉がしといふ、米問屋まき問屋有」。元禄当時は白銀町より神田橋辺までをいうと(真)。↓附図。

二七　**河村・柏木・伏見屋**　○南新堀一丁目(中央区新川)の材木屋河村平太夫。号瑞軒。町人考見録、亨「爰に江戸に河村随見といふ者あり、元は紀州熊野辺の軽きものにて、江戸に下り車力重右衛門とて、御普請様々の請負しける、元来其身極て発明なるものにて、次第に立身致し、五十年以前の禁裡の御普請も請負、其外奥州にて銀山にかかり、又川筋の普請などに鍛練し、大坂の川普請を致し、今に随見山とて大坂川口に残れり…此随見は様々奇妙の働致候者にて、夫故老候得共公儀へ被ニ呼出一、其時河村平太夫と名字御免、摂州普請相勤、今大坂南堀江は其節出来申候、然るに忰新五兵衛ます〳〵器量の人にて、身体は至極よろしく有之候得共、給りし御知行の分限に、家作り普請等も被レ致候てよく被レ勤候故、御旗本と御取立、終に御普請奉行になられ申候」。○茅場町(中央区)の木曾檜問屋柏木太右衛門。江戸真砂六十帖「折節日

光山御宮修復有之、御手伝も仰付られ江戸中賑ひぬ。御普請材木檜無節物御入用なり、時に茅場町に柏木伝右衛門とて木曾檜問屋一人あり、彼が檜ならでは此度御用木あらじと所々より入札望の者柏木にたよりて札を入る、柏木一軒ゆへ高直ノ下タ直段、是を茂左衛門考へて柏木に相談せず世上通用の直段を以て入札しぬ、外には柏木高直段に諸事勝り利分等勝候入札にて茂左衛門入札は半減にて、さつそく御材木仰付られ、翌日奈良屋茂左衛門裏付上下着し、柏木方へ参りて、此度日光御用木其元所持より外当地に御座なく候直段の義は兎角相対にてよろしく被成下さるべしとたのみけり、柏木手代ども凡慮の外成ゆゑ挨拶不興にして檜木差当り御用向程は入舟御座なく候と跎と請合不申、茂左衛門再び言葉を尽して申せども、手代一向合点せず、茂左衛門兼て斯あるべしとおもひ、何気なく帰りて翌日願書をもつて町御奉行へ…願出ぬ、町奉行もさつそく柏木をめされ御吟味仰付らるゝ処へ…此度の御用木より余計にたづね出しぬ、町奉行へ右之段申上しに以之外御叱りつよく太左衛門并手代三人牢舎仰付られ…太左衛門は不届者になりて豆州新島へ遠流手代共も三宅島神島へ流罪に成る、家財不残闕所と成る、島より七年過て宥免ありて帰りしが、奈良屋茂左衛門段々立身して家富栄えしを口をしくや思ひけん食事を絶て日数十八九日過て死す、流石に木曾問屋の壱番にて長者ともいふべき家滅亡していまだ冬木の北隣にわづかに住居て見えぬ」。○佐久間町(中央区大伝馬町一丁目北横町)の材木屋伏見屋四郎兵衛。町人考見録、跋「爰に江戸に伏見屋四郎兵衛といふもの有り、其親材木屋にて時節よく仕合し、悴四郎兵衛代になり、殊の外気かさものにて、甚だ花麗を好み、京へも折々登りて、二代目計り三井浄貞、其子三郎左衛門方へ四郎兵衛娘縁組すといへども、四郎兵衛跡を聞伝ひ、後々を考(へ)離縁せりとぞ、其後四郎兵衛長崎にて銀高五千貫目の代呂物替の事を願ひ、運上を差上願相調申候て長崎へ罷下り、二年計滞留し、彼地の下人又は寺社方へ大分の金銀を分とらせ、洛東真如堂に稲荷社大師堂を建立し、并に常念仏一字を建立せり、尤其身の栄耀人に目をおどろかす処に、長崎の町年寄高木彦右衛門より伏見屋の運上より相増し願出けるによりて則伏見屋は召上られて、高木へおほせ付られ是を勤む、夫故四郎兵衛詮方なく成行、廿余年を経て、果は喰物もなく餓死いたしける」。

二一八 **内証金** 営業資本は両替屋等に預けて運転するが、それ以外の金は自宅の金蔵・穴蔵等に貯蔵する。「手金」(⇩補一一〇)に同じか。

二一九 **芝肴** 一目玉鉾、二「芝の町はづれに札の辻以東の浜辺に猟人の住めり。芝肴とて磯物是より出ける」。小魚が多いが新鮮で美味。芝蝦・きすなどそれぞれに味わいがある。

二二〇 **築地の門跡** もと横山町にあったが、明暦の大火後新たに埋立てられた鉄砲洲の築地に再建した(現在の堂舎は関東大震災後の新築)。

二二一 **定命** 人間の寿命は過去・現在の因によって、閻魔の庁の録陽寿簿に定命として登録せられており、死後冥土の閲籍に移されるという。

二二二 **帷子ひとつと銭六文** 屍衣に真言または名号・題目を記して、死者の解脱往生を祈り、冥土の路用として銭六文を死者の首に懸けて葬る。

二二三 **掟を守り** 論語、学而篇「子曰、父在観二其志一、父歿観二其行一、三年無レ改二於父之道一、可レ謂レ孝」。貞享三年四月の服忌令では「父母 忌五十日、服十三月」とあって、三年の喪に服する定めはない。

二二四 **菜種は油のしぼり草** 青菜・蕪菁(かぶ)の種子の外、菘(たかな)・芥(からし)などの種子からも採油し、これを菜種油と総称したが、その中でも特に蕪菁の種油が多く生産せられたので、菜種といえば蕪菁を指していう。豊後国は菜種の産地として古くから有名。

二二五 **東西に築山** 謡曲邯鄲「東に三十余丈に白金の山を築かせては、黄金の日輪を出されたり、西に三十余丈にこがねの山を築かせては、白銀の月輪を出されたり」。

二二六 **鯲を堀せ** 雍州府志、八「倭俗、仮山池水謂二洲浜一、泉石之模様象二水浜一、洲浜之謂也。今専称二洲浜一、或謂二泉水一」。

二二七 **岩組西湖を移し** 西湖は杭州城外の名勝、古来蘇堤春暁・断橋残雪・三潭印月等の十景が挙げられている。

二二八 **雪舟の巻竜銀骨の瑠璃燈** 雪舟図案による巻竜の彫刻を施した銀骨の灯籠。亭の軒に吊したものであろう。瑠璃灯は硝子製の油盞を内部に納めたもの、盞に水を入れた上に油を注いで点火すると、反射によって輝度を増す。俗に瑠璃灯という(類聚名物考)。

二二九 **玄宗の花軍** 唐の玄宗皇帝が楊貴妃との遊楽に、宮女を両陣に分って花の枝を持って闘わせたという俗伝。楊貴妃物語(寛文三)にも見え、玄宗皇帝花軍(野郎虫)という芝居にもなっている。

二三〇 **扇ながし** 江戸時代にも西条吉兵衛が隅田川に金銀の扇を流し、豪華な遊をしたと伝えられている(吉原一言艶談)。

二三一 **根帳** 大帳(四二頁)・大福帳(六三頁)ともいう。商家における最も重要な帳簿で、営業状態が明瞭になっているため、主人・重手代の外は取扱わせない家が多く、或は主人だけが保管する家もある。近江中井家の家法書によると、元方諸帳面を大帳を写す際にも、元方支配人と同次役の立会を要するとしてある(江頭恒治、近江商人)。

商事慣例集、一、商業帳簿「大福帳(本帳、或は大帳と称す)右用法は、専ら売掛けを綜記するに在り。而して其物品・箇数・価値等は之を売帳より登録し、其代金収入は金銀出入帳より登録し、差引計算をなすものにして、彼我貸借は此帳簿を以て一目の下に明瞭ならしめ、普通商家に在りては、尤も緊要の帳簿なり、故に他の諸帳簿は手代に於て其事に当り、時々登記すと雖ども、此帳簿に限り、主人・番頭或は重立たるものの外、之を取扱はしめざる習にして、甚しきは主人之を保管して、傭人の見るを許さざるものも亦た之れあり」。

二三二　**水の重きを改め**　本朝食鑑、一に「大抵水者挹二土地之性一、而従二五方之気一、東北之水、性重気剛、西南之水、性軽気柔、中央之水、性気倶不レ剛不レ柔、不レ重不レ軽、色清味美」といい、山城(特に鴨川・大井川・宇治川)・大和・河内・和泉・摂津・丹波・近江の順に挙げ、「其余、紀・播・備及海西、次第次レ之」とする。

二三三　**千丈の堤も蟻穴より**　韓非子、喩老篇「千丈之隄以二螻蟻之穴一潰」。

二三四　**哥念仏の日暮し**　竹豊故事(宝暦六)上に「京都に昔は浄瑠璃葉流(はやら)ず、説経与八郎、歌念仏日暮林清・同弟子林故・林達等を翫り。寛文年中に江戸虎屋源太夫上京有(り)てより浄瑠璃繁昌し、常芝居も出来たり」とあるが、日暮の名称の由来については言及するところがない。日暮の末流は後に説経浄瑠璃に進出し、寛文年間の日暮小太夫・同市九郎・同小九郎、天和頃の日暮卯源次(尾陽戯場事始)の名が見え、京都御役所向大概覚書、京四条芝居間数并名代之事(正徳頃)には、「説経　日暮小太夫　右小太夫と申(す)名代、古代より致所持罷在候。三拾六年已前、親より譲り請(け)相続いたし罷在候」(説経日暮八太夫同文)とある。

二三五　**伏見の御上代の時**　青果の西鶴語彙考証に諸説を挙げて批評を加えているが、青果自身の考証の結果は出ていない。思うに伏見の町の全盛期は、伏見が徳川氏の支配に帰した慶長の初め、僅々十年間のことであって、だから西鶴は伏見の繁栄時代という意味で伏見の上代と記すべきを、徳川氏に対する遠慮から、御の字を加えていったのである。

文禄四年三月　伏見城竣工、秀吉移り住む。相前後して山城宮内少輔を町割奉行に任じ、城下町を形成せしむ。

文禄五年(改元慶長元年)閏七月十二日夜、伏見大地震。伏見城大天守・殿館崩壊、その他大名屋敷・民家の倒壊数を知らず。死傷者を出だす。

慶長三年八月十八日　秀吉伏見城に薨ず。

慶長四年閏三月十三日　家康伏見城に移り、対大阪の作戦基地とす。

慶長五年七月十九日　西軍の伏見城攻略始まる。八月一日落城。この時城下町も亦焼失、破壊す。九月二十日、家康、西軍諸将の伏見屋敷を焼き払はしむ。越えて二十六日、家康伏見に入り、松平忠吉をして伏見の復旧に当らしむ。

慶長七年十二月　伏見城番の制を定む。

慶長八年二月二十二日　家康将軍宣下、勅使を伏見城に迎ふ。

慶長九年十二月二日　渡辺掃部伏見撞木町に遊廓を再興す。

慶長十年四月十六日　家康将軍職を辞し、秀忠にこれを譲る。勅使伏見城に臨む。九月十五日、家康、駿府に帰る。十二月二十六日、伏見大火。大名屋敷九軒余類焼、立売町の民家もまた焼亡す。

慶長十一年四月六日　家康、参内のため上洛、伏見に入る。九月二十一日、家康、結城秀康を伏見城留守として駿府に帰る。

慶長十二年三月二十五日　幕府、畿内近傍の諸大名に課して駿府城修築を命じ、まづ伏見城内の財貨を駿府へ運ばしむ。閏四月四日　伏見城下近習の輩の居宅を毀つ。この頃京伏見の辺物情騒然、伏見より駿府へ金銀を運送す。閏四月二十九日、幕府、松平定勝を新たに伏見城代に命じ、次いで五月二十三日、伏見城番三年の制を定む。

慶長十三年　幕府、伏見の銀座を京都に移す。

慶長十六年十一月十七日　伏見大火。新町より火出で両替町に延焼千余戸を焼く。大名屋敷二十余もまた類焼。但し昨夏より移転のため解体中の家なりといふ。

元和元年五月五日　大阪落城。松平忠明、大阪復興のため伏見二十三町の町人を移住せしむ。

元和九年七月十三日　家光将軍宣下、勅使を伏見城に迎ふ。閏八月八日、家光江戸に帰る。松平定綱に命じて伏見城を廃し、淀に築城せしむ。

右の略年表を以てしても明かなように、伏見の町は秀吉時代に出来上ったけれども、漸く発展の緒に就いたところで、地震・兵火に遭うて度々挫折を来した。だから伏見の町の繁栄は、関ヶ原陣以後、徳川氏の支配に入ってからのことである。しかしそれも僅か十年にして、慶長十六年の大火、元和元年の町人転出によって、完全に終止符が打たれたものと見るべきである。

二三六　**御成門**　檜皮葺き唐破風造り四脚門は、もと大臣家以上の格式をあらわすものであったが、室町時代以後将軍家御成りを迎えるためと称して、諸大名がその権勢にまかせて競って四脚門を建造した。これが武家屋形造りの故実になって、江戸時代初期に及んだ。桃山時代にも、秀吉がしばしば伏見城下の諸侯の亭に臨んだという記録がある。文禄五年閏七月十二日夜の大地震には、「諸大名家々御成門も損じ」たという(慶長年中卜斎記)。御成門に鏤金・彫文の善美を尽すこと、当時の風であったようであるが、大徳寺唐門・伏見御香宮表門・西本願寺唐門等、いずれも伏見城の遺構と伝えられ、牡丹に唐獅子・麒麟・竜虎等の外二十四孝・仙人揃などの彫刻装飾があり、いずれも日暮し門の称がある。しかして「日暮し」の名が美称として用いられるようになったのは、恐らく伏見城内学問所の日暮しの橋などが最初であろう。南禅寺前住承兌の学問所之記(慶長三年正月十一日記)に、「城州伏見之里者、天下勝境也。大相国(秀吉)相レ攸、築二大城一営二華第一、栽二松竹一作二深林一、建二高堂一号二学問所一…堂前有二長橋一。過二此橋一者、見二江山烟景一、不レ知二帰期一、故名レ之以二日昏一」という。

青果の西鶴語彙考証に、江戸時代において日暮し門の名で呼ばれた日光陽明門・江戸小石川水戸屋敷表門・江戸城北の丸駿河大納言屋敷表門・江戸大手先酒井讃岐守表門・江戸竜ノ口蒲生飛驒守御成門・同松平伊予守御成門の例を挙げているが、事蹟合考・参考落穂集等のこれらの記事は、御成門の壮麗を窺うに足る。なお守随・大藪両氏とも、本章の御成門の描写は、浅井了意の東海道名所記(万治三)の記事に著想を得たものといっている。

三三七　唐土の二十四孝　郭居敬撰の二十四孝は、全相二十四孝詩選と題し、小伝と賛が具っているが、二十四孝子の名前と順序に小異のあるものがある。○大舜　虞舜の敬称。父と継母に憎まれて、家を去って歴山に耕すること三年、その孝心に感じて大象衆鳥来って耕耘したと伝える。後堯の後を承けて帝位に即く。大象を斑牛としたのは誤りだが、象が我国に舶載せられたのは享保十四年、それまでは勿論実物の知見なく、絵画・彫刻も粉本に頼っていたのだから甚だしい相違があり、随って斑牛(白黒雑毛の牛)と見誤ったのも当然といえる。○老萊子　楚の人、親に事えて至孝、年七十に至るも童服を着て、戯れに舞踏啼泣して甘え、父母をして老を感ぜしめなかったという。○郭巨　後漢河南の人、家貧しくして老母を養うこと能わず、ついに三歳の子を埋めて口を減らさんとし、坑二尺を掘ったところ、黄金一釜(ふ)を得た。釜上の銘に「天賜二孝子郭巨一、官不レ得レ奪、人不レ得レ取」とあったという。但し黄金一釜は黄金の釜ではなく、一釜(六斗四升)の容積に相当する黄金の意。二十四孝図等に誤って金の釜を画くものが多い。

三三八　越前の殿の御門　越前の殿とは、徳川家康の第二子秀康、天正十二年羽柴秀吉の猶子となって羽柴氏を称し、同十八年改めて結城家を嗣いで結城氏を称した。秀康が越前の国主になったのは慶長五年十二月二十八日、関ケ原陣の戦功によって、越前一国十三郡、六十八万余石を領した。翌六年五月伏見を発して初めて入国し、北ノ庄(福井)に築城している。慶長九年家康の命によって徳川家に復帰して松平氏を称したが、当代記によると、この年六月八日江戸を発って伏見に赴き、越えて七月十七日家康を自邸に迎えて相撲を張行、その後諸大名を相伴として盛大な饗宴を張っている。伏見屋敷の御成門、一に日暮し門と称せられたものは、恐らく関ケ原陣の前哨戦に西軍が伏見城を攻略した際、東軍諸将の伏見屋敷と同様西軍によって焼き払われたであろうから、戦後間もなく復旧再建せられたものであろう。

越前家の伏見屋敷は、伏見城の北に連なる長山御林の西麓に上屋敷、市内上板橋筋上ル越前橋附近に下屋敷があって、江戸時代にはそれぞれ越前町の地名が遺っていたが、上屋敷の方は耕地・住宅と転々して、町名にもその名を留めていない。しかし御成門のあったのはこの上屋敷の方であろう。青果の西鶴語彙にその旧跡を考証しているが、豊公時代の羽柴三河守屋敷と上板橋筋の越前町とを同位置とするのは当っていない。慶長十二年秀康の跡を襲うた長子忠直は、新たに麹町元山王に江戸屋敷の地を賜わったので、伏見屋敷を解体輸送して江戸に移したという(真山、考証)。しからば伏見屋敷の日暮し門も、この時江戸屋敷表門に移築されたと見るべきものか。元和九年二月忠直罪を獲て豊後萩原に配流せられ、弟伊予守忠昌が越後高田から北ノ庄に移った。但し越前六十八万余石の内十五万石を、新高田城主となった忠直の子光長に与えたので、世間では越前五十五万石といいならわすことになった。但し寛永十一年八月の御判物には、越前国十一郡五十万五千二百八十余石とある。その後代替り襲封の度に二、三男家に分知することあって、正保二年以後本家は四十五万石乃至四十七万五千石を領することになったが、西鶴が秀康時代に建てられた伏見屋敷日暮し門の建築費を、「五十五万石三年の物成」と記したのは、越前五十五万石という世間の通称に従って、いかに莫大な費用を要したかという譬に引いたまでのことである。従って五十五万石を基にして三年の年貢高を算出することは無意味である。

二三九 **京海道**　伏見京橋より本町筋を北上、稲荷・東福寺・大仏を経て四条縄手に終る。秀吉・家康在城時代は京都との往来頻繁、街道筋も栄えたが、廃城後は参覲交替の大名も大亀谷から追分・大津へ出る道(↓永三ノ三)を利用したので、全く寂びれてしまった。

二四〇 **かた見世**　立身大福帳、二ノ二「たとへば一色《ひいろ》商売して、それで身上ほこへる人の、末々しにせのためとて又外の事を企るは、近年世間のはやりもの。糀屋に酒を作り、米屋に味噌を売り、酒やに紙みせ、しちやに銭見世、両替に蠟燭、ケ様の事は子供大勢持(つ)て、後には末子にわけねばならぬつもりにて、利はなけれども、かけのすたらぬ商売あれども、元手を失はぬ事をせんさくして、身体(代)のかたい内からそろり／＼とそんを知りつゝ、末々の為に仕にせるがてん。少(し)づつの失墜は、目にも見えぬ事ぞかし」。

二四一 **請人・印判吟味**　入質には保証人を立て、流質期限の承諾、盗品に非ざることの証明を要するので、預け手形に、預け主(借り主)の名判の外、請人の名判の有無を厳重に調べる。

手本重宝記、五、万手形づくし、質物預ケ手形

一小袖　拾五 但利足一分半

右之小袖質物ニ入、来十月切ニ銀子何百目借用申所実正也。右之十月切ニ、元利銀共ニ相渡、質物請出可レ申候。若(シ)切過候者、質物流可レ申候。此質物代々我等所持仕申候。此小袖ニ付、如何様之六ヶ敷義出来仕候共、請人罷出、急度(キッ)埒明可レ申候。仍而為ニ後日一、質物請状如件。

年号月日　　　　　　請　人　名判
質屋　　　　　　　　かり主　名判
誰　殿参

二四二 **判金**　両替年代記関鍵、考証篇(三井高維)にいう、「大判の流通相場は、その表記に「拾両」とあるにかかはらず、七両弐分(小判建)を以て平価とする。然れども両替屋の取引相場に於ては、必ずしもその平価によらず、概して小判の拾両以上の相場を保った」。「元禄七年以前の大判相場(小判建)は文献を欠如するが、恐らくは七両二分前後の相場であったらう」。しかし七両二分というのは相当古く、本光国師日記、四〇、寛永六年二月廿五日「周斉来臨、松木七左衛門ゟ玖石室墨跡之代被相渡、七拾五枚之やくそくなれ共、五枚之所は引被申候…七拾枚分小判五百廿五両うけ取相済、手形遣ス。案紙左に有之 但大判一枚に付而七両弐分替也。五枚分はまけ申也」と見えるが、青果の西鶴語彙考証には、大田南畝の竹橋余筆所収の諸帳簿などから、寛文・貞享・天和頃には小判八両ぐらいに換算されているといっている。享保十年以後は小判七両二歩と定められたが、通用の相場は必ずしもそれに従わなかった。

二四三 **京の三十三所の観音**　西国三十三所の観音札所に倣って、洛中洛外の名観音三十三所を札所に撰定したもの、寛文五年後西天皇の詔による(柳亭筆記)。元来三十三所観音のことは、久安六年長谷僧正が夢に、閻魔王宮の記録に日本の生身観音三十三所の注記あるを見たというに始まり、その順序にも長谷を初め、或は終りにすえるものがあった(塵添壒嚢鈔)。長谷寺と三十三所観音との因縁深きことを利用したのである。

二四四 **毒魚と知ながら鰒汁**　堪忍記、上「今の世にはやる河豚汁は、毒のこゝろみ地ごくの上の一足とびなれど、くらゐたかき人々も道礼なくなりて、おほくきこしめす。此魚にゑひて血をはき瀉痢するには、樟脳を湯にたてのみてよし」。

二四五 **藻魚**　本朝食鑑、八「近俗恐ニ河豚多一レ毒、以ニ鯛・鮪・鱸・赤魚之類一代レ之、然味最減矣。唯鯛魚味厚、赤魚味淡、而足レ用」。懐硯、二ノ二「今の世の人心、同じ風味なる藻魚を喰はず、危き鰒を喰ふ」。

二四六 **御寺へのあがり物**　相続人がない場合には、町年寄・五人組が立会って、縁故者を吟味して遺産を引渡すとか、或は全く系累なき場合は菩提寺に寄進するとか、便宜の処置をとる。

二四七 **二日払ひ**　大矢数、二五「揚銭は二日払に定まれど　まだ醒めやらぬ付ざしの酔」。好色盛衰記、一ノ一「されども二日払に朔日の夜の寝覚のよき事ひと助かりなり」。置土産、四ノ三「つれ添ふ女房の夜着蚊屋まで質に置き、二日払ひの間を合せ」。傾城犧昭君「挙屋よりは毎月二日払に、しのぶが揚銭に一言にてもいひぶん聞(か)ぬ事なく」。

二四八 **頼朝公より西行法師に給はりし鍚の猫**　吾妻鏡、六、文治二年八月十五日「二品(頼朝)御ニ参詣鶴岡宮一、而老僧一人徘ニ徊鳥居辺一、恠レ之以ニ景季一令レ問ニ名字一給之処、佐藤兵衛尉憲清法師也。今号ニ西行一云々。仍奉幣以後、心静遂ニ謁見一、可レ談ニ和歌事一之由、被ニ仰遣一、西行令レ申ニ承之由一。廻ニ宮寺一奉ニ法施一、二品為レ召ニ彼人一、早速還御、則招ニ引営中一、及ニ御芳談一、此間就ニ歌道並弓馬事一、条々有下被ニ尋仰一事上(下略)」。

同、文治二年八月十六日「午剋、西行上人退出、頻雖二抑留一、敢不レ拘レ之。二品以二銀作猫一、被レ充二贈物一、乍レ拝二領之一、於二門外一与二放遊嬰児一云々。是請二重源上人約諾一、東大寺料為レ勧二進沙金一、赴二奥州一、以二此便路一、巡二礼鶴岡一云々。陸奥秀衡入道者上人一族也」。この金の猫は、癸辰の生れで、癸辰の年の辰の刻に五十七で死んだ、今橋の分限の生れかわりということになっているが、これは三世相に想を得て、俳諧化したのである。癸辰という干支はないから、壬辰の誤りとすれば、文禄元年壬辰出生、慶安二年己丑五十七歳死去で、壬辰の年ではない。いずれにしてもこれは誤りであるが、三相小鑑(延宝八)十干生年吉凶之事に、次のように説く。「▲みつのえ　豊陽の枝に生るゝ人は、少ふく有、心しづか也。春秋の生れは大によし、夏冬の生れはひん也…せんぜはあふみの国のあかいぬにてあり、そのときのしるしには、みぎのかたにほくろあり、らいせにはゐのしゝとむまるべし」。「▲みつのと柳復の枝にむまるゝ人は、かうさくにえんあり。みめよければこゝろ正じきなり。つねに人にそねまるゝ事あるべし。いづれもすぢめにて、たんきなり…せんぜはいせの国あねがこほりのうしにてあり、むかしたいじんぐうへつかへしそのゆへに、今人げんとむまる。三づぢごく・ちくしやうだうの身なり」。

二四九　**毎日勘定に出合**　分散は多数債権の競合する場合に行われるものだから、債権者も多いので、債権取立てについては債権者集会を開いて、全財産の評価をし、評価額が全債権の幾分に当るかを算定した上で、分散実行に同意を与え、換金し得る家財を入札売却して後、各自の債権額に応じて割賦勘定をする(中)。そのために、時間と費用を浪費することが甚だしかった。

二五〇　**中間事に始末する人なく**　分散勘定に要した一切の費用は、債権者仲間で平等に分担することになっている(中)。随って出費を始末する観念が少い。但しこれを、民事訴訟法における仲間事と解釈する説(真)もあるが、近世民事訴訟制度の研究(小早川欣吾)によれば、仲間事とは、多数人が普請工事その他の諸請負事を引受け、利益金を割合勘定にすべき連判証文を作成し、しかして請負事終了後利益金配分につき当事者間に争を生じた事件をいうのであって、幕府法においては芝居木戸銭・無尽銭をもその中に包括し、かかる当事者間の内部における争は相対次第で解決すべきものであるから、特に仲間事として訴訟不受理の制を採っている。但し青果はこの仲間事の解釈及び範囲について、江戸と大坂とで慣例上の相違があり、元禄前後の大坂における判例によれば、分散の如きもやはり仲間事の一つとして取扱われていたというが、その例を知らない。第三者に影響を及ぼさざる多数人間の内部関係なること、内容が利益配分に関連することという二点においては、分散も仲間事の中に包括されるかも知れない。しかしよしそうであっても、この場合、わざわざ訴訟法上の仲間事を持ち出して来るには及ばない。またそれでこの一節を解釈することは出来ないと思う。

二五一　**大津にて千貫目借銭**　永六ノ四にも「むかし大津にて千貫目のさし引を、世界になき事とさたせしに」とある。或は大津の米問屋奈良屋の倒産事件をいうのであろうか。詳しいことは判らぬが、奈良屋は、「大津奈良屋に来たりやこそ、踏みもなろたよ碓(からうす)を」と俗謡にも歌われた米問屋であるが、貞享以前分散したようである。

二五二　**近年、京・大坂に、三千貫目・弐千五百貫目の分散**　町人考見録、元、大黒屋徳右衛門「新町二条上る東側上より角に住す。是も長崎問屋致し、方々借銀千二百貫目不足有レ之、時の御奉行板倉周防守殿任二古例一、獄門被二仰付一候」(狛平治日記には、寛文九年酉八月廿七日、総高弐千七百貫目程とあり)。同、元、小牧宗右衛門「又々四十四五年以前、二代目惣右衛門代に、四五千貫目計方々に借銀出来、身上潰れ申候」。狛平治日記、延宝九年の条「一、同年五月下旬比、三条通梅忠町小牧惣左衛門と申(ス)者身躰破滅致シ、四千八百貫目負(セ)方之人数借シ方弐百人之余有之ト云(フ)。親ハ東洞院四条上ル町居仕、法躰順故ト云(フ)」。

二五三　**六分半(の分散)**　分散の標準は好色敗毒散、一ノ二に「按のごとくその年の霜降月、世間へ断申され、預け銀四歩、買掛り六法をもつてあつかふ事となりぬるに」とある。大体において四歩が普通で、悪いのになると三歩二歩というのもある。今様二十四孝、五ノ四「されば今の世の姿、四歩にてあつかふは極意、五歩にてすむつもりと心得、六歩出せば上々吉のつぶれ、負せかたより草履をぬいで腰をかゞむる事なるに」。好色敗毒散、四ノ三「されども今の代のすがた、四歩出せば上々吉の身体倒」。子孫大黒柱、六ノ二「勘定して四歩にあたれば今の世の倒人にはめづらしきよい分散なり」。世間手代気質、四ノ一「凡三歩に廻れり、尤二歩に廻る分散も世になき事にはあらね共」。

二五四　**高野山に石塔を切て**　高野山の金剛峰寺(こんごうぶじ)は古義真言宗の総本山。山容八葉蓮華をかたどり、この世における上品上生の浄土とて、宗旨によらずこの山に納骨・建碑する慣習がある。

二五五　**安倍川紙子**　静岡市史、二「紙子は徳川時代に於ける駿府の名産であって、紙絹・紙衣・楮衣・加美古などと記し、駿河国新風土記・駿河記等に次の如く見える。「寛永年中由比氏の浪人八幡村に住し初めて安倍山中より出づる楮紙を以て紙衣を作る事を工夫し、之を製して府の新谷町にて売出しゝより、府中の産物となりて往還通りに之を製造し且つ売る人多くなれり」。この紙子は衣服に使用する外に、足袋・紙子羽織・畳の縁などにも用いた」。

二五六　**神の折敷**　神道名目類聚鈔(元禄一五)三、祭器の条に折櫃の図を掲げ、「小を俗に神の折敷と云ふ」と注している。

二五七　**桔梗染屋**　近代世事談、一「承応のころ、京長者町桔梗屋甚三郎というもの、茜を以て紅梅(もみ)にひとしき色を染出す(又中紅と云ふ)。世俗の曰く、此の甚三郎は貧乏神を祭りて富貴となれり。其の神像は藁にて作り、紙を以て冠衣服とし、旦暮これを祈りしと云へり」。桔梗染は、懐子(万治三)「かたびらや藍より出て桔梗染　重長」、続山井(寛文七)「うす霧の中の紅葉や桔梗染　吟習」などと見える如く、明暦・万治頃からの流行で、下染を空色に染め、その上に紅花汁または蘇枋木汁をかけたもの(諸色手染草・染物秘伝)。甚三郎はこの桔梗染において、紅花の代りに蘇枋木を用いることから、中紅の染め方を思いついたのではないかと思う。万買物調方記(元禄五)によると、「京ゐの熊丸太町上ル桔梗や甚三　本田中務少輔殿・本田下野守殿ごふく所」とあり、松平加賀守呉服所桔梗や六右衛門(下立売衣棚角)・松平阿波守呉服所桔梗や又作(下立売小川西へ入)・戸沢能登守呉服所桔梗や平兵衛(室町)等、いずれもその一統であったようである。「念仏ヲ尊信スルコト至(ツテ)深切」(閑際筆記、上)であり、「洛中洛外の神社仏閣に、大坂北浜桑名屋仁兵衛・京かまの座きゝやう屋甚三郎が常夜灯を寄進せざる所なし」(子孫大黒柱、六ノ二)といわれたが、女敵討に逢うて斬殺せられた。狛平治日記(京烏帽子屋町住)「一、同(延宝九)年八月十六日、則彼岸也。上京ノ桔梗や甚三郎ト申(ス)仁ヲ、上様ノ御装束師ノ弟助之進ト申(ス)者切(リ)殺(ス)也。所ハ百万遍ノ阿弥陀堂ノ前ニテ打殺(ス)也。意趣ハ女敵也ト云々」。

二五八　**筑前にかくれなき舟持**　博多津要録(福岡県史資料、二所抄)二に「一、金屋町伝三郎船、荒戸にて破損仕る事　同(寛文十一年)十二月」、「一、浜小路町さら屋市右衛門酒を、ならや番に居申(す)伝三郎旅に売(り)に参(り)候に付、科銀之事　同(延宝三年)四月。○市右衛門は酒林引(か)せ科銀三枚、伝三郎は町中へ預ケ科銀壱枚」と見える。たまたま金屋町の名に引かれて思いついたのであるが、持船破損のため逼塞し、一時無届けで酒の持ち商をして科料に処せられたという点、本章の主人公の経歴とやや相似る所があるように思われる。

二五九　**樋の口屋**　大矢数、一九「しはひが劫じて波の夜昼　此堤一度にきるゝ樋口屋　外科も懸って堺寂しき」。子孫大黒柱、五「こゝに泉州堺中浜に銭屋宗安といへる人、一生ものゝついへをかなしみ、明(け)くれ商にゆだんなく、大ぶんの金銭を仕出来(しで)し、堺長者のゆび折にも三番とは下らず。天下一番の簡略者樋口屋かたより、ある時柿の葉に手がみを書(い)てこしたりしさへ、さのみよいとは云はず。その返事を使の者の背にかいてもどし、これ柿の葉ほどの事にても、人は徳とるふんべつ朝夕わすれまじきと、手代どもに云はれし」(真)。使の者の背中に手紙の返事を書いた話は、他にもあるが、この「天下一番の簡略者」といわれた樋口屋と、本章の主人公樋口屋と同一人であろうか。青果は、念仏寺文書(堺市史、資料編)の天文四年乙未卯月二十八日付寄進者連名から、市小路ひのくちや三郎太郎・甲斐町ひのくちや助三郎・大道町ひのくちや三郎太郎・同中浜ひのくち藤三郎の名を拾ひ、また宗及茶湯日記の弘次二年茶人連名から堺のひの口や三郎左衛門の名を見出して、当時繁昌の富商らしいと記しているが、江戸時代以前から堺に樋口屋を名乗る町人がいたというだけで、詳しいことは不明である。

二六〇　**呉服所の何某**　日本及日本人(昭和五年十二月一日号)連載、西鶴輪講第十回に、遠藤追記としていう。「呉服所の何某、これについて思ひ浮ぶ事は、かの扁額軌範初篇にも見えて居る…「掛奉御宝前、願主三井三郎左衛門、寛永十五年六月吉日、長谷川甚忠筆」とある牛若丸に弁慶の扁額、現に清水寺の宝物としても名高いものがある。その三井は室町御池之町西側に住居した呉服師の一人で、今の三井家の一族であつて、六軒役と四軒役の免除を受けたといへば、西鶴時代にも無論聞えた筈」。但し、右扁額軌範、初篇(文政二)の図は、模写の際の誤りがあると思われるので、武者雛形(正徳六)によって図を掲出しておく。⇩附図。因みに三井三郎左衛門の伝は、町人考見録、亨に詳しい。

「一、元祖浄貞は宗寿抔(など)の兄也。若き時分世話なども致されし故、段々浄貞店繁昌し、身上よくなられ候。浄貞今の室町御池町、近頃まで押小路通無レ之、薬師町と並び有レ之処、今の居宅は北隣薬師町百足屋がやしきともと一所にて、凡(そ)廿間々口程の地、屋舗計を銀百貫目に相求め申され候。薬師町分は御池町なれば、彼町より望みにまかせ附(け)遣(は)し申され候。其頃迄は室町五町の内、右の通家屋舗高直に有ㇾ之。扨浄貞は極(め)て大気成(る)人にて、衣棚の方に常舞台を建(て)置(き)、伜三郎右衛門に能をいたさせ申され候。其頃五六千貫目の身上と風聞致し候。元祖浄貞は五十年已前に相果申され、二代目三郎左衛門後紹貞といふ。親の代より結構にそだちて、曾て商人心は無ㇾ之様に栄耀に暮し、茶湯道具数多買上(げ)、数寄屋を建て慰み、後は聚楽にて松屋町通に引籠り、あくまで心奢りて様々普請し、庭数寄・歌風流成(る)事人に越(え)、盤将其外遊芸に能(く)達し、町人には無類の栄耀者也。夫ゆへ中々商用には不ㇾ構遊び暮し候処、紀州御家細川殿に四千貫目取替有ㇾ之、右の銀子皆々滞り、とても融通も出来兼候得ども、江戸店の余沢にて兎も角も暮し居ける。前々の様になくとも、先々一生無事に暮し申候」。(日本経済叢書本は元祖浄貞と二代目紹貞とを前後して誤記しているから、改めておいた)。浄貞は三井八郎兵衛高俊の長男、通称三郎左衛門、字俊次、これを釘抜三井という。寛文十三年七月十四日没、京都大雲院に葬られた。法名松誉真蓮浄貞居士。二代目三郎左衛門紹貞は、元禄十五年十二月二日没、葬地初代に同じく、法名清誉浄(ママ)貞蘇安居士。俳号を破暁と称した。八郎兵衛高利宗寿が最初商業の実務見習のために江戸に下ったのは、この元祖浄貞の本町四丁目の小間物見世であった。

二六一 **貧乏神** 古く発心集に貧報の冠者が三井寺の貧僧にとりついて離れぬ話が見え、砂石集にも尾州の円浄房が貧乏神を追う話が出ている。十二月晦日の夜桃の枝を持ち、呪を誦して門外に打払い、門戸を閉ずという法は、中国の送窮の式を摸したものであろう。江戸時代に入ると、俗神道でもこの送窮の式を取入れている。海保青陵が「大阪にては豪富の家には皆送窮の式ありて、毎月毎月つごもりにはきつと貧乏神を送ることなり。是れ即ち貧をいやしと思ふことをわすれぬ為なり。京にも江戸にもこの式なし」(論民談)と記しているのは、この俗神道の送窮の式がさらに一般化したものであろう。青陵によると、毎月晦日にその家の番頭自身、台所にて焼味噌の玉二つ大きく作って焼く。貧乏神は味噌を焼く匂いを好むという俗信があるからである。焼味噌の玉の一つを割って台所中を持ち廻り、台所に集った貧乏神を中に閉じこめるという意味で、最後にその口を堅くしめる。他の一つも同様にして家中を持ち廻り、貧乏神をことごとく誘いよせて口をしめ、最後に川へ流すというのである(稽古談)。しかし桔梗屋甚三郎の時代には、まだかくの如く儀式化されていないから、桔梗屋の貧乏神を祭ることは、窮した揚句に考えついた貧乏神調伏の法であろう。貧乏神を祀って逆に貧乏を超剋する話は、好色万金丹(元禄一〇)ノ一に三千貫目の身代になった糠買についても伝えられている。

二六二 **小紅屋** 京雀跡追(延宝六)中ノ一一、烏丸通「盧安町 典薬のかみろあん法師此町に家あり。もみべにそめや 小紅や和泉と云。むかし土御門の内裏と申せしも此町にありとかや」。橘窓自語、九「烏丸上長者町北西角、小紅屋といふ家の井は名水にて、むかしひでりの比、この水を公家にめされしことあり。その時速水といふ称号を給はり世々つたへ称して、近世乱舞の小鼓者に、速水六郎兵衛といひし者、此家の人なりしが貧乏にくるしみて、小紅屋を人にゆづり相続させたりしより、小紅屋の名のみのこり、速水の号をうしなひたり、をしむべきこと也。ある老人の物語に、この小紅屋の井は、むかし半井家の井にてありしといへり。さることなるべし。いまに此町の名を驢菴町といへり。此町に医師の半井家の住(め)ることは、烏丸光広卿の歌にてもしるべし。今時の醍醐殿の敷地は半井の地にて、むかし醍醐殿へ参らせし也ときけり。その時小紅屋は、なかばをわかちつかはしたる也。小紅屋もと半井によしみあるものなりとき丶たり」。

二六三 **蘇枋木の下染** 樹幹の削り屑の煎汁に錫塩・明礬等の媒染剤を加えると、不溶性の赤色染料になる。本紅は鬱金粉(うこん)で下染した上を紅花の溶液に梅酢を加えたもので上染するが、これは鬱金粉の代りに蘇枋木を用いた点が新工夫であろう。当時、本紅に対して中紅と称した。

二六四 **天命をしらず** 河内屋可正旧記、一八「食物は一日に二度三度、夜食なんど調(へ)る者も有(り)。是に風味をこのみ料理を調へる者は、在家・出家・田家・商家、一人も進退(身代)の長久なる事有間敷と思ふ。其故は、麁飯麁茶をくらへと、御公儀様より常々仰付(け)させらるゝ所に、是に背く事、天の恐れもいかならん。又美食を好む家には日々に費多し。夫天道は費をにくみ給ふと云(へ)り。第二に美女を愛する家。第三に相撲あやつり哥舞姫(伎)等の見物事に、提重・食籠・酒肴を調へ、度々出る事。…第四に生類をころして味ひをたのしむ事。第五に酒宴に長ずる事云々」。

二六五 **銀の生る名木** 輪講第十七回(日本及日本人、昭和六年三月十五日号)、遠藤氏追記に、「ここに皆様御存知の「かねのなる木の図」、東照宮と細川三斎公と合作の古き一軸を御覧に入れます。尚これを塵劫記の、「鐘・音・百・八・人・間・福・禄」等の樹木に文字の書いてある図様、あれが即ち銀のなる木の根元だと、松屋筆記に注意されましたについて、今色々と穿鑿して居ることもありますが、略しました」。塵劫記巻頭の樹木図云々のことは容易に信じられないが、家康・三斎合作の図があったということは初めて知った。いずれそうした教訓的意図から考え出された「銀の生る名木」というものがあったのであろう。

二六六 **長者町にすめり** 京都坊目誌、上京乾、上京第十三学区「△仲之町 中長者町通新町より西洞院までを云ふ(開通天正年中)。町名起原 始め単に長者町と云ふ。仲之町は長者町中之町を略せしなり。相伝ふ延宝より安永の頃まで、本町に桔梗屋甚三郎と云へる富商あり。其先、遷都の時奈良より移住せし家なりと。此宅に証文塚と唱ふ碑石あり。面に佐々木有則の数字を彫る。中長者町の号は之より起るとも云ふ」。これによると、桔梗屋は佐々木氏を称していたようである。その証文塚はまだ確かめないが、恐らく大名貸しの古証文を埋めたものであろう。

二六七 **今程舟路の慥成事** 江戸時代の商品輸送は、専ら海路によることが多かったので、西鶴にこの言葉のあることは首肯せられるが、航路の改良・整備、海難防止或は救助の対策が講ぜられて、一段と航海の安全度を高め、海運の発達を促したのは、河村瑞軒による寛文十年の東廻り航路(川口・江戸間)、寛文十二年の西廻り航路(酒田・下関・大阪・江戸間)の開発・整備であった。これによって従来から開けていた西海舟路(大阪・長崎間)・北海舟路(松前・下関間)・南海舟路(江戸・大阪・伊予間)・東海舟路(江戸・奥州間)が一環の交通動脈として組織化され、商品の全国的流通が安全かつ円滑に行われることになった(樋口雪湖、江戸時代の交通文化・古田良一、東廻西廻海運史の研究)。

二六八 **大商人** 寛文十二年長崎市法貨物商法の制定に当り、長崎商いに参加する諸国商人を、長崎を除く江戸・京・大阪・堺の四ヵ所に分属せしめ、寛文七年以降五ヵ年間の平均を以て、大商人・中商人・小商人の三等級に分って三十二段階の商品引受高を定め、さらに五ヵ所商人の総貨物高を決定して遵守せしめた。但し初めて取引に参加したものは、所持銀高に応じて二十二段階に分ち、割付を行なった(箭内健次、長崎)。長崎商売の大商人とはかかる特別の意味を持つものである。

長崎根元記、六七、商人貨物銀高大中小を被定事

「一、銀高十八貫目より三十三貫目迄は　大商人

一、銀高八貫目より十七貫目迄は　中商人

一、銀高三貫五百目より五貫目迄は　小商人

右之通相極(ま)る。五貫目より已下五百目までも有レ之、いづれも小商人也」。

二六九 **唐へなげがねの大気** 御朱印船貿易時代は、中国人商船はもとより御朱印船に銀貨を委託して、中国・南洋地方において取引せしめ、帰航後その利益を配分せしめる。委託者の中には、自己資本以外に他の投資家から借り出した金を以てする者もあったが、これを委託せられた船主は、渡航先において銀を高く売って商品に換え、帰国後その商品を売却して銀貨に換え、委託者へ契約による利息額を加えて償還した。正銀の委託・貸借期間は一航海半ヶ年、投資額は銀六貫目から五百目、しかもその間海難の危険も予想せられるので、利息は三割半乃至十割の高率で、よほど度胸がないと出来ぬ冒険であった。寛永鎖国以後は自然とすたれたが、なお中国人商船に対する投げ銀は引続いて行われていた(岩生成一、御朱印船貿易の研究外)。

二七〇 **木は木、銀は銀に** 譬喩尽、六「木は木金は金と分くる者(わ)」。海陸後集「紅梅や田舎は木は木金は金」。

二七一 **対馬行の莨菪** この朝鮮向けの箱入り刻み煙草は匣煙と称して、朝鮮から中国に転売せられたらしく、ここに記すところと同様の事実が浙江省の海関であった。すなわち通航一覧、一一三所引、諸家随筆に、次の如く見えている。「浙海鈔関則例に、倭の匣烟といふ事あり。知らざれば長崎の人に尋(ね)しに、まへかたは日本の煙草を刻みて箱にいれて、匣煙と云て唐人へうりたり。其後かのたばこに水をうち、しめりをかけて目を重くしたりしゆゑ、唐へかへる船中にてたばこ腐りしによりて、今は持(ち)ゆかずと也」。その年代を明かにしないが、永代蔵の記事と符節を合すること興味深い。また対馬から朝鮮向けの煙草の輸出については、遠碧軒随筆に「○朝鮮ニ日本ヨリノ舟付、今迄ハ釜山海也。延宝二年ニ金海(コキ カイ)へ日本ヨリノ望ニテカハル…対馬殿ヨリモ多葉粉斗モ二百貫目ホドノ高ト云。朝鮮ヨリ日本ヘ毎年八木千俵ヅヽ貢納ス。夫ハ対馬殿ヘ下サル」とある。

二七二 **竜ものぼるべき風情** 夏季の急激な上昇気流によって発生渦動する雷雲の形状から、竜の昇天を連想した。地中に潜む竜が昇天する時は、風を呼び雲を起し雨を降らせるという。

二七三 **いはんや人間の気短に** 晋の公子重耳不幸にして国敗れ、五人の

臣と共に斉国に奔る。或日大沢の辺に遊んで、一匹の蜘蛛の網を張って虫を捕える業を見て発奮、帰国して覇業をなしとげたという。符子に出ずるという。

二七四　**其時を見合せ、少しの荷物を仕入**　唐・阿蘭陀貿易の見返り輸出品としては、古銭・銅・小間物・染物・蒔絵道具・伊万里焼・海産物などがあった。

二七五　**人の宝の市**　宝の市とは、単なる比喩ではなく、従来の相対売買に代って、諸国商人の入札による買取り法を採用した、いわゆる市法売買をいうのである。

古集記(通航一覧、一五七)「一、同(寛文一二年)春、段々唐船着岸す。荷役仕廻に五ヶ所商人の内より、糸・端物・薬種あるひは薫物、夫々の目利功者成(る)者一ヶ所より十二人宛撰(び)出し、唐人蔵元にて貨物惣見せ被申付、其時始(め)て検使幷町年寄常行司被附置、目利共に被申渡候は、貨物念を入(れ)致見分、相場を考(へ)相応の直段に何割引落し、夫程下直に目論見《もくろみ》入札可仕の由被申付候。其通に入札仕候を、奉行所にて披き被遂吟味、書付を以(て)唐人共に被申渡候得者、是も無異議請合申候。其後商人共に被申付候は、右引落(し)候歩合ども五ヶ所商人に遣はし候間、大商人・中商人・小商人名を書(き)、振鬮にて荒物・端物夫々に鬮に当り候物を可買取よし被申渡候(中略)。商人人数の儀、五ヶ所其外諸国の者、子(壬子)春当地江在合候者、例年異国商売致来(り)、大身小身様子致吟味、大中小を極(め)、夫々の名を書(き)、年番の年寄・所々町々の乙名《おとな》共持寄る札を則箱に入置(き)、右の通の貨物色立一通り読上げ、右の鬮を箱より振落し候札を披(き)、縦《たとへ》ば糸にて候へば糸の品記し、大中小段々記し置(き)、糸惣銀高に相応まで振出し、其商人中に右の糸を渡す。其外の貨物いづれも右の通にて相渡之。商人右の通鬮に取当り候者ども、夫々に組合(ひ)、右の貨物請取(り)候。然れども大勢ゆへ貨物にては分(け)取(り)候事難ㇾ成、早速入札にて相払(ひ)候へば、少々利も有之、目利ども目論見候引落しの歩相ともには高利有之候。其銀組合の商人御書出しの通、銘々買高に合(せ)割付配分す」。

阿蘭陀貨物についても、同様の方法が行われた。そして大商人・中商人・小商人に対する貨物割当高が定められているが、博多の金屋は持銀二貫九百匁の小商人であるから割当て高も少く、入札に加わっても人に取られるのが落ちであったろう。

大商人(一人に付)　糸端物一通り三貫四百目宛、荒物一通り二貫五百
　目宛、薬物一通り一貫三百目宛。
中商人(一人に付)　糸端物一通り一貫五百目宛、荒物一通り一貫目宛、
　薬物一通り五百目宛。
小商人(一人に付)　糸端物一通り八百目宛、荒物一通り六百六十匁宛、
　薬物一通り三百六匁宛。

二七六　**定家の小倉色紙**　定家自筆と称する色紙百枚は、もと一雙の屛風仕立てにして伊勢国司北畠家に伝来、その一隻が連歌師宗長に譲られ、他の一隻は伊勢において焼失した。この宗長所持の屛風の色紙五十枚が後世諸家に分蔵されるに至った(老人雑話、下)というが、これには異伝があり、伊勢国司を蒲生飛驒守秀行とし、宗長を町人とし、蒲生家の五十枚は焼失し町人所持の五十枚が伝存したという(雑話抄)。玩貨名物記(万治三)所収二十八枚、不断重宝記(元禄四)、茶湯名物御持来之記所収二十五枚、古今名物類聚所収二十七枚、集古十種所収三十三枚、その内共通するものを除いて全部四十二枚になる。但し一首の歌について二枚・三枚もの定家自筆と称するものがあるから、勿論真偽のほどは疑わしいが、高橋竜雄著、茶道名物考(昭和六)後篇、小倉色紙の話によると、昔から定家の小倉色紙は一万両と位づけられていたもので、紀州家の「こぬひとを」は三万五千一百円の高値を呼んだ。松平不昧所持の「よのなかよ」は灰屋紹益が吉野太夫に与えたもの、不味の道具帳に大名物以上の宝物に編入してあるという。

二七七　**大ゝ神楽**　宇治山田市史所引、橋村正璟手記「さて師職家に於て行ふ神楽に、大ゝ神楽・中神楽・小神楽あり。大ゝ神楽は重に関東・奥羽の参宮人の奉納する事なり。其の他諸国にもあれども、関東程にはあらず。四国にては阿波・讃岐・伊予などは稀で、九州は皆無といふも可なり。故に福島・橋村・高向等の諸家には神楽殿の設けなし。大ゝ神楽之参宮人は、国を発する時何日に伊勢に着すとの予報ある故、松坂或は小俣まで迎に往く。皆駕を以てす。師職の邸に着するまで途中銭を投げゆく。師職の宅には玄関・表門・周囲に清竹を植て、しめを張る。翌日両宮参拝皆駕に乗り、国によりて両宮・二見・朝熊に往く、此を大廻りと称す。了て神楽を奏す。其日は式之膳とて盛饌を供し、大鳥の吸物あり」。

神楽奉仕者は執行人(楽人)と白人とに分れ、男五十二人・女五十人合計百二人の大一座で、初穂料の多寡に従って大ゝ神楽・大神楽・中神楽・小

神楽と等級があり、出勤人数・役料に相違があった。江戸町人分銅屋の参宮の条は、全くこの橋村手記を髣髴させるものがある。

二七八　**御師**　御師は公式には師職と称し、民間私人の祈禱・奉幣・神楽・祓頒布等を取扱う者。神宮家・年寄家・平師職に分れ、年寄家以上と平師職とは格式・権限に大差があった(宇治山田市史)。

二七九　**諸国檀那まはりのお定りの状**　一例として、島原の角屋に伝わる祝儀状を紹介する。

尚ゝ旧冬御初穂 白銀壱両 青銅拾疋 被献之、目出度神納仕候、則
御祈念無間断申上候、以上
一　筆啓上仕候、先以御清福可被成御座、珍重奉存候、依而如御吉例、御祈禱執行仕、御祓大麻進上之仕候、幾久御受納所仰御座候、弥於神前、御家運長久之旨奉抽丹誠候、猶期後喜之時候、恐惶謹言
九月吉日　　十文字太夫
重則(花押)
角屋徳右衛門様
御人ゝ御中

二八〇　**人の気をくみて商の上手は、此国なり**　人国記、上「当国の風俗、南北各別なり。南伊勢の人、其の心入は、土にて作りたる器に漆にてぬりて、其上に金銀の色どりをしたる如し。誠に言の躰はしをらしく、山城の人と同じといへども、心の底は甚だ欲ふかく、親は子をたばかり、子は親を欺く。万事につきてきたなき意地也」。

二八一　**「浅ましや心ひとつ」といふ一節**　普通「間の山節」の名で知られているが、織留には「伊勢節」と記している。「浅ましや」の一句を以て歌い出したことは、一代女、六ノ二「所がらとて間の山節、あさましや往来(ゆき)の人に名をながすと、いづれがうたふも同音にして、をかしかりき」。織四ノ三「中にもおたま・おすぎとて、ふたりの美女あつて、身の色を作り、三味線を引ならし、あさましや女のするゝと伊勢ぶしをうたひける」等とあることによって知られる。

神都長嶺記「ゆふべあしたの鐘の声、諸行無常と響けども、聞いて驚く人もなし」。山東京伝、二見の仇討(神都名勝誌所引)「我に涙をそへよとや、ゆふべあしたの鐘の声、寂滅為楽と響けども、聞いて驚く人もなし。野辺よりあなたの友とては、けちみゃく一つに珠数一れん、これが冥途の友となる」等は、「浅ましや」の歌い出しを省いたものであろう。

増補松の落葉、五、間の山念仏「二上り　うき事を思へばいとど胸の火の、消え易き身といひながら、輪廻のきづなにつながれて、なむ阿弥陀〱〱。夢のうちなる夢の世を、さとらぬ事のはかなさよ、なみあみだ〱〱。野辺よりあなたの友とては、胎蔵界のまんだらと、血脈一つに珠数一れん、なむあみだ〱〱〱」(大)。

二八二　**講参り**　町・村などの地域団体、或は商売仲間などの職業団体の間で、家運長久子孫繁昌の祈願のために、伊勢参宮を目的とする講を組織し、その代表者が毎年もしくは隔年に、積み立てた掛銭によって参宮、神楽を奉納する。普通これを伊勢講という。今その一例を貝塚市史、三の伊勢講帳(享保二年九月、講員各村十二名)によって挙げる。「右以伊勢講興行之意趣ヲ、太々神楽執行致(シ)度(ク)候ニ付、此度講中催(シ)仕(リ)候。則(チ)正・五・九月壱ヶ年ニ三度ツヽ会合可レ仕候。尤宿本之儀ハ廻リ宿ニ相勤(メ)可レ申候。料理ハ壱汁弐菜ニ相極(メ)申候。此外支度有レ之候共、仲間申合(セ)給(ベ)申間敷候。懸ヶ銀之義ハ枕掛壱人前参拾目ツヽ、末ハ一人ニ七匁宛掛ヶ可申定也　丁酉九月十一日」。享保九年改正の申合には、寄合の節掛銀三匁宛を醵出、二年に二人宛講中より代参派遣、御初穂・道中雑用は毎年の掛銀の内より支出のことと定められている。

二八三　**嶋原正月買**　島原では、大晦日から正月三日までを「正月」といい、年中物日の大物日とする。正月買には揚銭の外に庭銭の負担があり、また正月続き(四日・五日)・節分の物日も引続いて買わなければならぬ風習であったが、それだけに正月買は買手の名誉とせられていた。

二八四　**お白石まく親仁**　御遷宮の行事の一として、正殿瑞垣御門内に敷く玉砂利を神領の民が奉仕して運搬するのを「お白石持」というが、ここは遷宮の時の「お白石持」ではなく、常の日においても所願成就の報賽として参宮者が寄進する白石を、下馬所において受附けたのであろう。蟄居紀談、上に天和三年紀州の女房七度参りの事を記した条に、「下馬所白石拾清左衛門」の名が見えている。これは明治維新前まであったらしく、青果の西鶴語彙考証に、「お白石蒔きの親仁とは、明治維新前まで、外玉垣御門(一に第四御門といふ、現今一般参拝者の拝するところ)内にて、屏風をたて、その内にて参拝者に白石を売りし者があつたのである」と。

黒川道祐、上賀茂行程、七野社の条「凡男女所願成就時白沙携へ来テ社辺置レ之、是報賽之徴也」。

二八五　**松原踊**　寛永十二年跳記、伊勢踊「これはどこ踊、松坂越えて伊勢踊」。紫の一本「松坂越えてやつこの〳〵、はつあよいやさ、爰に一つのくどきがござる」。この伊勢踊の唱歌の「松坂越えて」を、「松原越えて」と歌い替えたもの。二代男、七ノ二に「只今そしる女の足は、松千代が松原踊の足元よりは、殊にさもしけれども」とあるから、京都の乞食の踊を逆輸入して、間の山の子供乞食が踊ったのであろう。

二八六　**都伝内・いにしへ伝内**　諸由緒覚(享保五年十一月書上)橘町三丁目源兵衛店、いにしへ伝内「右伝内儀、六拾年以前(万治三年)神田明神於二社地一、久三郎と申(す)放下師に而小芝居仕(り)候。其後堺町に引越(し)、伝内と名を改(め)小芝居仕候処、其節上方より放下師罷下(り)、都伝内と申(し)堺町に而芝居仕候に付、前かどより有レ之候伝内をいにしへ伝内と申(し)、右両人堺町にて銘々芝居仕(り)候処、四拾年程以前(延宝八年)迄、両人共に芝居仕(り)候。其後相止(め)候。只今に至り大芝居取立之儀、願人有レ之候得共、難二相成一義に御座候間、私共に而取上(げ)不レ仕候。以上」。

従来堺町都伝内座の最初を、都座再興口上書(文化一三年書上)・むかし〳〵物語等によって、寛永十年正月廿二日としているのは誤りで、伊原青々園の歌舞伎年表によると、中村勘三郎座外小芝居とも祢宜町から上堺町へ引越したのは慶安四年五月のことであるから、少くともそれ以後のことでなければならないが、放下師久三郎が神田明神の社地を引払って堺町に移り、伝内と称して放下・子供狂言の中芝居を取立てたのは、諸由緒覚によれば万治三年、都座再興口上書によれば明暦三年ということになっている。すでに松平大和守日記・明暦四年四月十六日・十七日の条に、酒井町都伝内座にて島原狂言二番見物の記事が見えているから、明暦三年の江戸大火を機会に、芝居町の堺町へ進出したと考えてよいであろう。しかるに寛文元年十月に至って、一座仲間割れして、脱退した役者だけで新芝居狂言尽しの一座を取立て、新都伝内座と称し、ここに新旧両座が対立することになった。(但し大和守日記、万治三年七月二十七日の条に、すでに「古(いにしへ)都・日向太夫座」の名が見えているが、これは新旧両座に分れてから遡って、両座を区別して書いたものと思う)。

△当十月より古伝内座われ、役者大勢取(り)のき、新芝居狂言づくし取立(て)申(し)候。(役者覚省略)　右之通取立(て)、霜月四日より芝居仕(り)候処ニ、古伝内・勘三郎ニ仕負(け)、当正月(寛文二年)よりハ難仕候。乍去何とぞと心がけ申候よし。

寛文二年刊行の剝野老(むきところ)の挿絵には、堺町中村勘三郎座の向い側に、都伝内・いにしへの両座があったように記されているが、牟芸古雅志(むぎこがし)下所載、延宝九年堺町葺屋町之図には、堺町北側中村座の並びに伝内、葺屋町市村竹之丞の筋向い北側に、居合兵法の藤牧嘉信と並んで都伝内の名が見えており、貞享元年刊行の野郎三座詫(さんざたく)所載の芝居町の図には、葺屋町北側市村座の並びに都伝内芝居の名が出ている。これは天和二年の大火後移ったのであろうと思うが、堺町の伝内が実は新伝内であり、葺屋町の都伝内が古伝内である(俗つれ〴〵、五ノ二の挿絵に、藤牧嘉信の小屋と並んで松田播磨の閻魔鳥の見世物が描かれている。この播磨は古伝内と相座本であった先の日向太夫の受領名である。したがって葺屋町の方が古座でなければならぬ。もっとも同じ挿絵に中村勘三郎座の櫓が描かれていて、必ずしも正確なものとはいい難いが)。大和守日記、延宝八年正月八日の条、堺町木挽町見物之座控を見ると、

(堺町)○籠抜ハ　△竜王蓮之丞座　△飛竜勝之介座　△藤牧嘉信座
△伝内座也　○子供狂言　△万能丸一円　△松村又楽座　此座ニハ
本(とも)伝内、只今都右近と申(し)枕返しも仕(る)よし

とあって、新伝内は一座を解散して松村又楽の子供狂言に加わり、名も都右近と改めて放下芸を演じていたらしい。一方古伝内の方は、天和二年頃まで放下・子供狂言を続けていたようである(大和守日記、天和二年七月二十二日の条)が、天和二年の大火後跡を絶ってしまっている。前記牟芸古雅志ならびに野郎三座詫所載の芝居町の図によると、堺町・葺屋町のいずれにも、両替屋・銭屋の記入がある。しかし本章の主人公分銅屋が果してその中のどれに当るかは不明である。

二八七　**閻魔鳥**　懐硯、一ノ三「是が今日の猿若勘三郎が出て、三拍子そろひ袴の座付、玉川千之丞が狂言とて、人みなしはぶきをやめて、是一番を待(ち)見しに、京で聞(き)たる声にかはらず、面影のかよひ小町、昔を今に見なし、果(て)の太鼓に立出しに、小芝居に播磨が六道のからくり、閻魔鳥は是じやと、簓板たゝき立る中に云々」。

ここに玉川千之丞の江戸中村座出勤のことが見えているから、この見世物も寛文初年、堺町の松田播磨掾がからくり仕掛で見せた作り物であろう。播磨のことは、補注三五五に詳記しておいたから省くが、明暦四年以後松田日向太夫として堺町にからくり芝居を興行し、万治三年七月からは古伝内と相座本で子供狂言を興行している。播磨掾を受領したのは寛文に入ってからで、寛文九年にはすでに鶴屋播磨の名で見えている。

また「播磨が六道のからくり」とあるから、地獄めぐりのからくりの中に、冥途の罪人を追い責める閻魔鳥の作り物をからくり仕掛で動かして見せたのであろう。俗つれ〴〵、五ノ二の挿絵を見ると、居合兵法の藤牧嘉信の小屋の隣が播磨の小屋になっていて、絵看板に閻魔鳥が描かれている。「一日に五十貫づゝ」(十二匁銭として銀六百匁、六十目小判として金十両)の収益があったというから、当時評判の見世物であったであろう。↓附図。

二八八　**便乱坊**　続無名抄(延宝九)上に「近頃道頓堀に可坊(べらばう)といふをとこあり。かしらするどにとがり、まなこまん丸にしてあかく、おとがひ猿におなじ」とあり。本朝世事談綺には、これを寛文十二年春のこととし、「京師・東武におよび、芝居をたてゝ諸人に見せける。これよりかしこからぬ者を罵(の)はづかしむるのことばとなれり」と注する。「べらばう」の語原については、牛馬問に「始も十、中度も十なれば、終り一枚は八九の高目も出んやと楽み開くに、又釈迦十の出る事をいふとなん、阿房らしき事をベラボウと隠語す」とて、もと博奕言葉に出るという。

二八九　**玉川千之丞**　玉川千之丞は、元来京都役者であるが、寛文元年江戸中村座に下り、河内通い(一名高安通い)の狂言を演じて三年間の大当りをとった。男色大鑑、五ノ三に、「十四の春よりも都の舞台を踏みそめ、四十二の大厄まで振袖をきて、一日も見物にあかれぬこと、末の世の若女形是にあやかるべし。河内がよひの狂言ばかり三年があひだ、江戸の人をなびかせ、なをほめ草。野良虫にもこの身の事あだには書かず」と西鶴も記している。河内通いの狂言は、もと杉山丹後掾の浄瑠璃にもとづいて仕組んだもので、古今役者物語(延宝六)にその歌詞が見える。松千之丞が一日小判一両の給金をとったことは、当時の評判であった。松平大和守日記、寛文十一年の条に、「十月十一日聞(く)、堺町・木挽町役者、只今迄は一年を金何程と相極(め)候へ共、左候へば一ヶ月の内廿日も出る事なく、太夫元損あるにつき、出たる日一両づゝと極(むる)役者上々也。其次其役者応之よし聞(く)云々」とあるのは、すなはち千之丞のことなのである。しかしこれは出勤した日一日について一両というのであって、一年三百六十両ずつ取ったというのは西鶴の誤聞であろう。これより先、寛文二年冬の頃、太夫元の中村勘三郎と男色の意趣から、退座して帰洛しようとしたことがあった。同じく大和守日記、寛文三年正月六日の条に「去年鶴屋勘三郎芝居にて出入の様子、八十郎(村山)を勘三郎念比し候所、玉川千之丞もらひ候へ共くれ不申候。其につき千之丞京へ登らんといへば、一座の者共あつかひ、八十郎千之丞心まゝに成(る)よし。千之丞は二百両取(る)よし。又九郎(坂東)八十郎両人〆百十両取(る)よし」と見えている。この事件をきっかけとして、勘三郎との間に溝が出来たのであろう、江戸の舞台の好評を後にして、寛文五年には名古屋の芝居に出て河内通いを上演し、翌六年には江戸に帰ったものの、市村座に出て今川忍び車に出演している。その後間もなく伊勢へ引込んで、寛文九年まで約三年間古市の芝居の座本をしていたらしい。西鶴の書きざまは、千之丞が伊勢へ引込んだまま死んだように受取られ易いが、大和守日記によると、寛文十年正月から再び江戸に下って中村座に出勤している。そして翌十一年五月十四日江戸木挽町において死去した。年三十五六。もっとも役者の年は若くいうのが通例であるから、西鶴のいう「四十二の大厄」に死んだというのが、案外事実に近いかも知れない。松平大和守日記、寛文十一年五月の条「△十四日とやらん玉川千之丞死、木挽町に有之しと云々」。

二九〇　**伝馬町の絹屋・綿屋も同じ棚つき**　大伝馬町の木綿店の建築は全町総箱棟造り銅葺屋根で、屋根に「うだつ」を上げて家々の境界とし、一般の町屋作りとすこぶる変っていた。大火後の復興にもこの様式に変更はなかった(真)。

二九一　**佐久間の面は万の紙売**　大伝馬町一丁目西端より西に入る横町(俚称大横町)を指す。紙問屋が多かった(真)。

二九二　**敦賀の湊**　遠目鏡(天和二)諸事高附に「一、船登り高千八百艘余、但城米船並ニ商人米取」とあり、その移出入品は上方向け米四十万俵余・大豆十一万俵余、北陸向け茶五万本余が主なものであった。

二九三　**上米**　敦賀の駄別銀は、町方小物成の一つで、道口村に番所を置き、ここを通過して京・大津へ送られる上り荷物に対してのみ徴収した、一種の通過税である。敦賀郡誌によると、武藤助十郎支配の時代には駒の口銭と称し、馬一駄または人足一人持の荷物にても鳥目十文ずつを徴したが、大谷吉継領主時代に駄別銀と改め、馬一駄について米一升を徴収した。それが結城秀康の時代に米二升に増し、後世これに由ることになった。但し一々米納することの不便を避けて、札一枚について米二升に相当する駄別札を発行したというが、敦賀の商人は年中下米の平均値段を以て年末に銀納した。京極忠高の時乗掛札一枚半・軽尻札半枚と定まったので、旅客は敦賀の問屋・旅籠屋において、手数料として別に庭米を与えて駄別札を受けることになった。したがって乗掛一疋について札一枚半に相当する米三升と、札一枚に付二升二合五勺の庭米、計五升二合五勺ずつを納めなければならないことになる。その結果、西廻り航路が整備された寛文十二年以後においては、北国・松前の貨客は多く敦賀を素通りすることになり、敦賀の駄別銀収入は減少の一途を辿った。敦賀郡誌に掲げる明暦二年以降延宝八年に至る年間収入の一覧表を見ても、最高三四〇貫〇二四匁(寛文四年)、最低でも二〇五貫四〇五匁(寛文二年)であった駄別銀収入が、寛文十一年に二一〇貫三八九匁、寛文十二年初めて二〇〇貫目を割って一八八貫〇四五匁、延宝八年には又々一九三貫八二三匁に減少している。大判の小判建て両替相場は時によって変動あるべきも、今の場合の如く「判金一枚ならし」という場合には、その表記の如く小判十両相当と考えて、これを駄別銀収入の多少を計る標準としたものであろうから、毎年判金一枚ならしの収入があったというのは、寛文十年以前までのことであったとしなければならない。

貝原益軒、続諸州めぐり(正徳三)上「凡(そ)諸国より爰に舟の来る事、三月の末より四五六月の間多く来る。又北国は寒きゆゑ茶なし。畿内・近江・美濃・尾張より茶を多く持(ち)来(つ)て、此地に売り、北の諸国へつかはす。我国へ帰る時は商の物多く買ひて行く。茶町有りて大なる商家多く、其町長し。茶の問屋多し…敦賀より貝(海)津に行く荷馬、一疋ごとに其征米俗に運上といふ三升五合づゝ城主へ納む。乗懸は五升づゝをさむ。町にて其征を大津の米の直にて奉行に納め、札をとりて貝津の方へ行く時、道の口といふ所の番所にて、馬子其札を納め通る、札なければ通さず。日々に貝津へ行く馬、何百匹といふ事を知らず。昔は其征の利、日々ごとに判金一枚をさむといふ。此二十四五年このかた、加賀の米など積みたる舟、敦賀へ着かず、北海を通り、長門の下関をまはり、大阪へ舟をつくる故、昔の如く其征多からず。是敦賀の征多き故と云ふ」。

益軒が敦賀に遊んだのは、元禄二年閏正月六十歳の時のことであった。したがって「二十四五年」前というのは、寛文四五年に当る。加賀米の西廻り輸送を以て駄別銀減少の原因と考えたのは誤であるが、判金一枚ならしの収入があったのは二十四五年前の頃がその最頂という意味に解すれば、益軒の言葉も首肯することが出来る。

二九四　**淀の川舟の運上**　京都御役所向大概覚書、三、大坂より伏見過書船之事「一、過書船数大小七百五拾艘　支配人 角倉与一 木村宗右衛門　但三拾石積より弐百石積迄、只今有船、公用幷往還之荷物応多少ニ、船数増減有之　一、過書船御運上銀、壱ヶ年ニ銀四百枚宛、大坂御城江上納仕、年中御用役相勤ル　但往古者、右運上銀弐百枚、元和元卯年より四百枚宛上納仕候」。

二九五　**茶の煮殻を京染に用いること**　これは、もちろん利助の買出しの口実で、実際に京染に茶の煎汁を用いることはなかったであろうが、農家などで手織の衣料を茶色に染める場合、茶の煎汁を用いることはあった。まだ江戸時代の文献に接しないが、後藤捷一「染料植物譜」によると、茶の葉のタンニン含有量は一五・〇〇%で、「近藤辰五郎氏によれば、岐阜県下に於ては番茶を濃く煎じ出したる液にて茶色を染むと云ひ、徳島県下に於ても同様、番茶の煎汁を以て白家製織物経糸用の絹糸を染め、地機を以て製織せしことを目撃せし編者幼時の記憶あり。また安河内麻吉氏は、大正五年一月十九日茶葉粉末若(し)くは残渣を苛性曹達を以て煮沸溶解し、之に硫化曹達及(び)硫黄華を加へ、加熱攪拌して黒褐色の硫化染料を製造する方法にて、本邦の特許を得たり(特許第二八八九七号)」という。輪講、南方熊楠追記にも、紀州地方では、茶の葉を煮沸した汁の中へ木綿糸を投じて茶色に染めると糸が強くなるとて実行したという。普通水一升に茶の葉一握りを投じ、煎沸して用い、色留めには酢または明礬を使う。

二九六　**蓬莱は、神代此かたのならはしなれば**　年中故事、一「本朝根元の神父母の本なれば、自凝(おのころ)島に摸し、年始は云に不レ及、万人婚儀には島台を用ひ」。

二九七　**同じ心の春の色**　新後撰集、釈教、権少僧都良信「氷りしも同じ心の水なればまたうちとくる春にあふかな」。

二九八　**年のよる所にて**　本朝二十不孝、三「ことに泉州の境はよろづに古風残りて物ごとうちばにかまへ、律義を本として、人みな花車に世智かしこく灸ばしにて目をつくごとく、其狡しさ息も鼻もさせぬ所なり」。

二九九　**ほらなる金銀まうくる故なり**　俗に山崩れの原因は、深山幽谷に年久しく埋れていた螺貝が、精気を得て土中を飛び出して海中に入るからで、一夜にして地形に大変化が起り、跡に大きな洞穴を生ずるという俗説がある。これよりして、俄かに思わぬ大きな儲けをすることを「螺掘り出したやうな」といい、想像もつかぬ大きなことを「螺なこと」という(譬喩尽)。

三〇〇　**連歌師の宗祇法師の此所にましく**　寒川入道筆記、落書附誹諧之事「昔さかひ(堺)に、柳屋とて身をもちたる人あり。一段と連歌執心のあまりに、宗祇老をまねきよせ、柳屋父子三吟をとのぞむ。則(ち)祇公同心にて、はやはじまる。いまだ賦といふ字もかゝざるに、柳屋門前に
かくばかり　三吟によひ(い)茶一斤まじりけり残る二斤はくらはれもせず、まことに、身をもつたるといふとも、にげなき事はせまひ(い)事ジヤ」。堺の町人に連歌の数寄者があった一例である。この宗祇法師を雛屋立圃のことにしたものもある。
子孫大黒柱、六ノ五「一とせみやこより(伊丹へ)雛屋立圃といへる宗匠を招き、家ごとに会を成しける、中にも油屋の何がしいまだその時代は小身体にて、小売酒屋成しが、猶このみちに執心ふかく、宗匠を招き連中をあつめて、ある夜百韵の俳諧を興行しける、三の折になりて夜半に過けり、ていしゆへ宗匠花をゆるされ、一座も所望のうへ辞退しがたく、前句を執筆に吟じかけられて花の句を案じ、句作り出来て付かゝりし時、門戸をたゝき酒を買はんといふに、ていしゆ一座へことはりをいひて、売場に出て十三文とつて、酒小半しづかに計売てのち、安座してこゝろゆたかに花の句をつけけるこそ、さしも優にやさしくぞきこえし、立圃もふかくこれをかんじ給ひける」。

三〇一　**観世太夫一世一代の勧進能**　狛平治日記「一、寛文十二年壬子九月拾一日ヨリ内野七本松観世太夫能有リ。此根本、観世太夫ト云ハ昔公方ト云テ、天下持ノ小性ニ能ノ上手有之。此小性ノ旦那寺ノ堂破損ニ及ブ時、寺ヨリ此小性ヲヤトヒ四五日勧進能致サセ申ニヨリ其ヨリ事ヲコリテ于今勧進能ト云《ナリ》。芝居ノ材木ハ、諸事京ノ町人ノ内材木屋ヘカカリ、壱人前四分五リンツヽ出ルト云。日用之分ハ京中ヘカヽリ、惣竹之分ハ土手ノ上様ノ竹也。芝居広サハ北南八十間ニ東西七十間有、桟敷ハ以上八十軒有ト云、畳数以上千畳ノ余ト云。京中辻々ヘ之札モ、公儀ヨリ御打被成候。奉行ハ則日向守殿也。　来十一日ヨリ於内野七本松観世太夫殿勧進能御座候。　御望之旁可被成御見物候也。　九月三日　新町四条辻ニ打、室町二条辻ニ打、方々ニ古法之如ク打ナリ」。遠碧軒聞見随筆(嘉良喜随筆、一所抄)寛文十二年の条に、この時の勧進能のことを記して、「○大抵勧進能ハ三日ノ物也。今四日アルハ、一日ハ貫(ヒ)ガ例ニ成(リ)テ四日也。勧世ガ能ノ礼、座ノ外ノ上手分ノヤトイ七人ヘ、銀子五十枚遣(ハ)ス。○又分口(ワケクチ)ハ、一代(ロジ)ト云(フ)ガ百目也。夫ヲ上手分ニハ幾代ト云(フ)テヤルコト也。今度ノ能ニハ銀多(ク)アリタ故、一代ヲ百五十目ヅヽ、ニシタ也。新九郎杯(ドナ)ガ一貫二百目程トナル」という。この時の能組は、天鼓・三輪・道成寺・高砂・松風・千手・江口(平調返シ)・融(酌ノ舞)・安宅(延年)・定家・海士・紅葉狩が四日間に演ぜられ、四日とも最初に翁がついたようである。

三〇二　**金子壱枚宛の桟敷**　狛平治日記によると、寛文十二年の北野勧進能の時は、「桟敷ハ以上八十軒有(ル)内、五十軒ハ銀拾枚宛、残(リ)ハ直段色々五枚・七枚段々有之」とあるが、両替年代記、考証篇によると、元禄七年以前の大判相場は文献を欠如するが、恐らく小判建てで七両二分前後であったろうという。五十九匁替として四百四十二匁余になるから、ほぼ銀十枚(四百三十匁)に相当する。ところが、元禄十五年九月十八日から北野七本松で興行せられた観世太夫織部勧進能内外之絵図によると、桟敷八十四軒が四等級に分れて、銀十枚の上に金十両の桟敷が出来ている。この時は貨幣改鋳後で、大判相場が上って小判十両の値、すなわち、五十八匁替で銀五百八十匁であった。

桟敷之覚

壱番ゟ六拾三番迄　　金拾両宛
　代三十六貫五百四拾目　　五十八匁替
六拾四番ゟ七拾五番迄　　銀拾枚宛
　十二軒　代五貫百六十匁
七拾六番ゟ八拾番迄　　銀七枚宛
　五軒　代壱貫五百五匁
八拾壱番ゟ八拾四番迄　　銀五枚宛
　四軒　代壱貫七拾五銭目
　内壱軒御目附桟敷ニ成

すなわち、判金一枚の桟敷というのは、正面公方様御桟敷を中心に左へ四十一番から一番まで、右へ四十二番から八十四番までに分れている馬蹄形の桟敷の、脇正面から正面大臣柱角にかけての特等席である。元禄十五年の絵図の書入れを見ると、所司代・東西本願寺・幕府御用町人は別として、大黒屋九左衛門(三六)・三木権太夫(三五)・伊豆蔵五兵衛(三二)・三井八郎右衛門(三一)・家原自仙(二)・玉屋忠兵衛(五四)・三井三郎助(六〇)・三井浄貞(六一)等、町人考見録に見えている京の歴々の町人が名前を連ねている。そのうち、藤屋市兵衛(十二)・二代目桔梗屋伊兵衛(六)の名が見えているのも興味がある。大阪の鴻池善右衛門(七五)は少し下って一等席というところである。⇩附図。

三〇三　**廻り遠きは時計細工**　楫取魚彦の喪志編に「長崎に数々往復せし

奥平蔵と云(ふ)人に会して、紅毛の腰に佩(べ)る時計を見しに、其形円にして平に饅頭を合せたる如く、銀にて作り径一寸五分許、面に窓をあけ水晶をはりて、これより中の針十二時へ運を窺ふなり。其銀は外郭にてこれを開きみれば、中の機巧細かなること得ていふべからず。外郭の裏に絵あり、上に吏の如き人あり、下にすさまじき男巻物一巻を奉じて吏に渡(す)所あり。是は紅毛にて一人あり。何とぞ時を計るものをこしらへたきと思ひて、一生工夫を用(ひ)たどれも、遂にならずして其子に伝へ、其子亦一生工夫すといへどもならずして其子に伝へ、此時に至て三代うけつぎし工夫成就して、時計の器成れり。それほどの事をなし出すほどの大器量なる人なれば、大なる悪事をなし、遂に死罪を逃るゝことなきに決しければ、其人一巻を出して云(つ)て曰(く)、祖父より三代の工夫を積て、始(め)て時計を作る所、かゝる大過にあひ、もはや命もたすからざるに極りしことなれば、切角三代の工夫を以(て)作りし時計の法、一時に亡(び)んも口惜(し)ければ、此一書を残し置(く)也。これさへあれば、時計のこしらへ様のこる処なく済むことなれば、何卒後世へ伝へさせ玉へと、ねんごろに云(ひ)て一巻を渡しければ、獄卒甚(だ)不便なることに思ひ、これほどの人を殺(せ)ば天の咎も畏ろしければ、何とぞたすけたきことに思ひて、紅毛の王に奏しければ、王つくづくと聞(き)玉ひて、罪は逃るゝことなき大悪なれども、左云(ふ)ことならば命をたすけよとて、何やら過料出して、死一等を減じける。因(つ)て今に至る迄、時計に之れを画(く)とぞ語りし。余後此時紅毛王の名年号、及其三代の名を聞んと平蔵に尋しに、其つてに聞てくれんとて時計に関る人に聞ければ、先年大御所様(吉宗公)御尋ありしがしれざりしとぞ」。

三〇四　**大豆一粒の光り堂**　青果の西鶴語彙考証にも、釜口山長岳寺の真面堂の名を挙げて言及しているが、奈良県磯城郡誌によれば、同寺は真言宗古義派高野山金蔵寺末、柳本村(今、柳本町)にあり。真面堂はその飛地の境内にあるが、養老二年唐僧善無畏三蔵の建立と伝え、本章の川端の九介とは遙かに年代を隔てている。しかし九介が大豆一粒を基とした収獲でこの堂の修覆を行ったことがあって、そこから「まめん堂」(大豆の堂)の名も起ったのではなかろうか。譬喩尽、三に大和の菽堂(まめどう)と標記して、「豆三粒ヲ以テ建レ之。故ハ始蒔ニ豆三粒一、其秋一本ニ十房計宛、房内ニ四ツ宛トシテ四十粒ト。而三本合計百二十粒。翌年皆蒔、百廿本四千八百粒、其翌年亦皆蒔、四千八百本十九万二千粒ト成ル。三年目如レ此増而、此上可レ積也云々」とあるのは、或はこの長岳寺の真面堂に関する伝説であったのではなかったかと思う。西鶴はまた、本文に豆灯籠とも記している。青果の調査によれば、真面堂は初瀬海道の路傍にあり、一に笠堂ともいい、道しるべの灯籠にも似たる小仏龕なりということであるから、その形状より豆灯籠ともいったのであろう。大和名所図会にその図が出ているが、いかにも堂といえば堂、灯籠といえば灯籠でもある。⇓附図。現在の真面堂は室町時代の建造物であるというが、思うに正保二年から着工せられた初瀬寺観音堂の再建工事が慶安三年五月に竣工、同年六月十二日落慶供養が行われているから、或はその頃川端の九介が供養のために修覆したのでもあろうか。

三〇五　**金分限**　千葉県東葛飾郡誌「小金御殿(日暮玄蕃)　小金御殿の旧趾と称するは小金町小金中宿にて、今の郵便局裏一帯の地なり。御殿とは水戸家の旅館にして、此処に家臣格なる日暮玄蕃なるもの住し、明治維新後同家より拝領せしも、長者屋敷の菜畑とやら、桑田と変ぜるぞ是非もなき。　伝へ云ふ、日暮玄蕃氏は旧高城氏の重臣にて、侍大将又は郡令等として代々又左衛門を称し、戦陣の功多大なりしが、同氏歿落後は一時浪々の身となれり。其頃の事にや有りけん、無間山の無間の鐘を撞きて長者たらんと、態々東海道を無間山に登り、其由頼み入りたるに、和尚は「一人の長者を作りて多くの人に難儀を懸くる鐘なれば撞かしむるを得ず」と断れり。玄蕃は如何にも無念の思入にて、「斯くまで願ふも許し給はぬこそ恨めしけれ」と、持ち来りし握飯を釣鐘目掛けて投げ付くれば「ごーん」と鳴れり。せめてもの心いせなりと、山を降りて古郷なる小金の郷に帰りたるに、其後は運星目出度、遂に名高き長者となれりと。こは日暮玄蕃が高城氏の兵糧奉行等を勤めて其財貨を私せしを、隠さん為めの詭言なりしならん。徳川時代となりては水戸家に取り入りて、遂に小金に旅館の留守居として名字帯刀を允され、士分の待遇を受け居れり。　或時黄門光圀卿、小金の御狩場に遊びし折りしも、一頭の大猪狂ひ出て牙嚙み鳴し、黄門目掛けて飛び懸りしに、玄蕃茲ぞと躍り上り、見事大猪を仕留ければ、是れより水戸家の御覚え殊に芽出度、其後光圀卿より左の如き書き物(省略)を賜けり。隠居名も東雲と称せりと。玄蕃は明治の初年栄華に日を送り、忽にして其財産を蕩尽せしが、当時江戸吉原花の巷に、左の如き俗謡をさへ唄はれしと。粋な褌襠どなたの荷物あれは小金の玄蕃様」。

また本土寺過去帳に「正信院日如万治三年庚子十二月日誠引、日暮源之丞

ノ内、(廿八日)」とあり、別に左の如き寄進状を附す。

「為小金日暮先祖理性院覚了、了徳院妙理日是、慈父嶺松院理性日了、慈母松樹院了学日円、□叔母本理院通月、妹久松院清華日儀、舎弟兵庫春前院窓梅日閑、霊証大菩提。且今般相当悲母松樹院十七回忌故、自身所持之田園、矢木□柴崎村ニ而高三拾七石六斗余之田地、山屋敷竹木共ニ奉寄附当山、為永代当山之資助。依之為右七霊供日杯、於門前毎日之廻向、尽未来際、退転不可有之者也。宝永三丙戌九月十四日、施主日暮玄蕃嫡女字長(ヲ)法号嶺樹院桂意日珠当六十四之節相定畢

右証文之通慥請取置云々　　長谷山廿二日詮(花押)」。

三〇六 **蔵合**　青果の西鶴語彙考証に、津山商工案内を引用して、森家領主時代津山創建に功労のあった町人三名を挙げて大年寄に任じ、輪番で町人の願・伺を受理吟味せしめた。三名の大年寄というのは蔵合孫左衛門・油屋(斎藤氏)孫右衛門・笹屋(玉置氏)九郎左衛門の三人で、扶持米を給され世襲になっていた。松平家の時になっても、世々七人扶持を給され、苗字帯刀を許されたといい、美作鬢鏡(享保二)の津山町大年寄連名に「蔵合孫左衛門・油屋孫右衛門・笹屋九郎左衛門」とあり、また俳諧師露川の西国船(享保二)に、蔵合推柳子の家に宿泊した時の句が見えていることを指摘している。

なお津山誌、下によれば、津山大年寄を勤める外、藩の銀札発行の札元をも兼ねていたことが判る。

「銀札場　東側(二階町)中央稍南ニ在リテ、元組屋忠右衛門ノ家屋ナリ。初メ紙幣所ハ町内馬方町ノ北側ニアリシヲ、寛政中此ニ移転ス。藩主銀札奉行及札元数名ヲ置(キ)テ事務ヲ取ラシム。明治四年辛未廃藩ヲ以テ之ヲ止ム。同六年癸酉七月改(メ)テ区戸長ノ会所トス。

因ニ云、紙幣ハ延宝四年丙辰十月十五日森氏始(メ)テ之ヲ発行シ、其国除ニ至(ツ)テ止ム。元禄十三年庚辰ニ至(ツ)テ、大年寄油屋孫右衛門・笹屋九郎左衛門幕府ニ請ヒ、其五月九日允許ヲ得テ之ヲ発行シ、蔵合弥三右衛門ヲ以テ札元ト為ス。宝永四年丁亥十月十三日幕府諸藩ノ紙幣製造ヲ禁ズ。享保十五年庚戌六月二十三日幕府其禁ヲ解ク。於レ是再ビ之ヲ発行シ、蔵合孫左衛門・油屋孫右衛門ヲシテ札元ト為ス。宝永中、松平氏ノ家老安藤靭負・渥美弾正、年寄伊達与兵衛ヨリ蔵合孫左衛門ニ与(フ)ル書アリ。文ニ曰ク

従去ル辰年、銀札遣被仰付候処、旧冬自公儀、諸国共銀札遣御停止ニ付、御領分モ相止候。札遣之内札元役無滞、幷今般惣勘定無相違相済珍重之事、只今迄精出シ被相勤候段、奇特之至ニ候。仍而為後証如件。

宝永五年正月二十五日　　伊　与兵衛印

渥　弾　正印

安　靭　負印」

蔵合孫左衛門どの

長成公時代の森家分限帳(貞享三―元禄一〇)、津山町方御扶持取「三拾人扶持　大年寄　蔵合孫左衛門　拾人扶持　同斎藤事油屋孫右衛門同　同笹屋九郎右衛門」。

三〇七 **金餅糖**　日本耶蘇会士通信に、永禄十二年四月、ルイス・フロイス二条城に織田信長を訪問し、天鵞絨の帽子・鏡・孔雀の尾を贈り、再度の訪問の際には蠟燭数本とコンフェイトス入りのフラスコを贈ったとある。これが金平糖伝来の最初である。太閤記、或問に「或(あるひと)問(ふ)、ばてれんは日本の宗旨に対しては何程あしき事に候や。答曰、…上戸にはちんた・ぶだう酒・ろうけ・がねぶ・みりんちう、下戸にはかすていら・ぼうる・かるめひる・あるへい糖・こんぺい糖などをもてなし、我宗門に引入る事、尤もふかゝりし也」とあって、江戸時代に入って、吉利支丹の布教と共に広く国内に流布したものらしい。江戸時代に入って、金閣寺の鳳林承章の日記、隔冥記、寛永二十年四月十三日の条に、肥後の国の人土産として焼物の中にコンペイトを入れて贈ると見えている。まだこの頃は金平糖の製法は知られていなかったので、舶来の南蛮菓子として珍重せられたものであろう。金平糖の製法は守貞漫稿、二八にも記されているが、後世は専ら芥子を種として用いている。しかし古くは西鶴の記す如く、胡麻或は肉桂を種にしたものらしい。

おらんだ菓子の製法(延宝頃の写本、狩野亨吉旧蔵)こんへいとの事「しんに、ごま(胡麻)かにつけひ(肉桂)かしんにして、はだのよきなべに、此しんいれて、砂糖・あめよりも、まへかどにして、さまし、すこしづゝ、此しんにかけ、いり、はなのつきたるとき、三つにわけ、壱つはあかくそめ、壱つはあをくそめ、壱つしろくして、此三色を壱つにまぜあわせ申候也。口伝有之」(輪講第十三回、木村捨三氏紹介)。諸国名物御前菓子秘伝抄(享保三)こんぺいとう「氷砂糖水にて一返洗(ひ)捨て、さたう一升に水二升入(れ)、せんじ(撰糸)絹にてこし、其後一升を五合にせんじつめ、又別の平銅なべにけし(芥子)を入(れ)、下火を少(し)置(き)、右の砂糖少しづゝさじにてかきまはし、かたまり申さぬ程に茶せんにてかきまはし、次第にいくたびもかきまはし候

へば、大(き)くいちごの様になり候。但し五色に仕(り)候。青はあを花にて染め、黄色は口なし、赤はかたべに、白は其儘、黒きははいずみを以て染め申候」。

三〇八　**胡椒粒**　本朝食鑑(元禄八)四、胡椒「今移二栽於南番阿蘭陀国《ヨリ》一、而本邦儘(ママ)有下栽二千盤一者上、未レ見《ニ》二移レ地者及開レ花結レ子者一、若有《シ》二結レ子者一、則全似二呉茱萸一、恐是別種乎。故胡椒惟販《イザ》二華蛮船上一、以伝二四方一尓」。和漢三才図会(正徳三)八九「按胡椒阿蘭陀商船将二来之一、番陀国之産最良、蘇門荅刺・交趾・母羅加次レ之、近頃有二撒レ種生者一、其樹高二三尺、葉似二番椒葉《タウガラシ》一、而厚不レ靭、亦似二千葉䓂子葉《クチナシ》一、四月開二小白花一、秋結レ子、生熟与二異国産一無レ異」。

三〇九　**細物**　雍州府志、七「細物　倭俗雑細具総謂二細物一、多在二京極三条南北幷四条京極東一(巾著、印籠、根著、鼻紙袋等ヲ挙グ)、凡目貫・髪搔・小刀柄・香合・匕匙・櫛笓・銅鏡・硯筆墨・瑣細之物無レ不有、故称二細物屋一、一説細物元高麗(こ)物也」。

三一〇　**葬礼のかし色**　大矢数(延宝九)「露霜を汲分てより旅のかた、無常の嵐かし色もあり、一日の極楽の沙汰も銭じやまで」。田みの笠(元禄一三)「ちよぼ〳〵と　借シ色の疵泪あと」。世間化物気質(明和八)「綿帽子もまぶかに、白無垢も損料出して、かしいろやにてかり求め」。粋宇瑠璃(天明五)「餅も豆腐も切手を出せば、かし喪服(いろ)屋から遠路墓所迄の野辺送りの挨拶帖を、卍(まん)のはな計(げ)りつぱに板行にして添(へ)るくらい」。京雀跡追(延宝六)に「かしぐそく　松原ひがし洞院東へ入　同　松原西洞院西へ入」と見えているから、延宝初年頃にはすでにこの種の貸物業が出来ていたのであろう。五ケの津余情男(元禄一五)一ノ一には貸着物屋が見えている。

三一一　**女房家主**　単に家ぬし・家あるじともいう。醒睡笑、六「やれそこな若衆め、よもはや、そのまゝこれの家主になれ。明日からおだいかいを渡さうぞ」。旦露笑草「かつらはおさなきもの、ため、いゐあるじなければ世たいよろづにおとろふるものなりと、いろ〳〵けうくんす」。いわゆる家主と区別するために、女或は女房(女性の意)を冠した。會呂利物語、五ノ五「あるやどにたちより、やどからんといへば、これも又をんなのいへぬしばかりなり」。椀久一世の物語、下ノ一「大方は女房家主奢りて、無用の腰元・中居を抱へ」。同じく家主と書いて、イワラジ・ユワラジ・イワウジと読ませることもあるが、これは平安朝の家刀自(といへ)をイエドウジと訛って家童子と記したところから、それを誤読してイワラジとなりユワラジ・イワウジと訛ったもので、イヘヌシとは同義別系統の言葉であろう。宝蔵「びさうなき家どうじを具し、見ざまよろしからぬ子どもなどあまたつれて」。堀川之水、下「家々の家童子(いわうじ)若くさかんなるは更也」。正章千句「引きすゐて三の口をもすはるべし　やすくよろこぶこれの家主《イハラジ》」。浮世鏡、三「ゆわらぢ　家主(いわらじ)女家主をいへり」。女重宝記、一に「大名のを奥様といふ、百姓のを御方とも又蘭鞋(いわらじ)ともいふ。下女には藁鞋(わらわらじ)をはかするといふ義なり」とあるのは、勿論付会の説であるが、後世専ら百姓の女房の意に用いられている(譬喩尽)。

三一二　**むかし長持ひとつの思ひ入**　車長持を昔長持といったのは、九七頁注一六にも記した如く、明暦の大火後、出火の際の混雑・延焼を防止するために、その製作使用が厳禁せられて以来、次第に新造せられることがなくなったからであるが、多く二重底になっていて、金銀のよき隠し場所になっていた。だから嫁入荷物にも、昔長持だけで結構と、わざと質素身軽を望むようなふりをして、実は二重底に隠し忘れた金をねらっていたのである。二代男、四ノ四参看。

三一三　**竜の子**　諸国奇談 西遊記、二「薩州硫黄が嶋の海中に時々鼉竜出づ…近世阿蘭陀より鼉竜の子の長一尺ばかりなるを薬水に漬して、四角に大なるふらすこに入れて渡し来る。薬水に漬し置たれば、其の色合形状取りたる時のまゝなりといふ。小なりといへども其の形ゑがける竜のごとくにして甚だおそろしき姿のものなり。此の五六年前に長崎阿蘭陀通事吉雄幸左衛門、阿蘭陀より鼉竜の長さ四尺ばかりにて活きたるを取寄せたり。甚だ勇猛にして、人を見れば食はんとするの気色あり、久敷く飼置きしかど用心にもてあませし程なり。養ひ行とどかざりしにや、つひには吉雄氏にて死せしとなり」。

三一四　**瀬越**　「瀬越しの原義が早瀬を越す事であるのは言ふまでもない。しかし実際の用例に徴すると、原義のまゝの場合は非常に少く、むしろ転義の意として一般に用ひられてゐる。即ち早瀬を越す意から転じて、物に困難な経験をし、危険な場合を経る等の意にいふのである。試練を経る事と言へば最も適切であらうか」(潁)という。ここの場合は、(年の)瀬を越すに瀬越しをいいかけたもので、原義と転義を巧みに綯い交ぜて用いた例。淵→年の瀬→瀬越しの俳諧的連想については先例がある。

三二五 **新米壱石六拾目の相場** 陶山鈍翁の常平問答に、「問ふ…豊年には米穀の価ひ賤しくとも、農人の売り出だす穀数、常年よりは多からん。譬へば常年に米壱石の価ひ銀六拾銭目なりしを、豊年に銀四拾銭目に売りたりとも、其年豊年ならば、米を売る分数六七割ほども多かるべきゆへ、拾六七石を壱石四拾銭目に売りても、拾石を壱石六拾銭目に売りし程の代銀を得るべし。然るに豊年の多く米穀の賤しきにて、農人の利を得る事少なかりしは如何なる道理ならんか」。これによって、常年は米一石六十匁、豊年は米一石四十匁が普通であったことが判る。

三二六 **銭の仕かけ** 輪講、第十五回(日本及日本人、昭和六年二月十一日号)遠藤万川追記に、改正補訂地方凡例録、一〇ノ下を引用している。「仕掛遣ひと云(ふ)は、関東にはなく上方にのみあること也。仮令(たとへ)ば物を買取(る)とき、上方は銀遣ひなれば銀百五十二匁五分にて買ひ、金子を以て払ふとき、金の時相場六十一匁なれば金二両二分払ふべき処を、仕掛とて一両を六十二匁の相場にして払ふゆへ、二両一分二朱と銀五匁二分五厘払へば、一両に一匁充(づつ)の仕掛にて、二匁二分五厘は買(ひ)方の徳の様成(る)ものなり。銭にて払ふも、銭一貫文の相場仮令ば銀十三匁五分の処十四匁にして、銭払ひにすれば五分の仕掛なり。銀にて払ふときは秤にて掛け、相場なきものゆへ仕掛払にならず。依(つ)て物を買ふとき、仕掛なし正銀払にする由を断りて値段を極(め)ることなり。江戸などにて、銭にて物を買ひ金にて渡し、釣を取(る)とき、二朱に付七百十二文の時相場なる処、差引に付七百十六文にて請取(り)、釣を出すことあり。相場より値段を取下げ、四文の仕掛になるなり」。

この金銀銭の仕掛は、京阪の問屋筋などの仕切には必ず行われたもので、室町の法衣商千切屋与三右衛門一統の結成している祇園講では、左の如き申合せをして西陣との取引の統制を行っている。

一、西阵金仕掛　　是迄通り弐匁仕掛
一、同半銭(はしたぜに)　　但シ相場の三匁仕掛
右之通先年より相定有之候処、とし久敷相成候故、猥りに相成候事茂有之、相互ひに不勝手に付、此度集会之上相覚書記(し)置(き)候事
　安永九年子十一月　　千切屋与三右衛門
○
　文化四卯年申合定
一、仲ケ間納(め)取引　　定之通り壱匁弐分仕掛
　節季仕切之節　　其同率壱匁弐分仕掛
　端銭(はしたぜに)　　拾匁銭ニ相定、並銀物幷壱差物同率可為候事

これについて、千吉商店の歴史と経営(近世京都室町における商業経営)の著者足立政男氏は、「ここに仕掛とは、金銀相場が絶えず変動するので、この相場の変動に有利に備うる必要上、仕切勘定の際時の相場に仕掛を行うのである」とて、通帳勤用記(天明頃)の仕切の心得を引用している。「一、仕切之節金詰〆之儀、譬(へ)ば払相場六十匁之時、差引残(つ)て仕切の銀三十匁有之候ヲ、金二歩払(ひ)遣(はし)一盃(ぱい)に候得共、是等仕切之事に候得者、金壱歩と銀十五匁にして払(ひ)可申候。左候得者、右十五匁を銭に払(ひ)候故、銀相場壱匁仕掛に候得者、金にて払(ひ)候より仕掛違(ひ)丈ケ徳用に相成申候。是等の算盤詰、能(く)呑込(み)候て算用可致候。其余之金詰とても右に順(じ)候事」。

三二七 **家職の槌の音** 摂州府志には、「八幡神忌ニ其音響ー、故轆轤搾レ之」とあって、山崎では油搾木を用いず、轆轤を以てするように受取られるが、ここは明かに、油搾木の男柱に插しこんだ楔を打って搾める大槌の音である。大阪ではこの方法が油が多く絞れるというので、原料の菜種を炒って碓に入れて砕き、蒸籠で蒸し、麻袋に入れて槽に重ね、油搾木の楔で圧搾して油を絞る(和漢三才図会)。

三二八 **弥陀次郎** 都名所図会、五「西方寺弥陀次郎の旧跡は五箇庄(宇治)にあり。本尊阿弥陀仏は金銅の立像なり。其来由を原(たづぬる)に、当国淀の東、一口(いもあらひ)といふ所に悪次郎といふ漁人あり。産業の殺生を常にして邪見放逸の者なり。或時頭陀の僧壱人門戸に立つ、悪次郎焼鉄(やきがね)をかの僧の額に当て追放す。僧少(し)も怒る色なうして帰りける。次郎怪んで跡を慕ふに、西山粟生野(あはふの)光明寺に入りて見えず。堂内の釈迦の像を拝するに、額に焼鉄の火印あり。次郎忽(ち)懺悔の心を発(おこ)して仏道に入る。是より御鉢の釈迦といふ。今光明寺にあり。又或夜霊夢を蒙りて淀川に網を入るるに、紫金の仏像を得たり。当寺の本尊是なり。其後当寺の常照阿闍梨と共に仏道修行し、遂に二人とも同日同刻に往生し侍りぬ。世の人々悪次郎を名(づけ)て弥陀次郎といふ」(大)。

三二九 **金銀蒔ちらして** 正宝事録二一、明暦三酉年九月十日触「諸商人申合、仲間江入候者有之節、物入多懸ケ申間敷、呉服商仲ケ間一同之申合停止、物之本屋・呉服屋・糸屋・綿屋・薬

屋・紙屋・扇子屋・両替屋・鮫屋・米屋・材木屋・竹屋・釘屋・槇屋・塗物屋・酒屋・肴屋・石屋
此外諸商人中ヶ間一同ノ申合ヲ仕置候ニ付、新規ノ商売人仲ヶ間へ入候モノハ、或ハ大分ノ礼金或ハ過分ノ振舞為致候故、商売新規ニ企候者迷惑仕候。其上商物時トシテシメ売ニ致シ候由、内々相聞候。幷町中明棚有之所、家主才覚ヲ以テ棚借付候得バ、棚仲ヶ間ノモノ一味仕、其棚ニ障ヲ申、棚仲ヶ間相対無之者ニハ棚カラセ不申候故、家主迷惑仕由其聞候。自今以後一同ノ申合停止之事」。

大阪昔時の信用制度にも「本両替は一般両替店にして、其本務は専ら今日の銀行の如く、貸付手形の振出及び為替取組等を為し、其数百二十程ありき。本両替を開店せんとする者は、先づ届書を十人組の役所に差出し、株金(銀にて一貫目程)を納め、十人組は許否の協議を為し、許可の上は之を一定の組内に編入す」とある。

三〇 **新在家衆** 新在家とは、田畠の間に新しく出来た町並みをいうのであって、京都坊目誌によると、新在家と称する町が諸所にある。

△元新在家町　新町通今出川上るより、中御霊ノ辻子下る迄を云ふ。

町名起原　応仁前後、此地及附近皆荒涼の所たり。民居僅にありて、養蚕機織の業を為し、専ら御料の羽二重を製す。其絹純白なるを以て、時人呼んで白雲と云ひ、又白雲村とも称せり。天正一統に遇(う)て、人家建て連ねしより、新在家と称す。人烟益ミ稠密となり、為に此所より一致して他に転居する者あり。之を新在家又出在家と云ふ。其転居の地は今の上長者町烏丸の辺なり。

△北新在家町　一条通智恵光院より浄福寺まで北側を云ふ。

町名起原　天正年中聚楽盛時に前田利常の邸ありしを、廃邸後畑地となる。寛永の初め市坊を開く。故に新在家の称あり。当時一町たりしが、後世南北の二町となり、近世本町と共に三ヶ町に分る。

△南新在家町　同所南側を云ふ。開通上に同じ。

町名起原　天正年中聚楽城北の外廓は此町に当る。

右の内、元新在家町から移った「上長者町烏丸の辺」が、西鶴に出て来る新在家である。新在家は内裏の南西角の、そこだけ御所の築地が入りこんでいる一廓、築地を隔ててすぐ二条殿や烏丸殿その他の公家屋敷に接している。↓附図。町は北町・中町・南町の三町から成っているが、その住人は御典薬医師・連歌師・呉服所・四座の囃子方等、大名・高家出入りの者が多く、新在家風とて自ら一つの雰囲気を作り出していた。

三一 **織延** 織物を織りなす時、原料糸の種類・組織および経緯糸の密度、ならびに機台の経糸の張り方等の関係で、織上りの布に堅横織り詰まりもしくは織り縮みを生ずる。それを経験によって織り詰まりの割合を定めて、修正しながら規定の長け幅に織ることを織り延べるというのだろうと思う。奈良晒の織り方については、奈良曝古今俚諺集に織り縮みの割合を計算する基準が記されているが省略する。

奈良曝古今俚諺集「往年は人の心直ほにして、生布織方丁寧に、堅横の紕緯糸筋多く、地合厚く織(り)出しける故、晒上る所は日数を経て白色あざやかに成(り)しとかや。近年惣て生布織方殊(の)外麁末に、経糸の度数を減(ら)し、横緯も如レ前打寄せずして、網のやうにならべて織りなす故、生布にては見分よろしけれ共、地合薄く、糸数不足に依りて、晒(し)上げたる所は早く出来て、浪寄(り)多く透(き)通り、羅綺(うすもの)の如くになり、見(身)幅も縮みて浅間に、古風をとり失ふ事時々の風俗ながら、名産の瑕瑾なるべし」。

三二 **角屋作り** 伊藤鄭尓氏の中世住居史、室町時代の農家の章に、「つのやは現在も使われている言葉であるが、当時の角屋は現在の角屋と相当内容を異にする。現在の角屋は鍵型平面の住居をさし、本屋からつき出た部分は玄関ないし座敷となり、代官・庄屋層の多い建て方である。これに対し菅浦文書中の角屋は、建て方をさすのではなく、つき出た角の部分のみをさしている。なぜなら文書中の角屋は、棟別銭の負担額において、本家の1/3にもみたない五〇名であり、角屋層は本屋層より低い階層と思わねばならないから、角屋を建て方の一種であると考えるわけにはゆかない。むしろ掟書きのできたころの菅浦では、次・三男層のカマドわけの可能性が高まり、本屋に棟をよせかけて建てられた別カマドの小屋を角屋と称していたと考えた方が妥当でなかろうか。日本永代蔵にでてくる大和朝日村の角屋住まいの小百姓も、おそらくこうした次・三男ではなかったろうか。つまりこの種の角屋があるということは、農村における階層分化の徴候を示すと同時に、相続における嫡男の優位性を示すものといえよう」。

三三 **肥汁を仕掛** 大蔵永常著、綿圃要務(天保四)乾、肥し手入の事「肥しの仕やうは田に作りたる綿も畑に作りたる綿も、さのみかはりたる事なし。先棒肥とて二葉に生揃ひたる時桙をもて五寸程づゝ間を置、綿の根に寄(せ)深さ一二寸程に穴をつきあけて行、其あとより油糟の粉又は干鰯を用にしたるをつまみ入べし。其後十四五日も過て綿の根に寄て、新鍬にて筋を引、水肥を入べし。大肥を入たらば、直に　にて土を覆ふべし。是腹肥と言なり。凡肥しを施す事、夏の半迄三度にて宜し」。宮崎安貞の農業全書(元禄一〇)六に、これを「糞(じゃ)のしかけ」と記している。

三四 **水を掻ければ**　綿圃要務(天保四)坤、河内国綿作りやう「河内国若江郡八尾平野辺は其国の中程にて、大阪をはなるゝ事二三里程東に当れり。土地は砂真土にして所々にしめ土とて下には堅き土あり。平野大阪より三里東辺は是も砂真土にして所〳〵左程の深田にあらざれども、泥がちの湿気の田ありて、半田半田の図奥にありと号して盤に香を盛たるがごとく、壱畦は田、壱畦は畑にして、土をかき揚たる方に綿を作り、低き方に稲を作る掻揚田ともいひて、其田の処に水溜れども畑はよく乾き、殊に田土を揚たるものなれば土肥て、外の肥し半分入て綿よく出来、水田の稲も一段見事に出来るなり」。同書に記す大和の吉野地方・国中(くになか)地方の仕法とは違うようであるが、永代蔵の本文は、この掻揚田の法を見て初めて理解することが出来る。

三五 **後家倒**　日本農業発達史、二、在来農機具の形成と展開、センバ扱きの発明普及までによると、元和年間成立の百姓伝記に、「横木にわり竹をうち、麦ひとつかみづゝ其子の間へうち入(れ)、前へ引(き)、穂首を引切る」とあって、当時すでに竹製の後家倒しが用いられていたことが判る。そして初めは竹製で麦用としてのみ使われていたが、後に稲用としても使われるようになり、鉄歯製のものへと改良せられたということが推定されている。和泉志、二、大島郡の土産の条に「梔杷(イネコキ)俗呼二倒寡(コケタフシ)一、元禄中高石大工邑人始造、其製横木為レ台、長可二三尺一四脚斜支、短二前脚一高与二台長一応、仰列二扁釘二十歯一、歯五六寸長、投二束稲一挿二入歯縫一、一扯去レ藁一日可レ収二三十束一、工大省」とあるのは、その鉄製に改良せられたものについていっているので、これは後に千刃扱き(せんばこき)と名づけられて諸国に普及し、倉吉の鍛冶町は元禄六年以来大正年間までその製造地として知られていた。

和漢三才図会、三五、稲扱(いなこき・ごけたをし)に「按古者扱二麦稲穂一、以二二小管一、通レ縄繋、握二持之一挟二扱穂一也、至二秋収時一、則近隣賤婦孀婆為レ之所レ備、以得レ飽、而近年製二稲扱一、其形如二狭牀机一、植二竹大釘数十一、徴似二馬歯杷(コマザラヘ)一、搭レ穂梍、其捷十二倍於扱竹一、故孀婆失レ業、因名二後家倒一、又近頃以レ鉄為レ歯、名二鉄稲扱一」。「其捷十二倍於扱竹一」とあるが、扱箸による脱穀能率は寛永末年の清良記に、上の女籾五斗・中の女三斗六七升・下の女二斗五升、現在の升目に換算して麦一日三斗七升五合、米一斗八升七合余であるが、千刃扱きを以てすると、千刃一挺にて上手は三十束、下手は二十三束こき落すという(粒々辛苦録)。

三六 **扱箸・扱竹**　前引センバ扱きの発明普及までによると、百姓伝記に「稲をこく事、こはし(こきばし)にてこくより外に、手廻しはなきものと見えたり」とあり、元和以前までは、専ら扱箸を以て稲麦の脱穀をしていたようである。その製は、「竹のほさきを一尺許(り)に切(り)、二本を一方にふしをこめ、其処を二本共に結び合(せ)、是にて麦の穂首をはさみてこく、是をこはしと云」とあるが、長さ一尺ばかりの「こはし」の外に、二尺ほどの「大こはし」と称するものもあり、「大こはし」を使用する時は、一人が麦束を持ち一人が「大こはし」を操作して、二人がかりでこくという。但し後家倒しの発明改良後も、扱箸・扱竹による脱穀は続けて行われた。耕稼春秋(宝永四)に、長さ二寸の竹の「こいはし」の図を掲げ、和漢三才図会にも後家倒しと共に扱竹の図を出している。

三七 **唐弓**　百姓嚢、二「二百年前までは、日本木綿なかりしに、朝鮮より木綿織(り)紡(ぐ)の道具、糸車機杼の具を伝(へ)て、民家各々習織り、世の重宝是に勝れるものなし。され共始は、二尺計の竹弓を以て、女人独にて線半斤ばかりを打(ち)ふくだめるを一日の所作とす。しかるに正保明暦のころ、長崎に来る唐人、大なる木弓をもつて、一日に十五斤二十斤を打(つ)ことを長崎の人に教へるたより以来、今にいたりて諸国へ流布して、世の利益これに過(ぎ)たるものなし」。石城志、七、土産の記述によると、我国における製作使用は寛文の頃博多に始まり、諸国に伝わったという。「綿打弓　浜口町にて製す。数家あり。寛文の頃中石堂町線香屋庄右衛門といふ者の家に、初(め)て綿を打(ち)けり。珍しき事なりとて来りみる者多かりしと云(ふ)。其後諸国へも綿打(つ)事を当所より伝ふ。この故に博多を以(て)根元とす」。

三八 **打綿幾丸**　青果の西鶴語彙考証に、「綿を幾丸といふ事、村民(朝和村)十数名に問ひたれども、皆知らずといふ。島岡老人の話に、実綿は莚一枚包にて四十斤(一斤弐百五拾目)、ぶんこは莚二枚包にて十貫目が一本なりと云ふ」と記しているが、いかにも一本とは唱えるが一丸とは他書に所見がない。

綿圃要務（天保四）、備後国福山辺綿作りやう「○備後・備中辺は斤目たて商ひする事なく、壱貫目何ほどゝして商ふ也。又六貫百目をむしろにて、まるく嚢形(なつめなり)に荷作り、是を一本と唱へ、諸国へ商ふ」。村島文書、文化八年六月付申合之事（大和高田市史、買次問屋仲間の取引方法の項所引）「一、久里（繰）綿大入目方之儀、相定之有り。入目之外ニ、近比者銘々存寄リヲ以て、込目(こみめ)抔(など)と相唱え、格外之詰方之有り候。畢竟土地衰微相招候道理、歎敷ク、固ク玆ニ此度相改メ、向後左之通り

大入　上銘柄　掛落シ拾弐貫目

右之外ニ三百六十匁入、但琉球（筵）入壱本ニ百八拾匁也」（筆者注、これは込目の分）。

村島文書、某年四月付覚（同右）、

「小入角作　是迄之通り壱本ニ付、正味九貫三百目入　但三本壱駄。

二重縦莚入文庫作　壱本ニ付、正味拾貫目入　但三本壱駄。

青莚双子(ふたご)作　大入壱駄　但壱本ニ付、正味六貫目入

六本、〆三拾六貫目入ル」。

備後・備中辺で、「むしろにて、まるく嚢形に荷作」るといえば、その形状から、これを一本とも一丸とも唱えたかとも思われるが、綿の梱包は必ずしも丸くは作らない。また壱本の目方も荷作りによって種々ある。村島文書、申合之事は、和州買次仲間から大阪綿店行事に申入れたもので、菱垣廻船に積んで江戸へ送る場合で、これは丸く荷作りしたもののように考えられるが、村島文書、覚の方は、伊勢白子廻し岡付けにて江戸へ送る場合で、「角作」・「文庫作」・「双子作」、いずれも馬の背につけるために、長方形に荷作りしたものであろう。紙屋仲間において幾丸・何束と唱えることは知っているが、綿については未見である。

三二九　**鐸が原**　小金ヶ原にあった将軍家御鷹野が、三代将軍家光の時に水戸の徳川光圀に与えられた。小金ヶ原は水戸街道が通って居り、光圀も江戸・水戸間往復の途次しばしばここに休憩し、古社寺に参詣したりしている。この地の水戸家旅館を小金御殿といい、その預りが日暮玄蕃であった。そんな関係で西鶴は、下総国と書くべきところを、思い誤って常陸国と書いたのであろう。

千葉県東葛飾郡誌、小金原「古葛飾野と云へり…而して往古は北は関宿以南（小金野方郷）より高台地方（入谷津を含む）全部、東は中相馬より印旛郡印南、千葉郡習志野に連亙せる広野にして…古書に小金野は方有四十里、故俗呼曰四十野の原とあるを見ても、其広漠の原野たりしことを知るべし」。同書、徳川氏放鷹場址「小金町近傍より松戸町及び二合半領に至るまで、旧百八十村ありしと云ふ。正保二年、将軍家光之を光圀に与へて放鷹の地と為さしむ。後水戸侯之を還納し、寛政十年復八十村を賜はりしが、明治の初め官に収める」。同書、小金原列樹「土村大字今谷新田の辺より、千代田村大字豊四季・柏までの間、国道の両側にあり。此の地もと渺茫たる曠原にして旅人の道に迷ふもの多かりしかば、徳川光圀之を憫み、金を小金牧司綿貫夏右衛門に付し、松千株を路の左右に植ゑしめ、以て行旅に便せしもの、今抱大の老樹となりて所々に残る」。

三三〇　**那波屋殿と云分限**　子孫大黒柱（宝永八）五ノ二にも、河波徳島の桜屋という町人が、一子久兵衛をしつけのため、「播州竜野なばやといへる仕出来分限者の身持を見ならへとて、十三より播磨へつかはし、廿五の年やう〳〵国もとへよび取（り）、手代並に万事商ひ事にゆだんなく召しつかひ」とある。これは明かに永代蔵を模倣したものであるが、那波屋というのは、今の網干町浜田の北国廻船問屋で、竜野藩御用を勤めていた灘屋をもじったものであろう。諸注いずれも、那波屋を長者教（寛永四）の三長者の一人、すなわち町人考見録、元にも評判せられた京都一、二番の有徳者那波屋に比定しているが、その先祖はいかにも網干に程近い那波（揖保郡那波町）の出身であったとしても、ここには該当しない。何となれば京の那波屋へ見習いに網干へ行く筈がないからである。網干町史によると、灘屋の姓は清水氏、天正の頃すでに千石船四十八艘を所有し、廻漕を業とし、北国通いに巨富を積んでいたと伝え、元禄頃の当主甚左衛門道珠（浜田の佐々木道弥の三男）は兄道意・正意と共に盤珪禅師に帰依し、寛文元年竜門寺を創建したという。

三三一　**身体かたまる淀河の漆**　金玉ねぢぶくさ、三「此の里に（日向米良）安左衛門といふ漆かき、奥山に入りて谷川の流れのすそに、大きなる淵へ取はづしてかまをおとしぬ。をりふし此の男水練を得ぬれば、かの鎌を求めん為に水底へ入りしに、ふしぎや下は一まいに皆な漆なり。人の通はぬ山々より雨にながれ日にとらかされて、往古より洪水のたびたび流れ出でたる漆、みな此所にあり。安左衛門大きに悦び、人にしらさず

密に是を取りて問屋へ出しぬ。漆は水に有りては其性そんずる事なし。誠に水の底に年数を経てうるしの清うなる事得もいはれず、其うへ毎日大分の漆を出して、暫時の間に大金を出来しぬ」。

三三二　**淀の与三右衛門**　初代河村与三右衛門政久以来淀に居住、豊臣家に仕えて代官役三百石（後百五石三斗加増）の知行を受け、水車地の地子免除の特典を与えられていたが、大阪冬・夏の陣の際淀川船を指揮して徳川勢に協力した功により、家康より改めて四百五石三斗の朱印状を授けられ、慶長八年十月二日淀の木村惣右衛門勝正と共に、淀川過書船奉行を命ぜられた。元和九年伏見城を廃して淀城を取立てるに当り、河村の屋敷地が城地に選定せられたため、淀下津町に替地を与えられたが、同時に嗣子幼少のため過書船奉行を取上げられ、角倉与一代ってこれを支配することになった。以来或は旧時の全盛は見られなかったかも知れないが、子孫は続いて淀の河村屋敷に続いて居住しているから、西鶴の記すところは何等かの誤りであろう。或は過書船支配を取上げられた真の理由は与三右衛門の奢超過にあったので、それを以て西鶴は「幾程なく此家断て」と記したのかも知れない。

朝野旧聞裒藁、五〇〇「御朱印写　一、大坂でんぼう・尼崎・山城川・伏見上下仕(る)過書船、御公用として年中に銀子二百枚可レ致二運上一事。貞享河村与惣右衛門書上稲葉丹後守書上載曰、慶長八年淀川過書船支配幷御代官被仰付、権現様・台徳院様より曾祖父与惣右衛門・木村惣右衛門過書中頂戴仕候御朱印二通御座候。是者只今木村源之助方に在レ之候」(過書座御朱印状は他書にもこれを掲げる)。佚題(淀下津町記録に合綴)「一、淀御城無之以前、河村与惣右衛門先祖被致住居候。下津町池上共ニ大坂口ゟ小橋江町並直ニ有之、裏行弐拾七八間も御座候由、淀嶋之内高百五石三斗、下津・池上町・魚市三ケ所ニ相継(ぎ)、東西ニ畑共有之。右三ヶ町之者共作リ申候由。御城地形御築(き)被遊ニ付、右之畑共御用地ニ成り、高潰(れ)申候。下津町・池上町銘々間口ニ裏行拾三間ニ被成、替地被下、只今之町並江罷出(で)申候。一、水車つるべ数廿有(る)由、天正十七年ニ太閤様ゟ地子御免、然レバ川村与三右衛門屋敷之事カ」(補注三三三に引用の淀下津町古記録反古参看)。京都御役所向大概覚書(正徳頃)三、御当家御書御感状其外先祖江拝領物之事「一、先祖与三右衛門従　権現様四百五石三斗之御朱印頂戴　城州淀　河村与三右衛門」。

三三三　**与三右衛門が水車**　淀下津町古記録反古(写本)「一、御城無之以前ハ、只今之御城之所河村与三右衛門屋舗ニて、水車は楊枝矢倉之下ニて御座候。然ルニ松平越中守様御城御築(き)被遊候ニ付、元和九癸亥年越中守様江渡し申候。為二替地一只今ノ与三右衛門屋舗被レ為レ替候事。一、水車ハ天正十四年丙戌年河村与三右衛門政久初テ取立申候。于時知行三百石、其後慶長元丙申ノ年百五石三斗五升加増被仰付候」。佚題(淀下津町記録ニ合綴)「一、昔河村与惣右衛門居被申候所ハ、今三ノ丸櫓辺之由、其節水車有り。今御船入り上手之壱つ、御茶屋上手と壱つ、水車之桶弐拾有之由」。水戸中村良道、中村雑記(森銑三氏紹介)、宝永七年の記「淀城中の人の曰く…二三百年前に、与惣兵衛(ママ)と云(ふ)もの作りおきし由、今右の子孫あり。水車の所昔にかはりたるらんなり。今淀の城は伏見の城を引きしなり。扨永井信濃守殿城に在(り)し時分に、此人功者の庭作りにて、宇治の寺などにも自分に庭作り被申候なり。此城中には、近所の山を見越にして、淀の水を泉水にす。扨家(ママ)の時分は、水車にて河原へ水を取り、早速に池になり又河原にもなりける云々」。

三三四　**京の室町(の夷講)**　三条衣棚北町の法衣商千切屋吉右衛門家は、大名貸しもしていた豪商であるが、その「文政十一年の仕方定」(本家・別家間の年中行事の定め)を見ると、夷講の献立が出ている。

十月十六日　蛭子講
平　根深・はんぺい　汁　蕪
酢(のもの)　大根・鱧皮　飯
別家中江炙(焼物)斗
是迄生小鯛送り候得共、此度相改塩小鯛送り可申事

一汁二菜の料理で、別家中へは別に塩小鯛の焼物を配ることになっていた。文政十一年までは生小鯛を配ったのであるが、諸式高値になったので、小鯛の塩焼に改めたのである。質素簡略の風が窺われる。

三三五　**三文字屋**　町人考見録、利、跋「中昔江府に三文字屋常貞とて、元は切付屋より仕出し、其身極めてしはきものにて、未明に起出で、通り町往来に捨てある馬の沓わらんずを己の杖にてかきあつめ、下部に取入(れ)させて、すさに切(り)て家用にす。右位の始末故有徳の名高く、然るに親道貞(常貞ノ誤)死後、惣領与右衛門・二男又左衛門・三男与左衛門遊楽にはまり、段々所持の金銀を遣ひ、手薄に成るに随ひ、はじめて夢覚め、色々の請負事にかゝり、或は相州の干鰯浜の猟師を請込(み)、

何れ兄弟元しらざる事故損をし、其後松平加賀守殿御守殿御普請にかゝり、御普請過(ぎ)て、右入方凡(そ)御屋舗にて積らせ被レ成二御覧一候処、過分の入用高故に不首尾に成(り)、其内の金子繰ならでは渡らず、残りは年賦となり、其さへ不レ渡し…終に身体滅亡す。後に二男又左衛門は本庄にあさましき焼豆腐を商ひ渡世す」。

三三六 **善五郎** 町人考見録、亨「名字は井川といふ、所は室町下立売上ル町、五十年以前京大坂にては一番の大両替にて、諸大名の仕送り金銀の取引手広く、京中の町人金銀肝煎致し、大名がしの本紙元にて方々より銀子請込、何れも彼者持手形にて差出し申事、畢竟大名がしの問屋といふもの也。凡壱ヶ年には千貫目も延し申候身上と風聞致し、其頃迄は直に大名方へ出すと申事は無レ之、多くは如レ此善五郎がかはりにて候故、大分の金銀取引致し、誠に長者どのと相見申候云々」。後不手廻しとなって、遂に大名貸のために破産してしまったという。

三三七 **謡は三百五十番** 輪講、山崎楽堂追記「江戸時代各流用ゐる所の謡は、幕命によりて時々曲目を列記上申す。之を「書上」と称し、都度多少の増減ありたれども、一流大抵二百余番を算せり。而してその大多数は諸流共通の曲なるが、若干は流義により夫々異れるものありしを以て、各流に亙り遍く数ふる時は遙に二百番を超えたり。殊に西鶴時代は最盛期として、概数「三百五十番」と言へるは当を得たるもの、そは「諸流に通じて悉く」との意を表せり」。本朝世事談綺、三、諷の作者付の書(大永四)にも、世阿弥・禅竹以下諸作あわせて三百五十二番とある(大)。

三三八 **本手** 好色由来揃、四、小歌の出所に「此立達《りつたつ》平九といふ節をうたひ出せり。是を本手の小歌といへり。破歌《はうた》は久四郎といふもの上手にて、きく人感にたへたり」とあるが、立達云々は誤りで、平野九郎右衛門一流の平九節の小歌を、破歌に対して本手と名づけたのである。色道大鏡、八、音曲部「其後(隆達以後)洛下に平野九郎右衛門尉法名宗孝一流をうたひ出し、是を平九流となづく。東武において森田庄兵衛法名休音。葛野庄九郎我道の芸に亜(い)で歌に鳴(る)事世に甚し。されども傾国のうたの道筋は、むかしより品かはり、声やさしくて風流すぐれたり」。
しかし、置土産、五ノ二に「至りぜんさくにして、素人の珍重がらぬ物、本手のこうたぞかし」とあるから、上品すぎて余り面白くなかったのであろう。その唱歌は当世小歌揃に「平九本ぶし」、万葉哥集に「平九節」、吉原小歌総まくりに「夢の通ひ路平九くづし」等を伝える。

三三九 **松ばやし** 満済准后日記、正長二年正月十三日の条に「今日赤松左京太夫(満祐)松はやしお令沙汰、御所へ参申云と…此松はやし事、鹿苑院殿(足利義満)御幼少播州へ御下向時、為慰申、内者共寄合、令風流云々。其以来今日十三日為佳例、赤松亭ニシテ年々松はやし令沙汰来也。当年御所へ被召事、鹿苑院殿御佳例ニ依テ被仰出之」とあり、もと正月十三日の行事であったが、後世では公武ともに正月初三日の行事となり、民間では三日から十五日までの間に行ったもののようである(日次紀事)。年中行事大成、一の博多松囃子の記述は、十地柄もあるが、当時の松囃子の実際を窺うに足る。「博多松囃子 筑前国にあり。今日博多町人家々酒肴を設け、親戚を迎へて祝ふ。踊屋台又邌物《ねりもの》等を出す。町人は麻の肩衣に下は裁付《たちつけ》をはき、其の上に二尺手拭をしめ、頭に頭巾を被り、草鞋をはきて福岡城にいたり、御玄関に於て酒を頂戴し帰る。是れいにしへ唐船博多に着岸して今の長崎のごとし、其の余風也と。今博多は福岡領にあらず」。

三四〇 **名医** 古今医統、三下「予観ルニ二今ノ之求ムルレ医者ヲ一、率ネ以テ下有ル二時名一者ヲ上為スレ重シト、初メヨリ不レ計ラ二其書之読不レ読、脉之明不レ明、謂二之時医・福医・名医一、一承二権貴所挙一、輙憑二治療一、雖レ殺二其身一、委レ命無レ怨」。町人袋底払、上「医者にもさまぐ〵ありと見えて、荘隠居が軒岐救正論に出でたり。儒医・明医・徳医あり。隠医・世医・僧医あり。名医・時医・流医あり。女医・奸医・淫医・瘍医あり。又藪医といふは和俗の誤とかや、野巫医なりとかや、呪ひ加持を交へて病を療するをいへりとぞ」。

三四一 **銅山にかゝりて、俄ぶげん** 子孫大黒柱(宝永六)、四ノ一に「世に人のすさまじきものは銅山といへり。むかしはしらず、近代銅山にて金銀をもうけたる町人は、安倍小平次・北こく屋吉右衛門・いづみや吉左衛門・大阪屋久左衛門・前島彦太郎、此外にはさのみ世にしらるゝ程の人なし」とあるが、いずれも大阪の銅屋・銅吹屋の有力者で安倍(阿部)小平次は奥州南部領白根銅山(寛文九年)、北国屋吉右衛門は出羽秋田領阿仁銅山(寛文十二年)を請け山して稼行しているが、中でも全国にわたって多数の銅山を稼行していたのは、泉屋と大坂屋である(小葉田淳、鉱山の歴史)。泉屋の住友氏は吉左衛門友信の代に、銅吹・銅貿易に進出し、延宝初年江戸中橋に出見世をおいて、秋田の阿仁・尾去沢銅山その他を経営し、天和元年には備中の吉岡銅山、翌二年には出羽の幸生《さちう》銅山の稼行にも着手したが、貞享元年分家の友貞の店における江戸為替不納事件に連坐して逼塞し、翌二年隠居するに至ったという(宮本、大阪商人)。

三四二　**糸屋**　町人考見録、元、糸屋重右衛門「越前敦賀の者にて、元来かの湊にて商売致し、大坂廻しの米にて年々仕合し、後京に住す。所は烏丸三条下ル町。七八十年以前は、是も石川などと同時に、薩州細川其外西国大名へ貸(し)候所取替滞(り)、其後上の京聚楽に引籠り、三代目にて行衛なく身上果(て)申候。一二代重右衛門能道具共を持(つ)事数多也。其内亀屋何某の味噌屋肩衝の茶入を判金千枚にて調ひ、右代銀を車に積みて白昼に引廻り、請取渡しをいたし候と申伝へ候云々」。敦賀志稿、東浜町の条「打它(たう)氏、始は射場町に住(め)り。此町に移れるは慶長五六年の事なるべし。今の表門は大谷氏(吉継)の城門を引(け)る也と云。初代宗貞は何方より来りし人や、慶長以前の事家に伝はらず。越前家よりは船橋新村内にて地方百石を賜(は)り、京極家よりは三百石の黒印有(り)。当御家の初は三百石を賜(は)り、当町に代官たり。延宝四年猪兵衛(養子)上書して、家業に支(かつ)へ候とて御代官を辞す。其時気比宮常宮両社の神領は其儘支配すべきよし仰を蒙り、御宮代官と称せり。小物成銀請払は在来の儘支配す。敦賀町人頭・問屋頭・米仲頭たり…息良亭(実子)は京西山鳴滝妙光寺を再造し、驚月庵を建て隠居せり(其費慶長金一万両と云ったふ)、大津四宮石鳥居も良亭寄附也と云(ふ)。又味噌や肩突の茶入を金千枚にて買得せり。其より糸屋肩突と数奇者流に云(ひ)伝ふ。良亭京にては糸屋十右衛門、大津にては糸屋十郎兵衛と云(へ)り。名は公範(きんのり)、書を能(く)し歌をよくよめり。息景範と共に挙白集・近世畸人伝等に其名見えたり。猪兵衛貞能亦歌よみ也」。○亀屋といへる家の茶入とあるが、不断重宝記(元禄四)の茶湯名物御持来之記に、「ゑいにんかたつき　いとや宗亭　但し今ハ富田のべにやニ有也」と注するから、当時すでに糸屋から紅屋に移り、鴻池へ入ったのは元禄以後のことである。なお亀屋の由緒を示すものとして、一、二を左に引用しておく。

京都御役所向大概覚書、三、御当家御書御感状其外先祖江拝預物之事「一、祖父角(ママ)屋栄任義関ヶ原より大阪両所之御陣御供仕御具足拝領京衣棚通下立売上ル常泉院町亀屋源兵衛」。

京羽二重織留、六、人名部「長崎割符取人数衣棚下立売上町　中老　亀屋栄心」。

茶道辞典(桑田忠親)に「味噌屋肩衝　大名物唐物茶入、一時亀屋栄仁の所持だつたので栄仁肩衝の別銘がある、もとの所有者味噌屋某が徳川将軍に献上、二代将軍秀忠から亀屋源太郎に賜はり、京都の糸屋重左衛門、大阪の鴻池家と転伝した、唐物茶入中での大さび物の一つ」と見える。

世間胸算用

三四三　**棚おろし**　京都室町の法衣商千切屋吉右衛門の例を挙げると、毎年春秋二回、正月と七月に在庫商品の棚卸しを行い、各品種別に売値段を以て現在高を計上し、算用帳に登録する。その内の二割が売口銭であるから、それを差引いたものを以て正味の財産とし、現金保有高等と共に勘定帳に記入する。この棚卸し勘定を終って後、正月五日から春売出し、七月十八日から秋売出しを行うのであるが、正月の棚卸しには別家中も勘定に立会い、七日に祝いの振舞を行っている(足立政男、近世京都室町における商業経営)。

三四四　**胸算用**　本書中の用例としては、一ノ四(二一三頁)の一箇所だけ、ムナザンヨウと読ませている外は、すべてムネザンヨウである。各巻目録の標題「胸算用」も、ことごとくムネザンヨウと読ませるよう、振仮名を施している。したがって世間胸算用の書名も、セケン・ムネザンヨウと読むべきである。

本書以外の西鶴の用例についていえば、やはりその殆どすべてがムネザンヨウである。

二代男、四ノ四「胸(むね)算用すれば壱万両も弐年迄はなし」。

盛衰記、四「其人の胸(むね)ざんやうあればなり」。

桜陰比事、一ノ三「これを代(しろ)なす胸(むね)算用して」。

同、一ノ四「諸事胸(むね)さん用して」。

永三ノ一「胸(むね)算用秤目の違ひなきやうに、手合念を入」。

同、三ノ二「浮世の帳面さらりと消て、閻魔の帳に付かゆるに胸(むね)算用極めければ」。

しかしまた、同時にムナザンヨウと読ませた場合もないではない。

一代女、六ノ二「昼遣ひし胸(むな)算用を忘れ」。

盛衰記、一「胸(むな)ざんようの違へる事なし」。

一般的にいって、江戸時代にはムネザンヨウ・ムナザンヨウ共に用いられている。そして後世になるほどムナザンヨウの例が多くなるが、しかし西鶴の時代にはむしろムネザンヨウの方が優勢である。

三四五　**千種百品染**　御所の百色染(↓補八九)と呼ばれるもので、秋の千草模様を御所染で色変りに染め出したものであろう。好色盛衰記に、「此程京にたくみ出して、しのぶの細染といへるは、片面を六拾五匁に出来しぬ。油屋絹の本もろ半匹六拾目の地を、六拾五匁にて染(む)る事、中々身代薄き人の成るまじき小袖なり」とあるのは、それを葱草模様にしたものである。また本文に「千種の細染百色がはり」と記しているが、防染のために糊置すると模様の線が太く出るのを、描線が細くすっきりと仕上るように工夫した染め方を、「細染」といって珍重したのであろう。五ケの津余情男に、「千種染の細模様」の名が見えるが、これは腰元の着衣であるから、高価な「千種の細染百色がはり」と同じものとは考えられない。同じく「千種」とはあるが、この方は千草色(浅黄色よりやや濃い藍色、空色ともいう)の染をいうので、女重宝記(元禄五)にも「千草染」と見え、当時はやりの染色であった。

三四六 **振手形** 振手形は振出手形の一種で、振出手形には此外に振差紙・大手形・延手形がある。振差紙は両替屋間にのみ通用するもの、大手形は節季勘定を翌月三日に延期するために、使用したもの、延手形は所謂先日付の振出手形である。ここにいう振手形は大阪に於て特に多く流通したため、大阪手形ともいわれた。大阪商業慣習録、上ならびに両替商旧記、二によれば、手形振出しの事は大阪の両替屋の始祖天王寺屋五兵衛に始まるという。その雛形を示せば次のような形式である。

「手形受取人
「何某殿え

割印

覚

㊞ 一金……両

㊞

右之通慥に請取此手形を以て御渡可被下候以上

年　月　日

「何屋某㊞
「印元、振出人

「何屋某殿
「振宛人、両替屋

大阪商業慣習録、上、手形流通の事「右は素人の、両替屋と取引ある者より、両替屋に宛て振出し、又は甲両替屋より乙両替屋へ宛て振出す手形にして、何屋某殿とあるは妻書と唱へ、素人の印元より渡し先の人名を記入せしものなり。此手形を両替屋へ持参するとき、印元より両替屋へ預込みあれば異議なく渡すべしと雖も、若し預込みなきときは、落印と称し、不渡なる旨を以て対ふ。尤も預け込金あらざるも、両替屋に於て、其手形振出し人と振出しの過量を負担する約束あるものは此限にあらず。但し之を通ひ尻と称し、通ひ尻何程迄は請合ふべしと、予てより約束あるものとす。さて此手形印元より甲に渡り、甲より乙に渡り、乙より丙丁と漸次経過して後、印元の入金なくして不渡となるときは、丁より丙に返し、丙より乙に返し、乙より甲に返し、甲と印元との関係となるは勿論なれども、印元に於ては確に入金せしに、両替屋に於て之を払ひ能はざるときは、即ち所有人の損失となるなり。これ印元より両替屋の負担となりて、印元には関係なきに依れり。又印元より振出したる手形を以て、口限内に取付けたるも猶不渡となるときは、其責印元にあり。若し日限を過ぎて後不渡となりしときは、其日限を遷延したる怠あれば、乃ち所有人の損失となるなり」。大阪昔時の信用制度(大阪市史、五)第一回、預金の種類の一節を参考に掲げておく。

「預金は当座勘定の一ありしのみにして、預金者に対して振出手形を交付す。此振出手形は、預主に望に従ひ、大小何枚にも分ちて振出せしものにして、預主は之を今の兌換券同様に流通せしめたり。商人が預金を為すの趣意は、金の保管を依頼するよりは、寧ろ成るべく多くの預金を託し、平常其の信用の度合を示し、以て他日借入を為す時の便宜と為すに在り、去れば現金の手に入る時は、直に之を両替店に持行かしめ、仕払には現金を用ひずして手形を振出せり。故に確実を専とせる両替店は、随分見識を張り、容易に商人の取引開始を許諾せず、預金には勿論利子を附せず、其代りに預金は成るべく多く手元に置き、少くとも四分の一を下らず。他に貸出す資金の大部は、自己の所有金なり」。

本書の「近年銀なしの商人共、手前に金銀有ときハ利なしに両替屋へ預け、又入時ハ借る為にして」とある一節と照合せられたい。

三四七 **はま弓・雛の摺鉢・菖蒲刀** 御触書寛保集成、三六、諸商売之部「慶安元子年四月　一、五月節句之甲、結構蒔絵梨子地金物糸類仕間敷候。縦何方よりあつらへ候共、仕間敷候。御城様え上り申候甲ハ不苦候事」。慶安二丑年二月「一、如前々、ひゐなの道具ニ蒔絵幷金銀之箔付ケ、結構ニ仕間敷事、上り候ひいなの道具ニは各別之事」。寛文七未年十一月「一、はま弓結構にいたさず、射られ候様に可仕候。但人形・作り物等ハ一切無用たる事。一、正月もてあそびの甲、いにしへのごとく、かぶり候やうにこしらへ、人形作り物可為無用、但甲にたて物は不苦候。惣て結構に仕べからざる事。一、商売のひなの道具結構に不仕、かろくいたすべき事」。同、一九、倹約之部「寛文八申年三月　一、金銀之から紙はま弓はこ板ひなの道具五月之甲、金銀之押へ箔、一円に無用之事」。

三四八　**今の値段の米**　「小判二両のさし櫛」が、「今の値段の米にしては本俵三石」に相当するというのであるから、米一石銀四十匁、金一両六十匁替として、米三石で金二両になる。これは鼈甲の插櫛で、当時としては高価な贅沢品であった。しかし時代が変ると、そんな値段では瑇瑁の櫛ぐらいしか買えない。今様二十四孝(宝永六)二ノ一「されば女のあたまに白米を三石頂くと申すを、大力と存じたれば、べつかうの櫛の事じやといへり」。商人職人懐日記(正徳三)四「西鶴が筆に、上米三俵頭に戴くと、四拾目米の時の直段。今の目で見れば、それは瑇瑁(たいまい)の笄の事と思はれぬ」。野傾咲分色孖(享保三)一ノ一「今やうの片手わげといふ物に、中びらのもとゆひ、すきとをる玳瑁かうがい、二色にて慥に帯した米が二俵はある」。最後の例は、西鶴の表現の模倣である。「慥に帯した米」とは、すなわち俵装の完全な本俵の意であろう。

三四九　**本俵**　享保二十年乙卯四月、濡沢手米撰出等之定「只今迄沢手色替之分撰出し、御蔵庭にて拵(ハヘ)置、本俵御蔵納之後、百姓方にて切替納仕、或は引取米仕候」。「請負人へ渡候得者、前書之入用は一切相掛不申、沢手俵も本俵に成、御蔵納仕候同前にて云々」。

(泉氏雑割、御勝手方御定書幷諸被仰渡書上)

御蔵納式諸入用書付
「右納入用之儀者、是迄之仕法に不拘、水揚之節直ニ相改、本俵者其儘拵(ハヘ)立、御蔵改ヲ請相納候積、タトヘバ越後国御廻米四斗入、余米壱升之定ニ候得共、水揚改之節、船中欠減ニテ本俵三斗九升ニ相廻候得者、壱升者余米ト見込、三斗八升入之積ヲ以夫々俵入ニ随ヒ、割合升目相立、御蔵改ヲ受、御蔵納イタシ、壱俵毎ニ内拵差米不致事。但甘キ俵之分者、水揚之節除置、本俵之入ニ准ジ、差米俵拵イタシ、御蔵納候積」。

(牧民金鑑一〇)

天保九年戊戌十一月、申渡
「諸国御年貢御廻米積船、御蔵水揚之節、軽俵之儀も以来本俵同様升廻相立、受取渡いたし候様、兼而郡中之もの共へ申渡に様可被取計候。」

(牧民金鑑一〇)

以上は、便宜日本財政経済史料によって抄出したのであるが、諸国年貢廻米の蔵入に際して、濡沢手俵・軽俵等を除いたものを杉形の掽に積上げ、鬮竹を以て鬮俵を定める、その割合は、百石について壱俵、三百五十石まで二俵、六百石まで四俵、千弐百石まで八俵という風であった。さてその鬮俵として撰み出された俵について、貫目廻し又は升廻しを行って重量をはかり、その結果によって何斗何升入を決定し、その内余米を差引いて本俵の俵入を立て、これを基本として他の貫目不足の俵米をするのである(余米とは又出目米、もしくは延米ともいい、廻送の途中の減量を見込んで、たとえば四斗俵ならば、余米一升を加えて、四斗一升入にすることをいう)。つまり本俵とは廻米の俵入を決定すべき基本俵、標準俵の意と解せられる。尤も年貢米の俵入は、廻送の途中に於ける減量も不定であるから、水揚蔵入の際に其都度鬮俵を定め、これを本俵としたのである。加賀藩の大坂蔵屋敷では、升廻しは前記の割合により、貫目廻しは石数又は俵数の如何に拘らず、常に二俵の鬮俵によって行ったといい、又斤量廻しと称して、国元積出しの際、一石の重量をはかって様石(ためいし)を作り、これを廻米と共に輸送して鬮俵の重量をはかったともいう(黒羽兵治郎、近世の大阪)。

三五〇　**元禄五年元朝の日蝕**　この日蝕については諸書に記載がある。
元禄五年伊勢暦、正月「一日　かのとい　おさん、日そく六分むまの七刻西北方よりかけ、ひつじノ四刻正北ニ甚、さるノ一刻東北方ニ復ス」。↓附図。
常憲院殿御実記「元日慶会例の如し。この日日食未申の時三分半なり。(日記・憲廟実録)」。
護持院日記抄「朔日御儀式如例。但日蝕故御読書始二日に相延也。日蝕並御代替、支干一巡、十三年目也」。
瀬田問答「正月元日日蝕の例、元禄五壬申年未申の時七分半」。
但し戸田茂睡の御当代記、四には「元禄五甲(壬ノ誤)申、午の刻日燭(マヽ)と暦に有(り)。依之午の刻より前に殿中御礼諸儀式相すみ候やうにして、例年元日御目見えより一刻早く罷成(り)、明六ツ半に御目見え衆揃(ふ)。然れども日蝕たしかに見えず、暦ちがひたるにや」とあって、江戸でははっきり見えなかったようであるが、計算上この年この月この日、部分食、時としては中心食があったことが判っている。また六十九年以前といえば、元和九年甲子に当るが、この年元日に日蝕があったということは記録にもなく、数学上の計算によっても否定せられる。青果は同じ子年の寛永十三年丙子元日の日蝕を誤ったのではないかという。それならば五十六年前になる。

三五一 **つばめ** 俚言集覧「算用の都合をツバメと云〔世話焼草〕かりがねを返す算用の燕かな」。同「〔世話尽・犬子集〕春はたゞ帰る雁かね追々に(といふ句に)本利そろゆる燕算用　一正」。長町女腹切、上「跡のこじりの帳面の、つばめ合せと親方が、鞘鳴りするぞ道理なり」(穎、江戸時代語の研究参看)。

三五二 **鰯の頭も信心から** 一般にこの語は、「信心から」もしくは「信じから」とあって、濁点を打ってない場合が多いので、現在でも清んで読む人が多いのであるが、これはやはり濁って読むべきものと思う。胸算用の原本にも濁点はないけれども、私見によって加えておいた。この場合「がら」は品位・分際・資格を示す意味の「がら」(柄)であって、つまり「下手でも医者がら」(諺苑)の諺と同じく、鰯の頭も信仰の対象となる資格があるという意味になる。今、原本に濁点が施してある数少い用例を挙げておく。奥村政信画作、文字絵づくし「いハしのかしらもしんぢがら」。中村三近子、俗諺註釈「温鰯の頭も信心がら」。大田全斎、諺苑(寛政九、序)「鰯ノ首モ信心ガラ」。

三五三 **絵にかこふもなかりき** 物種集「身に疵は絵にかことても御座らぬぞ、雪舟一代やいと覚へず　顕成」。二代男、六ノ四「にしき上の棚に鮭の有(る)程買求めて、金子弐両づゝにして八本より外は、絵に書(く)べきもなし」。世間子息気質、一「正真の世界に子といふものは、絵にかゝうというても、あの万助より外はない」。

同じような表現に、「絵に書いたもない」という語がある。全く無いという意味では、「絵に書かうもない」の方がより強い表現である。椀久二世の物語、下ノ二「元より当山は仏法古今の霊地なれば、精進明かにして絵書(き)し女も見へず」。浮世栄花一代男、二ノ一「爰はのまねばならぬ所、勝手のまかなひ女の油断もやと、台所を見まはせども、いかな〳〵女といふものは絵に書(け)るもなかりき」。当世誰身上、一ノ一「其上彼は一門親類とて絵に書(き)たるもあらねば、ひとへに不便に思ふなり」。

三五四 **仕かけ山伏** 囃物語(延宝八)上、泰山府君まつる咄し「其時山伏申(し)けるは、我らが崇(め)し不動は、霊験あらた成(る)明王にて、定業必死の者にても、一度は本復申す也。祈禱をいたす時、御前の御幣必(ず)ゆるぎ出(で)侍る。則(ち)願叶へば揺(ぎ)申(す)間、気を付(け)てよく〳〵見たまへといひ含め、四方に五色のしでを切(り)かけ、十二の灯明あきらかにかゞやかせ、洗米供物さま〲備へ、御幣を大き成(る)徳壺(とくり)に立て、不動の御前にすへ置(き)…かた手には洗米を蒔(き)ちらし、或は菓子其外の供物をつかんでまきかけ〳〵、按(あん)にもうで祈りければ、暫(し)有(つ)て徳壺にさし入れし御幣、ゆら〳〵とゆるぎければ、願成就目出たしとて、山伏も施主も感涙を流し悦びけり。扨施主申(し)けるは、有難き次第にてこそ侍れ、其御幣を迚(とて)もの事に病人にいたゞかせたきといふ。山伏聞(き)て、いかにも左様にし給へとて、徳壺に指(し)置(き)し御幣をぬき出さうとしけるが、へい串が長さに、誤(つ)てとくりをこかしたり。とくりの中より鰍二升許出でて、護摩の壇をはね廻る。施主もあきれ、山伏も赤面して斗方(とはう)にくれた。能(よく)〳〵思案して見れば、供物色々有(る)中に、塩を山のごとく台に盛(つ)て備へし有(り)。最前供物をまく時、此塩をとくりの中へ蒔(き)入(れ)しにより、鰍が上を下へ返しける時、御へいゆる〳〵とせしなり」。閑際筆記(正徳五)上「洛東ノ大仏ノ辺ニ行者アリ。人ノ為ニ事ヲ禱ル。護摩壇上ニ壺アリ。行者禱主ニ謂(ツ)テ曰、祝禱畢ラバ、吾神酒ヲ壺ニ沃(ソツ)ベシ。事成ラバ壺動ズ、成(ラ)ザレバ動(カ)ズ、請(フ)以テ徴ト為(サ)ント。既ニシテ神酒ヲ壺上ニ傾ク、壺果シテ跳リ動ク。主人大ニ感謝ス。傍ニ一二ノ小児有(リ)テ謂フ、魚其酒ニ苦(シ)ムカト。禱主私(ヒソカ)ニ児ニ外ニトフ。児ノ曰、吾コノ僧活魚数頭ヲ彼壺ニ入ルヲ観ル、故ニ云レ尓ト」。

三五五 **松田** 和漢三才図会、七、工匠の条に、「以二関戻(モジリ)一自能動揺者、名二巧機工一一名細工人、如二大坂竹田近江掾、江戸松田播磨掾一、自鳴鼓曲節合二於歌舞一、自発弓其的遠二数歩一、自射レ之、不レ差二正鵠一、而人以為二奇異一」とある。松寿軒西鶴独吟百韻自註「茶を運ぶ人形の車はたらきて」の句の西鶴自註にも「是は前の少女をからくり人形に付なしける。江戸播磨、大阪の竹田、唐土人の智恵をつもりて、ぜんまいの車細工にして、茶台をもたせておもふかたへさし向へしに、目口のうごき、足取のはたらき、手をのべて腰をかゝむ、さながら人間のごとし」という。松田は屋号を鶴屋といい、初め日向太夫と称したことは、松平大和守日記に見えている。即ち、明暦四年四月十六日・十七日・二十日・二十二日、同五月二十八日の条に日向太夫とあり、万治三年正月二日の条に松田日向太夫とあり、堺町に芝居があったようである。同年七月二十七日から古都伝内と相座本で放下・子供芝居を興行している。元来が狂言もやり放下もして観せたのである。越えて寛文九年正月十一日の条には、鶴屋播磨として見え、大和守に招かれて「三才図会」のからくりを演じている。その上演目録の中に、「一、茶屋にて人形でんがく(田楽)しよくする、一、同たばこのむ人形、一、物書人形、一、をよぎ人形」などが見えるのは注意を要する。若月保治、近世初期国劇の研究・前田金五郎、松田浮舟小考(東京文理大紀要、二)参看。

三五六 **鼠づかひの藤兵衛** 水右衛門は、江戸総鹿子名所大全に「けだもの遣 湯島天神前水右衛門」とある。本書に「長崎」の二字を冠したのは、蓋し長崎仕込みの意で、鳥獣使いの芸が長崎を本場とし、最初長崎において外国から伝習せられたからなのであろう。大阪長堀にも水右衛門の弟子が居たことは、二代男、五ノ二によって知られる。それがここにいう藤兵衛で、特に鼠に芸をさせることを得意にしていたのであろう。「それより半丁程過(ぎ)て、まだよぶかきに、鶏の声不思儀なるに、水右衛門がまねして、諸芸を仕入る。犬に烏帽子をきせ、猿に袴かたぎぬ、鼠の宮参(り)まへに反橋懸(け)て、それ〴〵によをわたるわざ、のぞひて見るも独(り)わらはれて」。

三五七 **おもやからすまし給へ** 母屋と隠居の生活費は、それぞれ見世からのあてがい扶持で、会計的にははっきり分離されている。そして規定の賄い費を超過した分は、見世から母屋あるいは隠居への貸付金として、利息をとって清算することになっている。およそこういうのが京阪商家の内証であったから、金銭の貸借・授受については、親子の間柄であっても利息を付し、一銭一厘の末に至るまで勘定するのが当然のことであったのである。足立政男氏は千切屋吉右衛門家における実例を挙げて、「このやうに店・本宅・隠居の会計分離が明確に行はれてゐることは、家業経営が大規模に行はれた事と、その経営の合理化によつて店の経営が主人・隠居の独裁的自由にならない仕組になつてゐたことを示すものである」(近世京都室町における商業経営)と記している。

三五八 **なげぶし** 松の葉(元禄一六)五によると、元来江戸弄斎の節を歌い改めたものというが、もと梛(なぎ)節(色道大鏡、筆三味線・野傾友三味線)といった。歌詞の梛の葉云々に因んだ命名である。昔、大阪屋河内風とてもてはやされたのは、「かみしもの句さらりと、三味線あいしらひもみじかく、うたのとまり、やんとうたひしなり」といい、一世を風靡したが、「今やうはふしのたけゆるやかに、ならしもの・相の手・撥かずもすくなく、歌のとまりはふしにていひすて、ゆう〳〵ときこえ侍る」歌い方が喜ばれるに至ったという。一目千軒(宝暦七)には、「明暦の比、かしわや又十郎方の抱(へ)のたいこ女郎河内といへりし者諷ひ始(め)し也」とあるが、河内は島原下之町大阪屋太郎兵衛抱えの経子河内で、寛文十一年三月天神となり、延宝六年三月太夫に出世(色道大鏡)、後天神に下った(朱雀遠目鏡)遊女である。しかし河内が柏屋の抱えであったということは、風流杉盃(宝永四)の記事にも一寸匂わせているので、いずれが正しいか、なお一考を要する。藤田徳太郎の近代歌謡集頭注に、この河内を大阪新町の遊女とするのは誤りである。

投節の間の手については、姫小松(元禄一六)下巻に詳しい三味線の手附が見えているが、ここには省略する。筆三味線(貞享二)によると古風で優雅で、間拍子のむつかしい曲節であったらしい。

三五九 **畳占** 畳算で、胎児の性別を占うのには、次の如き法によるのであろう。万宝鄙事記、五、胎内の子男女を占ふ法「毎算四十九を本とし、孕(み)月五月なれば五を加へ、母の年の数を除去(し)、毎年四十九を加へ、惣数単なれば男なり、惣なれば女なりと、大明律に出(づ)。又万病求春嗣法門にも算法有(り)」。

三六〇 **所務わけのたいほう** 遺言による財産処分を所務分というが、遺言状(書置・譲状)は、遺言者の自筆捺印、もしくは名主・五人組の加判を形式的に必要とし、猶町年寄の遺言帳に附けることを定めている。所務分が、慣習上嫡子六分他子四分に定められたのは、何時頃から始まったのか明かでないが、囃物語(延宝八)中、子供に世を渡す咄の章によって当時既に、兄六分弟四分の割合で所務分が行われていたことが知られる。また桜陰比事、一ノ七によると、遺言無き場合も六分四分の割合で分配せられたようであるが、しかし本書では、嫡子四百貫目に対して、他子四百五十貫目、たとえ総領の居宅を百貫目、次男の家屋敷を五十貫目に見積るとしても、五分と五分の割合になる。「大法」とは慣習法的なもので、必ずしも財産分配の割合は一定していなかったようである(中)。

三六一 **七拾壱匁** 島原の太夫の揚銭が七十一匁であった時代は、元禄より遙か昔の明暦—寛文頃かと思う。すなわち、六条三筋町時代から島原移転当初までは、太夫五十三匁・天神二十五匁・鹿恋十四匁（情里胎内捜）であったのが、明暦頃には太夫五十五匁（桃源集）になっている。それに応じて、天神・鹿恋も二十八匁・十六匁に値上りしたものであろう。色道大鏡（延宝六）には、「太夫職五拾八匁・天職三十目・囲職十八匁」とあって、これは諸国色里案内（貞享五）・元禄五年刊行の好色日本名所大鑑に至っても同様である。しからば、引舟女郎（鹿恋）共太夫の揚銭が七十一匁であったのは、明暦三年の桃源集前後の頃のことでなければならない。本書刊行のときに合せて七十六匁と書くべきを誤ったものであろうか。

三六二　**板倉殿の瓢箪公事の咄し**　板倉政要（写本）六、瓢箪譲二三子一事「京都四条通リ御旅ノ近所ニ、有徳ナル商人男子三人アリケルガ、死期ニ及ビ、瓢箪一ツ宛三子ニ与ヘテ、遺言モナク死デケリ。死後日ヲ経テ、一門眷属ドモ家督以下ノ事遺書等有レ之哉ト尋ケル処ニ、左様ノ義一円ナク、只死期ニ至テ瓢箪ヲ一ツ宛三子ニ賜ル。此内ニ何事ゾアルヤト取出シテ見セケルニ、何ノ分モナク、其々ノ名バカリ名付テアリ。一類ドモ不思議ニ思ヒ、町ノ年寄十人組等ヲ集テ、家督ノ義如何ト異見ヲ乞トイヘドモ、何レモ了簡ニ及バザルニヨリ、伊賀守殿ヘ訴ヘケル。伊賀守殿右ノ趣聞召レ、彼ノ三瓢ヲ取寄立サセテ御覧アルニ、末子ニ与ヘ置タル瓢箪バカリ直ニ立、残ル二ツハ物ニ持セカクレバ立ケル。因レ茲板倉殿ツクヾヽト御思案有テ仰ケルハ、三瓢ノ内末子ニ与置タル瓢箪ハ其儘ニテ立、嫡子次男ニ与置タルハ、物ニ寄カヽリテハ立也。然レバ末子ニ家督相続ノ器量アルカト推量スルゾ。町年寄十人組一門眷属会合シテ、箇様ニ配分シ、勿論本家ハ重ク分家ハ軽クスベシ。是本末ヲ正ス所也ト仰事也。畏テ退去シ、右ノ者ドモ寄合沙汰ノ上、本家五分ノ一ヲ二人ノ兄ドモヘ配分シ、四ツハ末子ニ与ヘケル。然ル後此旨板倉殿ヘ申上ル処ニ、尤可レ然、弥一類ドモ兄両人所ハ後見スベシ。本家ハ勿論也ト仰付ラル。此差図ノ如ク、末子ハ本家ヲ無二異儀一相続シ、父ノ代ニ不レ替、二人ノ兄ハ配分ノ金ヲ三年ノ内ニ失ヒケル。此時京童ドモ英雄ナリト感ジケルトナン」。伊賀守殿は板倉勝重の事、慶長六年八月から元和五年六月まで十九年間、京都所司代の職にあった。この公事は有名な話で諸書に散見する。

三六三　**朱雀の細道**　色道大鏡、一二、丹波口茶屋町之図の内、東丹波海道町（一貫町）と新(あたらし)町との間に、寛文十年六月新道が開通し、それより西へ二丁ばかりで島原大門口に達する近道が出来た。左右は田圃・茄子畑の続く細い野道である。これを朱雀の新細道と称した（一代女、二ノ一）。新に対する旧細道は、色道大鏡、一二、坤郭野径之図に見える「坤郭古道」をいう。一貫町を南へ下って丹波海道へ出で、二人塚の所から分れて衣紋馬場に至る野道である。⇩附図。「小うたにうとふ」とは、投節の唱歌に「涌ひ馴れにし朱雀の野辺の露はものかはわが涙」（松の葉、五、古今百首なげぶし）とあるを指す。この唱歌とは別に、「名残おしさは朱雀の細道云々」の唱歌もあったらしいが、唱歌の全文はまだ判らない。

三六四　**加賀の金春勧進能**　能之図式（元禄一〇）六、京都役者名付幷御扶持人所付の条に、

能太夫　　　　　　　　　　　　　　竹田権兵衛
松平加賀守殿　富小路通ゑびす川上ル町
同　断　　　　　　　　　　　　　　同　勝五郎

とある。金春系図によると、竹田家は金春太夫氏勝の三男安信に始まり、竹田権兵衛と改名、二十一歳の時、弟十左衛門と共に前田侯に仕え、禄四百石を給せられた。三十二歳の時、兄重勝死去し、その子八郎元信が家督を相続したが、看抱の八左衛門安喜と故あって義絶するに至ったので、家芸の一切は、安喜から安信に伝えられた。隣忠見聞集に、「松平加賀守殿の今春喜左衛門方は庶子家と聞く。然れば今春の家伝は、喜左衛門方に故有て残り在る事と聞く」といっている。寛文十年五月八日、六十八歳を以て没した。嗣子弥五郎の外男子五人あったが、いずれも早世したので、本家氏勝の末子平右衛門安忠の子、平四郎安村、後改権兵衛広富を養子とした。これが本書にいう「加賀の金春」である。宝永五年四月二十七日、五十九歳を以て没した。法名昌室宗繁という。加賀藩資料第五編、元禄四年三月二十八日の条に「御抱能役者竹田権兵衛、京都に勧進能を行ふを以て、金品を附与す」といい、次に政隣記を引用している。政隣記には、「三月廿八日、於京都、御扶持人御役者三百石、竹田権兵衛安信、勧進能願之通被仰出候由中越、依之銀五貫目、金小判三十両、能装束等被下之」とある。随って西鶴の記述の如く、その年の秋に興行せられたものであろうが、能組の詳細や、関寺変更の経緯等については判らない。

三六五　**川西のやつら**　青果の西鶴語彙には、当時の京都には「川西」と称する地が二箇所、すなわち賀茂川西部と堀川西部の二箇所あったこと

を認めながら、「西鶴の云ふ川西とは、その二者のうち鴨川以西の一区劃地を指すのであって、当時の京都絵図には「新町」とも「真町」とも標記せられ、俚称には「御土居外」とも「寺町裏」とも、時には又「河原」とも呼ばれた地域なのである。西鶴がやゝ声をひそめて、「内証は知らぬ事」など云つてゐるのにも注意するがよい」といっているが、これはやや考え過ぎであろう。潁原博士の江戸時代語の研究に説く如く、古くから西洞院川以西の地域を指して「川西」といっていた。詳しくいえば、下京古町八組の内川西組に属する川西八丁半組・同十五町半組の町々で、延宝末年から貞享・元禄にかけての町組から判断すれば、東は西洞院川から西へ堀川通まで、北は四条通から南へ五条松原通までの一区劃である。この辺り染物屋・織物・晒屋・紙屋等の職人・小商人が多く、上京の公家風、中京の銀持風に対して、川西といえば自ら野鄙な小商人・職人気質を連想させる言葉であった。

しかし又一方では、青果の指摘する如く、賀茂川の西を「川西」といったことも事実である。けれどもこれは、西の島原に対して東の四条川原を東川原といい、以て京の遊所を代表させるに至って、賀茂川を相挾んで陰間茶屋の並ぶ西石垣町を「川西」と唱えたのである。この「川西」は常に「川東」の芝居町・宮川町・富永町附近と対照的に、いささか見下して取扱われているが、中京と比較の対象となる地域では全くないのである(潁)。

三六六　**銀親の人質**　人身担保は、元禄御法式にもあるように、追放刑を以て厳重に取締られていたが、事実は盛んに行われていた。これには二種あって、借金返済迄、被担保者は担保権者の支配に服従して一定の労務に服するものと、債務を完済せざる場合、初めて被担保者を担保権者に引渡すものとあった。前者は質物奉公とも称えられ、明治時代に到るまで慣習として存在した。後者の場合には、借用証文に、万一返済不能の節は被担保者を引渡し、その処分については一言も申分なき旨を書入れるのが例である。

三六七　**天人がらくさ**　村越三千男氏編幷画、内外植物原色大図鑑、二に、イヌノフグリの異名として、イヌフグリ・ヘウタングサ・テンニンカラクサ・ハタケクハガタを挙げている。テンニンカラクサに関する記録は、これ以外に所見がない。イヌノフグリは、クカイサウ属、ゴマノハグサ科の植物で、田野路傍等に自生する一年生の小草木、茎は地に搨し、多くは小枝を分って発生し、春夏の交、淡紅紫色の花を開く。北海道・本州・九州から台北にまで分布している。本書にいう「天人がらくさ」とは、このイヌノフグリを図案化したものであろう。藤井紫影博士旧蔵の地紋式巻上に附図(↓一九頁)の如きものが出ている。御ひいながた(寛文六)下に、「ゆき竹にていせんからくさ」の模様があるが、これはてんせんからくさ、即ち天仙唐草で、天人唐草と同じものではなかろうか。とにかく古くから行われていたもので、当時はもはや流行遅れになっていたことに違いはない。傾城仕送大臣(元禄一六)六に、「天人(ジ)から草帯一筋」とある。人が馴染の惣嫁に仕送る中に、「天人(ジ)から草帯一筋」とある。

三六八　**此一両年は**　嵐無常物語(元禄四)世の人しらぬしにをするかなの章に、「されどもすぎつる年ハ、京も大阪も掛乞よひに仕舞て、町〳〵のいさかひもなかりしハ、世間くつろぐかといふに、いかな〳〵そふした事にハあらず。諸商人よく合点して、商ひをうちばしかけぬ。又買かゝりするも胸算用すれば、ゆきあたつてさのミハ違ひなし」とある。

三六九　**借銭は大名も負せらるゝ浮世**　玉滴隠見、二五、延宝八年の条「一、諸大名方其外にも、当代借金をして一両年過ぬれバ其利金をさへ御済し無之して、上ケ句にハ横に寝坊の不理屈ばかりをいひて、終にハ借取にして、剰買がかり等迄済し玉ハざる家々、其数を知らず有之也。是ハ我なす昼盗人にハせい目もうハ手にてハ無之哉」。

三七〇　**小判のしかけ**　銭の仕掛(↓補三一六)と同じく、小判にも仕掛遣いがある。

壬生大念仏「金の五百両もいる事じやが、逢うた路でならぬとあつては詰らぬ。手附に百両程受取らう。はてそれに違ひはござんせぬ。ほんに誠かや、小判にしかけは取りませぬぞや」。傾城辻談義、大意「節季払の小判ぜにの仕掛ケ」。軽口福蔵主、三ノ一「さる律義なる商人、途中にて一歩ひとつひろひ、嬉しく思ひあけて見れば、金一歩代十五匁とあるを見て肝をつぶし、たゞ今は金一両がわづか四十九匁ほかせぬ。小判を六十匁の算用にしては、一割八分半のしかけぢや。大分の損がゆくとて、又棄てゝ往んだ」。

しかしここは、売掛け代金を受取って来るのであるから、仕掛遣いの意味にはとれない。そこで頭注に記す如く考えてみたのであるが、どうであろうか。次の例の如きも小判の仕掛の一つであろう。なお前田金五郎、西鶴用語小考(言語と文芸、二)参看。

商人職人懐日記、三ノ二「今の新小判は上々の金なれ共、少しちいさきにて金目の違ひ有(る)によりて、元の字金に相場弐匁安し。一歩も新はうすくちいさく、古金はあつくいつかいゆへに、始は新に替(ふ)るに打(ちう)を取(り)しに、去年より古壱歩から打を出しぬ。是はいかなるゆへぞ、合点行(か)ず。両替屋衆の私の極めか。此歩、ある両替屋小判のはしを少許宛つみ切(り)て、百両に弐両三両包(み)まぜしに、か程の事なれば人の目にもたゝず。鬧(がいそ)しまぎれに目迄改むるに及ばず取(つ)て帰るに、幸と其手をして、塵のつもり山の如くもふけて」。

三七一 **八九どうに心覚へする**　役者口三味線、大坂「神代此かたないづな進物、惣役者衆へ、かるた一めんづゝとなげ出す。是はお心がついてかたじうけないと、いそがし中に、はやほどいて、八九にめじるし付る。さりとはすかさぬ、こはいやつじやとわらへば云々」。

三七二 **一年の手形を極め**　守貞漫稿、三「乳母俗におんばと云、半季給銀百目計を与へ夏は麻衣冬は冬服を与へ、其間春秋には主婦の古服を与へ、諸費を給す、因に云、三都ともに半季奉公給金を与ふ者は皆諸費を与へず諸費給金にて使之、蓋家制にて給金の外に烟草紙等を与へ、髪結銭浴銭を与ふことあり、或は与へざるあり、皆家制による、唯三都ともに乳母のみ給料の外に衣服及び諸費を与ふ、蓋京阪にては乳母の児存亡ともに共児を養はず、又其費を与へず、江戸にては乳母の子存する者を好とし、これを養ふの費を与ふ」。

手本重宝記、五、乳母(ちを)抱候一札

一、此何与申女御家江乳母奉公ニ罷出申候、給分ハ一年ニ何程ニ相究唯今為二御取替一銀子何程請取、御縁次第ニ奉公為レ致申候、此女生国者何国何村之何右衛門与申者之子ニ而御座候、宗旨之儀者何宗ニ而何之町何寺之旦那則寺請状此方ニ取置申候事

一、御奉公之内妄に隙乞申間敷候、若永煩歟又者乳不足仕候者、代急度相立可申候、随分昼夜御子大事ニ育可レ申候事

一、右之趣相違御座候者、請人罷出急度埒明可レ申候仍而為二後日一之一札如件

年号月日　請人　誰判
おち　それ

胸三ノ三では一年の契約になっているが、五年契約が普通であったらしい。織六ノ三に「お子五つまで作法の乳母」とある。

三七三 **かみさま・おくさま**　好色床談義、一ノ二「おくさまとは、是もむかしは千石の内そとをいひけれども、今は世の中いたりけるにや、町人なれども身躰有徳なるは、おしなめておくさまといふ。其外、しゆ〳〵の名あり。一名おかつさま。一名おいへさま、一名家美(かみ)さま。江戸にては、わかきもかみさまといふ。京は年のよりたるをかみさまといひ、わかきはいわぬなり」。

三七四 **摺粉**　日本居家秘用、一〇、食療「△育児　小児を育つるに乳汁少きには、性よき古米をよく臼づき、つねの粥よりは水をおほくして、煮あがりたる時火をゆるくして、久しく煮爛して熟したる時、杓子にてみだりにまぜず、直(ぐ)に篩へうつしこし、しるき飴を乳汁の甘味ほどに加へ、火にかけよく調和して、椀或は曲物(まげもの)の類横の方に穴をあけ、管をさしこみ、管の先を乳まめのごとく絹にてつゝみ、右の汁を入(れ)て吸(は)しむべし。貧家の小児の飢をくるしめども、害あらん事をおそれて飢(え)しむるものおほし。初生の時飢(え)しむれば、盛(成)長しがたし。児を飢(え)しめんよりは、右のごとくして、間々乳汁を兼(ね)あとふれば、よく育(つ)て害なきものなり」。

三七五 **魚荷**　人倫訓蒙図彙(元禄七)三、魚荷持「丹後・若狭より京に上るは負(ひ)て来る。大坂より西南の魚は、大坂につきしを京に上すは、籠に入(れ)て夜通し走来る、澆山(けうさん)切なる事なり。籠壱つ四分にて幾籠も荷(にな)なり」。大阪の魚市は夜市であるが、京都向け魚荷だけは時間の都合で宵市が認められ、すぐに荷送りすることが許された。この魚荷に書状・状箱を托することも出来たので、魚荷飛脚ともいう。

三七六 **奈良の庭竈**　庭竈はもと年神を迎える除夜の民俗であって、洛陽年中民間風俗(莬芸泥赴、二)にも「庭にわらをしき、庭かまどして、先(づ)大服の茶をたて、蓬萊の梅ぼしを用ゆ」とあり、特に奈良地方の特殊な風俗ではない。しかし京・大阪では早く行われなくなっていたらしい。

五節句「庭竈　在家に常の竈の外に、庭に新しき囲炉裏の大きなる様に拵(へ)る。寸法大小家の勝手あり、不定なり。家来ども寄(り)集り薪を焼き、茶酒餅蛤等を喰(ひ)て三ケ日遊ぶ事なり云々」。滑稽雑談「此事公家武家など有(り)し事不レ聞、京都の地下にも昔は有けるにや、当世沙汰なし。田舎には正月注連の間、尋常の竈の外に、庭上に囲炉裏を構へ、新しき莚をのべ、戸口に清き莚を暖簾の如くかこひ、家来の男女出入の者など参りつどひ、火を焼(き)て薬酒又は餅をはこらかしなど、食(ひ)飽(き)て遊ぶ事侍る。是をにはかまどといふ。いかなる遺意にや、聖代に民賑ふ云(ふ)心にや」。

阿波国風俗問状答、正月「庭竈仕候。造酒売買又は内庭広き家にて仕候」。

三七七　**長崎の柱餅**　長崎市史、風俗篇「今なほ大黒柱に宝袋の形したる柱餅をヘギに取附けて飾る風習は遺存してゐる。併し元禄或はその以前には、子孫大黒柱巻六の挿絵の図のやうに、大黒柱には大黒の像を飾りつけ、柱の根元に鏡餅を供へるのが、独り京阪地方ばかりでなく、長崎でも一つの風習をなしてゐたものであらう。そして西鶴の写せる長崎の柱餅は、大黒柱の根元に前後の一臼分の餅を大黒柱に打ち着けて、供へ餅としたものであらう」。但し岩手県紫波郡では、臼で搗く代りに柱にふかし米を打ちつけ、餅を練り上げる。これを柱餅という(民俗語彙所引同郡昔話集)。もと諸国で一般に行われた風習であったようだ。

三七八　**輪に入たる丸餅**　続片聾記、七、御勘定所日記(福井藩)「(貞享二年)十二月五日、正月御祝之鏡餅、近年平餅に而、大小厚薄何共難レ仕、大小出来合に付、奥方に而被レ難、迷惑仕候。哀輪入に被ニ仰付一被レ下候様にと筒井十太夫願有レ之候…依レ之御三人相窺候処、輪少く致候而輪入に可レ仕候由、被ニ仰渡一候。

御子様方へ十組　左輪　さし渡し壱尺二寸　高さ五寸　同改　さし渡し一尺一寸に成る　高さ四寸

御乳人方五人　左輪　さし渡し壱尺　高さ四寸　同改　さし渡し九寸に成る　高さ三寸

御家老中　左輪　さし渡し一尺五分　高さ四寸五分　同　さし渡し一尺　高さ三寸五分に成る」。

右によると、単に形が崩れぬためではなく、大小・高さを一定するために、竹輪が用いられたようである。

三七九　**はや物がたり**　雑兵物語(天和頃)馬取藤六「惣(じ)て陣中に小歌・浄瑠璃・はや物語りを御禁制だも、高声させまいと云(ふ)事だ」。奥州秋田風俗問状答、正月十一日の条「此日物語座頭と申すもの参り候、一連に五人七人各もの語一を申す、これは昔琵琶にて平家を語りたり。桜は七ケ日に散りけると、名残を惜み天照る御神に祈り申されければにや、三七日までなごりありける、君も賢能にてましませば神も神徳をかゞやかし、花も心有ければ久しく齢をたもちける。

是等の事申たりし其名残の残れる今も物語と云ふにて候。

それ物語かたり候、明きの方から福都座頭参り、此屋敷益繁昌にて四方四面に蔵を建て、鶴亀までも舞ひこみ富貴万福栄えたる物がたり。

それ物語かたり候、是の御亭主は長者になり、大黒形に恵比寿顔、しかもお手回りまで福顔にもつくしと栄えたる物がたり。

何の曲節もなく、いと早く息つきあへず申にて候」。

三八〇　**船を艫より逆下しに**　三十石夜船便覧(安政三)に、「淀の小橋は至て大切の橋なる故に、舟を廻し、しり下にする也」とある。これを艫下(ともさけ)という。大阪天満橋でも、この艫下を行った。淀川両岸一覧(文久元)下り船之部、天満橋の条に、「此橋下ハ、淀川の流れ西に曲折て水勢つよきが故に、上船は水主等力を尽して棹さし、下船ハ押流されじと船をまわして、大切ニ下る。是を艫下といふ」といい、割注に「淀の小橋も又同じ。是なん、あやまちて船橋杭にもたるゝ時ハ、大事ニ及ぶがゆへなり」と記している。五ケの津余情男、二、伏見の下り舟に「岸の額に根のなき草、京橋の江につなぎし舟も、早淀で御座る。あの火のみゆるが大(ママ)橋の中の間、十三郎舳艫せい〳〵。がつてんじや。あぶない〳〵。まつと上でまはせばよいに」とあるのは勿論小橋の誤りである。因に大間の行灯は、また水行灯ともいった。航路標識灯の意である。淀川両岸一覧に、「橋下の大間に鉄灯籠を釣り、終夜灯を灯し、通舟の便となす」とある。大坂独吟集、下、西鶴独吟「行灯のひかりのどけき天の原　ふりさけ見れば淀のはしぐゐ」。西鶴真蹟自画讃「闇はあやなし川舟の、車の音浪の声をしるべぞかし　五月雨や淀の小はしの水行灯　西鶴」。

三八一　**春のべの米**　椀久一世の物語、下ノ一「同じ丁銀を天秤響き渡る程日に百度もかけ、広庭には延米を借りて積み重ね」。椀久二世の物語、下ノ三「あれは京大坂の親懸の大臣、死一倍も才覚ならず、延米(のべごめ)を連判借して、其米にて諸分(しよわけ)を立(て)けるに、…抑百石借米を口入判代万事にひきおとして、かしらからやう〳〵六拾五石わたしけるとや。手形二三度仕替(へ)るうちに三百石になる事、間のある事にはあらず。此算用は商の道の外とや」。好色盛衰記、二ノ四「色の道なればこそ三月延べの借米、なしくづしの借銭、買置して売損の銀廻し、又は家質或は連判銀、是等は命にも代る程の才覚なり」。

右はいずれも、悪所銀調達の方法として行われた例であるが、米価の高騰・金融界不況の影響を受け易かった西陣織屋仲間でも、資金調達の方法として利用していたものと見える。何となれば西陣織屋の大部分は零細な家内工業で、多くの徒弟職人を抱えては、米・原料糸の買入れにも窮することがしばしばであった。したがって幕府ならびに問屋筋では、その都度救助米・義捐金を与えて救済の方法を講ずるのが常であった。

西陣天狗筆記「一、延宝九年酉　米四千石　西陣織屋中頂戴　一、元禄九子年　米三千石同断　一、享保六年丑　御払米五百五拾石買入、入札直段を以(て)延売被仰付候事」。延宝九年度は飢饉による米価高騰のため、元禄九年度は貨幣改鋳による金融界の混乱のためである。享保六年度は幕府払下げ米を入札値段を以て買入れ、幕府の斡旋によってその支払を延払いとし、その米を直ちに他に転売して資金を調達したもののようである。

三八二　**節季候**　丹後峰山領風俗問状答、十二月「此日(朔日)番非人の者節季候と申(し)、両人頭に笠の輪へ裏白をさし、扇子に面囃子を取り、何か目出度(き)よふ成(る)事を申(し)、家毎相廻り候に付、少々宛米差遣し申候旨、町年寄共申出(で)候。

せきぞろ囃子左之通

さんやァ御座れや、だい〳〵、大裏の、きさきの、まねひと　青山、穂長を、ゆうりゆたかに、飾りて、どんどと踊れば、躍に、徳あり、願ふに福とや、御家は、繁昌、祝ふて、扨又、是より、御家の、御家(屋)敷、申さば、八丁四方の、御蔵、中にも、ずつしり、建(て)たる、米蔵、蛭子の魚蔵、毘沙門、銭蔵、不動の、金蔵、しやう〳〵、酒蔵、いづみも、栄(ゆ)る、つきせず、汲(め)ども、つきせぬ、祝ふて、何程、目出たい」(句切れごとに「せき候」と囃す)。

三八三　**幸はひ木**　歳神迎えの供物で、長崎だけでなく九州一円、さらに阿波地方でも行われていた。上方の正月の肴懸けもその変形であろう。阿波国風俗問状答「一、十二ふしとて、木を横たへ、是に一尺許りのなわを十二ゆひさげ、かけ鯛・塩鰤・焼鮒・かけ鳥・焼豆腐などかけ申候。尤も家々にて、かけもの違(ふ)も御座候。閏月あるとしには、十三ふしに致(し)申候」。民俗学辞典、正月行事に「九州ではサイハヒギと称して、内庭の入口や土間の上に一本の木を横に吊下げて、一年の月の数だけ縄を下げ、吉例の食物である鯛・鰤・鯣・昆布・柿・大根・橙などをかける風習がある」。同書、歳神の項には、「これも幸木が食料の豊富を示すに対し、(年木)は歳神に供える燃料を意味し、神と人とがこれによって相饗して楽しもうとしたのである。これらの供物は祭が終ると直ちにとりおろして食べたり、片づけるものもある云々」とある。

三八四　**物もらひ**　日本及日本人(昭和七年一月一日号)に、松尾矗なる人が初春の物貰と題して、長崎の風俗を記している。「西鶴の胸算用に「……」とあるは…俄か物貰ひにて、大晦日の、只今の時間ならば十二時の、例の百八煩悩の撞鐘とやらが長崎の町の周囲にある低き山々の麓の寺より鳴出すと同時に、長崎の町外初め蚊食原(かくばら)辺より出てくる「目出たいな〳〵」と云ふ俄か乞食の群であります、「目出度いな〳〵繁昌〳〵と舞込んだ、枝も繁れば葉も茂るチコイトナ〳〵」と唄つて、正月三ヶ日間、物を貰つて歩くので、此の物貰ひの事を「めでたいな〳〵」と云つて居ります。俄乞食等は、大抵昔は蚊食原と云ふ一種の非人部落より出る也と云ふ事です。(中略)昔から絶対女に限つたもので男ではありませぬ、その風体は、大抵紙製の安つぽいお多福面を冠り、派手な色模様の仕丁を着て歩いたもので、丁度恵比寿様の風体にお多福の面を冠つた恰好と思へば間違ひありませぬ。(中略)人数は二人か三人づゝ一組となつて入つて行きます、一人は踊を踊る、それで踊子は小娘が多かつた、踊と云つても下地がありませんから出鱈目に手と体をひねらせるだけです(両手に小槌を持ちて握る、槌の先に、鉛玉をつけた糸を沢山つけてある)。囃し方は四つ竹でやります、踊りと唄は二分間位なものです、唄と踊が済むとお盆を出して銭を貰ひます、このお盆に丁寧な物貰ひは博多人形か古賀人形製の安価な土人形の恵比寿大黒を置き、荒塩(即ち盃に塩を詰めて、それをお盆の上に、ひつくりかへしておいたるもの、塩の山盛り也)を供へて、それを突出して、金を貰ふのです。荒塩とは、塩屋さんの話では漬物塩の事ですが、長崎辺では、神様に供へたり、お祝ひごとに供へるものを荒塩と云つて居ります、新(あら)塩の意味があるのでせう、今日荒塩といふかの薄黒い下等塩の意味ではありませぬ。昔は此の俄か物貰ひが多く這入つてくる程、縁起がいゝと云つて欣んだものので、家によつては、一々土器や其他の酒器で「お祝ひ」と云つて酒を飲ませたさうです…「物貰ひども貌赤くして」は、その有様を充分に物語つてゐます」。

三八五　**御免筆**　難波草「ふみむまのとしの吉書や御免筆　治武」。俳諧三部抄「一時軒免筆になれる悦に　岡山のいろはもさぞなゆるし色　宇野」。顕伝明名録、一「信晨　御免筆　武田釆女正菅原朝臣」。一時軒岡西惟中は、青蓮院門跡後の天台座主尊証法親王の門人で、法親王は同じ御家流の中でも特に一流をたてられた方である。

三八六　**出替り**　奉公人は、武家は譜代、町人は年季奉公(十年)を原則とするが、種々の弊害もあり、また臨時の労務需要にも差支えるので、一年もしくは半年を契約期間とする一季奉公・半季奉公が次第に採用せられるようになった。これは最初町家において、乳母・腰元・仲居・下女・

下男等の雇入れに試みられたもののようであるが、封建的かつ秘密主義の武家においても、若党・仲間・小者・草履取りの如きはこの短期奉公人を使用することを便宜とするようになった。その起源はいつか判らないが、すでに承応二年正月の触に、「若党・中間・草履取・六尺以下、其外下女、惣(べ)て一季・半季居之出替り之もの、来二月十五日前に有附(ありつき)可申候。十五日以後左様之ものえ宿仕(り)候仁は、可為曲事候」。また「二月廿日・八月廿日已後、主なしの小者・中間に宿かし候者於有之者、宿主曲事たるべし。付、町人召仕候六尺・小者、二月廿日・八月廿日前出替候共、廿四日ゟ已後ハ我まゝニ出し申間敷候。但、主の気に不入ものハ各別の事」(同右)、と見えている。これによると、最初その出替り期は二月十五日と八月十五日の春秋二回で、いずれも後五日の猶予期間を附して、その期間内に雇主・奉公人とも採用・ありつきを決定するよう、定められていたのである。

この二月と八月という出替り期は、参覲交替・御番替りなど専ら武家の都合を考えて定められたもので、節季節季を以て経済生活の区切りとする町家にとっては、まことに不都合極りない。あたかも明暦三年正月江戸に大火があったため、臨時措置として期間延長が認められ、次いで寛文八年の江戸大火の後始末として、翌九年の出替りは三月五日(イ八日)まで延長して差支えなしということになった。春の出替りに準じて秋の出替りも、殆ど自動的に九月五日まで延長せられたと思うが、その法文はまだ見当らない(寛文八年十二月の触に、「例年二月二日出替たりといへども」とあるのは、二月十五日から二十日までの短期間では、新しい奉公人を採用もしくは新しい奉公先を決定することが困難であったから、繰上げて二日に出替りする慣習になっていたのである)。

これが更に三月五日と九月十日の出替りに変更せられたのは、三月は丁度節季がすんでから切りがよいが、九月は五日というともう四五日というところで中途半端である。そこで九日の節供の翌日に改められたものであろう。日次紀事(延宝四)に「三月初五日　△出替　近世今日僕奴出易」、「九月初十日　△出替、近世今日京師僕奴出易」とあるから、京都ではすでに寛文末年から行われていた。但しそれが京都だけの慣習であったことは、拾椎雑話、一に「小浜にては、延宝元年正月ゟ、下人出替三月五日・九月十一日に極る。以前は三月二日・九月八日なり。節句前にて不勝手故、京都並になる」とあることによって明かである。

大阪は京都とやや事情を異にしていたらしく、三月五日・九月十日の出替りになったのは、元禄八年五月十一日付の町触によってである。「下々半季居出替り之儀、唯今迄は三月五日・九月五日に候得共、向後三月五日・九月十日出替り相定候事」(大阪市史、一の記述には、元禄五年にすでにこの触あり、同七年・十年に反復令せられているようにあるが、これは何かの誤りであろう)。

因に云う、半季奉公の出替りは春秋二回であるが、一季奉公の出替りは春の一回だけ、すなわち三月五日である。春秋二回に改まってからも、奉公人のありつきに余裕を与えるため、少し早く出替り、期限以後五日間ぐらいの猶予期間を置いたこと、承応の昔と同様であったろう。

三八七　**ちやんぬりのかはらけ**　当時は同じ目的を以て、朱塗の鉄土器が用いられていた。瀝青塗は新しい仕出しであったろうが、あまり用いられなかったのではないかと思う。

日本新永代蔵、二ノ二「材木柯枝(しが)の桔梗屋とて、今冬木・三文字屋にも肩をならぶる商人、以前に身袋の時のはなしを聞(く)に、あぶらがはらけの鋳物をこしらへ、内を朱にぬらせ、永代土器と名づけて、売出しけるに、さりとは常とはちがひ、まづ奇麗にて見よげに、掃除のたびごとに油すたらず、光り一だんつよし。是朱に灯の照(り)あふゆゑ也。しかも油のへり各別すくなし」。

同様のことが日本居家必用・立身大福帳にも見える。

三八八　**樽に胡椒一粒**　万宝鄙事記、二、硯墨筆紙門「寒月硯水こほるには、酒を入(れ)て墨を和(す)べし。番椒もよし。酒はかび、胡椒はねばる。番椒もつ共よし」。本朝食鑑、四、番椒「冬月壁土凍落者、用ニ番椒数升一研レ之為レ泥、合レ土而塗　則不レ凍落」。

三八九　**中棚**　国華万葉記、七之上、武蔵惣年中行事「十二月廿五日、正月かざり道具市、此日より卅日まで、日本橋・四日市の広小路にて小屋をたて、一切之売物をあつめてこれを売(る)也。廿六日はま弓・はご板之市、此日より卅日まで、中橋・尾張町一丁メ・十間棚・神明前・糀町四丁目・浅草かや町、右之所々ニ普く多し。通町之中通に小屋を打(つ)て、塩肴之類を売(る)也」。

西鶴織留

三九〇　**かくれ里**　佐藤鶴吉氏がすでに指摘せられたが、摂陽群談(元禄一〇九、里之部に「隠里　同郡同所(豊能郡木部村)の南、池田の北にあり。所伝(に)云、往昔此地に長者あり。万宝家に充(ち)満(ち)て、求(む)るに不足と云(ふ)事なしと云(へ)ども、終に亡失(せ)て、名のみ隠里と云(へ)り。今も於于是、物を拾(ふ)者必(ず)幸ありと云(ひ)習(は)せり」と見えている。西鶴は友雪との両吟一日千句(延宝七)に、「池田の奥に竜が吟ずる　　雪、さく花の雲起つては隠里　　鶴」と付けているので、ここも池田を指して隠里といったのではないかとも考えられるが、摂陽群談には別に打出村にも隠里のあったことを記している。「隠里　兎原郡打出村にあり。所伝云、長者一の宝槌を以て万宝の第一とす、是打出の小槌也。此槌を打(つ)て、随所願、地名も亦因玆。今に此地に耳を伏(せ)て、饗応賑敢(な)るを聞(く)と云(ふ)の諺なり」。したがって、ここは打出から北へ入った所にある伊丹を指して、隠里といったのである。伊丹は大阪から大分隔って、摂津平野のやや奥地に位置するにもかかわらず、江戸時代初期から酒造業を以て栄え、隠れたる長者の多い町であった。

三九一　**望姓**　望姓の典拠は、唐書、九五、高竇列伝第二十賛に、「古者、受ㇾ姓受ㇾ氏、以種二有功一、是時人皆士著、故名宗望姓、挙二郡国一、自表而譜系興焉、所下以推二叙昭穆一使中百代不上ㇾ得二相乱一也」、また「代閥顕者、至下売ㇾ昏求上ㇾ財」とあるに拠る。売婚して富を得るためには、「望姓」が必要であったのである。これより出自・本貫の意にて「望姓」をモト(本)と読ませた。慶安版遊仙窟に、「僕因問曰、主人(アルジ)姓望(トモ)何処」と注して、「望者、門望也。若二大原王・朧西李一。姓是人姓、望是姓出処也」という。望姓をモトと読ますところから、転じて商い元手の意にも用いたのであろうが、他にその用例あることを知らぬ。

三九二　**関東筋大風ふきて**　徳川御実記、延宝八年閏八月六日の条「昨夜大風雨やまず。昼より黄蝶かずしらずむがらり飛(ん)で、夜におよんで散ぜず。また南風はげしく、城中諸門の瓦をおとし、壁を落す。まして武家商屋傾覆すること数しらず。地震ひ海鳴ること甚し」。山鹿素行の自筆年譜、延宝八年閏八月の条「今月六日の津波、江戸御入国以来なし…海辺の者云ふ、六日の朝南風の節、津波二つ打ち通る。其の余波江戸表に入ると云々。此の二波三遠(三州吉田・西尾・田原、遠州横須賀・浜松)に到る。…中国は五日洪水、奥州秋田・津軽辺は、初め八月廿五日洪水、当月十四日又大雨洪水、上方も亦十四日洪水云々。但し九州は初め八月廿一日洪水大風、然れども当方の如くならず。之れに依り西国は満作の由、大坂の米代五十六七匁云々」。同、年末雑載に、「〇今年閏八月大風雨、高潮津波、東西不作、米穀石九十目・百目金壱両に六斗云々、雑穀・大根・菜等なし。来春必ず飢饉と為るべし云々」。もっとも関東筋大風の記録としては、同じ素行の日記延宝二年八月の条に「十七日、哺時より大風終夜、且つ高潮 五十年来之れなきの大風。四国・中国・九州各々大風高潮、唯だ肥前佐賀は別事なし。東国十八日大風、津軽辺も亦五十年来之れなし。夏に洪水あり、秋に大風あり、来年必ず飢饉たるべし。当作毛は天下の大損亡なり」。同年末雑載に「今年(延宝二年)諸国凶年、天下の米三分一を除(さ)る 北国太守必ず糶米を大阪に廻すこと廿万石、今年唯だ五万石。極月に八十匁を以て米一石に代ふ。未曾有の事なり」とあって、延宝二年の大風もいずれ劣らぬ大被害を与えたらしいが、この時の大風は殆ど全国的なもので関東筋だけに限られていない。したがってここは、やはり延宝八年の関東筋大風を指したものと思う。

三九三　**飛脚舟**　大阪市史、一によると、京飛脚屋仲間というのがあって、宝暦四年に仲間規約を定め、安永元年仲間株二十二株を免許せられ、ついで京都のみならず、伏見・淀・八幡・江州諸村まで営業範囲を拡張して、書状・荷物を配達したとあるが、また古来「手引船」と唱えて、仲間中として過書三十石船二艘を借入れて荷物を運送していたというから、京飛脚屋仲間そのものは、元禄以前からあったのであろう。本章の主人公は、この飛脚船に便乗したのである。

三九四　**相生**　増補立花指南「相生は松の心(しん)のもと一本にて二またなり。口伝あり、極秘なり」。諸芸小鏡、立花の部「相生の心(しん)とは、松の心のもと一本にて二またをいふなり。是には受(うけ)副(そえ)のつかひやう秘事云々」。

三九五　**葉山**　歌系図、本調子の部、津打次兵衛作詞の「花いかだ」の作曲者付に、「葉山岡右衛門・蔦山四郎兵衛両調」とある。いずれも芝居関係の人間らしく思われるが、「琵琶・琴は葉山」というから、検校に葉山を名乗る者があったのかも知れない。

三九六　**岩井**　好色二代男(貞享元)二ノ一「マ一間には祝(岩井)弥四郎がゝりのかはり籬(まがき)のつれ哥、永閑節の道行」。好色旅日記(貞享四)四「絶(え)てきかざりし弥四郎がいきうつし、三味に引(き)うかされてざつと酒になりすまして」。好色万金丹(元禄七)三ノ一「娑婆で見た弥四郎ぶし」。

寛濶平家物語(宝永七)四ノ四「舞姿扇の取りまはし、大吉弥に自然と似て、ひとふしは弥四郎にまがひしかども」。御入部伽羅女(宝永七)三ノ九「まして朝夕かる口文作より外、後生の道は是がはじめ、終て後我何(が)に名人とて、弥四郎ぶしにて閻魔も見(る)目も、わるい事の帳面はけすまじ」。御入部伽羅女の用例によると、末社であったように思われる。

三九七　**升屋・丸屋・油屋…**　岡田利兵衛、徳川中葉の伊丹酒(雑誌上方、四号)によると、升屋は升屋九郎右衛門(鹿島家)、丸屋は丸屋甚兵衛(森本家)またはその一族、油屋は油屋八郎兵衛(上島家)、以上いずれも伊丹酒の名家。山本屋以下は伊丹に続けて池田の酒屋を列挙したもののようで、山本屋は山本太郎右衛門またはその一族、満願寺屋は満願寺屋九郎右衛門(池田酒史)。但し酢屋・大部屋・賀茂屋・清水屋は不明である。

三九八　**徳利子の万太郎**　和漢三才図会、一〇「按無手人俗呼《ヘ》名《テ》二缶児(トクリゴ)一。説文云、人無《ニ》二右臂一曰レ孑音結。延宝年中摂州大坂有下生《レナガラ》無二両手一者上、以レ足《ヲ》弁《ジ》レ用、且書《ツ》レ字射《ツ》レ弓、出《テ》二芝居《ニ》一乞《フ》レ銭。予亦見《モ》レ之。取レ酒令二人飲一、則五百生之間生二無レ手人一者、禁二沽酒一之仏語也云々」。武道張合大鑑、五ノ二「あるひは酒を好みて酔狂したるものは徳利子に生れ出る」。鶉庭雑考にも徳利子の足芸のことが見えている。

三九九　**唐秬の根の南の方へ高ふはへあらはるゝ年**　「東方朔が伝書にも見合」とあるが、貞享元年刊行の東方朔秘伝置文には見えない。ただし同書は管見のもの、いずれも上巻のみの零本である。本朝食鑑、一「今俗所《ノ》レ謂《ル》南蛮黍之根節、出《ル》二地者高《キトキハ》一 則其年必《ズ》有二大風一、出《ル》レ地者低《キトキハ》、則其年必《ズ》無レ風。予未《ダ》レ試《ミ》レ之、然《モ》蛮黍根有《リ》レ節、節上有《リ》二細根一、如《ニ》二鬚而着《ク》一レ土者也」。和漢三才図会、一〇三「俗伝蜀黍根高露二出於地上一、如甚高上、則其歳有レ風」。西鶴置土産、四ノ三「つら〳〵野に出て、唐黍の根ざしをみしに、今年は風のふかぬとしなれば、米商ひ隙なり」。立身大福帳、四ノ一「東方朔が置文を出して、運気を考へて見れば、蚓の木へ登る年は夏洪水し、唐黍の根の南へさしてあらはるゝ年は大風が吹き、二百十日と放生会が卧、酉と寅の日に当れば是も風のよしを書(け)り」。

四〇〇　**犬蓼の灰**　織留輪講追記に、犬蓼の灰と題して南方熊楠が記している。「重訂本草啓蒙、一二に云く、馬蓼(乃ち犬蓼)灰・茄梗(ナスビカラ)灰・烟草梗(タバコカラ)灰、右三味合せ調へ、タドンの小口に付(く)れば、よく火をたく。之を有明たどんと云。その主薬は馬蓼灰なり。又此灰中に炭火を埋めば久しく保つと」。また万宝鄙事記、三にも「火を保つ法、犬蓼の黒焼を、かたぎか或はつばきの、長一寸か五六分に切(り)たるにつけ、火器に入(れ)て其上に火を少し置(け)ば、一日一夜迄は消(え)ず」。

四〇一　**節分の煎大豆**　譬喩尽、一「年越の煎豉(いりまめ)は二𤮕(ほうらく)に煎(る)ものといへり。尤焦(げ)目に可レ煎」。また「年越の豆は除置(のけおき)、来夏初雷に食ふべし」。和歌山風俗問状答、十二月「節分に打残りし豆は、翌年中も置(き)て、春初雷鳴る時これを食す。又旅へ立つ時三方にのせ、万年草にこの豆をのせて出立を祝ふなり」。五人女、四ノ二「虫出しの神鳴ひゞき渡り、いづれも驚きて、姥は年越の夜の煎大豆取出すなど」。

四〇二　**六分にまはれれば、大屋敷買ふて借家賃**　「大屋敷買ふて借屋賃取」とあるが、ここはいわゆる家質のことである。石井良助博士の家質の研究(国家学会雑誌、昭和二十四年十月号)に、家質に大阪系と江戸系の差別あることを説いて、「大阪における家質は、古くは、質入主が当該屋敷の売渡証文を質取主に渡し、しかも借家請状を質取主に差入れて、依然その家を占有するという形式であつた。それは大坂表金銀出入取捌其他の金銀出入取捌に「一、町中家質之儀、古来ハ売券証文ニて元家主借家請状を取置候。当時ハ家質証文可相改旨申付候事」とあるによつて明かである。この場合には、江戸の家質と同じように、質置主は家質に差入れた家屋敷を占有し、その家賃を債権者に支払つたものと思われる。西鶴織留二の二、五日帰りにちふくろの異見に…(引用省略)、これは、六分に廻るなら、大屋敷を買つて、借屋賃をとるのが一番慥かだが、借屋の出入が厄介だから金を貸して家を買わせ、それを家質に差入れさせれば、年寄・五人組連判の売券状を受取る上に、利銀は家賃として取れるから、これは確かな借物といえるという意味であろう。すなわち、家質には、家賃があることを前提としているのである」と述べておられるのが参考になる。

家質のことは、永二ノ一(五九頁)・四ノ五(一三四頁)・六ノ五(一八六頁)、胸三ノ一(二四八頁)にも出て来るので、一括して注する。家質は屋敷地及びその地上の建造物一切を質にとることをいい、最も確実な、また低利の担保物件として金銀融通に専ら利用されていた。家質設定の形式に江戸と大阪で相違があったことは、中田薫博士も指摘されているが、石井博士の論文により詳しい。西鶴の場合は勿論大阪系の家質であるが、大阪では享保五年以前は家屋敷売買証文の形であったが、同年十二月十五日付町触によって、利息付家質証文の形式に改まった。家屋敷の売買・家質の設定等には、年寄・五人組の立会加判を必要とすること勿論である。

なお家質の利率について、これも石井博士の論文に、「享保十四年に、幕府は元禄以来の借金銀の利率を質物の有無にかかわらず五分に制限したが、元文年間に大阪では家質銀の利子は銀一貫目につき月に三匁五分より四匁(年利にして四分二厘より四分八厘)であつたが、質屋の利子は二十匁(年利二割四分、取引頻繁のときは十五匁すなわち一割八分)であり、抵当物件のない素銀(スギン)の利率は十匁より十一、二匁、借主の信用の確実な場合でも七、八匁であつた(大阪市史)というから、これに比べて、家質の利率がいかに低かつたかがよく判る」とある。

四〇三 **借屋の出入** 古事類苑、法律部、明暦二申年極月九日町触「於二其町々一公事訴訟人有レ之候はゞ、先家主五人組承届、内々に而可二相済一義は、名主相談之上落着すべし。未済之義有レ之候はゞ、家主訴訟人も召連出べし」。京都・大阪では、手続上必要な差添人の同伴出頭を提訴の条件としていなかつたが、後には必ず同伴出頭すべきことに改められた(大阪市史、三、延享元甲子年八月十二日触)。

四〇四 **帳切銀** 大阪では最初、買受価格の四十分の一を帳切銀として上納することになっていたが、寛永十一年以後二十分の一に改められた。したがって百貫目の買受価格に対する帳切銀は、四貫八百匁である。しかし実際には、「帳切銀さへ才覚すれば」名義変更が済むのではないので、そのほかに町入りの費用として顔見せ銀、年寄以下町代・夜番・髪結への祝儀を納め、町中を振舞わなければならない。

四〇五 **武蔵坊弁慶が馬大豆八斗の借状** 摂陽群談、一〇、古地旧屋之部「義経公旅宿古迹 川辺郡尼崎城下にあり。末家伝に云、元暦年中源義経公西国に赴き玉ふ時、旅宿の処也。疾風日を経て穏ならず。武蔵坊借状を以て大豆十二石を貸与ふるの末家と云へり」。摂陽名所図会「尼崎城下に大物(だいもつ)町・大物浜・大物橋あり…判官旅宿蹟、大物橋爪(はしづめ)にあり。今に公役免除の地なり。武蔵坊弁慶借用証文を此の地の仁木氏、今に於て伝来す」(真)。

弁慶借状のことは、江戸時代以前からの伝説で、義経伝説の流布地域にその真蹟と称するものが伝えられている(壒塚物語、海録)。

四〇六 **おさかき・たごの手せし人** 人倫訓蒙図彙、六に、「梭掻 竹をもつて品々に組(む)なり。すべて機の具・長縁・打槌・棙(たたり)等、品々の職人かはれり」とある。たごの手は担桶の把手で、この種の竹細工は古来賤民の業として卑しめられていた。石車(元禄四)「俳諧は詞にかぎりもなく、上一人の諺より末々箴掺担桶の手をする者いやしき業までも、いたさぬといふ掟なければ」。

青果は西鶴語彙考証において、「箴掻は今謂ふ山窩などと同様、当時の人に一種賤民視せられてゐた人々である」といい、弾左衛門由緒のうち頼朝公御定書などに、弾左衛門手下之者名目のうちにも加えられているという。また「たごの手」も、弾左衛門由緒にある棒屋のことではないかと疑っている。

四〇七 **唐土にも見ぬ事** 西鶴は「是程の聖人、唐土も見ぬ事」と記しているが、これは明かに浅井了意の堪忍記(万治二)四、唐の劉伯芻が事の一章によって、換骨奪胎したものである。

「一、又唐の劉伯芻とて、礼部(れいほう)侍郎の官にあづかりし人あり。其家のおもてを、毎日柴をになふて市に出てうりしろなし、かへる時は股をうちて哥うたひ、思ふ事なげにてその門をとをる男あり。劉伯芻つら〳〵見て、ある時内によびいれ、扨も汝は、毎日柴をになひ此門前をとをり、かへる時は哥うたひ、思ふ事なく見ゆるこそうら山しけれ。我君につかへて官にあづかり、衣食心のまゝに、めしつかふ人あまたあれ共、心は常につながれたるがごとく、内外につけて、よるひるやすきいとまなし。汝はいかにして住(み)けるものぞや、心のうちたのしみ有(つ)て物にかゝはらずと見えたりと、うらやみ思ふと申されしかば、此ものこたへていふやう、それがしはこの惣門のかたはらに庵りを結び、只一人すみて二百文の銭をもつて柴をもとめ、毎日市に出てしろなし、利潤すこしまうけて餅をかひ酒をのみて、庵りにかへり膝をかゞめていだき、臂をまげて枕として夜をあかす。家も衣食も望みなく、科をおかさねばをそれもなく、たくはへたる事なければ心にかゝるうれへもなし。一盃の酒を友としてたのしみをきはむる也とこたへしかば、劉伯芻いよ〳〵うらやみ、賢人とは汝の事ぞかし。今すこし利潤おほくば、ます〳〵たのしみかぎりなからんにとて、又銭一貫文をあたへらる。男よろこびとりて帰り、そのあしたよりは柴おほくになひて出(で)つゝ、帰る時には足もといそがはしく哥もうたはず。かくて四五日の後に、かの一貫文の銭を持(ち)きたり、なげかへしていはく、あたら一生涯のたのしみを此銭にてうしなふなう。庵りの内にかくしをけば、ぬす人これをしりてひそかに来りてとりうせなんかと、いくばく心のいそがはしくて、出入に気づかひあり。あらぬ物ゆへに我うれへにしづむ事よとて、出(し)てかへりぬと也。かく賢にして欲すくなき商人は、今もむかしも世にまれ也」。同じ話は、隋唐佳話にも餅売の事として見えているが、やはり西鶴の所拠としては堪忍記を第一に推すべきであろう。西鶴はこの話に、同じ堪忍記、八、唐の余于商人の遺金をかへし金を得たる事の章を取り合せて、塩売の楽助の一章を成したといってよい。

「唐の余于と云(ふ)人、そのはじめいたりてまづしき舟人にて、わづかの舟ちんを取(つ)て世を渡りけり。或時其子と我と舟をこぎて商人をのせ、瑞洪といふみなとに着(き)たり。商人は舟よりあがりて行(き)けるに、黄金三百両のふくろをわすれて去(に)けり。余于是を見つけて、わが子の見るべき事をおそれ、ひそかにかまどの灰の中にうづみかくしたり。其子はいそぎ舟を出してかへらんといへ共、余于はわざといきをいれて、かなたこなたと三時ばかりをのぶる所へ、商人はしりかへりて、舟の中にふくろはなかりけるかとてたづねけるを、余于わが子にかくししらせず、灰中にうづみをきたるふくろを取出してかへしけり。商人手を合せなみだをながし、さてもきどく正ぢきの舟人かな、此大恩さらにわするべからず、黄金半分をわけて奉らんと云(ふ)。余于がいはく、一両をも取(る)べからず、よこしまなるたからは天道におそれ有(り)とて、をしかへしぬ。商人は、われ此ふくろをうしなはゞ、じがいをいたして死なずば世に有(る)べきたよりもなかるべきを、いのちのおやといひ、又大恩をかうぶる有(り)がたさよとて、礼拝してかへりぬ」。

堪忍記では、この後に舟人の子が様子を知って、思いがけぬ宝を受取らぬ父を罵る。余于これを訓して船を出さんとするに船動かず、水中より五百両の黄金入りの革袋を得たという余談が続いている。

四〇八　**名利の千金は頂を摩るよりもやすく**　俗つれ〴〵、三ノ一にも、「名利の千金は頂を摩るよりもやすく、善根の半銭は爪をはなつよりもかたし」とある。これは南都大仏建立のための、竜松院公慶上人の勧進文の一節ではなかろうか。同書四ノ一の冒頭に、「清貧はつねに楽しみ、濁富はつねに愁(ふ)と、光明皇后の御殿の屛風に書(き)置(か)せ給ふと也」とあるので、これも同じく、正倉院北倉の鳥毛帖成篆書屛風の文句かと考えたが、そうではなかった。

四〇九　**六月に雪ふらす**　西鶴名残の友、三ノ三にも、「されば唐土の玄宗皇帝は音律の名人にて、二月の初に花の咲(か)ぬ事をおそしと、楼台にのぼり羯鞁うち給へば、余寒払つて梢の花開色見せけるとなり。又鄒燕は篳(ひちりき)の妙を得て、六月に冬の調子をふきて霜をふらせし事も語り伝へり」と記しているが、古事合璧集(寛文一三)下に「淮南子曰、鄒衍尽レ忠事二燕恵王一、王信レ讒而係(ツナグ)レ之、衍仰レ天、夏月為レ之降レ霜」とある。衍が律の調子を吹いて寒谷に暖気を生じた(史記列伝)というのは、季節が正反対である。思うに、これも了意の堪忍記に拠ったのであろう。堪忍記(万治二)四、職人の堪忍、鄒燕篳篥を吹し事付玄宗皇帝羯鞁をうち給へば花さきし事「一、もろこしの鄒燕といふ人は、ひちりきの妙をきはめ、六月のてうしをふきぬれば、たちまちに霜をふらしたり。又寒谷といふ所は、夏も氷のとけぬほどなるさむき所なりければ、鄒燕こゝにゆきて春のてうしをふきしかば、其所あたゝかに成(り)て、粟をうへしに熟しけると也」。

四一〇　**九損一徳**　他我身の上(明暦三)三「ある数寄者の曰(く)、鞠ばかり益なき物はあらじ、昔よりかしこき人の九損一徳といへれ共、我は十損無徳と思ふ也…又そのとくといへるは、さそくのきくといへるにや、いとおかし。鞠をけいこせぬ者も、みぞへふみかぶり、ほりへはまりて、死したるためしいとまれならん」(松)。

四一一　**万事あるにまかせて侘たるをよし**　西鶴が引用した通りの利休の言葉は見当らぬが、南坊録、覚書に、「家居の結構・食事の珍味を楽とするは俗世なり。家は漏らぬほど、食事は飢えぬほどにて足る事なり。是仏の教、茶の湯の本意也」と見える。

四一二　**哥書**　天水抄(写本)上に、「又師伝なくて叶はざる事は、詠歌大概の切紙、百人一首の五ケ、雨中吟・未来記の心得、伊勢物語の裏の注幷に六ケの大事、八雲神詠の口訣、三神の化現、源氏物語の三ケ止観の流」を挙げているのは、その一例。

四一三　**楓橋の夜泊**　張継の詩句を色里の遊びに取りなすこと、他にも例がある。新可笑記、二ノ一「又室君をまねぎて秋のはじめのかりまくら、是を仮令(たとへ)て楓橋の夜泊かと思はれ、心はそらに鳥鳴(い)て、明(け)がたのわかれをおしむも有(り)」。風俗文選、木導・出女説「唐土の楓橋にて月落烏啼の吟も、此の君にあはぬ吟」。

四一四　**唐人哥**　松の葉、唐人歌「かんふらんはるたいてんよ、長崎さくらんじや、ばちりこていみんよ、でんれきえきいきい、はんはうろうふす、をれえんらんす」。松の落葉にも、かんふうらん替りを出す。一般に唐音を插んだ色里の騒ぎ歌を唐人歌という。したがって、かんふうらんの歌に限らない。古くは「のんせんふらんらん露のなさけなや」（卜養狂歌集）などとも歌った。

四一五　**むかしかしこき親仁達**　徒然草、九段「まことに愛著の道、その根深く源遠し。六塵の楽欲多しといへども、皆厭離しつべし。その中にただ、かの惑ひの一つやめ難きのみぞ、老いたるも若きも、智あるも愚かなるも、かはる所なしとぞ見ゆる。みづからいましめて、恐るべく慎しむべきはこの惑ひなり」（松）。

四一六　**さくとく**　十事解「豪商の者は村方にて銭穀を貸し重き利を得、田地を買集めて百姓五軒も十軒もの前を持(ち)、是を下地にして、右の倒れ百姓を吾奴僕として年々作徳を呑んで益々富む」（日本経済史辞典）。

四一七　**書置は一枚にして**　「徳川時代遺言状ハ一ニ書置又ハ遺(ゆい)状ト云ヒ、遺言ニ依ル財産処分ヲ所務分ト云フ」（中）とある様に書置（遺言状・譲り状）の外に、所務分の目録を添えるのが正式であった。小早川欣吾、近世民事訴訟制度の研究に引く七郎右衛門ゆづり状（明暦三年正月七日付）にも、「我等あとしき不レ残三郎兵衛にゆづり申候。おとふと・いもうと似合にし付(け)可レ申候。乍レ去委細者内証之書物ニ仕置(き)候」。とあって、別に「書置之事」と題する所務分の目録を添えている。ここの場合も、「内証之書物」を省略して、「書置一枚にして」、他の兄弟に対する所務分は総領の意志に任せたわけである。これは総領の単独相続を建前とした場合である。したがって兄弟姉妹の分割相続の場合には、書置の外に必ず所務分の目録があるべきであるが、便宜に従って省略したものと見え、書置一通にそれぞれの兄弟姉妹に譲るべき財産を書き上げ、別に諸親類下々への所務分の書付を一通添えるのが普通のようになっている（本朝桜陰比事、四ノ五・万の文反古、三ノ一）。これに伴って所務分の概念が、遺言による財産処分から単なる形見分の意味に変化して来るのである。

四一八　**通り筋の脇〳〵は**　立身大福帳、五ノ一「然(れ)ども近年町へ三十六疋の新馬と次(継)人足の二色、公事役かゝつてにぎはしきは往来の足手影にて、京橋辺のといや・はたごや、扨も野も山も捨(す)らぬ道とて、もず・泥町の色里のみなり。其外は町中殊外衰微に及び、いにしへさも繁昌成りし京町・両替町・金座町・銀座町などいへる所は、家屋しきを持(ち)あいて、人に譲り度(き)とて人がたゞはもらはず。…此所に住(む)者は、ちんで馬おいに行(く)ものか、御簾(みす)が鼻へ出かごの者か、耕作はせねども農人の家作りにて、わらやの軒に窓を明(け)たるのみにて、見世の附(き)たる家は一軒もなし。それさへ今は、一町に五軒か三軒か有(り)て、くづれ次第に畠となれば」。

四一九　**千軒あれば友過**　本朝二十不孝、一、今の都も世は借物の章にも、京都の珍商売を数え立てている。「千軒あれば友過といへるに、爰にて何をしたればとて渡り兼(ぬ)べきか。五条の橋弁慶が七つ道具の紙幟を年中書(け)る人も有(り)。又子を思ふ夜の道、手を打振(つ)て当所(あてど)なしに、疳の虫を指先から鑿(り)出しますと云(ふ)も有(り)。鉋(かんな)を持(ち)て真那板しらげに廻る、大小に限らず三文宛なり。念仏講の借(し)盛物三具に敲鉦を添(へ)て一夜を十二文、産屋の倚(り)懸(り)台大枕迄揃へ七夜の内を七分、餅突(き)比の井楼(せいろう)昼は三分、夜は弐分、薬鍋一七日十文、大溝の掃除、熊手・竹箒・塵籠(ぢんこ)まで持来り一間を一文づゝ、木鋏かたげて立木によらず作(る)を五分、継木一枝を壱分づゝ、一時(とき)大工六分、行水の湯湧して壱荷を六文、夏中の借(し)簾、世智がしこき人の心見えすきて、始末を所帯の大事といへり。徒居(ただゐ)なく手足を動かせば、人並に世は渡るべし」。

四二〇　**手白三毛**　四吟六日飛脚「もり砂弁にはうきの守迄　察、てじが糞鏡の影にうつり来て　雪」。両吟一日千句「あの一ふしで命をとるは、又例のてじめが通ふ鰹かけ、後家をあなどる縄の結びめ」。大矢数「桜の名残鯛の尾かしら、それ手白がふく春の風油断して」。手の先だけが、ちょっぴり白くなっている愛玩用の猫の愛称として、「てじろ」というべきを略して「てじ」と呼んだのである。これを手白と三毛の二種類と見る説もあるが、三毛猫の中でも特に手先の白いものを「てじみけ」といい、単に「てじ」ともいって珍重したのであろう。

四二一　**阿太子山の天狗の媒鳥**　愛宕はまた愛太子、阿当護にも作る。普通鳥の囮には梟の眼を縫いつぶして赤頭巾を被せたものを用いるが（和漢三才図会）、ここは愛宕山の天狗の囮にするため、わざと山伏姿にこしらえたのである。名残の友、四、見立物は天狗の媒鳥の章参看。↓附図。

四二二　**嵯峨の筆屋**　置土産、二ノ一「嵯峨にゆけば、はや夕暮になつて、人とむる女の袖にたよれば、一夜は爰にさだめしに、筆屋といひて、広座敷なり。折ふしの焼松茸に酒さま〴〵もてなしける。女もふつゝかに見えず、機嫌とりて、立(ち)ふるまひもどこやら、お町めきたる所有(り)。しかも其女は年(ね)まへなるが、廊下はしりやう、只者とはおもはれず」。愛宕参りに堺の島長が見染めた筆屋の人留め女は、昔島原の太鼓女郎であった土佐という女だったとある。これはその一例。

四二三　**逆ばしら**　世説故事苑、二「倒木(サカギ)ノ柱ト木筆(スミサシ)ヲ捨(テ)ヲクハ、家ノ不吉トスルコト、造宅経ニ出ヅ。彼ニ云(ハ)ク、凡起ニ新屋一、防ニ木匠放ニ木筆於屋柱下一、令ニ人家不吉一、更防レ有ニ倒木作レ柱、令ニ入不吉ニ」。難波草「屋なりとも夕の声やさ蚊ばしら　是之」。椀久末松山、上「汝が家のあやかしは狐狸のわざにもなく、逆柱有(る)家にもなし」。

四二四　**さる大医**　この医者のこと不明であるが、名医(↓補三四〇)と同じく、大医にも二義あることに注意したい。この医者は勿論本来の意味での大医である。居行子、後篇二「千金方に大医たらんと欲するものは、経書・歴史・陰陽・天文の書にいたるまで、尽くよまざれば大医たることあたはずといへり…今時の医はこれに殊なり。始にその病根を観察するの明もなく…脈を診察するの法もしらず、その所作を専らにし、弁説を以て俗人をまどはし、利に走り欲に耽り、華麗を飾るをもつて大医と称し、みだりに門戸をわかつて、古方・後世の名を以てす」。

四二五　**五郎朝比奈が力くらべ**　土居次義氏の長谷川久蔵の絵馬(日本近世絵画攷所収)によると、長蔵は久蔵の誤りで、古くは久蔵信春と伝えられていたが、信春は等伯の前身であって、久蔵と混同すべきではないという。久蔵は桃山時代の画壇の鬼才長谷川等伯の長子、文禄二年六月十五日に二十六歳を以て夭折した天才的な画家であった。本朝画史にも「長谷川久蔵、等伯之第二子(長子の誤)也。為レ画清雅過ニ於父一、家流無ニ能及者一。大抵守ニ父法ニ而精密、又倣ニ狩野元信一、長ニ於人物禽鳥花草一。清水寺有ニ和田酒盛之掛画一、俗称ニ板画之絶妙ニ」と評している。ここに和田酒盛之掛画というのは朝比奈草摺引の図の誤りであって、実に久蔵死没の前年に描かれたものである。
この絵馬は現在清水寺本堂外陣の内部長押に掛けられているが、画面の損傷によって文字の不明な部分があるので、ここには武者雛形(正徳六)の縮図を出しておく。外に万宝全書(元禄六)・扁額軌範(文政二)にも著録掲出されているが、三者いずれも判読の際の多少の誤りがある。図様は別として、画面左右両端の銘記は、

奉掛御宝前　　画図之事　願主信州諏訪休庵　敬白

天正廿壬辰年卯月十七日　　長谷川久蔵筆

とするのが正しい。

この絵馬について、当時世評の喧しかったことは、槐記、享保十三年六月二十二日の条にも、次の如く見えている。「如石申シ上ゲラレシハ、清水ノクサズリ引ハ、如何様ニモ見ゴト也。五郎ガ刀ヲ持シ手ノ中ニ柄ハナシ、朝比奈ガ鶴ノ丸ノ素袍ノヒダヲカマワズ書キタルコト、古今ノ評ナリト申スト申上(ゲ)ラレシカバ、其評ナド大俗論也。アチノ画ノ評ニモアルコト也。サヤウノ評ハ画ニハナキコト也。左ヤウニ理窟ヲ立テ書ケバ、始ヨリ画ノ精神ハナシ…総ジテ画ハ筆力精神ヲ専トスル故ニ、理窟ヲ跡カラツケテ評判スルハ、画ヲシラヌ批判ナリト仰(セ)ラル」。↓附図。

四二六　**埒のあかぬねりやく**　昼夜重宝記、諸家秘伝名方に、屠蘇・度嶂散・白散の外に、細辛・乾姜・胡椒・肉桂・大黄各七八分を細末して雷丸の油で練った膏薬を併せて白散一具と称し、「右の如くにとゝのへて、正月元日一家をの〳〵若きより次第にのみはじめ、出入のともがら迄のましむる事、大なる嘉例也」と注す。

四二七　**養生ぐすり**　本朝食鑑、一、胡麻の条「予之家君、毎調ニ製于黒胡麻・胡桃肉・枸杞葉・五加葉・山椒・白塩等一、細末入ニ飯後白湯ニ而服、以為ニ旦夕之課一、終レ老強健無レ病。予亦迄レ今用レ之」とあり、閑窓瑣談にも、枸杞の煎汁を延寿の妙剤に挙げているが、その方組は諸家によって異なるであろう。

四二八　**食は煮湯に籠をしかけ**　本朝食鑑「近代煮レ飯有ニ二法一。一法先盛ニ米于釜中一、初入レ水稍多、既熟取出、投ニ淘籮(イカキ)ニ而漉ニ去湯汁一、蓋レ籮自蒸ニ其気一、此謂ニ湯取一…一法初入レ水稍少、不レ取ニ湯汁一、炊乾飯熟、此謂ニ焼乾(タキボシ)ニ」。

四二九　**鳩の目法度**　宇治山田市史「貞享二年十月廿六日、宮銭の売買を禁じられた。これは往時通貨を神宮に供するを禁じてあつたので、鉛銭環状の鳩目銭といふ私銭を参宮人に売つて居たのである。表裏無紋、径約五分あり、永禄・天正の頃より、神前に散米に代へ蒔銭としたもので、十文乃至十二文を以て銅銭一文に替へたさうである。山田中川原・下川原、宇治館町に、銭屋と称してこの両替をなすものがあつたといふ(囲炉閑談)」。

四三〇　**おたま・おすぎ**　神都長嶺記(宇治山田市史、下所引)「扨テ寛文延宝ノ頃、両間ノ山ニ小家ニテ三絃弾(ク)者ニ、紗綾・縮緬ノ類ヲ着シタリ。是ハ其頃ノ事ユヱ、上方・江戸其余富家ノ参詣人持参シテ与ヘシナリ。其後御停止トナル云々。寛延ノ頃マデ、尾上坂(をべざか)片原町山添ニ、所々男編笠ヲ被リ、さゝらヲ摺リ、子供ヲ踊ラセ、銭ヲ乞フニ諷フ歌

ゆふべあしたの鐘の声諸行無常と響けども聞いて驚く人もなし

ナド、静ニ諷ヒシ故、其文句慥ニ聞ヘヌ。近頃マデ尾上坂片原町ニ住ミシ故ニ、平生ヨク聞(キ)侍リヌ」。

四三一 **亀腹** 富士川游、日本医学史、疾病史消化器病の内、鼓脹及び腹水の条に「原南陽ノ医事小言ニ「我邦ノ俗ニ亀腹ト云フハ、腹大満箕ノ如ク、腹面筋絡浮キ出デテ亀背ノ如シ」ト曰ヒテ、亀腹ヲ鼓脹ニ充テタレドモ、香川修庵ノ行余医言ニハ「有二腸覃一証一、俗間所レ謂亀腹是也。多是不産婦人、在二四十内外一有レ之。以下其大腹如二亀鼈之甲一、有二筋絡一如中亀鼈背上、故俗間謂二之亀腹一」ト言フ。腸覃ノ名ハ霊樞ニ出デ…大較《おほむね》腹水ノ症ニ似タリ」。

四三二 **まへだれかづきの雨** 伊勢白子風俗問状答、二月の条「此月朔日二日頃の雨を、前かけかぶりと云(ふ)。こは出交りをする女ども、主家の別を惜みて、泣く〳〵前かけをかぶり他家へ行く由なりとぞ」。曲肱漫筆(弘化頃)「七八十年已前迄は、半季居の奉公人下男下人に、雨ふりに傘をさすといふ事なく、小者などの類は、皆竹の皮の法性寺笠といふをかぶりあるきしよし。京都などは、半季居の出がはり三月と九月となれば、上巳重陽の頃降(る)雨を、前だれかづきといふ俗間の鄙諺あるも、傘なしに前だれをかづきて、雨を凌(ぎ)て自身にあるくといふ事より出たるなり。今世は女の半季居などは、少(し)よろしき奉公人なれば、めい〳〵青天上(丼)の紅葉がさを所持して、小者下人までも竹の皮所にてはなし」。

四三三 **鼻に手を当て見てつかはしやりませ** 「紀州方言では、現在も鼻に手をあてゝ使ふを酷使する詞として使用してゐる」(松)という。用例としては蛙井集(寛文一一)に「風吹(け)ばはなに手あつるはるべかな 重次」、野白内証鑑(宝永七)に「むねがむかつけど、鼻に手もあてられず」とあるのに気がついたが、牛の鼻綱をとって引廻す如く、追い廻して使うことをいうのであろう。

四三四 **当年の春の出替り程、女奉公人のあまりたる事なし** 本書は元禄元年の執筆であるから、「当年の春」とは勿論元禄元年と見なければならない。その前年の貞享三年・四年の二年、引続いて稲作に最も大切な時期に颱風の被害を受け、農家の困窮甚しく、また米価高騰して、世間一統不景気に見舞われた。したがって、口減らしのために、農村から都会へ職を求めて出て来る者が多かったであろう。特に男よりも女にそれが多かったというのは、奢侈贅沢になった町家では、むしろ女奉公人の方を多く必要としたものと思う。

日本気象史料「貞享三年七月二十五日 四国・中国・近畿大風雨。八月七日 備前大風高潮。 貞享四年九月九日 四国・中国・近畿以東、大風雨洪水」。

荒蒔村年代記、貞享四年の条に、「同年九月九日に大風ふく。同年米三拾八九匁より四拾四五匁、綿八貫四五百位」とあるが、奈良曝布古今俚諺集の八木直段高下年譜には、「貞享四卯年 米六拾目位」とある。

四三五 **一日に一升** 政談、三「殊ニ今時ノ二合半ト云ハ、松平伊豆守が定タルコトニテ、治世ノ江戸徘徊スル上ノコト也、軍法ニテハ籠城ノ節ハ、一人前一昼夜ノ食事三升ト当ルコト也、ケ様ノ節ハ精ヲ出シ働コト故、米殊ノ外入事也、今モ諸大名ノ家ニハ、一人扶持一升ニ定タル家モ有也」。

四三六 **やうきひの匂ひ粉** 都風俗化粧伝(文化一〇)上、色を白うし光沢を出す薬の伝「楊貴妃秘方内宮玲朧散と名づく。楊貴妃常に此の薬を用ひて美人の名を挙げたる奇法なり。密陀僧細かに粉にし、水を少し入れ湯煎にし、毎夜顔にぬり、明朝洗ひ去るべし。半月の後色白玉の如し」。色を白くする外、白粉の延びをよくする効能があるという。

四三七 **朝白の茶の湯** 智嚢(写本)に「一、或時利休路次に蕣多く植(え)て、勝(れ)て見事也といふ事、世に流風せり。関白殿(秀吉)是を聞(か)せられ、蕣花御覧有(る)べき為に朝の茶湯を御所望被成、則(ち)関白殿路次へ御入(り)、方々御覧候へども蕣花一輪もなし。さてこき捨(て)られたるにや、此花こそ御望に有(り)しと残念に思召(す)。前廉《まへかど》申上(げ)られたる人も御供にて、偽の様になりて迷惑しける間、申(し)けるは、内々利休の朝良御覧有(り)度(き)よし語り候へば、いかにも心得候様子に有之所に、思ひの外なる事共にて興をさまし居たり。扨会席過(ぎ)て数寄屋へ入(り)て見れば、床の花入に成程新敷朝良を投ぬ。露ことぐ〳〵く打(ち)、中〳〵其風情残る所なく見ゆ。後考(へ)みるに、最前の蕣は聞(き)ふれて古(く)見へ、さのみ珍らかならざるによつて、花の心をしらしめ、心なき所に蕣を入(れ)ぬ。爰にて花新敷なり、茶の湯の道深く成(り)ぬと也。是も茶の湯斗に限らず、物の功作と成(る)べき事なれば記す」。これは利休の茶の心がけを示す逸話として、茶話指月集その他にも伝えられ、茶人の間では、以後朝茶の湯の趣向に朝顔の茶の湯を催すことが行われたようであるが、利休の話は実話であったかどうか、不明である。

四三八 **柿本人麿** 山菅抄、二「貞丈云、土佐家ノ人麿ノ像ノ烏帽子折レテ、前ノ方ヘ上ノトガリ出テ柔ナル躰ナリ…カノ画像年齢五十バカリ、髪髭黒クシテ、少シ白髪マジリタリ。又云、人麿ノ像ヲ白髪ニ画クハ粟田讃岐守兼房ト云フ人ノ夢ニ見シ形ナリ。其ノ事ハ十訓抄・古今著聞集等ニ見エタリ」。たとえば、海津天神社蔵、長谷川左近筆、三十六歌仙板絵(寛永七年六月自署)を見ても、白髪長髯に描かれている。

四三九　**地震神鳴の間**　家屋雑考「地震の間　こは鎌倉及び京都将軍家御所絵図などに見ゆれど、その造りかたを詳にせず。近世に至り、釣天井などいふ秘伝ありともいへり」。「雷の間　後世雷の間とて、二重天井などにして、甚だ雷を避くる事あり。古くは聞き及ばざることなり」(真)。
また、江戸城本丸、中奥御物見前の広庭の地震之間(真)は、戸田茂睡の御当代記に、将軍綱吉が殊に雷を恐れたために、天井を丈夫に作り、天井を吊ってある径一尺余の苧縄を銅にて包み、鼠害を防がしめたが、綱吉はなおこれを十分ならずとして、作事奉行堀伊賀守を免職遠慮処分にしている(貞享元年十一月二十五日)。また井伊家の彦根城にも雷の間があるが、甲子夜話に「葵章の貴族」として伝えている(松)。それによると、梁の下に幕を張って天井とし、天井幕の下に更に天井幕を張り、屋根瓦の下と天井板の間には多くの綿を詰め、雷鳴中は屏風をめぐらした中で夜具を被っていたという。

四四〇　**知死期**　大雑書、知死期の時の事「一・二・九・十ハね・むま・とり、三・四・五ハ丑・未・辰・戌、六・七・八ハ寅・申・巳・亥」とある。但しこれは月の上旬の知死期時を覚え易く歌にしたもの、中旬・下旬それぞれに異る。

四四一　**盛形の菜**　刺身・鱠など、けん・取合せものなどと配合よく盛ることを盛り方という。江戸料理集(延宝二)二、料理鱠「盛方は、むかしは間をあけて二所に盛(る)事有(り)。つくろひ有(り)とて今は不用か。さるによつてつくろひのなき様に見えて、けい(景)の有(る)様にきやしやに盛(る)なり。くり・はじかみなども、物にかまはざる様にちらと一所にちらし置(く)なり。けんなども右のごとく、中にても、わきにても、かまはぬ様に置(く)なり」。これは分け盛と称する盛り方の一例。

四四二　**お子五つまで作法の乳母**　好色床談義、二ノ四「まして町人は物ごとじだらくにて、おく時斗念を入、乳がたらねば子のそだゝぬをかなしみ、宝(ママ)五年の法度おく事おさだまり也」。↓補三七二。

四四三　**忌も明ませぬ**　家内重宝記「△穢の事　一産のけがれ父七日　母三十五日　遠国ゟ告来るうちに七日過候はば追て穢に及ばず(貞享三年四月改正服忌令)」。譬喩尽、四「産屋は六日目を取て一《ひと》七夜と唱へ十二日目二七夜と唱へ卅日目児ノ忌明テ五七夜と唱ふ　一七日七七日ヲ忌也」。

四四四　**非理法権天**　摂陽群談、一一「森社　同郡(東生郡)杜(もり)村にあり…後醍醐天皇宸翰の旗、其文云　天下有貴物、人之心也、理非法験天云々。是則楠正成旗也と。当社神宝にあり。元禄年間神宝開帳在て諸人拝レ之」。そのほか、集古十種、五所掲、河内国葛井寺蔵の楠正成所用の旗に、上に菊水紋、下に「非理法権天」の五字を書し、正成の署名をあらわしたものがあり、また同書、四所掲、所蔵者未詳のものにも、上に菊水紋、下に「非理法憲(ママ)天」と記し、正成の署名した旗がある。

日本古典文学大系 48
西鶴集 下

1960年 8月 5日 第1刷発行
1989年 6月 7日 第30刷発行
1991年 12月17日 新装版第1刷発行
2016年 10月12日 オンデマンド版発行

校注者 野間光辰《のまこうしん》

発行者 岡本 厚

発行所 株式会社 岩波書店
〒101-8002 東京都千代田区一ツ橋 2-5-5
電話案内 03-5210-4000
http://www.iwanami.co.jp/

印刷／製本・法令印刷

ISBN 978-4-00-730511-5 Printed in Japan